译文名著精选

YIWEN CLASSICS

战争与和平（上）

[俄] 列夫·托尔斯泰 著　娄自良 译

Л.Н.Толстой

Война и Мир

上海译文出版社

图书在版编目(CIP)数据

战争与和平(上、下)/(俄)列夫·托尔斯泰著;
娄自良译. —上海:上海译文出版社,2011.5(2023.8 重印)
(译文名著精选)
ISBN 978-7-5327-5364-2

Ⅰ.①战… Ⅱ.①列… ②娄… Ⅲ.①长篇小说—俄
罗斯—近代 Ⅳ.①I512.44

中国版本图书馆 CIP 数据核字(2011)第 025797 号

Л. Н. Толстой
ВОЙНА И МИР

战争与和平(上、下)
〔俄〕列夫·托尔斯泰 著 娄自良 译

上海译文出版社有限公司出版、发行
网址:www.yiwen.com.cn
201101 上海市闵行区号景路159弄B座
上海华顿书刊印刷有限公司印刷

开本890×1240 1/32 印张 45 插页 4 字数1,013,000
2011年5月第1版 2023年8月第13次印刷
印数:35,701—37,700 册

ISBN 978—7—5327—5364—2/I·3112
定价(上、下册):98.00 元

译本序

《战争与和平》是一部史诗性历史小说，涵盖十九世纪初叶欧洲和俄国的重大历史事件，时间跨度为十五年（1805—1820），以俄国一八一二年的卫国战争为中心。俄国、法国、奥地利、普鲁士等国的政治、军事、外交斗争为历史人物，诸如拿破仑、亚历山大一世、库图佐夫等提供了广阔的活动空间，并为众多虚构的人物展现了多种多样的典型环境，运用丰富的艺术手法塑造了众多栩栩如生的人物形象。在这个时代背景下，小说着重写了鲍尔康斯基、别祖霍夫、罗斯托夫和库拉金四个俄国贵族家族，以这些家族的年轻一代安德烈公爵、玛丽亚公爵小姐、皮埃尔、娜塔莎和尼古拉·罗斯托夫等作为情节发展的贯穿始终的线索。

《战争与和平》创作于一八六三至一八六九年。作者在他的《关于〈战争与和平〉一书的几句话》中说，这是他“在优越的生活环境里，付出五年连续不断的辛勤劳动的作品”，“在我的这部长篇小说里，凡是涉及历史人物的言行的地方，都不是出于臆造，而是利用资料，我在写作期间所积累的资料构成了我的大量藏书，我觉得不必在此罗列书名，然而我随时可以使用需要援引的书籍。”

书中对战争以及和平生活的描写是穿插进行的，全书分为四部，情节的脉络大致如下。

第一部写一八〇五年。开卷的场景是在首都彼得堡，安娜·帕夫洛夫娜在家里举行招待晚会。作家对出席晚会的来宾的性格和特点进行了初步的刻画，成为展开全书情节的一个引子。书中叙述了四个贵族家族在和平时期的生活，生动地描绘了俄国的社会风貌。其中写到别祖霍夫伯爵病危时瓦西里公爵谋夺遗产的不光彩的行径，老伯爵的遗嘱将全部财产和爵位传给他钟爱的私生子皮埃尔；皮埃尔与瓦西里公爵的女儿海伦结婚；贵族家庭少男少女的初恋；鲍尔康斯基家族在童山的庄园生活。

库图佐夫在盟国奥地利的布劳瑙检阅部队。奥地利马克将军率部向法军投降，俄军处境极其危险。申格拉伯恩战役，骠骑兵士官罗斯托夫冲锋时受伤，安德烈公爵在巴格拉季翁将军主持的军事会议上赞扬孤军奋战的炮兵连长图申。奥斯特利茨战役，在败兵溃逃、库图佐夫负伤的危急时刻，安德烈公爵手执军旗冲在最前面，身负重伤；尼古拉·罗斯托夫执行命令时在前线看到，俄国近卫重骑兵“漫山遍野”地汹涌而至，正在对相向而来的法国骑兵发动攻击。“后来罗斯托夫胆战心惊地听说，从他身旁经过的那健壮的美男子所组成的大军，所有那些光彩照人、骑着价值千金的骏马的富家子弟、青少年、军官和士官，在进攻之后只剩下了十八个人。”对一八〇五年俄军在申格拉伯恩战役和史称“三皇大战”的奥斯特利茨战役中的“失败和耻辱”（托尔斯泰语）的描写为一八一二年战争的胜利做了铺垫。

第二部从一八〇六年写到一八一一年。普乌图斯克和普鲁士艾劳之战在叙事中一笔带过，弗里德兰战役后宣布停战，这是一八〇六至一八〇七年战争中的最后一次战役。重大历史事件有亚历山大一世与拿破仑的蒂尔西特会晤和蒂尔西特和约的签订、斯佩兰斯基的改革。穿插其间的情节有：皮埃尔与妻子海伦的情夫多洛霍夫决斗；安德烈公爵意外地康复，回到童山，他的妻子当夜难产而死；皮埃尔参加共济会，他决心解放农奴的计划和措施；皮埃尔拜访安德烈公爵，他们关于人生意义的长谈。安德烈公爵偶遇娜塔莎。安德烈公爵在彼得堡参与斯佩兰斯基的改革，对他由崇拜到失望；他在舞会上邂逅娜塔莎，不久订婚；罗斯托夫家引人入胜的大规模狩猎活动；娜塔莎受到阿纳托利的诱惑，解除与安德烈公爵的婚约；皮埃尔在心里指责她，“竭力想鄙视她”，但是在与她短暂的交谈之后，不觉流下了感动和幸福的眼泪。从她家里出来后，“皮埃尔一双含着泪花的眼睛快乐地遥望那颗明亮的星星（“1812 年的彗星”），它仿佛以无法形容的速度沿着抛物线划过无垠的空间……”他觉得，这正是他心情陡变的真实写照。

第三部集中写了一八一二年的战争。法军于六月十二日越过俄国边界，战争的性质起了变化。俄军第一和第二军团在斯摩棱斯克会师，斯摩棱斯克失守；库图佐夫被任命为俄军总司令；波罗金诺战役，安德烈公爵的团是预备队，在敌军猛烈的炮火下他被榴弹击中腹部；俄军主动放弃莫斯科，法军占领莫斯科和莫斯科的大火。罗斯托夫伯爵一家和一批伤员撤离莫斯科，娜塔莎独自在深夜去见负伤的安德烈公爵，相爱如初；玛丽娅公爵小姐在兵荒马乱中长途跋涉，探望兄长；安德烈公爵之死和娜塔莎的绝望；皮埃尔留在沦陷的莫斯科企图行刺拿破仑，他从大火中救出一个小女孩，法军以纵火罪拘捕了皮埃尔。

波罗金诺战役是一八一二年战争的高潮。作家刻意追求历史的真实，曾于一八六七年九月乘驿车整整走了一夜，到达波罗金诺，下榻于斯帕索·博洛京修道院的旅馆，这个修道院是一八一二年在波罗金诺战场上牺牲的图奇科夫将军的寡妻修建的。次日晨曦初露，“托尔斯泰就开始巡视波罗金诺战场。他的目光久久地凝视着那些遍布战场的纪念碑和堡垒，凝视着这场残酷战争的历史见证。”①作家在这里缅怀先烈，凭吊古战场，并就地草拟了波罗金诺战役的写作要点。

第四部，彼得堡上层的复杂斗争；伯爵夫人海伦的荒淫生活以及她的“病”和死。亚历山大一世写信责问总司令库图佐夫，为什么决定全军撤离莫斯科。俄军撤离莫斯科，退往塔鲁季诺。一个月后俄军军粮充裕，兵员得到补充，求战心切，另一方面法军在莫斯科大肆劫掠，丧失斗志，两军兵力对比发生了变化，强弱易势。俄军发动塔鲁季诺战役，这次打击促使法军望风而逃，俄军由退却转入进攻。尼古拉·罗斯托夫邂逅玛丽娅公爵小姐，皮埃尔与娜塔莎不期而遇。

俄国的游击战争开始于敌人进入斯摩棱斯克。作者写道：“此类行动经常在具有人民性的战争中表现出来。”又说：“这种行动就是不以集群对抗集群，而是化整为零，击敌一部，打了就跑，以免遭到大部队的进攻，然后再待机出击。”书中详细描述了杰尼索夫和多洛霍夫的两支游击队袭击敌军庞大运输队的经过。他们解救了一批俘虏，皮埃尔是

---

①参阅亚·波波夫金《列夫·托尔斯泰传》，黑龙江人民出版社 1986 年版，190—191 页。

其中之一。托尔斯泰把游击战争形象地比喻为“人民战争的大棒”，满腔热情地肯定人民战争的伟大力量。他明确地指出：“拿破仑的法国军队之所以覆灭，一方面是由于进军太晚，对冬季深入俄国腹地的远征缺乏充分的准备，另一方面是由于在焚烧俄国城镇、激起俄国人民的同仇敌忾之后的战争性质”。

《尾声》写了皮埃尔和娜塔莎、尼古拉和玛丽娅公爵小姐婚后的幸福生活。皮埃尔从彼得堡回来，评论时局，谈到彼得堡的“秘密团体”和他的活动(他是该团体的创始人之一)，他说：“我的全部思想就在于，既然那些为非作歹的人们联合起来，形成一股力量，那么正直的人们也应当照此办理。就是这么简单。”这个情节暗示着一八二五年俄国开明贵族旨在反对农奴制的十二月党人起义。

《战争与和平》这部不朽的巨著再现了欧洲的一个波澜壮阔的历史时代，气势磅礴，风起云涌，与此同时，全面地反映了十九世纪初叶俄国的社会风貌，而又笔意纵横，挥洒自如，将万千气象熔于一炉，构成精彩纷呈的艺术整体。

娄自良

2011 年 3 月于上海

目　录

第一部

第一卷

一

“噢，公爵，热那亚和卢卡成了波拿巴家族的领地了[①]。不，我要把话说在前头，要是您还不告诉我，我们已经在进行战争，要是您还敢于为这个反基督者的所有卑劣行径、倒行逆施辩护(真的，我相信他就是反基督者)，我就不认得您了，您就不是我的朋友，您就并非如您所说，是我忠实的奴仆。[②]噢，您好，您好。我看我是吓着您了，来，请坐下谈吧。”

这是一八〇五年七月，有名的安娜·帕夫洛夫娜·舍列尔——太后玛丽亚·费多罗夫娜的贵族宫女[③]和亲信，在迎接第一个前来参加晚会的达官贵人瓦西里·库拉金公爵时所说的话。安娜·帕夫洛夫娜咳嗽了几天，她说是患了**流感**(在当时，**流感**还只是少数人才用的新名词)。早晨由英俊的男仆分送的便笺，措辞是完全一样的：

> 如果您，伯爵(或公爵)，没有什么更好的安排，而出席一个可怜病人的晚会也不会使您视为畏途，那么今晚七至十时我将荣幸地在舍下恭候。安妮特[④]·舍列尔

“天哪，多么严厉的申斥！”进来的公爵回答道，对这样的接待毫不介意。他穿着绣花朝服、长筒袜和皮鞋，佩戴着几枚星形徽章，扁平的脸上流露出开朗愉快的表情。

他讲的是我们的祖辈不仅用以说话，而且用以思维的优雅的法语，是一辈子周旋于上流社会的宫廷显要所特有的安详、庇护的语气。他走近安娜·帕夫洛夫娜，向她低下洒了香水的发亮的秃顶，吻了吻她的手，便怡然自得地在沙发上坐下。

“亲爱的朋友，首先告诉我，您的身体怎样？请让我安心吧，”他

说，不改原先的声音和语调，在礼貌和同情中透露出一丝冷漠甚至嘲弄。

“身体怎么会好呢……在精神上忍受痛苦的时候？在我们这个时代，一个有感情的人难道能处之泰然吗？”安娜·帕夫洛夫娜说，“我希望，您整晚都待在我这里吧？”

“英国公使的招待会呢？今天是星期三。我是必须到场的，”公爵说，“女儿会乘车来接我。”

“我还以为今天的招待会取消了。坦白地说，所有这些招待会和焰火都越来越让人厌烦了。”

“要是知道您不喜欢，他们一定早就取消了。”公爵说道，他像上了弦的钟表一样，习惯性地说了一些他根本就不指望别人会相信的话。

“别挖苦我了。喂，关于诺沃西尔采夫的紧急报告有了什么决定？[5]您无所不知啊。”

“怎么对您说呢？”公爵说道，语气是冷淡而厌倦的。“什么决定？决定是，波拿巴已经破釜沉舟了，看来，我们也准备破釜沉舟。”

瓦西里公爵讲话总是懒洋洋的，就像演员在口述一出旧剧的台词。相反，安娜·帕夫洛夫娜·舍列尔尽管已年届四十，却充满活力和激情。

她是一位热情洋溢的女性，这是她的社会地位使然，有时即使她不想这样，但为了不使那些熟悉她的人失望，也就装出热情洋溢的样子。经常在安娜·帕夫洛夫娜的脸上浮现的矜持的微笑，虽然和她那青春不

---

① 拿破仑·波拿巴(1769—1821)于1805年将热那亚并入法国，同年把卢卡置于他的妹妹和妹夫的统治之下。

② 原文中的外文，本书均用仿宋体排印，此处为法文，以后不再注明，若遇其他外文则一一加注语种。

③ 贵族宫女，指年少入宫侍候皇族女性（皇后、公主等）的贵族女子。

④ 即俄语中的安娜。

⑤ 1805年春拿破仑风闻组织反拿破仑同盟的谈判已经恢复，于是致函英王提出和平倡议。同年6月俄皇亚历山大一世派遣宠臣诺沃西尔采夫伯爵前往巴黎，试图在英法谈判中进行斡旋。他途经柏林获悉热那亚已被并入法兰西帝国，即发回紧急报告。不久亚历山大一世将他召回，拒绝与拿破仑谈判。

再的容颜不很相称，却表明她像被宠坏了的孩子一样，经常意识到自己有可爱的小小缺点，不过不想改，改不了，也觉得没有必要改。

关于政治事件的话题谈到一半，安娜·帕夫洛夫娜的情绪激动起来。

“哎呀，您就别对我提奥地利了！也许我什么也不懂，可奥地利从来不想打仗，现在也一样。它在出卖我们。[①]俄罗斯不得不单独拯救欧洲。我们仁慈的君主知道自己的崇高使命，并将忠实于它。唯有这一点我是深信不疑的。我们善良而英明的皇上将扮演世界上最伟大的角色，他那么仁慈，那么高尚，上帝决不会抛弃他，他也必将完成自己的使命，把革命这条多头毒蛇镇压下去，革命现在由于以那个屠夫和恶棍为代表[②]而更加可怕了。只有我们才会为无辜者[③]的鲜血伸张正义。我们还能指望谁呢，请问？……英国以其生意人的头脑不理解也不可能理解亚历山大皇帝的高尚情操。英国拒绝从马耳他撤军。[④]他们想看看，想探究我国的行动有什么不可告人的用心。他们对诺沃西尔采夫说了什么呢？什么也没有说。他们不理解，他们不可能理解我们皇上的献身精神，皇上自己一无所求，一切都是为了世界的福祉。他们有什么承诺吗？没有。即使有，也不会兑现！普鲁士已经宣称，波拿巴是不可战胜的，整个欧洲对他无可奈何……无论是哈登贝格还是豪格维茨，他们的

---

①奥地利曾在1804年与俄罗斯签订协议，若拿破仑再有侵犯意大利独立的企图，将予以军事反击。但“法兰西人的皇帝”接受意大利王的封号，兼并卢卡和热那亚，而奥地利仍然迟迟不做战争准备。

②认为拿破仑是革命的代表的看法不符合实际。雾月革命（1799年10月9—10日）后他建立了军事独裁制度，剥夺了法国革命的成果，只保留了有利于大资产阶级的部分。

③指的是当甘公爵(1772—1804)被杀害的事件。他因涉嫌参与反拿破仑阴谋，在巴登公国被法国一队骑马的宪兵越界逮捕，并押送到万森要塞(1804年8月)，后被军事法庭判处死刑。亚历山大一世向拿破仑发出了措辞强硬的抗议照会，而奥地利和德国均保持沉默。

④1798年拿破仑夺取了原属约翰骑士团的马耳他岛，而在1800年该岛又被英军占领。根据亚眠和约(1802年)英国必须撤离马耳他，但英国拒不履行此项条款。亚历山大一世提议，暂时在马耳他岛派驻俄国卫戍部队，但他的调停无果而终。

话我一句也不信。[①]普鲁士声名狼藉的所谓中立不过是陷阱而已。我只相信上帝和我们亲爱的皇上的伟大未来。他将拯救欧洲！……”她突然停了下来，不禁因为自己太激动而露出了自嘲的微笑。

“我想，”公爵笑着说道，“倘若派去的是您，而不是我们亲爱的温岑格罗德[②]，那么您一定能轻而易举地获得普鲁士国王的首肯，您是那么善于辞令。您能给我一杯茶吗？”

“就来。顺便讲一下，”她又平静地说道，“今天我这儿有两位很有意思的人物，莫特马尔子爵[③]，他由于罗昂家族的关系与蒙莫朗西沾亲，是法国最有名望的世家之一。这是一位优秀的、真正的移民。还有一位是莫里奥神甫，您认识这位深谋远虑的人物吗？皇上接见过他。您知道吗？”

“啊！我很高兴能见到他们，”公爵说。“请您告诉我，”他又接着说，仿佛刚刚想起了什么，特别漫不经心似的，其实他来访的主要目的就是要打听一件事，“孀居的太后想委派丰克男爵到维也纳担任一等秘书，这是真的吗？这位男爵看起来是个很平庸的人。”瓦西里公爵想给儿子安排这个职位，可是有人竭力想通过玛丽亚·费多罗夫娜太后把这个差使交给男爵。

安娜·帕夫洛夫娜几乎闭上了眼睛，表示她或任何别人都不能褒贬太后愿意做或喜欢做的事情。

“丰克男爵是太后的姐妹向她推荐的。”她只是用伤感、冷淡的口吻说了一句。安娜·帕夫洛夫娜一提到太后，她的脸上蓦地流露深挚的忠诚和崇敬之情，其中融合着淡淡的感伤。每当她在谈话中提起自己的

---

① 看到19世纪头10年拿破仑在欧洲日益扩张的统治，时常任意改变欧洲版图，普鲁士不敢公开加入反法同盟。哈登贝格公爵（1750—1822）于1805年任普鲁士外交大臣，在对法是战是和的问题上举棋不定。早先（1795年）曾使普鲁士退出第一次反法同盟。豪格维茨伯爵（1752—1832）是深受普鲁士国王信任的外交家，主张与法国发展友好关系。

② 温岑格罗德（1761—1818），原籍黑森，1797年起在俄军服役，曾被派往奥地利和普鲁士商讨反法同盟的共同行动计划。

③ 莫特马尔子爵是虚构的人物，原型可能是梅斯特尔伯爵（1753—1821），法国政治家，在1803—1817年间是撒丁国王在俄国宫廷的全权代表。

这位尊贵的庇护者时总是这样。她说，“太后陛下很器重丰克男爵。”于是她的眼睛又蒙上了一层淡淡的伤感的神情。

公爵意兴索然地沉默了。安娜·帕夫洛夫娜以她特有的廷臣和女性的乖巧和应对的敏捷，想起既要敲打公爵一下，因为他竟敢那样谈到向太后推荐的人，也要加以安抚。

“顺便谈谈您的家庭吧，”她说，“知道吗，自从您的女儿出入社交界以来，她成了整个社交界的宠儿。大家觉得她美若天仙。”

公爵点头表示恭敬和感激。

“我常常在想，”安娜·帕夫洛夫娜在片刻的沉默后说道，她将身子移近公爵，亲切地向他微笑着，仿佛以此表示，政治和社交的谈话结束了，现在要讲讲知心话，“我常常在想，有时人生的际遇是多么不公。命运怎么会给了您这样出色的两个孩子（除了您的小儿子阿纳托利，我不喜欢他），”她扬起眉毛，不容分说地插了一句，“这样可爱的孩子呢？可您，真的，把他们看得比谁都不如，所以您不配做他们的父亲啊。”

她热情洋溢地莞尔一笑。

“有什么法子呢？拉法特[①]一定会说，我的面相注定不是慈父。”公爵说。

“别开玩笑啦，我想认真地和您谈一谈。您知道吗，我对您的小儿子不大满意。这话只是我俩私下说说（她的脸上显出了淡淡的感伤），有人在太后那里谈到过他，都为您感到惋惜……”

公爵没有答话，可她默默地、神情凝重地看着他，等着他回答。瓦西里公爵皱起了眉头。

“我能怎么办呢？”他终于说道。“您是知道的，为了培养他们，我做到了一个父亲所能做的一切，可是两个都成了浑蛋。伊波利特至少还算是比较安分的浑蛋，而阿纳托利这个浑蛋简直是恣意妄为，这是唯一的不同之处。”他说，笑得比平时更做作，更兴奋，而此时在他嘴角

---

①拉法特（1741—1821），牧师，瑞士作家，著有《命相术》一书。

边形成的皱纹特别刺眼地显得出人意料地粗俗讨厌。

“像您这样的人何必生儿育女呢？如果您不是一位父亲，我对您就无可指责了。”安娜·帕夫洛夫娜说道，若有所思地往上抬起了眼睛。

“我是您的忠实的奴仆，也唯有对您才能吐露心声。我的孩子们是我生活中的累赘，是我背负的十字架。我是这样看的。怎么办呢……”他沉默了一会儿，做了个无可奈何的手势，表示他只能俯首帖耳地听任残酷的命运摆布。

安娜·帕夫洛夫娜陷入了沉思。

“您从来就没有想过，要让您那个花花公子阿纳托利成个家？听人家讲，”她说，“老姑娘都有给人做媒的癖好。我还不觉得自己有这个弱点，不过我想到了一个姑娘，她和父亲在一起生活很苦恼，就是我们的亲戚鲍尔康斯卡娅公爵小姐。”瓦西里公爵没有答话，不过他有上流社会的人物所特有的机敏和好记性，便点头表示他领会了这番好意。

“不，您知道吗，这个阿纳托利每年要花掉我四万卢布。”他说，看来他忍不住让自己伤心的思绪继续下去。他沉默了一会儿。

“要是这样下去的话，五年以后怎么得了？这就是做父亲的好处。她有钱吗，您的这位公爵小姐？”

“她的父亲非常富有，不过很吝啬。他住在乡下。您认识的，此人就是著名的鲍尔康斯基公爵，先帝在位时就已退休了，有个绰号叫普鲁士王。他是一个很聪明的人，但性情怪僻，难以相处。可怜的姑娘郁郁寡欢。她有个哥哥，就是不久前娶了丽莎·梅南的那个人，是库图佐夫的副官。他今晚也来。”

“听我说，亲爱的安妮特，”公爵说，突然握住对方的手，不知为什么微微往下拽，“您替我把这件事办妥，我会永远是您的最忠实的奴仆（如同我乡下的一个村长在给我的报告里所写的那样）。她出自名门，而且富有。这都是我求之不得的。”

于是他以他所擅长的潇洒而亲昵的优雅的动作拉着宫女的手吻了吻，又把宫女的手抖动了好几下，懒洋洋地坐在圈椅上，眼睛望着一边。

“等一等，”安娜·帕夫洛夫娜若有所思地说道，“我今天就对丽莎（鲍尔康斯基的妻子）说一说。这事也许能成。我开始为府上学着干老姑娘的行当了。”

二

安娜·帕夫洛夫娜的客厅渐渐地宾客满堂。来的都是彼得堡最有名望的显贵，他们的年龄和性格各异，但都生活在同样的上流社会；瓦西里的女儿，美人儿海伦来了，她是来接父亲的，要和他一起去参加英国公使的招待会。她佩戴着花字奖章，身穿参加舞会的衣裳。彼得堡最有魅力的女性，年轻矮小的鲍尔康斯卡娅公爵夫人也来了，她在去年冬天出嫁，现在由于怀孕而不再出入**盛大的**交际场合，不过还出席小型的晚会。瓦西里公爵的儿子伊波利特公爵来了，他带来了莫特马尔，并为他作了介绍；莫里奥神甫和其他很多人也来了。

“你们还没有见过呢。”或：“您不认识我的姑母吧？”安娜·帕夫洛夫娜对来宾们说道，并郑重其事地把他们领到头顶上打着高高的蝴蝶结、在客人们陆续到来时从另一个房间缓步而出的小老太婆跟前，向她一一介绍来宾的姓名，慢慢地把视线从来宾身上移向我的姑母，然后退后一步。

所有的来宾都按照礼节，向谁也不认识、不需要也不感兴趣的姑母表示问候。安娜·帕夫洛夫娜怀着伤感、庄重的关切注视着他们表示问候的情景，默默地加以鼓励。我的姑母对每一个人都以同样的话语谈到对方的健康、自己的健康和太后陛下的健康，谢天谢地，太后陛下今天好些了。所有向她走来的人，出于礼貌一点儿也不显得匆忙，而在离开老太婆的时候都如释重负，整个晚上就再也不照面了。

年轻的鲍尔康斯卡娅公爵夫人带着金丝线绣花的小丝绒口袋来了，里面装着针线活儿。她那有一抹微黑的绒毛的娇柔的上唇比牙齿略短，因此却在上唇张开时更觉可爱，尤其是在上唇伸长，覆盖着下唇的时候显得越发可爱。真正有魅力的女性往往如此，她的缺点——短嘴唇、半张着嘴，似乎成了她所独具的特殊的美。大家都愉快地看着这位充满健康活力、面容姣好的未来母亲，她在妊娠期是这样轻松。老人也好，寂寞、忧郁的年轻人也好，和她在一起待上一会儿，谈谈心，就觉得自己也变得像她一样轻松了。谁和她谈话，并且看到她一讲话就浮现的开朗的微笑和时时露出的洁白闪亮的牙齿，谁就会觉得，自己今天特别殷勤有礼，每个人都会有这样的感想。

身材矮小的公爵夫人手上拿着小针线口袋，摇摇摆摆地迈着小小的快步绕过桌子，愉快地整一整衣衫，在靠近银茶炊的沙发上坐下了，仿佛她所做的一切，对她和她周围的人都是赏心悦目的娱乐。

“我把针线活儿带来了。”她说，一边翻开她的针线口袋给所有在座的人看。

“您当心点儿，安妮特，可别这样耍我呀，”她转头对女主人说，“您给我写信说，只是一个小小的晚会。您瞧瞧，我裹得严严实实的这身打扮。”

于是她伸开双臂，展示她那镶着花边的雅致的灰色衣裙，胸口下面束着一条宽宽的缎带。

“您放心，丽莎，您仍然比谁都漂亮。”安娜·帕夫洛夫娜回答道。

“您知道吗，我的丈夫要扔下我了，”她以同样的语气转身对一位将军继续说道，“他要去送死。您说说，干吗要有这场可恶的战争呢？”她又对瓦西里公爵说，不等他回答，又和瓦西里公爵的女儿美丽的海伦交谈起来。

“多可爱的小妇人哪，这个矮小的公爵夫人！”瓦西里公爵悄悄地对安娜·帕夫洛夫娜说道。

在矮小的公爵夫人之后不久，一个高大肥胖的年轻人进来了，短发，戴眼镜，穿着当时流行的浅色长裤，高高的硬领，褐色的燕尾服。这个肥胖的青年是叶卡捷琳娜女皇时代名噪一时的豪门贵族别祖霍夫伯爵的私生子，此刻伯爵在莫斯科生命垂危。这个青年还没有在任何地方任职，他是在国外受教育的，刚回国不久，在社交界露面这还是第一次。安娜·帕夫洛夫娜向他点头致意，在她的沙龙里这是她对最低等的客人的态度。不过，虽然这是一种最低的接待方式，安娜·帕夫洛夫娜看见皮埃尔进来却流露出不安和担心的神情，就像看见一个庞然大物出现在不该出现的地方。尽管皮埃尔的确比客厅里的其他男人更魁梧一些，但这种担心只能是与那种聪明却又腼腆，敏锐而自然的目光有关，这目光使他在客厅里显得与众不同。

“您太客气了，皮埃尔先生，能来看望一个可怜的病人。”安娜·帕夫洛夫娜对皮埃尔说道，一边惊恐地与姑母互使眼色，这时她正领着皮埃尔向姑母走去。皮埃尔含糊地嘟哝了一句，眼睛却在继续寻觅着什么。他喜气洋洋地向身材矮小的公爵夫人点头问候，好像邂逅了一位至亲好友，这时他已走到了姑母跟前。安娜·帕夫洛夫娜的担心并非枉然，因为皮埃尔不等姑母把关于太后陛下的健康的话说完，就撇下她走开了，安娜·帕夫洛夫娜惊慌地拿话留住了他：

“您不认识莫里奥神甫吧？这是一个很有意思的人……”她说。

“是的，我听说过他缔造永久和平的计划，这是引人入胜的，但未必能实现……”

“您是这样想的吗？……”安娜·帕夫洛夫娜说道，她是想随便说句话应付一下，就去履行她作为女主人的职责，可是皮埃尔又失礼了，这次的情况恰恰相反。先是他不等别人把话说完就走；现在是缠着要走的人谈话。他低下头，叉开两条大腿，开始向安娜·帕夫洛夫娜说明，为什么他认为神甫的计划是空中楼阁。

“我们待会儿再谈。”安娜·帕夫洛夫娜微笑着说道。

于是她摆脱了这个不知趣的年轻人，恢复了她作为女主人的活动，她继续倾听着、观察着，随时准备在谈话冷场的地方给予协助。好像一位纱厂厂长，在让工人们上岗以后，就在车间里走来走去，发现纱锭停转或发出反常、刺耳、过高的声音，就匆忙赶去关掉机器或使它正常运转，安娜·帕夫洛夫娜也是这样，她在自己的客厅里走来走去，到了停止谈话或说话太多的圈子旁边，便插上一句话或调动一下座位，使谈话机器又不疾不徐、彬彬有礼地运转起来。不过在这样张罗的时候，总是看得出她特别为皮埃尔担心。当他走过去听莫特马尔周围的人谈话，或走到神甫在说话的地方，她就忧心忡忡地不时看看他。对于在国外受教育的皮埃尔来说，安娜·帕夫洛夫娜的这个晚会是他在俄罗斯所参加的第一个晚会，在这里聚会的都是彼得堡的知识分子，于是他好像走进玩具店的孩子一样东张西望，就怕错过可能听到的聪明的言谈。看着与会者自信优雅的神态，他一直期待着某种智慧过人的谈吐。最后他来到莫里奥那里，觉得他们的谈话很有意思，于是他站住了，像一般年轻人那样，情不自禁地想等待机会发表自己的见解。

三

安娜·帕夫洛夫娜的晚会启动了。四面八方的纱锭都不疾不徐而又毫不间歇地轰鸣着。只有我的姑母除外，在她身旁只坐着一位已过中年的夫人，面色憔悴，形容消瘦，在这显赫的社交界她仿佛是个外人。与会的人分成了三个圈子。一个圈子里男士占多数，以那位神甫为中心；另一个是年轻人的圈子，中心人物是瓦西里公爵的爱女美人儿海伦公爵小姐和面貌姣好、脸色红润，就年龄来说显得太胖的身材矮小的鲍尔康斯卡娅公爵夫人。第三个圈子以莫特马尔和安娜·帕夫洛夫娜为中心。

莫特马尔子爵是容貌清秀、温文尔雅的青年，他显然以名流自居。不过，由于有良好的教养，他谦和地为他所处的社交界效劳。显然，安娜·帕夫洛夫娜在以他来款待自己的嘉宾。好像餐厅领班把人们在肮脏的厨房里看到就没有胃口吃的一块牛肉作为非凡的美味端上来，今晚安娜·帕夫洛夫娜也先后把子爵和神甫作为一道精致非凡的佳肴摆上了来宾的餐桌。在莫特马尔的圈子里立即谈起了当甘公爵的遇害。子爵说，当甘公爵是由于自己的豁达大度而牺牲的，而波拿巴的恼怒有其特殊的原因。

“啊，对！就给我们讲讲这个，子爵。”安娜·帕夫洛夫娜欣然觉得，这句话颇有路易十五的气派。

子爵颔首领命，谦和地笑了。安娜·帕夫洛夫娜绕着子爵走了一圈，邀请大家都来听他讲故事。

“子爵本人认识当甘公爵。”安娜·帕夫洛夫娜对一个人耳语道。“子爵讲故事是令人惊叹的高手。”她对另一位说。“立即可以看出，他是上流社会的人物。”她又对第三个人说道，于是子爵就以美好而对他最为有利的形象被呈献于在座诸君，好像炙热的盘子上的一道配上碧绿的蔬菜的烤牛肉。

子爵已经要讲他的故事了，他微妙地一笑。

“亲爱的海伦，请您过来。”安娜·帕夫洛夫娜对美丽的公爵小姐说道，她坐得较远，是另一个圈子里的中心人物。

海伦公爵小姐微笑着；她站了起来，带着真正的美女那一成不变的微笑，她就是带着这样的微笑走进客厅的。白色的舞会衣裳绣有常春藤和青苔，微微地窸窣作响，白皙的肩膀、秀发和钻石的光泽熠熠生辉。她在让开的男人们中间走过，谁也不看，却对所有的人微笑着，仿佛授权所有的人来欣赏她的腰肢和丰满的双肩之美，欣赏她按当时的时髦十分裸露的胸脯和背部之美，她仿佛随身带来了舞会的辉煌，径直来到安娜·帕夫洛夫娜面前。海伦是那么美丽，以致她丝毫没有搔首弄姿的迹象，而是相反，她似乎为自己那无可怀疑的美，为自己那具有极大魅力而令人倾倒的美感到害羞。她似乎想减少自己的美的魅力而不可得。

“真美！”凡是看见她的人都这样说。当她在子爵的对面坐下，她那不变的微笑使他也容光焕发的时候，他仿佛看见了某种非凡的景象而惊讶得耸起双肩，垂下了眼睛。

“我，说真的，面对这样的听众为自己的能力担忧了。”他说，微笑着低下头来。

公爵小姐把自己丰满的手臂支在小桌上，不认为有什么话该说。她面带微笑等待着。在讲故事的时候，她偶尔看看自己轻轻地放在桌上的丰满美丽的手臂，看看更美丽的胸脯，整理着胸前的钻石项链；她把衣裳的皱纹整理了几次，在故事打动了听众时，她便看看安娜·帕夫洛夫娜，并且立刻露出宫女脸上那同样的表情。然后又粲然一笑安静下来。矮小的公爵夫人也离开茶桌跟着海伦过来了。

“请您等一下，我要拿我的针线活儿，”她说，“您怎么啦，在想什么呢？”她对伊波利特公爵说道，“给我把针线口袋拿过来。”

公爵夫人微笑着和大家说话，突然她换了个姿势，坐好后，愉快地把衣裳整理了一下。

“这样挺舒服。”她说，于是她要求子爵讲故事，自己开始做起了针线活。

伊波利特公爵给她拿来针线口袋，跟着她过来了，又把圈椅移近她，坐在她身旁。

可爱的伊波利特和自己美貌的妹妹惊人地相像，尤其惊人的是，尽管相像，他却异常丑陋。他脸上的线条和妹妹毫无二致，然而她那生气勃勃、沾沾自喜、年轻靓丽的不变的微笑，她那古希腊式的非凡的人体美总是使她光彩照人；相反，哥哥那同样的一张脸却由于愚钝而显得懵懵懂懂，而且总是流露出自以为是的怨怼之气，身体也消瘦而羸弱。眼睛、鼻子、嘴全都缩成了一副木然、乏味的怪相，而手和脚总是摆出做作的架势。

“讲的不是幽灵的故事吧？”他在公爵夫人身旁坐好以后，急忙把自己的带柄眼镜举到眼前说道，好像没有这个玩意儿，他就不能开口说话。

“绝对不是。”子爵惊讶地耸起双肩说道。

“问题在于，幽灵的故事让我无法忍受。”伊波利特说话的口气使人觉得，他显然是在说了这句话之后才明白它的意思。

由于他说话充满自信，所以谁也猜不透，他所讲的话究竟是聪明过人还是愚不可及。他穿着暗绿色燕尾服，碧绿的长裤，那颜色好像山林水泽的仙女受惊时的身躯似的（这是他自己的话），脚蹬长筒袜和皮鞋。

子爵讲得好极了，他讲的是当时流行的一段趣闻，据说当甘公爵秘密来到巴黎，赴女演员乔治①的约会，在那里他和波拿巴不期而遇，他也得到这位著名女演员的欢心，拿破仑遇到公爵后意外地晕倒，昏迷不

---

①乔治小姐即玛格丽特-若斯菲娜·韦默（1787—1867），拿破仑的情妇。

醒，这是他常犯的老毛病，于是他落到了公爵的掌握之中，公爵没有利用这个机会，可是后来波拿巴却不顾公爵的豁达大度而以怨报德，处死了公爵。

故事十分精彩，饶有趣味，特别是这样的场面：两个情敌蓦地不期而遇，看来女方也惊惶失措。

“好极了。”安娜·帕夫洛夫娜说道，询问似的看着矮小的公爵夫人。

“太好了。”矮小的公爵夫人轻轻地说，把针扎在针线活上，仿佛引人入胜的故事使她不能做活计了。

子爵领会了这无声的赞美，感激地一笑，又开始讲下去。可是安娜·帕夫洛夫娜一直在不时地看看那个使她担心的年轻人，这时发现，他正在过于热烈而大声地和神甫说着什么，于是她急忙赶往出事地点，以便矫正。果然，皮埃尔终于缠上了神甫，正在和他交谈关于政治均势的问题，显然，神甫被年轻人天真的热情所吸引，也在他面前发挥着自己所热衷的思想。两个人都十分活跃而自然地彼此倾听和交谈，正是这一点触犯了安娜·帕夫洛夫娜。

“办法就是实现欧洲的均势和民权，”神甫说道，“只要有一个像俄罗斯这样以野蛮著称的强国来领导旨在建立欧洲均势的联盟，这个国家就能拯救世界！”

“您怎样实现这种均势呢？”皮埃尔正想说，可是安娜·帕夫洛夫娜来了，严厉地瞥了皮埃尔一眼，问那位意大利人觉得这里的天气怎样。意大利人勃然变色，露出了带有侮辱性的故作亲昵的表情，看来这种表情是他在和妇女交谈时习以为常的。

“我是如此倾倒于我有幸受到接待的上流社会的智慧和教养，尤其是女性的智慧和教养的魅力，以致我还顾不上想到天气呢。”他说。

安娜·帕夫洛夫娜不肯放过神甫和皮埃尔了，为了便于监视让他们加入了众人的圈子。

这时有一个新来的人走进了客厅。这个新来的人是年轻的安德烈·鲍尔康斯基公爵，矮小的公爵夫人的丈夫。鲍尔康斯基公爵个子不高，是一位非常英俊的青年，面部线条清晰、表情冷漠。他体态中的一切，从厌倦、烦闷的目光到缓慢从容的步态，都与他那位矮小活泼的妻子形成极鲜明的对照。看来客厅里所有的人不仅都是他的相识，而且都使他那么厌烦，甚至看到他们，听到他们的声音，都使他郁闷不堪。在所有使他感到厌倦的人之中，最使他讨厌的似乎莫过于他妻子的那张脸。他露出一副破坏了他的英俊容貌的怪相，掉头不理她。他吻了吻安娜·帕夫洛夫娜的手，眯着眼环顾周围的人们。

“您准备上战场吗，公爵？”安娜·帕夫洛夫娜问道。

“库图佐夫将军，”鲍尔康斯基说道，像法国人那样，在提到库图佐夫时把重音放在最后一个音节上，“要我去当他的副官……”

“那么您的妻子丽莎呢？”

“她到乡下去。”

“您让我们失去您的美丽的妻子，这不是罪过吗？”

“安德烈，”他的妻子用娇滴滴的声音对他说道，他对别人也是用这样的声音说话，“子爵给我们讲了乔治小姐和波拿巴的一个多么动人的故事啊！”

安德烈公爵眯起眼睛，掉头不理。从安德烈公爵进入客厅时起，皮埃尔就没有从他身上移开过快乐友好的视线，这时走上去握住了他的手。安德烈公爵头也不回，把脸皱成一副怪相，流露出对碰他手的人的恼怒。但看到皮埃尔微笑的脸，他突然亲切而愉快地笑了。

“呵！……你也涉足社交界了。”他对皮埃尔说道。

“我知道您会来啊，”皮埃尔回答道，“我要到府上吃晚饭，”他低声说，以免妨碍子爵，他在继续讲他的故事，“行吗？”

“不，不行。”安德烈笑着说，又紧紧地握一握手，表示这是不用问的。他还想说下去，不过这时瓦西里公爵和他的女儿站了起来，男人们都起身给他们让路。

“请您原谅，我亲爱的子爵，”瓦西里公爵对法国人说道，亲切地拉着他的袖子往椅子上摁，不让他站起来，“公使的这个倒霉的招待会剥夺了我的快乐，也打断了您的兴致。” 他又对安娜·帕夫洛夫娜说："离开您美妙的晚会，我感到很扫兴。"

他的女儿海伦公爵小姐轻轻地把手按在连衣裙的褶子上，在椅子当中走过，她那美丽的脸上绽放了更灿烂的微笑。当她在皮埃尔身边走过时，他简直是以骇然的、热情洋溢的目光望着这个美人。

"很漂亮。"安德烈公爵说。

"真漂亮。"皮埃尔说。

瓦西里公爵在一旁走过时，抓住皮埃尔的一只手，转身对安娜·帕夫洛夫娜说道：

"请您替我调教这头熊吧，"他说，"他在我家住了一个月了，我还是第一次在社交界见到他。年轻人需要在上流社会与聪明的女性交往，没有什么比这更重要的了。"

四

安娜·帕夫洛夫娜微微一笑，答应要在皮埃尔身上下工夫，她知道，皮埃尔就父系而论，是瓦西里公爵的亲戚。原来和我的姑母坐在一起的那位已过中年的夫人急匆匆地站起来，在前厅赶上了瓦西里公爵。她脸上原先假装的兴致完全消失了。她那善良憔悴的脸上所流露的只有不安和恐惧。

"公爵，关于我的鲍里斯，您有什么话要对我说吗？"她在前厅紧跟着他说道（她在说到鲍里斯时把重音很特别地放在鲍字上）。"我在彼得堡待不下去了。请您告诉我，我能把什么消息带给我可怜的孩子呢？"

尽管瓦西里公爵不乐意地、几乎是怠慢地听着已过中年的夫人说话，甚至显得不耐烦了，她还是对他亲切感人地微笑着，拉着他的手，不让他走开。

"您在皇上面前说句话还不容易，有您的一句话，他就能直接调进近卫军。"她请求道。

"请您相信，公爵夫人，我一定尽力而为，"瓦西里公爵回答道，"不过我去求皇上是有困难的；我倒劝您去找鲁缅采夫，通过戈利岑公爵的关系，这样做比较明智。”

这位上年纪的夫人的称谓是德鲁别茨卡娅公爵夫人，这是俄罗斯望族之一，可是她落魄了，早已退出上流社会，原先的上层联系也都没有了。她现在来到这里，为了把自己的独生子调进近卫军而奔走。只是为了能见到瓦西里公爵，她才自报家门，到安娜·帕夫洛夫娜这里来参加晚会，只是为此才听听子爵讲的故事。瓦西里公爵的话使她大吃一惊；她那曾经美丽的脸上流露了愤懑之情，不过转瞬即逝。她又微微一笑，更紧地抓住瓦西里公爵的一只手。

“您听我说，公爵，”她说，“我从来没有向您求过什么，今后也不会，我从来没有向您提起过家父对您的情谊。可是现在，我以上帝的名义恳求您，成全我的儿子吧，我就把您看做恩人了，”她急忙补充道，“不，您不要生气，您就答应我吧。我求过戈利岑，他拒绝了。但愿您像从前一样善良。”她说，竭力想笑一笑，却满眼含泪。

“爸爸，我们要迟到了。”海伦公爵小姐转过她那古希腊式的肩膀上的美丽的脑袋说道，她正等在门口。

可是在上流社会影响力是一种资本，要加以珍惜，不能让它消失。瓦西里公爵懂得这一点，既然他明白，如果他有求必应地为别人求情，那么他很快就不能为自己有所请求了，所以他很少运用自己的影响力。不过，在德鲁别茨卡娅公爵夫人的这件事上，在她再次哀求之后，他仿佛受到了良心的谴责。她向他提到了一个事实：他在自己仕途上所迈出的最初几步，是由于她父亲的提携。她的态度让他看出，她是那样一种女人，尤其是做母亲的，她们一旦有了什么主意，就决不放弃，直到实现她们的愿望为止，否则就会纠缠不休，甚至不顾体面地吵吵闹闹。想到最后这一点，他犹豫了。

“亲爱的安娜·米哈伊洛夫娜，”他以惯常的亲昵和郁闷的语气说道，“您所要求的几乎是我不可能办到的事；可是为了向您证明我对您的敬爱，对已故令尊的怀念，我要把这件不可能办到的事办好：令郎一定会调入近卫军，这是我对您的承诺。您满意了吧？”

“我亲爱的，您是我的恩人！我知道您是不会让我失望的；我了解您的心地有多么善良。”

他想走了。

“您等一下，就两句话。等他调进了近卫军……”她踌躇了一下。“您和米哈伊尔·伊拉里翁诺维奇·库图佐夫的关系很好，您把鲍里斯推荐给他当副官吧。那样我就安心了，那样嘛……”

瓦西里公爵笑了。

“这一点我不能答应。您知道，从库图佐夫被任命为总司令的时候起，人们就把他缠住了。他亲口对我说过，全莫斯科的贵妇人都商量好了，要把自己的子弟全都交给他当副官。”

“不，您要答应，我不放您走，我亲爱的恩人。”

“爸爸，”美人儿又用同样的语调说了一遍，“我们要迟到了。”

“好，再见，再见了，您瞧……”

“那您明天就奏明皇上？”

“一定，向库图佐夫推荐的事我不能答应。”

“不，您要答应，您要答应，瓦西里。”安娜·米哈伊洛夫娜跟在他后面说道，露出少女般撒娇的微笑，想必这曾经是她很自然的微笑，如今和她那枯槁的面容是那么不相称。

她似乎忘了自己的年龄，习惯性地施展女性自古有之的种种花招。可是他一走出去，她的脸上就出现了原先那冷漠、虚假的表情。她回到了子爵在继续讲故事的那个圈子，又装出在听的样子，等着离开的时候，因为她的事情办完了。

“可是你们对米兰加冕这最近的一整出喜剧有何见解呢？”安娜·帕夫洛夫娜说，“而且这是一出新的喜剧：热那亚和卢卡的人民向波拿巴先生请愿。于是波拿巴先生顺应民意登上了王位。啊！太妙了！不，这能使人发疯。你会认为，整个世界都丧失了理智。”

安德烈公爵直视着安娜·帕夫洛夫娜的脸，冷冷地一笑。

“‘上帝赐我王冠。谁冒犯它，必将灾难临头，’”他说（这是波拿巴在加冕时说的话），“据说，他在这样讲的时候气度非凡。”他继续说道，还用意大利语把这句话又重复了一遍。

“我希望，”安娜·帕夫洛夫娜接着说，“这是终于使杯子里的水溢出的最后一滴水。各国君主决不会再容忍这个使一切都受到威胁的危险人物。”

“各国君主？我不说俄罗斯，各国君主！”子爵彬彬有礼地绝望地说道，“但是他们为路易十六，为王后，为伊丽莎白①做过什么呢？什么也没做。”他情绪激昂地继续说道，“请相信我，他们因为背叛波旁王朝的事业而正在受到惩罚。各国君主！他们派遣使节去向那个篡位者表示祝贺。”

于是子爵轻蔑地叹息了一声，又变换了一下姿势。伊波利特公爵透过带柄眼镜看了子爵好久，听了这些话，突然把整个身子转向矮小的公爵夫人，向她要了一根针，开始用针在桌子上把孔代家族②的纹章画给她看。他那样郑重其事地对她讲解这个纹章，好像公爵夫人在请教他似的。

“天蓝色的兽嘴里噙着一根光秃秃的树枝，这就是孔代家族。”他说。

公爵夫人微笑地听着。

“如果波拿巴在法国皇位上再待上一年，”子爵接着自己的话头继续说道，带着对别人的话不予理睬，而只顾在他最为了解的事情上遵循自己思路的样子，“那么情况就会发展到不可收拾的地步。法国社会，我说的是上流社会，将被阴谋、暴力、放逐、死刑彻底毁灭而万劫不复，到那时……”

他耸耸肩，摊开两手。皮埃尔想要说什么，因为谈话引起了他的兴趣，可是正在提防着他的安娜·帕夫洛夫娜插了进来。

“亚历山大皇帝宣布，”她带着每说到皇族总会有的感伤说道，“他要让法国人自己选择政体。所以我想，整个民族在摆脱篡位者而获

---

①法国波旁王朝国王路易十六和王后根据法国大革命时期国民公会的判决，于1793年被押上断头台处死；翌年，国王的一个姐妹伊丽莎白也被处死。

②孔代家族是法国最有声望的贵族世家之一，与波旁王族是亲戚。

得解放之后，无疑会拥戴合法的君主。”安娜·帕夫洛夫娜说道，竭力向那位法国移民和保皇党表示好感。

“这很难说，”安德烈公爵说道，“子爵先生十分正确地认为，情况已到了不可收拾的地步。我想，要复辟是很难的。”

“我听到有人说，”皮埃尔红着脸又参加了谈话，“几乎所有的贵族都站到了波拿巴一边。”

“这是波拿巴分子说的，”子爵不看着皮埃尔说道，“现在要了解法国的社会舆论是很困难的。”

“这是波拿巴说的。”安德烈公爵淡然一笑，说道。（显然，他不喜欢子爵，尽管他没有看着子爵，所说的话却是针对他的。）

“‘我向他们指明光荣之路，’”他在片刻的沉默之后，又引述了拿破仑的原话，“‘他们不愿接受；我向他们敞开我的候见厅，他们蜂拥而入……’[①]我不知道他在多大程度上有权利这样说话。”

“他绝对没有这样的权利，”子爵反驳道，“在杀害当甘公爵之后，甚至那些最偏激的人也不再把他视为英雄。即使他曾经是某些人心目中的英雄，”子爵转身对安娜·帕夫洛夫娜说道，“在当甘公爵遇害后，天上就多了一位殉难者，而地上少了一个英雄。”

安娜·帕夫洛夫娜和其他人还没有来得及以微笑对子爵的话表示赞赏，皮埃尔又突然插嘴，安娜·帕夫洛夫娜虽然预感到，他会说一些出格的话，可是已经无法阻止他了。

“处死当甘公爵，” 皮埃尔说，“是国家的需要，我认为，精神的伟大恰恰在于拿破仑不怕独自对这一行动承担责任。”

“天哪！我的天！”安娜·帕夫洛夫娜骇然地低声说道。

“怎么，皮埃尔先生，您在杀人这件事上看到精神的伟大？”矮小的公爵夫人说道，微笑着把针线活儿往怀里挪挪。

“啊！噢！”不同的声音纷纷叫道。

“妙极了！”伊波利特公爵用英语说道，还用手掌拍起膝盖来。子

①这句话出处不详。

爵只是耸了耸肩。

皮埃尔从眼镜上方庄重地看了看听众。

“我之所以这样说，”他不顾一切地说了下去，“是因为波旁王族在革命面前逃跑了，让人民陷于无政府状态；只有拿破仑能理解革命，并战胜它，因而他为了全民的福祉不能顾惜一个人的生命而止步不前。”

“您可以到那一桌去吗？”安娜·帕夫洛夫娜说。但皮埃尔没有回答，而是继续自己的发言。

“不，”他说，越来越激动，“拿破仑是伟大的，因为他高于革命，制止了革命名义的滥用，保留了一切正确的东西，诸如公民平等，言论出版自由，正是因此才获得了政权。”

“是的，倘若他在夺取政权后，不是利用它来杀人，而是把它交给合法的君主，”子爵说，“那么，我就会称之为伟人。”

“他不可能这样做。人民把政权交给他，就是要他把人民从波旁家族的统治下解放出来，这是因为在人民的心目中他是一位伟人。革命是伟大的事业。”皮埃尔先生继续说道，他无所畏惧的挑战性的插话显示了他那不同凡响的青春和一吐为快的心情。

“革命和弑君是伟大的事业？既然这么说……您能不能到那一桌去？”安娜·帕夫洛夫娜又提出了她的建议。

“这是卢梭的‘社会契约论’。”子爵谦和地微笑着说。

“我不是说弑君，我说的是思想。”

“是呀，掠夺、杀人、弑君的思想。”一个讥讽的声音又打断了他的话头。

“不言而喻，这些都是极端的行为，但并非全部意义就在于此，意义在于人权，在于摆脱偏见的束缚，在于公民的平等；拿破仑使所有这些思想都充分保留了它们的效力。”

“自由和平等，”子爵轻蔑地说道，他似乎终于拿定主意，要严肃地向这个年轻人证明，他的话是多么荒唐，“全都是早已名声扫地的空话，谁不爱自由和平等呢？我们的救世主就宣讲过自由和平等。难道革命后人们更幸福了？恰恰相反。我们要自由，而波拿巴将自由消灭了。”

安德烈公爵微笑着，时而看看皮埃尔，看看子爵，看看女主人。在皮埃尔第一次发表越轨言论的最初瞬间，安娜·帕夫洛夫娜大吃一惊，尽管她惯于在上流社会周旋，不过等她看到，皮埃尔发表了亵渎神圣的言论，而子爵并没有怒不可遏，等到她确信，要制止这些言论已不可能，她便附和子爵向演说家发起了攻击。

“可是，亲爱的皮埃尔先生，”安娜·帕夫洛夫娜说道，“一个伟人不经审判就处死无辜的公爵，公爵终究也是一个普通的人啊，对此您作何解释？”

“我倒想问问，”子爵说，“先生怎样解释雾月十八[①]？难道这不是一个骗局？这是欺骗，完全不是伟大人物应有的行事方式。”

“还有他在非洲屠杀俘虏[②]呢？”矮小的公爵夫人说，“太可怕了！”她耸了耸肩膀。

“不管怎么说，都是个暴发户。”伊波利特公爵说道。

皮埃尔先生不知道该回答谁才好，环顾一下大家，笑了。他的微笑不像别人那样似笑非笑。相反，他一笑起来，他那严肃的，甚至有点儿阴沉的神情就突然在刹那间消失了，出现了另一种神情——稚气、善良，甚至有点儿傻气，仿佛是在请求原谅似的。

与他初次见面的子爵这才明白，这个雅各宾分子完全不像他的言论那么可怕，大家都沉默了。

“你们想让他一下子回答所有人的问题吗？”安德烈公爵说道，“而且在国家要人的行动中必须区分哪些是个人行为，哪些是统帅或皇帝的行为。我觉得是这样。”

“对呀，对呀，当然是这样。”皮埃尔应声说道，看到有人帮他讲话高兴极了。

---

①1799年11月9日（共和8年雾月18日）拿破仑发动政变，解散执政内阁，全部权力被移交给三执政。实际上权力都集中在其中的第一执政拿破仑手中，他占有大权独揽的独裁者的地位。

②1799年法军攻占叙利亚的雅法，四天后拿破仑下令将自愿投降的4 000名土耳其士兵全部枪毙。

“不能不承认，”安德烈公爵接着说道，“作为一个人，拿破仑在阿科莱桥上①，在雅法的医院里是伟大的，在医院里他和鼠疫患者握手，但是……但是也有一些行动是很难为之辩解的。”

安德烈公爵看来想缓和一下皮埃尔发言后的尴尬，他站起身来准备走了，向妻子暗示了一下。

伊波利特公爵突然站了起来，用手势拦着大家，请他们坐下，同时说道：

“啊，今天有人给我讲了莫斯科的一个绝妙的笑话，我要和你们分享。请原谅，子爵，我要用俄语讲，否则就没有味道了。”

于是伊波利特公爵用俄语讲了起来，口音就像在俄国待了一年左右的那些法国人所讲的俄语。大家都停了下来：伊波利特公爵那样兴奋而执著地要求大家，对他的故事一定要注意听。

“莫斯科有一位太太，一位贵妇人，她很吝啬。她乘四轮轿式马车需要两个跟班。而且要身材魁梧，这才配她的胃口。她有一个女仆，身材也很高大。她说……”

这时伊波利特公爵踌躇起来，看来在苦苦思索。

“她说……对了，她说：‘丫头（贴身女仆），穿上号衣②，跟着马车随我出门拜客。’”

这时伊波利特公爵抢先扑哧一声，哈哈大笑，这给听众留下了很不好的印象。不过，很多人，其中包括那位人过中年的夫人和安娜·帕夫洛夫娜，还是笑了。

“她坐上马车走了。突然刮起一阵大风，刮掉了女仆的帽子，长长的头发纷纷披散了下来……”

这时他再也忍不住了，上气不接下气地笑了起来，边笑边说：

“于是整个上流社会都知道了……”

笑话就这样讲完了。虽然谁也不明白，为什么他要讲这个故事，而

---

①1796 年 11 月在意大利北部争夺阿科莱桥的战斗中，拿破仑在紧急关头亲自举着军旗冲在士兵前面。

②当时的仆役制服，镶有金银边饰。

且一定要用俄语讲，不过，安娜·帕夫洛夫娜和其他人都很欣赏伊波利特公爵的这种上流社会的风度，他如此愉快地结束了皮埃尔先生不愉快的、有失体统的表现。接着大家分散开，闲聊一些琐碎的、无关紧要的话题，谈起上一次和下一次的舞会、戏剧演出，以及哪些人会在何时何地见面。

五

来宾为令人陶醉的晚会向安娜·帕夫洛夫娜表示感谢，随即各自散去。

皮埃尔行动笨拙。他肩宽体胖，比一般人都高，有一双红彤彤的大手，如常言所说，他不懂走进客厅的礼数，更不懂离开客厅的礼数，就是说，不懂在离开之前该讲几句特别令人愉快的话。他还心不在焉。站起来时，他想拿自己的帽子，却随手抓起缀有将官羽饰的三角帽，拿在手里扯着帽缨，直到将军向他要回为止。不过，他的心不在焉和他不懂走进客厅的礼数、不善于在客厅里谈话的缺点，却由于他那和善、纯朴和谦逊的神情而得到弥补。安娜·帕夫洛夫娜向他转过身来，以基督徒的宽容精神表示宽恕他的越轨言行，对他点了点头说道：

“希望还能见到您，不过也希望您能改变自己的看法。”她说。

她对他说了这些话，他什么也没有回答，只是鞠了一躬，又向大家展现了他的微笑，这微笑什么也不能说明，也许只是表示：“看法归看法，可你们看得出，我是一个多么善良而可爱的小伙子。”于是所有的人和安娜·帕夫洛夫娜都不由自主地感觉到了这一点。

安德烈公爵来到前厅，将肩膀凑近仆人，让他给披上斗篷，冷漠地听着自己的妻子和这时也进入前厅的伊波利特公爵闲谈。伊波利特公爵站在美貌的孕妇公爵夫人身旁，举着带柄眼镜，目不转睛地直瞅着她。

“请回吧，安妮特，您会感冒的。”矮小的公爵夫人在和安娜·帕夫洛夫娜告别时说。“就这么定了。”她又悄悄地添了一句。

安娜·帕夫洛夫娜已经和丽莎谈了求亲的事，她有意撮合阿纳托利和公爵夫人的小姑子。

“我指望您了，亲爱的朋友，”安娜·帕夫洛夫娜也悄声说道，“您给她写封信吧，然后告诉我，父亲对此事的看法如何，再见。”她随即离开了前厅。

伊波利特公爵走到矮小的公爵夫人跟前，把脸凑近她，压低声音对她说着什么。

两个仆人，一个是公爵夫人的，一个是他的，在等他们结束谈话，他们拿着披肩和长礼服站在那里听着他们所不懂的法语，那神气仿佛他们听得懂在说什么，不过不愿表露出来。公爵夫人像平时一样，微笑地说着话，笑呵呵地听着。

“我很高兴，没有到英国公使那里去，”伊波利特公爵说，“无聊透了……晚会非常好。真好，不是吗？”

“听说，那里会举办一个很好的舞会，”公爵夫人翕动着长茸毛的小嘴唇说道，“上流社会所有的漂亮女人都参加。”

“不是所有的，因为您不参加；不是所有的。”伊波利特公爵高兴地笑着说道，他从仆人手里抢过披肩，甚至推了他一下，把披肩给公爵夫人披上，披上以后，他是由于笨拙还是故意（这一点谁也搞不清楚），很久没有把手放下来，仿佛把年轻的女人搂在怀里。

公爵夫人姿态优美地躲开他，但一直在微笑着，她转头看了丈夫一眼。安德烈公爵的眼睛是闭着的：他显得那么疲惫，那么昏昏欲睡。

“您准备好了吗？”他问妻子，目光有意避开她。

伊波利特急忙穿上自己的长礼服，这件新式礼服长过脚跟，他磕磕绊绊地跟着公爵夫人就往台阶上跑，这时仆人正扶着她上马车。

“公爵夫人，再见。”他叫道，舌头也像他的腿脚一样不利索。

公爵夫人撩起衣裳，在黑暗的车厢里坐下；她的丈夫在整理军刀；伊波利特公爵借口要帮忙，妨碍着所有的人。

“对不起，先生。”安德烈公爵冷淡、厌烦地用俄语对挡道的伊波利特公爵说。

“我等着你啊，皮埃尔。”还是那个安德烈公爵的声音亲切而柔和地说道。

前导马御手催动马匹，车轮辘辘地响了起来。伊波利特公爵咯咯地笑起来，站在台阶上等着子爵，他答应过要用马车送他回家。

“喂，亲爱的，您那小公爵夫人很可爱，很可爱，”子爵说，这时他和伊波利特已经坐在马车上，“非常可爱，”他吻了吻自己的手指尖，“完全就是个法国女人。”

伊波利特扑哧一声笑了起来。

“您知道吗，您带着那副天真无邪的样子真可怕，”子爵继续说道，“我同情可怜的丈夫，那个小军官，他硬充拥有世袭权力的人物。”

伊波利特又扑哧一声笑着说：

“可是您却说过，俄罗斯女人比不上法国女人。要会物色才行嘛。”

皮埃尔先到了，他像自家人一样走进了安德烈公爵的书房，立刻照平时的习惯在沙发上躺了下来，从书架上随手拿了一本书（那是恺撒的《高卢战记》），靠胳膊肘支撑着从中间看了起来。

“你对舍列尔女士怎么了？她真的要气病了。”安德烈公爵走进书房时说道，一面搓着一双白净的小手。

皮埃尔整个身子转了过来，弄得沙发吱吱作响，他把兴致勃勃的脸转向安德烈公爵，微微一笑，挥了挥手。

“不，这个神甫很有意思，但他对问题的理解不大对头……在我看来，永久和平是可能的，但我不善于表达，不知道该怎么说……可就是不能依靠政治均势。”

看来，安德烈公爵对这些抽象的谈话不感兴趣。

“亲爱的，不能到处都想到什么就说啊。喂，你到底作出了什么决定没有？你是要加入近卫骑兵团，还是要当外交官？”安德烈公爵沉默了一会儿问道。

皮埃尔在沙发上坐了起来，盘着腿。

“您瞧，我还不知道呢。两样我都不喜欢。”

“但总得有个决定吧？你的父亲在等着呢。”

皮埃尔在十岁那年和当家庭教师的神甫一起被送到国外，他在国外待到二十岁。等他回到莫斯科，父亲辞退了神甫，对这个青年说道：“现在你到彼得堡去，熟悉一下环境，再作出选择。我无不同意。这是给瓦西里公爵的信，你带去，这是给你的钱。把所有的情况都写信告诉我，我会在各方面支持你。”皮埃尔选择差使选了三个月，可是毫无进展。安德烈公爵对他说的就是关于这次选择。皮埃尔擦了擦自己的脑门。

“不过，他大概是个共济会会员。”他说，指的是他在晚会上见到的神甫。

“这些都是废话，”安德烈公爵又制止了他，“我们还是谈谈正事吧。你到骑兵近卫军的部队去过吗？”

“没有，可是我有了一个想法，很想告诉您。现在的战争是反对拿破仑的。如果这是一场争取自由的战争，那我就能理解了，我会第一个去从军，然而帮助英国和奥地利去反对世界上一位最伟大的人物……这不好。”

安德烈公爵听了皮埃尔这样幼稚的言论，只是耸了耸肩膀。他面露不屑之色，表示对这样的傻话是无法回答的；不过对这样天真的问题，除了安德烈公爵的回答，也的确很难有什么别的回答。

“要是人人都只为自己的信念而战，就不会有战争了。”他说。

“这样的话，那就太好了。”皮埃尔说道。

安德烈公爵冷冷一笑。

“也许真的太好了，但这种情况是永远不会有的……”

“那么您为什么要去打仗呢？”

“为什么？我不知道。必须这样嘛。此外，我去……”他停顿了一下，“我去是因为，我在这里的生活，这样的生活——不合我的心意。”

六

隔壁房间响起了女子衣衫窸窣的声音。安德烈公爵仿佛蓦地醒了过来，猛然一怔，脸上流露的是他在安娜·帕夫洛夫娜客厅里的那同样的表情。皮埃尔把脚从沙发上放下。公爵夫人进来了。她已经换上一件家常衣裳，但也是那样雅致而新颖。安德烈公爵站了起来，有礼貌地把圈椅挪到她身边。

“为什么，我常想，”她像平时一样说起了法语，急促而忙乱地在圈椅上坐下，“为什么安妮特不嫁人呢？你们都好蠢哪，先生们，竟然没有娶她为妻。请原谅，可是你们一点儿也不懂得女人，您多么爱争论哪，皮埃尔先生！”

“我和您的丈夫就一直在争论；我不明白，他为什么要去打仗。”皮埃尔说，对公爵夫人毫无忸怩之态（年轻男人在年轻女人面前往往会露出忸怩的样子）。

公爵夫人蓦地哆嗦了一下，显然，皮埃尔的话触动了她的痛处。

“唉，我也这么说呀！”她说，“我不懂，一点儿也不懂，为什么男人离了战争就不能活？为什么我们女人就什么奢望也没有，什么也不需要？好吧，您就来评判一下。我一直对他说，在这里他是叔叔的副官，极光彩的地位。大家都那么赏识他，器重他。前几天我在阿普拉克辛[①]家里，听到有一位夫人在问：‘这就是有名的安德烈公爵吗？’真的！”她笑了起来。“他到处都受到那么亲切的接待。他很容易就能当上侍从武官。您知道，皇上也赏识他，十分亲切地和他谈过话。我和安妮特商量过，要当侍从武官是很容易办到的。您看呢？”

皮埃尔看了安德烈公爵一眼，发觉他的朋友不喜欢这种谈话，便没有回答。

“您什么时候走啊？”他问。

“哎呀，别对我说他要走的事，别说！我不想听。”她用在客厅里和伊波利特讲话的那种任性、轻佻的腔调说道，显然，这种腔调是那么不适合家庭的氛围，而在座的皮埃尔就像自家人一样。“今天，当我想

---

①阿普拉克辛（1756—1827），伯爵，骑兵将军，1804 年至 1812 年任斯摩棱斯克总督。

到，所有这些值得珍惜的关系就要中断了……还有，你知道吗，安德烈？”她向丈夫意味深长地眨了眨眼。“我好怕好怕啊！”她低声说，背部在抽搐。

丈夫看了她一眼，仿佛很惊讶，除了他和皮埃尔，房间里居然还有一个人。不过他冷淡而有礼貌地向妻子问道：

“你怕什么呢，丽莎？我无法理解，”他说。

“怎么男人都这么冷漠无情呢？全都自私自利！自己忽发奇想，天知道为什么要扔下我，把我一个人幽禁在乡下。”

“是和父亲、妹妹在一起，别忘了。”安德烈公爵轻轻地说道。

“反正我是一个人，没有**自己的**朋友……还叫我不要怕呢。”

这已经是抱怨的语气了，她撅起了小嘴唇，使她的脸上不是显得快乐，而是有一种凶巴巴的、好像小松鼠似的表情。她沉默了，觉得当着皮埃尔讲自己怀孕似乎不雅，可是问题的关键就在这里啊。

“我还是不明白，你怕什么。”安德烈公爵慢慢地说道，目不转睛地凝视着妻子。

公爵夫人涨红了脸，绝望地两手一扬。

“不，安德烈，你完全变了，你完全变了……”

“你的医生吩咐你要早点儿睡觉，”安德烈公爵说，“你去睡吧。”

公爵夫人一言不发，长着茸毛的小嘴唇突然颤抖起来；安德烈公爵站起身来，耸了耸肩，在房间里走了几步。

皮埃尔透过眼镜惊讶、天真地看看他，又看看公爵夫人，他动了动，似乎也想站起来，却又改变了主意。

“皮埃尔先生在这里，我又何必顾忌，”矮小的公爵夫人突然说道，她那姣好的容貌突然变成了难看的哭相，“我早就想对你说，安德烈，你对我怎么变成这样了？我哪里对不起你啊？你要去从军，一点也不可怜我。这是为什么？”

“丽莎！”安德烈公爵只是这样叫了一声，但在这叫声里既有恳求，也有威胁，而主要的是要她相信，她讲了这些话自己一定会后悔。可她还是急切地说了下去：

“你拿我当病人或孩子看待。我全都明白。难道半年前你是这样的吗？”

“丽莎，我请求您不要再说了。”安德烈意味深长地说道。

在这次谈话的过程中，皮埃尔越来越激动，他站起来走到公爵夫人跟前。他似乎见不得眼泪，自己也要哭了。

“您别伤心，公爵夫人。这是您的错觉，因为，您就相信我吧，我自己也经历过……为什么……因为……不，外人在这里是多余的……不，您别伤心……再见……”

安德烈公爵拉住他的手，不放他走。

“不，你等一下，皮埃尔。我要和你在一起消磨一个夜晚，公爵夫人非常善良，她是不会让我扫兴的。”

“不，他只想着自己，”公爵夫人说，忍不住流下了气愤的眼泪。

“丽莎，”安德烈公爵冷峻地说道，他提高了嗓门，这表示他已经忍无可忍了。

突然，公爵夫人漂亮的小脸上那小松鼠似的气愤表情没有了，有的是楚楚动人和惹人同情的恐惧；在她紧锁的双眉下，一双美丽的小眼睛望了望丈夫，于是脸上流露出畏惧和温顺的表情，好像一条迅速地轻轻摇晃着垂下的尾巴的小狗。

“我的天哪！我的天哪！”公爵夫人叫道，一只手提起衣裙走到丈夫跟前，吻了吻他的前额。

“再见，丽莎，”安德烈公爵说，他站起来像对外人一样，在她的手上礼节性地吻了一下。

两个朋友都默然无语。谁也不想说话。皮埃尔看看安德烈公爵，安德烈公爵在用他的小手擦着前额。

“吃晚饭去吧。”他长叹一声说道，站起来朝门口走去。

他们走进重新装修过的优雅富丽的餐厅。这里的一切，从餐巾到银器、瓷器和水晶器皿，都带有年轻夫妇的家庭陈设中所特有的新气象。就餐时，安德烈公爵支着胳膊肘，好像一个人心里有话，积蓄已久，突

然决定说出来似的，带着神经质的激动神情，这是皮埃尔在自己的挚友身上还从未见到过的，他说：

“永远、永远不要结婚，我的朋友；这就是我对你的忠告，除非有一天你能对自己说，你已经完成了力所能及的一切了，在此之前不要结婚，除非你对你所选择的女人不再有爱，除非你对她有了清楚的了解，在此之前也不要结婚，否则你就会犯下悔恨终生、无可挽回的错误。等到年老不中用的时候再结婚吧……否则你的一切优美高尚的情操都将丧失殆尽。一生都会浪费在无聊的琐事上。是的，是的，是的！你不要这样惊讶地看着我。如果你对自己的未来还有所期待，那么你会经常觉得，你的一生已经完了，一切都对你关上了大门，除了客厅，在那里你只能和宫廷的奴才、白痴为伍……还能怎样！……”

他用力地把手一挥。

皮埃尔摘下眼镜，这使他的脸变了样，更显得忠厚善良，他惊讶地望着自己的朋友。

“我的妻子，”安德烈公爵继续说道，“是一个非常好的女人。她是那种罕有的女人，做丈夫的不必为自己的名誉担心，可是，天哪，现在我愿付出任何代价，但愿是一个未婚男人！这是我唯有对你才生平第一次说了这些话，因为我对你是有好感的。”

安德烈公爵在说这些话的时候，比过去更不像安娜·帕夫洛夫娜客厅里的那个懒散地坐在圈椅里，眯着眼透过牙缝说着法语的鲍尔康斯基了。他那冷冰冰的脸上，每一条肌肉都在神经质地、兴奋地战栗着；过去似乎生命之火已经熄灭的那双眼睛里，闪耀着炯炯光芒。显然，他在平时越是显得萎靡不振，在激动的时刻就越是生气勃勃。

“你不会明白，我为什么要这样说，”他接着说道，“要知道，这就是人生的整个经历。你谈到波拿巴和他的事业。”他说，其实皮埃尔并未提到过波拿巴。“你谈到波拿巴；可是波拿巴在辛勤工作、逐步迈向自己的目标的时候，他是自由的，他念念不忘的只有自己的目标，——于是他成功了。要是把自己和女人绑在一起，就会像带上脚镣的囚徒一样，完全失去自由。于是你所有的梦想和才能只会使你苦恼，因为悔恨而痛苦不堪。客厅、流言、舞会、虚荣、琐事，这就是我无法摆脱的魔圈。我现在要出发参加战争，一场前所未有的最伟大的战争，而我一无所知，毫无用处。我是出色的空谈家，”安德烈公爵继续说道，“即使在安娜·帕夫洛夫娜那里，大家也很愿意听我谈话。那是无聊的社交场合，我的妻子，还有那些女人，离开这种场合就不能生活……要是你能了解啊，这些贵妇人以及一般的女人们，都是些什么样的人！家父说得对。自私、虚荣、愚昧，在各方面都那么空虚——女人在露出真实面目时就是这样。你在上流社会看看她们，似乎有可取之处，可是没有，没有，绝对没有！是的，不要结婚，亲爱的，不要结婚。”安德烈公爵的话结束了。

“我觉得好笑，”皮埃尔说，“您竟然把**自己**，把您**自己**看做无能之辈，认为自己的生活已经毁了。对您而言，一切，一切都还在前面呢。而且您……”

他没有说**您会怎样**，可是他的语气已经表明，他对这个朋友是多么赏识，对他的未来抱有多么大的期望。

“他怎能这么说呢！”皮埃尔在想。皮埃尔认为安德烈公爵是拥有一切完美品格的典范，这恰恰是因为安德烈公爵把皮埃尔所没有的那些品质高度地结合于一身，这些品质可以非常贴切地概括为一个概念：意志力。皮埃尔总是惊讶于安德烈公爵泰然自若地在各色人等之间周旋的本领，他的非凡的记忆力、渊博的学识（他什么都读，什么都知道，对什么都有独到的见解），尤其是他善于工作和学习的能力。如果说安德烈缺乏空想式的哲学推理（这是皮埃尔所特别爱好的）能力，往往使皮埃尔感到惊讶，那么他也并不认为这是缺点，而是一种有力量的表现。

在极其高尚、友好而纯朴的人际关系中，奉承或赞扬也是需要的，正如车轮需要抹油才能转动。

“我这个人是完了，”安德烈公爵说，“关于我有什么好说的呢？还是来谈谈你吧。”他沉默了一会儿，对自己聊以自慰的思绪莞尔一笑，说道。这微笑立刻就在皮埃尔的脸上反映了出来。

“我有什么好说的呢？”皮埃尔说，咧开嘴露出了无忧无虑的愉快的微笑。“我算什么？我是个私生子！”他的脸突然涨得通红。显然，他是费了好大劲儿才说出了这句话。“没有名分，没有财产……也好，说实话……”但他没有讲，实话是什么。“我目前是自由的，我觉得很好。只是怎么也不知道该从何着手。我想和您好好商量一下。”

安德烈公爵和善地看着他。不过在这友好亲切的目光中，毕竟流露了一种优越感。

“你是我难得的朋友，特别是因为在整个上流社会你是唯一的性情中人。你的情况不错。你可以随意选择。你到哪里都是好样的，只是有一点：不要再和库拉金家里的那些人在一起混了，不要再过那种生活了。这对你非常不合适：纵酒胡闹，肆无忌惮，还有……”

“怎么办呢，我的朋友，”皮埃尔耸着肩膀说，“那些女人，我的朋友，那些女人哪！”

“我不明白，”安德烈公爵说道，“正派的女人倒也罢了；可是库拉金家的那些女人，女人还有酒，我真不明白！”

皮埃尔住在瓦西里·库拉金公爵家里，经常卷入他儿子阿纳托利的放荡生活。就是为了使阿纳托利改邪归正，人家才准备让他和安德烈公爵的妹妹结婚。

“您知道吗！”皮埃尔说，似乎突然有了一个好主意，“真的，我早就想过。我这样混日子，根本不能作出什么决断，也不能好好思考。头痛，又没有钱。今天他邀请过我，我不去了。”

“你能向我保证不去吗？”

“保证！”

皮埃尔从自己的朋友家里出来，已是夜里一点多钟了。这是彼得堡的六月之夜，恍若白昼。皮埃尔坐上一辆出租马车回家。但他离家越近，越是觉得在这更像黄昏或清晨的深夜难以入眠。在阒无人迹的大街上可以看得很远。他在半路上想起，今晚在阿纳托利·库拉金家里有一群时常见面的赌徒，赌局之后通常是开怀畅饮，而以皮埃尔所爱好的某种娱乐作为结束。

“到库拉金那里去才好呢。”他想。不过当即想起，他是向安德烈公爵保证过不去的。

可是，就像所谓意志薄弱的人那样，他立刻兴致勃勃地渴望再体验一次他如此熟悉的那种堕落的生活，于是决定前去。而且他立刻有了一个想法，觉得保证是毫无意义的，因为在向安德烈公爵保证之前，已经向阿纳托利公爵保证过，一定到他那里去；最后他想，所有这些保证都是一种相对的说法，没有什么确定的含义，特别是考虑到，也许他明天就会死掉，或者发生什么意外，以至有无信誉的问题也就不复存在了。皮埃尔的脑海里时常会出现这种论断，结果他的一切决定和计划都被推翻了。他向库拉金家驶去。

他来到近卫骑兵的营房附近阿纳托利所居住的一座高大的府邸门前，他登上有灯光的台阶，踏上楼梯，走进一扇敞开的门。前厅里没有人；到处乱扔着空酒瓶、斗篷和套鞋；散发着一股酒气，远处传来说话声和叫嚷声。

赌博和饮宴已经结束，但客人还没有散。皮埃尔扔下斗篷，走进了第一个房间，残羹剩饭仍留在那里，一个仆人以为没有人会看到他，在偷偷地喝着杯子里的剩酒。从第三个房间里传来熟悉的喧闹声、笑声、叫声和熊的吼声。大约有八个年轻人聚集在打开的窗子旁，三个人在和一头幼熊玩耍，其中的一个拉着铁链牵着幼熊，用它吓唬另一个人。

“我拿一百卢布打赌，史蒂文斯赢！”有一个人叫道。

“不许扶！”另一个叫道。

“我赌多洛霍夫赢！”第三个叫道。“你当见证人，库拉金。”

“喂，别玩小熊了，这里在打赌呢。”

“一口气喝干，否则就算输了。”第四个叫道。

“雅科夫，拿酒来，雅科夫！”主人自己在叫，他是个子高高的美男子，站在人群中间，穿一件薄薄的衬衫，敞着胸脯。“等一等，先生们。他来了，彼得鲁沙[1]，我的朋友。”他转身对皮埃尔说道。

---

① 彼得鲁沙是皮埃尔俄文名彼得的爱称。

另一个声音从窗口那儿叫了起来，那是个子不高、有一双清澈的蓝眼睛的人，在所有这些醉醺醺的声音当中，他的声音以它清醒的表达特别令人惊讶，他叫道：

"你过来，给我们当见证人！"这是多洛霍夫，谢苗诺夫近卫团的军官，有名的赌徒和无事生非的家伙，他和阿纳托利住在一起。皮埃尔微笑着，快活地看着周围的人们。

"我一点也不明白。你们在干什么呢？"他问。

"你们等一下，他没有醉。把酒给我！"阿纳托利说，他从桌上拿起一个杯子，走到了皮埃尔跟前。

"先喝了再说。"

皮埃尔一杯接一杯地喝了起来，皱起眉头打量着又聚在窗口的醉醺醺的客人们，倾听着他们的谈话。阿纳托利不住地给他倒酒，告诉他，多洛霍夫和在场的一个海员，英国人史蒂文斯打赌，他要坐在三楼窗台上，把两条腿垂在窗外，喝干一瓶朗姆酒。

"喂，把这杯干了，"阿纳托利说，一面把最后一杯酒递给皮埃尔，"不然我不放你走！"

"不，不想喝了。"皮埃尔说道，推开阿纳托利，走到了窗口。

多洛霍夫握着英国人的手，清晰、明确地提出打赌的条件，主要是说给阿纳托利和皮埃尔听。

多洛霍夫中等身材，一头鬈发，有一双淡蓝色的眼睛。他二十五岁左右。和所有的步兵军官一样，他没有留胡子，他那完全显露出来的嘴是他脸上最惹人注意的部分。嘴的线条非常秀气地弯成弧形。在嘴部正中，上唇呈尖锥形有力地下垂在坚实的下唇上，而在两个嘴角仿佛经常会形成两个笑窝，一边一个；这一切，特别是加上那坚定、放肆、聪明的目光，构成了这样一种印象，使人不可能不注意到这张脸。多洛霍夫不富裕，没有任何上层关系。尽管阿纳托利的花费成千上万，但多洛霍夫和他在一起懂得自重，以致阿纳托利和所有与他们相识的人对他的尊敬都胜过对阿纳托利的尊敬。多洛霍夫参加各种赌博，几乎每赌必赢。不论他喝多少酒，从来不会失去清醒的头脑。库拉金和多洛霍夫都是当时彼得堡的浪子和酒徒中大名鼎鼎的人物。

一瓶朗姆酒拿来了；窗框碍事，无法坐到窗外倾斜的窗台上去，两个仆人正在拆除窗框，看来，周围老爷们的瞎指挥和不断的吆喝使他们忙乱而畏缩。

阿纳托利带着他那胜利者的架势走到窗前。他想把什么东西拆掉。他推开两个仆人，把窗框一拉，窗框却纹丝不动。他打碎了玻璃。

"哎，你来吧，大力士。"他转头对皮埃尔说道。

皮埃尔抓住横档一拉，咔嚓一声，有的地方拉坏了，有的地方橡木窗框被拽了出来。

"全拆了，不然还以为我会扶着窗框呢。"多洛霍夫说。

"英国人在吹牛……啊？……好了吗？……"阿纳托利说。

"好了。"皮埃尔看着多洛霍夫说道，多洛霍夫手里拿着一瓶朗姆酒走到窗前，窗外天色发白，灿烂的朝霞和晚霞在天空交融。

多洛霍夫带着那瓶朗姆酒纵身跳上了窗台。

"听着！"他叫道，他站在窗台上，转身面向房间。大家都静了下来。

"我打赌（他讲的是法语，好让那个英国人能听懂，不过讲得不大好）。赌注是五十金币[①]，您想不想押一百呢？"他向英国人问了一句。

"不，就五十。"英国人说。

"好吧，赌五十金币，我要坐在窗外，一口气喝干一瓶朗姆酒，就坐在这个地方（他弯腰指指窗外墙壁上一个倾斜的突出部），而且不许扶任何东西……是这样吧？……"

"很好，"英国人说道。

阿纳托利转向英国人，揪着他燕尾服上的一个纽扣，由上而下地看着他（英国人是小矮个儿），用英语把打赌的条件对他又说了一遍。

---

①帝俄金币，1755 年开始铸造的 10 卢布，1897 年改为 15 卢布。

“等一等，”多洛霍夫叫道，一边用酒瓶敲着窗子，想引起人们的注意。“等一等，库拉金；大伙听着。有谁能同样做到的话，我愿付给他一百金币。懂吗？”

英国人点了点头，可就是让人摸不着头脑，他究竟愿不愿按新的条件打赌。阿纳托利没有放开他。尽管他点着头，表示他全都听明白了，阿纳托利还是把多洛霍夫的话译成英语讲给他听。一个在今晚赌输了的清瘦的少年，近卫骠骑兵军官，爬上窗子，探身往下看了看。

“哎哟！”他看着窗下的石板人行道惊呼。

“别动！”多洛霍夫叫道，将那个军官往窗下一拽，他被马刺绊着，笨拙地跳进了房间。

多洛霍夫把酒放在窗台上，待会儿拿起来方便，然后就小心翼翼地爬上窗子。他垂下两条腿，双手撑着两旁的窗沿，打量了一下，松开双手，坐好，向左右挪了挪，拿了酒瓶。阿纳托利拿来两支蜡烛，放在窗台上，虽然天色已经大亮了。多洛霍夫穿着白衬衫，他的背部和长着鬈发的脑袋被两旁的烛光照着。所有的人都聚到了窗口。英国人站在最前面。皮埃尔微笑着，一言不发。在场的一位年长些的人，面露惊恐和气愤的神情，突然冲到前面，想抓住多洛霍夫的衬衫。

“先生们，这是胡闹；他会摔死的。”这个比较理智的人说道。

阿纳托利拦住了他。

“别碰他，你让他受了惊吓，他真的会摔死的。啊？……那可怎么办……啊？……”

多洛霍夫又用双手撑着窗沿，坐坐稳，转过头来。

“谁要是再来多管闲事，”他说，罕见地从抿紧的两片薄薄的嘴唇里挤出话来，“我就马上把他从这儿扔下去。哼！……”

他“哼”了一声，又把头转过去，松开双手，拿起酒瓶凑到嘴边，将头后仰，并把空着的那只手往上抬起，以保持平衡。正在收拾碎玻璃的一个仆人停了下来，仍旧弯着腰，目不转睛地看着窗口和多洛霍夫的脊背。阿纳托利瞪大了眼睛，站得笔直。英国人努着嘴唇，从一旁望着。曾经试图阻止的那个人，跑到房间的一个角落，在沙发上躺了下来，把脸冲着墙壁。皮埃尔捂着脸，一时忘情，那淡淡的微笑还留在脸上，尽管这时脸上所流露的是惊骇和恐惧。大家都默不作声。皮埃尔放下了捂着脸的手。多洛霍夫还是用那样的姿势坐着，只是头更往后仰，后脑勺上卷曲的头发已经碰到了衣领，拿着酒瓶的手举得越来越高，手在使着劲儿，微微颤动。酒瓶眼看着就要空了，这时还在往上举，使脑袋更往后仰。“怎么会这么久呢？”皮埃尔想。他觉得已经过了半个多小时了。突然多洛霍夫的背部向后一动，他的手神经质地颤抖起来；这样的颤动足以使他坐在斜坡上的整个身躯往下滑。他全身滑了一下，他的一只手和脑袋在使着劲儿，颤抖得更厉害了。一只手抬了起来，想抓住窗台，不过又放了下来。皮埃尔又闭上了眼睛，并且对自己说，永远也不要睁开。突然他觉得，周围的人们起了一阵骚动。他抬头一看：多洛霍夫站在窗台上，脸色又苍白又快活。

“酒瓶空了！”

他把酒瓶抛给英国人，英国人利落地接在手里。多洛霍夫跳下窗台，身上散发着强烈的酒气。

“太棒了！好样的！这才叫打赌！真了不起！”四面八方一片叫嚷声。

英国人取出钱袋，在数钱。多洛霍夫皱起眉头，默不作声。皮埃尔跳上了窗台。

“先生们！谁愿同我打赌？我也能做到，”他突然叫道。“也不用打赌，就这样。叫人拿酒来。我一定做到……叫人拿酒吧。”

“让他来，让他来！”多洛霍夫笑着说。

“你疯了吗？谁会让你来？你在楼梯上还头晕呢。”人们纷纷说道。

“我一定喝光，拿一瓶朗姆酒给我！”皮埃尔叫了起来，一面用醉醺醺的手势坚决地捶着桌子，随即往窗口爬。

大家抓住他的双手，可是他那么有劲，谁靠近他，他就把谁推得远远的。

“不，这样无论如何是劝不住他的，”阿纳托利说，“等一等，让我来哄他。你听我说，我跟你打赌，不过要等明天，现在我们都要到某某家里去。”

“好，”皮埃尔叫道，“好！……我们把小熊也带上……”

于是他一把抓住小熊，把它搂在怀里抱起来，抱着它在房间里转起了圈子。

七

瓦西里公爵履行了在安娜·帕夫洛夫娜的晚会上对德鲁别茨卡娅公爵夫人的承诺，当时她为自己的独生子鲍里斯有求于他。鲍里斯的情况已奏明皇上，他被破例调入近卫军谢苗诺夫团当一名准尉。但鲍里斯未能被任命为副官或充当库图佐夫的随员，尽管安娜·米哈伊洛夫娜曾多方奔走，费尽心机。

在安娜·帕夫洛夫娜的晚会之后不久，安娜·米哈伊洛夫娜回到莫斯科，直接来到有钱的亲戚罗斯托夫家里，她在莫斯科时就在他家落脚，她疼爱的鲍连卡[①]从童年起就在这个家庭受教育，一来就住上好几年。他被提升为陆军准尉不久，随即被调入近卫军。近卫军已于八月十日从彼得堡出发，儿子留在莫斯科置备军装，要在前往拉济维洛夫的路上赶上部队。

罗斯托夫家有两个娜塔莉娅在过命名日——母亲和小女儿同名。从早晨起，载着客人登门祝贺的马车就来来往往，络绎不绝，那是全莫斯科闻名的罗斯托娃伯爵夫人在波瓦尔大街上的一座高大的府邸。伯爵夫人和长女陪着客人们坐在客厅里，进进出出的宾客交替入座。

伯爵夫人是有东方型瘦削面庞的妇人，四十五岁左右，她有十二个孩子，看来众多的子女使她疲惫不堪。她由于体力衰弱而缓慢的举止和言谈，使她自有一种令人肃然起敬的端庄的风度。安娜·米哈伊洛夫娜·德鲁别茨卡娅公爵夫人像自家人一样坐在那里，帮着接待客人，陪客人谈话。年轻人都待在后面的几个房间里，他们觉得自己不必参与对

---

① 鲍连卡和下文的鲍里亚都是鲍里斯的爱称。

来宾的接待。伯爵送往迎来，并邀请所有的人前来赴宴。

“我代表自己和过命名日的妻女非常非常感谢您，*亲爱的*（他对所有的人都毫无例外、毫无差别地称呼*亲爱的*，不论是地位比他高还是比他低的人）。您可别忘了，一定来我家赴宴。我要生气啦，*亲爱的*。我代表全家由衷地邀请您，*亲爱的*。”在对所有的人讲这些话的时候，他那丰满、快乐、刮得非常光洁的脸上带着同样的表情，同样地紧紧握手、频频点头，毫无例外，始终如一。送走一位客人，伯爵就回到还逗留在客厅里的某一位男宾或女宾那里；挪一下圈椅，摆出爱生活也善于享受生活乐趣的架势，英姿勃勃地叉开两腿，把双手撑在膝盖上，不时意味深长地摇晃一下身躯，和客人猜猜天气会怎样，谈谈健康问题，有时讲俄语，有时满怀自信地说着一口蹩脚的法语，然后又以疲惫然而坚定地忠于职守的姿态去送客，一边理着秃顶上稀疏的白发，于是又请人赴宴。有时，在从前厅回来的时候，他顺便从花房和厨房仆役的房间旁经过，来到大理石的大厅，那里正在摆着有八十份餐具的宴席，他看着仆役们搬着银器和瓷器，把几张餐桌摆开，铺上提花桌布，于是把德米特里·瓦西里耶维奇，一名为他打理一切事务的贵族叫到跟前说道：

“喂，喂，米坚卡①，你要注意，一切都要搞得漂漂亮亮的。行，行。”他说，满意地望着摆开的盛大宴席。“主要是餐桌的摆设。就是，就是……”于是他走了，得意地叹息着，又回到客厅。

“玛丽亚·利沃夫娜·卡拉金娜和女儿到！”伯爵夫人高大的随从男仆走进客厅，用男低音禀报道。伯爵夫人想了一想，拿起镶有丈夫肖像的金质鼻烟壶嗅了嗅。

“这些拜访让我受够了，”她说，“好吧，我就再接待最后一个。她是很古板的。有请。”她对仆人用忧郁的声音说道，仿佛在说：“唉，你们来把我搞死算了。”

一位高大肥胖、神情高傲的夫人和她那圆圆脸的微笑着的女儿衣衫窸窣地走进了客厅。

---

① 米坚卡是德米特里的小名。

“亲爱的伯爵夫人，好久不见了……这可怜的孩子有病来着……在拉祖莫夫斯基家的舞会上……阿普拉克辛娜伯爵夫人……我真高兴……”只听妇女们在活跃地交谈，她们彼此抢着讲话，其中还混合着衣裙窸窣和挪动椅子的响声。此刻开始的是这样一种谈话，分寸掌握得恰到好处，以便在谈话出现第一次停顿时，及时衣裙窸窣地站起身来，说：“非常、非常高兴……妈妈的健康……阿普拉克辛娜伯爵夫人，”随即又响起衣裙窸窣的声音，来到前厅，穿上皮大衣或披上斗篷走人。谈话涉及的是当时城里的一个重大新闻——关于叶卡捷琳娜女皇时代有名的富翁和美男子别祖霍夫老伯爵的病情，以及他的私生子皮埃尔，在安娜·帕夫洛夫娜·舍列尔的晚会上，他的言行那样出格。

“我很为可怜的伯爵感到遗憾，”一位女宾说道，“他的健康状况非常不好，现在又加上儿子给他带来的烦恼。这会要了他的命！”

“怎么啦？”伯爵夫人问道，仿佛不知道女宾在说什么，其实关于别祖霍夫伯爵烦恼的原因，她已经听说了不下十五次。

“这就是现在的教育！还是在国外受教育的呢……”女宾接着说，“这个年轻人没有人管束，不久前他在彼得堡闯了骇人听闻的乱子，结果被警察押送出境。”

“您瞧瞧！”伯爵夫人说。

“他交友不慎，”安娜·米哈伊洛夫娜插进来说，“瓦西里公爵的儿子和他，还有一个叫多洛霍夫的，据说他们天知道干了些什么。有两个人受到了惩处。多洛霍夫被降为士兵，别祖霍夫被驱逐到莫斯科。至于阿纳托利·库拉金，他的父亲替他暗中了结了，但还是被赶出了彼得堡。”

“他们到底干了些什么呢？”伯爵夫人问道。

“完全是一伙歹徒，特别是多洛霍夫，”女宾说，“他是玛丽亚·伊万诺夫娜·多洛霍娃的儿子，那样一位可敬的夫人，可是怎样呢？您可以想象一下：他们三个不知从哪里搞到了一头熊，带着它坐上马车，还把它带到了几个女戏子那里。警察赶来加以制止。他们竟捉住警察分局长，把他背靠背地捆在熊身上，又把熊放到了莫伊卡河里；熊在泅水，而分局长就在熊背上。”

“那分局长的样子，我亲爱的，可就太妙了，”伯爵嚷道，笑得差点儿背过气去。

“噢，多可怕！有什么可笑的，伯爵？”

可是夫人们自己也忍俊不禁。

“好不容易把倒霉的分局长救了起来，”女宾继续说道，“基里尔·弗拉季米罗维奇·别祖霍夫伯爵的儿子就是这样异想天开地找乐子！”她又补了一句。“可是人家却说，他又有教养又聪明。这就是国外全部教育的结果。我希望，这里没有人会接待他，尽管他很富有。有人要带他来见我，我断然拒绝了：我是有女儿的人。”

“为什么您说他很富有呢？”伯爵夫人问道，又俯身避开几个女孩子，姑娘们立刻装出不想听的样子，“要知道，他只有私生子啊，好像……皮埃尔也是私生子。”

女宾把手一挥。

“我想，他有二十个私生子。”

这时安娜·米哈伊洛夫娜公爵夫人插嘴了，看来是想表明，她也有上层关系，而且对上流社会的情况相当了解。

“情况是这样，”她也压低嗓音，意味深长地说道，“基里尔·弗拉季米罗维奇的名声是众所周知的，他有多少孩子，连他自己也不清楚，但这个皮埃尔是他所钟爱的。”

“就在去年，”伯爵夫人说道，“老头子还是那么漂亮！我没有见到过比他更漂亮的男人。”

“现在他是完全变了，”安娜·米哈伊洛夫娜说，“所以我想说，”她接着说道，“从妻子方面来说，全部财产的直接继承人是瓦西里公爵，可是皮埃尔深受父亲的宠爱，父亲一直在培养他，而且曾上书皇上……所以没有人知道，如果他死了（他病情那么凶险，随时都有可能死去，连洛兰大夫也从彼得堡赶来了），谁能得到这笔庞大的遗产，是皮埃尔还是瓦西里公爵。四万农奴和数以百万计的财产。这个情况我很了解，因为是瓦西里公爵亲口对我说的。何况基里尔·弗拉季米罗维奇是我的远房舅舅。他还是鲍里亚的教父。”她补了一句，仿佛对这一点毫不在意似的。

“昨天瓦西里公爵到了莫斯科。有人对我说，他是来视察的。”女宾说道。

“是的，不过，我们私下谈谈，”公爵夫人说道，“这是借口，其实他是得知基里尔·弗拉季米罗维奇病危，才赶来见他的。”

“不过，亲爱的，那真是妙极了。”伯爵说，他发现年长的女宾没有听他说话，就转向小姐们。“警察分局长的样子太妙了，我能想象得到。”

于是他想象着分局长双手乱舞的样子，又响亮而低沉地哈哈大笑起来，笑得他那胖胖的身躯整个儿地前仰后合，只有总是吃得好，特别是酒喝得痛快的人才会这样笑。“好，请务必到我们家来赴宴。”他说。

八

大家都沉默了。伯爵夫人面露愉快的微笑看着女宾，不过并不掩饰，倘若这位女宾站起来告辞，她现在一点儿也不会觉得遗憾。女宾的女儿已经在整理衣衫，询问地望着妈妈。就在这时，从隔壁房间里突然传来男孩和女孩奔向门口的脚步声和椅子被绊得砰然倒地的巨响，接着一个十三岁的姑娘跑进了房间，她用细纱短裙掩盖着什么，在房间中央站住了。显然，她是收不住脚步，无意中冲得这么远的。门口立即出现了一个有深红色衣领的大学生，一个近卫军军官，一个十五岁的姑娘和一个穿童装的胖胖的、面色红润的男孩。

伯爵跳起来，摇摇晃晃地迎上去，张开双臂环绕着跑进来的女孩。

“啊，这就是她！”他笑着叫道。“今天是她的命名日！我亲爱的孩子！”

“亲爱的，胡闹也得看时候。”伯爵夫人故作严厉地说道，“就你老是宠着她，埃利①。”她又对丈夫说。

---

①埃利，即伊利亚。

“您好，我亲爱的，祝贺您。”女宾说，“多可爱的孩子！”她又对那位母亲说。

这是个黑眼睛、大嘴巴、并不漂亮却生气勃勃的女孩，她那稚嫩的双肩裸露着，这是由于跑得太快上衣滑下来的缘故，卷曲的黑发偏到了后面，袒露着两条纤细的胳膊，下身是一条镶花边的女式齐膝短裤，小小的脚上穿着一双敞口小皮鞋，她正处于那样一种美好动人的年华，已经不是孩子了，而这个女孩还不是大姑娘。她挣脱父亲，向母亲跑去，毫不理会她的责备，把通红的脸蛋藏在母亲的花边披肩里，咯咯地笑了起来。她不知在笑什么，上气不接下气地讲着她从裙子下面拿出的布娃娃。

“看见了吗？……布娃娃……咪咪……您看哪。”

这时娜塔莎已经说不出话了（她觉得一切都那么好笑）。她扑在母亲身上，那样大声而清脆地哈哈大笑，连那位古板的女宾也不由自主地笑了起来。

“行了，走开，带着你的丑八怪走开！”妈妈说，假装生气地推开女儿。“这是我的小女儿。”她转头对女宾说道。

娜塔莎把头从母亲的花边披肩里抬起来一会儿，她含着笑出来的眼泪从下面抬眼看了妈妈一眼，又把脸藏了起来。

女宾适逢其会地欣赏了家庭中的天伦之乐，觉得有必要参加谈话，应应景儿。

“告诉我，亲爱的，”她对娜塔莎说，“这个咪咪是您的什么人哪？是女儿，对不对？”

娜塔莎不喜欢女宾对她讲话的那种迁就孩子的语气。她什么也没有回答，严肃地看了看她。

这时那些小一辈的人：鲍里斯，他是军官，安娜·米哈伊洛夫娜公爵夫人的儿子；尼古拉，他是大学生，伯爵的长子；索尼娅，伯爵的十五岁的表侄女，还有年幼的彼德鲁沙，伯爵的小儿子，都在客厅里各自坐下了，看来竭力在礼貌的范围内保持着活跃、欢快的情绪，这种情绪还洋溢在他们的脸上。显然，在那里，在他们匆匆离开的后面的几个房间里，他们有过更有趣的谈话，不像在这里谈些城市的流言蜚语，讲什么天气和阿普拉克辛娜伯爵夫人。他们偶尔彼此看看，勉强忍着不笑出声来。

两个年轻人，大学生和军官，从小就是朋友，两人同岁，而且都很漂亮，但并不相像。鲍里斯是有一头浅褐色头发的高个子青年，文静英俊的脸蛋上线条纤细而匀称。尼古拉个子不高，头发卷曲，神情坦率开朗。他的上唇已经冒出了黑色的髭须，整个面庞都焕发着充满活力和热情洋溢的神采。尼古拉一走进客厅脸就红了，很明显，他想说点儿什么，却不知道说什么好。相反，鲍里斯立刻就应付裕如，平静而戏谑地讲起，他在这个布娃娃咪咪还是小姑娘的时候就认识她了，那时她的鼻子还没有破损，在他的记忆中，五年来她已经衰老了，整个脑壳上有一条长长的裂缝。说完，他看了娜塔莎一眼。娜塔莎掉头不理他，看了看小弟弟，他正在眯缝着眼睛，无声地笑得浑身发抖。她受不了啦，跳起来跑出了房间，她那快捷的小腿能跑多快就有多快。鲍里斯没有笑。

“您好像也想走了吧，妈妈？要车吗？”他微笑着问母亲。

“要，你去吧，去吩咐备车。”她笑着说。

鲍里斯悄悄地出了门，去找娜塔莎。胖胖的小男孩气恼地跟着跑了出去，仿佛因为他的活动受到了干扰而恼怒似的。

九

年轻人，不算伯爵夫人的长女（她比妹妹大四岁，举止已经像大人了）和前来做客的那位小姐，留在客厅里的只有尼古拉和表侄女索尼娅。索尼娅是身材苗条、娇小玲珑的黑发姑娘，温柔的眼神被长长的睫毛遮掩着，变得朦胧了，一条浓密乌黑的辫子在头上盘了两圈，脸上，特别是在裸露的清瘦然而优美、强健的手臂和脖子上，肤色微微发黄。举止的从容，纤纤四肢的柔韧，以及有点儿狡黠和矜持的风度，使她很像一只美丽，但尚未长成的猫崽儿，将来一定是非常可爱的小猫。看来她认为，以微笑参与大家的谈话是得体的，可是她的眼睛违反她的意志，从那长长的浓密的睫毛下面看着即将参军的表兄，流露了少女那样热烈的爱慕之情，以致她的微笑骗不了任何人，很明显，这只小猫之所以蹲下，只是为了更有力地一跃而起，和自己的表兄尽情嬉戏，不过要等他们也像鲍里斯和娜塔莎那样，从这客厅里脱身而去。

“对了，*亲爱的*，”老伯爵指着自己的尼古拉对女宾说道，“您瞧，他的朋友鲍里斯被提升为军官，他为了友谊也不甘落后；他要扔下大学和我这个老头子去参军呢，*亲爱的*。在档案馆已经给他安排了工作，这下算是白忙活了。这叫友谊，啊？”伯爵问道。

“是呀，据说已经宣战①了。”女宾说。

“早就在说了，又反复说，反复说，后来也就不提了。*亲爱的*，这叫友谊！”伯爵又说了一遍。“他是去当骠骑兵。”

女宾不知说什么好，摇了摇头。

“根本不是为了友谊，”尼古拉回答道，激动得面红耳赤，仿佛受到了可耻的污蔑而在辩解似的，“根本不是为了友谊，我只是觉得，参军是自己的天职。”

他看看表妹和来做客的小姐，她俩都带着赞许的微笑望着他。

“今天舒伯特要来我家参加宴会，他是巴甫洛格勒骠骑兵团的上校，在这里度假，要把他带走。有什么办法呢？”伯爵耸起双肩说道，他以玩笑的口吻所说的这件事，看来使他受了不少煎熬。

“我已经对您说过了，爸爸，”儿子说，“要是您不愿放我走，我就留下。不过我知道，除了参军，我没有别的本事；我不是外交家，不是官员，不会掩饰自己的情感，”他说，不时以美好的青春年华那惹人喜爱的神态望望索尼娅和那位来做客的小姐。

猫儿的一双眼睛紧盯着他，似乎随时准备嬉戏，展现一下猫儿的天性。

“行了，行了，好吧！”老伯爵说，“总是很急躁。都是波拿巴使人们晕头转向；人人都在想，他是从一个中尉登上皇位的。也好，但愿如此。”他又添上一句，没有发觉女宾嘲讽的微笑。

大人们谈起了拿破仑。卡拉金娜的女儿朱丽对年轻的罗斯托夫说：

---

①传言有误，此时宣战诏书尚未发布。

“多可惜，星期四您没有到阿尔哈罗夫家去。没有您我觉得好寂寞。”她说，温柔地对他微笑。

被诱惑的年轻人带着青春年华惹人喜爱的微笑，坐到了更靠近她的地方，开始和嫣然微笑的朱丽单独谈话。丝毫没有发觉，他那下意识的微笑就像刀子一样刺痛了索尼娅的忌妒心，她脸上泛起红晕，假装在微笑。在谈话中他回头看了看她。索尼娅迷恋而又恶狠狠地瞪了他一眼，勉强忍住眼眶中的泪水，保持着唇边假意的微笑，站起来走出了房间。尼古拉的兴奋劲儿陡地消失了。他等到谈话的第一个间歇，就带着沮丧的神情找索尼娅去了。

“这些年轻人的心事真是一望而知啊！”安娜·米哈伊洛夫娜指着正在离去的尼古拉说道。“表兄妹嘛，很麻烦的。”她又加了一句。

“是的。”伯爵夫人说，随着这些年轻人一起进入客厅的阳光此刻已经消失，她仿佛在回答一个问题，这个问题谁也没有向她提出过，却总是让她放心不下。“有过多少烦恼，多少焦虑，为的是现在能为他们而感到高兴！可是现在，真的，也还是担心多于高兴。总是担心，总是担心！就因为在这个年纪是有很多危险的，对女孩和男孩都一样。”

“一切都取决于教育。”女宾说。

“不错，您说得对，”伯爵夫人继续说了下去，“直到现在，感谢上帝，我始终是我孩子们的朋友，得到他们的完全信任。”伯爵夫人说，她在重复许多父母的错觉，认为他们的孩子对他们没有秘密。“我知道，我永远是自己的女儿们的第一个顾问，尼科连卡由于他那热情的性格，即使胡闹（这是男孩子免不了的），也终究不会像彼得堡的那些纨绔子弟。”

“是啊，都是非常好的孩子，非常好。”伯爵附和道。他在面对自己的难题时，总是作出同样的结论：一切都非常好，问题也就解决了。“真奇怪！他要当骠骑兵！既已如此，您还想怎样呢，亲爱的！”

“您的小女儿多可爱！”女宾说，“火爆的性子！”

“是的，火爆的性子！”伯爵说，“像我！多好的嗓子，虽然她是我女儿，我也要实话实说，她一定会成为歌唱家，萨洛莫尼[1]第二。我们聘请了一个意大利人教她声乐。”

“太早了吧？听说，这时学声乐对嗓子有害。”

“啊，不，早什么！我们的母亲那一代怎么在十二三岁就出嫁了呢？”

“可她现在正爱着鲍里斯！想得到吗？”伯爵夫人说道，默默地含笑望着鲍里斯的母亲，又继续说了下去，看来在回答她时刻萦怀的想法：“嗯，您瞧，要是我对她严加管束，禁止她……天知道他们会偷偷摸摸地干些什么（伯爵夫人的意思是，他们就会接吻），而现在我知道她所说的每一句话。晚上她自己会跑来把一切讲给我听。也许我是在宠她，可是真的，这样似乎更好些。我过去对大女儿是管得很严的。”

“是的，我所受的教育完全不同。”美丽的大女儿伯爵小姐薇拉微笑着说。

不过，微笑并没有美化她的容貌，虽然微笑往往能使人的面貌显得更美丽。相反，她的脸色变得很不自然，因而令人反感。长女薇拉很美，也不笨，学习很出色，受到了良好的教育，有一副悦耳的嗓音，说话又实在又得体，可奇怪的是，所有的人，包括女宾和伯爵夫人在内，都回头看着她，仿佛感到惊讶：为什么她要这样说呢？觉得很尴尬。

“对年长的子女总是异想天开，想让孩子成为不平常的人物。”女宾说。

“不必讳言，亲爱的！伯爵夫人对薇拉是有点儿异想天开，”伯爵说，“不过还好，毕竟她是个非常好的姑娘。”他补充道，向薇拉赞许地眨眨眼。

两位女宾站起身来告辞了，答应来赴宴。

“什么作风！老是在这里坐着，坐着！”伯爵夫人送走客人后说道。

---

①萨洛莫尼，当时著名的德国女歌剧演员。

十

娜塔莎走出客厅，撒腿就跑，她只跑到了花房。在这个房间里，她止住脚步，倾听着客厅里的谈话，等鲍里斯出来。她已经等得不耐烦起来，一跺脚要哭了，怪他没有马上跟来。这时她听见了一个年轻人不紧不慢、文质彬彬的脚步声。娜塔莎连忙跑到几只栽培着鲜花的木桶之间躲了起来。

鲍里斯在房间里停下来，四处张望了一下，用手掸一掸军服袖子上的灰尘，走到镜子跟前，打量着他的漂亮的容貌。娜塔莎一动不动，从自己的隐身之处向外张望，看他要做什么。他对着镜子站了一会儿，微微一笑，向门口走去。娜塔莎想喊他，可又改变了主意。

“让他去找吧。”她心里说，鲍里斯刚刚走出去，索尼娅从另一扇门进来了，她含着眼泪，满脸通红，气呼呼地低声絮叨着什么。娜塔莎忍住了朝她跑过去的最初冲动，留在自己的藏身之处，仿佛戴上了隐身帽，要看看世界上发生了什么事情。她体验到了一种特殊的全新的乐趣。索尼娅在低声说着什么，频频回头，朝客厅的门张望。尼古拉走了进来。

“索尼娅！你怎么啦？怎能这样呢？”尼古拉说，一边向她跑过来。

“没什么，没什么，别管我！”索尼娅声泪俱下地痛哭起来。

“不，我知道这是为什么。”

“既然知道，那好啊，您到她那儿去吧。”

“索——尼娅！就一句话！你怎么能这样想入非非，既折磨我又折磨你自己呢？”尼古拉握着她的手说。

索尼娅没有把手抽出来，止住了哭声。

娜塔莎屏息凝神，目光炯炯地从藏身之处看着。“现在会怎样呢？”她想。

“索尼娅！整个世界我都不要！对我来说，你就是一切，”尼古拉说，“我会证明给你看的。”

“我不喜欢你这样说。”

“好吧，不说了，你就原谅我吧，索尼娅！”他把她拉过来，吻了吻她。

“啊，多么美好！”娜塔莎想，等到索尼娅和尼古拉走出花房，她跟着出去，要把鲍里斯叫来。

“鲍里斯，过来呀，”她带着意味深长而又狡黠的样子说道，“我要对您说件事儿。来呀，来呀。”她说，并把他带进花房，来到几个木桶之间她刚才藏身的地方。鲍里斯微笑着跟在她后面。

“什么事儿啊？”他问。

她害羞了，她向周围望望，看见了她扔在木桶上的布娃娃，就把它拿在手里。

“您吻一下布娃娃。”她说。

鲍里斯专注而亲切地看着她兴奋的脸，什么也没有回答。

“不愿意吗？那您到这儿来，”她说，她走到花丛深处，扔掉布娃娃，“来呀，靠近点儿！”她小声说道。她伸出双手，拉着军官的两只袖子，她那泛着红潮的脸上流露出庄重和惊惧的神情。

“您愿意吻我吗？”她以勉强听得见的轻声细语说道，皱着眉头望着他。她微笑着，激动得几乎要哭了。

鲍里斯脸红了。

“您多么好笑啊！”他说，一边向她弯下腰去，他的脸更红了，不过没有进一步的举动，只是等待着。

她蓦地跳上一只木桶，这样就比他高了，于是伸开双臂拥抱他，这样两条纤细裸露的胳膊就在他脖子的上方弯了过来，她头部一摆，把头发甩到后面，对着他的嘴唇吻了一下。

她从花盆中间溜过去，在花丛的另一边低下头，站住了。

“娜塔莎，”他说，“您知道，我爱您，不过……”

“您爱我吗？”娜塔莎打断了他的话头。

“是的，我爱您，不过，请答应我，我们不要像刚才那样……再过四年吧……那时我来向您求婚。”

娜塔莎想了一想。

“十三、十四、十五、十六岁……”她说，扳着细细的指头数着。“好！那就讲定了？”

快乐和安心的微笑使她容光焕发。

“讲定了！”

“直到永远？”女孩说，“至死不变？”

于是她挽起他的胳膊，带着幸福的神情和他并肩缓缓地向陈设着沙发的休息室走去。

十一

伯爵夫人太累了，不再吩咐接待任何人，门房接到指示，若再有贺客前来，只是邀请他们务必参加宴会。伯爵夫人想和自己儿时的朋友安娜·米哈伊洛夫娜单独谈谈，她从彼得堡来了以后，她俩还不曾好好地相聚过。安娜·米哈伊洛夫娜经常以泪洗面，此刻高兴地坐到离伯爵夫人的圈椅更近的地方。

“我对你会坦诚相待，”安娜·米哈伊洛夫娜说，“老朋友剩下的不多了！所以我非常珍惜你的友情。”

安娜·米哈伊洛夫娜看看薇拉，住口不说了。伯爵夫人紧紧地握了握自己朋友的手。

“薇拉，”伯爵夫人对长女说道，显然她不喜欢这个女儿，“您怎么这样不懂事呢？难道你不觉得，你在这儿是多余的吗？到姐妹们那里去吧，或者……”

美丽的薇拉轻蔑地笑了笑，看来丝毫没有觉得受了委屈。

“如果您早对我说，妈妈，我早就走了。”她说，回自己的房间去了。但在走过休息室的时候，她发现室内的两扇窗下分别坐着两对情侣。她停下脚步，轻蔑地笑了笑。索尼娅坐在尼古拉身旁，靠得很近，他在给她抄写自己第一次作的诗。鲍里斯和娜塔莎坐在另一扇窗下，薇拉进来，他们就不说话了。索尼娅和娜塔莎带着愧疚和幸福的神情望了望薇拉。

看着这些恋爱中的女孩，令人高兴而感动，可是她们的样子显然没有在薇拉的心里激起愉快的感觉。

“我对您讲过多少次了，”她说，“不要拿我的东西，您有自己的房间。”她从尼古拉那里拿走了墨水瓶。

“马上就好，马上就好。”他说，一边用笔尖蘸着墨水。

“你们做什么事都不看时候，”她说，“竟突然跑进客厅，让所有的人都为你们感到羞愧。”

尽管，或者说，正因为她所说的话非常有道理，谁也没有回答她，四个人只是彼此看看。她拿着墨水瓶在房间里迟迟不走。

“在你们这样的年纪，在娜塔莎和鲍里斯之间，在你俩之间能有什么秘密呢，全都是胡闹。”

“嗨，这与你何干，薇拉。”娜塔莎小声地以辩护的口吻说道。

显然，她在这一天对所有的人都比平时更和善而亲切。

“真荒唐，”薇拉说，“我为你们感到害臊。有什么秘密呀？……”

“每个人都有自己的秘密，我们不来招惹你和贝格。”娜塔莎暴躁地说道。

“我想，你们是不会招惹我的，”薇拉说，“因为我的行为从来就无可指责。瞧着吧，我要告诉妈妈，你怎样对待鲍里斯。”

“娜塔莉娅·伊里尼什娜[①]对我很好，”鲍里斯说，“我没有什么可抱怨的。”他说。

“您算了吧，鲍里斯，您是个外交家（**外交家**这个词在孩子们当中很流行，不过被赋予一种特殊的含义）。简直无聊。”娜塔莎以受委屈的颤抖的声音说道。“她为什么要找我麻烦？”

“这是你永远不会明白的，”她转头对薇拉说，“因为你从来没有爱过任何人；你没有心肝，你不过是个让利斯夫人[②]（这个绰号非常叫

---

① 即娜塔莎，伊里尼什娜是她的父称。

② 让利斯夫人（1746—1830），法国女作家，她的几部劝谕性长篇小说在俄罗斯贵族家庭很受欢迎。大概是由于这些小说的道德说教的性质，所以罗斯托夫用她的名字称呼“理智”的薇拉。

人恼火，是尼古拉给薇拉起的），你最大的乐趣就是让别人不痛快。你去和贝格尽情撒娇吧。”娜塔莎快嘴快舌地说道。

“我呀，大概不会当着客人的面追着年轻的男人跑。”薇拉说。

“嘀，她的目的达到了，”尼古拉插嘴道，“对所有的人都说了那么多难听的话，使大伙儿都不痛快。我们到儿童室去吧。”

四个人好像一群受惊的鸟儿，站起来走出了房间。

“是你们对我说了那么多难听的话，我对谁也没说什么。”薇拉说道。

“让利斯夫人！让利斯夫人！”门外传来了一阵笑语声。

美丽的薇拉给大家造成了这样气人的、不愉快的影响，却笑了，他们的话似乎并没有触怒她，她走到镜子跟前，理了理围巾和头发，望着自己美丽的容貌，好像变得更淡漠、更冷静了。

客厅里的谈话仍在继续。

“啊！亲爱的，”伯爵夫人说，“在我的生活里，也并不总是花团锦簇。难道我不明白，这样的生活方式，我们的财产是维持不了多久的！这都怪俱乐部，怪他太厚道。我们住在乡下，难道就能得到休息？戏剧、狩猎，还有天知道的什么。何必谈我呢！哎，你是怎样把这些事情办妥的？我对你常常感到惊讶，安妮特，在你这样的年纪，怎能独自坐着马车到处奔波呢，到莫斯科，到彼得堡，去见大臣，见名流，和所有这些人周旋，我感到惊讶！我是根本做不到的。”

“噢，我亲爱的！”公爵夫人安娜·米哈伊洛夫娜回答道，“但愿你不知道，一个无依无靠的寡妇，带着一个爱若掌上明珠的儿子是多么艰难。什么事都能学会的，”她不无自豪地继续说道，“是我的生活经历教会了我。如果我要见某个大人物，我就写一张便条：‘某某公爵夫人希望会见某某人’，然后就坐上出租马车，哪怕去两趟、三趟，哪怕四趟，不达目的决不罢休。我不在乎别人怎样看我。”

“那当然，鲍连卡的事你是求谁的？”伯爵夫人问道，“你的儿子已经是近卫军军官了，可尼科卢什卡还是个士官生。没有人为他张罗。

你求的是谁？”

“我求了瓦西里公爵。他很热情，马上就答应了，奏明了皇上。”公爵夫人安娜·米哈伊洛夫娜兴高采烈地说道，完全忘了，她为了达到自己的目的所经受的那些屈辱。

“他老了吧，瓦西里公爵？”伯爵夫人问道，“我们在鲁缅采夫家演戏以后，我就再也没有见到过他。他追求过我。”伯爵夫人微笑着回忆道。

“还是老样子，”安娜·米哈伊洛夫娜回答道，“非常殷勤，讲了很多怀旧的话。他没有因为飞黄腾达而改变。‘很遗憾，我能为您做的事情太少了，亲爱的公爵夫人，’他对我说，‘您吩咐就是。’不，他是一个好人，一个好亲戚。但你知道，娜塔莉娅，我对儿子的爱。我不知道，为了他的幸福，有什么事是我不肯做的。而我的状况非常糟糕，”安娜·米哈伊洛夫娜压低声音，忧伤地继续说道，“非常糟糕，我现在的处境可怕极了。我不幸的经历吞噬了我所有的一切，却毫无进展。你想想，我有时身无分文，不知道拿什么为鲍里斯置装。”她拿出手绢哭了起来。“我需要五百卢布，可我只有一张二十五卢布的纸币。这就是我的处境……我唯一的指望是基里尔·弗拉季米罗维奇·别祖霍夫伯爵。倘若他不肯帮助自己的教子——他是鲍里斯的教父啊——不给他留一笔生活费，那么我的奔走就全都白费了，因为我没有钱为他置装。”

伯爵夫人流泪了，默默地若有所思。

“我常常在想，也许这是罪过，”公爵夫人说，“可我常常在想，基里尔·弗拉季米罗维奇·别祖霍夫孤单地活着……那是一笔庞大的财产……他为什么要活着呢？生活对他是沉重的负担，而鲍里斯刚开始生活。”

“他大概会给鲍里斯留下一点遗产。”伯爵夫人说。

“天知道，亲爱的朋友！这些富翁和达官贵人都是利己主义者。不过我还是要立刻带着鲍里斯去见他，直截了当地把情况告诉他。随便人家怎么看我，说实话，我无所谓，既然事关我儿子的命运。”公爵夫人站了起来。“现在是两点，你们四点就餐。我能赶回来。”

安娜·米哈伊洛夫娜善于利用时间，她以彼得堡干练的太太的派头，派人去把鲍里斯叫来，和他一起到前厅去。

“再见，我的朋友，”她对送她到客厅门口的伯爵夫人说道，“祝我成功吧。”她又代表儿子小声地说。

“亲爱的，您到基里尔·弗拉季米罗维奇伯爵那里去吗？”伯爵说，他正从餐厅出来，也要到前厅去。“如果他好些了，就邀请皮埃尔来赴宴。过去他常来我家，和孩子们跳舞。一定要请他来，亲爱的。就让我们看看，塔拉斯今天怎样卖弄他的厨艺。”他说，“奥尔洛夫伯爵家里也不曾有过我们这样的宴席。”

十二

“亲爱的鲍连卡。”公爵夫人安娜·米哈伊洛夫娜对儿子说道，这时他们已乘着罗斯托娃伯爵夫人的四轮轿式马车驶过铺着干草的街道，进入了基里尔·弗拉季米罗维奇·别祖霍夫伯爵宽敞的院子。“亲爱的鲍连卡，”母亲说，她从穿旧了的女式大氅下面抽出手来，怯生生地、亲切地放在儿子的手上，“你要态度亲切，要殷勤有礼。基里尔·弗拉季米罗维奇伯爵毕竟是你的教父，你未来的命运就取决于他。记住，我的朋友，你要尽可能地和蔼可亲……”

“但愿我能知道，这样除了屈辱还能有什么结果……”儿子冷冷地回答道，“不过我答应过您，我会为了您而这样做的。”

尽管门前停着谁家的一辆四轮轿式马车，门房还是打量着母子二人（他们没有吩咐通报，直接走进了两排壁龛里放着雕像的玻璃门廊），意味深长地看了看那件穿旧了的女式大氅，问他们要见几位公爵小姐还是伯爵，知道要见的是伯爵，就说今天大人的病情更沉重了，不接待任何人。

“我们可以走了。”儿子用法语说道。

“我的朋友！”母亲以恳求的语气说道，又按着儿子的手，好像这样的接触能使他平静下来或得到鼓励。

鲍里斯不吭声了，他不脱军大衣，询问地看着母亲。

"兄弟，"安娜·米哈伊洛夫娜柔声柔气地对门房说道，"我知道，基里尔·弗拉季米罗维奇伯爵病势沉重……所以我才来的……我是他的亲戚……我不会去打扰他，兄弟……我只是要见见瓦西里·谢尔盖耶维奇公爵，他暂时住在这里。请通报一下。"

门房闷闷不乐地拉了拉通往楼上的铃绳，转过身去。

"德鲁别茨卡娅公爵夫人要见瓦西里·谢尔盖耶维奇公爵。"他向一个穿着长筒袜、皮鞋和燕尾服的男仆叫道，他从楼上跑下来，正站在楼梯下向外张望。

母亲抻开自己染过色的丝绸衣裙的褶子，照照嵌在墙壁上的威尼斯穿衣镜，于是穿着一双旧皮鞋精神抖擞地踏上了铺在楼梯上的地毯。

"我的朋友，你答应过我。"她又对儿子说，拍拍他的手以示鼓励。

儿子垂下眼睛，平静地跟在她身后。

他们走进大厅，这里有一扇门通往拨给瓦西里公爵居住的内室。

母子二人走到大厅中间，正准备向一个在他们进门时连忙跳起来的老仆问路，就在这时有一扇门的青铜把手转动了一下，瓦西里公爵出来了，身穿家常天鹅绒小皮袄，佩戴着一枚星章，他正在送一位漂亮的黑发男子出来。此人就是彼得堡闻名遐迩的洛兰大夫。

"这是真的吗？"公爵问。

"公爵，'人是会犯错误的[①]'，不过……"大夫回答道，他用小舌发颤音，所说的拉丁语带有法语口音。

"那就好，那就好。"

看到安娜·米哈伊洛夫娜和他的儿子，瓦西里公爵向大夫点头作别，默默地，但带着疑问的样子来到他们跟前。儿子发觉，母亲的眼睛突然流露出深深的悲痛，不禁莞尔。

"是的，我们处于多么忧伤的境地啊，公爵……唉，我们亲爱的病

---

①原文是拉丁文。

人怎样了？”她说，仿佛没有发觉那凝视着她的冷冷的、厌烦的目光。

瓦西里公爵疑问地，简直困惑莫解地看看她，又看看鲍里斯。鲍里斯有礼貌地微微鞠躬。瓦西里公爵没有答礼，他转向安娜·米哈伊洛夫娜，用头部和双唇的动作回答她的问题，这个动作意味着对病人只能作最坏的打算。

“真的吗？”安娜·米哈伊洛夫娜叫道。“啊，这太可怕了！想也不敢想……这是我的儿子，”她指着鲍里斯又说道，“他要亲自来向您表示感谢。”

鲍里斯又一次有礼貌地微微鞠躬。

“请您相信，公爵，母亲的心永远不会忘记您为我们所做的一切。”

“我很高兴能为您效劳，亲爱的安娜·米哈伊洛夫娜。”瓦西里公爵说道，一面整理着高高的硬领，面对受他庇护的安娜·米哈伊洛夫娜，在莫斯科这里，比起在彼得堡安妮特·舍列尔的晚会上，他的姿态和声音都流露出远为高傲的神气。

“您要努力履行军职，无愧于自己的使命，”他又转身对鲍里斯严厉地说道，“我很高兴……您是在这里度假？”他用他那冷淡的语气询问道。

“我在等候命令，大人，准备按照新的任命出发。”鲍里斯回答道，既没有因公爵语气生硬而面有愠色，也没有流露介入谈话的愿望，公爵不禁注意地看了他一眼。

“您是和母亲住在一起吗？”

“我住在罗斯托娃伯爵夫人家里，”鲍里斯说，又尊称一声，“大人。”

“就是娶了娜塔莉娅·申升娜的那位伊利亚·罗斯托夫。”安娜·米哈伊洛夫娜说道。

“认识，认识，”瓦西里用他那单调的语调说道，“我永远也不能理解，娜塔莉怎么会决意嫁给这个肮脏的猪，完全是个愚蠢而可笑的家伙。据说还是个赌徒。”

"不过他是一个很善良的人，公爵。"安娜·米哈伊洛夫娜指出道，感动地微笑着，似乎她也知道，那样的责难是罗斯托夫伯爵所应得的，不过是请他对可怜的老人心存怜悯。

"大夫们怎么说呀？"公爵夫人沉默了一会儿问道，又在自己由于哭泣而形容憔悴的脸上露出深切的悲痛。

"希望不大。"公爵说。

"我很想再一次感谢**舅舅**，感谢他对我和鲍里亚的恩情。这是他的教子。"她补充了一句，那声调仿佛这个消息一定会使瓦西里公爵非常高兴。

瓦西里公爵沉吟起来，皱起了眉头。安娜·米哈伊洛夫娜明白了，他怕在别祖霍夫伯爵的遗嘱问题上，她会成为一个竞争对手。她急忙安慰他。

"要不是我对**舅舅**怀有真挚的爱心和忠诚，"她说，在说到**舅舅**这个词时，她显得特别自信而平淡，"我了解他的性格，高尚、正直，可是只有几个公爵小姐在她身边……她们还太年轻……"她低头小声说道："他履行了最后的义务①吗，公爵？这最后的时刻多么宝贵啊！要知道，情况不可能更坏了；必须让他事先有个精神准备，因为他已经病到这个地步了。我们女人家，公爵，"她温柔地一笑，"任何时候都知道，这些事该怎样去说。必须见到他。不管这对我来说有多么痛苦，反正我受苦受难已经惯了。"

公爵大概明白了，正如在安妮特·舍列尔的晚会上一样，明白安娜·米哈伊洛夫娜这个人是很难摆脱的。

"但愿这次见面不要让他太难过，亲爱的安娜·米哈伊洛夫娜，"他说，"等到晚上吧，大夫们预料会有危象出现。"

"可是，公爵，在这样的时候不能再等待了。您想想，这是他的灵魂能否得救的问题。啊，这太可怕了！基督徒的义务……"

通往几间内室的门开了，一位公爵小姐走了出来，她是伯爵的几个

---

① 指终傅，基督教圣事之一，教徒临终时由神甫为之傅圣油并祝祷。

表侄女之一，面色阴沉而冷淡，她的腰长得与腿非常不相称。

瓦西里公爵朝她转过身去。

“他怎么样？”

“还是老样子。你们要干什么呀，这样喧哗……”公爵小姐说道，像对陌生人一样，看看安娜·米哈伊洛夫娜。

“啊，亲爱的，我简直认不出您了，”安娜·米哈伊洛夫娜喜形于色，步履轻快地迎上前去，“我来是帮你们服侍**舅舅**。我想，你们一定累坏了。”她又说道，同情地翻着白眼。

公爵小姐没有搭理，甚至笑也不笑，马上走了出去。安娜·米哈伊洛夫娜脱下手套，在她占领的阵地上舒适地坐到圈椅上，请瓦西里公爵坐到自己身边。

“鲍里斯！”她对儿子说道，莞尔一笑，“我去见伯爵，见舅舅，你暂且到皮埃尔那里去，亲爱的，别忘了向他转达罗斯托夫家的邀请。他们请他去赴宴。我想，他不会去吧？”她问公爵。

“相反，”公爵说，看来他很沮丧，“我会非常高兴，要是您能让我摆脱这个年轻人的话……他无所事事地守在这里。伯爵一次也没有问起他。”

他耸了耸肩膀。男仆领着鲍里斯下楼，又踏上另一道楼梯，带他去见彼得·基里洛维奇。

十三

皮埃尔终于未能在彼得堡为自己选择一个职业，而且的确是因为胡闹而被驱逐到莫斯科来。人们在罗斯托夫家里所讲的故事是真实的。皮埃尔参加了把警察分局长和熊捆在一起的行动。他在几天前回来了，像往常一样住在自己父亲的家里。虽然他也估计到，他的故事在莫斯科已经闹得尽人皆知，父亲身边那些向来对他不怀好意的女人一定会利用这个事件激怒伯爵，他还是在回来的当天就去了父亲的那一套房间。他走进客厅，那是几个公爵小姐通常所待的地方，他向几位小姐问好，她们在刺绣和看书，其中一个在朗读。她们一共是三个人。在朗读的是年长的姑娘，她有长长的腰身，整洁、严肃，就是出来见到安娜·米哈伊洛夫娜的那个；两个年幼的在刺绣，面色红润，容貌姣好，区别在于其中的一个唇上有一颗痣，使她更添妩媚。她们对皮埃尔的态度就像是遇到了死人或鼠疫患者。年长的公爵小姐中断了朗读，瞪着惊骇的眼睛默默地看了看他；年幼的没有痣的那个也流露出完全一样的表情；最小的有痣的那个，生性快活爱笑，她在绣架上弯下了腰，掩饰着大概是眼前的场面所引起的笑容，这个有趣的场面是她预见到了的。她把细毛线往下拉，弯下腰，好像在审视花纹，好不容易才忍着没有笑出声来。

“您好，表姐，”皮埃尔说，“您不认识我了？”

“我太认识您了，太认识了。”

“伯爵身体怎样？我能见他吗？”皮埃尔像平时一样，不好意思地问道，但毫不犹豫。

“伯爵肉体上和精神上都很痛苦，看来，您是想加剧他精神上的痛苦。”

“我能见伯爵吗？”皮埃尔又问了一遍。

“哼……要是您想在精神上折磨他，把他折磨死，那就可以见他。奥莉加，你去看看，给表叔熬的汤好了吗，快到时候了。”她又添了一句，以此向皮埃尔表示，她们很忙，忙于使他的父亲得到安慰，而他，显然只是忙于使他伤心。

奥莉加出去了。皮埃尔站了一会儿，看看姐妹俩，点了点头，说道：

“那我回去了。什么时候能看他，请告诉我。”

他走了出去，这时传来了脸上有颗痣的小妹的清脆的、低低的笑声。

第二天瓦西里公爵来了，在伯爵的家里安顿了下来。他把皮埃尔叫去，对他说：

“亲爱的，如果您在这里还像在彼得堡那样行为不检，您的结果会很糟糕；这是肯定的。伯爵病得很重很重，您千万别去见他。”

从那时起，就没有人来惊动皮埃尔了，他独自在楼上自己的房间里度过每一天。

鲍里斯进去看他时，皮埃尔正在自己的房间里踱步，偶尔站在屋角，面对墙壁做着威胁的架势，好像在挥舞一柄长剑，要刺穿一个无形的敌人。并且从眼镜上方威严地瞪着，接着又开始踱步，一边含糊不清地说着什么，还耸起肩膀，摊开双手。

“英国完了，”他说，还皱起眉头，举起一根手指直指着谁，“皮特先生背叛国家，践踏民权，判决如下……”他还没有来得及说出对皮特的判决，此刻他在想象自己就是拿破仑本人，他和自己的英雄一起渡过危险的加来海峡，并占领了伦敦，蓦地看到一个年轻英俊、身材挺拔的军官正朝他走进来。他住口不说了。皮埃尔出国时，鲍里斯还是个十四岁的孩子，完全不记得他了；尽管如此，还是以其素来的敏捷、热情的态度握着他的手，友好地微笑着。

“您还记得我吗？”鲍里斯带着愉快的微笑，平静地问道。“我和母亲来看望伯爵，不过，他好像身体不大好。”

“是的，好像不大好。老是有人来惹他生气。”皮埃尔回答道，竭力在回忆，这个年轻人究竟是谁。

鲍里斯知道，皮埃尔不认识他了，但觉得没有必要作自我介绍，也丝毫不感到尴尬，只是直视着他的眼睛。

“罗斯托夫伯爵邀请您今天到他家去赴宴。”他在久久的、使皮埃尔感到尴尬的沉默之后说道。

“啊！罗斯托夫伯爵！”皮埃尔高兴地说道。“那您就是他的儿子，伊利亚。我呀，您想想看，乍一见面没有认出来。记得吗，我们曾和雅克太太一起去过麻雀山①……那是很久以前的事了。”

“您搞错了，”鲍里斯带点儿嘲弄意味的微笑，毫不拘束地说道。“我是鲍里斯，安娜·米哈伊洛夫娜·德鲁别茨卡娅公爵夫人的儿子。老罗斯托夫名叫伊利亚，他的儿子叫尼古拉。而雅克太太我并不认识。”

---

①麻雀山即后来的列宁山。

“唉，这是怎么搞的！我全都弄混了。在莫斯科有那么多亲人！您是鲍里斯……可不是嘛。我们总算讲清楚了。哎，关于从布洛涅出征[①]您有什么看法？拿破仑一旦渡过海峡，英国人的处境就不妙了吧？我想，这次出征是有可能的。维尔纳夫[②]可不能疏忽大意！”

鲍里斯对这次出征一无所知，他不看报，维尔纳夫的名字还是第一次听说。

“我们在莫斯科这里，更关注的是宴请和流言，而不是政治，”他以自己那平静、嘲讽的口吻说道，“我对此一无所知，也不去想它。莫斯科最感兴趣的是流言蜚语，”他继续说道，“现在人们谈论的是您和伯爵。”

皮埃尔露出了他那善良的微笑，似乎在为对方担心，唯恐他说出什么会使他自己后悔的话来。但鲍里斯的话说得清晰、明确，然而很冷淡，并且直视着他的眼睛。

“莫斯科除了散布流言蜚语，就无所事事，”他接着说，“大家都在关心，伯爵会把自己的财产留给谁，虽然他也许会比我们所有的人都活得更长久，我由衷地希望会这样……”

“是的，这一切都叫人很难受，”皮埃尔接口道，“很难受。”皮埃尔还是在担心，这个军官会无意中介入使他自己感到尴尬的谈话。

“您想必觉得，”鲍里斯说，脸上微微泛起红晕，但没有改变语调和姿态，“您想必觉得，人人都只关心，怎样能从富豪那里得到些什么。”

“正是如此。”皮埃尔想。

“我就是想告诉您，不要误会，如果您把我的母亲也看做这样的人，那么您就错了。我们很穷。但至少我可以代表自己说：正因为令尊是一位富豪，所以我不认为自己是他的亲戚，不论是我还是母亲都不

---

①1805 年初拿破仑在布洛涅市地区（法国北部）集结了登陆舰艇和 13 万大军，准备渡过拉芒什海峡入侵英国。

②维尔纳夫（1763—1806），法国海军上将，指挥法国和西班牙的联合舰队，奉命从地中海突入拉芒什海峡，以联军的力量实现登陆。

会要求或接受什么。”

皮埃尔很久都不明白他的意思，等到明白了，不禁从沙发上跳了起来，以他素来的敏捷和笨拙从下面抓住鲍里斯的手，脸涨得比鲍里斯更红，又羞愧又气恼地开始说道：

“这就奇怪了！难道我……又有谁会想到……我很了解……”

但鲍里斯又打断了他的话：

“我很高兴，能把心里的话都说出来。也许您会不高兴，请原谅，”他反而这样安慰皮埃尔，而不是让皮埃尔来安慰他，“不过我希望，我没有冒犯您。我习惯于有话直说……我怎样回话呢？您到罗斯托夫家去赴宴吗？”

鲍里斯又心情愉快起来，看来是因为他卸下了一个沉重的包袱，让自己摆脱了尴尬的处境，而让别人陷入了窘境。

“不，您听我说，”皮埃尔说道，渐渐平静下来，“您是令人惊叹的一个人。您刚才说得真好，真好。当然，您不了解我。我们分别太久了……那时我们还都是孩子……您可能以为我……我理解您，非常理解。像您这样讲话我就做不到，我缺乏勇气，不过这真是太好了！我很高兴，能与您结识。奇怪，”皮埃尔沉默了一会儿，又微笑着说道，“您会那样看我！”他笑了起来。“嗯，有什么关系呢？我和您会更好地彼此了解的。但愿如此。”他握着鲍里斯的手。“您知道吗，我一次也没有见到伯爵。他没有召唤过我……我很可怜他这个人……可是有什么办法呢？”

“您认为，拿破仑的军队能成功地渡过海峡吗？”鲍里斯笑着问道。

皮埃尔明白，鲍里斯想转换话题，于是顺着他的话，开始陈述布洛涅渡海作战的利弊。

仆人来叫鲍里斯到公爵夫人那里去。公爵夫人要走了。皮埃尔答应赴宴，目的是更亲近鲍里斯，他紧紧地握着鲍里斯的手，透过眼镜亲切地看着他的眼睛……他走后，皮埃尔还久久地在房间里踱来踱去，已经不是用长剑刺穿无形的敌人，而是含笑回忆着这个可爱、聪明而刚强的年轻人。

正如在青春期，特别是在处境孤独的时候所常有的那样，他对这个年轻人怀有莫名的柔情，并起誓一定要和他成为朋友。

瓦西里公爵在送公爵夫人。公爵夫人用手绢捂着眼角，满面泪痕。

“这太可怕了！太可怕了！”她说。“但不论要付出什么代价，我也要尽到自己的义务。我一定来守夜。不能没有人照顾啊。每一分钟都是宝贵的。我不懂，公爵小姐们怎么一点儿也不着急。也许上帝会帮助我找到办法让他能做好准备……再见，公爵，愿上帝扶助您……”

“再见，亲爱的。”瓦西里公爵回答道，一边转过身去。

“唉，他的情况太可怕了，”他们又坐上马车时，母亲对儿子说，“他几乎谁也不认识了。”

“我不明白，妈妈，他和皮埃尔是什么关系？”儿子问道。

“遗嘱会说明一切的，我的朋友；遗嘱也决定着我们的命运……”

“可是为什么您认为，他会给我们留下遗赠呢？”

“唉，我的朋友！他那么富有，而我们这样贫穷。”

“这并不是充分的理由啊，妈妈。”

“唉，我的天！我的天！他的情况不妙啊！”

十四

安娜·米哈伊洛夫娜和儿子到基里尔·弗拉季米罗维奇·别祖霍夫伯爵家去以后，罗斯托娃伯爵夫人独自坐了很久。她终于拉铃叫人。

“您怎么了，亲爱的，”她对让她等了好几分钟的女仆生气地说道，“不想干了，是吧？那我给您另找地方。”

自己朋友的痛苦和有损尊严的贫困使伯爵夫人很难受，因而情绪低落，她的这种心情总是表现为称呼女仆“亲爱的”和“您”。

“对不起，太太。”女仆说。

“请伯爵来一下。”

伯爵摇晃着身躯，来到妻子跟前，像平常一样，脸上带着几分愧疚的神情。

“哎，伯爵夫人！浇上马德拉葡萄酒的松鸡好极了，我尝了尝；给塔拉斯支付的一千卢布不是白给的。值！”

他坐到妻子身旁，英姿勃勃地把两手支在膝盖上，并把灰白的头发挠得蓬松起来。

“您有什么吩咐，夫人？”

“是这样，我的朋友——你这儿怎么弄脏了？”她指着夹克衫问道。“这一定是油渍，”她又笑着说，“是这样，伯爵，我需要钱。”

她显得很忧伤。

“啊，夫人！……”伯爵慌忙取出了皮夹子。

“我需要很多钱，伯爵，我需要五百卢布呢。”她拿出麻纱手绢，擦着丈夫夹克衫上的油渍。

“马上，马上。喂，谁在那里？”他叫道，只有确信被召唤的人一定会飞快地应声而至的人，才会用这样的声调叫人。“给我把米坚卡叫来！”

米坚卡就是伯爵的家庭所抚养的那个贵族之子，现在他管理着伯爵的所有事务，这时轻轻地走进了房间。

“是这样，亲爱的，”伯爵对进来的态度恭敬的年轻人说道，“你给我拿……”他想了想。“对，拿七百卢布来，对。注意，像上次那样又破又脏的不要，要好的，这是给伯爵夫人的。”

“是的，米坚卡，请拿干净的来。”伯爵夫人说，伤感地叹息着。

“大人，要什么时候送来？”米坚卡问道。“您是知道的……不过，请您放心吧，”米坚卡又说，他发觉，伯爵已经急促地喘着粗气，这总是怒气勃发的前兆，“我差点儿忘记了……要立刻送来吗？”

“对，对，这就对了，拿来吧，就交给伯爵夫人。”

“我的这个米坚卡真难得，”这个年轻人出去后，伯爵笑着说，“没有办不到的事情。否则我就不能容忍。一切都是可以办到的。”

“唉，金钱哪，伯爵，金钱，世上多少苦难是由金钱而起！”伯爵夫人说，“这些钱，我非常需要啊。”

“夫人，您花钱大方是出了名的。”伯爵说，他吻了吻妻子的手，又回书房去了。

等到安娜·米哈伊洛夫娜又从别祖霍夫那里回来，钱已经放在伯爵夫人身边了，全都是崭新的票子，放在小桌上用手绢盖着，安娜·米哈伊洛夫娜发觉，伯爵夫人非常激动。

“哎，怎么样，我的朋友？”

“啊，他的状况多可怕！叫人认不出来了，病情那么凶险，那么凶险，我待了一会儿，没说上两句话……”

“安妮特，看在上帝分上，不要拒绝我。”伯爵夫人突然说，两颊泛起红晕，这在她那不再年轻的清瘦端庄的脸上显得那样奇怪，她边说边从手绢下把钱拿了出来。

安娜·米哈伊洛夫娜立刻就明白是怎么回事了，她已经弯下腰来，以便在适当的时候拥抱伯爵夫人。

“这是我给鲍里斯的，给他置备军装……”

安娜·米哈伊洛夫娜已经搂着她哭了。伯爵夫人也哭。她们哭，因为她们情同姐妹；也因为她们心地善良；也因为她们，两个青年时代的女伴，要为金钱这种低贱的东西操心；也因为她们青春已逝……不过两人的泪水都是令人动容的……

十五

罗斯托娃伯爵夫人和女儿们已经陪着众多的来宾坐在客厅里。伯爵把男宾送往书房，请他们欣赏他所爱好的收藏品土耳其烟斗。他偶尔出来询问：她来了吗？他们在等候上流社会称之为恶龙的玛丽亚·德米特里耶夫娜·阿赫罗西莫娃。这是一位不因财富、地位，只因为人正派、待人坦率质朴而闻名遐迩的夫人。皇室知道玛丽亚·德米特里耶夫娜，整个莫斯科和彼得堡也都知道她，这两个城市的人们在对她感到讶异的同时，暗地里嘲笑她粗鲁，讲述她的趣闻；尽管如此，大家都毫无例外地尊敬她、忌惮她。

在烟雾腾腾的书房里正在谈论战争和征兵。大家都知道宣战诏书已经颁布，但谁也没有看到过。伯爵坐在土耳其式沙发上，夹在两个抽烟、谈话的人之间。伯爵本人不抽烟也不说话，他时而把头低向这边，时而低向那边，带着满意的神情看着抽烟的人，倾听着两位邻座的交谈，他们的争论是他挑起的。

交谈的人一个是文官，剃得光光的瘦削刁钻的脸上满是皱纹，这个人已近老年，衣着却像最时髦的年轻人一样；他像家里人那样把双脚放在沙发上坐着，将琥珀烟嘴深深地斜插在嘴里，一阵阵地猛吸，眯缝着眼。看来他对交谈的对方是居高临下的态度。那是老单身汉升申，伯爵夫人的堂兄，诚如莫斯科的客厅里所说，是一个刻薄鬼。另一个是精力充沛、两颊绯红的近卫军军官，军容严整，梳洗得无可挑剔，他把琥珀烟嘴衔在嘴的中间，绯红的双唇轻轻地吸着，从好看的嘴里吐出一个个烟圈儿。这就是贝格中尉，谢苗诺夫团的军官，鲍里斯前往该团时曾与他做伴同行。娜塔莎拿他打趣年长的伯爵小姐薇拉，说贝格是她的未婚夫。伯爵坐在他们之间倾听着。伯爵除了他非常喜爱的打波士顿牌赌博外，最大的爱好就是做个听众，尤其是在他成功地挑起两个饶舌者争辩的时候。

“喂，怎么，老弟，令人尊敬的阿尔方斯·卡尔雷奇[①]，”升申笑眯眯地说，把极其普通的俄罗斯民间用语和文雅的法语词句混用在一起（这就是他说话的特点），“您想从政府领取薪金，想从连队得到收入？[②]”

“不，彼得·尼古拉耶维奇[③]，我只是想证明，当骑兵远不如当步兵。就说现在，请您想想我的情况吧，彼得·尼古拉耶维奇。”

贝格说话总是准确、平静而有礼貌。他的谈话永远只涉及他个人；只要别人的谈话和他没有直接的关系，他总是平静地保持沉默，他能这样沉默几个小时，丝毫不觉得局促不安，也丝毫不会惹得别人局促不安。可是谈话一涉及他本人，他就兴致勃勃，不厌其烦地讲起来。

---

①阿尔方斯·卡尔雷奇是贝格的名字和父称。这是敬称（如对长辈），在这里有调侃的意味。

②这两句的意思其实是一样的，作者是要表示人物混用两种语言的特点。

③彼得·尼古拉耶维奇是升申的名字和父称。

“您想想我的情况，彼得·尼古拉耶维奇。如果我当骑兵，我四个月的收入不会超过二百卢布，即使有中尉的军衔；而现在我可以拿到二百三十卢布。”他面带洋洋自得的微笑说道，一边看看升申和伯爵，他似乎深信不疑，他的成功永远是别人梦寐以求的主要目标。

“此外，彼得·尼古拉耶维奇，调入近卫军以后，我受到重视了，”贝格接着说，“而且近卫军步兵里的空额多得多。还有，您想想看，我可以拿这二百三十卢布作出多好的安排。我可以储蓄，还给父亲寄点钱。”他继续说，吐出了一个烟圈儿。

“确实不错……德国人能在刀背上打出粮食来，这是一句俗语。”升申说，他把琥珀烟嘴从嘴角的一边调到另一边，又向伯爵挤挤眼。

伯爵不禁哈哈大笑。其他客人看到升申在引导谈话，就走过来想听听。贝格对人们的嘲讽和无动于衷毫未觉察，继续说道，由于调入近卫军，他已比骑兵军的战友提升了一级军衔，连长在战时可能被击毙，那么他就能很容易地当上连长，又说在团里大家多么喜欢他，爸爸对他多么满意。看来他在这样讲的时候非常得意，没有想一想，别人也会有自己感兴趣的事啊。不过他所讲述的一切都那么娓娓动听，不卑不亢，年轻人的利己主义显得那么天真无邪，听众也就不与他计较了。

“喂，老弟，您无论当步兵还是当骑兵，到哪里都会得到重用，这是我可以预言的。”升申拍拍他的肩膀说，把脚从沙发上放了下来。

贝格高兴地笑了笑。伯爵要到客厅去，来宾也都跟着走了。

这是招待宴会即将开始的时候，相聚的客人们只是简短地交谈，等候应邀开始餐前小吃，同时觉得必须活动活动，也不能沉默，以表示他们一点儿也不急于入席。主人们不断朝门口张望，偶尔彼此交换一下眼色。来宾根据他们的目光猜想，他们还在等人或者在等什么东西，在等某一位迟到的重要亲戚或一道尚未准备就绪的菜肴。

皮埃尔在眼看就要开席时才到，不好意思地在客厅中间他碰到的第一把圈椅里坐下，挡着所有人的路。伯爵夫人想引他说话，可是他不知趣地透过眼镜看着周围，好像在找人，对伯爵夫人的所有问题都给予只言片语的回答。他很拘谨，只有他自己没有发觉这一点。大多数客人都知道他和熊的故事，好奇地看着这个高大肥胖、性格温和的人，感到困惑莫解，这样一个傻里傻气的老实人怎么会和警察分局长开了那么大的玩笑。

“您刚到吗？”伯爵夫人问他。

“是的，夫人。”他回答，一边东张西望。

“您还没有见到我的丈夫吧？”

“没有，夫人。”他完全不合时宜地一笑。

“不久前您好像到过巴黎？我想，一定很有意思。”

“很有意思。”

伯爵夫人和安娜·米哈伊洛夫娜彼此瞥了一眼。安娜·米哈伊洛夫娜明白了，这是请她引起这个年轻人的注意，于是坐到他身旁，谈起他的父亲；可是他就像对伯爵夫人一样，对她的回答也是极其简短。客人们都互相交谈起来。

“拉祖莫夫斯基一家……那真是好亲切……阿普拉克辛娜伯爵夫人……”来宾们纷纷闲谈起来。伯爵夫人站起身来，到大厅去了。

“是玛丽亚·德米特里耶夫娜？”大厅里响起了她的声音。

“是啊。”传来一个妇女的粗嗓门儿，玛丽亚·德米特里耶夫娜随即走进了房间。

小姐甚至夫人们，除了最年长的几位，全都站了起来。玛丽亚·德米特耶夫娜站在门边。这位胖妇人高高抬起披着一绺绺灰白鬈发、年届五十的头颅，傲然环视来宾，似乎在捋起袖子，从容不迫地把连衣裙宽大的袖子整理了一下。玛丽亚·德米特里耶夫娜总是讲俄语。

“今天是亲爱的夫人的命名日，向您和孩子们道喜。”她说，她的粗声大嗓压倒了所有其余的声音。“你怎么样，老坏蛋，”她对正在吻她手的伯爵说道，“我想，在莫斯科很寂寞吧？不能寻欢作乐了？可是怎么办呢，老爷子，这些小妞儿眼看就长大了……”她指着女孩们，“不管你愿不愿意，该找女婿了。”

“哎，怎么样，我的哥萨克？（玛丽亚·德米特里耶夫娜管娜塔莎叫哥萨克）”娜塔莎毫不胆怯，快乐地来到她的身边，她爱抚着姑娘说道，“我知道，这丫头是个小狐狸精，可我喜欢。”

她从大手提包里取出一副心形的红宝石耳环，给了过命名日的容光焕发、满面绯红的娜塔莎，又立刻转过身去，面朝皮埃尔。

“哎，哎！亲爱的！你过来，亲爱的，” 她假装低声细语地说道。“你过来，亲爱的……”

她威严地把两只袖子更加高高地捋了起来。

皮埃尔走了过来，透过眼镜天真地看着她。

“过来，过来，亲爱的！在你父亲权势显赫的时候，也只有我敢对他讲真话，别说你了。”

她沉默了一会儿，大家都默默地等着看下文，意识到这只是个开场白。

“行哪，没说的！行，这孩子真行！……父亲卧病在床，他却去找乐子，把警察分局长绑在熊背上。可耻啊，老弟，可耻！还不如去打仗呢。”

她转身向伯爵伸出手，他好不容易才忍住了笑。

“喂，怎么，我想该入席了吧？”玛丽亚 · 德米特里耶夫娜说。

伯爵和玛丽亚 · 德米特里耶夫娜走在前面；随后是伯爵夫人，由骠骑兵上校陪着，这是一个用得着的人，尼古拉要和他一起追赶部队。安娜 · 米哈伊洛夫娜和升申做伴。贝格把手伸给薇拉。面带微笑的朱丽 · 卡拉金娜和尼古拉同行。他们后面还有其他成双成对的人们，在整个大厅排成了长队，最后是单独走的孩子们和男女家庭教师。仆人们忙碌起来，响起了椅子挪动的声音，敞廊上奏起了音乐，宾客纷纷入座。伯爵家庭乐队的奏乐声被刀叉声、宾客的谈话声、仆人们轻轻的脚步声所代替。伯爵夫人坐在餐桌一端的主位。右首是玛丽亚 · 德米特里耶夫娜，左首是安娜 · 米哈伊洛夫娜和其他女宾。另一端坐着伯爵，左首是骠骑兵上校，右首是升申和其他男宾。长餐桌的一侧是年长些的青年：薇拉挨着贝格，皮埃尔挨着鲍里斯；另一侧是孩子们和男女家庭教师。伯爵隔着那些水晶酒瓶和高脚果盘望望妻子和她的那顶系着蓝色缎带的高高的包发帽，殷勤地给身旁的客人斟酒，也不忘记给自己斟上。伯爵夫人也没有忘记主妇的职责，隔着菠萝向丈夫投去意味深长的目光，觉得他那通红的秃顶和面色与灰白头发的反差更强烈了。妇女的一端在低声细语地闲谈；男人的一端喧哗声越来越大，尤其是骠骑兵上校的声音，他猛吃猛喝，脸色越来越红润，伯爵已经把他树为客人们仿效的榜样。贝格带着温柔的微笑对薇拉说，爱情不是尘世的感情，而是天上的感情。鲍里斯向自己的新朋友皮埃尔介绍在座来宾的姓名，又和坐在他对面的娜塔莎眉来眼去。皮埃尔打量着那些新面孔，话说得很少，吃得很多。在两道汤中他挑中了甲鱼汤，从几张大馅饼直到松鸡，他没有放过一道菜肴，也没有放过任何一种酒，仆人把餐巾裹着的酒瓶偷偷地从他邻座的肩后塞过去，一边说："马德拉酒"，或"匈牙利酒"，或"莱茵酒"。每套餐具前都放着四只刻有伯爵名字的水晶杯，他随手拿起一只让仆人斟酒，心满意足地喝着，越来越兴高采烈地望着客人们。坐在他对面的娜塔莎看着鲍里斯，那是十三岁的女孩看男孩的目光，而这个男孩刚刚和她有过初吻，双双堕入情网。她这样的目光偶尔也投向皮埃尔，在这可笑、活泼的女孩的注视之下，他莫名其妙地直想笑。

尼古拉离索尼娅较远，坐在朱丽身边，又带着那下意识的微笑对她说着什么。索尼娅装样子地微笑着，可是内心想必正受着忌妒的折磨：她脸上一阵红一阵白，凝神倾听着尼古拉和朱丽之间的谈话。女教师在不安地察言观色，似乎随时准备反抗，要是有谁让孩子们受委屈的话。有一个男教师是德国人，他竭力想记住各种菜肴、甜点和酒类，以便在寄往德国的家信里把一切都详细地描写一番，他感到很气愤，仆人拿裹着餐巾的酒瓶斟酒时居然把他给漏了。德国人皱着眉头，佯装并不想要这种酒，他之所以气愤，是因为谁也不理解，他需要酒不是为了解渴，不是贪杯，而是出于强烈的求知欲。

十六

在餐桌的男人一端谈话越发热烈了。上校说，宣战诏书已在彼得堡颁布，他亲自看到的一份，今天已由信使送达总司令。

“为什么我们鬼使神差地要和拿破仑作战呢？”升申说，“他已经打掉了奥地利的傲气，我怕现在就要轮到我们了。”

上校是一个德国人，身材高大结实，容易激动，显然是一位久经沙场、忠于职守的军人和爱国者。升申的话使他难以接受。

“为什么，阁下？”他带着德语口音说道。“皇上知道为什么。他在诏书中说，他不能眼看俄罗斯面临危险而无动于衷，事关帝国的安全、尊严和神圣同盟。”他说，不知为什么特别强调“同盟”这个字眼，仿佛这才是问题的实质。

他以其准确无误的记忆一本正经地背诵着诏书的序言：“……陛下的愿望，即唯一既定的方针乃是：在稳固的基础上建立欧洲和平，兹决定派遣部分军队越出国境，为实现此项意图作出新的努力。”

“这就是为什么，阁下。”他以教训的口吻结束道，他喝干杯中的酒，回头望着伯爵，期望得到鼓励。

“您知道有一句俗话：‘叶廖马，叶廖马，你还是待在家里，磨你的纱锭吧’，”升申皱着眉头，含笑说道。“这句话对我们再适合不过了。把苏沃洛夫派去又怎样了呢，还不是被打得落花流水，如今我们的苏沃洛夫们在哪里呢，请问？”他说，不断地从俄语跳到法语。

“我们要战斗到流尽最后一滴血，”上校捶着桌子说，“为自己的皇帝而死，这样就行了。要尽可——能（他特别在说到‘可能’这个字眼时把声音拖长），尽可——能少发议论。”他说，又转头望着伯爵。“这就是我们老骠骑兵的看法，我的话完了。您怎么看呢？您是年轻人，又是年轻的骠骑兵。”他向尼古拉问道，尼古拉一听到谈起战争，早就撇下朱丽，全神贯注地看着上校，倾听他的谈话。

“完全同意您的看法，”尼古拉回答道，他突然满面通红，以坚决而无所畏惧的神态转动碟子，摆布几只杯子，仿佛此刻正面临极大的危险，“我坚信，俄国人或死或胜，别无选择。”他说，和别人一样，话既已出口，才感到在当前的情况下，说得太冲动，太夸张，因而觉得不好意思。

“好极了！您说得太好了。”坐在他身旁的朱丽叹息着说道。在尼古拉说话的时候，索尼娅浑身颤抖起来，脸上泛起的红晕波及了耳门、耳根、脖子，连肩膀也红了起来。皮埃尔凝神倾听上校的谈话，赞同地连连点头。

“说得真好。”他说。

“您是真正的骠骑兵，年轻人。”上校叫道，又捶了一下桌子。

“你们在那里嚷什么呢？”突然隔着桌子响起了玛丽亚·德米特里耶夫娜的低沉的声音。“你干吗敲桌子啊，”她对上校说，“对谁发火呢？大概你以为，在你面前的都是法国人吧？”

“我说的是实话嘛。”上校微笑着说道。

“老是谈战争，”伯爵隔着桌子叫道，“要知道，我的儿子要去打仗呢，玛丽亚·德米特里耶夫娜，儿子要上战场了。”

“我有四个儿子在部队里，可我不后悔。一切都是天意：躺在炕上也会死，在战斗中上帝会保佑的。”从桌子的另一端毫不勉强地响起玛丽亚·德米特里耶夫娜低沉有力的声音。

“确实是这样。”

于是妇女一边和男人一边又分头交谈起来。

“你就不敢问，”小弟彼佳对娜塔莎说，“你就不敢问！”

“敢问。”娜塔莎说。

她的脸涨得红扑扑的，表现了她那天不怕地不怕的欢快的决心。她欠起身来，用目光示意坐在他对面的皮埃尔，要他听着，接着她转向母亲。

“妈妈！”餐桌上响彻了少女清脆的嗓音。

“你要干什么？”伯爵夫人吃惊地问道，不过从女儿的脸色看出她是在淘气，就严厉地对她摇摇手，头部做出威吓和制止的动作。

人们的谈话停止了，一片寂静。

“妈妈！最后一道是什么甜点？”娜塔莎的尖嗓子更坚决地一口气说了出来。

伯爵夫人想皱起眉头却办不到。玛丽亚·德米特里耶夫娜举起一根粗指头威吓她。

“哥萨克！”她威吓地叫道。

客人们大都看着两个大人，不知该怎样应付这场闹剧。

“看我收拾你！”伯爵夫人说。

“妈妈！甜点是什么呀？”娜塔莎已经大胆地、又调皮又快活地嚷道，她相信，她的淘气不会惹人不快。

索尼娅和胖嘟嘟的彼佳在偷偷地笑。

“瞧，我问了。”她悄悄地对小弟和皮埃尔说，又朝皮埃尔看了一眼。

“是冰激凌，就是不给你吃。”玛丽亚·德米特里耶夫娜说。

娜塔莎看到没什么好怕的，所以连玛丽亚·德米特里耶夫娜也不怕了。

“玛丽亚·德米特里耶夫娜！什么冰激凌？奶油的我可不喜欢。”

“胡萝卜的。”

“不，什么冰激凌？玛丽亚·德米特里耶夫娜，是什么冰激凌？”她几乎是在叫喊，“我想知道嘛！”

玛丽亚·德米特里耶夫娜和伯爵夫人笑了，客人们跟着也都笑了。大家笑的不是玛丽亚·德米特里耶夫娜的回答，而是这小姑娘不可思议的勇气和乖巧，既善于也敢于和玛丽亚·德米特里耶夫娜这样周旋。

等到有人告诉她是菠萝冰激凌，娜塔莎这才不再纠缠。在冰激凌之前上了香槟酒。又奏响了音乐，伯爵吻了伯爵夫人，于是客人们站起来向伯爵夫人表示祝贺，隔着餐桌和伯爵碰杯，和孩子们碰杯，又互相碰杯。仆人们又奔忙起来，响起了椅子的挪动声，客人们按照原来的顺序回到了客厅和伯爵的书房，只是脸色更红了。

十七

打波士顿的牌桌摆开了，凑齐了几个牌局，于是伯爵的客人们分散在两个客厅、休息室和图书室里。

伯爵把扑克牌铺开呈扇形，勉强抵制着午睡的习惯，无缘无故地傻笑。年轻人受伯爵夫人的鼓动，聚集在古钢琴和竖琴旁边。朱丽首先应大家的要求，在竖琴上弹了一支带变奏的小乐曲，又和别的姑娘一起请娜塔莎和尼古拉唱歌，大家都知道他们有音乐天赋。娜塔莎看到别人把她当大人看待，显然非常自傲，但也很胆怯。

“我们唱什么呢？”她问。

“唱《泉水》吧。”尼古拉回答道。

“那就快点儿吧。鲍里斯，您过来，”娜塔莎说，“索尼娅在哪里呀？”

她东张西望，发现她的朋友不在房间里，便跑去找她。

跑进索尼娅的房间，没有找到她的朋友，娜塔莎又跑到儿童室，那里也没有索尼娅。娜塔莎知道了，索尼娅是在走廊里的木箱子上。走廊里的木箱子是罗斯托夫家的少女们避着人黯然神伤之地。索尼娅穿着粉红色薄纱连衣裙，俯伏在木箱上保姆用的肮脏的条纹布羽毛褥子上，把衣裳也压皱了，纤纤十指捂着脸，在抽抽搭搭地哭泣，她那裸露的小肩膀在微微耸动。娜塔莎整天节日般兴致勃勃的脸上陡地变色：她的眼睛发愣，宽宽的脖子颤动了一下，嘴角弯了下来。

“索尼娅！你怎么了？……你，你这是怎么了？呜——呜——呜……”

于是娜塔莎张开大嘴，变得丑陋不堪，孩子似的号哭起来，她不知缘由，只因索尼娅在哭泣。索尼娅想抬起头，想回答她，可就是做不到，于是更使劲地把脸隐藏了起来。娜塔莎坐到蓝色羽毛褥子的边上，抱着索尼娅哭着。索尼娅使劲撑起身子，擦干眼泪，开始诉说原委。

“尼科连卡过一个星期就要走了，他的……通知书……来了……是他亲口对我说的……可我本来还不会哭（她把手里拿着的一张纸给她看：那是尼古拉写的一首诗）……我本来还不会哭，但你不了解……谁也不了解……他的心肠有多好。”

她又哭了，他的心肠竟那么好。

“你的情况很好……我不忌妒……我爱你，也爱鲍里斯，”她说，略微振作了起来，“他很可爱……你们不会有障碍。可尼古拉是我的表兄……需要……都主教亲自认可……那还不行。再说，要是妈妈（索尼娅认为伯爵夫人就是母亲，也以母亲相称）……她让我觉得，我会破坏尼古拉的前程，我没有心肝，忘恩负义，其实……说真的（她画了十字）……我那么爱她，爱你们大家，只有薇拉一个人……为什么呢？我有什么对不起她？我那样感激你们，乐于为你们奉献一切，可我一无所有啊……”

索尼娅说不下去了，又把头藏在双手和被褥里。娜塔莎开始安慰她，可是娜塔莎的脸色说明，她了解自己朋友的痛苦的全部重要含义。

“索尼娅！”她突然说，似乎猜到了表姐这样痛苦的真正原因。“薇拉大概在饭后跟你说了什么，是吗？”

“是的，这首诗是尼古拉自己写的，我还抄写了另外几首；她在我的桌上看到这些诗就说，她要拿给妈妈看，还说我忘恩负义，妈妈决不会允许他娶我为妻，他会娶朱丽的。你看到了，他整天和她……娜塔莎！为什么呀？……”

她哭得更伤心了。娜塔莎扶起索尼娅，搂着她，噙着眼泪含笑安慰她。

“索尼娅，她的话你别信，亲爱的，别信。你记得吧，我们三个人和尼科连卡曾在休息室里谈到过；记得吗，在晚饭以后？我们把一切都讲妥了，将来要怎么办。我已经不记得要怎样，可是你一定记得，一切都那样美好，一切都有可能。升申舅舅的一个兄弟就娶了表妹，而我们还远了一层。所以鲍里斯说，这太可以了。你知道，我什么都对他说了。而他那么聪明，又那么高尚，”娜塔莎说，“你，索尼娅，别哭呀，亲爱的小鸽子，小心肝，索尼娅。”她笑着吻了她一下。“薇拉坏透了，别理她！未来是美好的，她也不会对妈妈说；尼古拉自己会告诉她，而且他心里根本就没有朱丽。”

于是她在她的头上吻了一下。索尼娅欠起身来，小猫儿又神采奕奕，小眼睛光彩四射，好像马上就要竖起尾巴，柔软的脚爪霍地一扑，玩起线团来，这才合乎它的天性。

“你这样想？是实话？真的？”她说，迅速地整理着衣裙和发式。

“是实话！真的！”娜塔莎一面回答，一面为自己的朋友整理露在辫子下面的一绺硬头发。

她俩都笑了。

“走吧，我们去唱《泉水》。”

“走。”

“你知道吗，坐在我对面的那个胖胖的皮埃尔真逗！”娜塔莎突然停下来说，“我觉得很开心！”

于是娜塔莎沿着走廊跑了起来。

索尼娅抖落羽毛，把诗稿藏在怀里，靠近脖子，那儿有几条隆起的肋骨，她两颊绯红，迈开轻松愉快的脚步，跟着娜塔莎沿着走廊向休息室跑去。应客人们的要求，几个年轻人唱了《泉水》四重唱，受到了大家的赞赏，然后尼古拉唱了他新学的一首歌：

在月色明媚的愉快的夜晚，
美妙的想象浮现在心间，
世上还有一位佳人
也在把你思念！
她那美丽的手
在金色的竖琴上曼舞，
激情洋溢的和声，
也在殷殷期盼，把你召唤！
再有一天、两天，乐园就要降临……
可是呀！你的朋友行将就木，与你无缘！

他还没有唱完末尾的歌词，大厅里的年轻人已准备翩翩起舞，敞廊上响起了脚步声和乐师们的咳嗽声。

皮埃尔坐在客厅里，升申和他这个从国外回来的人谈起了使皮埃尔感到乏味的政治话题，其他人也参加了进来。音乐奏响时，娜塔莎进了客厅，径直走到皮埃尔跟前，眼睛含着笑意，羞红了脸说：

“妈妈吩咐我请您跳舞。”

“我怕会踩错了舞步，”皮埃尔说，“不过，要是您肯当我的老师……”

于是他向身材纤细的小姑娘伸出胖乎乎的手，把手放得很低。

在一对对舞伴重新站位、乐师调音时，皮埃尔和自己的小舞伴坐了下来。娜塔莎感到十分幸福：她和**从国外**回来的**大人**跳过舞了。她坐在引人注目的地方，像大人一样和他交谈着。她手里有一把扇子，那是一位小姐托她暂时拿着的。她摆出最高雅的姿态（天知道，她这是在哪里学会的），摇着扇子，和自己的男舞伴隔着扇子含笑交谈。

“什么样子？什么样子？你们瞧瞧，你们瞧瞧。”老伯爵夫人走过大厅，指着娜塔莎说道。

娜塔莎脸红了，笑了起来。

“哎，您干吗呀，妈妈？您这又何必呢？有什么值得大惊小怪的？”

在第三支苏格兰舞曲的中间，伯爵和玛丽亚·德米特里耶夫娜打牌的客厅里，椅子挪开了，大部分贵宾和老者在久坐之后伸着懒腰，把皮夹子和钱包收进衣兜，来到大厅的门口。走在前面的是玛丽亚·德米特里耶夫娜和伯爵，两个人都喜笑颜开。伯爵诙谐而有礼貌地，竟摆出芭蕾舞的姿态把圆滚滚的手臂伸给玛丽亚·德米特里耶夫娜。他挺直身子，脸上露出特别豪迈而又狡黠的微笑，只等人们跳完苏格兰舞的最后一个舞姿，他就向乐师们击掌，对着敞廊的第一小提琴手叫道：

“谢苗！你会演奏丹尼洛·库珀舞曲吗？”

这是伯爵喜爱的一种舞，他年轻时常跳。（丹尼洛·库珀舞其实是**英格兰舞**的一种。）

“你们看爸爸呀。”娜塔莎叫得整个大厅都听得到（完全忘了她正在和大人跳舞），她把一头鬈发的小脑袋深深地弯向膝盖，她那响亮的笑声在大厅里回荡。

果然，大厅里人人都露出喜悦的微笑看着快活的老头儿，他和身材比他高的威风凛凛的舞伴玛丽亚·德米特里耶夫娜站在一起，把双臂围成环形，随着节拍微微抖动，展开双肩，扭动双腿，轻轻地踏着拍子，他那丰满的脸上越来越舒展的微笑使观众期待着下面的表演。一听到丹尼洛·库珀舞曲的欢快、挑逗的声音酷似特列帕克舞曲[①]，大厅的所有门口突然挤满了仆人们的笑脸，门口的一边是男仆，另一边是女仆，他们跑出来是要看看尽情作乐的老爷。

“我们的老爷呀！真是一头雄鹰！”保姆在门口大声说道。

伯爵跳得很好，他也知道这一点，可是他的舞伴根本不会跳，也不想好好跳。她的肥硕的身躯站得笔直，垂下健壮的双臂（她把手提包交给了伯爵夫人）；只有她的严肃但美丽的面庞在跳舞。伯爵整个身姿所表现的一切，在玛丽亚·德米特里耶夫娜身上完全表现在越来越笑意盈盈的脸上和翘得越来越高的鼻子上。但是，如果说越来越兴奋的伯爵以他出人意料的灵巧的转身和柔软的双腿的轻松跳跃令人倾倒的话，那么玛丽亚·德米特里耶夫娜在转身和顿足时略尽心意地动动肩膀、抡圆双臂，就引起了毫不逊色的效果，每个人都欣赏她，尽管体态臃肿、向来不苟言笑，却能有这样难得的表现。舞蹈越来越生气勃勃。在他俩对面的人们丝毫也不能引起注意，甚至放弃了引人注意的努力。人人都被伯爵和玛丽亚·德米特里耶夫娜所吸引。娜塔莎不断拽着身边人们的袖子和衣裙，要他们看她的爸爸，尽管人家本来就在目不转睛地看着两位舞者，伯爵在跳舞的间隙喘着粗气，向乐师们挥手、叫喊，要他们演奏得更快些。伯爵时而踮着脚，时而用鞋后跟着地围绕着玛丽亚·德米特里耶夫娜飞快地旋转，越来越快，越来越快，越来越剽悍，越来越剽悍，终于他把自己的舞伴送回她的座位，完成了最后一个舞步：把一条柔软的腿向后跷起，满面笑容地低下汗水淋漓的头颅，在雷鸣般的掌声和笑声，特别是娜塔莎狂热的掌声和笑声中扬起右手，在身前画了一条弧线。两位舞者都停下来了，沉重地喘息着，用麻纱手绢擦着汗水。

“当年人们就是这样跳舞的，*亲爱的*。”伯爵说。

“这要命的丹尼洛·库珀舞！”玛丽亚·德米特里耶夫娜沉重地呼

① 特列帕克舞是俄罗斯的一种快速、顿足的民间舞。

出一口长气，卷着袖子说道。

十八

正当罗斯托夫家的大厅里，人们在乐师由于疲惫不堪而走调的伴奏下跳第六节**英格兰舞**，倦怠的仆人和厨师们在准备晚餐的时候，别祖霍夫伯爵中风了，这已是第六次中风。大夫们宣称，已无康复的希望；神父已为病人行了告解，让他领了圣餐；正在进行终傅的准备，家里是一片忙乱的景象和不安的等待，这是在这样的时刻常有的现象。大门外是成群的棺材匠，他们躲避着驶近的车马，在等待伯爵葬礼的巨额订单。莫斯科总司令①曾不断派遣副官来探视伯爵的病情，这天晚上他亲自前来向叶卡捷琳娜女皇时代的名臣别祖霍夫伯爵告别。

豪华的接待室已经座无虚席。大家都毕恭毕敬地站了起来，因为总司令单独和病人待了近半个小时后出来了，他微微答谢人们对他的鞠躬致意，尽快地走过注视着他的那些大夫、神职人员和亲戚。这些天来变得消瘦而苍白的瓦西里公爵在送总司令，并且好几次小声地对他反复说着什么。

送走总司令，瓦西里公爵独自在大厅里的一把椅子上坐下，把一条腿高高地架在另一条腿上，臂肘支着膝盖，一只手蒙着眼睛。这样坐了一会儿，他站起来，不习惯地步履匆匆，惊慌地扫视着周围，经过长长的走廊来到府邸的后一半，去见年长的公爵小姐。

灯光暗淡的房间里，有一些人在时断时续地小声交谈，这个房间有一扇门通往临危病人的卧室，只要有人进出，那扇门就会发出细微的声音，于是交谈的人就会静下来，以充满疑问和期待的目光朝门口张望。

“人生有限，”年老的神职人员对一个女人说道，她坐在他身旁，天真地听他讲话，“大限一到，是无法逾越的。”

“我想，终傅会不会太晚了？”女人给他加上一个神职的尊称问道，好像在这方面她毫无主见似的。

---

① 指别克列绍夫（1745—1808），时任莫斯科总督。

“这可是非同小可的圣礼啊，太太。”神职人员回答道，一只手摸着秃顶，秃顶上有几绺向后梳的花白的头发。

“那是谁呀？是总司令本人？”房间的另一头有人问道。“显得多年轻！……”

“已经六十多岁了！怎么，听说伯爵已经认不出人了？有人要行终傅礼？”

“我认识一个人，行了七次终傅礼。”

排行第二的公爵小姐从病人的房间出来，眼睛都哭肿了，她坐到洛兰大夫身旁，他姿态优美地坐在叶卡捷琳娜女皇的画像下面，臂肘支在桌子上。

“很好，”大夫说，他是在回答关于天气的问题，“天气很好，公爵小姐，而且莫斯科很像乡村。”

“是吗？”公爵小姐深深地叹息道。“他可以喝了吧？”

洛兰沉吟了一下。

“他服药了吗？”

“服了。”

大夫看了看怀表。

“您去拿杯开水来，再放一小撮酒石（他用几根纤细的手指表示一小撮是多少）……”

“这样的事还不曾有过呢，”德国大夫对副官说道，“中风了三次，还能活着。”

“他是多么精神的一个人啊！”副官说。“财产会归谁呢？”他小声问道。

“想得财产的人总是有的。”德国人笑着答道。

大家又朝门口张望了：门吱地响了一下，二小姐按照洛兰的吩咐，调好饮料给病人送去。德国大夫来到洛兰跟前。

“也许，还要拖到明天早晨吧？”德国人用蹩脚的法语问道。

洛兰抿着嘴唇，用一根手指在自己的鼻子前严肃地、否定地摇摇。

“今天夜里，不会更晚。”他悄悄地说，彬彬有礼地露出因为能清楚地了解和说明病情而自鸣得意的微笑，随即离去。

这时瓦西里公爵推开了公爵小姐的房门。

房间里半明半暗，只有圣像前燃着两盏长明灯，散发着烟雾和鲜花的好闻的气息。整个房间摆满了小衣柜、小书橱、小桌子等小家具。在屏风后面可以看到铺着羽绒被子的高高的床上盖着白色床单。一只小狗吠叫起来了。

“啊，是您，表叔？”

她站起来整理了一下头发，她的头发总是非常光滑，即使在这个时候也一样，好像和头是用整块材料雕成再涂上油漆。

“怎么，出了什么事吗？”她问。“我已经吓坏了。”

“没什么，还是那样；我来只是要和你谈一件事，卡季什。”公爵说，疲惫地坐到她刚才坐的圈椅上。“哎呀，你把圈椅坐得好热！”他说，“喂，坐到这里来，我们谈谈。”

“我在想，是不是出了什么事了？”公爵小姐说，带着她那不变的严峻的表情坐到公爵对面，准备听他说。

“我想睡觉，表叔，就是睡不着。”

“哎，怎么样，亲爱的？”公爵说，他握着公爵小姐的一只手，习惯地把她的手往下拉。

显然，这“哎，怎么样”包含着丰富的内容，是他俩心照不宣的。

公爵小姐挺着与腿不相称的长长的、干瘦的腰，鼓着一双灰色的眼睛淡漠地望着公爵。她摇摇头，叹了一口气，看看圣像。她的姿态可以解释为悲哀和忠诚的表现，也可以解释为她厌烦了，想快点儿得到休息。瓦西里公爵把这个姿态解释为厌烦的表现。

“而我，”他说，“你觉得会比你轻松吗？我就像一匹驿站的马，累得要死；可我还是要和你谈一谈，卡季什，而且要非常认真地谈一谈。”

瓦西里公爵不说了，他的面颊开始抽搐，时而是这一边，时而是那一边，这使他的脸上有了一种令人望而生厌的表情，当瓦西里公爵光临人家的客厅时，这样的表情从未在他的脸上出现过。他的眼睛也和平时不一样，这双眼睛时而肆无忌惮而又玩世不恭地望着，时而惊恐地环顾四周。

公爵小姐用一双干瘦的手臂把小狗抱在膝上，注意地看着瓦西里公爵的眼睛；但显然，她不会提出什么问题来打破沉默，哪怕是沉默到第二天早晨。

“您要明白，我亲爱的公爵小姐和表侄女，卡捷琳娜·谢苗诺夫娜，”瓦西里公爵接着说，看来他在继续说话之前不无内心的斗争，“在现在这样的时候，一切都要想一想。要想一想将来，想一想你们……我爱你们姐妹，就像爱自己亲生的孩子，你是知道的。”

公爵小姐仍然目光暗淡、一动不动地看着他。

“最后也要想一想我的家庭，”瓦西里公爵气愤地推开面前的桌子，眼睛避开她继续说道，“你知道，卡季什，你们马蒙托夫家三姐妹，还有我的妻子，我们才是伯爵的直接继承人。我知道，我知道，讲起或想起这些事情，你的心情有多么沉重。我也不好受，可是我的朋友，我已经五十多岁了，必须对一切有所准备。我派人去找皮埃尔了，因为伯爵直接指着他的画像，一定要他赶来，你知道吗？”

瓦西里公爵询问地看着公爵小姐，但他不清楚，她在考虑他所说的话，还是仅仅在看着他……

“我不断地为一件事向上帝祈祷，表叔，”她回答道，“但愿上帝保佑他，让他美好的心灵能安宁地离开这个……”

“对，这是不错的，”瓦西里公爵不耐烦地接着说，一边擦着秃顶，又气恼地挪近被推开的小桌子，“可是，说到底……说到底，问题在于，你是知道的，去年冬天伯爵写了一份遗嘱，撇开直接继承人和我们，把全部财产都给了皮埃尔。”

“他写的遗嘱还少吗，”公爵小姐平静地说，“但他不能把财产留给皮埃尔！皮埃尔是私生子。”

“亲爱的，”瓦西里公爵突然说道，他紧挨着小桌子，来了精神，话也讲得更快了，“可是，如果那封信是写给皇上的，而且伯爵正式把皮埃尔认作儿子，那又会怎样呢？你要明白，伯爵是有功之臣，他的请求一定会受到尊重……”

公爵小姐微微一笑，人们认为自己比对方更了解情况时就是这样笑的。

“我还要告诉你，”瓦西里公爵抓住她的手接着说道，“信已经写好了，虽然还没有发出去，而且皇上知道有这样的一封信。问题仅仅在于，信销毁了没有。要是信还没有销毁，那么很快就**全都完了**，”瓦西里公爵叹了一口气，以此暗示，他说**全都完了**是什么意思，“人们会翻开伯爵的文件，遗嘱和信件将呈交皇上，他的请求想必会得到尊重。皮埃尔作为合法的儿子将继承一切。”

“我们的那一份呢？”公爵小姐问道，她讥讽地微笑着，仿佛一切都可能发生，唯独这件事是不可能发生的。

“可是，亲爱的卡季什，这是昭然若揭的呀。那时他就是全部财产的唯一合法继承人，你们什么也得不到。你一定知道，遗嘱和信件写了没有，是否已经销毁。要是由于什么原因这些文件被人遗忘了，那么你一定知道它们在哪里，一定要找出来，因为……”

“哪有这样荒唐的事情！”公爵小姐打断了他的话，露出了尖刻的笑容，眼睛的表情丝毫未变。“我是一个女人；在您看来，我们女人都是愚蠢的，可是我非常了解，私生子是没有继承权的……私生子。”她补充道，觉得这样用法语再说一遍就足以向公爵彻底说明，他的话毫无根据。

“你怎么还不明白呢，卡季什！你那么聪明，怎么还不明白呢，如果伯爵写信给皇上，请求皇上承认这个儿子是合法的，那么皮埃尔就不再是皮埃尔，而是别祖霍夫伯爵，那时他就能根据遗嘱继承一切。如果遗嘱和信件未被销毁，那么你除了以道德高尚及其后果而聊以自慰之外将一无所获。这是肯定的。”

“我知道写了遗嘱，不过我也知道，遗嘱是无效的，而您似乎认为我是一个十足的傻瓜，表叔。”公爵小姐带着女人们自以为说话机智而唐突时的表情说道。

“我亲爱的卡捷琳娜·谢苗诺夫娜公爵小姐！”瓦西里公爵不耐烦地说。“我来这里不是要和你彼此挖苦，而是要和亲爱的、高尚的、善良的、真正的亲人谈谈你本人的利益。我要第十次告诉你，如果给皇上的信和有利于皮埃尔的遗嘱在伯爵的文件里，那么你，亲爱的，以及你的两个妹妹就不是继承人。要是你不相信我的话，那你应该相信内行的人：我刚才和德米特里·奥努夫里伊奇（他是家庭法律顾问）谈过，他也是这么说的。”

看来，公爵小姐的想法突然起了变化；薄薄的嘴唇发白了（眼睛还是老样子），她的声音在开始说话时迸发成阵阵怒吼，这想必是她自己也没有料到的。

“这样很好嘛，”她说，“我什么都没有要过，也不想要。”

她从膝盖上扔下自己的小狗，整理一下连衣裙上的褶子。

“这就是对为他牺牲一切的人的感谢，这就是报答，”她说，“好极了！太好了！我一无所求，公爵。”

“好的，可你不是一个人，你还有两个妹妹，”瓦西里公爵回答道。

但公爵小姐听也不听。

“是呀，这一点我早已知道，可是我忘了，除了卑鄙、欺骗、忌妒、阴谋，除了忘恩负义，最恶毒的忘恩负义，在这个家庭里我不能有任何别的期待……”

“你究竟知不知道，这份遗嘱在哪里？”瓦西里公爵问道，他的双颊比刚才抽搐得更厉害了。

“是的，我真蠢，我还相信人家，爱他们，为他们牺牲自己。然而只有卑鄙龌龊的人才会成功。我知道，这是谁的阴谋。”

公爵小姐想站起来，但公爵拉住了她的手。公爵小姐的脸上是一个突然对全人类感到绝望的人的表情；她恶狠狠地望着对方。

“还有时间，我的朋友。你要记住，卡季什，所有这些事都是在愤怒和病痛时无意中做出来的，后来也就被忘记了。我们的义务，亲爱的，就是要纠正他的错误，不让他做出这样的不义之举，以此减轻他最后时刻的痛苦，不让他想起使一些人遭到了不幸而怀着负罪感死去……”

“这些人为他牺牲了一切，”公爵小姐接口道，又挣扎着要站起来，但公爵不肯松手，“对于这一点，他永远不懂得珍惜。不，表叔，”她又叹息地补充道，“我要记住，在这个世界上不能期待奖赏，在这个世界上既没有尊严，也没有正义。在这个世界上要做一个狡猾凶恶的人。”

“好了，好了，不要激动；我了解你的美好心灵。”

“不，我有一颗凶恶的心。”

“我了解你的心，”公爵又说了一遍，“我珍惜你的友谊，但愿你对我也有同样的看法。不要激动，我们好好地谈谈，趁现在还有时间，也许只有一昼夜了，也许只有一个钟头；你要把你所了解的有关遗嘱的情况全都告诉我，主要的是要告诉我，它在哪里：你一定知道。我们马上就把它拿去给伯爵看。他想必已经忘了这件事，很愿意把它销毁。你要明白，我只有一个愿望，就是神圣地执行他的遗愿；我正是为此才来到这里。我在这里只是为了帮助他和你们。”

“现在我全都明白了。我知道，这是谁的阴谋。我知道。”公爵小姐说。

“问题不在这里，亲爱的。”

“这就是您所庇护的人，您的可爱的安娜·米哈伊洛夫娜，给我当女佣我都不要，这个该死的可恶的女人。”

“我们不要浪费时间了。”

“哎哟，您听我说！去年冬天她钻到这里来，对伯爵讲了许多关于我们，特别是关于索菲[①]的卑鄙下流的坏话，我简直说不出口，伯爵气得病倒了，两个星期不愿见我们。就在这个时候，我知道，他写了这份可恶的该死的文件；不过我当时以为，这份文件是不起作用的。”

“问题就在这里，为什么你以前不对我说呢？”

---

①索菲和索尼娅均是索菲娅的小名。

“在镶嵌式公文包里，他把公文包塞在枕头底下。现在我知道了，”公爵小姐说道，没有回答他的问题，“是的，我若有罪孽，有重大的罪孽，那就是仇恨这个坏女人，”公爵小姐几乎是在大声叫嚷，腔调完全变了，“为什么她要钻到这里来？不过我会对她把一切、一切全都说出来。到时候看吧！”

十九

人们在接待室和公爵小姐的房间里进行这样一些谈话的时候，一辆轿式四轮马车载着皮埃尔（他是派人找来的）和安娜·米哈伊洛夫娜（她认为有必要与他同来）驶进了别祖霍夫伯爵的庭院。车轮在窗下铺垫的稻草上响起了柔和的沙沙声，安娜·米哈伊洛夫娜想对自己的同伴说几句安慰的话，这才发觉他在车厢一角睡着了，就叫醒了他。皮埃尔醒来，跟着安娜·米哈伊洛夫娜走下马车，这时才想到要和正在等着他的病危的父亲相见了。他发现，他们不是来到正门，而是在后门的入口处。当他走下踏板时，有两个穿着小市民衣服的人匆匆跑开，躲进了墙边的阴影里。皮埃尔停住脚步，看到在府邸两边的阴影里还有几个这样的人。但无论是安娜·米哈伊洛夫娜，还是仆人、车夫，虽然不可能没有看见这些人，却都不予理会。于是皮埃尔暗暗断定，这是理所当然的，便跟在安娜·米哈伊洛夫娜后面走了过去。安娜·米哈伊洛夫娜步履匆匆，沿着光线暗淡的狭小石梯上楼，一面招呼着落在后面的皮埃尔，他不明白，为什么他必须去见伯爵，更不明白，为什么他必须走后门的楼梯，可是看到安娜·米哈伊洛夫娜自信和匆忙的样子，便暗自断定，这样做是完全必要的。在楼梯的半中腰，他们差点儿被几个拎着水桶的人撞倒，他们踩得皮靴咚咚作响地迎面跑了下来。这些仆人贴着墙壁，给皮埃尔和安娜·米哈伊洛夫娜让路，在看到他们时丝毫没有惊讶的表现。

“这里是几位公爵小姐的住处吗？”安娜·米哈伊洛夫娜问其中的一个。

“是的，”仆人放肆而响亮地回答道，仿佛现在怎么做都是可以的，“门在左边，太太。”

“也许伯爵并没有叫我，”皮埃尔在踏上楼梯平台时说道，“我还是回自己的房间吧。”

安娜·米哈伊洛夫娜停住脚步，等皮埃尔赶上来。

“唉，我的朋友！”她像早晨对儿子一样，以同样的手势碰碰他的手，“请相信，我的悲痛不亚于您，可是您要挺住，做个真正的男子汉。”

“我真的要去吗？”皮埃尔问，透过眼镜亲切地望着安娜·米哈伊洛夫娜。

“我的朋友，您要忘掉人家对您不公道的地方，您要想想，他是您的父亲……也许就要死了……我一见到您，就像爱儿子一样爱您。您要信得过我，皮埃尔。我是不会忘记您的利益的。”

皮埃尔听不懂她在说什么；他又更强烈地感到，这一切都是理应如此，于是顺从地跟着安娜·米哈伊洛夫娜，她已经在推门了。

这扇门通往后门的前厅。公爵小姐的老年男仆坐在角落里编织袜子。皮埃尔从未到过这边，甚至不知道还有这些房间，安娜·米哈伊洛夫娜向一个从身后往前赶的用托盘托着长颈玻璃瓶的女仆（称呼她亲爱的和好姑娘）问候小姐们的健康，又领着皮埃尔沿着石廊往前走。石廊左边的第一扇门通往公爵小姐们的内室。托着长颈玻璃瓶的女仆在忙乱中（此刻在这座宅子里一切都显得很忙乱）没有带上门，皮埃尔和安娜·米哈伊洛夫娜不由自主地朝房间里看了看，只见大小姐和瓦西里公爵坐得很近，正在交谈。看到有人经过，瓦西里公爵做了一个不耐烦的动作，身子朝后一仰；公爵小姐跳起来，用十分激烈的手势使尽全力把门砰地关上。

这个手势那么不像素来文静的公爵小姐的为人，瓦西里公爵脸上的恐惧表情与他的傲慢是那么不相称，皮埃尔不禁站在那里，透过眼镜询问地望着自己的领导者。安娜·米哈伊洛夫娜没有表示惊讶，只是微微一笑，叹了口气，仿佛表示这一切都不出她之所料。

“做个男子汉，我的朋友，我会维护您的利益的。”她说，这是在回答他目光中的疑问，接着她沿着走廊走得更快了。

皮埃尔不明白是怎么回事，更不明白维护他的利益是什么意思，但他明白，这一切都应当是这样。他们经走廊来到半明半暗的大厅，它紧挨着伯爵的接待室。这个大厅是皮埃尔从正门的台阶上所看到的阴冷、豪华的房间之一。然而即使是这个房间，也在中央放着一个空澡盆，地毯上还溅了水。迎面踮着脚出来了一个仆人和带着香炉的教堂执事，对他们毫不在意。他们走进了皮埃尔所熟悉的接待室，那里有两扇意大利式的窗户朝着冬季花园，有叶卡捷琳娜女皇的一座大型半身雕像和一幅全身画像。还是那些人，几乎还是那样的姿态，坐在接待室里交头接耳。所有的人都不再说话，回头望着进来的哀伤、苍白的安娜·米哈伊洛夫娜，望着肥胖、高大的皮埃尔，他低着头，顺从地跟在她的身后。

安娜·米哈伊洛夫娜的脸色表明，她意识到决定性的时刻已经到来；她以彼得堡干练女性的风度，比早晨更勇敢地迈进了房间，不让皮埃尔离开一步。她感到，既然她带来的是病危者希望看到的人，那么她就必然会受到接待。她迅速地环顾房间里所有的人，看到了伯爵的忏悔神甫，她并没有弯腰曲背，却突然变得矮了一截，缓缓地来到神甫跟前，恭敬地接受一位又一位神职人员的祝福。

“感谢上帝，总算赶到了，”她对一位神职人员说，“我们所有的亲人都十分担心。这个年轻人就是伯爵的儿子，”她悄悄地添了一句。“这是可怕的时刻啊！”

她说了这些话，又走到大夫那里。

“亲爱的大夫，”她对大夫说，“这个年轻人是伯爵的儿子……还有希望吗？”

大夫一言不发，迅速地抬眼、耸肩。安娜·米哈伊洛夫娜以完全同样的动作耸肩、抬眼，几乎把眼睛闭上了，她叹息一声，离开大夫，转身来到皮埃尔跟前，对他特别恭敬、温柔而忧伤。

“信赖上帝的仁慈吧！”她对皮埃尔说，指指一张小沙发，要他坐下等她，自己悄无声息地朝大家都望着的那扇门走去，随着门极轻微地一响，她在门里消失了。

皮埃尔决定凡事都服从自己的领导者，朝她所指的小沙发走去。安娜·米哈伊洛夫娜一消失，他就发觉，房间里所有人的目光都集中到了他的身上，这目光不只是好奇和同情。他发觉，大家在窃窃私语，用眼睛瞟着他，脸上似乎流露出恐惧甚至谄媚奉迎的神情。人们向他表示的敬意，是他过去从未感受到的：正在和神职人员谈话的一位陌生的女士从自己的座位上站起来，请他坐下，副官拾起皮埃尔失落的一只手套，递给他；他从大夫们的身边走过，他们恭敬地默默闪在一旁，给他让路。起初皮埃尔想坐到别处，以免女士受拘束，想自己拾起手套绕开大夫，而他们并没有站在挡道的地方，但他突然意识到，那样做是不礼貌的，他意识到，今晚他必须履行某种骇人的仪式，是众望所归的人物，因此他应当接受人们的效劳。他默默地从副官手里接过手套，在女士的座位上坐下，把一双大手放在对称地摆开的膝盖上，一副埃及木偶的天真姿态，他暗自断定，这样做是恰如其分的，今晚为了不茫然失措，为了不干蠢事，他不可按自己的想法行动，而要完全听凭那些领导他的人摆布。

过了不到两分钟，瓦西里公爵身穿佩戴着三枚星章的上衣，高傲地昂首走进房间。他似乎从早晨起又瘦了；当他环顾房间，看到皮埃尔的时候，他的双眼比平时大了。他来到皮埃尔面前，握着他的手（过去他从未握过他的手），把它往下拽，似乎他要检验一下，这只手是否牢固。

“别灰心，别灰心，我的朋友。他吩咐把您叫来。这就好了……”于是他想走开。

但皮埃尔认为有必要问一下：

“身体怎么样……”他踌躇起来，不知道称呼病人伯爵是否得体；称呼父亲又觉得不好意思。

“半小时前又中风了。他又中风了。别灰心，我的朋友……”

皮埃尔的思想很乱，听说“中风[①]”误以为是受到某种物体的打击。他茫然地看了看瓦西里公爵，后来才明白过来，这是一种病的名

① “中风”的俄语是“удар”，其基本意义是“打击”。

称。瓦西里边走边对洛兰说了几句话，踮脚走进了门。他不会踮着脚走路，整个身躯不断笨拙地耸动着。跟着他进去的是大小姐，然后是神职人员和教堂执事们，仆人们也进去了。门里传来了杂沓的脚步声，最后，安娜·米哈伊洛夫娜跑了出来，她的面色还是那样苍白，但带着坚决履行职责的神气，她碰碰皮埃尔的手说：

“上帝的仁慈是无限的。终傅马上开始。我们进去吧。”

皮埃尔进去了，他走在柔软的地毯上，发现一个副官、一个陌生的女士以及一些仆人全都跟着他进去了，似乎现在进入这个房间已经不需要得到允许。

二十

皮埃尔很熟悉这个用几根圆柱和一个拱门隔开的到处铺着地毯的宽敞的房间。在一列圆柱后面，一边是挂着丝绸帐子的高高的红木床，另一边是挂着几幅圣像的巨大壁龛，圆柱后面的这部分房间灯火辉煌，红艳艳的，好像晚祷时的教堂。壁龛前，在圣像的灿烂的金属衣饰下面，放着一把长长的伏尔泰式安乐椅，安乐椅上围着几只雪白光洁的枕头，看来是刚刚换上的，一条翠绿的被子盖到病人的腰部，躺在那里的是皮埃尔所熟悉的他父亲别祖霍夫伯爵的庄严肃穆的身影，宽阔的前额上面还是那一头狮鬣般的浓密灰白的长发，漂亮的橘红色的脸上还是刻着那显示高贵气质的深深的皱纹。他直接躺在圣像下面，从被子里抽出来的一双胖胖的大手放在被子上。手掌向下的右手，在拇指和食指之间插着一支蜡烛，由一个老年男仆在安乐椅边弯腰扶着。几个神职人员站在安乐椅旁，身穿闪闪发亮的庄严的法衣，长长的头发披在法衣上，手里拿着点燃的蜡烛，缓慢而庄严地祈祷着。在他们稍后的地方站着两个较年轻的公爵小姐，拿着手绢捂在眼角，在她俩之前的是大小姐卡季什，一副凶狠而坚决的神气，目不转睛地盯着圣像，仿佛在告诉所有的人，一旦她环顾四周，她就不能对自己的行为负责。安娜·米哈伊洛夫娜带着温顺、悲哀和宽恕一切的神情，与一个陌生的女士站在门边，瓦西里公爵站在另一边，靠近安乐椅，面前是一把雕花的丝绒椅子，他把椅子转过来，让椅背对着自己，用拿着蜡烛的左手的臂肘支在椅背上，用右手画十字，每当手指举到额前时，就抬起双眼。他的脸上表现出平静的虔诚和对上帝意志的忠诚。“要是你们不理解这种感情，对你们来说那就更糟”，他的神情似乎在这样说。

站在他背后的是副官、大夫们和那些男仆；好像在教堂里那样，男女是分开的。人人都默默地画着十字，只听见祈祷声，低音乐器那沉稳而浑厚、悦耳的声音以及寂静时脚步移动和叹息的声音。安娜·米哈伊洛夫娜带着一种郑重其事的样子，表示她知道在做什么，穿过整个房间来到皮埃尔跟前，把一支蜡烛递给他。他点燃蜡烛，由于只顾观察周围的人们，竟用拿着蜡烛的那只手画起十字来。

面色红润，爱笑，长着一颗痣的最小的公爵小姐索菲看着他。她莞尔一笑，拿手绢遮掩着脸，好久没有把脸露出来，可是，看了看皮埃尔，又笑了起来。大概她觉得，看着他不能不发笑，又忍不住想看他，于是为了避开诱惑，悄悄地躲到了圆柱后面。祈祷进行到一半，神职人员的声音突然停了下来；他们彼此小声说了些什么；扶着伯爵手的老年男仆直起腰来，找妇女去了。安娜·米哈伊洛夫娜走上前去，弯腰探视病人，又在背后做手势招呼洛兰。这位法国大夫靠在圆柱上站着，没有拿点燃的蜡烛，他抱着一个外国人恭而敬之的态度，表明尽管信仰不同，但他完全理解眼前仪式的重要性，甚至是赞赏的，这时他迈着悄然无声的脚步尽快赶到病人身边，用白皙纤细的手指从翠绿的被子上抓起他那只不拿蜡烛的手，转过头去，开始把脉并沉吟起来。人们给病人服了药，在他身边忙碌着，然后又各自散开，于是祈祷仪式恢复了。在仪式暂停的时候，皮埃尔发觉，瓦西里公爵从椅背后面出来，也带着那种神气，表示他知道自己在做什么，要是别人不理解他，对他们来说那就更糟，他不是去看病人，而是经过病人身边去和大小姐会合，与她一起朝卧室深处的那张挂着丝绸帐子的高高的床走去。从床那里，公爵和公爵小姐都走出后门不见了。但在祈祷结束前又先后回到了各自的原处。比起其他情况，皮埃尔对这个情况并未多加注意，他早已断定，今晚在他面前所发生的一切都是理所当然的。

教会音乐的声音停止了，传来了一位神职人员说话的声音，他在恭贺病人受了圣礼。病人仍旧那样躺着，毫无生气，一动不动。他周围的人都在忙碌着，听得到脚步声和低语声，其中以安娜·米哈伊洛夫娜的低语最为急切。

皮埃尔听见她说：

“一定要抬到床上去，放在这里绝对不行……”

病人被大夫、公爵小姐和仆人们围在中间，皮埃尔已经看不到那面色橘黄，长着浓密的灰白长发的头颅了，皮埃尔虽然眼睛看着别人的脸，但在祈祷的时候病人的头颅始终没有离开过他的视野。皮埃尔根据围着安乐椅的人们小心翼翼的动作，猜想濒危的病人已被托起来抬着走了。

“抓住我的手，这样要掉下去的，”他听到了一个仆人惊恐的低语，“从下面托着……再来一个人。”几个声音在说，人们沉重的呼吸和脚步的移动变得更急促了，似乎他们搬动的重量是他们的力气难以胜任的。

抬着病人的那些人，其中也有安娜·米哈伊洛夫娜，这时来到了皮埃尔跟前，他在短暂的瞬间从人们的脊背和脑勺后面看见了人们托着病人腋下抬起的他那裸露的高高隆起的胖墩墩的胸脯、肥硕浑圆的肩膀，以及长着卷曲的灰白色头发的雄狮般的头颅。他的头颅上有非常宽阔的前额和颧骨，好看、性感的嘴和威严冷漠的目光，死亡的临近并没有改变他的形象。他的头颅仍然是三个月前伯爵去彼得堡时皮埃尔所看到的那样。可是由于抬他的人脚步不稳，他的头颅无助地摇晃着，漠然的目光不知着落何处。

床前忙乱的几分钟过去了；抬病人的人散了。安娜·米哈伊洛夫娜碰碰皮埃尔的手，对他说：“我们去看看。”皮埃尔和她来到床前，人们已使病人在床上保持着幸福美满的姿态，这姿态大概和刚才举行的祈祷仪式有关。他躺着，头颅高高地靠在枕头上。他的两条手臂对称地伸在绿色的丝绸被面上，手掌朝下。皮埃尔走近时，伯爵直勾勾地看着他，不过那目光的目的和含义是人类所无法理解的。也许这目光并不表示什么，只能说明长了眼睛总得往什么地方看，也许它有太多的含义。皮埃尔手足无措地站着，回头疑问地看了看自己的领导者安娜·米哈伊洛夫娜。安娜·米哈伊洛夫娜急忙用眼睛向他示意，瞟着伯爵的手，又用双唇给那只手送去一个飞吻。皮埃尔为了不碰到被子，便竭力伸长脖子，按照她的主意，恭敬地吻了吻骨骼宽大的胖乎乎的手。伯爵的手和脸上的肌肉都没有动一动。皮埃尔又疑问地看了看安娜·米哈伊洛夫娜，想知道现在他该怎么办。安娜·米哈伊洛夫娜用眼睛瞟着床边的安乐椅。皮埃尔便顺从地开始往安乐椅上坐，一边继续用眼睛询问，他做得对还是不对。安娜·米哈伊洛夫娜赞许地点了点头。皮埃尔又摆出了埃及木偶的那种对称、质朴的姿势，看来他感到遗憾，他那笨拙肥胖的身躯竟占了那么大的空间，因而费尽心思，想尽可能显得小一些。他看着伯爵。伯爵看着皮埃尔刚才站着的时候他的脸所在的地方。安娜·米哈伊洛夫娜的表情说明，她意识到了父子相见的这最后时刻所具有的感人的重大意义。这个情况持续了两分钟，皮埃尔觉得好像过了一个小时。突然，在伯爵脸上的肌肉和深深的皱纹中出现了颤动的迹象。颤动在加剧，好看的嘴歪了（这时皮埃尔才明白，他父亲离死亡是多么近），从歪斜的嘴里吐出含糊嘶哑的声音。安娜·米哈伊洛夫娜用心地看着病人的眼睛，竭力猜测他需要什么，时而指着皮埃尔，时而指着药水，时而询问地小声叫着瓦西里公爵的名字。病人的眼睛和脸色都显得不耐烦了。他费力地对寸步不离，站在床头的仆人看了一眼。

“老爷要翻身。”仆人小声说道，他站了起来，要把伯爵沉重的身躯翻过去，让他脸朝墙壁。

皮埃尔站起来帮助仆人。

在帮伯爵翻身的时候，他的一只手无力地垂在身后，他徒劳地想把手拖过去。伯爵是发觉了皮埃尔看着这只毫无生气的手时那骇然的目光，还是此刻在他那垂死的头脑里闪过了什么别的念头，反正他看看不听使唤的手，看看皮埃尔脸上骇然的神情，又看了看手，于是在他的脸上出现了与他的容貌那么不相称的软弱的苦笑，仿佛在嘲笑自己的无力。突然，在看到这笑容时，皮埃尔觉得心在颤抖，鼻子发酸，泪水模糊了他的视线。他们帮病人翻了身，让他面壁而卧。他叹了口气。

“他睡着了，”安娜·米哈伊洛夫娜看到来换班的公爵小姐便说，“我们走吧。”

皮埃尔出来了。

二十一

接待室里已经空了，只有瓦西里公爵和大公爵小姐坐在叶卡捷琳娜女皇的画像下热烈地谈论着什么。他们一看见皮埃尔和他的指导者，就住口不说了。皮埃尔觉得，公爵小姐好像把什么东西藏了起来，还压低声音说道：

“我受不了这个女人。”

“卡季什已经吩咐把茶送到小客厅去了……”瓦西里公爵对安娜·米哈伊洛夫娜说道，“可怜的安娜·米哈伊洛夫娜，您还是到那里去吧，喝杯茶提提神，不然您会挺不住的。”

他对皮埃尔什么也没说，只是充满感情地握了握他的上臂。皮埃尔和安娜·米哈伊洛夫娜往小客厅去了。

“熬过一个不眠之夜，要想恢复元气，来一杯这样的上等俄罗斯茶是再好不过的。”洛兰持重而兴奋地说道，一边端着不带把的中国细瓷杯子品着茶，他站在圆形小客厅的一张桌子前，桌上放着一套茶具和晚间的冷餐，这天夜晚在伯爵家里的所有人都聚在桌边略进饮食。这个带有几面镜子和几张小桌子的圆形小客厅，皮埃尔记得很清楚。在伯爵府上举行舞会的时候，不会跳舞的皮埃尔喜欢坐在这个带镜子的小客厅里，观察女人们身穿舞会盛装，裸露的肩膀上挂着钻石和珍珠项链，在走过这个房间时，在灯光璀璨的镜子前顾影自怜，几面镜子一次又一次地映出她们的身影。现在这个房间里只有两支蜡烛的微弱光线，深夜里小桌子上还乱放着茶具和食物，形形色色、没精打采的人们坐在那里低声交谈，一言一行都表明，谁也没有忘记卧室里正在发生和将要发生的情况。皮埃尔没有吃东西，虽然他很想吃点儿。他回头疑问地看了看自己的领导者，只见她踮着脚又要去接待室了，留在那里的只有瓦西里公爵和大公爵小姐。皮埃尔认为，这也是应当的，于是迟疑一下，也跟着去了。安娜·米哈伊洛夫娜站在公爵小姐身旁，两个人同时都在激动地小声讲话。

“公爵夫人，我倒想知道，什么可以，什么又不可以。”公爵小姐说，看来她很激动，激动得就像当初砰的一声关上自己的房门那样。

“不，亲爱的、善良的公爵小姐，”安娜·米哈伊洛夫娜谦和而坚决地说道，她挡着去卧室的路，不放公爵小姐走，“这不是让可怜的舅舅太难受了吗？他现在需要休息啊。怎能在这样的时候谈世俗问题呢，他的灵魂已经准备……”

瓦西里公爵坐在圈椅上，摆着毫不拘礼的姿态，把一条腿高高地架在另一条腿上。他的两颊强烈地抽搐着，一松弛下来，脸的下部就像粗了一些；可是他装出一副样子，好像对两个女人的谈话不大感兴趣。

“不要这样嘛，亲爱的安娜·米哈伊洛夫娜，您就让卡季什去做她想做的事情吧。”

“我并不知道这份文件的内容，”公爵小姐指着她拿在手里的镶嵌式公文包，对瓦西里公爵说道，“我只知道，真正的遗嘱是在他的写字台里，而这是一份被遗忘的文件……”

她想绕开安娜·米哈伊洛夫娜，但安娜·米哈伊洛夫娜轻轻一跳，又挡住了她的去路。

“我知道，亲爱的、善良的公爵小姐，”安娜·米哈伊洛夫娜说，一手抓住公文包，而且抓得紧紧的，显然她是不会轻易放手的，“亲爱的公爵小姐，我请求您，我恳求您，可怜可怜他吧。我求您啦……”

公爵小姐默不作声。只听见使劲争夺公文包的声音。显然，如果她开口说话，那决不是对安娜·米哈伊洛夫娜的恭维。安娜·米哈伊洛夫娜紧抓不放，但尽管如此，她的声音还是保持着她那悦耳的委婉柔和的语调。

“皮埃尔，您过来，我的朋友。我想，在亲属的商谈中，他不是一个多余的人吧，公爵？”

“为什么您不说话，表叔？”公爵小姐突然大声叫道，客厅里的人都听到了，大吃一惊。“有人竟敢到这里来掺和，在濒危病人的房门口闹事，为什么您不说话？女阴谋家！”她恶狠狠地低声道，使尽全力猛拽公文包，但安娜·米哈伊洛夫娜连跨几步，以便紧跟着公文包，并抓住她的手。

“噢！”瓦西里公爵以责备和惊讶的语气叫道。他站了起来。“这太可笑了。喂，都放手。我在对你们说话呢。”

公爵小姐放开了。

“您也放手！”

安娜·米哈伊洛夫娜不听他的。

“放手，我告诉您！我承担全部责任。我去问他。我……这样总行了吧？”

“不过，公爵，”安娜·米哈伊洛夫娜说，“在举行了这样重要的圣礼之后，您就让他安静一会儿吧。还有，皮埃尔，谈谈您的看法吧。”她对年轻人说，他走到他们跟前，惊讶地看着公爵小姐那凶恶的完全失态的脸，以及瓦西里公爵那抖动的脸蛋。

“记住，您要对全部后果负责，”瓦西里公爵严肃地说道，“您不知道您是在干什么。”

“坏女人！”公爵小姐叫道，突然向安娜·米哈伊洛夫娜扑过去，要夺回公文包。

瓦西里公爵低下头，摊开双手。

这时，门，皮埃尔久久看着的那扇可怕的门，平时开门的声音很轻，这时被猛然推开，砰的一声撞在墙上，二小姐从门口奔了进来，情绪激动地扬起双手轻轻一拍。

“你们在干什么呀！”她不顾一切地说道，“他要死了，你们却把我一个人留在那里。”

大小姐手里的公文包掉了下来。安娜·米哈伊洛夫娜迅速地弯腰接住那个引起争端的东西，向卧室跑去。大小姐和瓦西里公爵醒悟过来，也跟着去了。几分钟以后，大小姐第一个从卧室里出来，面色苍白、冷漠，咬着下嘴唇。看见皮埃尔，她的脸上流露了无法抑制的憎恶。

“是啊，您现在高兴了，”她说，“你等的就是这个。”

于是她号啕大哭，用手绢蒙着脸跑出了房间。

跟着公爵小姐出来的是瓦西里公爵。他摇摇晃晃地来到皮埃尔坐过的沙发跟前，倒在沙发上，一只手捂着眼睛。皮埃尔发觉，他面色苍白，下巴颏跳动着，颤抖着，像发了疟疾一样。

“唉，我的朋友！”他握着皮埃尔的臂肘说道；在他的声音里听得出真诚和软弱，这是皮埃尔在他身上从未感受到的。“我们作了多少孽，我们干了多少骗人的勾当，这都是为了什么呢？我五十多岁了，我的朋友……要知道，我……所有的人都不免一死，所有的人。死亡是可怕的。”他哭了。

安娜·米哈伊洛夫娜最后一个出来。她轻轻地，缓缓地来到皮埃尔面前。

“皮埃尔！……”她说。

皮埃尔疑问地看着她。她吻了吻他的前额，泪水滴在他的脸上。

“他不在了……”

皮埃尔透过眼镜看着她。

“我们走吧，我陪您去。您哭出来吧：只有眼泪能减轻您的痛苦。”

她把皮埃尔送到昏暗的客厅，他很高兴，在那里没有人能看到他的脸。安娜·米哈伊洛夫娜离开他走了，等到她回来，他把一只手枕在头下，已经酣然入睡。

第二天早晨安娜·米哈伊洛夫娜对皮埃尔说：

“是的，我的朋友，这对我们大家都是极大的损失，更不用说您了。但上帝会帮助您，您还很年轻，而您现在，我希望，已经是一份庞大财产的主人了。遗嘱还没有宣布。我很了解您，相信这不会让您冲昏头脑；但这会使您承担起很多责任；所以您一定要做个真正的男人。”

皮埃尔默然无语。

“也许以后我会告诉您，要是我不在那里，天知道会发生什么事情。您知道，舅舅前天答应我，不会忘记鲍里斯，可是来不及了。我希望，我的朋友，您会完成父亲的遗愿。”

皮埃尔一点儿也听不懂她的话，腼腆地红着脸，默默地看着安娜·米哈伊洛夫娜公爵夫人。和皮埃尔交谈以后，安娜·米哈伊洛夫娜回到罗斯托夫家里，躺下睡了。早晨醒来后，她对罗斯托夫夫妇和所有认识的人讲了别祖霍夫伯爵去世的详情。她说，伯爵死了，她但愿也能像他那样死去，他的死亡不仅感人，而且有教育意义；父亲和儿子的最后一面是那样令人动容，使她一想起来就要流泪，她不知道，在这可怕的时刻，谁的表现更高尚，是父亲还是儿子：父亲在临终的时候那样回忆了往事和亲友，对皮埃尔讲了那样令人感动的话语；皮埃尔叫人看着都心疼，他伤心欲绝，然而竭力掩饰自己的悲哀，以免临终的父亲伤心。“这使人心情沉痛，但极有教益；看到老伯爵和他的好儿子这样的人，心灵就会得到升华。”至于公爵小姐和瓦西里公爵的行为，她是不赞成的，但还是讲了，不过是极其秘密地悄悄地讲的。

二十二

在尼古拉·安德烈耶维奇·鲍尔康斯基公爵的庄园童山，每天都在等待着年轻的安德烈公爵和公爵夫人的到来，但等待并没有破坏老公爵在家里有条不紊的生活秩序。步兵上将尼古拉·安德烈耶维奇公爵在社会上有个外号叫普鲁士王，自从保罗皇帝在位时被流放到乡下，便深居简出，与女儿玛丽亚公爵小姐以及她的女伴布里安娜小姐生活在一起。在新朝治下，虽然准许他进入两京①，他还是住在乡下闭门不出，他说，要是有谁需要见他，那就从莫斯科长驱一百五十俄里②到童山来，而他谁也不需要，什么也不需要。他说，人的罪恶只有两个根源：闲散和迷信，美德也只有两个：工作和智慧。他亲自教育自己的女儿，为了培养她的两个主要美德，给她教授代数和几何，在他的安排下，她的全部生活就是不断地学习。他自己经常在忙，有时写回忆录，

---

①指彼得堡和莫斯科。

②1俄里合1.06公里。

有时学习高等数学，有时在旋床上旋鼻烟壶，有时修整花园或在建筑工地上监督施工，在他的庄园建筑活动是从不停止的。因为工作的主要条件是秩序，所以在他的生活方式中，秩序达到了一丝不苟的程度。他在同样的、永远不变的条件下，不仅在同一钟点，而且是在同一分钟出来就餐。对他周围的人们，从女儿到仆人，公爵态度生硬，总是严格要求，因而他虽然为人并不残酷，却令人又畏惧又敬重，这是极残酷的人也不容易做到的。尽管他已退休，现在对国务活动没有任何影响，但公爵的庄园所在的那个省份的每一位首长，都认为自己有义务前来拜见，像建筑师、花匠或玛丽亚公爵小姐一样，在高大的侍者室里等候公爵在指定的时间出来接见。在书房那扇高大的门打开，老人的身影在门口出现的时候，侍者室里的每个人都会有一种敬重，甚至畏惧的感觉，老人身材不高，戴着扑粉的假发，有一双干瘦的小手和两道下垂的灰色眉毛，有时他皱眉蹙额，灰色的眉毛便遮掩着那双聪明而充满青春活力的炯炯有神的眼睛。

在青年夫妇预定要到达的那一天，玛丽亚公爵小姐在早晨固定的时间进侍者室请早安，她惊恐地画着十字，暗暗地默念着祷词。她每天都来，每天都祈祷，但愿这每日必有的见面能顺利地过去。

坐在侍者室里，头发上扑了粉的老年男仆静悄悄地站起来，禀告道："请吧。"

门内传来旋床发出的均匀的声音。公爵小姐胆怯地拉开轻便灵活的门，站在门口。公爵在旋床上干活，回头看了一眼，又继续干他的活儿。

巨大的书房放满了东西，显然都是常用的。一张大桌子上堆着书籍和图表，几个玻璃书橱的橱门上插着钥匙，一张供站着写字用的高桌子上有一本打开的笔记本，还有一台旋床以及分别摆开的工具和散落在周围的金属碎屑——这一切都说明，这里经常在进行多种多样的秩序井然的工作。那只穿着绣有银色花纹的鞑靼式皮靴的不大的脚的动作，一只枯瘦的青筋暴露的手稳稳地抵压着什么，显示出公爵这位精神矍铄的老人仍然拥有顽强的坚持不懈的力量。旋了几圈之后，他把脚从旋床踏板上放下来，擦干净刀具，把它扔进挂在旋床上的皮口袋里，走到桌旁，把女儿叫了过来。他从不祝福自己的孩子，只把今天还没有刮过的胡子拉碴的面颊凑过去给她吻一吻，严厉而又关切、温柔地打量她一下说：

“身体好吗？……那就坐下吧！”

他拿起他亲手写的一册几何学，用脚把自己的椅子拖过去。

“明天的作业！”他说，迅速地翻到那一页，用坚硬的指甲从一节划到另一节。

公爵小姐弯腰看着桌上的那本小册子。

“等一等，有你的一封信。”老人突然说，一边从桌子上方的信插里取出信封上是女人笔迹的信，扔在桌上。

公爵小姐看到信，脸上布满了红斑点。她急忙拿起来，低头看信。

“是爱洛绮丝的吧？[①]”公爵问道，他冷然一笑，露出了仍然坚固的微微发黄的牙齿。

“是的，是朱丽的。”公爵小姐说，腼腆地抬头望望，又腼腆地微微一笑。

“我再放过两封信，第三封我就要看了，”公爵严厉地说，“我担心你们会胡说八道。第三封我是要看的。”

“这一封您也可以看嘛，爸爸。”公爵小姐把信递给他说，她的脸更红了。

“第三封，我说过了，第三封。”公爵推开信，简短地叫道，他把臂肘支在桌上，将画有几何图形的小册子移到面前。

“哎，小姐。”老人开始说道，他靠近女儿，弯腰看着小册子，一只手搭在公爵小姐所坐的圈椅的椅背上，这样一来，公爵小姐就觉得，自己被她所熟悉的父亲的烟草气味和他那老年人的刺鼻气息从四面八

---

①《朱丽或新爱洛绮丝》是卢梭的书信体言情小说。公爵讥讽地把女儿的通信与这部小说相比拟，故意把朱丽·卡拉金娜叫做爱洛绮丝。父亲的调侃，女儿心领神会。

方包围了起来。“哎，小姐，这些三角形是相似的；你看，*abc* 角……”

公爵小姐惊恐地望着父亲那双离她很近的炯炯有神的眼睛；红斑点在她的脸上闪闪发光，看来她完全不懂，非常害怕，这种恐惧心理妨碍她理解父亲以后的讲解，不论他讲得多么清楚。这是老师的错还是学生的错呢，反正每天都出现同样的情况：公爵小姐头晕眼花，她什么也看不见、听不见，只感到严厉的父亲那冷漠的脸就在自己身边，感觉到他的呼吸和气味，只想快点儿离开书房，回到自己的房间自由自在地把习题弄清楚。老人火气上来了：他把自己坐的圈椅一会儿砰地推开，一会儿呼地拉回来，他竭力控制自己不要发火，可是几乎每次都发火、骂人，有时还把小册子甩了。

公爵小姐回答错了。

“唉，怎样才能懂呢！”公爵推开小册子，猛地转身叫道，但他立刻站起身来，踱了几步，双手拍一下公爵小姐的头发，又重新坐下。

他靠近桌子继续讲解。

“不行，公爵小姐，不行，”他在公爵小姐拿起作业本合上，已经准备走的时候说道，“数学是伟大的事业，我的小姐。我不愿你也像我们那些愚昧无知的太太一样。忍一忍吧，你会爱上它的。”他伸手拍拍她的脸蛋，“脑子里的蒙昧就会被赶走了。”

公爵小姐想走了，他用手势拦住了她，从高桌子上拿了一本没有裁开的新书。

“这里还有一本《自然奥秘解答》，是你的爱洛绮丝给你寄来的，这是宗教著作。我不干预任何人的信仰……我浏览过了。拿去。好了，走吧，走吧！”

他拍拍她的脸蛋，自己在她身后关上了门。

公爵小姐回到自己的房间，脸上带着忧郁和惊恐的表情，这个表情很少离开过她，使她难看的病态的面貌变得更难看，她坐到自己的写字台前，上面摆满了小型画像，堆着练习本和书籍，公爵小姐这儿的凌乱和他父亲的秩序井然正好相反。她放下几何学小册子，迫不及待地把信拆开。写信的是公爵小姐从童年起最亲密的朋友。这个朋友就是曾出席罗斯托夫家命名日宴会的朱丽·卡拉金娜。

朱丽写道：

亲爱的无比珍贵的朋友，离别是多么可怕而令人痛苦呀！不论我多少次告诉自己，我的生命和幸福的一半在于有您，告诉自己，无论把我们分开的距离多么遥远，我们的心总是被不可分割的纽带联系在一起，可我的心总是在愤怒地反抗命运，尽管欢欣和娱乐围绕在我身边，我却无法克制从我们离别之日起，在我内心深处所感受到的某种隐秘的忧伤。为什么我们不像去年夏天那样，共处于您宽敞的书房，坐在蓝色的沙发上，坐在那“倾诉隐衷”的沙发上呢？为什么我不能像三个月之前那样，从您谦和、平静而聪慧的目光中汲取新的道德力量呢？我是那么喜爱您的目光，在我给您写信的此刻，我正看着您的目光，它就在我的面前。

看到这里，玛丽亚公爵小姐叹了一口气，扭头看着立在她右边的窗间镜。映在镜子里的是难看、孱弱的身体和瘦削的脸。她的一双总是忧郁的眼睛，现在特别绝望地看着镜子中的自己。“她是在恭维我”，公爵小姐想，转过头来继续看信。朱丽并没有恭维自己的朋友：的确，公爵小姐的眼睛大而深邃，光彩照人（那温暖的光辉有时仿佛一缕一缕地流泻出来），这双眼睛是那么美，尽管整个容貌难看，这双眼睛却往往比美丽更有魅力。可是，公爵小姐从未看到过自己的眼睛的美好表情，因为这样的表情是在她没有想着自己的时候才流露出来的。和所有的人一样，她一照镜子，脸上就会露出做作、不自然的傻气的表情。她接着看下去：

整个莫斯科都在谈论战争。我的两个兄弟，一个已在国外，一个正随着近卫军进军边境。我们亲爱的皇上要离开彼得堡了，正如人们的预料，他准备让自己宝贵的生命听凭战争的偶然性摆布。上帝保佑，但愿扰乱欧洲安宁的科西嘉恶魔[①]被我们的皇上打倒，他是万能的仁慈的上帝派来当我国君主的天使。姑且不说我的两个兄弟，这场战争还使我失去了我的内心最亲密的联系之一。我说的是年轻的尼古拉·罗斯托夫，他那么热情，不忍坐视，于是离开大学参军去了。我坦白地告诉您，亲爱的玛丽[②]，尽管他非常年轻，他的参军使我感到很痛苦。我在去年夏天对您谈起过的这个青年那样高尚，那样洋溢着真正的青春的朝气，在我们这个时代，在我们那些二十岁的老头子当中是十分罕见的！他特别坦诚，特别善解人意。他那么纯洁、富于诗意，我和他的关系，尽管昙花一现，却是我可怜的心中最甜蜜的快乐之一。有一天我要向您讲述我们的离别，以及在离别时所说过的所有话语。这一切还恍如昨日……啊！亲爱的朋友，您是幸福的，您不了解这种令人陶醉的喜悦，这种难以忍受的悲伤。您是幸福的，因为悲伤往往比喜悦更强烈。我很清楚，尼古拉伯爵太年轻，除了做我的朋友，谈不上别的。但这甜蜜的友谊，这如此富于诗意、如此纯洁的关系，正是我的心所向往的。不过，不谈了。轰动莫斯科的主要新闻是别祖霍夫老伯爵之死和他的遗产。您想想，三位公爵小姐所得甚微，瓦西里公爵一无所获，而皮埃尔继承了全部财产，不仅如此，他被承认为合法的儿子，因而现在是别祖霍夫伯爵了，是俄罗斯最庞大的产业的所有者。据说，在这全部过程中瓦西里公爵扮演了很卑劣的角色，非常羞愧地到彼得堡去了。坦白地说，我不大了解那些与处理财产的遗嘱有关的事情；我只知道，我们都认识的那个简单地叫做皮埃尔的年轻人，自从成了别祖霍夫伯爵和俄罗斯最好的一份产业的所有者之后，我的一个消遣就是观察那些家中有待嫁女儿的妈妈，以及小姐们本人对这位先生的腔调的变化，我一直觉得他是（只是顺便说说）一个很

---

①拿破仑是科西嘉岛的人。

②玛丽是玛丽亚的法文叫法。

渺小的人。两年来大家为了消愁解闷，都在为我物色夫婿，大多是我不认识的人，莫斯科关于婚姻的街谈巷议居然把我说成是别祖霍娃伯爵夫人。但您是了解我的，我一点儿也不希望这样。顺便谈谈婚姻。您知道吗，不久前我们**大家的阿姨**安娜·米哈伊洛夫娜极其秘密地告诉我，有人想为您择偶。那是瓦西里公爵的儿子阿纳托利，人家想让他成亲，娶一位富有、高贵的姑娘，他的父母选中了您。我不知道，这件事您会怎么看，不过我认为自己有义务预先告诉您。听说，他很漂亮，是个纨绔子弟。我所能了解到的就是这些。

不过聊得够了。第二页要写完了，妈妈派人来叫我，要到阿普拉克辛家去赴宴。

请读一读我寄给您的那本神秘主义的书；它在我们这里很受欢迎。虽然其中有一些内容，人类薄弱的智力很难理解，但这是一本好书；阅读这本书使人的心灵得到安慰和升华。谨向令尊致敬并向布里安娜小姐致意。热烈地拥抱您。

朱丽

请告知令兄和她可爱的夫人的近况。又及。

公爵小姐想了想，若有所思地微微一笑（要注意，她的脸被光芒四射的眸子所照耀，完全变了样），突然欠身站起来，迈着沉重的脚步，走到桌边。她拿起一张纸，于是她执笔的手在纸上迅速地游走。她是这样答复的：

亲爱的无比珍贵的朋友。十三日来信使我深感快慰。您还仍然爱我呢，我的有诗人气质的朱丽。关于离别您说了那么多傻气的话，看来离别对您并没有发生它通常使人疏远的作用。您抱怨离别，那么我该怎么说呢，如果我敢说的话？——我所有可亲可爱的那些人都离我而去了。啊，倘若我们没有宗教的安慰，生活是很凄惨的。为什么当您谈到您对一个年轻人的爱慕时，认为我会持有严厉的看法呢？在这方面我只对自己严厉。我理解别人的这种感情，如果说我没有亲身体验而不能赞同他们，那么我也不会责备他们。我只是觉得，基督教对他人的爱，对敌人的爱，比起年轻男子的漂亮眼睛在易感而多情如您的年轻女子心中所引起的那种感情，更可敬、可喜，更美好。

在您来信之前我们已得到别祖霍夫伯爵去世的消息，家父感触很深。他说他是伟大时代的又一个代表人物，现在该轮到他追随伯爵而去了，但他表示，要竭尽所能推迟这一天的到来。上帝保佑，让我们不要遭到这样的不幸吧！

我不能赞同您对皮埃尔的看法，我在童年时就认识他了。我觉得，他有美好的心灵，这是我最看重的品质。至于他的遗产和瓦西里公爵在其中所扮演的角色，这对他们两个来说都是可悲的。啊，我的朋友，我们的救世主说，富人要进天堂比骆驼穿过针眼还难，这句话太对了！我可怜瓦西里公爵，更可怜皮埃尔。如此年轻就要承受这样庞大的财产的重负，他将来要经历多少诱惑的考验！要是有人问我，我在世上最希望的是什么，我一定会说：我希望比赤贫者中最穷的人更穷。为这本书我要感谢您一千次，亲爱的朋友，它是您给我寄来的，而且它在你们那里引起了那么大的轰动。不过，您告诉我，书中除了许多好的内容，也有人类薄弱的智力不可能理解的东西，因而我觉得没有必要从事这种令人不解的阅读，这样的阅读正因为令人不解而没有任何好处。我永远不能理解某些人的热情，他们热衷于神秘主义读物而使自己的思想陷于混乱，这些书只能使人们怀疑自己的理智，刺激他们的臆想，从而养成浮夸的特点，这是和基督教的质朴完全对立的。最好还是阅读使徒行传和福音书。不要试图钻研这些书中的那些神秘的内容，因为我们这些可怜的罪人怎能认识神意的可畏而神圣的秘密呢？只要我们还带着肉体的躯壳，它就使我们和永恒之间隔着无法穿透的帷幕。最好只学习我们的救世主留给我们的伟大准则，用以指导我们在这里，在尘世中的生活；我们要努力遵循这些准则，并且力求相信，我们越是不放纵我们的理智，就越是能取悦于上帝，上帝否定一切不是来自于他的知识，我们越是不去深究他想隐瞒我们的东西，他就会越早以其神圣的智慧给予我们有关的启示。

父亲没有对我谈过求婚的事，只说他收到了一封信，等着瓦西里公爵来访；至于我的配偶问题，我要对您说，亲爱的无比珍贵的朋友，在我看来，婚姻是上帝的安排，必须服从。不论我觉得多么痛苦，但如果万能的上帝要让我承担妻子和母亲的责任，我会竭尽所能忠实地履行我的义务，而不费心去考虑我对上帝赐予我的配偶的感情。

我收到了兄长的信，他通知我，他即将偕妻子前来童山。相逢的喜悦将是短暂的，因为他要离开我们，去参加这场战争，天知道我们怎么会卷进了这场战争。不仅在你们那里，在各种事件和社交活动的中心，就是在这里，正如城市居民通常对乡下所想象的那样，在农事和僻静之中，也能听到战争的回声，人们沉重地感到战争的临近。家父老是在谈行军和转移，我却一窍不通，前天我像平常一样在村道上散步，看到了令人悲痛欲绝的场面。那是我们这里征召的一批被派去参军的新兵，应该看一看那些即将离去的人们的母亲妻儿的惨状，听一听双方的哀号！你会觉得，人类忘记了自己的救世主的戒律，他教导我们要爱别人，宽恕别人的罪过，人类似乎认为自己的主要尊严就在于互相残杀的本领。

再见，亲爱的善良的朋友。愿我们的救世主和圣母把您置于自己神圣而万能的庇护之下。

玛丽

“啊，您要寄信，我的信已经寄出去了，是写给我可怜的母亲的。”布里安娜小姐微笑着以清脆悦耳的声音很快地说道，含糊地发着颤音，把完全不同的轻浮、快乐的世界带进了玛丽亚公爵小姐凝神思索的悲伤、抑郁的氛围。

“公爵小姐，我要提醒您，”她压低声音接着说，“公爵把米哈伊尔·伊万内奇痛骂了一顿，”她说，特别地用小舌发颤音[1]，并欣赏着自己的声音，“他心情很坏，那么阴沉。我提醒您，您知道……”

“唉，我亲爱的朋友，”玛丽亚公爵小姐回答道，“我曾请求您，永远不要对我讲老爷的心情如何，我不允许自己议论他，希望别人也不要议论。”

公爵小姐抬头看了看钟，发觉练钢琴的时间已过了五分钟，便惊慌地朝休息室走去。按照规定，十二点到午后两点公爵休息，公爵小姐练钢琴。

二十三

头发灰白的近侍昏昏欲睡地坐着，倾听公爵在大书房里的鼾声。宅子的远方，从关着的房间里传来弹奏杜塞克[2]奏鸣曲的一些繁难乐句、每个乐句重复二十遍的琴声。

这时一辆轿式马车和一辆轻便马车驶近门口的台阶，安德烈公爵从轿式马车里出来，扶妻子下车，并让她走在前面。白头发的吉洪，戴着假发，从侍者室的门后探出头来，小声禀告道，公爵在睡觉，随即把门关上。吉洪知道，无论是儿子的到来，还是有什么非常事件，都不能破坏作息制度。看来安德烈公爵也像吉洪一样了解这一点；他看看钟，仿佛要确认一下，在他久违的这段时间里，父亲的习惯是否有了改变，在确信没有改变以后，便回到妻子身边。

“他过二十分钟起来，我们到玛丽亚公爵小姐那里去吧。”他说。

矮小的公爵夫人在这段时间里胖了一些，但她说起话来，还是那样愉快而可爱地抬起眼睛，翘起长着茸毛、带着微笑的短嘴唇。

“这简直是宫殿啊！”她环顾四周对丈夫说，那神情好像是在恭维

---

①法语的特点是用小舌发颤音（俄语是用舌尖发颤音）。

②杜塞克（1761—1812），捷克钢琴家和作曲家。

舞会的主人。“喂，快点，快点！……”她回头既是对丈夫，也是对陪送他们的侍者微笑道。

“这是玛丽在练琴吗？我们悄悄地去，别让她看到我们。”

安德烈公爵带着谦恭和忧郁的表情跟在她后面。

“你见老了，吉洪。”他边走边对吻着他手的老人说道。

走到有钢琴声的房间前面，突然从侧门出来了一个漂亮的法国金发女子，布里安娜小姐好像高兴得发狂了。

“啊！公爵小姐会多开心哪！到底来了！我这就去告诉她。”

“不，不，别去……您是布里安娜小姐，就凭我的小姑子和您的友谊，我就认出您了，”公爵夫人在和她亲吻时说道，“她料不到我们会来！”

他们走到休息室门前，从里面传出一再重复弹奏乐句的声音。安德烈公爵站住，皱起了眉头，好像会出现什么不愉快的事情。

公爵夫人走了进去。乐句中断了；传出了叫声、玛丽亚公爵小姐沉重的脚步声和亲吻声。当安德烈公爵走进房间的时候，只在安德烈公爵的婚礼上匆匆见过一面的公爵小姐和公爵夫人搂在一起，彼此的嘴唇紧贴着最初偶然碰到的地方。布里安娜小姐站在她们身旁，双手按着心口，十分虔诚地微笑着，看来又想哭又想笑。安德烈公爵耸着双肩，疾首蹙额，好像音乐爱好者听到了走调的音符。两个女人放开了对方；然后又迫不及待地抓住对方的手，吻了又吻，接着又开始互相吻着面颊，完全出乎安德烈公爵的意料，两个女人竟哭了起来，接着又开始亲吻。布里安娜小姐也哭了。显然，安德烈公爵有些尴尬；但对两个女人来说，哭似乎很自然，她们简直不能想象，这次见面还能有别的景象。

“噢，亲爱的！……噢，玛丽！……”她俩同时说话，又同时笑了起来。“我梦见您了。您没料到我们会来吧？……噢，玛丽，您可瘦了。”“您却胖了……”

“我立刻就认出了公爵夫人。”布里安娜小姐插话道。

“我根本没有想到！”玛丽亚公爵小姐感叹道。“啊，安德烈，我还没看到你呢。”

安德烈公爵和妹妹手挽着手亲吻了一下，对她说，她还像往常一样，那么爱哭。玛丽亚公爵小姐转身面对哥哥，把泪水盈盈的关怀、亲切、柔和的目光凝注在安德烈公爵的脸上，此刻她的一双光芒四射的大眼睛非常美丽。

公爵夫人的话没完没了。长着茸毛的短短的上嘴唇常常飞快地触及一下红润的下嘴唇的某个地方，又目光闪闪地粲然微笑。公爵夫人在讲述他们在斯帕斯克山上遇到的事故，这对怀孕的她是有危险的，接着又马上谈起，她把衣裳全都留在彼得堡，在这里天知道以后穿什么，她说安德烈完全变了，说基蒂·奥登佐娃嫁了个老头子，说玛丽亚公爵小姐有一位合适的求婚者了，不过这事儿以后再谈。玛丽亚公爵小姐还是静静地看着哥哥，非常美丽的眼睛满含着爱和忧伤。显然，她现在有自己固定的思路，是嫂子的话语所不能左右的。在她关于彼得堡最近一次盛会的故事讲到一半时，她对哥哥说：

“你一定要去打仗吗，安德烈？”她叹了口气说。

丽莎也叹了口气。

“甚至明天就走。”哥哥回答道。

“他把我丢在这里，天知道是为什么，而他是有可能得到提拔的……”

玛丽亚公爵小姐没有听完她的话，她沿着自己的思路，把温柔的目光投向她的腹部。

“真的有了？”她问。

公爵夫人的脸色变了。她叹了口气。

“真的，”她说，“噢，这太可怕了……”

丽莎的一片小嘴唇垂了下来。她把脸凑近小姑子的脸，又突然哭了起来。

“她需要休息，”安德烈公爵皱着眉头说，“对吧，丽莎？你带她到自己的房间去，我去看爸爸。他怎么，还那样？”

“还那样，一点没变；不知道你会有什么看法。”公爵小姐愉快地回答道。

“按时在林荫道上散步？旋床？”安德烈公爵带着勉强可以察觉的微笑问道，这说明，尽管他爱戴和敬重父亲，然而也了解他的弱点。

“按时，旋床，还有数学和我的几何课。”玛丽亚公爵小姐愉快地回答，仿佛几何课是她生活中最愉快的感受之一。

老公爵起身所需要的二十分钟期限过去以后，吉洪来叫小公爵去见父亲。为迎接儿子的到来，老人破例改变了自己的生活秩序：他吩咐让儿子在午饭前穿衣的时间到自己的住处来。公爵是老式打扮：身穿长对襟的上衣，头发上扑粉。当安德烈公爵（不是带着在社交场合假装的落落寡合的表情和态度，而是带着和皮埃尔谈话时的那种生气勃勃的神情）走进房间时，老人坐在更衣室里宽大的山羊皮面的圈椅上，身上披着扑粉时用的披肩，把头交给吉洪的双手摆布。

“啊！战士！要和波拿巴作战吗？”老人说，摇晃了一下扑了粉的脑袋，这动作是受到限制的，因为正在编结的辫子还握在吉洪的手里。“你可要好好地对付他，否则他很快就要把我们算作他的臣民了。你好啊！”于是他把自己的面颊伸过去。

老人在饭前小睡后心情很好（他说，饭后睡是银，饭前睡是金），他愉快地从下垂的浓眉下瞟了儿子一眼。安德烈公爵走上前来，在他指点的地方吻了吻父亲。他没有理会父亲喜爱的话题：取笑现在的军人，尤其是取笑波拿巴。

“是的，我来看望您了，爸爸，怀孕的妻子也来了。”安德烈公爵说，以生气勃勃、满怀敬意的眼睛注视着父亲面容的每一个变化。“您身体好吗？”

“老弟，身体不好的只有傻瓜和生活腐化的人，你是了解我的：从早到晚都在忙，生活有节制，所以身体很好。”

“感谢上帝。”儿子微笑着说。

“这和上帝不相干。喂，你讲讲，”他接着说，回到了自己喜爱的话题，“德国人怎样教你们按照所谓的战略这门新科学和波拿巴作战。”

安德烈公爵笑了。

“让我喘口气吧，爸爸，”他微笑着说，这微笑说明，父亲的弱点并不妨碍他对父亲的敬爱，“我还没有安置呢。”

“胡说，胡说，”老人叫了起来，一边摇晃摇晃他的那条小辫子，想试试辫子系得牢不牢，又抓着儿子的手，“你妻子的房间已经准备好了。玛丽亚公爵小姐会带她去看的，而且有三箩筐的话要对她絮叨呢。这是她们女人家的事。我喜欢她。你坐着，讲讲。米赫尔松①的军队我了解，托尔斯泰②的军队我也了解……同时登陆……南方的军队怎么办呢？普鲁士，中立……这些我都知道。奥地利怎样？”他说，站起来在房间里走来走去，吉洪跟着跑，给他递上一件件衣服。“瑞典怎样？怎样穿越波美拉尼亚③呢？”

安德烈公爵看到父亲坚持他的要求，便开始叙述拟议中的战役作战计划④，起先还不大乐意，后来却越来越兴致勃勃，由于习惯成自然，讲到中间竟不讲俄语而改讲法语了。他说，一支九万人的军队将威胁普鲁士，迫使它放弃中立而卷入战争，这些部队的一部分要在施特拉尔松德⑤与瑞典军队会合，二十二万奥地利军队和十万俄国军队会合，在意大利和莱茵河流域展开行动，五万俄军和五万英军将在那不勒斯登陆，总计五十万大军要从四面八方向法国人发起进攻。老公爵对他的话没有表现出丝毫的兴趣，好像不在听似的，他继续边走边穿衣服，三次突然打断他的话。一次制止了他，叫道：

“白的！白的！”

这意思是，吉洪拿给他的背心不是他要的那一件。第二次他停下来问道：

---

①伊万·伊万诺维奇·米赫尔松（1740—1807），俄国将领，当时指挥俄国在西部边境和波兰的一个集团军。

②彼得·亚历山德罗维奇·托尔斯泰（1761—1844），俄国将军，一个约两万人的军的军长，该军渡过波罗的海，要在瑞典国王古斯塔夫·阿道夫四世的统率下参加登陆作战。

③今波兰西北部从奥得河下游起，东迄维斯瓦河之间的波罗的海沿岸地区，史称波美拉尼亚。

④指的是1805年的战役计划，该计划未能实现。

⑤施特拉尔松德是德国北部港市，濒临波罗的海。

“她快要分娩了吧？”他责备地摇摇头说，“糟糕！你接着说，接着说。”

第三次，在安德烈公爵的叙述即将结束时，老人用苍老和走调的嗓音唱了起来：“马尔布鲁克去出征，不知何时回家乡”。

儿子只是笑了笑。

“我并不是说，这是我所赞同的计划，”儿子说，“我只是叙述它的内容。拿破仑已制定了毫不逊色的计划。”

“唉，你对我讲的没有一点新东西。”老人若有所思，极快地轻轻说道：“‘不知何时回家乡’，你到餐厅去吧。”

二十四

在规定的时间，头发扑了粉、刮了脸的公爵到餐厅来了，等候在那里的有他的媳妇、玛丽亚公爵小姐、布里安娜小姐，以及公爵的建筑师，他是由于公爵的任性而被允许上餐桌，虽然这个地位低微的小人物是不敢奢望这样的荣誉的。公爵在生活中严格地遵循等级差别，甚至很少让省府的重要官员坐上餐桌，却突然拿角落里正在用方格手绢擤鼻涕的建筑师米哈伊尔·伊万诺维奇来证明，人人都是平等的，还不止一次告诉自己的女儿说，米哈伊尔·伊万诺维奇一点也不比你我差。在餐桌上公爵和沉默寡言的米哈伊尔·伊万诺维奇的接触最多。

和府邸里的所有房间一样高大宽敞的餐厅里，每把椅子旁都站着家人和仆人，等候公爵的到来；管家手臂上搭着餐巾，环视餐桌上的陈设，向仆人们挤眉弄眼，不断地以不安的目光看看挂钟，又望望公爵将要进来的门。安德烈公爵看着他初次见到的金色大镜框里的历代鲍尔康斯基公爵的谱系表，它挂在一个同样的大镜框的对面，其中是一幅戴着冠冕、拥有世袭政权的公爵的画像，画得很粗劣（显然出于家庭画师之手），这位公爵想必是留里克的后裔，鲍尔康斯基家族的始祖。安德烈公爵看着那张谱系表，摇摇头，笑了笑，那神气仿佛在看着一幅像极了的画像而不禁发笑似的。

“在这儿我对他的整个为人看得多么清楚啊！”他对来到他身边的

玛丽亚公爵小姐说道。

玛丽亚公爵小姐惊讶地看了看哥哥。她不明白，他在笑什么。她父亲所做的一切都在她心里激起不容指摘的仰慕。

“每个人都有自己的阿喀琉斯之踵①，”安德烈公爵继续说道，“以**他**高超的智慧竟会做这样无谓的事情！”

玛丽亚公爵小姐不能理解自己哥哥的放肆的议论，正想反驳时，从书房传来了人们久等的脚步声：公爵像平时一样，愉快地快步走来，仿佛要以急匆匆的步态表明，这与家庭的严格制度是完全不相符的。就在这时，大钟敲响了十二点，客厅里别的钟也应声发出了细微的响声。公爵站住了；生气勃勃、炯炯有神的严厉的眼睛从下垂的浓眉下向大家扫视了一遍，便停留在小公爵夫人身上。此时小公爵夫人所体验到的那种感觉，就像廷臣在皇上驾临时所体验到的一样，那是老人在身边所有的人身上所激起的敬畏之感。他摸摸公爵夫人的头，然后动作笨拙地拍了一下她的后脑勺。

“我很高兴，很高兴，”他说，又对她的眼睛注视了一下，便快步走开，坐到了自己的位置上，“您坐，您坐！米哈伊尔·伊万诺维奇，您坐。”

他对媳妇指指自己身边的座位。一个仆人为她拉开椅子。

“呵呵！”老人打量着她圆滚滚的腰说道，“你太急了，不好！”

他笑了起来，那是令人不快的冷淡的干笑，像平时一样——只有嘴在笑，眼睛却没有笑意。

“要走动，尽可能多走动，尽可能。”他说。

他的话小公爵夫人没听见或不想听。她沉默着，显得很害羞。公爵问到她的父亲，公爵夫人才开口说话，笑了一笑。他向她问到共同的熟人，公爵夫人便更加活跃地讲开了，向公爵转达别人的问候，转述着城

---

① 希腊神话中伟大的英雄阿喀琉斯出生时，他的母亲海神为了使他长生不老，手持脚跟把他浸入斯提克斯河的圣水中，未能浸入水中的脚跟成了他不可改变的致命的弱点，他后来就是由于脚跟中箭而死。

里的流言蜚语。

“可怜的阿普拉克辛娜伯爵夫人失去了丈夫，眼都哭肿了，真可怜。”她说，越来越活跃了。

随着她的活跃，公爵越来越严峻地看着她，突然，好像已经把她研究透了，对她有了明确的看法，便转头对米哈伊尔·伊万诺维奇说话。

“喂，怎么样，米哈伊尔·伊万诺维奇，我们的布拿巴[①]处境不妙啊。安德烈公爵（他总是这样称呼儿子）对我讲了讲，已经集结重兵来对付他了！而咱俩却一直把他看做无足轻重的人。”

米哈伊尔·伊万诺维奇完全不知道，“咱俩”什么时候这样谈到过波拿巴，但他明白，这是在利用他引起心爱的话题，于是惊讶地向小公爵看了一眼，自己也不知道，这会有什么结果。

“他是我身边一位伟大的谋略家！”公爵指着建筑师对儿子说。

于是谈话又涉及战争、波拿巴以及当代的将军和政界人物。显然，老公爵不仅深信，所有现在的活动家都是无知小儿，对战事和国务的基本情况缺乏了解，深信波拿巴是个渺小的法国佬，他之所以成功只是因为没有波将金[②]和苏沃洛夫与之抗衡，而且他甚至深信，欧洲没有任何政治上的难题，也没有战争，有的只是当代的人们所扮演的一出木偶戏，他们假装在干一桩大事业。安德烈公爵愉快地忍受了父亲对当代人物的嘲笑，显然很高兴能挑起父亲的谈兴，姑且听着。

“好像从前的一切都好似的，”他说，“难道那个苏沃洛夫不是落入了莫罗[③]所设下的圈套，而且无法脱身吗？”

“这是谁对你说的？谁说的？”公爵叫道，“苏沃洛夫！”他把碟子一扔，吉洪连忙接住。“苏沃洛夫！……想想再说吧，安德烈公爵。两

---

① 对拿破仑的蔑称。

② 波将金（1739—1791），俄国政治家和外交家，陆军元帅，叶卡捷琳娜二世的宠臣。

③ 莫罗（1763—1813），法国名将。曾于 1799 年与苏沃洛夫交战。落入圈套的说法不完全符合史实。

个人：腓特烈[1]和苏沃洛夫……莫罗！要是苏沃洛夫不被捆住手脚的话，莫罗就会当了俘虏；可是他手上捧着御前香肠烧酒军事会议[2]。鬼也替他发愁。你去打仗，就能尝到这些御前香肠烧酒军事会议的滋味了！苏沃洛夫对付不了他们，米哈伊尔·库图佐夫又哪里对付得了呢?！不，朋友，”他接着说道，“你们和自己的将军们势必要对抗拿破仑；要找法国人来，让他们自家人不认得自家人，自相残杀。派德国人帕伦到美国纽约去请法国人莫罗了，”他说，指的是今年曾向莫罗发出邀请，请他参加俄军，“咄咄怪事！怎么，难道波将金、苏沃洛夫、奥尔洛夫都是德国人？不，老弟，要不是你们都疯了，就是我老糊涂了。祝你们好运，但我们要等着瞧。在他们的心目中，波拿巴成了伟大统帅！哼！……”

“我并没有说，所有的举措都是对的，”安德烈公爵说，“只是我不明白，您怎么能这样议论波拿巴。您尽情地笑吧，而波拿巴毕竟是一位伟大的统帅！”

“米哈伊尔·伊万诺维奇！”老公爵对建筑师叫道，这时建筑师正在吃烤肉，但愿人家把他忘了才好。“我对您说过，波拿巴是伟大的策略家，是吧？瞧，他也这么说。”

“那还用说，公爵大人。”建筑师回答道。

公爵又冷冷地干笑起来。

“波拿巴生来就运气好。他有出色的士兵。而且他首先进攻的就是德国人。而德国人，只有懒汉才不去打他们。开天辟地以来，所有的人都打过德国人。而他们从来没有打过别人。只打自己人。他是靠打德国人起家的。”

于是公爵开始按照自己的见解，分析波拿巴在他所进行的所有战争，甚至在国家的政务中所犯的种种错误。儿子没有反驳，但看得出，不论向他提出多少理由，他也像老公爵一样，很难改变自己的看法。

---

①腓特烈二世（1712—1786），普鲁士国王，著名统帅。老公爵崇拜他，并在外表上模仿他，因而得了“普鲁士王”的外号。

②这是老公爵对奥地利最高军事指挥机构的蔑称。

安德烈公爵听着，忍住不加反驳，同时不禁感到惊讶，这位老人多年来独自蛰居乡下，怎么竟能如此透彻而细致地了解并探讨近几年欧洲的军事和政治形势。

“你以为我老了，不了解当前的形势了？”他归结道，“我告诉你吧！我往往通宵不眠。嗯，你的这位伟大统帅在哪里，究竟在哪里大显神通了？”

“这说来话长。”儿子回答道。

“你就去找自己的布拿巴去吧。布里安娜小姐，您的那个无赖皇帝在这里还有一个崇拜者呢！”他用一口漂亮的法语叫道。

“您知道，公爵，我不是波拿巴主义者。”

“不知何时回家乡……”公爵唱走调了，笑得更加不自然，他离开了餐桌。

小公爵夫人在争论和其余的就餐时间里一直沉默着，惊恐地时而看看玛丽亚公爵小姐，时而看看公公。在她们离开餐桌时，她拉着小姑子的一只手，把她喊到另一个房间。

“您的爸爸是多么聪明的人哪，”她说，“也许，因此我才怕他。”

“噢，他那么慈祥！”公爵小姐说。

二十五

安德烈要在第二天傍晚动身。老公爵没有改变自己的作息制度，午餐后回到了自己的房间。小公爵夫人在小姑子那里。安德烈公爵穿上不佩戴肩章的旅行常礼服，和一名侍从在他的内室收拾行装。他亲自察看了带弹簧的四轮马车和装上车的几只箱子，便吩咐套车。房间里只剩下安德烈公爵总是随身携带的东西：一个小匣子、一个装银餐具的大箱子、两把土耳其手枪和一把军刀，军刀是父亲从奥恰科夫①带回来送给他的礼物。所有这些旅行用品都井井有条地放在安德烈公爵那里：

① 奥恰科夫是土耳其在黑海沿岸的要塞，1787—1791 年俄土战争期间被苏沃洛夫攻克。

一切都是簇新的，一尘不染，放在呢套子里拿编织的细带子细心扎好。

在即将出发和生活发生变化的时候，善于缜密地思考自己的行动的人往往会沉浸于严肃的思绪。在这样的时候，往往会回首往事并拟定未来的计划。安德烈公爵的面色是耽于沉思，温情脉脉。他背着双手，在房间的两个角落之间快步地走来走去，目视前方，沉思地摇着头。是因为要走上战场而恐惧，还是因为要丢下妻子而忧伤呢——也许两者都有，只是不愿让人看见他的这种神态。听到门廊的脚步声，他连忙放下两手，站到桌边，似乎在把小匣子的呢套子扎起来，露出他平时那平静而不可捉摸的神情。那是玛丽亚公爵小姐的沉重的脚步声。

“听说你吩咐套车了，”她喘了喘气（显然她是跑着来的）说，“而我很想再和你单独谈谈。天知道，我们又要分别多久。我来了，你不会见怪吧？你变了，安德留沙[①]。”她添了一句，仿佛在解释为什么她要那样问。

她在称呼“安德留沙”时微微一笑。看来她自己也觉得奇怪，这个严峻、漂亮的男人就是那个安德留沙，瘦瘦的、顽皮的小男孩，她儿时的玩伴。

“丽莎在哪儿？”他问，只是用微笑回答她的问题。

“她太累了，在我房间里的沙发上睡着了。噢，安德烈！你的妻子是多好的人儿，”她说，一面在哥哥对面的沙发上坐下，“她完全是个孩子，那么可爱、快乐的孩子。我那么爱她。”

安德烈公爵沉默着，但公爵小姐发觉，他的脸上流露了嘲笑和蔑视的神情。

“不过，对小小的弱点要有宽容的态度；谁没有弱点呢，安德烈！你别忘了，她是在上流社会教养和成长起来的。而且她现在的处境不大好。要设身处地为别人着想。谁能理解一切，谁就会宽恕一切。你想，她这个可怜的女人，会有什么感受呢？脱离自己所习惯的生活之后，又

---

① 安德留沙是安德烈的爱称。

离别丈夫，一个人留在乡下，还怀着孩子。这是非常痛苦的。”

安德烈微笑地看着妹妹，我们也是这样，在听人说话的时候，觉得对这个人看得很透彻的时候就会这样微笑。

“你住在乡下，并不觉得这样的生活可怕啊。”他说。

“我是不同的。何必提我呢！我不希望过别的生活，也不可能有这样的希望，因为我不知道还有什么别的生活。可你想想，安德烈，一个上流社会的年轻女人在自己最美好的年华被幽禁在乡下，独自一人，因为爸爸总在忙着，而我……你是了解我的……对一个习惯于上流社会的女人来说，我是多么缺乏情趣。只有一个布里安娜小姐……”

“我很不喜欢她，你们这个布里安娜。”安德烈公爵说道。

“噢，不！她是很可爱、很善良、主要是很可怜的姑娘。她没有亲人，一个也没有。老实说，我不仅不需要她，而且她使我感到拘束。你知道，我向来怕见生人，现在更甚。我喜欢独处……爸爸很喜欢她。对她和米哈伊尔·伊万诺维奇这两个人他总是亲切而仁慈，因为他们都受过他的恩惠；正如斯特恩[①]所说：‘我们爱一个人，与其说是因为他有恩于我们，不如说是因为我们有恩于他’。她是流落街头的孤儿，被爸爸收留，而且她很善良。爸爸喜欢听她读书。她每天晚上都为他朗读。她读得非常好。”

“喂，说真的，玛丽亚，我想，父亲的脾气有时会使你受不了吧？”安德烈公爵突然问道。

这个问题使玛丽亚公爵小姐始而讶异，继而大吃一惊。

“我？……我？！我受不了？！”她说。

“他向来严厉，而现在变得专横了，我是这样想的。”安德烈公爵说，看来他这样轻浮地议论父亲，是有意要刁难或考验妹妹。

“你样样都好，安德烈，可是你在思想上有傲气，”公爵小姐说，她更多的是遵循自己的思路，而不是谈话的过程，“这是很大的罪过。难道可以议论父亲吗？即使可以，对爸爸这样的人，除了崇拜，还能有

---

①斯特恩（1713—1768），英国小说家。感伤主义文学主要代表。

别的什么感情吗？和他在一起，我感到那么满意和幸福！但愿你们也和我一样感到幸福。”

哥哥不相信地摇了摇头。

“有一件事使我难以接受，我坦白地对你说，安德烈，那就是父亲在宗教方面的思维方式。我不明白，他这样有大智慧的人，怎么会看不清明明白白的事情，竟然那样误入歧途呢？这就是我的一个不幸。不过在这方面我近来也看到了改变的迹象。近来他的嘲笑不那么刻薄了，而且有一个修士受到了他的接待，还交谈了好久。”

“嗯，我的朋友，我很担心，你和修士会白费劲呢。”安德烈公爵嘲笑而又亲切地说道。

“啊，我的朋友，我只能向上帝祷告，希望他能听到我的祈求。安德烈，”她沉默了一会儿，胆怯地说，“我对你有一个重要的请求。”

“什么呢，我的朋友？”

“不，你要答应我决不拒绝。一点也不要你费事，也丝毫不会有损于你的尊严，不过你能让我得到安慰。答应我吧，安德留沙。”她说，她把手伸进手提包，在里面拿着一样东西，不过还不肯给他看，好像她拿着的就是与她的请求有关的东西，似乎在请求得到允诺之前，她不愿把这个**东西**从手提包里拿出来。

她以胆怯、恳求的目光看着哥哥。

“即使要我非常费事……”安德烈公爵回答道，仿佛在猜想，究竟是怎么回事。

“随你怎么想！我知道，你就是爸爸那样的人。随你怎么想，但为了我这么做吧。请答应我！这还是我父亲的父亲，我们的祖父，在所有的战争中带在身上的…… ”她还是没有把手里的东西从手提包里拿出来，“那你答应我吗？”

“当然，是怎么回事啊？”

“安德烈，我要用这圣像为你祝福，你要答应我，永远不把它取下来……答应吗？”

“要是它没有两普特[1]重，不坠得脖子疼……为了让你满意……”安德烈公爵说，但他当即发觉，在他这样开玩笑时，妹妹的脸上流露了悲伤的表情，他懊悔了。“很高兴，真的，很高兴，我的朋友。”他连声说道。

“它会违背你的意志拯救你，保佑你，让你回到自己的家里，因为只有它包含着真理和平安。”她说，激动得声音发抖，她在哥哥面前以庄严的神态双手捧着面色黝黑、身披银质衣饰的救世主的椭圆形古老圣像，它系在一条做工精细的银链子上。

她画了十字，吻了圣像，把它交给了安德烈。

“请拿着，安德烈，为了我……”

她的大眼睛放射着善良、腼腆的光辉。这双眼睛使她整个病态、消瘦的面庞焕发着光彩，变得非常美丽。哥哥伸手想拿圣像，但她制止了他。安德烈明白了，他画了十字，吻了圣像。他的神情既温柔（他被感动了），同时又带有嘲笑的意味。

“谢谢你，我的朋友。”

她亲吻了他的前额，又在沙发上坐下。两人默然无语。

“我对你说过了，安德烈，做个善良而宽宏大度的人吧，你从来就是这样的人啊。不要苛求丽莎，”她开始说道，“她那么可爱，那么善良，而她现在的处境又很艰难。”

“我好像从未对你说过什么，玛莎[2]，责备自己的妻子有什么不好或对她不满。为什么你老是和我谈这些呢？”

玛丽亚公爵小姐的脸上泛起了红斑点，她不说话了，似乎感到自己犯了个错误。

“我对你什么也不曾说过，可是有人已经对你**说过了**，这使我感到很悲伤。”

红斑点更明显地在玛丽亚公爵小姐的前额、脖子和面颊上出现

---

①普特，俄国重量单位，等于 16.38 公斤。

②玛莎和下文的玛申卡都是玛丽亚的爱称。

了。她想说什么，却说不出口。哥哥猜到了：小公爵夫人在午餐后哭过，说她预感到会难产，很害怕，抱怨自己的命不好，抱怨公公和丈夫。她哭过就睡着了。安德烈公爵开始可怜妹妹了。

“你要知道一点，玛莎，我不会责备**我的妻子**有什么不好，我没有责备过也永远不会责备她，自己在与妻子的关系上也没有任何可以自责的地方；这种情况将永远存在下去，不论我的境况如何。但如果你想知道实情……想知道，我是否幸福？不幸福。她是否幸福？不幸福。为什么会这样？我不知道……”

他边说边站了起来，走到妹妹跟前，弯腰吻了吻她的前额。他那一双漂亮的眼睛闪耀着聪明而善良的罕有的光辉，但他不是看着妹妹，而是越过她的头顶，看着那扇敞开的黑洞洞的门。

“我们到她那儿去吧，应当告别！或者你一个人先去，叫醒她，我随后就来。彼得鲁什卡，”他对侍从叫道，“过来，把东西拿走。这个放在座位里面，这个放到右边。”

玛丽亚公爵小姐站起来，朝门口走去。她停了下来。

“安德烈，要是你有信仰，你就能向上帝祷告了，祈求他把你没有感觉到的爱情赐予你，你的祷告会被听到的。”

“哪有这种事！”安德烈公爵说，“去吧，玛莎，我马上就来。”

在去妹妹房间的路上，在连接两座房子的回廊上，安德烈公爵遇到了嫣然微笑的布里安娜小姐，她在这一天已是第三次带着热情而天真的微笑，在僻静的过道里与他不期而遇了。

“啊，我以为您在自己的房间里。”她说，不知为什么她脸红了，低下了头。

安德烈公爵严厉地看了看她。安德烈公爵的脸上突然露出暴怒的神情。他什么也没说，但朝她的前额和头发，而不是朝她的眼睛，十分轻蔑地看了一眼，法国女人满面通红，一言不发地走开了。当他走近妹妹的房间时，公爵夫人已经醒了，从敞开的门里传来了她那连珠炮似的快乐的声音。她在说话，好像在憋了很久以后，要把失去的时间补回来似的。

“不，您想想，老伯爵夫人祖博娃，一头假发，一口假牙，好像在嘲弄无情的岁月似的……哈哈哈，玛丽！”

关于祖博夫伯爵夫人的这同样的话，这同样的笑声，安德烈公爵当着外人的面，已从妻子的口中听到了大约五遍。他悄悄地走进了房间。面色红润的胖胖的公爵夫人拿着针线活儿坐在圈椅上，喋喋不休地逐一复述对彼得堡的回忆甚至词句。安德烈公爵走过去，摸摸她的头，问她旅途劳顿后休息好了吗。她回答了，又继续原来的谈话。

一辆六套马车停在大门口。外面是黑黢黢的秋夜。车夫看不见车辕。人们拿着灯笼在台阶上奔忙。高大府邸的窗户都亮着灯火。前厅里聚集着要和小公爵道别的仆人们；家人都站在大厅里：米哈伊尔·伊万诺维奇、布里安娜小姐、玛丽亚公爵小姐和公爵夫人。

安德烈公爵被叫到父亲的书房，他想单独和儿子道别。大家都在等他们出来。安德烈公爵走进书房的时候，老公爵戴着老花眼镜，穿着他的白色睡衣坐在桌旁写信，除了儿子，他穿睡衣时不接待任何人。他回头看了一眼。

“要走了？”他说着又写了起来。

“我来辞行。”

“吻这儿，”他指指面颊，“谢谢，谢谢！”

“您为什么要谢我？”

“因为你没有延期出发，没有守着婆娘的裙子。把军人的职责放在首位。谢谢，谢谢！”于是他接着写，只见簌簌的笔尖上墨水飞溅。“有话就说。这两件事我可以同时做。”他补了一句。

“关于妻子……我已经很内疚了，把她托付给您……”

“胡说什么？说有用的。”

“到妻子分娩的时候，您派人到莫斯科请个妇产科大夫来……要他待在这里。”

老公爵停了下来，一双严峻的眼睛似乎不解地望着儿子。

“我知道，谁也无法帮助她，如果造化不帮助她的话，”安德烈公爵似乎羞愧地说，“我同意，在一百万事例中只有一例会是不幸的，不过，她和我的臆想在作怪。人们对她说得太多了，她也梦见了，所以很害怕。”

“嗯……嗯……”老公爵低声说，继续写信。“我照办。”

他挥笔签了名，突然迅速地转身对着儿子，笑了起来。

“情况不妙，啊？”

“什么不妙，爸爸？”

“妻子！”老公爵简短而意味深长地说道。

“我不明白。”安德烈公爵说。

“没办法，朋友，”公爵说，“她们都是这样，你总不能离婚吧。你别担心；我不会对任何人说；只有你自己知道。”

他用自己瘦骨嶙峋的小手一把抓住儿子的手，抖了抖，抬头以他敏锐的目光直视着儿子的脸，这双眼好像能把人看透了，他又冷冷地笑起来。

儿子叹了口气，用这声叹息承认，父亲是理解他的。老人继续以他惯常的敏捷的动作把信折好，封上口，把火漆、印章和信纸抓起来扔开。

“怎么办呢？她很漂亮嘛！我一切照办。你放心。”在封信的时候他断断续续地说。

安德烈没吭声，父亲的理解使他又高兴又不高兴。老人站起来把信交给儿子。

“听着，”他说，“别为妻子操心：能办到的事，一定办到。现在听我说：把这封信交给米哈伊尔·伊拉里翁诺维奇。我写信要他把你用在合适的位置上，不要长期留在身边当副官：那是很坏的差事！你对他说，我记着他、爱他。要写信告诉我，他对你怎样。如果不错，你就干下去。尼古拉·安德烈耶维奇·鲍尔康斯基的儿子决不委曲求全地在任何人手下当差。哎，现在你过来。”

他讲话的速度很快，有些话说不到一半，但儿子听惯了，能明白他的意思。他把儿子领到写字台前，掀开盖子，拉出抽屉，拿起一个笔记本，里面用粗长紧凑的笔迹写满了字。

“我想必会死在你前面。记住，这里有我的回忆录，在我死后把它交给皇上。还有一张证券和一封信：这是给将来写出苏沃洛夫战争史的作者的奖金。要寄给科学院。这里是我的笔记，我死后你留着自己看，对你是有益的。”

安德烈没对父亲说，他还会长久地活下去。他明白，这是不必说的。

“一切遵命，爸爸。”他说。

“好，现在分手吧！”他让儿子吻了自己的手，又拥抱他。“记住一点，安德烈公爵：如果你被打死，我这个老头子是很悲痛的……”他陡然沉默了，突然又用尖锐刺耳的声音接了下去，“要是我知道，你的行为不像是尼古拉·鲍尔康斯基的儿子，我会感到……耻辱！”他尖叫道。

“这话您不必对我说啊，爸爸。”儿子微笑着说。

老人不作声了。

“我还想请求您，”安德烈公爵接着说道，“如果我被打死，而我有了一个儿子，不要让他离开您，就像我昨天对您说过的那样，让他在您身边成长……务必。”

“不交给妻子？”老人说，笑了起来。

他们默默地相向而立。老人那双敏锐的眼睛直视着儿子的眼睛。老公爵脸庞下部的什么地方颤抖了一下。

“告别过了……走吧！”他突然说。“走吧！”他生气地大声叫道，打开了书房的门。

“什么事，怎么了？”小公爵夫人和公爵小姐问道，她们看到了安德烈公爵，看到老人一刹那间探出门外的身影，他穿着白睡衣，没戴假发，戴着一副老花眼镜在生气地尖声大叫。

安德烈公爵叹了口气，一言不发。

“好了。”他转身对妻子说，这声“好了”听起来像是冷冷的嘲讽，仿佛在说：“现在您想干什么就干什么去吧”。

“安德烈，怎么，就走？”小公爵夫人说，她脸色发白，吃惊地望着丈夫。

他拥抱了她。她惊叫一声，晕倒在他肩上。

她扑在他肩上，他小心翼翼地挪开肩膀，看看她的脸，爱惜地扶她在圈椅上坐下。

“再见，玛莎。”他轻轻地对妹妹说，和她手挽手地亲吻了一下，于是快步走出了房间。

小公爵夫人躺在圈椅上，布里安娜小姐在给她揉太阳穴。

玛丽亚公爵小姐扶着嫂子，一双哭红了的美丽的眼睛还望着安德烈公爵走出去的门口，画着十字为他祈祷。书房里，像一阵又一阵枪响一样，传来老人连续不断地、气冲冲地擤鼻涕的声音。安德烈公爵一走，书房门很快就开了，老人穿着白睡衣的严厉的身影向外张望了一下。

“走了？那就好！”他说，生气地看了看失去知觉的小公爵夫人，责备地摇摇头，砰地关上了门。

第二卷

一

一八〇五年十月，俄国军队进驻奥地利大公国的乡村和城镇，还有新的部队从俄国陆续开来，分布在布劳瑙要塞附近，他们住宿在居民家中，从而加重了居民的负担。总司令库图佐夫的司令部设在布劳瑙。

一八〇五年十月十一日，刚刚到达布劳瑙的步兵部队的一个团驻扎在城外半英里的地方，等待总司令的检阅。尽管地点和环境不同于俄国，见到的只是果园、石砌的围墙、铺瓦的屋顶和远方连绵的群山，尽管周围的人不是俄国人，他们好奇地看着士兵们，但这个团的军容比起在俄国国内准备接受检阅的任何一支部队都毫不逊色。

傍晚，在最后一次转移的途中接到命令，总司令要检阅行军中的部队。虽然团长觉得命令的措辞不清楚，产生了一个疑问，不知该怎样理解命令的意思：要穿行军服还是不穿，但在营长会议上还是作出决定，让部队穿阅兵服参加检阅，理由是礼多人不怪。于是士兵们在经过三十俄里的行军之后，目不交睫，通宵达旦地修补、洗刷；副官和连长进行评估，决定取舍；到了早晨，这个团已不再是昨天最后一次转移中的散漫无序的乌合之众，而是两千人的军容整肃的队伍，其中的每个人都知道自己的位置、自己的职责，每个人身上的每颗纽扣和皮带都合乎要求，非常整洁。不仅外表完好如新，而且只要总司令愿意看看军服里面，他就会发现每个人都同样穿着清洁的衬衫，每个背囊里都装着符合规定的东西，像士兵们所说的那样，装着“小锥子和小肥皂”。只有一个情况让谁也放心不下。那就是鞋。半数以上的人都穿着破烂的靴子。但这个缺点不能归咎于团长，因为他虽然一再要求，奥地利军需部门就是没有把东西发给他，而这个团刚刚经过了一千俄里的长途跋涉。

团长是一位上了年纪、容易激动、须眉皆白的将军，他身体健壮，胸背之间的厚度大于两肩的宽度。他身穿崭新、笔挺的军装，戴着鲜艳的金色肩章，肩章仿佛不是下斜，而是把他丰满的双肩抬得翘了起来。团长的神气仿佛他正在圆满地完成一生中极其壮丽的事业。他在队列前来回走动，每走一步都抖动一下，微微弓着背。看来团长是在欣赏自己的团队，为它而感到幸福，并把他的全部心血都倾注于这个团；不过，尽管如此，他那微微抖动的步态似乎在说明，除了军事兴趣之外，对上流社会的生活和女性的兴趣也在他的心里占有不小的位置。

“喂，米哈伊洛·米特里奇老弟，”他对一位营长说道（营长微笑着向前跨出一步，显然，他们都感到很幸福），“昨天夜里受罪了。不过，好像还行，这个团不孬，啊？”

营长明白，这是在愉快地打趣，便笑了起来。

“就是在女皇草场[①]也不会把我们赶走。”

“你说什么？”团长说。

这时，在分布着信号兵的出城的路上，来了两个骑马的人，那是副官和一名跟在后面的哥萨克。

副官是受总参谋部的派遣，前来向团长澄清昨天的命令中讲得不清楚的地方，就是说，总司令希望看到该团完全处于行军时的状态——穿军大衣，军帽套上布罩，不要做任何准备。

昨天，奥地利御前军事会议的一名成员从维也纳来见库图佐夫，提出尽快与费迪南德大公[②]和马克[③]的军队会师的建议和要求，库图佐夫并不认为会师有利，为了说明自己的这个意见，除了其他论据，他还想让这位奥地利将军看看远道而来的俄军的悲惨处境。为此他才想前来看望部队，所以部队的情况愈糟糕，总司令就会愈高兴。尽管副官并不

① 女皇草场是彼得堡的一个广场。从叶卡捷琳娜二世起，是举行盛大阅兵和检阅的地方，后改名马尔斯广场（马尔斯是罗马神话中的战神）。

② 费迪南德大公（1782—？），1805 年曾任乌尔姆奥军总司令，但只是挂名，实际指挥的是马克元帅。

③ 马克·冯·莱贝里希（1752—1828），奥地利元帅。1805 年 10 月 20 日率 3 万奥军在乌尔姆向拿破仑的部队投降，从而使库图佐夫统率下前来与奥军会师的 5 万俄军陷入困境，库图佐夫不得不单独面对 20 万法军。马克被释放，条件是不与拿破仑作战，并将拿破仑愿与奥地利议和的信息带给奥地利政府。

了解这些内情，然而他向团长传达了总司令的死命令，官兵一律要穿军大衣，军帽要套上布罩，否则总司令是不会满意的。

听了这些话，团长低下头，默默地耸起双肩，非常激动地摊开了双手。

“事情都白干了！”他说，“我对你说过吧，米哈伊洛·米特里奇，既然说是行军中的部队，那就要穿军大衣。”他对营长埋怨道。“啊，我的上帝！”他又说，坚决地往前跨了一步。“连长先生们！”他以惯于发号施令的口气叫道，“把连副都叫来……总司令快到了吗？”他神态恭敬地问那位副官，显然这是对他所提到的那位大人物的恭敬。

“再过一个小时，我想。”

“来得及换装吗？”

“我不知道，将军……”

团长亲自走到队列跟前，命令换装，改穿军大衣。连长各自跑回连队，连副都忙开了（军大衣还没有准备好呢），于是原来整齐肃穆的一个个方队立刻蠕动起来，队形松散了，响起了嘈杂的说话声。四面八方只见士兵来去奔跑，一只肩膀向前一耸，从头上卸下背囊，取出军大衣，高高举起手臂往袖筒里伸。

半个小时以后一切又恢复原状，只是方队都从黑色变成灰色的了。团长又以抖动的步态走到全团前面，从远处打量部队。

“这又怎么了？这是怎么了？”他停住脚步，大声叫道，“三连连长！……”

“三连连长来见将军！叫连长去见将军，第三连的去见将军！”队列里响起了传话声，副官连忙去找那个磨蹭的军官。

当热心的传话声一变再变，按指定的对象传到时，已经在叫“将军去三连”了，被传唤的军官从连队后面出现了，他虽已上了年纪，也不惯于奔跑，还是笨拙地踮着脚，磕磕绊绊地一路小跑来到将军面前。这位大尉神色慌张，就像一个在课堂上回答不出问题的小学生一样。他通红的（显然由于饮酒过量）脸上现出了一个个斑点，噤若寒蝉。在大尉气喘吁吁地逐渐放慢脚步走近时，团长从脚到头打量着他。

“您不久还会让战士们穿连衣裙吧？这是怎么了？”团长叫道，他伸出下巴颏指着三连的一个士兵，他穿的军大衣的颜色与众不同，是工厂生产的呢子的颜色。“您到哪里去了？总司令眼看就到，您却离开自己的岗位？啊？……我来教您，怎样把战士打扮成哥萨克来参加检阅！……啊？……”

连长目不转睛地看着首长，两根手指越来越使劲地贴着帽檐，仿佛他觉得，只有这样使劲才能让他得救。

“喂，您为什么不说话？谁在您那里打扮得像个匈牙利人？”团长严厉地打趣道。

“阁下……”

“哦，什么是‘阁下’？阁下！阁下！什么是阁下——谁也不知道。”

“阁下，那是多洛霍夫，那个降为……”大尉小声说道。

“什么，他降为元帅了，是吗？还是降为士兵？是士兵，那就一定要像大家一样，按规定着装。”

“阁下，您亲自准许他随便着装的。”

“准许了？我准许了？你们年轻人哪，总是这样，”团长说，稍微冷静了下来，“准许了？只要对你们说点儿什么，你们就……”团长沉默了一会儿。“只要对你们说点儿什么，你们就……什么？”他说，又要发火了，“请您让士兵按要求着装……”

于是团长回头看了副官一眼，用他那抖动的步态朝队伍走来。显然，他这样发火使他自己感到很痛快，所以在队伍前走过时，还想给自己再找个发火的借口。他厉声训斥一名军官没有把徽章擦干净，因为队列不整齐又训斥了另一名军官，然后他来到了三连。

“你是怎——么站的？腿在哪儿，把腿放在哪儿了？”团长痛心疾首地大声叫道，这时他离穿着浅蓝色军大衣的多洛霍夫还隔着四五个人。

多洛霍夫慢慢地把弓着的腿伸直，他那明亮、放肆的目光直视着将军的脸。

“为什么穿蓝色的军大衣？脱掉！……连副！让他换装……混……”他还来不及把话说完。

“将军，我有义务执行命令，但没有义务忍受……”多洛霍夫急忙说。

“队列里不准说话！……不准说话，不准说话！……”

“没有义务忍受侮辱。”多洛霍夫响亮而清晰地把话说完了。

将军和士兵的目光相遇了。将军没作声，悻悻地往下拉着勒紧的武装带。

“请您换装，请求您了。”他离开时说。

二

“来了！”这时信号兵喊叫起来。

团长涨红了脸，跑到马那儿，用颤抖的手抓住马镫翻身上马，端正姿势，拔出佩剑，带着幸福和坚决的表情歪咧着嘴，准备喊口令。全团像振翅欲飞的鸟儿，猛地一振，肃静下来。

“立——正！”团长以震撼人心的声音叫道，这声音是自己兴高采烈的欢呼，对全团是严厉的命令，对光临的首长是致敬。

沿着两旁栽种树木的宽阔的土路，一辆高高的蓝色维也纳马车，驾着纵列的马匹，弹簧发出轻微的吱吱声疾驰而来。跟在车后的是骑马的侍从和克罗地亚[1]卫队。库图佐夫身旁坐着一位奥地利将军，他身穿在俄国人的黑色军服中显得怪异的白色军服。库图佐夫和奥地利将军在悄悄地交谈着什么，库图佐夫微微一笑，这时他的一只脚正沉重地跨下踏板，仿佛屏息注视着他和奥地利将军的那两千官兵并不存在似的。

口令声响起，全团又刷的一声，举枪致敬。在死寂中传来总司令微弱的声音。全团吼了一声：“祝——您健康，阁——阁——阁下！”于是一切又归于寂静。起先，当部队在做军事动作时，库图佐夫原地不

①克罗地亚当时属奥地利版图。

动，然后，库图佐夫和白衣将军在侍从的陪同下，并肩沿着队列走过。

看着团长怎样身姿笔挺、神情庄重地向总司令举手敬礼，凝目注视，怎样身体略微前倾，跟随两位将军在队列前走过，勉强控制着抖动的步态，怎样随着总司令的每句话、每个动作而大步流星地赶上前去——不言而喻，他在履行下属的职责时，比履行官长的职责更加满怀喜悦。由于团长的严格和尽职，该团状况极佳，优于当时来到布劳瑙的其他部队。掉队的和病员只有二百一十七人。一切都十分得体，只有鞋子例外。

库图佐夫在队列前走了过去，偶尔停下来，对他在土耳其战争中接触过的那些军官，有时也对士兵讲几句亲切的话语。看到鞋子，他几次忧愁地摇摇头，并指给奥地利将军看，他的表情似乎在说，在这方面他并不抱怨任何人，但不能不看到情况是多么糟糕。在这种时候，团长每次都跑上前去，怕漏掉总司令关于该团所说的话。跟在库图佐夫身后的大约有二十名侍从，保持着任何低语都能听到的距离。侍从先生们彼此交谈，有时笑起来。离总司令最近的是一位漂亮的副官。那是鲍尔康斯基公爵。与他并排行走的是他的同事涅斯维茨基，这是一位高个子校官，特别胖，和善漂亮的脸上带着微笑。有一双水汪汪的眼睛。涅斯维茨基勉强忍着，没有被走在他身边的那位面色微黑的骠骑兵军官逗得笑出声来。骠骑兵军官不笑，不改变一双静止不动的眼睛的表情，摆出一本正经的面孔望着团长的后背，同时在模仿他的一举一动。每当团长抖动一下向前弯腰的时候，骠骑兵军官也同样地，惟妙惟肖地抖动一下向前弯腰。涅斯维茨基笑着捅捅别人，要他们看那个在逗笑的人。

库图佐夫缓慢而懒散地在紧紧追随首长的千百双瞪圆的眼睛前边走过。走到三连，他突然停下了。这一停出乎侍从们的意料，他们不由自主地朝他拥了上去。

“啊，季莫欣！”总司令说，他认出了因蓝色军大衣而挨训的那个红鼻子大尉。

要比季莫欣在挨团长训的时候更加挺直身子，似乎是不可能的。但在总司令对他说话的此刻，大尉把身子挺得那样直，似乎总司令只要再看他一会儿，大尉就支持不住了；库图佐夫看来很理解他的处境，倒是出于好意，急忙转过头去。在库图佐夫虚胖的有一道伤疤的脸上掠过了一丝难以觉察的微笑。

“还是在伊兹梅尔[①]时的战友，”他说，“一个勇敢的军官！你对他满意吗？”库图佐夫问团长。

于是团长的举动，就像在自己看不见的镜子里那样，反映在骠骑兵军官的身上，他抖动一下，走上前去回答道：

“很满意，阁下。”

“我们大家都难免有缺点，”库图佐夫说，微笑着走开，“他偏爱巴克科斯[②]。”

团长大吃一惊，这是不是在归咎于他呢，便没有答话。骠骑兵军官这时注意到了收缩着肚子的红鼻子大尉的脸，于是把他的脸和姿势模仿得那么像，使涅斯维茨基忍俊不禁。库图佐夫回头看了看。显然，那位军官能随意控制自己的表情：库图佐夫一回头，军官就扮了个鬼脸，随即摆出极严肃、恭敬和一脸无辜的样子。

三连是最后一个连队，库图佐夫沉思起来，好像在回忆什么。安德烈公爵从侍从中走出来，用法语悄悄地说：

“您曾吩咐，要提醒您被降职的多洛霍夫在这个团里。”

“多洛霍夫在哪里？”库图佐夫问道。

多洛霍夫已换上了士兵的灰色军大衣，没想到会呼唤他。一个身材挺拔，有一双明亮的蓝眼睛的金发士兵从队列里走了出来。他上前向总司令举手敬礼。

“有什么要求吗？”库图佐夫微微皱眉问道。

“这是多洛霍夫。”安德烈公爵说。

“啊！”库图佐夫说，“我希望，这个教训能使你改正错误，好好干。皇上是仁慈的。我也不会忘记你，只要你有出色的表现。”

---

①库图佐夫曾于1790年12月参加攻克土耳其要塞伊兹梅尔的战役。

②巴克科斯是希腊神话中酒神狄俄尼索斯的别名。

明亮的蓝眼睛放肆地望着总司令，就像望着团长时一样，仿佛要用自己的表情撕开把总司令和士兵如此遥远地分隔在两边的虚礼的帷幕。

“我只有一个请求，大人，”他用自己那响亮而坚定、从容的声音说道，“请给我机会补过并证明我对皇帝陛下和俄罗斯的忠诚。”

库图佐夫把脸转向一边。就像在季莫欣大尉面前转过头去的时候一样，他的脸上掠过那同样的闪现在眼睛里的笑意。他转开脸，微微皱起眉头，仿佛要以此表明，多洛霍夫对他所说的一切，以及可能对他说的一切，他早已、早已知道，这一切已使他感到厌烦，而且是完全不用说的。他掉头朝马车走去。

全团按连队分开，向离开布劳瑙不远的指定驻地出发。希望在那里换上鞋子和衣服，能在艰难的长途转移之后得到休息。

“请您不要见怪，普罗霍尔·伊格纳季奇！”团长赶上前往驻地的三连，来到走在连队前面的季莫欣大尉跟前说道。在检阅顺利结束之后，团长的脸上露出按捺不住的喜悦。“您真棒……我不能……下次在队列中再口不择言……我一定首先道歉，您是了解我的……非常感谢！”于是他向连长伸出了手。

“瞧您说的，将军，我哪敢呢！”大尉说，鼻子发红了，他微笑着，露出的门牙缺了两颗，那是在伊兹梅尔之战中被枪托砸掉的。

“请转告多洛霍夫先生，我不会忘记他，让他放心。请告诉我，我一直想问问，他怎样，表现如何？还有……”

“在军务上很出色，阁下……就是脾气……”季莫欣说。

“怎么，脾气怎么？”团长问道。

“他呀，阁下，天天在变，”大尉说，“有时既聪明又有教养，又善良。有时简直是野兽。在波兰差点儿打死了一个犹太人，您看看……”

“是啊，是啊，”团长说，“对不幸中的年轻人还是要同情，要知道，很有背景呢……所以您就……”

“是，阁下。”季莫欣说，他的微笑使人感到，他对长官的意思是心领神会的。

“那好，那好。”

团长在队伍里找到了多洛霍夫，便勒住马。

“等到第一次战斗，就有肩章了。”团长对他说。

多洛霍夫回头看看，一言不发，他嘲讽地微笑着，嘴角的表情依然未变。

“行，这样就好，”团长接着说道，“弟兄们，我请每人喝杯酒，”他又高声说道，要让士兵们都听得见，“谢谢大家！感谢上帝！”于是他赶过三连，来到另一个连队。

“不错，他真是个好人，是可以和他共事的。”季莫欣对走在他身旁的一个连级军官说。

“一句话，红桃！……（团长的外号叫红桃王①）”连级军官笑着说。

检阅后长官们的幸福心情也感染了士兵。连队快乐地行进着。四面八方都听到士兵们交谈的声音。

“听说库图佐夫是独眼龙，一只眼瞎了？”

“可不是嘛！就是独眼龙。”

“才不是呢……他的眼，老兄，比你还尖，把靴子和包脚布全都看在眼里了……”

“老弟，他看我的脚的时候……看吧！我想……”

“而另一位，和他在一起的那个奥地利人，好像用白灰抹过似的。像面粉一样雪白！看样子，就像擦洗枪械一样擦洗过！”

“喂，费德绍！……他说过什么时候开战没有？你不是站得近些吗？老是听说，波拿巴本人就在布鲁诺沃。”

“波拿巴在那里！瞧他吹的，傻瓜！他全都知道！现在普鲁士人在暴动。奥地利人就要加以镇压。等平定了，和波拿巴的战争才会开始。他却说，波拿巴在布鲁诺沃！所以说他是傻瓜嘛，你多听听吧。”

“瞧，什么军需官！你看，五连已经在拐弯进村了，等他们把粥熬

---

①我国俗称红桃老K。

好了，我们还到不了驻地。”

“给我点面包干，小鬼。”

“可是昨天你给过我烟叶吗？想想吧，老兄。喂，给你，拿去吧。”

“能休息一下就好了，否则还要饿着肚子再走五俄里。”

“要是德国人给我们送马车来，那才好呢。你就坐上去吧：神气着呢！”

“而这里，老弟，老百姓都很嚣张。那里的好像都是波兰人，都是在俄国的治下；现在，老弟，碰到的都是德国人了。”

“合唱队员们出列！”传来了大尉的喊声。

大约二十个人从各个队列里出来，跑到了连队前面。领唱的鼓手转身面向合唱队员，扬起一只手，唱起了声调悠长的战士歌曲，它的开头是：“彩霞初现，太阳在升起……”结尾是：“我们亲如兄弟，追随父亲卡缅斯基夺取光荣的胜利……”这首歌曲是在土耳其编写的，现在到奥地利来唱，只有一点改动，把“父亲卡缅斯基”改成“父亲库图佐夫”。

鼓手是四十岁左右清瘦、英俊的士兵，他在唱完最后的这些歌词后，以战士的果断猛然把双手一挥，仿佛把什么东西抛洒在地上，他严厉地向合唱队员扫视一眼，眯缝起双眼。直到确信，所有的眼睛都集中在他身上，于是他的双手仿佛在爱惜地把一个无形的珍宝捧到头顶上，这样停顿了几秒钟，突然猛地把它掷下：

噢，我的穿堂，我的穿堂，

“我那新颖的穿堂……”二十个人应和着唱了起来，操乐匙[1]者尽管装备沉重，却欢快地跳了出来，在连队前倒退着走，一边晃动双肩，拿两个乐匙吓唬人。士兵们合着歌曲的节拍挥舞双手，信步走动，自然

---

① 乐匙是古老的俄罗斯打击乐器，因状似汤匙得名。

而然地跟上了脚步。这时只听在连队后面车声辚辚，马蹄嘚嘚，马车弹簧吱吱作响。库图佐夫正带着侍从回城。总司令发出信号，要战士们继续自由行动，库图佐夫和侍从们听着歌声，看着舞蹈的战士和连队中快乐而活跃地行进的士兵，脸上都露出了满意的神情。马车从该连右侧赶过去，第二排右翼有一名蓝眼睛的士兵很惹人注意，那是多洛霍夫，他特别活跃而姿态优美地合着歌曲的节拍行进，望着从一旁经过的人们的脸，他的表情仿佛在为此时不与连队一齐行进的所有人感到惋惜。库图佐夫侍从中那个曾模仿团长的骠骑兵少尉落在马车后面，来到了多洛霍夫跟前。

骠骑兵少尉热尔科夫在彼得堡时，一度是以多洛霍夫为首的那个无事生非的集团中的一员。热尔科夫来到国外，曾遇见当兵的多洛霍夫。但认为没有必要与他相认。现在，在库图佐夫与这个受降级处分的人谈过话以后，他以老朋友的身份高兴地来接近他。

“亲爱的朋友，你怎么样？”他在歌声中问道，让自己的马和连队齐步前进。

“我怎么样？”多洛霍夫冷淡地回答道，“你不是看到了嘛。”

热尔科夫说话时那种故作愉快的腔调，和多洛霍夫故意冷落的回答，在轻松活泼的歌声中赋有一种特别的意味。

“你和长官相处得好吗？”热尔科夫问。

“还可以，都是一些好人。你是怎么混进参谋部的？”

“暂时调来的，在值班。”

他们沉默了一会儿。

“她从右手的袖筒里放出一头雄鹰。”歌中唱道，不觉激起了振奋和愉快的心情。如果他们不是在歌声中交谈，他们的谈话想必是另一个样子。

“奥地利人被打败了，是真的吗？”多洛霍夫问。

“谁知道呢，听人这么说。”

“我很高兴。”多洛霍夫的回答简洁明快，正如歌曲所要求的那样。

“好吧，哪天晚上到我们那里去吧，你可以打法拉昂[①]。”热尔科夫说。

“也许你们有了很多钱吧？”

“你来吧。”

“不行，我发过誓，不得到提升就不喝酒，不赌博。”

“也好，等到第一次战斗……”

“到时候看吧。”

他们又沉默了一会儿。

“你需要什么就来吧，在参谋部里一切都好办……”

多洛霍夫冷冷地一笑。

“你不必费心。我需要什么，是不会求人的，自己去拿。”

“行，我随便说说。”

“是啊，我也是随便说说。”

“再见。”

“再见……”

……飞得又高，又远，
飞往自己的家乡……

热尔科夫用马刺催动马儿，马躁动起来，四蹄乱踏，不知怎样迈步，终于飞奔而去，赶过连队，追赶马车去了，也合着歌曲的节拍。

三

库图佐夫检阅回来，在奥地利将军的陪同下来到自己的办公室，他叫来副官，吩咐调阅与来自国内的部队的情况有关的文件，以及指挥前方部队的费迪南德大公的来函。安德烈·鲍尔康斯基公爵带着需要的文件走进总司令的办公室。库图佐夫和奥地利的那位御前军事会议的

① 法拉昂是一种纸牌赌博。

成员坐在桌上展开的一幅作战地图前面。

“啊……”库图佐夫回头望着鲍尔康斯基说，似乎是请副官稍候，接着用法语继续已开始的谈话。

“我只说一点，将军。”库图佐夫说，他那令人愉快的优雅措辞和语调使人不得不倾听他从容道来的每句话。显然，库图佐夫本人也在自我欣赏。“我只说一点，将军，如果问题取决于我个人的意愿，那么弗兰茨皇帝陛下的旨意早就被执行了。我早已和大公会师了。请相信我的诚意：我个人乐于把军队的最高指挥权移交给一位比我更熟谙军情，更高明的将军，而在奥地利，这样的将军是数不胜数的，而我也就可以卸下如此重大的责任，何乐而不为呢？可是，形势往往比人强，将军。”

库图佐夫微微一笑，他的表情似乎在说：“您有充分的理由不相信我的话，而且您是否相信我，我是毫不在意的，可是您没有根据对我这样说。而这正是关键所在。”

奥地利将军面露不悦之色，但他不得不以同样的方式回答库图佐夫。

“恰恰相反，”他以埋怨和气愤的语调说道，这语调与他话语中的奉承的意思是矛盾的，“恰恰相反，阁下参与我们共同的事业，得到了陛下的高度评价，但是我们认为，目前的拖延会使光荣的俄国军队及其总司令失去他们惯于在战斗中获得的荣誉。”他最后的这句话显然是预先准备好的。

库图佐夫点了点头，不过他的笑容未变。

“而我深信，而且根据费迪南德大公殿下最近的来函，我敢断定，奥地利军队在马克将军这样高明的助手的指挥下，已取得决定性的胜利，不再需要我们的支援。”库图佐夫说。

将军皱起了眉头。虽然还没有奥军失败的可靠消息，但是有太多的情况可以证实广泛流传的战局不利的传言，因而库图佐夫关于奥军获胜的断言就很像是一种嘲讽了。但库图佐夫谦和地微笑着，仍然带着那样的表情，仿佛在说，他的断言是有根据的。的确，他收到的来自马克军中的最后一封信，向他通报了胜利和军队极其有利的战略态势。

“把那封信拿来，”库图佐夫对安德烈公爵说，“请注意。”于是库图佐夫嘴角含着嘲讽的微笑，用德语把费迪南德大公来信中的如下一段读给奥地利将军听：“我们完全集中了兵力，约七万之众，若敌军渡过莱希河，我军便可发动进攻，将敌军击溃。由于我们已占领乌尔姆，因而占有控制多瑙河两岸的有利态势，由此可见，在敌军不渡莱希河的情况下，随时可以渡过多瑙河攻击敌军的交通线，再从下游渡过多瑙河返回，并保证敌人在集中全力转而进攻我们忠诚的盟军时，其企图无法得逞。因此，我们将警觉地等待时机，在俄罗斯帝国的军队做好充分的准备后，能够轻而易举地共同待机歼敌，使之得到应有的下场。”①

库图佐夫读完这一段，沉重地喘了口气，专注而亲切地望了望御前军事会议的成员。

“不过您知道，阁下，明智的规则要求作最坏的打算。”奥地利将军说道，看来他想结束戏谑，开始商谈正事。

他不满地回头看了看副官。

“请原谅，将军。”库图佐夫打断他的话，也向安德烈公爵转过头来。“这样，亲爱的，你到科兹洛夫斯基那里去，把我们侦察员所收集的情报全都拿来。这是诺斯蒂茨伯爵的两封信，这是费迪南德大公殿下的信，还有，”他说，顺手递给他几份文件，“你根据所有这些资料，用法语简明扼要地草拟一份备忘录，一份报告，以便对我们关于奥军行动的所有情报有必要的了解。好，就这样，然后呈交这位大人过目。”

安德烈公爵低下头，表示听了最初的几句话，就不仅理解了他所说的话，而且理解了库图佐夫或许想对他说的话。他收起文件，向两人微微鞠躬，静悄悄地踏着地毯走进接待室。

安德烈公爵尽管离开俄国不久，但在此期间已有了很大变化。在他的神情、举止、步态中已看不出当初的做作、倦怠和懒散。他的神态表明，他没有时间去考虑会给别人留下什么印象，只是为愉快而有意义的

---

①原文为德文。

事业尽心尽力。脸上更多地流露出对自己和战友的满意的神情；微笑和眼神更令人愉快，更有魅力了。

他在波兰就赶上了库图佐夫，受到他非常亲切的接待，他允诺在论功行赏时决不会忘记他，在所有的副官中对他另眼相看，多次带他去维也纳，并委以重任。库图佐夫在维也纳曾写信给自己的老战友，安德烈公爵的父亲。

“令郎，”他写道，“因其学识、坚强和干练，有望成为一名出类拔萃的军官。我认为自己是幸运的，能拥有这样的下属。”

在库图佐夫参谋部的战友中，以及在部队里，安德烈公爵就像在彼得堡的社交界一样，有截然相反的两种名声。有些人，他们是少数，认为他与众不同，期望他获得巨大的成功，服从他，钦佩他，并且以他为榜样；安德烈公爵与这些人相处，是质朴而令人愉快的。另一些人，他们占多数，认为他妄自尊大、冷漠无情而令人厌恶。但对这些人，安德烈公爵善于自处，使他们尊重他，甚至畏惧他。

安德烈公爵拿着文件从库图佐夫的办公室来到接待室，碰到了同事，正在值班的副官科兹洛夫斯基，他坐在窗下看书。

“什么事，公爵？”科兹洛夫斯基问道。

“奉命草拟一份报告，说明我们为什么不再前进。”

“为什么呢？”

安德烈公爵耸了耸肩。

“没有马克的消息吗？”科兹洛夫斯基问。

“没有。”

“要是他真的被击溃了，应该有消息啊。”

“那是。”安德烈公爵说着便向门口走去；但就在这时，在他对面有一个人砰地带上门，快步走进了接待室，显然是外来的人，这是一位身材高挑的奥地利将军，身穿常礼服，头上缠着黑色手绢，脖子上挂着玛丽亚-特雷西亚勋章。安德烈公爵站住了。

“库图佐夫上将？”这位外来的将军快速地问道，带着明显的德语口音，他左右张望，毫不停顿地朝办公室的门口走去。

“上将有事。”科兹洛夫斯基说，急忙来到陌生的将军面前，拦着他的去路，“请问，我该怎样通报？”

陌生的将军从上到下轻蔑地打量了一下个子不高的科兹洛夫斯基，似乎感到惊讶，居然有人不认识他。

“上将有事。”科兹洛夫斯基平静地说。

将军的面色阴沉下来，他的双唇猛地一动，颤抖起来。他拿出笔记本，用铅笔迅速地写了几个字，撕下这页纸递给他，快步走到窗前，跌坐在椅子上，他环顾房间里的人，仿佛在问，为什么他们要看着他？后来将军抬起头，伸长脖子，似乎想说什么，但立刻又似乎漫不经心地暗暗地小声哼起了歌曲，发出一种奇怪的声音，随即中断。办公室的门开了，库图佐夫出现在门口。头上缠着手绢的将军，仿佛逃避危险似的，弓着腰迈动两条瘦长的腿，快步来到库图佐夫跟前。

“您看到的是不幸的马克。”他迫不及待地说道。

库图佐夫站在门口，他的脸有那么一会儿完全僵住了。随后皱纹像波浪似的在他整个脸上一闪而过，前额舒展开了；他恭敬地低下头，闭上眼睛，默默地让过马克，自己随手带上了门。

先前广泛流传的关于奥军被击溃，在乌尔姆城下全军投降的传闻原来是真的。半小时后，副官们奉命分头出发，说明至今没有采取任何行动的俄军即将与敌军迎头相撞。

安德烈公爵在参谋部里是关注军事全局的少有的军官之一。看到马克，听到他战败的详情之后，知道战役已输了一半，明白了俄军的处境是多么困难，鲜明地想象到军队的前景，以及他在部队中应当起到的作用。他想到自命不凡的奥地利的溃败，想到也许一周后他将目睹并参加法俄两军在苏沃洛夫之后的第一次对决，不觉感到又激动又高兴。但他担心波拿巴的天才可能比俄军的英勇气概更强，同时又不愿设想自己心目中的英雄会蒙受战败的耻辱。

因这些想法而激动、恼怒的安德烈公爵回到自己的房间给父亲写信，他是每天都给父亲写信的。在走廊里，他碰到了同房间的涅斯维茨基和诙谐的热尔科夫，他们像平常一样，不知在笑着什么。

“为什么你这样闷闷不乐？”涅斯维茨基问道，他注意到安德烈公爵面色苍白，目光炯炯。

“没什么可高兴的。”鲍尔康斯基回答。

在安德烈公爵碰到涅斯维茨基和热尔科夫的时候，从走廊的另一头，迎面走来了施特劳赫和昨天刚到的御前军事会议成员，施特劳赫是奥地利将军，他是驻库图佐夫参谋部监督俄军的粮食供应的。宽阔的走廊有足够的空间，让将军们和三名军官可以彼此让道，自由通过；可是热尔科夫推开涅斯维茨基，气喘吁吁地说：

“他们来了……他们来了……你们靠边，让开道儿！请吧，这儿走！”

将军们走了过去，希望避免烦人的礼节。诙谐的热尔科夫突然露出一脸傻笑，似乎高兴得按捺不住。

“阁下，”他走上前去，对一位奥地利将军用德语说道，“我谨向您祝贺。”

他低下头，像学跳舞的孩子一样面现羞涩，不断地并足表示恭维。

担任御前军事会议成员的将军严厉地打量了他一下；见他傻傻地笑得真诚，不能不暂时关注一下。他眯起眼睛表示在听。

“我谨向您祝贺，马克将军来了，幸而无恙，只是这儿不小心碰破了。”他满面笑容地指着自己的头补充道。

将军皱起眉头，转身走了。

“天哪，多幼稚！”[①]他走了几步，悻悻地说。

涅斯维茨基抱着安德烈公爵哈哈大笑，但鲍尔康斯基公爵面色更加苍白，他满面怒容地把他一搡，走到热尔科夫跟前。马克的样子，关于他兵败的消息，以及对俄军处境的考虑所引起的神经质的愤懑，在对热尔科夫不合时宜的玩笑的狂怒中得到了宣泄。

“如果您，亲爱的先生，”他尖刻地说道，下巴颏在微微发抖，“想做个**小丑**，那我不能妨碍您；但我要正告您，如果您再**胆敢**当着我

---

①原文为德文。

的面轻举妄动，我就要教训您怎样做人。”

这种态度使涅斯维茨基和热尔科夫大吃一惊，目瞪口呆地望着鲍尔康斯基，说不出话来。

“怎么了，我只是祝贺嘛。”热尔科夫说。

“我不和您开玩笑，请您住嘴。”鲍尔康斯基叫道，他拉着涅斯维茨基的手，离开了不知说什么好的热尔科夫。

“喂，你是怎么了，老兄。”涅斯维茨基劝慰道。

“什么怎么了？”安德烈公爵说，激动地站住了，“你要明白，我们要么是为沙皇和祖国服务的军官，因而为共同的胜利而喜，为共同的失败而悲，要么就是对老爷的事漠不关心的奴仆。四万人阵亡，我们的友军被歼灭，而你们居然在这样的时候开玩笑……一个无知顽童这样做是可以原谅的，就像你引为知己的这位先生，可是您就不可原谅，不可原谅，”他说，似乎在用这句法语来加强自己的看法，“只有**顽童**可以这样找乐子。”安德烈公爵用俄语补充道，他说这个词时带有法国腔，因为他发觉，热尔科夫还能听得到他的话。

他等了等，看少尉有什么话要说。但少尉转身走出了走廊。

四

巴甫洛格勒骠骑兵团驻扎在离布劳瑙两英里的地方。贵族士官尼古拉·罗斯托夫所在的骑兵连被安置在德国人的村庄扎尔采涅克。骑兵连连长杰尼索夫大尉以瓦西卡·杰尼索夫的名字闻名全师。他分到了村子里最好的房子。贵族士官罗斯托夫是在波兰赶上骠骑兵团的，从那时起就一直和连长住在一起。

十月八日，就是马克兵败的消息在总司令部惊动了所有人的那一天，骑兵连连部的行军生活一切平静如常。罗斯托夫采办饲料后，清晨骑马归来，通宵打牌的杰尼索夫还没有回到住处。罗斯托夫身穿士官军服，催马来到门口，以生气勃勃的灵巧的动作从马后甩下一条腿，在马镫上站了一会儿，仿佛不愿离开自己的马，终于跳下马来，喊了一声通信兵。

“啊，邦达连科，亲爱的朋友，”他对飞快地朝马跑过来的骠骑兵说，“牵出去遛一遛，朋友。”他以兄弟般柔和的语气愉快地说道，高尚的年轻人在他们感到幸福的时候，对所有的人都是这样说话。

“是，大人。”霍霍尔[1]愉快地晃着脑袋答应道。

“小心，好好地遛一遛！”

另一个骠骑兵也向马扑了过来，不过邦达连科已经接过了缰绳。看来这位士官给酒钱很大方，为他办事是有好处的。罗斯托夫摸摸马脖子，又摸摸马的臀部，在台阶上停了下来。

“好极了，会是一匹好马！”他自言自语，又微笑着，手扶马刀沿着台阶往上跑，马刺叮叮作响。德国房东穿着毛衣，戴着尖顶帽，拿着一把清除厩肥的叉子，从牛棚里向外张望了一下。德国人一看到罗斯托夫，脸色蓦地开朗了。他快活地笑了，又使了个眼色：“早上好！早上好！”[2]他反复说，看来他向这个年轻人问好感到很愉快。

“已经在干活啦！”罗斯托夫说，还是带着那愉快、友爱的微笑，这微笑就没有从他生气勃勃的脸上消失过。“奥地利人万岁！俄罗斯人万岁！乌拉，亚历山大皇帝！”他冲着德国人，重复着这个德国房东时常说的话。

德国人笑了起来，走出牛棚的门，一把扯下尖顶帽，在头顶上挥舞一下，叫道：

“全人类万岁！”

罗斯托夫也像德国人那样，在头顶上挥舞一下军帽，笑着叫道：“全人类万岁！”虽然对清扫自己牛棚的德国人和带领一排人采购了干草回来的罗斯托夫都没有任何值得特别高兴的理由，这两个人却怀着幸福的狂喜和兄弟情谊彼此对看了一眼，然后微笑着分手——德国人回到牛棚，罗斯托夫走进他和杰尼索夫同住的农舍。

“你的主人呢？”他问拉夫鲁什卡，杰尼索夫的闻名全团的滑头

---

① 霍霍尔是对乌克兰人的戏称。
② 原文为德文。

仆人。

“昨晚出去就没回来，大概赌输了，”拉夫鲁什卡回答道，“我知道，他要是赢了，早就回来吹牛了，要是早上还不见人，一定是输得精光，回来时气呼呼的。您要咖啡吗？”

“要，要。”

十分钟以后拉夫鲁什卡端来了咖啡。

“他来了！”他说，“现在要倒霉了。”

罗斯托夫朝窗外一望，看到杰尼索夫回来了。杰尼索夫身材矮小，脸色赤红，有一双炯炯有神的黑眼睛，乱蓬蓬的黑胡子、黑头发。他敞开骠骑兵披风，肥大的马裤皱巴巴地往下坠，揉皱的军帽戴在后脑勺上。他垂头丧气地来到门口。

“拉夫鲁什卡，”他气冲冲地大声叫道，“喂，来脱衣服，笨蛋！”

“我不是在脱吗。”只听拉夫鲁什卡在回答。

“哦，你已经起床了。”杰尼索夫走进房间时说。

“早起床了，”罗斯托夫说，“我已经采购了干草，还见到了马蒂尔达小姐。”

“是吗！我输得精光，昨天输得灰头土脸的！”杰尼索夫叫道，“倒霉透了！倒霉透了！……你走了以后，就一直输。喂，茶！”

杰尼索夫紧皱眉头，似乎想笑，露出了一口短而坚固的牙齿，开始用十指短小的双手抓挠着像树林一样茂密的黑头发。

“鬼叫我去找这个大耗子（一个军官的绰号），”他说，用双手摩挲着自己的脑门和脸，“你想想，他呀，连一张好牌，一张、一张好牌也没给过我。”

杰尼索夫接过递给他的点燃的烟斗，攥在拳头里，在地板上一敲，敲得火星四溅，接着嚷道：

“下单注他就让，加倍下注就吃；下单注就让，加倍下注就吃。”

他把火星敲得撒了一地，把烟斗敲断，扔了。接着沉默了一会儿，突然，他那炯炯有神的黑眼睛快活地望了望罗斯托夫。

“有女人就好了。要不，除了喝酒就没事干。还是快些开战吧……”

“喂，谁在那里？”他转头望着门，他听到有人穿着马刺叮叮作响的厚重的皮靴停住了脚步，恭敬地咳嗽了一声。

“是司务长。”拉夫鲁什卡说。

杰尼索夫的眉头皱得更紧了。

“糟了，”他说，连忙把装着几枚金币的钱包扔出来，“罗斯托夫，你数一数，亲爱的，还剩多少，再把钱包塞在枕头底下。”他说着就出去见司务长。

罗斯托夫拿起钱，机械地把新旧金币分成两小堆，码齐，开始数了起来。

“啊！捷利亚宁！您好！昨天他们让我输惨了。”从另一个房间传来了杰尼索夫的声音。

“是谁？贝科夫，大耗子？……我就知道。”另一个尖细的声音说道，随即捷利亚宁中尉走进了房间，他是同连的身材矮小的军官。

罗斯托夫把钱包丢在枕头下面，握住向他伸过来的湿润的小手。捷利亚宁是在出征前由于某种原因从近卫军调来的。他在团里的表现很好，可是大家都不喜欢他，尤其是罗斯托夫，他对这个军官怀有一种既无法克服，也无法掩饰的莫名的厌恶。

“哎，怎么样，年轻的骑兵，我的小白嘴鸦还行吧？”他问。（小白嘴鸦是捷利亚宁卖给罗斯托夫的一匹调教得刚能骑的小马驹。）

中尉和别人谈话，从来不看对方的眼睛；他的一双眼经常游移不定。

“我看见了，您今天骑过……”

“还行，是一匹好马，”罗斯托夫回答道，尽管他花七百卢布买下的这匹马连这个价钱的一半也不值，“左前腿有点瘸了……”他加了一句。

“马蹄裂了！没关系。钉上马掌就行，我来教您怎么钉。”

“好，请您教教我。”罗斯托夫说。

“我教，我教，这不是什么秘密。您会为这匹马感谢我的。”

“那我去叫人把马牵来。”罗斯托夫想要摆脱捷利亚宁，说完便出去吩咐牵马。

杰尼索夫在外屋门口，蜷缩着身子坐在司务长对面，听他汇报。看到罗斯托夫，杰尼索夫皱起眉头，用大拇指朝身后指指捷利亚宁所待的房间，疾首蹙额，厌恶得浑身哆嗦了一下。

“噢，我不喜欢这个家伙。”他说，尽管还有司务长在场。

罗斯托夫耸起双肩，仿佛在说：“我也一样，可是有什么法子呢！”于是做好安排，回到捷利亚宁那里去了。

捷利亚宁还像罗斯托夫离开他时那样懒洋洋地坐着，搓着一双白净的小手。

“真有这样讨厌的人。”罗斯托夫走进房间时想。

“怎么，吩咐牵马了吗？”捷利亚宁问道，一面站起来，漫不经心地四处张望着。

“吩咐了。”

“那我们就去吧。我只是顺便来向杰尼索夫打听一下昨天的命令。您接到命令了吗，杰尼索夫？”

“还没有，您去哪里？”

“我要教这个年轻人钉马掌。”捷利亚宁说。

他们走到外面的台阶上，进了马厩，中尉说明怎样钉马掌，就回去了。

罗斯托夫回来时，只见桌上放着一瓶伏特加，还有一根香肠。杰尼索夫坐在桌前，笔尖在纸上沙沙作响。他忧郁地望了望罗斯托夫的脸。

“我在给她写信。”他说。

他把臂肘支在桌上，手里拿着笔，显然，很高兴有机会把他要写的一切赶快说出来，便向罗斯托夫讲述着信的内容。

“你瞧，朋友，”他说，“在恋爱前，我们是麻木不仁的。我们是尘世之子……要是爱上了一个人——那你就是神，就像初生的婴儿那样纯洁……又是谁来了？把他轰走。没空！”他朝拉夫鲁什卡嚷道，拉夫鲁什卡毫不胆怯地来到他跟前。

“还有谁呢？您自己吩咐过的。司务长来要钱了。”

杰尼索夫又想叫嚷，终于没吭声。

“糟糕，”他自言自语道，“钱包里还剩多少钱？”他问罗斯托夫。

“七枚新币和三枚旧币。”

“唉，糟了！喂，你干吗站着，稻草人，去叫司务长啊！”杰尼索夫朝拉夫鲁什卡嚷道。

“杰尼索夫，请你用我的钱吧，我有钱。”罗斯托夫红着脸说。

“我不喜欢向自己人借钱，不喜欢。”杰尼索夫嘟囔道。

“如果你不看在战友的分上用我的钱，我会生气的。我真的有。”罗斯托夫又说了一遍。

“不要。”

于是杰尼索夫走到床前，想从枕头底下把钱包拿出来。

“你放哪儿了，罗斯托夫？”

“在下面的枕头底下。”

“没有啊。”

杰尼索夫把两个枕头都扔在地下。没有钱包。

“真是怪事！”

“等等，不是掉在哪里了吧？”罗斯托夫把枕头一个个拎起来抖着。

他又掀起被子抖了一下。没有钱包。

“难道是我忘了？不，我还想过，你把它当宝贝一样枕在头底下，”罗斯托夫说。“我把钱包放在这里的。在哪里呀？”他问拉夫鲁什卡。

“我没进来过。您放在哪里，那就还在哪里。”

“没有嘛。”

“您老是这样，把东西扔到哪里就忘了。您在衣袋里找找看。”

“不，要是我没想到过宝贝，”罗斯托夫说，“可是我想到过，所以我记得，我是放在这里的。”

拉夫鲁什卡把床铺翻遍了，朝床底下看，又朝桌子底下看，他翻遍了整个房间，最后在房间中央站住了。杰尼索夫默默地注视着拉夫鲁什卡的一举一动，等到拉夫鲁什卡惊奇地把两手一摊说，哪里也没有，他回头看了罗斯托夫一眼。

“罗斯托夫，你别淘气……”

罗斯托夫感觉到了杰尼索夫看自己的目光，他抬起眼睛，立刻又把眼睛垂下了。他憋在喉咙下面的满腔热血，一下子涌到了他的脸上，涌进了他的双眼。他窒息了。

“没有人到房间里来过，除了中尉和您自己。就在这里的什么地方。”拉夫鲁什卡说。

“喂，你这个鬼东西，别站着不动，找哇，”杰尼索夫突然叫嚷起来，他满面通红，摆出威吓的架势朝仆人扑过去，“一定要找到，找不到，我劈了你，把你们全劈了！”

罗斯托夫避开杰尼索夫的目光，开始扣上军服上衣，佩带马刀，戴上军帽。

“我对你说，一定要找到钱包。”杰尼索夫叫道，抓着勤务兵的肩膀摇晃着，又把他往墙上撞。

“杰尼索夫，放开他；我知道是谁拿的。”罗斯托夫朝门口走去，头也不抬地说道。

杰尼索夫住了手，想了想，看来他明白了，罗斯托夫指的是谁，于是一把抓住他的手。

“胡闹！”他大叫一声，脖子和脑门上突起了绳子般的青筋，“我对你说，你疯了，我不允许这样。钱包就在这里；我扒了这个坏蛋的皮，钱包就有了。”

“我知道是谁拿的。”罗斯托夫声音颤抖地又说了一遍，于是朝门口走去。

“我告诉你，不许你这么干。”杰尼索夫叫道，他向士官扑过去，想拉住他。

但罗斯托夫挣脱自己的手，坚定地直视着他的眼睛，他那样恶狠狠地瞪着他，仿佛杰尼索夫是他不共戴天的仇人。

“你明白你在说什么吗？”他声音颤抖地说道，“除了我，房间里没有人来过。显而易见，不是他，那么……”

他说不下去了，跑出了房间。

“随你去吧，随你们去吧。”这是罗斯托夫听到的最后一句话。

罗斯托夫来到了捷利亚宁的住处。

“老爷不在家，他到参谋部去了，”捷利亚宁的勤务兵对他说，“发生什么事了？”勤务兵问道，他对士官沮丧的神情感到吃惊。

“不，没什么。”

“您来晚了一步。”勤务兵说。

参谋部离开扎尔采涅克三俄里。罗斯托夫没有回家，他要了一匹马，骑马到参谋部去了。在参谋部驻扎的村子里，有一家小酒馆，军官们常来这儿。罗斯托夫来到小酒馆；他在门口看见了捷利亚宁的马。

中尉坐在小酒馆的第二个房间里。面前放着一碟小灌肠和一瓶葡萄酒。

“啊，您也来了，年轻人。”他高高地扬起眉毛，微笑着说。

“来了。”罗斯托夫说，似乎费了好大劲才说出了这句话。他在邻桌坐了下来。

两个人都不说话了；房间里还有两个德国人和一个俄国军官。没有人说话，只有餐刀碰在碟子上的响声和中尉吃东西吧嗒嘴的声音。捷利亚宁用完早餐，从衣袋里拿出一个双层钱包，弯弯地翘起细小白净的手指拉开钱包的环儿，取出一枚金币，抬起眉毛将钱交给堂倌。

“请快点儿。”他说。

金币是新的。罗斯托夫站起来，走到捷利亚宁身旁。

“请让我看看钱包。”他用勉强听得见的声音悄悄地说。

捷利亚宁目光游移，但还是那么扬着眉毛把钱包递了过去。

“是的，一个挺好的钱包……是的，……是的，……”他说，突然面色煞白。“您看看吧，年轻人。”他加了一句。

罗斯托夫把钱包拿在手里，看看它和里面的钱，又看看捷利亚宁。中尉习惯性地四处张望着，突然，他似乎非常高兴。

“要是我们到了维也纳，我会把钱都花在那里，可现在，在这蹩脚的小镇里有钱没处花，”他说，“好，钱包给我吧，年轻人，我要走了。”

罗斯托夫没有说话。

“您怎么？也要用早餐？饭菜很不错，”捷利亚宁接着说道，“给我啊。”

他伸手抓住钱包。罗斯托夫松开了手。捷利亚宁拿了钱包，往马裤的裤兜里放，他的眉毛漫不经心地抬了起来，嘴微微张着，似乎在说：“是的，是的，我把自己的钱包放进裤兜里，就这么简单，这和谁都不相干。”

“唉，怎么样，年轻人？”他叹了口气，从抬起的眉毛下面盯着罗斯托夫的眼睛看了一下说道。眼睛的一种光芒以电光石火的速度从罗斯托夫的眼里射进捷利亚宁的眼睛又反射过来，反射过去又反射过来，这一切都发生在刹那之间。

“您过来。”罗斯托夫抓住捷利亚宁的手说。他几乎是把他拖到了窗前。“这是杰尼索夫的钱，您拿了他的钱……”他在他的耳边低声说道。

“什么？……什么？……您竟敢这么说？什么？……”捷利亚宁说。

但这些话听起来像是一种绝望的哀号，又像是在祈求宽恕。罗斯托夫一听到这样的声音，他心里的一块石头落地了，不再有丝毫的怀疑。他感到高兴，同时又可怜站在他面前的这个不幸的人，但必须把已经开始的事进行到底。

“天知道这里的人会怎么想，”捷利亚宁喃喃自语，一把扯下军帽，朝一个不大的空房间走去，“必须讲讲清楚……”

“我知道，而且我有证据。”罗斯托夫说。

“我……”

捷利亚宁惊恐、苍白的脸上每一块肌肉都抖动起来；眼睛还是那样游移不定，但在那下面，在不高于罗斯托夫脸部的什么地方，响起了伤心啜泣的声音。

“伯爵！……不要毁了我吧……我还年轻……这些倒霉的……钱，您拿去吧……”他把钱扔在桌上。“我还有年迈的父亲、母亲！……”

罗斯托夫拿了钱，避开捷利亚宁的目光，一言不发地走出房间。但在门口他站住了，又走了回来。

“我的天！”他含泪说道，“您怎么能干这种事？”

“伯爵。”捷利亚宁朝士官走过去说。

“别碰我，”罗斯托夫闪开说，“要是您缺钱用，就把这些钱拿去。”他把钱包扔给他，跑出了小酒馆。

五

当天晚上，骑兵连的军官们在杰尼索夫的住处展开了一场热烈的谈话。

“我要告诉您，罗斯托夫，您必须向团长道歉。”一位骑兵上尉对激动得满脸通红的罗斯托夫说，上尉身材高大，头发斑白，有一部大胡子，脸上布满线条粗犷的皱纹。

基尔斯滕上尉两次因决斗被降为士兵，又两次复职。

“我不允许任何人对我说，我在撒谎！”罗斯托夫叫道，“他对我说，我在撒谎，我也对他说，他在撒谎。情况就是这样。可以每天都派我值班，可以关我禁闭，不论是谁，要我道歉办不到。如果他作为团长，认为接受我的决斗要求有失尊严，那么……”

“等一等吧，老弟；您听我说两句，”上尉低沉的声音打断了他，一面抚摩着自己长长的胡须，“您当着其他军官的面对团长说，有一个军官偷了……”

“当着其他军官的面谈起这件事，错不在我。也许，有他们在场，我不该说，可我不是外交官。我之所以参加骠骑兵，就是因为在我看来，这里不需要见风使舵，他却对我说，我在撒谎……那就让他和我决斗吧……”

“这都很好，谁也不认为您是胆小鬼，可是问题不在这里。您问问杰尼索夫，一名士官要求团长同意决斗，这像话吗？”

杰尼索夫咬着胡子，神情阴郁地听着谈话，看来他不想介入。对上尉的问题，他否定地摇摇头。

“您当着军官们的面，对团长讲起这种无耻行径，”上尉接着说，“波格丹内奇（人们称呼团长波格丹内奇）制止了您。”

“不是制止，而是说我造谣。”

“是啊，您就对他讲了许多不该讲的话，应该道歉。”

“不行！”罗斯托夫叫道。

“我没有想到您会这样，”上尉认真而严厉地说，“您不愿道歉，而您，老弟，不仅对不起他，而且对不起全团，对不起我们所有的人。是这样：您本该想一想，再找人商量一下，怎么处理这件事，您倒好，直接就捅了出去，还当着军官们的面。这叫团长怎么办呢？把一个军官送交法庭审判，玷污全团？为一个无赖而使全团名誉扫地？要这样吗，您看呢？而我们认为，不能这样。波格丹内奇是好样的，他对您说，您是造谣。听了不愉快，可是怎么办呢，您是自找的。现在，大家想息事宁人，而您出于倨傲还是任性，不愿道歉，反而想把内情和盘托出。要您值一会儿班，您生气了，而向一位正直的老军官道个歉，对您来说算得了什么呢！不管怎么说，波格丹内奇毕竟是勇敢而正直的老团长，可您觉得委屈；使全团蒙羞倒无所谓！”上尉的声音开始发抖。“您哪，老弟，在团里才几天哪；今天在这里，明天到哪里去当小副官了；您哪管别人会说：‘巴甫洛格勒团的军官里有小偷！’我们可不是无所谓啊。是吧，杰尼索夫！不是无所谓吧？”

杰尼索夫一直默不作声，一动也不动，偶尔抬起他那闪亮的黑眼睛望望罗斯托夫。

“您把自己的倨傲看得很重，不愿道歉，”上尉接着说，“而我们这些老兵，是在团里成长的，但愿也有机会在团里死去，我们珍惜团的荣誉，波格丹内奇也了解这一点。噢，多么珍惜啊，老弟！这样可不好，不好！不怕您生气，我向来实话实说。不好！”

上尉站起来，转身不再理睬罗斯托夫。

“说得对，太对了！”杰尼索夫跳起来叫道，“喂，罗斯托夫，喂！”

罗斯托夫脸上一阵红，一阵白，看看这个军官，又看看那个。

“不，先生们，不，……你们不要以为……我很理解，你们何必把我看成那样的人呢……我……对我来说……我是维护团的荣誉的……那又怎样呢，这是我要用行动来表现的，军旗的荣誉对我……好吧，反正一样，说真的，我错了！……”他热泪盈眶，“我错了，完全错了！……你们还要我怎么说呢？……”

“这就对了，伯爵。”上尉转过身来大声说道，用他的大手拍拍他的肩膀。

“我告诉你，”杰尼索夫叫道，“他是非常好的小伙子。”

“这样好些，伯爵，”上尉又说，仿佛为了他这样的表白而用封号来尊称他了，“您去道个歉吧，大人。”

“先生们，我一切照办，谁也不会再听到我多说一句，”罗斯托夫用恳求的声音说，“可是道歉不行，真的，我办不到，随你们怎么说！我怎么能像个孩子一样去道歉、求饶呢？”

杰尼索夫笑了起来。

“这样对您更糟。波格丹内奇是爱记仇的，您会因为固执而付出代价。”基尔斯滕说。

“说真的，这不是固执，我无法向你们描述，这是怎样的一种心情，无法描述……”

“好了，您自己看着办吧，”上尉说，“那个坏蛋躲到哪里去了？”他问杰尼索夫。

“他说自己有病，已经吩咐过了，明天下达开除的命令。”杰尼索夫说道。

“要说有病，否则没法解释。”上尉说。

“不管是不是有病，他不要让我碰到，我要杀了他！”杰尼索夫杀气腾腾地叫道。

热尔科夫走进了房间。

“你怎么来了？”军官们立刻向进来的人齐声问道。

“要行军打仗了，先生们，马克率全军投降，完蛋了。”

“胡说！”

“我亲眼看到的。”

“怎么？你见到活的马克了？有手有脚的？”

“行军打仗了！行军打仗了！为这个消息该赏他一瓶酒。你怎么到这儿来了？”

“我又被赶到团里来了，就因为鬼东西马克。奥地利将军告了我一状。我曾向他祝贺马克来了……你怎么了，罗斯托夫，就像刚洗过澡一样？”

“这两天，老兄，我们这儿乱成一锅粥了。”

团部副官进来了，他证实了热尔科夫带来的消息。命令明天出发。

“行军打仗了，先生们！”

“谢天谢地，闲得腻味了。”

六

库图佐夫向维也纳撤退，沿途炸毁因河（在布劳瑙）及特劳恩河（在林茨）的桥梁。十月二十三日俄军越过恩斯河。中午俄军的辎重、大炮和队伍沿着大桥两侧在恩斯城鱼贯而过。

那是秋季温暖多雨的一天。掩护大桥的几个炮兵连驻扎在一片高地上，广阔的视野展现在高地前面，忽而斜斜飘落的细雨仿佛薄薄的纱幕，忽而视野开阔，远方在阳光下闪烁的景物历历在目。脚下是小城白屋红顶的民居、教堂和大桥，俄军庞大的部队成群结队地在大桥两侧川流不息。在多瑙河的拐弯处，船舶、小岛、恩斯河与多瑙河汇合处碧水环绕的要塞及公园一览无余，多瑙河左岸地势陡峭，松林郁郁苍苍，在神秘的远方，绿意盎然的群峰隐约可见，近处是浅蓝色的峡谷。在仿佛人迹罕至的原始松林后面，高耸着修道院的尖塔，正前方，在恩斯河彼岸的山上，敌军的几个骑兵侦察小分队遥遥在望。

高处，在炮群中，一位指挥后卫部队的将军和一名侍从军官站在前面，用望远镜观察地形。在稍后的地方，涅斯维茨基坐在炮架尾部，他是总司令派到后卫部队来的。跟随涅斯维茨基的哥萨克把行囊和军用水壶递过来。涅斯维茨基便拿出小馅饼和真正的茴香甜酒款待军官们。军官们高兴地围在他身旁，有的双膝着地，有的在湿漉漉的草地上盘腿而坐。

“是啊，在这里建要塞的那个奥地利公爵真不傻。是个好地方。你们怎么不吃呢，先生们？”涅斯维茨基说。

“非常感谢，公爵，”一个军官回答道，高兴地和这样一位参谋部的重要官员交谈，“这地方真好。我们从花园旁边经过，看到有两只鹿，房子也造得那么漂亮！”

“请看，公爵，”另一个军官说道，他很想再拿一个小馅饼，觉得不好意思，所以假装在察看地形，“您看看，我们的步兵已经到了那里了。瞧，在那片草地上，村子那边有三个人在抬着什么。他们要把这座豪宅洗劫一空了。”他显然是赞赏地说道。

“那还用说。”涅斯维茨基说道。“不，我倒想，”他接着说，他那好看的湿润的嘴在咀嚼着小馅饼，“能到那里去。”

他指着山上那座有尖塔的修道院。他微微一笑，眼睛眯细了，闪闪发亮。

“那可就太好了，先生们！”

军官们都笑了起来。

“哪怕去吓唬一下那些小修女呢。听说有些意大利女人很年轻，真的，我情愿少活五年！”

“她们也寂寞嘛。”一个比较大胆的军官笑着说。

这时站在前面的侍从军官指着什么给将军看；将军举起望远镜看着。

“果然如此，果然如此，”将军放下望远镜，耸着双肩说，“果然如此，要炮击渡口了。他们在那里磨蹭什么呢？”

肉眼就看得见对面的敌军和炮兵连，那里升起了一团乳白色的烟。

随着白烟升起，传来了远处的炮声，于是可以看到，我们渡口上的部队开始紧张地忙碌起来。

涅斯维茨基喘着气站起身来，微笑着来到将军面前。

“阁下要不要吃点东西？”他问。

“情况不妙，”将军说，没有回答他的问题，“我们的人慢了一步。”

“要去一趟吗，阁下？”涅斯维茨基问。

“好，请您去一趟吧，”将军说，又把详细下达过的命令重复了一遍，“告诉那些骠骑兵，要他们最后渡河，按照我的命令把大桥烧毁，还有，再检查一遍桥上的引火材料。”

“很好。”涅斯维茨基回答道。

他叫哥萨克牵马，吩咐他收拾好行囊和军用水壶，他那沉重的身躯轻松地跨上了马鞍。

“我真的找修女去了。”他对笑着看他的军官们说道，便沿着蜿蜒的小径下山了。

“喂，打到哪儿算哪儿，大尉，放他一炮！”将军对炮兵军官说，“消遣一下。”

“炮手，各就各位！”军官命令道，片刻后炮兵们兴高采烈地从篝火旁跑过来，装上了炮弹。

“放！”

一炮手利索地跳开。大炮发出了震耳欲聋的钢铁声，一发炮弹呼啸着飞过我军头顶，落向山下，离敌军还很遥远，一团白烟指明了它落下的地点，随即爆炸了。

听到这一声爆炸，官兵们喜笑颜开；大家都站起身来，开始观察山下我军的了如指掌的行动，以及前方逐渐逼近的敌军的行动。就在这时，太阳完全穿出云层，这唯一的一发炮弹的悦耳的声音和太阳的灿烂光芒融合成一种朝气蓬勃、乐观向上的印象。

七

大桥上空已有两颗敌人的炮弹飞过，桥上拥挤不堪。涅斯维茨基公爵在大桥的半中腰下马，肥胖的身躯紧贴栏杆站着。他笑着回头望望自己的哥萨克，他牵着两匹马，站在他身后几步远的地方。只要涅斯维茨基公爵想朝前走，士兵和马车就又拥上来，把他挤在栏杆上。他无可奈何，只好苦笑。

“你呀，老弟！”哥萨克对驾车的辎重兵说，他挤压着聚集在车轮和马匹旁边的步兵，“你呀！不行，你得等一等：你瞧，将军要过去。”

但辎重兵不理会将军的头衔，对堵塞在他路上的士兵们嚷道：

“喂！乡亲们！往左边靠靠，停一下！”

但乡亲们肩膀挤着肩膀，刺刀碰着刺刀，好像一个整体在桥上移动着。涅斯维茨基公爵隔着栏杆往桥下一看，只见恩斯河低低的湍急、喧嚣的波浪一浪赶过一浪地奔腾而前，在几根桥桩旁，激浪交汇、翻卷、泛起粼粼波光。再望望桥上，他看到了同样单调的由士兵汇成的活的波浪，满眼是帽穗、套着布罩的高筒帽、背包、刺刀、长枪和高筒帽下高颧骨、双颊下陷、表情冷漠疲惫的脸，以及在桥板上的遍地污泥中移动的脚。有时在士兵的单调的波浪中，仿佛恩斯河的波浪溅起的一片浪花，一名军官披着斗篷，带着不同于士兵的面容在人群中挤过；有时仿佛一片在河水中回旋的木片，一个步行的骠骑兵、勤务兵或居民在桥上被步兵的浪潮席卷而去；有时仿佛一根漂在河上的木头，一辆被裹在中间的连队或军官的马车装得满满的，蒙着兽皮，在桥上流动。

“瞧他们，就像决了堤的洪水，”哥萨克停下来，绝望地说，“你们还有多少人哪？”

“一百万差一个！”一个身穿破旧军大衣从旁走过的快乐的士兵挤挤眼说，他渐渐地走得不见了；跟着走过的是一个年老的士兵。

“他们现在要是往桥上来一通炮火，”老兵阴沉地对一个同伴说，“你就顾不上挠痒痒了。”

老兵也过去了。跟在他后面的是一个坐在大车上的士兵。

“见鬼，你把包脚布塞哪儿了？”一个勤务兵追着大车说，在大车的尾部摸索着。

他也跟着大车过去了。

接着来的是一群快乐的士兵，看来是喝多了。

“他呀，亲爱的，就用枪托对准他的一口牙齿那么捅了一家伙……”一个把军大衣掖得高高的士兵，使劲挥着一只手说。

“可不是嘛，这条火腿味道不错。”另一个士兵笑呵呵地说。

他们也走了过去，所以涅斯维茨基没有搞清楚，谁的牙齿挨了枪托，火腿又指的是什么。

“瞧他们惊慌的样子！**他**冷不丁放一炮，就以为能把所有的人都炸死了，”一个军士悻悻地责备道。

“那东西从我身旁飞了过去，我说的是炮弹，大叔，”有一张大嘴的年轻士兵强忍着笑说，“简直把我吓蒙了。真的，吓死了，倒霉！”这个士兵说，好像在炫耀，他真的怕得要死。

这个人也走过去了。他后面是一辆马车，它和此前过去的所有马车都不一样。这是一辆双套德国大车，好像把全部家当都装上了；一个德国人牵着马，大车后面拴着一头漂亮的满身花斑、乳房肥大的奶牛。羽毛褥子上坐着一个怀抱吃奶婴儿的妇人，一个老太婆和一个年轻、面色红润、健康的德国姑娘。显然，这些移民过桥是获得特别准许的。所有士兵的目光都集中到了女人们身上，在大车缓缓地通过时，士兵们都针对两个女人评头论足。所有的脸上都浮现出几乎同样的对那个女人怀有邪念的微笑。

“瞧，德国佬也在逃难呢！”

“把女人卖给我吧。”另一个士兵对德国人说，德国人垂下眼睛，又气恼又恐惧地大步走着。

“打扮得真好看！这些鬼东西！”

“你住到他们家去多好，费多托夫！”

“见得多了，老兄！”

“你们是去哪里？”一个吃着苹果的步兵军官问，也似笑非笑地看着漂亮的姑娘。

那个德国人闭上了眼睛，表示他听不懂。

“想吃就拿去，”军官把苹果递给姑娘说。

姑娘微笑着接在手里。涅斯维茨基也和桥上所有的人一样，目不转睛地看着两个女人，直到她们走过去为止。等到她们过去以后，又是那样的士兵在行进，又是那样的谈话，最后人们都停了下来。像时常会发生的那样，连队马车的那几匹马到了桥头不肯走了，一大群人只好等着。

“怎么停下来了？全乱了！”士兵们说，“往哪儿挤，见鬼！不能等等吗。要是**他们**把桥烧掉，那就更糟。瞧，一位军官也被挤在这里。”停下来的人群到处在说，他们你看看我，我看看你，还在往前挤。

涅斯维茨基回头望望桥下恩斯河的水，突然，他听到了一种他还不曾听到过的新奇的声音……某种巨大的东西迅速接近，又扑通落到水里的声音。

“你瞧，打到哪里了！”一个站在附近的士兵，望着发出响声的地方警觉地说。

“它在激励我们快点儿过去呢。”另一个不安地说。

人群又动了起来。涅斯维茨基明白了，那是一颗炮弹。

“哎，哥萨克，把马牵过来！”他说。“喂，我说你们呢！闪开，闪开！让路！”

他费了好大劲才挤到马那里。他不住声地吆喝着往前闯。士兵们挤在一起，给他让路，可是又挤了回来，甚至踩痛了他的脚，可是不能怪他身边的那些人，因为他们被挤得更厉害。

“涅斯维茨基！涅斯维茨基！你这个丑八怪！”这时从身后传来了沙哑的叫声。

涅斯维茨基回头一望，隔着一大群移动着的步兵，看见了十五步开外的脸色黑里透红、头发蓬乱、军帽歪在后脑勺上、英姿勃勃地披着骠骑兵披肩的瓦西卡·杰尼索夫。

“你命令他们让路啊，这些鬼东西，这些恶魔。”杰尼索夫叫道，看来他爱冲动的脾气发作了，黑炭般乌黑的眼球在发炎的眼白中闪闪发光地转动着，他挥舞着没有出鞘的马刀，握刀的小手赤裸着，像他的脸一样通红。

“哎，瓦夏[①]，”涅斯维茨基高兴地回应道，“你怎么了？”

“骠骑兵连走不过去。”瓦西卡·杰尼索夫恶狠狠地露出一排白牙叫道，一边用马刺催动自己漂亮的黑马贝都因，它抖动两只耳朵避开撞上的刺刀，打着响鼻，马嚼子上白沫四溅，洒在马的周围，马蹄踏在桥板上叮当做响，看来只要骑手允许，它宁可从栏杆上跳过去。

“这是怎么了？像一群绵羊！简直就是一群绵羊！滚开……让路！站在那里别动！你，大车，见鬼！我拿马刀砍了你！”他叫道，真的抽出马刀挥舞起来。

士兵们大惊失色，彼此簇拥在一起，于是杰尼索夫和涅斯维茨基会合了。

“怎么今天你没有喝醉啊？”涅斯维茨基在杰尼索夫来到跟前时问他道。

“连喝酒的时间都不给！”瓦西卡·杰尼索夫回答道，“整天拖着一个团被调来调去。要打就打呗。这样算什么事！”

“你今天好帅气！”涅斯维茨基打量着他的新披肩和新鞍鞯说。

杰尼索夫微微一笑，从皮囊里拿出一块散发着香水味的手绢，塞到了涅斯维茨基的鼻子底下。

“不这样不行，有正事要办！刮了脸，刷了牙，还洒了香水。”

带着一名哥萨克的涅斯维茨基的威严仪表，挥舞马刀、拼命叫嚷的杰尼索夫的刚毅果敢发挥了作用，他们终于到达了大桥的另一端，并且阻止了步兵。涅斯维茨基在桥头找到了团长，因为要向他传达命令，他完成了自己的任务后，便掉头回去了。

杰尼索夫打开通道后，站在上桥的入口。他漫不经心地勒住挣扎着要去找自己的同类，用蹄子刨地的公马，望着迎面而来的骑兵连。桥板

---

① 瓦夏和前面出现的瓦西卡分别是瓦西里的小名和昵称。

上响起了清脆的马蹄声，好像只有几匹马在奔驰，军官们走在前面，骑兵连四人一列，排成长长的队伍，开始奔往对岸。

被挡住的步兵聚集在桥边被踩得稀烂的污泥里，他们怀着一种特别的冷漠、嘲讽的不友好的心情，看着从他们身边列队通过的整洁、神气的骠骑兵，不同的兵种相遇时往往会有这样的心情。

“好漂亮的小伙子们！可以去参加博德诺文斯科耶游艺会了！”

“他们有什么用！只能摆摆样子！”另一个说。

“步兵们，别发火！”骠骑兵调侃道，他骑的马调皮起来，溅了步兵一身泥。

“最好让你背着行囊连续行军两昼夜，把带子全都磨断！”步兵擦着脸上的污泥说，“要不，人不像人，倒像是鸟在孵卵！”

“的确，济金，真该让你骑马，那你一定是灵巧的骑手！”上等兵取笑那个被行囊压得弯腰曲背的瘦小的士兵。

“你把两腿之间的小棍子拿出来，那就是你的马了。”骠骑兵打趣道。

八

其余的步兵急忙过桥，在桥口挤成了漏斗形。马车终于全部过完，不再那么拥挤了，最后一个营也上了桥。只有杰尼索夫骑兵连的骠骑兵们留在大桥的那一头阻击敌军。从对面山上可以看见的远处的敌军，从下面的桥这里还看不见，因为从河水流经的洼地望去，视线被对面不到半俄里的高地挡住了。前面是一片荒地，有些地方有我军骑兵侦察小分队的几个哥萨克小组在活动。突然，在对面高地的路上出现了身穿蓝外套的部队和炮兵。那是法军。哥萨克骑兵侦察小分队策马小跑着退回坡下。杰尼索夫骑兵连的全体官兵虽然左顾右盼，竭力谈些别的事，但心里只想着那边山上的情况，不停地注视着出现在地平线上的那些黑点，他们认定那是敌军。午后，天气又放晴了，灿烂的太阳坠落在多瑙河上和它周围的阴暗的群山之上。一片寂静，偶尔从那边山上传来敌军的号角声和呐喊声。在骑兵连和敌军之间，除了小股骑兵侦察小分队之外，已空无一人。两军之间隔着大约三百俄丈①的空旷地带。敌人停止了射击，这使人更加清晰地意识到了敌我两军之间的那条严酷、恐怖、不可逾越而又难以捉摸的分界线。

“这条线仿佛把生和死分隔在两边，越过一步，那——就是不可知的命运、灾难和死亡。那边有什么？那边有谁？就在这片田野、这棵树、这沐浴在阳光下的屋顶那边？谁都不知道，也不想知道，越过这条线是可怕的，可又想越过它，而且你知道，早晚不得不越过它，并了解到在界线那边的是什么，正如必然会了解到，在死亡的那一边是什么。而自己身强力壮，快乐而兴奋，周围也都是这样健康、快乐而兴奋的人们。”即使不是这样想，每个面对敌人的人都会意识到这一点，而这种意识一定会使此时此刻所发生的一切产生特别灿烂、特别欢快的鲜明印象。

敌军山头上腾起一股硝烟，一颗炮弹从骠骑兵连的头上飞了过去。聚集在一起的军官们分散开，纵马驰往各自的岗位。骠骑兵们竭力把战马排齐。骑兵连里鸦雀无声。全体官兵不断看着前方的敌人和骑兵连连长，等待着命令。第二颗、第三颗炮弹飞了过去。显然，敌方炮击的目标是骠骑兵，但炮弹带着呼啸声平稳而迅速地飞越骠骑兵的头顶，落到了后面的什么地方。骠骑兵们没有回头看，但每当听到炮弹飞过的呼啸声，仿佛听到口令似的，全连官兵便带着单一而多样的表情，屏住呼吸，只要炮弹还在头顶上飞，他们就在马镫上欠起身来又重新坐下。士兵们并不左顾右盼，只是乜斜着眼睛彼此打量，好奇地想看出战友的感受。从杰尼索夫到号手，每张脸上都在双唇和下巴颏旁边形成了一道相似的皱纹，显示着愤怒和焦躁的激烈斗争。骑兵连连副皱着眉头环顾士兵，仿佛在以处分相威胁。贵族士官米罗诺夫每逢炮弹飞过就弯下腰。罗斯托夫在左翼，骑着腿脚有点毛病的骏马小白嘴鸦神情得意，好像一个在大庭广众之中应试而自信成绩突出的小学生。他开朗而愉快地环视大家，仿佛要他们看看，他在炮火下是多么平静。但在他的脸上也有

---

① 俄国旧长度单位，1 俄丈等于 2.134 米。

一道皱纹不由自主地出现在嘴边，表现出一种严峻的新感受。

“是谁在那里鞠躬？米罗诺夫士官！那样不好，看看我吧！”杰尼索夫叫道，他不是待在一个地方，而是骑着马在连队前不停地转动。

瓦西卡·杰尼索夫长着翘鼻子的满是黑毛的脸、矮小结实的身材、握着出鞘马刀的青筋暴露的手（短小的五指长着浓重的汗毛），完全像平时一样，特别是在傍晚喝了两瓶酒的时候。他只是比平常脸色更红，并且像鸟儿饮水那样昂起乱发蓬松的脑袋，短小的双腿用马刺无情地猛击良驹贝都因的两肋，仿佛要向后倒下似的往骑兵连的另一翼疾驰而去，用嘶哑的嗓子大叫大嚷，要大家检查枪支。他来到了基尔斯滕跟前。骑兵上尉骑着背部宽阔的稳重的母马，慢步迎向杰尼索夫。蓄着长须的骑兵上尉，像平时一样表情严肃，只是眼睛比平常更加炯炯有神。

“怎么样？”他对杰尼索夫说，“看来不会交火了。你看着吧，我们一定会撤退。”

“鬼知道他们在干什么！”杰尼索夫嚷道。“啊！罗斯托夫！”他看到士官那愉快的神情，便大声说道，“总算等到了吧。”

他赞许地微微一笑，看来他很高兴见到这位士官。罗斯托夫觉得自己太幸福了。这时团长在桥上出现了。杰尼索夫纵马迎了上去。

“阁下！让我们进攻吧！我要把他们打得落花流水。”

“谈什么进攻。”团长无精打采地说道，仿佛看到讨厌的苍蝇一样皱起了眉头。“你们怎么待在这里呢？您看，两翼守军已经在撤退了。把骑兵连带回去吧。”

骑兵连过了桥，脱离了敌军的炮火，无一人伤亡。随后散兵线上的第二骑兵连也过了桥，最后一批哥萨克也撤离了那个地方。

巴甫洛格勒团的两个骑兵连过桥后，相继往山上撤退。团长卡尔·波格丹诺维奇·舒伯特骑马来到杰尼索夫骑兵连，走在离罗斯托夫不远的地方，对他却丝毫不予理会，尽管现在是他们为捷利亚宁发生冲突后的初次相遇。罗斯托夫现在认为自己对这个人是有过错的，而在前线自己是处于他的控制之下，便目不转睛地看着他那大力士般的后背，长着浅色头发的后脑勺和通红的脖子。罗斯托夫时而觉得，波格丹内奇只是假装漫不经心，而他现在的目的就是要考验他这个士官的勇气，于是便挺直腰杆，愉快地左顾右盼；时而觉得，波格丹内奇是故意走在他的近旁，要向罗斯托夫显示自己的勇敢精神。时而又认为，他的这个仇人现在会故意派骑兵连投入狂热的进攻，以便惩罚他罗斯托夫。时而想，在进攻之后团长会来到他跟前，宽宏大量地向负伤的他伸出表示和解的手。

巴甫洛格勒团的官兵所熟悉的热尔科夫（不久前他离开了该团）两肩高耸着来见团长。热尔科夫被赶出总参谋部以后，没有留在团里，他说，他不是在前线干苦差事的傻瓜，在参谋部什么事不干，也能得到更多的报酬，于是设法在巴格拉季翁公爵身边谋得一个传令官的差使。他是带着后卫部队首长的命令来见自己过去的长官。

“团长，”他带着抑郁而严肃的神情对罗斯托夫的仇人说，一边环顾着战友们，“命令你们停下来，把桥烧掉。”

“谁的命令？”团长愁眉不展地问道。

“团长，我也不知道是**谁的命令**[①]，”骑兵少尉严肃地回答道，“不过公爵吩咐我：‘去告诉团长，要骠骑兵赶快回去把桥烧掉’。”

在热尔科夫之后，侍从军官也来了，给骠骑兵团团长下达了同样的命令。在侍从军官之后，肥胖的涅斯维茨基骑着一匹不堪重负的哥萨克马赶到。

“怎么，团长，”他在奔驰的马背上就大声嚷道，“我对您说过要把桥烧掉，现在却有人把话传错了；那里所有的人都要急疯了，不知是怎么回事。”

团长从容不迫地让全团停下来，然后转向涅斯维茨基。

“您对我说到过引火材料，”他说，“至于烧桥，您什么也没说。”

“怎么会呢，老兄，”涅斯维茨基勒马说道，一边摘下军帽，用一只胖手捋着汗湿的头发，“怎么会没说要烧桥呢，既然引火材料也布置

① 这是故意重复团长的原话。这句话在原文中有语法错误，骑兵少尉是在讥讽团长。

好了？”

“我不是您的‘老兄’，校官先生，您没有对我说过要烧桥！我知道自己的职责，向来严格执行命令。您说，桥要烧掉，可是由谁来烧桥呢，我可不知道，我可以对天发誓。”

“唉，老是这样扯皮。”涅斯维茨基把手一挥说道。“你怎么在这里？”他问热尔科夫。

“也是为这件事。你的衣服湿透了，让我帮你拧干。”

“校官先生，您说……”团长气愤地接着说。

“团长，”侍从军官打断了他的话，“必须抓紧时间，不然敌军的大炮就会推进到更近的距离发射霰弹了。”

团长默不作声地望望侍从军官，望望肥胖的校官和热尔科夫，皱起了眉头。

“我去烧桥。”他语气庄重地说，仿佛以此表示，尽管有这些使他不愉快的遭遇，他还是会做好自己该做的事。

他用两条肌肉发达的长腿把马猛地一夹，似乎全都是它的错。团长策马向前，来到第二骑兵连，这就是罗斯托夫在杰尼索夫指挥下服役的那个连队。他命令该连掉头回到桥上。

“嘿，果然如此，”罗斯托夫想，“他是要考验我！”他的心揪了起来，血涌到了脸上。“那就让他看看，我是不是胆小鬼。”他想。

骑兵连全体官兵愉快的脸上又出现了一条严峻的皱纹，当他们处于敌军炮火下的时候，脸上就有过这样的皱纹。罗斯托夫目不转睛地看着自己的仇人团长，想在他的脸上找到能证实自己的猜想的证据；但团长对他连看也不看，目光像平时在前线一样，严峻而庄重。传来了口令声。

“快！快！”他身边有好几个声音说道。

马刀绊着缰绳，马刺叮叮作响，骠骑兵匆忙地纷纷下马，自己也不知道要做什么。骠骑兵们画着十字。罗斯托夫不再看着团长——他顾不上了。他担心，担心得呼吸都停止了，唯恐落在别人的后面。他把马交给马夫时，他的手在发抖，他觉得血液正突突地涌入他的心脏。杰尼索夫身子后仰，大声叫嚷着什么，从他身旁驰过。罗斯托夫什么也没有看见，只看见他周围的骠骑兵们在奔跑，他们被马刺绊着，马刀铿锵作响。

“担架！”身后有一个声音在叫喊。

罗斯托夫没有想一想，要担架是什么意思。他在奔跑，竭力要冲在所有人的前面；可是就在桥边，他一不留神，踏进了黏稠、稀烂的污泥，脚下一绊，跌得两手着地。别人跑到他前面去了。

“靠**两边**走，大尉。”他听到了团长的声音，团长已绕到前面，骑着马得意洋洋地停在离桥不远的地方。

罗斯托夫在马裤上擦着满是污泥的双手，向自己的仇人看了一眼，想继续朝前跑，觉得往前跑得越远越好。但波格丹内奇没有看他，也没有认出他，却对他吼了起来。

“谁在桥当中跑？靠右！士官，回来！”他生气地叫道，又转向杰尼索夫，他在炫耀勇气，骑着马冲上了桥板。

“您干吗要冒险，大尉！还是下马吧。”团长说。

“哎！炮弹专找有过错的人。”瓦西卡·杰尼索夫在马鞍上转过身来回答道。

与此同时，涅斯维茨基、热尔科夫和侍从军官一起站在大炮射程之外，他们有时看着一群为数不多的人，他们头戴黄色的高筒军帽，身穿镶有丝带的深绿色军服和蓝色马裤，在桥旁活动，有时看着对面从远处渐渐逼近的一群群身穿蓝外套带着马匹的军人，一望而知那是炮队。

“他们来得及烧桥吗？谁能抢先一步呢？是他们先跑到那里，纵火烧桥，还是法军赶到近处，发射霰弹把他们击毙？”这支庞大部队的每个人都不由自主地向自己提出这些问题，他们站在大桥附近望着大桥和骠骑兵，望着对面带着刺刀和大炮渐渐逼近的身穿蓝外套的法军。

“噢！骠骑兵要吃亏了！”涅斯维茨基说，“已经在霰弹的射程之内。”

“他不该把那么多人带去。”侍从军官说。

“可不是吗，”涅斯维茨基说，“就是派两个人过去，也是一样的。”

“唉，阁下，”热尔科夫插嘴道，目不转睛地看着那些骠骑兵，但仍然带着他那天真的神态，使人猜不透，他讲的究竟是不是真话。“唉，阁下！瞧您说的！派两个人过去，那么谁会给我们发系着绶带的弗拉季米尔勋章呢？现在嘛，虽然会有伤亡，却可以为骑兵连请功，自己也能得个勋章。咱们的波格丹内奇是深知其中奥妙的。”

“看，”侍从军官说，“这是霰弹！”

他指着法军从前车卸下并急忙移开的几门大炮。

在法军阵地上，在有大炮的人群中出现了一股硝烟，又是一股，又是一股，三股硝烟几乎是同时出现的，就在第一声炮响传来的瞬间，又出现了第四股硝烟。炮声一声接一声，随即又是第三声炮响。

“噢，哎哟！”涅斯维茨基抓住侍从军官的手，仿佛忍受着剧痛似的呻吟着。“您看，倒下了一个，倒下了，倒下了！”

“好像是两个吧？”

“我要是沙皇，就永远不打仗。”涅斯维茨基转过身去说道。

法军大炮又在忙着装填炮弹。穿蓝外套的步兵跑步冲向大桥。又出现了一股股硝烟，不过间隔的时间长短不一，霰弹在大桥上噼噼啪啪地炸响。但这一次涅斯维茨基看不清桥上的情况了。大桥上冒起了一股浓烟。骠骑兵们终于把大桥烧着了，因而法军炮队向他们发炮，已经不是为了阻止他们烧桥，而是因为大炮已经瞄准，可以向人射击。

在骠骑兵们回到马夫那里之前，法军发射了三发霰弹。两发打得不准，全部霰弹都偏离了目标，可是最后一发却落在一群骠骑兵当中，有三人中弹。

罗斯托夫在为他和波格丹内奇的关系操心，站在桥上不知如何是好。既无人可以砍杀（他总是把战斗想象为砍杀），也不能帮着烧桥，因为他没有像其他士兵那样带上一捆干草。他站在那里四处张望，突然，桥上响起噼噼啪啪的声音，好像是散落的核桃，离他最近的一名骠骑兵呻吟着倒在栏杆上。罗斯托夫和别人一齐跑到他身边。又有人在叫："担架！"四个人托着骠骑兵，要把他抬起来。

"哎——哟！……快放下，看在基督分上。"伤兵叫道，但他还是被抬起来放上了担架。

尼古拉·罗斯托夫转过身去，好像在寻觅什么，他开始看远方、多瑙河的流水、天空、太阳！天空显得多么美好，那么蓝，那么宁静、深邃！夕阳多么明媚而庄严！远处，多瑙河的粼粼波光多么柔和而璀璨！更美的是多瑙河那边遥远的青翠的山岭，修道院，神秘的峡谷，雾霭弥漫的松林……那里静谧、幸福……"但愿我能到那里去，我便一无所求，一无所求了……"罗斯托夫在想，"在我心里，在这太阳里，便有无限的幸福，而这里……呻吟、痛苦、恐惧，以及这迷茫，这匆遽……人们又在叫嚷什么，又纷纷涌向后面的什么地方，而我要和他们一起逃跑，瞧，这就是它，就是它，死亡，它在我头上，在我周围……转瞬之间——我就再也看不见这太阳，这流水，这峡谷了……"

这时，太阳渐渐地隐入乌云；在罗斯托夫前面出现了其他担架。于是对死亡和担架的恐惧，对太阳和生命的爱——全都融合为一种病态的、惶惶不安的感受。

"主啊！天上的主啊，拯救我，宽恕我，保佑我吧！"罗斯托夫小声地暗自说道。

骠骑兵们跑到了马夫跟前，人们的说话声响亮些、平静些了，几个担架已经从眼前消失。

"怎么样，老弟，闻到火药味儿啦？……"瓦西卡·杰尼索夫的嗓音在他的耳边大声说道。

"一切都结束了；而我是个胆小鬼，是的，我是胆小鬼。"罗斯托夫想，沉重地叹息着，他从马夫手里接过瘸腿的小白嘴鸦，开始上马。

"刚才那是什么，霰弹？"他问杰尼索夫。

"是啊，多么猛烈的霰弹！"杰尼索夫叫道，"小伙子们干得漂亮！可是这活儿太窝囊！进攻才痛快呢。你就只顾砍吧，可是刚才，鬼知道这算什么，给人家当靶子打。"

杰尼索夫拨马走到离罗斯托夫不远的几个人那里，他们是团长、涅斯维茨基、热尔科夫和侍从军官。

“嗳，看来谁也没有发觉。”罗斯托夫暗自想道。确实，谁也没有发觉什么，因为每个人都很了解，一个没有经过战火洗礼的士官，初上战场会有怎样的体验。

“关于您的战功，会通报嘉奖的，”热尔科夫说，“眼看我也要晋升陆军少尉了。”

“请报告公爵，大桥是我烧的。”团长又激动又高兴地说道。

“要是公爵问起损失呢？”

“微不足道！”团长以低沉的声音说道，“两名骠骑兵负伤，一名当即**毙命**。”他喜形于色地说，按捺不住幸福的微笑，响亮地断然说出一个文绉绉的字眼**毙命**。

九

后有波拿巴统率下的法国十万大军的追击，沿途遭遇不再信任自己盟军的异国民众的敌意，军粮短缺，而又不得不在不可预见的战争条件下采取军事行动，三万五千俄军在库图佐夫的统帅下向多瑙河下游紧急撤退，沿途在敌军迫近的地方停下来，投入后卫部队进行防御作战，仅仅是为了能在不致丧失辎重和重武器的情况下退却。在兰巴赫、阿姆施泰滕和梅尔克都有过战事；俄国人在战斗中的英勇顽强，连敌人也承认，尽管如此，这些战事的结果只是更迅速地退却。在乌尔姆城下逃脱被俘命运，而在布劳瑙附近与库图佐夫会合的奥地利部队，现在已经离开俄军独立行动，于是库图佐夫只能依靠自己的弱小、疲惫之师。再要去保卫维也纳已无可能。库图佐夫在维也纳期间，奥地利御前军事会议曾交给他一份根据最新科学——战略学的规律，经过深思熟虑制定的计划，要进行攻势作战，现在放在库图佐夫面前的唯一的、几乎是无法达成的目标是不要像马克在乌尔姆城下那样全军覆没，而与正从俄国赶来的部队会师。

十月二十八日，库图佐夫率军转移到多瑙河左岸，第一次停下来，与法军主力隔河对峙。三十日，他向位于多瑙河左岸的莫蒂埃的一个师发起进攻并将其击溃。俄军在此战中初次俘获战利品：一面军旗、数门大炮和敌军的两位将领。在两周来连续撤退之后，俄军第一次驻扎下来，经过战斗不仅守住了阵地，而且驱逐了法军。尽管部队缺少衣服，疲惫不堪，由于掉队、伤亡和染病减员三分之一；尽管伤病员带着库图佐夫要求敌人给予人道待遇的一封信留在多瑙河彼岸；尽管克雷姆斯的大医院和改成野战医院的民房已容纳不下所有的伤病员——尽管如此，在克雷姆斯驻扎并战胜莫蒂埃大大提高了部队的士气。司令部和全军都流传着极其乐观然而失实的谣言，说来自俄国的几支部队即将到达，奥军打了一个胜仗，惊慌失措的波拿巴正在退却。

安德烈公爵在交战时正在此役中阵亡的奥地利将军施密特身边。他的坐骑受伤，他本人的手臂也被子弹稍微擦伤。为了表示总司令特殊的知遇，他受命带着这次胜利的捷报前往奥地利宫廷，此时奥地利宫廷已不在维也纳，而是在布吕恩。在交战的那一天，他十分激动，但并不感到疲乏（安德烈公爵的体格看上去并不强壮，但他比那些极其强壮的人更能忍受生理上的疲劳），星夜带着多赫图罗夫的报告骑马赶到克雷姆斯去见库图佐夫。当夜安德烈公爵就作为信使被派往布吕恩，担任信使，除了受奖，还是日后晋升的重要一步。

夜色昏暗，满天星斗。头天，即交战之日下了一场雪，道路在闪着白光的积雪中显得黑黝黝的。时而逐一回想这次战役中的种种印象，时而愉快地想象着他带去的胜利消息所产生的影响，回忆库图佐夫和战友们送行的情景，安德烈公爵坐在奔驰的驿车里，体验着一个人久久期盼，而终于到达梦想中幸福的起点时的感觉。他一闭上眼睛，耳边就会响起枪声和大炮的轰鸣，枪炮声、车轮的辚辚声和胜利的观感融为一体。他时而觉得，俄军在溃逃，他本人被击毙，但他匆匆醒来，满怀喜悦地仿佛重新认识到，这一切并未发生，相反，逃跑的是法国人。他重又回忆起胜利的详情细节，回忆起自己在战斗中从容不迫的英勇气概，于是安心地打起瞌睡来…… 昏暗的、满天星斗的夜晚过去，灿烂的愉快的黎明降临。雪在阳光下融化，马儿在疾驰，无论是从左面还是右面过去的都是崭新的多姿多彩的森林、田野、村庄。

在一个驿站上他赶上了运送俄国伤兵的车队，一名带领车队的俄国军官躺在第一辆大车上高声叫骂，用粗话斥责一个士兵。那些车身很长的德国马车，每一辆都载有六名或更多的伤兵，他们在石子路上颠簸着，面色苍白，裹着绷带，满身污垢。他们有些人在说话（他听出是俄国话），其他人在吃面包，伤势最重的那些人温顺、虚弱、带着孩子般的兴趣默默地望着一旁驶过的信使。

安德烈公爵吩咐停车，问一名士兵是在哪次战斗中负伤的。

“前天在多瑙河边。”士兵回答。安德烈公爵拿出钱包，给了士兵三枚金币。

“这是给大家的。”他对走上前来的军官说。“早日康复，弟兄们，”他对士兵们说，“还有很多仗要打。”

“有什么消息吗，副官先生？”军官问，看来他想攀谈几句。

“好消息！走吧。”他对车夫吆喝道，于是疾驰而去。

天完全黑了，安德烈公爵才进入布吕恩市，只见周围高楼林立，沿街的商铺、路灯、家家窗口都灯光粲然，一辆辆漂亮的轿式四轮马车在马路上辚辚驶过，繁华都市所特有的那整个氛围对来自军营的军人永远那样有魅力。安德烈公爵虽然经过长途奔波和不眠之夜，但在驶近皇宫时，他觉得自己比昨天还更加生气勃勃。只是眼睛闪耀着狂热的光芒，思想的嬗变非常迅速而清晰。他想象着战役的全部细节，这种想象不再含糊不清，而是十分明确，形成了简明扼要的陈述，这就是他要向弗兰茨皇帝禀报的内容。它生动地想象着皇帝或许会向他提出的出乎意料的问题，以及他要做出的回答。他认为他会立刻被带去觐见皇帝。可是在宫廷的大门外一位官员急忙出来见他，得悉他是信使，便把他送到另一扇门前。

“从走廊向右拐，在那里，大人[①]，您能找到值班的侍从武官，”这位官员对他说，“他会带您去见陆军大臣。”

迎接安德烈公爵的侍从武官请他稍候，便去找陆军大臣。五分钟

---

①原文为德文。

后，侍从武官回来，特别恭敬地弯着腰，礼让安德烈公爵先行，送他经过走廊到陆军大臣的办公室。侍从武官一副彬彬有礼的样子，看来是要避免俄国副官亲昵的表现。安德烈公爵来到陆军大臣办公室的门口时，愉快的感觉已大为减弱。他觉得自己受到了侮辱，而受辱的感觉一刹那间连他自己也没有觉察便转化成了毫无理由的蔑视的感觉。机智的头脑在同一刹那就向他提示了一个视角，使他有理由既蔑视那个副官，也蔑视陆军大臣。"他们没有闻过火药味，大概觉得，战胜敌人是轻而易举的！"他想。他的眼睛蔑视地眯缝起来；特别缓慢地走进了陆军大臣的办公室。一见陆军大臣坐在宽大的办公桌前，在最初的两分钟对进来的人丝毫不予理睬，他的蔑视的感觉就更加强烈了。陆军大臣在两支蜡烛之间低着两鬓斑白的谢顶的头阅读文件，一边用铅笔做记号。在房门打开，响起脚步声时，他头也不抬，继续把文件看完。

"把这拿去传阅。"他对自己的副官说，把几份文件递给他，对信使还是不理不睬。

安德烈公爵觉得，或者在陆军大臣所处理的所有事务中，他最不感兴趣的就是库图佐夫的军事行动，或者是他认为，有必要给俄国信使留下这个印象。"不过这一切对我来说，完全是无所谓的。"他想。陆军大臣把其余的文件收拢在一起，把它们的边缘对齐，接着抬起头来。他的头部显得聪明而有个性。然而在他转向安德烈公爵的瞬间，陆军大臣脸上聪明而坚定的表情倏地变了：他的脸上只留下了愚蠢、虚伪而并不掩饰其虚伪的微笑，就像一个人不得不接二连三地接待许多前来求告的人。

"是库图佐夫元帅派来的吗？"他问，"我希望，是好消息吧？和莫蒂埃发生了军事冲突？胜利了？早该这样了！"

他接过写给他的紧急通报，神情忧郁地看了起来。

"唉，我的上帝！我的上帝！施密特！"他用德语说道，"多么不幸，多么不幸！"

他把紧急通报浏览一下，放在桌上。若有所思地看了看安德烈公爵。

“唉，多么不幸！您说，这次战役是决定性的？可是，莫蒂埃没有被俘。(他沉吟了一下。）很高兴，您带来了好消息，尽管施密特之死是为胜利付出的沉重代价。陛下想必要见您，但不是在今天。谢谢您，好好休息一下吧。请您在明天阅兵后觐见。不过，我会通知您的。”

谈话时消失的愚蠢的微笑，又出现在陆军大臣的脸上。

“再见，非常感谢您。皇帝陛下想必会接见您的。”他又说了一遍，于是颔首送客。

安德烈公爵走出宫廷后，觉得胜利给他带来的全部利益和幸福，现在都被他留在那里了，留在陆军大臣和彬彬有礼的侍从武官的冷酷无情的手中。他的思绪转瞬间完全变了：战役对他来说已是时过境迁的遥远的回忆。

十

安德烈公爵在布吕恩时，住在相识的俄国外交官比利宾家里。

“噢，亲爱的公爵，没有更受欢迎的客人了。”出来迎接安德烈公爵的比利宾说。“弗兰茨，把公爵的东西拿到我的卧室去！”他对陪送鲍尔康斯基的仆人说。“怎么，带来了捷报？好极了。您瞧，我病着呢。”

安德烈公爵洗脸更衣，来到外交官豪华的书房，坐下来享用已经准备好的午餐。比利宾安静地坐在壁炉旁。

安德烈公爵不仅经过了长途跋涉，而且经过了完全失去高贵、优雅、舒适的生活环境的军旅生活，此刻感受着在自幼熟悉的豪华的生活环境中休息的愉悦。此外，在受到奥地利官方的接待之后，他很高兴能和一个俄国人谈谈，尽管不是说俄语（他们讲的是法语），而且他估计，比利宾也同样抱有俄国人对奥地利人的那种普遍的憎恶（现在他的憎恶之情特别强烈）。

比利宾三十五岁左右，独身，与安德烈公爵出身于同样的社会阶层。他们在彼得堡就相识了，进一步结识是在安德烈公爵和库图佐夫最近一同到维也纳来的时候。正如安德烈公爵是军事舞台上一个前程远大的青年，比利宾在外交舞台上也是如此，有过之而无不及。他还年轻，但已是颇有阅历的外交官，因为他从十六岁就开始供职，到过巴黎、哥本哈根，目前在维也纳占有相当重要的地位。外交大臣和我国驻维也纳公使都认识他，器重他。他不属于那种为数众多的外交官之列，他们只以被动地奉命行事为己任，不干众所周知的坏事，并且讲法语，希望成为合格的外交官；他是热爱工作也善于工作的外交官之一，尽管懒散，有时却通宵达旦地伏案工作。不论工作的实质如何，都能干得同样出色。他感兴趣的不是“为什么干”的问题，而是“怎么干”的问题。外交事务的意义何在，他觉得无所谓；函件、备忘录或呈文，他都草拟得巧妙、准确、文采斐然，在其中获得极大的满足感。比利宾的表现之所以得到器重，除了案头工作，还因为他在上层社会的高明的周旋和谈吐。

比利宾像热爱工作一样喜欢交谈，不过只是在有可能进行优雅而机智的谈话的时候。在社交界他往往能等到机会讲一些耸人听闻的警句，没有这样的一些前提他是不会加入谈话的。比利宾的谈吐往往夹杂着别致、机智、惹人注意的意思完整的语句。这些语句是比利宾在心里预先准备的，仿佛故意带有言简意赅的特点，便于社交界那些无聊的人们记忆，并把它们从一个客厅带到另一个客厅，诚如人们所说，比利宾的警句在维也纳的客厅里广泛流传，而且常常对所谓的重要事态发生影响。

他的瘦削、憔悴、微微发黄的脸上布满粗大的皱纹，这些皱纹仿佛有洁癖似的洗得干干净净，如同沐浴后的指尖。这些皱纹的活动构成他面部表情的主要变化。他时而皱起前额，形成一层层宽阔的褶子，眉毛高高抬起，时而眉毛下垂，于是双颊布满粗大的褶皱。一双深陷的小眼睛总是愉快地坦然直视。

“好吧，现在给我们讲讲你们的丰功伟绩吧。”他说。

鲍尔康斯基非常谦虚，绝口不提自己，只是叙述了战况和陆军大臣的接待。

“他们对我和这个消息的态度，就像对待跑进禁区的狗一样。”他总结道。

比利宾冷然一笑，松开了皮肤上的褶子。

“然而，亲爱的，”他说，一边远远地打量着自己的一个指甲，皱起左眼上方的皮肤，“虽然我对‘信奉东正教的俄罗斯战士’满怀敬意，但是我认为你们的胜利并不那么辉煌。”

他仍然用法语继续说了下去，讲俄语只是要以鄙视的态度强调那些话。

“怎么？你们以自己全军之众猛攻仅有一个师的倒霉的莫蒂埃，而这个莫蒂埃却从你们的手里逃脱。试问胜利何在？”

“不过，说真的，”安德烈公爵回答道，“我们毕竟可以毫不夸张地说，这比乌尔姆之战略胜一筹……”

“为什么你们不给我们俘虏一个，哪怕一个元帅呢？”

“因为并不是一切都能像预期的那样做到，也不能像在阅兵式上那样按部就班地进行。我对您说过，我们预定在早晨七时前深入敌人后方，可是傍晚五点还没有到达。”

“为什么你们不在早晨七时前到达呢？你们必须在早晨七时到达，”比利宾微笑着说，“必须在早晨七时到达。”

“为什么你们不通过外交途径说服波拿巴放弃热那亚呢？”安德烈公爵用同样的声调说道。

“我知道，”比利宾打断了他的话，“您在想，坐在壁炉前的沙发上奢谈俘虏元帅是很容易的，不错，但我还是要问，你们究竟为什么没有俘获元帅呢？您不要惊讶，不仅陆军大臣，而且至尊的弗兰茨皇帝兼国王也不会因为你们的胜利而欢欣鼓舞；就是我这个倒霉的俄国使馆秘书，也并不感到特别高兴……”

他坦然地看了看安德烈公爵，蓦地松开了前额上的皮肤。

“现在该轮到我问您‘为什么’了吧，亲爱的？”鲍尔康斯基说，“我承认，我不明白，也许这里有我的薄弱智力所难以理解的外交上的微妙之处，但我就是不明白：马克全军覆灭，费迪南德大公和卡尔大公毫无奋发有为的迹象，而且错误连连，最后只有库图佐夫获得了真正的胜利，打破了法国人不可战胜的神话，而陆军大臣甚至不想了解一下详细情况。

“原因就在这里，亲爱的。您看：乌拉！为了沙皇，为了罗斯，为了信仰！这一切都好极了，可是你们的胜利与我们，我说的是奥地利宫廷，有什么相干呢？您要是给我们带来了卡尔大公或费迪南德大公——您是知道的，两个大公是难兄难弟——的胜利消息，哪怕只是战胜了波拿巴的消防队，那就不同了，我们就要鸣炮庆祝了。而现在这样，倒像是存心让我们难堪，只能激怒我们。卡尔大公无所作为，费迪南德大公蒙受耻辱。你们却要放弃维也纳，不再保卫它了，你们好像在对我们说：上帝保佑我们，而你们，你们的首都就听天由命吧。我们大家都敬爱的一位将军，施密特，你们把他带去挨枪子儿，却向我们祝贺胜利！……您就承认吧，想不出还有什么比您带来的消息更令人愤慨了。倒像是存心的，存心的。再说，就算你们真的获得了辉煌的胜利，甚至是卡尔大公获得了胜利，这对战争的全局能有什么作用呢？现在为时已晚，维也纳已被法军占领了。”

“您说什么，维也纳被占领了？”

“不仅被占领，而且波拿巴已在美泉宫[①]，而伯爵，我们亲爱的弗尔布纳[②]伯爵即将出发，前去听命于他了。”

鲍尔康斯基经过旅途的劳顿和印象，在受到接待之后，尤其是在用餐之后，觉得对自己所听到的这些话无法透彻地理解其意义。

“今天早晨利希特费尔斯伯爵到这里来过，”比利宾继续说道，“他给我看了一封信，信中详细地描述了法国人在维也纳的阅兵式。缪拉[③]亲王以及其他等等……您看，你们的胜利并不那么令人高兴，您不

---

①拿破仑的军队占领维也纳后，他把皇帝的美泉宫选作自己的驻跸之处。

②弗尔布纳（1761—1825），奥地利国务活动家，维也纳被占领后，曾参加奥地利政府与法国人的谈判。

③缪拉（1771—1815），法国元帅。

可能被当做救星来接待……”

“说真的，我觉得无所谓，完全无所谓！”安德烈说，他开始明白，考虑到奥地利的首都失陷之类的事件，关于克雷姆斯战役的消息确实是无关紧要的。“维也纳怎么会失陷呢？大桥呢，还有著名的防御工事、奥尔施佩格公爵呢？我们听说，奥尔施佩格在保卫维也纳。”他说。

“奥尔施佩格在我们这一边，他在保卫我们；我想，他的保卫是靠不住的，但毕竟在保卫我们。维也纳是在那一边。不，大桥还没有失守，而且我希望不会失守，因为大桥已布上了地雷，有命令要把桥炸掉。否则我们早就在波希米亚山区了，而您和你们的军队就会在双方的炮火下度过糟糕的时刻。”

“但这并不意味着，战争已经结束。”安德烈公爵说道。

“而我想已经结束了。这里的大人物也都这样想，只是没有勇气说出来。情况正如我在会战初期所说的那样，不是你们在迪伦施泰因[①]的互相射击解决问题，总之，不是前线的炮火，而是高瞻远瞩的那些人在解决问题，”比利宾说，重复着他的一个警句，他的前额舒展开了，这时他略微停顿了一下，“问题取决于亚历山大皇帝和普鲁士王在柏林的会晤。如果普鲁士加入反法同盟，他们就会迫使奥地利就范，于是战争就能打起来。否则问题仅仅在于商定，在哪里拟定新的坎波福米奥[②]和约的最初条款。”

“多么了不起的天才！”安德烈公爵突然握紧自己的小手击桌惊叹。“这个人又多么幸运！”

“您是说布拿巴[③]？”比利宾问，他的前额又布满了皱纹，表示马上就会有一个警句。“布拿巴？”他说，特别加重‘布’的读音。“不过

① 迪伦施泰因，奥地利地名，原文为德文。

② 坎波福米奥是意大利的一个村庄。1797 年在拿破仑的大本营签订的坎波福米奥和约是奥地利在军事和政治上的一次重大的失败。

③ 俄国上流社会按照意大利语的发音称他布拿巴（Buonaparte），含有轻蔑的意思，波拿巴（Bonaparte）则是根据法语发音的译名。

我认为，现在，当他在美泉宫制定奥地利法律的时候，应当为他换掉这个‘布’字。我坚决用新的叫法，只称他波拿巴。”

“不，说正经的，”安德烈公爵说道，“您真的认为，战争结束了？”

“我的想法是这样。奥地利被愚弄了，它是不甘心的。它一定会报复。它之所以被愚弄，首先是因为各省经济遭到严重破坏（他们说，信奉东正教的俄军大肆劫掠），军队溃败，首都陷落，而这一切仅仅是由于对撒丁国王的偏袒。①因而，咱们私下谈谈，亲爱的，我凭政治嗅觉感觉到，他们在欺骗我们，我感觉到，他们在勾结法国，在秘密地单独媾和。②”

“这不可能！”安德烈公爵说，“那就太卑劣了！”

“让我们等着瞧吧。”比利宾说，他脸上的皮肤又松展开了，表示谈话结束。

安德烈公爵走进为他准备的房间，穿着清洁的内衣在羽毛褥子和温暖、喷香的枕头上躺下，这时他觉得他带来捷报的那场战斗已离他非常遥远。他思考的是普鲁士的结盟，奥地利的背叛，波拿巴的新胜利，以及明天弗兰茨皇帝的上朝、阅兵和接见。

他闭上了眼睛，于是他的耳朵里立刻响起炮声、枪声和车轮的滚动声，火枪手的散兵线又从山上下来了，法国人在射击，他感觉到自己的心脏在怦怦跳动，于是他和施密特并辔冲向前去，子弹在他周围快乐地呼啸着，他体验到了增强十倍的欢乐，这是他从幼年起就从未体验过的感觉。

他醒了……

“是的，这一切都曾经发生过！……”他说，暗自露出幸福的孩子般的微笑，沉入了年轻人的酣睡。

---

①1796 年拿破仑占领撒丁王国（皮埃蒙特王国），撒丁国王在反法同盟中的盟邦都坚决要求拿破仑恢复撒丁王国，或至少赔偿撒丁国王的损失。

②比利宾的猜测是对的，奥地利在战争开始后不久，曾秘密地与拿破仑进行单独媾和的谈判。

十一

第二天他醒得很晚。在重温往事时，他首先想到了今天要觐见弗兰茨皇帝，想起了陆军大臣、彬彬有礼的奥地利侍从武官、比利宾和昨晚的谈话。他为了前往宫廷穿上好久未曾穿过的全套礼服，神采奕奕，英俊挺拔，一只手裹着绷带，走进了比利宾的书房。书房里有外交使团的四位先生。担任使馆秘书的伊波利特·库拉金公爵，鲍尔康斯基是认识的；比利宾为他介绍了其他几位。

这些先生常到比利宾这里来，他们都是上流社会富有而快乐的年轻人，无论在维也纳还是在这里都构成一个单独的小圈子，比利宾称之为自己人，他是其中的头儿。看来，这个几乎全是外交官的小圈子，具有上流社会的那种对某些女人的兴趣，对官场上的官样文章的兴趣，这些兴趣与战争和政治毫无关系。这些先生们显然很乐意把安德烈公爵当做**自己人**（这是他们只给予少数人的荣誉）接纳进自己的小圈子。出于礼貌，也作为开始交谈的对象，他们向他提了几个关于军队和战争的问题，接着谈话便分散为漫无边际的快乐的戏谑和闲聊。

“不过，特别妙的是，”其中一位说，他在讲外交界一个同事所遭到的挫折，“特别妙的是，外交大臣干脆对他说，派他到伦敦任职是对他的重用，叫他也要这样看。你们能想象他这时的模样吗？”

“不过，最糟糕的是，先生们，我要向你们揭发库拉金：人家遭到了不幸，而这个唐璜①，这个可怕的人，却在利用这一点！”

伊波利特公爵躺在圈椅上，把两条腿搁在一个扶手上。他笑了起来。

“讲啊，讲啊。”他说。

“噢，唐璜！噢，毒蛇！”几个人说。

“您不知道，鲍尔康斯基，”比利宾对安德烈公爵说道，“比起这个人在女人当中所干的那些事，法军（我差点儿讲了俄军）的所有恶行

---

①唐璜，中世纪西方传说中的人物，此处意为好色之徒。

都算不了什么。”

“女人是男人的伴侣嘛。”伊波利特公爵说，他举起带柄眼镜望着自己跷起的腿。

比利宾和那些**自己人**都看着伊波利特的眼睛哈哈大笑。安德烈公爵看出来了，这位伊波利特，他（应当承认）曾为自己的妻子几乎对他产生过醋意的这个人，在这个圈子里是个小丑。

“不，我要让您欣赏一下库拉金，”比利宾小声地对鲍尔康斯基说道，“他在谈论政治的时候，简直妙极了，应当看看他的那副神气活现的样子。”

他坐到伊波利特身旁，于是皱起前额的褶子，和他谈起了政治话题。安德烈公爵和其余的人把他俩围在中间。

“柏林的内阁不能表达自己对反法同盟的意见……”伊波利特开始了，一本正经地环视大家，“既然如此……正如在其最近的照会中那样……你们是了解的……你们是了解的……不过，如果皇帝陛下不改变我们同盟的实质……”

“请等一等，我还没有说完呢……”他抓住安德烈公爵的手对他说道，“我认为，干涉比不干涉更可靠。而且……”他沉默了一会儿。“不能认为，不接受我国十一月二十八日的紧急建议[①]，就是问题的结束……这一切的结果就是这样。”

于是他放开鲍尔康斯基的手，这表示他的话终于讲完了。

“狄摩西尼[②]，凭你可爱的嘴里含着的石头，我就认出了你！”比利宾说，高兴得满头头发被牵动了一下。

所有的人都笑了起来。伊波利特笑得最响亮。看来他很不好受，喘不过气来了，可就是忍不住狂笑，笑得他那向来呆板的脸被拉长了。

---

①沙皇亚历山大一世曾致函普鲁士国王（史载，注明的日期是1805年12月3日，而不是11月28日），要求普鲁士援助奥地利，在必要时向法国宣战，俄国将“全力”支持。但这一呼吁没有得到柏林的回应。

②狄摩西尼（公元前384—前322），古雅典著名演说家，民主派政治家。据说，幼年立志成为演说家，为克服口吃的毛病，每天嘴里含着石头在大海边练习演说。

“喂，听我说，诸位，”比利宾说，“在家里也好，在布吕恩这里也好，鲍尔康斯基都是我的客人，我要尽我所能地款待他，让他在这里尽情地享乐。若是在维也纳，这是很容易办到的；可是在这里，在这样闭塞的可恶的摩拉维亚，就不大容易了。所以我请大家都来帮助我。要让他不虚此行。你们负责戏剧，我负责社交，而您，伊波利特，不言而喻，负责女人。”

“要给他把阿梅利带来，太迷人了！”**自己人**之一吻着指尖说。

“总之，要让这位嗜杀成性的大兵，”比利宾说，“更富于人情味。”

“诸位，我未必能接受你们的殷勤款待，我现在就要走了。”鲍尔康斯基看着钟说。

“到哪里去？”

“觐见皇帝。”

“噢，噢！噢！”

“好吧，再见，鲍尔康斯基！再见，公爵；早些回来用餐，”人们说，“我们来招待您。”

“对皇帝讲话时，要尽可能多多赞扬在提供给养和行军路线方面的安排。”比利宾把鲍尔康斯基送到前厅时说。

“我倒是想赞扬，可是不行，因为我了解实际情况。”鲍尔康斯基笑着回答道。

“好吧，那就尽可能多说话，他的癖好是接受朝觐；而他本人不爱说话，也不善于说话，您会看到的。”

十二

在弗兰茨皇帝上朝时，安德烈公爵站在奥地利军官中的指定位置，皇帝只是对他凝神注视，点了点他那长长的头。不过，上朝后，昨天的那位侍从武官彬彬有礼地转告他，皇帝要接见。弗兰茨皇帝接见他时，站在房间中央。开始谈话之前，安德烈公爵非常惊讶，皇帝似乎局促不安，不知说什么好，脸都涨红了。

“告诉我，战斗是什么时候开始的？”他仓促地问道。

安德烈公爵作了回答。紧接着是一些同样简单的问题：“库图佐夫身体好吗？他是什么时候离开克雷姆斯的？”等等。皇帝讲话时的神情，仿佛他的全部目的只是要提出一定数量的问题。太明显了，对这些问题的回答不可能引起他的兴趣。

“战斗是几点钟开始的？”皇帝问。

“我无法向陛下奏明，正面战场的战斗是几点钟打响的，不过，我所在的迪伦施泰因，部队是在傍晚五点多钟发起进攻。”鲍尔康斯基说，他兴致勃勃，以为这时他能胸有成竹地把他的所见所闻如实地描述一番。

但皇帝微微一笑，打断了他的话：

“多少英里？”

“从哪里到哪里，陛下？”

“从迪伦施泰因到克雷姆斯。”

“三英里半，陛下。”

“法国人放弃了左岸？”

“据侦察兵报告，最后一批敌军是在夜里乘木筏过河的。”

“克雷姆斯的给养充足吗？”

“给养没有按定量供应……”

皇帝打断了他的话：

“施密特将军是几点钟阵亡的？”

“好像是在七点钟。”

“七点钟？太可悲了！太可悲了！”

皇帝说，他很感谢，便点了点头。安德烈公爵一出来便被宫廷权贵团团围住了。人们从四面八方亲切地望着他，说着亲切的话语。昨天的那位侍从武官埋怨他，为什么不住在宫里，并且请他光临自己的府邸。陆军大臣上前来祝贺他获得了皇帝授予的玛丽亚-特蕾西亚三级勋章。皇后的高级侍从邀请他觐见皇后陛下。太子妃也要见他。他不知道回答谁好。俄国公使揽着他的肩，把他带到窗口，和他交谈起来。

和比利宾的说法相反，他带来的消息受到了热烈欢迎。决定举行感恩祈祷。库图佐夫被授予玛丽亚-特蕾西亚大十字勋章，全军都获得嘉奖。鲍尔康斯基得到各方的邀请，整个上午都不得不去拜会奥地利的几位重臣。安德烈公爵在傍晚四点多结束拜访，在回到比利宾住处的途中构思着给父亲的信，谈到战争和自己的布吕恩之行。在驶往比利宾的住处之前，安德烈公爵来到书店，购置供军旅中阅读的书籍，在那里耽搁了很久。比利宾住处的台阶旁停着一辆装载了半车物品的轻便马车，比利宾的仆人弗兰茨正吃力地拖着一个皮箱从屋子里出来。

“怎么回事？”鲍尔康斯基问。

“啊，大人！”弗兰茨说，一边费劲地把皮箱堆到马车上，“我们又要走了。那个恶棍又跟在我们后面追上来了。”①

“什么？怎么回事？”鲍尔康斯基问。

比利宾迎着鲍尔康斯基出来了。比利宾向来平静的脸上神色惊慌。

“不，不，您得承认，这简直太奇妙了，”他说，“塔博尔桥（维也纳的一座桥）的这个故事啊。他们没有遇到任何抵抗就过了桥。”

安德烈公爵听得莫名其妙。

“您是从哪里来的，城里的马夫全都知道的事，您居然不知道？”

“我从太子妃那里来。我在那里什么也没有听说。”

“也没有看见，到处在往车上装行李？”

“没看见……究竟出了什么事啊？”安德烈公爵迫不及待地问道。

“出了什么事？法国人过了奥尔施佩格所守卫的大桥，桥也没有炸掉，现在缪拉的部队正在通往布吕恩的大路上快速推进，今天或明天就能到达这里。”

“到达这里？既然大桥已布上了地雷，怎么会没有炸掉呢？”

“我倒想问您呢。这一点谁也不知道，甚至波拿巴本人也不知道。”

鲍尔康斯基耸了耸肩。

---

①原文为德文。

“既然大桥失守，军队也就完了，因为退路被切断了。”他说。

“问题就在这里，”比利宾回答道，“听我说吧。法国人进入维也纳，我对您说过，一切都很好。第二天，也就是昨天，几位元帅，缪拉、拉纳[①]和贝利亚尔骑马向大桥出发。（请注意，他们三个都是加斯科涅人[②]。）‘诸位，’一个说道，‘你们知道，塔博尔桥布设了地雷和排雷装置，桥前有可怕的桥头堡，还有一万五千人的部队奉命炸桥，不让我们过去。如果我们拿下这座桥，我们的拿破仑皇帝陛下会高兴的。我们三个去拿下这座桥吧。’‘那就走吧。’其他两个说。于是他们就去把桥拿下了，过了桥，现在正和全军向我们、你们和你们的交通线扑来。”

“别开玩笑了。”安德烈公爵忧郁而严肃地说道。

这个消息使安德烈公爵感到痛苦，同时也感到高兴。当他了解到俄军处于如此绝望的境地时，他当即想到，正是他注定要担负起从这样的险境中挽救俄军的使命，这就是他的土伦[③]，它将使他从众多默默无闻的军官中脱颖而出，为他开辟第一条荣誉之路！他一面听比利宾讲，一面已经在考虑，回到部队以后，他将在军事会议上提出唯一能挽救俄军的见解，于是他将受命独自去执行这个计划。

“别开玩笑了。”他说。

“我没有开玩笑，”比利宾继续说道，“没有更真实、更可悲的了。这些先生来到桥头，举着白手绢；说是休战了，他们这几位元帅是来和奥尔施佩格公爵谈判的。一个值班军官把他们放进了桥头堡。他们对他滔滔不绝地讲着加斯科涅人的胡言乱语：他们说，战争结束了，弗兰茨皇帝决定与波拿巴会晤，他们希望能见到奥尔施佩格公爵，等等。军官派人去请奥尔施佩格；这些先生们和军官们拥抱，说笑，坐到大炮上，这时，法军的一个营悄悄地上了桥，把装着引火材料的麻袋

① 拉纳（1769—1809），法国将军，第一帝国元帅。

② 加斯科涅，法国的一个省，那里的居民被认为是爱吹牛的人。

③ 1793 年 12 月 17 日拿破仑率领所部参加了攻克土伦之役。原来默默无闻的年轻的科西嘉大尉被授予陆军准将的军衔。这时他 24 岁。

抛进河里，向桥头堡逼近。中将本人，我们可爱的奥尔施佩格·冯·毛特恩公爵终于出现了。‘亲爱的敌人！奥地利军队之花，土耳其历次战争的英雄！敌对状态结束了，我们可以握手言和了……拿破仑皇帝热切地期望与奥尔施佩格公爵结识。’总之，这些先生不愧为加斯科涅人，他们对奥尔施佩格喋喋不休地花言巧语，而他为自己与法国元帅们一见如故的亲密关系所迷惑，对缪拉的外套和鸵鸟花翎目眩神迷，以致他只看到他们热情似火，却忘记了自己的职责是向敌人开火。(尽管话说得生动流畅，比利宾却没有忘记，在讲了这句警句后停顿一下，让人有时间品味品味。）法军的那个营跑进桥头堡，把大炮钉死，于是大桥被占领了。不，最妙的是，”他接着说道，因为自己美妙的叙述而激动的情绪平静了下来，“一个中士所管理的那门大炮一旦发出信号，就会引爆地雷，炸掉大桥，这个中士眼看法军冲上大桥，已经要发射信号，但拉纳把他的手拉开。显然，中士比自己的将军聪明，他走到奥尔施佩格跟前说：‘公爵，他们在欺骗您，看哪，法国人上来了！’缪拉明白，如果让中士说下去，他们就必败无疑。他假装非常惊讶（真正的加斯科涅人），转身对奥尔施佩格说：‘这就是举世闻名的奥军的纪律吗，’他说，‘您居然让下级这样和您说话！’这是天才的机变。奥尔施佩格公爵觉得受到了污辱，于是下令逮捕中士。您不能不承认，这简直妙极了，塔博尔桥这整个荒唐的故事真是妙极了。这不是愚蠢，也不是卑劣……”

“也许是背叛。”安德烈公爵说，他生动地想象着灰大衣、伤口、硝烟、密集的枪炮声和等待着他的荣誉。

“也不是。这使宫廷的处境十分糟糕，”比利宾继续说道，“这不是背叛，不是卑劣，不是愚蠢；这和乌尔姆城下的情况一样……”他似乎在沉思，在寻觅恰当的说法：“这……这是**马克现象**。我们**马克化了**。”他总结道，觉得自己说了一个警句，而且是令人耳目一新、必将众口传颂的警句。

一直布满前额的褶子这时很快地舒展开了，这表示他感到很满意，于是他面带笑意，开始审视自己的指甲。

“您去哪儿？”他突然问道，转头望着安德烈公爵，因为他已经站起来，向自己的房间走去。

“我要走了。”

“去哪里？”

“回部队。”

“您不是想再逗留两天吗？”

“而现在我要立刻动身。”

于是安德烈公爵在做了动身的安排之后，去了自己的房间。

“您要知道，亲爱的，”比利宾走进他的房间说道，“我为您考虑了一下。您何必走呢？”

为了证明他的理由是无可辩驳的，他脸上的褶子全都消失了。

安德烈公爵疑问地看了看对方，没有回答。

“您何必走呢？我知道，您认为目前军情危急，您的职责就是火速赶回部队。我理解，*亲爱的，这是英雄主义*。”

“完全不是。”安德烈公爵说。

“但您是一位*哲学家*，那就做一个彻底的哲学家吧，从另一个角度来看这件事，您就会明白，您的职责，恰恰相反，是要保存您自己。这种事让别人去干吧，他们是没有别的用处的……您并没有接到返回部队的命令，而这里也没有准许您离开：因而您可以留下来和我们一起走，随便不幸的命运把我们带到哪里去。据说，他们要去奥洛穆茨。奥洛穆茨是一个可爱的城市。我和您可以悠闲地乘我的马车走。”

“不要开玩笑了，比利宾。”鲍尔康斯基说。

“我对您说的这些话，是出于诚挚的友情。考虑考虑吧。您是可以留下的，那么您为什么要走，又去哪里呢？等待您的无非是两种情况（他左边太阳穴上方出现了皱纹）：或者在您还没有到达部队的时候，和约已经签订，或者库图佐夫的全部军队蒙受了战败的耻辱。”

比利宾松开了皮肤上的褶皱，觉得他的二者必居其一的论点是无可辩驳的。

“这一点我无法考虑。”安德烈公爵冷淡地说道，而心里在想：“我要走，因为我要去挽救军队。”

“亲爱的，您是一位英雄。”比利宾说道。

十三

当夜鲍尔康斯基公爵就向陆军大臣告辞，返回部队，不过他自己也不知道在哪里能找到部队，而且担心在前往克雷姆斯的途中会被法国人抓住。

在布吕恩，宫廷里的人都在收拾行装，笨重的东西已运往奥洛穆茨。安德烈公爵在埃采尔斯多夫附近来到一条大路，俄军正沿着这条路仓皇撤退，秩序极其混乱。路上塞满了大车，四轮轿式马车已无法通行。安德烈公爵向哥萨克部队的长官要了一匹马和一名哥萨克，忍着饥饿和疲倦，赶过一辆辆大车，寻找总司令和自己的行李车。他一路上听到了有关战争形势的种种可怕的传闻，而军队仓皇逃跑的情形似乎在证实这些流言蜚语。

“英国人的黄金把俄国军队从天涯海角运到这里，我们要使俄军遭到同样的命运（乌尔姆城下奥军的命运）。”他想起了波拿巴在战前向自己的军队下达命令时所说的话，这些话在他心里同样地激起了对天才的英雄人物的惊叹、受伤的自豪感和对荣誉的渴望。“倘若只剩下死路一条呢？”他想，“也好，既然非死不可！我决不落于人后。”

安德烈公爵轻蔑地看着那一望无际、混乱不堪的军队、大车、炮车和大炮，接着又是形形色色的马车、马车、还是马车，它们争先恐后，三辆一排、四辆一排，把泥泞的道路挤得满满当当。四面八方，前前后后，只要去听，处处是车轮的辚辚声，马车、大车和炮车的隆隆声，马蹄嘚嘚声，鞭子的噼啪声，赶马的吆喝声，士兵、勤务兵和军官的叫骂声。道路两旁，不断地映入眼帘的或是剥了皮和未剥皮的死马，或是损坏的马车和坐在车旁等待着什么的孤单的士兵，或是离开队伍的士兵，他们成群结队地涌向邻近的村子或从村子里出来，拎着鸡，牵着羊，抱着干草或扛着装满东西的麻袋。在上坡和下坡的地方，人群更加稠密，叫骂声响成一片。士兵们踩着齐膝深的污泥，双手抬起大炮和载货马车；鞭子在挥舞，马蹄不断打滑，套索时常绷断，人们发出撕心裂肺的呼号。指挥交通的军官们骑着马在车流中往返奔波。他们的声音在人声鼎沸、车马喧阗声中显得那么微弱，他们的脸上流露着对恢复秩序力不从心的绝望。

“这就是他们，可爱的**信仰东正教的军队。**”鲍尔康斯基在寻思，他想起了比利宾的话。

为了向这些人打听总司令在哪里，他来到车队旁。正对着他驶来的是一辆奇怪的驾着一匹马的马车，看来是军人就地取材手工制造的，样子介于大车、轻便马车和轿式马车之间。赶车的是一名士兵，皮车篷和帘子里坐着一个用几条披肩裹得严严实实的女人。安德烈公爵纵马上前，已经要向士兵问路了，这时坐在小马车上的女人的绝望的叫喊吸引了他的注意。管理车队的军官正在抽打在小马车上驾车的士兵，原因是他要赶超别的车辆。鞭子落在车厢的帘子上。女人尖叫起来。一看到安德烈公爵，她就从帘子后面探出头来，从毯子似的披肩里伸出一双瘦瘦的胳膊挥舞着叫道：

“副官！副官先生！……看在上帝分上……保护我们吧……这算什么事嘛？……我是第七骑兵团军医的妻子……他们不让我过去；我们掉队了，和自己人失散了……”

“我揍扁了你，马上掉头！”军官向士兵恶狠狠地叫道，“带着你的婊子滚回去！”

“副官先生，保护我们吧。这是什么事啊？”女人叫道。

“请放这辆马车过去。难道您没看见是妇女吗？”安德烈公爵上前对军官说。

军官看了他一眼，不予理睬，又回头对士兵说：

“我看你超车……回去！”

“我告诉您，放行。”安德烈公爵抿紧嘴唇又说了一遍。

“你是什么人？”军官突然带着醉汉的暴怒对他说道，“你是什么人？你（他特别着重你字）是长官吗？这里的长官是我，而不是你。

你，回去，”他重复道，“我揍扁了你。”

看来军官很喜欢讲这句话。

“对这个小副官顶撞得好。”背后有人说道。

安德烈公爵看到，军官处于醉汉无缘无故地怒气勃发的状态，这种人自己也不知道在说什么。他看到，他为小马车里的军医妻子出头，充满了他在世界上最怕的一种危险，这危险就是所谓的惹人笑话。但他的本能不以为然。不等军官把话说完，气歪了脸的安德烈公爵就纵马上前，并且举起马鞭：

“请您——放——行！”

军官把手一挥，急忙拨马离开。

“都是这些人，这些参谋部的人，搞得一团糟，”他嘟囔道，“您就看着办吧。”

安德烈公爵眼也不抬，急忙离开称他为恩人的军医妻子，厌恶地回忆着这个有损尊严的情景的一切细节，向一个村子疾驰而去，有人告诉他，总司令就在那里。

进入村子以后，他下马向第一栋屋子走去，想至少休息片刻，吃点东西，清理一下这些使他感到屈辱和痛苦的思绪。“这是一群坏蛋，而不是军人”，他想，来到第一栋屋子的窗前，这时一个熟悉的声音在喊着他的名字。

他回头看了一下。涅斯维茨基从一个小窗口伸出了他那漂亮的脸蛋。涅斯维茨基红润的嘴在咀嚼着什么，一边挥舞着双手，招呼他过去。

“鲍尔康斯基，鲍尔康斯基！你听不见，是吗？快来。”他叫道。

安德烈公爵走进屋子，看见了正在进食的涅斯维茨基和另一位副官。他们急忙向鲍尔康斯基打听，是否知道什么新闻。安德烈公爵在他们如此熟悉的脸上看出了惊慌不安的神情。这种神情在涅斯维茨基总是笑容可掬的脸上格外显眼。

“总司令在哪里？”鲍尔康斯基问。

“在这里，在那栋屋子里。”副官回答道。

“喂，怎么样，真的讲和投降了吗？”涅斯维茨基问道。

“我正想问你们呢。我什么也不知道，好不容易才来到你们这里。”

“而我们这里，老兄，说什么呀！太可怕了！我很后悔，老兄，不该嘲笑马克，现在我们的处境还不如他呢，”涅斯维茨基说，“坐啊，吃点东西吧。”

“公爵，现在找不到大车，什么也找不到，您的彼得也不知下落。”另一位副官说。

“司令部在哪里？”

“我们要在茨纳伊姆[①]过夜。”

“我叫人把我需要的东西都改装成驮子，由两匹马驮着，”涅斯维茨基说，“改装的驮子好极了。即使在波希米亚山区溜来溜去也行。不妙啊，老兄。怎么了，你在打哆嗦，有病吗？”涅斯维茨基问，他发觉安德烈公爵像触电似的抽搐了一下。

“没什么。”安德烈公爵回答道。

此刻他想起了不久前与军医妻子和辎重兵军官的相遇。

“总司令在这里干什么？”他问。

“我什么也不知道。”涅斯维茨基说。

“我只知道一点，一切都可恶、可恶、可恶。”安德烈公爵说着便到总司令所在的屋子去了。

安德烈公爵经过库图佐夫的马车、侍从们疲乏的坐骑和大声交谈的哥萨克们，走进了门廊。库图佐夫本人，正如人们对安德烈公爵所说的那样，在农舍里和巴格拉季翁公爵以及魏罗特[②]在一起。魏罗特是接替阵亡的施密特的奥地利将军。门廊里，矮小的科兹洛夫斯基蹲在文书面前。文书卷起军服的翻袖，趴在倒扣的小木桶上奋笔疾书。科兹洛夫斯基满面倦容，显然，他也是通宵未眠。他抬头看了看安德烈公爵，甚至没有点头致意。

---

①即现在捷克的兹诺伊莫。

②魏罗特（1754—1807），奥地利将军，曾任奥军参谋长。

“另起一行……写好了吗？”他继续给文书口授，“基辅掷弹兵团，波多利斯克团……”

“太快了，跟不上，阁下。”文书打量着科兹洛夫斯基，怠慢而气愤地说道。

这时从门后传来了库图佐夫热烈而不满的声音，他的话不断被一个陌生的声音所打断。根据这些话语声，根据科兹洛夫斯基对他漫不经心的一瞥，根据疲惫不堪的文书的怠慢态度，根据文书和科兹洛夫斯基在离总司令那么近的地方蹲在小木桶旁的地板上，根据牵着马的哥萨克们在屋子的窗下大声哄笑——根据这一切，安德烈公爵感到，一定是发生了什么重大而不幸的事件。

安德烈公爵执著地向科兹洛夫斯基提出问题。

“等一下，公爵，”科兹洛夫斯基说，“这是给巴格拉季翁的书面命令。”

“要投降？”

“没有的事；已经拟定了作战命令。”

安德烈公爵朝传出说话声的那扇门走去。但他正要把门推开的时候，房间里的谈话声停止了，门自动开了，虚胖的脸上长着鹰钩鼻的库图佐夫出现在门口。安德烈公爵正好站在库图佐夫的面前；从总司令一只独眼的表情来看，他是那么专注于自己的思绪和烦恼，仿佛使他视而不见。他直视着自己副官的脸，却没有认出他来。

“怎么，写完了吗？”他问科兹洛夫斯基。

“马上就好，殿下。”

巴格拉季翁跟着总司令出来了，他个子不高，有一副坚定而呆板的东方人脸型，身材干瘦，还未显老态。

“荣幸地向您报到。”安德烈公爵大声地重复了一遍，一面把一个信封呈递给他。

“啊，从维也纳回来了？好。待会儿，待会儿！”

库图佐夫和巴格拉季翁来到了门口的台阶上。

“好吧，公爵，再见，”他对巴格拉季翁说，“基督保佑你。祝福你建立丰功伟绩。”

库图佐夫的神情突然柔和了，他的眼里含着泪水。他用左臂把巴格拉季翁揽在怀里，而戴着一枚戒指的右手仿佛是以习惯性的动作为他画了十字，并把虚胖的面颊凑近他，巴格拉季翁吻了吻他，不过吻的不是面颊，而是脖子。

“基督保佑你！”库图佐夫又说了一遍，随即走到带弹簧的四轮马车跟前。“跟我走。”他对鲍尔康斯基说道。

“殿下，我希望在这里效力，请允许我留在巴格拉季翁公爵的部队里。”

“坐下，”库图佐夫说，他发觉鲍尔康斯基有些迟疑，“我自己需要优秀的军官，自己需要。”

他们坐上了马车，默默地走了好几分钟。

“前面还会发生很多、很多难以逆料的事情，”他带着老者洞察一切的神情说道，仿佛对鲍尔康斯基的所有内心活动都了如指掌。“如果他的这支部队明天能有十分之一回来，我就要感谢上帝了。”库图佐夫又说，仿佛在自言自语。

安德烈公爵望了望库图佐夫，不由地看到近在咫尺的库图佐夫鬓角上洗得很干净的伤疤上的几道褶皱，伊兹梅尔的一颗子弹就是在这里击穿了他的头部，也看到了那只失去眼球的眼睛。“是啊，他有权利这样平静地谈到那些人的牺牲！”鲍尔康斯基想。

“因此我才请求派我到这支部队去。”他说。

库图佐夫没有答理。他似乎已经忘记了刚才所说的话，陷入了沉思。过了五分钟，在马车柔软的弹簧上轻轻地摇晃着，库图佐夫向安德烈公爵转过头来。他的脸上已毫无激动的痕迹。他带着微妙的嘲讽，向安德烈公爵询问他和皇帝会见的详情，在宫廷听到的对克雷姆斯战事的反映，还问起他们都认识的几个女人。

十四

库图佐夫收到侦察兵十一月一日的情报，得悉他所统帅的军队几乎处于绝境。侦察兵报告，法国人过了维也纳大桥之后，以重兵扑向库图佐夫和来自俄国境内的部队之间的交通线。假如库图佐夫决定屯兵克雷姆斯，拿破仑的十五万大军就会切断他的所有交通线，将他四万疲惫不堪的俄军团团围住，那么他的处境就是当初马克在乌尔姆的处境。假如库图佐夫决定离开大路，放弃与来自国内的部队联络的交通线，就不得不在荒野中跋涉，在敌军优势兵力的追击下退入情况不明的波希米亚山区，从而放弃与布克斯赫韦登联络的任何希望。假如库图佐夫决定，沿着大路从克雷姆斯向奥洛穆茨撤退，与来自国内的部队会师，那么越过维也纳大桥的法军有可能抢先占据这条通道，那样就不得不带着所有辎重在行进中接战，被三倍于己的敌军两面夹击。

库图佐夫选择了最后这个方案。

据侦察兵报告，法军越过维也纳大桥，即以强行军的速度向茨纳伊姆推进，它位于库图佐夫撤退途中，离俄军一百多俄里。在法军之前抢先赶到茨纳伊姆，这就意味着军队有望得救；法国人先到茨纳伊姆，那么军队必将蒙受类似乌尔姆之役的耻辱，甚至全军覆没。但率领全军抢先赶到是不可能的。法国人从维也纳到茨纳伊姆的道路，比俄国人从克雷姆斯到茨纳伊姆的道路较短也较好。

在得到情报的当夜，库图佐夫派遣巴格拉季翁的四千先头部队向右翻山越岭从克雷姆斯-茨纳伊姆大道插向维也纳-茨纳伊姆大道。巴格拉季翁应当不眠不休地走完这段路程，面向维也纳背对茨纳伊姆驻扎下来。如果他能成功地抢在法军前头，那么他要竭尽全力阻滞法军前进。库图佐夫亲自带重装备向茨纳伊姆出发。

率领忍饥挨饿、没有鞋穿的士兵，在荒野的山区，在暴风雨之夜走了四十五俄里，由于掉队而减员三分之一，巴格拉季翁终于来到维也纳-茨纳伊姆大道上的霍拉布伦，比从维也纳向霍拉布伦赶来的法军提前数小时到达。库图佐夫带着重装备，还要走一昼夜才能赶到茨纳伊姆，因此，为了挽救军队，巴格拉季翁要在这一昼夜率四千饥饿疲惫之师挡住在霍拉布伦相遇的全部敌军，这显然是不可能的。但奇特的命运使不可能变成了可能。法国人成功地不战而夺取维也纳大桥的欺骗行动促使缪拉试图故伎重演，再来欺骗库图佐夫。缪拉在茨纳伊姆大道上遭遇巴格拉季翁的弱小部队后，以为那就是库图佐夫的全部军队。为了有把握地全歼这支军队，他要等待从维也纳出发的后续部队，为此他建议停战三天，条件是双方军队不改变自己的态势，也不离开原地。缪拉说，和谈已在进行，为了避免无谓的流血，他建议停战。驻守前哨阵地的奥地利将军诺斯蒂茨伯爵相信了缪拉军使的话，退出了阵地，将巴格拉季翁的部队暴露在敌人面前。另一名军使来到俄军散兵线，也宣布了和谈消息，并建议俄军停战三天。巴格拉季翁回答说，他无权同意或拒绝停战，于是派自己的副官带着有关停战建议的报告去见库图佐夫。

对库图佐夫来说，停战是唯一的办法，可以赢得时间，让巴格拉季翁疲惫的部队得到休整，让辎重和重装备（它们的运动是隐蔽的）再向茨纳伊姆多走一程也好。停战建议为挽救军队提供了唯一的意料之外的机会。库图佐夫得到这个消息，立刻派遣属下的将军衔副官温岑格罗德前往敌方的军营。温岑格罗德不仅要同意停战，而且要提出投降条件。与此同时库图佐夫派自己的副官们回去，督促全军的辎重队沿着克雷姆斯-茨纳伊姆大道尽快行进。巴格拉季翁的又饥又乏的部队要独自掩护辎重队和全军的行动，要面对兵力超过自己八倍的敌军而屹立不动。

库图佐夫的预料都实现了，他曾预料，没有任何约束力的停战建议能为运送一部分辎重赢得时间，他还预料，缪拉的失误会很快被发现。离霍拉布伦二十五俄里的美泉宫里的波拿巴，一接到缪拉的报告以及停战和投降的草约，便发现其中有诈，并给缪拉写了一封信如下：

致缪拉亲王。美泉宫，一八〇五年
雾月二十五日晨八时

我找不到适当的言词来表达我对您的不满。您只是指挥我的先头部队，没有我的命令，您无权实行停战。您使我丧失了整个战役的胜利果实。立即撕毁停战协定，并发起进攻。您向他宣布，签署投降书的将军无权这样做，除了俄国皇帝，谁也没有这个权力。

不过，倘若俄国皇帝同意有关条件，那么我也同意；然而这只是一个诡计而已。立即前进，消灭俄国军队……您可以俘获俄军的辎重和大炮。

俄国皇帝的将军衔副官是个骗子……没有得到授权的军官是不起作用的；他也没有得到授权……奥地利人在通过维也纳大桥这件事上受骗了，而您受了俄皇副官的骗。

拿破仑

波拿巴的副官带着这封严厉的信件策马飞驰而去。波拿巴信不过自己的将军们，亲自率领自己的近卫军直扑战场，担心会失去到手的猎物。而巴格拉季翁四千人的部队快活地燃起篝火，他们在烤火取暖，烘烤着身上潮湿的衣服，三天来第一次在熬粥，部队里谁也不知道，谁也不去想，部队会有什么遭遇。

十五

安德烈公爵坚决的请求获得了库图佐夫的批准，于是他在下午三点多钟来到格伦特，向巴格拉季翁报到。波拿巴的副官还没有到达缪拉的部队，战斗也还没有开始。巴格拉季翁的部队对战局毫无所知，他们谈论和平，但不相信会有和平；谈论战斗，也不相信战斗迫在眉睫。

巴格拉季翁知道，鲍尔康斯基是受到宠信的副官，接待他时表现出长官的特别优遇和宽厚，向他说明，也许今天或明天就会有战斗，战斗时他可以自己决定，留在他身边，还是在后卫部队监督退却的秩序，“这也是很重要的”。

“不过，今天也许不会有战事。”巴格拉季翁说，仿佛在安慰他。

“如果他是参谋部里一般的公子哥儿，被派到这里来是为了获得十字勋章，那么他在后卫部队也能受奖，要是他想和我在一起，也行……只要他是一名勇敢的军官，就能用得上。”巴格拉季翁想。安德烈公爵什么也没有回答，只是要求让他到阵地上到处走走，了解一下部队的部署，以便在执行任务时知道该往哪儿去。部队的值班军官，一个漂亮的男子，衣着讲究，食指上戴着一枚钻石戒指，爱说法语，却说得很差，他自愿给安德烈公爵带路。

四面八方都能看到汗水淋漓、脸色忧郁、似乎在寻找什么的军官和拖着门板、长凳和栅栏从村子里出来的士兵。

“您看，公爵，我们周围总是有这种人，”校官指着那些人说道，“官长们太放纵他们了。您再看看这里”，他指指随军商贩搭的帐篷，“都扎堆儿坐在这里。今天早晨我把所有的人都赶走了：瞧，又坐满了人。我要过去，公爵，把他们轰走。就一会儿。”

“我们一起去吧，我要买点儿干酪和面包。”安德烈公爵说，他还没顾上吃东西。

“您怎么不早说，公爵？我会款待您的。”

他们下马走进随军商贩的帐篷。几个脸色通红、满面倦容的军官坐在桌旁饮酒吃东西。

“哎，怎能这样呢，诸位！”校官以责备的语气说道，看来他已经多次重复过这句话了。“随便离开岗位可不行。公爵下过命令，不准任何人到这里来。喂，还有您，上尉先生。”他对一个矮小瘦削、满身污垢的炮兵军官说。这个军官没有穿靴子（他把靴子交给了随军商贩，让他拿去烘干），只穿着一双长筒袜，在他们面前站了起来，不大自然地微笑着。

“喂，图申上尉，您怎么不害臊？”校官继续说道，“您作为炮兵军官，应该做出表率，却不穿靴子。要是拉起警报，您没有靴子，那样子真够瞧的。（校官微微一笑。）诸位，请回到自己的岗位上去吧，都走，都走。”他以长官的语气补充道。

安德烈公爵看了上尉一眼，不禁莞尔。图申微笑地沉默着，倒换着赤裸的两脚，疑问地睁着一双聪明和善的大眼，时而望望安德烈公爵，时而望望校官。

“士兵们说：不穿靴子更灵活。”图申上尉带着腼腆的微笑说，看来他想用玩笑的口吻来改变自己尴尬的处境。

不过，话未说完，他就感到玩笑开得不合时宜，没有人理睬。他感到难为情了。

“请大家回去吧。”校官说，竭力保持着严肃的态度。

安德烈公爵又对这个身材矮小的炮兵军官看了一眼。他的身上有某种特别的、完全不像军人的地方，有点滑稽，却非常引人注目。

校官和安德烈公爵骑上马，继续往前走。

出了村，他们不断超越不同部队的官兵，或遇到官兵们迎面而来，他们看到了左面正在构筑的防御工事，新翻的泥土泛着红色。有几个营的士兵不顾寒风刺骨，只穿着衬衣，像白色的蚁群在这些工事上忙碌着；土堤后面看不见是哪些人在不断地挥动铁铲，抛出红土。他们走近一个工事，参观后又继续赶路。就在工事后面，他们碰到了几十名士兵，交替地不断从工事上跑下来。他们不得不催动坐骑，掩鼻而过，逃离这污浊的空气。

“这就是军营中煞风景的地方，公爵。”值班的校官说。

他们登上了对面的山冈，在这座山上已经看得见法国人。安德烈公爵勒马观察。

“我们的炮兵连就在那里，”校官指着制高点说，“这就是不穿靴子的那个怪人的炮兵连；在那里什么都看得见：我们去吧，公爵。”

“非常感谢，现在我一个人去就行了，”安德烈公爵说，他想摆脱这位校官，“请您放心。”

校官留下了，安德烈公爵独自前往。

他越向前走，离敌人越近，部队越是显得秩序井然，士兵们越是心情开朗。最混乱、最抑郁的是早晨安德烈公爵在茨纳伊姆前面赶上的辎重队，他们离法国人有十俄里之遥。在格伦特也能感觉到某种惊恐不安的情绪。但安德烈公爵越是接近法军散兵线，只见部队越是充满自信。列队的士兵穿着军大衣，连副和连长在清点人数，用手指戳着排头兵的胸脯，命令他举起一只手。分散在周围地区的士兵拖来木柴和树枝，搭建临时的小板棚，一片欢声笑语；坐在一堆堆篝火旁的士兵，有的穿着衣服，有的赤裸上身，在烘烤衬衣、包脚布，或修补靴子和军大衣，有的士兵聚集在行军锅和炊事兵旁边。有一个连队已经准备开饭，士兵们热切地望着冒热气的大锅，等管理员用小木碗盛一碗送给坐在自己板棚对面一根原木上的军官检验。

另一个连队比较幸运，因为并不是每一个连队都能搞到伏特加，士兵们聚在膀大腰圆的麻脸连副身边，他扳倒酒桶往轮流递过来的军用水壶的杯形盖里倒酒。士兵们如获至宝地把水壶举到嘴边倾倒，把酒含在嘴里，用军大衣的袖子擦着嘴唇，喜形于色地从连副身边走开。人人的神情都那么平静，仿佛这一切不是发生在敌军的虎视眈眈之下，不是在部队至少有一半官兵将倒在战场的战斗前夕，而是在祖国的某处等待平静的宿营。安德烈公爵骑马走过轻步兵团，在剽悍的基辅掷弹兵的队伍里，官兵们也在忙于日常的事务，在离团长与众不同的高大板棚不远的地方，他碰上了掷弹兵一个排的队列，队列前面趴着一个赤裸的人。两名士兵按住他，还有两个人挥动柔韧的树条有节奏地抽着他裸露的脊背。受罚者装腔作势地号叫着。胖少校在队列前走来走去，不理会他的叫嚷，不住声地说道：

“士兵偷窃是可耻的，士兵应当正直、高尚、勇敢；偷自己战友的东西，就是没有正直的品格。再打，再打！”

于是只听枝条着肉的抽打声和呼天抢地的号叫声，不过那号叫声是装出来的。

“再打，再打。”少校号令道。

一个年轻的军官脸上带着困惑和痛心的神情离开了受罚者，一面望着从旁经过的副官。

安德烈公爵来到前线，沿着战线视察。敌我双方的散兵线在左右两翼都相距甚远，但在中央，在军使们早晨通过的地方，却如此接近，以至看得清对方的脸，甚至可以彼此交谈。在这个地方，除了散兵线上的士兵，两边还站着好奇的民众，他们一边取笑，一边打量着奇怪而陌生的敌人。

从清早起，尽管禁止靠近散兵线，可是长官们始终无法驱散好奇的民众。处于散兵线上的士兵，好像向观众展览稀罕物的人，已经不看法国人，而是自己在观看那些看客，由于乏味，不耐烦地等着换岗。安德烈公爵停下来，仔细地观察着法国人。

“看呀，你看，”一个士兵指着俄军一个火枪兵对同伴说，火枪兵和一位军官走到散兵线上，和法军的一个掷弹兵快速而热烈地说着什么。“你瞧，他叽里咕噜地讲得多溜！啊，那个法国人跟不上他了。喂，你也来露一手，西多罗夫……”

“别急，你听。真溜！”西多罗夫说，他被认为是讲法语的能手。

人们笑着指点的那个士兵是多洛霍夫。安德烈公爵认出了他，于是听他在说什么。多洛霍夫和他的连长是从左翼来到散兵线的，他们的团驻扎在那里。

“喂，再讲，再讲！”连长鼓励道，他向前弓着腰，竭力不漏过每一句话，尽管一句也听不懂。“请你讲得再快些。他在说什么？”

多洛霍夫没有搭理连长；他正在和法国掷弹兵进行热烈的争论。他们理所当然地在谈论战争。法国人混淆了奥地利人和俄国人，硬说俄军在乌尔姆城下缴械了，逃跑了；多洛霍夫说，俄军没有缴械，而是打败了法国人。

“我们奉命在这里赶走你们，我们一定能把你们赶走。”多洛霍夫说。

“那就试试吧，可别和你们的哥萨克一齐当了俘虏。”法国掷弹兵说。

在一旁看着、听着的法国人都笑了起来。

“我们要像当年苏沃洛夫那样，打得你们像热锅上的蚂蚁。”多洛霍夫说。

“他在那里唠叨什么？”一个法国人问。

“一个古老的故事，”另一个回答，他猜到是在讲以前的战事，“皇帝会像教训别人那样教训你们的苏瓦拉……”

“波拿巴……”多洛霍夫刚想说，法国人打断了他的话头。

“没有什么波拿巴。是皇帝！见鬼……”他气愤地叫道。

“该死，你们的皇帝！”

多洛霍夫用士兵的粗话谩骂了一通，背起长枪走了。

“走吧，伊万·尼基奇。”他对连长说。

“这才叫讲法语，”散兵线上的士兵们说，“喂，西多罗夫，你也说上几句！”

西多罗夫眨眨眼，转身对着法国人，开始连珠炮似的叽咕着谁也听不懂的话。

“卡利，马拉，塔法，萨费，穆特，卡斯卡。”他叽里咕噜、有腔有调地说道。

“呵呵呵！哈哈哈哈！呜！呜！”士兵们发出健康的、快活的哄然大笑，这笑声不由地也感染了散兵线对面的法国人，在此之后，似乎应该赶快退出枪弹，销毁弹药，各回各的家乡。

然而依旧是子弹上膛，房屋和工事的枪眼还是那样威严地注视着前方，卸下前车的大炮还像过去一样瞄准着对方。

十六

安德烈公爵骑马从右翼到左翼视察了全部战线，登上炮兵连所在的高地，那位校官说，在这片高地上，看得见整个战场。他在这里下马，站在卸去前车的四门大炮靠边的一门大炮旁。大炮前面，一名值岗的炮兵来回走动，见了军官正要立正，但看到军官的示意，他恢复了步履均匀单调的走动。大炮后面是几辆前车，再往后，是拴马的地方和炮兵们的几堆篝火。左边，离靠边的大炮不远，有一个新搭的小窝棚，那里传来了军官们热烈的谈话声。

的确，站在这炮兵阵地上，俄军和大部分敌军的态势几乎一览无余。阵地的正前方，在对面山冈的地平线上就是申格拉伯恩村；在这个村庄的左边和右边，可以分辨出，有三个地方大批法国部队在他们篝火的烟雾中隐约可见，显然，这支部队的大部分是在村子里和山后。在村子左边，似乎有一个炮队，但肉眼看不清楚。我们的右翼位于一片相当陡峭的高地上，对法军阵地居高临下。部署在高地上的是我们的步兵，在高地的前沿可以看见龙骑兵。中央是图申的炮兵连，也就是安德烈公爵在观察阵地的所在，有一道非常平缓的笔直的下坡和上坡，通往我军和申格拉伯恩村之间的小河。左边我们的部队紧挨着树林，我军步兵在树林里砍伐木柴，他们的篝火烟雾腾腾。法军的战线比我军战线长，显然，他们能很容易地从两面包抄我军。我们的阵地背后是又陡又深的峡谷，炮兵和骑兵很难从峡谷撤退。安德烈公爵臂肘支在炮身上，取出小文件夹，为自己画了一张军队的部署图。他用铅笔在两处记下观感，准备向巴格拉季翁报告。他设想，首先，把全部炮兵集结于中央，其次，将骑兵撤回峡谷的另一边。安德烈公爵经常追随总司令左右，注视大部队的运动和总的布局，经常研究战争的历史记述，因而面对当前的战事，不觉只是从大体上考虑各种军事行动的过程。"如果敌军对右翼发起进攻，"他自言自语道，"基辅掷弹兵团和波多利斯克步兵团应当坚守阵地，直到中央的预备队前来支援。在这种情况下，龙骑兵可以突击侧翼，将他们击退。如果中央阵地受到攻击，我方就把中央炮队布置在这片高地上，并在炮队的掩护下收缩左翼，成梯队退往峡谷，"他在暗自策划……

他站在大炮旁的这段时间，像往往会发生的那样，他虽然不断听到窝棚里军官们谈话的声音，对他们的话却一句也不明白。突然，窝棚里的谈话的一种亲切的语调打动了他，使他不由自主地倾听起来。

"不，亲爱的，"一个悦耳的、似乎熟悉的声音说道，"我说，要是能知道死后的情况，我们就没有人会害怕死亡了。是吧，亲爱的。"

另一个比较年轻的声音打断了他的话。

"害怕也好，不害怕也好，反正都一样，总逃不了一死。"

"可还是会害怕！你们这些钻牛角尖的人哪，"第三个洪亮的声音把两个人的话都打断了。"你们这样爱钻牛角尖，就因为你们是炮兵，能随身带着伏特加和下酒菜。"

于是这个声音洪亮的人笑了，他想必是步兵军官。

"可还是会害怕，"第一个熟悉的声音接着说道。"你害怕的是不可知的情况，这才是你所害怕的东西。不管怎么喋喋不休地说，灵魂会进入天堂，可是我们知道，天堂是没有的，有的只是大气层。"

声音洪亮的人又打断了炮兵的话。

“喂，还是请我喝点儿你们的草药酒吧，图申，”他说。

“啊，这就是那个不穿靴子待在随军商贩那里的上尉，”安德烈公爵想，他高兴地认出了那悦耳的高谈阔论的声音。

“要喝酒可以，”图申说，“可是领悟未来的生活……”他的话没有说完。

这时空中传来了呼啸的声音；近了，更近了，愈来愈快也愈来愈清楚，愈来愈清楚也愈来愈快，一颗炮弹仿佛没有说完要说的话，以非人的力量猛地炸得弹片横飞，栽在离窝棚不远处的地里。大地仿佛受了可怕的一击而惊叫了一声。

就在这一瞬间，矮小的图申咬紧叼在嘴角的烟斗，首先跳出窝棚；他那和善聪明的脸上微微发白。跟着他出来的是声音洪亮、英姿勃勃的步兵军官，他向自己的连队跑去，边跑边扣着纽扣。

十七

安德烈公爵勒马站在炮台上，遥望发出炮弹的那门大炮的一股硝烟。他放眼广阔的空间，只见原来不动的大批法军蠕动起来，左边果然有炮队。炮队上的硝烟还未散尽。两个骑马的法国人大概是副官，在山上驰过。法军一支排成纵列的小部队正在向山下运动，想必是为了加强散兵线。第一次发炮的硝烟还未散尽，就出现了第二次发炮的硝烟。战斗开始了。安德烈公爵拨回马头，驰往格伦特，去找巴格拉季翁公爵。他听到背后此起彼伏的炮声更密集而响亮。显然，我军已开始还击。下面，在有几个军使经过的地方，传来了枪声。

勒马鲁瓦带着波拿巴措辞严厉的信件刚刚赶到缪拉这里，深感愧疚的缪拉想弥补自己的过失，立刻命令自己的部队向中央推进，并迂回两翼，要在傍晚之前，在皇帝驾临之前，粉碎弱小的当面之敌。

“开战了！瞧这架势！”安德烈公爵想，感到血液更急剧地涌入他的心房。“可是在哪里呢？我的土伦会怎样表现出来呢？”他想。

在驰过一刻钟之前还在吃饭饮酒的那些连队时，他到处看见士兵们都以同样敏捷的动作列队、拿起枪支，在人人的脸上都看得出在他的心里涌动的那种兴奋的情绪。“开战了！瞧这架势！又可怕，又开心！”每个官兵的神情都在这样说。

他还没有到达构筑工事的地方，就看见在阴沉沉的秋天的暮色里，有一队骑马的人迎面而来。为首者身披斗篷，头戴羔皮帽，骑着一匹白马。那是巴格拉季翁公爵。安德烈公爵停了下来，等着他。巴格拉季翁公爵勒住马，认出是安德烈公爵，对他点了点头。在安德烈公爵向他陈述自己所看到的情况时，他继续望着前方。

“开战了！瞧这架势！”的表情甚至也出现在巴格拉季翁公爵的脸上，他那坚强的浅褐色面庞上浑浊的眼睛半闭着，仿佛没有睡醒似的。安德烈公爵带着忐忑不安的好奇心注视着这凝然不动的脸，他想知道，这个人有想法，有感受吗？此刻他在想什么，有何感受呢？“究竟有没有什么思绪隐藏在这凝然不动的脸后面？”安德烈公爵望着他问自己。巴格拉季翁公爵低下头，表示同意安德烈公爵所说的话，他说“好”，他的表情仿佛在说，所发生的一切以及人们所告诉他的一切，都在他的意料之中。安德烈公爵由于一路策马飞奔，喘息不已，讲得很快。巴格拉季翁的话带有东方口音，讲得特别慢，似乎在暗示，不必那么着急。不过，他催动坐骑小跑着往图申的炮台去了。安德烈公爵和侍从们跟在他后面。骑马跟在巴格拉季翁公爵后面的有：侍从军官、公爵本人的副官、热尔科夫、传令官、骑一匹英国骏马的值班校官和一个当军事法庭检察官的文官，这位文官出于好奇也请求上战场。检察官身躯肥胖，有一张胖乎乎的脸，带着天真快乐的微笑东张西望，在马背上吓得直哆嗦，他穿着厚呢子的条纹军大衣骑在辎重队的马鞍上显得怪模怪样，周围是一群骠骑兵、哥萨克和副官。

“他想看看战火纷飞的场面，”热尔科夫指着检察官对鲍尔康斯基说，“可这会儿已经心惊肉跳了。”

“得了吧，您哪，”检察官容光焕发，带着天真而又狡黠的微笑说，似乎成为热尔科夫嘲笑的对象，使他感到得意，又似乎在故意装傻。

“真逗，公爵先生(mon monsieur prince)。”值班校官说。(他记得，法语中对**公爵**这个封号有一个特别的叫法[①]，可就是想不起来。)

这时他们已经来到了图申的炮台，一颗炮弹在他们前面爆炸了。

“这是什么东西掉了下来？”检察官天真地笑着问道。

“法国馅饼。”热尔科夫说。

“他们就是用这个东西打仗，是吗？”检察官问。“多可怕啊！”

于是他好像高兴得手舞足蹈。他的话刚落音，又意外地响起了可怕的呼啸声，紧接着突然发出在柔软的东西上拍击的声音，啪——嗒，检察官身后靠左的一个哥萨克连人带马栽倒在地。热尔科夫和值班校官伏在马鞍上拨马就走。检察官停在哥萨克跟前，好奇地仔细端详着他。哥萨克死了，马还在挣扎。

巴格拉季翁公爵眯着眼睛回头看了一下，明白了引起惊慌的原因以后，漠然地掉头不顾，似乎在说：“值得大惊小怪吗！”他以优秀骑手的动作勒住马，微微弯腰，拨正绊住斗篷的佩剑。这是一柄古老的佩剑，不是现在佩带的那种。安德烈公爵想起了苏沃洛夫在意大利把自己的佩剑赠与巴格拉季翁的故事，此刻这段回忆使他感到特别愉快。他们来到了炮兵连，安德烈公爵曾在这里观察战地情况。

“谁的连队？”巴格拉季翁问站在炮弹箱旁边的连副。

他问的是：“谁的连队？”实际上他是问：“你们在这里不会胆怯吧？”连副明白了这层意思。

“是图申上尉的连队，大人。”深褐色头发、满脸雀斑的连副挺直身躯，愉快地高声叫道。

“好，好。”巴格拉季翁若有所思地说，他从前车旁来到靠边的大炮那里。

就在他们走近的时候，这门大炮响起了发炮的金属声，震得他和侍从们的耳朵嗡嗡作响，而在突然弥漫于大炮周围的浓烟中，可以看到炮兵们托起炮身，急忙使尽全力把它滚回原位。膀大腰圆的一号炮手带着

---

①这个“特别的叫法”是 mon prince，“先生”(monsieur)一词是多余的。

洗膛杆，大踏步地赶到轮子旁。二号炮手用一只颤动的手把炮弹填进炮膛。身材矮小，背有点驼的军官图申在炮架上绊了一下，向前跑去，他没有发觉将军，只顾用一只小手搭着凉棚瞭望。

“再加两俄分①，那就正好。”他用尖细的声音叫道，竭力要使他的声音具有雄赳赳的气势，而这种气势又和他的身材不相称。“二号，”他尖叫道，“给我狠狠地打，梅德维杰夫！”

巴格拉季翁呼唤军官，于是图申畏缩而笨拙地把三个手指贴在帽檐上，完全不像军人敬礼，倒像神甫祝福似的，他就这样走到将军跟前。虽然图申的几尊大炮的任务是轰击谷地，他却向前面的申格拉伯恩村发射了燃烧弹，因为村前有大批法军正在向前推进。

谁也没有命令图申发射什么炮弹，轰击哪里，于是他同他非常尊重的连副扎哈尔钦科商量后，决定最好是把那个村子烧毁。“好啊！”巴格拉季翁听了图申的报告后说，开始观察暴露在他面前的整个战场，同时好像在考虑着什么。右边的法军来得最近。在基辅团驻守的高地下，小河的河谷里，惊心动魄的密集的枪声响成一片，侍从军官指给公爵看，在更加靠右的地方，在龙骑兵的那一边，一队法军正向我军侧翼迂回。左边的视界只到附近的树林为止。巴格拉季翁公爵命令中央的两个营增援右边的部队。侍从军官大胆地向公爵指出，这两个营调离后，几门大炮就失去了掩护。巴格拉季翁公爵朝侍从军官转过头来，用呆板的眼睛看看他，没有说话。安德烈公爵觉得，侍从军官的意见是对的，的确没有什么话好说。但这时副官从据守谷地的团长那里疾驰而来，带来的消息是：法军一支庞大的部队从洼地蜂拥而来，该团已溃不成军，正向基辅掷弹兵防地撤退。巴格拉季翁低下头，表示同意和赞许。他拨转马头向右走去，派副官命令龙骑兵进攻法军。但派去的副官半小时后带回消息，龙骑兵团长已把部队撤到峡谷的那一边，因为敌人向该团集中强大的火力，使之遭到不必要的伤亡，因此已命令一批射击手下马进入树林。

---

①俄制长度单位，1 俄分等于 1/10 英寸。

“好！”巴格拉季翁说。

在他离开炮台时，左边的树林里也响起了枪声，因为离左翼太远，不能亲自及时赶到，巴格拉季翁公爵便将热尔科夫派去，告诉那位曾率领他的团在布劳瑙接受库图佐夫检阅的老将军，要尽快撤到峡谷那一边，因为右翼对敌人的阻击也许不能持久。图申和掩护他的一个营却被忘记了。安德烈公爵仔细倾听巴格拉季翁公爵和长官们的谈话以及他所发出的命令，惊奇地发现，他不曾发出任何命令，巴格拉季翁公爵只是竭力装装样子，似乎所有由于必然性、偶然性和个别官长的意志而发生的事情，虽然不是遵循他的命令的结果，却符合他的意图。安德烈公爵发觉，由于巴格拉季翁公爵的这种恰到好处的表现，尽管事态的发展带有偶然性，并不取决于长官的意志，他的亲临却发挥了非常大的作用。惊慌失措的官长们来到巴格拉季翁公爵那里，就变得泰然自若，士兵和军官都兴高采烈地欢迎他，有他在场，官兵们更加生气勃勃，看来是在他面前炫耀自己无所畏惧的勇气。

十八

巴格拉季翁公爵登上我军右翼的制高点，开始往下走，下面传来阵阵密集的枪声，由于硝烟弥漫什么也看不见。他们离下面的河谷越近，越是一无所见，然而越是强烈地感觉到真正的战场就近在眼前。他们开始见到伤兵了。一个满头是血、不戴帽子的伤员由两名士兵架着走。他声音嘶哑，吐的是血。看来子弹击中了他的嘴或喉咙。他们遇到的另一个伤兵很精神地独自走着，没有带枪，他大声呻吟，一条手臂由于新伤的剧痛而挥动着，伤口流出的血就像从小玻璃瓶里倒出来一样，流在军大衣上。他的表情主要是恐惧，而不是痛苦。他是刚刚受的伤。横穿大路以后，他们开始沿着陡坡往下走，在斜坡上看见了几个躺在那里的人；他们又遇到一群士兵，其中也有不曾负伤的。士兵们喘着粗气往山上走，尽管见到了将军，仍旧挥舞着手臂大声交谈。在前面的硝烟里已经看得见穿灰色军大衣的队伍，一个军官看到巴格拉季翁，连忙叫喊着跑去追赶那些三五成群的士兵，叫他们回来。巴格拉季翁来到了队伍附近，队伍里此起彼伏地很快响起了砰砰枪声，淹没了说话声和口令声。空气里弥漫着硝烟。士兵们的脸都被火药熏得乌黑，人人都很振奋。有的用通条装填火药，有的把火药往火药池里撒，从布袋里取出炸药，有的在射击。但是看不清他们是在向谁射击，因为硝烟还没有被风吹散。常常能听到悦耳的嗖嗖声和呼啸声。“这是怎么回事？”安德烈公爵渐渐走近这群士兵时想，“这不可能是散兵线，因为他们挤在一堆！不可能是冲锋，因为他们没有向前推进；不可能是方阵，因为他们的站位不对。”

团长看上去是个瘦弱的小老头，面带愉快的微笑，一双老眼大半被眼皮遮住了，这使他显得比较温和，他来到巴格拉季翁公爵跟前，对他就像主人对贵宾一样。他向巴格拉季翁公爵报告，法国骑兵曾向他的团发起冲锋，虽然冲锋被打退了，但他的团伤亡过半。团长说，冲锋被打退了，是打定主意要用这种军事用语来说明他的团里所发生的情况，但实际上他并不知道，他所指挥的部队在这半个钟头里究竟发生了什么，他不能确切地说，是冲锋被打退了，还是他的团被冲锋所击溃。在战斗开始时他只知道，炮弹和榴弹纷纷向他的全团阵地飞来，造成伤亡，后来有人大叫“骑兵”，于是我军开始射击。射击一直不断，现在他们射击的已不是消失了的骑兵，而是在河谷里出现并向我方射击的法军步兵。巴格拉季翁公爵低下头，表示这一切完全符合他的愿望和预料。他朝副官转过身来，命令他从山上调来第六步兵团的两个营，他们刚才是从这两个营旁边经过的。这时巴格拉季翁公爵的脸上所发生的变化，使安德烈公爵大吃一惊。他的脸表现了一种专注的和欣幸的决心，好像一个人在大热天准备纵身入水，并且正在做最后的助跑。那双没有睡醒的、黯淡无神的眼睛不见了，那种假装深思熟虑的神态也不见了，他那瞪圆的、坚定的、鹰隼般锐利的眼睛兴奋而略带几分轻蔑地望着前方，目光显然没有停留在任何地方，而他的动作依然那样缓慢，那样从容不迫。

团长恳求巴格拉季翁公爵往回走，因为这里太危险。“怎能这样呢，大人，看在上帝分上！”他说，他瞅瞅侍从军官，想求得支持，可

是他掉头不理。“请您看看吧！”他要公爵注意就在他们身旁不停地尖叫着、呼啸着、嗞嗞作响的子弹。他说话用的是请求和责备的语气，好像一个木匠对操起斧头的老爷说：“我们干惯了这活儿，而您的手会磨出茧子的。”他这样说，仿佛他自己不会被这些子弹打死似的，他那半闭着的眼睛使他的话显得更具有说服力。校官也和团长一齐来劝说，但是巴格拉季翁公爵不予理睬，只下令停止射击和整理队伍，给前来增援的两个营腾出地方。在他说话的时候起风了，好像有一只无形的手自右至左拉开了遮掩着谷地的烟幕，于是对面的山和山上运动着的法军便暴露在他们面前了。所有人的目光都不由自主地注视着正向他们推进的一支排成纵队的法军，随着地势而改变着队形。已经看得见士兵的毛茸茸的帽子；已经分得清士兵和军官；可以看到，他们的军旗飘拂着旗杆。

“他们走得真漂亮！”巴格拉季翁的侍从中有人说。

法军纵队的前锋已经下到谷底。冲突应当发生在这边的山坡上……

刚才在作战的我军一个团的残部匆忙整队赶往右翼；在他们后面，第六步兵团的两个营驱赶着掉队的官兵，步伐整齐地过来了。他们还没有走到巴格拉季翁面前，就可以听到全体官兵迈着沉重威猛的步伐，齐步行进的声音。走在左侧离巴格拉季翁最近的是连长，他体格匀称，圆脸，面带傻呵呵的幸福的表情，他就是刚才从窝棚里跑出来的那个人。显然，这时他什么也不想，一心只想雄赳赳地从首长身边走过去。

他带着走在前列的自豪感，轻松地迈动强健的双腿，仿佛在游泳似的毫不费力地挺直身姿，这种轻松自如不同于士兵们合着他的脚步行进的沉重的步伐。他腿边挂着一柄出鞘的又薄又窄的佩剑（一柄不像是兵器的弯弯的短剑），时而看看首长，时而看看身后，脚步却一丝不乱，柔韧地扭动着强有力的身躯。他似乎一心只想着，要以最出色的姿态在首长身边通过。他觉得自己干得不错，感到很幸福。“左，左，左”他似乎每隔一步就在心里这样喊着，士兵们带着各不相同的严峻的面容，他们的身影像一堵墙似的也合着这个节拍向前推进，似乎这数以百计的士兵人人都每隔一步就在心里喊着“左，左，左”。胖胖的少校喘息着，脚步错乱地绕过路边的一丛灌木；一名落在后面的士兵气急败坏，因为自己一时疏忽而神色惊慌，小跑着追赶连队；一颗炮弹冲破空气，从巴格拉季翁公爵和侍从们的头顶上飞过，也合着节拍：“左——左！”击中了队伍。“靠拢！”响起了连长花哨的口令声。士兵们在炮弹落下的地方成弧形地绕着某些障碍走，一位勋章获得者，作为排头的老士官在阵亡者身旁落到后面了，连忙赶上自己的队伍，轻轻一跳，换步合上了节拍，气愤地回头看了看。在紧张的沉默中，在同时整齐地踏在地上的单调的脚步声中仿佛也可以听到“左，左，左”的声音。

“好样的，弟兄们！”巴格拉季翁公爵说。

“为了……噢嗬——嗬——嗬——嗬——嗬！”队伍里响起惊雷似的轰鸣。一个走在左侧的面色阴沉的士兵大声喊着，一面拿眼睛瞟了瞟巴格拉季翁，他的表情仿佛在说：“我们知道为谁而战”；另一个士兵没有转头看，好像怕分心，张大嘴巴边喊边走。

下令停止前进，放下背囊。

巴格拉季翁公爵越过在他身旁行进的队伍，下了马。他把缰绳交给一名哥萨克，又脱下斗篷交给他，伸展一下双腿，正了正头上的军帽。法军纵队的前锋在山下出现了，军官们走在队伍的前面。

“上帝保佑！”巴格拉季翁坚定地高声说道，转身向队伍注视片刻，于是微微摆动双手，迈着骑手不灵巧的步子，好像吃力似的在坑坑洼洼的田野前进。安德烈公爵感到有一股不可抗拒的力量在催他向前，体验到了一种无上的幸福感。①

法军离得很近了；走在巴格拉季翁身边的安德烈公爵已经能清晰地分辨法国人的肩带、红肩章，甚至他们的面部。（他清楚地看到一个法国老军官，穿着皮鞋的两只脚向外撇，攀着灌木丛费劲地往上爬。）巴格拉季翁没有下达新的命令，仍旧那样默默地走在队伍的前面。在法国

---

①梯也尔在谈到这次进攻时说：“俄国人表现得非常英勇，这样的情况在战争中是罕见的，双方的步兵都坚决地向对方进攻，直到直接厮杀都各不相让。”而拿破仑在圣赫勒拿岛上说：“俄国的几个营表现了无畏精神。”——托尔斯泰注

梯也尔（1797—1877），法国政治家、新闻记者和历史学家。这段话见于他的著作《执政府和帝国时代的历史》。

人当中突然砰地响起了枪声，第二声，第三声……队形已乱的敌军队伍中到处硝烟弥漫，密集的枪声响成一片。我们的几个军人倒下了，其中之一就是刚才在行进中那样心情振奋的圆脸军官。但就在第一声枪响的那一瞬间，巴格拉季翁回头大叫：“乌拉！”

“乌拉——拉！”我们的战线上响遍了悠长的呐喊声，我们的人有的冲到了巴格拉季翁前面，我军不再保持队形，争先恐后、斗志昂扬地向山下扑去，追逐溃不成军的法国人。

十九

第六步兵团的进攻保障了右翼的撤退。被遗忘在中央的图申的炮兵连及时击中申格拉伯恩村，使之起火，这个行动阻止了法军的出击。法国人忙于扑灭随风蔓延的大火，使俄国人赢得了撤退的时间。中央的部队从峡谷撤退，仓促而忙乱；然而在撤退时，部队的指挥系统并没有被打乱。但左翼同时遭到拉纳指挥下的法军优势兵力的进攻和迂回，由亚速步兵团、波多利斯克步兵团和巴甫洛格勒骠骑兵团所组成的左翼被打乱了。巴格拉季翁派热尔科夫到左翼去，命令左翼的将军立即撤退。

热尔科夫敬礼的手不离帽檐，果断地一催战马，疾驰而去。但一离开巴格拉季翁，就觉得浑身乏力。不可克制的恐惧感控制了他，不敢到任何危险的地方去。

接近左翼的部队后，他不是驰往交火的前方，而是到不可能有将军和指挥官的地方去找他们，因而命令没有送到。

按照资历，掌握左翼指挥权的是一位团长，就是他的团曾在布劳瑙接受库图佐夫的检阅，士兵多洛霍夫就在这个团里。而罗斯托夫所在的巴甫洛格勒团的指挥官奉命指挥左翼的一侧，这样就发生了争执。两位团长之间激起了强烈的愤怒，正当右翼的战事早已开始，法军已发起进攻的时候，两位团长却忙着交涉，其目的就是侮辱对方。无论是骑兵团，还是步兵团，都对当前的战事准备不足。两个团的官兵，从士兵到将军，都没有想到会有战事，因而平静地处理着日常事务，骑兵在喂马，步兵在拾柴火。

“他的军衔比我高呀，”担任骠骑兵团长的德国人脸红脖子粗地对前来的副官说道，“那就让他为所欲为吧。我可不能让自己的骠骑兵白白送死。号手！吹号撤退！”

但情况紧急。右翼和中央枪炮齐鸣，响成一片，拉纳的身穿外套的射击手已越过磨房的堤坝在这边列队，只有两个火枪射程。步兵团长以一纵一纵的步态走到马旁，他爬上马背，显得挺拔而高大，便策马来到巴甫洛格勒团的指挥官那里。两位团级指挥官骑着马，有礼貌地点头相迎，心里却暗怀忌恨。

“还是那句话，上校，”将军说，“我不能把一半官兵丢在树林里。我**请求**您，我**请求**您，”他反复说，“进入**阵地**，准备进攻。”

“而我要请求您，不要干涉别人的事，”上校冲动地回答道，“如果您是骑兵……”

“我不是骑兵，上校，我是俄国将军，如果您不了解这一点……”

“我非常了解，阁下，”上校突然面红耳赤地大声叫道，一面催动坐骑，“愿不愿到前线去呢，我们去看看就知道，这个阵地是毫无用处的。我不愿为了让您高兴而毁了自己的团。”

“您忘乎所以了，上校。我不是为了自己高兴，也不允许别人这么说。”

将军接受上校去比赛谁更勇敢的邀请，他挺起胸膛，紧皱双眉，与上校一齐向前线驰去，仿佛他们的一切争端应当在那里，在散兵线上的枪林弹雨中得到解决。他们来到散兵线，几颗子弹从他们的头顶上飞过，于是他们默默地勒住了马。在散兵线上没有什么可看的，因为从他们刚才所站的地方就一望而知，骑兵不可能在灌木丛和峡谷中展开行动，而且法军正在向左翼迂回。将军和上校神态严峻而郑重，像两只好斗的公鸡彼此对视着，徒劳地等待着胆怯的迹象。双方都经住了考验。因为无话可说，而且谁也不愿让对方有理由说他首先从枪弹下逃跑，所以他们一定会久久地站在那里，相互考验对方的勇气，可是，这时在树林里，几乎就在他们的背后响起了密集的枪声和一片低沉的呐喊声。法军袭击了那些在树林里拾柴的士兵。骠骑兵已经不可能和步兵一同撤退。法军的散兵线切断了骠骑兵向左边退却的道路。现在不管地形多么不利，都不得不发起进攻，为自己打开一条通道。

罗斯托夫所在的骑兵连官兵刚上了马，就被敌军迎面挡住。又像在恩斯河大桥上一样，在骑兵连和敌军之间已空无一人，他们之间又有了那条可怕的界线、不可知和恐惧的界线，那似乎就是生与死之间的界线。所有的人都感觉到了它的存在，他们是否要跨过这条界线以及怎样跨过它的问题始终困扰着他们。

上校来到了前线，对军官们的问题怒气冲冲地回答了什么，而且这个极端固执的人发出了一个什么命令。谁也没有明确地说过什么，但要发起进攻的流言却传遍全连。响起了列队的口令，然后刷地马刀出鞘。但还是没有人动。左翼的部队，无论步兵还是骠骑兵都感觉到，长官们自己也不知道如何是好，于是两位团长的犹豫不决也感染了部队。

“快点，快点吧。”罗斯托夫想，觉得品味冲锋的快感的时候终于到了，关于这种快感骠骑兵战友对他讲过多少啊。

“上帝保佑，弟兄们，”传来了杰尼索夫的声音，“小快步，前进！”

前排的马臀晃动起来。小白嘴鸦扯动一下缰绳，也出发了。

罗斯托夫看见右面我军前几排的骠骑兵，前方更远处是黑压压的一片，他看不清楚，但认为那就是敌军。可以听到射击声，不过很远。

“加快速度！”发出了口令，罗斯托夫感觉到，他的小白嘴鸦一抬臀部，奔驰起来。

他预先就能猜到它的行动，心情越来越好。他发觉前面有一棵孤零零的树。这棵树起先在前面，在那条非常可怕的界线中间。现在他们越过了这条线，不仅没有发生任何可怕的事情，反而越来越愉快而又生气勃勃。“啊，我要勇猛杀敌。”罗斯托夫紧握马刀的刀柄想道。

“乌拉——拉——拉——拉！！”响起了一片低沉的呐喊声。

“哼，现在不管碰上谁”，罗斯托夫想，一面用马刺紧夹小白嘴鸦，放马飞奔，一路赶超别人。前面已经看到敌人。突然，好像有一把大扫帚朝骑兵连扫过来时扫到了什么。罗斯托夫举起马刀，准备砍杀，可是这时在前面奔驰的士兵尼基坚科去远了，而罗斯托夫仿佛在梦里，觉得他仍在以非凡的速度向前飞驰，却又始终停留在原地。相识的骠骑兵班达尔丘克从后面向他撞了上来，悻悻地瞪了一眼。班达尔丘克的马闪了一闪，从他旁边绕了过去。

“这是怎么回事？我不能动了？——我倒下了，被打死了……”罗斯托夫在刹那间自问自答。他已是单独地留在旷野。他在自己周围所看到的不是奔腾的马匹和骠骑兵的背部，而是静止的大地和麦茬。他身下是温暖的鲜血。“不，我受伤了，马也被打死了。”小白嘴鸦想支着前腿站起来，可是又倒下了，压着骑手的一条腿。马的头部在流血。马挣扎着，就是站不起来。罗斯托夫想站起来，也倒下了：皮囊挂住了马鞍子。我们的人在哪里，法国人在哪里，他不知道。周围一个人也没有。

他抽出腿，站了起来。“现在，那条把双方的部队截然分开的界线在哪里，在哪一边呢？”他问自己，却回答不了。“我该不是发生了什么不光彩的事吧？怎么会这样呢，在这种情况下又该怎么办呢？”他自己问自己，站了起来；这时他觉得，有个多余的东西挂在他麻木的左臂上。他的手好像不是自己的。他仔细地察看手臂，徒劳地寻找上面的血迹。“啊，有人来了，”他看到有几个人向他跑过来，高兴地想。“他们会帮助我的！”跑在这些人前头的是一个戴着奇怪的高筒帽，身穿蓝色军大衣，晒得黑黑的脸上长着鹰钩鼻子的人。还有两个，还有很多人在后面跟着跑。其中一个说了一种奇怪的话，不是俄语。后面那些人也戴着那样的高筒帽，一个俄国骠骑兵站在他们当中。他被人抓住双臂；在他身后有人牵着他的马。

“想必是我们的人被俘了吧……是的。难道也要抓我？他们是什么人？”罗斯托夫一直在想，不敢相信自己的眼睛。“难道是法国人？”他望着渐渐走近的法国人，尽管在片刻之前他纵马疾驰，就是要赶上这些法国人，把他们砍死，而现在他们近在眼前，他却觉得那么害怕，简直不相信自己的眼睛。“他们是什么人？为什么他们要奔跑呢？难道是冲我来的？难道他们是朝着我跑过来？为什么？要杀死我？杀死人人喜爱的我?”他回忆起母亲、家庭、朋友对他的爱，觉得敌人要杀死他似乎是不可能的。“也可能会杀死我呢！”他站了十几秒钟，没有移动一步，始终不明白自己的处境。前面那个长着鹰钩鼻子的法国人来得那么近，连他脸上的表情都看得清了。这个人端着刺刀，屏住呼吸，轻快地朝他跑过来，那激动的异族的容貌把罗斯托夫吓坏了。他一把抓住手枪，没有射击，而是拿它朝法国人砸了过去，拔腿就朝灌木丛里跑。他跑的时候，不是带着他过恩斯河大桥时的彷徨和思想斗争，而是带着被一群猎犬追逐的兔子的心情。为自己年轻幸福的生命而担惊受怕的这种唯一的、割舍不掉的感觉控制了他的整个身心。他迅速地跳过一条又一条田埂，带着玩捉人游戏时逃跑的急切心情在田野上飞跑，不时转过苍白、善良、年轻的面庞，于是恐惧的寒战便掠过他的脊梁。“不，最好不看。”他想，不过跑到灌木丛跟前时，又回头看了一下。法国人落在后面了，甚至就在他回头的时候，打头的法国人刚刚放慢了脚步，转头对后面的一个同伴使劲叫嚷着什么。罗斯托夫停了下来。“有点不对头，”他想，“他们不可能想杀我。”这时他的左臂那么沉重，仿佛有一个两普特重的秤砣挂在上面。他不能再跑了。那个法国人也停了下来，正在举枪瞄准他。罗斯托夫眯起眼睛，弯下了腰。一颗，又一颗子弹嗖嗖地从他身旁飞过。他集中最后的力气，用右手托着左臂，跑到了灌木丛那里。灌木丛里有一批俄军射击手。

二十

两个步兵团在树林里遭到猝不及防的突然袭击，连忙奔出树林，各连队与别的连队混杂在一起纷纷逃跑，成为一群群毫无秩序的乌合之众。一个士兵在惊慌中说出了一句话，这句话在战争中很可怕，其实是没有意义的：“我们被切断了！”于是这句话带着恐慌情绪在所有的官兵中传遍了。

“我们被包围了！被切断了！完蛋了！”逃跑的人们叫嚷着。

团长在听到背后的枪声和呐喊声的那一刻终于明白了，他的团处境非常可怕，他想到自己是从军多年、从未犯过错误的模范军官，很可能在长官面前犯了玩忽职守、贻误军情之罪，这个想法使他大吃一惊，于是立刻既忘记了桀骜不驯的骑兵团长，也忘记了自己身为将军的傲慢，主要的是忘记了危险和自我保全的想法，紧紧抓住鞍桥，冒着冰雹似的子弹策马向自己的团疾驰而去，幸而未被击中。他只有一个愿望：了解情况，采取补救措施，无论如何要纠正他指挥上的失误。他，从军二十二年、从未受过指责的模范军官，决不能成为罪人。

他幸运地在法国人当中疾驰而过，来到树林后的田野，我们的部队正在田野上逃跑，不听号令，只顾往山下逃走。这是精神上的波动决定战斗命运的时刻：这些乌合之众是听从自己指挥官的召唤，还是回头看看又继续逃跑。尽管从前团长令士兵慑服的威严的声音在声嘶力竭地吼叫，尽管团长由于狂怒而脸色血红、形容大变，不断挥舞着佩剑，士兵们还是在逃跑、交谈、朝天放空枪，对命令置若罔闻。决定战斗命运的精神上的波动，结果显然是恐惧占了上风。

将军由于吼叫和硝烟咳嗽起来，绝望地站在那里。看来一切都无可挽回了。可是就在这时，向我们进攻的法军，看不出有什么原因，突然转身逃跑，从林边消失了，而在树林里出现的是俄军射击手。那是季莫欣的连队，只有这个连队完整地坚守在树林里，他们埋伏在林边的沟渠里，向法军突然发起攻击。季莫欣那样绝望地呐喊着扑向敌人，那样狂热而忘我地手握一柄佩剑毅然决然地向敌人冲了上去，以致法国人惊慌失措，弃枪而逃。和季莫欣并肩作战的多洛霍夫迎面击毙了一个法国人，首先抓住一个投降军官的衣领。逃跑的人都回来了，各营集合完毕，企图把左翼部队从中隔开的法军已被击退。后备部队集结在一起了，逃兵都停了下来。团长和埃科诺莫夫少校骑马站在桥边，让撤退的各连从身旁通过，这时一名士兵向他走过来，抓住他的马镫，几乎是紧靠着他。士兵穿着蓝色呢子军大衣，没有背囊和高筒帽，头部包扎着，肩上挂着法军的子弹袋。他手里拿着一把军官的佩剑。一双蓝眼睛肆无忌惮地望着团长的脸，而嘴角含着微笑。团长尽管在忙着给埃科莫诺夫少校下达命令，却不能不注意到这个士兵。

“大人，瞧，这是两件战利品，”多洛霍夫指指法军的佩剑和子弹袋说，“我俘虏了一名军官。是我让连队停留在树林里的。”多洛霍夫累得直喘粗气；他断断续续地说着话。“全连可以作证。请求您不要忘记，大人！”

“好的，好的。”团长说，又转向埃科诺莫夫少校。

但多洛霍夫没有走开；他解开包头的手绢，扯了下来，露出头发里凝结的血痂。

“是刺刀刺伤的，我没有下火线。论功行赏时请不要忘记我啊，大人。”

图申的炮兵连被遗忘了，只是在战斗快结束时，巴格拉季翁公爵继续听到中央的炮击声，便先后派值班校官和安德烈公爵到那里去，命令炮兵连尽快撤退。驻扎在图申的几门大炮旁的掩护部队在战斗中被调走了；但炮兵连继续发炮，他们之所以没有被俘，仅仅是因为敌人不可能料到，没有任何掩护的四尊炮敢于发射。相反，敌人根据这个炮兵连的坚决行动料定，在中央集中了俄军的主力，而两次试图攻占这个据点，两次都被驻扎在这片高地上的孤立无援的四门大炮发射霰弹击退。

在巴格拉季翁公爵离开后不久，申格拉伯恩村就被图申击中起火。

“瞧，他们慌乱的样子！烧起来了！瞧，冒烟了！打得好！真棒！冒烟啦，冒烟啦！”炮手们兴高采烈地说道。

不用下命令，所有的大炮都对准火场轰击。仿佛在助威似的，每发一炮，士兵们就跟着叫喊：“打得好！就要这样打！你看哪……真棒！”火借风势，迅速蔓延开来了。从村后出来的法军队伍退了回去，不过，敌人好像为了报复，在村子右边架设了十门大炮，向图申开炮。

我们的炮兵沉浸于大火所激起的孩子般的快乐，沉浸于成功炮击法军的狂喜，等到他们发觉那支炮队时，两发炮弹以及随后的另外四发已经在我们的炮群中炸响，有一颗炮弹击倒了两匹马，另一颗炸掉了弹药车车夫的一条腿。不过，已经形成的热烈氛围并没有冷却，只是情绪有了变化。击倒的马被后备炮车的马所代替，伤兵抬走了，四门大炮转过炮口对准了十门炮的炮队。担任图申副职的军官在战斗开始时就牺牲了，一个小时之内，四十个炮兵之中有十七个丧失了战斗力。但炮兵们仍然快乐而活跃。他们有两次发觉在下面很近的地方出现了法国人，于是向他们发射霰弹。

一个身材矮小，行动软弱无力也不大灵巧的人不断要求自己的勤务兵**为此再装上一烟斗**，他是这么说的，然后一路上烟斗的火星四溅，他跑到前面，用他的小手搭起凉棚观察着法国人。

“消灭他们，弟兄们！”他说，亲自托起大炮轮子，旋动螺旋。

硝烟弥漫，连续不断的炮击震耳欲聋，每次炮击都使他哆嗦一下，图申拿着他的短烟斗不放，从一门大炮跑向另一门大炮，有时瞄准，有时清点炮弹，有时命令换掉死伤的马匹，用他那细弱、乏力的声音吆喝着。他的神情越来越兴奋。只是在有人死伤的时候，他才皱起眉头，掉头不看死者，气愤地大声斥责那些总是磨蹭着不抬走伤者或死者的人们。士兵大都是漂亮的小伙子（他们比自己的长官高两头，肩宽一倍，在炮兵连里总是这样），全都像困境中的孩子那样望着自己的指挥官，而他脸上的表情一定会在他们的脸上反映出来。

由于这种可怕的轰鸣声、喧闹声，由于需要集中注意力采取行动，他没有一点不愉快的恐惧感，也不会想到他可能会被打死或受重伤。相反，他的心情越来越愉快。他觉得，他看见敌人并发射第一炮，好像是很久以前的事了，几乎就像是在昨天，而他脚下的这一小块场地，是他早已熟悉、有了亲情的地方。尽管他一切都记得，一切都明白，凡是最优秀的军官在他的地位上所能做的一切，他也都做了，他却处于一种与热性谵妄或醉酒相似的状态。

由于四面八方都是自己的几门大炮所发出的震耳欲聋的响声，由于敌军炮弹的呼啸声和爆炸声，由于看到炮手们汗流浃背、满脸通红、围着大炮忙活的样子，由于看到人和马的鲜血，由于看到敌方的硝烟（每次冒烟之后，都有炮弹飞来，落进地里，击中人、炮或马）——由于看到这些景象，他的脑海里形成了一个幻觉的世界，此刻这个世界使他感到喜悦。敌人的大炮在他的想象中不是大炮，而是烟斗，一个隐身的烟鬼在断断续续地喷出缕缕青烟。

“瞧，又喷烟了，”图申小声地自言自语道，因为他看见，山上蹿出了一团烟，被风吹得向左飘去，仿佛一条飘带，“现在小球就要飞来了——要把它抛回去。”

“您有什么吩咐，长官？”炮兵士官问，他站得离他很近，听见他在嘟囔着什么。

“没什么，一颗榴弹……”他回答说。

“喂，我们的马特维夫娜。”他在自言自语，在他的想象中，靠边的那门古炮是马特维夫娜。他把那些在自己的大炮旁边的法国人想象成蚂蚁。第二门炮的一号炮手，一个美男子和酒鬼，在他的幻觉世界里是**大叔**；图申最常看的就是他，喜欢他的每一个动作。山下互相射击的时弱时强的射击声，被他想象为某个人的呼吸。他倾听着这些时起时伏的声音。

“咦，又在呼吸了，在呼吸了。”他又在自言自语。

在他的想象中，他自己是用双手向法国人投掷炮弹的身材高大、强壮有力的男子汉。

“喂，马特维夫娜，大娘，要争气啊！”他走开时说道，这时在他的头顶上响起了一个格格不入的陌生的声音：

“图申上尉！上尉！”图申吃惊地回过头来。这是在格伦特把他从随军商贩的帐篷里赶出来的校官。他气喘吁吁地向他嚷道：

“怎么，您疯了吗？两次命令您撤退，可是您……”

“唉，他们干吗对我这样？……”图申暗自思忖，畏缩地望着长官。

“我……没什么……”他说，一边用两根手指贴近帽檐。“我……”

但上校没有把想说的话说完。在附近飞过的一颗炮弹吓得他一低头，伏在马背上。他不吭声了，刚想说什么，又一颗炮弹使他住了口。

“撤退！全部撤退！”他从远处叫道。

士兵们哈哈大笑。片刻后一位副官带着同样的命令来了。

那是安德烈公爵。他来到图申的大炮所在的地方，首先看到的是一匹卸了套的马，它的一条腿被打断了，在套在车上的几匹马附近嘶鸣。它的腿上鲜血像泉水似的流下来。在几辆前车中间躺着几匹死马。当他骑马走近的时候，炮弹一颗接一颗在他的头顶上飞过，一阵神经质的战栗掠过了他的脊背。但一想到他在害怕，他就重新振作起来。“我不能害怕。”他想，便在大炮中间慢慢地下了马。他传达了命令，但没有离开炮兵连。他决定亲自监督炮兵连把大炮撤出阵地并带走。他和图申一起冒着可怕的法军炮火跨过一具具尸体，他开始拆卸大炮。

“实际上刚才也有一位长官来过，很快就那么溜了。” 炮兵士官对安德烈公爵说，“他不像您，大人。”

安德烈公爵没有和图申说过一句话。他们两个忙得不可开交，仿佛没有看见对方似的。等到把四门炮中的两门完好的大炮挂上前车，他们动身下山（一门被击毁的大炮和独角兽火炮被丢弃了），这时安德烈骑马来到图申跟前。

“好，再见。”安德烈公爵把手伸给图申说道。

“再见，亲爱的，”图申说，“多好的人！再见了，亲爱的。”图申含泪说道，不知为什么，泪水蓦地涌上了他的双眼。

二十一

风停了，战场上空乌云低垂，与地平线上的硝烟融合在一起。天色暗了下来，因而两处大火的火光显得更加明亮，炮声减弱了，但背后和右侧的枪声却更加密集而迫近。图申带着自己的两门大炮，一路上不断绕开伤兵又不断遇到伤兵，终于脱离火线，刚从高地上来到峡谷，迎头就碰上了首长和副官们，其中就有那个校官和两次奉命前来、一次也没有到达图申炮兵连的热尔科夫。这两个人都抢着发出命令、传达命令，要他到哪里去、该怎么走，对他又是埋怨又是责备。图申置之不理，沉默着怕说话，因为不知为什么一开口就想哭，他骑着自己炮兵连的一匹驽马跟在后边。虽然有命令要丢下伤兵，还是有很多伤兵挣扎着跟在部队后面，要求搭上炮车。在战斗前从图申的板棚里冲出去的那位英姿勃勃的步兵军官，肚子中了一颗子弹，被放在马特维夫娜的炮架上。在山脚下，一个面色苍白的骠骑兵士官，一只手托着另一只手，走到图申跟前要求搭车。

“上尉，我恳求您，我的手臂被炮弹震伤，”他羞怯地说，“恳求您，我不能走了。恳求您啦！”

看得出，这个士官曾一再要求搭车，总是遭到拒绝。他犹豫不决、可怜巴巴地请求道：

“吩咐他们让我上来吧，恳求您了。”

“让他上来，让他上来，”图申说，“你给他铺上军大衣，大叔。”他对自己喜欢的一个士兵说道，“那个受伤的军官在哪里？”

“抬下去了，他死了。”有人回答。

“让他上来。您坐，亲爱的，您坐。你给他铺一件军大衣，安东诺夫。”

这个士官是罗斯托夫。他用一只手托着另一只手，面色苍白，像害了热病似的下巴颏直哆嗦。人家让他坐上了马特维夫娜，死去的军官就是从这门大炮上抬下去的。在铺着的军大衣上有血，罗斯托夫的马裤和双手都沾上了。

“怎么，您受伤了，亲爱的？”图申朝罗斯托夫坐的大炮走去说。

“不，是震伤。”

“炮架上的血是哪来的呢？”

“长官，是那个军官的血，”一个炮兵回答道，一边用军大衣的袖子擦着血，好像在为弄脏了大炮表示歉意似的。

靠步兵的帮助，到底把大炮运到了山坡上，到贡特斯多夫村便驻扎了下来。天色已经很黑，离开十步就分辨不出士兵的军服，枪声也沉寂下来。突然，在右边很近的地方，又响起了呐喊声和密集的枪声。黑暗中已经看得到打枪时的闪光。这是法军的最后一次进攻，士兵们躲在村子的民房里进行还击。大家又从村子里冲了出去，但图申的大炮却动不了，炮兵们、图申和士官都面面相觑，听天由命。枪声开始沉寂下来，热烈交谈的士兵们从侧面的一条街道上蜂拥而出。

“没受伤吧，彼得罗夫？”一个士兵问。

“够他们受的，老兄。不敢再来了。”另一个说。

“什么也看不见。他们自己人火并起来！看不见嘛，太黑了，弟兄们。有酒喝吗？”

法军的最后一次进攻被打退了。于是在漆黑的夜里，图申的大炮在喧闹的步兵的簇拥下又向某处开进了。

黑暗中仿佛有一条看不见的阴沉的大河，始终朝着同一个方向涌流，发出低沉的絮语声、谈话声和马蹄、车轮的声音。在这一片低沉的嗡嗡声中，伤兵们在黑夜中的呻吟声和说话声在所有其他的声音中更加清晰可辨。他们的呻吟仿佛充满于部队周围的夜色。他们的呻吟和那漆黑的夜色融为一体了。过了一会儿在行进的人群中起了骚动。有人骑着白马，带着侍从走过，他在经过时讲了话。

“他说了什么？现在到哪里去？宿营了，是吗？向大家表示了感谢，是吗？”四面八方响起了语气迫切的询问声。整个行进的大军开始互相挤压（显然，前面的人站住了），于是风闻有命令停止前进。他们走在泥泞的道路上，也就停留在泥泞的道路中间。

亮起了灯火，谈话声更清楚了。图申上尉安排了连队的事情，派了一个士兵去为士官寻找包扎站或军医，于是在士兵们在大路上燃起的火堆旁坐了下来。罗斯托夫也拖着脚步来到了火边。疼痛、寒冷和潮湿所引起的害热病似的战栗震撼着他的全身。他忍不住想睡，可是不知如何安放才好的伤臂的剧痛使他无法入眠。他时而闭上眼睛，时而看看他觉得炙热、赤红的火，时而望望图申那有点驼背的虚弱的身影，他像土耳其人那样盘着腿坐在他身旁。图申那双和善、聪明的大眼带着感同身受的同情注视着他。他明白，图申一心一意想帮助他，却无能为力。

四面八方都可以听到，步行或骑马经过的军人以及安置在四周的步兵的脚步声和谈话声。人声、脚步声和马匹在泥泞中践踏的马蹄声，或远或近的柴火的噼噼啪啪声汇合成一片起伏不定的低沉的嗡嗡声。

现在已不像刚才那样，仿佛有一条看不见的大河在黑暗的夜色中涌流，倒像是暴风雨过后的幽暗的大海渐渐平息，微微颤动。罗斯托夫百无聊赖地看着、听着在他面前和在他周围所发生的动静。一个步兵来到篝火边，蹲下来伸手向火，把脸转向一边。

“可以吗，长官？”他疑问地看着图申说，“我和连队失散了，长官；自己也不知道是在哪里失散的。倒霉！”

一个包扎了下巴的步兵军官带一名士兵来到篝火旁，他请图申下令把大炮稍微移动一下，让大车通过。有两个士兵闯到篝火这里来找连长。他们肆无忌惮地谩骂扭打，争夺着一只靴子。

“什么，是你拾到的！你真会说！”一个声嘶力竭地叫嚷道。

随后来了一个士兵，身体瘦弱、面色苍白，脖子上裹着一条血迹斑斑的包脚布，悻悻地向炮兵们要水喝。

“什么意思，难道就该像狗一样死掉？”他说。

图申吩咐给他水喝。后来一个快乐的士兵跑过来，替步兵要火种。

“给步兵一个火种吧！祝你们好运，老乡，谢谢，我们会连本带利偿还你们的。”他说，带着一团红艳艳的火球钻进了黑暗里。

这个士兵走后，四名士兵抬着垫有军大衣的沉甸甸的东西，从篝火旁走过。其中的一个被绊了一下。

“见鬼，把柴火堆在路上。”他嘟囔道。

“人死了，干吗还抬他？”他们中的一个说。

“哼，那就抬你们！”

他们抬着死者隐没在黑暗中。

“怎么样？痛吗？”图申小声地问罗斯托夫。

“痛。”

“长官，要您去见将军。他们在农舍里。”炮兵士官来对图申说。

“马上就去，亲爱的。”

图申站起来离开了篝火，边走边扣上军大衣、整理军容……

离炮兵的篝火不远，巴格拉季翁公爵在为他准备的农舍里进餐，一边同几位聚集在他身边的部队首长谈话。这里有一个小老头，他半闭着眼睛，贪婪地啃着一根羊骨头，有一位二十二年无可指责的将军，他喝了一杯伏特加，饱餐一顿之后满脸通红，有戴着刻名戒指的校官，有不安地环顾所有人的热尔科夫，有安德烈公爵，他面色苍白，抿紧嘴唇，两眼十分激动地闪闪发光。

一面缴获的法军军旗倚在农舍的一个角落，检察官带着天真的表情抚摩着军旗的布面，困惑地摇摇头，可能真的是因为他对军旗的样子感兴趣，也可能是由于饥肠辘辘的检察官望着满桌菜肴而没有他的一份餐具感到难受。在相邻的农舍里关着一名被龙骑兵俘虏的法军上校。我们的一群军官站在一旁端详着他。巴格拉季翁公爵向某些官长表示感谢，问起战况和损失。曾在布劳瑙接受检阅的团长向公爵报告，战事一开始他就撤出了树林，把砍柴的人集合起来，让他们从自己身旁撤走，然后率领两个营的兵力拼刺刀，打退了法军。

“大人，我一看第一营被击溃，便站在路上考虑：‘让这些人撤走吧，以一个营的火力迎击敌人’；就这么干了。”

团长真想这么干，因为没有这么干而十分惋惜，以致他觉得，似乎当时就是这么干的。是呀，说不定真是这么干的吧？在那样混乱的情况下，谁能说得清究竟是怎么干的呢？

“此外，大人，应当指出，”他继续报告，一边回忆着多洛霍夫和库图佐夫的谈话，以及自己最后一次与他见面的情况，“我亲眼看见，被降为士兵的多洛霍夫俘虏了一名法军军官，而且他的表现特别突出。”

“大人，我就是在这里看到了巴甫洛格勒团的骠骑兵们的进攻，”热尔科夫插了进来，一面不安地左顾右盼，这一天他根本没看到过骠骑兵，只是从一个步兵军官的口中听说过他们。“他们打垮了两个方阵。”

有些人一听热尔科夫讲话就微微一笑，像平时一样，以为他又要说笑话；可是随即发觉，他的话也是要颂扬我国武装力量在这一天的光荣战绩，于是换上了一副严肃的表情，虽然很多人都非常清楚，热尔科夫所说的话全是毫无根据的谎言。巴格拉季翁公爵把头转向小老头少校。

“感谢大家，诸位，所有的部队，步兵、骑兵和炮兵都英勇作战。中央的两门大炮是怎么丢掉的？”他问，一面用眼睛在找人。（巴格拉季翁公爵没有问起左翼的大炮；他已经知道，战斗一打响那里的所有大炮就全都扔下了。)“我好像是请您去过那里。”他对值班校官说。

“一门被打坏了,”值班校官回答道,“另一门的情况我不清楚;我一直待在那里指挥,刚刚离开那里……打得很激烈,真的。”他谦虚地添了一句。

有人说,图申上尉就在门外,已经派人去叫他了。

“不过您是去过的。”巴格拉季翁公爵转头对安德烈公爵说。

“那当然,我们差点儿就碰上了。”值班校官说,对鲍尔康斯基愉快地微笑着。

“可惜我未能见到您。”安德烈公爵生硬地冷然说道。

大家都不说话了。图申出现在门口,畏缩地从将军们的背后往前挤。他在狭小的农舍里避让着将军们,像平常一样,看见首长就手足无措,图申没有看见旗杆,在上面绊了一下。有几个人笑了起来。

“大炮是怎么丢掉的?”巴格拉季翁问,他皱起了眉头,主要不是针对上尉,而是针对那些发笑的人们,其中笑得最响的是热尔科夫。

图申只是此刻在看到威严的首长时,才骇然意识到自己的过错和耻辱,他丢了两门大炮,自己居然还活着。直至此刻,他竟然没有想到过这一点,这使他如坐针毡。军官们的笑声使他更加惶恐不安。他站在巴格拉季翁面前,下巴颏在颤抖,勉强说道:

“我不知道……大人……人手不够,大人。”

“你可以从掩护部队调人哪!”

没有掩护部队,这一点图申没有说,虽然这是千真万确的事实。他怕这件事会使别的长官**受到牵连**,于是默默地以呆滞的目光直视着巴格拉季翁的脸,就像一个考砸了的学生望着主考人的眼睛似的。

沉默持续了很久。巴格拉季翁公爵显然不愿太严厉,一时语塞;其余的人不敢插嘴。安德烈公爵皱眉看着图申,他的手指神经质地悸动着。

“大人,”安德烈公爵打破沉默,厉声说道,“您曾派我去图申上尉的炮兵连。我到了那里,看到三分之二的人和马被打死,两门大炮被击毁,而且没有任何掩护部队。”

巴格拉季翁公爵和图申现在都同样目不转睛地看着语气克制而又激动的鲍尔康斯基。

“大人，如果您允许我发表自己的看法，”他继续说道，“我们今天的战绩首先要归功于这个炮兵连的行动和图申上尉及其连队英勇顽强的战斗精神。”安德烈公爵说，他不等回答，立刻站起身来离开了餐桌。

巴格拉季翁看了图申一眼，看来他不愿表示，他不相信鲍尔康斯基的斩钉截铁的断语，同时也觉得自己不能完全相信他的话，于是低下头对图申说，他可以走了。安德烈公爵跟着他走了出去。

“谢谢，你救了我，亲爱的。”图申对他说。

安德烈公爵对图申打量了一下，一言不发地走开了。安德烈公爵的心情苦闷而沉重。这一切太奇怪了，完全不像他所期望的那样。

“他们是谁？他们这是为什么？他们要干吗？这一切何时才能了结？”罗斯托夫看着眼前的幢幢人影想道。手臂的疼痛越来越难以忍受。睡意难以克制，眼前金星乱冒。对这些声音、这些人脸的印象和孤独感都与疼痛的感觉混在一起了。就是他们，就是这些士兵，负伤的和没有负伤的——就是他们在压他、挤他、抽他的筋，在烤着他的断臂和肩膀的肌肉。为了摆脱他们，他闭上了眼睛。

他陷入了片刻的梦幻。但在这短暂的梦幻中，无数的往事历历在目：他梦见了自己的母亲和她的一只白皙的大手，梦见了索尼娅瘦瘦的双肩，娜塔莎的一双眼睛和笑声，梦见了杰尼索夫以及他的嗓音和小胡子，还有捷利亚宁，以及自己与捷利亚宁和波格丹内奇之间的全部故事。这全部故事和这个嗓音刺耳的士兵的动作就是同一个东西，就是这全部故事和这个士兵在无休止地揪着、勒着而且总是向同一个方向拉扯着他的手臂，使他痛苦不堪。他试图避开他们，可是他们紧紧抓住他的肩膀，一刻也不松手。如果他们不拉扯他的肩膀，它就不痛了，就是健康的了，可是无法摆脱他们。

他睁开眼睛，往上看了看。黑蒙蒙的夜幕低垂，离炭火一俄尺。在这火光中细细的雪花在飞舞。图申没有回来，军医也不曾露面。他独自一人，现在只有一个小兵坐在火堆的另一边，烤着他那瘦弱发黄的身体。

“谁也不需要我！”罗斯托夫想。“没有人帮助我、怜悯我。而我也曾在家里，强壮、快乐、备受疼爱”。他长叹一声，不觉在叹息中呻吟起来。

“很痛吧？”小兵问，一边在火堆上抖着自己的衬衣，他不等回答，干咳一声又说：“这一天有多少人遭罪啊，太可怕了！”

罗斯托夫没有听。他望着在火光上空飘舞的雪花，回忆着俄罗斯的冬天和温暖、明亮的家，毛茸茸的皮袄，飞快的雪橇，健康的身体和家庭的无微不至的疼爱和关怀。“为什么我要到这里来呢？”他想。

第二天法军没有重新发动进攻，于是巴格拉季翁的残部与库图佐夫的部队会师了。

第三卷

一

瓦西里公爵并不周密考虑自己的计划，更不想做损人利己的事情。他只是一位在上流社会获得成功并习惯于追求成功的上流人物。他经常根据情况，根据和人们的关系形成各种计划和想法，他自己并不认真地加以考虑，然而这些计划和想法却是他生活中的全部兴趣之所在。他心中的这些计划和想法，不是一个、两个，而是数以十计，其中有的开始形成，有的在实现，有的在消失。譬如，他并不对自己说："这个人现在有权有势，我要争取他的信任和友谊，通过他谋取一笔津贴"，他也不对自己说："皮埃尔很有钱，我要引诱他娶我的女儿，然后向他借我所需要的四万卢布"，但他一遇到有钱有势的人物，他的本能就立刻悄悄地告诉他，这个人可能有用，于是瓦西里公爵就接近他，而且一旦有了机会，无需准备就本能地阿谀奉承，亲密无间，提出需要谈的话题。

皮埃尔在莫斯科时就在他身边，瓦西里公爵为他谋得了宫廷侍从的任命，这在当时相当于五等文官的职位，并坚持要这个年轻人与他一起到彼得堡去，在他家暂住。瓦西里公爵做了所有需要做的事情，以便皮埃尔能娶他的女儿为妻，他行事似乎漫不经心，同时又怀有无可置疑的信心，认为应当如此。如果瓦西里公爵事先周密地考虑过自己的计划，那么在和地位高于或低于自己的人交往时，就不会有那么自然的态度，不会那么单纯而洒脱。比他有势力或比他有钱的人总是像磁石一般吸引着他，同时他具有一种罕见的本领，善于抓住需要而且能够利用别人的时机。

皮埃尔意外地成了富翁和别祖霍夫伯爵，在不久前的孤独和无忧无虑之后，开始觉得自己那么受人尊重，那么繁忙，只有在躺进被窝时才能独处。他必须签署各种文件，同他不大了解其职责的政府机关打交道，过问总管的事务，前往莫斯科郊外的庄园并接见许多人，这些人过去无视他的存在，如今他要是不愿接见他们，他们就会感到委屈和伤心。各种各样的人——办事人员、亲戚、老相识全都对这个年轻的遗产继承人怀有好感，和颜悦色；显然，全都对皮埃尔的高尚品德深信不疑。他不断听到有人说："以您非凡的善良"，或"凭着您美好的心地"，或"您本人十分纯洁，伯爵……"，或"如果他像您那样聪明"，如此等等，以致他真心实意地开始相信自己非常善良，非常聪明，何况他在内心深处向来觉得，他确实很善良，很聪明。甚至过去凶狠而对他显然怀有敌意的那些人，也变得亲切、友爱起来。那样暴躁的公爵大小姐，就是腰身很长、头发光滑得像布娃娃的那位，在葬礼后来到了皮埃尔的房间。她垂下眼睛，脸上不时泛起红晕，对他说，她为过去彼此之间的误会深感遗憾，如今她觉得自己没有权利提出任何要求，只要求在她遭到这次打击之后，允许她在家里暂住几个星期，她很爱这个家，也为这个家尽过不少力。她忍不住边说边哭了起来。这位雕像般冷漠的公爵小姐能有这么大的变化，使皮埃尔大为感动，皮埃尔握着她的手，请求她的原谅，自己也不知道请她原谅什么。从这天起，公爵小姐开始为皮埃尔编织条纹围巾，完全改变了对他的态度。

"你为她做这件事吧，*亲爱的*；她毕竟为去世的伯爵受过不少苦。"瓦西里公爵对他说，让他在一份对公爵小姐有利的文件上签字。

瓦西里公爵决定，还是应该把这根骨头，一张三万卢布的期票，扔给可怜的公爵小姐，以免她将瓦西里公爵参与争夺公文包的情况捅出去。皮埃尔在期票上签了字，从此公爵小姐更加和善了。两个妹妹对他也亲切起来，尤其是那个容貌姣好、脸上有颗痣的小妹，她那嫣然微笑和相见时腼腆的神态，常常使皮埃尔窘态毕露。

皮埃尔觉得，大家爱他是很自然的，要是有人不爱他，他反而觉得不正常，所以他不可能怀疑周围人们的真诚。何况他没有时间考虑这些人是否真诚的问题。他总是没有时间，总是觉得自己处于一种温柔、喜悦的陶醉状态。他觉得自己是某个重要的总的运动的核心；觉得对他经常有某种期望；他要是不做某件事，就会使很多人伤心、失望，要是做了这件事和那件事，那就一切都好了，于是他就做大家要求他做的事，可是好事仍然在前头等着他去做。

在最初的这个时期，瓦西里公爵对皮埃尔的事务及其本人的控制，无人可比。从别祖霍夫伯爵去世时起，他就把皮埃尔抓在手里不放。瓦西里公爵仿佛事务太繁忙，神情倦怠，精疲力竭，但出于同情，他不能把这个无助的青年干脆扔给命运和骗子摆布，他毕竟是自己朋友的儿子啊，而且拥有巨大的财产。他在别祖霍夫伯爵去世后待在莫斯科的几天里，不是邀请皮埃尔到家里来，就是自己去找他，指点他该做什么，他那疲惫而自信的语调，仿佛每一次都在说：

“你知道，我的事情忙得不可开交；可是扔下你不管，未免太残忍；而且你知道，我对你所说的，是唯一可行的啊。”

“好了，我的朋友，明天我们终于要走了。”有一天他闭上眼睛对他说道，一边用手指拍拍他的胳膊肘，听他的口气，好像这是他们早已决定的，而且不可能有别的决定。

“我们明天动身，我在自己的马车里给你留个座位。我很高兴。我们在这里的重要事情都已了结。而我早就该走了。我收到了外交大臣的答复。我为你求过他，你被外交使团录用，而且当上了宫廷侍从。现在外交官的道路已经展现在你的面前。”

尽管用疲惫而又自信的语气所说的这些话非常有力，可是皮埃尔对自己的前途考虑了好久了，他想提出异议，但瓦西里公爵用私下谈心的低沉、柔和的语调絮絮不休，使人无法打断他的话，他是在非把人说服不可的情况下才使用这种语调的。

“不过，亲爱的，我这样做是为了自己，为了自己的良心，不必感谢我。从来没有人会因为别人太爱他而抱怨的；再说了，你是自由的，哪怕明天就辞职不干也行。你到了彼得堡就能亲自了解一切。何况你早该远离这些可怕的回忆了。”瓦西里公爵长叹了一声。“就这样吧，亲爱的，我的跟班就让他坐你的马车走。哎哟，差点儿忘了，”瓦西里公爵补充道，“你要知道，亲爱的，我和已故伯爵有一笔旧账，所以我收到梁赞庄园的钱就留下了：这笔钱你是用不着的。我们以后再结算。”

瓦西里公爵所说的“梁赞庄园的钱”是几千卢布的代役租，瓦西里公爵把它留给了自己。

在彼得堡也和在莫斯科一样，皮埃尔被温柔友爱的氛围所包围。他无法拒绝瓦西里公爵给予他的职务，或者不如说头衔（因为他什么也不用做），而交往、应酬和社会活动又那么多，皮埃尔比在莫斯科更加感到迷迷糊糊、匆匆忙忙，感到某种幸福正在临近，却总也没有实现。

他过去单身汉时的伙伴有很多都不在彼得堡。近卫军去打仗了，多洛霍夫被降职，阿纳托利在部队里，在外省，安德烈公爵在国外，所以皮埃尔既不能像过去所喜欢的那样度过漫漫长夜，也不能与自己所敬重的兄长般的朋友促膝谈心，畅抒胸臆。他的所有时间都在宴会、舞会上度过，主要是在瓦西里公爵的家里，与他的妻子肥胖的老公爵夫人和美丽的海伦为伴。

安娜·帕夫洛夫娜·舍列尔也和其他人一样，对皮埃尔表现出了上流社会对他的看法的变化。

从前，有安娜·帕夫洛夫娜在座时，皮埃尔总觉得自己的谈吐不雅、不得体、不合时宜；有些话他在心里酝酿的时候觉得很聪明，只要大声说出来就变成愚蠢的了，相反，伊波利特的愚不可及的话却成了又聪明又讨人喜欢的话。如今不管他说什么，都非常动人。即使安娜·帕夫洛夫娜没有这么说，他也看得出，她很想这么说，只是为了尊重他的谦虚，才强忍着没有说出口。

一八〇五年初冬，皮埃尔收到安娜·帕夫洛夫娜邀请他的一张普通的粉红色便笺，上面附加了一句话：“美貌的令人为之倾倒的海伦将光临舍下。”

看到这里，皮埃尔第一次感到，在他和海伦之间有了某种得到别人公认的关系，这个想法使他又惊又喜，惊的是这似乎给他加上了他经受不起的义务，喜的是这毕竟是一个饶有趣味的猜测。

安娜·帕夫洛夫娜的晚会和第一次的晚会完全一样，不过安娜·帕夫洛夫娜款待客人的稀罕物儿不是莫特马尔，而是来自柏林的一位外交官，他带来了关于亚历山大皇帝驾临波茨坦的最新的详细消息，两位至高无上的朋友在那里发誓要结成牢不可破的同盟，共同捍卫对抗人类公敌的正义事业。安娜·帕夫洛夫娜接待皮埃尔时略显忧伤，这忧伤显然和这个年轻人新近的丧父之痛有关，和别祖霍夫伯爵之死有关（所有的人都自以为有义务提醒皮埃尔，他因为父亲逝世而十分悲痛，而他对父亲几乎并不了解），这忧伤和她提到皇太后玛丽亚·费多罗夫娜陛下时所流露的极高尚的忧伤毫无二致。皮埃尔因为受到这样的奉承而感到快慰。安娜·帕夫洛夫娜运用她惯常的技巧在客厅里安排了几个小圈子。较大的小圈子有瓦西里公爵和几位将军，外交官就交给了他们。另一个小圈子在茶桌旁。皮埃尔想加入第一个小圈子，但安娜·帕夫洛夫娜正处于战场上的统帅的那种亢奋状态，有千百个出色的新主意涌上心头，勉强来得及一一付诸实施，安娜·帕夫洛夫娜一看见皮埃尔，就用手指碰了一下他的袖子：

“等一下，今晚我把希望寄托在您身上。”她看了海伦一眼，对她微微一笑。

“我亲爱的海伦，您要善待我可怜的姑母啊，她非常爱您。您就去陪她十来分钟吧。为了您不至于太寂寞，我给您推荐伯爵，他会跟着您过去的。”

美人儿到姑母那里去了，不过，安娜·帕夫洛夫娜还把皮埃尔留在身边，她似乎还要做一番最后的必要的安排。

“她很迷人，不是吗？”她指着袅袅婷婷、仪态万方的美人儿对皮埃尔说道。“你看她那风度！这样年轻的姑娘，举止那么得体，那么善于保持优雅的风度！这是一种情操的表现！谁能拥有她真是福气！和她在一起，最粗俗的丈夫也不难在上流社会占有一席荣耀的地位。不是吗？我只想知道您的看法。”于是安娜·帕夫洛夫娜放开了皮埃尔。

对于安娜·帕夫洛夫娜有关海伦保持风度的艺术问题，皮埃尔由衷地做了肯定的回答。他不论什么时候想到海伦，想到的正是她的美貌以及她善于行若无事地在社交场合显得娴静而庄重的非凡的本领。

姑母在自己的角落里接待两个年轻人，不过她似乎想掩饰自己对海伦的宠爱，更希望表现出对安娜·帕夫洛夫娜的惧怕。她望望侄女，好像在问，对这些人她该怎么办。要离开他们的时候，安娜·帕夫洛夫娜又用手指碰了一下皮埃尔的袖子说：

“希望以后不要再说我这儿很乏味了。”同时瞟了海伦一眼。

海伦嫣然一笑，她的神情仿佛在说，看到她而不着迷是不可能的。姑母咳嗽了一声，她咽下唾沫用法语说，她很高兴能见到海伦，然后转向皮埃尔说了同样的话表示欢迎，也带着同样的表情。在这枯燥乏味、结结巴巴的谈话中，海伦打量一下皮埃尔，对他微微一笑，这是灿烂动人的微笑，她对所有的人都是这样笑的。皮埃尔看惯了这样的微笑，这微笑对他来说已经没有什么传情达意的功效，所以丝毫不予注意。姑母这时谈起了皮埃尔先父别祖霍夫伯爵所收藏的鼻烟壶，并且拿出了自己的鼻烟壶。海伦公爵小姐要求看一看鼻烟壶上的肖像，那是姑母的丈夫。

“这大概是维内斯的作品。”皮埃尔说出了著名微型彩画家的名字，他从桌子上探身去拿鼻烟壶，一边倾听着另一桌的谈话。

他欠起身来，想绕过桌子，但姑母在海伦身后越过她直接把鼻烟壶递了过来。海伦向前弯腰给她让地方，回眸一笑。她在晚会上总是穿着当时流行的袒胸露背的连衣裙。皮埃尔向来觉得她的胸部是大理石的，这时离他的眼睛那么近，连他的一双近视眼也看清了她的双肩和脖子的撩人的美，离他的嘴唇也那么近，他只要略微弯弯腰，就能接触到她。他感觉到了她的体温、香水的气息，听到了她呼吸时紧身胸衣发出的轻微的声音。他看见的不是和她的连衣裙构成一个整体的大理石般的美，他看见的、感觉到的是她的肉体之美，而她的肉体只蒙着一层衣裳。一旦看见这些，他就看不见别的了。正如谎言一旦被拆穿，我们就不会再相信谎言。

她回过头来直视着他，漆黑的眸子闪闪发亮，粲然一笑。

“您不曾发觉我有多美吗？”海伦仿佛在说，“您没有发觉我是一个女人？是的，我是一个女人，有可能属于任何人，甚至属于您。”她的眼睛在说。于是皮埃尔立刻觉得，海伦不是可能，而是一定会成为他的妻子，不可能有别的结果。

此刻他对这一点确信不疑，就像和她举行婚礼时会确信不疑一样。何时实现，怎样实现，他不知道；甚至不知道，这究竟好不好（他甚至觉得，这似乎不是一件好事），但他知道，她将成为他的妻子。

皮埃尔低下眼睛，又抬起眼睛，想重新把她看成一个疏远的、与自己格格不入的美人儿，过去每一天他都是这样看她的，但是他已经做不到了。他做不到，正如一个人看到雾里的一棵草以为那是一棵树，看清了是一棵草，再要把它看成树，那也是做不到的。他和她太亲近了。她已经控制了他的心。他和她之间已经没有任何障碍，除了他心理上的障碍。

“好吧，我就让你们待在你们的角落里。我看，你们在那里挺好。”安娜·帕夫洛夫娜的声音在说。

皮埃尔骇然地想，他是不是做了什么见不得人的事情，他涨红了脸，向周围扫视了一眼。他觉得，大家像他一样，也都知道了他的情况。过了一会儿，他来到较大的圈子里，安娜·帕夫洛夫娜对他说：

“听说，您在装修自己在彼得堡的住宅。”

（这是真的，建筑师说，他有必要装修一下，皮埃尔自己也不知道为什么，就开始装修彼得堡的这座巨宅了。）

“这很好，但不要从瓦西里公爵的家里迁走。有这样一个朋友是好事。”她说，一面对瓦西里公爵微笑着。“这方面我多少知道一点。不是吗？您还太年轻。您是需要忠告的。我倚老卖老，您别见怪。”她沉默了一会儿，女人在谈到自己的年纪之后，总是默默地等着瞧，会有什么反应。“要是你们结了婚，那就不同了。”于是她的视线同时兼顾他们两个人。皮埃尔没有看海伦，她也没有看他。但他觉得，她和他仍是那样亲近。他嘟囔了一声，脸上泛起了红晕。

回家以后，皮埃尔久久不能入睡，只想着他所发生的事。他究竟发生了什么事呢？什么也没有发生。这个女人他从小就认识，当别人说海伦是个美人的时候，他只是漫不经心地说一句：“是的，很漂亮”，现在他只明白一点，这个女人可能会属于他。

“但她很蠢，我自己就说过，她很蠢，”他想，“这可不是爱情。相反，她在我心里所激起的感觉，有些是可憎的，是不能容许的。我听说，她的兄弟阿纳托利爱上了她，她也爱上了他，他们有过一段丑闻，因此阿纳托利被打发走了。伊波利特是她的哥哥，瓦西里公爵是她的父亲。这不好。”他想；就在他这样考虑的时候（他的这种考虑还没有结束呢），他发现自己在微笑，并且意识到，在这些考虑之中正在浮现一系列不同的想法，他在想着她的渺小的同时，也在梦想着她会成为他的妻子，会爱上他，也许她并不是那样的人，他所想到、听到的有关她的一切可能是讹传。于是他所看到的不再是瓦西里公爵的女儿，而是只有灰色连衣裙遮掩着的她的全身。“不，为什么从前我没有过这种念头呢？”于是他又对自己说，这是不能允许的，这个婚姻有可恶的、违反自然的、似乎不正派的地方。他回忆起她刚才的话语，以及看到他们在一起的那些人的话语和眼神。他回忆起安娜·帕夫洛夫娜对他谈到住宅时的话语和眼神，回忆起瓦西里公爵和其他人的无数同样的暗示，于是一阵恐惧的情绪袭来，他是不是已经受到了某种束缚，不得不接受这个婚姻，这看来不是好事，他不应当接受。可是，就在他暗自下决心时，从内心的另一个角落浮现了她那光彩照人的女性美的形象。

二

一八〇五年十一月，瓦西里公爵要到四个省份去巡视。他在执行这个任务的同时，要就便到自己那些败落的庄园待一阵子，再到儿子阿纳托利那个团的驻地把他带上，和他一起去拜访尼古拉·安德烈耶维奇·鲍尔康斯基公爵，向这位老富翁求亲。但是在动身去处理这些新问题之前，瓦西里公爵必须解决皮埃尔的问题，不错，他整天都待在家里，也就是待在他寄居的瓦西里公爵的家里，在海伦面前显得可笑、激动，傻乎乎的（恋人就应该是这样），但仍然没有求婚。

“这一切都挺好，但总得有个结果。”一天早晨瓦西里公爵对自己说，发愁地叹了口气，认为皮埃尔有今天都亏了他（唉，不和他计较了！），可是在这个问题上他的行为不大好。“年轻……轻浮……唉，随他去吧，”瓦西里公爵想，觉得自己这样善良而感到欣慰，“必须，必须做个了断。后天是廖莉娅[1]的命名日，我要请客，要是他不明白自己该做什么，那就是我的事了。不错，是我的事。我是——父亲！”

离开安娜·帕夫洛夫娜的晚会，皮埃尔在随后的异常激动的不眠之夜，断定娶海伦为妻会带来不幸，必须回避她，赶快迁走。在作出这个决定之后，一个半月过去了，他并没有迁出瓦西里公爵的家，而且他惊骇地感到，他和她的关系在旁人看来正日益亲密，他怎么也不能恢复从前对她的看法了，他已经离不开她了，这是非常可怕的，但他不得不把自己的命运和她联系在一起。也许他是能克制自己的，可是瓦西里公爵（以前他很少招待客人）没有一天不举行晚会，他必须参加，要不就会让大家都扫兴，都大失所望。瓦西里公爵在家的时间很少，经过皮埃尔身边时，就朝下扯扯他的手，漫不经心地把剃得光光的满是褶子的面颊凑过去给他亲吻，再说声“明天见”，或是“回来吃饭，否则我就见不到你了”，或是“我是为你留在家里的”，等等。可是，尽管瓦西里公爵为皮埃尔而留在家里（如他所说），却和他说不上两句话。皮埃尔觉得自己不能使他失望。他每天都对自己念叨一些同样的话：“再说，我该理解她嘛，要考虑清楚，她究竟是怎样的人？我是以前看错了，还是现在看错了？不，她并不蠢；不，她是非常好的姑娘！”有时他这样自言自语。“她从来没有犯过任何错误，从来没有说过什么蠢话。她很少说话，但说起话来，总是简洁明快。可见她并不蠢。她从来不心虚羞惭，现在也一样。可见她不是坏女人！”他时常偶然地和她谈论起来，喃喃自语地思考什么，她每一次都会做出反应，或者简短而适当地说出自己的意见，表示她不感兴趣，或者报以默默的微笑和一瞥，这微笑和目光最能让皮埃尔感觉到她的优越。她是对的，和这微笑相比，一切议论都是废话。

她对他总是露出愉快、信任、只对他才有的微笑，这比向来使她的容貌显得更靓丽的一般的微笑更富于意义。皮埃尔知道，大家都在等

---

① 廖莉娅是海伦的爱称。

待，希望他干脆地说出那句话，跨过那条界线，他也知道，这条界线他迟早是要跨过去的；但一想起这可怕的一步，他就会有一种莫名的恐惧。在这一个半月里，觉得自己在他那可怕的深渊里愈陷愈深，曾千百次地自问："这是怎么了？必须下决心！难道我是优柔寡断的人吗？"

他想下决心，但是他非常惊恐地感到，在这件事上他居然没有他自以为有、而且也确实有的悬崖勒马的能力。皮埃尔是那样一种人，他们只有在感到自己高尚纯洁的时候才是坚强的。那天在安娜·帕夫洛夫娜的客厅里，他在弯腰看鼻烟壶时被情欲所控制，从那时起情欲所引起的不自觉的罪恶感便瘫痪了他的决断能力。

在海伦的命名日这一天，在瓦西里公爵家参加晚宴的是为数不多的最亲近的人，正如公爵夫人所说，都是至亲好友。所有这些至亲好友都得到暗示，这一天将决定过命名日的姑娘的命运。来宾都已入席。库拉金娜公爵夫人，一位体态臃肿，曾经美丽、端庄的妇人，坐在主位。她的两边坐着最尊贵的客人——一位老将军、他的夫人、安娜·帕夫洛夫娜·舍列尔。餐桌的另一端坐着比较年轻和次要的来宾，皮埃尔和海伦也作为家人并肩坐在那里。瓦西里公爵没有入席：他围着桌子走来走去，心情愉快地不时坐到这位或那位客人身边，对每个人都随意说两句令人高兴的话，只有对皮埃尔和海伦例外，仿佛没有看到他们似的。瓦西里公爵使大家都活跃了起来。灿烂的烛光下，银质和水晶餐具、女士的盛装和金质银质的肩章闪闪发亮；穿着红色束腰长衫的仆人们在餐桌四周奔忙；响起了餐刀、杯盘的叮叮声和餐桌周围热烈的交谈声。可以听到，在餐桌的一端，年老的宫廷高级侍从在向老男爵夫人表白对她的热烈的爱恋之情，而她在笑；另一端在讲一位玛丽亚·维克托罗夫娜情场失意的故事。餐桌中央，瓦西里公爵在自己周围聚集了一些听众。他嘴角含着戏谑的微笑，在对女士们讲星期三举行的最近的枢密院会议，会上新任彼得堡战时总督谢尔盖·库兹米奇·维亚济米季诺夫收到并宣读亚历山大皇帝从军中发出的名噪一时的圣谕，皇上在圣谕中对谢尔盖·库兹米奇说，他从各地收到人民的效忠宣言，彼得堡的宣言使他尤为欣慰，他为有幸成为这样的国家的元首而自豪，并将努力无负于国家。圣谕的开头是这样写的：**谢尔盖·库兹米奇！从各地传来消息**，等等。

“读到‘谢尔盖·库兹米奇’就真的读不下去了？”一位女士问。

“真的，真的，一句也读不下去了，”瓦西里公爵笑着回答道。“‘谢尔盖·库兹米奇……从各地。从各地，谢尔盖·库兹米奇……’可怜的维亚兹米季诺夫怎么也读不下去了。他有好几次重新读信，可是一读到**谢尔盖**……便哽咽难言……**库**……**兹米**……**奇**，于是泪如雨下……**从各地**已被号啕大哭声所淹没，无法再读。然后又是手绢，又是‘谢尔盖·库兹米奇，从各地’，又眼泪汪汪……结果只好请别人读了。”

“库兹米奇……从各地……于是泪如雨下……”有人笑着重复道。

“不要这样刻薄，”安娜·帕夫洛夫娜从餐桌的另一端举起一根手指威吓道，“他是个大好人，我们善良的维亚济米季诺夫……”

大家全都放声大笑。在餐桌的上首，似乎人人都很高兴，被各种各样热烈的情绪所感染；只有皮埃尔和海伦默默不语，几乎是坐在餐桌的下首末端；两人都面露灿烂的微笑，这笑容与谢尔盖·库兹米奇无关——那是为自己的感情而害羞的微笑。不论别人说什么，不论他们怎样笑语喧哗，怎样津津有味地品尝莱茵葡萄酒，享用美味佳肴和冰激凌，不论他们的目光怎样故意回避这一对年轻人，仿佛漠不关心，可是不知为什么，根据偶尔向他们投来的瞥视，总能感觉到，讲谢尔盖·库兹米奇的趣闻也好，饮酒谈笑也好，全都是假装的，其实所有在座的人都把全部注意力完全集中在皮埃尔和海伦身上。瓦西里公爵刚才表演谢尔盖·库兹米奇哽咽难言的样子，就在那时，却对女儿扫了一眼；在他笑的时候，他的表情却在说：“不错，不错，一切都挺好；今天就能把事情定下来了。”安娜·帕夫洛夫娜在为我们善良的维亚济米季诺夫威吓他时，瓦西里公爵却在她对皮埃尔匆匆一瞥的目光中看出，她在为他未来的佳婿和爱女的幸福向他表示祝贺。老公爵夫人忧郁地叹息一声，向自己的邻座敬酒，气恼地看了女儿一眼，这叹息声仿佛在说：“是啊，现在我们只剩下喝甜酒的分儿啦，亲爱的；现在是这些年轻人的时代了，可以这样目中无人、肆无忌惮地卿卿我我。”“我讲的那些话多无聊，好像我是真的感兴趣似的，”外交家望着那对恋人幸福的神态想道，“这才叫幸福啊！”

在把这些人结合在一起的那些极其渺小的矫揉造作的趣味之中，遇上了一对漂亮、健康的青年男女彼此倾慕的普通感情。这种人类的感情压倒了一切，超越于他们的一切矫揉造作的闲聊而飞翔于美好的境界。笑话很无趣，新闻没有意思，活跃显然是假装的。不仅他们，而且那些在餐桌旁伺候的仆人们，似乎也感觉到了这一点。他们忘记了伺候的规矩，个个打量着容光焕发的美人海伦和皮埃尔那绯红、丰满、幸福而局促不安的脸蛋。蜡烛的光芒似乎也都集中于他俩满面春风的面庞。

皮埃尔感到他是一切的中心，这个情况使他又快乐又拘谨。他处于一个人全神贯注于自己的活动的状态。他对一切都视而不见，听而不闻，一片茫然。他的心里只是偶尔会蓦地闪过与现实有关的片段的思绪和印象。

“这就结束了！”他想，“怎么会走到这一步的呢？好快啊！现在我知道了，不只是为了她，不只是为了我自己，也是为了所有的人，**这件事**都必定要完成。他们都在等待着**这件事**，深信这件事一定会发生，以致我已经不能令人失望了，决不能。可是这件事会怎样发生呢？我不知道，但一定会发生，一定！”皮埃尔想，一边望着眼前冰肌雪肤的双肩。

有时他突然感到羞愧。他觉得不好意思，因为他一个人吸引了所有人的注意，因为在别人的眼里他是幸运儿，因为其貌不扬的他成了独占海伦的帕里斯[1]。“不过，这想必是常有的事，应该这样，”他安慰着自己，“然而我为此做过什么呢？这是什么时候开始的呢？我是和瓦西里公爵一起乘马车从莫斯科出发的。当时还什么也不曾发生。再说，为什么我不能在他家落脚呢？后来我和她玩纸牌，有一回替她捡起了手提

---

① 帕里斯是希腊神话中的特洛伊王子，因诱拐斯巴达王墨涅拉俄斯的王后海伦而引起特洛伊战争。

包，常和她骑马游玩。这是什么时候开始的，这一切是什么时候成就的呢？”瞧，现在他是坐在她身旁的未婚夫；听得到，看得到，感觉得到她的亲近、她的呼吸、她的动作和她的美貌。有时又突然觉得，容貌出众的并不是她，而是他自己，所以别人才这样看着他，他因为受到普遍的赞赏而感到幸福，于是挺起胸膛，抬着头，并为自己的幸福而喜形于色。突然某个熟悉的声音传来，已是第二次在对他说话了。可是皮埃尔正在想心事，不明白人家在对他说什么。

“我在问你，鲍尔康斯基的信你是什么时候收到的，”瓦西里公爵第三次重复了这个问题，“你真是神不守舍啊，亲爱的。”

瓦西里公爵笑了，皮埃尔发觉，所有的人、所有的人都含笑望着他和海伦。“也好，既然你们全都知道了，”皮埃尔自言自语，“有什么关系呢？反正是事实。”于是他自己也谦和而天真地笑了，海伦也笑了。

“你是什么时候收到的？是从奥洛穆茨来的信吗？”瓦西里公爵又问了一遍，好像他很需要知道，以便解决一场纷争。

“这样的小事也值得提，值得考虑吗？”皮埃尔想。

“是的，是从奥洛穆茨来的，”他叹着气回答道。

晚宴结束后皮埃尔和自己的女友跟着其他人来到客厅。客人开始散了，有的不向海伦告辞就走了。好像是不愿打断她的重要工作似的，有的人只来了一会儿就连忙离开，坚决不让她送。外交官在走出客厅的时候闷闷不乐地沉默着，和皮埃尔的幸福相比，他深感自己的全部外交生涯是那么空虚。老将军在妻子问起他的腿时，悻悻地嘟囔着什么。“唉，老傻瓜，”他想，“看看叶莲娜·瓦西里耶夫娜[①]，她到五十岁也是美人儿。”

“看来我可以向您表示祝贺了，”安娜·帕夫洛夫娜对公爵夫人小声说道，使劲地吻了她一下，“要不是患偏头痛，我就留下来了。”

公爵夫人什么也没有回答；自己女儿的幸福使她忌妒得痛苦不堪。

在家人忙于送客的时候，皮埃尔和海伦单独在小客厅里坐了很久。

---

① 叶莲娜·瓦西里耶夫娜是海伦的名字和父称。

在过去的一个半月来，他也常常和海伦单独相处，但是从来没有和她谈到爱情。现在他觉得非谈不可了，可是他怎么也不能断然地跨出这最后的一步。他感到羞愧；他觉得，他在海伦身边是占着别人的位置。“这幸福不是属于你的，”他内心有个声音在对他说，“这幸福属于那些没有你所拥有的东西的人们。”但总得说点什么，于是他就说了。他问她对今天的晚会满意吗？她像平时一样，简洁地回答道，今天的命名日是她最快乐的命名日之一。

有几位近亲还留着没走。他们待在大客厅。瓦西里公爵懒洋洋地来到皮埃尔跟前。皮埃尔站起来说，时候已经不早了。瓦西里公爵带着严峻的疑问表情看了他一眼，仿佛他说的话太奇怪，叫人听不懂。但严峻的表情随即起了变化，瓦西里公爵朝下扯了扯皮埃尔的手，让他坐下，亲切地微微一笑。

“怎么样，廖莉娅？”他立刻向女儿问道，那是自幼就爱护子女的父母亲习以为常的温柔、随和的语调，但瓦西里公爵的这种语调只是他通过对其他父母亲的模仿学到的。

于是他又转向皮埃尔。

“**谢尔盖·库兹米奇，从各地。**”他说，一边在解开背心最上面的纽扣。

皮埃尔莞尔一笑，而从他的微笑可以看出，他明白，这时瓦西里公爵感兴趣的并不是谢尔盖·库兹米奇的趣闻；瓦西里公爵也明白，皮埃尔是明白这一点的。瓦西里公爵突然嘟囔一声就走了出去。皮埃尔看出来了，甚至瓦西里公爵这样的人也会难为情。上流社会的这位老者难为情的样子引起了皮埃尔的同情；他回头望望海伦，她似乎也很尴尬，她的目光仿佛在说：“看什么，都怪您。”

“一定得跨过去了，可是我办不到，办不到啊。”皮埃尔想，于是又谈起别的，谈起谢尔盖·库兹米奇，他问这段趣闻是什么意思，因为他没有听明白。海伦笑着说，她也不知道。

瓦西里公爵走进客厅时，公爵夫人正在和一位上年纪的太太小声地谈论皮埃尔。

“当然，他俩是很出色的一对，至于幸福，亲爱的……”

“姻缘是上天安排的。”上年纪的太太回答道。

瓦西里公爵似乎不想听太太们的交谈，他走到远远的角落里，在沙发上坐了下来。他闭上眼睛，好像在打瞌睡。他的头往下一冲，醒了过来。

“阿琳娜，”他对妻子说，“你去看看，他们在干什么？”

公爵夫人走过去，端着架子冷漠地从门口走过，朝客厅里张望了一下。皮埃尔和海伦还是那样坐着谈话。

“还是老样子。”她对丈夫说。

瓦西里公爵皱起眉头，嘴角撇向一边，他脸上的肌肉跳动起来，带着他所特有的那种讨厌的、粗鲁的表情；他浑身一震站了起来，昂着头，迈开坚定的步伐，撇下太太们，朝小客厅走去。他高兴地快步走到皮埃尔跟前。公爵那样非同寻常地喜气洋洋，以至皮埃尔一看到他，就惊骇地站了起来。

“谢天谢地！”他说，“妻子全都对我说了！”他一手搂着皮埃尔，一手搂着女儿。“亲爱的廖莉娅！我非常，非常高兴。我敬仰令尊……她会成为你的好妻子的……愿上帝祝福你们！……”

他拥抱女儿，接着又拥抱皮埃尔，用老年人的干瘪的嘴吻了吻他。他真的泪痕满面。

“公爵夫人，你来呀。”他大声喊道。

公爵夫人进来，也哭了。上年纪的太太也用手绢擦着眼泪。她们都亲吻皮埃尔，于是他拿起美丽的海伦的手亲吻了几次。过了一会儿，他们又把他俩单独地留下了。

“这一切都理当如此，不可能有别的结果，”皮埃尔想，“因此不必问，这样好还是不好？好，因为已成定局，不像过去那样举棋不定，令人苦恼不堪。”皮埃尔默默地握着未婚妻的手，看着她的起伏不定的美丽的胸脯。

“海伦！”他叫道，又住口不说了。

“人们在这样的场合会说一些很特殊的话。”他想，可是怎么也想不起来，在这样的场合究竟该说些什么。他看了看她的脸。她移动身子，和他挨得更近了。她的脸上泛起了红潮。

“哎，把它摘下来……它多么……”她指着眼镜说。

皮埃尔摘下了眼镜，他的一双眼睛不仅和所有摘下眼镜的人一样古怪，而且还显得那么惊疑不定。他想弯腰亲吻她的手；可是她的头部以迅速而鲁莽的动作迎上他的嘴唇，把两人的嘴唇紧贴在一起。她脸色大变，那令人望而生厌的、意乱情迷的神态使皮埃尔大吃一惊。

“现在为时已晚，一切已成定局；何况我也爱她。”皮埃尔想。

“*我爱您！*”他说，终于想起了在这样的场合该说的话；可是这句话听起来那么苍白无力，使他为自己感到害臊。

一个半月以后举行了结婚仪式，于是他在别祖霍夫伯爵家族装修一新的彼得堡豪宅中幸福地拥有娇妻和数以百万计的家产。

三

老公爵尼古拉·安德烈伊奇[①]·鲍尔康斯基于一八〇五年十二月接到瓦西里公爵的来信，通知他将带儿子前来拜访。（“我要到各地视察，不言而喻，为了登门拜访尊敬的恩人，对我来说，绕道一百俄里不算什么，”他写道，“我的阿纳托利也与我同行，他要到部队去；他和他的父亲一样，对您怀有深深的敬意，我希望您允许他亲自向您致敬”。）

“玛丽不用出门了，求婚的人自己上门了。”小公爵夫人听到消息，不小心地说道。

尼古拉·安德烈伊奇公爵皱起眉头，一言不发。

接信的两个星期之后的一天傍晚，瓦西里公爵的手下人先到，而他本人和儿子是第二天到的。

老鲍尔康斯基对瓦西里公爵的品行一向评价不高，尤其是在最近一个时期，这个时期瓦西里公爵在两朝皇帝保罗和亚历山大治下仕途得

---

① 安德烈伊奇是安德烈耶维奇的简称。

意，备受荣宠。现在根据来信和小公爵夫人的暗示，他明白了实情。于是在尼古拉·安德烈伊奇公爵的心里，对瓦西里公爵的不高的评价变成了怀有恶感的鄙视。在谈到他时，他总是嗤之以鼻。在瓦西里公爵预定到达的那一天，尼古拉·安德烈耶维奇公爵特别不满，而且心情不好。不知他是因为瓦西里公爵要来而心情不好，还是因为心情不好才对瓦西里公爵的到来特别不满，反正他心情不好，吉洪早晨就曾劝阻建筑师，不要带着例行报告去见公爵。

“您听听，大人在怎样走路，”吉洪说，他要建筑师注意公爵的脚步声，“整个脚掌着地——我们就知道……”

不过，像平常一样，公爵在八点多钟出来散步了，身穿带貂皮领子的天鹅绒短大衣，头戴貂皮帽。头天下了一场雪。尼古拉·安德烈伊奇所走的那条通往花房的小道已经打扫干净，扫过的雪地上留有扫帚的痕迹，一把铁锹插在沿小道两侧的松软的雪堆上。公爵走过花房，走过仆人的住处，走过工地，他皱眉蹙额，一声不吭。

“雪橇能过得来吗？”他问陪他来到住宅前的神情、态度都很像主人的毕恭毕敬的管家。

“雪很深，大人。我已经吩咐人去打扫那条大路了。”

公爵低下头，踏上台阶。“谢天谢地，”管家想，“乌云总算过去了！”

“那条大路不打扫是很难通行的，大人，”管家补充道，“大人，听说有一位大臣要来拜访？”

公爵向管家转过身来，一双阴沉的眼睛紧盯着他。

“什么？大臣？什么大臣？是谁说的？”他用尖厉、生硬的嗓音说道。“不是为我的女儿公爵小姐清扫道路，而是为一个大臣？我不认识什么大臣！”

“大人，我以为……”

“你以为！”公爵大声叫道，说得越来越急，口不择言。“你以为……土匪！坏蛋！……我叫你以为。”他举起手杖，朝阿尔帕特奇挥去，要不是管家下意识地躲开，这一下就打到了。“以为！……坏蛋！……”他急促地叫道。尽管阿尔帕特奇因为自己竟敢躲开手杖而大吃一惊地走到公爵面前，顺从地低下谢顶的脑袋，或许正因为这样，公爵虽然继续大喊：“坏蛋！……把雪扫回去！”但没有再举起手杖，随即跑进了屋子。

午餐前，公爵小姐和布里安娜小姐知道公爵心情不好，都站着等他：布里安娜小姐神情开朗，仿佛在说：“我什么也不知道，我还像平时一样”，而玛丽亚公爵小姐却面色苍白、惊慌不安、两眼低垂。玛丽亚公爵小姐最难受的是，她明知在这种情况下，应该像布里安娜小姐那样，可就是做不到。她觉得：“要是我行若无事，他就认为我对他没有同情心；要是我闷闷不乐，心绪不佳，他就怪我（这是常有的事）垂头丧气”，如此等等。

公爵看看不知所措的女儿，不满地哼了一声。

“真是……小傻瓜！……”他说。

“那一个不在！她听到风言风语了。”他想到了小公爵夫人，她不在餐厅。

“公爵夫人在哪里？”他问，“躲开了？……”

“她不大舒服，”布里安娜小姐愉快地笑着回答道，“她不来了。她的情况是可以理解的。”

“哼！哼！嘿！嘿！”公爵哼了几声，在餐桌旁坐了下来。

他嫌碟子不干净；他指指污渍，把碟子扔了。吉洪连忙接住，交给伺候的仆人。小公爵夫人没有不舒服，但她对公爵怀有一种无法克制的恐惧，一听说他心情不好，便决定不露面了。

“我为胎儿担心，”布里安娜小姐说，“天知道，恐惧会引起什么结果。”

小公爵夫人住在童山，对老公爵总是怀有恐惧和反感，她没有意识到反感，因为恐惧太强烈了，她才体验不到反感。公爵对她也很反感，但这种反感被鄙视所压倒。公爵夫人在童山住久了，特别喜欢布里安娜小姐，整天和她在一起，夜晚请她陪自己睡，常常和她谈论公公，讲他的是非。

“有客人要来了，公爵，”布里安娜小姐说，一边用粉红色的双手打开雪白的餐巾，“据我所知，是库拉金公爵大人和他的儿子吧？”她打听道。

“哼，这个大人是个不懂事的孩子……是我把他提拔到部里的，”公爵悔恨地说道，“儿子为什么要来，我就不明白了。公爵夫人丽扎维塔·卡尔洛夫娜[1]和公爵小姐玛丽亚也许是知道的；可我不知道，他为什么要把儿子带到这里来。我不需要他。”他看了看脸色绯红的女儿。

“不舒服还是怎么了？是害怕大臣吧？阿尔帕特奇这个混蛋称呼他大臣呢。”

“不，爸爸。”

不管布里安娜小姐提起的话题多么不合时宜，她可没有住口，絮絮叨叨地讲花房，讲新开的花朵多么美丽，公爵喝了汤也就心平气和了。

午餐后他去看媳妇。小公爵夫人坐在小桌子旁，正在和女仆玛莎聊天。她一看见公公脸都白了。

小公爵夫人变多了。现在，与其说她漂亮，不如说她变丑了。双颊下陷，嘴唇向上翘起，眼皮耷拉下来。

“是的，感觉有点沉重。”公爵问她有什么感觉，她这样回答道。

“需要什么吗？”

“不，谢谢，爸爸。”

“那好，好。”

他出了房间，来到侍者室。阿尔帕特奇低头站在侍者室里。

“把雪扫回路上了吗？”

“扫回路上了，大人；您千万要原谅我干了蠢事。”

公爵打断他的话，不自然地笑了。

“那好，好。”

他伸出手让阿尔帕特奇吻了吻，就进了书房。

傍晚，瓦西里公爵到了。在**大路上**迎接他的是车夫和侍仆们，他们

---

① 丽扎维塔·卡尔洛夫娜是小公爵夫人的名字和父称。

吆喝着把他的东西和雪橇沿着故意洒满雪的路拉到厢房那里。

瓦西里公爵和阿纳托利被安排在单独的房间里。

阿纳托利脱了无袖短上衣，双手叉腰坐在桌前，一双漂亮的大眼睛心不在焉地盯着桌子的一角。在他看来，他的一生就是连续不断的游戏，自会有人为他安排得好好的。现在也一样，来看望一个凶恶的老头子和富有而丑陋的女继承人，也是一场游戏。他预料，一切都会很好、很有趣。“为什么不娶她呢，既然她很有钱？”阿纳托利想。

他细心而讲究地刮了脸，洒了香水，这已成了他的习惯，然后带着天生和善的、胜利者的表情，昂着漂亮的脑袋走进了父亲的房间。瓦西里公爵身旁有他的两名侍候起居的仆人，正在忙着为他着装；他本人高兴地打量着自己的周围，对进来的儿子愉快地点点头，似乎在说：“我要的就是你的这个样子！”

“不，说正经的，爸爸，她真的很丑吗？啊？”他用法语问道，好像在继续旅途中曾一再提起的话题。

“够了，废话！主要的是，对老公爵要文质彬彬，通情达理。”

“要是他骂人，我就走，”阿纳托利说，“我受不了这些老头子。啊？”

“记住，你的一切都在此一举。”

这时在女仆的房间里，不仅都知道大臣带着儿子来了，而且对他们的外表已经作了详细的描述。玛丽亚公爵小姐独自坐在自己的房间里，徒劳地想克制自己内心的激动。

“为什么他们要写信来，为什么丽莎要告诉我这件事呢？这是不可能的！”她自言自语，望着镜子里的自己。“我怎样走进客厅呢？即使我喜欢他，我现在也不可能与他自然地相处。”一想到父亲的目光，她就不寒而栗。

小公爵夫人和布里安娜小姐已经从女仆玛莎口中知道了她们想要了解的所有情况，大臣的儿子是一位面色红润、眉毛漆黑的美男子，他的爸爸勉强地拖着脚步上楼梯，而他，就像一只雄鹰，一步跨三级，跟着他奔了上来。小公爵夫人和布里安娜小姐得到这些消息，便一起来到公爵小姐的房间，从走廊里就传来了她们热烈交谈的声音。

“他们来了，玛丽，您知道吗？”小公爵夫人说道，她摇摆着自己的大肚子，沉重地跌坐在圈椅里。

她的身上已不是早晨穿的那件宽大的短衫了，而是她的一条非常漂亮的连衣裙；她的头上细心地装饰过，脸上露出活泼的表情，不过这表情掩饰不住松弛枯槁的面容。她穿着平常在彼得堡社交场合所穿的衣裳，更显得比过去难看多了。布里安娜小姐的衣着打扮也有了难以察觉的变化，使她清秀、娇艳的容貌更添妩媚。

“哎，您还穿着原来的衣裳吗，亲爱的公爵小姐？……”她说，“马上就会有人来，说他们出来了。那就要下楼了，您哪怕稍微打扮一下呢！”

小公爵夫人从圈椅里站起身来，摇铃叫来女仆，急忙满心欢喜地为玛丽亚公爵小姐设计穿着打扮，并付诸实行。玛丽亚公爵小姐觉得自己的自尊心受到了伤害，因为求婚者的到来居然使她感到激动，更使她受伤害的是，她的两位女伴想也不想，这也许不是那么回事。告诉她们，她为自己也为她们感到害臊，这就意味着暴露自己的激动；此外，拒绝她们所建议的穿着打扮，就会引起无休止的打趣和纠缠。她的脸涨得通红，美丽的眼睛黯淡了，脸上布满了斑点，于是带着时常在她脸上出现的那种受难者的难看表情，听任布里安娜小姐和丽莎的摆布。两个女人都**真心实意**地想把她打扮得漂漂亮亮的。她太丑了，她们谁也不会想到要和她争风吃醋，因此她们真心实意地替她挑选衣衫，女人们都天真地、坚决地相信，衣衫能美化脸蛋。

“不，真的，亲爱的朋友，这条连衣裙不好看，”丽莎说，她从侧面远远地打量着公爵小姐，“你有一条紫红色的，叫人拿来！说实话！要知道，也许这就是决定一生命运的大事啊。这条的颜色太淡了，不好看，不，不好看！”

并不是连衣裙不好看，而是公爵小姐的容貌和整个身材不好看，布里安娜小姐和小公爵夫人，都没有发现这一点；她们总是觉得，只要高高的发式配上一条蓝色缎带，再在褐色连衣裙上披一条浅蓝色围巾，等等，那就好看了。她们忘记了，惊慌的面容和身材是无法改变的，因而不论怎样改变这张脸的轮廓和装饰，脸仍然显得可怜而难看。玛丽亚公爵小姐顺从地让她们作了两三次改变，她梳了个高高的发式（这个发式完全改变了她的脸型，损害了她的容貌），在漂亮的紫红色连衣裙上披一条浅蓝色围巾。这时小公爵夫人围着她转了一两圈，用她的小手在这里抚平衣裙上的褶子，在那里拉一拉围巾，低着头从这边看看，又从那边看看。

“不，这样不行，”她两手轻轻一拍，断然说道，“不，玛丽，这对您完全不合适。我更喜欢您日常穿的那条灰色的连衣裙；您就为了我试试吧。卡佳，”她对女仆说，“把那条灰色的连衣裙给公爵小姐拿来，布里安娜小姐，等我安排好了，您来看看。”她说着嫣然一笑，仿佛一个艺术家在预先品尝成功的喜悦。

可是等到卡佳把那条连衣裙拿来，玛丽亚公爵小姐还一动不动地坐在镜子前面，望着自己的脸，她在镜子里看到，自己双眼含泪，嘴唇在颤抖，就要失声痛哭了。

“哎，公爵小姐，”布里安娜小姐说，“再努一把力。”

小公爵夫人从女仆手里接过衣裳，来到玛丽亚公爵小姐面前。

“不，现在我们要打扮得又朴素又可爱。”她说。

她和布里安娜小姐的说话声，以及卡佳不知为什么笑起来的声音，汇成一片快活的唧唧喳喳声，仿佛一群小鸟在啼叫。

“不，别管我了。”公爵小姐说。

她的声音听起来是那么严肃而痛苦，于是群鸟的啼声立即沉寂了。她们看到，那双充满泪水和忧思的美丽的大眼睛，正清澈地、祈求地望着她们。她们明白了，再坚持下去也是枉然，甚至是残忍的。

“至少改一改发式吧。”小公爵夫人说。“我对您说过，”她转身对布里安娜小姐埋怨地说道，“这种发式完全不适合玛丽这样的脸型。您就改一改吧。”

“别管我了，我无所谓。”她强忍着泪水说。

布里安娜小姐和小公爵夫人都暗自承认，玛丽亚公爵小姐的这个样子很丑，比平时还不如；但为时已晚。她看着她们，脸上的表情她们都很了解，那是拿定主意和满怀忧伤的表情。这个表情并不使她们对玛丽亚公爵小姐感到畏惧。（她从来没有使人有畏惧的感觉。）但她们知道，她的脸上一旦出现这样的表情，她便默默不语，而决心是不可动摇的。

“您是要改发式的，不是吗？”丽莎问，玛丽亚公爵小姐一言不发，丽莎便离开了房间。

玛丽亚公爵小姐独自留下了。她没有满足丽莎的愿望，不仅没有改变发式，而且不再看镜子里的自己。她无力地垂下眼睛和双手，默默地坐着想心事。她想象着自己的丈夫，一个男人，一个强有力的、极普通的具有莫名的吸引力的男人，突然把她带到他自己那完全不同的幸福的世界。有一个**自己的**孩子，就像昨天在乳母女儿那里看到的那个，她在想象中把他搂在怀里。丈夫站着，温柔地看着她和孩子。“不，这是不可能的，我长得太丑了。”她想。

“请您喝茶去。公爵马上就要出来了。”女仆站在门外说。

她清醒过来了，对自己刚才的那些想法大为震惊。在下楼之前，她站起来走进供着圣像的礼拜室，面朝救世主巨大圣像上被神灯照亮的黝黑的面容，双手抱在胸前，在圣像前默默地站了几分钟。玛丽亚公爵小姐的心里有一种怀疑在折磨着她。她能拥有爱情、对一个男人的尘世爱情的欢乐吗？在她关于婚姻的遐想中，玛丽亚公爵小姐幻想有家庭的幸福，有孩子，但主要的，最强烈而隐秘的幻想是尘世的爱情。她越是想对别人，甚至对自己隐瞒这种感情，这种感情就越强烈。“上帝啊，”她说，“我该怎样压制自己心里的这些恶魔的念头呢？我该怎样抛弃这些罪恶的想法，才能安心地遵循你的意志呢？”她刚刚提出这个问题，上帝就在她自己的心里回答她说：“你不要为自己祈求什么；不要寻觅，不要激动，不要忌妒。人们的未来和你的命运不应为你所知。你就这样生活，随时准备接受一切。如果上帝愿意在婚姻的义务中考验你，你要遵循他的意志。”带着这令人安心的想法（但仍然抱着希望，想实现自己的被禁止的尘世幻想），玛丽亚公爵小姐叹息一声，画了十字，下楼去了，既不想自己的衣裳和发式，也不想怎样走进客厅，说什么话。这一切，和上帝的前定相比，算得了什么呢，没有上帝的意志，人的一根头发也不会掉下来。

四

玛丽亚公爵小姐来到客厅时，瓦西里公爵和他的儿子已经在客厅里与小公爵夫人和布里安娜小姐谈话。当她脚踵着地、迈着沉重的步子进来时，两个男人和布里安娜小姐都欠了欠身，小公爵夫人指着她对客人们说："这就是玛丽！"玛丽亚公爵小姐看到了所有的人，而且看得很仔细。她看到了瓦西里公爵，他一见到她便脸色一愣，当即又换上一副笑脸，也看到了小公爵夫人，她好奇地审视着客人们的脸色，揣测着玛丽给他们留下的印象。她也看到了布里安娜小姐头发上扎的缎带、妩媚的容貌，她正以从未有过的兴奋的目光凝视着**他**；但是她看不见**他**，看到的只是一个闪亮的、非常美好的高大身影在她进屋时向她移动过来。瓦西里公爵先来到她面前，她在他低头凑近她的手时吻了吻他的已经谢顶的头，并在回答他的话时说，相反，她还很清楚地记得他。然后阿纳托利走到了她跟前。她仍然没有看见他。她只觉得有一只柔柔的手紧握着她的手，她的手微微触及他白皙的前额，前额上是一头梳得溜光的漂亮的淡褐色头发。她朝他看了一眼，他的美貌使她大为惊讶。阿纳托利把右手的大拇指伸在军服的一个扣着的纽扣下面，挺着胸，背朝后仰，微微抖动一条伸在前面的腿，低头默默地、快活地看着公爵小姐，看来完全没有想着她。阿纳托利谈话不机灵、不敏捷，也不善辞令，但他具有上流社会非常看重的一种本领，就是能保持镇静和毫不动摇的信心。一个缺乏自信的人在初次见面时，假如默不作声，却又觉得沉默不免失礼而不安地想找话说，那就不好了，但阿纳托利就是不说话，他抖着腿，快活地瞅着公爵小姐的发式。显然，他能这样满不在乎地沉默很久。"谁要是觉得沉默很难堪，那你们就谈起来吧，可我不想说话。"他的神气在这样说。此外，在和女人交往时，阿纳托利有一种自以为优越而看不起人的态度，这种态度最能打动女人的好奇心，激起她们的惶恐甚至爱恋。他的样子仿佛在告诉她们："我了解你们，太了解了，何必向你们献殷勤？你们倒是求之不得呢！"也许他在遇到女人时没有这样想（甚至可以断定他没有想，因为一般说来，他是很少用脑子的），但他的神情和态度是这样。公爵小姐感觉到了这一点，也许是为了向他表明，她想都不敢想要吸引他的注意，便朝老公爵转过身去。大家都谈得很热闹，这得力于小公爵夫人清脆的嗓音和在一排雪白的牙齿上翘起的长着茸毛的小嘴唇。她对瓦西里公爵采取一种戏谑的方式，这种方式是那些快活而饶舌的人所常用的，他们假定在对方和自己之间有某些早已有之的笑话和愉快的、多少不为人知的有趣的回忆，其实这样的回忆是没有的，在小公爵夫人和瓦西里公爵之间自然也没有。瓦西里公爵很乐意顺着她；小公爵夫人还把她几乎不认识的阿纳托利也吸引过来，参与这种对并不存在的可笑往事的回忆。布里安娜小姐也分享了这些共同的回忆，甚至玛丽亚公爵小姐也高兴地觉得自己被卷入了这种快活的回忆之中。

"瞧，现在我们总算能完全拥有您了，"小公爵夫人对瓦西里公爵说，用的自然是法语，"不像我们在安妮特的晚会上那样，您总是会溜走。您一定记得那个可爱的安妮特！"

"啊，您可不要像安妮特那样，**异想天开地**对我谈什么政治！"

"我们的那张小茶桌，还记得吗？"

"那还用说！"

"您怎么从来没有去过安妮特那里？"小公爵夫人问阿纳托利。"啊！我知道了，我知道，"她眨眨眼说，"您哥哥伊波利特对我讲过您的事。噢！"她用小小的手指吓唬他道。"您在巴黎玩的那些花样我都知道！"

"可是他，伊波利特，没有对你说过吗？"瓦西里公爵对儿子说，一把抓住小公爵夫人的手，好像她要逃走，好不容易才被他逮住似的，"他没有对你说过，他，伊波利特自己，怎样为可爱的小公爵夫人而日渐憔悴，却被她赶出了屋子吗？"

"噢！她是一位冰清玉洁的女性，公爵小姐！"他对公爵小姐说道。

布里安娜小姐一听说巴黎，也不肯放过机会，加入了共同回忆的谈话。

她冒昧地问阿纳托利，他离开巴黎很久了吗，对这个城市的印象怎样。阿纳托利非常高兴地回答了这位法国小姐，他面带微笑看着她，同她谈起了她的祖国。看到美丽的布里安娜，阿纳托利断定，在童山这个地方也不会感到寂寞了。“很漂亮！”他看着她想。“小姐的这个女伴很漂亮，希望她嫁给我的时候能把她带来，”他想，“非常、非常漂亮！”

老公爵在书房不紧不慢地穿衣服，皱着眉头考虑，他该怎么办。这两个客人的到来使他很生气。“瓦西里公爵和他的那个儿子与我何干？瓦西里公爵爱说空话，很无聊，那个儿子大概也好不到哪里去。”他暗自嘀咕着。他生气，是因为这两个客人的到来在他心里引起了一个未能解决、经常被掩盖着的问题，对这个问题老公爵总是自己欺骗自己。问题是，他究竟能不能下决心与玛丽亚公爵小姐分开，把她嫁出去。公爵从来不敢向自己直接提出这个问题，因为他预先知道，他的回答一定是合情合理的，而合情合理的回答不仅与他的感情相矛盾，更重要的是，与他的全部生活的依恋相矛盾。对尼古拉·安德烈耶维奇公爵来说，没有玛丽亚公爵小姐的生活是不可想象的，尽管看起来，他似乎不那么珍惜她。“嫁人对她有什么好处？”他想。“一定会不幸的。丽莎嫁给了安德烈（现在看来，他是难得的好丈夫），难道她满意自己的命运吗？谁会出于爱情来娶她呢？又难看又笨拙。娶她只是为了上层关系，为了财富。难道没有终身不嫁的女人吗？那样还更幸福些！”尼古拉·安德烈耶维奇公爵边想边穿衣服，而一直拖延的问题却需要立即去解决。瓦西里公爵把自己的儿子带来，显然有求婚的意向，大概今天或明天就要作出明确的回答。名望、社会地位都相当不错。“也好，我不反对，”公爵对自己说，“不过他要配得上她。这一点我们还得看一看。”

“这一点我们还得看一看，”他说出了声来，“这一点我们还得看一看。”

于是他像平常一样，矫健地步入客厅，迅速地扫视所有在座的人，注意到了小公爵夫人衣着的改变，布里安娜的缎带，玛丽亚公爵小姐奇丑无比的发式，也注意到了布里安娜和阿纳托利的微笑，以及自己的女儿在普遍交谈中的孤独。“打扮得像个傻妞！”他想，恼怒地看了女儿一眼。“不害臊！他理也不愿理她！”

他来到瓦西里公爵面前。

“啊，你好，你好，很高兴见到你。”

“为了好朋友不惜远道而来，”瓦西里公爵说道，像平时一样，他说得很快，显得自信而随便，“这是我的次子，请多多关照。”

尼古拉·安德烈耶维奇公爵打量一下阿纳托利。

“好样的，好样的！”他说，“好，来吻吻我。”于是他把面颊向他凑过去。

阿纳托利吻了吻老头子，好奇而又非常平静地望着他，看他会不会很快就像他父亲所说的那样，有什么古怪的言行。

尼古拉·安德烈耶维奇在自己的老地方坐下，坐在沙发的一个角落，为瓦西里公爵把圈椅挪到自己身边，指了指它，便问起了政治形势和新闻。他似乎在倾听瓦西里公爵的讲话，但不断地瞥视玛丽亚公爵小姐。

“已经从波茨坦写信来了？”他重复了瓦西里公爵的最后一句话，突然站起来，走到女儿跟前。

“你是为客人们这样打扮的吗，啊？”他说，“漂亮，真漂亮。你在客人面前梳了个新发式，而我要当着客人们的面对你说，以后没有我的许可，不准你改变装扮。”

“这是我的过错，爸爸。”小公爵夫人红着脸为小姑子辩护。

“您可以一切自便，夫人，”尼古拉·安德烈耶维奇说，他两足一并，向媳妇微微鞠躬，“她没有必要丑化自己，本来就够丑的了。”

于是他重新坐下，再也不去注意被他惹得眼泪汪汪的女儿。

“相反，这个发式对公爵小姐很合适。”瓦西里公爵说。

“咳，老弟，你的小公爵，他叫什么名字？”尼古拉·安德烈耶维奇问，又转向阿纳托利说：“你过来，咱们谈谈，认识认识。”

“好戏这就开场啦。”阿纳托利想，微笑着坐到了老公爵身旁。

“嗯，是这样，亲爱的，听说你在国外受过教育。不像我和你父亲是跟教堂执事学识字的。告诉我，亲爱的，你现在是在骑兵近卫军里服役吗？”老人逼近地凝视着阿纳托利。

“不，我转到了普通陆军。”阿纳托利回答道，忍着没有笑出声来。

“啊！这是好事。怎么，你是想为沙皇和祖国服务吧？战争时期嘛。这样的好青年应该服役，应该服役。怎么，是在前线？”

“不，公爵，我们的团已经开拔了。我挂了个名。我挂在哪里啊，爸爸？”阿纳托利笑着问父亲。

“出色的服役，出色。我挂在哪里！哈哈！”尼古拉·安德烈耶维奇放声大笑。

阿纳托利却笑得更加响亮。尼古拉·安德烈耶维奇突然皱起眉头。

“好了，你去吧。”他对阿纳托利说。

阿纳托利微笑着到女士们那里去了。

“瓦西里公爵，你是让他们在国外受的教育？啊？”老公爵转向瓦西里公爵。

“我是尽力了；而且我想告诉您，那里的教育比国内的教育好得多。”

“是的，现在全都不同了，一切都是新式的！好，到我那里去吧。”

他挽着瓦西里公爵的手臂，领他进了自己的书房。

瓦西里公爵和公爵单独在一起了，便立即向他说明自己的来意和希望。

“怎么，你以为，”老公爵气愤地说，“我会留住她，不放她走？异想天开！”他悻悻地说。“明天走也行！不过我要告诉你，我对自己未来的女婿还要多了解一些。你知道我的规矩：一切公开！明天我当着你的面问她：要是她愿意，那就让他住下来。你就让他住下来吧，我要再看一看。”公爵从鼻子里哼了一声，“让她出嫁吧，我无所谓。”

他像和儿子分别时那样，用尖厉的声音叫嚷起来。

“我对您直说了吧，”瓦西里公爵说道，那是一个老滑头深信在洞察一切的对手面前不必耍花招的语气，“您对人是看得很透的。阿纳托利不是天才，然而是一个诚实、善良的小伙子，是一个很好的儿子和亲人。”

“行，行，那好吧，看看再说。”

长期不与男性交往的孤独的女性往往如此，尼古拉·安德烈耶维奇公爵家的所有三个女人，在阿纳托利出现时都同样地感到，在此之前她们的生活简直不是生活，所有这些女人的思维、感觉、观察能力都在刹那间增强十倍，仿佛她们的生活在此之前是在黑暗中度过，突然被前所未有的、充满意义的光辉所照亮。

玛丽亚公爵小姐根本不去想，也完全忘记了自己的容貌和发式。可能成为她丈夫的那个男人的漂亮、坦诚的面貌吸引了她的全部注意力。她觉得他善良、勇敢、坚毅，有男子汉的气概和大度。她对此深信不疑。有关未来家庭生活的千百种幻想不断在她的想象里出现。她驱赶这些幻想并竭力加以掩饰。

“我对他是不是太冷淡了？”玛丽亚公爵小姐想，“我是在努力克制自己，因为在内心深处觉得自己已经和他十分亲近了，可是他并不知道我对他的想法啊，也许会以为我不喜欢他吧。”

因此，她很想亲切地对待这位新来的客人，却未能做到。

“可怜的女人！丑陋得像个鬼。”阿纳托利对她是这样想的。

阿纳托利的来访，也使布里安娜小姐的兴奋达到了新的高度，她的想法就不一样了。一个没有一定的社会地位，没有亲人和朋友，甚至没有祖国的年轻美貌的姑娘，不想一辈子侍候尼古拉·安德烈耶维奇公爵，为他读书，与玛丽亚公爵小姐为友。布里安娜小姐早就期待着一位俄国公爵，能立即赏识她，看出她胜过那些容貌平平、衣着不雅、举止笨拙的俄国公爵小姐，对她一见钟情并把她带走；现在这个公爵终于来了。布里安娜小姐有一个故事，这是她从姑母那里听来、由她自己编完、喜欢在自己的想象中反复讲的故事。故事讲的是一个被骗失身的少女，她可怜的妈妈来到她面前，责备她不结婚就委身于人。布里安娜小姐在自己的想象中对**他**，那个诱惑者讲这个故事的时候，常常感动得流泪。现在这个**他**，真正的俄国公爵出现了。他将把她带走，然后她可怜的妈妈出现了，于是他娶了她。就是在她和他谈论巴黎的时候，在她心里形成了她未来的这个完整的故事。布里安娜小姐并没有受到什么算计的指引（她甚至从来不曾考虑过她该怎么办），这一切在她心里早就是现成的了，现在只是拿来套在刚刚出现的阿纳托利身上，她希望并努力尽可能地取悦于他。

小公爵夫人就像一匹久经沙场的战马，一听到号角声就不由地忘记了自己的身孕，习惯性地准备奔驰——卖弄风情，她没有不可告人的用意和内心斗争，有的只是天真、轻佻的愉快心情。

在妇女的圈子里，虽然阿纳托利通常处于对女人的追逐感到厌烦的状态，但是看到自己对这三个女人的影响，还是有一种虚荣心得到满足的快感。此外，他开始对布里安娜的美色和挑逗体验到一种热烈的兽性的情欲，这情欲出现得异常迅速，会促使他采取最鲁莽、最大胆的行动。

喝茶后，全都来到了陈设着沙发的休息室，大家要求公爵小姐弹奏古钢琴。阿纳托利在她面前用臂肘支着，站在布里安娜小姐身旁，他的眼睛含着笑意和愉悦看着玛丽亚公爵小姐。玛丽亚公爵小姐怀着既苦恼又快乐的激动心情感觉到他望着自己的目光。心爱的奏鸣曲把她带进了动情的充满诗意的世界，而停留在自己身上的目光更使这个世界洋溢着诗情画意。阿纳托利的目光虽然对着她，但他注意的并不是她，而是布里安娜小姐的一只脚的活动，这时他正在钢琴下面用自己的脚触动她的脚。布里安娜小姐也望着公爵小姐，她那美丽的眼睛里也有一种使玛丽亚公爵小姐感到新奇的满怀惊喜和希望的表情。

“他是多么爱我啊！”玛丽亚公爵小姐想，“我现在多么幸福，而且有这样的朋友和这样的丈夫，我会多么幸福呀！难道他会成为我的丈夫吗？”她想，她不敢看他的脸，仍然感觉到那专注于自己的目光。

晚上，大家在晚餐后开始散了，阿纳托利吻了公爵小姐的手。她自己也不明白，她的勇气是哪里来的，居然对离她的近视眼已经很近的那俊美的面庞正眼看了一下。然后他凑近布里安娜小姐的手（这是不合礼节的，但他做得那么自信而随便），布里安娜小姐满面绯红，惊惧地看了看公爵小姐。

“多么有礼貌，”公爵小姐想，“难道阿梅利（这是布里安娜小姐的名字）以为我会忌妒她，不珍惜她对我的纯洁的柔情和忠诚吗？”她走到布里安娜小姐跟前，紧紧地亲吻她。阿纳托利凑近了小公爵夫人的手。

“不，不，不！等您的父亲写信告诉我，您行为高尚，那时我再让您吻我的手。在此之前不行。”

于是她竖起一根手指，微笑着离开了房间。

五

大家都散了，这一夜只有阿纳托利一躺上床就睡着了，别人都久久不能入睡。

“难道我的丈夫是他，就是这个陌生、英俊、善良的男人；主要的是他很善良。”玛丽亚公爵小姐想，这时她几乎从来不曾有过的恐惧向她袭来。她不敢回头看；她仿佛觉得有人就站在屏风后面黑暗的角落里。这个人是他——一个魔鬼，而他就是有白皙的前额、黑色的眉毛、红润的嘴唇的这个男人。

她摇铃招呼女仆，叫她睡在自己的房里。

这天晚上，布里安娜小姐在冬季花房里久久地来回踱步，枉然地等候着一个人，时而对这个人微笑，时而想象可怜的母亲会怎样责备她堕落而激动得落泪。

小公爵夫人抱怨女仆没有把床铺好。她既不能侧卧，也不能俯卧。怎么都觉得难受，不舒服。她的肚子妨碍了她。它比任何时候都更妨碍她，恰恰是因为今天阿纳托利的出现，把她更逼真地带到了往昔的一段时光，那时没有这个肚子，她总是过得轻松而愉快。她穿着短上衣，戴着睡帽坐在圈椅上。睡眼惺忪、发辫散乱的卡佳正在第三次拍打和翻动沉重的褥子，一边嘀咕着什么。

“我对你说过了，床上坑坑洼洼的，”小公爵夫人强调地说，“我自己是很想入睡的嘛；所以不能怪我。”她的声音发抖，好像想哭的孩子。

老公爵也没有睡。吉洪在睡梦中听到，他悻悻地跨着大步，从鼻子里哼着。老公爵觉得，他为女儿受到了侮辱。这是最让他痛心的侮辱，因为这侮辱不是针对他的，而是针对另一个人，针对他的女儿，他爱女儿是胜过爱自己的。他对自己说，要重新考虑这件事情，要找到一个合理而应当采取的步骤，可是他反而更加激怒了自己。

“遇到第一个男人，就把父亲和一切都忘了，就急忙迎上去，给自己梳了个高高的发型，摇着尾巴，没有个人样！她很乐意丢下父亲！她知道我会发觉的……嘿……嘿……嘿……难道我看不出来，这个蠢货只盯着布里安娜（一定要把她赶走）！怎么这样没有自尊心，竟然不明白这一点！如果没有自尊心，那么即使不为自己，至少也该为我想想。必须向她指出，这个混蛋心里根本没有她，只盯着布里安娜。她没有自尊心，可我要向她挑明这一点……”

老公爵知道，要是对女儿说她看错了人，阿纳托利想追求的是布里安娜，他就能激起玛丽亚公爵小姐的自尊心，他的心事（不愿与女儿分离）就能解决，于是他安心了。他叫来吉洪，开始脱衣服。

“是鬼把他们带来的！”他想，这时吉洪正拿一件睡衣往他年老干瘦、胸前长满灰白汗毛的身体上套。“我没有请他们来。他们来打乱了我的生活。我剩下的日子不多了。”

“见鬼！”他在睡衣还套在头上时说。

吉洪知道公爵有一个习惯，就是有时会把自己的想法说出声来，所以从睡衣里钻出来的那张脸疑问而愤怒地看着他时，他神情木然地迎着那目光。

“他们睡了吗？”公爵问。

吉洪像所有的好仆人一样，能领悟老爷的思路。他猜到了，老爷问的是瓦西里公爵和他的儿子。

“都睡了，灯也熄了，大人。”

“随便问问，随便问问……”公爵很快地说道，他把脚伸进便鞋，把手伸进睡衣的袖子，朝沙发走去，他是睡在沙发上的。

尽管阿纳托利和布里安娜小姐什么话也没有说，但完全了解彼此在可怜的母亲出现之前的爱情故事第一部中的关系，明白有许多话要秘密交谈，因而从早晨起，两个人就寻找单独见面的机会。在公爵小姐按时去见父亲的时候，布里安娜小姐和阿纳托利已经在冬季花房里会面了。

这一天玛丽亚公爵小姐走到书房门口时特别害怕。她觉得，不仅人人都知道今天是决定她命运的日子，而且也知道她的想法。她在吉洪的脸上，在瓦西里公爵的仆人的脸上都看到了这种表情，这个仆人端着热水在走廊里遇见她，深深地鞠了一躬。

老公爵这天早晨对自己的女儿非同寻常地亲切而热心。玛丽亚公爵小姐对父亲热心的表情是很熟悉的。他的脸上露出这种表情的时候，往往是因为玛丽亚公爵小姐不会解数学题，气得把一双干瘦的手紧紧地握成拳头，并且站起来从女儿身边走开，一连几次地低声嘀咕着几句同样的话。

他立即谈起了正事，对女儿以“您”相称。

“有人向我提到了您的婚事。”他说，不自然地微笑着。“我想，您已经猜到了，”他继续道，“瓦西里公爵带着自己的学生到这里来（不知为什么尼古拉·安德烈耶维奇公爵把阿纳托利称为学生），并不是出于对我的好感。昨天对我提起了您的婚事。您知道我办事的规矩，我是来找您商量的。”

“我该怎样理解您的话呢，爸爸？”公爵小姐说，脸上红一阵白一阵。

“怎样理解！”父亲气愤地叫道，“瓦西里公爵觉得你给他做媳妇很合他的心意，替自己的学生向你求亲。就这样理解。怎样理解？！我倒要问问你。”

“我不知道，您是什么意思，爸爸，”公爵小姐低声说道。

“我？我？我算什么？您把我撇在一边吧。不是我要嫁人。**您**是什么意思？这才是我想知道的。”

公爵小姐看出，父亲是不赞成这件婚事的，但她同时又想到，她一生的命运此时不解决，就没有机会了。她垂下眼睛不看他的目光，因为在这个目光的影响之下，她感到无法思考，只能表示服从，于是说道：

“我只有一个愿望，就是服从您的意志，”她说，“不过，如果一定要说出我的愿望的话……”

她的话还没说完，公爵打断了她的话。

“好极了！”他大声叫道，“他将带走您和您的嫁妆，顺便捎上布里安娜小姐。她是妻子，而你……”

公爵不说了。他发觉了这些话在女儿身上所产生的影响。她垂下头，要哭了。

“好了，好了，说笑话，说笑话，”他说，“你要记住一点，公爵小姐：我遵守这样的规则，就是女孩子有选择的充分权利。我给你选择的自由。记住了：你一生的幸福取决于你的决定。关于我没有什么可说的。”

“可我不知道……爸爸。”

“没有什么可说的！他是奉命行事，不在乎娶你，还是娶任何别人；而你可以自由选择……回去吧，好好地想一想，一个小时以后到我这里来，当着他的面说：愿还是不愿。我知道，你是要祈祷的。行，那就祈祷吧。不过最好还是多想想。去吧。”

“愿还是不愿，愿还是不愿，愿还是不愿！”他还在大叫大嚷，而这时公爵小姐仿佛在雾里，已经摇摇晃晃地走出了书房。

她的命运决定了，而且结果是幸运的。但父亲曾说到布里安娜小姐，这个暗示是可怕的。就算不是真的，但这毕竟很可怕，她不能不考虑这一点。她笔直地穿过花房朝前走，什么也看不见，什么也听不见，突然布里安娜小姐的熟悉的低语声把她惊醒了。她抬起眼睛，就在两步之内看见了阿纳托利，他正搂着法国姑娘对她悄声低语。阿纳托利俊美的脸上带着骇然的神情，转头看见了玛丽亚公爵小姐，在最初的一刹那他还搂着没有看到她的布里安娜小姐的腰肢不放。

“什么人？干吗？等一下！”阿纳托利的脸色仿佛在说。玛丽亚公爵小姐默默地望着他们。她不能理解这种事。最后布里安娜小姐大叫一声，拔腿就跑。阿纳托利面带愉快的微笑，向玛丽亚公爵小姐微微鞠躬，仿佛在邀请她对这个奇怪的事件嘲笑一番，然后耸耸肩膀，向通往他住处的门口走过去。

一个小时后，吉洪来请玛丽亚公爵小姐。他请她去见公爵，并告诉她，瓦西里·谢尔盖耶维奇公爵也在那里。吉洪来的时候，公爵小姐坐在自己房间里的沙发上，把哭泣的布里安娜小姐搂在自己的怀里。玛丽亚公爵小姐轻轻地抚摩着她的头。公爵小姐美丽的眼睛带着它固有的安详和光辉，带着温柔的爱惜和怜悯看着布里安娜小姐美丽的小脸。

“不，公爵小姐，我永远失去您的好感了。”布里安娜小姐说。

“为什么呢？我比过去更爱您了，”玛丽亚公爵小姐说，“我会为了您的幸福竭尽全力。”

“可是您会鄙视我；您那么纯洁，是应该鄙视我的，您永远不会理解这种情欲的诱惑。啊，我可怜的母亲……”

“我全都明白，”玛丽亚公爵小姐回答道，忧伤地微笑着，“您放心，我的朋友。我去见父亲。”说着她出去了。

瓦西里公爵跷起二郎腿，手里拿着鼻烟壶，仿佛深深地动了感情，仿佛在为自己的多愁善感而抱歉、讪笑，激动地微笑着坐在那里。玛丽亚公爵小姐进来时，他急忙捏了一小撮鼻烟塞到鼻子下面。

“啊，我亲爱的，我亲爱的。”他说，站起来握着她的双手。他叹息一声又说：“我儿子的命运就握在您的手里了。您决定吧，我可爱的、我亲爱的、我温柔的玛丽，我一直像爱女儿一样爱您。”

他走到一边去，眼睛里真的含着泪水。

“哼……哼……”尼古拉·安德烈耶维奇公爵从鼻子里哼着。

“公爵代表自己的学生……儿子向你求婚。你愿不愿成为阿纳托利·库拉金公爵的妻子？你说：愿还是不愿！”他大声说道，“此外，我保留发表自己的意见的权利，是的，我的意见，只是我的意见。”尼古拉·安德烈耶维奇转向瓦西里公爵补充了一句，这是对他脸上的恳求的表情的答复。“愿还是不愿？嗯？”

“我的愿望是，爸爸，永远不离开您，永远不把我的生活和您的生活分开。我不想嫁人。”她坚决地说道，用她那美丽的眼睛看了看瓦西里公爵和父亲。

“荒唐，胡说！荒唐，荒唐，荒唐！”尼古拉·安德烈耶维奇皱起眉头叫道，他握着女儿的手，把她拉过来，不是要吻她，只是微微弯腰，把自己的前额凑近她的前额挨了一下，把他握着的手攥得那么紧，痛得她皱着眉头叫了起来。

瓦西里公爵站了起来。

“亲爱的，我要对您说，这个时刻我将毕生难忘，可是，最善良的姑娘，哪怕让我们抱有一线希望，能感动这颗如此善良而豁达的心。告诉我们：还有可能……来日方长。告诉我们：还有可能。”

“公爵，刚才我把自己心里的话全都说了。我感谢您的厚爱，但我永远不会成为令郎的妻子。”

“好吧，到此结束，亲爱的公爵，见到你非常高兴，见到你非常高兴。回房去吧，公爵小姐，去吧，”老公爵说，“见到你非常、非常高兴。”他拥抱着瓦西里公爵，又说了一遍。

“我的使命是不同的，”玛丽亚公爵小姐暗自想，“我的使命是以另一种幸福为幸福，以博爱和奉献的幸福为幸福。不论要付出多大代价，我也要为可怜的阿梅利缔造幸福。她那么热烈地爱着他。她那么热诚地忏悔。我要尽力成全她和他的婚姻。如果他不富有，我给她金钱，我会求父亲，求安德烈。等到她成为他的妻子，我会感到十分幸福。她是那么不幸，流落异乡，孤苦无依！我的上帝，她是多么爱他啊，简直忘记了自己的身份。也许，我也会像她那样做呢！……”玛丽亚公爵小姐想。

六

罗斯托夫家很久没有得到尼科卢什卡的消息；直到仲冬伯爵才接到了一封信，他认出信封上的地址是儿子的笔迹。接信后，伯爵神色惊慌，唯恐被人发觉，急急忙忙踮着脚跑进自己的书房，关上门就开始看信。安娜·米哈伊洛夫娜得知有信来（家里发生的事她全知道），脚步轻轻地进去找伯爵，只见他手里拿着信在那里又是哭又是笑。

安娜·米哈伊洛夫娜尽管家境有所好转，仍继续住在罗斯托夫家。

“怎么了，我亲爱的朋友？”安娜·米哈伊洛夫娜忧愁地问道，准备表示由衷的同情。

伯爵更是痛哭失声。

“尼科卢什卡……信……受了……伤……伤了……我亲爱的……受伤了……我的孩子……伯爵夫人……提升为军官了……谢天谢地……对伯爵夫人可怎么说呢？……”

安娜·米哈伊洛夫娜坐到他身边，用自己的手绢擦干他的眼泪，擦去滴在信纸上的泪水，又擦干自己的眼泪，她看了信，安慰了伯爵，决定从午餐到晚茶的这段时间里，她去和伯爵夫人谈谈，让她有个思想准备，晚茶后再说明一切，但愿上帝保佑她。

午餐时，安娜·米哈伊洛夫娜谈到战争消息，谈到尼科卢什卡；她问了两次，他的最后一封信是什么时候收到的，虽然她早就知道，她还说寄信是很容易的，也许今天就能收到信。每次听到这样的暗示，伯爵夫人就惊慌起来，忐忑不安地望望伯爵，又望望安娜·米哈伊洛夫娜，安娜·米哈伊洛夫娜便不着痕迹地把谈话扯到无关紧要的琐事上去。全家就数娜塔莎最善于辨别语气、目光和脸上表情的微妙差别，从午餐一开始，她就竖起了耳朵，知道她父亲和安娜·米哈伊洛夫娜有什么事瞒着大家，而且和哥哥有关，安娜·米哈伊洛夫娜正在为说出真相做准备。不论她多么有勇气（娜塔莎知道，她母亲对所有和尼科卢什卡有关的消息是多么敏感），她也不敢在餐桌上把问题提出来，由于惊慌不安，她什么也不吃，在椅子上扭来扭去，对家庭女教师的指责置之不理。餐后她飞快地去追赶安娜·米哈伊洛夫娜，在休息室里扑上去搂住了她的脖子。

“姑姑，亲爱的，告诉我，出了什么事？”

“没什么，我的朋友。”

“不，好姑姑，亲姑姑，可爱的、最疼我的姑姑，我决不罢休，我知道，您是知道的。”

安娜·米哈伊洛夫娜摇摇头：

“唉，你这个小机灵鬼。”

“尼科连卡来信了？一定是！”娜塔莎叫道，她在安娜·米哈伊洛夫娜的脸上看出了肯定的回答。

“可是你千万要小心；你知道，这会使你的妈妈受到多大的伤害。”

“一定小心，一定小心，可是您说呀。不说是吧？好，那我就去告诉。”

安娜·米哈伊洛夫娜对娜塔莎简单地讲了讲信的内容，条件是不能告诉任何人。

“坚决保证，”娜塔莎画着十字说道，“不对任何人说。”于是立即跑去找索尼娅。

“尼科连卡……受伤……有信……”她激动地、快活地说道。

“尼古拉！”索尼娅只说了这么一句，陡地脸色煞白。

娜塔莎看到哥哥负伤的消息对索尼娅所造成的影响，才第一次感觉到这个消息令人那么痛苦的一面。

她扑向索尼娅，搂着她哭了起来。

“一点小伤，可是被提升为军官了；他现在很健康，是他的亲笔信。”她含着眼泪说。

“瞧瞧你们，女人就是爱哭，”彼佳说，他坚定地迈着大步在房间里走着，“我太高兴了，真的，非常高兴，哥哥这样出色。你们只知道哭！什么也不懂。”

娜塔莎含着眼泪笑了。

“你看了信吗？”索尼娅问。

“没有，不过她说了，一切都过去了，他已经当上了军官……”

“谢天谢地，”索尼娅画着十字说，“不过，她也许是骗你的吧？我们去找妈妈。”

彼佳默默地在房间里走来走去。

“要是我处于尼科卢什卡的情况，我一定会杀死更多的法国人，”他说，“他们太可恶了！我要杀得他们尸体成堆。”彼佳接着说。

“你住口吧，彼佳，你是个大傻瓜！……”

“傻瓜不是我，那些为一点儿小事就哭的人才是傻瓜。”彼佳说。

“你还记得他吗？”片刻的沉默后，娜塔莎突然问道。索尼娅嫣然一笑。

“记不记得尼古拉？”

“不，索尼娅，你记得他，是不是清清楚楚地记得，是不是一切都记得，”娜塔莎说，还做了个有力的手势，看来是想使自己的话具有非常严肃的意义，“我也记得尼科连卡，我记得，可是，鲍里斯我却不记得了，完全不记得了……”

“什么？不记得鲍里斯了？”索尼娅惊讶地问道。

“不是说不记得了，我知道他是什么样子，但不是像记得尼科连卡那样记得他。尼科连卡我闭上眼睛也记得，鲍里斯却不记得了（她闭上了眼睛），是的，不记得了，什么也不记得了！”

“啊，娜塔莎！”索尼娅激动而严肃地说道，她不看自己的女伴，仿佛认为她不配听她所想要说的话，仿佛她是在对另一个人说，而对这个人是开不得玩笑的。“我既然爱上你的哥哥，那么不管他或我发生什么事情，我都不会不爱他，我对他的爱是坚贞不渝的。”

娜塔莎以好奇的目光惊讶地看着索尼娅，默默不语。她感到，索尼娅对她所说的都是真话，索尼娅所说的那种爱情是有的；但是娜塔莎还从来没有过这样的体验。她相信，这是可能的，但她不能理解。

“你会给他写信吗？”她问。

索尼娅沉吟起来。给尼古拉写什么，要不要写，这是使她感到苦恼的问题。现在，当他已是军官和负过伤的英雄的时候，从她这方面来说，写信使他想起自己，仿佛在提醒他，不要忘记自己对她所作过的承诺，这样好吗。

“我不知道；我想，要是他给我写，我也写。”她红着脸说。

“你给他写信不觉得害羞吗？”

索尼娅微微一笑。

“不。”

“我给鲍里斯写信会害羞的，我不给他写信。”

“为什么会害羞呢？”

“是呀，我不知道。不好意思，觉得害羞。”

“我知道她为什么会害羞，”彼佳说，娜塔莎刚才骂他大傻瓜使他很生气，“因为她爱上了那个戴眼镜的胖子（彼佳这样称呼新近成为别祖霍夫伯爵的同名者）；现在又爱上了那个歌手（彼佳说的是一个意大利人，娜塔莎的声乐老师）：所以她才害羞。”

“彼佳，你无聊。”娜塔莎说。

“没有你无聊，亲爱的。”九岁的彼佳说，那口气就像个老旅长。

安娜·米哈伊洛夫娜午餐时的种种暗示使伯爵夫人有了思想准备。回房以后，她坐在圈椅上，目不转睛地看着镶嵌在鼻烟壶上的儿子的小画像，泪水涌上了她的眼眶。安娜·米哈伊洛夫娜拿着信，踮脚来到伯爵夫人的门口就站住了。

“您不要进去，”她对跟在她后面的老伯爵说，“等一会儿。”于是随手带上了门。

伯爵把耳朵凑近锁孔偷听。

起先他听到平静地交谈的声音，然后是安娜·米哈伊洛夫娜一个人的声音，她讲了很长的一段话，然后是一声惊叫，然后是静默，然后又是两个声音都在说话，语调充满了欢乐，接着就是脚步声，安娜·米哈伊洛夫娜给他打开了房门。她脸上带着自豪的表情，好像外科大夫做完一个困难的手术，把参观者让进去欣赏他高超的医术。

“行了！”她对伯爵说，以胜利的姿态指着伯爵夫人，伯爵夫人一只手拿着有画像的鼻烟壶，一只手拿着信，亲亲这个，又亲亲那个。

她看见伯爵，向他伸出双手，搂着他的秃头，越过秃头又望望信和画像，于是为了亲吻它们，又稍微推开了秃头。薇拉、娜塔莎、索尼娅和彼佳来了，于是又开始读信。信里简短地描述了行军和尼科卢什卡参加的两次战斗，以及提升为军官的情况，接着说他亲吻妈妈和爸爸的手，请他们为他祝福，并亲吻薇拉、娜塔莎、彼佳。此外，他问候谢林先生，问候绍斯太太和乳母，又请求代他亲吻亲爱的索尼娅，他还是那样爱她，那样思念她。听到这里，索尼娅脸上泛起红潮，热泪盈眶。她经受不住向她投来的目光，跑到大厅去了，她跑得越来越快，旋转起来，衣裙像气球一样鼓了起来，她满面绯红，微笑着坐倒在地板上。伯爵夫人哭了。

“你们哭什么呢，妈妈？”薇拉说，“从他的信上看，高兴才对，不该哭啊。”

这话说得完全对，可是伯爵、伯爵夫人和娜塔莎全都责备地看了她一眼。“她这是像谁呢！”伯爵夫人想。

尼科卢什卡的信被读了有几百次，凡是被认为有资格听的人，都必须到伯爵夫人那里去，因为她攥着信不放手。来过的有家庭教师、乳母、米坚卡和一些相识的人，而伯爵夫人每读一次，都感受到新的喜悦，都能从信里发现自己的尼科卢什卡的新的优点。她觉得多么奇怪，多么不可思议，多么快乐，她的儿子——就是二十年前用难以觉察的小小肢体在她自己的身体里蠕动的那个儿子，就是她和娇惯孩子的伯爵为之争吵的那个儿子，就是先学会说“梨子”，后学会叫“奶奶”的那个儿子，而这个儿子此刻在异国他乡成了一位英勇的军人，无需帮助和教导，独立地在那里干着自己男人的事业。全世界古往今来的经验都说明，孩子都是不知不觉地从摇篮里成长为男人，而对伯爵夫人来说，这个经验是不存在的。在她看来，她儿子在每一个发育阶段的成长都是不可思议的，仿佛从来不知道，千百万、千百万的人也是这样成长起来的。正如二十年前难以相信，存在于她心脏下面的什么地方的小生命，有一天会哭，会喝奶，会说话；现在她也难以相信，就是这个小生命能成为坚强、勇敢的男人，成为子弟和军人的楷模，从这封信看来，他现在就是这样的一个人。

“多优美的**文笔**，写得多感人！”她在信里看到描述的部分时说道。“多么高尚的心灵！对自己一字不提……一字不提！却谈到什么杰尼索夫，而他自己一定比他们所有的人都更勇敢！没有一句话提到自己所经历的苦难。瞧这心胸！我太了解他了！他心里记着所有的人！没有忘记任何人。我总是、总是说，在他还这么一点大的时候，我就总是说……”

有一个多星期，全家都在酝酿、起草、誊清给尼科卢什卡的信；在伯爵夫人的监督和伯爵的关怀之下为新提升的军官准备了必需品以及购置服装和日常用具的费用。安娜·米哈伊洛夫娜是很能干的女人，她甚至在军队中为自己和儿子找到了通信的门路。她曾利用机会把自己的信寄给了指挥近卫军的康斯坦丁·巴甫洛维奇[①]大公。罗斯托夫家认为，**国外俄国近卫军**就是十分明确的地址，只要信件能送到指挥近卫军的大公那里，那就没有理由送不到巴甫洛格勒团，这个团应该就在那附近；因而决定通过大公的信使把信和钱寄给鲍里斯，鲍里斯就可以交到尼科卢什卡的手里。写信的有老伯爵、伯爵夫人、彼佳、薇拉、娜塔莎和索尼娅，除了他们的信件，还有伯爵寄给儿子置备服装和各种用品的六千卢布。

七

十一月十二日，驻扎在奥洛穆茨附近的库图佐夫的战斗部队正在准备第二天接受俄国和奥地利两位皇帝的检阅。刚从俄国到达的近卫军的宿营地离奥洛穆茨十五俄里，第二天上午十时前进入奥洛穆茨的检阅场，直接参加检阅。

尼古拉·罗斯托夫这天接到鲍里斯的便条，通知他伊兹梅洛夫团在不到奥洛穆茨十五俄里的地方宿营，鲍里斯等在那里，要把信和钱转交给他。罗斯托夫现在特别需要钱，部队从行军作战中归来，驻扎在奥洛穆茨附近，营地里到处是备货充足的随军商贩和奥地利犹太人，兜售着

---

①康斯坦丁·巴甫洛维奇（1779—1831），俄国大公，亚历山大一世的胞弟，1805 年任近卫军总监，因亚历山大一世没有子嗣，他被视为皇位继承人，封为皇储。

各种诱人的商品。巴甫洛格勒团的官兵宴会不断，庆祝因军功受奖，他们时常骑马到匈牙利人卡罗琳娜那里去，她又来到这里开了一家有女招待的酒店。罗斯托夫不久前设宴庆祝自己晋升为骑兵少尉，买下了杰尼索夫的战马贝都因，对战友和随军商贩负债累累。接到鲍里斯的便条，罗斯托夫便和一个同伴到奥洛穆茨去，他在那里吃了午饭，喝了一瓶葡萄酒，然后独自到近卫军营房去找自己童年的伙伴。这时罗斯托夫还不曾换上军官的服装。他穿的是佩戴士兵十字勋章的破旧的士官上装和同样破旧的、补了一块旧皮子的马裤，佩一柄带刀穗的军官用的马刀；他骑的是从哥萨克那里顺便买来的一匹顿河马；揉皱了的骠骑兵帽子剽悍地歪戴着。在驰近伊兹梅洛夫团营地时，他想，自己的这副久经沙场的骠骑兵的模样一定会使鲍里斯和他所有的近卫军战友都大吃一惊。

近卫军的行军好像是去参加隆重的庆祝活动，炫耀着自己的整洁和纪律。每天的行程不长，背囊放在马车上，奥地利当局在每一站都为军官们准备精美的饮食。各团都奏乐出入城市，整个行军过程（近卫军军人无不为自己的行军而感到自豪），根据大公的命令，士兵一律齐步走，军官要在自己的位置上步行。鲍里斯在行军期间一直与贝格同行同住，贝格现在已是连长了。他在行军途中接任连长后，已经以其干练和尽职赢得了长官的信任，而且把自己的经济事务处理得十分有利；鲍里斯在行军期间结识了很多可能对他有用的人，通过他带来的皮埃尔的介绍信认识了安德烈·鲍尔康斯基公爵，希望通过他在总司令的参谋部里获得一官半职。贝格和鲍里斯经过最后一天的行军，略事休息之后，在分配给他们的气派的屋子里，服装整洁地坐在圆桌旁对弈。贝格在两膝之间握着点燃的烟斗。鲍里斯以他惯常的细心，在用白皙秀气的双手把棋子码成小金字塔形，等着贝格下棋，他望着对手的脸，看来在考虑棋局，他向来如此，干任何事都是心无旁骛。

"瞧，您怎样摆脱困境呢？"他说。

"要想想办法。"贝格回答道，动了动卒子，又放开了手。

这时门开了。

"总算找到他了！"罗斯托夫大叫道，"贝格也在这里！喂，你听，**孩子们，快点去困觉觉！**”他叫道，学着乳母的话，他们小时候常在一起嘲笑她的这句话。

“老天爷！你的变化多大啊！”鲍里斯起身迎着罗斯托夫，但站起来时没有忘记托住落下的棋子，把它们放回原处，他想拥抱自己的朋友，但尼古拉避开了他。他带着年轻人特有的讨厌老规矩的情绪，不愿模仿别人，而要用新的、自己的方式来表达自己的感情，就是不愿模仿长辈那种往往是虚假的表达，尼古拉只想与朋友见面时做出某种特别的举动：他想掐他一下，捣他一下，可就是不要像大家那样亲吻。鲍里斯却相反，平静而友好地拥抱罗斯托夫并吻了他三次。

他们几乎有半年不曾见面了；而且正值年轻人在人生的征途上跨出最初几步的年纪，彼此都发现对方有了巨大的变化，这是他们在其中迈出人生最初步伐的社会环境的崭新反映。从最后一次见面以来，他们都变了很多，两个人都急于把自己身上所发生的变化向对方展现出来。

“嘿，你们哪，该死的公子哥儿！衣履光鲜，神气活现，好像刚参加了庆功会似的，不像我们这些倒霉的丘八。”他指着自己溅满污泥的马裤，用鲍里斯感到新奇的男中音说道，摆出一副大兵的派头。

德国女房东听到罗斯托夫的高声大嗓，从门外探进头来。

“怎么样，她漂亮吧？”他眨眨眼说。

“干吗这样大喊大叫？你会吓着他们的，”鲍里斯说，“我没有想到你今天会来。”他补充道。“昨天我才托库图佐夫的一个副官鲍尔康斯基把便条交给你，想不到你这么快就收到了……说说，你的情况怎样？冒过枪林弹雨了？”鲍里斯问。

罗斯托夫没有回答，他摇一下挂在军服上的士兵圣乔治勋章①，指着包扎的手臂，微笑着瞟了贝格一眼。

“看见了吧。”他说。

---

①1769 年叶卡捷琳娜女皇设立圣乔治十字勋章，奖励战功卓著的军官和将军；1807 年起用于奖励士兵和士官。

“是这样，真行，真行！”鲍里斯微笑着说，“我们也完成了一次漂亮的行军。你要知道，皇储总是和我们团在一起，所以我们得到了所有的方便和优待。在波兰，那接待，那宴会、舞会，简直无法形容！皇储对我们所有的军官都很仁慈。”

于是两个朋友交谈着各自的情况，一个讲他们骠骑兵的纵酒狂欢和战斗生活，一个讲在高官显贵的统帅下服役的愉快心情和种种好处，如此等等。

“啊，近卫军！”罗斯托夫说，“怎么样，我们去喝一杯吧。”

鲍里斯皱起了眉头。

“既然你一定要喝嘛，”他说。

他走到床边，从干净的枕头底下取出一个小钱包，叫人去拿一瓶葡萄酒来。

“啊，要把你的钱和信给你，”他又说道。

罗斯托夫接了信，把钱扔在沙发上，双手的臂肘支在桌子上开始看信。他看了几行，恼怒地瞥了贝格一眼。看到他的目光，罗斯托夫用信纸挡住了脸。

“给您寄来的钱真不少，”贝格说，看着那个沉甸甸的、把沙发压得陷下去的钱包，“而我们，伯爵，就只能靠这薪饷打发日子。我对您讲讲自己吧……”

“我说，贝格，亲爱的，”罗斯托夫说，“要是您接到家里的来信，又遇到了自己人，很想向他打听种种情况，而我恰好在场，我会马上就走开，以免妨碍你们。听我说，请您走开吧，去哪里都行，哪里都行……见鬼去吧！”他叫道，又一把抓住他的肩膀，温和地看着他的脸，看来竭力想缓和自己粗鲁的语气，说：“您了解我，别生气；亲爱的，好伙计，我对您是有什么说什么，咱们是老相识嘛。”

“啊，请原谅，伯爵，我能理解。”贝格说，一边站起来用低沉的喉音说道。

“您到房东那里去吧，他们找过您。”鲍里斯补充道。

贝格穿上一件最干净的、一尘不染的常礼服，对着镜子把鬓角梳得往上翘，就像皇上亚历山大·巴甫洛维奇那样，从罗斯托夫的目光来看，他的常礼服已受到注意了，于是带着愉快的微笑走出了房间。

“哎呀，我真是畜生！”罗斯托夫看着信说。

“怎么了？”

“哎呀，我是个猪，我一封信也不写，把他们吓坏了。哎呀，我是个猪！”他反复说，突然脸上一红。“喂，叫加夫里洛去买酒来！让咱们痛饮一番吧！……”他说。

在亲人的信里还夹着一封给巴格拉季翁公爵的介绍信，这封信是老伯爵夫人按照安娜·米哈伊洛夫娜的建议，托熟人搞来寄给儿子的，要他交给收件人并加以利用。

“荒唐！我才不需要呢。”罗斯托夫说，把信扔到了桌子底下。

“你怎么把它给扔了？”鲍里斯问。

“是一封介绍信，我要介绍信干吗！”

“什么，要介绍信干吗？”鲍里斯捡起信，看着收件人的姓名说道，“这封信对你非常有用。”

“我不需要，我决不会给任何人当副官。”

“为什么？”鲍里斯问。

“那是奴仆的差使！”

“我看，你还是那样的幻想家。”鲍里斯摇摇头说。

“而你还是那样的外交家。不过，问题不在这里……说说吧，你怎么样？”罗斯托夫问。

“就这样，你都看见了。到目前为止还不错；可是我想、非常想当上副官，不愿留在前线。”

“为什么？”

“因为既然从军，可能的话，就要争取步步高升。”

“原来是这样！”罗斯托夫说，看来他想到了别的什么事情。

他疑问地凝视着自己朋友的脸，似乎在徒劳地寻求一个问题的答案。

加夫里洛老头拿来了葡萄酒。

“要不要马上派人去把阿尔方斯·卡尔雷奇叫来？”鲍里斯说，“他能陪你喝，可我不行。”

“去叫他，去叫他！喂，这个德国佬怎么样？”

“他非常、非常好，是个诚实可亲的人。”鲍里斯说。

罗斯托夫又一次凝视着鲍里斯的眼睛，长叹了一声。贝格回来了，三个军官面前放着一瓶葡萄酒，热烈地交谈起来。两个近卫军军官讲着他们的行军，他们在俄国、波兰和国外受到的隆重的欢迎。讲着他们的指挥官——大公的言谈举止，讲着他的仁慈和脾气暴躁的笑话。贝格像平常一样，只要谈话不涉及他本人，便默然不语，可是谈起大公脾气暴躁的笑话，他就津津有味地讲起他在加里西亚曾有机会和大公说话，当时他正在巡视各团，因为动作不规范而大发脾气。他面带愉快的微笑说，勃然大怒的大公来到他的连队，大声叫道：“阿尔纳乌特人[①]！”(阿尔纳乌特人是大公愤怒时爱说的口头语)，并且命令连长来见他。

“您相信吗，伯爵，我一点也不害怕，因为我知道，我没有什么过错。知道吗，伯爵，不是吹牛，我可以说，下达给本团的各项命令我都背得烂熟，条令也背得像‘**我们在天上的父**’一样。因此，伯爵，我的连队是不会出差错的。我问心无愧。我来了。(贝格欠身站了起来，惟妙惟肖地表演他怎样举手贴近帽檐站在大公面前。确实，要表现出比他更恭敬、更得意的样子是很难的。）他对我的那一顿骂呀，像俗话说的，把我骂得狗血喷头；又是‘阿尔纳乌特人’，又是‘鬼东西’，又是‘流放到西伯利亚去’，”贝格面带深沉的微笑说道，“我知道，我没有过错，所以我默不作声，我做得不对吗，伯爵？‘怎么，你哑巴了？’他大声叫道。我就是不说话。你猜怎么着，伯爵？第二天命令里提也没提；瞧，沉得住气有多么重要！情况就是这样，伯爵。”贝格说，他抽着烟斗，吐着烟圈儿。

“是啊，这太精彩了。”罗斯托夫微笑着说道。

---

①阿尔纳乌特人是古代土耳其人对阿尔巴尼亚人的称呼。后来随着词义的演变，带有诸如“野蛮人”之类的骂人色彩。

但鲍里斯发觉，罗斯托夫准备嘲笑贝格，便巧妙地岔开了话题。他要求罗斯托夫谈谈，他是在哪里受伤的，是怎样受伤的。罗斯托夫感到很高兴，于是他开始讲了起来，讲得越来越兴奋。他对他们谈起自己在申格拉伯恩的战斗，完全像军人通常谈自己参加过的战斗那样讲了起来，就是说，把战斗讲得像自己所希望的那样，像从其他军人那里听来的那样，讲起来更加动听，但完全不是真实的情况。罗斯托夫是诚实的年轻人，决不是要故意说假话。开始时，他是想把一切讲得完全和事实一样，可是不知不觉地，情不自禁地，而且不可避免地说了假话。要是他对这些听众讲真话，他们正如他自己一样，都已经多次听过冲锋的故事，对什么是冲锋早就有了固定的看法，因而希望从他那里也听到同样的故事，否则，他们就不会相信他，或者更糟，他们会认为，罗斯托夫的经历之所以与通常讲述骑兵冲锋的军人不同，一定是由于他本人的过错。他不可能简单地告诉他们，大家纵马疾驰，他从马上摔下，扭伤了手臂，为了躲避法国人就拼命朝树林里跑。何况为了如实讲述一切，需要努力克制自己，只讲事实。讲真话是很难的，年轻人往往难以做到。他们希望听到的故事是，他怎样全身冒着火焰，像一阵风暴忘我地扑向敌人；怎样突入敌阵，左砍右劈；怎样挥刀喋血，精疲力竭而坠落马下，如此等等。他也就把这些全都对他们说了。

故事讲到一半，他说："你很难想象，在冲锋的时候你会有一种多么奇怪的疯狂的心情"，这时安德烈·鲍尔康斯基公爵走进了房间，鲍里斯正等着他。安德烈公爵喜欢以庇护的态度对待年轻人，很高兴有人托他办事，对昨天博得他喜爱的鲍里斯很有好感，但愿能满足他的愿望。库图佐夫派他带着文件来见皇储，他顺便来看鲍里斯，希望与他单独见面。进来以后，看到一个普通陆军[①]的骠骑兵（这是安德烈公爵最不能容忍的一类人）正在讲述他的战斗奇遇，他对鲍里斯亲切地微微一笑，皱起眉头、眯缝着眼睛看了看罗斯托夫，稍微点点头，疲惫地、懒散地在沙发上坐下。他很不高兴有粗野的人在座。罗斯托夫看出了这

① 普通陆军是指不属于近卫军的陆军。

一点，勃然大怒。不过他觉得无所谓，这毕竟是外人。可是他看了看鲍里斯，发觉他也为普通陆军的骠骑兵感到害臊。尽管安德烈公爵嘲讽的态度令人不快，尽管罗斯托夫根据自己普通陆军的战斗观点，对参谋部的所有那些小副官都抱有蔑视态度，刚进来的这个人显然也被他归于此类，但他还是局促不安，红着脸一言不发。鲍里斯问参谋部里有什么新闻，适可而止地问起有什么关于我军意图的消息。

“大概要向前推进。”鲍尔康斯基回答道，看来不愿当着外人的面多说。

贝格趁机特别有礼貌地问，现在会不会像传说的那样，给普通陆军的连长发双饷。安德烈公爵面带微笑回答说，对国家如此重要的决策，他不便议论。贝格高兴地放声大笑。

“您的事，”安德烈公爵又对鲍里斯说，“我们以后再谈，”他打量一下罗斯托夫，“检阅后，您来找我，我们把事情办妥，只要有可能。”

他环视房间，转向罗斯托夫，他那孩子气的无法克制的窘态已变为恼怒，他不予理会，说道：

“您刚才好像在讲申格拉伯恩的战事？当时您在那里吗？”

“**我**在那里。”罗斯托夫恶狠狠地说道，似乎想以此来侮辱这个副官。

鲍尔康斯基注意到了骠骑兵的情绪，这使他觉得好笑。他不屑地微微一笑。

“是啊！关于这次战斗，现在有很多故事。”

“对，故事！”罗斯托夫大声说道，突然以狂怒的目光看看鲍里斯，又看看鲍尔康斯基，“对，很多故事，但我们的故事，是亲历敌军枪林弹雨的人的故事，我们的故事是有分量的，不是参谋部里那些花花公子的故事，他们拿着国家的奖赏，什么也不干。”

“您认为我也是这样的人？”安德烈公爵说，他平静地、特别愉快地微笑着。

这时罗斯托夫的心里对这个心平气和的人有了一种恼怒和尊重兼

而有之的奇怪感觉。

“我不是说您，”他说，“我不认识您，坦白地说，也不想认识。我是泛指那些参谋部里的人。”

“我要告诉您，”安德烈公爵打断了他的话，声音里有一种平静的力量，“您想侮辱我。我愿意向您承认，这是很容易做到的，既然您缺乏足够的自尊；不过您得承认，时间和地点都选得很不合适。最近我们大家都要参加一场更严重的大决斗，此外，德鲁别茨科伊对我说过，他是您的老朋友，至于我的嘴脸惹您不快，是不能怪他的。不过，”他边说边站起来，“您知道我的姓名，也知道在哪里找我；可是您不要忘记，”他接着说，“我并不认为自己受到了侮辱，您也一样，我比您年长，我的忠告是：息事宁人。好，星期五检阅以后我等您，德鲁别茨科伊；再见。”安德烈公爵最后说，向两人微微鞠躬，走了出去。

罗斯托夫只是在他出去以后才想起该用什么话来回敬他。更使他气愤的是，他没有及时把话说出来。罗斯托夫立刻吩咐把他的马牵来，向鲍里斯冷淡地告辞后，便骑马回去了。明天他是到司令部去，向这个装腔作势的副官要求决斗，还是真的息事宁人算了？这个问题一路上折磨着他。他有时恶狠狠地想，他多么乐意看到这个矮小、虚弱、傲气的人在他枪口下的恐惧，有时又惊奇地感到，在他所有相识的人之中，他最想结为知己的正是他所憎恨的这个小副官。

八

鲍里斯和罗斯托夫见面的第二天举行了检阅，接受检阅的有奥地利部队和来自俄国的生力军，以及作战归来的库图佐夫的部队。两位皇帝，俄皇偕同皇储，奥皇偕同大公，检阅了八万之众的盟军。

清晨起，服饰整洁、英姿勃勃的部队开始行动，在要塞前的检阅场上列队。时而成千上万的人腿、刺刀在涌动，军旗飘飘，部队在军官们的口令下立定、旋转，绕过身穿另一种军服、但也同样人山人海的步兵，保持一定间隔列成队伍；时而盛装的骑兵，身穿蓝色、红色、灰色绣花军服，蹄声嘚嘚而来，发出匀整的铿锵声，以服饰华丽，骑着黑马、棕红马、灰色马的军乐队为前导；时而浩浩荡荡的炮兵在步兵和骑兵之间缓缓行进，在指定的位置排开，连绵不绝的擦得锃光瓦亮的大炮，在炮车上颠簸着铿锵作响，空气中弥漫着火绳的气味。将军们都隆重地穿上阅兵服，把或粗或细的腰部勒得紧而又紧，发红的脖子被硬领支撑着，武装带和所有勋章全都披挂整齐。军官们的头发油光闪亮，英姿飒爽，每个士兵都新刮了胡子洗了脸，把装具擦得铮亮。每匹马都经过细心的照料，毛色像缎子一样闪光，马鬃一丝不乱。不仅将军和军官们，而且每一名士兵、每一匹马都感觉到了，他们正在经历一个非同小可、庄严而隆重的时刻。每一个将军和士兵都感觉到了自己的渺小，意识到自己只是这人海的一粒沙子，同时也感觉到了自己的强大，意识到自己是这雄伟整体的一个组成部分。

清晨起就开始了紧张的忙碌和努力。上午十时一切按照要求准备就绪。巨大的检阅场上已整队完毕。全军分兵种排成横队。骑兵在前，其后是炮兵，再后是步兵。

在每个兵种之间仿佛形成了一条街道。这支军队的三个部分有明显的区别：库图佐夫的英勇善战的部队（巴甫洛格勒团位于它的右翼前列），来自俄国的普通陆军和近卫军，奥地利军队。但他们都站在统一的横队里，服从统一的指挥，遵循统一的序列。

激动的低语仿佛一阵轻风掠过树叶："来了！来了！"响起了惊恐的叫声，于是最后的匆忙的准备仿佛浪花似的波及全军。

前面出现了从奥洛穆茨来的一群骑马的人。尽管这是一个无风的天气，却有一阵轻风拂过全军，微微吹动长矛上的小旗，使军旗随风招展、拍击着旗杆。看来是军队本身在用这样轻微的动作表达自己在看到君王时的喜悦。传来了口令声："立正！"此后仿佛报晓的雄鸡，到处都在重复这个声音。于是万籁俱寂。

在死一般的沉寂中，只听见马蹄的嘚嘚声响成一片。那是两位君主的侍从。君主们来到侧翼，第一骑兵团的号手们吹响了总进行曲。那似乎不是军号演奏的乐音，而是部队自己满怀喜悦地欢迎君主驾临而自然发出的声音。在这些声音中可以清楚地听出亚历山大皇帝朝气蓬勃的

亲切的说话声。他在向部队问好，第一团高呼："乌拉！"这声音是那么洪亮、悠长、兴高采烈，以致人们不禁大吃一惊，他们所构成的这个整体竟是如此人数众多，雄壮有力。

罗斯托夫站在库图佐夫部队的前几排，皇上首先来到了这支部队，罗斯托夫和这支部队的每一名官兵都有着同样的感受：一种奋发忘我的精神，对强大的自豪感，对驾临盛大阅兵式的皇上的无限爱戴。

他感到，这个人的一句话，就能使这整个集体（他是和这个集体结合在一起的一颗微不足道的沙子）赴汤蹈火，去犯罪，去死，或是去完成最伟大的英雄壮举，因此在看到这句话渐渐临近的时候，他不能不浑身战栗，不能不屏息凝神。

"乌拉！乌拉！乌拉！"四面八方响起雷鸣般的呐喊，一个又一个团相继以总进行曲的声浪迎接皇上，然后是"乌拉"、总进行曲，接着又是"乌拉"和"乌拉"，这声浪越来越雄壮而洪亮，汇合成一片震耳欲聋的轰鸣。

在皇上还没有临近的时候，每个团都毫无声息、凝然不动，仿佛一具没有生命的尸体；只要皇上一来到面前，这个团就活跃起来，发出雷鸣般的欢呼，和皇上已经走过的整个队列的吼声融成一片。在这可怕的、震耳欲聋的吼声中，在石头一样凝然不动地列成方阵的大军之中，几百名侍从骑着马散漫、凌乱，主要是自由地涌动，在他们前面的是两个人——两位皇帝。整个大军沉着而激情洋溢的注意力全都集中在皇帝们的身上。

年轻英俊的亚历山大皇帝身穿近卫军骑兵军服，头戴三角帽，他那愉悦的面容和清新、低沉的声音吸引了所有人的全部注意力。

罗斯托夫站在离号手们不远的地方，远远地就以他敏锐的目光认出了皇上，追随着他渐渐临近的身影。在相距二十步的时候，尼古拉就细致入微地看清了皇上年轻俊美而欣喜的面庞，他体验到了一种从未有过的温柔而狂喜的心情。他觉得皇上的一切，他的一言一笑，一举一动都那么美。

勒马停在巴甫洛格勒团前面的时候，皇上用法语对奥地利皇帝说了什么，又微微一笑。

看到这个笑容，罗斯托夫不由自主地也笑了，心里对自己的皇上涌起了更强烈的爱戴。他渴望用什么来表达自己对皇上的爱。他知道这是不可能的，于是直想哭。皇上召唤团长，对他讲了几句话。

“天哪！要是皇上对我说话，我会怎样啊！我会幸福死了！”

皇上对军官们说：

“先生们（在罗斯托夫听来，字字句句都是来自天上的声音），我由衷地感谢大家。”

如果现在罗斯托夫能为自己的沙皇而死，他是多么幸福啊！

“你们被授予圣乔治军旗，你们一定会当之无愧。”

“只想为他去死，去死！”罗斯托夫想。

皇上还说了什么，罗斯托夫没有听清楚，只听士兵们高呼“乌拉”。

罗斯托夫也把身子俯向马鞍，使劲吼叫起来，几乎要喊破嗓子了，只想充分表达自己对皇上的狂热的爱戴之情。

皇上面对骠骑兵伫立片刻，仿佛犹豫不决。

“皇上怎么可以犹豫不决呢？”罗斯托夫想，随即他甚至觉得这犹豫不决也像皇上的所有举止一样庄严而迷人。

皇上只犹豫了一会儿。他穿着当时流行的尖头皮靴，用一只脚碰了碰他所骑的英国式枣红色母马的腹部；皇上一只戴着白手套的手一提缰绳，他动身了，身后是随行的侍从们，仿佛不规则地徐徐蠕动的人海。他走得远了，远了，不断在其他各团面前停留一下，最后，隔着簇拥在两位皇帝身旁的侍从们，罗斯托夫只看得见他帽顶上的白色羽饰了。

在侍从先生们之中，罗斯托夫也发现了懒散、萎靡地骑在马上的鲍尔康斯基。罗斯托夫想起了昨天和他的争吵，于是提出了一个问题，该不该和他决斗。“当然不该，”罗斯托夫现在想……“在现在这样的时候，这种事值得想、值得谈吗？在这样充满爱，充满狂热和奉献精神的时刻，我们的争吵和委屈算得了什么？现在我爱所有的人，宽恕所有的人。”罗斯托夫想。

皇上巡视了几乎所有的团队之后，部队开始以分列式在他身旁通过，罗斯托夫骑着新近从杰尼索夫那里买来的贝都因，走在自己骑兵连的末尾，也就是说，他一个人在皇上面前处于引人注目的位置。

在接近皇上的时候，出色的骑手罗斯托夫两次用马刺猛踢他的贝都因，幸运地使它发狂似的奔驰起来，贝都因被激怒时就是这样狂奔的。贝都因把喷着白沫的马嘴弯向胸脯，扬起马尾，仿佛蹄不点地凌空飞行，它姿态优美地高高奋起四蹄，疾驰而过，贝都因也感觉到了皇上投向自己的目光。

罗斯托夫自己双腿后缩，收腹，觉得自己已和骏马融为一体，皱着眉头，然而面带幸福的神情，如同杰尼索夫所说，**魔鬼般地**从皇上身旁驰过。

“巴甫洛格勒团的军人真是好样的！”皇上说。

“我的天！要是他命令我马上就去赴汤蹈火，我该是何等幸福啊。”罗斯托夫想。

检阅结束后，新到的和库图佐夫所部的军官们都三五成群地聚集在一起，谈到赏赐，谈到奥地利军队以及他们的服装和他们的战线，谈到波拿巴和他现在的艰难处境，尤其是因为埃森①的军团即将到达，而且普鲁士将站在我们一边。

但在所有的圈子里谈得最多的是亚历山大皇帝，人们转述他的每一句话，谈论他的一举一动，而且为之陶醉。

人人都只有一个愿望：赶快在皇上的统率下向敌军发起进攻。陛下亲临指挥，必将战胜任何敌人。罗斯托夫和大多数军官在检阅后都是这样想的。

检阅后，大家比打了两次胜仗都更加对胜利充满信心。

九

检阅的第二天，鲍里斯穿上最好的军服，带着自己战友贝格希望他

---

① 埃森（1759—1813），俄国将军。1805 年 11 月初，埃森军团与联军会师。

成功的良好祝愿，骑马到奥洛穆茨去找鲍尔康斯基，希望利用他的好意，为自己谋取最好的差使，特别是给重要人物当副官的差使，这是他在军队中梦寐以求的。“罗斯托夫的父亲每次都给他寄来一万卢布，他可以轻松地说，他不愿巴结任何人，也决不给任何人当仆从；而我除了自己的头脑就一无所有，必须自谋前程，有机会就不能放过，而要好好利用。”

这一天他在奥洛穆茨没有找到安德烈公爵。但是司令部、外交使团和带着大量侍从的两位皇帝的驻地奥洛穆茨，高官显贵云集的奥洛穆茨的景象使他跻身于这个上层世界的欲望更加强烈了。

他谁也不认识，尽管他身穿漂亮的近卫军军服，可是所有那些上层人物，在大街上络绎不绝，炫耀着华丽的马车、羽饰、绶带、勋章的高官显贵，看来和他这个近卫军的小军官竟有天壤之别。他们不愿，也不可能承认他的存在。他在总司令库图佐夫的驻地打听鲍尔康斯基，那里的所有军官甚至勤务兵投来的目光，仿佛要告诉他，很多像他这样的军官都在这里窜来窜去，叫人厌烦透了。尽管如此，不妨说正因如此，第二天，即十五号，他在午餐后又骑马来到奥洛穆茨，走进库图佐夫所在的那幢房子打听鲍尔康斯基。安德烈公爵在家，他被领进一个大厅，以前大概是举行舞会的地方，现在放着五张床和各种家具：若干桌子、椅子和一架古钢琴。近门的一个副官穿着波斯式长袍，坐在桌旁写字。另一个副官，脸色红润的胖子涅斯维茨基躺在床上，双手放在脑后，正在和一个坐到他身边来的军官说笑。第三个在古钢琴上弹奏维也纳圆舞曲，第四个倚着古钢琴为他伴唱。没有鲍尔康斯基。这些先生们看见鲍里斯，没有一个肯动一动。鲍里斯向写字的副官询问，他不耐烦地回过头来对他说，鲍尔康斯基在值班，要找他可以从左首的门到接待室去。鲍里斯谢了他，到接待室去了。接待室里有十来个军官和将军。

鲍里斯进去的时候，安德烈公爵鄙夷地眯着眼睛（这是一种特殊的谦恭而又倦怠的态度，它明明白白地在说，要不是我的职责所在，我连一分钟也不会和您谈话），在听一位佩戴着几枚勋章的俄国老将军的谈话，将军几乎踮着脚，身姿笔挺，赤红的脸膛上带着士兵的巴结的表情，正在向安德烈公爵报告什么。

“很好，请稍候。”他用带法语腔调的俄语对将军说道，当他有意表示鄙夷的态度时就这样说话。安德烈公爵看见了鲍里斯，便不再理会那位将军（将军赶快跟在他后面，请求他再听下去），面带愉快的微笑，向鲍里斯点头致意。

鲍里斯这时已完全明白了他以前就预感到的一点，即除了本团官兵都知道、他也知道的军事条令中明文规定的等级制度和纪律之外，还有另一个更重要的等级制度，正是那不成文的等级制度迫使这位受到冷落的赤红脸膛的将军恭敬地在一旁等候。这时大尉安德烈公爵却为了自己高兴，认为和德鲁别茨科伊准尉交谈是合适的。鲍里斯比任何时候都更坚决地抱定宗旨，今后在履行军务时要遵循这不成文的等级制度，而不是遵循军事条令中的明文规定。他现在感到，仅仅由于他被介绍给安德烈公爵，他的地位马上就高于将军，在其他场合，在战场上，这位将军对他这个近卫军准尉是操有生杀之权的。安德烈公爵走上前来握着他的手。

“很遗憾，昨天让您白跑了。我整天在和德国人打交道。陪魏罗特去检查兵力部署。德国人较起真来就没完没了！”

鲍里斯露出会心的微笑，仿佛他很了解安德烈公爵在暗示什么众所周知的事情。其实魏罗特的名字，甚至部署这个词，他还是第一次听到。

“怎么样，亲爱的，还是想当副官？在这段时间里，我为您考虑过。”

“是的，我想，”鲍里斯说，不由地红了脸，“向总司令提出请求。我有库拉金公爵给他的一封推荐信；我提出请求，只是因为，”他补充道，仿佛歉疚似的，“我担心，近卫军不会投入战斗。”

“好吧！好吧！我们要认真地商量一下，”安德烈公爵说，“不过请让我替这位先生通报一声，然后我就有时间奉陪了。”

在安德烈公爵去为赤红脸膛的将军通报的时候，这位将军看来并不赞同鲍里斯对不成文的等级制度的见解，因而目不转睛地紧盯着妨碍他和副官谈话的放肆的准尉，使鲍里斯觉得很尴尬。他掉转头，焦急地等候安德烈公爵从总司令的办公室出来。

“听我说，亲爱的，我已经为您考虑过了。”安德烈公爵和他来到有一架古钢琴的大厅时说道。“您不必去找总司令，”安德烈公爵接着说，“他会对您说上一大堆客套话，还请您去吃饭（‘就那种等级制度而言，这就算不错的了’，鲍里斯想），可是这不会有任何结果；我们这些副官和传令官眼看有一个营了。不过我们可以这么办：我有一个好朋友，侍从将军多尔戈鲁科夫公爵[①]，为人极好；尽管有些情况您不必知道，可是问题在于，现在库图佐夫及其参谋部和我们都不起任何作用：一切都由皇上掌控，我们还是去找多尔戈鲁科夫，我也有事要去一趟，我已经对他谈到过您；我们不妨去看看，他是否有可能把您安排在他自己身边，或安排到更接近太阳的地方。”

安德烈公爵总是特别热心地指引年轻人，帮助他们在上流社会获得成功。在帮助别人的借口下——尽管他出于高傲，自己永远不会接受这样的帮助，他可以置身于高层，那是可以提供成功的机遇并吸引他的地方。他很高兴为鲍里斯奔走，当即便带他去见多尔戈鲁科夫公爵。

天色已经很晚了，他们才走进两位皇帝及其近臣所居住的奥洛穆茨行宫。

这一天举行了军事会议，参加会议的有奥地利御前军事会议的全体成员和两位皇帝。与库图佐夫和施瓦岑贝格公爵[②]两位老者的意见相反，会议决定立即进军，向波拿巴发起总攻。军事会议刚刚结束，安德烈公爵就在鲍里斯的陪同下来到行宫找多尔戈鲁科夫公爵。这时司令部的所有人还处于少壮派在今天的军事会议上大获全胜的陶醉状态。主张暂不进军，等待时机的稳健派的声音遭到一致反对，他们的理由被进攻有利的无可辩驳的论据所推翻，以至会议上所说的话、眼前的战役

---

①多尔戈鲁科夫（1777—1806），驻库图佐夫司令部的侍从将军，亚历山大一世的亲信之一，深得皇帝的宠信。

②施瓦岑贝格（1771—1820），奥地利元帅，1805年任御前军事会议副主席。

和无可置疑的胜利似乎已不是对未来的展望，而是既成事实。一切有利条件都在我们一边。我们强大的兵力无疑超过拿破仑的兵力，已集结在一起，由于两位皇帝亲临，部队士气高昂，求战心切。指挥部队的魏罗特将军对行将展开军事行动的战略要地了如指掌（似乎是一个幸运的巧合，去年奥地利军队进行演习的地方，恰恰就是现在要对法军作战的战场）；看着军事地图，摆在面前的地形的所有细节都一目了然，而显然已被削弱的波拿巴却毫无动静。

多尔戈鲁科夫是最热烈的主战者之一，刚开完会回来疲惫不堪，但很兴奋，因为获得胜利而感到自豪。安德烈公爵把受他庇护的军官向他作了介绍，但多尔戈鲁科夫有礼貌地紧握一下他的手，对鲍里斯什么也没说，看来他忍不住要把此刻最想一吐为快的想法说出来，于是用法语对安德烈公爵说道：

“啊，亲爱的，我们打赢了一场多么艰难的战争！但愿这场争论所导致的结果也同样是一场辉煌的胜利。不过，亲爱的，”他断断续续地、热情地说道，“我应当承认，我错怪了奥地利人，特别是错怪了魏罗特。那样言简意赅，那样详尽无遗，那样了解地形地物，那样有预见性，一切可能性、一切条件、一切最细微的详情细节，全都考虑到了！不，亲爱的，再也想不出比我们所拥有的条件更有利的情况了。奥地利人的认真与俄国人的勇敢相结合，除此之外，您还想要什么呢？”

“那么最后的决定是要进攻了？”鲍尔康斯基说。

“您知道吗，亲爱的，我觉得波拿巴是惊慌失措了。您要知道，今天收到了他给皇上的信。”多尔戈鲁科夫意味深长地微笑道。

“是吗！他写了些什么呢？”鲍尔康斯基问。

“他有什么可说的？东拉西扯而已，不过是为了拖延时间。我告诉您，他已经落在我们手里了，这是肯定的！不过最有趣的是，”他说，突然宽厚地笑了，“大家怎么也想不出，回信该怎么称呼他。既然不能称他执政，自然也不能称他皇帝，我觉得那就只好称他波拿巴将军了。”

“可是，不承认他是皇帝和称他波拿巴将军，这两者是有区别的。”鲍尔康斯基说。

“问题就在这里，”多尔戈鲁科夫笑着打断他的话，很快地说道。“您认识比利宾，这是个很聪明的人，他建议信上写：‘致篡位者和人类公敌’。”

多尔戈鲁科夫高兴得哈哈大笑。

“就这样？”

“不过，比利宾还是想出了一个正经的头衔。这个人又聪明又机智……”

“怎么呢？”

“致法国政府首脑。致法国政府首脑，”多尔戈鲁科夫公爵严肃而愉快地说道，“这样好，是吧？”

“好，不过他是不会高兴的。”鲍尔康斯基说。

“啊，他会很不高兴！我的兄弟认识他，在巴黎时不止一次在他那里，在现在的这位皇帝那里吃饭，他告诉我，他没有遇到过比他更敏感、更狡狯的外交家：您要知道，那是法国人的机灵和意大利人的表演才能的结合。您听说过他和马尔科夫伯爵的笑话①吗？只有马尔科夫伯爵能对付他。您知道手绢的故事吗？简直太妙了！”

于是爱饶舌的多尔戈鲁科夫时而转向鲍里斯，时而转向安德烈公爵讲了起来，波拿巴为了试试我们的公使马尔科夫，故意把手绢掉在他面前，停下来望着他，大概是等马尔科夫为他效劳，马尔科夫马上也把自己的手绢掉在旁边，然后拾起自己的手绢，却没有捡起波拿巴的手绢。

“妙极了！”鲍尔康斯基说，“不过，公爵，我来是为这个年轻人向您求情的。您瞧，是这样……”

可是安德烈公爵还没有把话说完，一个副官走了进来，说皇上召见多尔戈鲁科夫公爵。

“噢，真糟糕！”多尔戈鲁科夫说，连忙站起来握着安德烈公爵和鲍里斯的手。“您知道，我很高兴能略尽绵薄，无论是为您，还是为这

---

①这里讲的“笑话”是俄国1801—1803年驻巴黎公使莫尔科夫伯爵（1747—1827）的真实故事。

个可爱的年轻人，”他再一次握握鲍里斯的手，脸上带着和蔼、真诚、热情的轻率应付的表情。“可是您瞧……只好等下次了！”

这时，鲍里斯很激动，因为他觉得自己与至高无上的权力已近在咫尺。在这里，他感到自己接触到了那指挥千军万马规模宏大的运动的权力中心，而在自己的团里，他觉得自己只是这种运动中的一个微不足道、唯命是从的组成部分。他们跟着多尔戈鲁科夫来到走廊，遇到一位（他刚从皇上的房间出来，多尔戈鲁科夫是从那同一扇门进去的）身材不高的文官，他有一张聪明的脸，下巴明显地向前突出，但并不损害他的容貌，反而使他的表情显得更有活力，更灵活乖巧。这个矮小的人像自己人一样向多尔戈鲁科夫点点头，以冷冷的专注的目光凝视着安德烈公爵，朝他直冲过来，显然，他以为安德烈公爵会朝他鞠躬，或给他让路。安德烈公爵既不鞠躬也不让路；他的脸上带着恼怒的表情，于是那个年轻人转身从走廊的一侧走了过去。

“这是什么人？”鲍里斯问。

“这是最引人瞩目、也是我最不喜欢的人之一。他是外交大臣，亚当·恰尔托雷日斯基公爵①。”

“就是这些人，”鲍尔康斯基忍不住长叹一声说道，这时他们正要走出行宫，“就是这些人在决定各国人民的命运。”

第二天部队出征，直到奥斯特利茨战役之前，鲍里斯未能去找鲍尔康斯基或多尔戈鲁科夫，暂时还留在伊兹梅洛夫团。

十

尼古拉·罗斯托夫所在的杰尼索夫骑兵连隶属于巴格拉季翁公爵的部队，十六日黎明，正如人们所说，该连从宿营地出发作战，可是跟在其他纵队后面走了大约一俄里，就奉命在大道上停下了。罗斯托夫眼看着哥萨克、骠骑兵一连和二连、几个步兵营带着炮兵部队从他身旁过

①恰尔托雷日斯基公爵（1770—1861），波兰人，亚历山大一世的亲信，时任俄国外交大臣。

去，巴格拉季翁和多尔戈鲁科夫两位将军和他们的副官们也都骑着马过去了。他像往常一样在战前所感到的恐惧，为克服这种恐惧而进行的内心斗争，他要在这次战斗中以骠骑兵的方式立功的梦想全都落空了。他们的骑兵连被留在预备队里，这一天尼古拉·罗斯托夫过得又无聊又烦闷。上午九时，他听到了前方密集的枪炮声，“乌拉”的呐喊声，看到了抬下来的伤兵（伤兵不多），最后又看到哥萨克骑兵连押送长长的一队法国骑兵。显然，战事结束了，显然，这是一次小规模的战斗，然而打得很成功。回来从旁经过的官兵们在谈论辉煌的胜利，讲到攻克维绍，而法军的一个骑兵连全部被俘。这是寒夜之后的阳光明媚的白天，秋日悦目的光辉与胜利的消息同时来临，不仅参战官兵的叙述在传达这个消息，而且士兵、军官、将军和副官们的喜气洋洋的表情也在传达这个消息。这就使尼古拉更加感到揪心的痛苦，他白白地忍受了战前的那种恐惧，无所事事地虚度了这欢乐的一天。

“罗斯托夫，你过来，我们来借酒浇愁！”杰尼索夫叫道，他坐在路边，面前放着军用水壶和下酒菜。

军官们在杰尼索夫装着饮料和吃食的小箱子旁边围成一圈，边吃边聊。

“瞧，又押来了一个！”一个军官指着被俘的法国龙骑兵说道，押送的是两个步行的哥萨克。

一名哥萨克牵着从俘虏手里缴获的高大漂亮的法国马。

“把这匹马卖给我们！”杰尼索夫对哥萨克说。

“好吧，长官……”

军官们都站了起来，把哥萨克和法国俘虏围在中间。法国龙骑兵是个年轻的小伙子，阿尔萨斯人，讲一口带德国口音的法语。他激动得气喘吁吁，脸色红扑扑的，一听到有人讲法语，便急忙对军官们说起话来，一会儿对这个讲，一会儿又对那个讲。他说他本来是不会被俘的；他被俘不能怪他，只能怪下士，下士派他去拿几条被子，他提醒过，那里已经有俄国人了。他每讲一句话，都会加上一句：请你们爱护我的马啊，还怜惜地抚摸着自己的马。看得出来，他不大清楚自己是在什么地方。他有时为自己被俘辩解，有时又以为面对的是自己的长官，想表现自己作为士兵的勤恳和尽职。他给我们的后卫部队带来了法军的清新活泼的氛围，这种氛围对我们来说是那么陌生。

两个哥萨克要价两个金币，于是罗斯托夫买下了这匹马，收到家里的钱以后，他现在是最富有的军官了。

“您要爱护马啊。”马交给罗斯托夫之后，阿尔萨斯人对骠骑兵好心地嘱咐道。

罗斯托夫微笑着安慰龙骑兵，又给了他一些钱。

“走吧，走吧！”一个哥萨克说，碰了碰俘虏的手臂，要他往前走。

“皇上！皇上！”突然骠骑兵当中有人叫道。

所有的人都匆忙地跑动起来，罗斯托夫看到后面的大道上，有几个帽子上带有白色羽饰的骑者过来了。转眼间大家都各就各位，等候着。

罗斯托夫不记得，也没有感觉到，他是怎样跑回自己的岗位，上了马。刹那间他未能参加战斗的遗憾没有了，在看惯了的人们中间的那种无聊的感觉没有了，所有关于自己的想法都在刹那间消失了：他由于皇上驾临而完全沉浸于幸福感之中。他觉得自己虚度的一天，由于皇上的临近而得到了补偿。他感到幸福，就像一个恋人在等候久已期盼的约会。他在队列中不敢回头张望，不过，即使不回头看，他也极度兴奋地感觉到了**他**的来临。他感觉到这一点，不只是根据一群骑者驰近的马蹄声，而且是因为随着他们的来临，他的周围变得越来越光明、欢乐、隆重而充满节日的气氛。罗斯托夫心目中的太阳渐渐临近，闪耀着谦和、庄严的光辉，他已经觉得自己沉浸在这光辉之中，他听得见他的声音了，那亲切、安详、庄严而又那么质朴的声音。罗斯托夫觉得，四周正如应有的那样鸦雀无声，就在这寂静中响起了皇上说话的声音。

“这是巴甫洛格勒团的骠骑兵？”他问道。

“是预备队，陛下！”有人回答道，在听到“这是巴甫洛格勒团的骠骑兵”的非人间的声音之后，这回答的声音显得那么平凡。

皇上来到罗斯托夫面前停住了。亚历山大的脸比三天前检阅时更美了，他的脸焕发着愉悦和青春的光彩，那天真无邪的青春使人想起十四岁孩子的活泼淘气，然而那毕竟还是庄严的皇帝的脸。在偶尔打量骑兵连的时候，皇上与罗斯托夫四目相对，皇上的目光注视他的眼睛不过两秒钟。皇上明白罗斯托夫此刻的心情吗（罗斯托夫觉得，他全都明白），不过他的一双蓝眼睛对罗斯托夫的脸看了一两秒钟。（他的眼睛放射着柔和、亲切的光辉。）后来他突然扬起眉毛，用左脚猛地一踢坐骑，向前疾驰而去。

听到前线密集的枪炮声，年轻的皇帝克制不住亲临战地的渴望，不顾近臣的劝阻，于十二时离开他所在的第三纵队，向前线飞驰而去。还没有到达骠骑兵那里，几个副官迎面而来，带来了战事已经胜利结束的消息。

仅仅俘虏法军一个骑兵连的战斗，被认为是对法军的辉煌的胜利，因此皇上和全军，尤其是在战场上的硝烟还没有散尽的时候，深信法国人已经被打败，正在被迫撤退。皇上过去几分钟后，巴甫洛格勒团的一个营奉命向前推进。在德国小城维绍，罗斯托夫又见到皇上一次。在皇上到来之前，城里的广场上有过十分激烈的枪战，留下的几个死者和伤兵还没有来得及运走。皇上在文武侍从的簇拥下，骑着另一匹英国式短尾枣红色母马，向一侧弯下身子，以优美的姿态举起金质带柄眼镜，看着一个趴在地上的士兵，他没有戴帽子，满头血污。这名伤兵那么肮脏、粗鲁、恶心，罗斯托夫觉得，他离皇上那么近简直是亵渎。罗斯托夫看到皇上拱着的肩膀仿佛受了寒似的抖了一下，他的左脚用马刺痉挛地敲击着马的腰部。训练有素的马冷漠地回头望望，站在原地不动。几个副官下马架起了伤兵，把他往赶来的担架上放。伤兵呻吟起来。

“轻一点，轻一点，不能轻点儿吗？”皇上说，看来他比将死的士兵还要痛苦，他走开了。

罗斯托夫看到皇上热泪盈眶，听见他在离开时用法语对恰尔托雷日斯基说：

“战争多么可怕啊，多么可怕啊！战争多么可怕啊！”

前卫部队部署在维绍前方，能看到敌军的散兵线，稍一交火，敌人便把地方让给我们，整天都是这样。皇上宣布了对前卫部队的嘉勉，答应给予奖赏，士兵们领到了双份伏特加。野营的篝火比昨夜更欢快地噼啪作响，士兵的歌声也更加嘹亮。这天夜里，杰尼索夫设宴庆祝自己升为少校，已经喝得醉醺醺的罗斯托夫在宴会要结束时提议为皇上的健康干杯，但“不是像在正式宴会上为身为帝王的皇上干杯，而是为我们的皇上，一位善良的、有魅力的、伟大的人干杯；让我们为他的健康，为我军必将战胜法国人干杯！”

“既然我们以前也打过仗，”他说，“而且让法国人尝到了厉害，就像在申格拉伯恩那样，那么现在皇上亲临前线，情况会怎样？我们要为他而死，心甘情愿地为他而死。是吧，诸位？也许我讲得不大恰当，我喝多了；可我觉得是这样，你们也一样。为亚历山大一世的健康！乌拉！”

“乌拉！”军官们热情洋溢地欢呼起来。

老骑兵上尉基尔斯滕也热情地喊着，他的真诚丝毫不亚于二十岁的罗斯托夫。

军官们把酒喝干摔碎了杯子，基尔斯滕又把别的杯子斟满，他只穿着衬衫和马裤，端起一杯酒走到士兵们的篝火旁，他摆出庄严的姿态，高高地扬起一只手，颏下飘着长长的花白胡子，敞开的衬衫露出白净的胸脯，站在篝火的火光里。

“弟兄们，为皇帝陛下的健康，为我们的胜利，乌拉！”他以老骠骑兵的豪迈的男低音呼喊道。

骠骑兵都聚拢来，以大声的呼喊和谐地回应他。

深夜大家都散了。杰尼索夫用他短短的手拍拍自己心爱的罗斯托夫的肩膀。

“在行军作战中没有恋爱的机会，他就爱上皇上了。”他说。

“杰尼索夫，你不要开这样的玩笑，”罗斯托夫叫道，“这是那么崇高，那么美好的感情，是那么……”

“相信，相信，老弟，我赞同而且欣赏……”

“不，你不懂！”

罗斯托夫站起来，在篝火间漫步，幻想要是能为皇上而死，不是为救驾而死（这是他想也不敢想的），只要能死在皇上的面前，那是多幸福啊。他的确是爱上了皇上，爱上了俄国军队的荣誉，爱上了战胜敌人的希望。在奥斯特利茨战役之前的那些难忘的日子里，怀有这种感情的不只是他：当时俄军百分之九十的官兵都爱上了自己的沙皇和俄国军队的荣誉，尽管不像他那样爱得如醉如痴。

十一

第二天，皇上驻跸维绍。御医维利埃几次奉诏前往探视。司令部和附近的部队盛传圣体欠安。据近臣说，皇上没有进食，睡眠不佳。圣体欠安是因为兵员死伤的情景对皇上敏感的心灵产生了强烈的影响。

十七日黎明，一名法国军官从前哨被带到维绍，他是打着军使的旗号来的，要求觐见俄国皇帝。这个军官是萨瓦里[①]。皇上刚刚入睡，因此萨瓦里只能等待。中午他获准觐见皇上，并于一个小时后和多尔戈鲁科夫公爵一起前往法军的前哨部队。

据说，萨瓦里此行的目的是议和，并提议亚历山大皇帝与拿破仑会晤。使全军感到高兴和自豪的是，会晤的建议被拒绝，维绍之战的胜利者多尔戈鲁科夫公爵奉旨随萨瓦里前往，代表皇上与拿破仑进行谈判，如果和预料相反，谈判真的是以谋求和平为宗旨的话。

傍晚多尔戈鲁科夫回来，直接去见皇上，并单独在那里待了很久。

部队在十一月十八和十九两天又连续向前推进，敌军的前哨常常在短暂的交火之后随即撤退。军队的上层从十九日中午开始便展开了强有力的匆忙而紧张的行动，一直延续到第二天十一月二十日上午，这一天进行了如此令人难忘的奥斯特利茨会战。

十九日中午之前，行动、热烈的交谈、奔走、副官们奉命四出，这

---

①萨瓦里（1774—1833），公爵，曾任拿破仑的副官，当时是法军师长。萨瓦里的使命是一个精心策划的军事计谋。拿破仑蓄意散布流言，渲染法军处境艰难，他在寻求和平等等。派遣萨瓦里到俄军领导机关议和，按照拿破仑的意图，就是要使亚历山大一世及其近臣对流言深信不疑。

一切还仅仅局限于两位皇帝的大本营；这一天的午后，行动传递到了库图佐夫的司令部和各纵队首长的参谋部。傍晚，这个行动通过副官们扩散到了全军的各个角落和各个部分，十九日夜盟军的八万之众在宿营地起床，到处响起嗡嗡的谈话声，人潮涌动，继而大军出发，形成了长达九俄里的宏伟画卷。

清晨两位皇帝的大本营所开始的集中行动推动了全部后续行动，它好像塔楼大钟中心的轮子的最初行动一样。一个轮子慢慢地转动了，第二个、第三个也转动起来，于是所有的轮子、滑轮和齿轮都越来越快地启动了，自鸣钟开始敲响钟点，报时的数字跳出来，时针开始均匀地移动，表示行动的结果。

军事机械和钟表的机械一样，一经启动的行动直至最后的结果也是不可遏止的，还没有轮到的机械的零部件，在被传动之前也都寂然不动。在轮子挂住轮齿时轮轴嗞嗞作响，滑轮飞快地旋转而发出吱吱的响声，而邻近的轮子还是静止不动，仿佛要静止几百年，可是时候一到，这个轮子被曲杆带动，便吱吱作响地旋转起来，从而融入整体的运动，而对运动的结果和目的却一无所知。

钟表里无数不同的齿轮和滑轮的复杂运动的结果，只是表示时间的时针的缓慢而平稳的移动，同样，这十六万俄国人和法国人——所有这些人的一切激情、愿望、悔恨、屈辱、痛苦、高傲的冲动、恐惧、狂喜——的全部复杂的人类运动的结果，只是所谓三皇会战的奥斯特利茨会战的失败，也就是世界历史的时针在世界历史的钟面上的缓慢的移动。

安德烈公爵这一天值班，始终没有离开过总司令。

傍晚五点多钟，库图佐夫来到两位皇帝的大本营，觐见皇上不久，顺便去见宫廷事务总管大臣托尔斯泰伯爵。

鲍尔康斯基利用这个时间，去找多尔戈鲁科夫了解一下详细战况。安德烈公爵觉得，库图佐夫情绪低落，心怀不满，司令部里的人也都对他不满，而皇帝大本营里所有与他交谈的人似乎都知道一些别人所不了解的情况，因此他很想找多尔戈鲁科夫谈一谈。

“您好，亲爱的，”多尔戈鲁科夫说，他正和比利宾在一起喝茶，“明天是个大喜的日子。你们的老头子怎么样？心情不佳？”

“不能说他心情不佳，但他好像希望别人能听听他的意见。”

“大家在军事会议上听过他的意见了，以后也会听，只要他讲得有道理，然而目前波拿巴最害怕的是决战，在这样的时候拖延和观望是不能容许的。”

“对了，您见到他了吗？”安德烈公爵说，“波拿巴怎么样？您对他的印象如何？”

“见到了，而且我确信，他在世上最害怕的就是决战，”多尔戈鲁科夫又重复了一遍，看来他很重视与拿破仑会见后所得出的这个总结论，“如果他不怕交战，那么他何必要求会晤，要求谈判，主要的是，他何必退却呢？要知道，退却是完全违背他的作战准则的。请您相信：他害怕，害怕决战，他的末日到了。这是我说的。”

“请您谈谈，他是怎样的一个人？”安德烈公爵又问。

“这个人身穿灰色常礼服，很希望我对他以‘陛下’相称，可是，使他难受的是，他从我嘴里没有听到任何头衔。他就是这样的一个人，没有什么可说的了。”多尔戈鲁科夫回答道，回头望着比利宾微微一笑。

“尽管我十分尊敬老库图佐夫，”他继续说道，“可是现在波拿巴已经在我们的掌握之中，这是毋庸置疑的，如果我们还要等待观望，使他有机会逃走或骗过我们，那么我们这些人就未免太蠢了。不，切不可忘记苏沃洛夫和他的准则：不要让自己处于挨打的地位，而要主动进攻。请您相信，在战争中，年轻人旺盛的精力往往比优柔寡断的老将的经验更能指明制胜之道。”

“可是我们在什么位置发动进攻呢？今天我到过前哨阵地，却无法断定，他的主力究竟在哪里。”安德烈公爵说。

他想对多尔戈鲁科夫陈述自己所拟定的进攻计划。

“嗳，这完全是无所谓的，”多尔戈鲁科夫很快地说道，他站起来在桌子上展开地图，“一切情况都预见到了：如果敌人在布吕恩……”

于是多尔戈鲁科夫公爵迅速而含糊地陈述了魏罗特的侧翼迂回计划。

安德烈公爵开始反驳，并证明自己的计划可以与魏罗特的计划相媲美，只是有一个缺点，那就是被魏罗特的计划抢先得到了认可。当安德烈公爵开始证明他的计划的弊端和自己的计划的优越时，多尔戈鲁科夫公爵就不听了，他不看地图，而是漫不经心地望着安德烈公爵的脸。

“不过，库图佐夫今天要召开一个军事会议，您可以在那里畅所欲言。”多尔戈鲁科夫说。

“我是要这么做。”安德烈公爵说，他离开了地图。

“你们何必操心呢，先生们？”比利宾说，他一直笑嘻嘻地听着他们的谈话，显然，现在想开开玩笑，“明天胜也好，败也好，反正俄国军队的荣誉是有保障的。除了你们的库图佐夫，没有一个纵队司令是俄国人，担任纵队司令的是：维姆普芬将军先生①，朗热隆伯爵②，利希滕施泰因公爵，霍恩洛厄公爵③，还有一个普尔什普尔希普尔什④，波兰人的名字都是这样的。”

“闭嘴，刻薄鬼，”多尔戈鲁科夫说，“您讲得不对，现在已经有两个俄国人：米洛拉多维奇⑤和多赫图罗夫，本来还有第三个，阿拉克切耶夫伯爵⑥，可是他神经衰弱。”

“我想，这是米哈伊尔·伊拉里翁诺维奇出来了，”安德烈公爵说，“祝你们一切顺利，先生们。”他补充了一句，与多尔戈鲁科夫和比利宾握握手，出去了。

在回去的路上，安德烈公爵忍不住向坐在身旁默不作声的库图佐夫

---

①原文为德文。维姆普芬（1770—1851）和下文的利希滕施泰因（1760—1836）均为奥地利人。

②朗热隆（1763—1831），法国古老家族的后裔，将军，曾在法国军队中服役。

③霍恩洛厄（1746—1818），普鲁士将军。

④比利宾在夸张地渲染波兰人名字的发音。他说的是普尔热贝舍夫斯基（1755—？），波兰人，俄国将军。

⑤米洛拉多维奇（1771—1825），俄国将军。

⑥阿拉克切耶夫（1769—1834），俄国将军，亚历山大一世宠臣。

问起他对明天的会战的想法。

库图佐夫严肃地看了看自己的副官，沉默了一会儿回答道：

“我认为我们会败，就对托尔斯泰伯爵这样说了，并请他把我的话转告皇上。你猜猜，他是怎么回答我的？‘噢，亲爱的将军，我管我的米饭和煎肉排，您管您的军事吧。’是的……这就是他给我的回答！”

十二

晚上九点多钟，魏罗特带着自己的计划来到库图佐夫的住处，预定就在这里召开军事会议。所有的纵队司令都必须向总司令报到，除了拒绝前来的巴格拉季翁公爵，全都按时到达了。

魏罗特是拟议中的会战的全权指挥官，他的活跃和匆忙与心怀不满、昏昏欲睡的库图佐夫形成鲜明的对照，后者无可奈何地扮演着军事会议的主席和领导者的角色。显然，魏罗特觉得自己是一场已经失控的运动的首领。他好像一匹驾着载货大车的马朝山下狂奔。他是在拉车呢，还是被驱迫着不得不跑，他不知道；但是他以极快的速度飞跑，已经没有时间考虑这样的行动会有什么结果了。这天晚上魏罗特两次亲临敌军散兵线进行考察，两次去向俄国皇帝和奥地利皇帝报告和说明情况，并在自己的办公室口授德文的作战部署。现在他疲惫不堪地来到了库图佐夫这里。

看来他是太忙了，甚至忘记了对总司令应有的礼貌：他打断他的话，自己讲得又快又含糊，既不看着对方，也不回答向他提出的问题，他身上沾满污泥，一副可怜、疲惫、张皇失措的样子，同时又傲慢而自以为是。

库图佐夫占用了奥斯特拉利茨附近一座不大的贵族城堡。在总司令用作办公室的大客厅里有库图佐夫本人、魏罗特以及军事会议的与会者。他们在喝茶。只等巴格拉季翁公爵了，他一到就可以开会。七点多钟巴格拉季翁的传令官来通知，公爵不能来了。安德烈公爵向总司令报告这个消息后留下不走了，因为库图佐夫事先曾准许他列席会议。

“既然巴格拉季翁公爵不来，我们可以开会了。”魏罗特说，他连忙站起来走到桌前，桌上铺开一幅布吕恩周边地形的大地图。

库图佐夫穿着解开了纽扣的军服，肥胖的脖子仿佛得到了解放，从军服里铺到了衣领上。他坐在伏尔泰式安乐椅里，把一双老年人的皮肉松弛的手对称地放在两边的扶手上，几乎睡着了。听到魏罗特在讲话，他勉强地睁开了他的那只独眼。

“对，对，开会吧，要不就太晚了。”他点点头说，随即把头垂下，又闭上了眼睛。

如果说与会者起初以为库图佐夫在装睡，那么后来在宣布作战部署时他鼻子里所发出的鼾声却足以证明，这时对总司令来说，对作战部署和任何其他事情表示蔑视的企图只是次要的，远为重要的是，他必须满足人的不可遏止的生理需求——睡眠。他是真的睡着了。魏罗特太忙了，一分钟也不能浪费，对库图佐夫匆匆一瞥，发现他睡着了，便拿起文件，以响亮而单调的声调读起了未来会战的部署，连标题也读了：

《关于进攻科别尔尼茨和索科尔尼茨后方之敌军阵地的部署，一八〇五年十一月二十日》。

部署很复杂也很难懂。原文是这样的：

“由于敌军的左翼以森林密布的群山为依托，而其右翼沿科别尔尼茨和索科尔尼茨延伸，位于那里的几个池塘之后，而我方则相反，我军左翼对敌之右翼占有优势，故利于进攻敌之该翼，尤其是在我军占领科别尔尼茨和索科尔尼茨这两个村庄之后，我军便有可能攻击该翼之侧面，并在施拉帕尼茨和蒂拉萨之间的平原上予以追击，避开施拉帕尼茨和别洛维茨之间有敌军掩护的隘口。为此目的必须……第一纵队的行进路线……第二纵队的行进路线……第三纵队的行进路线[①]……如此等等。”魏罗特读道。

将军们似乎不高兴听这种难懂的部署。浅色头发、个子高高的布克斯赫韦登将军背靠墙站着，眼睛望着烛火，似乎不在听，甚至不想装样子让人以为他在听。在魏罗特的正对面，面色红润的米洛拉多维奇一双

① 原文为德文。

闪亮的眼睛坦然地注视着他，摆着气势汹汹的架势，双手胳膊肘朝外撑在膝盖上，他坐在那里，胡子和两肩都微微翘起。他望着魏罗特的脸固执地三缄其口，只有在这位奥地利的参谋长暂不作声时才移开视线。这时米洛拉多维奇意味深长地环视其他将军。但是从这意味深长的目光来看，无法知道他对这种部署是否赞同，是否满意。坐得离魏罗特最近的是朗热隆伯爵，在读文件的时候，他那法国南方人的脸上始终带着含蓄的微笑，望着自己细长的手指快速地转动着嵌有肖像的金质鼻烟壶。在一个极长的段落读到一半的时候，他停下旋转鼻烟壶的动作，抬起头，薄薄的嘴唇的唇角上挂着一丝勉为其难的谦恭打断魏罗特，想说些什么；但奥地利将军不住声地读着，两个胳膊肘一摆，好像在说：等一会，等一会您再谈自己的想法，现在请看着地图听下去。朗热隆困惑地抬起眼睛，望望米洛拉多维奇，仿佛在寻求解释，可是看到米洛拉多维奇的意味深长却又毫无反应的目光，便愁闷地垂下眼睛，又开始转动鼻烟壶了。

“一堂地理课。”他似乎在自言自语，但声音很大，要让大家都能听得见。

普尔热贝舍夫斯基谦恭但不失尊严地用手掌朝魏罗特窝着耳朵，做出全神贯注的样子。矮小的多赫图罗夫坐在魏罗特对面，一副勤奋而谦虚的神气，在展开的地图上弯下身子，认真地研究作战部署和他所不了解的地形。他一再请魏罗特重复一遍他没有听清的词句和难记的村名。魏罗特总是满足他的要求，多赫图罗夫便用笔记下来。

持续一个多小时的朗读终于结束，朗热隆又停下鼻烟壶，他不看魏罗特，也不看任何人说道，这种部署很难执行，其中设想敌人的位置是已知的，可是我们可能并不知道敌人的位置在哪里，因为敌人是在运动之中。朗热隆的反驳是有充分根据的，但显而易见，他反驳的目的主要是想提醒魏罗特将军，他那么自信地就像对小学生一样宣读自己的作战部署，然而他所面对的并不是一群傻子，这些人在战争问题上也是能教他一些东西的。魏罗特单调的声音停止后，库图佐夫睁开了眼睛，好像磨房主在水磨轮子的令人昏昏欲睡的声音暂停时醒来一样，他听到了朗热隆所说的话，又赶紧闭上眼睛，仿佛在说：“你们还在讲这些废话啊！”他的头垂得更低了。

朗热隆竭力想挖苦这个人在军事上的自以为是，他证明，波拿巴很容易就能发起进攻，而不是被动挨打，从而使这种部署毫无用处。魏罗特对所有的反驳都报以坚定的鄙夷的微笑，显然，他早就胸有成竹，要用这样的微笑来对付任何异议，不管别人对他说什么。

“要是他能进攻我们，那么今天就进攻了。”他说。

“这么说，您认为他兵力不足？”

“他充其量只有四万人的部队。”魏罗特回答道，好像一位医生看到小护士要教他治病那样微笑着。

“在这种情况下，他坐等我们进攻，就是自寻死路。”朗热隆面带含蓄的嘲笑说道，又回顾离他最近的米洛拉多维奇，想得到他的支持。

可是，米洛拉多维奇这时最不感兴趣的就是两位将军的争论。

“真的，”他说，“我们明天到了战场上就全都清楚了。”

魏罗特又冷冷地一笑，表示他感到奇怪、可笑，竟然遭到俄国将军们的反对，而要费尽口舌来证明不仅他本人深信不疑，而且他使两位皇帝也心悦诚服的看法。

“敌人熄灭了全部灯火，而他们的阵营却发出连续不断的喧闹声，”他说，“这意味着什么呢？或者他们要逃走，这是我们最担心的，或者是要转移阵地（他冷冷地一笑）。不过，即使他们转移到蒂拉萨的阵地，那也只能省去我们的许多麻烦，而所有的命令，直至最小的细节都不必更改。”

“怎么可能呢？……”安德烈公爵说，他早就在等机会，要表示自己的疑虑。

库图佐夫醒了，他低沉地咳嗽一声，环视将军们。

“诸位，明天的，甚至可以说今天的（因为已过了午夜十二点）部署，不可能更动了，”他说，“你们都听到了作战部署，我们大家都要恪尽职守。而在会战之前，头等重要的大事……（他停顿了一下）就是要好好地睡一觉。”

他做出欠身站起来的样子。将军们鞠躬告退，纷纷散去。已是后半夜了。安德烈公爵走了出来。

安德烈公爵未能如愿地在军事会议上发表自己的看法，这次会议给他留下了模糊而不安的印象。是多尔戈鲁科夫和魏罗特对，还是库图佐夫和朗热隆以及其他反对进攻计划的人对呢，他不知道。“难道库图佐夫不能直接向皇上申述自己的想法？难道只能这样了？难道可以由于近臣们和个别人的见解而甘冒风险，不惜牺牲几万人和我的，**我的**生命？”他想。

“是呀，我明天很可能被打死。”他想。一想到死，在他的想象中蓦地浮现一系列最遥远、最隐秘的回忆；他想起了与父亲和妻子的最后一次分别；想起了自己与她初恋的时光；想起了她的身孕，他开始既可怜她也可怜自己，于是柔肠百转，心潮起伏，走出他和涅斯维茨基合住的农舍，在屋前来回踱步。

这是雾气迷蒙的夜，月光神秘地在雾里穿过。“是的，明天，明天！”他想。“明天，对我来说，也许一切都结束了，所有这些回忆都不会再有，所有这些回忆对我不再有任何意义。也许明天，甚至可以肯定就在明天，我有预感，我第一次终于可以大显身手。”于是他想象着会战和伤亡，战斗集中于一个地点，所有的长官都仓皇失措。于是他久已梦寐以求的那个幸福时刻、那个土伦终于来到他的面前。他坚定而明确地把自己的意见告诉库图佐夫，告诉魏罗特，告诉两位皇帝。人人都为他见解的正确而大为惊讶，但谁也不愿把它付诸实施，于是他奉命指挥一个团、一个师，并且约定任何人不得干预他的号令，他率领自己的师前往决定胜负的地点，独自战胜了敌人。死亡和苦难呢，你考虑过吗？——另一个声音在说。但安德烈公爵对这个问题置之不理而屡建战功。下一次会战的部署是他一个人决定的。他的身份是库图佐夫全军的值勤官，然而由他统筹一切。他独自打赢了下一个会战。库图佐夫被撤换，任命了他……那么后来呢？——另一个声音又说道，后来呢，假定在此之前你没有十次负伤，没有被打死或受骗的话；那么后来又怎样呢?“后来……”安德烈公爵自己回答道,“我不知道后来会怎样,我不想知道也不可能知道;但是,既然我希望这样,希望获得荣誉,希望成为著名人物,希望得到人们的爱,那么要知道,我有这样的愿望并没有什么错,我只有这个愿望,仅仅为此而活着。是的,仅仅为此而活着!这一点我永远不会告诉任何人,可是,天哪!我有什么办法呢,既然我什么也不爱,除了荣誉和人们对我的爱。我不怕死亡、负伤,不怕失去家庭,我是无所畏惧的。有很多人是我非常亲爱的人,父亲、妹妹、妻子都是我最亲爱的人,可是,不管说起来多么可怕而反常,我愿意立刻牺牲所有这些人,只是为了片刻的荣誉和人们胜利的喜悦,为了我不认识、也永远不会认识的人们对我的爱,就为了眼前这些人的爱。”他倾听着库图佐夫院子里的说话声想道。在库图佐夫的院子里说话的是收拾行装的勤务兵们:有一个人,大概是车夫,在戏弄库图佐夫的老厨师,安德烈公爵认识这个厨师,他叫季特,车夫说:“季特,啊,季特?”

“干吗?”老头子回答道。

“季特,推磨去呀。”逗笑者说。

“呸,见你的鬼!”他的话声淹没在勤务兵和仆人们的哄笑声中。

“毕竟我唯一的爱好和向往就是战胜他们所有的人,我珍惜在我头顶上的雾霭中回旋的神秘的力量和荣誉!”

十三

这一夜罗斯托夫和他的一个排在侧翼防御的散兵线上,位置在巴格拉季翁部队的前面。他的骑兵成双成对地散布在前线;他本人骑着马在这条散兵线上往返驰骋,努力克制向他袭来的难忍的睡意。在他身后可以看到在广阔空间的浓雾中朦胧闪耀的我军的篝火;在他前面是大雾弥漫的夜色。不论罗斯托夫怎样仔细地注视雾蒙蒙的远方,始终一无所见:时而在应该有敌人的地方仿佛闪烁着点点火光;时而他觉得,这不过是他的眼睛发花。他闭上眼睛,在他的想象中出现的时而是皇上,时而是杰尼索夫,时而是对莫斯科的回忆,于是他又连忙睁开眼睛,看见了他的坐骑的近在眼前的马头和耳朵，有时看见的是一些骠骑兵的黑色身影，这时他正朝他们驰去，相距只有六步，而远处依然是大雾弥漫的夜色。“为什么不呢？很可能，”罗斯托夫想，“皇上遇到我，给了我一个任务，就像对任何一个军官那样说道：‘你去了解一下那里的情况。’时常听人说，他完全偶然地认识某个军官，便提拔到自己身边。怎么样，要是他把我提拔到身边呢！啊，我会小心翼翼地保卫他，我会揭露他身边的骗子们！”罗斯托夫为了更生动地想象他对皇上的热爱和忠诚，便想象一个敌人或蒙骗皇上的德国人，他不仅要打死他，还要当着皇上的面抽他的耳光。突然，远处的呐喊声惊醒了他。他浑身一震，睁开了眼睛。

“我这是在哪里呀！对，是在散兵线上；口令和暗号是车辕、奥洛穆茨。真气人，明天我们的骑兵连是预备队……”他想，“我要请求参战。这也许是见到皇上的唯一的机会。对，现在就要换岗了。我再巡视一次，回来后就去见将军，向他提出请求。”他在马上整一整军容，催动坐骑，准备再巡视一遍自己的骠骑兵。他觉得天色亮了一些。可以看到，左面有一个明亮的斜坡，正前方是一座陡峭得像一面墙壁的山冈。山冈上有一个白色斑点，罗斯托夫怎么也搞不清楚：那是树林里被月光照亮的空地，还是一片积雪或白色的房屋？他甚至觉得，有什么东西在那白色斑点上蠕动。“这白色斑点大概是积雪；斑点，une tache，”罗斯托夫想。“这可不是塔什[①]……”

“娜塔什卡，妹妹，黑眼睛。娜……塔什卡……（我对她说，我见到过皇上，她一定会大为惊讶！）娜塔什卡……把塔什卡[②]拿去……”“靠右一点，阁下，那里是灌木丛。”一个骠骑兵的声音在说，罗斯托夫正睡意蒙眬地从他身旁经过。罗斯托夫猛地抬起头来，他的头已经垂到马鬃上了，他勒马停在骠骑兵的身边。年轻人孩子般的睡意无法遏止地向他袭来。“嗯，我在想什么来着？可别忘了。怎样和皇上谈话？

① “塔什”是法语斑点（tache）的译音。罗斯托夫由塔什联想到娜塔什卡。
② Ташка（其发音是塔什卡）是骑兵扣在背带上的皮囊。

不，不是，这是明天的事。对，对了！朝塔什卡[1]，踏上去……愚弄我们，我们是谁？骠骑兵。骠骑兵和胡子……这个长胡子的骠骑兵骑马在特维尔大街上走，我还想到过他，那时我就在古里耶夫家的对面……古里耶夫老头……嘿，杰尼索夫是非常好的小伙子！是的，这都不值一提。主要的是，目前皇上在这里。他那样看着我，很想对他说点儿什么，可他不敢……不，是我不敢。这不值一提，主要的是，不能忘记我想到的重要的事情，对。朝—塔什卡，踏—上去，对，对，对。这样很好。"他的头又垂到了马脖子上。突然，他觉得有人在向他射击。"怎么了？怎么了？什么！……你砍哪！什么？……"罗斯托夫说，他清醒了。在他睁开眼睛的瞬间，罗斯托夫听到前方，在敌军所在的地方，传来了上千人的一片悠长的呐喊声。他和身旁骠骑兵的马听见呐喊声竖起了耳朵。在响起呐喊声的地方亮起了一个光点又熄灭了，接着又是一个光点，于是山上法军全线都燃起了火光，呐喊声愈来愈猛烈。罗斯托夫听见法军的说话声，但听不清在说什么。只听见无数的声音响成一片：啊啊啊啊！噢噢噢噢！

"这是怎么了？你是怎么看的？"罗斯托夫问身旁的骠骑兵，"这是敌军吧？"

骠骑兵一言不发。

"怎么，你难道没有听见？"罗斯托夫等他的回答等了好久，又问。

"谁知道呢，阁下。"骠骑兵不高兴地回答道。

"从地点来看，想必是敌人吧？"罗斯托夫又问了一遍。

"也许是敌人，也许不是，"骠骑兵说，"夜里太黑了。嘿！别淘气！"他呵斥自己的躁动的马。

罗斯托夫的马也躁动起来，用蹄子刨着冰冻的土地，倾听着声音，注视着火光。呐喊声越发猛烈起来，融成一片轰鸣，那只能是数千大军

---

① 罗斯托夫在睡意蒙胧中把妹妹的名字分解为 на ташку（朝皮囊），随即又把наступить（踏上去）分解为 тупить нас（愚弄我们）。

所发出的声音。火光更加广泛地蔓延开来，那想必是法军前线阵地的火光。罗斯托夫已经没有睡意了。敌军欢腾快乐的呐喊声刺激了他。“皇帝万岁，皇帝万岁！”现在罗斯托夫已经听得很清楚了。

“不远，大概就在小溪那边。”他对身旁的骠骑兵说。

骠骑兵只叹了口气，什么也不说，悻悻地咳嗽了一声。

骠骑兵的散兵线上传来了奔驰的马蹄声，夜雾中突然出现了骠骑兵士官的大象般的身影。

“阁下，将军们来了！”士官来到罗斯托夫跟前说道。

罗斯托夫继续回头朝火光和喊声的来处观望，一边和士官向沿着散兵线驰来的几位骑者迎上去。一人骑着白马。巴格拉季翁公爵和多尔戈鲁科夫公爵带着副官们出来看看敌军呐喊和燃起火光的奇怪现象。罗斯托夫来到巴格拉季翁面前，向他作了报告，随即加入副官们的行列，倾听着将军们的谈话。

“请您相信，”多尔戈鲁科夫公爵对巴格拉季翁说，“这无非是个诡计：他撤退了，命令后卫部队点燃火光并发出喧嚷声，以便迷惑我们。”

“未必，”巴格拉季翁说，“从傍晚起，我就看见他们在那个山冈上；如果撤退，那里的人也就撤走了。军官先生，”巴格拉季翁公爵对罗斯托夫说，“敌军的侧翼部队还在那里吗？”

“傍晚时在。现在就不知道了，大人。请您下命令，让我带骠骑兵去看看。”

巴格拉季翁停了下来，他没有回答，在浓雾里竭力想看清罗斯托夫的脸。

“也好，您去吧。”他沉吟了一下说道。

“是，大人。”

罗斯托夫催动坐骑，喊来士官费琴科和两名骠骑兵，命令他们跟随自己出发，便朝着持续不断的呐喊声，往山下疾驰而去。罗斯托夫怀着又恐惧又愉快的心情，带着三个骠骑兵驰往那危险而神秘的大雾弥漫的远方，在他之前还没有人到过那里。巴格拉季翁从山上大声吩咐他，不要越过小溪，但罗斯托夫假装没有听见，他马不停蹄，越走越远，不断地看走了眼，把灌木丛当成树木，把车辙当成埋伏的敌人，又一一纠正过来。到了山脚下，他既看不见我方的火光，也看不见敌方的火光，但法军的呐喊声却听得更清楚了。在峡谷里他看到前面似乎有一条河，走到跟前却原来是一条车马通行的大路。上了大路，他勒住马犹豫起来：是沿着大路走，还是穿过大路经过黑黢黢的田野往山坡上走。在雾里闪着亮光的大路上走比较安全，因为能更快地发现敌人。“跟我来，”他说，于是穿过大路，纵马往山坡上奔去，傍晚时山上曾有步哨。

“阁下，看哪！”一个骠骑兵在后面说。

罗斯托夫还没来得及看清突然在雾里出现的黑影是什么，只见火花一闪，枪响了，一颗子弹仿佛在抱怨什么，嗖地在雾里高高地飞过，听不见了。另一支火枪没有打响，但药池里火花一闪。罗斯托夫拨转马头就往回跑。又间隔不等地响起了四声枪响，几颗子弹各自在大雾中的什么地方发出音响不同的呼啸。罗斯托夫轻轻勒住像他一样听到枪声兴奋起来的马缓缓步行。“喂，再来呀，喂，再来呀！”他心里有一个愉快的声音说道。但不再有枪声了。

离巴格拉季翁不远了，罗斯托夫又纵马奔驰，把手举在帽檐边来到他面前。

多尔戈鲁科夫仍然坚持己见，认为法军撤退了，只是为了迷惑我们才到处点火。

“这能说明什么呢？”他说，这时罗斯托夫正好来到他们跟前。“他们很可能在撤退时留下了步哨。”

“显然还没有全部撤走，公爵，”巴格拉季翁说。“明天再说吧，等到明天一切都清楚了。”

“山上有步哨，大人，还在他们傍晚所在的地方，”罗斯托夫报告道，他身子前倾，把手举在帽檐边，还忍不住在愉快地微笑着，引起这笑容的是这次侦察，主要是子弹的呼啸。

“好，好，”巴格拉季翁说，“谢谢您，军官先生。”

“大人，”罗斯托夫说，“请允许我向您提个请求。”

“什么事？”

“明天我们的骑兵连担任预备队；我请求您把我派往第一骑兵连。”

“姓名？”

“罗斯托夫伯爵。”

“啊，好的。留下当我的传令官吧。”

“是伊利亚·安德烈伊奇的儿子？”多尔戈鲁科夫问。

但罗斯托夫没有回答他。

“我就指望您了，大人。”

“我会下命令的。”

“很可能明天就派我带什么命令去见皇上，”他想，“谢天谢地！”

敌军中的呐喊和火光，是由于在向部队宣读拿破仑的命令时，皇帝亲自骑马巡视各个营地。士兵们看到皇帝，便点燃一束束干草，跟着他高呼：“皇帝万岁！”拿破仑的命令如下：

> 士兵们！俄国军队出来反对你们，要为乌尔姆城下的奥地利军队复仇。这就是在霍拉布伦被你们击溃并一直追击到这里的那些部队。我们的阵地坚不可摧，他们若从右面向我迂回，其翼侧就会暴露在我面前！士兵们！我将亲自领导你们的部队。如果你们以你们素来的勇敢精神使敌军陷于一片混乱，惊慌失措，那么我将远离火线，然而，胜利哪怕有片刻令人怀疑，你们就会看到，你们的皇帝将亲冒敌军的最初打击，因为对胜利不能有任何犹疑，特别是在事关法国步兵的荣誉的日子里，而法国步兵的荣誉是我们国家的荣誉所不可或缺的。
>
> 不要在运送伤兵的借口下扰乱部队！每个人都要坚定信念：必须战胜这些对我们国家抱有深仇大恨的英国雇佣军。这次胜利将结束我们的远征，我们就可以回到我们的冬季营地了，在法国

组建的法国新军将在那里与我们会师。那时，我所签订的和约将无愧于我的人民，无愧于你们和我。

拿破仑

十四

清晨五点，天色还是一片漆黑。中央部队和预备队以及巴格拉季翁的右翼还静止不动，但左翼的步兵、骑兵和炮兵纵队已行动起来，准备从宿营地出发，他们应当首先从高地上下去，以便进攻法军右翼，并按照作战部署将他们赶到波希米亚山区。人们把所有多余的东西都投进篝火，冒起了刺眼的浓烟。天寒夜黑，军官们匆忙地喝茶进早餐，士兵们咀嚼着干面包，频频跺脚取暖，他们纷纷来到篝火跟前，把板棚的残余、椅子、桌子、车轮、小木桶和一切不能带走的多余的东西都扔进去当柴火。奥地利的纵队向导官穿梭于俄军部队，他们是进攻的信使。只要奥地利军官在团长的驻地出现，全团官兵便开始行动： 士兵们离开篝火跑步集合，把烟斗插进靴筒，把行囊放上大车，纷纷持枪列队。军官们扣上纽扣，带上佩剑和背包，不时吆喝着巡视部队；辎重兵和勤务兵套车、装车，捆扎结实。副官和营长、团长骑上马，画着十字，给留下的辎重兵下达最后的命令、训导和任务，于是响起了成千只脚的单调、沉重的脚步声。各纵队出发了，不知道是去哪里，由于周围的人挡住视线，由于篝火的浓烟，由于大雾渐浓，他们既看不清离开的地方，也看不清到达的地方。

行动中的士兵被自己的团队所包围、限制，被带着走，就像一名水兵被自己的军舰带着走一样。不论他走了多远，来到多么奇特、陌生而危险的地域，他的周围——正如水兵的周围时时处处总是自己军舰上那同样的甲板、桅杆、缆索一样——时时处处总是那些战友、那支部队、那个连副伊万·米特里奇、连里的那只小狗茹奇卡、那些长官。士兵不大想了解他的整个团队所在的地域，然而在战斗的日子里，部队的精神世界会不约而同地出现一种不知来自何方的森严的声音，它意味着庄严的决定性时刻的到来，并激起他们非同寻常的好奇心。士兵们在战斗的日子里情绪激昂，竭力想超越对自己团队的兴趣，他们倾听着、注视着、贪婪地打听着他们周围的情况。

大雾弥漫，尽管天已破晓，还是看不清十步之外的东西。灌木好像是大树，平地好像是悬崖和斜坡。四面八方，到处都可能与十步之外看不见的敌人迎头相撞。但各纵队在大雾中走了很久，下坡上坡，经过花园、菜园，在新的陌生的地方行进，哪里也没有碰到敌人。相反，士兵们发现，前前后后，四面八方，我们的俄军纵队都朝着同一个方向前进。每一个士兵都感到心情愉快，因为他看到，虽然他不知道要去哪里，但和他同路的还有很多很多自己人。

“你瞧，库尔斯克团也过去了。”队伍里有人说。

“老兄，我们集结的部队真多啊！昨晚我一看，到处是篝火，一眼望不到边。一句话，整个一个莫斯科！”

没有一位纵队司令曾亲临部队，向士兵们讲话（正如我们在军事会议上所看到的那样，纵队司令们都心情沮丧，对拟议中的战事不满，他们只是执行命令，不关心鼓舞士气），尽管如此，士兵们士气高昂，他们在投入战斗，特别是发起进攻时总是这样。但是在浓雾中走了近一个小时之后，大部分部队不得不停下来，于是对出现混乱状况的担心在部队中迅速掠过，这种担心是怎样蔓延的，很难讲得清楚，然而无可置疑的是，它在非常准确而迅速地蔓延，就像峡谷中的流水那样难以觉察而又不可遏止地四处泛滥。如果俄军是单独行动，没有盟军，那么对混乱的这种担心，或许还要过很长时间才会成为普遍的共识，可是现在，大家都特别高兴而自然地把混乱归咎于糊涂的德国人，深信这种有害的混乱局面是卖香肠的家伙[①]造成的。

“怎么站住了？路被堵住了吗？该不是碰上了法国人吧？”

“不是，没动静嘛。否则就开火了。”

“真是，催着要出发，出发了，又莫名其妙地站在野地里，都是该死的德国人搞得乱七八糟。这些没脑子的鬼东西！”

---

① 卖香肠的家伙是对德国人的蔑称。

“要是我，就把他们放到前面去。他们恐怕还缩在后面呢。现在只好饿着肚子等着了。”

“说什么呢，等到什么时候啊？听说是骑兵挡在路上。”一个军官说。

“唉，该死的德国人，对自己的地方也不熟悉！”另一个说。

“你们是哪个师的？”一个骑马跑来的副官大声问道。

“十八师的。”

“怎么还在这里？你们早该在前面了，现在到晚上也过不去了。瞧这愚蠢透顶的命令；自己也不知道在干些什么。”军官说着跑开了。

然后一位将军骑马跑过，气愤地叫嚷着什么，他讲的不是俄语。

“叽里呱啦，叨咕什么呢，谁也不懂，”一个士兵不满地模仿远去的将军说道，“我恨不得毙了他们，这些坏蛋！”

“命令是八点多到达目的地，我们走了还不到一半！这是什么命令！”到处都在这样说。

部队奔赴战场时的高昂士气变成了对糊涂的命令和德国人的恼怒和憎恨。

混乱的原因在于，奥地利骑兵在左翼行进时，最高指挥部认为，我军中央离右翼太远，便命令全部骑兵向右转移。数千骑兵在步兵前面通过，于是步兵只能等着。

奥地利的纵队向导和俄国将军在前面发生了冲突。俄国将军嚷着要求骑兵停下；奥地利人解释说，这不能怪他，要怪只能怪最高指挥部。这时部队站在那里感到无聊，心情沮丧。在一个小时的阻滞之后，部队终于向前进发，开始下山。山上的雾渐渐消散，而部队要去的低地上的雾却更浓了。前面的雾里响起了一两声枪响，起初枪声不连贯，时间的间隔不等：嗒啦嗒……嗒，接着越来越连贯而密集，于是戈尔德巴赫小河上的战斗打响了。

俄军没有想到会在小河边的低地上碰到敌人，意外地在大雾里与敌军遭遇，部队听不到长官的鼓励，普遍感到已经贻误时机，而且主要的是，在浓雾中前后左右什么也看不见，官兵们懒散地慢腾腾地与敌军对射，略微前进，又停了下来，因为不能及时得到长官和副官的指示，而官长们在陌生地区的大雾中徘徊，找不到自己所指挥的部队。来到低地的第一、二、三纵队的战斗就是这样开始的。库图佐夫本人所在的第四纵队驻扎在普拉岑高地。

在战斗开始的低地，仍然大雾弥漫，天空已经放亮，但还是看不见前面所发生的情况。敌人的全部兵力是像我们所估计的那样，在十俄里之外，还是就在这儿，就在这该死的雾里——九点钟之前谁也不知道。

早晨九时。山下是一片茫茫雾海，但是在施拉帕尼茨村附近，拿破仑在他的元帅们的簇拥下所站立的高地上，已经天色大亮。他头顶上是明朗的蓝天，一轮红日仿佛巨大的深红色的空心浮囊在乳白色的雾海上飘动。不仅全部法军，而且拿破仑及其参谋部也都不在溪流以及索科尔尼茨村和施拉帕尼茨村的低地那一边，我军原想在两个村子的那一边进入阵地并投入战斗；他们是在这一边，而且离我们的部队那么近，以至拿破仑用肉眼就能分辨我军部队中的骑兵和步兵。拿破仑站在元帅们稍前的地方，他骑着矮小的灰色阿拉伯马，身穿蓝色军大衣，他在进行意大利战役时穿的就是这一件。他默默地注视着仿佛从雾海中凸显的丘陵，俄军在远处的那些丘陵上运动，同时他倾听着山谷中的枪声。当时他那还是瘦瘦的脸上纹丝不动；炯炯有神的眼睛凝视着一个地方。他的估计果然是正确的。俄军一部分已进入山谷，抵达那些池塘和湖泊，一部分正在离开普拉岑高地，他本来就打算进攻这片高地并视之为咽喉要地。他在雾中目睹在靠近普拉茨村的地方，在两山之间所形成的低洼处，俄军几个纵队刺刀闪闪发亮，一直朝着一个方向运动，相继隐没在山谷的雾海之中。根据他傍晚所获得的情报，根据夜里在前哨阵地上所听到的车轮声和脚步声，根据俄军纵队混乱的队形，根据所有的推测，他清楚地看出，俄奥联军认为他在自己前面很远的地方，在普拉岑附近运动的几个纵队构成俄军的核心，而这个核心已大为削弱，不能成功地向他发起进攻。但他仍然按兵不动。

今天是他值得庆祝的日子——加冕一周年。清晨前他小睡了几个小时，随即骑马来到战场，他健康、愉快、生气勃勃，处于一种幸福的精神状态，觉得一切都是可能的，一切都会成功。他凝然不动，望着从大雾中浮现的高地，于是他冷静的脸上流露出对幸福满怀自信、当之无愧的异样的神采，那神采往往出现在坠入情网的幸福少年的脸上。元帅们站在他身后，不敢惊动他。他时而看着普拉岑高地，时而看着从雾霭中浮出的太阳。

当太阳完全从雾中跃出，灿烂的阳光普照田野和薄雾时（他似乎就等着这一刻开战），他从白皙漂亮的手上摘下手套，用这只手向元帅们做了个手势，发出了开战的命令。几位元帅带着副官们朝不同的方向疾驰而去，几分钟后法军主力向普拉岑高地迅速推进，而俄军正不断地撤离高地，进入左面的山谷。

十五

八点钟库图佐夫骑马前往普拉茨，他走在米洛拉多维奇的第四纵队前面，这个纵队应当进入普尔热贝舍夫斯基纵队和朗热隆纵队的阵地，他们已经下山了。他向走在部队前头的一个团的官兵问好，并发出行动命令，从而表明他将亲自率领这个纵队。他来到普拉茨村前勒马停住了。安德烈公爵属于总司令的大量侍从之列，站在他身后。安德烈公爵觉得自己心情激动，精神振奋而又镇静安详，一个人在久已期盼的时刻来临时往往如此。他坚信，今天是他的土伦之日，或他的阿科莱桥[①]之日。事情的经过会怎样，他不知道，但坚信必将发生。我们部队的地形和态势他是了解的，了解得不亚于我军的任何人。他本人的战略计划现在显然没有付诸实施的任何可能，已被他置诸脑后。现在，安德烈公爵在深思魏罗特计划的同时，周详地考虑可能发生的事态，并设想相应的行动，在这些行动中将需要他的敏捷的思维和决断。

左下方的大雾里，传来看不见的部队相互射击的枪声。安德烈公爵觉得，那里是战斗的焦点，在那里会遇到阻力，“我会被派到那里

① 见第1卷第4章注。

去，”他想，“率领一个旅或一个师，在那里，我将高举军旗前进，摧毁阻挡我的一切。”

安德烈公爵不能看着过往队伍的军旗而无动于衷。望着一面军旗，他总是在想：也许，我将高举这面军旗而身先士卒。

清晨，高地上的大雾只留下了白霜，白霜化为露水，而在山谷里仍然是一片白茫茫的雾海。左边，在我们的部队进入并传来枪声的山谷，什么也看不见。高地上空是昏暗、晴朗的天色，右边是巨大、浑圆的太阳。前方，远在雾海彼岸，显露出林木蓊郁的丘陵，丘陵上想必有敌军，有些东西隐约可见。右边，近卫军正在走进大雾里，传来脚步声和车轮声，偶尔闪耀着刺刀的光芒；左边，在村后，也有一批骑兵迎过来，渐渐在雾海里隐没。前方和后方都有步兵在行进。总司令站在村子的出口处，让部队从自己身旁过去。库图佐夫这天早晨好像又疲惫又恼怒。经过他身旁的步兵没有听到命令就停了下来，显然被挡住了去路。

“您告诉他们吧，以营为单位列成纵队，绕着村子走，”库图佐夫悻悻地对一位骑马赶来的将军说道，“您怎么不明白呢，大人，可爱的先生，我们在迎着敌人前进的时候，这样沿着狭窄的村道拉长队伍是不行的。”

“我原想在村外整顿队伍。”将军回答道。

库图佐夫尖刻地笑了起来。

“您真行，在敌人的眼皮子底下展开队形，真行哪！”

“敌人还远着呢，大人。按照作战部署……”

“作战部署，”库图佐夫尖刻地叫道，“这是谁对您说的？请执行命令。”

“是，大人！”

“亲爱的，”涅斯维茨基对安德烈公爵小声说，“老头子情绪很不好呢。”

一位军帽上有蓝色羽饰，身穿白军服的奥地利军官骑马来到库图佐夫跟前，问第四纵队是否已投入战斗。

库图佐夫掉头不理，他的视线无意中落到站在他身边的安德烈公爵身上，看到鲍尔康斯基，库图佐夫尖酸刻薄的目光变得柔和了，仿佛意识到，对目前的情况他的副官是没有过错的。于是他不理睬奥地利副官，对鲍尔康斯基说：

“亲爱的，您去看看，第三师过了村子没有。叫该师停下来，等待我的命令。”

安德烈公爵刚刚走开，他又叫住了他。

“还要问一下，尖兵布置了没有。”他补充道。“他们在干些什么，干些什么啊！”他自言自语，还是没有答理奥地利人。

安德烈公爵急忙去执行任务。

他赶过所有走在前面的几个营，阻止了第三师，获悉在我军纵队前面确实没有布置散兵线。走在全团前面的团长，听到向他传达的总司令关于布置射击手的命令，非常吃惊。团长站在那里完全相信，在他前面还有部队，而在十俄里之内不可能有敌人。的确，除了一片向前倾斜、大雾弥漫的荒地外，什么也看不到。安德烈公爵代表总司令命令采取补救措施后，便往回赶。库图佐夫还站在原地，他的肥胖的身躯老态龙钟地压在马鞍上，他闭上眼睛阴沉地打着哈欠。部队已经停止前进，都把枪放在脚边站着。

“好，好。”他对安德烈公爵说，又转向一位将军，将军拿着表说，该是行动的时候了，左翼的几个纵队都已经下山了。

“别急，大人，”库图佐夫打着哈欠说，“别急！”他又说了一遍。

这时在库图佐夫身后，远远地响起了各团的欢呼声，这声音沿着进攻的纵队的长长的队伍迅速地由远而近，显然，受到欢呼的那个人来得很快。当库图佐夫身后那个团的士兵开始欢呼的时候，他略微闪到一旁，皱起眉头回头张望。仿佛有一个骑兵连从普拉岑的大路上疾驰而来，不过骑手们服装的颜色是不同的。其中有两个人在其他人的前面并辔飞驰。一个身穿黑军服，带有白色帽缨，骑一匹英国式的短尾枣红马，一个穿白色军服，骑一匹黑马。这是两位皇帝和他们的侍从。库图佐夫以身在前线的老军人的姿态，向站立的部队发出“立正”的口令，骑着马举手敬礼，来到皇帝面前。他的整个形象和态度顿时变了，装出一副听候指挥、不愿争辩的神气。他骑马前来并举手敬礼时故作彬彬有礼的样子，显然使亚历山大皇帝大为不快。

不愉快的印象，仿佛明朗天空的一缕残存的薄雾，在皇帝洋溢着青春和幸福的面庞上一掠而过。这一天，病后的他比在奥洛穆茨阅兵时略瘦，那时鲍尔康斯基第一次在国外见到他。但他那漂亮的灰眼睛里庄严与谦和的交融依然令人倾倒，薄薄的双唇依然会流露各种不同的表情，依然洋溢着善良而天真无邪的青春气息。

在奥洛穆茨阅兵式上，他更庄严，在这里，他更愉快、更有活力。经过三俄里的驰骋，他的脸色微微泛红，他勒马后，轻松地叹息一声，回顾自己侍从们像他一样年轻、一样兴奋的面容。恰尔托雷日斯基和诺沃西尔采夫，沃尔康斯基公爵和斯特罗加诺夫以及其他人，都是衣着华美、心情愉快的年轻人，骑着漂亮、光鲜、精力充沛、刚才微微出汗的骏马，谈笑自若地停在皇上的身后。弗兰茨皇帝是面色红润，长着一张长脸的年轻人，直挺挺地骑在漂亮的黑色公马上，关切而从容地环顾四周。他把自己的一个身穿白色军服的副官叫到身边，问了什么。“大概在问他，是几点钟出发的。”安德烈公爵想，他看着这位老相识，想起自己觐见的情景，不禁莞尔。两位皇帝的侍从都是从近卫军和普通陆军中挑选出来的年轻剽悍的传令官，都是俄国人和奥地利人。在他们之间，驯马师们牵引着披上绣花马被的备用御马。

仿佛有一阵野外的清风从敞开的窗口蓦地扑进闷热的房间，这些疾驰而来的光彩照人的青年给库图佐夫的沉闷的参谋部带来了青春气息、活力和必胜的信心。

“您怎么还不开始，米哈伊尔·伊拉里翁诺维奇？”亚历山大皇帝急忙问库图佐夫，同时有礼貌地看了看弗兰茨皇帝。

“我在等待，陛下。”库图佐夫彬彬有礼地躬身答道。

皇帝微微皱眉，侧耳倾听，表示他没有听见。

“我在等待，陛下，” 库图佐夫又说了一遍（安德烈公爵发觉，在库图佐夫说“等待”时，他的上嘴唇不自然地抽搐了一下）。“并不是所有的纵队都已经集中了。”

皇上听清了，但他显然不喜欢这个回答；他耸了耸微拱的双肩，望了望站在身旁的诺沃西尔采夫，这目光仿佛在埋怨库图佐夫。

“我们不是在女皇草场啊，米哈伊尔·伊拉里翁诺维奇，在那里，部队没有全部到齐，就不能开始阅兵。”皇上说，又看看弗兰茨皇帝的眼睛，似乎在表示，即使不参与谈话，也请听一听他在说什么；但弗兰茨皇帝仍在左顾右盼，没有听。

“我之所以没有开始，皇上，”库图佐夫响亮地说，好像唯恐别人听不见，他的脸上又抽搐了一下，“我之所以没有开始，皇上，正因为我们不是在阅兵，也不是在女皇草场上。”他明确地、斩钉截铁地说道。

皇上的侍从们立即面面相觑，人人脸上都流露出不满和责备。“不管他年纪多大，也不能，无论如何也不能这样说话。”他们的表情在这样说。

皇上专注而细心地看了看库图佐夫的眼睛，看他是否还有话要说。可是库图佐夫恭敬地低着头，似乎也在等他说话。沉默持续了大约一分钟。

“不过，既然陛下有旨。”库图佐夫抬起头说，他的语气变了，又像原来那样，是一个迟钝、不愿争辩、唯命是从的将军的语气。

他催动坐骑，叫来纵队司令米洛拉多维奇，向他传达了进攻的命令。

部队又动了起来，诺夫哥罗德团的两个营和阿普歇伦团的一个营从皇上身边向前开进。面色红润的米洛拉多维奇没穿军大衣，他身穿佩戴勋章的军服，饰有巨大帽缨的军帽歪在一边，在阿普歇伦团的那个营通过时，他催马快速前进，矫健地举手敬礼，在皇上面前猛地把马勒住。

“上帝保佑，将军。”皇上对他说。

“陛下，我们将竭尽所能，陛下！”他愉快地回答道，不过他的一口蹩脚的法国话还是引起了皇上的侍从先生们的讥讽的微笑。

米洛拉多维奇猛地拨转马头，站到皇上的后面。阿普歇伦团的官兵们受到皇上亲临的鼓舞，迈开矫健剽悍的步伐，在两位皇帝及其侍从面前大踏步通过。

“弟兄们！”响起了米洛拉多维奇的高亢、自信而愉快的声音，看来枪声、渴望战斗的心情、阿普歇伦团矫健的官兵以及自己在苏沃洛夫时代的战友们在两位皇帝面前通过时的英姿使他太兴奋了，以至忘记了皇上在此。“弟兄们，你们不是第一次攻占一个乡村！”他大声叫道。

“甘愿效力！”士兵们高呼。

这突如其来的呐喊惊得皇上的马倏地一闪。在俄国已多次被皇上骑着参加军事检阅的这匹马，在这里的奥斯特利茨战场驮着自己的骑手，忍受着他用左脚漫不经心地敲击，也像在战神广场那样，听见枪声就竖起耳朵，不明白听到的枪声是什么意思，也不明白干吗要和弗兰茨皇帝的黑色公马为邻，对骑它的这个人在这一天的所言、所思、所感也毫不明白。

皇上微笑着转向自己的一个亲信，指着阿普歇伦团雄赳赳的官兵对他说了什么。

十六

库图佐夫和自己的侍从们跟在卡宾枪手们后面慢慢地走。

在纵队末尾走了大约半俄里，他在两条路的岔口附近一座孤零零的废弃房屋（大概原来是一家小酒馆）旁停下了。两条路都通往山下，也都有部队在通行。

大雾开始消散，大约相距两俄里，对面丘陵地带的敌军已隐约可见。左边山下的枪声更清晰了。库图佐夫正站在那里和一位奥地利将军交谈。安德烈公爵站在稍后的地方，注视着他们，他想借用一位副官的望远镜，便向他转过身来。

“您看，您看，”这位副官说，他不是望着远处的军队，而是看着眼前的山下，“这是法国人！”

两位将军和副官们都一把抓住望远镜，彼此争夺。大家脸色陡变，露出恐惧的神情。原以为法国人在两俄里之外，突然却意外地近在眼前。

“这是敌人？……不是！……是的，您看，他们……一定是……这是怎么搞的？”大家议论纷纷。

安德烈公爵用肉眼看到，法军一个密集的纵队正迎着阿普歇伦团的部队上来了，离库图佐夫站立的地方不过五百步。

“决定性的时刻这就到了！轮到我采取行动了！”他想，于是催马奔向库图佐夫。

“必须命令阿普歇伦团停止前进，”他大声叫道，“大人！”

然而就在这时到处硝烟弥漫，近处响起了枪声，安德烈公爵两步开外的一个幼稚、惊恐的声音大叫：“唉，弟兄们，完蛋啦！”这声音仿佛就是口令。大伙儿一听，拔腿就逃。

混乱不堪、不断扩大的人群都往回跑，逃往五分钟之前部队在两国皇帝面前通过的地方。不仅难以制止这乌合之众，而且自己也不可能不和大众一起往后移动。鲍尔康斯基只是竭力不离开库图佐夫，他四处观望，对眼前发生的情况感到困惑，无法理解。涅斯维茨基满脸通红，形容大变，恶狠狠地对库图佐夫大叫，他此刻不走，一定会被敌人俘虏。库图佐夫站在原地没有回答，把手绢拿了出来。他的面颊在流血。安德烈公爵挤到他身边。

“您受伤了？”他问，勉强忍住下巴颏的颤抖。

“伤口不在这里，而是在那里！”库图佐夫用手绢按着受伤的面颊，一面指着逃兵说道。

“马上阻止他们！”他高声叫道，同时他大概看出，要阻止他们是不可能的，便催马向右方跑去。

又一波汹涌而至的逃跑的人群赶了上来，挤着他往后走。

逃跑的部队是那么拥挤，一旦落入人群当中，就很难从其中脱身。有人在叫嚷：“你走呀，磨蹭什么？”有人立刻回头，朝空中放了一枪；有人在鞭打库图佐夫本人所骑的马。库图佐夫费尽力气摆脱人流，带着只剩下一小半的侍从向左朝着近处发出炮击声的地方扑去。安德烈公爵从逃跑的人群中脱身，竭力紧跟库图佐夫，看到了仍在山坡的硝烟中发炮的俄军炮兵连和正向他们逼近的法国人。俄军步兵驻守在较

高处，既不向前支援炮兵，也不随着逃兵后退。一位将军骑马离开步兵，来到库图佐夫跟前。库图佐夫的侍从只剩下了四个人。人人都面色苍白，面面相觑。

“赶快阻止这些浑蛋！”库图佐夫指着逃兵，喘息着对团长说；但就在这时，好像这些话招来了惩罚似的，子弹像一群小鸟，嗞嗞地向步兵团和库图佐夫的侍从飞来。

法军正在攻击炮兵连，一看见库图佐夫，便向他射击。这阵排枪过去，团长一把抓住自己的一条腿；有几名士兵倒下了，手持军旗的下级准尉松开了手；军旗摇晃起来，蹭着邻近士兵们的枪支倒下了。士兵们不等命令开始射击。

“哎——哟！”库图佐夫神情绝望地叹息一声，回过头来。“鲍尔康斯基，”他由于意识到自己年老力衰而声音颤抖地低语道，“鲍尔康斯基，”他指指溃散的步兵营和敌人小声说，“这是怎么了？”

但在他讲完这句话之前，安德烈公爵觉得耻辱和仇恨的泪水正涌向他的喉咙，他已经纵身下马，奔向那面军旗。

“弟兄们，前进！”他孩童般尖声叫道。

“这就对了！”安德烈公爵想，一把抓起军旗的旗杆，欣喜地听到子弹的呼啸，这些子弹显然正是对准他发射的。几个士兵倒下了。

“乌拉！”安德烈公爵高声叫道，双手费劲地紧紧抓住沉重的军旗跑步前进，他毫不怀疑，整个步兵营一定会跟上来。

确实，他独自一人只跑了几步。一两个士兵动了，接着整个步兵营高喊“乌拉”奔向前去，并且赶到了他的前头。步兵营的一个士官跑上来，接过由于太重而在安德烈公爵手里摇晃的军旗，但他当即被击毙。安德烈公爵又抓起军旗，拖着旗杆和全营跑在一起。他看到了自己前面的我军炮兵，其中有些人在搏斗，有些人扔下大炮，向他迎面跑来；也看到了法军步兵，他们抓住拉炮车的马匹，掉转炮口。安德烈公爵和步兵营已经在离大炮的二十步之内。他听到子弹在自己头顶上不停地呼啸，左右不断有士兵呻吟着倒下。但他不朝他们看，只注视着他前面在炮兵阵地上发生的情况。他清楚地看到一个棕红头发的炮兵，高筒军帽歪在一边，从一头拉着洗膛杆，同时一个法国兵抓住洗膛杆的另一头朝自己拉。安德烈公爵已经清楚地看到那两个人惊慌失措而又恶狠狠的面部表情，他们显然不明白自己在干什么。

“他们在干什么？”安德烈公爵望着他们在想，“棕红头发的炮兵手里没有枪了，怎么不逃走呢？法国人为什么不捅他呢？我还没有赶到那里，法国人就会想起用枪捅他了。”

果然，另一个法国兵端着枪向两个搏斗的人跑来，棕红头发的炮兵得意地把洗膛杆夺了过来，他还不明白自己的危险呢，眼看他的命运就要决定了。但安德烈公爵未能看到结局。他觉得，好像身旁有一个士兵挥起大棒猛地打在他头上。不大痛，主要是使他不高兴，因为疼痛分散了他的注意力，使他看不到他想看的事情。

“这是怎么了？我在倒下去？两腿发软，”他在想，随即仰面倒下。他睁开眼睛，希望能看到法国人和炮兵争斗的结局，想知道棕红头发的炮兵被打死没有，几门大炮被夺走了还是保住了。但他什么也没有看到。在他之上一无所有，只有天空——高高的天空并不晴朗，但毕竟高不可测，有几朵灰色的云在空中悄无声息地缓缓移动。“多么静谧、安宁而庄严，完全不像我那样奔跑，”安德烈公爵在想，“不像我们那样奔跑、呐喊、搏斗；完全不像神情凶狠而又惊恐的法国人和炮兵那样争夺洗膛杆——云朵可完全不是那样浮动于这高高的无垠的天空。从前我怎么没有看到过这高高的天空呢？我是多么幸福，终于看到了它。是呀！一切都是空的，一切都是骗局，除了这无垠的天空。什么、什么也没有，除了它。不过，甚至也没有它，什么都没有，除了静谧和安宁。真好！……”

十七

右翼的巴格拉季翁，九点钟战斗还没有开始。巴格拉季翁公爵不愿按照多尔戈鲁科夫的要求开战，又想推卸责任，便建议派人去问总司令。巴格拉季翁知道，两翼之间几乎相距十俄里，假如派去的人不被打死（很可能被打死），又假如他勉为其难地找到了总司令，那么他在傍晚之前也赶不回来。

巴格拉季翁的一双毫无表情、睡意惺忪的大眼睛环顾自己的侍从，罗斯托夫由于激动和渴望而不知不觉地发呆的稚气的脸首先落入了他的视线。他就把他派去了。

“要是我在找到总司令之前遇到陛下呢，大人？”罗斯托夫把手举在帽檐边问道。

“您可以向陛下报告。”多尔戈鲁科夫急忙打断巴格拉季翁的话，抢先说。

罗斯托夫在散兵线上换岗下来以后，赶在天亮前睡了几个钟头，感到自己心情愉快、勇敢坚定，他的行动那么矫健，对自己的幸运那么有信心，觉得一切都是那么轻松愉快，一切都可以办到。

这天早晨他的所有愿望都实现了：大会战在进行，他参加了；不仅如此，他还是最英勇的将军的传令官；不仅如此，他还奉命去见库图佐夫，也许还能觐见皇上。这是一个晴朗的早晨，他的坐骑是一匹好马。他的心里充满了欢乐和幸福。接受命令后，他沿着战线纵马疾驰。起初他沿着巴格拉季翁部队的战线走，他的部队还没有投入战斗，留在原地不动；然后他进入了乌瓦罗夫的骑兵所占据的地区，在这里他已经注意到了部队的调动和准备战斗的迹象；过了乌瓦罗夫的骑兵，他已经清晰地听到了他前面的枪炮声。枪炮声愈来愈激烈。

在早晨的新鲜空气中，已不像刚才那样，间隔不等地有两声、三声枪响，接着是一声、两声炮击，而是在普拉岑前面的山坡上响起一阵又一阵排枪声，这枪声又被大炮如此密集的轰击声所盖过，有时几声炮击简直无法分辨，而是连成一片的隆隆轰鸣。

可以看到，山坡上枪口冒出的缕缕轻烟仿佛在奔跑，在相互追逐，大炮的一股股浓烟荡漾开来而彼此交融。可以看到，刺刀在硝烟中闪闪发光，大批步兵在前进，带着绿色弹药箱的炮兵的狭长队伍在前进。

罗斯托夫在小山冈上勒马片刻，想看清眼前发生的情况，但是不管他怎样集中注意，对这些情况也无法理解，无法判断：有些人在那里的硝烟中行进，他们的前后也都有一些部队在行动，然而他们要干什么？他们是什么人？要去哪里？——无法理解。这种景象和这些声音不仅没有引起他的任何沮丧或胆怯的情绪，而且相反，给他增添了活力和决心。

“喂，加油，加油！”他心里在冲着那些声音说，于是又放马沿着战线奔驰，愈来愈深入到已投入战斗的部队之中。

“那里的情况会怎样，我不知道，但一切都会很好！”罗斯托夫想。

罗斯托夫越过一批奥地利部队，发觉此后的一部分战线（那是近卫军）已经投入了战斗。

“这样更好！到更近的地方去看看，”他想。

他几乎是沿着前线奔驰。几个人骑着马迎面而来。这是我们的禁卫枪骑兵，他们队形散漫地从进攻中撤回。罗斯托夫经过他们身边，无意中发觉其中的一个身上有血，他继续赶路。

“这与我无关！”他想。不过只跑了几百步，他的左方就出现了一支庞大的骑兵部队，漫山遍野地横插过来，他们全都骑着黑色骏马，身穿白色耀眼的军服，直冲着他汹涌而来。罗斯托夫向大路边纵马飞奔，想避开那些骑兵。他本来是能避开的，要是他们保持原来速度的话，可是他们愈来愈加快速度，有几匹马已经在全速飞奔。罗斯托夫愈来愈清楚地听到他们的马蹄声和武器的铿锵声，愈来愈清晰地看到他们的马匹、身形甚至他们的脸。这是我们的近卫重骑兵，他们正在对相向而来的法国骑兵发动攻击。

近卫重骑兵速度很快，不过还略微控制着马匹。罗斯托夫已经看得见他们的脸，听到了一个让他的纯种马全力飞奔的军官喊出的口令：“冲啊，冲啊！”罗斯托夫担心被踩死或被卷入对法国人的进攻，便沿着他们的正面纵马竭尽全力地狂奔，但还是未能避开他们。

靠边的一个近卫重骑兵是身材健硕的麻子，他看到罗斯托夫在自己前面，势必要撞在一起，凶狠地皱起了眉头。这个近卫重骑兵一定会把罗斯托夫从贝都因身上撞下来（罗斯托夫自己觉得，与这些高大健硕的军人和马匹相比，他是那么瘦小而孱弱），幸亏他灵机一动，举起马鞭朝对方的马眼上一挥。那匹身躯粗壮、身长二俄尺五俄寸[1]的黑马惊得抿起耳朵一闪，但麻脸骑兵用巨大的马刺猛踢马的两肋，于是那匹马扬起尾巴，伸直脖子，跑得更快了。近卫重骑兵刚刚从罗斯托夫身旁过去，他就听到了他们的呐喊声："乌拉！"他回头一看，只见他们的先头部队已经和敌军混战在一起，那一定是戴红肩章的法国骑兵。接着就什么也看不见了，因为此后立刻有大炮开始轰击，一切都隐没在硝烟之中。

近卫重骑兵从他身旁过去，在硝烟中消失的时候，罗斯托夫犹豫起来，是跟着他们去呢，还是到他应该去的地方去。这是近卫重骑兵的一次漂亮的进攻，连法国人也感到惊奇。后来罗斯托夫胆战心惊地听说，从他身旁经过的那健壮的美男子所组成的大军，所有那些光彩照人、骑着价值千金的骏马的富家子弟、青少年、军官和士官，在进攻之后只剩下了十八个人。

"我何必羡慕呢，我不会没有机会的，而且我也许马上就能见到皇上！"罗斯托夫想，又继续向前走。

来到近卫军步兵那里，他注意到，炮弹在他们的头顶上和身旁飞过，与其说是因为他听到了炮弹炸响的声音，不如说是因为他在士兵的脸上看到了恐惧，在军官们的脸上看到了不自然的英勇气概。

他在近卫军一个步兵团的防线后面走过的时候，听见有人在喊他的名字。

"罗斯托夫！"

"怎么？"他答应一声，没有认出那是鲍里斯。

"怎么样啊，您到了第一线！我们团打过仗了。"鲍里斯说，露出第一次上过战场的年轻人幸福的微笑。

罗斯托夫停了下来。

"是吗！"他说。"怎么样？"

"把他们打退了！"鲍里斯激动地说，变得唠叨起来，"你能想

---

①1 俄尺等于 16 俄寸，1 俄寸等于 4.4 厘米。

象吗？”

于是鲍里斯讲了起来，近卫军在一个地方停了下来，看到自己的前面有部队，以为那是奥地利人，根据这支部队所发射的炮弹，突然发觉我们已在第一线，意外地不得不投入战斗。罗斯托夫没有听完鲍里斯的话，就催动坐骑。

“你去哪儿？”鲍里斯问。

“奉命去见陛下。”

“他就在这里！”鲍里斯说，他把罗斯托夫所说的“陛下”听成了“殿下”。

他指指百步开外的大公。大公头戴近卫重骑兵的钢盔，耸起双肩，皱着眉头，对一个穿着白色军服，面色苍白的奥地利军官大声说着什么。

“那是大公，我要见的是总司令或皇上。”罗斯托夫说，又要催马上路。

“伯爵，伯爵！”贝格叫道，他也像鲍里斯那样激动，从另一边跑过来。“伯爵，我右手负伤（他边说边给他看沾满鲜血、裹着手绢的手）不下火线。伯爵，我用左手握剑：我们冯·贝格家族，伯爵，从前都是骑士。”

贝格还在说什么，不过罗斯托夫不听了，他已经动身走了。

驰过近卫军和一片空地，罗斯托夫为了不再陷入第一线，像刚才那样碰上近卫重骑兵的冲锋，便沿着预备队的防线走，远远地绕开枪炮声最激烈的地方。突然，在自己前面和我军后方，在他怎么也料不到会有敌人的地方，响起了很近的枪声。

“这怎么可能呢？”罗斯托夫想，“敌人到了我军后方？不可能，”罗斯托夫想，为自己，也为整个会战的结局担心的恐惧突然攫住了他。“不管怎样，”他想，“现在不必绕着走了，我要在这里找总司令，如果一切都完蛋了，那就让我的事业也和大家一齐完蛋吧。”

罗斯托夫突然产生的不祥预感，随着他深入到普拉茨村后被各色部队所占领的开阔地而愈来愈得到了证实。

“怎么回事？怎么回事？在向谁射击？谁在射击？”罗斯托夫赶上在他前面横穿大路、乱成一团的俄奥逃兵打听道。

“谁知道呢！都被打垮了！完了！”逃跑的人群用俄语、德语、捷克语回答他，也都像他一样，并不确切了解当前的情况。

“打死那些德国人！”一个在叫喊。

“他们真该死！这些叛徒。”

“让这些俄国人见鬼去吧[①]！……”一个德国人在叽咕着什么。

有几个伤员在大路上走。咒骂声、叫嚷声、呻吟声混成一片。枪声沉寂了，罗斯托夫后来才了解到，当时是俄军士兵和奥地利士兵互相射击。

“天哪！这是什么事啊？”罗斯托夫想。“而且是在这里，皇上随时都可能看到他们！……不，这大概只是几个坏蛋。这会过去的，这是不该发生的，这不会再发生了，”他想，“但愿快些，快些离开他们！”

罗斯托夫的心里不可能有失败和逃跑的想法。虽然就在他奉命寻找总司令的普拉岑山上看到了法军的大炮和部队，但他不能也不愿相信这是真的。

十八

罗斯托夫奉命在普拉茨村附近寻找库图佐夫和皇上。可是这里不但找不到他们，而且也找不到任何一位首长，只有溃散部队的混杂的人群。他催动已经疲惫的马，想快点儿穿过这些人群，可是他越向前走，人群越是混乱不堪。他来到大路上，那里聚集了各种马车、大车以及俄军和奥军各兵种的士兵，负伤和未负伤的都有。这一切都在部署于普拉岑高地的法军炮兵部队的炮弹的阴森的呼啸声中喧闹着，慌乱地折腾着。

“皇上在哪里？库图佐夫在哪里？”罗斯托夫问所有他能拦得住的人，可是他得不到任何回答。

---

①原文为德文。

最后他抓住一个士兵的衣领，强迫他回答自己的问题。

“唉，老弟！大家早就逃到前面去啦！”士兵对罗斯托夫说，一边讪笑，挣扎着想脱身。

罗斯托夫放开那个显然喝醉了的士兵，他拦住一个重要人物的勤务兵或驯马师的马，开始问他。勤务兵对罗斯托夫说，一个小时前有一辆马车载着皇上在这条大路上飞跑，皇上负了伤，伤势很危险。

“不可能，”罗斯托夫说，“那一定是别人。”

“是我亲眼看到的，”勤务兵面带自信的冷笑说道，“我怎么会不认得皇上呢：好像，在彼得堡的时候，我就见过他好几次。他坐在马车上，面色煞白、煞白。四匹黑马一动身，我的天哪，就从我们身边隆隆驰过：好像，皇家的御马和伊利亚·伊万内奇我也是该认得的嘛；好像，驭手伊利亚，除了皇上，是不给别人驾车的。”

罗斯托夫放松马缰，准备继续赶路，一个从旁经过的负伤的军官朝他转过身来。

“您要找谁？”军官问道，“找总司令？他被打死了，在我们团那里被炮弹击中了胸部。”

“没有死，是受了伤。”另一个军官纠正道。

“谁？库图佐夫？”罗斯托夫问。

“不是库图佐夫，是谁来着——唉，反正一样，活下来的人不多。您到那里去吧，就是那个村子，长官们都在那里。”这个军官指着霍斯蒂拉迪克村说，随即走了过去。

罗斯托夫慢步走着，不知道他现在去干什么，去找谁。皇上负伤，会战失败。现在不能不相信了。罗斯托夫朝着给他指的方向走，向那个方向望去，远处有塔楼和教堂。他何必着忙呢？现在他能对皇上或库图佐夫说什么呢，即使他们还活着也没有负伤？

“阁下，您走这条路吧，走那里就会被打死，”一个士兵朝他大声叫道，“走那里会被打死的！”

“啊！你说什么呢！”另一个说，“他是去哪里？走那里近。”

罗斯托夫想了想，偏偏朝着据说会被打死的那个方向走。

“现在反正无所谓了！既然皇上也负了伤，我还爱惜自己吗？”他想。他来到逃离普拉岑的人死得最多的地带。法国人还没有占领这块地方，而活着的和负伤的俄国人早已离开了。田野上，仿佛丰收季节麦地上的麦垛似的，每俄亩都躺着十至十五个伤者和死者。伤员两三个爬到一起，发出令人厌恶的叫喊声和呻吟声，罗斯托夫有时觉得，那好像是装出来的。罗斯托夫让马小跑起来，以免看到那些遭受痛苦的人们，他害怕了。他不是为自己的生命感到害怕，而是为他所珍惜的勇敢精神感到害怕，他知道，目睹这些不幸的人们会摧垮他的勇气。

法军不再射击这块死伤遍野的地方，因为这里没有一个有行动能力的人了，看到一个骑着马的副官，便掉转炮口，向他发射了几颗炮弹。这种可怕的呼啸声和周围的死者，在罗斯托夫的心里化为一种恐怖和自怜的感慨。他想起了母亲最近的来信。“要是现在她看到我在这里，在这片土地上，而且处于对准我的炮口之下，她会有什么感受啊？”

在霍斯蒂拉迪克村驻有从战场上下来的俄军部队，虽然杂乱无章，但比较有秩序了。法国人的炮弹已打不到这里，炮声显得很遥远。这里大家都清楚地看到仗打败了，也都直言不讳。罗斯托夫不论问谁，没有人能告诉他，皇上在哪里，库图佐夫在哪里。有些人说，皇上负伤的传言是对的，有些人说，不对，并解释说，这个谣言之所以能广泛流传，是因为面色苍白、惊恐万状的宫廷事务总管大臣托尔斯泰伯爵确曾乘着皇上的马车从战场上向后方飞驰，他是和皇上的其他侍从一起来到战场的。一个军官告诉罗斯托夫，他在村后左面看到过最高指挥部的人，于是罗斯托夫便往那里去，对找人已不抱希望，只是要做到问心无愧而已。走了大约三俄里，已见不到俄军部队了，罗斯托夫看到，在四周围着水沟的菜园旁，有两个人骑马对着水沟站着，一个人的帽子上有白色羽饰，不知怎么罗斯托夫觉得有些熟悉；另一个人罗斯托夫不认识，骑着一匹漂亮的枣红马（这匹马罗斯托夫是认识的）朝水沟跑去，用马刺一夹马腹，放松缰绳轻松地跃过菜园的水沟。只有沟沿上的土被马的后蹄踩得散落下来。他猛地拨转马头，又从水沟那边跳回来，恭敬地面对戴有白色羽饰的骑手，看来是在建议他照做一遍。罗斯托夫觉得身材有些熟悉的那个骑手，不知为什么不由自主地吸引了他的注意，他用头和手对跃过水沟的建议做了个否定的动作，罗斯托夫根据这个动作立即认出，那正是他所哀悼和崇拜的皇上。

“可是这不可能是他，一个人在这荒野之中。”罗斯托夫想。这时亚历山大回过头来，罗斯托夫看到了如此生动地铭刻在他记忆中的可爱的面容。皇上面色苍白，双颊下陷，眼睛都眍进去了。罗斯托夫是幸福的，他证实了，皇上负伤的传闻是错误的。他是幸福的，因为看见了他。他知道，他可以甚至应当直接去见皇上，将多尔戈鲁科夫命令他转达的话报告皇上。

可是，仿佛一个坠入情网的青年，当梦寐以求的时刻到来，他与她单独相对的时候，他战栗、发愣，不敢把他夜夜想说的话说出来，而是惊慌四顾，寻求帮助或拖延和逃离的可能。罗斯托夫现在也是这样，他在世上最向往的机遇到来时，不知道该怎样接近皇上，而是想起千百种理由，觉得这是不合适、不礼貌和不可取的。

“怎么！我似乎很高兴有机会利用他的孤单和沮丧。在他感到悲伤的此刻，一个陌生人的出现也许会使他厌烦和难受的。何况我一见到他便激动得感到窒息，喉咙发干，我现在能对他说什么呢？他在心里设想要对皇上说的无数话语，现在一句也想不起来。那些话大部分是要在完全不同的情况下说的，大部分是在胜利和庆功的时刻，而且主要是在他负伤躺在濒死的卧榻上说的，在皇上感谢他的英雄行为的时候，他要在弥留之际，对他说出自己的已得到行动证明的爱。”

“再说，现在已是下午三点多钟，会战失败了，我还能要皇上给右翼下什么命令呢？不，我绝对不应该去见他，不应该打断他的沉思。宁愿死一千次，也不愿受到他的白眼，给他留下不好的看法。”罗斯托夫决定了，于是怀着忧伤和绝望的心情走开了，频频回顾还站在原地犹豫不决的皇上。

就在罗斯托夫这样考虑并悲伤地离开皇上的时候，冯·托尔大尉也偶然来到这里，他看到皇上便直接走到皇上面前，主动要求效劳，并帮助他步行跨过水沟。皇上想休息一下，他觉得身体不适，在一棵苹果树下坐了下来，托尔便站在他身旁。罗斯托夫远远地又羡慕又悔恨地看到，冯·托尔对皇上热情地说了好久的话，看来皇上哭了，一只手遮着眼，握握托尔的手。

“我本来是可以处于他的位置的！”罗斯托夫暗自想，勉强忍住为皇上的遭遇伤感的泪水，完全绝望地黯然离开了，不知道要去哪里，要干什么。

他的绝望更强烈了，因为他觉得，他陷入痛苦之中正是由于自身的软弱。

他本来可以……不仅可以，而且应当去见皇上。这是向皇上表达忠心的唯一机会。可他没有加以利用……“我干了什么啊？”他想。于是他拨转马头，驰往他看见皇帝的地方；可是水沟那边已空无一人。只看见了几辆大车和马车。他从一个带篷大车的车夫那里得知，库图佐夫的参谋部就在车队要去的不远的村子里。罗斯托夫便跟着车队走。

走在他前面的是库图佐夫的驯马师，牵着几匹披着马被的马。跟在驯马师后面的是一辆马车，跟着马车走的是一个老家奴，他头戴便帽，身穿短皮袄，迈动一双罗圈腿。

“季特，喂，季特！”驯马师说。

“干吗？”老头子漫不经心地回答道。

“季特！快推磨去。”

“唉，傻瓜，呸！”老头子悻悻地啐了一口。默默地走了一会儿，同样的玩笑又重复了一遍。

傍晚四点多钟，各处都打了败仗，一百多门大炮已落到法国人手里。

普尔热贝舍夫斯基率领自己的军团放下了武器。其他纵队伤亡近半，溃不成军，乱哄哄地退却。

朗热隆和多赫图罗夫的残部混合在一起，拥挤在奥格斯特村附近的池塘边和堤坝上。

五点多钟，只有在奥格斯特的堤坝那里还能听到法国人猛烈的炮击声，他们在普拉岑高地的斜坡上架设了许多大炮，轰击我们退却中的部队。

多赫图罗夫和其他人集中后卫部队几个营的兵力，向追击我军的法国骑兵进行自卫反击。天色渐暗。在奥格斯特的狭窄的堤坝上，多少年来有一个头戴尖顶帽的老磨房主安坐垂钓，同时他的孙子捋起衬衣袖子，在水坑里捞着活蹦乱跳的银白色的鱼；在这条堤坝上，多少年来那些摩拉维亚人戴着毛茸茸的皮帽，身穿蓝上衣，赶着满载小麦的双驾大车安静地驶过，又满身面粉、赶着白色大车驶回——在这条狭窄的堤坝上，如今在载货马车和大炮之间，在马匹身下和车轮之间拥挤着被死亡的恐惧吓得面无人色的人群，他们彼此挤压着，在临死的时候跨过将死的人们互相残杀，只是为了在走过几步之后又被人同样地杀死。

每过十秒钟，就有一颗炮弹破空飞来，啪地落在这稠密的人群中，或者有一颗榴弹在人群中爆炸，死伤者的鲜血飞溅在附近人们的身上。手臂受伤的多洛霍夫在步行，带领着本连的十名士兵（他已经是军官了），还有他的骑着马的团长，全团只剩下他们了。他们被卷进人群，挤进了堤坝的入口，被四面拥挤着停了下来，因为前面有一匹马跌倒在大炮下面，大伙儿在往外拖它。一颗炮弹打死了他们身后的一些人，另一颗落在前面，鲜血溅到了多洛霍夫身上。人群拼命地向前挪动，挤得紧紧的，移动几步又停了下来。

“走过这一百步，想必就能得救，再停留两分钟，必死无疑。”每个人都在这样想。

站在人群中的多洛霍夫猛地一冲，撞倒两个士兵，冲到了堤坝边上，又往下跑到池塘的滑溜溜的冰面上。

“拐过来！”他大声叫道，一边在冰上蹦着，冰在他的脚下咔嚓作响，“拐过来！”他冲着大炮嚷嚷。“禁得住的！……”

冰面禁得住他，可是冰在凹陷下去，咔嚓作响，很明显，不要说大炮或人群，就是他一个人在上面，冰面也马上就会破裂。人们看着他，涌向岸边，还没有下决心踏上冰面。团长骑马站在入口处，他举起一只手，朝多洛霍夫张开嘴。突然一颗炮弹飞得那么低，在人群的头顶上呼啸而过，大家全都弯下了腰。只听啪的一声，击中了潮湿的东西，将军从马上倒在了血泊里。谁也不朝将军看一眼，更不会想到把他抬起来。

“到冰上去！到冰上去！走呀！拐弯！没听见吗！走呀！”在炮弹击中将军之后，突然响起了无数人的声音，自己也不知道在叫嚷什么，为什么要叫嚷。

后面的炮群中有一门大炮到了堤坝上，拐弯朝着冰面。士兵们开始成群地从堤坝上涌向结冰的池塘。冰面在一个跑到前面的士兵的脚下裂开了，一条腿陷进了水里；他想站稳，水已经齐腰深了。离得最近的士兵们犹豫起来，炮车的驭手勒住了马，可后面的人还在一个劲地叫喊：“到冰上去，怎么站住了，走呀！走呀！”人群中响起了恐惧的叫声。围在大炮旁的士兵们挥手打着马匹，要它们拐弯朝前走。几匹马从岸边动身了。挤满了人的冰面崩塌了一大块，于是冰上的四十来人，有的前扑，有的后仰，全都掉了下去，彼此拉扯着沉入水里。

炮弹仍然不紧不慢地呼啸着落在冰上，落进水里，主要是落在挤满堤坝、池塘和岸上的人群里。

十九

安德烈·鲍尔康斯基公爵躺在普拉岑山上，就在他手握军旗的旗杆倒下的地方，流血过多，不知不觉地发出低声而凄切的孩子般的呻吟。

傍晚他停止呻吟，寂然无声。他不知道，他昏迷了多久。蓦地他又感到自己活着，由于剧烈的撕裂般的头痛而痛苦不堪。

“它在哪里，那高高的天空，以前不曾见过、今天才看到的天空？”这是他最初的想法。“这样的痛苦我也不曾有过，”他想，“是的，以前我什么、什么也不知道。不过我这是在哪里呢？”

他开始倾听，听到了渐渐临近的马蹄声和说法国话的声音。他睁开眼睛。上面还是那高高的天空和升得更高的漂浮的云彩，透过云彩是无限高远的蓝天。他没有转头，看不见人，只听见那马蹄声和谈话声，有人来到他身边停了下来。

骑马来的人是带着两名侍从的拿破仑。波拿巴巡视战场，下了最后的几道命令，要求增援轰击奥格斯特堤坝的炮兵连，并察看留在战场上的死者和伤员。

“光荣的人民！”拿破仑望着一个战死的俄军掷弹兵说，他俯卧在地，脸埋在土里，后脑勺发黑，一条已经僵硬的手臂远远地伸开。

“炮弹打光了，陛下！”这时一个副官说，他是从轰击奥格斯特的炮兵连那里来的。

“叫人从预备队里运来。”拿破仑说，他走开几步，停在安德烈公爵身旁，他仰卧着，军旗的旗杆扔在一旁（军旗已被法国人作为战利品缴获）。

“死得漂亮。”拿破仑望着鲍尔康斯基说。

安德烈公爵明白了，这是在说他，说话的人是拿破仑。他听见有人对讲话的人口称陛下。不过他听到这些话，仿佛听到了苍蝇的嗡嗡声。他不仅不感兴趣，而且根本没有在意，随即就忘了。他的头火烧火燎地痛；他觉得，他的血就要流尽了，他仰望那高而远的永恒的天空。他知道这个人是拿破仑，他心目中的英雄，然而此刻，比起他的心灵与那高远、无垠的天空和天上迅速飘动的云彩之间所发生的感应，他觉得拿破仑是那么渺小，那么微不足道的人。此刻他完全无所谓了，不管谁站在他身边，不管怎样议论他；使他高兴的，只是人们停留在他身边，希望这些人能帮助他，挽回他的生命，因为他对生命有了完全不同的感悟。他集中全身力气，只想动一动，或者发出什么声音。他的一只脚轻微地动了动，嘴里发出了引起他自己怜悯的微弱、痛苦的呻吟。

“啊！他活着，”拿破仑说，“把这个年轻人，这个年轻人抬起来，送到包扎所去！”

拿破仑说了这句话，便迎着拉纳元帅驰去，拉纳摘下帽子，微笑着祝贺胜利，来到皇帝跟前。

后来的情况安德烈公爵不记得了：他痛得失去了知觉，他被移上担架时的挪动，路上的颠簸，在包扎所的伤口处理，都使他剧痛难忍。他直到天色向晚才苏醒过来，那时他已和其他受伤被俘的军官一起，被抬往医院。在这次转移中他觉得好些了，能四面看看甚至说说话。

他醒来听到的第一句话是负责押送的法国军官的话，他急急忙忙地说：

“要在这里停下来：皇帝马上就到；他看到这些被俘的先生们一定很高兴。”

“今天俘虏这么多，几乎就是全部俄军，他大概都看得腻味了。”另一个军官说。

“嘿，真是！据说，这是亚历山大皇帝近卫军的总指挥。”前一个军官说，指着一个身穿近卫重骑兵白色军服的负伤的俄国军官。

鲍尔康斯基认得他是列普宁公爵，在彼得堡的社交界见到过他。站在他旁边的另一个人是十九岁的少年，也是负伤的近卫重骑兵军官。

波拿巴疾驰而来，勒马停下。

“谁是长官？”他见到俘虏后问道。

人们说出了团长的名字，列普宁公爵。

“您是亚历山大皇帝近卫重骑兵团的团长？”拿破仑问。

“我指挥一个骑兵连。”列普宁回答道。

“您的团忠实地履行了自己的职责。”拿破仑说。

“伟大统帅的赞扬是对士兵的最好奖赏。”列普宁说。

“我很高兴把这样的奖赏给您，”拿破仑说，“您身旁的这个年轻人是谁？”

列普宁公爵说，他是苏赫特伦中尉。

拿破仑看了他一眼，微笑道：

“和我们作战，他太年轻了。”

“年轻无碍于成为勇敢的军人。”苏赫特伦断断续续地说道。

“极好的回答，”拿破仑说，“年轻人，您前程远大！”

为了充实俘虏的人数，安德烈公爵也被推到前面，推到了皇帝面前，不可能不引起他的注意。看来拿破仑想起曾在战场上见到过他，对他使用了年轻人这个称呼——jeune homme，鲍尔康斯基第一次就是以这个称呼反映在他的意识中。

“是您，年轻人？哦，是您，年轻人？”他转头对他说道，“您觉得怎样，我的勇士？”

尽管五分钟之前，安德烈公爵能对抬着他的士兵们说几句话，可是现在，他直视着拿破仑一言不发……这时他觉得，比起他所看到和理解的高远、公正、慈祥的天空，拿破仑孜孜以求的一切是多么可怜，他心目中的英雄本人以及他那渺小的虚荣心和胜利的喜悦是多么无谓——他不屑于回答他的话。

而且，同失血过多后的虚弱、痛苦和死亡的临近在他心里所引起的严肃、庄严的思绪相比，一切都显得那么无益，那么无足轻重。看着拿破仑的眼睛时，安德烈公爵想到伟大是何等渺小，生命是何等渺小，谁也不能理解它的意义，死亡就更加渺小了，活着的人谁也无法理解和解释它的含义。

皇帝没有等到回答，拨转马头，临行前对一个指挥官说：

“叫人关照这些先生们，把他们送到我的驻地，让我的拉雷大夫给他们检查一下伤势。再见，列普宁公爵。”于是他催动坐骑，疾驰而去。

他的脸上焕发着得意和幸福的光彩。

抬安德烈公爵的士兵们，本来已从他身上摘下了偶然碰见的金质小圣像，那是玛丽亚公爵小姐给哥哥挂上的，看到皇帝对俘虏们态度亲切，便连忙把小圣像还给了他。

安德烈公爵没看见，是谁又给他挂上了，而是在他胸前的军服上突然出现了细细的金链系着的小圣像。

“这样就好了，”安德烈公爵想，看了看妹妹那样动情而崇敬地挂在他身上的小圣像，“这样就好了，要是一切都像玛丽亚公爵小姐所想象的那样简单明了就好了。那该多好啊，要是知道此生该到哪里去寻求帮助，死后可以期待什么！我会感到多么幸福，多么平静啊，要是我现在能说一声：主啊，保佑我吧！……可是我对谁去说呢？或者它是一种力量——不可捉摸、不可理解的力量，我不仅不能向它有所祈求，而且不能用语言向它表白，它是伟大的或竟是虚无，”他自己对自己说，“或者就是玛丽亚公爵小姐缝在这里，缝在这护身香囊里的神？没有什么是确定无疑的，除了我所能理解的一切之渺小和我不能理解，然而至关重要的某种东西的伟大！”

担架动了。每一次颠簸，他又感到难以忍受的剧痛；热病的症状加剧了，他开始说胡话。关于父亲、妻子、妹妹和即将出世的儿子的幻想，他在会战前夜所感受到的温情，渺小的矮个子拿破仑的身影，以及在这一切之上的高高的天空——构成他热病中的想象的主要基础。

在他的想象中出现了童山的安宁的生活和平静的家庭幸福。他已经在安享这样的幸福，突然出现了矮小的拿破仑和他那冷漠、短视、因他人不幸而幸福的目光，于是怀疑和痛苦开始了，只有天空能给人以安慰。黎明前所有的幻想都混在一起了，融为昏厥和忘却的一片混乱和黑暗，拿破仑的医生拉雷本人认为，这种现象的结局最可能是死亡，而不是康复。

“这是个神经质爱发火的人，”拉雷说，“他不可能痊愈了。”

安德烈公爵和其他康复无望的伤员一样，被交给当地的居民照管了。

第二部

第一卷

一

一八〇六年初，尼古拉·罗斯托夫回家度假。杰尼索夫也要回到沃罗涅日的家里，途中罗斯托夫邀请他和自己先到莫斯科，在他家暂住。在前一站，杰尼索夫碰到一个朋友，和他喝了三瓶酒，因此在临近莫斯科的时候，尽管道路坎坷不平，他却醉酒未醒，躺在驿站的雪橇底部，靠近罗斯托夫，离莫斯科越近，罗斯托夫越是急不可耐。

“快了吧？快了吧？噢，这些令人厌烦的街道、小店铺、面包房、路灯、出租马车！”罗斯托夫想，这时他们已在关卡上办了休假登记的手续，驶进了莫斯科。

“杰尼索夫，到了！还睡。”他说，整个身子往前倾，仿佛想用这样的姿势加快雪橇的速度似的。杰尼索夫没有答理他。

“这就是扎哈尔的出租马车停靠的十字路口的拐角，瞧，那就是扎哈尔，还是那匹马！这就是我们买蜜饼的小铺子了！快了吗？喂！”

“是哪座房子嘛？”车夫问。

“就是最后的那座，那座高大的房子，你怎么看不见呢！那是我们家的房子，”罗斯托夫说，“那就是我们家的房子啊！”

“杰尼索夫！杰尼索夫！马上就到。”

杰尼索夫抬起头，咳嗽了一声，没有说话。

“德米特里，”罗斯托夫转向车夫座位上的仆人，“这就是我们家的灯光吧？”

“是的，少爷，老爷书房里的灯也亮着。”

“都还没睡吧？啊？你说呢？”

“可别忘了，立刻把骠骑兵的新制服拿给我，”罗斯托夫摸着新长出的胡子加了一句，“喂，走呀。”他朝车夫叫道。“你醒醒吧，瓦夏，”他对又垂下了头的杰尼索夫说。“喂，走呀，赏你三个卢布打酒喝，走呀！”雪橇离正门只有三座房子时，罗斯托夫叫了起来。他觉得，马匹好像都站着不动。雪橇终于朝右拐向正门；罗斯托夫看见了头顶上熟悉的灰泥剥落的屋檐、台阶和人行道上的圆柱。雪橇未停他就跳下来，奔向门廊。房子还是无动于衷地站着不动，好像谁进来都无所谓。门廊里一个人也没有。“我的天哪！没出什么事吧？”罗斯托夫想，揪心地站了一会儿，拔腿就沿着门廊和熟悉的微微弯曲的梯级奔跑起来。还是那个门把手，伯爵夫人曾为门把手不干净而生气，还是那样轻轻一拧门就开了。前厅里点着一支蜡烛。

米哈伊洛老头睡在大木柜上。跟班普罗科菲，从前力气那么大，能把马车的后部托起来，正在那里用布条编结树皮鞋。他望望被推开的门，淡漠的睡意蒙眬的神气突然变得又惊又喜。

“我的天老爷！是小伯爵！”他认出了少爷，大声叫道。“这是你吗？我亲爱的！”普罗科菲激动得浑身发抖，冲向客厅门口，大概要去通报，可是看来又改变了主意，跑回来扑在少爷的肩上。

“身体都好吗？”罗斯托夫问，一边把手臂从他那里挣开。

“谢天谢地！全都平安！刚吃过饭！让我瞧瞧你吧，少爷！”

“一切都好吗？”

“谢天谢地，谢天谢地！”

罗斯托夫完全把杰尼索夫给忘了，他不想让任何人赶在自己前面，他脱掉皮大衣，踮着脚向昏暗的大厅跑去。一切还是老样子——还是那几张铺绿呢面的牌桌，还是那盏带罩的枝形吊灯；可是有人已经看到少爷了，他还没有跑到客厅，只觉得有什么像风暴一样从一扇侧门飞扑过来，搂着他亲吻。又有第二个、第三个同样的生物从第二扇、第三扇门里蹿了出来；又是拥抱，又是亲吻，又是叫喊和喜悦的眼泪。他分不清，那里谁是爸爸，谁是娜塔莎，谁是彼佳，所有的人都同时在叫喊、说话、吻他。只有母亲不在其中——这一点他是记得的。

“可我不知道……尼科卢什卡……我的朋友，科利亚！”

“瞧他……我们的……变了！不！拿蜡烛来！上茶！”

“来吻我呀！”

“亲爱的……还有我呢。”

索尼娅、娜塔莎、彼佳、安娜·米哈伊洛夫娜、薇拉、老伯爵都来拥抱他；男女仆人挤满了房间，边说话边惊叹。

彼佳吊在他的大腿上。

“还有我呢！”他叫道。

娜塔莎把他的头扳过来，吻遍了他的脸，然后从他身边跳开，抓住他制服的衣襟，像只小山羊老在原地蹦跳着，发出刺耳的尖叫。

四面八方都闪耀着喜悦的泪花、溢满爱意的眼睛，四面八方都是寻求亲吻的嘴唇。

索尼娅脸红得像一块大红布，炯炯有神的幸福的目光注视着他的眼睛，期待着他的青睐。索尼娅已经过了十六岁了，她非常美丽，特别是在这个热情洋溢的幸福时刻。她目不转睛地看着他，嫣然微笑，屏息凝神。他感激地看了她一眼，但他还在等待着、寻觅着谁。老伯爵夫人还没有露面。这时传来了门口的脚步声。脚步那么快，这不可能是他母亲的脚步。

然而这就是她，穿着一条他不曾见过的新连衣裙，想必是在他离家后缝制的。大家放开了他，他向母亲跑过去。他们走到一起了，母亲倒在他胸前号啕大哭。她无力抬起脸来，只是用脸紧贴着他的骠骑兵制服的冰冷的绦带。谁也没有发觉，杰尼索夫走进了房间，他就站在那里望着他们，擦拭着眼睛。

“我是瓦西里·杰尼索夫，令郎的朋友。”他向伯爵自我介绍道，伯爵正询问地望着他。

“欢迎光临。知道，我知道，”伯爵说，拥抱并亲吻他，“尼科卢什卡在信里提到过……娜塔莎，薇拉，这就是他，杰尼索夫。”

那些幸福的、热情洋溢的脸都转向了头发蓬松的黑胡子的杰尼索夫，并把他围在中间。

“亲爱的，杰尼索夫！”娜塔莎尖叫一声，高兴得忘乎所以地跳到他面前，拥抱他，吻他。大家都为娜塔莎的行为感到尴尬。杰尼索夫也面色泛红，不过他微微一笑，握着娜塔莎的手吻了吻。

杰尼索夫被领到了为他准备的房间，而罗斯托夫家的人都到休息室去，待在尼科卢什卡的身边。

老伯爵夫人没有松开她时刻在亲吻的儿子的那只手，和他并肩坐着；其余的人都聚集在他们周围，关注着他的每一个动作、每一句话、每一个眼神，热情洋溢的爱恋的目光一刻也不离开他。弟弟和姐姐们争吵着，彼此争夺离他近些的位置，还为了抢着给他端茶、拿手绢、送烟斗而打架。

罗斯托夫看到大家这样爱他感到非常幸福，可是迎接他的最初瞬间是那么令人难忘，竟觉得他此刻的幸福还不够，他还有更多的期待，更多、更多的期待。

第二天，远道而来的两个人直睡到上午十点。

外屋乱放着马刀、挎包、皮囊、打开的手提箱和肮脏的皮靴。两双干净的带马刺的皮靴刚刚拿来放在墙边。仆人们拿来了脸盆、刮胡子的热水和干净衣服。有一股烟草和男人的气味。

“喂，格里什卡，烟斗！”嗓音嘶哑的瓦西卡·杰尼索夫喊道。“罗斯托夫，起来吧！”

罗斯托夫揉着惺忪的睡眼，从热乎乎的枕头上抬起头发蓬乱的脑袋。

“怎么，很晚了？”

“很晚了，十点钟啦。”娜塔莎的声音回答道，隔壁的房间里响起浆洗过的衣裳的窸窣声和少女的嬉笑低语声。微微打开的房门那儿闪过了蓝色身影、缎带、黑头发和喜滋滋的脸。那是娜塔莎、索尼娅和彼佳来看他起来了没有。

“尼科连卡，起来！”门口又传来了娜塔莎的声音。

“马上！”

这时彼佳在外屋一看见马刀就抓了起来，感到一阵狂喜——那是男孩子在看到威武的兄长时都会有的心情，竟推开了房门，他忘了，让姐姐们看到光身子的男人是有伤大雅的。

“这是你的马刀吗？”他大声问道。姑娘们急忙闪开。杰尼索夫瞪大惊恐的眼睛，把一双毛烘烘的大腿藏进被子里，一边求援地看着同伴。彼佳进去后，门又关上了。门外响起了咯咯的笑声。

“尼科连卡，你穿睡衣出来吧。”娜塔莎的声音说道。

“这是你的马刀吗？”彼佳问。“要么这是您的？”他讨好而恭敬地转而向留着髭须、面色黝黑的杰尼索夫问道。

罗斯托夫急忙穿上鞋子和睡衣出来。娜塔莎已穿上一只带马刺的皮靴，把脚伸进了另一只。索尼娅转了一个圈子，刚想让裙子飘起来坐下，他出来了。两个姑娘穿着同样的崭新的天蓝色连衣裙，朝气蓬勃，面色红润，喜气洋洋。索尼娅跑了，娜塔莎挽起哥哥的手臂，领他到休息室去，兄妹俩便交谈起来。他们急切地彼此询问、回答只有他们才会感兴趣的千百件小事。娜塔莎在他和她说每一句话时都会笑起来，不是因为他们的话好笑，而是因为她满怀喜悦，忍不住要以笑声来表示她的快乐。

“噢，多好啊，太好了！”她对一切都这样说。罗斯托夫感到，在娜塔莎这火热的爱的光芒的影响下，在一年半以后，第一次在他的内心和脸上绽开了天真、纯洁的微笑，自从离开家庭，他还从未这样笑过。

“不，你听我说，”她说，“你现在完全是个男人了？我非常高兴，有你这样的哥哥。”她摸了摸他的胡子。“我很想知道，你们男人是怎样的人，和我们是一样的吗？”

“不一样。索尼娅为什么跑了？”罗斯托夫问。

“是啊。说来话长！你和索尼娅谈话是以‘你’还是以‘您’相称呢？”

“看情况。”罗斯托夫说。

“请你对她以‘您’相称吧，我以后再对你说。”

“说什么？”

“好吧，我现在就说。你知道，索尼娅是我的朋友，非常要好的朋友，我为她不惜烫伤自己的手臂。你看看。”她捋起薄纱衣袖给他看，在她瘦长娇嫩的小手臂上，在肩膀之下比肘部高很多的地方（这地方舞会服装还能遮住）有一个鲜红的印记。

“这是我烫出来的，向她表示我对她的爱。很简单，把铁尺放在火上烧红了，然后往手臂上一按。”

在自己原来学习的书房，坐在扶手上有软垫的沙发上，望着娜塔莎那双热情洋溢的眼睛，罗斯托夫又回到了自己家庭的儿童世界，除了他，这个世界对任何人都没有任何意义，但它把他一生中一些最美好的情趣给予了他；为了表示友爱而以铁尺烫伤手臂，他觉得不是什么无聊的举动：他能理解，并不感到惊奇。

“那又怎样呢？”他只是问了问。

“啊，我们非常友爱，非常友爱！拿铁尺烫手臂，这算什么，荒唐；但我们是终生不渝的朋友。她爱上谁，就会爱一辈子。这一点我不能理解。我马上就会忘掉。”

“那又怎样呢？”

“是的，她就是这样爱着我和你。”娜塔莎突然脸红了，“嗯，你记得吗，在你临行之前……她就这样说过，要你把这一切都忘掉……她对我说，她要永远爱你，但要让你保持自由。真的，讲得好极了，太好了，而且多么高尚！是的，是吧？很高尚？是吧？”娜塔莎那么严肃而激动地问道，看得出，她此刻所说的这些话，过去是含着眼泪说的。罗斯托夫沉思起来。

“我说过的话决不反悔，”他说，“何况索尼娅那么令人倾倒，哪个傻瓜会放弃自己的幸福呢？”

“不，不，”娜塔莎大声叫道，“这一点我和她已经谈到过。我们知道，你一定会这样说。可是不行，因为你要明白，如果你这样说，就是认为自己受到诺言的束缚，那么她的话倒像是故意说给你听的。你终究还是被迫地娶她为妻，这就完全是另一回事了。”

罗斯托夫认为她们的这些想法很好。昨天他就对索尼娅的美貌大吃一惊。今天匆匆一瞥，觉得她更美。她是非常可爱的十六岁少女，显而易见地在热恋着他（对这一点他从来没有怀疑过）。为什么他不能爱她，甚至娶她为妻呢，罗斯托夫在想，不过现在不是时候。现在还有那么多其他的欢乐和要做的事！“是的，她们的想法好极了，”他想，“应该保持自由。”

“这样太好了，”他说，“我们以后再谈。啊，见到你我真高兴！”他添了一句，“哎，你怎么样，没有对鲍里斯变心吧？”

“胡闹！”娜塔莎笑咯咯地叫道，“无论是他还是别人，我谁都不想，也不愿理会。”

“是吗！那你想怎样？”

“我？”娜塔莎反问道，于是幸福的微笑使她容光焕发，“你见到过迪波[①]吗？”

“没有。”

“有名的迪波，舞蹈家，没见到过？那你是不会明白的。我要这样。”娜塔莎提起裙子，双臂围成环形，以舞姿跑了几步，转过身来，做了一个腾跃的动作，两脚一拍，以足尖立地走了几步。“我站住了吧？就这样！”她说，可是她站不稳。“我就是要这样！我永远不嫁人，要成为一个女舞蹈家。不过你对谁都别说。”

罗斯托夫那么响亮而愉快地哈哈大笑，使杰尼索夫在自己的房间里忌妒起来，娜塔莎也忍不住和他一起笑了。“不，你说好吗？”她还在说。

“好。你已经不愿嫁给鲍里斯了？”

娜塔莎涨红了脸。

“我谁也不愿嫁。等见到他我也要这样说。”

“原来如此！”罗斯托夫说。

“是的，这都是小事，”娜塔莎仍然絮絮不休，“怎么，杰尼索夫这个人好吗？”她问。

“好。”

“那就再见了，你去穿衣服吧。他很可怕吗，这个杰尼索夫？”

---

① 迪波（1781—1853），法国巴黎著名舞蹈家和芭蕾舞剧导演，曾于1808年和法国女演员韦默前往俄国，不是这里所说的1806年。娜塔莎对他的迷恋是有代表性的真实细节。迪波曾被誉为巴黎和欧洲的“首席舞蹈家”，甚至被誉为“舞蹈艺术的拿破仑”。

“有什么可怕的？”尼古拉问道，“不，瓦西卡是好样的。”

“你叫他瓦西卡？……奇怪。怎么，他真的很好吗？”

“很好。”

“好吧，快点来喝茶。大家在一起。”

于是娜塔莎用足尖站起来，像舞蹈演员那样飘然而去，却嫣然微笑，那是只有幸福的十五岁少女才会有的微笑。罗斯托夫在客厅里遇到索尼娅，脸上泛起了红晕，他不知道，该怎样和她相处。昨天他们在最初相见的快乐瞬间曾经接吻，可是今天他觉得不能再那么干了；他觉得，母亲和妹妹们都在看着他，期待他对索尼娅采取应有的态度。他吻了吻她的手，称呼她“**您**”和“**索尼娅**”。但是他们的眼睛相遇时，在以“你”相称，并温柔地亲吻。她用自己的目光请求他，原谅她竟然通过娜塔莎向他提起他的承诺，并感谢他对她的爱。他用自己的目光感谢她给予他自由，并且对她说，无论如何，他永远爱她，因为他是不可能不爱她的。

“哎呀，真奇怪，”薇拉选在大家沉默的时候说，“现在索尼娅和尼科连卡相遇，竟然以‘您’相称，就像陌生人一样。”薇拉的话，就像她所有的话一样，是合情合理的，然而也像她所说的大部分的话那样，使所有的人都感到尴尬，而且不仅索尼娅、尼古拉和娜塔莎，而且担心儿子对索尼娅的爱情会使他失去美满姻缘的老伯爵夫人也像姑娘家一样，羞得满脸通红。杰尼索夫使罗斯托夫大为惊讶，他穿着一套崭新的制服，头发油光闪亮，还洒了香水，他走进客厅，就像他走上战场时一样神采飞扬。对夫人小姐们骑士般地殷勤而有礼貌，罗斯托夫怎么也料想不到他会这样。

二

从部队回到莫斯科后，罗斯托夫在家人的眼里是优秀的儿子、英雄和看不够的尼科卢什卡；在亲友的眼里是可亲、可爱、谦恭有礼的青年；在熟人的眼里是漂亮的骠骑兵中尉、跳舞高手和莫斯科最佳的择婿对象之一。

罗斯托夫家的熟人遍及莫斯科；今年老伯爵很有钱，因为所有的庄园都抵押掉了，罗斯托夫为自己购置了走马和最时髦的马裤，这种式样新颖的马裤在莫斯科还没有人穿过，还有最时髦的皮靴，尖尖的靴头，带有小小的银质马刺，所以他的日子过得很快活。罗斯托夫回家以后，对原有的生活环境经过一段时间的适应，体验到了一种愉悦的感觉。他觉得，他是个大男人了。未能通过神学考试的绝望，为雇用马车而向加夫里拉借钱，和索尼娅偷偷接吻——这一切他回想起来，都是孩子气的往事，和现在的他已经格格不入了。现在的他——是披着毛皮镶边的银色披肩、佩戴士兵圣乔治勋章的骠骑兵中尉，他和已过中年、受人敬重的著名高手一起训练自己的走马。他有一个相好的女人住在林荫大道上，晚上常去她那里。他在阿尔哈罗夫[①]家的舞会上指挥玛祖卡舞，与卡缅斯基元帅谈论战争，他是英国俱乐部[②]的常客，和杰尼索夫给他介绍的一位年届四十的上校以**你**相称。

他对皇上的热情在莫斯科有所减弱，因为在此期间没有见到过他。不过他还是经常讲到皇上，讲到自己对他的爱戴，并让人觉得他言犹未尽，在他对皇上的情感中还有某种并非人人都能理解的东西；他由衷地赞同当时的莫斯科对亚历山大·巴甫洛维奇皇帝所普遍怀有的崇拜的感情，他在莫斯科被称为“天使的化身”。

罗斯托夫在莫斯科短暂停留的这个时期，在他返回部队之前，没有亲近索尼娅，而是相反，和她疏远了。她非常美丽动人，而且显然热恋着他；然而他正值青春年华，总觉得要做的事情很多，**哪里**顾得上这些，而且这个年轻人害怕受到束缚——他珍惜自由，需要自由地从事其他活动。这次在莫斯科停留期间，他每当想到索尼娅，便对自己说：“嗨！将来和现在都会在某个地方遇到很多很多我所不认识的这样的女

---

① 阿尔哈罗夫家庭是莫斯科有名望的贵族家庭，以慷慨好客著称。

② 英国俱乐部，成立于叶卡捷琳娜二世时代，其性质相当于早在16世纪出现的英国贵族俱乐部，是高官显贵聚会的场所。

孩，只要我愿意，随时可以谈情说爱，现在可没工夫。”此外，他觉得和妇女混在一起，有损于自己的男子汉气概。他参加舞会，出席妇女的社交场合都假装是不得已而为之。赛马、英国俱乐部、与杰尼索夫畅饮、到**那里**去就是另一回事了：这是和年轻骠骑兵的身份相称的。

三月初，老伯爵伊利亚·安德烈伊奇·罗斯托夫为在英国俱乐部设宴招待巴格拉季翁公爵而费尽心机。

伯爵穿着睡衣在大厅里来回奔走，吩咐俱乐部管事和著名的英国俱乐部厨师长费奥克季斯特，为宴请巴格拉季翁公爵准备龙须菜、新鲜黄瓜、草莓、小牛肉和鲜鱼。伯爵从俱乐部成立之日起就是它的会员和董事。他受俱乐部的委托，为巴格拉季翁举办庆功酒宴，因为很少有人能那样出手大方、慷慨好客地操办酒席，特别是因为很少有人能够并且愿意拿出自己的钱来贴补酒席的花费。俱乐部的厨师和管事都满脸堆笑地听着伯爵的吩咐，因为他们知道，在他手下办酒席最能捞到好处，而这次宴请的花销达数千卢布之巨。

“别忘了，甲鱼汤里要放扇贝，扇贝，知道吗！”

“冷菜是要三道吗？……”厨师问。

“不能再少了，三道……第一道是蛋黄酱野味[①]……”他扳着一根手指说……

“那么要多买些大鲟鱼吧？”管事问。

“有什么法子呢，人家不让价也得买。哎呀，我的老天爷，我差点儿忘了。还得上另一道正菜呢。噢，我的天哪！”他抱住了脑袋。“谁给我把花运来呢？米坚卡！米坚卡！你赶快，米坚卡，到莫斯科郊外的庄园去，”他对应声而来的管家说，“你赶快到莫斯科郊外的庄园去，吩咐花匠马克西姆卡分派劳役，把整个暖房都搬到这里来，要蒙上毡子。反正星期五之前我这里一定要有二百盆花。”

---

①这道冷菜是野味（或鱼），以浇上蛋黄酱的蔬菜为配菜；蛋黄酱用蛋黄、橄榄油、柠檬汁等调制而成。

他一再发出各种各样的命令之后，本想到伯爵夫人那里去休息一下，可是又想起要办的事，亲自回来了，把厨师和管事也叫了回来，又开始发号施令。门口传来男子轻快的脚步声，马刺的叮当声，小伯爵进来了，他面貌英俊，脸色红润，留着黑胡子，看来在莫斯科平静的生活中得到了很好的休息和保养。

“啊，孩子！我忙得晕头转向，”在儿子面前，老头子仿佛不好意思似的，微笑着说，“你来帮帮我也好啊！还要有些歌手才行呢。乐队我有，是不是把吉卜赛人叫来？你们军人都喜欢这个。”

“说真的，爸爸，我想，巴格拉季翁公爵在准备申格拉伯恩战役时，也没有你现在这样忙。”儿子微笑道。

老伯爵假装生气了。

“是啊，你就说吧，你来试试看！”

于是伯爵转向厨师，厨师带着善解人意和谦恭的神情，细心而亲切地望着父子俩。

“瞧这些年轻人，啊，费奥克季斯特？他嘲笑我们这些老头子呢。”

“也是，大人，他们只要吃得好，至于摆好餐具、端上菜肴就没有他们的事了。”

“对，对！”伯爵叫道，他快活地抓住儿子的双手叫道：“这下子可让我逮到了！你马上要一辆双驾雪橇，到别祖霍夫家去，告诉他，伯爵，就说伊利亚·安德烈伊奇要派下人去向他要新鲜的草莓和菠萝。这些东西在别人家是搞不到的。要是他本人不在，你就去对公爵小姐说，然后你去拉兹古利亚依——那地方车夫伊帕特卡知道，你要在那里找到吉卜赛人伊柳什卡，就是曾在奥尔洛夫伯爵家跳舞的那个人，记得吗，当时他穿的是白色卡萨金[①]，你把他带到这里来见我。”

“要把那些吉卜赛女人和他都带来吗？”尼古拉笑着问道。

“得啦，得啦！……”

① 卡萨金，一种后身打褶的立领男上衣。

这时安娜·米哈伊洛夫娜带着干练、关切的神情以及从不消失的基督徒的温顺态度，悄无声息地走进了房间。尽管安娜·米哈伊洛夫娜每天都会看到伯爵穿着睡衣，他每一次都在她面前感到不好意思，请她原谅自己衣衫不整。现在他也是这样。

“没关系，伯爵，亲爱的，”她说，温顺地闭上眼睛，“我去找别祖霍夫吧，”她说，“小别祖霍夫回来了，现在，伯爵，您需要的东西都能在他的暖房里搞到。我本来就要去见他。他给我寄来了鲍里斯的信。谢天谢地，鲍里斯被调进参谋部了。”

伯爵非常高兴，安娜·米哈伊洛夫娜能承担他的一部分委托。他吩咐为她套上一辆小的四轮轿式马车。

“您告诉别祖霍夫，请他来赴宴。我把他列入来宾名单。什么，他把妻子带回来了？”他问。

安娜·米哈伊洛夫娜闭上眼睛，脸上流露出深切的悲哀……

“噢，我的朋友，他非常不幸，”她说，“如果传闻属实，那就太可怕了。当初为他的幸运而高兴的时候，我们何曾想到！这个小别祖霍夫是那么高尚、纯洁的一个人！是的，我由衷地怜悯他，我将竭尽所能让他得到安慰。”

“他怎么了？”罗斯托夫父子异口同声地问道。

安娜·米哈伊洛夫娜长叹了一声。

“多洛霍夫，玛丽亚·伊万诺夫娜的儿子，”她神秘地悄声说道，“听说，把她搞得名声扫地。皮埃尔帮他摆脱困境，把他请到自己在彼得堡的家里，这下可好……她到彼得堡来了，这个亡命之徒就盯上了她。”安娜·米哈伊洛夫娜说，本想表示自己对皮埃尔的同情，可是不由自主地在语调和似笑非笑中流露了对她称之为亡命之徒的多洛霍夫的同情。“听说，皮埃尔悲痛欲绝。”

“好吧，您还是告诉他，请他到俱乐部来——一切都会烟消云散。酒席是很丰盛的。”

第二天，三月三日午后一点多钟，英国俱乐部的二百五十名会员和五十位来宾在等待贵宾和奥地利战争中的英雄巴格拉季翁公爵赴宴。

得知奥斯特利茨会战的消息，最初莫斯科深感困惑。在那个时候，俄国人只习惯于听到捷报，因此听到战败的消息，有的人不相信，有的人为了解释这个如此奇怪的事件而寻找非同寻常的原因。在英国俱乐部聚会的，都是拥有准确的消息和举足轻重的名流，在十二月消息开始传来的时候，他们都对战争和最近的会战绝口不提，仿佛约好了对会战三缄其口。为谈话定调的那些人，比如：拉斯托普钦伯爵，尤里·弗拉基米罗维奇·多尔戈鲁基公爵，瓦卢耶夫，马尔科夫伯爵，维亚泽姆斯基公爵，[①]都不在俱乐部露面，而是在家庭里、在私人的小圈子里会面，因而人云亦云的莫斯科人（伊利亚·安德烈伊奇·罗斯托夫伯爵也是其中之一）一时间对战事失去了明确的见解，也失去了主心骨。莫斯科人感到情况不妙，要讨论这些坏消息很难，还是沉默为好。但过了一段时间，在俱乐部里左右舆论的巨头们，好像走出会议室的陪审员一样，又出现了，于是大家都有了明确而肯定的说法。对俄军战败这个不可思议、闻所未闻、不能容忍的事件终于找到了原因，于是一切都清楚了，莫斯科处处都口径一致地谈论起来。战败的原因是：奥地利人背信弃义，部队的伙食太恶劣，波兰人普尔热贝舍夫斯基和法国人朗热隆叛变，库图佐夫无能以及（人们悄悄地说）皇上年轻、缺乏经验，信任了坏人和小人。但是，大家异口同声地说，军队，俄国的军队是无与伦比的，创造了英勇战斗的奇迹。士兵、军官和将军们都是英雄。但最杰出的英雄是巴格拉季翁公爵，他在申格拉伯恩一战成名，而且只有他率领自己完整的纵队顺利撤离奥斯特利茨战场，整整一天多次击退两倍于己的强敌。巴格拉季翁在莫斯科被选为英雄，还有一个原因，就是他在莫斯科没有上层关系，是个外人。把荣誉给予他，就是给予一个英勇战

---

① 以上列举的人物历史上确有其人，都在莫斯科的生活中起过重要作用。拉斯托普钦伯爵，即罗斯托普钦伯爵（1763—1826），1812 至 1814 年任莫斯科总督。多尔戈鲁基公爵，即多尔戈鲁科夫公爵（1740—1830），俄国将军，保罗一世在位时曾任莫斯科总司令。瓦卢耶夫（1743—1814），克里姆林宫收发处处长和莫斯科兵器陈列馆馆长。马尔科夫（1753—1828），叶卡捷琳娜时代战功卓著的将军。维亚泽姆斯基公爵（1750—1807），参政员，英国俱乐部的常客。

斗、没有上层关系和阴谋、还在往事的回忆中与意大利远征中的苏沃洛夫的名字联系在一起[1]的普通俄国军人。不仅如此，给他这样的荣耀，是对库图佐夫表示不满和责难的最好的方式。

“假如没有巴格拉季翁，必须虚构一个出来。”诙谐的申升模仿伏尔泰[2]的话说。谁也不提库图佐夫，有些人小声骂他，称他为宫廷的风向标。还说他是酒色之徒。

全莫斯科都在重复多尔戈鲁基公爵的话：“久在江边站，没有不湿的鞋呀”，他这是在回忆以往的胜利，为我们的失败找安慰；也在重复拉斯托普钦的话，他说：法国士兵需要用词藻华丽的漂亮话激励他们去战斗，对德国人要用逻辑推理去说服他们，使他们相信逃跑比进攻更危险；但是俄国士兵却要加以约束并请求他们：慢点儿！到处可以听到，我们的士兵和军官在奥斯特利茨战场上所表现的层出不穷的英雄事迹。某某保住了军旗，某某打死了五个法国人，某某一个人为五门大炮装填炮弹。人们也谈到贝格，他们都不认识他，说他右臂受伤，左手拿起马刀就往前冲。关于鲍尔康斯基倒没有人说什么，只有很熟悉他的人为他感到惋惜，说他死得太早了，把怀孕的妻子留在脾气古怪的父亲身边。

三

三月三日，英国俱乐部的各个房间里都是一片谈话的嘈杂声，俱乐部的会员和来宾穿着制服、燕尾服，有些人头发上还扑粉，身穿长衫，他们好像春季迁徙的蜜蜂，来来去去，或立或坐，分分合合。身穿仆役制服，头发上扑粉、脚穿长筒袜和皮鞋的仆人们站在每一扇门旁，紧张地注意着俱乐部会员和来宾的每一个动作，以便提供服务。在场的大多数人都年高望重，宽宽的面庞充满自信，手指粗大，言谈举止稳重而果

---

① 巴格拉季翁是苏沃洛夫的最有军事才能的战友之一。

② 伏尔泰（1694—1778），法国作家，他曾说：“假如没有上帝，必须虚构一个出来。”

断。这一类来宾和会员坐在一定的习以为常的地方，聚集在一定的习以为常的小圈子里。在场的一小部分人是偶然来的客人——主要是年轻人，其中有杰尼索夫、罗斯托夫和多洛霍夫，多洛霍夫又是谢苗诺夫团的军官了。年轻人，特别是年轻军人的脸上有一种对老者既轻视又恭敬的表情，这种表情仿佛在对老一辈人说："我们愿意尊重你们，对你们彬彬有礼，可是你们要记住，未来终究是属于我们的。"

涅斯维茨基也在这里，他是俱乐部的老会员。遵从妻子的命令，皮埃尔留起长发、摘下眼镜、衣着时髦，但面有愁容，神情沮丧，在大厅里来回踱步。正如在任何地方一样，他被一群拜倒在他的财富面前的人们所围绕，而他以惯常的高高在上的态度和漫不经心的蔑视对待这些人。

按照年龄他应该和年轻人在一起，可是就财富和上层关系而言，他是年高望重的来宾的圈子里的一员，因而他往往从一个小圈子来到另一个小圈子。最有威望的那些老年人成为一些小圈子的核心，甚至不相识的人也都凑近这些小圈子，想听听名人的高论。在拉斯托普钦、瓦卢耶夫和纳雷什金身旁形成了几个较大的圈子。拉斯托普钦讲的是，俄国人受到逃跑的奥地利人的冲击，不得不用刺刀在逃兵中为自己开辟道路。

瓦卢耶夫秘密地透露，彼得堡派遣乌瓦罗夫前来了解莫斯科人对奥斯特利茨会战的看法。

在第三个圈子里，纳雷什金谈到了奥地利军事会议，在军事会议上苏沃洛夫听到奥地利将军们的蠢话，便像公鸡一样尖叫起来作为回答。申升就站在那里，想说句俏皮话，他说，看来库图佐夫连苏沃洛夫学公鸡尖叫这样简单的本领也没有学会，但老头子们严厉地瞪了他一眼，让他感到，今天在这里提到库图佐夫是非常不合时宜的。

伊利亚·安德烈伊奇·罗斯托夫伯爵脚蹬软靴，时常关切而匆忙地从餐厅来到客厅，对所有他认识的人，无论是重要或不重要的人都同样殷勤地打招呼，偶尔游目四顾，寻找他的英气勃勃的儿子，高兴地把视线停留在他身上，对他眨眨眼睛。小罗斯托夫和多洛霍夫站在窗前，他们是不久前认识的，小罗斯托夫很重视与他的结交。老伯爵走到他们跟前，握了握多洛霍夫的手。

“欢迎你到我家去，你已经和我的孩子认识了……你们一同上战场，一同英勇作战……啊！瓦西里·伊格纳季奇……你好，老朋友。”他转向从身旁经过的一个老头子，可是他还没有把问候的话说完，就起了一阵骚动，一个仆人跑过来，神色慌张地禀报道：“贵客驾到！”

铃声响了起来，管事人员都向前跑去；分散在各个房间的客人们，就像用铁锨抄起来晃一晃的黑麦一样挤成一堆，站在大客厅的门口。

巴格拉季翁在前厅门口出现了，他没有戴帽子也没有带佩剑，按照俱乐部的习惯，他把帽子和佩剑都留在看门人那里。他不是像罗斯托夫在奥斯特利茨会战前夜所看到的那样头戴羔皮帽、把皮鞭搭在肩上，而是身穿崭新的紧身制服，左侧胸前佩戴着俄国和外国的勋章，还有一枚圣乔治星章。看来他在赴宴前刚刚剪短了头发和连鬓胡子，这是有损于他的容貌的。他的脸上有一种天真、喜庆的神采，在他那刚强英武的面容的陪衬下，他脸上的表情简直显得有点儿滑稽。和他一起来的别克列绍夫和费多尔·彼得罗维奇·乌瓦罗夫在门口站住了，要让他这位主宾走在前面。巴格拉季翁犹豫起来，不愿接受他们的礼让；一时都堵在门口，最后巴格拉季翁终究还是走到了前面。他走在会客室的镶木地板上手足无措，窘态毕露： 他在申格拉伯恩曾冲在库尔斯克团的最前面，他觉得，那样在耕地上冒着枪林弹雨前进更轻松自在。头面人物都在第一道门那里迎接他，对他说了几句话，表示见到他这样的贵宾感到很高兴，于是不等他答话，仿佛可以随意摆布他似的，把他围在中间带往客厅。到客厅门口就走不过去了，群集的会员和客人们好像在观赏珍稀动物，互相拥挤着，竭力越过彼此的肩膀细细打量着巴格拉季翁。伊利亚·安德烈伊奇伯爵最起劲，一边笑呵呵地说：“让开，*亲爱的*，让开，让开！”一边推开人群，把几位客人领进客厅，让在中间的沙发上。知名人士和俱乐部最受尊重的会员们又围绕在来客四周。伊利亚·安德烈伊奇伯爵又挤过人群出了客厅，片刻后他捧着一个大银盘和另一个管事进来，把银盘递给巴格拉季翁公爵。银盘上放着创作并打印出来的献给英雄的颂诗。巴格拉季翁看到银盘，仿佛求援似的惊慌四顾。但所有的目光都在要求他顺应民意。巴格拉季翁觉得自己受到了这些目光的驱使，断然伸出双手，接过银盘，气愤而又责备地看了看端来银盘的伯爵。有人殷勤地从巴格拉季翁的手里接过银盘（否则他似乎会这样端着银盘直到晚上，并且端着它入席），请他注意诗稿。“那我就读吧，”巴格拉季翁似乎在说，一双疲倦的眼睛盯着那张纸，专注而严肃地读了起来。诗作者自己拿起了诗稿，开始朗诵。巴格拉季翁公爵低头听着。

> 你为亚历山大时代增光，
> 你捍卫我们皇位上的提图斯①，
> 你既是非凡的领袖人物，又为人善良，
> 你是战场上的恺撒，祖国的屏障。
> 一帆风顺的拿破仑
> 亲身领教了巴格拉季翁，
> 从此不敢冒犯俄罗斯的阿尔喀得斯②们……

他还没有把诗读完，大嗓门的管家就在宣布：“宴席摆好了！”门敞开了，餐厅里响彻了波兰舞曲：“胜利的雷声响起来，欢乐吧，勇敢的罗斯人！”③伊利亚·安德烈伊奇伯爵悻悻地望了望在继续朗读诗作的作者，便在巴格拉季翁面前深深鞠躬。大家都站起来了，觉得宴会比诗歌更重要，于是巴格拉季翁又在众人的前面走向餐桌。巴格拉季翁被让在首席，坐在两个亚历山大——亚历山大·别克列绍夫和亚历山大·纳雷什金之间，这也是有用意的，因为他们与皇上同名；餐厅里的三百个人都按照官衔和地位就座，谁的地位高些就离主宾近些：这是

---

①提图斯（39—81），古罗马皇帝。

②阿尔喀得斯（赫拉克勒斯），希腊神话中的英雄，半神半人，父亲是宙斯，母亲是底比斯王安菲特律翁之妻阿尔克墨涅。

③这是俄国作曲家科兹罗夫斯基（1757—1831）所作的波洛涅兹舞曲，用于乐队演奏和合唱（杰尔查文作词）。

很自然的，就像水总是往低处流一样。

就在开席之前，伊利亚·安德烈伊奇伯爵向公爵介绍了自己的儿子。巴格拉季翁认出了他，讲了几句断断续续、不大得体的话，这一天他所讲的话都是这样。伊利亚·安德烈伊奇伯爵在巴格拉季翁和他儿子说话的时候，得意而骄傲地环视大家。

尼古拉·罗斯托夫与杰尼索夫和新结识的多洛霍夫一起，几乎就坐在餐桌中间。皮埃尔和涅斯维茨基公爵并肩坐在他们对面。伊利亚·安德烈伊奇伯爵带着其他管事人员坐在巴格拉季翁对面，他殷勤地款待巴格拉季翁公爵，展现了莫斯科殷勤好客的传统。

他的努力没有白费。荤素菜肴都非常精美，然而在宴会结束之前，他总是不能完全安心。他朝餐厅管事使眼色，对仆人们小声吩咐，不无激动地等候着他所熟悉的每一道菜。一切都很美满。有一条巨大鲟鱼的第二道菜上来（他一见到这条鱼又高兴又羞怯，脸也涨红了），仆人们已经在忙着开酒瓶，倒香槟酒。在给客人们留下了某种印象的鲟鱼之后，伊利亚·安德烈伊奇伯爵和其他管事人员互相使了个眼色。"要举杯祝酒的次数很多，该开始了！"他小声说道，于是端起酒杯，站起身来。大家都静了下来，等着他讲话。

"祝皇帝陛下圣体安康！"他高声叫道，快乐和激动的泪水立刻使他的一双和善的眼睛湿润了。乐队立刻奏起了"胜利的雷声响起来"。所有的人都从座位上站起来高呼"乌拉！"巴格拉季翁也像他在申格拉伯恩战场上呐喊那样，高呼"乌拉！"小罗斯托夫兴高采烈的声音在三百人的呼喊声中也能听得见。

"祝皇帝陛下圣体安康，"他叫道，"乌拉！"他一口喝干杯中的酒，把杯子摔在地板上。很多人也如法炮制。人们响亮的呼喊声久久地不绝于耳。声音沉寂下来了，仆人们收拾了摔碎的酒杯，于是大家纷纷落座，想起自己刚才的叫喊声忍俊不禁，彼此畅谈起来。伊利亚·安德烈伊奇伯爵又站起来，看一眼放在他碟子边的字条，举杯祝我们最近一次战役中的英雄彼得·伊万诺维奇·巴格拉季翁公爵身体健康，这时泪水又湿润了伯爵的蓝眼睛。"乌拉！"三百位客人又呼喊起来，这时没有奏乐，只听歌手们唱起了帕维尔·伊万诺维奇·库图佐夫①所作的颂歌：

罗斯人不可阻挡，
勇敢是胜利的保障，
我们有将军如巴格拉季翁，
敌人必将屈膝投降……

如此等等。

歌手们刚唱完，接着是一次又一次的祝酒，祝酒时伊利亚·安德烈伊奇伯爵越来越动感情了，更多的酒杯摔碎了，更多的呼喊声此起彼伏。人们为别克列绍夫、纳雷什金、乌瓦罗夫、多尔戈鲁科夫、阿普拉克辛、瓦卢耶夫的健康干杯，为管事人员的健康干杯，为主持者的健康干杯，为俱乐部所有会员的健康干杯，为俱乐部所有来宾的健康干杯，最后，单独为宴会的筹办者伊利亚·安德烈伊奇伯爵干杯。在这次祝酒时，伯爵取出手绢捂着脸，不禁放声大哭。

四

皮埃尔坐在多洛霍夫和尼古拉·罗斯托夫对面。他像平时一样贪吃，吃得很多，酒也喝得很多。但和他关系密切的人看得很清楚，今天他有了很大变化。在餐桌上始终一言不发，眯着眼睛，双眉紧锁，瞧着自己的周围，或者眼睛定定的，一副完全心不在焉的样子，用手指擦着鼻梁。他的脸色沮丧而阴沉。他对周围所发生的一切似乎视而不见，充耳不闻，心里只想着一件事，一件令他心情沉重而又无法解决的心事。

这个无法解决的使他心烦意乱的问题，起因是莫斯科的公爵小姐向他暗示，多洛霍夫和他的妻子关系暧昧，而且今天上午他接到一封匿名

① 帕维尔·伊万诺维奇·戈列尼谢夫-库图佐夫（1767—1829），参政员，曾任莫斯科大学督学；是庄严颂歌的作者。但此处的歌词托尔斯泰取自日哈列夫的《杂记》。

信，信里用所有匿名信所惯用的下流的玩笑口吻说，他戴着眼镜也什么都看不见，还说他妻子和多洛霍夫的私情只有对他一个人才是秘密。皮埃尔对公爵小姐的暗示和匿名信都断然不信，但他现在就是不敢看那个坐在面前的多洛霍夫。每当他的目光无意中与多洛霍夫的漂亮的、恬然无耻的眼睛相遇时，皮埃尔觉得，他的心里就会涌起某种可怕的、丑陋的情景，于是赶快把头掉开。他不由自主地回忆着自己妻子的全部过去以及她和多洛霍夫的关系，皮埃尔清楚地看到，信里所说的情况可能是真的，至少很像是真的，如果不是涉及**他的妻子**的话。皮埃尔无意中回想起，多洛霍夫在那次战役后恢复了军职，回到彼得堡来找他。利用和皮埃尔的酒肉朋友的关系，多洛霍夫直接来到了他的家里，皮埃尔安排他住下，又借钱给他花。皮埃尔想起，海伦对多洛霍夫住在他们家里曾表示不满，脸上却带着微笑，多洛霍夫曾对他厚颜无耻地夸奖他妻子的美貌，从那时起，直到来莫斯科之前，他和他们就片刻不离。

“是的，他很漂亮，”皮埃尔想，“我了解他的为人。玷污我的名誉并嘲笑我，对他来说想必是一种特殊的乐趣，而这恰恰是因为我曾为他奔走，收留了他，帮助过他。我知道，我了解，这在他的心目中会使他的欺骗显得多么有趣，假如此事属实的话。不错，假如此事属实的话；可是我不相信，我没有理由相信也无法相信。”他想起了多洛霍夫在冷酷无情的时候，比如在他把警察分局长捆在熊背上抛进水里，或无缘无故地向人挑起决斗，或用手枪把车夫的马打死的时候脸上所流露的表情。多洛霍夫在看他时，脸上往往就有这样的表情。“是的，他是个恶棍，”皮埃尔想，“对他来说，杀个把人不算一回事，他一定觉得，人人都怕他，想必因此而感到得意。他一定以为我也怕他。不错，我是怕他的，”皮埃尔想，在这样想的时候，他又感到心里涌起了一种骇人的丑陋的景象。多洛霍夫、杰尼索夫和罗斯托夫现在就坐在皮埃尔的对面，看上去都很快乐。罗斯托夫和两个朋友愉快地交谈着，其中一个是剽悍的骠骑兵，一个是恶棍和浪子，罗斯托夫偶尔会嘲笑地望望皮埃尔，在这次宴会上他那心事重重、失魂落魄、身躯硕大的样子令人感到惊奇。罗斯托夫之所以不友好地看着皮埃尔，首先是因为在他这个骠骑兵看来，皮埃尔只是有个漂亮老婆的普通富翁，十足的懦夫；其次是因为皮埃尔只顾想心事，没有认出罗斯托夫，向他点头他也不回礼。大家为皇上的安康祝酒时，他没有站起来，也没有举起酒杯。

“您是怎么了？”罗斯托夫曾对他叫道，一双眼睛恶狠狠地紧盯着他。“我们说到皇帝陛下的安康，难道您没听见！”皮埃尔叹了口气，顺从地站起来喝干了杯中的酒，等到大家都坐下了，便带着和善的微笑转向罗斯托夫。

“我还没认出来是您呢。”他说。可是罗斯托夫顾不上理他，他正在高呼“乌拉！”

“你怎么不和他叙叙旧呢。”多洛霍夫对罗斯托夫说道。

“别理他，一个傻瓜。”罗斯托夫说。

“对漂亮女人的丈夫应该讨好才对啊。”杰尼索夫说。

皮埃尔听不见他们在说什么，但知道是在讲他。

“好吧，现在祝漂亮的女人们健康。”多洛霍夫举起酒杯对皮埃尔说，他神情严肃，但嘴角挂着淡淡的笑容。“彼得鲁沙，为漂亮女人和她们的情夫干杯。”他说。

皮埃尔垂下眼睛喝酒，对他不理不睬。分发库图佐夫的颂歌的仆人给比较尊贵的客人皮埃尔留下了一份。他正想拿起来看，可是多洛霍夫探过身来，从他手里抢过去读了起来。皮埃尔抬头看了看多洛霍夫，他的眼睛垂了下来：席间一直使他心烦意乱的某种可怕而丑陋的景象涌上了心头，并且控制了他的情绪。他整个肥胖的身躯探过了餐桌。

“不许您拿！”他大声喝道。

听到这叫声，看到他在对谁发火，涅斯维茨基和他右边的邻座大吃一惊，连忙转向别祖霍夫。

“得了吧，得了吧，您干吗？”他们惊慌地小声说道。多洛霍夫用明亮、快乐、凶狠的眼睛看看皮埃尔，脸上的微笑仿佛在说：“啊，我就喜欢这样。”

“我不给。”他清楚地说道。

皮埃尔面色苍白，嘴唇抖动着，将歌词一把夺了过来。

“您……您……混蛋！……我要求同您决斗。”他说，并推开椅子，从桌旁站了起来。就在他这样做并且说了这句话的一刹那，皮埃尔感到，关于他妻子是否行为不端的问题，这个最近使他日夜烦恼不堪的问题，彻底而不容置疑地得到了肯定的答案。他憎恨她，决心从此与她决裂。尽管杰尼索夫要求罗斯托夫不要介入，罗斯托夫还是同意当多洛霍夫的助手，餐后与皮埃尔的助手涅斯维茨基谈妥了决斗的条件。皮埃尔回家去了，罗斯托夫、多洛霍夫和杰尼索夫在俱乐部坐到很晚的时候，听吉卜赛人和歌手们唱歌。

“那么明天见，在索科尔尼基。”多洛霍夫在俱乐部门口与罗斯托夫分手时说。

“你心里平静吗？”罗斯托夫问。

多洛霍夫停住了脚步。

“你听我说，我可以用三言两语就把决斗的秘密告诉你。如果你在决斗前写下遗嘱和给父母亲的温情脉脉的信件，如果你只想着你会被打死，那么你这个笨蛋就死定了；要是你拿定主意要尽可能快捷而准确地打死他，那就万事大吉，这是科斯特罗马的一个猎熊手对我说的。他说，碰到熊怎能不怕呢？但只要一看到它，恐惧便消失了，只怕它会逃掉！我也是这样。明天见，亲爱的！”

第二天早晨八点钟，皮埃尔和涅斯维茨基来到索科尔尼基树林，发现多洛霍夫、杰尼索夫和罗斯托夫已在那里。皮埃尔好像一个置身事外的人，在想什么不相干的事情。他形容消瘦，面色蜡黄。看来他一夜无眠。他漫不经心地望望四周，仿佛怕见明亮的阳光似的皱起了眉头。他心里只有两个想法：妻子行为不端，经过不眠之夜，他对此已毫不怀疑，而多洛霍夫是无辜的，他没有任何理由要维护一个不相干的外人的名誉。“设身处地地想，也许我也会那么干，”皮埃尔想，“甚至肯定会那么干。那么决斗、杀人有什么意思呢？或者我杀了他，或者他击中我的脑袋、胳膊、膝盖。离开这里吧，跑到哪里躲起来吧，”他不由地这样想。可是就在他这样想的时候，他以一种令人肃然起敬的特别平静而悠闲的神态问道：“快准备好了吗？”

一切准备就绪，两把马刀插在雪地上表示双方接近的界线，手枪也装上了子弹，这时涅斯维茨基走到皮埃尔跟前。

“在这个重要的，非常重要的时刻，伯爵，”他怯生生地说，“如果不对您说出全部真相，我就没有尽到自己的义务，也对不起您选择我当自己的助手从而给予我的信任和荣幸。我认为，决斗缺乏足够的理由，不值得为它流血……是您不对，是您太急躁了……”

“是呀，真荒唐……”皮埃尔说。

“那么请允许我去转达您的悔意，我相信对方是会接受您的道歉的，”涅斯维茨基说（正如其他参与决斗的人在类似的情况下一样，还不相信事情会闹到真的要决斗的地步），“您知道，伯爵，承认自己的错误，比起造成不可挽回的后果是远为高尚的。任何一方都没有受到屈辱。请允许我去谈一谈……”

“不，有什么可谈的呢！”皮埃尔说，“绝对不行……准备好了吗？”他又问。“您只要告诉我，怎么走，往哪儿走，朝什么方向射击？”他说，不自然地温和地笑笑。他拿起手枪，详细地问起放枪的方法，他还从来没有拿过枪，就是不愿承认。“啊，对了，是这样，我知道，只是忘了。”他说。

“不道歉，决不，”多洛霍夫对同样试图调解的杰尼索夫回答道，杰尼索夫也来到了指定的地点。

决斗的地点选在离开停放雪橇的大路约八十步的地方，在松树林里一片不大的空地上，地面覆盖着最近几天因天气转暖而融化的雪。敌对双方站立的地点靠近空地的边缘，相距约四十步。两个助手用脚步测量距离，从他们站立的地方到涅斯维茨基和罗斯托夫的马刀处，在深深的湿雪中留下了足迹，两把表示界线的马刀插在雪地里，相距十步。仍然是雾蒙蒙的解冻天气；相距四十步彼此都看不清对方。两三分钟一切就准备好了，不过还是迟迟没有动手。大家都一言不发。

五

“好了，开始吧！”多洛霍夫说。

“行，”皮埃尔说，还是那样微笑着。

情况很可怕。显然，这样轻松开始的事情已经无法制止，它将自行发展，而不取决于人的意志，一定会进行到底。杰尼索夫首先走到界线那里，他宣布：

“既然双方拒绝和解，那就开始吧：拿起手枪，等我数到三时朝前走。”

“一！二！三！……”杰尼索夫恼怒地喊道，随即走到旁边。双方各自沿着踩出来的小路走得越来越近，在浓雾中彼此辨认着。他们有权在走到界线之前随时开枪。多洛霍夫枪也不举，慢慢地朝前走，用炯炯有神的明亮的蓝眼睛瞅着对方。他的嘴像平时一样，似笑非笑。

皮埃尔听到“三”便快步向前走，他偏离了踩出来的小路，在积雪中迈着大步。皮埃尔握着手枪，把右手远远地朝前伸，好像很怕手枪会走火打死了自己。他竭力把左手放在后面，因为他很想用左手扶住右手，而他知道这是不允许的。在小路旁的积雪中走了大约六步，皮埃尔回头望望脚下，又很快地瞥了多洛霍夫一眼，于是像涅斯维茨基教他的那样手指一勾，打了一枪。怎么也没有料到枪声那么响。皮埃尔被自己的枪声吓了一跳，他对自己的感受自嘲地一笑，便停住了脚步。由于有雾，硝烟特别浓，在最初的瞬间他什么也看不见；不过他等待的另一声枪响并没有听到。听到的只是多洛霍夫急促凌乱的脚步声，硝烟中出现了他的身影。他一只手捂着左肋，一只手紧紧地握着垂下的手枪。他的脸色很苍白。罗斯托夫跑上前去，对他说了什么。

“不……不，”多洛霍夫透过齿缝说，“不，不算完。”他又跌跌撞撞、歪歪倒倒地走了几步，在贴近马刀处跌倒在雪地上。他的左手满是鲜血，他在常礼服上擦擦左手，用它支撑着身子。他的脸苍白、阴沉，不住地抽搐着。

“请……”多洛霍夫开始说，但没有力气一下子把话说完……“请注意。”他使劲地把话说完了。皮埃尔强忍着没有痛哭失声，向多洛霍夫跑去，已经想越过两条界线之间的地方了，这时多洛霍夫叫道：“到界线那边去！”皮埃尔明白了是怎么回事，便站在马刀旁。他们相距只有十步。多洛霍夫把头俯向雪地，贪婪地啃了一口雪，又抬起了头，他觉得好些了，盘腿坐了起来，寻找着稳定的重心。他吞咽着、吮吸着冰冷的雪；他的嘴唇在颤抖，但仍在微笑；眼睛闪现着拼尽全力的神情和仇恨。他举起手枪，开始瞄准。

“侧身站着，用手枪挡着身子。”涅斯维茨基说道。

“挡着身子！”甚至杰尼索夫也忍不住对自己的对手叫道。

皮埃尔带着遗憾和悔恨的温顺的微笑，无助地摊开双腿和双臂，干脆展开自己宽阔的身躯站在多洛霍夫面前，忧伤地望着他。杰尼索夫、罗斯托夫和涅斯维茨基都皱起了眉头。与此同时，他们听见了多洛霍夫的枪声和恼怒的叫声。

“打偏了！”多洛霍夫叫道，无力地俯扑在雪地上。皮埃尔抱住脑袋，转身朝后面的树林走去，全然不顾是在积雪中行走，喃喃地说着一些令人不解的话语。

“荒唐……荒唐！死亡……谎言……”他皱着眉头反复地说着。涅斯维茨基拦住他，送他回家。

罗斯托夫和杰尼索夫送走了受伤的多洛霍夫。

多洛霍夫默默地闭着眼睛，躺在雪橇上，对别人的问题一言不发；不过在雪橇驶入莫斯科时，他突然苏醒过来，艰难地微微抬起头，握着坐在他身旁的罗斯托夫的手。使罗斯托夫大吃一惊的是，多洛霍夫脸上的表情完全变了，蓦然变得那么动情而温柔。

“哎，怎么样？你觉得还好吗？”罗斯托夫问他。

“很糟糕！不过问题不在这里。我的朋友，”多洛霍夫断断续续地说，“我们在哪里？我们在莫斯科，我知道。我没事，可是我害死她了，害死她了……这是她无法忍受的。她是无法忍受的啊……”

“谁？”罗斯托夫问。

“妈妈。我的妈妈，我的天使，我敬爱的天使，妈妈。”多洛霍夫哭了，紧紧地握着罗斯托夫的手。他略微平静一些，便向罗斯托夫说明，他是和母亲住在一起，要是妈妈看到他就要死了，她是无法忍受的。他恳求罗斯托夫去见她，使她有个思想准备。

罗斯托夫先走了，去执行他的委托，使他极为惊讶的是，原来多洛霍夫，这个惹是生非的家伙，这个恶棍多洛霍夫，在莫斯科是和年迈的母亲、驼背的姐姐住在一起，而且是个非常温柔的儿子和弟弟。

六

皮埃尔最近很少和妻子单独见面。无论在彼得堡还是在莫斯科，他们的家总是宾客盈门。在决斗当天的晚上，像通常那样，他没有去卧室，而是留在父亲的宽大的书房里，老伯爵别祖霍夫就是在这里去世的。不论在昨天的不眠之夜他的内心活动有多么痛苦，现在更痛苦的内心活动开始了。

他躺在沙发上想睡一觉，把他所遭遇的一切全都忘掉，可是办不到。暴风雨似的情感、思绪、回忆在他的心里蓦地涌起，以致他不仅不能入睡，而且不能待在一个地方不动，不得不从沙发上跳起来，在屋子里快步地来回走动。有时他想起她在婚后初期的情景，双肩裸露，目光慵困而充满情欲，于是立刻在她身边浮现了多洛霍夫的英俊的、恬然无耻的、分明在嘲笑的脸，也就是他在宴席上的那张脸，还是多洛霍夫的那张脸，苍白、颤抖、痛苦不堪，当他转身扑倒在雪地上的时候，他的脸就是这样。

"发生了什么事呢？"他自己问自己，"我打死了**情夫**，是的，我打死了妻子的情夫。不错，这是事实。因何而起？我怎么会干出了这种事？"内心的声音回答道："因为你娶了她为妻。"

"可是我有什么错呢？"他问。"你的错在于你不爱她，却娶了她，在于你既欺骗了自己，也欺骗了她。"于是他生动地想起了瓦西里公爵的家庭晚宴后的光景，当时他讲了那句言不由衷的话："*我爱您*"。"这就是一切的起因！我当时就觉得，"他想，"那时我就觉得，这是不对的，我没有理由那样做。现在果然引起了恶果。"他回忆起他们的蜜月，想起来他就脸红。对他来说，特别鲜明，也特别难堪和羞愧的一段回忆是，婚后不久，有一天在中午十一点多钟，他穿着丝绸睡衣从卧室来到书房，在书房里碰到了总管，总管恭敬地鞠了一躬，望望皮埃尔的脸和他的睡衣，又微微一笑，仿佛要用这微笑对自己主人的福气表示大为赞赏。

“多少回我为她而骄傲，”他想，“为她雍容华贵的美、她在上流社会的风度而骄傲；为她接待全彼得堡的嘉宾的这座府邸而骄傲，为她的高傲和美貌而骄傲。瞧，我感到骄傲的都是些什么？！我那时以为，我是不理解她的。在深思她的性格时，我往往对自己说，不理解她是我的错，我不理解那种永远不变的平静、满足和没有任何爱好和追求，而全部谜底就在于一个可怕的评语：她是个淫妇。”他对自己说出这个评语，于是一切都清楚了！

“阿纳托利来向她借钱，亲吻她袒露的肩膀。她不拿钱给他，却让他亲吻自己。父亲戏谑地想激起她的妒意，她平静地微笑着说，她才不蠢呢，决不会吃醋：他想干什么就干什么好了，她这是在说我。有一次我问她，她感觉到了什么怀孕的迹象没有。她鄙夷地笑了起来，说她没有傻得想要孩子，还说她是不会为**我**生儿育女的。”

然后他回想起她思想的浅薄和粗疏，谈吐的粗俗，这些都是她固有的特点，尽管她是在高尚的贵族环境中受到教养的。“我不是什么蠢货……你自己去试试看……滚你的蛋”，这就是她说的话。看到她在老年和青年男女的心目中所获得的声望，皮埃尔往往不能理解，他怎么会不爱她。“可我从来没有爱过她。”皮埃尔自言自语道。“我知道她是淫妇，”他反复对自己说，“可就是没有勇气承认这一点。”

“再说多洛霍夫，他坐在雪地上，勉强地微笑着面对死亡，也许他是硬充好汉，作为对我的悔恨的回答！”

皮埃尔是这样一种人，尽管表面上看，似乎是所谓性格软弱的人，可是从来不找别人倾诉自己的痛苦。他独自消化自己内心的苦涩。

“一切的一切都是她一个人的错，”他自言自语道，“那又怎样呢？为什么我要把自己和她结合在一起，为什么我要对她说这句‘我爱您’，这是谎言，甚至比谎言更坏。”他自言自语道。“我有错，应当承担……可是承担什么？承担被玷污的名誉和生活的不幸？唉，全是废话，”他想，“被玷污的名誉和显赫的声望都是相对的，一切都不取决于我。”

“路易十六被人处死，因为**他们**说他失去信誉，成了叛徒（皮埃尔忽然想到），从他们自己的观点来看，他们是对的，而那些为他赴死，尊他为圣徒的人也同样是对的。后来罗伯斯比尔①被处死，因为他是暴虐的独裁者。谁对谁错？谈不上。得过且过吧：也许你明天就会死，就像我在一个小时前可能死去一样。值得折磨自己吗，既然与永恒相比，人生不过是短暂的一瞬？”可是就在他认为这些议论已经使自己平静下来的时候，突然想起了**她**，恰恰是在他最强烈地向她表达自己虚假的爱情的那个时候，一时怒火上升，不得不又站起来走动，随手碰到什么东西就又揉又扯。“为什么我要对她说‘*我爱您*’呢？”他这样反复地自问。第十遍提出这个问题后，他忽然想到了莫里哀笔下的一句话，“*我怎么鬼使神差地被卷进了这种事情呢？*”他不禁自嘲地苦笑起来。

夜里他把近侍叫来，吩咐他收拾行装，准备去彼得堡。他不能和她同住在一个屋檐下。他无法想象，现在还怎么能和她说话。他决定明天就走，给她留下一封信，向她宣布自己决意与她永远分手。

早晨近侍端着咖啡走进书房，皮埃尔躺在土耳其式沙发上，手里拿着一本打开的书睡着了。

他醒了，惊讶地、久久地环视四周，不明白他是在什么地方。

“伯爵夫人吩咐我问一下，大人在不在家。”近侍问道。

可是，皮埃尔还没有来得及决定怎样回答，伯爵夫人就进来了，她身穿银丝线绣花的白缎子睡衣，没戴头巾（两条粗大的发辫在美丽的头上绕了两圈，盘成花环状王冠的发型），神态平静而高傲；只是在她微微隆起的大理石般的前额上，有一条细细的愤怒的皱纹。她保持着不受任何干扰的平静，没有当着近侍的面开口说话。她知道了决斗的事，来

---

①罗伯斯比尔（1758—1794），法国大革命时期雅各宾派领袖。1794年“热月政变”中被捕处死。

的目的就是要谈这件事情。她在等待近侍放下咖啡出去。皮埃尔透过眼镜胆怯地看看她，就像一只被猎狗包围的兔子，仍旧抿着耳朵躺在敌人们的眼皮子底下那样，他也试着想仍旧看书；不过他觉得，这是毫无意义的，也是不可能的，于是又胆怯地看了她一眼。她没有坐下，带着鄙夷的冷笑望着他，只等近侍出去。

“又是怎么一回事？我问您，您干了什么？”她严厉地问道。

“我？……怎么了？我……”皮埃尔说。

“瞧，出了个勇士了！好吧，请您回答，为什么要决斗？您想证明什么？什么？我在问您呢。”皮埃尔在沙发上笨重地转过身来，张开嘴，却回答不出。

“既然您不回答，那我来告诉您……”海伦接着说道，“别人说什么您都相信。别人说……”海伦笑了起来，“说多洛霍夫是我的情夫，”她讲的是法语，以其谈吐的粗俗的准确性，说出了“情夫”这个字眼，就像她说任何别的字眼一样，“您也就相信了！可是您证明了什么呢？您通过这次决斗证明了什么？证明了，您是个笨蛋，Que vous êtes un sot；现在这是人所皆知的了。这会有什么结果呢？结果是我成了全莫斯科的笑柄；任何人都会说，您喝醉了，忘乎所以，向人家挑起了决斗，这个人您没有理由忌妒他，”海伦的嗓门越来越大，讲得越来越起劲，“这个人在各方面都比您好……”

“哼，哼。”皮埃尔不满地哼了两声，皱着眉头不看她，手脚也没有动一动。

“为什么您会相信，他是我的情夫？……为什么？因为我喜欢和他做伴？要是您更聪明一点，更体贴一点，我倒是宁可要您做伴。”

“不要和我说了……我恳求您。”皮埃尔嗓音嘶哑地低声说。

“我为什么不说！我可以说话嘛，我敢说，有您这样的丈夫，妻子不为自己找情夫（des amants）的是很少有的，而我没有这样做。”她说。皮埃尔想说什么，用异样的眼神看了看她，她不明白这眼神意味着什么，他又躺下了。这时他在忍受着生理上的痛苦：胸口发闷，喘不过气来。他知道，要结束这样的痛苦，必须采取行动。不过他要采取的行动太可怕了。

“我们还是分手吧。”他若断若续地说。

“分手，行，只要您把财产给我，”海伦说，“分手，我好怕啊！”

皮埃尔从沙发上跳起来，摇晃着向她扑了过去。

“我杀了你！”他叫道，他没有想到自己会有那么大的力气，竟从桌子上一把抓起了大理石石板，向她逼近一步，抡起了石板。

海伦的脸色变得很可怕；她尖叫一声躲开了他。父亲的血统在皮埃尔身上表现出来了。他感受到了狂怒的魅力和美妙。他把石板一扔，摔碎了，张开双臂朝海伦步步紧逼，吼道：“滚！”声音很可怕，全家都骇然地听到了这吼声。要是海伦没有逃出房间，天知道，皮埃尔这时会干出什么事来。

一个星期以后，皮埃尔给了妻子一份委托书，让她管理大俄罗斯[①]的所有庄园，这是他的一大半财产。

七

自从在童山接到奥斯特利茨会战的消息和安德烈公爵的死讯，两个月过去了。尽管有大使馆转来的那些信件，尽管千方百计地搜寻，他的尸体却找不到，他也不在被俘官兵的名单之内。对他的亲人来说，最糟糕的是还抱有希望，希望他在战场上得到了当地居民的救助，因而在什么地方孤独地躺在陌生人之间，也许在渐渐康复或即将死去，没有力气把自己的信息通知家人。老公爵第一次得知奥斯特利茨会战的消息的报纸上，像通常那样，只有简短和语焉不详的新闻，说俄军在几次漂亮的战斗之后需要退却，退却时秩序井然。看到这官方的报道，老公爵明白了，我军已被击溃。在报纸带来奥斯特利茨会战消息的一个星期之后，收到了库图佐夫的来信，他向公爵通报他儿子的遭遇。库图佐夫写道：

---

① 大俄罗斯，俄罗斯帝国欧洲部分的领土在19—20世纪初的正式名称。

“我亲眼所见，令郎手执军旗走在全团的前面，英勇地倒下了，他是无愧于自己的父亲和祖国的英雄。我和全军深感遗憾的是，他至今生死不明。我本人和您可以抱有希望而感到欣慰，令郎可能还活着，否则军使向我呈报的在战场上所找到的军官的名单中一定有他的名字。”

老公爵是在夜晚收到这个消息的，当时只有他一个人在书房，他没有向任何人透露这个消息。第二天，他像平常一样，清晨去散步。不过他对管家、花匠和建筑师都寡言少语，虽然他看上去非常恼怒，但对谁也没有说什么。

玛丽亚公爵小姐按时来见他的时候，他站在车窗旁干活，像平时一样，没有回头看她。

“啊！玛丽亚公爵小姐！”他突然不寻常地说道，扔下了凿子。(由于惯性轮子还在转。公爵小姐很久都记得那渐渐微弱的吱吱声，对她来说，这声音是和随后发生的事情融合在一起的。)

玛丽亚公爵小姐向他走过去，看到了他的脸，她的心猛地沉了下去。她的视线模糊了。她从父亲那并非哀伤、并非悲痛欲绝，而是满腔悲愤、非同寻常地竭力自持的脸色看出来了，就在她的头顶上落下了将把她压得粉碎的可怕的不幸，她在生活中还从未遭遇过的最大的不幸，这是无可挽回、不可思议的不幸，是你所爱的人的死亡。

“爸爸，安德烈？”风姿欠佳、举止笨拙的公爵小姐怀着那么难以形容的悲伤、忘我的美好感情问道，父亲承受不住她的目光，哽咽一声，转过头去。

“我得到消息了。在被俘者名单中没有，在阵亡者名单中没有。库图佐夫在信中说，”接着他刺耳地尖叫起来，仿佛要用这尖叫声赶走公爵小姐似的，“他死啦！”

公爵小姐没有倒下，没有晕过去。她早已面色煞白，可是听了这些话，她的脸色变了，在她那光芒四射的美丽的眼睛里神采奕奕。仿佛欢乐，不取决于尘世悲欢的无上欢乐，漫过了她内心的深深的悲哀。她完全忘掉了对父亲的敬畏，向他走了过去，抓起他的手，把他拉到自己面前，搂着他干瘦的青筋突起的脖子。

“爸爸，”她说，“不要避开我，让我们在一起哭吧。”

“这些浑蛋！这些草包！”老人把脸躲开她叫道，“毁了军队，坑害了军人！这是为什么？你去吧，去告诉丽莎。”

公爵小姐无力地倒在父亲身边的圈椅上，哭了起来。现在她想象着，哥哥当初怎样带着温柔而又高傲的神情与她和丽莎分手，想象着当初他怎样温柔而嘲讽地给自己戴上小圣像。“他有信仰吗？他是否因为自己没有信仰而后悔过？现在他在那里吗？是不是在那永恒的、安宁的福地呢？”她想。

“爸爸，请把经过的情况告诉我吧，好吗？”她含泪问道。

“你走，你走；他是在战斗中牺牲的，在这次战斗中他们断送了俄国的优秀战士和俄军的荣誉。您走吧，玛丽亚公爵小姐。你去告诉丽莎。我就来。”

玛丽亚公爵小姐从父亲那里回来了，小公爵夫人在做针线活，她看了看玛丽亚公爵小姐，她那只有孕妇才有的内敛的、幸福而安宁的目光，带有一种特殊的表情。显然，她的眼睛没有看见玛丽亚公爵小姐，她在朝自己身体的内部看，看体内正在发生的幸福而神秘的情形。

“玛丽，”她说，一面放下绣花绷子，身子后仰，“你把手伸过来。”她拉着公爵小姐的手放在自己的肚子上。

她的眼睛里溢满笑意，她在等待着，长着绒毛的小嘴唇翘了起来，一直像孩子那样幸福地翘着。

玛丽亚公爵小姐跪倒在她面前，把脸藏在嫂子的连衣裙的褶皱里。

“就这儿，就这儿，听见了吗？我觉得好奇怪。你要知道，玛丽，我会非常爱他的。”丽莎说，用闪闪发亮的幸福的眼睛看着她的小脑袋。玛丽亚公爵小姐不能抬头：她在哭泣。

“你怎么了，玛莎？”

“没什么……我那么忧伤……为安德烈感到忧伤。”她说，在嫂子的膝头擦着泪水。这天早上，玛丽亚公爵小姐有好几次想使嫂子有个思想准备，每一次都哭了起来。小公爵夫人不明原因的这些泪水，终于使她惊慌起来，不管她是多么缺乏洞察力。她什么也没说，只是不安地四处张望，寻找着什么。午餐前，她历来惧怕的老公爵走进了她的房间，现在他显得特别不安，怒形于色，一言不发又走了出去。她看看玛丽亚公爵小姐，然后带着孕妇才有的关注自己身体内部的眼神陷入了沉思，突然她哭了起来。

“安德烈有什么消息吗？”

“不，你知道，还不可能有消息，可是爸爸感到不安，我也很担心。”

“这么说，他没事？”

“没事。”玛丽亚公爵小姐说，一双闪亮的眼睛坚定地看着她。她决定不告诉她，并且说服了父亲，在嫂子分娩前，把接到可怕的消息这件事瞒着她，这几天她就要临产了。玛丽亚公爵小姐和老公爵各自以自己的方式忍受着并掩饰着自己的痛苦。老公爵不想再抱希望了：他断定安德烈公爵已死，虽然他派了一名官员到奥地利去寻觅儿子的踪迹，但是他在莫斯科为儿子定制了一座纪念碑，准备放在自己的花园里，并且告诉所有的人，他的儿子阵亡了。他竭力始终不变地保持原来的生活方式，但体力不行了：他走得少了，吃得少了，睡得少了，身体日渐衰弱。玛丽亚公爵小姐是抱着希望的。她像为活人祈祷一样，为哥哥祈祷，时刻期盼着他归来的消息。

八

“亲爱的朋友，”三月十九日早晨，小公爵夫人在早餐后说，她的长着绒毛的小嘴唇按她的老习惯翘了起来；自从接到噩耗之日起，在这个家庭，不仅所有的笑容，而且所有的说话的声音甚至步态都流露着悲哀，所以小公爵夫人在这种共同的心情的感染之下——尽管她并不了解这种心情的缘由，现在她的笑容也是这样的了，这就更使人们沉浸于共同的感伤。

“亲爱的朋友，我担心今天的早餐会使我晕过去。”

“你怎么了，亲爱的？您的脸发白。哎呀，你脸色煞白，”玛丽亚公爵小姐吃惊地说道，她迈着沉重、柔和的脚步跑到嫂子跟前。

“公爵小姐，要不要派人去把玛丽亚·鲍格丹诺夫娜叫来？”当时在那里的一个女仆问她。（玛丽亚·鲍格丹诺夫娜是县城的接生婆，她住在童山已经有一个多星期了。）

“可不是吗，”玛丽亚公爵小姐接口道，“也许，真的要生了。我去。别担心，我的天使！”她吻了一下丽莎，想从房间里出去。

“啊，不，不！”除了脸色苍白，小公爵夫人的脸上还流露了对不可避免的肉体痛苦怀有孩子气的恐惧。

“不，这是胃痛……你去说，玛莎，我的胃……”小公爵夫人哭起来了，像孩子一样痛苦地、任性地、甚至有些做作地扳着自己的小手。公爵小姐跑出去叫玛丽亚·鲍格丹诺夫娜了。

“哎哟！我的上帝！我的上帝！”她听到了背后的叫喊声。

接生婆搓着白白胖胖的小手，神色十分镇静，已经迎着她走了过来。

“玛丽亚·鲍格丹诺夫娜！好像开始了，”玛丽亚公爵小姐说，惊恐地瞪大眼睛望着接生婆。

“那好，谢天谢地，公爵小姐。”玛丽亚·鲍格丹诺夫娜说，她没有加快脚步。“你们姑娘家不该知道这种事。”

“可是莫斯科的大夫怎么还不来呢？”公爵小姐问。（按照丽莎和安德烈公爵的愿望，已经预先派人到莫斯科去请产科大夫了，现在每时每刻都在等他来。）

“没关系，公爵小姐，您放心，”玛丽亚·鲍格丹诺夫娜说，“没有大夫也一样顺顺当当。”

五分钟后，公爵小姐在自己的房间里听到，有人在抬着什么很重的东西。她探头一望，仆人们不知为什么把安德烈公爵书房里的一张皮沙发往卧室抬。抬沙发的人脸上有一种郑重、温顺的神情。

玛丽亚公爵小姐独自坐在自己的房间里，倾听着全家的动静，偶尔有人走过，便开门瞅瞅走廊里有什么情况。几个女人到那里去又从那里来，她们回头看看公爵小姐，掉头而去。她不敢问，关上门，回到房间里，时而坐在自己的圈椅上，时而拿起祈祷书，时而在神龛前跪下。可惜她惊讶地感到，祈祷没有使她惊慌的心情平静下来。突然她的房门悄悄地开了，门口出现了裹着头巾的老保姆普拉斯科维亚·萨维什娜，由于公爵不允许，她几乎没有进过她的房间。

“玛申卡[①]，我来陪你坐坐，”保姆说，“我的天使，我来是要把公爵新婚时放在圣徒前的蜡烛点亮。”她叹了口气说。

“啊，我很高兴，阿姨。”

“上帝慈悲，亲爱的。”保姆点燃神龛前的几支裹着金箔的蜡烛，带着一只编织的袜子在门边坐下了。玛丽亚公爵小姐拿了一本书看起来。只要听到脚步声或谈话声，公爵小姐便惊慌地、疑问地看看保姆，保姆也以表示安慰的眼神回看她。玛丽亚公爵小姐在自己的房间里所体验到的这种情绪，弥漫在家里的每一个角落，人人都受到了影响。据迷信的说法，对产妇的痛苦知道的人越少，就越能减轻她的痛苦，所以大家都努力装出不知道的样子；谁也不提这件事，可是，除了笼罩在公爵府邸中的通常的庄重有礼的良好风度外，可以看出，人人心里都有一种共同的担心和疑虑，并且意识到，此刻正在发生一件神秘莫测的大事。

女仆住的大房间里没有笑声。在侍者休息室里人们默不作声地坐着，随时听候吩咐。家奴的住处亮着松明和蜡烛，谁也没有睡。老公爵步履沉重地在书房里踱来踱去，他派吉洪去找玛丽亚·鲍格丹诺夫娜，问她：怎么样了？

“你只要说：公爵吩咐我来问一声，怎么样了？然后来告诉我，她是怎么讲的。”

“你去禀告公爵，分娩开始了。”玛丽亚·鲍格丹诺夫娜说，意味深长地看了来人一眼。吉洪回去报告了公爵。

---

①玛丽亚的小名。

"好。"公爵说，随手把门关上，吉洪再也没有听到书房里的一点声音。过了一会儿，吉洪走进书房，好像是要把烛花剪一剪。只见公爵躺在沙发上，吉洪看看公爵，看看他心灰意懒的脸，不觉摇了摇头，默不作声地走上前去，吻了吻他的肩膀，便出去了，没有剪烛花，也没有说明他是去干什么的。世界上最庄严的圣礼在继续进行。黄昏过去，夜已降临。面对神秘莫测的事件的担心和疑虑没有减少，反而增加了。没有人睡觉。

这是罕有的三月之夜，冬季仿佛要再显神威，以绝望的疯狂倾泻着自己最后的暴风雪。人们时刻在期盼着来自莫斯科的德国大夫，已经派了供他换乘的马匹，在大路拐往村道的路口等候，这时又派了几个骑马的人打着灯笼前去迎接，以便领他通过坎坷不平、积满雪水的小路。

玛丽亚公爵小姐早就把书本放下了：她静静地坐着，明亮的眼睛注视着保姆布满皱纹、每一个细小的特点都非常熟悉的脸。望着她头巾下露出的灰白的发绺、下巴颏的松弛的肉袋。

保姆萨维什娜手里拿着袜子，低声细语地讲着往事，自己听不见，也不明白自己在讲什么，这段往事她讲了不下几百次了，讲的是已故公爵夫人在基什尼奥夫生玛丽亚公爵小姐，接生的不是外婆，是一个摩尔达维亚农妇。

"上帝会保佑的，不需要什么大夫。"她说。突然一阵风扑向卸下窗框的窗户（按照公爵的主意，有云雀时每个房间都要卸下一扇窗框），刮掉了没有插紧的窗栓，拍打着花缎窗帘，一阵寒风和飞雪袭来，吹灭了蜡烛。玛丽亚公爵小姐打了个寒噤；保姆放下袜子，赶过去探出身子，伸手想抓住外面的窗框。寒风吹拂着她头巾的两只角和露出来的几绺白发。

"公爵小姐，我的妈呀，大路上有人来了！"她说，扶着窗框也不把它关上。"他们打着灯笼；大概是大夫……"

"噢，我的天哪！感谢上帝！"玛丽亚公爵小姐说道，"要去迎接他：他不懂俄语。"

玛丽亚公爵小姐披上围巾，跑去迎接他们。在她穿过前厅的时候，朝窗外一看，一辆轻便马车停在门口，还有几盏灯笼。她来到楼梯口。栏杆的柱子上点着一支蜡烛，在风里淌着蜡泪。侍者菲利普满脸惊讶，手里拿着一支蜡烛站在下面楼梯的第一个平台上。再下面，在拐角处，传来脚蹬暖靴上楼的脚步声。玛丽亚公爵小姐觉得，好像有一个熟悉的声音在说话。

“谢天谢地！”那个声音说，“老爷呢？”

“躺下安歇了。”管家杰米扬回答道，他已经到了下面。

后来那个声音还说了什么，杰米扬回答了，于是穿暖靴的人在看不见的拐角处加快脚步沿着楼梯越走越近。“这是安德烈！”玛丽亚公爵小姐想道。“不，这不可能，这也太离奇了。”她想，就在她这样想的时候，在侍者拿着蜡烛站在那里的平台上，出现了身穿毛皮大衣、衣领上落满白雪的安德烈公爵的面庞和身影。不错，这是他，只是面色苍白，人瘦了，他变了，脸上的表情柔和得令人奇怪，但神色惊慌。他走上楼梯，搂住了妹妹。

“你们没有接到我的信吗？”他问，他不等回答了，其实也不可能得到回答，因为公爵小姐这时说不出话来了，他立刻回去带着跟在他后面的产科大夫进来（他们是在最后一站相遇的），他又快步走上楼梯，又搂住了妹妹。

“多么幸运哪！”他说，“玛莎，亲爱的！”于是他脱掉毛皮大衣和暖靴，到小公爵夫人那里去了。

九

小公爵夫人戴着洁白的发帽躺在靠枕上（阵痛刚刚缓解），几绺黑发披在发烧的汗淋淋的双颊上。上唇长着黑色绒毛的红润娇美的小嘴张着，愉快地嫣然微笑。安德烈公爵走进房间，停在她面前，站在她躺着的沙发的脚端。她的一双大眼睛孩子气地又吃惊又激动地看着，把目光停留在他的身上，她的神情毫无变化。“我爱你们大家，没有伤害过任何人，为什么我该受苦？”她的表情在说。她看到了丈夫，但是不明白他此刻出现在她面前的意义。安德烈公爵绕过沙发，亲吻她的前额。

“我的宝贝！”他说，他从来没有这样称呼过她。“上帝慈悲……”她疑问地、像个孩子一样埋怨地看了他一眼。

“我等待你的帮助，可我白等了，白等了，你也这样！”她的眼睛在说。他来了，她没有感到惊讶；她没有明白他这是回家来了。他的到来对她的痛苦和痛苦的减轻毫无影响。阵痛又开始了，玛丽亚·鲍格丹诺夫娜劝安德烈公爵离开房间。

产科大夫走进了房间。安德烈公爵出去了，他遇见玛丽亚公爵小姐，又走到她跟前。他们小声交谈起来，不过谈话随时都会停下来，他们在等待着、倾听着。

“你去吧，我的朋友。”玛丽亚公爵小姐说。安德烈公爵又到妻子那里去了，在隔壁房间里坐下来等待结果。一个女人惊慌失措地从她的房间里出来，看到安德烈公爵有些发窘。安德烈公爵双手捂着脸，就那样坐了几秒钟。门后传来了可怜、无助的狂野的呻吟。安德烈公爵站起来走到门前，想把门推开。有人堵着门。

“不行，不行！”一个惊恐的声音从门后说道。他开始在房间里来回走动。叫喊声静止了，又过了几秒钟。突然，隔壁房间里响起了可怕的叫喊声——这不是她的叫声，她是不可能这样叫喊的。安德烈公爵跑到她门前；叫喊声静止了，可是听到了一个不同的叫声，那是婴儿的啼哭。

“怎么把婴儿抱到那里去了？”安德烈公爵在最初的瞬间想道。“婴儿？哪来的？……那里怎么会有婴儿呢？难道是孩子生出来了？”

当他突然明白了这声啼哭的全部喜庆意义时，泪水使他哽咽了，他的臂肘撑在窗台上，像孩子一样抽抽搭搭地哭泣。门打开了，大夫从房间里出来了，衬衫的袖子卷着，他没穿常礼服，脸色苍白，下巴在哆嗦。安德烈公爵转向他，但大夫失神地望望他，一声不吭地走了过去。一个女人跑了出来，看见安德烈公爵，便站在门口发愣。他走进妻子的房间。她死了，躺着的姿势没有变，还像他五分钟前所看到的那样，尽管眼睛凝然不动，双颊苍白，但小嘴唇上长着黑色绒毛的娇美、稚气、怯生生的小脸上表情依旧。

“我爱你们大家，没有伤害过任何人，可你们是怎么对我的呢？啊，你们是怎么对我的呀？”她那惹人怜爱的、娇美但毫无生气的脸在说。在屋角，玛丽亚·鲍格丹诺夫娜颤抖的白净的双手捧着一个通红的小东西，在发出哼哼声和尖细的啼哭声。

两个小时后，安德烈公爵轻轻地走进父亲的书房。老人全都知道了。他就站在门边，门一开，老人就伸开衰老、僵硬的手臂，像钳子一样紧搂着爱子的脖颈，孩子似的放声大哭。

三天后为小公爵夫人举行了东正教的葬礼，安德烈公爵在与遗体告别时登上棺材旁的梯级。在棺材里的还是那张脸，只是合上了眼睛。“啊，你们是怎么对我的呀？”那张脸还在这样说，安德烈公爵大为震惊，感到他犯了一个无可挽回也永难忘却的错误。他欲哭无泪。老人也走了上去，吻了吻她的蜡黄的小手，这只手平静地高高地放在另一只手上，她的脸也在对他说：“啊，你们是怎么对我的呀，为什么？”老人看到这张脸，气呼呼地转身而去。

又过去五天，给新生儿小公爵尼古拉·安德烈伊奇施了洗礼。神甫用鹅毛在婴儿发红起皱的小手掌和小脚掌上抹膏油的时候，乳母用下巴颏压着襁褓。祖父是教父，他生怕失手掉了孩子，战战兢兢地抱着他围着微微压瘪了的白铁圣水盘走，然后把婴儿交给教母玛丽亚公爵小姐。安德烈公爵担心孩子会被淹死①，紧张得屏住气，坐在另一个房间里等圣礼结束。保姆把婴儿给他抱出来时，他高兴地看看孩子，听保姆说，粘有头发的蜡片被抛进圣水盘后没有下沉②，而是漂着，他又赞许地点点头。

---

①施洗礼时，要将受洗者全身浸入水中，称浸礼。

②据迷信的说法，这预示着孩子幸福的未来。

十

罗斯托夫参与多洛霍夫和皮埃尔的决斗的事情，由于老伯爵的奔走，暗中了结了，罗斯托夫非但没有如他所预料的那样受到降级的处分，还当上了莫斯科总督的副官。因此他不能和全家一起到乡下去了，整个夏天都留在莫斯科履行新的职务。多洛霍夫痊愈了，在他康复期间，罗斯托夫和他成了特别亲近的朋友。多洛霍夫一直住在非常宠爱他的母亲家里养伤。罗斯托夫由于和费佳[①]的友情而博得了老太婆玛丽亚·伊万诺夫娜的喜爱，她常常对他谈到自己的儿子。

“是的，伯爵，他太高尚，太纯洁了，”她时常这样说，“不适合我们今天这个腐败的社会。美德谁也不喜欢，它是人们的眼中刺。好吧，伯爵，您说，别祖霍夫这样做合理吗，正当吗？生性高尚的费佳是爱他的，就是现在也从来不说他一句坏话。在彼得堡跟警察分局长淘气，开开玩笑，不是他们一起干的吗？怎么，别祖霍夫没事，一切都由费佳一肩承担！他遭受了多少痛苦啊！不错，他复职了，可是怎能不复职呢？我想，像他这样勇敢的军人和祖国的儿子在那里并不多。现在不妨来谈谈这次决斗。这些人有感情，有良心吗！明知他是独子，却找他决斗，而且对准他开枪！还好，上帝保佑我们。为了什么呢？您说，在我们这个时代谁没有男女私情？好吧，既然他那么爱忌妒——这一点我理解，那他可以先给他一些警示啊，要知道，这事持续了一年之久。怎么样呢？他挑起了决斗，认为费佳是不会真动手的，因为他欠他的债。多么卑鄙！多么可恶！我知道，亲爱的伯爵，您是理解费佳的，所以我由衷地喜欢您，请相信我吧。很少有人能理解他。他的心地那么崇高，那么纯洁……”

多洛霍夫本人在他康复期间，对罗斯托夫时常会讲一些完全出人意料的话。

“大家认为我是一个坏人，我知道，”他说，“随他们的便。任

---

① 费佳是多洛霍夫的名字费多尔的爱称。

何人我都不放在眼里，除了我所爱的人；可是我爱上谁，就愿意为谁献出生命，而其余的人只要挡着我的道，我就要他好看。我有一个敬爱的、无与伦比的妈妈，两三个朋友，你是其中之一，而对其余的人，我只从他们和我的利害关系的角度去注意他们。几乎所有的人都是有害的，尤其是女人。是的，我的朋友，”他继续说道，“我遇到过仁爱、高尚、有操守的男人；可是除了出卖肉体和感情的下贱女人，我还没有遇到过别的女人，伯爵夫人或厨娘全都一样。我还没有遇到过我在女人身上所追寻的天使般的纯洁和忠诚。如果我找到一个这样的女人，我为了她献出生命也在所不惜。而这些！……”他做了个鄙夷的手势。“你相信吗，如果说我还珍惜生命，那么我之所以珍惜，仅仅是因为我还希望能遇到这样的天使般的女性，她能使我获得新生，使我净化，使我的精神得到升华。不过，你是不会理解的。”

“不，我非常理解。”受到这个新朋友的影响的罗斯托夫回答道。

秋天罗斯托夫一家回到了莫斯科。初冬杰尼索夫也回来了，在罗斯托夫家落脚。一八〇六年冬初罗斯托夫在莫斯科度过的那个时期，是他和他的家庭最幸福、最快乐的时光。尼古拉把很多年轻人吸引到自己父母的家里来。薇拉是年方二十的漂亮姑娘；索尼娅这个十六岁的少女美若花朵初绽；娜塔莎半是小姐，半是少女，时而孩子似的调皮，时而尽显少女的魅力。

这个时期，罗斯托夫家笼罩着一种异样的爱情的氛围，在拥有非常可爱、非常年轻的女孩子的人家往往如此。每一个来到罗斯托夫家的年轻男子，看着少女们那洋溢着青春气息、善解人意、因为什么（也许是因为自己的幸福）而笑意盈盈的面庞，看着那活泼轻盈的奔跑，听着年轻女子那东拉西扯，但对谁都亲切、对什么都乐于应和的充满梦想的絮语，听着那时而歌声荡漾，时而乐音缭绕的断断续续的声音，就会体验到一种向往爱情、期待幸福的心情，这心情也是罗斯托夫家的年轻人所感受到的。

在罗斯托夫带来的年轻人当中，多洛霍夫是最早博得全家人喜爱的人之一，只有娜塔莎例外。为了多洛霍夫，她差点儿和哥哥吵了起来。她坚决认为，多洛霍夫是一个坏人，在和别祖霍夫决斗这件事情上，皮埃尔是对的，错的是多洛霍夫，他令人厌恶，而且矫揉造作。

“我用不着理解！”娜塔莎执著而任性地叫道，“他很坏，而且无情无义。瞧，我不是很喜欢你的杰尼索夫吗，尽管他也是酒鬼，也有缺点，我还是喜欢他，可见，我是能理解人的。我不知道该怎么对你说；多洛霍夫是心怀叵测的，这使我感到担心。杰尼索夫……”

“唉，杰尼索夫是不能相提并论的，”尼古拉回答道，暗示与多洛霍夫相比，甚至杰尼索夫也微不足道，“应当了解，这个多洛霍夫有怎样的心地，应当看一看他怎样与母亲相处，那样的一颗心哪！”

“这方面我不知道，可是和他在一起我觉得不自在。他爱上了索尼娅，你知道吗？”

“瞎说……”

“我确信不疑，你会看到的。”

娜塔莎的预言应验了。不喜欢与女性打交道的多洛霍夫时常在这个家庭里出现了，至于他是为谁而来，这个问题很快就有了答案（尽管谁也不说），他是为索尼娅而来的。索尼娅对此讳莫如深，但她心里明白，所以每当多洛霍夫出现的时候，她的脸就红得像一块大红布。

多洛霍夫常到罗斯托夫家吃饭，从来不放过有罗斯托夫家的人在场的演出，他时常参加约格尔家的青少年舞会，因为罗斯托夫家的人总是出席的。他主要是注意索尼娅，看她的眼神不仅使索尼娅受到这样的注视不能不脸红，而且伯爵夫人和娜塔莎看到这样的目光也会脸红起来。

显然，这个肤色微黑、风姿绰约的另有所爱的少女对这个刚强、古怪的男人产生了不可抗拒的影响。

罗斯托夫发觉，在多洛霍夫和索尼娅之间有了某种新的氛围，但他并没有认定，这究竟是怎样的新关系。“她们都在那里爱着一个人。”他这样想到索尼娅和娜塔莎。不过，他对索尼娅和多洛霍夫不像从前那样谈笑自若，也不大待在家里了。

从一八〇六年秋天起，大家又在谈论和拿破仑的战争了，而且比去年谈得更起劲。已经规定从千人中不仅要征集十名新兵，还要征集九名民兵。到处都在诅咒波拿巴，莫斯科所议论的不外乎即将爆发的战争。罗斯托夫一家在为战争做准备的活动中，所有的关切都围绕着一点，即罗斯托夫无论如何不愿留在莫斯科，只等杰尼索夫的假期结束，就要和他一起在节日后回团。他即将出发，不过，这不仅没有妨碍他寻欢作乐，反而使他更加热衷。他的大部分时间都是在家庭之外，在宴会、晚会和舞会上度过的。

十一

圣诞节的第三天，尼古拉在家吃饭，最近这是很少有的。这是正式的饯行宴会，因为他和杰尼索夫就要在主显节[①]后回团了。参加宴会的有二十人左右，其中有多洛霍夫和杰尼索夫。

在罗斯托夫的家庭里，爱情的气氛、钟情的氛围从来没有像在这些过节的日子里那样强烈地被人感觉到。“抓住幸福的时刻，让自己获得爱，也主动地追求爱情吧，这才是世界上真正的大事，别的都是扯淡。我们在这里唯一要做的便是这件事情。”这种氛围仿佛在说。

尼古拉像平时一样累坏了两对拉车的马，也还是来不及赶往他不得不去和应邀该去的所有地方，直到宴会就要开始时才回到家里。他一进来，便发觉并感觉到了家里的强烈的爱情气氛，不过，此外他还发觉，在座的某些人之间笼罩着一种奇怪的窘迫不安的情绪。特别激动的是索尼娅、多洛霍夫和老伯爵夫人，娜塔莎也有些激动。尼古拉明白了，宴会前在索尼娅和多洛霍夫之间一定发生了什么事情，于是在席间始终以他所特有的体贴入微的心情，温和而小心翼翼地对待他们两个人。就

① 主显节亦称耶稣受洗节，是圣诞节后的第12天。

在主显节第三天的这天晚上，约格尔（舞蹈教师）家里有一场舞会，他是每逢节日都为自己的男女学生举办舞会的。

“尼科连卡，你到约格尔那里去吗？你就去吧，”娜塔莎对他说道。“他特意邀请你，瓦西里·德米特里奇（即杰尼索夫）也去。”

“有伯爵小姐的命令，我哪敢不去呢！”杰尼索夫说，他在罗斯托夫家里开玩笑地以娜塔莎的骑士自居，“我要跳披巾舞。”

“但愿我能赶得上！我答应了阿尔哈罗夫，他们家有晚会。”尼古拉说。

“你呢？”他问多洛霍夫。话一出口，他便发觉，这是不该问的。

“嗯，也许吧……”多洛霍夫冷淡而气恼地回答道，他看了索尼娅一眼，又皱着眉头看看尼古拉，这目光和他在英国俱乐部的宴会上看皮埃尔的目光是完全一样的。

“果然是出了什么事。”尼古拉想，餐后多洛霍夫立刻就走了，这就更证实了他的猜想，他把娜塔莎叫出来，问她究竟是怎么了。

“我也在找你呢，”娜塔莎跑出来对他说，“我对你说过，你总是不肯相信，”她得意地说道，“他向索尼娅求婚了。”

尽管尼古拉在这段时间里不大把索尼娅放在心上，可是听到这个消息还是心头一震。对没有嫁妆的孤女索尼娅来说，多洛霍夫是相当不错的配偶，在某些方面甚至是美满的姻缘。从老伯爵夫人和世俗的眼光看来，是不该拒绝他的。因此尼古拉听到这个消息的第一个反应就是恼恨索尼娅。他想说：“好极了，当然应当忘掉幼时的承诺，接受他的求婚。”不过，他还没有来得及把这句话说出口……

“你能想得到吗！她拒绝了，断然地拒绝了！”娜塔莎说道。“她说她另有所爱。”她沉默了一会儿补充道。

“我的索尼娅是不可能有别的态度的！”尼古拉想。

“不管妈妈怎样求她，她还是拒绝了，我知道，她的话既然出口，是决不会改变的……”

“妈妈居然会这样去求她！”尼古拉不满地说道。

“是的，”娜塔莎说，“你听我说，尼科连卡，你可别生气，不过，我知道你是不会娶她的。我知道，天晓得是什么缘故，我准知道，你不会娶她。”

“得了吧，这是你无论如何也不会知道的，”尼古拉说，“不过我想和她谈一谈。这索尼娅是多好的姑娘啊！”他微笑着补充了一句。

“她太可爱了！我替你把她叫来。”娜塔莎吻了一下哥哥，跑开了。

一会儿索尼娅进来了，她惊慌失措，面有愧色。尼古拉走上去吻了吻她的手。这是他们在这段时间里第一次单独交谈，而且谈的是自己的爱情问题。

“索菲，”他说，起先有点儿羞怯，后来就愈来愈坦然了，“听说您想拒绝一门不仅美满，而且有利的姻缘，不过，他是一个出色的、心地高尚的人……他是我的朋友……”

索尼娅打断了他的话。

“我已经拒绝了。”她连忙说。

“要是您为了我而拒绝他，我怕我会……”

索尼娅又打断了他的话。她以恳求、惊慌的目光看了看他。

“尼古拉，您不要对我说这些。”她说。

“不，我应当说。也许我太自负了，不过还是说出来好。如果您是为了我而拒绝他，那么我必须对您讲讲我的真心话。我爱您，我想，胜过爱任何人。”

“对我来说，这就够了。”索尼娅说，脸上一红。

“不，但是我爱过一千次了，而且还会爱上别人，尽管我对谁也没有像对您那样友好、信任、爱的情感。再说，我还年轻。妈妈不赞成。总之，我现在不能给您任何承诺。因此我请求您考虑一下多洛霍夫的求婚。”他说，费劲地吐出了自己朋友的名字。

“您不要对我说这些。我什么也不需要。我爱您如兄长，永远爱您，此外一无所求。”

“您是天使，我配不上您，不过我只怕会让您失望。”尼古拉又一次吻了吻她的手。

十二

约格尔举办的舞会是莫斯科最欢乐的舞会。看着自己年幼的儿女跳着刚学会的舞步的母亲们这样说；跳得精疲力竭的少男少女们也这样说；抱着屈尊的心态出席舞会的成年的姑娘和小伙子也这样说，因为他们在这些舞会上找到了最佳的娱乐。就在这一年，这些舞会成就了两对婚姻。戈尔恰科夫家的两位美丽的公爵小姐找到了心上人，并且出嫁了，这就更为舞会增光添彩。舞会的特点是没有男主人和女主人：只有心地善良的约格尔仿佛一片羽毛飘然来去，按照演出的规矩微微鞠躬，向自己的客人们收取授课的票子①；另一个特点是，有些人常来参加舞会，只是爱好跳舞和娱乐，就像头一次穿上长裙的十三四岁少女那样热衷。所有的人，除了少数例外，都很漂亮或显得很漂亮：他们都那样兴高采烈地微笑，小眼睛那样神采飞扬。最优秀的女学生有时还跳起了披巾舞，舞姿优美的娜塔莎是其中的佼佼者；但在最近的这次舞会上跳的只是苏格兰舞、英格兰舞和新流行的玛祖卡舞。大厅是约格尔在别祖霍夫的府邸中租用的，人人都说舞会办得很成功。有很多好看的女孩子，而罗斯托夫家的两位小姐跻身于最美的少女之列。这天晚上她们两个特别幸福，特别高兴。索尼娅因为多洛霍夫求婚，而自己加以拒绝，并向尼古拉表白了心意而非常得意，她在家里不等女仆把自己的辫子编好就快乐地旋转起来，现在激越的快乐心情使她容光焕发。

因为第一次穿上长裙，第一次参加真正的舞会而同样得意的娜塔莎，更是深感幸福。她俩都身穿雪白的细纱长裙，系着粉红色的缎带。

娜塔莎从踏进舞会大厅的那一刻起，就坠入了情网。她不是爱上某一个特定的人，而是爱上了所有的人。她看到谁，在她看着这个人的那个瞬间，她就爱着这个人。

"啊，多么好！"她跑近索尼娅时总是说。

---

①票子是用来记录老师所授的课程，以后结账。

尼古拉和杰尼索夫在大厅里走来走去，带着亲切、鼓励的神情望着跳舞的人们。

“她多么可爱，将来一定是个美人。”杰尼索夫说。

“谁？”

“伯爵小姐娜塔莎。”杰尼索夫回答道。

“她的舞跳得多好，舞姿多美！”他沉默片刻又说。

“你这是说谁啊？”

“说令妹呢。”杰尼索夫气愤地叫道。罗斯托夫微微一笑。

“亲爱的伯爵，您是我最优秀的学生之一。您应该去跳舞，”矮小的约格尔来到尼古拉的面前说道，“您看看，漂亮的姑娘有多少！”他也对杰尼索夫发出了这样的邀请，杰尼索夫也曾经是他的学生。

“不，亲爱的，我还是坐一会儿装装样子吧，”杰尼索夫说，“难道您不记得了，您上课时我的表现是很差的……”

“不！”约格尔连忙安慰他说，“您只是不肯用心，可您是有才能的，的确，您是有才能的。”

响起了首次演奏的玛祖卡舞曲。尼古拉无法拒绝约格尔，他邀请了索尼娅。杰尼索夫坐到老太太们身旁，胳膊肘支撑在马刀上，一边用脚打着拍子，一边快活地讲着什么，把老太太们逗得笑了起来，时而看年轻人跳舞。约格尔和娜塔莎是第一对舞伴，娜塔莎是他的骄傲，是他最优秀的学生。约格尔从容优美而有节奏地迈动穿着皮鞋的小脚，和用心地跳出舞步的腼腆的娜塔莎首先在大厅里飞快地翩翩起舞。杰尼索夫目不转睛地看着她，轻轻地用马刀叩击节拍，他的样子说明，他自己不去跳舞，并非不会跳，只是不想跳而已。在这段舞跳到当中时，他把从旁经过的罗斯托夫叫了过去。

“这完全不对，”他说，“难道这是波兰的玛祖卡舞吗？不过跳得非常出色。”

尼古拉知道，杰尼索夫甚至在波兰跳波兰的玛祖卡舞，也以高超的舞技闻名遐迩，他跑到娜塔莎跟前说：

“你去找杰尼索夫做舞伴吧。他跳得真好！令人叫绝！”

又轮到娜塔莎出场的时候，她站起来，迅速地迈动系着缎带的小皮鞋，腼腆地穿过大厅，走到杰尼索夫坐着的角落。她看到，大家都在看她，等着。尼古拉看到，杰尼索夫和娜塔莎面带微笑，相持不下，杰尼索夫在拒绝，不过高兴地微笑着。他跑了过去。

“请，瓦西里·德米特里奇，”娜塔莎说，“我们去跳吧，请。”

“不行哪。您饶了我吧，伯爵小姐。”杰尼索夫说。

“别磨蹭了，瓦夏。”尼古拉说。

“这不是赶鸭子上架吗。”杰尼索夫开玩笑说。

“整个晚上我都给您唱歌，行吗。”娜塔莎说。

“小女巫，什么花招都使出来了！”杰尼索夫说，一面摘下了马刀。他从人们的椅子后面走出来，紧握自己女伴的手，头微微昂起，一只脚跨开，等着节拍。只有在马背上和跳玛祖卡舞的时候，才看不出杰尼索夫身材矮小，正如他自己所感觉到的那样，他显得英姿勃勃。等到节拍了，他从侧面朝自己的女伴得意而俏皮地瞅了一眼，突然一顿脚，像皮球一样从地板上弹了起来，带着身后的女伴沿着圆圈疾行而去。他脚不点地、寂然无声地飞过半个大厅，对面前的椅子好像视而不见，径直飞扑过去；可是突然，只听马刺叮当一响，他叉开两脚用鞋后跟站住了，那样站了片刻，便马刺叮当地在原地跺着双脚，飞快地旋转，又左脚连续地轻叩右脚，绕着圆圈飞跑。娜塔莎凭感觉猜测他的舞步，自己不会的就观察他、配合他。他忽而用右手、忽而用左手领着她旋转，时而单膝跪地，让她围绕着自己转，又一跃而起，向前飞速疾奔，仿佛要一口气穿过所有的房间似的；又突然停住脚步，跳出一个新颖的、出人意料的花样。当他一边旋转一边灵巧地把女伴带到她的座位那里，马刺一碰，向她鞠躬时，娜塔莎甚至没有对他行屈膝礼。她含着微笑，两眼困惑不解地看着他，仿佛不认识他了。

“这是什么舞啊？”娜塔莎问。

尽管约格尔不承认这是真正的玛祖卡舞，可是大家都对杰尼索夫的舞技赞不绝口，不断地来邀请他做自己的舞伴，老人们微笑着谈起了波兰和往昔的美好光景。跳玛祖卡舞跳得满脸通红的杰尼索夫一边擦着脸上的汗水，一边在娜塔莎身边坐下，在舞会结束前始终没有再离开她一步。

十三

此后，罗斯托夫有两天既不曾在亲友那里见到多洛霍夫，也没有在家里碰到过他；第三天他收到了他的一张便条。

“由于你所知道的原因我不会再到府上来了，我即将返回部队，因此拟于今晚略备薄酒向朋友告别——届时请来英国饭店。”在指定的那一天，罗斯托夫在九点多钟离开他与家人和杰尼索夫看戏的剧院，来到了英国饭店。他立即被带进饭店里最好的房间，今夜这个房间是多洛霍夫包下来的。

二十来人围在桌子旁，多洛霍夫坐在两支蜡烛之间。桌上放着金币和钞票，多洛霍夫是庄家，他正在分牌。在他的求婚被索尼娅拒绝后，尼古拉和他还不曾见过面，想到眼前的相见感到不知所措。

多洛霍夫明亮、冷漠的目光看见罗斯托夫到了门口，他好像早就在等着罗斯托夫了。

“好久不见了，”他说，“谢谢你的光临。等我把这副牌分好，伊柳什卡带着合唱队也就到了。”

“我是顺便来看看的。”罗斯托夫说，脸上不禁一红。

多洛霍夫不予理睬。

“你可以下注。”他说。

罗斯托夫这时想起了他和多洛霍夫之间的一次奇怪的谈话。“只有傻瓜才靠运气赌钱。” 当时多洛霍夫这样说过。

“你是不敢和我赌吧？” 现在多洛霍夫说，好像猜到了罗斯托夫的心思，于是微微一笑。罗斯托夫从他的微笑中看出了他在英国俱乐部的宴会上的那种情绪，每当他似乎厌倦了日常生活时就会有这种情绪，这时他迫切地需要用某种奇怪的、多半是残忍的行为来摆脱这乏味的日常生活。

罗斯托夫感到不好意思了；他搜索枯肠，始终找不到一句恰当的玩笑话来回答多洛霍夫。可是，在他能做到这一点之前，多洛霍夫已经直视着罗斯托夫的眼睛，一字一顿，缓慢地以大家都能听得清的声音对他说道：

“你记得吗，我们曾谈论过赌博……只有傻瓜才靠运气赌钱；赌钱是要靠本事的，我倒很想试一试。”

“试试靠运气赌钱，还是靠本事呢？”罗斯托夫在想。

“你还是不要赌吧。”他补充一句，啪地扔出一副刚拆开的牌，说：“下注吧，诸位！”

多洛霍夫把钱向前推一推，准备分牌了。罗斯托夫在他身边坐下，起先他不想玩。多洛霍夫抬头看了他一眼。

“你怎么不玩呢？”多洛霍夫说。说来也怪，尼古拉突然觉得，他应当拿起一张纸牌，在这张纸牌上标明一笔小小的赌注，开始玩起来。

“我没带钱。”罗斯托夫说。

“你可以记账！”

罗斯托夫在纸牌上标明五卢布，输了，再押上一张，又输了。多洛霍夫一连吃掉了十次，也就是说，他一连赢了罗斯托夫十张纸牌。

“诸位，”他发了一会儿牌说道，“请用现钱下注吧，要不我会记错的。”

有一位赌客说，但愿他可以记账。

“记账可以，可是我怕出错；还是用现钱下注吧。”多洛霍夫回答道。“你不必介意，咱们以后结账。”他对罗斯托夫补充了一句。

赌博在继续；仆人在不住地送上香槟酒。

罗斯托夫的所有纸牌都输掉了，他名下所记的账已有八百卢布。他在一张纸牌上写下八百卢布，可是就在仆人给他递上香槟酒的时候，他改变了主意，又写下一笔普通的赌注，二十卢布。

“保留原来的赌注吧，”多洛霍夫说，尽管他好像并没有看罗斯托夫，“那样可以更快地翻本。我输给别人，却老是赢你。难道你怕了我吗？”他又说道。

罗斯托夫听从他的话，保留了原来所写的八百卢布，把撕掉一只角的红桃七押上，这张牌是他刚从地上捡起来的。以后他对这张牌是记得很清楚的。他押上红桃七，用一截粉笔头在上面写下了八百这个数目字，字迹粗大而端正；他喝干了一杯递给他的微温的香槟酒，听了多洛霍夫的话淡淡地一笑，便提心吊胆地寄希望于这张小七子，开始盯着多洛霍夫拿着牌的手。这张红桃七的输赢，对罗斯托夫来说是非同小可的。上星期天，伊利亚·安德烈伊奇伯爵给了儿子两千卢布，他从来不喜欢谈经济上的窘迫，这次却对儿子说，这笔钱是五月之前的最后一笔了，因此他要求儿子节俭一点。尼古拉当时说，对他来说这些钱是绰绰有余的，他保证在春天之前决不再向父亲要钱。现在这笔钱只剩下一千二百卢布了。可见，红桃七不仅意味着一千六百卢布的输赢，而且意味着不得不违背自己的诺言。他提心吊胆地望着多洛霍夫的那双手，在想："快点儿把这张牌给我吧，我马上就拿起帽子，回家与杰尼索夫、娜塔莎和索尼娅一起吃晚饭，而且从此决不再伸手拿纸牌了。"此刻他的家庭生活——和彼佳开玩笑、与索尼娅谈话、与娜塔莎唱二重唱、与父亲打皮克牌[①]，甚至在波瓦尔大街上的家里安静地睡觉——都那么生动、鲜明而充满魅力地浮现在他的想象之中，仿佛这一切都是早已过去、早已失落的无与伦比的幸福。他不能设想，红桃七先放在左边而不是放在右边这种荒唐的偶然性，竟能使他失去他有了新的理解、新的感悟的这全部幸福，而坠入他从未遭受过的、莫名其妙的不幸的深渊。这不可能，但他还是极度紧张地等待着多洛霍夫两只手的动作。那双骨骼宽大、发红，衬衫下面露出黑色毛发的手，把那副牌放下，接过递给他的酒杯和烟斗。

"这么说，你是敢和我赌的了？"多洛霍夫又说了一遍，他放下纸牌，仰靠在椅背上，好像要讲一个有趣的故事，他面带笑意，慢慢地讲了起来：

"是的，诸位，听说有人在莫斯科散布流言，说我是作弊的高手，因此我奉劝诸位对我千万要小心。"

---

① 皮克牌，两人对玩的一种牌戏，有 32 张牌。

“喂，你发牌吧！”罗斯托夫说。

“唉，莫斯科的婆姨们哪！”多洛霍夫说，微笑地开始发牌了。

“啊啊啊！”罗斯托夫几乎叫了起来，双手伸向头发。他所需要的小七子已经躺在最上面，是那一摞牌上面的第一张。他输掉的钱，已超过他的支付能力了。

“你千万别蛮干。”多洛霍夫说，他瞥了罗斯托夫一眼，继续发牌。

十四

过了一个半小时，大多数赌客对自己的赌博已经抱着游戏的态度了。

整场赌博都集中在罗斯托夫一个人的身上。在他名下的已不是一千六百卢布，而是一长串数字，他曾计算过，这串数字已突破九千，而现在，他模糊地觉得，这串数字已增加到一万五千了。实际上，这些记录已超过两万卢布。多洛霍夫已经对什么都不闻不问，也不讲故事了；他注意着罗斯托夫的手的每个动作，偶尔瞥一眼自己在他名下所记录的数字。他决定继续赌下去，直到记录增加到四万三千（按俄语的计数法是43千）。他选定这个数目是因为，四十三是他的年龄和索尼娅的年龄相加的数字。罗斯托夫双手支着头，坐在写满数字、啤酒漫流、堆着纸牌的桌子边。一个痛苦的想法一直在折磨他：这双骨骼宽大、发红，衬衫下面露出黑色毛发的手，他既爱又恨的这双手，已经把他牢牢地控制住了。

“六百卢布，爱司，折角，小九子……翻本是不可能的了！……在家里是多么开心……双倍下注……这是不可能的！……他为什么要这样对我呢？……”罗斯托夫在想，在回忆。有时他下了一大笔赌注；可是多洛霍夫拒绝吃掉它，反而自己为他确定一个赌注。尼古拉认可了，他时而向上帝祷告，就像他在阿姆施泰滕大桥的战场上做祷告一样；时而猜想，桌下一堆折角的纸牌中首先落入他手中的那一张，会使他得救；时而计算自己军服上衣有多少条绦带，想在点数与绦带数相同的牌上下注，把输掉的钱如数写上；时而求助似的回头望望其他赌客；时而注视多洛霍夫现在变得冷冰冰的脸，想看清楚他心里在想什么。

“他明明知道，”他对自己说，“输这么多钱对我意味着什么。他不会希望我遭到毁灭吧？要知道他是我的朋友啊。我原是爱他的……不过也不能怪他；他运气好，他能怎么办呢？我也没有错，”他自言自语，“我没有干过坏事。难道我杀过人，侮辱过人，有过害人之心？为什么我要遭到如此可怕的不幸呢？这种不幸是从什么时候开始的呢？就在刚才，我来到这张赌桌边，想赢一百卢布，给妈妈买下那个首饰匣子作为命名日的礼物就回家，我是那么幸福，那么自由，那么快乐！可我当时并不明白，我有多么幸福！这是在什么时候结束的，这新出现的可怕的情况又是什么时候开始的呢？这个转折的标志又是什么？我一直就是这样坐在这个地方，在这赌桌旁，就是这样选一张牌推出去，然后望着这双骨骼宽大的灵巧的手。这是什么时候发生的，而且究竟发生了什么呢？我健康、强壮，我还是我这个人，还是在这个老地方。不，这是不可能的！这一切想必不会真的有什么后果。”

他满脸通红，浑身冒汗，尽管房间里并不热。他的脸色又可怕又可怜，特别是因为他徒劳地想装出镇静自若的样子。

记录达到了四万三千这个注定不祥的数字。罗斯托夫准备了一张纸牌，纸牌折了一个角，上面写着刚才给他指定的三千卢布的赌注；这时多洛霍夫砰地磕了一下纸牌，把它放到一边，他拿起粉笔，使劲摁着以清晰有力的笔画计算着罗斯托夫所欠赌债的总数。

“吃晚饭，该吃晚饭了！瞧，吉卜赛人也来了！”的确，一伙肤色黝黑的男女以吉卜赛口音交谈着，从严寒中进来了。尼古拉明白，全都结束了；不过他用冷漠的语气说道：

“怎么，你不玩了？可我准备了一张很不错的牌。”仿佛最吸引他的就是打牌本身的乐趣。

“全都结束了，我完了！”他在想。“现在对准脑门开一枪——只有这条路了。”与此同时他以愉快的口吻说道：

“来吧，再来一把。”

“好，”多洛霍夫在算出总数后回答道，“好！赌二十一个卢布，”他说，一边指着二十一这个数字，这个数字使整数四万三千被破坏了。罗斯托夫顺从地抹平折角，认真地写下数字二十一，而不是原来想写的六千。

“我反正无所谓了，”他说，“我只想知道，你是要吃掉这个小十子，还是把它交给我。”

多洛霍夫一本正经地开始分牌。噢，这时罗斯托夫是多么憎恨这双发红、指头短粗、衬衫下面露出黑毛的手啊，这双手把他抓在掌心里了……这次是罗斯托夫赢了。

“您欠我四万三千，伯爵。”多洛霍夫说，他伸着懒腰从桌旁站了起来。“坐了这么久，真累。”他说。

“是啊，我也累了。”罗斯托夫说。

多洛霍夫似乎想提醒他，这样若无其事是不合适的，便打断了他的话：

“请问，我什么时候能收到钱呢，伯爵？”

罗斯托夫刷地脸红了，他把多洛霍夫叫到了别的房间。

“我不能马上就付清，我会给你期票。”他说。

“你听着，罗斯托夫，”多洛霍夫说，他面露泰然的微笑看着尼古拉的眼睛，“你知道，俗话说：‘情场得意，赌场失意’。你的表妹爱着你。我知道。”

“噢！感到自己落入这个人的控制是可怕的。”罗斯托夫想。罗斯托夫明白，输钱的消息对父母将是多大的打击；他明白，能摆脱这一切是多么幸福，也明白，多洛霍夫知道怎样能使他避免这场羞辱和痛苦，而现在却还想和他玩一场猫捉老鼠的游戏。

“你的表妹……”多洛霍夫有话想说，但罗斯托夫打断了他的话。

“我的表妹与此无关，关于她没有什么可说的！”他勃然大怒地叫道。

“那什么时候给我钱呢？”多洛霍夫问。

“明天。”罗斯托夫说，随即离开了房间。

十五

说一声“明天”并保持体面的风度并不难，可是一个人回到家里，面对弟妹父母坦陈一切，要钱还赌债，而在自己作出保证之后是没有理由再要钱的，想起来简直太可怕了。

家里的人还没睡。罗斯托夫家的年轻人从剧院回来，用过晚餐便坐在古钢琴旁。尼古拉一走进大厅，这个冬季笼罩着他们家庭的那种富于诗意的爱情的氛围便向他扑面而来，现在，经过多洛霍夫的求婚和约格尔举办的舞会之后，这种氛围似乎更浓郁了，仿佛暴风雨前含着浓浓雨意的空气笼罩在索尼娅和娜塔莎的周围。索尼娅和娜塔莎穿着她们在剧院里穿的天蓝色的连衣裙，她们美丽，也知道自己美丽，绽开幸福的微笑站在古钢琴旁。薇拉和申升在客厅里下国际象棋。等着儿子和丈夫的老伯爵夫人和一位住在他们家的贵族老太太在用纸牌占卜。目光炯炯、头发蓬乱的杰尼索夫坐在古钢琴旁，一条腿伸在身后，用短短的手指按着琴键，弹奏和弦，他翻着白眼，用细微、嘶哑却准确的声音吟唱着他所创作的抒情诗《小女巫》，试图为它配乐。

小女巫，告诉我，是什么魔力
使我重又醉心于这久违的琴弦；
你把什么火焰洒落在我的心里，
是什么灵感流泻在我十指之间！

他激情洋溢地吟唱着，玛瑙似的黑色眸子向又惊恐又幸福的娜塔莎放射着异样的光彩。

“美极了！太美了！”娜塔莎高声叫道。“再来一段吧。”她说，没有发觉尼古拉。

“他们还是那样。”尼古拉想，一面向客厅里张望，看见薇拉、母亲和老太太在那里。

“啊！是尼科连卡！”娜塔莎跑到他跟前来了。

“爸爸在家吗？”他问。

“你回来了，我真高兴！”娜塔莎说，没有回答他的问题。“我们好开心！瓦西里·德米特里奇为了我再多留一天，你知道吗？”

“不，爸爸还没有回来。”索尼娅说。

“科科①，你回来了，到我这里来，孩子。”客厅里传来了伯爵夫人的声音。尼古拉来到母亲面前，吻了吻她的手，默默地坐到她的桌子旁，看着她用纸牌占卜的双手。大厅里一直传来欢声笑语，有人在劝说娜塔莎。

“好了，好了，”杰尼索夫叫道，“现在不要再推辞了，该您唱威尼斯船歌了，我恳求您。”

伯爵夫人回头看看默然不语的儿子。

“你怎么了？”母亲问尼古拉。

“哎呀，没什么。”他说，好像对这个千篇一律的问题已经感到不耐烦了。“爸爸很快就回来了吧？”

“大概快了。”

“他们还是那样。他们还什么都不知道！我到哪里去呢？”尼古拉想了想，又到放着一架古钢琴的大厅里去了。

索尼娅坐在古钢琴前面，演奏着杰尼索夫特别喜爱的威尼斯船歌的前奏曲。娜塔莎准备要唱了。杰尼索夫热情洋溢地望着她。

尼古拉开始在房间里来回踱步。

“何苦一定要她唱歌啊！她能唱什么呢？何况也没有什么可高兴的事情，”尼古拉想。

索尼娅弹了前奏曲的第一个和弦。

“天哪，我无耻，不可救药。对准脑门开一枪吧——剩下的只有这条路了，而不是唱歌，”他想，“躲开？可是躲到哪里去呢？无所谓，让他们去唱吧！”

尼古拉继续在房间里踱来踱去，时而阴沉地望望杰尼索夫和女孩子

---

①尼古拉的昵称。

们，却又避开他们的目光。

“尼科连卡，您怎么了？”索尼娅的目光含着这样的疑问凝视着他。她立刻就看出，他一定发生了什么事了。

尼古拉扭开了头。敏感的娜塔莎霎时也发觉，自己的哥哥情绪异常。她发觉了这一点，可是这时她自己太快乐了，根本不会把别人的痛苦、忧伤放在心上，根本不会责备自己在故意地（年轻人往往如此）自欺欺人。“不，我现在太快乐了，不可能为了同情别人的痛苦而破坏自己的心情，”她这样想，并且对自己说，“不，也许我错了，他想必和我一样快乐呢。”

“喂，索尼娅。”她说，她走到大厅中央，觉得那里的回声最佳。她微微抬起头，像舞蹈演员那样垂下仿佛毫无生气的双臂，娜塔莎以一个充满活力的动作，将鞋后跟着地倏地变为足尖立地，在房间中央走了几步停下。

“这就是我！”她仿佛在这样说，以回应杰尼索夫注视她的充满激情的目光。

“她高兴什么呢！”尼古拉望着妹妹在想，“她怎么不觉得无聊，不觉得害臊呢！”娜塔莎唱出了第一个音，她音域扩大了，挺起了胸膛，眼睛流露出严肃的神采。这时她没有想任何人、任何事，嫣然微笑的嘴里歌声流泻，这歌声任何人都能在同样的时段、同样的音程里唱出来，不过，这声音会使人听了一千次而漠然无动于衷，第一千零一次却使人感动得热泪盈眶。

娜塔莎就是在这一年的冬季，第一次开始严肃地唱歌，特别是因为她的歌唱受到杰尼索夫热情的赞赏。她现在不是像孩子那样唱歌了，她的歌声已经没有过去的那种滑稽、幼稚的做作；不过她唱得还不算好，凡是听过她唱歌的内行的评论家都会这样说。“没有受过训练，但嗓音极好，应当好好训练。”他们都说。不过，他们往往是在她的歌声静止了好久之后才这样说的。而当这未经训练的嗓音在唱歌的时候，尽管送气的方法不正确，连接也不自然，内行的评论家们却什么都不说，只顾欣赏这未经训练的嗓音，但愿还能再听一次。她的声音里有一种童贞和清纯，一种对自身力量的懵然无知，一种自发的温柔，这一切和歌唱技巧的缺陷结合在一起，使人觉得，要对这嗓音作任何改变而不损害嗓音本身是不可能的。

“这是怎么回事？”尼古拉听到她的声音，不禁瞪大了眼睛想道。“她这是怎么了？今天她怎么唱得这么好呢？”他想。突然，对他来说，整个世界都在聚精会神地等待下一个音符，下一个乐音，世界上的一切都被划分为三个节拍：“噢，我的残酷的爱情[1]……一，二，三……一，二……三……一……噢，我的残酷的爱情……一，二，三……一。唉，我们这荒唐的生活！”尼古拉想。“这一切，不幸也好，金钱也好，多洛霍夫也好，仇恨和信誉也好，全都是废话……听，这才是真正有意义的东西……嗬，娜塔莎，嗬，亲爱的！嗬，我的小妹！……看她怎样唱这个C音……唱出来了？感谢上帝！”他自己竟没有发觉，为了加强这个C音，他也在唱呢，还唱出了第二声部的三度音。“我的上帝！多么好啊！难道这是我唱出来的？多么侥幸！”他想。

噢，这三度音在怎样地颤动，罗斯托夫心灵中最美好的情愫受到了多么深刻的触动。这情愫不依赖于任何东西，它高于世界上的一切。输了钱算什么，多洛霍夫之流算什么，诺言算什么！……都是废话！可以杀人、盗窃而仍然是个幸福的人……

十六

罗斯托夫好久没有像这一天那样欣赏音乐了。可是娜塔莎刚唱完威尼斯船歌，他就又想到了现实。他一言不发地出去了，回到了楼下自己的房间。一刻钟以后，老伯爵愉快地心满意足地从俱乐部回来了。尼古拉听到他回来，便去见他。

“怎么样，玩得高兴吗？”伊利亚·安德烈伊奇问，他快乐而自豪地望着自己的儿子微笑。尼古拉想说“是的”，可是说不出来：他差点

---

① 原文为意大利文。

儿痛哭失声了。老伯爵畅快地吸着烟斗，没有注意到儿子的心情。

“唉，这是不可避免的！”尼古拉第一次，也是最后一次这样想。于是他突然以极其随便的语气对父亲说话，这种语气使他觉得自己简直太卑劣了，他好像要求套马车进城似的对父亲说道：

“爸爸，我来找您有事。我差点儿忘了。我需要钱。”

“是吗，”父亲说，他的心情特别好，“我对你说过，手头拮据。你要得多吗？”

“很多，”尼古拉红着脸说，带着一副愚蠢的大大咧咧的微笑，他后来很久都不能原谅自己的这个微笑，“我输了些钱，输得真不少，可以说输了很多，四万三千。”

“多少？输给谁了？……开玩笑！”伯爵叫道，他的脖子和后脑勺突然像中风似的涨得通红，老年人脸红往往就是这样。

“我答应明天付钱，”尼古拉说。

“嘿！……”老伯爵说，他摊开两手，无力地跌坐在沙发上。

“有什么法子呢！这种事谁没有碰到过啊。”儿子以有恃无恐的口吻说道，其实他在心里骂自己是无赖，是痞子，自己的罪过一辈子也无法弥补了。他很想亲吻自己父亲的手，跪在地上请求父亲的原谅，可是他却以放肆甚至粗鲁的腔调说什么这种事人人都会碰到。

伊利亚·安德烈伊奇伯爵听到儿子的这些话，垂下了眼睛，神色匆匆地仿佛在寻找什么。

“是的，是的，”他说，“很难，我担心，很难筹到钱……谁没有碰到过这种事呢！是的，谁没有碰到过呢……”伯爵对儿子的脸瞅了一眼，走出了房间……尼古拉有遇到反击的准备，可是眼前的情况是他怎么也不曾料到的。

“爸爸！爸——爸！”他在后面哭着叫道，“原谅我吧！”他抓住父亲的一只手，双唇紧贴着它，哭了起来。

在父亲和儿子谈心的时候，母亲和女儿之间也在进行一场毫不逊色的重要谈话。娜塔莎激动地跑到母亲那里。

“妈妈！……妈妈！……他对我说……”

“说什么？”

“他向我，向我求婚了。妈妈！妈妈！”她大声叫道。

伯爵夫人简直不相信自己的耳朵。杰尼索夫求婚了。向谁求婚？向这个毛孩子娜塔莎，不久前她还在玩洋娃娃，现在还在上课呢。

“娜塔莎，别说了，荒唐！”她说，还希望这是在开玩笑。

“怎么是荒唐呢！我和您谈的是正经事，”娜塔莎气冲冲地说，“我来问您怎么办，您却说：‘荒唐’……”

伯爵夫人耸了耸肩膀。

“要是杰尼索夫先生真的向你求婚了，这是很可笑的，你就对他说，他是个傻瓜，不就完了。”

“不，他不是傻瓜。”娜塔莎委屈而认真地说道。

“那么你想怎样呢？你们现在都在谈情说爱了。好哇，既然你爱他，就嫁给他吧，”伯爵夫人气恼地笑着说，“上帝保佑！”

“不，妈妈，我没有爱上他，也许没有爱上他。”

“那就这样对他说啊。”

“妈妈，您生气了？您不要生气，亲爱的，我有什么错呢？”

“不，说什么呢，我的孩子？要不要我去对他说呀。”伯爵夫人微笑地说道。

“不，我自己去，不过您要教教我。什么事都难不倒您。”她看到母亲在笑，又添了一句。“但愿您看到，他是怎样对我说这句话的！我知道，他是不想说的，却在无意中说了出来。”

“是吗，那也要拒绝。”

“不，不要。我非常同情他。他是那么可爱的一个人。”

“好哇，那就接受他的求婚。再说，也到了出嫁的时候了嘛。”母亲气恼而又嘲弄地说道。

“不，妈妈，我非常同情他。我不知道怎么对他说才好。”

“你什么也不用说，我亲自去告诉他。”伯爵夫人说，她很愤慨，这些人胆敢把她的小不点娜塔莎当大人看待。

“不，不行，我自己去，您到门边去听吧。”于是娜塔莎穿过客厅来到大厅，杰尼索夫还坐在古钢琴旁的那把椅子上，双手捂着脸。听见她那轻柔的脚步声便跳了起来。

“娜塔莉，”他快步迎上前去说道，“您来决定我的命运吧。我的命运就掌握在您的手里！”

“瓦西里·德米特里奇，我非常同情您！……不行，可是您非常出色……可是不要……这……这样的话我会永远爱您的。”

杰尼索夫弯腰凑近了她的手，这时她听到了一种异样的、古怪的声音。她吻了吻他那黑发蓬松、卷曲的头。这时响起了伯爵夫人匆忙赶来的衣裙声。她来到了他们跟前。

“瓦西里·德米特里奇，我感谢您看得起我们，”伯爵夫人以抱歉的声音说道，不过杰尼索夫觉得她的声音是严厉的，“可是我的女儿还太小，我原以为，您作为我儿子的朋友，会先来见我。那样的话，您就不会使我处于不得不拒绝您的境地了。”

“伯爵夫人……”杰尼索夫面有愧色地垂下眼睛说，他还想说什么，却讷讷难言。

娜塔莎看不得他那可怜的样子，抽抽搭搭地大声哭了起来。

“伯爵夫人，我在您面前深感歉疚，”杰尼索夫接着断断续续地说，“不过您要了解，我十分仰慕令爱和您的家庭，即使要两次献出自己的生命也在所不惜……”他看了看伯爵夫人，发觉她神色冷峻，于是……“好吧，再见，伯爵夫人。”他说，吻了吻她的手，没有再看娜塔莎一眼，便迈开迅速、坚定的步伐走出了房间。

第二天罗斯托夫为杰尼索夫送行，杰尼索夫连一天也不愿再待在莫斯科了。莫斯科的所有朋友都在吉卜赛人那里为杰尼索夫送行，他记不得了，他是怎样被扶上雪橇，怎样驶过最初的三站的。

杰尼索夫走后，罗斯托夫为了等钱，还在莫斯科度过了两个星期，因为老伯爵不可能一下子把钱凑齐。他闭门不出，主要是待在两位小姐的房间里。

索尼娅对他比过去更忠诚、更温柔了。她仿佛要向他表明，赌博是一种英雄行为，因此她现在更爱他了，不过，尼古拉现在认为自己是配不上她的。

他在姑娘们的纪念册里写满了诗歌和乐谱，他没有和任何相识的人告别，终于把四万三千卢布全部还清，在收到多洛霍夫的收据后，便在十一月底动身追赶自己的团去了，这时该团已经到了波兰。

第二卷

一

在和妻子交谈之后，皮埃尔到彼得堡去了。托尔若克的驿站上没有马匹，也许是驿站长不愿把马匹交出来吧。皮埃尔只好等着。他在圆桌旁的皮沙发上和衣而卧，把穿着暖靴的两只大脚伸在桌子上，陷入了沉思。

“要把皮箱拿进来吗？要不要给您铺床、上茶？”近侍问道。

皮埃尔没有回答，因为他什么都没有听见，也没有看见。他在上一个驿站就在沉思默想了，而且老是在想着同一个问题，这个问题如此重要，以致他周围所发生的一切都不能引起他的注意。他不仅对早一点还是晚一点到达彼得堡不感兴趣，对这个驿站有没有地方让他休息也不感兴趣，要是和现在占据他心头的思绪相比，那么在这个驿站上逗留几个小时，还是待上一辈子也是不值一提的小事。

驿站长、他的老婆、近侍和出售托尔若克刺绣的农妇都进来见他，表示愿意效劳。皮埃尔没有改变把脚跷在桌上的姿势，透过眼镜望着他们，不明白这些人不解决他所考虑的那些问题，能有什么要求，怎么能活下去。从他在决斗后离开索科尔尼基回家，并度过第一个痛苦的不眠之夜的那一天起，他就一直在考虑同样的一些问题；只是现在，在孤寂的旅途中，这些问题才更加挥之不去。他不管开始想什么，都会回到同样的一些问题上去，这些问题他解决不了，却又不能不向自己提出来。好像在他的头脑里，那颗支撑着他的全部生活的主螺丝**滑牙**了。螺丝拧不进去，也拧不下来，它什么也咬不住，老是在螺纹里空转，却又无法让它停下来不转。

驿站长进来，低声下气地请求伯爵大人再等两个小时，那时他一定向大人（看情况吧）提供信使专用的驿马。驿站长显然是在吹牛，不过是想从旅客身上得到额外的小费而已。“这样做好还是不好呢？”皮埃尔自问。“对我而言是好的，对另一个旅客而言就是不好的，而对他本人来说是出于无奈，因为他没有东西吃；他说过，他曾因此而被一个军官揍了一顿。军官揍他，因为他要骑马赶路。我向多洛霍夫开枪，因为我认为自己受到了侮辱。路易十六被处死，因为人们认为他是叛徒，一年后那些处死他的人，也由于某种原因而被杀害。什么是坏？什么是好？什么该爱，什么该恨？人为什么而生，我是什么？什么是生，什么是死？什么力量在主宰一切？”他自问。这些问题没有一个能得到回答，除了一个完全文不对题的不合逻辑的回答。这个回答是：“你死了，一切就结束了。你死了就一切都知道了——至少你不会再提问题了。”然而死亡也是可怕的。

托尔若克的一个女商贩在尖声叫卖自己的商品，特别是山羊皮的女式皮鞋。“我有几百卢布没有地方花，而她穿着破旧的皮袄站在那里，怯生生地望着我，”皮埃尔在想，“她要这些钱干什么呢？这些钱真能给她增添一丝幸福，一丝内心的安宁？难道世界上真有什么东西能使她和我较少受到灾难和死亡的伤害？死亡终结一切，而且它今天或明天就会到来，对永恒而言，这不过是转瞬之间。”他又摁上了那个什么也咬不住的螺丝，螺丝还是在那个老地方空转。

他的仆人把一本已裁开一半的苏扎夫人①的书信体小说递给他。他读到了一个女人阿梅利·曼斯菲尔德的痛苦和她维护道德的斗争。“为什么她要抗拒自己的诱惑者呢，”他想，“既然她爱他？上帝是不可能把违反他意志的意向放进她心里的。我的前妻就没有抗拒，也许她是对的。一无所获。”皮埃尔又自言自语道，“没有想出任何新的见解。我们所能知道的只有一点，就是我们一无所知。这就是最高水平的人类智慧。”

他觉得，他心里以及他周围的一切都是混乱、无聊和惹人厌恶的。但是皮埃尔却在对周围的一切的这种厌恶中找到了愤世嫉俗的快感。

“敢请大人稍微挤一挤，给这位大人腾点地方。”驿站长进来说，

---

①苏扎夫人（1761—1836），法国女作家，她的作品在19世纪80年代曾风行俄国。

他身后跟着一位也因为缺少马匹而滞留的旅客。这位旅客是一个矮小敦实、满脸皱纹的黄皮肤的老者，炯炯有神的略带灰色的眼睛上悬挂着两道白眉。

皮埃尔把脚从桌上放下，站起来在为他准备的床铺上躺了下来，偶尔朝进来的人瞥一眼，这个人神色阴沉、疲惫，他不看皮埃尔，在仆人的帮助下费劲地脱着衣服。旅客只穿一件土布面子的旧棉袄，瘦骨嶙峋的脚上套一双毡靴，坐在沙发上，把他剪平头的硕大的宽脑门的脑袋仰靠在沙发背上，望了望别祖霍夫。他目光的严峻、聪慧而富于洞察力的神情使别祖霍夫大为惊讶。他很想和这位旅客攀谈，正想问问他旅途的情况，他却闭上了眼睛，把年老多皱的双手交叠在一起，一个手指上戴着一枚生铁的大戒指，上面刻着一个骷髅，他一动不动地坐着，也许在休息，也许正如皮埃尔觉得的那样，在静静地沉思。他的仆人满面皱纹，也是黄皮肤的老人，没有胡须，看来他的胡须不是剃掉的，而是从来不曾长出来过。机灵的老仆打开旅行食品箱，摆好茶桌，拿来沸腾的茶炊。一切准备就绪，旅客睁开眼睛，凑近茶桌，为自己倒了一杯茶，也为没有胡须的老者倒了一杯递给他。皮埃尔觉得有一种焦急的期待和迫切的需要，想与这位旅客交谈，甚至觉得这次交谈是不可避免的。

仆人把自己倒扣着的空杯子和没有吃完的糖块端了回来，问主人还需要什么。

“不需要了。把书拿来。”旅客说。仆人把书拿给他，他就全神贯注地阅读起来，皮埃尔觉得那似乎是一本宗教著作。皮埃尔看着他。旅客突然放下书，夹上书签，把书合上了，这时他又闭上眼睛，靠在沙发背上，保持着原来的坐姿。皮埃尔看着他，还没有把头转开，老者就睁开了眼睛，他那坚定、严峻的目光凝视着皮埃尔的脸。

皮埃尔觉得很窘，想避开他的目光，可是老人那双炯炯有神的眼睛却不可抗拒地吸引着他。

二

“如果我没有弄错的话，我有幸与之交谈的是别祖霍夫伯爵。”旅客从容而响亮地说道。皮埃尔透过眼镜默默地疑问地看着对方。

“我听说过您，”旅客接着说，“也听说了，先生，您所遭到的不幸。”他好像在强调最后一个词，似乎在说“是的，不幸，不管您怎么看，但我知道，您在莫斯科所发生的事情，是一种不幸。”他又说，“我深表同情，先生。”

皮埃尔脸红了，他连忙把脚从床上放下来，向老者弯下腰，不自然地怯生生地微笑着。

“我向您提及这一点，并非出于好奇，先生，而是由于更重要的原因。”他沉默了一会儿，目不转睛地看着皮埃尔，并在沙发上挪了挪身子，表示请皮埃尔坐到他身边去。皮埃尔不想和老者谈这些，却不由自主地服从了，走过去坐在他身旁。

“您很不幸，先生，”他继续说道，“您还年轻，我年纪大了。我想尽力帮助您。”

“啊，是吗，”皮埃尔不自然地笑着说，“非常感谢……请问您是从哪里来的？”旅客的脸色不很亲切，甚至是冷淡而严厉的，然而尽管如此，这位新相识的谈吐和面容还是对皮埃尔产生了不可抗拒的吸引作用。

“不过，要是您由于某种原因不愿意和我谈话，”老者说，“您就明说吧，先生。”他突然意外地露出了慈父般温和的微笑。

“不，不是这样，相反，认识您我很高兴。”皮埃尔说，又看了看新相识的手，凑过去仔细地看看那枚戒指。他看到了戒指上的骷髅，共济会的标志。

“请问，”他说，“您是共济会员吗？”

“是的，我属于自由石匠兄弟会[①]，”旅客说，他越来越敏锐地注视着皮埃尔的眼睛，“我以他们的名义向您伸出兄弟之手。”

“我担心，”皮埃尔微笑着说，他在动摇，一方面他对这个共济会

① 共济会起源于中世纪石匠的行会组织，此处所谓的自由石匠兄弟会即共济会。

员个人产生了信任感，另一方面他对共济会的信仰抱有习以为常的嘲笑态度，“我担心，我很难理解，怎么说呢，我担心，我关于整个宇宙的思维方式与您截然相反，因而我们是不能互相理解的。”

“我了解您的思维方式，”共济会员说，“您所谈到的思维方式，您觉得它是您的思维劳动的产物，其实就是大多数人的思维方式，是骄傲、懒惰和无知的千篇一律的果实。请您原谅，先生，如果我不了解它，我就不会和您说了。您的思维方式是一条可悲的歧途。”

“同样，我可以料想，您也是在歧途中徘徊，”皮埃尔说，淡淡地一笑。

“我从来不敢说我知道真理，”共济会员说，他言谈的犀利、坚定使皮埃尔愈来愈感到震惊。“任何人都不可能单独获得真理；只有一砖一石地堆砌，人人参与，从始祖亚当到今天，经过千秋万代的努力，才能建造起供奉伟大上帝的殿堂。”共济会员说，随即闭上了眼睛。

“我应当告诉您，我不信仰，不……信仰上帝。”皮埃尔惋惜而又勉强地说道，他觉得有必要讲真话。

共济会员留心地看看皮埃尔，冷然一笑，好像家财百万的富翁在对一个穷汉冷笑，这个穷汉对富翁说，他因为缺少五个卢布而不能得到幸福。

“您不了解他啊，先生，”共济会员说，“你不可能了解他。您不了解他，所以才这样不幸。”

“是的，是的，我是不幸的，”皮埃尔赞同地说道，“可是我能怎么办呢？”

“您不了解他，先生，所以您非常不幸。您不了解他，而他就在这里，他在我心里，他在我的言谈里，他在你心里，甚至就在你刚才所说的这些亵渎神明的话语里。”共济会员严厉地说道，他的声音在颤抖。

他沉默了一会儿，长叹一声，看来竭力想平静下来。

“如果世界上没有他，”他低声说，“我们就不会谈到他，先生。我们在谈什么，在谈谁呢？你在否定谁呢？”他突然非常严厉而不容辩驳地说道。“如果世界上没有他，那么是谁把他想出来的呢？为什么你心里会出现一种设想，假设世界上有这样一种不可理解的存在呢？为什么你和全世界都设想有这样一种不可思议的存在，一种万能、永恒、其一切属性都是无限的存在呢？……” 他不说了，沉默了好久。

皮埃尔不能也不愿打破这沉默。

“他是存在的，但要理解他很难。”共济会员又说了起来，他没有看皮埃尔的脸，而是看着自己的前方，老人的两只手由于内心的激动而无法安静下来，下意识地翻动着书页。“如果这是一个人，而你怀疑他的存在，那么我可以把这个人带到你面前，拉着他的手让你看。可是我这样一个渺小的凡人，怎么能把他的万能、他的永恒、他的仁慈展示给人看呢，而这个人或者是个瞎子，或者闭着眼睛不愿看他、不愿了解他，也不愿看到、不愿了解自己的卑劣和罪恶？”他沉默了一会儿。“你是什么人？你算什么？你妄想你是一个智者，因为你能说出这些亵渎神明的话语，”他带着阴沉而轻蔑的冷笑说道，“而你比一个孩子更愚蠢，更狂妄，孩子在玩着构造精巧的钟表的零件时，他有勇气说，由于他不了解钟表的用途，所以他不相信那位制造钟表的大师。要认识他是困难的。从远祖亚当直到今天，我们几千年来一直在为获得这种认识而努力，而我们离开自己的目标仍然无限遥远；可是我们认为，不理解他只能说明我们的渺小和他的伟大……”

皮埃尔屏息凝神，目光炯炯地看着共济会员的脸，倾听着他的言谈，不打断他的话也不向他提问，全心全意地相信这个陌生人对他所说的一切。他也许是相信了共济会员谈话中的合情合理的论据，也许是像孩子一样，相信了共济会员充满自信、满腔热忱的语调，以及他声音的战栗，这种战栗有时使共济会员讷讷难言，也许是相信了老人那毕生闪烁着信念的光辉的眼睛，相信了他那安宁、坚定的态度和对自己使命的自觉。共济会员全身心焕发出来的这些闪光的特点使皮埃尔深感震撼，因为他自己是那么颓废和绝望——不管怎么说，他很想相信他的话，也真的相信了，因而体验到了一种内心安宁和获得新生、回归生活的喜悦之情。

“他不是智力所能理解的，而是要通过生活去理解。”共济会员说。

“我不明白。”皮埃尔说，他恐惧地发觉自己的心里产生了怀疑。他害怕对方的论据含糊、薄弱，他害怕自己会不再相信他了。“我不明白，”他说，“为什么人类的智力不能理解您所谈论的这种认识呢。”

共济会员慈父般温和地微微一笑。

“最高的智慧和真理好像我们想容纳的一种最纯洁的液体，”他说，“我能否把这种纯洁的液体容纳在不洁的容器里而来判断它是否纯洁呢？我只能通过自己内心的净化才能在某种程度上保持我所容纳的液体的纯洁。”

“是的，是的，是这样！”皮埃尔高兴地说道。

“最高的智慧不只是以理智为基础，不只是以知性认识分解而成的世俗科学——物理学、史学、化学等等为基础。最高的智慧是统一的。最高的智慧有一门统一的科学——包罗万有的科学，解释整个宇宙以及人在其中的地位的科学。为了在自身中容纳这门科学，必须使自己的内心得到净化和更新，因此在认识之前先要有信仰，先要自我完善。为了达到这些目标，我们的心灵被赋予神性之光，即所谓的良心。”

“是的，是的。”皮埃尔赞同道。

“用精神的眼睛审视自己的内心吧，问问你自己，你满意自己吗。仅凭理智的引导你获得了什么呢？你是怎样的人？您年轻，您富有，您聪明而有教养，先生。您拥有所有这些福祉，可是做了些什么呢？您满意自己和自己的生活吗？”

“不，我憎恨自己的生活。”皮埃尔皱着眉头说道。

“你憎恨它，那就改变它吧，使自己得到净化，随着不断净化，你就能不断认识最高的智慧。看看自己的生活吧，先生。您是怎样生活的呢？纵情声色，一切都取自社会，而对社会却没有丝毫的回报。您得到了财富。您是怎样运用财富的呢？您为别人做了什么？您想到过您的成千上万的奴隶们吗，在物质或精神上帮助过他们吗？没有。您利用他们的劳动，过着腐化堕落的生活。这就是您的所作所为。您选择了能为亲人带来利益的职业吗？没有。您在游手好闲地虚度岁月。后来您结婚了，先生，承担了引导一位少妇的责任，可是您干了些什么呢？您没有帮助她走上正路，先生，而是使她陷入了谎言和不幸的深渊。有人侮辱了您，您就杀了他，而您说您不了解上帝，还说您憎恨自己的生活。这里没有任何费解之处啊，先生！”

共济会员说了这些话，似乎说得太久而感到疲倦，又靠在沙发背上闭上了眼睛。皮埃尔望着这张严峻、凝固、衰老、几乎僵化的脸，无声地翕动着嘴唇。他想说：是的，那是可恶的游手好闲、荒淫无耻的生活，可是他没有勇气打破沉默。

共济会员以嘶哑、衰老的声音咳嗽了一下，叫来了仆人。

“有马了吗？”他问，没有看皮埃尔。

“驿马牵来了，”仆人回答道，“您不休息了吗？”

“不了，吩咐套马吧。”

“难道他要走了，把我一个人留下，既没有畅所欲言，也没有提到要怎样帮助我？”皮埃尔想，他垂着头站起来，在房间里来回踱步，偶尔抬头望望共济会员。“是的，我不想这样，可是我过的是卑鄙无耻的生活，我并不喜欢这种生活，也不愿这样打发日子，”皮埃尔想，“而这个人是知道真理的，只要他愿意，他就能向我阐明真理。”皮埃尔想，他打算把这个想法告诉共济会员，却鼓不起勇气。那位旅客老态龙钟，习惯性地收拾了行装，正在扣上自己的皮袄。做完这些事以后，他转向别祖霍夫，冷淡而有礼貌地问道：

“您现在要到哪里去呢，先生？”

“我？……我去彼得堡，”皮埃尔像孩子一样迟疑地说道，“我感谢您。我完全同意您的看法。可是您不要把我想得太坏。我由衷地希望按您的要求做人；可我从来没有得到过别人的帮助……不过，这一切首先是我自己的错。您帮助我，教导我吧，也许我会……”皮埃尔说不下去了；他嘘唏不已，转过头去。

共济会员沉默了好久，看来在考虑什么。

“只有上帝才能帮助您，”他说，“不过我们的团体会在它力所能及的范围内，向您提供某种程度的帮助，先生。您到彼得堡，请把这个交给维拉尔斯基伯爵（他取出皮夹子，在折成四叠的一大张纸上写了几句话）。请允许我给您一个忠告。到首都以后，先要闭门思过，不要走上原来的生活道路。现在祝您旅途平安，先生，”他看到他的仆人已走进房间，便说，“一切顺利……”

这位旅客是奥西普·阿列克谢耶维奇·巴兹杰耶夫[①]，这是皮埃尔在驿站长的登记簿里看到的。早在诺维科夫[②]时期，巴兹杰耶夫就是最著名的共济会员和马丁主义者[③]之一。在他走后，皮埃尔没有就寝，也没有索要马匹，在驿站的房间里久久地踱步，反省自己罪恶的过去，怀着新生的喜悦想象着自己幸福、美满、崇高的未来，他觉得这是唾手可得的。他觉得，他过去之所以行为放荡，只是因为他不知怎么偶然忘记了，做一个道德高尚的人该有多好。原来的种种怀疑在他心里已经荡然无存。他坚信，人间是有兄弟情谊的，他们结合在一起的宗旨是在追求美德的道路上彼此扶持，他觉得共济会就是这样的组织。

三

皮埃尔到了彼得堡，没有通知任何人，他闭门不出，整天手不释卷，阅读一本不知是谁给他拿来的托马斯（肯彭的）[④]的著作。皮埃尔在看这本书时，懂得了，而且日益懂得了一点；他懂得了一种他还不曾体验过的喜悦，那就是相信奥西普·阿列克谢耶维奇向他所揭示的信念：人能够达到尽善尽美的境界，人间有情如兄弟的忘我的爱。在来到这里一个星期之后，皮埃尔在彼得堡的上流社会仅有泛泛之交的年轻的波兰维拉尔斯基伯爵在傍晚走进了他的房间，带着多洛霍夫的决斗助

---

①据研究者的考证，巴兹杰耶夫的原型是莫斯科共济会员特别推崇的 O·A·波兹杰耶夫。

②诺维科夫（1744—1818），俄国启蒙学者，讽刺作家，记者和出版家。

③马丁主义者，共济会一个分会的会员，他们因追随马丁·帕斯卡利斯而得名。

④托马斯（肯彭的）（1380—1471），德国神学家，著有一系列宗教论著。皮埃尔读的大概是他的《效法基督》，其主题是宣扬禁欲主义和有德行的生活。

手进来见他时的那种公事公办、郑重其事的神气，他随手把门带上，确定室内除了皮埃尔没有别人之后，便转向他。

“我是带着一项建议和委托来见您的，伯爵，”他对他说，没有坐下，“我们兄弟会的一位身居高位的重要人物提出，要提前接受您加入兄弟会，并推荐我做您的担保人。我认为执行这个人的意志是一项神圣的义务。您愿意由我作为担保人加入自由石匠兄弟会吗？”

这个人的冷淡而严峻的语气使皮埃尔大为惊讶，皮埃尔在舞会上几乎总是看到他面带亲切的微笑，置身于花枝招展的妇女之间。

“是的，我愿意。”皮埃尔说。

维拉尔斯基低下了头。

“还有一个问题，伯爵，”他说，“对这个问题，我要求您不是作为未来的共济会员，而是作为一个诚实的人（galant homme）十分真诚地回答我：您放弃了自己原来的观点吗，您信仰上帝吗？”

皮埃尔沉吟起来。

“是的……是的，我信仰上帝。”他说。

“既然如此……”维拉尔斯基说，不过皮埃尔打断了他的话。

“是的，我信仰上帝。”他又说了一遍。

“既然如此，我们可以走了，”维拉尔斯基说，“您就坐我的马车吧。”

一路上维拉尔斯基都默默无言。皮埃尔问他，自己该怎么做，该怎样应答，他只是说，有比他更适当的弟兄来考验他，皮埃尔只要说实话就行。

马车驶进了一座高楼的大门，那里是共济会分会[①]，他们经过光线暗淡的楼梯，走进一间不大的有灯光的前厅，在那里自己脱了毛皮大衣。他们从前厅进了另一个房间。一个衣着古怪的人出现在门旁。维拉尔斯基迎着他走上去，用法语对他低声说了什么，便走到一个不大的

---

①指共济会员秘密集会的地方。皮埃尔参与共济会活动的所有细节，均由托尔斯泰摘自他所阅读的共济会的著作和手稿。

衣柜跟前，皮埃尔看到里面有各式各样他从未见过的服装。维拉尔斯基从柜子里拿出一块手绢，蒙住皮埃尔的眼睛，在后面打了一个结，把他的头发扯得生疼，他痛得皱起眉头，不知为什么羞怯地微笑着。然后他把他拉到面前吻了一下，便牵着他的手到什么地方去。身躯硕大的他垂着双手，带着微笑的满脸皱纹的怪相，跟在维拉尔斯基后面迈动胆怯的脚步摇摇晃晃地走着。

维拉尔斯基拉着他的手走了十步左右，停了下来。

“不论您碰到什么情况，”他说，“如果您决心参加我们的兄弟会，就要勇敢地面对一切。（皮埃尔点头表示同意。）听到有人敲门，您就解开蒙着眼睛的手绢，”维拉尔斯基补充道，“希望您鼓起勇气，一切顺利。”于是维拉尔斯基握握皮埃尔的手，出去了。

皮埃尔独自留下了，还是那样微笑着。他一而再地耸起肩膀，抬起手来，似乎想解开手绢，又把手放了下来。他蒙着眼睛待了五分钟，觉得有一个钟头之久。他的手发麻，腿发软；觉得累了。他的感受极其复杂。他不知会发生什么情况，因而担心，又担心会流露害怕的样子。他很好奇，想知道他会碰到什么事情，会有怎样的际遇；不过最使他高兴的是，走上自新和积极向善的生活道路的时刻终于来临，自从遇到奥西普·阿列克谢耶维奇，他就充满了对新生活的梦想。传来了有力的敲门声。皮埃尔解下手绢，环顾四周。室内很暗：只有一个地方在白色的东西里面点着一盏长明灯。皮埃尔走过去，看到长明灯是放在黑色的桌子上，桌上有一本打开的书。那是福音书；点着长明灯的那个白色的东西，是有两个窟窿和牙齿的人头骨。皮埃尔读了福音书的头两句话：“太初有道，道与神同在[①]”，又绕过桌子，看见一个敞开的装满东西的大木盒。这是一口装着尸骸的棺材。他看到这样的东西一点也不吃惊。他希望开始与原来的生活完全不同的全新的生活，因而期待着一切不寻常的、甚至比他所见到的东西更不寻常的现象。头骨、棺材、福音书，他觉得这一切都是他所期待的，而且他还有更多的期待。他环顾四

① 见《新约·约翰福音》第1章第1节。

周，竭力想在心里引起深深的感动。“上帝、死亡、爱情、人间的兄弟情谊。”他对自己念叨着，把某种模糊然而可喜的想象与这些词语联系在一起。这时门开了，有人走了进来。

光线很微弱，不过皮埃尔习惯了，已能看清来人身材不高。看来这个人是从亮处来到暗处，不觉停住了脚步；然后小心翼翼地走到桌子跟前，把一双不大的戴着皮手套的手放在桌上。

矮个子围着一条白色的皮围裙，遮住胸膛和双腿的一部分，脖子上有一条类似项链的东西，从项链中竖起高高的白色硬领，衬托着从下面被照亮的椭圆脸。

“您为什么来到这里？”来者根据皮埃尔发出的沙沙声，朝着他的方向问道，“为什么您，一个不信仰真理之光，也看不见光明的人，为什么来到这里呢，您想从我们这里获得什么？想获得智慧、美德和启示？”

在一个陌生人开门进来的那一刻，皮埃尔就像在童年忏悔时那样，体验到一种敬畏之感：他感到正与自己单独相对的，是一位生活条件完全不同，而就人间兄弟情谊而言却非常亲近的人。皮埃尔带着剧烈的心跳迎向导师（共济会这样称呼引导**探索者**加入兄弟会的兄弟）。皮埃尔走到近处一看，导师原来是熟人斯莫利亚尼诺夫，可是一想到来者是熟人，他就觉得很委屈：来者不过是一个兄弟和德行的指导者而已。皮埃尔好久也说不出一句话来，导师不得不把自己的问题重复了一遍。

“是的，我……我……我想获得新生。”皮埃尔费劲地说了一句。

“好，”斯莫利亚尼诺夫说，立刻又继续说道，“您是否了解，我们神圣的团体将采取什么方法，来帮助您达到您的目的？……”导师平静而迅速地说道。

“我……希望新生……获得指导……帮助。”皮埃尔说道，他声音发抖、难于措辞，既由于激动，也由于不习惯用俄语谈论抽象的问题。

“您对共济会有什么认识？”

“我认为，共济会是人们以行善为目的的平等、博爱的团体。”皮埃尔说，他在讲话的过程中，因为自己的话语和庄严的氛围不相称而越来越感到羞愧。“我认为……”

“好，”导师连忙说，看来他对这样的回答十分满意，“您是否曾在宗教中寻求过达到自己目的的方法？”

“没有，我认为宗教是不公正的，没有信奉过宗教。”皮埃尔说得很轻，导师没有听清楚，问他在说什么。“我曾经是无神论者。”皮埃尔回答道。

“您寻求真理，为的是在生活中遵循真理的法则；因而您是在寻求智慧和美德，不是吗？”导师在片刻的沉默后说道。

“是的，是的。”皮埃尔赞同地回答道。

导师清了清嗓子，把戴着手套的双手交叠在胸前，开始说了起来。

“现在我应当向您说明本会的主要任务，”他说，“如果这个任务和您的想法相符，那么您加入本会是有益的。第一个主要任务以及本会赖以建立、人间任何力量都不能动摇的基础，就是保守一个重大秘密，并传之后世……它从最古老的时代，甚至是从第一个人传到了我们今天，也许人类的命运就取决于这个秘密。可是该秘密的性质决定了，不经过努力净化自己的长期准备，任何人都不可能了解和运用它，因而并非任何人都能奢望在近期内获得这个秘密。因此我们便有了第二个任务，就是要使我们的会员做好准备，尽可能改造他们的心灵，净化并启发他们的理性，从而使他们能够领悟这个秘密，而我们所采取的方法，便是曾辛勤探索该秘密的活动家们口耳相传的故事所揭示的方法。

“第三，在净化和改造我们会员的同时，我们也努力改造全人类，让我们的会员为他们树立虔诚和美德的典范，从而竭尽全力抗击统治世界的恶。您想想这一点吧，我还会再来。”他说着便离开了房间。

“抗击统治世界的恶……”皮埃尔复述了一遍，于是他想象着未来他在这个舞台上的活动。在他的想象中出现了两个星期之前他自己那样的人，于是他在想象中对他们谆谆教导。他想象着有罪的和不幸的人们，他要以自己的言行去帮助他们；想象着那些压迫者，他要从他们的压迫下拯救那些受害者。在导师所讲的三个目标中，皮埃尔觉得，最后一个目标——改造全人类——特别亲切。导师所提到的那个重大秘密，虽然刺激了他的好奇心，却并未引起他的重视；而第二个目标，自我净化和自我改造，他也不大关心，因为他这时满怀喜悦地感到，自己原来的缺点已经得到彻底的改造，自己已准备好一心向善。

半个小时后，导师回来向申请人传达与所罗门神殿的七级台阶相应的七条美德，这是每个共济会员都应当培养的美德。这些美德是：（一）**谦逊**，保守本会秘密，（二）**服从**本会的上级，（三）胸怀坦荡，（四）爱人类，（五）勇敢，（六）慷慨，（七）爱死亡。

“**第七条**，您要努力，”导师说，“要经常想到死亡，以至不觉得死亡是您的可怕的敌人，而是一位朋友……这位朋友使努力行善而疲惫的灵魂脱离苦难的尘世生活，而到达一个能获得褒奖和安宁的地方。”

“是的，应当这样，”皮埃尔想，导师说了上面这番话又离开了他，让他独立思考。“应当这样，不过我还这么软弱，很爱惜自己的生命，现在我才稍微懂得了一点生活的意义。”至于他扳着指头回想的其余五条美德，皮埃尔感到自己的心灵中都有：**勇敢**、**慷慨**、**胸怀坦荡**、**爱人类**，特别是**服从**，在他看来，这简直不是美德，而是一种幸福。（他非常高兴现在能摆脱自己的任性，让自己的意志从属于某一位或某些了解毋庸置疑的真理的人。）第七条美德皮埃尔忘记了，怎么也想不起来。

导师第三次回来得更快了，他问皮埃尔是不是仍然坚持入会的意向，是不是决心遵守对他的一切要求。

“我愿遵守任何要求。”皮埃尔说。

“还应当告诉您，”导师说，“本会不只是用语言传授自己的学说，也用其他一些方法，对于真正寻求智慧和美德的人，这些方法也许比语言的讲解更能发挥作用。您所看到的本室的陈设，就应当比语言更善于向您的心灵阐述，如果您有一颗真诚而纯洁的心灵的话；在以后接触到类似的阐述方法时，您也许还会认识到这一点。本会仿效古代那些以象形文字阐明自己学说的社团。象形文字，”导师说，“是某种感觉不到的事物的称谓，这种事物具有该象形文字所描绘的性质。”

皮埃尔很了解象形文字是什么东西，不过他不敢说。他静静地听着导师的谈话，根据一切迹象感到考验即将开始。

“既然您很坚定，我应当来引导您，”导师说，他朝皮埃尔走得更近了一些，“为了表示慷慨，请把所有贵重的物品都交给我。”

“可是我身边什么也没有啊。”皮埃尔说，他以为是要把他所拥有的一切都交出来。

“交出您随身带的东西：手表、钱、戒指……”

皮埃尔连忙取出钱包、手表，戴在肥胖的手指上的结婚戒指却好久也取不下来。等到取下了戒指，共济会员说：

“为了表示服从，请把衣服脱掉。”皮埃尔根据导师的指示脱了燕尾服、背心，又脱下了左脚的靴子。共济会员拉开了他左胸上的衬衫，又弯腰把他左边的裤腿捋到膝盖上面。皮埃尔连忙想把右脚的靴子也脱下来，再捋起裤腿，以免麻烦这个初次见面的陌生人，不过共济会员告诉他不必了，并递给他一只左脚穿的便鞋。皮埃尔的脸上不由自主地流露了一种孩子气的羞怯、疑虑和自嘲的微笑，他垂着双手，叉开两腿，站在导师兄弟的面前，等候他的新指示。

“最后，为了表示心地坦诚，请向我坦白您的主要嗜好。”他说。

“我的嗜好！我**有过**很多嗜好啊。”皮埃尔说。

“只说最能使您在行善的道路上发生动摇的嗜好。”共济会员说。

皮埃尔默默地仔细搜索着。

“贪杯？好吃？游手好闲？懒惰？暴躁？凶狠？女人？”他列举自己的缺点，心里反复掂量着，不知道什么是主要的。

“女人。”皮埃尔以低得勉强听得见的声音说道。共济会员听了这个回答，好久没有动弹，也没有说话。最后他走到皮埃尔跟前，拿起放在桌上的手绢，又蒙住了他的眼睛。

“我要最后一次告诉您：您要把全部注意集中于自身，对自己的情感严加约束，不要在情欲中，而要在自己的心里寻求幸福……幸福的源泉不在我们身外，而在我们的内心……”

皮埃尔已经在自己的心里感觉到了这个使他的心灵充满快乐和感

动的令人神清气爽的幸福的源泉。

四

此后不久，走进黑暗的殿堂来找皮埃尔的已经不是原来的导师，而是担保人维拉尔斯基，皮埃尔从嗓音听出是他。对重新提出的有关他是否坚持入会意向的问题，皮埃尔回答道：

“是的，是的，我愿意。”于是带着孩子气的灿烂的微笑，敞着肥胖的胸脯，一只脚穿着便鞋，一只脚穿着靴子，随着维拉尔斯基顶在他裸露的胸前的长剑胆怯地摇晃着往前走。他跟着走出房间，在走廊里忽前忽后拐弯抹角，最后来到分会的门口。维拉尔斯基咳嗽一声，共济会员以锤子的敲击声作为回应，门在他们面前打开了。有一个低沉的声音（皮埃尔的眼睛还被蒙着）向他发问，问他姓名以及何时生于何地等等。然后又领着他到什么地方去，没有解开蒙眼的手绢，在走动的时候对他进行着有讽喻意义的谈话，谈到他此行的艰难、神圣的友爱、亘古长存的世界的创造者以及他应有的承当艰难和危险的勇气。在此行中皮埃尔发现，他时而被称为**探索者**，时而被称为**受难者**，时而被称为**申请人**，同时人们以不同的方式敲击着锤子和长剑。在他被带到什么东西跟前的时候，他发现在他的领导者之间发生了混乱和骚动。他听见他周围的人们小声地争论起来，有一个人坚持要引导他从什么毯子上走过去。此后有人把他的右手放在什么东西上面，又吩咐他用左手拿圆规顶在左侧的胸膛上，跟着别人朗读遵守会规的誓言。然后熄灭了蜡烛，燃起酒精，皮埃尔闻到了酒精的气味，有人说他将看到微光。蒙在他眼睛上的手绢被解开了，于是他仿佛做梦一样，在酒精灯的微光中看见，有几个人像导师那样围着围裙，站在他面前，手握长剑对准他的胸膛。其中一人穿着血迹斑斑的白衬衫。皮埃尔看到这种情景，便挺胸迎向几柄长剑，想让长剑刺进他的胸膛。但长剑闪到一旁，他的眼睛又被蒙上了。

“刚才你已见到了微光。”一个声音对他说。随即他们又燃起蜡烛，说他可以见到满光了，于是又揭开蒙眼的手绢，十多个声音突然说道：尘世的荣华就此过去[①]。

皮埃尔渐渐清醒过来，环顾他所在的房间和房间里的人们。大约有十二个人坐在蒙着黑色桌布的长桌四周，他们的衣着和他曾见到过的那些人一样。有些人是皮埃尔在彼得堡的社交界认识的。坐在主位上的是一个陌生的年轻人，脖子上挂着一个特别的十字架。他的右首坐着两年前皮埃尔在安娜·帕夫洛夫娜家里见过的意大利神甫。还有一位地位显赫的高官和一位曾在库拉金家当家庭教师的瑞士人。大家都神态庄重，默默地听着手里拿着一个小锤子的主席讲话。墙壁上嵌着一个闪亮的红星；桌子的一边铺着绘有各种图形的小毯子，另一边好像是祭坛，上面有福音书和骷髅。桌子四周放着七个高大的、类似教堂用的烛台。两个弟兄把皮埃尔领到祭坛前，吩咐他把两腿曲成直角形躺下，说这是要他拜倒在圣殿门前。

“先要给他一把铲子。”一个弟兄小声说道。

“唉！得了，别说了。”另一个说。

皮埃尔的一双近视眼不由自主地困惑地环顾四周，心里突然产生了怀疑：“我这是在什么地方？我在干什么啊？他们是不是在戏弄我？将来回想起来，我会不会感到羞愧呢？”但这种怀疑转瞬即逝。皮埃尔环视周围人们严肃的表情，想起他所经历的一切，知道不能半途而废。他对自己的怀疑感到骇然，竭力在心里唤起原来的那种感动，于是拜倒在圣殿门前。果然，比原来更强烈的感动在他心里涌起。他在地上躺了若干时候，他们吩咐他站起来，并给他围上与别人同样的白围裙，交给他一把铲子、三副手套，于是长老转向他。长老对他说，他要努力做到决不玷污这围裙的洁白，围裙代表的是坚强和纯洁；然后讲到未曾阐明其意义的铲子，要他用这把铲子努力净化自己的心灵，宽宏大度地用它抚平别人内心的创伤。然后讲到第一副男式手套，认为他是不可能了解它的意义的，但一定要好好保存它，关于另一副男式手套，他说，他在参加集会时一定要戴着这副手套，最后，关于最后那副女式手套，他说：

---

①原文为拉丁文。

“亲爱的兄弟，这副女式手套是给您准备的。您要把它交给您所最中意的女人。用这份馈赠向您选中的适当伴侣表白您心灵的纯洁。”沉默一会儿又补充道，“不过你要注意，亲爱的兄弟，这副手套可不能用来装饰不洁的手。”在长老说这番话的时候，皮埃尔觉得主席好像很窘。皮埃尔比他更窘，像孩子一样脸涨得通红，连眼睛也红了，他不安地环顾周围，出现了难堪的沉默。

一个兄弟打破了沉默，他把皮埃尔带到毯子旁边，根据笔记本向他讲解毯子上所描绘的各种图形的意义，这些图形是：日、月、锤子、铅锤线、铲子、四方的岩石、柱子、三扇窗户等等。然后为皮埃尔指定了座位，向他展示了分会的会标，对他说了入门的暗语，最后让他坐下了。长老开始朗读章程。章程很长，皮埃尔由于喜悦、激动和羞怯，听不懂所读的内容。他只倾听了章程的最后几句话，牢记在心。

“在我们的殿堂里，”长老读道，“除了美德和恶习之间的等级之外，不知道有别的等级。不要作出有可能破坏平等的任何区分。要勇于帮助弟兄，不管他是谁，要规劝误入歧途的人，扶起跌倒的人，永远不要对弟兄心怀憎恶和仇恨。为人要和蔼可亲。要在人们的心里激起美德的火花。要和你的邻人分享幸福，永远不要让忌妒破坏这种纯洁的喜悦。

“宽恕你的敌人，不要向他复仇，只能以德报怨。这样履行了最崇高的信条，你就找到了被你所迷失的古代的伟大胸襟的踪迹。”他读完了，于是欠身拥抱并亲吻皮埃尔。

皮埃尔满含喜悦的眼泪看着自己的周围，不知怎样回应那些围着他向他祝贺和重新叙旧的人们。他不承认任何旧交；只把所有这些人看做兄弟，迫不及待地渴望和他们一起投入行动。

长老用锤子敲了一下，大家各自就座，有人宣读了关于谦虚的训诫。

长老提议完成最后一项义务，于是担任募捐人的显赫的高官开始向弟兄们募捐。皮埃尔本想在捐款单上登记他所有的钱财，可是他担心这样会显得太招摇，便登记了和别人相等的捐款。

会议结束了，回家以后皮埃尔觉得，他似乎是从历经数十年的长途旅行中归来，已经完全变了，与从前的生活方式和生活习惯已经格格不入。

五

加入共济会的第二天，皮埃尔坐在家里看书并努力领悟一个正方图形的含义，这个图形的一边描绘的是上帝，另一边描绘精神，第三边描绘肉体，第四边描绘的是混合物。他偶尔放下书本和图形，在想象中规划自己的新的生活。昨天在分会会堂里有人对他说，皇上已经获悉有关决斗的传闻，皮埃尔还是离开彼得堡较为明智。他有意前往自己南方的各个庄园，在那里为自己的农民们谋福利。他愉快地设想着这种崭新的生活，这时瓦西里公爵突然走进了房间。

“我的朋友，你在莫斯科干了些什么呀？亲爱的，为什么你要和廖莉娅争吵呢？你误会了，”瓦西里公爵一进来就说道，“我全都知道了，我可以确切地告诉你，海伦对你是清白的，正如基督对犹太人是清白的一样。”

皮埃尔想回答他，可是被他打断了话头。

“为什么你不干脆直接来找我呢，我不是你的朋友吗？我全都知道，全都明白，”他说，“对一个珍惜自己名誉的人来说，你的行为是不错的；也许是操之过急了，不过这一点我们姑且不论。可是你要明白，在整个上流社会甚至宫廷面前，你把她和我置于何地呢？”在说到宫廷时他压低了声音。“她住在莫斯科，你却在这里。得了，亲爱的，”他拉着他的手往下拽了一下，“这不过是误会罢了；我想，你自己也意识到了。你和我马上给她写一封信，她就会来到这里，一切都可以解释清楚，所有的流言蜚语也就不攻自破，否则，亲爱的，你很可能会遇上麻烦。”

瓦西里公爵含有深意地看了皮埃尔一眼。

“我从可靠的来源获悉，寡居的太后对这件事非常关切。你知道，她对海伦是很慈爱的。”

皮埃尔有好几次想说话，可是，一方面瓦西里公爵连忙打断他的话头，不让他有说话的机会，另一方面皮埃尔本人担心不能用坚决拒绝和抗辩的语气来开始这次谈话，而他是下定决心要用这种语气回答岳父的。此外，他想起了共济会章程中的话："为人要和蔼可亲"。他频频皱眉，涨红了脸，坐立不安，他在强迫自己去做一件在他的生活中最困难的事情——当面对人出言不逊，而不是顺着这个人的心意说话，不管他是谁。他是那么习惯于向瓦西里公爵漫不经心而又充满自信的口吻屈服，以至现在也无法抗拒这种口吻，可是他感到，此刻他说出的话将决定他一生的命运：他是在原来的老路上走下去，还是走上新路，这是共济会员们那么引人入胜地向他指出的道路，而且他深信不疑，在这条新路上他将焕然一新地迎接新的生活。

"喂，亲爱的，"瓦西里公爵戏谑地说道，"你对我说一声'是'，我就以你的名义写信给她，我们就可以宰一头肥牛犊了。[①]"可是瓦西里公爵的这句戏言还没有说完，皮埃尔便满面怒容，这怒容酷似他的父亲，他不看对方的眼睛，低声说道：

"公爵，我没有请您来，您走吧，请您走吧！"他一跃而起，为他打开了门。"马上就走。"他重复道，他不相信自己的眼睛而又非常高兴，瓦西里公爵的脸上居然流露出尴尬和恐惧的表情。

"你怎么了？你病了？"

"您走吧！"那吓人的声音又一次响起。瓦西里公爵只得在没有得到任何解释的情况下黯然离去。

一个星期后，皮埃尔向共济会的新朋友告辞，给他们留下了巨额捐款，到自己的庄园去了。他新结识的弟兄们给了他几封信，让他带给基辅和敖德萨的共济会员，并且答应给他写信，对他的新的活动给予指导。

六

皮埃尔和多洛霍夫决斗的事情了结了，虽然那时皇上对决斗的态度

---

① 浪子回头，父亲宰肥牛犊欢迎他。事见《新约 · 路加福音》第15章第23节。

很严厉，但是两个决斗者及其助手都没有受到处罚。然而由于皮埃尔与妻子决裂而得到了证实的决斗的不幸事件，在上流社会广泛地传开了。皮埃尔，在他是私生子的时候，人们对他抱着宽容和庇护的态度，在他是俄罗斯帝国最佳择婿对象的时候，人们宠爱他、赞扬他，在他结婚后，待字闺中的姑娘和母亲们对他失去指望的时候，他在上流社会的舆论中便大为逊色，尤其是因为他不会也不愿阿谀奉承，博得社会的垂青。现在大家都把决斗归咎于他一个人，说他是个不讲道理爱吃醋的男人，残暴的狂怒时常会发作，像他的父亲一样。海伦在皮埃尔离开后回到彼得堡的时候，所有相识的人对她的接待不仅热情，而且对她的不幸抱有几分敬意。每当谈话涉及她的丈夫，海伦便露出很得体的神情，不过并不了解它的含意，仅仅是出于她素来的分寸感。这神情表示，她决心忍受自己的不幸而不怨天尤人，她的丈夫是上帝赐予她的十字架。瓦西里公爵讲得比较坦率。谈到皮埃尔，他就耸着肩膀，指指自己的脑袋说：

“疯疯癫癫的，我一直这样说。”

“我早就说过，”安娜·帕夫洛夫娜这样谈到皮埃尔，“我当时就说，说得比谁都早（她坚持自己的首创权），这是被时代的腐化思想所腐蚀的狂妄的年轻人。早在人人都赞赏他，而且他刚从国外回来的时候，我就这样说过。你们还记得吗，有一天晚上他在我那里表现得像个狂妄的马拉①。结果怎样呢？我当时就不赞成这门婚事，而且预言了后来所发生的一切。”

在闲暇的日子里，安娜·帕夫洛夫娜仍然在自己的家里举行像以前那样的晚会，这样的晚会也只有以她的才干才能安排好，在这些晚会上，首先，正如安娜·帕夫洛夫娜本人所说，要有一批真正的上流社会的精英、彼得堡知识界的优秀人物。除了与会者都经过精心挑选，安娜·帕夫洛夫娜的晚会还有一个特点，就是安娜·帕夫洛夫娜每一次都向上流社会推出一位有意思的新人，而且只有在她的这些晚会上，才能

① 马拉（1743—1793），法国资产阶级革命家，雅各宾派的领袖之一。

清晰而准确地读出政治温度表上的刻度，它反映着彼得堡上流社会中接近宫廷的正统派的精神状态。

一八〇六年末安娜·帕夫洛夫娜在家里举行了一个晚会。这时，已经获悉拿破仑在耶拿和奥尔施泰特全歼普鲁士军队以及普鲁士大部分要塞均已陷落的可悲消息，俄军已进入普鲁士境内，我国和拿破仑的第二次战争也开始了。真正的上流社会的精英是被丈夫遗弃的令人着迷的不幸的海伦、莫特马尔、从维也纳回来不久的令人着迷的库拉金公爵、两位外交官、姑母、一个在客厅里简单地被称为有突出优点的人的青年、一位新来的贵族宫女和她的母亲，还有几个不大引人注目的人物。

这天晚上，安娜·帕夫洛夫娜用来款待客人的新人是鲍里斯·德鲁别茨科伊，他作为普鲁士境内的俄军信使回来不久，是俄军中一位很重要的人物的副官。

政治温度表在这次晚会上向与会者所反映的政治气候是这样的：不论欧洲的君主和统帅们为了给**我**和**我们**这些人制造麻烦和痛苦，怎样竭力纵容、姑息波拿巴，我们对波拿巴的看法是决不会改变的。在这个问题上我们仍然会毫不掩饰地说出我们的想法，我们对普鲁士的国王和其他人只能说："你们这样会更倒霉的。'你这是自作自受，乔治·当丹[①]，'我们就言尽于此了。"这就是安娜·帕夫洛夫娜的晚会上的政治温度表所显示的政治气候。预定要用来款待客人的鲍里斯走进客厅的时候，客人几乎已全部到齐。安娜·帕夫洛夫娜引导下的谈话，正谈到我国和奥地利的外交关系，有望与奥地利结盟。

鲍里斯穿着漂亮的副官制服，英姿勃勃，面色红润，潇洒地走进客厅，照例被带去问候姑母，随即加入了大家的聚会。

安娜·帕夫洛夫娜把自己干枯的手伸给他亲吻，把他介绍给几个他不认识的人，并低声地向他说明每个人的情况。

---

①语出莫里哀的喜剧《乔治·当丹》（俄文版译作《乔治·当丹，或被愚弄的丈夫》）。

“伊波利特·库拉金公爵，一位可爱的年轻人。克鲁格先生，哥本哈根的代办，很有头脑，”又简单地介绍，“希托夫先生，一位有突出优点的人。”说的就是拥有这个称呼的那个人。

鲍里斯在服役期间，由于安娜·米哈伊洛夫娜的奔走，也由于自己的志趣和沉稳的性格，已经使自己在仕途上处于极其有利的地位。他担任一位非常重要的人物的副官，曾肩负非常重要的使命前往普鲁士，并作为信使刚从那里回来。他完全领会了他在奥洛穆茨所欣赏的那种不成文的等级制度，按照这种制度，一个准尉的地位无可比拟地高于一位将军，按照这种制度，要在仕途上获得成功，需要的不是努力，不是忍辱负重，不是勇敢，不是持久不懈，只要善于逢迎论功行赏的那些人就行——他时常对自己迅速取得成功感到惊讶，对别人居然不明白这一点感到奇怪。由于这个发现，他的整个生活方式，他和从前的熟人的全部关系，他对前途的所有规划都完全改变了。他并不富有，可是他把仅有的钱都花在衣着上，要穿得比别人都好；他宁可放弃很多娱乐，也决不允许自己乘坐一辆蹩脚的马车或穿着旧军服出现在彼得堡的大街上。他只接近并设法结识那些地位比他高，因而可能对他有用的人。他喜欢彼得堡而轻视莫斯科。对罗斯托夫的家庭以及他和娜塔莎的幼稚的爱情的回忆使他感到不快，自从他参军以后就再也没有去过罗斯托夫家。他认为，在安娜·帕夫洛夫娜的客厅里露面，是仕途上的重要升迁，现在他立刻就理解了自己的角色，主动让安娜·帕夫洛夫娜利用他所具有的亮点。他对每个人都察言观色，掂量着接近其中每个人的好处和机遇。他按照给他指定的地方坐到美丽的海伦身边，倾听着大家的谈话。

“‘维也纳认为，拟议中的条约的基础是很不现实的，只有取得一系列辉煌的胜利才能具备这种基础；维也纳对是否有什么方法能为我们提供这种基础表示怀疑’。这是维也纳内阁的原话。”丹麦的代办说。

“令人感到荣幸的怀疑！”很有头脑的人微妙地含笑说道。

“必须对维也纳内阁和奥地利皇帝加以区别，”莫特马尔说，“奥地利皇帝永远不会这样想，这样说的只有内阁。”

“噢，我亲爱的子爵，”安娜·帕夫洛夫娜插话道，“欧洲（不知为什么她把欧洲说成 l'Urope[①]，好像这是法语发音的一个特别微妙之处，她在和法国人谈话时总是这样说），欧洲永远不会成为我们忠实的盟友。”

接着安娜·帕夫洛夫娜谈起了普鲁士国王的勇敢和坚定，以便鲍里斯能发表意见。

鲍里斯仔细倾听着别人的谈话，等待发言的机会，不过同时他已经有好几次转头看看身旁的美人儿海伦，她也有好几次对漂亮的青年副官暗送秋波。

在谈到普鲁士的局势时，安娜·帕夫洛夫娜很自然地请鲍里斯谈谈他的格沃古夫[②]之行，以及他所看到的普鲁士军队的状况。鲍里斯以纯正的法语从容不迫地谈起军队和宫廷的很多有趣的细节，在叙述的时候竭力避免对他所涉及的事实发表自己的看法。有一段时间鲍里斯完全吸引了大家的注意，安娜·帕夫洛夫娜觉得，她以新人款待客人的做法被全体来宾欣然接受了。对鲍里斯的叙述最关切的是海伦。她几次问起他此行的某些细节，似乎对普鲁士军队的状况甚感兴趣。他一讲完，她便带着惯常的微笑转向他。

“您一定要来见我，”她说，听那口气，似乎由于他所不可能知道的某种考虑，这次见面是绝对必要的，“星期二在八点和九点之间。您来我会感到非常愉快。”

鲍里斯答应接受她的邀请，正想和她交谈，这时安娜·帕夫洛夫娜把他叫到一边，借口是姑母要听听他的谈话。

“您不是认识她的丈夫吗？”安娜·帕夫洛夫娜闭上眼睛，以伤感的手势指着海伦说道。“唉，她真是红颜薄命！您不要当着她的面提到她的丈夫，请您务必不要提他。她是太痛苦了！”

---

① 规范的发音应为 l'Europe。

② 格沃古夫，普鲁士在奥得河上的一个要塞；它和普鲁士其他拥有精良装备的要塞面对法军的进攻均不战而降。比利宾致安德烈公爵的信简略地谈到这个要塞的情况（见本书 443 页）。

七

鲍里斯和安娜·帕夫洛夫娜回到集体中的时候，伊波利特正在讲话，他坐在圈椅上，身体前倾说道：

“普鲁士国王！”他说着便笑了起来。大家都朝他转过头来。“普鲁士国王？”伊波利特问道，他又笑了起来，又平静而严肃地把身体深深地埋进圈椅里。安娜·帕夫洛夫娜等了一会儿，可是伊波利特似乎根本就不想再说什么，她便谈起无耻的波拿巴怎样在波茨坦盗窃了腓特烈大帝的宝剑。

“那是腓特烈大帝的宝剑，这把宝剑，我……”她正想说下去，可是伊波利特打断了她的话：

“普鲁士国王……”大家刚朝他转过头来，他又表示歉意不说了。安娜·帕夫洛夫娜皱起了眉头。伊波利特的朋友莫特马尔不耐烦地向他问道：

“说呀，普鲁士国王怎么了？”

伊波利特笑了起来，看样子他好像为自己的笑声感到不好意思。

“不，没什么，我只是想说……（他想重复一下他在维也纳听到的一句戏言，而且整晚都准备把这句戏言插进去。）我只是想说，我们是在徒劳无益地**为普鲁士国王**作战。①”

鲍里斯谨慎地那么微微一笑，这微笑既可以看做对这句戏言的嘲讽，也可以看做对它的赞扬，怎样领会都行。大家都笑了。

“您的俏皮话不怀好意，说得很风趣，可是并不公正，”安娜·帕夫洛夫娜举起一根起皱的手指威吓地说道，“我们是为正义，而不是为普鲁士国王作战。噢，这个伊波利特公爵真坏！”她说。

整个晚上谈话声没有停息过，主要是围绕着政治新闻。晚会快结束的时候，谈话特别热烈，这时话题涉及皇上的赏赐。

---

①这是以文字游戏为基础的笑话，其中所强调的“为普鲁士国王（pour le Roi de Prusse）”还有另一个意思：“为不值一提的小事”。

“要知道，去年 NN 得到过带有肖像的鼻烟壶，”那个很有头脑的人说，“为什么 SS 不能得到同样的赏赐呢?”

“对不起，带有皇帝肖像的鼻烟壶是赏赐，而不是军功章，”外交官说，“那只是馈赠。”

“有过先例啊，比如施瓦岑贝格。”

“这是不可能的，”另一个表示异议。

“可以打赌。绶带是另一回事……”

大家都站起来要走的时候，整晚寡言少语的海伦又以温柔的意味深长的命令语气请鲍里斯星期二务必去见她。

“这对我很重要。”她微笑着说道，一边望着安娜·帕夫洛夫娜，于是安娜·帕夫洛夫娜以感伤的微笑对海伦的愿望表示赞许，她在谈到自己崇高的庇护人皇太后时总是面带这样的微笑。似乎是由于鲍里斯这天晚上关于普鲁士军队所说的某些话使海伦突然发现非要和他相见不可。她好像答应过他，等到星期二他来了以后，一定向他说明见面的必要性。

星期二晚上来到海伦富丽堂皇的客厅，鲍里斯并没有得到明确的说明，为什么他非来不可。还有其他客人，伯爵夫人很少和他谈话，只是在他亲吻她的手告辞的时候，她奇怪地面无笑容，突然对他小声说道：

“明天您来吃饭……晚上。您一定要来……来啊。”

鲍里斯这次到彼得堡来，成了别祖霍娃伯爵夫人家里的密友。

八

战争愈演愈烈，战场日益逼近俄国边境。到处可以听到对人类公敌波拿巴的诅咒；乡村在征集民兵和新兵，从战场上传来互相抵触的消息，往往都是谣言，人们议论纷纷，莫衷一是。

鲍尔康斯基老公爵、安德烈公爵和玛丽亚公爵小姐的生活从一八〇五年起有了很大的变化。

一八〇六年老公爵被任命为当时全俄八个民兵总司令之一。老公爵在他认为自己的儿子已经阵亡的那个时期特别显得年迈体衰，尽管如此，他觉得没有理由拒绝皇上亲自委派的职务，而重新展现在他面前的这项活动使他振奋和坚强起来了。他经常到由他负责的三个省份去视察；他履行职责一丝不苟，对下属严格到近乎残酷，自己更是事必躬亲。玛丽亚公爵小姐已经不再跟父亲学习数学，他在家时，她只在早晨由奶妈陪伴着，带小公爵尼古拉（祖父这样称呼他）到父亲的书房去。还在吃奶的小尼古拉公爵与奶妈和保姆萨维什娜住在已故小公爵夫人的那套房间，玛丽亚公爵小姐每天的大部分时间都在婴儿室度过，代替小侄儿的妈妈尽心尽力地照顾他。布里安娜小姐看来也非常疼爱孩子，玛丽亚公爵小姐时常割爱，把哄逗**小天使**（她这样称呼侄儿）、带他玩耍的乐趣让给自己的闺中女友。

童山教堂的祭坛旁，在靠近小公爵夫人坟墓的地方耸立着一座小礼拜堂，小礼拜堂里有一座从意大利运来的大理石纪念碑，碑上雕刻着伸展双翼准备升天的天使。天使的上唇微微翘起，仿佛要绽开微笑似的。有一天安德烈公爵和玛丽亚公爵小姐从小礼拜堂出来，都惊奇地承认，这个天使的容貌很像小公爵夫人。不过安德烈公爵没有对妹妹说，更令人惊奇的是，从艺术家偶然赋予天使的表情上，安德烈公爵看出了一种温和的责备，和他当时在亡妻脸上所看到的一样，仿佛在说："为什么你们要这样对我呀？……"

安德烈公爵回来不久，老公爵便让儿子分出去过，把鲍古恰罗沃给了他，那是离童山四十俄里的一座大庄园。部分地由于童山会引起种种痛苦的回忆，部分地由于安德烈公爵觉得自己并不是总能平心静气地忍受父亲的脾气，部分地也因为他需要独处，安德烈公爵搬到了鲍古恰罗沃，在那里安顿下来，并在庄园里消磨大部分时光。

奥斯特利茨会战后，安德烈公爵决心永远不再担任军职；战争开始，所有的人都必须服兵役的时候，他为了不去服现役，在父亲手下担任了征集民兵的职务。老公爵和儿子在一八〇五年的会战后仿佛互换了角色。老公爵情绪激昂地投入行动，期待着当前的战役一切顺利；相反，没有参加战争，却又暗暗感到遗憾的安德烈公爵只看到不尽如人意的方面。

一八〇七年二月二十六日，老公爵前往辖区视察。安德烈公爵像平常一样，在父亲外出时多半留在童山。小尼科卢什卡已经病了四天。为老公爵赶车的车夫从城里回来，给安德烈公爵带来了文件和书信。

侍从拿着信件在安德烈公爵的书房没有找到他，又来到玛丽亚公爵小姐的住处；他也不在。侍从听说他到婴儿室去了。

“大人，彼得鲁什卡送文件来了。”一个协助保姆干活的女仆转身对安德烈公爵说，他坐在孩子坐的小椅子上，皱起眉头，双手颤抖着把药水从玻璃瓶里一滴一滴地倒进盛着半杯水的酒杯里。

“什么事？”他生气地问，不小心把手一抖，药水多倒了几滴。他把杯子里的药水泼在地上，又要水。女仆把水递给他。

婴儿室里有一张儿童的小床，两个木箱，两把圈椅，一张桌子和孩子用的一张小桌子、一把小椅子，安德烈公爵就坐在这把小椅子上。窗子都拉上了窗帘，桌子上点着一支蜡烛，蜡烛用一本装订起来的乐谱遮着，以免烛光照到小床上。

“我的朋友，”站在小床旁边的玛丽亚公爵小姐对哥哥说，“还是等一等吧……待会儿……”

“唉，别说了，你尽讲蠢话，你老是在等，这下等得可好啦。”安德烈公爵恼怒地低声说，看来他想拿话刺痛妹妹。

“我的朋友，真的，最好别叫醒他，孩子睡着了。”公爵小姐恳求道。

安德烈公爵站起来，端着酒杯踮起脚走到小床跟前。

“也许你是对的，你的意思是不要叫醒他？”他迟疑地说。

“你看着办吧，真的……我是想……不过你看着办吧。”玛丽亚公爵小姐说，看来她有点儿羞怯，因为她的意见占了上风而感到不好意思。她给哥哥指了指正在低声召唤他的女仆。

他们为了照看发高烧的孩子，已经有两夜不曾合眼了。整整两个昼夜，由于信不过自己的家庭医生，一直在盼望派人到城里去请的医生来，他们时而采取这种措施，时而又采取那种措施。他们苦于失眠而又担惊受怕，互相发泄痛苦的情绪，彼此责备，争吵不休。

“彼得鲁什卡送来了老爷的文件。”女仆低声说。安德烈公爵出去了。

“喂，什么事啊！”他气愤地说道，他听了父亲给他的口头指示，收下交给他的文件和父亲的来信，便回到婴儿室。

“怎么样？”安德烈公爵问。

“还是那样，务必再等一等吧。卡尔·伊万内奇经常说，睡眠是最要紧的。”玛丽亚公爵小姐叹口气小声说。安德烈公爵走到孩子身边，摸摸他身上。他仍然发着高烧。

“您和您的卡尔·伊万内奇都给我滚开！”他拿了盛着药水的酒杯又向孩子走了过去。

“安德烈，不要！”玛丽亚公爵小姐说。

可是他恼怒而又神情痛苦地向她皱起眉头，拿着酒杯向孩子弯下腰。

“可我想这样，”他说，“好啦，我求你了，你给他喂药吧。”

玛丽亚公爵小姐耸起了肩膀，不过她顺从地接过酒杯，叫来保姆，自己开始喂药。孩子哭叫起来，嗓子都哭哑了。安德烈公爵皱起眉头，抓住脑袋，走出婴儿室，在隔壁房间的沙发上坐了下来。

信件还拿在他的手里。他机械地拆开信封，开始看信。老公爵在蓝色信纸上用粗大、椭圆的字体，有些地方使用略语符号，这样写道：

就在此刻通过信使获得了非常可喜的消息。若非妄言，本尼格森似乎在普鲁士艾劳[1]对布拿巴大获全胜。彼得堡万众欢腾，送往军中的奖赏源源不绝。尽管他是德国人，我也欣然祝贺。我无法理解，科尔切瓦的长官，某个汉德里科夫，在干些什么：补充人员及军粮至今没有送到。你立刻赶往那里对他说，一周内一切务必办妥，否则我要他脑袋。我还接到彼坚卡的来信，谈到普鲁士艾劳之战，他参加了——一切属实。只要对不该受到干涉的人

---

①普鲁士艾劳是俄国巴格拉季奥诺夫斯克市1946年前的旧称。

不横加干涉，德国人也能打败布拿巴。据说，逃跑时溃不成军。

注意，立刻赶往科尔切瓦，执行命令！

安德烈公爵长叹一声，拆开了另一个信封。这是比利宾用小字密密麻麻地写满了两页的信。他把信折叠起来没有看，又把父亲的信看了一遍，结尾的话是："赶往科尔切瓦，执行命令！"

"不，对不起，现在我不去，孩子还没有痊愈呢，"他想，于是走到门边，向婴儿室张望一下。玛丽亚公爵小姐仍旧站在床边，轻轻地摇着孩子。

"是呀，他究竟还写了什么令人不快的事呢？"安德烈公爵在回忆父亲来信的内容。"对了。我军战胜波拿巴，恰恰是在我不任军职的时候。是的，是的，一切都在拿我开玩笑……行，请便……"他开始看比利宾的法文来信。他半懂不懂地看着信，他看信仅仅是为了哪怕有片刻的工夫摆脱太久地萦回不去、令人苦恼的思绪。

九

比利宾现在以外交官的身份待在俄军大本营，虽然用的是法语，带着法国式的俏皮和用语，却以纯粹俄国人的无所顾忌的自责、自嘲的口吻描写了整个战役。比利宾写道，他作为外交官应有的谦虚谨慎使他感到苦恼，幸亏有安德烈公爵这样忠实的友人可以通信，倾诉自己目睹军中的怪现象而郁积于心的愤怒。这是在普鲁士艾劳战役之前所写的一封旧信。他写道：

自从我军在奥斯特利茨取得辉煌胜利以来，您知道，我亲爱的公爵，我就没有离开过大本营。我彻底迷上了战争，而且对此深感满意；三个月来我的所见所闻是难以置信的。

我要**从头**[①]说起。您所熟知的**人类公敌**在进攻普鲁士人。普鲁

---

①原文为拉丁文。

士人是我们的忠实盟友，三年来只欺骗过我们三次。我们是袒护他们的。可是，**人类公敌**对我们的令人赞叹的说辞竟置之不理，而以其粗野无礼的方式扑向普鲁士人，使他们来不及结束已经开始的阅兵式，把他们打得落花流水，并进驻波茨坦王宫。

“我满怀希望，”普鲁士国王致函波拿巴，“我的王宫将以最能取悦于您的方式欢迎陛下，为此我在情况允许的条件下，特别周到地做了一切必要的安排。啊，但愿我能如愿！”普鲁士的将军们在法国人面前彬彬有礼，对方一提出要求便立即投降。

格沃古夫卫戍司令拥兵一万之众，居然问普鲁士国王该怎么办。这一切都完全属实。

总之，我国摆出战争姿态，只是要让他们有所畏惧，然而结果是我们在本国的边境卷入了战争，而且主要的是，我们是**为普鲁士国王**而战，并且是和他协同作战。我们什么都不缺，只缺一件小玩意，即只缺一个总司令。因为奥斯特利茨之战本来可以取得更有决定意义的胜利，如果总司令不是太年轻的话，于是开始考察那些八十岁的老将军，并在普罗佐罗夫斯基和卡缅斯基之中选中了后者[①]。这位将军像苏沃洛夫那样，乘着带篷马车来到我们这里，受到热烈而隆重的接待。

彼得堡的第一个信使于四日到达。几只皮箱被搬进喜欢亲自处理一切事务的元帅的办公厅。我被叫去帮助分拣信件，并拿走给我们的信。元帅把这件事交给我们做，他看着我们，等着他名下的信件。我们仔细翻寻，可是没有他的信。元帅激动起来，他亲自动手找到了皇上给T伯爵、B公爵和其他人的信。他大发雷

---

①普罗佐罗夫斯基（1732—1809），俄军陆军元帅。卡缅斯基于1806年底被亚历山大一世任命为俄军总司令。然而他缺乏必要的军事经验和认识，在部队和民众中也不孚众望。数日后亲自向亚历山大一世呈请退休并离开了军队。他要求部队退入波兰城市普乌图斯克的命令没有得到执行，俄军在普乌图斯克城下与法军遭遇，发生激战。

霆，怒不可遏，拿起信来拆开就看，尽管那些信是写给别人的。于是他给本尼格森伯爵写了那个著名的命令。

“我负伤不能骑马，因而无法指挥军队。您已率领被击溃的贵军残部到达普乌图斯克：此处易受攻击，既无木柴亦无饲料，需要接济，而且昨天您已亲自报告布克斯赫韦登伯爵[1]，意欲向我国边界撤退，今日即可照此执行。”

“我因经常骑马，”他这样启奏皇帝，“被马鞍蹭伤，加上旧伤未愈，很难骑马并指挥如此庞大的军队，因而将军队的指挥权移交军衔更高的布克斯赫韦登伯爵，给他派去了全部执勤人员及所属一切，建议他们在没有粮食的情况下，就近向普鲁士的内地退却，因为只剩下了一日之粮，而奥斯特曼和谢德莫列茨基两位师长声称，有几个团已经断粮，而农民已经把一切都吃光了；我本人在治疗期间也将留在奥斯特罗连卡的军医院。谨向陛下呈上该军医院的伤病员统计表，并在此奏明，若军队在目前露营的营地再驻扎十五天，就没有一个健康的士兵了。

“请陛下恩准老臣离职返乡，老臣有负选拔，已因未能完成光荣伟大的使命而蒙羞。我将在军医院恭候陛下恩准返乡，以免在军中充当**文书**，而非**司令**之职。我离开军旅，决不会因为一个昏聩的老兵离开军队而引起任何轰动。如我之辈，俄国数以千计。”

元帅对皇上有气，便让我们所有的人都受到惩罚，这是完全合乎逻辑的！

这是喜剧的第一幕。以后的几幕就更加引人入胜、滑稽可笑了，这是不言而喻的。元帅离开以后才发现，我们是处于敌军的眼前，不得不投入战斗。布克斯赫韦登按资历应是总司令，可是

---

①布克斯赫韦登（1750—1811），俄国将军，曾参加奥斯特利茨会战。在1806—1807年的战争期间指挥一个军。后从本尼格森手中接过全军的指挥权。

本尼格森将军的看法却完全不同，何况他带着自己的兵团正在敌军当面，很想抓住作战的机会。他也就投入了战斗。这个普乌图斯克战役被认为是伟大的胜利，但我认为不是。[①]我们文职人员，您知道，在评判战争胜负的时候有一个很坏的习惯。谁在战斗后退却，我们就说谁败了，照这样说，我们在普乌图斯克战役中是打败了。总之，我们经过此次战役正在退却，不过我们派信使向彼得堡送去了捷报，于是本尼格森将军不肯把军队的指挥权让给布克斯赫韦登将军，希望从彼得堡获得总司令的称号，作为对他获胜的嘉奖。在这个各自为政的时期，我们采取了一系列蹊跷而有趣的军事行动。我们的计划不再像应有的那样，要求躲避或进攻敌人，而是要求躲避布克斯赫韦登将军，按照资历他应当是我们的最高长官。我们为了这个目的而全力以赴，甚至在渡过不能涉水而过的河流之后把桥梁焚毁，以阻隔我们的敌人，此时这个敌人不是波拿巴，而是布克斯赫韦登。由于这样的一次躲避他的军事行动，布克斯赫韦登将军险些遭到敌军优势兵力的袭击而被俘。布克斯赫韦登在后面追，我们在前面跑。他刚刚渡河到达此岸，我们又渡河逃往彼岸。我们的敌人布克斯赫韦登终于赶上来发起了进攻。于是进行解释。两位将军都很生气，情况几乎发展到两位总司令进行决斗的地步。不过，在最危急的时刻，前往彼得堡报捷的信使回来了，给我们带来了对总司令的任命，于是第一个敌人布克斯赫韦登被击败。现在我们可以考虑到第二个敌人——波拿巴了。可是就在这时我们面前出现了第三个敌人，东正教军人，他们大声呐喊，要求发给粮食、牛肉、面包干、干草、燕麦——什么不要啊！商店都空了，道路不通。东正教官兵

---

①1806年12月26日，俄军本尼格森的一个军和法军拉纳的一个军在普乌图斯克城下交战。战斗于上午11时打响，直至天晚互有胜负。最后，本尼格森发动总攻，迫使法军全线后退。夜色和暴风雪妨碍了追击。敌军比俄军遭到更大的损失。不过，为防止被法军主力包围，俄军在夜色掩护下撤离战场，退往诺夫哥罗德。

开始抢劫，抢劫是那么凶狠，连最近的这次战役也相形见绌。全军的团有一半成了胡作非为的队伍，他们到处流窜，把一切都毁于剑与火。居民完全破产，医院塞满了病人，到处都是饥荒。趁火打劫的人们甚至两次袭击大本营，总司令不得不调动一个营的兵力来驱逐他们。在一次袭击中我的一个空皮箱和一件睡衣也被拿走了。皇上想授权所有的师长枪毙趁火打劫者，不过我很担心，这会迫使部队的一半枪毙另一半。

安德烈公爵起初只是随意浏览，可是后来不由自主地越来越被信的内容所吸引（虽然他了解比利宾的可信程度）。看到这里，他把信揉成一团扔了。不是信的内容使他生气，他之所以生气，是因为那里的这种不相干的生活居然会使他激动。他闭上眼睛，用手擦擦前额，仿佛要驱除对信的内容的任何关切，开始倾听婴儿室的动静。忽然他觉得门里好像有一种奇怪的声音。他害怕了，担心在他看信时孩子出了事。他踮着脚走到门口，把门推开。

就在他进去的时候，他看到保姆神色惊慌地把什么东西藏了起来，玛丽亚公爵小姐已经不在小床旁边。

“我的朋友。”他背后传来了玛丽亚公爵小姐的似乎充满绝望的低语声。正像在长期失眠和长期焦虑之后往往会有的那样，他感到了一阵莫名的恐惧：他以为孩子死了。他觉得，他的所见所闻好像都证实了他所担心的事情。

“一切都完了。”他想，他的额头冒出了冷汗。他茫然地走到小床跟前，深信他会发现床是空的，保姆把死婴藏起来了。他撩起帐子，那双惊惧的游移的眼睛好久找不到婴儿。他终于看见他了：面色红润的小男孩伸开四肢，横躺在小床上，把头垂在枕头下，在睡梦中翕动着小嘴唇咂嘴，均匀地呼吸着。

安德烈公爵看到孩子高兴极了，好像他真的曾经失去过他。他弯下腰，像妹妹教他那样，用嘴唇试试孩子有没有热度。娇嫩的前额是湿润的，他用手摸摸头——连头发也是湿漉漉的：婴儿出了那么多汗。他非但没有死，而且现在显然已脱离危险，完全康复。安德烈公爵很想把这柔弱的小东西猛地抱起来，使劲揉搓他，紧紧地搂在怀里，可是他不敢。他俯视着他，打量着他的头、小手和在被子下显出轮廓的小腿。他身旁响起了轻微的沙沙声，他发觉一个身影投落在小床的帐子下面。他没有回头看，只顾望着孩子的小脸，听着他的均匀的呼吸。黑影是玛丽亚公爵小姐，她悄无声息地来到小床前，撩起帐子，把帐子放到自己身后。安德烈不看也知道是她，向她伸出手来，她紧紧地握着他的手。

“他出汗了。”安德烈公爵说。

“我去找过你，就是要告诉你。”

孩子在睡梦中动了动身子，笑了，前额在枕头上蹭了一下。

安德烈公爵看了妹妹一眼。在帐子的朦胧的微光中，玛丽亚公爵小姐明亮的眼睛由于满含幸福的泪水，比平时更显得光彩照人。她朝哥哥探过身去，吻了吻他，微微牵动了小床的帐子。他们彼此示意要小心，依旧站在帐子的朦胧的微光里，仿佛不愿离开这与世隔绝、只有他们三个人的世界。安德烈公爵第一个从小床边走开，纱帐弄乱了他的头发。“是呀，这就是我所拥有的一切了。”安德烈公爵叹息着说道。

十

皮埃尔加入共济会不久，为自己在庄园里应有的作为亲笔拟定了完备的行动指南，到基辅省去了，他有很大一部分农民都生活在这个省份。

来到基辅后，皮埃尔把所有管家都召集到总管理处，向他们说明自己的意图和愿望。他对他们说，要立即采取措施彻底解除农民在农奴制下的依附关系，在此之前农民的劳役不可过重，不能给妇女儿童分派劳役，应当对农民给予救济，惩处应当是劝导告诫而不是体罚，每个庄园都要建立医院、收容所和学校。有的管家（其中有些人是半文盲）听得目瞪口呆，以为这些话暗示，年轻的伯爵对他们的管理和中饱私囊不满；有的在最初的恐惧过后，觉得皮埃尔“四”、“是”不分的发音、闻所未闻的新词语很可笑；另一些管家只是觉得，很乐意听听老爷怎么说；还有一些极聪明的管家，其中包括总管，听了他的这番话明白了，为了达到自己的目的该怎样和老爷周旋。

总管对皮埃尔的意图深表赞同；不过他指出，除了这些改革，总的来说，必须处理好那些情况很糟的事情。

虽然别祖霍夫伯爵拥有巨额财产，但是皮埃尔自从继承了这份遗产，此外据说每年还有五十万卢布的收入，他却觉得自己远不如从前那样富裕了，尽管那时已故伯爵每年只给他一万卢布。他模糊地觉得，收支情况大体如下。为所有庄园向委员会①支付约八万卢布；莫斯科近郊别墅、莫斯科市内的住宅和三位公爵小姐的开销，需要约三万卢布；支付退休金和抚恤金约一万五千卢布，并以同样数目捐献给慈善机构；寄给伯爵夫人生活费十五万卢布；支付债务利息约七万卢布；为兴建教堂这两年用去约一万卢布；其余的花销大约十万卢布——他自己也不明白，怎么会几乎年年都不得不举债。除此之外，总管每年都写信给他说发生火灾啦，歉收啦，作坊和工厂需要改建啦。总之，首先提到皮埃尔面前的是他最不擅长、最不喜欢的事情——处理实际事务。

皮埃尔每天都和总管一起**工作**。可是他觉得，他的工作丝毫不能使事情有所进展。他觉得，他的工作不是取决于实际事务的需要，这些工作和实际事务毫不相干，不能使情况有丝毫的改善。一方面，总管把情况说得一团糟，向皮埃尔说明必须偿还债务，不得不使用农奴的劳力从事新的生产活动，皮埃尔没有同意；另一方面，皮埃尔要求着手解放农民，管事便提出先要还清拖欠庇护委员会的债务，因而这件事不可能很快就办。

管事没有说这是完全不可能的；为了实现这个目的，他建议出售科斯特罗马省的树林，出售低洼地和克里木的庄园。可是按照管事的说法，办这些事要经过取消禁令、申请许可证等等非常复杂的过程，皮埃尔不知所措，只说："好，好，您就这样去办吧。"

---

①委员会，指受皇室保护的庇护委员会，负责管理儿童收容所、孤儿院、养老院、盲人和聋哑人收容所等。所属机构的经费部分来自捐款。

皮埃尔缺乏办实事的韧劲，不能直接投入实际事务，所以他不喜欢介入，只是竭力在总管面前装出一副样子，好像正在忙于处理问题，总管就假装认为，这些问题主人处理起来得心应手，而他是难以胜任的。

皮埃尔在大城市里找到了一些熟人；不认识的人赶紧与他结交，竭诚欢迎这位新来的富翁，全省最大的地主。对皮埃尔入会时所承认的主要弱点的诱惑是那么强烈，以至皮埃尔无法抗拒。皮埃尔又一连几天、几个星期、几个月天天操心而忙碌地流连忘返于晚会、宴会、早餐会、舞会而忘乎所以，就像在彼得堡一样。他背弃了他所设想的新生活，依旧过着往日的生活，只是换了个环境罢了。

皮埃尔意识到，在共济会的三项任务中，他没有执行每个共济会员的生活都要合乎道德的规定，七种美德之中他完全没有两种，即胸怀坦荡和爱死亡。他聊以自慰的是，他毕竟在执行另一个任务，即改造人类，拥有其他美德，即爱别人，尤其是慷慨。

一九〇八年春，皮埃尔决定回彼得堡。他打算沿途巡视自己所有的庄园，亲自见证，他所规定的事情落实了多少，上帝托付给他而他力求为之谋福利的民众的状况究竟如何。

总管认为年轻的伯爵的所有想法都几乎是发疯，对自己、对他、对农民都有百害而无一利，但他让步了。他依旧认为要解放农民是不可能的，但他吩咐下去，在所有的庄园兴建医院、学校、收容所的大楼；到处为欢迎老爷的光临做好准备，但并不豪华而隆重，他知道皮埃尔不喜欢这样，而是捧着圣像以及面包和盐的宗教感恩式的欢迎，他了解伯爵，这样一定能打动伯爵，骗过他。

南方的春天，坐着维也纳轻便马车的舒适、快捷的旅行，旅途的独处使皮埃尔心情舒畅。他还不曾到过的那些景色秀丽的庄园一个胜似一个。各地民众显得平安幸福，对他的善行满怀动人的感激之情。各地的欢迎虽然使皮埃尔觉得不好意思，可是他的内心深处充满了喜悦。有一个地方，农民们给他献上面包和盐，献上彼得和保罗的圣像，请求准许他们自己出钱在教堂里增建一座副祭坛，供奉他这位彼得的化身[①]和保罗，以表达他们对他的爱戴，感激他为他们谋求福祉的善行。有一个地方，妇女怀抱婴儿迎接他，感谢他为她们免除了沉重的劳役。有一个地方，一位身边围绕着孩子们的神甫带着十字架迎接他，这些孩子由于伯爵的恩惠得以学习文化和神学。在所有的庄园里，皮埃尔都亲眼看到了按照统一的图纸正在兴建和已经建成的医院、学校、养老院的砖砌大楼，不久即可交付使用。皮埃尔到处看到管事们关于徭役已较前减轻的报告，而且听到了身穿蓝长衫的农民代表团为减轻徭役而表示感恩的动情的话语。

皮埃尔不知道，给他献上面包和盐、修建彼得和保罗祭坛的地方是个商业市镇和彼得节[②]的集市，该镇来见他的那些富裕农民早就在修建那个祭坛了，而十分之九的农民贫困至极。皮埃尔不知道，根据他的命令不再给**哺乳期妇女**分派徭役之后，这些妇女因此而承担了极其繁重的家务劳动。他不知道，带着十字架来迎接他的神甫，擅立名目勒索农民，他所收留的学生都是哭着被送去的，父母要花大钱才能赎回孩子。他不知道，砖砌楼房是自己的工匠按图纸建造的，从而加重了农民的徭役，所谓减轻只是一纸空文。他不知道，在管家指着账册给他看，代役租减少了三分之一的地方，劳役增加了一倍。因此皮埃尔对巡视庄园的所见所闻非常满意，完全恢复了他在离开彼得堡时的慈善心肠，给他称之为"导师兄弟"的长老写了热情洋溢的书信。

"多么轻而易举，不费什么力气就完成了这么多善举，"皮埃尔想，"我们的关心多么不够啊！"

向他表示的感激使他感到幸福，但他在接受感谢时却于心有愧。这种感激使他想到，他是能为这些质朴善良的人们做得**更多**的。

总管是个非常愚昧而狡猾的人，完全了解聪明而天真的伯爵，把他当玩偶一样摆布，看到他所安排的接待对皮埃尔起了作用，便更加坚决地以种种理由向他说明解放农民是不可能的，主要是不必要，因为他们

---

① 彼得的化身，皮埃尔与圣徒彼得同名，故称。

② 俄国东正教节日，纪念圣彼得和圣保罗，在7月21日。

本来就生活得很幸福。

皮埃尔心里暗暗同意总管的看法，很难想象有更幸福的人了，天知道他们获得自由后会有什么遭遇；不过皮埃尔尽管有些勉强，还是坚持他认为正确的做法。总管答应全力以赴，按照伯爵的主意去做，他很清楚，伯爵永远不会来检查，是否已采取一切措施出售树林和庄园，偿还庇护委员会的欠款，大概也永远不会过问和追究，为什么建好的楼房还空关着，为什么农民还像在其他地主那里一样付出劳役和金钱，也就是付出他们所能付出的一切。

十一

皮埃尔满怀幸福的心情结束了自己的南方之行，回来时顺路访问了自己的朋友鲍尔康斯基，实现了自己很久以来的心愿，他们已有两年没有见面了。

在最后一站得知安德烈公爵不在童山，而是在他的一座单独的新庄园里，皮埃尔就到那里去了。

鲍古恰罗沃坐落在景色单调、地势平坦的地方，遍地是田野以及砍伐过和未经砍伐的夹杂着桦树的云杉林。主人的宅院位于沿着大路一溜排开的村庄的尽头，门前有一个新挖掘的注满水的池塘，岸上还没有长满青草，四周环绕着一片幼林，其中有几棵高大的松树。

主人的宅院有谷仓、宅旁建筑物、马厩、浴室、厢房和一座尚未完工的带有半圆形山墙的高大的砖砌房屋，它的周围是一片新种植的花园。围墙和大门是崭新而坚固的；板棚下立着两根消防用的水管和一个漆成绿色的大水桶；道路笔直，坚固的桥梁都带有护栏。一切都显露出悉心经营的痕迹。迎面遇到的家仆听见有人问公爵在哪里，便指着紧靠池塘边的小厢房。从小照管安德烈公爵的老仆安东让皮埃尔下车，说公爵在家，把他送到一尘不染的小小的前厅。

皮埃尔最后一次是在彼得堡豪华的生活环境中见到自己的朋友的，眼前这尽管清洁却如此简朴的小屋使他大为惊讶。他急忙走进还散发着松木的清香、没有抹上灰泥的小客厅，正想往前走，老仆踮着脚赶到了前面，轻轻地敲门。

“喂，什么事？”传来了生硬、厌烦的声音。

“来客人了。”安东回答道。

“你请他等一等。”听到了推开椅子的声音。皮埃尔疾步走到门口，与出来见他的面色阴郁、略显苍老的安德烈公爵迎面相撞。皮埃尔拥抱着他，举起眼镜，亲吻他的面颊，贴近地看着他。

“没想到你会来，非常高兴。”安德烈公爵说。皮埃尔什么也没说；他惊讶地目不转睛地看着自己的朋友。安德烈公爵所发生的变化使他感到震惊。安德烈公爵的脸上、唇间都含着微笑，然而目光暗淡，毫无生气，一望而知，安德烈公爵显然很想却不能使他的目光焕发高兴和愉快的神采。他的朋友不是消瘦，而是显得苍白、成熟，可是这目光、额上的皱纹表明，长期以来他一直专注于某一个问题，皮埃尔在习惯于这目光和额上的皱纹之前，不免感到奇怪和陌生。

往往如此，久别重逢，谈话久久不能投契；他们就某些问题简短地问答，他们都知道，对这些问题是应当长谈的。渐渐地对刚才断断续续涉及的问题谈得有兴致了，谈到他们最近的生活、未来的计划、皮埃尔的旅行和他的活动，以及战争等等。皮埃尔在安德烈公爵的目光中所觉察到的那种专注和沮丧，此刻在他听皮埃尔谈话时的苦笑中表现得更加强烈了，尤其是在皮埃尔神采奕奕、兴致勃勃地谈到过去或未来的时候。安德烈公爵似乎很想介入他的话题，却唯有苦笑而已。皮埃尔意识到，在安德烈公爵面前兴高采烈地谈幻想以及对幸福和行善的期望都是不合时宜的。他不好意思畅谈自己共济会的新思想，特别是他在最近这次旅行中所重温以及被激发的种种想法。他克制着自己，担心会显得很幼稚；同时又难以抑制地想对自己的朋友表明，现在他和当初在彼得堡的那个他是完全不同的、更好的皮埃尔。

“我无法告诉您，在这个时期我对人生有了多少感悟。我简直不认得自己了。”

“是的，从那时起，我们有了很大、很大的变化。”安德烈公爵说。

“那么您呢？”皮埃尔问，“您有什么计划？”

“计划？”安德烈公爵嘲讽地反问道。“我的计划？”他重复了一遍，仿佛对这个词的含义感到讶异。“你不是看到了吗，我在为自己盖房子，明年想搬家……”

皮埃尔默默地凝视着安德烈蓦然显得苍老的面容。

“不，我是问你。”皮埃尔说，可是安德烈公爵打断了他的话：

“何必谈我呢……你谈吧，说说你的旅行，你在自己的庄园里都干了些什么？”

皮埃尔开始讲他在自己庄园的所作所为，尽可能掩饰他在自己所做的改良中所发挥的作用。有几次安德烈公爵抢先提示他要说的话，好像皮埃尔所做的一切都是尽人皆知的老故事。不仅听得兴味索然，甚至为皮埃尔的讲述感到羞愧似的。

皮埃尔和自己的朋友在一起觉得不自在了，甚至感到沉闷。他住口不说了。

“这样吧，亲爱的，”安德烈说，显然，他和这位客人在一起也感到沉闷而窘迫，“我偶尔住在这里，只是临时来看看。今天又要到妹妹那里去了。我要把你给他们介绍一下。不过你好像是认识她的，”他说，显然是在敷衍一个与自己话不投机的客人，“我们饭后就去。现在你想看看我的庄园吗？”

他们出去了，在各处走走，直至中午，边走边谈一些政治新闻和共同的熟人，就像两个彼此不太亲近的人一样。安德烈公爵只有在谈到他正在修建的庄园和建筑工程时才有些劲头和兴趣，可是即使在这样的谈话中，当安德烈公爵站在脚手架上向皮埃尔描述将来主楼的布局时，他也突然不说了。“不过，这没有什么意思，我们去吃饭吧，然后就动身。”在餐桌上谈起了皮埃尔的婚姻。

“我听说这件事很惊讶。”安德烈公爵说。

皮埃尔满脸涨得通红，谈到这件事他总是这样，于是急忙说：

“我以后再告诉您，这一切是怎么发生的。不过您要知道，这一切都结束了，永远。”

“永远？”安德烈公爵说。“没有什么是永远的。”

“不过，您知道这一切是怎样结束的吗？听说过决斗的事吧？”

“是的，这种事你也经历过了。”

“有一点我要感谢上帝，就是我没有把那个人打死。”

“为什么呢？”安德烈公爵说，“打死一条恶狗很好啊。”

“不，打死人不好，不正当……”

“为什么不正当呢？”安德烈公爵又问。“正当与不正当，不能由人来判断。人经常犯错误，以后也一样，尤其是在他们认为正当或不正当的时候。”

“不正当就是一种有害于别人的恶。”皮埃尔说，他愉快地意识到，自从他来到这里，安德烈公爵第一次兴奋起来，开始说话了，而且很想说出使他变成现在这样的一个人的全部缘由。

“那么谁来告诉你，什么是对别人有害的恶呢？”他问。

“恶？恶？”皮埃尔说，“我们都知道，什么是对自己有害的恶。”

“不错，我们都知道，而我知道什么是对自己有害的恶，我就不能把它施之于人。”安德烈公爵越来越兴奋地说道，看来他想对皮埃尔说出自己对问题的新见解。他开始说法语了。“我知道生活中只有两种真正的不幸：良心的谴责和生病。幸福就是没有这两种恶。为自己而活着，只求避免这两种恶——这就是我现在的全部人生哲学。”

“那么爱别人呢，自我牺牲呢？”皮埃尔开始说道，“不，我不能同意您的看法！只是为了不作恶、不悔恨而活着，那是不够的。我这样生活过，我为自己而活着，却毁了自己的生活。只是现在，我为别人而生活，至少我在努力（皮埃尔出于谦虚修正了说法）这样做，只是现在我才懂得了生活的全部幸福。不，我不同意您的看法，而且您也不会如您所说的那样想。”安德烈公爵望着他，讥讽地笑了。

“你就要见到我的妹妹玛丽亚公爵小姐了。你和她一定气味相投，”他说，“对你而言，也许你是对的，”他沉吟片刻，继续说道，“但每个人的生活都不一样：你曾为自己而活着，你说，这几乎毁了自己的生活，只是开始为别人而生活的时候才感到幸福。而我的感受恰恰相反。我曾经为荣誉而生活。（什么叫荣誉？这同样是出于对别人的爱，希望为他们做些什么，希望得到他们的赞赏。）我是这样为别人而活着的，不是几乎，而是完全毁了自己的生活。自从我只为自己一个人而活着，心情才得以平静。”

“怎么说只为自己一个人而活着呢？”皮埃尔急躁起来，问道。“那么儿子、妹妹、父亲呢？”

“他们就是我呀，他们可不是别人，”安德烈公爵说，“而别人，**邻人**，即你和玛丽亚公爵小姐所说的 le prochain，是错误和恶的主要根源。你想为之造福的那些基辅农民才是 le prochain。”

于是他以挑战的目光嘲笑地看了皮埃尔一眼，看来他是在向皮埃尔挑战。

“您在开玩笑，”皮埃尔说，他越来越兴奋，“我想做的事情（虽然做得很少、很差）怎么会是错误和恶呢，我的愿望是行善，而且毕竟办成了一些事情啊？不幸的人们，我们的那些农民，像我们一样，从长大到死亡对上帝和真理的了解，不外乎圣像和没有意义的祈祷，让这些人学习一些对来世、报应、奖赏、欢乐的宗教信仰而得到安慰，这怎么会是恶呢？人们因病而无助地死亡，而在物质上给予帮助是那么轻而易举，于是我为他们提供医生、医院和养老院，这样做怎么是恶，是错误呢？一个农民，一个带孩子的农妇，日夜操劳，而我让他们得到休息和闲暇，难道这不是明显的、无可置疑的善行吗？……”皮埃尔急促而口齿不清地说道。“我这样做了，尽管做得不好，不多，然而毕竟做了一些，不管您怎么说，我相信我所做的是善事，而且我相信，您自己也是这样想的。主要的是，”皮埃尔接着说道，“我知道，我确信不疑地知道，乐于行善是人生的真正的幸福。”

“是的，这样提出问题，那就不同了，”安德烈公爵说，“我盖房子，开辟花园，而你建立医院。这些都可以用来消磨时间。至于什么正当，什么是善，就让无所不知的人去判断吧，不是我们所能判断的。嗯，你想争论，”他补了一句，“好，那就来吧。”他们离开餐桌，在台阶上席地而坐。

“好，我们来争论吧，”安德烈公爵说，“你说到学校，”他扳着一根手指接着说，“教导等等，这就是说，你要让他，”他指着一个摘下帽子从旁经过的农民说道，“摆脱动物状态，使他具有精神需求。可我觉得，唯一可能的幸福是动物的幸福，你却要剥夺他的这种幸福。我羡慕他，而你要把他变成我，却不把我的智慧、我的感情、我的财产给他。其次，你说要减轻他的劳动。可是在我看来，体力劳动是他生存的需要和条件，正如脑力劳动之于你和我。你不可能不思考。我深夜两点多躺下睡觉，各种思绪纷至沓来，于是我无法入睡，辗转反侧，直到早晨也睡不着，因为我在思考，而且不能不思考，正如他不能不耕地、不割草；否则他就会上小酒馆，会生病。我受不了他那种可怕的体力劳动，过一个星期就会死掉，同样，他无法忍受我四体不勤的懒散，会发胖、死去。再其次，你说什么来着？”

安德烈公爵扳下了第三根手指。

“啊，对了。医院、药品。他中风要死了，而你给他放血，治好他的病，让他这个残废再活上十年，成了大家的累赘。对他来说，死亡更安逸、更简单得多。别的人会出生，人有的是。要是你舍不得失去一个劳动力也就罢了——我是把他看做劳动力的，然而你是出于对他的爱要医治他。而他并不需要这样。再说，以为医药能治病真是异想天开……只能把人医死了——就是！”他说，愤恨地双眉深锁，把头扭开。

安德烈公爵把自己的想法表达得那么清楚明确，说明他不止一次考虑过这个问题，他语速很快地畅所欲言，因为憋在心里太久了。他的论断越是充满绝望，他的目光就越是炯炯有神。

“噢，这太可怕，太可怕了！”皮埃尔说，“我真不明白，有这样的想法怎么能活啊。我也有过这样的时刻，这是在不久之前，在莫斯科和旅途上的时候，不过当时我非常消沉，了无生趣，我厌恶一切，主要是厌恶我自己。那时我不吃不喝，不洗脸……您说，您是怎么……”

“为什么不洗脸呢，不干净嘛，”安德烈公爵说，“相反，应当尽可能生活得愉快一些。我活着，这不是我的错，所以要设法过得好一点，但愿不妨碍任何人而终其天年。”

“不过，是什么促使您愿意活下去呢。有这样的想法，就只能无所事事地呆坐着。”

“生活本来就让人不得安宁。我倒是乐得什么也不干，可是你瞧，一方面，我荣幸地被本地贵族选为首席贵族；我费了好大劲才摆脱了。他们不明白，我没有所需要的特点，没有大家都熟悉的那种好心肠、瞎操心的庸俗习气，要干的话，这个特点是不可或缺的。再说，还有这住宅必须造起来，能有一个可以安居的窝。现在又有了民兵的事情。”

“为什么您不在军队里服役呢？”

“在奥斯特利茨会战之后吗！”安德烈公爵阴沉地说。“不，饶了我吧，我发过誓，决不在俄军作战部队中服役。决不。即使波拿巴到了这里，到了斯摩棱斯克威胁童山，我也不会在俄军服役。噢，这一点我对你讲过，”安德烈公爵平静下来继续说道，“现在谈谈民兵，父亲是第三军区民兵总司令，我逃避兵役的唯一办法，就是在他手下做事。”

“这么说您在服役？”

“我在服役。”他沉默了一会儿。

“为什么您要服役呢？”

“是这样。我的父亲是他那个时代最杰出的人物之一。不过他渐渐老了，他并不残忍，可是他的性格太偏激。他习惯于无限的权力，现在皇上任命他为民兵总司令所赋予他的这种权力使他变得很可怕。两周前如果我晚到两个小时，他就在尤赫诺夫把录事吊死了，”安德烈公爵微笑着说，“所以我服役是因为除了我，没有人能影响父亲，我有时能阻止他干出以后悔之莫及的事情。”

“啊，这就对了！”

“是的，但不是你所想的那样，”安德烈公爵接着说道，“我过去和现在对这个偷了民兵靴子的坏蛋录事都毫无好感；我甚至很乐意看到他被吊死，可是我爱护我的父亲，这也就是爱护我自己。”

安德烈公爵越来越活跃了。他在竭力向皮埃尔证明，在他的行动中从来没有与人为善的愿望，这时他的眼睛闪烁着狂热的光芒。

“好吧，你要解放农民，”他继续说道，“这很好。但不是为了你（我想，你从来没有鞭打过农民，也从来没有把他们流放到西伯利亚去），更不是为了农民。如果打他们，用鞭子抽他们，把他们流放到西伯利亚，那么我想，他们的处境丝毫不会因此而恶化。在西伯利亚他还是过着自己牲口般的日子，身上的伤疤好了，他又像从前一样幸福。这是为了另一些人，他们在精神上日益崩溃，生平干了很多感到悔恨的事情，他们压抑着这种悔恨，又由于有理无理都能随便处罚人而变得越来越野蛮。我可怜的是这些人，我愿意为了这些人而解放农民。你可能没有看到过，而我看到过，一些好人在这种滥用无限权力的旧习惯的影响下，随着岁月的流逝，他们变得更加残暴，更加野蛮，他们知道这一点，却无法自制，于是他们的不幸与日俱增。”

安德烈公爵这样讲的时候那么激情洋溢，皮埃尔不禁觉得，安德烈的这些想法是他的父亲引起的。他什么也没有回答。

“瞧，我可怜的是——人格的尊严，良心的安宁、纯洁，而不是人们的脊背和前额，不论怎样鞭打，怎样剃[①]，脊背还是脊背，前额还是前额。”

“不，不，一千个不！我永远不会同意您的看法。”皮埃尔说。

十二

傍晚，安德烈公爵和皮埃尔乘马车前往童山。安德烈公爵不时看看皮埃尔，偶尔打破沉默谈谈话，说明他心情不错。

他指着田野对他讲述着自己在经营管理上的种种改进。

皮埃尔心情沉重地沉默着，只是简短地应答一两句，他似乎正沉浸于自己的思虑之中。

皮埃尔在想，安德烈公爵并不幸福，他误入歧途，不了解真正的光明，他皮埃尔应当帮助他，开导他，让他振作起来。可是皮埃尔一想到该怎么说，说些什么，便预感到，安德烈公爵只要一句话、一个论据就

① 俄军旧制：合格的新兵入伍前剃去额发。

能瓦解他的全部说教。因此他怕开口，怕自己珍爱的神圣思想遭到嘲笑。

“不，为什么您想，”皮埃尔突然开口说道，他低下头，摆出公牛牴人的架势，“为什么您这样想呢？您不应该这样想。”

“我想什么了？”安德烈公爵惊讶地问。

“关于生活，关于人的使命。这是不可能的[1]。我也这样想过，不过我得到了挽救，您知道是什么挽救了我吗？是共济会。不，您别笑。共济会不是一个徒重仪式的宗教派别，我过去也看错了，共济会是人性的永恒的、最美好的方面的唯一的、最好的表现形式。”于是他开始按照他的理解，向安德烈公爵阐述共济会的宗旨。

他说，共济会的思想是摆脱国家和宗教束缚的基督教教义；是平等、兄弟情谊和爱的教义。

“只有我们神圣的兄弟会在生活中才具有真正的意义；其余的一切都是梦幻，”皮埃尔说，“您要明白，我的朋友，在我们的团体之外，一切都充满了虚伪和欺骗，我同意您的看法，聪明善良的人没有别的选择，只能像您一样但求不妨碍别人而终其一生。但是只要您接受我们的基本信念，加入我们的兄弟会，把自己托付给我们，愿意接受指导，那么您马上就会像我当初那样，感到自己是这巨大的无形链条的一部分，它的一端隐没在天上。”皮埃尔说。

安德烈公爵望着前方默默地听着。有几次他由于车轮声的干扰没有听清，还请皮埃尔把他不曾听清的话再重复一遍。根据安德烈公爵眼睛里的异样的光彩，根据他的默然不语，皮埃尔明白了，他的话没有白说，安德烈公爵不会再打断他，也不会讥笑他的话。

他们来到涨潮的河边，要乘渡船过河。在仆人安置马车和马匹时，他们上了渡船。

安德烈公爵臂肘撑在栏杆上，默默地望着潮水在落日下的粼粼

---

① 安德烈公爵竭力表明，他只为自己一个人而生活，绝无爱他人的善心。皮埃尔认为这是不可能的，他只是一时误入歧途而已。

波光。

“对这个问题您是怎样想的呢？”皮埃尔问，“怎么不说话？”

“我怎样想？我在听着呢。你说得都对，”安德烈公爵说。“可是你说：加入我们的兄弟会吧，我们会给你指出生活的目的和人生的使命，以及支配世界的规律。‘我们’是谁？是人。为什么你们能无所不知？为什么你们所看到的，只有我看不见呢？你们在地上看到善和真理的王国，而我却看不见。”

皮埃尔打断了他的话。

“您相信来世吗？”

“来世？”安德烈公爵重复道，但皮埃尔不容他回答，以为这样重复是表示否定，特别是因为他知道，安德烈公爵是信仰无神论的。

“您说，您在地上看不见善和真理的王国。从前我也看不见，而且不可能看见，如果把我们的生活看做一切的终结的话。在地上，在这片土地上（皮埃尔指着田野）没有真理，一切都是虚伪和恶，可是在宇宙中，在整个宇宙中是有真理王国的，现在我们是大地的孩子，而从永恒的观点来看，是整个宇宙的孩子。难道我在内心深处感觉不到，我是这宏伟的、和谐的整体的一个组成部分吗？难道我感觉不到，我是生活在无数的生灵之中，而生灵是赋有神性的——一种至高无上的力量，随您怎么称呼它都行，难道我感觉不到，我是从低级生灵到高级生灵的一个环节，一个阶段？既然我看到，清楚地看到这个由植物到人的阶梯，那么为什么我要假定，我看不见其下端的阶梯就到植物为止呢。为什么我要假定这个阶梯到我这里中断，而不是持续不断地向更高级的生灵发展呢。我感到我不仅不会消失，正如宇宙中的一切都不会消失一样，而且我将永远存在，过去也一直存在。我感到，在我之外，在我的上空生活着神灵，在这个宇宙中有真理。”

“嗯，这是赫尔德[①]的学说，”安德烈公爵说，“不过，亲爱的，这不能使我信服，使我信服的是生和死。令人信服的是，你看到一个你所

---

①赫尔德（1744—1803），德国思想家和文学理论家。

珍爱的生灵，它和你结合在一起，你对它犯有过错，希望加以弥补（安德烈公爵的声音颤抖了一下，把头扭开了），而这个生灵突然痛苦不堪、受尽折磨而不再存在了……为什么？这是不可能没有答案的！我相信答案是有的……这是令人信服的，这使我终于信服了。”安德烈公爵说。

“是呀，是呀，”皮埃尔说，“我说的不就是这个意思吗！”

“不。我只是说，要人相信必然有来生，讲道理是不行的，令人信服的是，你在生活中和一个人携手同行，而这个人突然消失在**那里**，消失在**乌有之乡**，于是你驻足于这个深渊之前，向深渊投以探究的目光。我曾经这样探究过……”

“那又怎样呢？您知道，有一个**那里**，而且有一个**生灵**，那里便是来世，那个生灵便是上帝。”

安德烈没有回答。马车和马匹早已拉上了对岸，马车也已套好，夕阳落下了一半，渡口边的水洼在傍晚的寒意中闪着点点星光，而皮埃尔和安德烈，使仆人、车夫、船夫都大惑不解地还站在渡船上交谈。

“如果有上帝，有来世，那就有真理，有美德；人的最大幸福就在于追求真理和美德。应当珍惜生命，应当有爱心，应当相信，”皮埃尔说，“我们不只是今天生活在这一小片土地上，而是过去和今后都永恒地生活在那里，生活在万有之中（他指了指天空）。”安德烈公爵站在那里，臂肘支撑在渡船的栏杆上倾听皮埃尔说话，目不转睛地望着太阳照在蔚蓝色潮水上的红艳艳的反光。皮埃尔住口不说了。四野一片寂静。渡船早已靠岸，只有波浪在轻轻地拍击船底。安德烈公爵觉得，这波浪的轻微的拍溅声在附和皮埃尔的话：“对呀，你要相信他的话啊。”

安德烈公爵以明亮的、孩子般温柔的目光看了皮埃尔一眼，皮埃尔激动得满脸通红，但在自愧不如的朋友面前还是显得有些胆怯。

“是呀，但愿如此！”安德烈公爵说。“我们上车吧。”他又说，他走下渡船，望望皮埃尔刚才指给他看的天空，这是他在奥斯特利茨会战后第一次看到他躺在奥斯特利茨战场上所看到的那崇高、永恒的天空，于是他心中早已沉睡的某种最美好的感情突然欢乐而生气勃勃地在他的心灵中复苏了。这种感情在安德烈公爵重新回到惯常的生活环境后曾经消失，但他知道，他未能加以发展的这种感情活在他的心里。与皮埃尔的相逢对安德烈公爵来说，是一个新时代的开端，从此开始了他表面上一切依旧，但在精神上已焕然一新的新生活。

十三

安德烈公爵和皮埃尔来到童山住宅的正门，已经暮色四合。在他们的马车驶近的时候，安德烈公爵微笑着要皮埃尔看看后门口发生的慌乱景象。一个背着布袋的驼背老妇人和一个留着长发、一身黑衣的矮个子男人看到驶进院子的马车，连忙掉头往门里跑，两个女人跑出来找他们，于是四个人都一面回头张望马车，一面惊慌地跑到后门的台阶上。

“这都是玛莎的神痴[①]，”安德烈公爵说，“他们见到我们，以为是父亲回来了。她只有在这件事上违抗父命：他吩咐把这些云游派教徒赶走，她却在家里接待他们。”

“什么是神痴？”皮埃尔问。安德烈公爵没有来得及回答他。仆人们迎了出来，于是安德烈公爵问起老公爵在哪里，是不是很快就能回来。

老公爵还在城里，不过随时都可能回到家里。

安德烈公爵把皮埃尔送到自己住的那套房子，他父亲的家里的这套房子随时都为他准备得好好的。他自己到婴儿室去了。

“我们去见我的妹妹吧，”安德烈公爵从婴儿室回来，对皮埃尔说，“我还没有见到她，她现在躲起来了，和自己的神痴们待在一起。太有趣了，真的。”

“什么是神痴？”皮埃尔问。

“你马上就知道了。”

玛丽亚公爵小姐一见到他们来了，果然羞得满脸泛起点点红斑，在

---

①神痴，旧俄迷信中指可以预示天机的痴人。

她的舒适的房间里，神龛前点着长明灯，一个身穿修士长袍的年轻男孩长着长鼻子，留着长头发，和她并肩坐在茶炊旁边的小沙发上。

一个满脸皱纹的清瘦的老妇人，娃娃脸上带着谦和的表情坐在附近的一把圈椅里。

“安德烈，你来怎么不事先告诉我一声？”她语气温和地责备道，她站到了自己的修士们前面，就像母鸡护着小鸡一样。

“见到您非常高兴，非常高兴。”她在皮埃尔吻她手的时候说，她从小就认识他了，而现在他和安德烈的友谊，他和妻子的不幸的关系，主要是他那善良、朴实的面容赢得了她的好感。她的美丽的神采奕奕的眼睛望着他，仿佛在说“我非常喜欢你，不过请你不要嘲笑**我的人**啊。”他们在最初的寒暄之后都坐下了。

“噢，伊万努什卡也在这里。”安德烈公爵笑指那个小修士说。

“安德烈！”玛丽亚公爵小姐恳求地说。

“你知道吗，这是个女人。”安德烈对皮埃尔说。

“安德烈，看在上帝分上吧！”玛丽亚公爵小姐又说。

显然，安德烈公爵对云游派教徒们的嘲笑和玛丽亚公爵小姐对他们的徒劳的袒护，在他们之间已是习以为常、一成不变的了。

“不过，我的好友，”安德烈公爵说，“你应当感谢我才对，我是在向皮埃尔解释你和这个少年的亲密关系。”

“真的吗？”皮埃尔好奇而严肃地（为此玛丽亚公爵小姐特别感激他）说，一面透过眼镜审视着伊万努什卡的脸，伊万努什卡知道是在说他，闪动着狡黠的眼睛打量着大家。

玛丽亚公爵小姐完全不必为**自己的人**发窘，他们毫不胆怯。老妇人垂下眼睛，把茶杯倒扣在茶碟上，把吃剩的方糖放在一旁，从容地端坐在自己的圈椅里，等着别人再给她上茶。伊万努什卡端着茶碟喝茶，皱着眉头用女人的调皮的目光望着两个青年男子。

“去过哪里，到过基辅吗？”安德烈公爵问老妇人。

“到过，少爷，”爱说话的老妇人回答道，“就在圣诞节那一天，我倾听了圣徒们宣讲的神圣的天上的秘密。而现在我是从科利亚津来的，少爷，伟大的神力显现了……”

“怎么，伊万努什卡是和你一起去的吗？”

“我是独自去的，恩人，”伊万努什卡竭力用男低音说道，“只是在尤赫诺夫才与佩拉格尤什卡走到了一起。”

佩拉格尤什卡打断了同伴的话；显然，她很想讲讲她的见闻。

“在科利亚津，少爷，伟大的神力显现了。”

“怎么，有了新的圣骨？”安德烈公爵问。

“得了吧，安德烈，”玛丽亚公爵小姐说，“你别说了，佩拉格尤什卡。”

“你怎么了，小姐，为什么不说？我喜欢他。他是好心人。上帝是眷顾他的，他是我的恩人，给过我十个卢布，我记着呢。我在基辅的时候，基留沙曾和我谈话，他是一个疯修士，真正的神痴，不论冬夏都打赤脚。他说，为什么你到处乱跑呢，你到科利亚津去吧，那里的圣像能显灵，圣母现身了。我听他这么说，就辞别圣徒们到那里去了……”

大家都默默不语，听这个云游派女教徒深吸一口气，娓娓道来。

“我到了那里，少爷，人们对我说：伟大的神力显现了，圣母的脸上滴下了圣油……”

“唉，好了，好了，以后再讲吧。”玛丽亚公爵小姐红着脸说。

“请允许我向她提个问题，”皮埃尔说，“这是你亲眼所见吗？”他问。

“那当然，我是亲眼所见啊。圣容上那样熠熠生辉，好像是来自上天的光辉，圣母面颊上的圣油不住地滴落下来……”

“要知道，这是骗局啊。”细心倾听的皮埃尔天真地说。

“啊，少爷，瞧你说的！”佩拉格尤什卡骇然说道，一面转头向玛丽亚公爵小姐求援。

“这是在欺骗民众。”他又重复了一遍。

“耶稣基督啊，”那个云游派女教徒画着十字说，“噢，你住口吧，少爷。有一个将军不信，说‘僧侣们在骗人’。他这么一说，眼就瞎了。于是他梦见洞窟修道院的圣母来对他说：‘你虔诚地信仰我，我就使你复明。'于是他请求家里的人：马上带我去见她吧。我对你讲的都是千真万确的事实，是我亲眼看到的。这个失明的人被直接送到她那里；他上前跪下说：'你让我复明吧！我把沙皇给我的所有赏赐都献给你。'我亲眼看到了，少爷，一颗星章便蓦地嵌在她身上。怎么样，他复明了！你那样说是罪过啊。会受到上帝的惩罚的。"他对皮埃尔训诫地说。

"圣像上怎么会出现星章的呢？"皮埃尔问。

"把圣母提升为将军了吧？"安德烈公爵微笑着说。

佩拉格尤什卡突然面色煞白，举起双手轻轻一拍。

"少爷，少爷，这是罪过啊，罪过。你是有儿子的人了！"她说，苍白的面色倏地变得血红。

"少爷，愿上帝宽恕你说了这种话。"她又画了十字。"主啊，宽恕他吧。小姐，这算什么？……"她转身对玛丽亚公爵小姐说。她站起来，几乎要哭了，开始收拾自己的布袋。显然，她为说了这种话的人感到害怕和怜悯，并且为自己在有人说这种话的家庭接受布施而感到羞愧，又因为不得不放弃这个家庭的布施而觉得可惜。

"你们这是何苦呢？"玛丽亚公爵小姐说。"为什么你们要到这里来啊？……"

"不，我是开玩笑，佩拉格尤什卡，"皮埃尔说，"公爵小姐，我，真的，无意冒犯她，我是随口说的。你别放在心上，我是开了个玩笑。"他说，尴尬地微笑着，想弥补自己的过错。

佩拉格尤什卡不相信地停下脚步，但皮埃尔脸上流露了那样真诚的悔恨，安德烈公爵那样谦和而严肃地时而望望佩拉格尤什卡，时而望望皮埃尔，她看在眼里渐渐地平静了下来。

十四

云游派女教徒平静下来以后又卷入了谈话，后来她讲起神甫阿姆菲洛希的故事讲了很久，说他的生活十分圣洁，他的手散发着神香的气息，还讲到在最近一次前往基辅的漫长旅途中，她认识的僧侣给了她洞窟的钥匙，于是她随身带着面包干，在洞窟里和圣徒们在一起度过了两昼夜。“我向一位圣徒祈祷，看一会书，又去见另一位圣徒。睡一会儿，又虔诚地亲吻十字架；那么静谧，那样幸福美满，简直不想再回到尘世了。”

皮埃尔仔细地、认真地听着。安德烈公爵走出了房间。随后，玛丽亚公爵小姐让神痴们留下喝茶，带皮埃尔到客厅去了。

“您是非常善良的人。”她对他说。

“啊，我真的不想冒犯她，而且我很理解，也很推崇这样的感情。”

玛丽亚公爵小姐默默地看了他一眼，温柔地笑了。

“我早就认识您了，像爱兄长一样爱您，”她说，“您是怎样找到安德烈的？”她连忙问，不让他有时间回答她的亲切的话语。“他使我很不安。冬天他的身体好一些，可是春天伤口复发，大夫说，他应当去就医。我很为他的精神状态担心。他的性格不像我们女人，能在哭泣中熬过并排遣痛苦。他把痛苦藏在心里。今天他愉快而又活跃；不过，这是您的来访对他起了作用： 他的这种情况是难得一见的。如果您能劝他出国，那就好了！他需要活动，现在这种平静沉闷的生活会毁了他的。别人没有发觉，不过我看出来了。”

九点多钟仆人们都朝门口跑去，他们听到了老公爵的马车驶来的铃铛声。安德烈公爵和皮埃尔也来到了门口的台阶上。

“这是谁？”老公爵下车时看见皮埃尔，问道。

“噢！很高兴！来吻我。”他得知陌生的年轻人是谁便说。

老公爵心情很好，对皮埃尔非常亲切。

晚餐前安德烈公爵回到父亲的书房，看到老公爵和皮埃尔正在热烈地争论。皮埃尔在向他证明，没有战争的时代一定会到来。老公爵揶揄地反驳他，但没有生气。

“抽掉血管里的血，把水灌进去，那就不会有战争了。妇人之见，妇人之见。”他说，不过还是亲切地拍拍皮埃尔的肩膀，随即向桌子走过去。安德烈公爵看来不想参加谈话，在桌旁翻阅老公爵从城里带回来的文件。老公爵来到他身边谈起了正事。

“首席贵族罗斯托夫伯爵送来的兵员不到一半。他来到城里，还想请我赴宴呢，让我狠狠地训了一顿……你再看看这个吧……喂，老弟[1]，”老公爵拍着皮埃尔的肩膀对儿子说，“你的朋友是好样的，我喜欢他！他引起了我的兴趣。有的人即使谈吐聪明，却叫人不想听，而他尽管在瞎扯，却让我这个老头子兴致勃勃。好了，你们走吧，走吧，”他说，“在你们吃晚饭的时候，我也许来坐坐。我还要争论一番。希望你喜欢我的傻丫头玛丽亚公爵小姐。”他从门后对皮埃尔大声说道。

只是现在，在访问童山的时候，皮埃尔才充分意识到他和安德烈公爵的友谊的力量和魅力。这种魅力与其说在于和他本人的关系，不如说在于和他的所有亲人和家人的关系。他与严厉的老公爵和温婉、腼腆的玛丽亚公爵小姐相处，尽管还几乎不认识他们，却觉得自己是他们的老朋友似的。他们都已经喜欢他了。不仅玛丽亚公爵小姐由于他对两个云游派女教徒的谦和态度而青眼相看，而且一岁的小尼古拉，祖父所称呼的尼古拉公爵，也对皮埃尔微笑，走过来要他抱。米哈伊尔·伊万内奇、布里安娜小姐在他和老公爵谈话时，也面带愉快的微笑看着他。

老公爵出来吃晚饭了，显然他是为皮埃尔而来的。在他做客童山的两天里，老公爵对他非常亲切，还吩咐他常来看他。

皮埃尔走后，家庭的全体成员都聚集在一起，开始评论他，一个新来的客人走后，家里总会有这样的一次聚会，而罕见的是，大家对他都一致地给予好评。

十五

这次休假归队后，罗斯托夫第一次感觉到并认识到，他同杰尼索夫和全团的战友情谊是多么深厚。

罗斯托夫在临近自己的团时所体验到的心情，就像他在驶近波瓦尔

---

[1] 老弟，指安德烈公爵。老兄，老弟，是俄罗斯人对男人的不拘礼节的亲昵称呼，不限于同辈之间。

大街上的家时一样。当他看到本团的第一个敞开军服的骠骑兵的时候，当他认出红头发的杰缅季耶夫，看到那些枣红马的拴马桩的时候，当拉夫鲁什卡对自己的主人欢呼“伯爵来了！”而睡在铺上的头发蓬松的杰尼索夫从农舍里奔出来拥抱他，军官们簇拥在他身边的时候，罗斯托夫的心情就像是妈妈、爸爸、妹妹们在拥抱他一样，涌上喉头的快乐的泪水使他哽咽难言。团也是家，而且像父母的家一样永远那么可爱、温暖。

向团长报到，奉命回原来的骑兵连，值班，采办饲料，介入团里的一切细微的琐事，觉得自己失去自由被禁锢在一个狭小的固定不变的圈子里，罗斯托夫同样地感到安心，有依靠，同样地觉得自己是在家里，是在自己合适的位置上，就像置身于父母的屋顶下一样。没有在自由的上流社会的那种纷扰，他在那里找不到自己的位置，往往会作出错误的选择；没有索尼娅，不用考虑该不该向她表白爱情。没有去那里还是不去那里[1]的问题；没有可以用种种方法打发的一天二十四小时；没有那些难以数计、毫无亲疏之别的人们；没有和父亲的不清不楚、不明不白的金钱关系；没有什么会使他想起输钱给多洛霍夫的可怕经历！现在，团里的一切都简单明了。整个世界被划分为两个不相等的部分：一个是我们的巴甫洛格勒团，一个是其余的一切。与其余的一切毫不相干。在团里一切都很清楚：谁是中尉，谁是大尉，谁好谁坏，而主要的是，谁是真朋友。随军商贩肯赊账，饷银只领三分之一；没有什么点子好想，也没有选择的余地。只要不做巴甫洛格勒团所认为的坏事，那就万事大吉。

重新回到具有明确的行动准则的部队生活之后，罗斯托夫感到愉快和满足，就像一个疲乏的人在躺下休息时的感觉。罗斯托夫在这个时期的工作中感到部队生活特别愉快，因为他在赌输了钱之后（尽管亲人们都竭力安慰他，但是他不能原谅自己的这种行为），为了弥补自己的过失，决心不再像过去那样服役，而要认真工作，做一个十分出色的战友

①含蓄地表示要不要到情妇那里去。

和军官，也就是要成为一个非常高尚的好人，这在**世俗生活**中难以做到，而在军旅生活中却是很有可能的。

罗斯托夫在输了钱之后，决定在五年内还清向父母借来的这笔欠款，他过去每年收到一万卢布汇款，现在他决心只要两千，而把其余的钱交给父母抵偿债务。

我们的军队经过一再的撤退、进攻，经过普乌图斯克之战和普鲁士艾劳之战后，集结于巴滕施泰因附近，等待皇上亲临战地并发动新的战役。

巴甫洛格勒团是参加一八〇五年远征的部队，由于在国内进行整编，未能赶上最初的军事行动。这个团既没有到过普乌图斯克，也没有到过普鲁士艾劳，在战役的后半段才编入作战部队，划归普拉托夫[①]支队。

普拉托夫支队不受军部管辖，独立作战。巴甫洛格勒团曾数次与敌军交火，抓了一些俘虏，有一次还缴获了乌迪诺元帅的马车。四月，巴甫洛格勒团在一个被夷为平地、空无一人的德国人的村子里驻扎了几个星期，没有离开过。

正值冰雪融解的季节，泥泞、寒冷、河流开冻、道路无法通行；可是一连几天兵员马匹都得不到给养。由于运输中断，人们只好分散到附近荒无人烟的村子里去搜寻土豆，可是土豆也已经找不到多少。

能吃的东西都吃光了，居民都逃散了；那些留下的人比乞丐还穷，已经一无所有，甚至那些缺乏同情心的士兵也往往不是向他们索取，而是倾其所有，全都给了他们。

巴甫洛格勒团在战斗中只有两人受伤，可是由于饥饿和疾病几乎损失了一半兵员。在医院里只能等死，那些因伙食恶劣而患热病和浮肿的士兵，宁可在队列里勉强拖着脚步服役，也不愿到医院去。春天来临，士兵们开始寻找从土地里冒出来的一种很像龙须菜的植物，不知为什么

---

①普拉托夫（1751—1818），顿河哥萨克部队的首领，将军。

他们把它叫做玛什卡[①]甜根，他们分散在草原和田野，找到这种玛什卡甜根（其实它很苦）就用马刀挖出来吃，尽管有命令不准吃这种有害的植物。春天士兵中出现了新的疾病——手足和脸都浮肿起来，医生认为病因就是食用这种甜根。但是杰尼索夫骑兵连的士兵不顾禁令，拿玛什卡甜根当主食，因为最近每人只领了半俄磅[②]面包干，已经匀着吃了一个多星期，而最后一趟运来的土豆都是冻坏的和发了芽的。

马匹也靠干草屋顶养活了一个多星期，瘦得不成样子，身上还是冬天的纠结成一绺绺的马毛。

尽管苦难深重，官兵们还是像平常一样生活；骠骑兵们面色惨白，脸上浮肿，穿着破烂的军服，还是那样列队点名，打扫卫生，洗刷马匹、装备，从屋顶上拽下麦草当饲料，围着大锅吃饭，忍着饥饿站起来，拿自己恶劣的伙食和忍饥挨饿的生活开玩笑。像平常一样，士兵们在不出勤的空闲时间燃起篝火，光着身子烤火，抽烟，挑选和烘烤发了芽的和霉烂的土豆，同时讲讲或听听波将金和苏沃洛夫远征的故事，或是关于狡猾的阿廖沙和神甫的长工米科尔卡的童话。

军官们也和平时一样，两三个人一起住在门窗洞开的半倒塌的房子里。长官们操心的是怎样搞到麦草和土豆，总之是兵员的生活资料问题，下级军官像平常一样，有的打牌赌博（虽然没有吃的，钱却很多），有的做做游戏——掷钉和击木[③]。关于战局的谈论很少，这是因为得不到任何可靠的消息，而且模糊地感觉到战争的形势不妙。

罗斯托夫仍旧和杰尼索夫住在一起，从他们休假时起，他们的关系更加亲密了。杰尼索夫从来不提罗斯托夫家的人，但是根据连长对他所表现的深厚友谊，罗斯托夫感到，这个老骠骑兵对娜塔莎的不幸爱情对增进他们的友情起了作用。看来杰尼索夫在尽可能地减少罗斯托夫所

---

①玛什卡，俄罗斯女人的名字。

②1 俄磅合 409.5 克。

③掷钉和击木都是俄国民间游戏。掷钉，即地上放一个铁圈，在一定距离外将一根粗大的大头钉掷入圈内的土里；击木，游戏者分为两组，双方画地为营，营内放置圆柱形木头，游戏者要将对方的圆木击出营外。

遭到的危险，对他关怀备至，战斗结束后看到他安然无恙，显得特别高兴。有一次罗斯托夫出差，到一个村子去征集给养，在这个被遗弃的赤贫的村子里，找到了一个三口之家：一个波兰老人、他的女儿和一个吃奶的婴儿。他们衣不蔽体，食不果腹，既不能徒步逃走，也没有钱雇车。罗斯托夫把他们带到自己的驻地，安置在自己的房间里，在老人养病的几个星期里一直供养他们。罗斯托夫的一个战友，在大谈女人的兴头上，开始嘲笑罗斯托夫，说他比谁都滑头，还说他不妨把他救助的漂亮的波兰女人给战友们介绍一下。罗斯托夫把这个玩笑看做对他的侮辱，竟勃然大怒，对那个军官出言不逊，以至杰尼索夫费了好大劲才劝住双方，避免了一场决斗。那个军官走后，对罗斯托夫和波兰女人的关系也不了解的杰尼索夫责备他脾气暴躁，罗斯托夫对他说：

“你要我怎样呢……她就像我的姐妹一样，我无法形容，这对我是多大的侮辱……因为……所以就……”

杰尼索夫在他的肩头拍了一下，在房间里快步地踱来踱去，对罗斯托夫看也不看，他在心情激动的时候往往如此。

“你们罗斯托夫家的人全都这么傻气！”他说，这时罗斯托夫发觉，杰尼索夫的眼里含着泪水。

十六

四月，皇上即将莅临军中的消息使部队士气大振。罗斯托夫未能赶上皇上在巴滕施泰因的检阅，那时巴甫洛格勒团驻防于前哨阵地，在远离巴滕施泰因的前方。

他们在野外宿营。杰尼索夫和罗斯托夫住在士兵为他们挖的土窖里，顶上盖着树枝和草根土。土窖是按当时的时新方法这样建造的：先挖一条地道，宽一俄尺半，深两俄尺，长三俄尺半。地道的一头修了梯级，这是入口和台阶；地道就是房间，一些幸运的人，比如骠骑兵连长，他们的房间在与梯级遥遥相对的另一头，还在四根木桩上搭一块木板，这是桌子。沿着地道两侧挖掉一俄尺泥土，这是两张床和一些沙发。窖顶建造得让人能在中央站起来，如果靠近桌子，还可以坐在床上。受到本连士兵爱戴的杰尼索夫的土窑很讲究，在窑顶下的三角墙上还有一块木板，木板上嵌着一块玻璃，那是用破玻璃黏合起来的。天气很冷的时候，士兵们把篝火里烧红的炭放在一块弯弯的铁板上送到梯级旁（杰尼索夫把他临时住所的这块地方叫做前厅），于是土窑里暖洋洋的，常在杰尼索夫和罗斯托夫这里逗留的军官们都只穿一件衬衣。

四月轮到罗斯托夫值班。早晨七点多钟，他在一夜不眠之后回到窑洞里，吩咐把炭火送来，于是换下被雨淋湿的衣服，向上帝祈祷，喝茶，身子暖和了，便把自己角落里和桌上的东西整理好，然后他只穿着一件衬衫仰面躺下，两手放在脑后，由于风吹显得粗糙的脸红彤彤的，他愉快地想到，由于最近的一次实地侦察日内就要晋升一级了，同时他在等待着外出的杰尼索夫。罗斯托夫想和他聊聊。

窑洞外传来杰尼索夫的阵阵吼叫声，看来他火气很大。罗斯托夫走到窗口，看他在和谁说话，他看到了连副托普切延卡。

“我对你下过命令，不准他们吃什么玛什卡甜根！”杰尼索夫大声叫道，“我亲眼看见，拉扎尔丘克把这种东西从地里拖回来。”

“我下过命令，长官，他们就是不听。”连副回答道。

罗斯托夫又躺到自己的床上，高兴地想：“现在让他去张罗、操心吧，我自己的事情干完了，可以躺着休息，太好了！”他听到墙外除了连副，讲话的还有杰尼索夫的那个机灵狡猾的仆人拉夫鲁什卡。拉夫鲁什卡讲的是他在征集军粮的途中看到的几辆大车、面包干和几头公牛。

窑洞外又响起杰尼索夫的渐渐远去的叫嚷声和说话声：“备马……二排！”

“他们这是要到哪里去呢？”罗斯托夫想。

过了五分钟，杰尼索夫走进窑洞，带着一双脏脚爬上床，气咻咻地抽了一烟斗烟，把自己的东西乱扔，带上马鞭和马刀就往土窑外走。罗斯托夫问他去哪里。他满腹怒气，含糊地说有事。

“让上帝和伟大的皇上来审判我吧！”杰尼索夫出去时说，于是罗斯托夫听到，窑洞外有几匹马在泥泞中奔驰而去的蹄声。罗斯托夫甚至不想知道，杰尼索夫要到哪里去。他在自己的角落暖呼呼地睡着了，只是在傍晚才走出窑洞。杰尼索夫还没有回来。两个军官和一个士官在相邻的土窑旁玩掷钉游戏，笑着在松软泥泞的地上栽萝卜①。罗斯托夫加入了他们的游戏。过了一会儿，军官们看到，有几辆大车向他们驶过来，十四五个骠骑兵骑着瘦马跟在后面。大车在骠骑兵们的押送下，来到拴马桩那里，于是一群骠骑兵把大车团团围住。

“看哪，杰尼索夫老是发愁，”罗斯托夫说，“军粮不是到了吗。”

“可不是！”军官们说，“怪不得士兵们那么高兴！”杰尼索夫稍微落在骠骑兵后面，和他同行的是两个步兵军官，他和步兵军官们在交谈着什么。罗斯托夫朝他迎了上去。

“我警告您，大尉。”一个瘦瘦的个子矮小的军官说，看来他非常气愤。

“我说过了，我是决不会还给你们的。”杰尼索夫回答道。

“您是要负责的，大尉，这是横行霸道，抢夺自己人运粮的车辆！我们的兵员两天没有吃东西了。”

“而我的人两个星期没有东西吃了。”杰尼索夫回答道。

“这是抢劫，您罪责难逃，亲爱的先生！”步兵军官提高嗓门又说了一遍。

“你们干吗来纠缠我？啊？”杰尼索夫突然暴躁起来，大声叫道。“要负责的是我，而不是你们，不要在这里啰唆了，要不我对你们不客气。滚！”他向两个军官吼道。

“真行！”小个子军官叫道，他没有示弱，也不肯走开。“公然抢劫，对您说吧……”

“赶快见鬼去，要不我就不客气了。”杰尼索夫掉转马头，冲着那个军官。

“好，好。”军官用威胁的语气说，他拨转马头，迅速地跑开了，身子在马鞍上不停地晃悠。

“狗骑在篱笆上，真是狗骑在篱笆上。”杰尼索夫在后面朝着他

---

①栽萝卜，游戏时把粗大的大头钉完全插进土里，然后让输家从土里拔出来。

说，这是骑兵对骑马的步兵最厉害的嘲笑，他来到罗斯托夫面前，纵声大笑。

“是从步兵那里抢来的，用武力抢了他们的运粮车！怎么办呢，总不能眼看士兵们饿死吧？”

拉到骠骑兵这里来的那些大车是派给步兵团的，可是杰尼索夫从拉夫鲁什卡那里得到消息，知道运粮车没有派兵护送，便带领骠骑兵用武力夺了过来。给士兵们分发了足够的面包干，还分了一些给别的骑兵连。

第二天团长把杰尼索夫叫去，揸开五指捂着眼睛对他说：“我就这样看这件事，我什么都不知道，也不会追究；不过我劝你到司令部去一趟，在那里的军粮管理处把事情摆平，可能的话，就签个字，说明领到了多少军粮，否则，调拨单上写明是给步兵团的，这样一定会出事，结果可能很糟。”

杰尼索夫离开团长，直接到司令部去了，真心实意地希望按他的劝告了结此事。晚上他回到自己的土窑，罗斯托夫还从来没有见过自己的朋友的情况是这样的。杰尼索夫说不出话来，气喘吁吁。罗斯托夫问他出了什么事，他只是用沙哑、虚弱的声音含糊地发出诅咒和威胁。

罗斯托夫看到杰尼索夫的情况大吃一惊，建议他脱掉衣服，喝点水，又派人去请医生。

“要以抢劫罪审判我，哎哟，再给我点水，让他们审判吧，我还是要揍这些坏蛋，永远要揍他们，我要告诉皇上。给我一点冰块。”他说。

团部的医生来了，他说必须放血。杰尼索夫毛茸茸的手臂上流出了一盘子黑血，这时他才能诉说他的遭遇。

“我到了那里，”杰尼索夫叙述道，“‘喂，你们的长官在哪里？’他们指给我看。‘等一下行吗。’‘我有公事，我是从三十俄里之外赶来的，没有时间等，你去通报一声吧。’好，那个大坏蛋出来了，居然想教训我：‘这是抢劫！’我说：‘把军粮拿去供应自己的士兵不能说是抢劫，拿去占为己有才是抢劫！’‘好。’他说：‘您到军需官那里去签字说明吧，您的情况要呈报上级’。我就去见军需官。我进去一看，坐在桌子旁的……你猜是谁？！不，你简直想不到！……是谁在让我们挨饿啊，”杰尼索夫大叫起来，放过血的手握紧拳头在桌子上那么猛烈地一捶，捶得桌子差点儿翻倒，几只杯子在桌子上乱跳，“是捷利亚宁！！‘原来是你在让我们挨饿啊？！’我在他的嘴脸上给了一下子，又是一下子，打得那么干脆利落……‘啊！……你这个坏透了的东西……’于是对他拳脚交加！我可以说，真是痛快极了，”杰尼索夫叫道，快乐而凶狠地龇着黑胡子下面的白牙，“要不是被人拉开，我就把他打死了。”

“你干吗大叫大嚷呢，安静下来吧，”罗斯托夫说，“瞧，又出血了。别动，要重新包扎一下。”

给杰尼索夫重新包扎以后，安排他睡下了。第二天他醒来时愉快而平静。

可是中午团部副官神情严肃而忧郁地来到杰尼索夫和罗斯托夫合住的土窑，遗憾地出示了团长致杰尼索夫少校的正式公函，查询昨天所发生的事情。副官通知他，事态想必会恶化，已经任命了军事审判委员会，在当前严惩部队劫掠和恣意妄为的风头上，以降职处分结案，就算是幸运的了。

受害者一方把事情的经过说成这样：杰尼索夫少校在夺走运粮车之后，未蒙召唤就醉醺醺地闯到军粮总监那里，诬称他盗窃，以暴力相威胁，被赶走以后，又闯进办公室痛打两位官员，并使一人的手臂脱臼。

杰尼索夫对罗斯托夫新提出的几个问题笑着说，这里讲的似乎完全是另一个人，不过全都是胡说八道，不值一提，他不怕任何审判，要是那些坏蛋胆敢对他动手，他一定回敬，叫他们一辈子也忘不了。

杰尼索夫谈到这件事满不在乎，但罗斯托夫太了解他了，不可能不发觉，他心里其实是害怕审判的，而且为这个案子深感苦恼，因为势必会引起很坏的后果。此后每天都发来查询的公函，传唤他受审，并且规定杰尼索夫在五月一日把骑兵连移交给上一级军官并到师部报到，对他在军粮管理处的狂暴行为作出解释。在这一天之前，普拉托夫率领两个哥萨克团和两个骠骑兵连对敌军进行侦察。杰尼索夫像平常一样，冲在散兵线的前面，炫耀自己的勇气。法国步兵的一颗子弹击中他大腿的软组织。在别的时候，杰尼索夫受了这点轻伤，也许不会离开自己的部队，可是现在他趁此机会拒绝去师部报到，干脆到医院治疗枪伤去了。

十七

六月发生了弗里德兰战役[①]，巴甫洛格勒团没有参加，此后宣布停战。罗斯托夫由于自己的朋友不在身边而心情沉重，自从他走后就没有听到他的任何消息，为他的案情和伤势而深感不安，便利用停战的机会请假到医院去探望杰尼索夫。

医院在普鲁士的一个小镇上，这里曾两次遭到俄军和法军的蹂躏。正因为是在夏天，野外风光旖旎，而这个小镇，屋顶和围墙倾圮，街道上垃圾遍地，衣衫褴褛的居民和醉醺醺的或患病的士兵四处游荡，呈现出一幅特别阴森的景象。

医院是一栋砖房，院子里堆放着被拆毁的栅栏的残余和一部分被打坏的窗户和玻璃碎片。几个裹着绷带的苍白、浮肿的士兵或坐或立在院子里晒太阳。

罗斯托夫一走进砖房的大门，一股腐烂的尸体和医院的气味便扑鼻而来。在楼梯上他遇到一个口含雪茄的俄军军医。一个俄国医士跟在军医后面。

“我无法分身啊，”军医说，“傍晚你到马卡尔·阿列克谢伊奇的住处去吧，我在那里。”医士又问了他什么。

---

① 弗里德兰战役 1807 年 6 月 14 日发生于东普鲁士。俄军由于本尼格森指挥失误，为拿破仑所趁而遭到重创（伤亡约 15 000 人）。这是 1806—1807 年战争中的最后一次战役。

“唉，你看着办吧！不是反正都一样吗？”军医看见了走上楼梯的罗斯托夫。

“您要干吗，阁下？”军医说，“您要干吗？莫非子弹没有打中您，您就想染上伤寒？老弟，这里是传染病病房。”

“什么病？”罗斯托夫问。

“是伤寒，老弟。不管谁上去，必死无疑。只有我和马克耶夫（他指指医士）还在这里忙活。我们已经有五个军医死在这里了。新的军医来了，过一个星期就完蛋，”军医故作轻松地说道，“曾经请过普鲁士医生，可我们的盟友不肯来。”

罗斯托夫向他说明，他想见到在这里住院的骠骑兵少校杰尼索夫。

“不认识，不知道，老弟。您想一想，我一个人要管三个医院，四百多个病号！还好，普鲁士的好心的太太们每月给我们送来两俄磅咖啡和裹伤的绒布，否则就惨了。”他笑了起来，“四百个啊，老弟；而新的病人还不断地送来。是有四百个吧？啊？” 他转头问医士。

医士显得疲惫不堪。看来他很气恼，但愿这个饶舌的军医快点走。

“杰尼索夫少校，”罗斯托夫又说了一遍，“他是在莫利滕负伤的。”

“好像死了，是吧，马克耶夫？”军医无动于衷地问医士。

不过医士没有证实军医的说法。

“他是不是个子很高，红头发？”军医问。

罗斯托夫描述了杰尼索夫的外表。

“有过，有过这样的一个人，大概是死了，不过我可以查一查，我有过一份名单。在你那里吧，马克耶夫？”

“名单在马卡尔·阿列克谢伊奇那里。”医士说。“您到军官病房去吧，亲自到那里去看一看。”他转头对罗斯托夫补充了一句。

“唉，最好别去，老弟，”军医说，“不然您自己恐怕也要死在这里了！”但是罗斯托夫向军医鞠躬告辞，请医士陪他去一趟。

“说妥了，可别怪我！”军医在楼梯下嚷道。

罗斯托夫和医士进了走廊。在这黑暗的走廊里，医院的气味那么强烈，罗斯托夫不得不捏住鼻子停下来，鼓起劲儿再走。

右首的一扇门开了，里面有个人在探头张望，他拄着拐杖，瘦骨嶙峋，面色蜡黄，赤着脚，只穿一件内衣。他靠在门框上，用闪亮的羡慕的目光看了看走过的人。罗斯托夫朝里一看，只见伤病员都躺在地板上，身下只铺着麦草和军大衣。

“怎么会这样呢？”他问。

“这是士兵病房，”医士回答道，“没有办法。”他仿佛道歉似的补了一句。

“可以进去看看吗？”罗斯托夫问。

“有什么好看的！”医士说。但是，正因为医士显然不愿让他进去，罗斯托夫偏偏走进了士兵病房。他在走廊里闻惯的气味，在这里更强烈了。这儿的气味有些不同：它更加刺鼻，可以感觉到，气味就是从这里产生的。

从几扇大窗户照进来的阳光把长长的房间照得通明耀眼，伤病员分成两排躺着，头对墙，在中间留下一条通道。他们大多数处于昏迷状态，对进来的人毫不理会。那些神志清醒的人都微微欠起身来或抬起又瘦又黄的脸，全都带着希望得到帮助、满怀怨愤、羡慕别人身体健康的同样表情，目不转睛地注视着罗斯托夫。罗斯托夫来到房间中央，他朝相邻的两个门户大开的房间打量一下，在两边所看到的情况也都一样。他停住脚步，默默地环顾四周。眼前所见是他始料不及的。就在他面前，一个病人几乎横躺在中间的过道上，他想必是哥萨克，因为他留着童花头。这个哥萨克伸开粗大的四肢，仰卧在光光的地板上。他的脸成了紫红色，两眼完全翻了上去，只露出眼白，赤裸的四肢还有血色，青筋鼓起像一条条绳索。他的后脑在地板上撞了一下，声音沙哑地说了什么，又不断地重复这个词。罗斯托夫凝神倾听，总算听清了他反复说着的那个词。这个词是：水——水——水！罗斯托夫环顾四周，想找个人能把这个病人安置好并给他水喝。

“是谁在这里护理病人？”他问医士。这时从隔壁的房间里来了一个辎重兵，医院的杂役，他迈着重重的脚步来到罗斯托夫面前，立正站住。

“您好，大人！”这个士兵大声叫道，瞪大眼睛望着罗斯托夫，显然以为他是医院的长官。

“你把他安置一下，给他水喝。”罗斯托夫指着哥萨克说。

“是，大人。”士兵愉快地说，眼睛瞪得更大，身子也挺得更直，可就是站着不动。

“不，在这里什么事也办不成，”罗斯托夫想，他垂下眼睛，已经想走了，但是他觉得，右边有一道殷切的目光注视着自己，于是转头看了一眼。一个老兵几乎紧靠墙角坐在军大衣上，他面色蜡黄，瘦得像一具骷髅，面色严峻，留着灰白的大胡子，正目不转睛地看着罗斯托夫。老兵一侧的邻座指着罗斯托夫在对他耳语。罗斯托夫明白了，老人有求于他。他走近一些，看到老人只弯曲着一条腿，另一条腿膝盖以下全部截掉了。老人的另一个邻人一动不动地仰头躺着，离开他相当远，那是一个年轻的士兵，面色煞白，翘鼻子的脸上还布满雀斑，眼睛翻到了眼皮底下。罗斯托夫看了看翘鼻子士兵，一阵寒气掠过了他的脊背。

“这个人好像……”他转头对医士说。

“怎么恳求也没有用，大人，”老兵下巴颏颤抖着说，“早晨就死了。我们也是人，不是狗啊……”

“我马上派人来，会抬走的，会抬走的，”医士连忙说，“我们走吧，大人。”

“走吧，走吧。”罗斯托夫急忙说，他垂下眼睛，全身瑟缩着，竭力悄悄地在责备和羡慕的众目睽睽之下通过，离开了病房。

十八

医士领着罗斯托夫经过走廊，来到军官病房，病房共有三间，门都敞开着。这些房间有床，负伤和患病的军官们在床上坐着或躺着。有些人穿着病号服在病房里走动。罗斯托夫在军官病房遇到的第一个人，是缺一条胳膊的身材瘦小的伤员，他头戴睡帽，身穿病号服，咬着烟斗，在第一个房间里走来走去。罗斯托夫端详着他，竭力回想在哪里见过他。

“想不到我们会在这里见面。”小个子说，“图申，图申，记得吗，我曾带您到申格拉伯恩去？瞧，我被锯掉一截了……”他含笑指着自己空荡荡的袖筒说。“您找瓦西里·德米特里奇·杰尼索夫？他是我的病友，”他得知罗斯托夫要找谁，便说，“在这里，在这里。”于是图申领他去另一间病房，那里传来了几个人哈哈大笑的声音。

“他们怎么不仅能哈哈大笑，还能在这里生活呢？”罗斯托夫想，他仿佛还能闻到士兵病房那扑鼻而来的刺鼻的死尸气味，还能在自己周围看到从两边目送他的那些羡慕的眼神，以及那个翻着白眼的年轻士兵的脸。

杰尼索夫用被子蒙着脑袋睡在床上，尽管已是中午十一点多钟了。

“啊！罗斯托夫！你好，你好！”他还像在部队时那样叫道；可是罗斯托夫忧伤地发觉，在这习惯性的放肆和活跃的背后，一种新的、隐秘的恶劣情绪在杰尼索夫的表情、语调和话语中透露出来。

尽管他的伤势很轻微，伤口却还是没有愈合，而他负伤已经有六个星期了。他的面部苍白而浮肿，和所有住院的病人一样。不过，使他吃惊的并不是这一点；使他吃惊的是，杰尼索夫似乎并不欢迎他，对他的微笑也很不自然。杰尼索夫对部队，对战事的进展都绝口不提。罗斯托夫谈起这些，杰尼索夫听也不听。

罗斯托夫甚至发觉，在对杰尼索夫提起部队，总之，在谈到医院外的那种不同的生活时，他会感到不快。他似乎竭力要忘掉原来的生活，只关心自己和军粮管理处的官员们的案子。罗斯托夫向他问起案子的情况，他立刻从枕头下取出审判委员会发给他的公文以及他起草的答辩。他兴奋起来了，开始朗读自己的文稿，特别要罗斯托夫注意他在答辩中对自己的敌人们的讽刺和挖苦。杰尼索夫的病友们本来围绕着罗斯托夫这个刚从自由的环境里来的人，等到杰尼索夫开始读自己的稿子，他们便渐渐地散开了。罗斯托夫从他们的脸色看出，所有这些先生们都对这个耳熟能详的故事感到厌倦了。仍旧在听的只有邻床的枪骑兵，他坐在自己的单人床上阴森地皱起眉头抽烟斗，还有缺了一条胳膊的矮小的图申，他们都不以为然地频频摇头。在朗读的过程中，枪骑兵打断了杰尼索夫。

“我看，”他转头对罗斯托夫说，“不如干脆请求皇上赦免。听说，现在要论功行赏了，想必能得到宽恕……”

“我去请求皇上！”杰尼索夫说，他想使自己的声音听起来刚强有力而又慷慨激昂，可是这声音却使人感到一种无可奈何的急躁。“请求什么？如果我是抢劫犯，我会请求皇上开恩，可我是因为彻底揭露盗窃犯而受审。让他们审判吧，我谁也不怕；我忠实地为沙皇、为祖国服务，也没有盗窃！要给我降职处分，还要……你听着，我就是这样直截了当对他们说的，我写道：假如我盗窃公物……”

“写得好极了，没说的，”图申说，“不过问题不在这里，瓦西里·德米特里奇，”随即他也转头对罗斯托夫说，“服从是必要的，瓦西里·德米特里奇就是不愿意。检察长对您说了，您的案子很棘手。”

“哼，随它去吧。”杰尼索夫说。

“检察长为您写了申诉书，”图申接着说，“您是应该签字的，就请他带去。他（他指指罗斯托夫）在参谋部想必也有人。这是您的一个绝好的机会。”

“我说过了，我决不摇尾乞怜。”杰尼索夫打断了他的话，又继续读他的文稿。

罗斯托夫不敢劝说杰尼索夫，尽管他本能地觉得，图申和其他军官所提出的建议是最可行的，尽管他若能帮助杰尼索夫，会深感欣慰。他了解杰尼索夫的倔性子，而且他发急是有道理的。

杰尼索夫终于把措辞辛辣的文稿读完了，花了一个多小时，罗斯托夫一言不发，心情极其沉重，在重新聚拢来的杰尼索夫的病友们之中度过了这一天的其余时间，讲讲自己的见闻，听听别人讲的故事。杰尼索夫整晚都阴森地沉默着。

天色向晚，罗斯托夫准备走了，他问杰尼索夫，有没有什么事要托他办。

“有，你等一下。”他说，他对军官们扫视一眼，从枕头下取出自己的文稿，走到窗口，窗台上放着他的一个墨水瓶，他坐下写了起来。

“看来胳膊拧不过大腿。”他离开窗口，把一个厚厚的信封递给罗斯托夫说。这是检察官起草的呈递给皇上的申诉书，在申诉书中杰尼索夫对军粮管理处的罪过一字不提，只是请求赦免。

“你转呈皇上吧，看来……”他没有把话说完，痛苦而尴尬地一笑。

十九

罗斯托夫回到部队向团长报告了杰尼索夫的案情，便带着呈递给皇上的申诉书前往蒂尔西特①。

六月十三日，法国和俄国皇帝在蒂尔西特会晤②。鲍里斯·德鲁别茨科伊向他的上司，一位要人提出请求，把他列为在蒂尔西特供职的侍从。

“我希望能见到那位伟人。”他说，指的是拿破仑，在此之前他和所有的人一样，称之为布拿巴。

“您是说布拿巴？”他的将军微笑着问他。

鲍里斯疑问地望望自己的将军，他立刻明白了，这是在戏谑地考验他。

“公爵大人，我说的是拿破仑皇帝。”③他回答道。将军含笑拍拍他的肩头。

“你前程远大。”将军对他说，并准予所请。

在两国皇帝会晤的那一天，鲍里斯是在涅曼河上的为数不多的人之一；他看到了绘有皇帝姓名起首字母组成的纹饰的木筏，看到了对岸拿破仑骑马从法国近卫军面前经过的情景，看到了亚历山大皇帝默默地坐在涅曼河上的小旅店里等候拿破仑到来时沉思的面容；他看到两位皇帝

---

① 蒂尔西特，现为俄罗斯加里宁格勒州苏维埃茨克市。

② 1807 年 6 月 25—26 日（旧历 13—14 日）拿破仑和亚历山大一世在蒂尔西特附近涅瓦河的木筏上举行了最初的几次会晤。此后会见的地点移至蒂尔西特市内（6 月 27 日—7 月 29 日），经过秘密谈判缔结了蒂尔西特和约。

③ 在蒂尔西特会晤之前，俄国不承认拿破仑是皇帝。上流社会只带有轻蔑意味地称呼他布拿巴，在正式公文里则称之为波拿巴。鲍里斯敏锐的反应博得了将军的赏识。

登上小船，拿破仑首先靠拢木筏，快步上前，迎着亚历山大伸出了手，两人随即消失在帷幔里。鲍里斯自从进入最高层的活动领域，便养成了一种习惯，他细心观察周围所发生的一切，并记录下来。在蒂尔西特会晤期间，他详细探问拿破仑随行人员的姓名、他们身穿的制服，仔细聆听重要人物的谈话。在两位皇帝进入帷幔的时候，他看了看手表，亚历山大走出帷幔的时候，他也没忘记再看一下。会晤持续了一小时五十三分钟；当天晚上他记下了会晤时间，以及他认为具有历史意义的其他事实。由于皇上的侍从人数并不很多，对于一个重视仕途升迁的人来说，在两国皇帝会晤期间能置身于蒂尔西特，是一件非同小可的大事，因此鲍里斯来到蒂尔西特之后，感到从这时起他已经完全确立了自己的地位。人们不仅认识他，而且见到他已习以为常。他有两次因执行任务觐见皇上，因而皇上已经认识他了，所有的近臣都不再像从前那样把他看做一个新来的人而疏远他，如果见不到他，反而会觉得奇怪。

鲍里斯和另一个副官，波兰的日林斯基伯爵同住。日林斯基是在巴黎受教育的波兰人，非常富有，热爱法国人，在蒂尔西特逗留期间，几乎每天都有法国近卫军和法军总司令部的军官到日林斯基和鲍里斯的住处来聚会，参加午宴和共进早餐。

六月二十四日晚上，与鲍里斯同住的日林斯基伯爵设晚宴招待相识的法国军官。出席晚宴的有一位尊贵的客人——拿破仑的副官，有法国近卫军的几名军官和一个出身于法国古老的贵族世家的少年——拿破仑的少年侍从。就在这一天，罗斯托夫为了不被人认出来，利用夜色的掩护，穿着便服来到蒂尔西特，走进了日林斯基和鲍里斯的住处。

罗斯托夫，正如他所离开的全军军人，对由敌人变为朋友的拿破仑和法军的态度，远不像大本营和鲍里斯那样发生了根本的改变。军队里对波拿巴和法国人一如既往，怀有憎恨、蔑视和恐惧兼而有之的感情。不久前在和普拉托夫的哥萨克军官谈话时，罗斯托夫还坚决认为，一旦拿破仑被俘，决不会被视为国君，而是被视为罪犯。不久前在路上遇到一个负伤的法军少校，罗斯托夫还慷慨陈词，表示在合法君主和罪犯波拿巴之间不可能有和平。因此鲍里斯住处的身穿法军军服的法国军官的样子使罗斯托夫大为惊讶，他在侧翼散兵线上已习惯于对这样的军服持有截然不同的看法。他一看见从门里伸头探视的法国军官，他在看到敌人时永远会有的那种不共戴天的敌意便油然而生。他站在门口用俄语问，德鲁别茨科伊是否住在这里。鲍里斯听到前厅的一个陌生的声音，便迎了出来。他在认出罗斯托夫的最初一刹那面有愠色。

“噢，是你，很高兴，很高兴见到你。”他还是这样说，微笑着朝罗斯托夫走过来。不过，罗斯托夫发觉了他最初的神情。

“我好像来得不是时候，”他说，“我是不会来的，可是我有事。”他冷冷地说……

“不，我只是奇怪，你怎么离开部队到这里来了。我马上就来听您吩咐。”他对一个召唤他的人说。

“我明白，我来得不是时候。”罗斯托夫又说了一遍。

鲍里斯脸上恼怒的表情已经消失；看来他经过慎重考虑，决定该怎么做了，他心平气和地握着他的双手，把他带到了隔壁房间里。

鲍里斯平静而坚定地望着罗斯托夫，眼睛上仿佛蒙着什么，仿佛有一层保护膜——戴着一副世故的有色眼镜。罗斯托夫有这样的感觉。

“噢，得了吧，你怎么会来得不是时候呢。”鲍里斯说。鲍里斯把他领进摆好晚宴的房间，向客人们作了介绍，说了他的姓名，并说明他不是平民，而是骠骑兵军官，是他的老朋友。“日林斯基伯爵，NN 伯爵，SS 大尉，”他介绍了客人们的姓名。罗斯托夫双眉紧锁地望着那些法国人，勉强地鞠躬致意，一言不发。

显然，日林斯基不高兴在自己的圈子里接待这个新来的俄国人，对罗斯托夫一句话也不说。鲍里斯似乎毫未觉察新来的人所引起的尴尬，仍旧愉快而平静，带着他在迎接罗斯托夫时的朦胧的眼神，竭力想活跃谈话的气氛。一个法国人以通常的法国式礼貌转向执意沉默的罗斯托夫，说他到蒂尔西特来，想必是为了能见到皇帝。

“不，我是有事。”罗斯托夫简短地回答道。

罗斯托夫看到鲍里斯脸上不高兴的神情，陡然情绪低落，像心情不佳的人常有的那样，他觉得大家都很不友好地看着他，而他妨碍了所有的人。的确，他妨碍了所有的人，独自置身于重新开始的谈话之外。“为什么他要待在这里？”客人们投向他的目光在说。他站起来走到鲍里斯跟前。

“打搅你了，”他低声说，“我们谈点事儿，我就走。”

“哪里，谈不上打搅，”鲍里斯说，“要是你倦了，不妨到我的房间去躺着休息一下。”

“也好……”

他们来到了鲍里斯的小小的卧室。罗斯托夫也不坐下，立刻气愤地——仿佛鲍里斯有什么对不起他的地方——谈起了杰尼索夫的案子，问他愿不愿，能不能通过自己的将军向皇上为杰尼索夫求情，并通过他转呈一封申诉信。在他们单独相对的时候，罗斯托夫第一次明确地感到，望着鲍里斯的眼睛心里不是滋味。鲍里斯跷起二郎腿，用左手轻轻地抚摸着右手细长的手指，听罗斯托夫讲，就像将军在听下属的报告，时而看着旁边，时而带着那种朦胧的眼神直视罗斯托夫的眼睛。罗斯托夫每遇这种情况，心里就很不舒服。于是他垂下眼睛。

“我听说过这种事情，我也知道，皇上对这类案件是很严厉的。我认为不必惊动皇上。在我看来，最好直接向军长申诉。不过总的说来，我认为……”

“你是不愿帮忙，那就直说！”罗斯托夫几乎是在吼叫，他不看鲍里斯的眼睛。

鲍里斯微微一笑。

“相反，我愿竭尽所能，不过我认为……”

这时门口响起了日林斯基召唤鲍里斯的声音。

“好了，你去吧，去吧。”罗斯托夫说，他谢绝晚餐，独自留在小房间里久久地来回踱步，听着隔壁房间里愉快的法语谈话声。

二十

罗斯托夫到达蒂尔西特的那一天，是最不便为杰尼索夫张罗的日子。他本人不能去见值班的将军，因为他穿着燕尾服，而且是未经长官允许来到蒂尔西特的。而鲍里斯即使愿意，也不可能在罗斯托夫抵达的第二天就这样做。在六月二十七日那一天签订了和约的初步条款。两位皇帝互相颁发了勋章：亚历山大被授予荣誉团勋章，拿破仑获得安德烈一级勋章。法国近卫营在这一天设午宴款待普列奥布拉任斯基营。两国皇帝都将出席。

罗斯托夫与鲍里斯相处很尴尬也很不愉快，当鲍里斯晚餐后顺便来看他的时候，他装睡不理，为了避而不见，第二天大清早便离开了那座房子。他身穿燕尾服，头戴圆筒礼帽，在城里徘徊，仔细打量着街道和两国皇帝驻跸的行宫。在广场上他看到了摆开的餐桌和为午宴所做的准备，在大街上看到了悬挂的横幅和俄法两国的国旗，以及A和N[①]两个字母的巨大花体纹饰。民居的窗户上也悬挂着彩旗和纹饰。

“鲍里斯不愿帮助我，我也不想求他了。这是肯定的，”尼古拉想，“我们之间一切都结束了，不过，不为杰尼索夫竭尽所能，主要的是，不把申诉信呈递给皇上，我决不离开这里，呈递给皇上？！他就在这里啊！”罗斯托夫想，不由自主地又来到了亚历山大的行宫。

行宫前有几匹供骑行的马，骑马的侍从正在集合，看来在为皇上出行做准备。

“我随时都可能看到他，”罗斯托夫想，“但愿我能直接向他呈递申诉信，并陈述一切……难道我会因为穿着燕尾服而被逮捕？不可能！他一定能理解，正义在哪一边。他一切都理解，一切都知道。谁能比他更有正义感，更宽宏大量呢？好吧，万一我因为闯到这里而被逮捕，那又何妨？”他想，望着一个走进皇上行宫的军官。“这不是有人进去吗？嗳！不要胡思乱想了！我亲自去向皇上呈递申诉信：这是德鲁别茨科伊迫使我这样做的，他该感到惭愧。”突然，罗斯托夫以自己也没有料到的勇气，摸摸口袋里的申诉信，直冲着皇上的行宫走去。

“不，我曾在奥斯特利茨错失良机，现在决不能再错过机会了。”他想，一想到这里，他觉得热血沸腾，时刻期待着遇见皇上。“我要双

---

①A和N分别是“亚历山大”和“拿破仑”的起首字母。

膝跪倒，向他申诉。他一定会把我扶起来，倾听我的申诉，还会感谢我呢。”“我为能做好事而感到幸福，而改正冤案是最大的幸福。”罗斯托夫想象着皇上将对他说的话。于是他经过那些好奇地看着他的人，登上了皇上行宫的台阶。

台阶上有一道宽敞的楼梯直接通往楼上；右首可以看到一扇紧闭的门。楼梯下有一扇门通往底层。

“您找谁？”有人问。

“向皇帝陛下呈递申诉的信件。”尼古拉声音颤抖地说道。

“申诉要找值日官，请到这里来（他指指楼梯下的门）。不过是不会接待的。”

听到这样冷漠的声音，罗斯托夫对自己的做法大吃一惊；随时会遇见皇上的想法太诱人了，也因此使他感到非常害怕，他想逃走了，不过迎接他的宫廷士官为他打开了值班室的门，于是罗斯托夫走了进去。

一个三十岁左右的矮胖子，穿着白色长裤、长筒皮靴和一件显然是刚穿上的细麻纱衬衫，站在房间里；一个近侍从后面给他扣上丝绸缝制的漂亮的新背带，不知为什么这新背带引起了罗斯托夫的注意。这个人和另一个房间里的什么人在谈话。

“她身材苗条，娇艳欲滴。”这个人说，一见罗斯托夫便住口不语，皱起了眉头。

“您有事吗？申诉？……”

“怎么回事？”另一个房间的什么人问道。

“又是来申诉的。”系背带的人回答道。

“告诉他，以后再说，皇上马上出来，要出发了。”

“以后，以后，明天吧。你来晚了……”

罗斯托夫转身要走，可是系背带的人叫住了他。

“为谁申诉？您是什么人？”

“为杰尼索夫少校申诉。”罗斯托夫回答。

“您是什么人？军官？”

“中尉，罗斯托夫伯爵。”

“好大的胆子！要逐级呈报。您走吧，走吧……”于是他开始穿近侍递给他的制服。

罗斯托夫又来到了门廊，发现台阶上已有很多身穿全套军礼服的军官和将军，他要从他们身旁通过。

罗斯托夫诅咒自己胆大妄为，想到随时都可能遇见皇上，当着他的面蒙受羞辱，遭到逮捕，就吓得发呆，他深知自己的行为有失体统，感到很后悔，他眼睛低垂，想挤出这座被出色的侍从们包围的行宫，这时一个熟悉的声音在叫他，一只手把他拦住了。

“老弟，您穿着燕尾服在这里干什么呢？”一个低沉的声音问道。

这是骑兵将军，他在这次战役中受到皇上的特殊恩宠，是罗斯托夫原来所在的师的师长。

罗斯托夫惊慌地开始为自己辩解，可是看到将军脸上和蔼、调侃的神气，便退到一旁，语气激昂地向他陈述了全部案情，请求将军为他所熟悉的杰尼索夫辩护。将军听完罗斯托夫的话，严肃地摇了摇头。

“可惜，可惜了这条好汉；把信给我吧。”

罗斯托夫刚来得及交出申诉信并讲完杰尼索夫的整个案件，就听到楼梯上响起了急速的脚步声和马刺声，于是将军离开他朝台阶走去。皇上的侍从们跑下楼梯，向马匹走过去。驯马师埃内，就是在奥斯特利茨侍候过皇上的那个人，牵来了皇上的马，这时从楼梯上传来了脚步的轻微的吱吱声，罗斯托夫立即听出来了，罗斯托夫忘记了被人认出来的危险，和几个好奇的居民一起向台阶靠拢，于是在两年之后，他又看到了他所仰慕的那容颜，那面庞，那目光，那步态，那兼有庄严与谦和的神情……狂喜和热爱皇上的感情在罗斯托夫的心里又像以前那样强烈地复苏了。皇上穿着普列奥布拉任斯基团的军服，驼鹿皮的白色皮裤和长筒皮靴，佩戴着一枚罗斯托夫不曾见过的星章（那是荣誉团勋章）来到台阶上，把礼帽夹在腋下戴上手套。他停下来，环视四周，目光照亮了周围的一切。他对一位将军讲了几句话。他也认出了罗斯托夫过去的师长，对他微微一笑，把他叫到了自己身边。

所有的侍从都让开了，罗斯托夫看到，这位将军对皇上说了很久的话。

皇上对他讲了几句，向前走了一步，靠近自己的马。一群侍从和街上的群众，罗斯托夫也在其中，全都向皇上拥过去。皇上贴近马站着，一只手攀住马鞍，转头对骑兵将军大声说了一番话，想必是要让人人都能听得见。

“我不能那样做，将军，我之所以不能，是因为法律大于我。”皇上说，他的一只脚踏进了马镫。将军恭敬地低下了头，皇上跨上马，沿着街道疾驰而去。罗斯托夫高兴得忘乎所以，和群众一起跟着他奔跑起来。

二十一

在皇上要去的广场上，两国军队相向而立，右首是普列奥布拉任斯基营，左首是头戴熊皮帽的法国近卫营。

当皇上骑马临近举枪致敬的两个营的一翼的时候，另一队骑马的人朝相反的一翼疾驰而来，罗斯托夫认出为首的是拿破仑。这不可能是任何别人。他策马奔驰，头戴小帽，肩上斜挂着安德烈勋章的绶带，白坎肩外罩敞开的蓝军服，骑在体态非凡的阿拉伯纯种灰色骏马、金线刺绣的深红色鞍鞯之上。他来到亚历山大面前，举起了小帽，看到这个动作，罗斯托夫的骠骑兵的眼睛不可能不发觉，拿破仑骑术很差，身姿不稳。两个营分别高呼：“乌拉”和“*皇帝万岁！*”拿破仑对亚历山大说了什么。两位皇帝下马，互相握手。拿破仑的脸上是令人不快的假笑。亚历山大表情亲切地对他说了什么。

罗斯托夫不顾包围群众的法国宪兵的马蹄践踏声，目不转睛地注视着亚历山大皇帝和波拿巴的每一个动作。亚历山大对波拿巴平等相待，波拿巴毫不拘谨地与俄国沙皇平等相处，仿佛和皇上的这种亲近是自然而习以为常的，这使罗斯托夫感到意外而大为惊讶。

亚历山大和拿破仑在侍从们长长的队伍的尾随下，走近普列奥布拉任斯基营的右翼，直接来到围观的群众面前。群众突然离开两位皇帝那么近，站在群众前列的罗斯托夫不禁感到害怕，担心会被人认出来。

“陛下，请允许我将荣誉团勋章授予您最勇敢的士兵。”一个刺耳的一丝不苟的声音字字清晰地说道。

说话的是矮个子的拿破仑，他从下面直视着亚历山大的眼睛。亚历山大仔细地听着他说，接着低下头，愉快地微微一笑。

“授予在此次战争中表现最勇敢的人。”拿破仑补充道，他语调铿锵，以罗斯托夫觉得可恶的镇静和自信打量着俄军部队，士兵们仍然保持着举枪致敬的姿态，立正站在他面前，一动不动地望着自己皇帝的脸。

“陛下，请允许我征求一下少校的意见。”亚历山大说，他连赶几步走到营长科兹洛夫斯基上校身边。这时波拿巴开始从白净的小手上摘下手套，把它撕破扔掉。一个副官急忙从后面冲到前面，捡了起来。

“授予谁呢？”亚历山大皇帝用俄语低声问科兹洛夫斯基。

“请您下旨，陛下。”

皇上不满地皱起眉头，又回头一看说：

“马上就要答复他啊。”

科兹洛夫斯基神情果断地扫视部队，这目光也扫到了罗斯托夫。

“不会是我吧？”罗斯托夫想。

“拉扎列夫！”少校皱着眉头下了命令；按身高排在首位的士兵拉扎列夫雄赳赳地走了出来。

“你去哪儿？别动，站住！”几个声音对不知该到哪里去的拉扎列夫悄声说道。拉扎列夫站住了，惊恐地对少校瞟了一眼，他的脸上抽搐了一下，被命令出列的士兵往往会这样。

拿破仑略微转头，把胖乎乎的小手往后一伸，好像要拿什么东西。他的那些侍从立即领悟，马上忙乱起来，交头接耳，彼此传递着什么，于是罗斯托夫昨天在鲍里斯的住处看到的那个少年侍从跑上前去，在伸出来的手上恭敬地俯下身子，一秒钟也不让这只手等待，就把一枚系着红绶带的勋章放在上面。拿破仑看也不看，两根手指一捏。勋章出现在他的两指之间。拿破仑走到瞪大眼睛，仍然目不转睛地只看着自己皇上的拉扎列夫跟前，他回头看了亚历山大皇帝一眼，以此表示，他现在所做的事是为自己的盟友而做的。拿着勋章的白净的小手碰到了士兵拉扎列夫的衣扣。仿佛拿破仑知道，只要他拿破仑的手屈尊地碰碰这个士兵的胸膛，这个士兵就会毕生幸福，就会因为获得了他的奖赏而成为世界上最与众不同的人物。拿破仑只是拿十字勋章在拉扎列夫的胸前一贴，便放下手，朝亚历山大转过身来，仿佛他知道，十字勋章一定会黏附在拉扎列夫的胸前。十字勋章果然粘住了，因为俄国人和法国人的几只热心效劳的手在刹那间接住十字勋章，把它别在军服上。拉扎列夫阴沉地看看有一双白净的小手的身材矮小的人，这个人在他身边做了些什么，他继续一动不动地保持举枪致敬的姿势，又开始直视亚历山大的眼睛，似乎在问亚历山大：他还要站着不动，还是命令他再走几步呢，或许还有什么事情要他做？但是他没有得到任何命令，于是他很久都保持着这种一动不动的姿势。

两位皇上骑上马走了。普列奥布拉任斯基营解散了队伍，和法国近卫营的军人混合在一起，坐上了为他们准备的餐桌。

拉扎列夫坐在荣誉席上；俄国和法国的军官们纷纷前来拥抱他，祝贺他，和他握手。一群军官和民众走过来，只是为了看看拉扎列夫。俄国人、法国人笑语喧哗的一片嗡嗡声笼罩在广场上的餐桌周围。两个军官满脸通红，快活而满足地从他身边走了过去。

“老兄，菜肴怎么样啊，全都盛在银器里，”一个军官说，“看到拉扎列夫了吗？”

“看到了。”

“听说，普列奥布拉任斯基营明天要宴请他们。”

“不，拉扎列夫真幸运！一千二百法郎的终身年金。”

“弟兄们，这才叫帽子！”一个普列奥布拉任斯基营的军人叫道，一边戴上法国人毛茸茸的帽子。

“正合适，太漂亮了！”

“你听说口令了吗？”近卫军的一个军官对另一个军官说，“前天的口令是拿破仑、法兰西、勇敢。昨天是亚历山大、俄罗斯、伟大；口令一天由我们皇上规定，一天由拿破仑规定。明天皇上要给法国近卫军最勇敢的军人颁发圣乔治勋章。不授勋不行啊！应当回礼才对呀。”

鲍里斯和自己的同伴日林斯基也来看看普拉奥布拉任斯基营的宴会。鲍里斯回去时，看到罗斯托夫站在一座房子的拐角。

“罗斯托夫！你好；我们居然没有遇到。”他说，忍不住问他发生了什么事，因为罗斯托夫的脸色出奇的阴森而沮丧。

“没什么，没什么。”罗斯托夫回答。

“你来吗？”

“来。”

罗斯托夫在拐角站了好久，远远地看着参加宴会的人们。他的脑子里进行着无休无止的痛苦的思想活动，内心产生了可怕的怀疑。他有时想起神情异样、听天由命的杰尼索夫，想起整个医院到处是缺胳膊少腿、污秽和病痛的悲惨景象，他痛切地觉得，好像现在还闻得到医院里死尸的气味，不禁游目四顾，想知道这气味是从哪里来的。有时想起不可一世的拿破仑和他的那只白净的小手，他现在是受到亚历山大皇帝敬爱的皇帝了。那么缺胳膊少腿、牺牲性命的人们所为何来？有时想起获奖的拉扎列夫和受到惩处、得不到赦免的杰尼索夫。他发现自己有这些奇怪的想法，害怕起来。

普拉奥布拉任斯基营的宴席的香味和辘辘饥肠使他摆脱了这些思绪：在走之前需要吃点东西。他朝早晨看到的一家饭店走去。饭店里有那么多人以及和他一样穿便服来的军官，好不容易才搞到了一份午餐。与他同在一个师的两个军官来和他一起用餐，很自然地谈起了和约。这两位军官，罗斯托夫的战友，和全军的大部分人一样，对弗里德兰战役后签订的和约感到不满。他们说，再坚持一下，拿破仑就完了，他的部队已经弹尽粮绝。罗斯托夫默默地吃着，主要是喝酒。他一个人喝了两瓶。他内心激起的思虑始终没有得到解决，这使他十分苦恼。他很怕沉湎于自己的想法而不能自拔。一位军官说，看到法国人就来气，罗斯托夫突然大叫大嚷，没来由地发起火来，军官们都非常惊讶。

“您怎么知道，该怎样做才好！”他突然满脸充血地叫道。“您怎么能评判皇上的行动呢，我们有什么权利说三道四？！皇上的目的和行动不是我们所能理解的！”

“可我并没有讲到过皇上啊。”军官为自己辩解道，他只能认为，罗斯托夫是喝醉了，才会这样发火。

但罗斯托夫不听他的。

“我们不是外交官，我们只是军人，别的什么都不是，”他继续说道，“命令我们死，我们就得死。要是处分我们，那就是自己有过错；不能由我们来判断是非。皇上愿意承认拿破仑是皇帝并与他结盟，那就是应当如此。否则，我们对一切都妄论是非，说三道四，那就没有什么是神圣的了。我们就会说没有上帝，目空一切。”尼古拉捶着桌子叫道，对方觉得他的话简直文不对题，可是就他自己的思路来说，还是有连续性的。

“我们的事情是履行职责，挥刀砍杀而不要去想，这样就行了。”他下了结论。

“还是喝酒吧。”一个不想争吵的军官说。

“对，还是喝酒。”尼古拉接口道。“喂，叫你呢！再拿一瓶！”他喊道。

第三卷

一

一八〇八年，亚历山大皇帝前往爱尔福特与拿破仑皇帝举行新的会晤，彼得堡的上流社会大谈这次会晤的重大意义。

一八〇九年被称为世界两大主宰的拿破仑和亚历山大的关系已经如此密切，以至于拿破仑向奥地利宣战以后，俄国的一个军竟开到国外去协助自己原来的敌人拿破仑，反对原来的盟友奥地利皇帝，上流社会甚至谈到亚历山大皇帝的一个姐妹有可能嫁给拿破仑。不过，除了外交上的政治考虑，俄国上流社会这时还特别强烈地关注着当时已在所有的国家行政部门推行的国内改革。

与此同时，生活在照旧进行，人们的现实生活及其对健康、疾病、劳动、休息等切身利益的关注，以及对思想、科学、诗歌、音乐、爱情、友谊、恩仇、情欲的关注仍一如既往，而与在政治上亲近或敌视拿破仑·波拿巴毫不相干，也和一切可能的改革毫不相干。

安德烈公爵整整两年蛰居乡村。皮埃尔设想并采取的所有改良庄园的措施，不断地经过一件又一件事情的尝试，却一事无成，然而所有这些措施，安德烈公爵虽然不对任何人谈起，也并不显得怎样费劲，却都成功地一一付诸实施。

他具有皮埃尔所缺乏的那种高度务实的执著，这种执著无须他亲自大费周章、费尽力气就能推动事情的进展。

他让一个庄园的三百名农奴全部改为自由农（这是俄国的第一批措施之一），其他庄园的徭役制均改为代役租制。在鲍古恰罗沃，由他出钱雇用一个有经验的农妇专门伺候产妇，一名神甫有偿地教农民和仆人们的孩子学文化。

安德烈公爵有一半时间在童山度过，和父亲、儿子在一起，儿子还由保姆带在身边；一半时间待在鲍古恰罗沃修道院——父亲是这样称呼他的庄园的。尽管他在皮埃尔面前表示，他对外界的事件一概漠不关心，其实他非常热心地注视着事态的发展，经常能收到大量书刊，令他惊讶的是，他发觉，刚从彼得堡这个生活的大漩涡里来看他或看他父亲的那些人，对当前外交、内政的了解竟远远落后于他这个蛰居乡村的人。

除了庄园的事务，除了广泛阅读各种书刊，这段时间安德烈公爵还对最近两次不幸的战役进行了批判性的分析，制订了关于修改军事条令和军事决策的方案。

一八〇九年春，他作为儿子的监护人前往儿子名下的梁赞省的几处庄园。

在春天暖和的阳光下，他坐在带弹簧的四轮马车上，望着新出土的青草，白桦树的嫩叶，望着春天最初出现的朵朵白云在灿烂的蓝天上飘动。他一无所思，愉快而随意地左顾右盼。

驶过了一年前他和皮埃尔谈话的渡口。驶过了泥泞的乡村、打谷场、嫩绿的禾苗、桥边的留有积雪的下坡、泥土被雨水淋过的上坡、一垄垄麦茬地和泛绿的灌木丛，然后驶进道路两侧的桦树林。树林里有些闷热，微风不起。一棵白桦布满黏性的绿叶，纹丝不动，从旧年的遍地黄叶里冒出了嫩绿的青草和浅紫色的野花。一些小冷杉散布在桦树林里，它们那粗糙的常绿的叶子令人厌烦地想起冬季。马匹进入树林打起了响鼻，更明显地开始冒汗了。仆人彼得对车夫说了句什么，车夫肯定地回答了他。可是，彼得对他的回答看来不大满意，他在驭手座上朝老爷转过身来。

“大人，好畅快啊！”他恭敬地微笑着说。

“什么？”

“畅快，大人。”

“他在说什么呢？”安德烈公爵想，“嗯，想必是说春天到了。”他环顾四周想道。“可不是吗，到处绿意盎然……多快呀！桦树，稠李，赤杨，全都泛绿了……可是那棵橡树却看不到。啊，那就是，橡树。”

橡树耸立在大路边上。树龄大概十倍于林子里的桦树，有十倍那么粗，而且比任何一棵桦树都高出一倍。这是两人合抱的大树，那些树枝看来早已折断，残破的树皮伤痕累累。它又笨拙又不匀称地撑开弯弯曲曲的胳膊和手指，好像一个愤世嫉俗、藐视一切的老怪物，挺立在笑意盈盈的桦树之间。只有它不愿屈服于春天的魅力，对春天和太阳视而不见。

"春天，爱情，幸福！"这棵橡树仿佛在说，"你们对这种老一套的愚蠢无聊的骗局，怎么就不会厌倦呢。一切都是故伎重演，而且一切都是骗局！既没有春天和太阳，也没有幸福。你们看吧，那些抑郁的死气沉沉的冷杉永远孤零零地蹲在那里，再看，我又开的也是断裂的、备受摧残的手指，不论它们长在哪里——是长在背上，还是长在腰间。自从它们长出来，我就这样站着，从来不相信你们所谓的希望和诸如此类的欺骗。"

安德烈公爵在驶过树林的时候，一再回头打量这棵橡树，似乎对它有所期待。橡树下也有花有草，但是它还是那样阴森地凝然不动，畸形而顽强地挺立在花草之间。

"是的，这棵橡树是对的，千真万确，"安德烈公爵想，"让别人，那些年轻人，再被这种欺骗所迷惑吧，而我们是了解生活的，我们的生活已经完了！"这棵橡树在安德烈公爵的心里勾起了新的一系列无望的，然而伤感而又愉悦的想法。在这次旅行期间，他似乎重新审视了自己的一生，得出了原来的那种使他感到安慰而又无望的结论，认为他不需要任何新的开始了，应当度过余生，不作恶，不烦恼，也不抱任何希望。

二

为了办理梁赞省庄园监护人的事务，安德烈公爵必须去见县里的首席贵族。首席贵族是伊利亚·安德烈伊奇·罗斯托夫伯爵。安德烈公爵于五月中旬前去拜访他。

已是春季炎热的时期。树林换上了春装，路上尘土飞扬，天气又热，走过水边真想洗个澡。

安德烈公爵心情抑郁，操心地考虑着在事务上要对首席贵族提出的这样那样的请求，他沿着花园的林荫道驶向罗斯托夫家在快乐村的府邸。他听到右面树丛后有女子快活的叫喊声，随即看到一群姑娘从他的马车前跑过。跑在别人前头、离开马车较近的是一个头发乌黑、身材苗条、苗条得令人讶异的黑眼睛姑娘，她身穿黄色印花布连衣裙，头上扎一条白色手绢，手绢下露出几绺精心梳理的头发。姑娘在叫喊着什么，可是一看是陌生人，就不再看他，笑咯咯地扭头就跑。

不知怎么，安德烈公爵突然觉得很难受。天气那么好，阳光那么明媚，周围的一切那么赏心悦目，而这个苗条美丽的女孩不知道，也不想知道他的存在，对她自己的那种也许无聊，然而愉快而幸福的生活感到幸福美满。“为什么她那么快乐？她在想些什么呢？她想的不是军事条令，不是梁赞省的代役租农民的安置问题。她在想些什么？为什么她会感到幸福呢？”安德烈公爵不禁好奇地自问。

伊利亚·安德烈伊奇伯爵一八〇九年在快乐村的生活一如既往，以狩猎、戏剧、宴会和乐队招待几乎全省所有的人。他就像欢迎任何一位新客人一样欢迎安德烈公爵，几乎是强留他在家里住宿。

在这枯燥乏味的一天里，陪伴着他的是两位老家长和几位最尊贵的客人，老伯爵家里由于命名日的临近而宾客满堂，鲍尔康斯基一再打量着在一群年轻人之间喜笑颜开的娜塔莎，不断地自问：“她在想些什么呢？为什么那样高兴？”

晚上，他独自待在一个新的地方，久久不能入睡。只好看书，后来他吹灭了蜡烛，又重新点燃。在这个从里面关上百叶窗的房间里闷热难耐。他心里在埋怨这个愚蠢的老头子（他这样称呼罗斯托夫），他声称必要的文件都放在城里还没有拿来，硬把他留住了，也埋怨自己不该留下来。

安德烈公爵起身走到窗前，想打开窗户。他刚打开百叶窗，仿佛早就守候在一旁的月光便一拥而入。他打开了窗户。夜凉如水，静悄悄地遍地月光。紧靠窗前是一排修剪过的树木，一面是黑色的，另一面闪耀着银白色的光辉。树底下长着一溜芬芳、湿润、蓊郁的植物，这里那里闪着银白色的叶子和枝条。稍远处，在黑影幢幢的树木那边，是露珠闪烁的屋顶，稍右有一棵枝繁叶茂的大树，树干和树枝都雪白闪亮，在它上方，几乎浑圆的明月高挂在春天那几乎不见星光的明亮的天上。安德烈公爵的臂肘支撑在窗台上，他的目光凝注于这片天空。

安德烈公爵的房间位于中层；上层也有人住，也都没有入睡。他听见上面有女子的谈话声。

“再来一次吧。”上面有一个女子的声音说，安德烈公爵立刻听出这是谁在说话。

“你到什么时候才肯睡啊？”另一个声音问她。

“我不想睡，睡不着，有什么办法呢！来吧，最后一次……”

两个女声唱起了一个乐句，那是一首乐曲的结尾。

“噢，多美呀！好了，现在睡吧，结束了。”

“你睡，可我睡不着。”已经移近窗口的第一个声音回答道。看来她的身子完全探到了窗外，因为她衣衫簌簌甚至呼吸的声音都可以听到。万籁俱寂，一片肃穆，就像那月亮、那月光和那阴影。安德烈公爵也不敢有丝毫的动静，唯恐自己偶然的逗留被人发觉。

“索尼娅！索尼娅！”又响起了第一个声音。“哎，怎能睡觉呢！你来看，多美呀！哦，多美呀！你醒醒吧，索尼娅，”她几乎是在哀求，“这样美好的夜晚，从来、从来不曾有过啊。”

索尼娅不乐意地回答了什么。

“不，你看那月亮！……哦，多美呀！你到这儿来。好姐姐，亲爱的，你来呀。看见了吧？你要这样蹲下来，对，就这样，要从下面搂住双膝，紧些，再紧些，要使劲儿搂紧，那就能飞起来了。要这样！”

“得了吧，你会掉下去的。”

响起了互相拉扯和索尼娅不满的声音：

“已经一点多钟了。”

“唉，你真扫兴。好吧，你走，你走。”

又是鸦雀无声，不过安德烈公爵知道，她还坐在那里，他有时听见轻轻动弹的声音，有时听见微微的叹息。

“噢，天哪！天哪！怎能这样呢！”她蓦地叫道，“睡就睡吧！”于是砰的一声关上了窗户。

“与我的存在毫不相干！”安德烈公爵在倾听她的话语，莫名其妙地既期待又担心她会说到他的时候这样想道。“又是她！就像是有意的安排！”突然，洋溢着青春气息的思想和憧憬纷纷涌上心头，它们和他的整个生活相抵触，却又出乎意料地纷至沓来，他觉得这纷乱的思绪简直无法理解，当即酣然入睡。

三

第二天，安德烈公爵只向伯爵告辞，不等女人们出来就乘车回家了。

已经是六月初了，安德烈公爵回家途中又驶进了那片桦树林，林中的那棵歪歪扭扭的老橡树曾那样奇怪而难忘地使他万念俱灰。小铃铛的响声在树林里显得比一个月前更低沉了；处处林木蓊郁，浓荫匝地，枝繁叶茂；分布在树林里的幼小的冷杉没有破坏整体的美，而是迎合整体的面貌，毛茸茸的新枝绽放着娇嫩的绿意。

整天都热气逼人，暴风雨欲来，但只有一小片乌云骤降一阵大雨，落在道路的尘埃上和丰润的树叶上。树林的左边很暗，藏在阴影里；湿润、明亮的右边则在阳光下闪烁，在风里轻轻摇摆。一切都欣欣向荣；夜莺的啼啭或近或远。

“是的，与我心意相投的那棵橡树就在这里，在这片树林里，”安德烈公爵想，“它在哪里呢？”安德烈公爵望着道路的左边又想，自己也不知道，他正在欣赏的就是他要找的那棵橡树，却没有认出它来。老橡树完全变样了，它伸展开苍翠、暗绿的枝叶，宛如天幕，懒洋洋地在夕阳余晖中微微摆动。难看的手指、累累伤疤、原来的忧伤和怀疑全都不见了。从百年老树的僵硬的树皮里冒出了不带茎的鲜嫩的树叶，令人难以置信，是这个老头子孕育了它们。“这就是那棵橡树啊。”安德烈公爵想，蓦然觉得，一种莫名的青春的欢乐和焕然一新的感觉袭上心头。他一生中所有美好的时刻都同时在他的记忆中复苏。于是奥斯特利茨的高高的天空，妻子死后脸上幽怨的神情，在渡船上的皮埃尔，为夜色之美而激动的女孩，那夜晚，那月亮——所有这一切都在他的记忆中蓦然复苏。

“不，在三十一岁的年纪，生活并没有结束。”安德烈公爵突然彻底地、毅然决然地下定决心。“我了解我内心的一切，这是不够的，要让所有的人都了解：皮埃尔也好，那个想飞上天空的女孩也好；要让所有的人都了解我，我的一生不能只为我一个人而度过，不能让他们像那个女孩一样，脱离我的生活而生活，要让我的生活在所有人的身上都有所反映，要让他们与我同在！”

此次旅行归来，安德烈公爵决定秋天前往彼得堡，并为这个决定想出了各种理由。为什么他必须前往彼得堡甚至服役，有一系列理性的、合乎逻辑的论据随时准备供他使用。他到现在简直不能理解，他过去怎么会怀疑积极参与生活的必要性，正如一个月之前他不能理解，怎么会产生离开乡下的想法。他觉得显而易见，如果他不把自己的人生经验运用于事业，不重新积极参与生活，那么他的一切人生经验就会白白浪费而毫无意义。他甚至不能理解，从前怎么会根据那样贫乏的理性论据，就深信不疑地认为，现在，在经受了生活的种种教训之后还相信自己能为社会谋福利，还相信幸福和爱情是可能的，那就无异于贬低自己。现在理性的见解已完全不同。在这次旅行之后，安德烈公爵在乡下感到乏味了，对原来的工作不感兴趣，他坐在自己的书房里，时常站起来，走到镜子前，久久地端详自己的脸。然后转身望着亡妻丽莎的画像，留着希腊式鬈发的丽莎从金色镜框里温柔而愉快地看着他。她不再对丈夫说那些可怕的话了，只是愉快而好奇地打量他。于是安德烈公爵背着双手，在房间里久久地来回踱步，时而皱眉，时而微笑，反复重温着那些有关皮埃尔，有关荣誉，有关窗口的那个姑娘，有关橡树、女性美和爱情的不理智、不足为外人道、像犯罪似的深藏心底的想法，这些想法改变了他的整个人生。这时倘若有人进来，他往往特别冷淡、严峻、果断，而且他的话特别合乎逻辑、令人生厌。

“亲爱的，”这时玛丽亚公爵小姐或许会进来说，“尼科卢什卡今天不能去散步了：天气很冷。”

“如果天气暖和，”这时，安德烈公爵特别冷淡地回答自己的妹妹，“他穿一件衬衫就行了，既然天气冷了，那就要给他穿上保暖的衣服，保暖的衣服就是为了御寒而发明的。这才是由天气冷这个前提应该得出的结论，而不是让孩子在需要新鲜空气的时候待在家里。”他的话特别有逻辑性，仿佛要为自己刚才的那些深藏心底、逻辑混乱的想法而惩罚别人。在这种情况下，玛丽亚公爵小姐会想，这种脑力劳动使男人们变得多么枯燥乏味啊。

四

安德烈公爵于一八〇九年八月抵达彼得堡。年轻的斯佩兰斯基[①]的声望和他所实行的变革的锋芒正盛极一时。就在这个八月，皇上乘坐马车时摔了下来，弄伤了一条腿，在彼得戈夫[②]待了三个星期，每天都只和斯佩兰斯基见面。这个时期在酝酿中的，不仅有两项使上流社会惶惶不安的著名法令，即关于废除宫廷官衔的法令[③]，关于八等文官和五等文官[④]考试的法令，此外还有一部完整的国家法典[⑤]，规定要改变俄国从枢密院到乡政府的现行司法、行政和财政管理制度。现在正在贯彻和实行亚历山大登基时的模糊的自由主义理想，他力求在自己的助

---

① 斯佩兰斯基（1772—1839），俄国国务活动家。1808 年秋成为亚历山大一世在内政问题上最信赖的亲信。1809 年，按照亚历山大一世的委托终于拟定了国家改革计划，这是使他的声望达到顶峰之作。然而这个改革方案遭到宫廷重臣、官僚和保守贵族的激烈反对，因而未能实行。

② 彼得戈夫，彼得宫的旧称。

③ 从叶卡捷琳娜二世在位时起，有时在襁褓中就获得的宫廷高级侍从和宫廷初级侍从的称号赋予很大的特权：出身名门的年轻人初登仕途，即身居高位。1809 年 4 月 3 日的法令废除了这种制度，以后这些称号只是一种荣誉称号，而与官职无关。

④ 八等文官先后相当于军队中的少校和大尉，五等文官是高级文官的级别之一。

⑤ 指斯佩兰斯基的国家改革计划。

手恰尔托雷日斯基、诺沃西尔采夫、科丘别依和斯特罗加诺夫的协助下加以实现，他本人把这些人戏称为社会拯救委员会。①

现在斯佩兰斯基和阿拉克切耶夫分别在非军事部门和军事部门独揽大权。安德烈公爵到达后不久，即以宫廷高级侍从的身份前往宫中参加朝觐。皇上两次遇到他，没有和他说过一句话。安德烈公爵一向觉得，皇上对他没有好感，对他的容貌和他这个人感到不悦。皇上看他时的冷淡疏远的眼神，使安德烈公爵比从前更加认定，他的猜测是对的。宫廷中的人向安德烈公爵解释，皇上怠慢他，是不满他从一八〇五年以来一直没有在军队中服役。

“我自己知道，我们对人的爱憎好恶是多么不由自主，”安德烈公爵想，“因此根本不想亲自向皇上呈交有关军事条令的报告，只能让事实本身说话。”他对父亲的朋友，一位老元帅谈起了自己的报告。元帅约他见面，亲切地接待他，答应奏明皇上。几天后安德烈公爵得到通知，要他去拜见陆军大臣阿拉克切耶夫伯爵。

在指定的日子，安德烈公爵于上午九时来到阿拉克切耶夫伯爵的接待厅。

安德烈公爵不认识阿拉克切耶夫，也从未见到过他，但是他了解到的有关他的一切，使他对这个人很难怀有敬意。

“他是陆军大臣，是皇帝陛下的亲信，他个人的品格与谁都无关；他受权审阅我的报告，那就是说，只有他才能使报告得到采纳。”安德烈公爵在阿拉克切耶夫伯爵接待厅里等候时想道，在那里等候的已有为数众多的重要和不重要的人物。

安德烈公爵在担任副官期间，见过很多重要人物的接待厅，因而很清楚这些接待厅的不同特征。阿拉克切耶夫伯爵的接待厅具有迥异寻

① 的确，这样说含有某种调侃意味。“社会拯救委员会”成立于 1793 年 4 月法国资产阶级革命的危急时刻，是雅各宾党专政与反革命斗争的领导机关。在亚历山大身边作为咨询机构而存在（1801—1803）的这个“秘密委员会”，其活动与“社会拯救委员会”没有也不可能有任何共同之处。

常的特征。在阿拉克切耶夫伯爵的接待厅里等候按次序接见的那些不重要的人物，脸上明显地流露出羞愧和温顺的心情；比较显要的人物，脸上都显出同样尴尬的神色，不过是以举止放肆、面带嘲讽——这是对自己，对自己的处境，也是对他们所等候的那个人的嘲讽——的表象来掩饰。有些人在若有所思地来回踱步，有些人笑着悄声低语，于是安德烈公爵听到了针对阿拉克切耶夫伯爵的“西拉·安德烈伊奇”这个绰号①和“大叔要训斥的”这句话。一位将军（重要人物）不得不等候那么久，显然觉得受到了侮辱，坐在那里不断地挪动着双脚，独自在轻蔑地讪笑。

可是门一开，刹那间所有人的脸上都只有一个表情——恐惧。安德烈公爵请值日官下次为他通报一声，但是人们嘲笑地看他一眼说，到时候自会轮到他。在几个人轮流被副官带进去又送出陆军大臣的办公室之后，一个军官被放进了那扇可怕的门，他那卑微而惊恐的样子使安德烈公爵大吃一惊。对军官的接见持续了很久。突然，门内响起了刺耳的吼叫声，面色苍白的军官嘴唇颤抖着从里面出来了，从接待厅抱头而去。

随后安德烈公爵被带到门口，值日官小声说：“朝右，往窗子那边走。”

安德烈公爵走进了简朴整洁的办公室，看到桌旁坐着一个四十岁的男人，长长的腰身，长脸，剃着短发，满脸很粗的褶子，蓝褐色迟钝的眼睛上方双眉紧锁，吊着一根红鼻子。阿拉克切耶夫朝他转过头来，却并不看他。

“您有什么请求？”阿拉克切耶夫问。

“我没有什么……请求，大人。”安德烈公爵低声说道。阿拉克切耶夫把目光投向了他。

“您坐，”阿拉克切耶夫说，“鲍尔康斯基公爵。”

“我没有什么请求，皇帝陛下把我呈递的报告批转给大人了……”

---

① 西拉（сила）是力量、权力的意思。

“您瞧，我最亲爱的，您的报告我看了，”阿拉克切耶夫打断了他，亲切地说了开头的几句话，又不看他的脸了，越来越使用那种轻蔑的抱怨的语气。“您要提出新的军事条令吗？条令很多，旧的条令没有人执行了。现在大家都在草拟条令，纸上谈兵容易，做起来就难了。”

“我按照皇帝陛下的旨意，前来拜见大人，请问您要怎样处理这份报告？”安德烈公爵恭敬地说道。

“我已经在您的报告上批示了我的决定，并转给了委员会。我是不赞成的。”阿拉克切耶夫说，他站起来，从书桌上拿起一份文件。“这就是。”他递给了安德烈公爵。

文件上有几行铅笔写的字，句首不用大写字母，不讲究正字法，没有标点符号：“因模仿抄袭法国军事条令，并不必要地放弃某些军法条例，该件依据不足。”

“报告转给了什么委员会？”安德烈公爵问。

“军事条令委员会，我已提议将阁下列为委员。只是没有薪俸。”

安德烈公爵微微一笑。

“我也不想要。”

“没有薪俸，担任委员，”阿拉克切耶夫又说了一遍，“请便。喂！下一位！还有谁？”他叫道，一边向安德烈公爵点头作别。

五

安德烈公爵在等候任命他为委员会委员的通知，在这段时间里，他与往日的旧交恢复了来往，尤其是那些他知道有权有势，因而将来可能用得着的人。他这时在彼得堡体验到他过去在作战前夕的那种心情，不安的好奇使他备受煎熬，迫切地希望接近上层，那里将决定他的前途，而他的前途将关系到千百万人的命运。根据老一辈的愤怒、不知情者的好奇、知情者的矜持、所有人的匆忙和焦虑、无数令人目不暇接的各种委员会的存在，他感觉到，此时此地，在一八〇九年的彼得堡，正在酝酿着一场大规模的国内战争，而总司令就是他所不了解的、神秘的、被他视为天才的人物——斯佩兰斯基。他只是模糊地有所了解的改革事业本身及其主要活动家斯佩兰斯基引起了他如此强烈的兴趣，以至军事条令的问题很快就在他的心里退居次要地位。

安德烈公爵处于一种极其有利的地位，这使他在当时彼得堡上流社会的所有各不相同的上层圈子都受到热诚的接待。改革派高兴地接待他，拉拢他，首先，因为他有聪明过人、博览群书的美誉，其次，因为他解放农民已为自己博得自由派的名声。心怀不满的老派人物干脆把他视为他父亲的继承者，向他寻求同情，谴责改革。**上流社会**的妇女热情地接待他，因为他是择婿对象，富有而又出身名门，而且由于阵亡的传闻和妻子惨死，他几乎成了一个带有浪漫主义故事的光环的新人。此外，以前认识他的人都一致认为，五年来他有了很大的改变，更温文尔雅、更成熟了，没有了从前的做作、傲气和嘲讽的习气，随着岁月的流逝而养成了沉稳安详的风度。

人们谈论他，爱慕他，大家都希望能见到他。

在见过阿拉克切耶夫伯爵的次日，安德烈公爵在晚上来到科丘别伊伯爵的家里。他对伯爵讲了自己和**西拉·阿拉克切耶夫**（科丘别伊这样称呼阿拉克切耶夫，脸上带着指向不明的嘲讽，也就是安德烈公爵在陆军大臣接待厅里所发现的那种嘲讽）相见的情况。

“亲爱的，”科丘别伊说，“甚至这件事您也绕不开米哈伊尔·米哈伊洛维奇[①]。这是一位会揽事的活动家。我对他说过了。他答应晚上来……”

“斯佩兰斯基和军事条令有什么关系呢？”安德烈公爵问。

科丘别伊微微一笑，摇摇头，仿佛对鲍尔康斯基的孤陋寡闻感到惊讶。

“日前我和他谈到过您，”科丘别伊接着说，“讲起了您的自由农……”

“是吗，就是您吗，公爵，解放了自己的农夫？”一个叶卡捷琳娜时代的遗老说，他对鲍尔康斯基轻蔑地打量了一下。

---

① 米哈伊尔·米哈伊洛维奇，斯佩兰斯基的名字和父称。

“一个小小的庄园，什么收益也没有。”鲍尔康斯基回答道，在他面前只想把这件事轻轻带过，以免无谓地刺激这个老头子。

“您是不甘人后啊。”老头子眼睛看着科丘别伊说。

“我有一事不明，给他们自由，谁来耕种土地呢？起草法律容易，管理起来就难了。就像现在，我问您，伯爵，人人都要经过考试，那么谁来担任各单位的首长啊？”

“我想是那些考试合格的人吧。”科丘别伊架起二郎腿，环顾四周说道。

“我有一个下属名叫普里亚尼奇尼科夫，人很好，特别能干，可是已经六十岁了，难道他也要去参加考试？……”

“是的，这是有困难的，因为教育还很不普及，不过……”科丘别伊伯爵话没有说完，他站起来拉着安德烈公爵的手就走，去迎接一个刚进门的身材很高、已经谢顶、浅色头发的四十岁左右的男人，他脑门宽阔，椭圆脸，肤色异乎寻常地白皙。他身穿蓝色燕尾服，脖子上挂着十字架，胸前左侧有一枚星章。这是斯佩兰斯基。安德烈公爵立刻认出了他，心头一动，在人生的重要时刻往往会这样。这是尊敬、羡慕、期待吗，他不知道。斯佩兰斯基的整个体态是一种特殊的类型，令人一见之下就能认出他来。在安德烈公爵生活于其中的上流社会，他没有见过如此安详、自信而又笨拙、迟钝的举止，没有见过半开半闭的湿润的眼睛会闪着如此坚毅而又柔和的目光，没有见过毫无含义的微笑会显得如此坚定，没有见过谁有如此尖细、平稳、轻微的声音，谁的面部特别是双手的肤色如此细洁、白皙，他的双手较宽，可是非常丰满、细洁而白皙。安德烈公爵只是在长期住院养伤的士兵脸上才看到过这样白皙、细洁的肤色。这是斯佩兰斯基，御前大臣，皇上的顾问，曾伴随皇上驻跸爱尔福特，不止一次与拿破仑会晤交谈。

一个人来到人数众多的场合，往往会不由自主地将目光迅速地从一个人的脸上移到另一个人的脸上，斯佩兰斯基并不这样，也不急于讲话。他说话的声音很轻，相信别人会注意聆听，而且他只看着交谈者的脸。

安德烈公爵特别细心地注意着斯佩兰斯基的言谈和举止。正像人们，尤其是那些严格要求他人的人那样，安德烈公爵与一个人，尤其是与斯佩兰斯基这样为他所久仰的人初遇的时候，总是希望在他身上发现完美的人品。

斯佩兰斯基对科丘别伊说，他很遗憾不能早些来，因为在皇宫里被留住了。他不说是皇上留住了他。这种故作谦虚的姿态也被安德烈公爵注意到了。当科丘别伊向他介绍安德烈公爵时，斯佩兰斯基带着同样的微笑，缓缓地把目光转向鲍尔康斯基，默默地看着他。

"我很高兴与您结识，我听说过您，正像大家都听说过您一样。"他说。

科丘别伊用几句话讲了讲阿拉克切耶夫对鲍尔康斯基的接待。斯佩兰斯基更舒展地微微一笑。

"军事条令委员会主任是我的好友马格尼茨基[①]先生，"他咬字清晰地说道，"如果您愿意，我可以让你们会面。（他略停片刻。）我希望，您会发现，他对一切合理的事情都抱有同情和加以推动的愿望。"

斯佩兰斯基立即被人们团团围住，刚才谈到自己的属员普里亚尼奇尼科夫的那个老头子也向斯佩兰斯基提了个问题。

安德烈公爵没有参加谈话，他在观察斯佩兰斯基的一举一动，这个人，不久前还是微不足道的教会学校的学生，而现在，鲍尔康斯基想，他那白皙丰满的双手掌握着俄国的命运。斯佩兰斯基回答老头子的时候那种异常藐视的冷静态度使安德烈公爵大为惊讶。他似乎高高在上，屈尊地对他说着宽容的话语。在老头子开始把讲话的嗓门提得太高时，斯佩兰斯基微微一笑说，他不能对皇上决意要做的事情的利弊妄加评论。

在众人的圈子里略谈片刻后，斯佩兰斯基站起来走到安德烈公爵跟

---

① 马格尼茨基（1778—1855），亚历山大一世在位时期的活动家，受到斯佩兰斯基的信任，成为他的改革计划的积极执行者。斯佩兰斯基倒台后，被流放到沃洛格达。

前，把他叫到了房间的另一头。显然，他认为有必要关注鲍尔康斯基。

“在这位可敬的老者被卷入的那种情绪激动的谈话中，公爵，我未能和您交谈。”他温和而轻蔑地微笑着说，仿佛在用这样的微笑表白，他和安德烈公爵都懂得，刚才和他说话的那些人多么微不足道。这态度使安德烈公爵深感欣慰。“我早就知道您了：首先是由于您为自己的农民所做的事情，这是我们的第一个典范，但愿有更多的人起而仿效；其次，关于宫廷官衔的新法令引起了那么多议论和非难，而您是不因为这个法令而感到委屈的宫廷高级侍从之一。”

“是的，”安德烈公爵说，“家父不愿我利用这个特权；我是从低级职衔开始服役的。”

“令尊是老前辈，显然比我们当代人站得高，这个措施只是合情合理地恢复了应有的正义，却遭到那么多责难。”

“不过我想，这些责难也是有理由的。”安德烈公爵说，他在努力和斯佩兰斯基的影响作斗争，他已经感觉到这种影响了。他不甘心在所有的问题上都同意他的见解：他要提出异议。安德烈公爵平时说起话来轻松而流畅，现在和斯佩兰斯基谈话却觉得难以措辞。他太专心于观察这位名人的个性了。

“也许是维护个人尊严的理由。”斯佩兰斯基轻轻地插了一句。

“在某种程度上也是维护国家的理由。”安德烈公爵说。

“您的意思是？……”斯佩兰斯基缓缓地垂下眼睛说。

“我是孟德斯鸠的崇拜者，”安德烈公爵说，“他认为，*君主政体的基础是荣誉，我觉得这是无可置疑的。贵族的某些权力和特权，在我看来，是保持这种荣誉感的手段。*”

微笑从斯佩兰斯基白皙的脸上消失了，他的面部表情因此而改善了很多。想必他觉得安德烈公爵的想法很有意思。

“*既然您从这个视角来看问题。*”他显然有些吃力地开始说法语，虽然比说俄语更慢，但语气十分平静。他说，荣誉，l'honneur，不能用有害于公务进展的特权来维护，荣誉，l'honneur，要么是不做应受指责的事情的消极概念，要么是为了获得赞扬和表示赞扬的奖赏而进行竞争的一种动力。

他的论据简单扼要而又明确。

“维护这种荣誉的制度、竞争的动力，是像伟大的拿破仑皇帝那样的荣誉团制度[①]，它不是妨碍，而是有助于在公务上取得成就，阶层或宫廷的特权是不能相提并论的。”

“我不想争辩，但不能否认，宫廷特权能达到同样的目的，”安德烈公爵说，“任何一个在宫廷供职的人，都认为自己的行为必须无愧于自己的地位。”

“然而您不愿利用这种地位，公爵。”斯佩兰斯基说，莞尔而笑，表示他想有礼貌地结束使交谈的对手感到尴尬的这场争论。“如果星期三您赏光到舍下来，”他又说，“那么我在和马格尼茨基商量以后，会有话对您说，也许您会感兴趣的，此外，我将有幸与您更详细地畅谈。”他闭上眼睛鞠了一躬，于是按照法国人的方式不辞而别，竭力不引起别人的注意，悄然离开了客厅。

六

在抵达彼得堡的初期，安德烈公爵感到，他在孤独的生活中所完成的整个构想，完全被他在彼得堡忙于应付的那些无聊琐事所压倒。

晚上回来，他在记事本上记下四五次必要的拜访或规定时间的约会。刻板的生活，处处要按时赶到的日程安排，消耗了他的大部分精力。他什么也不做，甚至什么也不想，也来不及想，只顾说话，把他从前在乡下深思熟虑的问题讲得头头是道。

他有时苦恼地发觉，他往往会在同一天，在不同的场合，重复着同样的谈话。可是他整天忙忙碌碌，简直来不及想一想，他实际上什么也没有做。

---

① 拿破仑在他任执政的时代，于 1802 年 5 月建立荣誉团，其成员从“在争取自由的战争中为国立功”的军人和“以其知识、才能和品德致力于建立和保卫共和制”的公民中遴选。首领由第一执政出任。

斯佩兰斯基正如在科丘别伊那里与他初次见面时一样，后来星期三斯佩兰斯基在家里单独接待鲍尔康斯基，和他进行推心置腹的长谈时也给安德烈公爵留下了强烈的印象。

安德烈公爵认为卑劣渺小的人太多了，渴望在某一个人身上找到他所追求的那种完美品格的活生生的典范，因而轻率地相信，斯佩兰斯基就是那种理性与美德兼备的理想人物。如果斯佩兰斯基和安德烈公爵出身于同样的社会，受过同样的教育，具有同样的道德习尚，那么鲍尔康斯基便能很快地发现他作为人而非英雄的弱点，可是现在，那种令他觉得奇怪的逻辑思维方式反而使他肃然起敬，就因为他并不完全了解他。此外，斯佩兰斯基是因为重视安德烈公爵的才能，还是因为觉得有必要拉拢他，总之，斯佩兰斯基在安德烈公爵面前炫耀他的不偏不倚的冷静的理性，以微妙的奉承迎合他，这种奉承是和自命不凡结合在一起的，表现在默认唯有对方和自己才能看清**所有**其余的人的愚蠢和自己的思想的合理性和深度。

他们在星期三晚上促膝长谈的时候，斯佩兰斯基不止一次地说："**我们**这里所效法的是超越于顽固积习的一般水平之上的东西……"或者面带微笑："然而**我们**要做到，狼吃饱了，羊也安然无恙……"或者："这一点**他们**是理解不了的……"而且总是带着这样的表情，仿佛在说："我们，您和我，我们是了解的，**他们**算什么，而**我们**是怎样的人哪"。

与斯佩兰斯基的这第一次长谈，更加强了安德烈公爵与他初见时的印象。他认为，这是一位理性、思维严谨、拥有高超智慧的人物，这个人以其过人的精力和顽强精神获得了很大的权力，而运用这种权力完全是为俄国谋福祉。在安德烈公爵的心目中，斯佩兰斯基能合理地解释生活中的一切纷繁复杂的现象，只承认合理的才是现实的，并且善于用合理的尺度衡量一切，而他自己恰恰是渴望成为这样的一个人。在斯佩兰斯基的谈话中一切都显得那么简单明了，以致安德烈公爵不由自主地同意他的所有看法。他即使反驳和争论，也仅仅是因为故意要表现自己的独立性，不愿屈从斯佩兰斯基的见解。情况就是这样，一切都很好，但是有一点让安德烈公爵感到困惑，那就是斯佩兰斯基的冷漠的、镜子般不让人透视自己内心的目光，还有那白皙细洁的手，安德烈公爵不由自主地注视着它，人们往往会这样注视那些大权在握的人的手。不知为什么，这镜子般的目光和细洁的手惹恼了安德烈公爵。使安德烈公爵不悦和震惊的，还有他在斯佩兰斯基身上所注意到的对一般人的过分的蔑视，以及他为证明自己的意见正确而采取的形形色色的论证手法。他运用除比较之外的一切可能的思维方法，而且安德烈公爵觉得，他过于轻率地从一种方法转换到另一种方法。他时而站在务实的活动家的立场上谴责幻想家，时而站在讽刺作家的立场上讥讽论敌，时而逻辑严谨，时而又突然上升到玄学领域。（最后这种论证方法是他特别常用的。）他把问题提到玄学的高度，转到空间、时间、思维的定义上，从那里引申出反驳意见，又下降到争论的立场。

总之，使安德烈公爵感到震惊的是，斯佩兰斯基的头脑的主要特点在于，对思维的力量和正当性抱有毋庸置疑的不可动摇的信心。显然，斯佩兰斯基从来不会产生安德烈公爵觉得很平常的那种想法，即你的想法归根结底是不可能用语言完全表达出来的，他也从来不会怀疑，我所想的一切，我所信仰的一切是不是陷于谬误？然而正是斯佩兰斯基的这种特殊的思维方式最使安德烈公爵为之倾倒。

与斯佩兰斯基结识初期，安德烈公爵对他怀有热烈的仰慕之情，类似于他对波拿巴所曾经有过的感情。斯佩兰斯基的父亲是神甫，愚昧无知的人很可能因为他是吃教堂饭的神甫之子而轻视他，这样的人也的确很多，因此安德烈公爵特别爱惜他对斯佩兰斯基的这份感情，还下意识地在自己的心里使这种感情日益增强。

鲍尔康斯基在他家里度过的那第一个晚上，讲起法律起草委员会，斯佩兰斯基谈得兴浓，讥讽地对安德烈公爵说，法律委员会存在一百五十年了，花的钱数以百万计，却一事无成，罗森坎普夫①在比较法的所

---

①罗森坎普夫（1762—1832），法学家，法律起草委员会委员。斯佩兰斯基对他的工作很不满，这是有史实为依据的。

有条款上都贴上了标签。

“这就是皇上支付几百万卢布所得到的全部结果！”他说，“我们想授予参政院新的司法权力，却没有法律。因此像您这样的人，公爵，现在不出来做事简直是罪过。”

安德烈公爵说，他没有必要的法律知识。

“谁也没有啊，您想怎么办呢？这是必须努力才能摆脱的困境[①]。”

一个星期后，安德烈公爵成为军事条令委员会委员，而且出乎他的意料，当上了法律起草委员会的一个处长。按照斯佩兰斯基的要求，他承担了正在起草的民法典的第一部分，于是参考《拿破仑法典》和《查士丁尼法典》起草其中的一章：人权。

七

大约两年前，那是一八〇八年，皮埃尔巡视庄园回到彼得堡后，迫不得已地成了彼得堡共济会的首领。他要安排餐厅和祭坛，吸收新会员，关心各个分会的团结，寻求文件原本。他拿出自己的钱建造房屋，尽可能追加善款，大部分会员都比较吝啬，也不按时缴纳捐款。他几乎是独自承担共济会在彼得堡设立的贫民收容所的开支。

与此同时，他的生活依然如故，仍旧寻欢作乐，放荡不羁。他喜欢美食名酒，尽管认为不道德而且有辱身份，还是忍不住要参加单身汉的聚会，和他们一起放浪形骸。

不过，皮埃尔在晕头转向的忙碌和狂欢中过了一年以后开始觉得，他越是想牢牢地站在共济会的立场上，这脚下的基础就越是不稳。同时他觉得，脚下的基础越是不稳，他就越是不由自主地和它联系在一起。他在接近共济会的时候，那感觉就像一个人满怀信心地把一只脚踏上表面平坦的沼泽地。一只脚踏下去，他就陷下去了。为了确信他立足的基础是坚实的，他又踏上另一只脚，于是陷得更深，不由自主地走在齐膝

① 原文为拉丁文。

深的沼泽之中。

约瑟夫·阿列克谢耶维奇[1]不在彼得堡。（他最近不再过问彼得堡分会的事情，住在莫斯科闭门不出。）分会所有的会员弟兄们都是皮埃尔平常生活中的熟人，他很难把他们只看做兄弟会的弟兄，而不是 Б 公爵，不是伊万·瓦西里耶维奇·Д，他知道他们在生活中大都是软弱无能和无足轻重的小人。他看到，他们在共济会的围裙和徽章下面，还穿着制服，佩戴着他们在生活中梦寐以求的十字勋章。在收取捐款时，看到有十个人登记捐献二三十卢布，大部分还欠着，而这十个人有一半都和他一样富有，这时皮埃尔往往会想起共济会的入会誓词，誓词说，每个弟兄都要承诺，愿为他人献出自己的全部财产，于是皮埃尔的心里不免产生怀疑，不过他竭力不去想它。

他把他所认识的所有弟兄分为四类。他列为第一类的弟兄，既不积极参与会内活动，也不积极参与慈善事业，而是专心致志地研究本会教义的秘密，研究上帝的三位一体问题，或万物的三个元素——硫黄、水银和盐的问题，或正方形和所罗门神庙的各种图形的含义问题。皮埃尔尊敬这一类会员兄弟，属于这一类的主要是年老的会员，皮埃尔把约瑟夫·阿列克谢耶维奇本人也列为这一类，不过对他们的研究不感兴趣。他的心思不放在共济会的神秘主义方面。

皮埃尔列为第二类的是他自己和与自己相似的弟兄们，这些人在探索着，动摇着，还没有在共济会里找到现实而合理的道路，但希望能找到。

他列入第三类的弟兄（他们的人数最多）除了外在的形式和仪式，在共济会中什么也看不到，他们看重的只是严格履行这种外在的形式，而不关心它的内容和意义。维拉尔斯基，甚至主要分会的长老就是这样的人。

最后，为数众多的弟兄，尤其是在最近一个时期加入兄弟会的那些人，都归于第四类。据皮埃尔的观察，他们没有信仰，没有追求，他们

---

① 指巴兹杰耶夫，与前面不一致，在那里他的名字不是约瑟夫，而是奥西普。

之所以要加入共济会，只是为了结交年轻、富有、有重要上层关系的弟兄，后者在会内是很多的。

皮埃尔开始对自己的活动感到不满。他有时觉得，共济会，至少他在这里所了解的共济会只注重外表。他并没有对共济会本身失去信心，但他怀疑，俄国的共济会已误入歧途，偏离了自己的初衷。因此，皮埃尔在这一年的年底到国外去了，以便了解本会的最高秘密。

一八〇九年夏皮埃尔就回到了彼得堡。根据国内和国外共济会员的通信，人们了解到，别祖霍夫在国外博得很多高层人士的信任，参透了很多秘密，被提升到极高的级别，现在为俄国共济会事业的共同利益满载而归。彼得堡的共济会员都来见他，奉承他，大家都感到，他正瞒着大家在悄悄地准备着什么。

决定召开二级分会的重要会议，皮埃尔允诺在分会中向彼得堡的弟兄传达高层领袖们的教诲。会员都到齐了。在举行通常的仪式后，皮埃尔站起来讲话。

“亲爱的弟兄们。”他开始说道。他脸色通红，有些结巴，手里拿着讲稿。“我们仅仅在会内肃穆地举行仪式是不够的——必须行动……行动。我们处于昏睡之中，可我们必须行动。”皮埃尔拿起自己的笔记本读了起来。“为了传播纯粹的真理，争取美德的胜利，”他读道，“我们务必要清除人们的偏见，传播符合时代精神的行为准则，负起教育青年的责任，与聪明才智之士紧密地团结起来，满怀信心、齐心协力而又合情合理地克服迷信、愚昧和缺乏信仰的现象，将忠于我们、被共同目标联系在一起的有权有势的人们组织起来。

“为达到上述目标，务必要使美德压倒恶行，应当努力让正直的人在尘世就因为自己的德行而获得永久的奖赏。但是今天的政治制度为我们这些伟大的意向设置了很多障碍。在这种情况下该怎么办呢？促进革命，打倒一切，以暴制暴？不，我们决不会这样做。任何暴力改革都应受到谴责，因为只要人还是现在这样的人，暴力改革根本不能纠正恶，还因为智慧不需要求助于暴力。

“本会的全部计划应当以培养意志坚定、道德高尚、以信念一致为联系纽带的人为基础，这信念就在于随时随地全力以赴地克服恶行和愚昧，保护人才和美德：从芸芸众生中吸收优秀分子加入我们的兄弟会。那时我们共济会才能有强大的力量，使不合理制度的靠山渐渐地束手就范，不知不觉地受到控制。总之，必须建立普遍的、占统治地位的管理方式，把它推广到全世界，同时并不破坏公民的民事关系，在这种情况下，所有其他的管理可以照常进行，从事一切活动，只要不阻碍本会的伟大目标，即不阻碍美德战胜恶行的进程。这是基督教本身要求达到的目标。它教导大家要成为贤明善良的人，并为了自身的利益而遵循最优秀、最贤明的人们的榜样和教诲。

“当一切还沉浸于黑暗之中的时候，当然只要布道就够了：真理的新颖赋予它特殊的力量，但是今天要求我们采取更加强有力的方法了。现在要求被自己的恋情所支配的人能发现，肉欲之美在于美德。根除情欲是不可能的；只是要使情欲服从于高尚的目的，因此要求每个人都能在道德要求的范围内满足自己的情欲，要求我们共济会为此提出适当的方法。

“一旦我们在每个国家都有一定数量的优秀分子，其中每个人再培养另外两个人，而他们都亲密地团结起来，那时，已经悄悄地为人类的福祉做了很多贡献的我们的共济会便没有什么办不到的事情了。”

这个讲话在分会里不仅留下了强烈的印象，也激起了不安的情绪。大多数弟兄认为，这篇讲话含有光照派[①]的危险图谋，对他的讲话抱着令皮埃尔感到诧异的冷淡态度。长老开始反驳皮埃尔。皮埃尔越来越激情洋溢地发挥自己的思想。很久不曾有过这样激烈的会议了。与会者分成了两派：一派向他提出责难，指责他有光照派的思想，一派支持他。皮埃尔在这个集会上第一次非常惊讶地发现了人类思想的无限

---

①光照派是德国共济会的一个支派，1776 年成立于巴伐利亚，主张以共和制取代君主制。而共济会为其纲领所确立的主要原则之一是不干预政治生活。1784—1785 年该派被巴伐利亚当局取缔。

多样性，其结果是不会有两个人对任何一种真理持有同样的理解。甚至那些似乎是站在他一边的会员，对他的理解也是自以为是的，带有他所不能同意的界定和修改，因为皮埃尔的主要要求恰恰在于，把自己的思想完全像他自己所理解的那样传达给别人。①

会议结束后，长老心怀恶感，以讽刺的态度批评他太急躁，还说他进行争论并非完全出于对美德的热爱，而是由于好斗。皮埃尔不予回答，简短地问道，他的建议会不会被接受，回答是不会，于是皮埃尔不等拘泥形式的常规做法便离开分会回家去了。

八

皮埃尔又陷入了他非常害怕的苦闷之中。他在分会发表讲话之后，在家里的沙发上躺了三天闭门不出，也不接待任何人。

这时他接到了妻子的来信，她恳求与他见面，谈到自己对他的思念，以及向他奉献自己的一生的愿望。

她在信的末尾通知他，日内即将从国外回到彼得堡。

紧随此信之后，他对之最缺乏敬意的会员弟兄之一闯进了他的幽居，把谈话引向皮埃尔的夫妻关系，作为弟兄的忠告，他谈到一种想法，认为他对妻子的严厉态度是不对的，认为皮埃尔不肯宽恕悔过的妻子，违背了共济会的基本准则。

就在这时，他的岳母，瓦西里公爵的妻子派人来叫他，请他务必去一趟，即使待上几分钟也行，有要事相商。皮埃尔看出，有一个针对他的阴谋，要促使他接纳妻子，他处于目前的心境，甚至感到这也未尝不可。他觉得无所谓：皮埃尔认为生活中没有什么了不起的大事，在目前这种苦闷心情的影响下，他既不看重自己的自由，也不觉得坚持惩罚妻子有什么意思。

① 托尔斯泰曾在1890年4月10日的日记中写道："要用语言把你所理解的东西表达出来，让别人也能像你自己那样理解你的意思——这是极端困难的事情。"

“没有谁对，没有谁错，所以她也没有错。”他想，皮埃尔之所以没有立即表示愿意接纳妻子，仅仅因为苦闷的心情使他拿不定主意做任何事情。如果妻子现在到他这里来，他是不会赶她走的。比起皮埃尔的满腹心思，是否和妻子在一起生活，难道不是无所谓的吗？

皮埃尔对妻子和岳母没有给予任何回答，有一天晚上他收拾行装到莫斯科去了。以下是皮埃尔的日记。

莫斯科，十一月十七日。

刚从恩师那里回来，急于记下此刻的感受。约瑟夫·阿列克谢耶维奇生活贫困，而且两年多来忍受着疱疹剧痛的折磨。从来没有人听到他呻吟或有一句怨言。从早晨到深夜，除了吃些粗粝的食物，便一直进行学术研究。他亲切地接待我，让我挨着他坐在他躺着的床上；我向他做了个东方和耶路撒冷的骑士的手势，表示问候，他也以同样的手势回礼，带着温和的微笑问我在普鲁士和苏格兰的分会有何收获。我竭尽所能地对他讲述了一切，转述了我在我们彼得堡分会提出的要点，也讲了我的恶劣遭遇，以及我和弟兄们之间产生的裂痕。约瑟夫·阿列克谢耶维奇沉吟良久，对这一切表明了自己的观点，使我茅塞顿开，明白了以往的一切，也明白了今后面临的整个未来的道路。使我惊讶的是，他问我是否记得共济会的三个目标：（一）保护和认识秘密；（二）为领悟这个秘密而自我净化和改造；（三）通过努力追求自我净化而改造人类。三者中最重要、最优先的是什么？当然是自身的改造和净化。唯有这个目标我们永远可以追求而不以环境为转移。然而正是这个目标要求我们付出最大的努力，一旦为傲气所误，我们便会忽略这个目标，或者致力于对秘密的认识，而我们由于自身不纯洁而不可能领悟它，或者致力于改造人类，而我们自己却是卑劣和腐化的坏榜样。光照派的教义不是纯正的学说，恰恰是因为他们热衷于社会活动，而且充满傲气。约瑟夫·阿列克谢耶维奇根据这一点，指摘了我的讲话和我的全部活动。

我心悦诚服地同意他的看法。至于我们之间有关我的家庭情况的谈话，他说："真正的共济会员的主要任务，我对您说过，是自我完善。可是我们常常以为，把我们生活中的所有困难都排除了，我们就能更快地达到这个目标；恰恰相反，我的先生，"他对我说，"只有在社会的纷扰中我们才能达到三个主要的目标：（一）自我认识，因为人只有通过比较才能认识自己，（二）自我完善，这是只有通过斗争才能做到的，（三）获得主要的美德——爱死亡。只有生活的不幸能向我们表明生活的虚妄，促进我们与生俱来的对死亡的爱，或者帮助我们获得新生。"这些话特别值得注意，约瑟夫·阿列克谢耶维奇虽然身受病痛的折磨，却从来不觉得生活是累赘，他爱死亡，然而尽管他的内心是那么纯洁而高尚，还是感到自己对死亡没有做好充分的准备。后来恩师详尽地向我阐明了宇宙大正方形的意义，并指出三和七这两个数是万物的基础。他劝我不要避免和彼得堡的弟兄们交往，而且在只担任二级职务的情况下，要努力使弟兄们摆脱傲气的迷惑，走上自我认识和完善的正道。此外，对我本人，他劝我首先要注意自己的言行，为此还给了我一个笔记本，我此刻就是在用它写日记，今后我要把自己的所有言行都记录在里面。

彼得堡，十一月二十三日。

我又和妻子在一起生活了。岳母泪流满面地来对我说，海伦在这里，她恳求我听她把话说完，她是无辜的，因为被我遗弃而深感不幸，如此等等。我知道，只要我肯见她，我就无法拒绝她的愿望。我在疑虑中不知道该向谁寻求帮助和忠告。如果恩师在这里，他就会告诉我了。我躲到自己的房间里，重读约瑟夫·阿列克谢耶维奇的信，想起自己和他的对话，得出的结论是，我不应该拒绝有求于我的人，应该向任何人伸出援手，尤其是和我的关系如此密切的人，因而不得不背起自己的十字架。我这样决定了，也这样告诉了约瑟夫·阿列克谢耶维奇。我对妻子说，我请求她忘记过去的一切，请求她宽恕我可能对她有过错的地方，而她并没有什么过错需要我的宽恕。我很高兴对她说了这些。她不必知道，与她重逢，我的心情是多么沉重。我在巨宅的上层安顿下来，心里充满了成为新人的幸福感。

九

历来如此，当时上流社会在宫廷和大型舞会上聚会的时候，也总是分为几个各有特色的圈子。其中人数最多的是拿破仑联盟的法国派——鲁缅采夫和科兰古①的圈子。自从海伦和丈夫在彼得堡定居，她就在这个圈子里占有最显要的位置之一。时常登门拜访她的有法国大使馆的诸位先生，以及属于这一派的许多以智慧和殷勤有礼著称的人物。

她到过爱尔福特，当时两国皇帝正在那里举行著名的会晤，她从那里带回了与欧洲拿破仑派所有名流的交情。她在爱尔福特获得了辉煌的成功。拿破仑在剧院注意到她，曾问她是谁，并且称赞了她的美貌。她作为美丽优雅的女性而受欢迎，皮埃尔并不感到惊讶，因为这几年她变得比从前更漂亮了。而使他惊讶的是，这两年他的妻子居然赢得了“聪慧与靓丽兼备的美女”的声誉。著名的德利涅亲王②写给她的信都有八张信笺。比利宾把自己的俏皮话留着，要在别祖霍娃伯爵夫人面前第一次说出来。在别祖霍娃伯爵夫人的客厅里受到接待，被看做有智慧的佐证；年轻人在出席海伦的晚会前阅读书籍，以便在她的客厅里有话可说，大使馆秘书甚至公使们会向她透露外交机密，以至海伦在某种程度上成为一种势力。皮埃尔知道她愚昧无知，有时带着一种奇怪的困惑而又担忧的心情出席她的晚会和宴会，那里谈论的是政治、诗歌和哲学。在这些晚会上，他的心情和魔术师相似，每时每刻都在担心，戏法

---

① 科兰古（1773—1827），任法国驻俄大使（1807—1811）期间执行和平政策。

② 德利涅亲王，其原型是沙尔-约瑟夫·德·林亲王（1735—1814），比利时政治家和作家，是有名的机智、轻浮的自由思想者。

会被拆穿。不过，也许是因为在这样的客厅里当女主人，所需要的恰恰就是愚昧无知，也许是因为被愚弄者本人在受骗中找到了乐趣，反正戏法没有被拆穿，于是叶莲娜·瓦西里耶夫娜·别祖霍娃所享有的聪慧与靓丽兼备的美女的声誉便不可动摇地确立起来了，她的谈吐或许庸俗不堪、愚蠢至极，大家仍然对她的每句话都赞叹不已，还在其中找出连她本人也想不到的深刻含义。

对上流社会这个风光无限的女人来说，皮埃尔正是她所需要的那种丈夫。他是神情恍惚的怪人，一副贵族绅士的派头，他不干扰任何人，不仅没有破坏客厅高雅格调的一般印象，而且他和优雅得体的妻子的反差恰好是对她有利的衬托。两年来皮埃尔由于经常全神贯注于精神需求，由衷地鄙视其余的一切，在他不感兴趣的妻子的社交场合，自有一种冷淡、随和、亲切的风度，这不是有意的做作，正因如此这种风度不禁令人顿生敬意。他走进自己妻子的客厅就像走进了剧院，和所有的人都认识，见到所有的人都同样地高兴，对所有的人也都同样地冷漠。他有时参加感兴趣的谈话，不考虑大使馆的先生们是否在座，便口齿不清地发表自己的见解，而这些见解往往和当时的氛围完全不合拍。不过，彼得堡最出色的女人的丈夫是一个怪人的看法已经根深蒂固，所以没有人认真看待他的怪僻。

在天天都到海伦家里来的很多年轻人之中，已经仕途得意的鲍里斯·德鲁别茨科伊，在海伦从爱尔福特回来后，成了别祖霍夫家最亲近的人。海伦把他叫做我的少年侍从，对他像对孩子一样。她对他的微笑和对所有人的微笑都一样，可是皮埃尔看到这种微笑有时很不高兴。鲍里斯对皮埃尔的态度带有一种特殊的、适度而忧郁的恭敬。这种恭敬的意味也使皮埃尔感到不安。三年前皮埃尔曾经因为妻子给他带来的侮辱而痛苦不堪，现在他可以不再受到这种侮辱的伤害了，首先，他不是自己妻子的丈夫，其次，他不允许自己猜疑。

“不，现在她成了女学究，永远不会再有从前的风流韵事了，”他对自己这样说，“女学究醉心于谈情说爱是没有先例的。”他一再向自己重复这个不知出自何处的断语，而且深信不疑。但奇怪的是，鲍里斯出现在妻子的客厅（而他几乎是经常出现），对皮埃尔产生了生理上的影响：他束手束脚，丧失了自由洒脱的行动能力。

“非常奇怪，这样令人反感，”皮埃尔想，“而过去我甚至很喜欢他啊。”

在上流社会的眼里，皮埃尔是大贵族，是一个名女人的有些盲目而可笑的丈夫，聪明的怪人，什么事也不干，也不妨害谁，是个大好人。在这个时期，皮埃尔的内心进行着复杂而艰难的内在修养过程，这个过程给了他很多启发，为他带来了很多精神上的困惑和喜悦。

十

他继续写日记，以下是他这个时期的日记的内容。

十一月二十四日。

八时起床，读《圣经》，然后上班（皮埃尔根据恩师的建议，参加了一个委员会的工作），中午回来吃饭，独自用餐（伯爵夫人那里有很多我见而生厌的客人），饮食适度，饭后为会员弟兄抄写剧本。傍晚下楼去看伯爵夫人，讲了Б的一个可笑的趣闻，引起了哄堂大笑，这时我才想起不该这么做。

怀着幸福平静的心情就寝。伟大的上帝啊，帮助我在你所指引的道路上前进吧：（一）戒怒——要心平气和，不急不躁，（二）戒淫——要自制并憎恶淫行，（三）远离尘世的纷扰，但不可疏于：①为国服务的工作，②对家庭的关怀，③友好交往，④经济事务。

十一月二十七日。

起床晚了，醒来后在床上躺了好久，偷懒。上帝啊，帮助我，坚定我的信心吧，但愿我能沿着你所指引的道路前进。读《圣经》，但缺乏应有的心情。会中弟兄乌索夫来，彼此谈起尘世的纷扰。他讲到皇上的新的命令。我正想表示非议，不过想起了自己的行为准则和恩师的话，他说过，一个真正的共济会员在需要他参与的时候，应当热心国事，在并未负有使命的情况下，应当采取静观的态度。我的舌头是我的敌人。会中弟兄Γ、B和O来访，就吸收新会员的问题进行预备性的商谈。他们要我负起导师的责任。我觉得自己能力差，深恐不能胜任。后来谈起对神庙的七根圆柱和七级台阶的解释：七门学问，七项美德，七种罪恶和圣灵的七种恩赐。会员O很健谈。晚上举行了吸收新会员的仪式。会所装饰一新，显得很壮观。被吸收的是鲍里斯·德鲁别茨科伊。我是他的介绍人，也是他的导师。我和他待在黑暗的殿堂里，一种奇怪的心情一直困扰着我。我发觉我恨他，虽然努力加以克制，却徒劳无益。因此我真的希望挽救他规避邪恶，把他领上正道，但是关于他的不好的想法却始终挥之不去。我不禁想到，他入会的目的只是要结交一些人，以便得到我们会内人士的庇护。他曾问了我好几次，N和S在不在我们分会（这是我不能告诉他的），此外，据我的观察，他不可能对我们神圣的共济会怀有敬意，并且过于注意自己的外表而自鸣得意，这样是不会对精神的完善有所追求的，除了这些理由，我没有理由怀疑他；不过我觉得他不真诚，我和他站在黑暗的殿堂里单独相对的时候，我始终觉得，他对我所说的话抱着不屑和嘲笑的态度，真想用我抵在他身上的剑刺穿他敞开的胸膛。我缺乏能言善辩的才能，不能坦率地把我的怀疑通知弟兄们和长老。伟大的造物主，帮助我找到真正的出路吧，借以走出这弄虚作假的迷宫。

此后日记本里有三页空白，接着所写的内容如下：

与B兄弟单独进行了富于教益的长谈，他劝我和兄弟A好好相处。我虽然生性愚钝，却也获得了很多启示。阿多奈是创世者之名。埃洛希姆是万物主宰之名。第三个不可直呼之名，意为**万有**。和兄弟B的对话使我在美德的道路上更坚强，更振奋，也更坚定。在他面前没有怀疑的余地。我明白了各门世俗科学和我们包罗万有的神圣学说之间的区别。人类的科学分解一切，以便理解，使一切僵化，以便观察。在我会的神圣学说中，一切是统一的，在其整体和生命中加以把握。三位一体是万物的三个元素——硫黄、水银和盐。硫黄具有油与火的特性；它与盐结合，以其火性激发盐的饥渴，从而吸引水银，攫住它、保有它，三者的总和产生各种物体。水银是流动、飞扬的精神实体——基督、圣灵，他[①]。

十二月三日。

醒来很晚了，读《圣经》，但无动于衷。后来出去在大厅里踱步。想独自沉思，可是想象中却浮现了四年前的一件往事。多洛霍夫先生在我们决斗之后，在莫斯科遇到我，他对我说，希望我现在可以充分享有内心的安宁，虽说夫人不在身边。我当时没有答理他。现在我想起了那次见面的所有细节，在心里对他说了极其恶毒的话语和奚落他的回答。只是在发现自己怒气勃发的时候，才醒悟过来，丢开了这种想法。不过没有好好忏悔。不久鲍里斯·德鲁别茨科伊来了，他开始讲各种奇闻轶事；从他到达的最初那一刻起，我就对他的来访感到不满，于是对他说了一些不同的看法。他进行了反驳。我发火了，对他说了很多令人不快甚至粗鲁无礼的话。他不吭声了，这时我才猛然醒悟，可是为时已晚。我的上帝，我完全不会与他相处！这是由于我的自大。我自视高于他，因而实际上远不如他，因为他对我的粗鲁无礼是宽容的，而我却反而看不起他。我的上帝，宽恕我吧，让我与他相处时更多地看到自己的可恶，让我的行为能有益于他。午饭后我睡着了，在睡意蒙眬的时候，清楚地听到有人在我的左耳边说："你

---

①皮埃尔在这里以"基督、圣灵、他"与前面所说的阿多奈、埃洛希姆和"万有"相对应。

的好日子到了。”

我梦见我在黑暗中走路，突然被一群狗围在中间。不过我并不害怕，还在走；突然一只不大的狗咬住我的左大腿不放；我用双手抵挡。刚把它推开，另一条狗，更大，又扑上我的胸膛。我推开了它，可是又有一条狗，更大，开始咬我。我想把它拎起来，越是使劲拎它，它却变得更大更沉。突然A兄弟来了，他挽着我的手臂带我走开，来到一座大楼前，在进去之前要走过一条狭窄的木板。我踏上木板，木板一弯，掉了下去，于是我开始爬围墙，我的双手刚好够得着它。我使了很大的劲才把身子拖了过去，结果两条腿挂在一边，身躯却在另一边。我环顾四周，看见A兄弟站在围墙上，指给我看一条宽阔的林荫道和花园，花园里坐落着一座漂亮的大楼。我醒了。上帝，伟大的造物主！帮助我摆脱那些狗——摆脱我的情欲吧，也摆脱最后的那条狗，它吸收了所有以前的那些狗的力量苦苦纠缠，帮助我走进我在梦里亲眼目睹的那座美德的神殿吧。

十二月七日。

我梦见约瑟夫·阿列克谢耶维奇坐在我家里，我很高兴，想好好地款待他。我好像在和别的几个人喋喋不休地闲聊，突然想起，他一定不喜欢这样，于是我走上前去，想拥抱他。可是我刚走到他面前就看到，他的容貌变了，变得年轻了，他对我轻轻地、轻轻地讲着本会的教义，声音太轻，我听不清。后来我们似乎都走出了房间，这时发生了一件令人费解的事情。我们在地板上坐着或站着。他在对我说话。我似乎想表示自己对他的感激，因而没有倾听他的谈话，开始想象自己内在的精神状态和忽然降临在自己身上的上帝的恩惠。我的眼里涌现了泪水，令我快慰的是，他注意到了。但是他恼怒地看了我一眼，跳了起来，不再说话。我胆怯了，问他刚才所说的话是否和我有关，但他没有回答，对我很亲切的样子，接着我们突然出现在我的卧室，那里有一张双人床。他在床边上躺下了，我对他似乎突然燃起了亲热的欲望，立刻也躺下了。他似乎在问我："您如实告诉我，您主要的癖好是什么？您体验过这种癖好吗？我想您已经体验过了。"这个问题使我很难为情，回答说，懒散是我的主要癖好，他不相信地摇摇头。我更觉难为情了，回答说，我虽然按照他的劝告，和妻子生活在一起，但是并没有夫妻生活。对这一点他表示反对，说我不该让妻子得不到我的爱抚，他使我意识到，这是我的义务。但我对他说，我羞于这样做；于是一切都突然隐没了。我醒了，在自己的意念中发现了《圣经》的一段话：**"这生命就是人的光。光照在黑暗里，黑暗却不接受光。"**①约瑟夫·阿列克谢耶维奇的脸显得年轻而有光彩。这一天我接到了恩师的来信，他在信中谈到夫妇之道。

十二月九日。

做了一个梦，醒来时我的心在战栗。梦见我似乎在莫斯科，在摆设着沙发的大休息室里。约瑟夫·阿列克谢耶维奇正从客厅里出来。我似乎立刻就看出，他已经完成了复活的过程，便向他奔了过去。我似乎在吻他，又吻他的手。他说："你注意到没有，我的脸变样了？"我看看他的脸，仍然拥抱着他，似乎看到他的脸显得很年轻，但头上没有头发了，容貌也完全变了。我似乎在对他说："如果与您偶然相遇，我会认出您来的，"同时我在想，"我说的是真话吗？"突然我看到，他像死尸一样躺着，然后渐渐地恢复了意识，和我一起进了大书房，手里拿着用绘图纸写的一本大书。我似乎在对他说："这是我写的。"他点头作为回答。我翻开书，书里的每一页都有精美的图画。我似乎知道，这些画儿都是表现心灵和它的恋人的爱情奇遇。我似乎看到，画页上美妙至极地描绘着一位少女的形象，她的衣衫透明，她的身体洁白晶莹，

---

①见《新约·约翰福音》第1章第4—5节。

正向云彩袅袅飞升。我似乎知道，这位少女的形象乃是绘画艺术的巅峰之作。我似乎在看画时觉得，我的行为很丑恶，可就是忍不住要看！主啊，帮助我吧！我的上帝，假如这样遗弃我是你的主意，那就随你的便吧，假如我是咎由自取，那就教导我该怎么办。假如你彻底遗弃我，我要因为好色而毁灭了。

十一

罗斯托夫家住在乡下的两年间，经济状况没有好转。

尽管尼古拉·罗斯托夫拿定主意，继续在驻地偏僻的团里服役，这样花费较少，可是快乐村的生活方式还是照旧，特别是米坚卡还是那样管事，以致年年债务猛增。显然，在老伯爵看来，唯一的办法是去工作，于是他来到彼得堡找工作了；既要找工作，同时也要最后一次让姑娘们玩个痛快，他说。

罗斯托夫一家来到彼得堡不久，贝格正式向薇拉求婚，他的求婚被接受了。

罗斯托夫的家庭在莫斯科属于上流社会，自己并不在意，也不曾想过他们属于怎样的社会，而在彼得堡他们所交往的却是混杂而身份不明的人们。他们在彼得堡是乡下人，不屑与他们为伍的正是罗斯托夫一家当初在莫斯科不问其社会出身而一律款待的那些人。

罗斯托夫一家在彼得堡仍旧那样好客，和在莫斯科一样，在他们家的晚餐桌上相聚的有各种各样的人：快乐村的邻居、一位带着几个女儿来的不大富裕的老地主和贵族宫女佩隆斯卡娅，皮埃尔·别祖霍夫和县邮政局长的在彼得堡当差的儿子。不久有几位男士在彼得堡的罗斯托夫家里就亲如家人了，他们是鲍里斯、皮埃尔，皮埃尔是老伯爵从大街上硬拖到家里来的，还有一个是贝格，他整天都待在罗斯托夫家，对大小姐薇拉十分关心，只有意在求婚的年轻人才会那样殷勤备至。

贝格时常不无用意地让大家看自己在奥斯特利茨战役中受伤的右臂，而左手毫无必要地握着剑。他经常那样不厌其烦、郑重其事地讲述这一事件，以致大家都相信他的行动是合理而尽职的，于是贝格因奥斯特利茨战役而两次获奖。

他在芬兰战争中也有突出的表现。总司令身边的副官被榴弹弹片击中阵亡，他拾起弹片，交给了长官。就像在奥斯特利茨战役之后那样，他经常喋喋不休地大谈这件事，以致大家又都相信，他这样做是对的，于是贝格又因为芬兰战争而两次获奖。一八〇九年他是佩戴几枚勋章的近卫军大尉了，而且在彼得堡干着几份特别有利可图的好差事。

虽然一些自由思想者听人说到贝格的优点会发笑，但是不能不承认，贝格是一个很受长官赏识的勤勉勇敢的军官，是谦虚而道德高尚的青年，他有光辉的前程，甚至在上流社会已拥有稳固的地位。

四年前，他在莫斯科剧院的池座里遇到一个德国人同事，贝格指指薇拉·罗斯托娃，用德语对他说："瞧，她将是我的妻子。"从那时起他便决心娶她为妻。现在在彼得堡，他考虑到罗斯托夫家的家境和自己的情况，认为时机已到，便真的求婚了。

人家接受贝格的求婚，最初是带有是否般配的疑虑的。开头是觉得奇怪，一个利夫兰[①]无名小贵族的儿子居然向罗斯托娃伯爵小姐求婚；不过，贝格的主要性格特点在于那么天真而憨厚的利己主义，罗斯托夫家的人不禁认为，这样也好，既然他本人坚信这是一件好事，甚至是一件大好事。何况罗斯托夫的家境败落了，这一点求婚者不可能不知道，主要的是，薇拉已经二十四岁，她到处露面，尽管她无疑是个漂亮姑娘，而且通情达理，可是至今还没有人向她求婚。于是同意了这门婚事。

"您要知道，"贝格对一个同事说，他称之为朋友，只是因为他知道人人都是有朋友的，"您要知道，我把一切都考虑到了，如果不经过深思熟虑，觉得有什么不妥之处，我是不会结婚的。现在好了，我的父母生活有了保障，我在波罗的海边疆区为他们安排了一笔地租收入，而我和妻子在彼得堡可以靠我的薪俸、她的财产和我的循规蹈矩过日子。

---

① 利夫兰贵族指波罗的海沿岸的德意志人贵族。利夫兰是南波罗的海沿岸地区的称呼，后归属于拉脱维亚和立陶宛。

可以过得很好。我不是贪图金钱才结婚，我认为那样做很不高尚，但是妻子应当带来自己的一份财富，丈夫也应当拿出自己的一份。我有工作，她有上层关系和小小的一笔钱财。这在当今时代是相当重要的，不是吗？而主要的是，她是一位美丽的值得敬重的姑娘，而且她爱我……”

贝格红着脸微微一笑。

“我也爱她，因为她通情达理，脾气也好。她的一个本家妹妹就完全不同了，脾气不大好，没有头脑，是那么一种……您懂吧？……挺叫人讨厌的……而我的未婚妻……以后您会常到我们家来……”贝格说，他本想说——吃饭，可是又改口道：“来喝茶，”于是把他的舌尖一顶，吐出一个圆圆的小烟圈，这小烟圈充分体现了他对幸福的憧憬。

贝格的求婚在父母心里引起的最初的疑虑过去以后，家里笼罩着相应的喜庆和欢乐的气氛，不过欢乐不是发自内心，而是表面的。亲人们对这门婚事明显地流露出不安和愧疚的心情。他们现在似乎于心不忍，因为对薇拉付出的爱太少，而现在又这么喜滋滋地打发她出门。最感到不安的是老公爵。他想必不会说出他感到不安的原因，这原因就是他的经济状况。他根本不知道他还剩下什么，有多少债务，能拿什么给女儿作嫁妆。女儿出生时便决定，每个女儿要有三百名农奴作为陪嫁，可是那两个村庄有一个已经卖掉，另一个作了抵押，而且过期太久，不得不拍卖，因此不可能以庄园作陪嫁了。家里也没有钱。

贝格订婚已经一个多月，离开婚期只剩下了一个星期。伯爵还没有解决陪嫁问题，也没有和妻子谈及此事。伯爵有时想把梁赞的庄园分给薇拉，有时想出售树林，有时又想贷款。在婚期的前几天，贝格大清早来到伯爵的书房，面带愉快的微笑，恭敬地请求未来的岳父说明，伯爵小姐薇拉有什么陪嫁。伯爵听到这个不出所料的问题，一时惊慌，便不假思索地脱口而出。

“很高兴，你提到了这个问题，很高兴，会让你满意的……”

他拍拍贝格的肩膀，站起身来，想结束谈话。不过，贝格面带愉快的微笑说明，要是他不能准确地了解薇拉有多少陪嫁，不能预先至少拿到其中的一部分，他就不得不拒婚了。

“因为您想想看，伯爵，要是我现在允许自己结婚，而没有相应的钱财来供养自己的妻子，那么我的行为就太卑劣了……”

谈话的结果是，伯爵为了表示慷慨，以免他再提新的要求，愿意拿出八万卢布的期票。贝格温和地微微一笑，吻吻伯爵的肩头说，他非常感激，不过，没有三万卢布现金，他现在无论如何也不能妥善地安排新的生活。

“给两万也行，伯爵，”他补充道，“期票只要开六万卢布就够了。”

“好，好，行，”伯爵急忙说，“不过对不起，我的朋友，我给你两万，此外，仍旧给你八万卢布的期票。就这样，过来吻我吧。”

十二

娜塔莎十六岁了，这一年是一八〇九年，正好是四年前她和鲍里斯接吻后，扳着指头和他一起数到的那一年。从那时起她就没有见到过鲍里斯。在索尼娅和母亲面前，当话题涉及鲍里斯的时候，她仿佛在谈一件已成定论的事情，毫无顾忌地说，过去的一切都是孩子气的胡闹，不值一提，而且早就忘记了。但是在她的心灵深处，对鲍里斯许下的诺言究竟是儿戏还是有约束力的郑重承诺这个问题一直在折磨着她。

鲍里斯自从一八〇五年离开莫斯科到部队去，和罗斯托夫家的人就不曾见过面。他几次到莫斯科来，途经快乐村，虽近在咫尺，却一次也不曾登门拜访。

娜塔莎有时觉得，他是不愿见她，而长辈们谈到他时的那种感伤的语调更证实了她的猜想。

“现在的人都记不得老朋友了。”伯爵夫人在提到鲍里斯时这样说。

安娜·米哈伊洛夫娜最近不常来了，她的举止不知怎么也特别庄重起来，而且每一次都兴高采烈地赞扬自己儿子的优点和他目前的灿烂的仕途。罗斯托夫一家来到彼得堡之后，鲍里斯终于来拜访他们。

他来见他们难免心情激动。对娜塔莎的回忆是鲍里斯最富有诗意的回忆。但同时他打定主意，要让她和她的家人都明确地意识到，他和娜塔莎之间的童年时代的关系，无论对她还是对他都不可能具有约束力。他已经由于和别祖霍娃伯爵夫人的私情而在上流社会占有引人注目的地位，由于充分利用一位显要人物的信任而在他的庇护下仕途得意，而且他心里已经萌生了一个计划，要把彼得堡一个极富有的姑娘娶为妻室，这个计划是很容易就能实现的。鲍里斯走进罗斯托夫家的客厅时，娜塔莎在自己的房间里。得知他来了，她满面绯红，连走带跑地进了客厅，脸上闪耀着超乎亲切的灿烂的微笑。

鲍里斯记忆中的娜塔莎，穿着短短的连衣裙，几绺鬈发下面有一双乌黑闪亮的眼睛，发出十足孩子气的疯笑，这是他四年前所认识的她，因此一个完全不同的娜塔莎进来时，他迷惑了，脸上露出了激情洋溢而又惊讶的神情。这神情使娜塔莎的心里充满了喜悦。

“怎么，认得几年不见的那个淘气的小朋友吗？”伯爵夫人说。鲍里斯吻了吻娜塔莎的手，说她的变化使他惊讶。

“您出落得多美呀！”

“可不是吗！”娜塔莎闪亮的目光在回答他。

“爸爸见老了吧？”她问。娜塔莎坐下来，没有参加鲍里斯和伯爵夫人的谈话，默默地审视着自己童年的意中人，连最微末的细节也不放过。他感受到了这亲切的目光逼视的分量，偶尔抬头看她。

鲍里斯的军服、马刺、领结、发式都是最时髦、最讲究的。娜塔莎马上就注意到了。他微微侧身坐在伯爵夫人身旁的圈椅里，用左手整理着一尘不染的紧裹右手的手套，说话时特别雅致地抿嘴唇，谈论着彼得堡上流社会的娱乐活动，略带亲切的嘲讽意味回忆着莫斯科的往昔和旧交。娜塔莎觉得，他并非偶然地提及上层贵族的姓名，谈到他曾出席的大使的舞会以及受邀前往 NN 和 SS 的府邸。

娜塔莎一直默默不语地坐在那里，皱着眉头看他。这目光使鲍里斯越来越感到困惑不安。他开始较多地抬头看她而中断谈话。他坐了不到十分钟，便站起来鞠躬告辞。还是那双好奇的、挑衅性的、带点儿嘲讽意味的眼睛在看着他。在第一次来访之后，鲍里斯对自己说，娜塔莎还像当初那样令他倾倒，然而他不能醉心于这段感情，因为娶她这样一个几乎没有什么财产的姑娘为妻，会毁了他的前程，而恢复过去的关系，却不想结婚，那是卑劣的行径。鲍里斯暗自决定，对娜塔莎要尽量避而不见，可是，尽管如此，几天后他还是来了，而且开始常来，整天在罗斯托夫家里流连忘返。他觉得必须和娜塔莎讲清楚，告诉她，应当忘掉过去的一切，无论如何……她不可能成为他的妻子，他没有财产，她的家庭决不会把她嫁给他。但是他总是做不到，不好意思开始这场表明心迹的谈话。他日益深陷窘境而难以自拔。在母亲和索尼娅看来，娜塔莎似乎仍旧爱着鲍里斯。她把他喜爱的歌曲唱给他听，把自己的纪念册拿给他看，要他题词，不允许他提及往事，让他明白，现在这样多么美好，于是他每天回去时都心情恍惚，想说的话没有说，自己也不知道在干什么，为什么要来，怎样才是了局。鲍里斯不去找海伦了，每天都接到她满纸怨言的便笺，而他仍旧在罗斯托夫家度过一天又一天。

十三

一天晚上，老伯爵夫人摘了假发，只戴着睡帽，身穿短衫，白色的棉布睡帽下露出一簇花白的头发，跪在小地毯上，吃力地喘息着频频叩首做着晚祷，她的房门吱吱响了一下，娜塔莎光脚穿着便鞋跑了进来，她也只穿一件短衫，头上还扎着卷发纸。伯爵夫人回头看一眼，皱起了眉头。她正在念完最后一句祷词：“难道这卧榻将是我的灵床？”她祈祷的情绪被破坏了。娜塔莎面色绯红，生气勃勃，看见母亲在祈祷，立刻停下奔跑的脚步，沉下身子，不由得伸出了舌头，自己吓唬自己。她看到母亲继续祈祷，便踮脚跑到卧榻边，用一只小脚蹭另一只小脚，迅速地把便鞋脱下，跳上了母亲担心会成为她的灵床的那张卧榻。这张高高的卧榻铺着羽绒褥子，摆放着五个大小不等的靠枕。娜塔莎一跳，把身子陷进褥子里，翻身朝墙，她在被子下蠕动起来，想睡得舒服些，又把两个膝盖缩到下巴底下，踢动两条腿，发出轻微的笑声，时而用被子蒙着头，时而探出头来看母亲。伯爵夫人做完晚祷，面色冷峻地走到床边，看见娜塔莎蒙着头，露出了慈祥而虚弱的微笑。

“喂，喂。”母亲说。

“妈妈，可以谈谈吗，啊？”娜塔莎说，“来，让我亲一下颈窝，就一下。”于是她搂着母亲的颈项，在她的下巴底下吻了一下。娜塔莎对母亲表面上动作粗鲁，其实她非常小心而灵巧，不管她怎样搂着母亲，决不会让母亲感到痛，感到不愉快或不舒服。

“好呀，今天谈什么呢？”母亲在靠枕上躺好，又等了一会儿问道，这时娜塔莎摆动两条腿，连翻两个身，已经和她并排躺在一条被子里，她把两条手臂伸在被子外面，脸上露出了严肃的表情。

娜塔莎对母亲的夜访是赶在伯爵从俱乐部回来之前进行的，这是母女俩最喜爱的消遣之一。

“今天谈什么呢？我想对你说……”

娜塔莎捂住了母亲的嘴。

“是关于鲍里斯的事吧……我知道，”她说，“我就是为他的事来的。您不用说了，我知道。不，还是说吧！您说，妈妈。他可爱吗？”

“娜塔莎，你十六岁了，在你这个年纪我已经出嫁了。你说鲍里斯可爱。他是很可爱，我也像爱儿子一样爱他，可是你想怎样呢？……你是怎么想的？你使他神魂颠倒了，我看得出来……”

伯爵夫人说到这里，看了女儿一眼。娜塔莎躺着，一动不动地直视着面前的一座刻在床角的斯芬克斯红木雕像，因此伯爵夫人看到的只是女儿的侧面，这张脸的那种异常严肃而专注的神情使伯爵夫人大为惊讶。

娜塔莎在听，在思考。

“说呀，那又怎样呢？”她说。

“你有意使他神魂颠倒，这是为什么？你想要他怎样？你知道，你是不可能嫁给他的。”

“为什么呢？”娜塔莎没有改变姿势，问道。

“因为他太年轻，因为他穷，因为他是近亲……因为你并不爱他。”

“您怎么知道？”

“我知道。这样不好，我的朋友。”

“要是我喜欢这样呢……”娜塔莎说。

“不要瞎说了。”伯爵夫人说。

“要是我喜欢这样呢……”

“娜塔莎，我严肃地……”

娜塔莎不让她说完，就把伯爵夫人的一只大手拉过来，亲她的手背，接着亲手心，接着又把手翻过来，亲吻手指背面的关节骨，接着亲间隙，接着又亲关节，一面低声说：“一月，二月，三月，四月，五月。”

“说话呀，妈妈，您怎么不说话了？说吧。”她回头望着母亲说，母亲目光温柔地谛视女儿，似乎把要说的话忘记了。

“这样不行，亲爱的。不是谁都能理解你们的孩子气的关系，看到他和你这么亲近，常来我们家的那些年轻人会怎么想呢，主要的是，他在无辜地受到折磨。他也许能找到适合自己的伴侣，一个富有的姑娘；而现在他简直要疯了。”

“要疯了？”娜塔莎重复道。

“我讲讲自己吧。我有一个表兄……”

“我知道，基里拉·马特维伊奇，他不是个老头子吗？”

“不是生下来就是老头子啊。这样吧，娜塔莎，我和鲍里斯谈谈。他不能来得这么勤。”

“既然他愿意，为什么不能来？”

“因为我知道，不会有什么结果。”

“您怎么知道？不，妈妈，您别对他说。说什么傻话呀！”娜塔莎的口气就像有人要剥夺她的财产似的，“好吧，大不了我不结婚了，让他来吧，既然他高兴我也高兴。”娜塔莎面带微笑地望着母亲。

“我不嫁人了，就**这样**。”她又说一遍。

“什么意思，我的朋友？”

“就**这样**嘛。不过，我也犯不着不嫁人，反正……就**这样**。”

“就这样，就这样。”伯爵夫人学舌道，随即发出一阵老太太的慈祥的、出人意料的笑声，笑得浑身打战。

“够啦，别笑了，”娜塔莎叫了起来，“整个床都在抖动了。您真像我，也这么爱笑……您先别笑……”她抓住伯爵夫人的两只手，在一只手上亲了一下小指的指骨——这是六月，又在另一只手上亲着七月、八月。“妈妈，他非常爱我吗？您看呢？有人这样爱过您吗？而且他非常可爱，非常、非常可爱！可是不大合我的心意，他那么狭窄，像餐厅的挂钟……您不明白？……狭窄，知道吗，灰色，颜色浅而淡……”

“你胡说什么！”伯爵夫人说。

娜塔莎接着说道：

“难道您不明白？尼科连卡就明白了……别祖霍夫——他是蓝色，深蓝中透着鲜艳的红色，而且他四角方正。”

“你对他也喜欢卖俏。”伯爵夫人笑着说。

“不，他是共济会员，我知道的。他挺不错，深蓝中透着鲜艳的红色，怎么向您解释呢……”

“我的夫人，”门外响起了伯爵的声音，“你没睡吧？”娜塔莎赤脚跳了起来，一把抓起便鞋，跑到自己的房间去了。

她久久不能入睡。老是想着，谁也不了解她所了解的一切和她的心情。

“索尼娅呢？”她望着那个拖着一条大尾巴蜷伏着睡觉的小猫想。“不，她怎会了解！她品德高尚。爱上了尼科连卡，别的什么都不想知道了。连妈妈也不了解。真奇怪，我多么聪明啊……她多么可爱。”接着她用别人的口吻评论她自己，并且想象，这个评论她的是一个非常聪明、最聪明最高尚的男人……“她多才多艺，”这个男人继续说道，“聪明过人，可爱，又漂亮，非常漂亮、机敏过人——游泳、骑马样样擅长，还有那嗓音！简直动听极了！”她唱了凯鲁比尼①歌剧中她心爱

---

①凯鲁比尼（1760—1842），意大利作曲家。

的一个乐句，纵身扑到床上，想到马上就能入睡而开心大笑，她叫杜尼亚莎去吹灭蜡烛，杜尼亚莎还没有走出房间，她已经进入了更幸福的梦乡，那里的一切也和现实生活一样愉快、美好，不过还更胜一筹，因为别有一番情趣。

第二天伯爵夫人把鲍里斯请来，和他谈话，从这天起，他就不再到罗斯托夫家来了。

十四

十二月三十一日，一八一〇年新年前夜，le réveillon[①]，叶卡捷琳娜时代一位富豪重臣之家举行舞会，外交使团和皇上将出席这次舞会。

带有英国风情的滨河街上，这位重臣的名宅彩灯无数，亮如白昼。铺着红地毯的灯火辉煌的正门警卫森严，站在门前的不仅有宪兵，还有警察局长和数十名警官。几辆马车在离去，新来的马车络绎不绝，带着漂亮的仆从和帽子上插着羽饰的家仆。从四轮轿式马车上下来的男人们身穿制服，佩戴星章和绶带；穿着缎子衣裳和白鼬皮大衣的贵妇们，小心地踩着啪的一声放下的踏板下来，迅速而无声地在正门前的红地毯上走过。

几乎每当新的马车驶近的时候，人群便会窃窃私语，纷纷摘帽。

“皇上？……不，这是大臣……这是亲王……这是公使……难道你没看见羽饰吗？”这是人群中的说话声，其中一个穿得比别人都好，他似乎谁都认识，而且叫得出当时最显赫的那些大臣的姓名。

几乎三分之一的客人已经来到舞会上，而应当赴会的罗斯托夫一家还在忙着穿衣打扮。

对于这次舞会，罗斯托夫家有过很多议论和准备，唯恐受不到邀请，又怕来不及把衣裳都准备好，不能做好一切应有的安排。

---

①法文，意为前夜。

和罗斯托夫一家前往赴会的，有伯爵夫人的朋友和亲戚玛丽亚·伊格纳季耶夫娜·佩隆斯卡娅，她面黄肌瘦，是前朝的贵族宫女，她在指导外省人罗斯托夫一家在彼得堡上流社会的活动。

晚上十点钟罗斯托夫一家要顺路到塔夫里切斯基花园去接那位贵族宫女，可是已经十点缺五分了，夫人小姐们还没有穿好衣裳。

娜塔莎是生平第一次参加这样盛大的舞会。这天她早晨八点起床，整天都十分激动、焦虑不安、忙忙碌碌。从早晨起，她就全力以赴地要让她们——她、妈妈和索尼娅尽可能打扮得光鲜体面。索尼娅和伯爵夫人完全听她摆布。伯爵夫人应当穿上紫红色天鹅绒连衣裙，两位小姐要在粉红色的丝绸衬裙外面罩上洁白的薄纱连衣裙，胸前别上玫瑰花。头发应当梳成希腊式的。

所有要紧的事情都已经做好了：脚、手、脖子、耳朵都为了参加舞会而特别细心地擦洗过，洒了香水、扑了粉；穿上了透花丝袜和带蝴蝶结的白缎鞋；发式也差不多做好了。索尼娅的衣裳就要穿好了，伯爵夫人也一样；可是为大家忙活的娜塔莎却落后了。她还坐在镜子前，瘦削的肩上披着一件宽大的罩衫。穿戴整齐的索尼娅站在房间中央，要把最后一条缎带用大头针别上，纤细的手指弄得生疼。

“不是这样，不是这样，索尼娅！”娜塔莎说，一边转过头来，又双手抓住了头发，因为正握住她头发做发式的女仆来不及松手。“蝴蝶结不是这样的，你过来。”索尼娅坐到了她身边。娜塔莎重新别上了缎带。

“对不起，小姐，乱动可不行。”握住娜塔莎头发的女仆说。

“哎哟，我的天，等一等嘛！要这样，索尼娅。”

“你们好了吗？”传来了伯爵夫人的声音，“已经十点钟了。”

“马上，马上。您已经准备好了吗，妈妈？”

“只要把帽子别上就行了。”

“等我来，”娜塔莎叫道，“您不会！”

“十点钟啦。”

决定十点半到达舞会会场，而娜塔莎还要穿衣裳，还要顺路到塔夫里切斯基花园去一趟。

发式做好后，娜塔莎穿着下面露出一双小舞鞋的短裙和母亲的短衫，跑到索尼娅跟前，从上到下打量一下，然后又向母亲跑去。把她的头转过来别上了帽子，吻了吻她花白的头发，连忙又跑到为她的裙子缲边的女仆那儿。

娜塔莎的裙子耽搁了时间，她的裙子太长；两个女仆替她缲边，在匆忙地咬断线脚。第三个女仆嘴唇间咬着几枚大头针，正从伯爵夫人身边向索尼娅跑过去；第四个女仆一只举得高高的手里拿着一条薄纱连衣裙。

"玛夫鲁莎，快点儿，亲爱的！"

"把那里的顶针递给我，小姐。"

"快了吧？"伯爵说，他正要从门外进来。"这是你们要的香水。佩隆斯卡娅等得太久了。"

"好了，小姐。"女仆说，她用两根手指拎起缲好边的薄纱连衣裙，轻轻地在上面吹着、抖着什么，用这个动作表示，她手里拿着的衣裳多么轻柔，多么一尘不染。

娜塔莎开始穿连衣裙。

"马上，马上，别进来，爸爸！"薄纱裙还蒙着她的脸，她从这层薄纱下对已经推开门的父亲高声叫道。索尼娅砰地把门关上。片刻后，伯爵被放了进来。他穿着蓝色燕尾服、长筒袜和皮鞋，洒了香水，头发油光闪亮。

"爸爸，您多么漂亮啊，好极了！"娜塔莎说，她站在房间中央抚平薄纱的褶子。

"您别动，小姐，您别动。"女仆说，她跪在地上抻着连衣裙，同时用舌头把几枚大头针从一个嘴角移向另一个嘴角。

"随你的便，"索尼娅看看娜塔莎的连衣裙，绝望地叫道，"随你的便，还是太长！"

娜塔莎离得远一些，对着窗间的镜子打量自己的全身。连衣裙是太长了。

“真的，小姐，一点也不长。”在地板上跟着小姐爬行的玛夫鲁莎说。

“好吧，太长那就缭一缭，马上就能缭好。”脾气果断的杜尼亚莎说，她从胸前的手绢里取出一根针，又在地板上动手干了起来。

这时伯爵夫人戴着高筒女帽，身穿天鹅绒连衣裙羞怯地悄然走了进来。

“嘀，我的美人！”伯爵叫了起来。“比你们还美！……”他想拥抱她，不过她红着脸躲开了，怕揉皱了衣裳。

“妈妈，帽子再偏一点，”娜塔莎说，“我用大头针重新别一下。”于是往前一冲，正在缲边的两个女仆来不及跟过去，扯下了一小块薄纱。

“我的天，怎么会这样？真的，这可不能怪我……”

“没关系，我来缭一下，看不出来的。”杜尼亚莎说。

“我的小美人，真美啊！”从门口进来的保姆说，“还有索尼娅呢，都是美人儿！”

十点一刻，他们终于坐上几辆马车走了。不过还要到塔夫里切斯基花园去弯一弯。

佩隆斯卡娅已经准备好了。虽然她年老色衰，但她所进行的准备，和罗斯托夫一家毫无二致，只是不那么匆忙（对她来说，这是习以为常的事情），她那年老色衰的身躯也同样洒了香水，洗得干干净净，耳后也同样细心地擦洗过，甚至和罗斯托夫家一样，在她穿着绣有花字[1]的黄灿灿的连衣裙来到客厅时，年老的女仆也对女主人的装束赞不绝口。佩隆斯卡娅称赞了罗斯托夫一家的衣饰打扮。

罗斯托夫一家称赞了她的品位和衣着，于是大家小心翼翼地保护着发式和衣裳，于十一点分乘几辆马车动身了。

十五

娜塔莎从这天的早晨起就没有一分钟的空闲，一次也不曾考虑过她

① 以名和姓或名和父名的第一个字母组成的花字。

会遇到什么情况。

在潮湿的寒气逼人的空气中，坐在摇晃的马车里的拥挤和薄暗中，她第一次生动地想象着，在那里，在舞会上，在灯火辉煌的大厅里等待着她的是什么情景——音乐、鲜花、舞蹈、皇上和彼得堡的所有才貌出众的男女青年。她所期待的是那么美好，甚至不敢相信这一切是真的，因为这和马车里的寒冷、拥挤和昏暗的印象太不相称了。她终于明白了等待她的是什么，这时她走过大门前的红地毯进入前厅，脱下了裘皮大衣，和索尼娅并肩走在母亲前面，沿着灯光灿烂的楼梯走在鲜花之间。只是在这时她才想到了，她在舞会上应当如何约束自己的举止，于是竭力保持她认为一个少女在舞会上应有的端庄的风度。幸而她感到她的眼睛应接不暇：什么也看不清楚，脉搏一分钟跳到一百次，心里热血沸腾。她不能保持那种会使她变得很可笑的风度了，她激动得不知所措地走着，只想竭力掩饰这种激动。而这恰恰是最适合她的风度。在她们前后，进来的客人们也那样低声交谈，那样穿着舞会服装。楼梯旁的镜子里反映着身穿白色、天蓝色、粉红色连衣裙的夫人小姐，在裸露的手臂和脖子上闪烁的钻石和珍珠。

娜塔莎望着镜子，分不清影像中谁是自己。一切都汇合成一个灿烂夺目、缓缓行进的队列。在第一个大厅的入口处，谈话声、脚步声和寒暄声融成一片从容不迫的嗡嗡声，使娜塔莎震耳欲聋；光芒和闪光更使她眼花缭乱。在入口处已经站了半个小时的男女主人，对进来的人说着同样的一句话："见到您非常、非常高兴。"他俩也欢迎了罗斯托夫一家和佩隆斯卡娅。

两个身穿白色连衣裙的少女，乌黑的头发间插着同样的玫瑰花，同样地行着屈膝礼，可是女主人的目光不由自主地在身材纤细的娜塔莎身上停留得较久。她看看她，在作为女主人的微笑之外又特别地对她一个人嫣然一笑。望着她，女主人也许想起了自己少女时代那一去不复返的金色年华和自己的第一次舞会。男主人也目送着娜塔莎，问伯爵，谁是他的女儿？

"太美了！"他吻吻自己的手指尖说。

站在大厅里的来宾都簇拥在门口等候皇上。伯爵夫人的位置在人群的前几排。娜塔莎听到有几个人问到她，觉得有人在看她。她懂得，那些注意她的人是喜欢她的。这个观察结果使她略微安心了。

“有些人和我们一样，也有不如我们的。”她想。

佩隆斯卡娅向伯爵夫人介绍了舞会上那些最重要的人物的姓名。

“那是荷兰公使，看见了吗，头发花白的。”佩隆斯卡娅说，她指着有一头浓密的银灰色鬈发的小老头，他被几个女人围绕着，不知怎么逗得她们笑声不断。

“那就是彼得堡的女皇，别祖霍娃伯爵夫人。”她指着刚进来的海伦说。

“多漂亮！比玛丽亚·安东诺夫娜毫不逊色；您看，老的少的都跟在后面讨好她。又漂亮又聪明。听说，亲王……为她神魂颠倒呢。这两个并不漂亮，身边围着的人却更多。”

她指的是穿过大厅的一位贵妇人和她那难看的女儿。

“这是有百万陪嫁的待嫁姑娘，”佩隆斯卡娅说，“这些就是追求她的人了。”

“这是别祖霍娃的兄弟阿纳托利·库拉金。”她指着一个美男子——近卫重骑兵团的军官说，他从她们面前经过，抬着头越过他们的头顶朝什么地方看着。“真漂亮！是吧？听说，人家要他娶那个有钱的姑娘。您的表亲，德鲁别茨科伊，也在对她献殷勤。什么，这就是法国公使啊，”伯爵夫人问科兰古是什么人，她这样回答道，“您瞧瞧，他那趾高气扬的样子。不过很可爱，法国人都很可爱。在社交界没有比他们更可爱的了。啊，她来了！不，还是我们的玛丽亚·安东诺夫娜最漂亮！衣着多朴素。美极了！”

“而这个人，戴眼镜的胖子，是世界共济会的会员，”佩隆斯卡娅指着别祖霍夫说，“让他和妻子并排地站在一起，简直是个古怪的小丑！”

皮埃尔摇晃着肥胖的身躯，分开人群，向左右频频点头致意，他的态度那样随便而和善，就像走在市场上的人群中似的。他在人群中挤来挤去，显然是在找人。

娜塔莎高兴地看着这个被佩隆斯卡娅称为古怪的小丑的皮埃尔那张熟悉的脸，知道他是在人群中找他们，特别是找她。皮埃尔曾答应她参加舞会，并为她介绍舞伴。

不过，还没有走到他们那里，别祖霍夫就停在了一个身穿白色军服，身材不高，非常英俊的黑发男子身边，那人站在窗前，正和一个戴着几枚勋章、佩着绶带的高个子男人交谈。娜塔莎立刻认出了身穿白色军服、身材不高的年轻人：那是鲍尔康斯基，她觉得，他年轻多了，快乐多了，也漂亮多了。

“瞧，又是一个熟人，鲍尔康斯基，看见了吗，妈妈？”娜塔莎指着安德烈公爵说，“记得吗，他曾在我们的快乐村过夜。”

“啊，你们认识他？”佩隆斯卡娅说，“他叫我无法容忍。现在大家都为他发疯了。那样傲气，简直目中无人！像他爹。他和斯佩兰斯基拉上了关系，在起草什么方案。你们瞧瞧，他对女士们的态度！她在对他讲话，他却转过脸去，”她指着他说，“要是他对我也像对这些女士那样，我就要他好看。”

十六

突然一阵骚动，人群开始交头接耳，向前涌动，又纷纷散开，于是在分成两列的队伍之间，皇上在奏乐声中进来了。男女主人紧随其后。皇上频频左右颔首，走得很快，仿佛要尽快摆脱这迎接的最初时刻。乐队在演奏波洛涅兹舞曲①，专为它配置的歌词使这首舞曲在当时家喻户晓。歌词的开头是：“亚历山大，伊丽莎白，我们对你们无限崇敬”。皇上进了客厅，人群涌向门口；有几个人脸上变色，匆匆进去又匆匆退回。人群又从客厅门口闪开，皇上正在客厅里和女主人谈话。一个年轻人神色慌张地逼近女士们，请她们向后退。有些女士仿佛完全忘记了上流社会的所有礼节，也顾不上爱惜漂亮的衣裙，一个劲地往前挤。男士

① 波洛涅兹舞曲，波兰一种庄重的古典舞（波洛涅兹舞）的配乐。

们开始走近女士，成双成对地结为舞伴，准备跳波洛涅兹舞。

大家让开了，皇上微笑着，脚步不合音乐节拍地牵着女主人的手，出了客厅的门。跟在他后面的是男主人和M．A．纳雷什金娜，然后是公使们、大臣们和各军种的将军，佩隆斯卡娅在不停地报出他们的姓名。女士们大都有了男舞伴，已经或即将跳起波洛涅兹舞。娜塔莎意识到，她与母亲和索尼娅留在了少数女士之中，都被挤到墙边，没有人邀请她们跳舞。她垂着纤细的手臂站着，微微隆起的胸部均匀地起伏不定，她屏住呼吸，闪亮惊恐的眼睛望着面前，带着准备承受极大欢乐和极大痛苦的那种表情。无论皇上还是佩隆斯卡娅所指点的那些重要人物，都不能引起她的注意，她心里只有一个想法："难道就没有人来邀请我，难道我不能在第一批里跳舞，难道所有这些男人都不注意我，他们现在好像看不见我似的，即使看着我，那表情也仿佛在说：'啊！这不是她，那又何必看呢！'不，这不可能！"她想，"他们应当知道，我多么想跳舞，我跳起舞来有多么出色，他们和我跳舞会感到多么快乐啊。"

持续了好久的波洛涅兹舞曲，在娜塔莎听来，已经有了悲伤的韵味，仿佛只是一种回忆了。她想哭。佩隆斯卡娅离开了她们。伯爵在大厅的另一边。伯爵夫人、索尼娅和她站在这群陌生人之中，仿佛在森林里，没有人注意她们，也没有人需要她们。安德烈公爵和一位女士从她们面前走了过去，显然没有认出她们。美男子阿纳托利微笑着，在对一位挽手而行的女士说话，她看了娜塔莎一眼，那目光就像人们看到了一堵墙壁。鲍里斯两次走过她们面前，每一次都把头转开。没有跳舞的贝格带着妻子来到了她们跟前。

在这里，在舞会上的这种家庭聚会使娜塔莎感到很难堪，似乎除了在舞会上，就没有地方谈家常了。薇拉在对娜塔莎讲自己的绿色连衣裙，她不听，也不看着她。

最后，皇上在自己最后一个舞伴的身边站住了（他和三个人跳了舞），音乐声停了；热心的副官跑上前来，请罗斯托夫家的几个人再往什么地方让一让，而他们已站在墙边了，这时大厅的长廊里响起了华尔兹舞曲那清晰细腻、引人入胜而富于节奏感的音乐声。皇上面带微笑，抬头看了看大厅。一分钟过去了，还是没有人出场。主持舞会的副官来到别祖霍娃伯爵夫人面前，向她发出邀请。她微笑着抬起一只手，放在副官的肩上，并不看他。主持舞会的副官是本行的高手，他紧搂自己的舞伴，自信、从容而有节奏地绕着周边跳起了滑步，在大厅的一角提起她的左手，让她转了一圈，在愈来愈急促的音乐声中，只听副官轻灵的双脚发出马刺的有节奏的清脆的碰击声，每过三个节拍，在旋转中，他舞伴的天鹅绒连衣裙便如火焰喷发般地飘然扬起。娜塔莎看着他们，忍不住想哭，因为不是她在跳华尔兹的首轮。

安德烈公爵身穿白色上校军服（骑兵的）、长筒袜和皮鞋，兴奋而愉快，站在圈子的前几排，离开罗斯托夫家的人不远。菲尔戈夫男爵在和他谈论定于明天召开的第一次国务会议。安德烈公爵作为斯佩兰斯基的亲信和法制委员会工作的参与者，可以提供有关明天会议的可靠信息，而关于这次会议一时众说纷纭，莫衷一是。不过，他没有听菲尔戈夫说话，时而看看皇上，时而看看那些想跳舞却还犹豫着没有进入舞池的男士。

安德烈公爵在观察这些在皇上面前胆怯的男士和由于渴望受到邀请而屏息凝神的女士。

皮埃尔走到安德烈公爵跟前，抓住他的手。

“您是经常跳舞的。这里有一个受我庇护的人，罗斯托夫家的二小姐，您去邀请她吧。”他说。

“在哪里？”鲍尔康斯基问。“对不起，”他转头对男爵说，“这个话题我们换个地方详谈，而在舞会上应该跳舞啊。”他朝着皮埃尔所指的方向走了。娜塔莎失望发呆的神气引起了安德烈公爵的注意。他认出了她，猜到了她的心情，明白她还是新手，想起了她在窗口所说的话，于是带着愉快的表情来到罗斯托娃伯爵夫人面前。

“请允许我向您介绍我的女儿。”伯爵夫人红着脸说。

“我有幸是府上的熟人，如果伯爵夫人没有忘记的话。”安德烈公爵说，恭敬地深深鞠躬，与佩隆斯卡娅说他粗鲁的评语完全相反，他走近娜塔莎，在把邀请她跳舞的话说完之前，就抬起手，想搂她的腰。娜塔莎脸上那随时准备绝望和狂喜的屏息发呆的神情，顿时绽放了充满幸福和感激的孩子气的微笑。

“我早就在等你了。”惊喜交集的少女那泪水盈盈的微笑仿佛在这样说，她抬起手放在安德烈公爵的肩上。他们是进入舞池的第二对舞伴。安德烈公爵是那时最优秀的舞蹈家之一。娜塔莎的舞也跳得极好。她的一双小脚穿着缎子舞鞋，轻快而潇洒自如地行动着，她的脸上洋溢着幸福的狂喜。她裸露的脖子和手臂是瘦瘦的，比起海伦的肩膀不算漂亮。她的肩膀瘦削，胸部平坦，手臂纤细，不过，海伦仿佛由于千百双眼睛从她身上滑过而被涂上了一层清漆，而娜塔莎看来还是初次裸露肩膀的少女，她一定会耻于这样做，倘若不是有人坚持必须如此的话。

安德烈公爵喜欢跳舞，而且想尽快摆脱大家都来向他提出的高深的政治话题，尽快打破由于皇上在场而形成的令他气恼的尴尬氛围，便开始跳舞，他之所以选中娜塔莎，是因为皮埃尔推荐了她，还因为她是第一个落入他眼帘的漂亮女人；可是一旦搂住她那苗条、灵活、颤动的腰肢，而她离他那么近地动弹起来，离他那么近地嫣然微笑，她的魅力便像美酒一样使他感到醉意：当他喘息着放开她，驻足观望跳舞的人们时，他感到自己更生气勃勃，更年轻了。

十七

在安德烈公爵之后来邀请娜塔莎跳舞的有鲍里斯，有那个首先进入舞池的擅长跳舞的副官，还有其他一些年轻人，于是娜塔莎把多余的舞伴让给索尼娅，兴致勃勃，满面绯红，整晚都在不停地跳舞。对舞会上引人注目的事情，她什么也没有发觉，什么也没有看到。她不仅没有发觉皇上和法国公使交谈了好久，特别亲切地和一位女士说过话，没有发觉一位亲王和一位女士的举止言谈，也没有发觉海伦怎样受到欢迎，以及某人怎样对她关怀备至；她甚至没有看见皇上，后来只是因为气氛更活跃了，才发觉皇上已经走了。晚宴前，安德烈公爵又和娜塔莎跳了一

种法国花步舞[1]。他向她提及他们在快乐村林荫道上的初次相遇，她月夜难眠，他在无意中听到她在说话。娜塔莎听到这段回忆，脸上泛起了红晕，她竭力为自己辩解，仿佛被安德烈公爵无意中偷听到的话里所流露的心情有什么见不得人的地方。

安德烈公爵和所有成长于上流社会的人一样，喜欢在上流社会遇到没有上流社会的共同烙印的人物。娜塔莎就是这样，包括她的那种惊奇、快乐和羞怯，甚至说法语时出的错。在她面前他的态度和谈吐特别温柔细心。坐在她身旁，与她交谈最普通、最无关紧要的话题时，安德烈公爵欣赏的是她眼睛和微笑里所闪现的快乐的光彩，这光彩与谈话的内容无关，而是发自她内心深处的幸福感。在她受到邀请，站起身来，在大厅里翩翩起舞的时候，他特别欣赏她那含羞不语的优雅姿态。在跳法国花步舞的中途，结束一种类型的舞步之后，娜塔莎在向自己的座位走去时还娇喘吁吁。又有男士来邀请她。她累了，喘不过气来了，看来很想拒绝，可是立刻又抬手放在男士的肩上，对安德烈公爵回眸一笑。

“我倒是很想休息休息，陪您坐一会儿，我累了；可是您瞧，有人邀请我呀，我很高兴有人邀请，我感到幸福，我爱所有的人，我和您都了解这种心情啊。”那微笑还说了很多、很多。舞伴离开她后，娜塔莎穿过大厅，去请两位女士跳几种舞步。

“如果她先请表姐，然后再请另一位女士，那么她将成为我的妻子。”安德烈公爵望着她，完全出乎意料地对自己说。她先向表姐走了过去。

“有时会生出多么荒唐的念头啊！”安德烈公爵想，“但是有一点是肯定的，这个姑娘这么可爱，这么特别，她在这里跳舞不出一个月就会出嫁的……这样的女孩子在这里真是罕有。”当娜塔莎整理着胸前的玫瑰花，在他身旁落座的时候，他又想。

法国花步舞快要结束时，身穿蓝色燕尾服的老伯爵来到跳舞的人们跟前，他邀请安德烈公爵到家里来做客，又问女儿快乐吗？娜塔莎没有回答，只是微微一笑，这微笑仿佛在埋怨：“怎么会这样问呢？”

---

① 法国花步舞，18 世纪流行的舞步多变的交谊舞。

“快乐极了，从来没有这样快乐过！”她说，安德烈公爵发觉，她那瘦削的双臂很快地抬了抬，想拥抱父亲，不过马上又垂下了。娜塔莎感到从未有过的幸福。她充满一种极度的幸福感，这时人会变得十分善良而高尚，不相信世上会有邪恶、不幸和痛苦。

皮埃尔在这次舞会上第一次因为妻子在上层所占有的地位而感到屈辱。他面色阴沉，精神恍惚。在他的前额上横着一条很深的皱纹，他站在窗边，透过眼镜望着，对任何人都视而不见。

娜塔莎去参加晚宴时从他面前经过。

皮埃尔阴沉和苦恼的神情使她大吃一惊。她在他对面站住了。她想要帮助他，让他分享自己幸福的心情。

“多么快乐啊，伯爵，”她说，“不是吗？”

皮埃尔心不在焉地微微一笑，显然没有明白对他所说的话。

“是的，见到你很高兴。”他说。

“他们怎么会有什么不满呢？”娜塔莎想。“特别是像别祖霍夫这样的好人。”在娜塔莎的心目中，所有参加舞会的人都一样善良、亲切、出色、相亲相爱：谁也不会伤害别人，所以人人都感到幸福才对。

十八

第二天，安德烈公爵想起昨天的舞会，不过没有多想，“是的，舞会很精彩……还有……罗斯托娃小姐非常可爱。她身上有一种清新、特别、非彼得堡的气质，使她与众不同。”这就是他关于昨天的舞会所想的一切，他喝了茶便坐下工作。

不过，由于疲倦或失眠，这一天不适宜工作，安德烈公爵什么也做不成，他老是在挑剔自己的工作，这是他常有的情形，听到有人来了，心里很高兴。

来的是比茨基，他在各种不同的委员会工作，混迹于彼得堡的上流社会，热烈崇拜新思想和斯佩兰斯基，是彼得堡的热心的消息人士，他这种人选择思潮，就像挑选衣服一样赶时髦，因此总好像是各种思潮的最早的倡导者。他刚摘下帽子，就急切地跑进来见安德烈公爵，而且立即谈论起来。他刚刚打听到今天上午皇上召开的国务会议的详细情况，于是兴致勃勃地讲着这件事。皇上的讲话是非同寻常的。这是立宪君主才会发表的那种讲话。“皇上直截了当地说，国务会议和参政院是国家**组织**；他说，执政不应以个人意愿为基础，而要以**坚定的原则**为基础。皇上说，财政要改革，决算要公开。”比茨基说道，对某些词语加重语气，并意味深长地睁大双眼。

“是的，今天这个事件是一个时代的开始，是我国历史上一个伟大时代的开始。”他下结论道。

安德烈公爵听着关于召开国务会议的讲述，他曾迫切期待这次会议的召开，并寄予厚望，他感到惊讶，现在这个事件发生了，非但没有使他有所触动，反而使他觉得，这件事太无足轻重了。他听着比茨基兴高采烈的讲述，暗怀讥讽。他不禁有了一个极简单的想法：“皇上在国务会议上所说的话，与我和比茨基何干，与我们何干？难道这一切能使我更幸福，更高尚？”

这个简单的论断使安德烈公爵原来对当前改革的所有关切全都化为乌有。就在这一天，安德烈公爵要应邀到斯佩兰斯基家里去，如主人在邀请他时所说，“在友情的圈子里”共进晚餐。在他如此欣赏的人的家庭和友情的圈子里的这种餐会，曾经是安德烈公爵所向往的，尤其是因为他至今还没有看到过在家庭日常生活中的斯佩兰斯基；可是现在他不想去了。

不过，在约定的午餐时间，安德烈公爵已进入位于塔夫里切斯基花园旁的斯佩兰斯基的不大的私宅，在这座小小的住宅里，镶木地板的餐厅非常干净（干净得令人想起修道院），他迟到了一会儿，在五点钟看到，这个友情圈子的全体成员都已经在餐厅里了，他们都是斯佩兰斯基的密友。除了斯佩兰斯基的幼女（她有一张像父亲的长脸）和她的女家庭教师，没有别的女性。客人有热尔韦①、马格尼茨基和斯托雷平②。

---

①热尔韦（1773—1732），斯佩兰斯基的亲戚，任职于外交部和财政部。

②斯托雷平（1778—1825），作家，参政员。

安德烈公爵在前厅就听到了大声喧哗和响亮而音节分明的哈哈大笑，很像是舞台上的那种笑声。似乎是斯佩兰斯基在音节分明地发出有节奏的笑声：哈，哈，哈。安德烈公爵从未听到过斯佩兰斯基的笑声，因而这位国家要人的这种响亮、尖细而怪异的笑声使他大为惊讶。

安德烈公爵走进了客厅。所有人都站在两扇窗子之间，靠近一张摆着冷盘的小餐桌。斯佩兰斯基身穿佩戴着一枚星章的灰色燕尾服，看得出还穿着白色西装背心，系着高高的白领结，像出席著名的国务会议那样，他神情愉快地站在餐桌旁。客人们围绕在他身边。马格尼茨基面朝米哈伊尔·米哈伊洛维奇，在讲一个笑话。斯佩兰斯基听着，马格尼茨基没有说完，他就笑了起来。在安德烈公爵走进房间的时候，马格尼茨基的话又被一阵笑声所淹没。斯托雷平咀嚼着奶酪面包，发出高昂的男低音，马格尼茨基小声嘻嘻地笑，斯佩兰斯基在音节分明地尖声大笑。

斯佩兰斯基仍然笑着，向安德烈公爵伸出了白皙细腻的手。

“见到您很高兴，公爵，”他说，“等一下……”他转身对马格尼茨基说，打断了他的话。“我们今天约定：聚餐只图高兴，绝口不谈公事。”于是他又转向那个讲笑话的人，随即又笑了起来。

安德烈公爵带着惊讶和失望的沮丧听着他的笑声，看着笑声不绝的斯佩兰斯基。安德烈公爵觉得，这不是斯佩兰斯基，而是另一个人了。斯佩兰斯基过去使安德烈公爵感到神秘而富于魅力的一切，顿时荡然无存，他把他看清楚了，已无魅力可言。

餐桌上的谈话没有片刻的停顿，仿佛就是可笑趣闻的汇集。马格尼茨基还没有把故事讲完，另一个人就自告奋勇，要讲一个更可笑的趣闻。笑话不是涉及官场就是涉及官员。他们似乎早已断定，那些人是何等渺小，因而对他们的唯一可能的态度便是温和的嘲讽。斯佩兰斯基讲到，在今天上午的国务会议上，曾征求一位耳背的大臣的意见，这位大臣回答说，他也是那个意见。热尔韦讲了一个财务审查的案子，引人注目的是所有当事人都那么愚蠢。口吃的斯托雷平插了进来，开始激烈地抨击旧体制的弊端，谈话马上就有变得严肃起来的危险，马格尼茨基开始取笑斯托雷平的激烈态度。热尔韦插进来讲了个笑话，于是谈话又恢复了原来的轻松愉快的取向。

显然，斯佩兰斯基喜欢在繁忙之后在朋友的圈子里休息和消遣，所有的客人也都明白他的心意，竭力使他感到快乐，自己也得到快乐。可是安德烈公爵觉得，这种快乐很压抑而沉闷。斯佩兰斯基尖细的说话声使他感到很不愉快，不停的笑声中的那种虚假的腔调不知怎么激起了安德烈公爵的极大反感。安德烈公爵没有笑，很怕他在这个圈子里显得落落寡合。不过，谁也没有注意，他和轻松愉快的气氛是那么格格不入。大家似乎都很愉快。

他几次想加入谈话，可是他的话总是被弹了出来，就像软木塞被弹出水面一样，因而很难和他们一起说说笑笑。

他们的谈吐没有什么不好或不妥的地方，说得都很俏皮，也很可能会引人发笑，然而恰恰是笑谈中的那种诙谐，不仅没有，而且他们也不知道有这种东西存在。

晚餐后，斯佩兰斯基的女儿和女家庭教师站了起来。斯佩兰斯基抬起白皙的手亲切地抚爱女儿，又吻了吻她。他的这个姿态也使安德烈公爵觉得不大自然。

男人们按照英国人的方式，留在餐桌旁喝波尔图葡萄酒。讲起了大家一致赞赏的拿破仑在西班牙的战事①，谈话中安德烈公爵开始反驳他们的看法。斯佩兰斯基微微一笑，显然为了扭转谈话的趋向，讲了一个与话题无关的趣闻，好一会儿，大家都默然无语。

斯佩兰斯基在餐桌旁略坐片刻，塞上了酒瓶，说了一句："现在美酒难得。"把酒瓶递给仆人，站了起来。大家都站起来了，仍然热烈地交谈着朝客厅走去。有人向斯佩兰斯基递交信使送来的两封信。他拿了信到书房去了。他一走，欢声笑语沉寂了，客人们都审慎地小声交谈起来。

"好，现在朗诵！"斯佩兰斯基从书房出来说道。"他才华横溢！"

---

①1807 年拿破仑出动重兵入侵西班牙，翌年 5 月宣布其兄约瑟夫 · 波拿巴为西班牙国王。他的侵略行动遭到西班牙人民的顽强抵抗。

他对安德烈公爵说。马格尼茨基立刻摆好姿势，开始朗诵他为打趣彼得堡的某些名人而写的法语谐趣诗，引起了阵阵掌声。安德烈公爵在朗诵结束后上前向斯佩兰斯基告辞。

“这么早您去哪里？”斯佩兰斯基问。

“我答应参加一个晚会……”

他们沉默了一会儿。安德烈公爵在近处望着那双镜子般让人看不透的眼睛，不禁觉得可笑，他怎么会对斯佩兰斯基以及自己与他绑在一起的活动抱有期望呢，怎么会认为，斯佩兰斯基的所作所为具有重大意义呢。在他离开斯佩兰斯基之后，那做作的、令人不快的笑声还在他的耳边久久回响。

回到家里，安德烈公爵开始回忆四个月来自己在彼得堡的生活，重新加以审视。他回忆着自己的忙碌、探索，以及他起草的军事条令方案的遭遇，它已被采纳备案，却遭到封杀，唯一的原因是另一个很糟糕的方案已经拟就，并呈报了皇上；回忆着贝格担任委员的那个委员会的各次会议；回忆在这些会议上怎样挖空心思、没完没了地讨论开会的形式和程序，而草率地竭力回避问题的实质。他想起自己参与的立法工作，想起自己怎样热心地将罗马法典和法兰西法典的条文译成俄文，不禁感到惭愧。然后他生动地回忆起鲍古恰罗沃，自己在乡下的作为和梁赞之行，回忆起农民和村长德龙，他把自己分类阐述的人权和他们相对照，觉得非常奇怪，他怎么会花那么长的时间干这种白费劲的事情。

十九

第二天，安德烈公爵出门拜访他还没有去过的几户人家，其中包括在最近一次舞会上恢复交往的罗斯托夫家。按照礼节，安德烈公爵应该到罗斯托夫家去，此外，他想见到在家庭中的那个给他留下愉快回忆的特别的、生气勃勃的姑娘。

娜塔莎是最先遇见他的人之一。她穿着家常的蓝色连衣裙，安德烈公爵觉得，她比穿舞会衣裙更美了。她和罗斯托夫全家都像见到老朋友一样纯朴而亲切地欢迎安德烈公爵。过去，安德烈公爵曾严厉指摘这个家庭，现在感到，这是一个由非常好的纯朴而善良的人所组成的家庭。老伯爵的亲切好客，在彼得堡是令人惊叹的，他的盛情使安德烈公爵无法拒绝共进午餐的邀请。“是的，这是一些善良可爱的人，”鲍尔康斯基想，“不言而喻，他们一点也不了解他们所拥有的瑰宝——娜塔莎，不过，这些善良的人们构成了一个极好的背景，恰到好处地衬托着这个特别富于诗意、充满生命活力、非常可爱的姑娘！”

安德烈公爵感到，娜塔莎有一个使他感到陌生的特殊的世界，充满了他所不了解的种种欢乐，这个陌生的世界，早在那时，在快乐村的林荫道上和月夜的窗口，就激起了他的好奇。现在这个世界已不再引起他的好奇，不是陌生的世界了；而进入这个世界后，他在其中为自己找到了一种新的喜悦。

午餐后，娜塔莎在安德烈公爵的请求下，走到古钢琴旁，开始唱歌。安德烈公爵站在窗前和女士们谈话，一边听着她的歌唱。一句歌词唱到一半，安德烈公爵沉默了，意外地感到喉咙里泪水哽咽，他从来不知道自己会这样动情。他望着唱歌的娜塔莎，于是心里有了一种新的幸福的感受。他感到幸福，同时又悲从中来。他绝对没有哭的理由，却就是想哭。为什么？因为往日的爱情？因为小公爵夫人？因为自己种种失望的遭遇？……因为自己对未来的希望？又是又不是。他之所以想哭，主要是因为他深切地意识到了一种可怕的对立，一方面是他心里的无限伟大而无法说清的向往，一方面是充满狭隘的肉体感受的激情，他自己是这样的人，甚至她也是。在她唱歌的时候，这种对立使他既苦恼又陶醉。

娜塔莎唱完就来到他面前，问他喜欢不喜欢她的歌声？她问了这句话，话一出口，才明白过来，她是不该这样问的，感到很难为情。他望着她微微一笑说，他非常喜欢她的歌声，正如喜欢她的一切表现。

安德烈公爵很晚才离开罗斯托夫家。他按平时的习惯躺下就寝，但很快就发觉无法入睡。他时而点燃蜡烛，坐在被窝里，时而起来，时而又躺下，丝毫不为失眠所苦：他的心灵充满了欢乐和新颖的感受，仿佛他是从窒闷的斗室来到辽阔的大地。他根本没有想到，他是爱上了罗斯托娃；他并没有想她；他只是想象着她的身影，于是他的全部生活便向他展现了崭新的面貌。“既然生活，全部生活及其所有的欢乐都向我敞开怀抱，我何必畏惧，何必在这狭小闭塞的圈子里挣扎奔忙呢？”他对自己说。于是他长期来第一次开始拟定未来的幸福计划。他暗自决定，他要关心一下儿子的教育，为他物色一位老师，把孩子托付给他；然后辞职到国外去看看英国、瑞士、意大利。“趁我还觉得自己这样富于青春活力的时候，我要充分利用自己的自由。”他对自己说。“皮埃尔说得对，要成为幸福的人，必须相信幸福是可能的，而我现在相信了。任凭死人埋葬他们的死人①，活着的人应当好好生活，做一个幸福的人。”他想。

二十

一天早晨阿道夫·贝格上校来访，皮埃尔正如认识莫斯科和彼得堡所有的人一样也认识他，上校身穿一尘不染的崭新的军服，像皇上亚历山大·巴甫洛维奇那样把鬓角梳理得向前翘起。

“我刚从您的夫人那里来，很不幸，我的请求未能得到俯允；我希望，伯爵，在您这儿，我会幸运一些。”

“您有什么事，上校？我愿效劳。”

“我现在，伯爵，已经在新居完全安顿好了，”贝格告诉他，想必觉得这句话听起来是令人高兴的，“所以我想为我和妻子的朋友们举行这么一个小小的晚会。（他露出了更愉快的微笑。）我想请伯爵夫人和您赏光，到舍下喝茶和……用餐。”

只有叶莲娜·瓦西里耶夫娜伯爵夫人才会觉得，和什么贝格之流交往有失身份，狠心地拒绝了这样的邀请。贝格那么清楚地说明，为什么他要在家里举行小范围的上流人物的聚会，为什么他会为此而感到高

---

①见《新约·马太福音》第8章第21—22节：“又有一个门徒对耶稣说：‘主啊，容我先回去埋葬我的父亲。’耶稣说：‘任凭死人埋葬他们的死人；你跟从我吧！’”

兴，以及为什么他对赌博和其他陋习吝惜金钱，而为了上流人物的聚会不惜破费，以致皮埃尔不好拒绝，便答应赴会。

“不过请不要迟到，伯爵，恕我斗胆请求；在八点缺十分来吧，斗胆请求您了。我们可以凑个牌局，我们的将军也来。他对我很好。我们共进晚餐，伯爵。请务必光临。”

这一天皮埃尔改变了迟到的习惯，不是在八点缺十分到达，而是八点缺一刻就到了。

贝格夫妇储备了晚会所需要的一切，准备接待客人了。贝格和妻子坐在整洁明亮，摆设着半身塑像、绘画和新式家具的书房里。贝格穿着崭新的扣紧纽扣的军服坐在妻子身边，向她解释，随时可以也应当结交地位比自己高的人，只有这样才能从交往中得到乐趣。

“你可以学到点儿什么，可以提出某些要求。你瞧，我是从最低的级别干起的（贝格不是用年龄，而是用皇上的恩赏来衡量自己的生活）。我的战友们还什么也不是，而我已是候补团长，有幸成为您的丈夫（他站起来吻了吻薇拉的手，不过走过来时不忘把地毯翘起的一角抻平）。我是靠什么得到这一切的呢？主要是靠善于择友。不言而喻，做人要品德高尚，尽忠职守……”

贝格抱着对软弱的女性的优越感微微一笑，认为自己这位可爱的妻子毕竟是一个软弱的女性，不可能充分理解男人作为一个男人的优越之处。同时，薇拉也抱着对高尚善良的丈夫的优越感微微一笑，在薇拉看来，他毕竟和所有的男人一样，不能正确地理解生活。贝格以自己的妻子为依据，认为所有的女人都是软弱而愚蠢的。薇拉根据对自己丈夫一个人的评判，把这种评语应用于所有的人，认为所有的男人都以为只有自己高明，其实什么也不懂，又高傲又自私。

贝格站起来小心翼翼地拥抱妻子，唯恐弄皱了他高价买来的镶花边的披肩，在她的双唇之间吻了一下。

“只是有一点，我们不能过早地要孩子。”他按照自己下意识的思路说。

“好的，”薇拉回答道，“我也不想这样。不能放弃社交生活。”

“尤苏波娃公爵夫人也有同样的一条。”贝格指着镶花边的披肩说，脸上露出了幸福、愉快的微笑。

这时仆人禀报别祖霍夫伯爵到了。夫妻俩得意地相视一笑，各自把这次来访视为自己个人的荣幸。

“这就是善于结交的结果，”贝格想，“就是举止得体的结果！”

“不过，请注意，在我和客人应酬的时候，”薇拉说，“你不要干扰我，因为我知道对每个人要有不同的态度，对什么人该说什么话。”

贝格也微微一笑。

“那可不行：有时男人之间要有男人的话题啊。”他说。

皮埃尔被迎进了新客厅，可是客厅里没有地方好坐，坐在哪里都会破坏对称、整洁和秩序，因而可以理解，也毫不奇怪，贝格大度地提议为了贵客而打破圈椅或沙发的对称，看来自己在这方面过分地犹豫不决，只好让客人自便，来解决这个问题。皮埃尔打破了对称，将一把椅子拖到了自己身边，于是贝格和薇拉的晚会开始了，他们互相干扰，抢着和客人应酬。

薇拉心里想，对皮埃尔应当谈谈法国大使馆，立刻就这个话题谈了起来。贝格想，男人的话题也是需要的，他打断妻子的话头，触及了与奥地利作战的问题，又不由自主地从一般性的话题跳到他个人对建议他参加出征奥地利的想法，以及他不接受这个建议的种种原因。尽管谈话很不和谐，而且薇拉因为男性话题的介入而心里有气，可是夫妻俩都满意地觉得，虽然只有一位客人，但**晚会**开始得很成功，这个晚会和任何别的晚会都像两滴水一样相似，有谈话，有茶，有几支点燃的蜡烛。

不久，贝格的老战友鲍里斯来了。他对贝格和薇拉的态度有几分优越感和庇护的意味。在鲍里斯之后，一位女士和上校来了，然后是将军本人，然后是罗斯托夫一家，于是毫无疑问，晚会已经和所有的晚会完全一样了。贝格和薇拉看着客厅里的活动，听着断断续续的话语声、衣衫的窸窣声和寒暄声，忍不住露出了快乐的微笑。一切都和别人家的晚会一样，特别像那么回事的是将军，他赞赏新居，拍拍贝格的肩膀，以父亲般的独断专行吩咐摆开波士顿牌桌。将军坐到了伊利亚·安德烈伊奇伯爵身旁，把他看做仅次于自己的贵宾。老年人和老年人在一起，年轻人和年轻人在一起，女主人在茶桌旁，茶桌上银盘子里盛放着饼干，这些饼干和帕宁[①]家晚会上的饼干是一样的，一切都和别人家的晚会毫无二致了。

二十一

皮埃尔作为最尊贵的客人之一，应当与伊利亚·安德烈伊奇、将军和上校同桌打牌。皮埃尔在波士顿牌桌上恰好坐在娜塔莎对面。从舞会那天以后，她身上所发生的奇怪的变化使他大为惊讶。娜塔莎默默不语，不但不像在舞会上那样漂亮，而且要不是她那谦和而淡漠的样子，就会显得很难看。

“她怎么了？”皮埃尔看了她一眼在想，她坐在茶桌旁姐姐的身边，不情愿地回答着坐到她身旁来的鲍里斯的问话，也不朝他看。皮埃尔打出一副同花顺子，搭档高兴地看到他吃掉了五张牌，他在收进那五张牌的时候，听见了寒暄声和有人走进房间的脚步声，于是又看了她一眼。

“她又怎么了？”他更惊讶了，不禁在问自己。

安德烈公爵带着关怀和温柔的神情站在她面前，在对她说话。她抬起头来，脸上泛起了红晕，看来在竭力抑制急促的呼吸，望着他。一种内心的已经熄灭的火焰又在她的身上闪耀着灿烂的光彩。她整个儿地变了。她不再难看，又变成了那个在舞会上的她。

安德烈走到皮埃尔身边，皮埃尔在自己朋友的脸上也注意到了一种新的洋溢着青春气息的神采。

皮埃尔在打牌时换了几次座位，有时背对娜塔莎，有时面对着她，而在打六圈牌的过程中一直在注意地观察她和自己的朋友。

“他们之间正在发生某种非常重要的事情。”皮埃尔想，一种快乐而又苦涩的心情使他激动不已，老是忘记打牌。

---

① 帕宁是俄国古老的贵族世家之一。

打完六圈后，将军站起来说，这样没法再玩了，皮埃尔总算能自由行动了。娜塔莎在一旁与索尼娅和鲍里斯说话。薇拉面带微妙的笑容在和安德烈公爵交谈。皮埃尔走近自己的朋友问道，谈的不是秘密吧，说着就在他们旁边坐了下来。薇拉发觉安德烈公爵对娜塔莎有好感，认为在晚会上，在真正的晚会上，对感情的微妙暗示是不可或缺的，因此在只有安德烈公爵一个人的时候，便瞅准时机，和他谈起了一般的感情和自己的妹妹。和那样聪明的客人（她以为安德烈公爵是那样的聪明人）在一起，她必须运用自己的交际艺术。

皮埃尔来到他们跟前，发觉薇拉自鸣得意地谈兴正浓，安德烈公爵似乎烦躁不安（这种情形是很少会发生在他身上的）。

"您是怎么想的呢？"薇拉面带微妙的笑容说道，"您，公爵，是那么洞察入微，那么善于在顷刻之间了解人们的性格。您对娜塔莎有什么看法呢，她能对自己的恋情始终不渝吗，她能像别的女人（薇拉在暗指她自己）那样，一旦爱上一个人便永远忠实于他吗？我认为这才是真正的爱情。您怎么看呢，公爵？"

"我对您的妹妹太缺乏了解，"安德烈公爵带着嘲讽的微笑回答道，他想用这样的微笑掩饰自己内心的烦躁，"还不能回答这样微妙的问题；再说，我注意到，女人越是不为人所爱，越是会始终不渝。"他补充道，看了看这时来到他们身边的皮埃尔。

"是的，您说得对；在当代，"薇拉接着说（她提到了当代，一般地说，智力有限的人喜欢谈当代，他们自以为发现了并评估了当代的特点，以为人的本性是随着时代的不同而变化的），"在当代，姑娘们有了太多的自由，以致被人追求的快感往往泯灭她的真正的感情，而娜塔莉，不得不承认，对追求是非常敏感的。"她又扯到娜塔莎身上，使安德烈公爵颇为不快地皱了皱眉头；他想站起来，可是薇拉带着更意味深长的微笑，继续说了下去。

"我想，谁也不曾像她那样受到追求，"薇拉说，"可是直到最近她从来没有认真地喜欢过谁，您是知道的，伯爵，"她转向皮埃尔，"甚至我们可爱的表兄弟鲍里斯，他当初，只在我们之间说说，已经深深地陷入了温柔乡……”她说，指的是当时流行的一种爱情卡。

安德烈公爵皱着眉头一声不吭。

“您和鲍里斯不是好朋友吗？”薇拉问他。

“是的，我认识他……”

“他想必对您说到过自己少年时代和娜塔莎的恋爱吧？”

“有过少年时代的恋爱？”安德烈公爵突然出人意料地涨红了脸，问道。

“是的。您知道，在表兄妹之间这种亲密的关系常常会发展为爱情。表亲关系是很危险的。不是吗？”

“啊，那当然。”安德烈公爵说，他顿时异样地兴奋起来，和皮埃尔开玩笑说，他和莫斯科的几位五十岁的表姐交往时可得当心了，于是在笑谈之中挽起皮埃尔的手臂，把他带到一旁。

“干吗？”皮埃尔问，惊讶地望着自己朋友的奇怪的兴奋劲儿，并且注意到了他在站起来时投向娜塔莎的眼神。

“我必须，我必须和你谈一谈，”安德烈公爵说，“你知道我们的女手套[①]（他说的是共济会发给新入会的兄弟，让他赠予心爱的女人的女手套）。我……不过，我们以后再谈吧……”安德烈公爵眼里闪着奇怪的光芒，步履匆匆地向娜塔莎走去，在她身旁坐了下来。皮埃尔看到，安德烈公爵问了她什么，她蓦地脸上泛起红晕，回答了他。

可是这时贝格来到皮埃尔面前，殷切地请求他去参加将军和上校之间关于西班牙战事的争论。

贝格感到很满意，很幸福。快乐的微笑始终挂在他的脸上。晚会开得很好，和他见到过的别人家的晚会完全一样。一切都很像样。既有女士们低声细语的谈话，也有牌局，也有在牌桌上嗓门越来越大的将军，还有茶炊和饼干，不过还缺少一样，那就是他在他希望仿效的晚会上总能看到的一幅景象。所缺少的景象是，男人们高谈阔论，就某个重要而

---

① 在本书手稿中安德烈公爵是共济会员，曾履行入会仪式。定稿中删去了这个情节，这句话却保留了下来。

深奥的话题争论不休。将军开始了这样的谈话，于是贝格把皮埃尔给他拉来了。

二十二

第二天安德烈公爵到罗斯托夫家吃饭，因为伊利亚·安德烈伊奇伯爵邀请了他，他在他们家度过了整整一天。

大家心里都明白，他是为谁而来的，他也并不掩饰，整天想方设法和娜塔莎待在一起。不仅惊慌而又感到幸福和喜悦的娜塔莎心里，而且全家都因为眼看就要发生一件大事而惶惶不安。在他和娜塔莎谈话的时候，伯爵夫人用忧郁的严肃而挑剔的目光审视着安德烈公爵，只要他一看她，她就胆怯地假装谈起一些无关紧要的话题。索尼娅和他们在一起时，既怕离开娜塔莎，又怕碍眼。当娜塔莎和他单独相对的时候，她脸色发白，忐忑不安地期待着。她感到，他有话要对她说，然而又不能不有所顾忌。

晚上安德烈公爵走后，伯爵夫人走到娜塔莎跟前，悄声问：

"怎么样？"

"妈妈！看在上帝分上，您现在什么也不要问我。这是没法说的。"娜塔莎说。

尽管如此，这天晚上时而激动时而惊慌的娜塔莎，两眼凝然不动地在母亲的被窝里躺了好久。她有时对她说，他怎样赞扬她，有时提到他说要去国外，有时谈到他曾问她，他们今年在哪里度夏，有时说到他曾向她问起鲍里斯。

"可是这样的、这样的心情我还从未有过啊！"她说，"只是我在他面前感到害怕，在他面前我总是感到害怕，这意味着什么呢？意味着有真感情，是吗？妈妈，您睡着了？"

"没有，宝贝，我自己也害怕呢，"母亲回答说，"去睡吧。"

"反正我也睡不着。睡觉多无聊呀！妈妈，妈妈，这种心情我还从未有过呢！"她说，对她在自己心里所意识到的感情既讶异又惶恐。"我们哪里想得到啊！……"

娜塔莎觉得，早在快乐村第一次看到安德烈公爵的时候，她就爱上了他。她当时看中的这个人（对这一点她是坚信不疑的），恰恰是这个人现在又与她相遇，而且对她似乎不无好感，这种奇特的突如其来的幸福仿佛使她受了惊吓。“想不到他偏偏在这时，在我们住在这里的时候来到彼得堡，想不到我们竟会在这次舞会上不期而遇。这都是命。这一切导致了今天这个结果，看来是命中注定的。早在那时，我一见到他，就有了一种异样的感觉。”

“他还对你说了些什么？这是什么诗？你念给我听听……”母亲若有所思地说，她问的是安德烈公爵在娜塔莎的纪念册里所写的诗。

“妈妈，找一个丧妻的男人，不难为情吗？”

“得了，娜塔莎。你向上帝祷告吧。婚姻是天定的。”

“亲爱的，妈妈，我太爱您了！我太高兴了！”娜塔莎流着幸福和激动的泪水，搂着母亲叫道。

就在这时，安德烈公爵正坐在皮埃尔那里，对他诉说自己对娜塔莎的爱慕，决意要娶她。

这一天，叶莲娜·瓦西里耶夫娜伯爵夫人举行盛大的招待会，出席的有法国公使，有亲王，他近来已是伯爵夫人家的常客，还有很多服饰华丽的男女来宾。皮埃尔在楼下，他在各个大厅走了走，他那心无旁骛、神情恍惚、脸色阴沉的样子使所有的人都大吃一惊。

自从参加舞会以来，皮埃尔觉得，抑郁症很快就会在他身上发作，拼命想加以制止。亲王和他的妻子接近不久，他就意外地荣任宫廷高级侍从，从这时起，他在交际场合开始感到压抑和羞惭，心里更加常有过去的那种人生空虚的阴暗想法。就在这时，他发觉了他所庇护的娜塔莎和安德烈公爵之间的感情，他的处境和他的朋友的处境的这种反差，更使他黯然神伤。他竭力避免想到自己的妻子，也避免想到娜塔莎和安德烈公爵。他又觉得，比起永恒来，一切是多么渺小。他的面前又出现了那个问题：为什么？于是他强迫自己日夜钻研共济会的著作，希望赶走正在逼近的恶魔。十一点多钟，皮埃尔从伯爵夫人的那套豪华的房间里出来，在楼上烟雾腾腾的低矮的房间里坐在自己的桌子前，穿着破旧的睡衣抄写苏格兰的真本文件，这时有人走进了他的房间。那是安德烈公爵。

“噢，是您，”皮埃尔懒散地、心情不佳地说，“我这是在工作，”皮埃尔指着笔记本说，脸上是一副逃避痛苦的神情，身遭不幸的人往往带着这种神情看待自己的工作。

安德烈公爵神采焕发，脸上洋溢着新生的喜悦站在皮埃尔面前，没有发觉他的悲凉的面容，带着幸福的人的那种自私心态朝他微微一笑。

“喂，亲爱的，”他说，“我昨天就想对你说的，今天来对你说吧。从来不曾有过这样的感受。我恋爱了，我的朋友。”

皮埃尔突然沉重地叹息一声，沉重的身躯倒在沙发上，倒在安德烈公爵身边。

“爱上了娜塔莎·罗斯托娃，是吗？”他说。

“是的，是的，还能有谁？我是决不会相信的，然而这种感情真的战胜了我。昨天我很痛苦，很难受，可是我不会拿这种痛苦交换世界上的任何东西。我不曾真正地生活过，只是现在才开始生活，可是我的生活中不能没有她。不过她会爱我吗？……对她来说，我的年纪大了些……你怎么不说话？……”

“我？我？我过去对您说什么来着，”皮埃尔突然说，他站起身来，开始在房间里来回走动，“我一直是这样想的……这位姑娘是那样一件瑰宝，那样一个……这是一位世间罕有的姑娘……亲爱的朋友，我求您了，不要说空话了，不要犹豫不决了，娶她、娶她、娶她吧……我相信，没有比您更幸福的人了。”

“可她呢？”

“她爱您。”

“你别瞎说……”安德烈公爵面带微笑，看着皮埃尔的眼睛说。

“她爱您，这我知道。”皮埃尔生气地叫了起来。

“不，你听我说，”安德烈公爵按着他的手说，“你了解我的情况吗？我需要有一个人听我倾诉一切。”

“好，好，您说，我很高兴。”皮埃尔说，果然，他的面容变了，皱纹舒展了，高兴地听着。安德烈公爵从里到外成了另一个完全不同的新人。他的苦闷，他对生活的蔑视态度，他的失望哪里去了？皮埃尔是他唯一能推心置腹的人。但也因此他已经把自己的心事都对他说过了。有时他轻松而大胆地勾画未来的长远计划，说他不能因为父亲的任性而牺牲自己的幸福，一定要让他同意这门亲事并且爱她，否则便自主行事，有时他对支配了他的那种感情感到惊讶，仿佛那是一种奇怪而陌生的由不得他做主的体验。

“要是有人对我说，我会这样爱一个人，我简直不会相信，”安德烈公爵说，“这完全不是我从前有过的那种感情。对我来说，整个世界分成了两半：一半是她，这里有的是幸福、希望、光明；另一半是没有她的所在，那里只有凄凉和黑暗……”

“黑暗和郁闷，”皮埃尔重复道，“是的，是的，我理解这一点。”

“我不能不爱光明，这不是我的错。我很幸福。你理解我吗？我知道，你是为我高兴的。”

“是的，是的。”皮埃尔连声赞同，一双感动而忧郁的眼睛望着自己的朋友。他越是觉得安德烈公爵前景光明，就越是觉得自己的前途一片黑暗。

二十三

结婚是要得到父亲的同意的，因此安德烈公爵第二天去见父亲了。

父亲听到儿子的报告，表面平静，内心却很恼怒。他不能理解，一个人在生命已接近尾声的时候，却想改变生活，在生活中注入某种新的东西。“只要让我按照自己的愿望度过余生，然后别人想做什么，就随他去了。”老头子对自己说。不过，他对儿子运用了他在重要场合常用的外交手腕。他以平静的语调对这件事议论了一番：

首先，这个婚姻在门第、财产和声望上是不很美满的。其次，安德烈公爵已不再年轻，身体虚弱（老头子特别强调这一点），而她非常年轻。第三，有一个儿子，把他交给一个小姑娘叫人心疼。第四，老头子最后说，讥讽地望着儿子：“我请你把婚事推迟一年，到国外去一趟，把病治一治，现在按照你原来的设想，去为尼古拉公爵找一个德国家庭教师，以后如果爱情、冲动、固执劲儿，随你怎么说吧，还是那么强烈的话，那你就结婚。这是我最后的话，注意，最后的话……”公爵讲完了，他的语调表明，什么也不能改变他的决定。

安德烈公爵看得很清楚，老公爵希望，他或他未来的未婚妻的感情经不住一年的考验，或者他，老公爵自己，会在这个期间死去，于是决定遵从父亲的意志：先去求婚，而把婚期推迟一年。

在罗斯托夫家度过最后一晚的三个星期之后，安德烈公爵回到了彼得堡。

向母亲表白心迹的第二天，娜塔莎整天等着鲍尔康斯基，但是他没有来。第二天、第三天也一样，皮埃尔也没有来，娜塔莎不知道安德烈公爵去见父亲了，因而无法解释他何以一去不回。

这样过了三个星期。娜塔莎哪里也不想去，无聊而沮丧地在几个房间里像影子一样游荡，晚上背着大家偷偷地哭泣，也不每晚到伯爵夫人那里去了。她时常面红耳赤地发脾气。她觉得，大家都知道她的失望，在嘲笑她，怜悯她。她内心的痛苦那么强烈，而虚荣心所引起的那种痛苦更加剧了她的不幸。

有一次她来到母亲面前，想对她说些什么，突然哭了起来。她的眼泪是一个受委屈的孩子不知道自己为什么会受到惩罚而流的眼泪。

伯爵夫人开始安慰娜塔莎。娜塔莎起初倾听着母亲的话，突然打断她道：

“别说了，妈妈，我不想了，也不愿想！就这样，来了一趟，就不再来了，就不再来了……”

她的声音在发抖，差点儿哭了，不过她忍住了，平静地继续说道：

“我完全不想嫁人了。而且我怕他；我现在完全、完全平静下来了……”

在这次谈话的第二天，她穿上了旧连衣裙，这件连衣裙她特别熟悉，因为每天早晨它都为她带来愉快的心情，从早晨起，她恢复了舞会后久违的原来的生活方式。她喝了茶，来到特别喜爱的回音很强的大厅，唱起了视唱练习曲。学完第一课，她站在大厅中央，重复一遍她所特别爱好的一个乐句，高兴地谛听那样美妙的（仿佛出乎她的意料）歌声，这歌声悠扬婉转地在整个大厅的空间回荡，又慢慢地消失，于是她顿时高兴起来。“那件事何必多想，这样也很好。”她对自己说，开始在大厅里来回走步，不是在发出响声的镶木地板上简单地走动，而是每一步都用脚跟（她穿着心爱的新皮鞋）和足尖交替着地，也像谛听自己的嗓音那样，高兴地倾听着那有节奏的脚跟跺地声和足尖的轻微的吱吱声。经过镜子时她朝里面看了一眼。“她就是我呀！”她看见自己，脸上的表情仿佛在这样说。“嘿，真好。我谁也不需要了。”

仆人要进来把大厅收拾一下。可是她不让进，又把门关上，继续自己的走步。她在这天早晨又恢复了她所喜爱的自恋和自我欣赏的状态。“这个娜塔莎真美！”她又用某个概括的男性第三者的话谈论自己。“漂亮，嗓音动听，年轻，她不妨碍任何人，就不要打扰她了。”不过，尽管别人不去打扰她，她也无法平静了，而且马上就感觉到了这一点。

前厅的大门开了，有人问： 在家吗？接着传来了脚步声。娜塔莎瞅着镜子，却没有看见自己。她在听着前厅里的声音。在她看见自己的时候，她的脸色是苍白的。那是**他**。她断定这一点，尽管从关着的门里只能勉强地听到他的嗓音。

娜塔莎脸色苍白，惊慌失措地跑进客厅。

“妈妈，鲍尔康斯基来了！”她说，“妈妈，这太可怕了，这是难以忍受的！我可不愿……受折磨！我怎么办呢？”

伯爵夫人还没有来得及回答她，安德烈公爵就神色不安而严肃地走进了客厅。他一看到娜塔莎，顿时容光焕发。他吻了吻伯爵夫人和娜塔莎的手，在沙发旁坐下……

“我们很久没有……”伯爵夫人刚开始说话，安德烈公爵就打断了她，以便回答她的问题，显然，他急于说出他需要说的话。

“这段时间我一直没有来，因为我在父亲那里： 我有很重要的事情必须和他商谈。我昨天夜里才回来，”他看了娜塔莎一眼说，“我需要和您谈一谈，伯爵夫人。”他沉默片刻后加了一句。

伯爵夫人沉重地叹了一口气，垂下了眼睛。

“我愿意为您效劳。”她说。

娜塔莎知道，她应当回避，不过她办不到：喉咙哽得说不出话来，于是不顾礼貌，坦诚地直视着安德烈公爵。

“现在？就在此刻！……不，这不可能！”她想。

他又看了她一眼，这目光使她确信，她并没有看错。是的，现在，就在此刻将决定她的命运。

“你走吧，娜塔莎，待会儿我叫你。”伯爵夫人说。

娜塔莎神色惊慌，央求地看了看安德烈公爵，又看了看母亲，出去了。

“伯爵夫人，我是来向令爱求婚的。”安德烈公爵说。

伯爵夫人涨红了脸，不过什么也没有说。

“您来求婚……”伯爵夫人开始庄重地说道。他默默地望着她的眼睛。“您来求婚……（她显得局促不安）我们很愉快，而且……我答应您的求婚，我很高兴。至于我的丈夫……我希望……不过这要由她自己决定……”

“得到您的同意后，我再对她说……您同意吗？”

“是的。”伯爵夫人说，并向他伸出了手，当他低头凑近她的手的时候，她怀着陌生而又亲切的复杂感情把嘴唇贴在他的前额上。她想爱他如子；然而她觉得，他是一个使她感到陌生而可怕的人。

“我相信，我的丈夫是会同意的，”伯爵夫人说，“不过您的爸爸……”

“我把自己的意向告诉了父亲，他同意，不过提出了一个必须遵守的条件，结婚要在一年以后。这正是我想告诉您的。”安德烈公爵说。

“的确，娜塔莎还小，不过——太久了吧！”

“不这样不行啊。”安德烈公爵叹了一口气说。

“我让她来见您。”伯爵夫人说，随即离开了房间。

“主啊，保佑我们吧。”她念叨着，到处寻找女儿。索尼娅说娜塔莎在卧室里。娜塔莎坐在自己的床上，脸色发白，冷冷地看着圣像，迅速地划着十字，一面低语着什么。见到母亲，她跳起来朝她扑了过去。

“怎么样？妈妈？……怎么样？”

“去吧，去见他吧。他向你求婚，”伯爵夫人说，娜塔莎觉得她很冷淡……“去吧……去吧。”母亲望着女儿奔跑的背影忧伤而责备地喃喃自语，长叹了一声。

娜塔莎记不得她是怎样走进客厅的。进门见到他，她停住了脚步。“难道现在这个陌生人就是我的**一切**？是的，一切：现在唯有他是我在世上最亲的亲人了。”安德烈公爵走上前去，垂下了眼睛。

“我对您一见钟情。我能抱有希望吗？”

他看了她一眼，她脸上的严肃和迷恋之情使他大为惊讶。她的脸色在说：“何必问呢？对不可能不知道的事情为什么要怀疑呢？在你的心情无法用语言形容的时候，为什么要说话呢？”

她走过去站在他面前。他握着她的手亲吻了一下。

“您爱我吗？”

“是的，是的。”娜塔莎似乎恼怒地说道，大声地叹息了一声，又一声，接着一声更比一声急促，随即号啕大哭。

“怎么哭了？您怎么了？”

“啊，我太幸福了。”她回答说，含泪微微一笑，她身体前倾，沉吟一秒钟仿佛在问自己，这样做可以吗，随即亲吻了他。

安德烈公爵握着她的手，看着她的眼睛，在自己的心里却找不到以前对她的那种爱了。他的心情突然起了变化：原来在憧憬中的诗意和神秘之美没有了，代之而起的是对她的女性的、孩子气的软弱的爱怜，是面对她的忠诚和信任而感到的惧怕，是沉重而又快慰地意识到了把他和她永远结合在一起的那种义务。现在的感情虽然不像原来那样甜美而富于诗意，却更加严肃，更加强烈。

“妈妈对您说了吗，结婚要在一年以后？”安德烈公爵仍然看着她的眼睛问道。

“难道这就是我，那个小女孩（大家都这样说到我），”娜塔莎想，“难道现在，从此刻起，我就是这个陌生的，亲爱的，连我的父亲也敬重的聪明人的平等的**妻子**了？难道这是真的吗？难道真的是这样：现在已不能再把生活当儿戏，现在我已是大人，现在我的肩上已负有责任，要对自己的一言一行负责？对了，他问我什么来着？”

“不。”她回答说，其实她没有听明白，他问的是什么。

“请原谅我，”安德烈公爵说，“您还这么年轻，而我已是饱经沧桑的人了。我为您感到害怕。您不了解自己啊。”

娜塔莎聚精会神地听着，竭力想明白他话里的意思，还是没有听明白。

“在我的幸福被推迟的这一年里，不论我多么痛苦，”安德烈公爵继续说道，“您要在这段时间里考虑清楚。我请求您在一年以后缔造我的幸福；然而您是自由的：我们的婚约要保密，要是您哪一天确信，您不爱我了，或者爱上了……”安德烈公爵带着不自然的微笑说。

“为什么您要这样说呢？”娜塔莎打断了他的话，“您知道吗，您第一次到快乐村来，从那天起我就爱上了您。”她说，坚信她说的是事实。

“有一年的时间，您会想清楚的……”

“整整一年！”娜塔莎突然说，这时才明白过来，婚期要推迟一年。“为什么要一年呢？为什么要一年呢？……”安德烈公爵开始向她解释推迟的原因。娜塔莎没有听。

“不这样不行吗？”她问。安德烈公爵什么也没有回答，但他的脸色表明，要改变这个决定是不可能的。

“这太可怕了！不，这太可怕了，太可怕了！”娜塔莎连声说道，她又哭了起来。“要等一年，我会死的：不行，这太可怕了。”她朝自己未婚夫的脸上看了一眼，看到了同情和困惑不解的表情。

“不，不，我一定做到！”她突然止住泪水说道，“我感到非常幸福！”

父母亲走进了房间，为未婚夫妇祝福。

从这天起，安德烈公爵开始以未婚女婿的身份出入罗斯托夫的家庭。

二十四

没有举行订婚仪式，也没有向任何人透露鲍尔康斯基和娜塔莎的婚约；这是安德烈公爵所坚持的。他说，推迟婚期是因他而起，所以他应当承担全部责任。他说，他将遵守自己的诺言，永不反悔，但是他不愿让娜塔莎受到束缚，而给予她完全的自由。如果半年后她觉得不爱他了，完全可以拒绝他。不言而喻，无论是父母还是娜塔莎都不愿听这种话，可是安德烈公爵坚持自己的意见。安德烈公爵天天都待在罗斯托夫家里，但不以未婚夫的身份与娜塔莎交往：他对她以**您**相称，而且只吻她的手。在求婚的那一天以后，安德烈公爵和娜塔莎之间形成了完全和以前不同的一种亲近而纯朴的关系。他们好像在此之前并不相识。他和她都喜欢回忆在**订婚之前**，他们对彼此的看法；现在他们都觉得自己完全变了个人似的：那时有些做作，现在变得纯朴而真诚了。起初家里与安德烈公爵相处觉得有些别扭；他好像是一个来自陌生世界的人，娜塔莎花了好长时间使家里的人渐渐习惯于安德烈公爵，并且骄傲地对大家说，他只是看上去那么特别，其实他和大家是一样的，她说她不怕他，谁也不必怕他。几天以后，家里和他处惯了，有他在场时也毫不拘谨地按照原来的生活方式过日子，他也参与进来。他能和伯爵谈经营管理，与伯爵夫人和娜塔莎谈服饰，和索尼娅谈画册以及绣十字花纹的底布。有时当着安德烈公爵的面罗斯托夫家的人也表示惊讶，这一切是怎么会发生的，而这一切显然是有预兆的：安德烈公爵到快乐村来，他们一家来到彼得堡，保姆在安德烈公爵初到快乐村时就注意到娜塔莎和安德烈公爵有相似之处，一八〇五年在安德烈和尼古拉之间所发生的冲突，此外，家里人还注意到了很多其他的预兆。

有未婚夫和未婚妻在场时，家里总是笼罩着一种沉默和慵困的富于诗意的气氛。大家坐在一起时往往默默不语。有时人们站起身来离开了，未婚夫和未婚妻单独留下，也还是默然相对。他们很少谈到自己未来的生活。谈起这一点，安德烈公爵就感到难过和愧疚。娜塔莎体谅他的心情，她经常能猜到他的心事，总是抱着体谅的态度。有一次娜塔莎问起他的儿子。安德烈公爵脸红了，现在他时常会这样，娜塔莎特别爱他这一点，他说儿子不会和他们在一起生活。

“为什么？”娜塔莎吃惊地说……

“我不能把他从爷爷身边带走，再说……”

“我会多么爱他啊！”娜塔莎说，同时立刻猜到了他的心思，“不过我知道，您是不愿给别人留下责备您和我的口实。”

老伯爵有时走到安德烈公爵跟前吻他，征求他对彼佳的教育或尼古拉的工作的意见。伯爵夫人望着他们便感动地叹息不已。索尼娅时刻怕碍事，总想找个借口把他们单独留下，而他们并不需要这样。安德烈说话的时候（他很会讲故事），娜塔莎自豪地听着他讲；她说话的时候，却总是又惊又喜地发觉，他在凝眸注视着她。她困惑地自问：“他在我身上寻找什么呢？他是在用这种目光探索什么吧？要是我身上没有他的这种目光所寻求的东西，那会怎样呢？”有时她处于她所特有的那种狂喜的心境，这时她特别爱听安德烈公爵的笑声，爱看他的笑模样。他不常笑，可是笑起来，总是笑得那么投入，每一次在这样的笑声过后，她就觉得自己和他更亲近了。娜塔莎是十分幸福的，要不是想到眼前渐渐临近的分别使她惶恐不安的话。

在离开彼得堡的前夜，安德烈公爵把皮埃尔带来了，舞会以后他还没有到罗斯托夫家来过。皮埃尔显得心不在焉，局促不安。他在和母亲谈话。娜塔莎和索尼娅坐在棋桌旁，招呼安德烈公爵过去，他来到了她们那里。

“你们早就认识了别祖霍夫吧？”他问，“你们喜欢他吗？”

“是的，他这个人很不错，不过怪可笑的。”

于是她像平时谈起皮埃尔一样，开始讲他神不守舍的笑话，甚至是别人捏造出来的那些笑话。

“您知道吗，我把我们的秘密告诉了他，”安德烈公爵说，“我从小就认识他了。他心肠极好。我请求您，娜塔莉，”他突然严肃地说，

“我就要走了。天知道会发生什么事情。您可能不再爱……好了，我知道我不该说这种话。只说一句，我不在的时候，您不管发生什么事情……”

“会发生什么事呢？……”

“不论遇到什么难事，”安德烈公爵继续说道，“我请求您，索菲小姐，不管发生什么事情，都只向他一个人寻求忠告和帮助。这是一个最神不守舍的可笑的人，然而心肠极好。”

无论父母还是索尼娅，甚至安德烈公爵本人也没有料到，和自己未婚夫的分别对娜塔莎造成了怎样的影响。这一天她面色绯红，情绪焦躁，目光呆滞地在屋子里走来走去，干一些毫无意义的琐事，仿佛不知道在等待她的是什么。她没有哭，即使是在他最后一次吻她的手告别的那个时刻。

“您不要走！”她只对他这样说了一句，那声调使他不得不凝神思索，他是否真该留下来，而且此后那声调也使他久久难忘。他走后，她也没有哭；她不哭，可是一连几天坐在自己的房间里，对什么也不关心，只是有时说：“唉，他为什么要走啊！”

不过他走后两个星期，同样出乎周围人们的意料，她从精神上的病痛中恢复了过来，变得和从前一样了，不过精神面貌却起了变化，好像孩子们在久病之后带着不同的面貌从病榻上走了下来。

二十五

尼古拉·安德烈伊奇·鲍尔康斯基公爵在儿子走后的这最后一年，健康状况大不如前，脾气也变坏了。他比从前更容易动怒，而他的无缘无故的怒气大都是发泄在玛丽娅公爵小姐身上。他似乎在竭力寻找她所有的最难以忍受的痛处，尽可能在精神上残酷地折磨她。玛丽娅公爵小姐有两个热爱的对象，因而也有两大快乐之源，那就是尼科卢什卡和宗教，两者都成了公爵喜欢攻击和嘲笑的话题。不管谈什么，他都把话题引向老处女们的迷信和对孩子的宠爱和娇惯。“你是想把他（尼科卢什卡）变成像你自己一样的老处女吧；那可不好，安德烈公爵需要的是儿子，而不是老处女。”他说。或者转向布里安娜小姐，当着玛丽娅公爵小姐问她，喜欢不喜欢我们的神甫和圣像，并加以取笑……

他无休止地刺痛玛丽娅公爵小姐，可是女儿甚至从来不必勉强自己原谅他。难道他在她面前会有过错吗，父亲爱她啊（这一点她毕竟还是知道的），难道他会对她不公正吗？再说什么叫公正呢？公爵小姐从来不去想公正这个崇高的字眼。人类所有的复杂的准则，对她来说，都可以归结为一个简单明了的准则——爱和奉献的准则，以这个准则教导我们的是怀着仁爱之心为人类受苦受难的那个人，而他就是——上帝。别人公正或不公正与她何干呢？她自己应当懂得受苦和爱，这是她所奉行的。

冬天安德烈公爵到童山来了几次，他心情愉快，谦和而温柔，玛丽娅公爵小姐很久没有看到他这样了。她猜想他是发生了什么事，可是在玛丽娅公爵小姐面前，他对自己的爱情一字不提。临行前安德烈公爵和父亲谈了好久，玛丽娅公爵小姐发觉，在临行之前两个人彼此都很不满意。

安德烈公爵走后不久，玛丽娅公爵小姐给自己在彼得堡的朋友朱丽·卡拉金娜写信，玛丽娅公爵小姐像所有的姑娘一样，幻想把自己的朋友嫁给自己的哥哥，这时她在为自己的哥哥服丧，他是在土耳其阵亡的。

> 不幸看来是我们共同的命运，亲爱的温柔的朋友朱丽。
>
> 您的损失太可怕了，我无法给自己作出别的解释，只能说这是上帝的特殊的恩惠，他由于爱您而要考验您和您的卓越的母亲。啊，我的朋友，宗教，只有宗教，我不说能给我们安慰，但能让我们摆脱绝望；只有宗教能向我们解释没有它的帮助人就无法理解的现象：为什么那些善良的、高尚的、能在生活中找到幸福的人，那些非但不会有害于任何人，反而是别人的幸福所依靠的人——却被召唤到上帝那里，而留在人世的是那些凶恶的、有害的或成为自己和别人的累赘的人。我第一次看到并使我终生难

忘的死亡——我亲爱的嫂嫂之死，给我留下了那样不可磨灭的印象。我和您一样，您问命运，为什么您的优秀的哥哥会死，我也问，为什么丽莎这样的天使会死，她不仅没有伤害过谁，而且在她的心里除了善念从来没有别的想法。怎么样呢，我的朋友？从那时起五年过去了，我虽然见识短浅，却也渐渐明白了，为什么她会死，为什么她的死亡正是造物主无限仁慈的表现，他的全部行为，尽管我们大都不能理解，却都是他对自己的造物的无限的爱的表现。我时常想，也许她过于天使般纯洁，因而无力承担母亲的责任。她是无可挑剔的年轻妻子；也许她不能做一个无可挑剔的母亲。现在，她不仅给我们，尤其是给安德烈公爵留下了最纯洁的惋惜和回忆，而且她在那里想必将得到一个我不敢奢望的位置。不过，我不能只说她一个人了，她的可怕的早逝尽管引起沉痛的哀悼，却对我和哥哥都有了极其有益的影响。那时，在失去亲人的时候，我是不可能有这些想法的；那时我会惊骇地把这些想法赶开，而现在这是明明白白、无可置疑的了。现在我给您写这封信，只是为了让您信服福音书上的一条真理，它已是我生活的准则：没有上帝的旨意，一根头发也不会掉下来。而他的旨意只决定于对我们的无限的爱，因此我们所遭遇的一切都是为了我们的福祉而发生的。您问我们会不会在莫斯科过冬？虽然渴望见到您，可是我想不会，也不愿这样。您一定会感到惊讶，其中的原因竟是波拿巴。是这样：我父亲的身体明显地日渐衰弱；他听不得不同意见，变得爱发脾气了。您知道，这怒气主要是针对政治问题的。他不能忍受这样的想法，波拿巴居然和欧洲各国君主，特别是和我们皇上，伟大的叶卡捷琳娜的孙子平起平坐！您知道，我对政治问题是漠不关心的。不过从我父亲的话里以及他同米哈伊尔·伊万诺维奇的谈话中我了解了世界上所发生的一切，似乎在全世界还只有童山既不承认他是伟人，更不承认他是法兰西皇帝。这是我父亲所不能容忍的。我觉得，我的父亲主要是由于自己的政治观点，同时预见到，他不问对谁都直言不讳的作风会引发冲突，所以谈起到莫斯科去就不大高兴。他治病所得到的效果，一定会在有关波拿巴的争论中丧失殆尽，而这种争论是不可避免的。无论如何，这很快就会有结果的。我们的家庭生活一切如常，只是安德烈哥哥不在家里。我已经对您说过，他最近的变化很大。他在遭到不幸后，只是现在，只是在今年才振作起来。他又成了我从孩提时代就熟悉的哥哥：善良、温柔，有一颗我认为无与伦比的美好心灵。我觉得，他终于明白了，他的人生并没有结束。不过，在精神上发生变化的同时，他的身体却很虚弱。他比以前更瘦，更神经质了。我为他担心，很高兴他总算出国了，这是医生们早就劝过他的。我希望这能使他恢复健康。您对我说，在彼得堡人们说他是最勤奋、最有教养、最聪明的年轻人之一。请原谅我为家族而感到的自负——对这一点我是从不怀疑的。他在这里为所有的人，上至贵族下至农夫所做的好事不可胜数。他到彼得堡后只接受他应得的东西。我感到奇怪，一般地说，消息怎么会那样快就从彼得堡传到了莫斯科呢，尤其是您在信中告诉我的这种流言蜚语——关于哥哥和小罗斯托娃结婚的假新闻。我不认为安德烈会在什么时候娶某个女子为妻，特别是她。理由是：第一，我知道，虽然他很少谈到已故的妻子，但丧妻之痛深深地埋藏在他的心里，任何时候也不会下决心为她找个后继者，给我们的小天使找个后母。第二，因为据我所知，这位姑娘完全不是能得到安德烈公爵爱慕的那类女性。我不认为安德烈公爵会把她选为自己的妻子，坦白地说：我也不希望这样。我聊得太久了，第二张纸也要写完了。再见，我亲爱的朋友；但愿您得到上帝神圣而坚强的庇护。我亲爱的女友布里安娜小姐吻您。

玛丽

二十六

仲夏，玛丽娅公爵小姐意外地接到安德烈公爵从瑞士寄来的一封信，他在信里告诉她一个奇怪的、出乎她意料的消息。安德烈公爵宣布了自己和罗斯托娃的婚约。他的信洋溢着对自己未婚妻的热烈的爱情和对妹妹的温柔的友情和信任。他说，他从来不曾像现在这样爱过谁，现在才懂得了、认识了生活。他请求妹妹原谅他，在回到童山的时候对她什么也没说，只是对父亲谈起过。他没有对她说，是因为玛丽娅公爵小姐一定会请求父亲同意这门亲事，非但于事无补，反而会激怒父亲，于是她将承受父亲发泄不满的全部后果。而且，他说，当时事情还没有像现在这样最后决定下来。“那时父亲给我规定以一年为期，现在六个月过去了，预定期限已过去一半，而我的决心还是比过去任何时候都更坚定。要不是医生挽留我继续进行矿泉水治疗，我自己就已经回到国内了，可是现在我不得不把归期再推迟三个月。你了解我，知道我和父亲的关系。我对他没有任何要求，我过去和现在都自行其是，不过，他和我们在一起也许已时日无多了，要我违背他的意志行事，惹他生气，那就会毁了我的一半幸福。我现在要给他写一封同样内容的信，请你在合适的时候把信转交给他，并通知我他对这个问题的态度，我可否抱有希望，他会同意把期限缩短三个月。”

在经过多次犹豫、彷徨、祈祷之后，玛丽娅公爵小姐把信交给了父亲。第二天老公爵平静地对她说：

“你写信告诉哥哥，叫他再等一等，等我死了……不用很久了——他很快就能得到解脱了……”

公爵小姐想提一点不同意见，可是父亲不让她说，而且把嗓门提得越来越高。

“娶她吧，娶她吧，亲爱的……门第那么高贵！……又都是聪明人，啊？家境又好，啊？不错。尼科卢什卡有一个后妈可真好。你写信告诉他，哪怕明天结婚也行。尼科卢什卡的后妈就是她了，我就娶布里安娜为妻！……哈哈哈，他也不能没有后妈啊！只有一点，我的家里不需要再有女人了；让他结了婚就出去单过。也许你也搬到他那里去？”他问玛丽娅公爵小姐，“去吧，赶紧去，赶紧去……赶紧去！……”

在这次大动肝火之后，公爵对这件事就再也不提一句。不过，勉强忍住的对儿子意志薄弱的满腔怒火都在父女关系中表现出来了。原来嘲笑她的借口又增加了一个，就是关于后妈和他钟情于布里安娜小姐的话题。

“为什么我不可以娶她呢？”他对女儿说。使玛丽娅公爵小姐感到困惑和惊讶的是，她发觉，她父亲近来真的越来越经常地把法国姑娘召唤到自己身边。玛丽娅公爵小姐给安德烈公爵写信，谈到父亲对他的信的态度，但是她安慰哥哥，让他抱有希望，父亲终究会顺应这个想法的。

尼科卢什卡和他的教育，安德烈和宗教是玛丽娅公爵小姐的安慰和快乐；不过此外，因为人人都需要有自己个人的希望，所以玛丽娅公爵小姐在自己的心灵深处也有在生活中给予她主要安慰的隐秘的幻想和希望。使她得到安慰的这种幻想和希望来自信神的人们——那些背着公爵秘密造访她的疯修士和云游派教徒。玛丽娅公爵小姐随着年龄的增长，随着生活阅历和观感的日益丰富，那些在这尘世中追求享乐和幸福的人们的短视越来越使她困惑不解；他们操劳、受苦、争斗并互相伤害，就为了追逐这种不可能实现的虚幻而不道德的幸福。“安德烈公爵爱妻子，她死了，他不甘心，想把自己的幸福和另一个女人结合起来。父亲不愿意，因为他希望安德烈有一个更显贵、更富有的伴侣。他们在争执，在忍受痛苦和折磨，并且为了得到转瞬即逝的幸福而在毁灭自己的灵魂，自己的永恒的灵魂。我们不仅自己知道，而且上帝之子基督来到人间对我们说，尘世生活是转瞬即逝的，只是一种考验，可我们就是执迷不悟，想在尘世生活中找到幸福。怎么谁都不明白这一点呢？”玛丽娅公爵小姐想。“谁都不明白，除了这些卑微的笃信上帝的人们，他们背着行囊从后门进来见我，怕被公爵看到，不是为了免受他的责罚，而是为了他免于造孽。背井离乡，抛开追逐尘世幸福的一切烦恼，以便无牵无挂，身穿麻布短衫、隐姓埋名地到处漂泊，不危害他人并为他们祈祷，既为驱赶他们的人祈祷，也为庇护他们的人祈祷：比这样的真理和生活更崇高的真理和生活是没有的！”

有一个云游派女教徒叫费多西尤什卡，是个五十岁的矮小、温顺的麻脸女人，她已经戴着苦行僧的镣铐，赤脚行走了三十多年。玛丽娅公爵小姐特别喜欢她。有一天，在黑暗的房间里，在一盏小油灯下，费多西尤什卡讲述了自己的生平，玛丽娅公爵小姐突然那么强烈地感到，唯有费多西尤什卡找到了正确的生活道路，以致决心自己也去云游。费多西尤什卡去睡觉了，玛丽娅公爵小姐还考虑了好久，不管多么奇怪，她终于决定，她应当去云游四方。她把自己的意图只告诉了听取忏悔的阿金菲神甫，神甫赞扬了她的意向。以馈赠女教徒为借口，玛丽娅公爵小姐为自己准备了云游派女教徒的全套服装：短衫、树皮鞋、束腰长衫和黑头巾。玛丽娅公爵小姐常常走到神圣的衣橱跟前，犹豫不决地站在那里考虑，把她的意图付诸实施的时机是否已经到了呢。

听着云游派女教徒们讲故事的时候，她常常为她们的朴实的话语而激动不已，她们只是机械地说说，而在她听来却充满了深刻的含义，以致她有好几次准备抛开一切，从家里逃出去。在自己的想象中，她已经看到自己和费多西尤什卡穿着粗布短衫，拿着一根棍子，肩背行囊，大步走在尘土飞扬的大路上，没有忌妒，没有人间爱憎，没有愿望，长途跋涉去参见各地圣徒，最后到达没有悲伤，没有叹息，永远无上幸福的极乐世界。

“我每到一个地方就祈祷；不等住惯了产生感情就再往前走。我要一直走到两腿发软，然后躺倒死在什么地方，终于来到那个永远安息的所在，那里没有悲伤，没有叹息！……”玛丽娅公爵小姐想。

可是后来，见到父亲特别是小科科，她觉得自己的意图减弱了，她悄悄地哭泣，觉得她罪孽深重，因为她爱父亲和侄儿胜于爱上帝。

第四卷

一

圣经故事说，不劳动，游手好闲，是初民在堕落之前享有极乐生活的条件。堕落后的人仍然保留着游手好闲的习性，可是对人的诅咒始终存在，不仅因为我们必须汗流浃背才能糊口，而且因为我们的天性决定了，我们是不可能游手好闲而又心安理得的。隐秘的声音说，我们游手好闲是有罪的。如果有人能找到一种生存状态，他在游手好闲的同时而又觉得自己是有用的人，是在履行自己的职责的人，那么他便找到了最初的极乐生活的一个方面。有整整一个阶层在享有这种生存状态，因为他们的游手好闲是理所当然和无可指责的，这个阶层就是军人。这种理所当然而又无可指责的游手好闲正是军旅生活的主要魅力之所在。

尼古拉·罗斯托夫是充分享有这种极乐生活的，一八〇七年后他继续在巴甫洛格勒团服役，已经接替杰尼索夫担任该团的一个骑兵连的连长了。

罗斯托夫变成了一个作风粗鲁、心地善良的小伙子。莫斯科的熟人们会认为他有点儿格调不高，可是他受到从下属到长官的所有战友的爱戴和尊敬，他也很满意自己的生活。最近，也就是在一八〇九年，他更经常地发现，家里的来信在抱怨家境日益败落，说他该是回到家庭安慰年迈的双亲，承欢膝下的时候了。

看到这些来信，尼古拉感到恐惧，因为这就是要他脱离眼前这种摆脱日常琐事的纷扰，安逸、平静地过日子的生活环境。他觉得，迟早又得卷入生活的旋涡，面对家业的衰败和整顿，面对管家的账目、争吵、阴谋、人际关系，面对社会，面对索尼娅的爱情和自己的承诺。这一切都太困难，太复杂，于是他以冷淡的古典式的信件答复母亲，开头是亲爱的妈妈，结尾是您顺从的儿子，对何时回家却避而不谈。一八一〇年他接到家信，获悉娜塔莎和鲍尔康斯基已经订婚，以及由于老公爵不同意，婚期不得不推迟一年。这封信冒犯了、惹恼了尼古拉。首先，他舍不得娜塔莎出嫁，家里的人他最爱的就是娜塔莎；其次，他从自己骠骑兵的观点出发，很惋惜自己当时不在场，否则他要让这个鲍尔康斯基明白，和他结亲决不是什么了不起的荣耀，如果他爱娜塔莎，就不要听从性情乖戾的父亲的摆布。他曾有片刻的犹豫，是否要请假，回家看看订了婚的娜塔莎，可是立刻顾虑重重，想起了索尼娅，想起了乱七八糟的事情，于是尼古拉又放弃了回家的念头。可是这一年春天，他接到了母亲背着伯爵写来的信，这封信终于使他决定立即动身。她在信中写道，要是尼古拉不回去重整家业，整个府邸就要被拍卖，一家人只好沿街乞讨了。伯爵太软弱，太信任米坚卡，又太善良，弄得人人都来欺骗他，家境每况愈下。“我求你了，马上回来吧，如果你不愿使我和你的全家都陷于不幸的话。”伯爵夫人写道。

这封信对尼古拉起了作用。他的那种平常人的健全理性在告诉他，这时**应该**做什么。

现在应该回去，即使不退役，也要请假。为什么应该回去，他不知道。不过，他午后睡了一觉便吩咐给灰色马战神备好鞍鞯，这匹公马久未骑乘，十分凶悍，他骑着浑身冒汗的公马回来后，对拉夫鲁什卡（杰尼索夫的仆人留在了罗斯托夫身边）和晚上来的战友们宣称，他已请求休假，要回家了。他作出了非常奇怪而艰难的决定，他要走了，而不向司令部打听清楚他特别关切的问题： 他是否将被提升为骑兵大尉或是否会因为最近的大演习而获得安娜勋章；他非常奇怪地决定马上就走，不等把三匹驾辕的黑鬃黑尾的枣红马卖给戈卢霍夫斯基伯爵，这位波兰伯爵在同他讨价还价，罗斯托夫打赌能把它们作价两千卢布卖出去；尽管显得难以理解，他怎么会不参加舞会，而骠骑兵为普沙杰茨卡小姐所举行的这场舞会，是要与枪骑兵为他们的鲍尔若佐夫斯卡小姐所举办的舞会一争高下——他知道，他应该离开这明朗美好的世界，到一个荒唐而混乱的地方去。一个星期后休假被批准了。骠骑兵们，不仅有同团的战友，而且还有同一个旅的战友，每人出十五个卢布为罗斯托夫举办饯行宴会，有两个乐队奏乐，两个合唱队合唱；罗斯托夫和巴索夫少校跳了特列帕克舞；醉醺醺的军官们把罗斯托夫抬起来往上抛，拥抱他，这才放开了他；第三骑兵连的士兵又一次抬起他来往上抛，喊着乌拉！后来大家把罗斯托夫安置在雪橇上，一直送到第一个驿站。

走到半路，从克列缅丘格到基辅，像通常那样，罗斯托夫的思想活动还留在后面——留在骑兵连里；越过一半路程之后，他开始忘记自己的三匹枣红马、自己的连副和鲍尔若佐夫斯卡小姐，不安地问自己，他在快乐村会遇到什么情况。他离家越近，就越强烈、远为强烈地（仿佛精神上的感应也服从于引力和距离的平方成反比的定律）想到自己的家庭。在快乐村前的最后一站，他给了车夫三卢布酒钱，像孩子一样气喘息吁吁地奔上了门口的台阶。

在相逢的喜悦和情况不符预期而奇怪地感到不满（一切都还是老样子，何必急着赶回来呢！）过去之后，尼古拉开始渐渐融入原来的家庭世界。父母还是那样，只是显得苍老一些。不同的是他们有了某种不安的心情，有时会发生纠纷，这是过去从未有过的，尼古拉很快就知道了，纠纷是起因于景况的艰难。索尼娅已经二十岁。她不会长得更漂亮了，也不会比现在更有所长进；然而这样已经足够了。她一见尼古拉回来，便洋溢着幸福和爱，这位姑娘忠贞不渝的爱情使他感到欣慰。最使尼古拉惊讶的是彼佳和娜塔莎。彼佳长大了，十三岁了，是个快乐的聪明而又淘气的少年，他已经在变声了。尼古拉久久地望着娜塔莎，惊奇地笑着。

“你完全变了。”他说。

“怎么，变丑了吗？”

“相反，但是显得庄重了。是公爵夫人啦？”他悄声说。

“对，对，对。”娜塔莎快乐地说道。

娜塔莎对他讲了自己和安德烈公爵的恋爱故事，他到快乐村的来访，并且把最后一封来信拿给他看。

“怎么样，你高兴吗？”娜塔莎问，“我现在那么安心，那么幸福。”

“我很高兴，”尼古拉回答道，“他是个很好的人。怎么，你很爱他？”

“怎么对你说呢，”娜塔莎回答道，“我爱过鲍里斯，爱过音乐老师，爱过杰尼索夫，可是这一回完全不同。我的心情很平静，很坚定。我知道，没有比他更好的人了，现在我觉得那么安心，那么轻松自在。和过去完全不一样……”

尼古拉向娜塔莎表示，他对婚期推迟一年感到不满，可是娜塔莎激烈地反驳哥哥，向他说明，不这样不行，违背父亲的意志进入一个家庭会引起非议的，她宁愿像现在这样。

“你一点也不懂。”她说。尼古拉不吭声了，表示同意她的看法。

哥哥望着她，常常感到奇怪。她完全不像一个与未婚夫久别的热恋中的未婚妻。她还是像过去那样平静、安详、快乐。这一点使尼古拉感到惊奇，甚至对鲍尔康斯基的求婚抱有疑虑。他不相信她的终身大事就这样决定了。他始终觉得，拟议中的婚姻有不妥之处。

“为什么要延期？为什么不举行订婚仪式？”他想。有一次和母亲畅谈妹妹的事，他既惊奇又在某种程度上感到欣慰，原来母亲在内心深处对这门亲事有时也同样地抱有疑虑。

“你瞧瞧他写的，”她说，她暗怀妒意地把安德烈公爵的信指给他看，做母亲的对女儿未来的幸福的夫妻生活总是怀有这种妒意，“他说，他不能早于十二月回来。是什么情况使他耽搁了呢？大概是有病！身体很虚弱。你不要对娜塔莎说。你别看她那么快乐：这是她在度过出嫁前的最后的少女时光，可我知道，每次收到他的来信时，她会有怎样的感受。不过，但愿一切如意，”她每次都这样结束谈话，“他是个很好的人。”

二

尼古拉在回来的初期很严肃，甚至闷闷不乐。使他苦恼的是，他眼看就要被卷入无聊的家务，母亲就是要他管理家务才把他叫回来的。为了尽快卸下这副重担，他在回家的第三天，也不回答娜塔莎问他要去哪里的问题，就紧锁双眉，气冲冲地来到米坚卡的耳房，勒令他交出全部账目。所谓全部账目指的是什么，惊慌失措的米坚卡感到茫然，尼古拉更是懵然无知。与米坚卡的谈话和核算没有进行多久。等在耳房过道里的村长和一个农民代表，又害怕又高兴地听到小伯爵似乎嗓门越来越高地吼叫起来，而且喋喋不休，骇人听闻的粗话便像连珠炮似的倾泻而出。

“强盗！忘恩负义的畜生！……我砍了你这个狗崽子……我可不像爸爸那样好说话……什么都偷哇……混蛋。”

后来那两个人的害怕和高兴劲儿丝毫不减，看着小伯爵脸红脖子粗，两眼充血，抓着米坚卡的衣领把他拖了出来，话说到带劲的时候用膝盖和大腿在他的屁股上非常利落地往前一顶，大叫：“滚！别让我再看见你，坏蛋！”

米坚卡飞快地从六级台阶上跌落下来，跑进了花坛。（快乐村的这个花坛是犯错误的人的有名的避难所。米坚卡自己从城里喝醉了酒回来，也是躲在这个花坛上，快乐村的很多村民要躲避米坚卡时都知道，这个花坛是可以安全藏身的地方。）

米坚卡的妻子和几个小姨子神色惊慌地从自己的房间向穿堂探头张望，房间里一把洁净的茶炊在沸腾着，管家的高高的床上铺着绗过的被子，被面是用一块块碎布拼成的。

小伯爵不理睬她们，气喘吁吁地迈着坚定的步子，经过她们的面前到正屋去了。

伯爵夫人立刻从女仆那里知道了耳房里发生的事情，一方面感到安心，现在他们的境况一定能有所好转，另一方面又担心儿子能不能挑起这副担子。她踮着脚几次走到他门口，只听他在一烟斗一烟斗不停地抽着烟。

第二天老伯爵把儿子叫到一旁，怯生生地含笑对他说：

“你知道吗，亲爱的，你不该发火啊！米坚卡全都对我说了。”

“我就知道，”尼古拉想，“在这个荒谬的世界，我对任何事情都无法理解。”

“你大发雷霆，说他没有记下这七百卢布，其实这笔账已转入次页，你没有往下看。”

“爸爸，他是坏蛋和小偷，我知道。我做过的事已无法挽回。如果您不乐意，往后我对他就什么也不说了。”

“不，亲爱的，（伯爵也很尴尬。他觉得自己没有管好妻子的庄园，对不起孩子们，可是不知道如何是好。）不，我请你继续管事，我老了，我……”

“不，爸爸，要是我做了什么让您不痛快的事情，请原谅我吧；我还不如您呢。”

“让这些农民哪，金钱哪，转页记账什么的都见鬼去吧。”他想。“过去我对下赌注还在行，对转页记账却一窍不通。”他对自己说，于是从此不再过问家事。不过，伯爵夫人有一天把儿子叫去对他说，她有安娜·米哈伊洛夫娜的一张两千卢布的期票，问尼古拉想怎么处理。

“这样，”尼古拉回答道，“您说，这事让我决定；我不喜欢安娜·米哈伊洛夫娜，也不喜欢鲍里斯，不过他们曾和我们友好相处，而且家境贫寒。那就这样吧！”他当即把期票撕了，这个行动使老伯爵夫人感动得热泪盈眶，痛哭失声。此后小罗斯托夫对任何家事都不再过问了，他激情洋溢地投入他感到新鲜的犬猎活动，而开始实行大规模犬猎的是老伯爵。

三

已是秋寒时节，清晨的严寒把连绵秋雨淋湿的土地结成了冰，田间的幼苗分蘖了，那娇嫩的绿色与一条条被牲口践踏过的越冬作物的褐色麦茬地和春播作物的浅黄色麦茬地以及一垄垄红艳艳的荞麦格外显得界线分明。群峰和树林在八月末还是散布在秋播作物的黑土地和麦茬地之间的片片绿洲，现在却是在碧绿的嫩苗环绕之中的金黄、鲜红的岛屿。灰兔的毛褪了一半（正在换毛），一群群小狐狸开始离开窝巢四散溜达，狼崽子比狗还大。这是最好的狩猎季节。热衷于打猎的青年猎手罗斯托夫的猎狗都累瘦了，而且脚掌也蹭伤了，猎手们一致决定让狗休息三天，定于九月十六日出猎，从杜布拉瓦开始，那里有一个未受惊动的狼窝。

九月十四日的情况就是这样。

这一天猎手们都整天待在家里。寒气刺骨。不过傍晚开始阴云密布，天气转暖。九月十五日，小罗斯托夫早晨穿着睡衣向窗外一望，对打猎来说，那是一个绝佳的早晨：天空仿佛在渐渐消隐，阴云缓缓地向地面沉落，微风不起。空中唯一的运动，是烟尘或雾气的微粒由上而下的悄无声息的降落。花园里挂在光秃秃的树枝上的晶莹的露珠滴落在刚刚飘落的树叶上。菜园里的土壤，像罂粟一样湿润黑亮，在不远处融入灰蒙蒙的潮湿的雾霭。尼古拉走到湿漉漉的满是污泥的台阶上；空气中散发着枯萎的树叶和狗的气味。长着黑色斑点的宽臀母狗米尔卡有一双鼓出的乌黑的大眼睛，见到主人便站起来，向后伸腰像灰兔似的伏在地上，随即突然跳起来，径直在他的鼻子和胡子上舔了一下。另一条母狗是灵猩①，从花间小路上看见主人，便拱起脊背猛地扑上台阶，竖起尾巴在尼古拉的大腿上蹭来蹭去。

"噢嚯！"这时响起了猎人的一声无法模仿的吆喝，极深沉的男低音和极尖细的男高音兼而有之；从屋角转出了驯犬师和狩猎长丹尼洛，他留着乌克兰式的童花头，头发灰白，满脸皱纹，手里拿着一条弯成弧形的短柄长鞭，一副只有猎手才有的独立不羁、藐视一切的神气。他在少爷面前摘下自己的切尔克斯人的皮帽，藐视地看了他一眼。这种藐视并不是对少爷的冒犯：尼古拉知道，这个藐视一切、目中无人的丹尼洛毕竟是他的下人和猎手。

"丹尼洛！"尼古拉说，他把持不定地觉得，一看到这打猎的好天气、这些猎犬和他的这个猎手，就有了不可遏止的想打猎的心情，这种见猎心喜的心情使他忘记了所有原来的打算，就像一个恋人在情人的面前那样。

"您有什么吩咐，大人？"一个像东正教大辅祭那样低沉的声音问道，这声音由于经常吆喝猎犬追逐野兽而有些嘶哑，两只闪闪发亮的黑

---

①一种身躯细长强健、细腿、尖长脸的猎犬，奔跑极快。

眼睛从紧皱的双眉下看了住口不语的少爷一眼。“怎么，按捺不住了？”那两只眼睛仿佛在说。

“天气真好，啊？放马追逐，啊？”尼古拉搔着米尔卡的耳后说。

丹尼洛没有回答，只是眨了眨眼。

“天亮时我曾派乌瓦尔卡去听听动静，”片刻的沉默后他用低沉的声音说道，“他说，她**搬到**快乐村的禁伐区去了，那里有狼嗥的声音。”（“搬到”的意思是说，他们两个都知道的那头母狼已经带着狼崽子跑进了快乐村的树林，那里离家两俄里，是一个不大的隔离区。）

“那就去吧？”尼古拉说，“你把乌瓦尔卡带来见我。”

“遵命！”

“先不要喂狗。”

“是。”

五分钟后，丹尼洛和乌瓦尔卡就站在尼古拉的大书房里了。尽管丹尼洛个子不高，他在房间里给人的印象就像是看见一匹马或一头熊站在地板上，处于家具和人类的生活环境之中。这一点丹尼洛自己也感觉到了，他总是站在紧挨着门的地方，竭力低声说话，一动不动，以免打扰了主人的安宁，并且尽快把话说完，以便到外面的广阔天地去，从天花板下来到天空底下。

尼古拉进行了详细的询问，并从丹尼洛口中得知猎犬的情况还不错（丹尼洛自己也想去打猎），便吩咐备马。可是丹尼洛刚想出去，娜塔莎却快步走进了房间，她还没有梳洗打扮，只裹着保姆的一条大披巾。彼佳和她一起跑了进来。

“你要去打猎吧？”娜塔莎说，“我就知道嘛！索尼娅说你们不会去打猎。可我知道，今天的天气这样好，你们是不可能不去的。”

“我们要出发了，”尼古拉不乐意地回答说，今天他准备郑重其事地进行一场猎狼的活动，不愿带上娜塔莎和彼佳，“我们是去猎狼，你会感到无聊的。”

“你知道，这是我最喜欢的活动。”娜塔莎说，“这可不好：自己去打猎，吩咐备马了，却瞒着我们，什么也不说。”

“对罗斯人来说，任何障碍都不在话下，我们也去！”彼佳叫道。

“你是不可以去的，妈妈说过了，你不可以去。”尼古拉对娜塔莎说。

“不，我去，一定要去，”娜塔莎坚决地说，“丹尼洛，吩咐给我们备马，叫米哈伊洛带上我的一群猎狗出发。”她转头对狩猎长说。

丹尼洛本来就觉得留在房间里有些失礼，很难受，而和小姐打交道，对他来说是不可思议的。他垂下眼睛，急忙离开，仿佛这与他无关，同时竭力避免在无意中使小姐受到什么伤害。

四

老伯爵一直保留着一支庞大的狩猎队伍，现在已经把他们全部交给儿子去管理，在九月十五日这一天，他一时高兴，自己也准备去打猎。

一个钟头后，这支队伍全体在门口集合。尼古拉神情严峻，表示现在他无暇顾及小事，从娜塔莎和彼佳的面前走了过去，对他们的诉说不理不睬。他检查了队伍的各个部分，派几名猎手带一群猎犬到前面去包抄后路，他骑上自己的红褐色顿河马，吹起口哨呼唤自己的一群猎犬，穿过打谷场来到田野，驰往快乐村禁伐区。老伯爵的马由伯爵的马夫牵着，那是一匹鬃毛和马尾雪白的赤红色的骗马，名叫维夫梁卡；他自己乘坐轻便马车直奔给他指定的野兽出没的小径守候。

带出来的共有五十四条猎犬，随之骑马出动的是六名驯犬师和猎犬管理人。带灵猩打猎的，除了几位主人还有八个人，四十多条灵猩跟在他们后面匆匆奔走、搜寻，因此和主人们的狗群加在一起，出猎的共有约一百三十条狗和二十个骑马的猎手。

每条狗都认识自己的主人，知道自己的名字。每个猎手都知道自己的差使、岗位和任务。一走出围墙，喧哗声和谈话声顿时停止，全都在通往快乐村树林的大路和田野上从容而安静地拉开长长的队伍。

马匹在田野上仿佛走在毛毯上，在穿过大路时，有时发出马蹄踏在水洼里的声音。雾霭继续在不易觉察地向地面徐徐降落。野外无风，天气暖和，静悄悄的。偶尔传来猎手的口哨声，马的响鼻声，短柄长鞭的抽打声或走错位置的狗的一声尖叫。

大约走了一俄里，从大雾里迎着罗斯托夫的打猎队伍又出现了五位带着一群猎犬的骑手。走在前面的是一位留着灰白的大胡子的生气勃勃、仪态优雅的老者。

“您好，大叔！”尼古拉对走上前来的老者说。

“没说的！……我就知道，”大叔说道（他是罗斯托夫家的远房亲戚，一个并不富有的近邻），“我就知道，你是按捺不住的，你来了很好。没说的！（这是叔叔爱说的一句口头语。）你马上到禁伐区去，我的吉尔奇克来报告，伊拉金家的人已经带着狩猎队守候在科尔尼基了，他们哪，没说的！会在你的眼皮底下把狼崽子都夺走。”

“我就是要去那里。怎么样，我们把狗合在一起吧？合在一起就……”

他们把猎犬合成了一群，于是大叔和尼古拉并辔而行。娜塔莎裹着头巾，头巾下露出目光炯炯、生气勃勃的面庞，她纵马驰来，紧跟在后的有彼佳和猎手米哈伊洛，还有保姆派在她身边的一个骑术教练。彼佳在笑着什么，急促地鞭打着马，扯着缰绳。娜塔莎灵巧而自信地骑着自己的阿拉伯黑马，一只手稳当而毫不费劲地把疾驰中的黑马猛然勒住。

大叔不以为然地看了看彼佳和娜塔莎。他不喜欢把娇纵的习气和严肃的狩猎活动搅和在一起。

“您好，大叔，我们也去。”彼佳叫道。

“好倒是好，你们可不要把狗踩死了。”大叔严厉地说。

“尼科连卡，特鲁尼拉是一条多好的狗啊！它认得我了。”娜塔莎说的是她心爱的猎犬。

“首先，特鲁尼拉不是一般的狗，而是猎狗。”尼古拉想，严厉地看了娜塔莎一眼，要让她懂得，此刻他们之间必须保持应有的距离。娜塔莎明白了他的意思。

“大叔，您不要以为我们会妨碍谁，”娜塔莎说，“我们会待在自己的位置上，决不乱动。”

“很好，伯爵小姐，”大叔说，“可不要从马上跌下来，”他又补充道，“因为——没说的！——马鞍上没有扶手啊。”

大约一百俄丈开外的快乐村禁伐区那个不大的树林已遥遥在望。驯犬师们正在向它靠近。尼古拉和大叔最后商定从哪里放出猎犬，给娜塔莎指定了一个地点，她应该守候在那里，什么野兽到了那里就跑不掉了，他自己从峡谷上方策马迂回过去。

“喂，大侄子，你这是去对付那条老狼吧，”大叔说，“记住，不可大意。”

“走着瞧吧。”罗斯托夫回答说。“卡拉伊，走吧！”他叫道，用这声呼唤回应大叔的话。卡拉伊是一条年老丑陋，两腮长满长毛的公狗，因单独捕获一条强壮的老狼而出名。大家都已各就各位。

老伯爵了解儿子打猎时的急躁脾气，急急忙忙地赶路以免迟到，驯犬师们还没有到达指定位置，而心情愉快、面色红润、双颊颤动的伊利亚·安德烈伊奇乘着两匹黑马拉的轻便马车已经从麦苗地上来到了守候地点，他理一理皮袄，带上狩猎用具，骑上了自己的光滑、肥胖、温顺而善良的维夫梁卡，它的毛色和他的头发一样，也是灰白的了。两匹黑马和轻便马车被打发走了。伊利亚·安德烈伊奇伯爵虽然不是狂热的猎手，但是深知打猎的规矩，他驶向丛林，在林边勒住了马，整理一下缰绳，觉得自己已准备好了，便微笑着环顾四周。

他的近侍谢苗·切克马尔勒马站在他身旁，这是一个身体已经发胖的老骑手。切克马尔牵着三条捕狼的凶猛的大猎犬，不过它们也像主人和他的马一样发胖了。两条被解开皮带的机灵的老狗，躺在那里。相距百步的树林边上站着伯爵的另一名马夫米季卡，他是一个剽悍的骑手和狂热的猎人。按照老习惯，伯爵在打猎前用银酒盅喝了一杯猎人露酒，吃了下酒菜，又喝了半瓶自己喜欢的波尔多红葡萄酒。

由于喝酒和骑马，伊利亚·安德烈伊奇的脸上有些泛红了；湿润的眼睛特别有光彩，他裹着皮袄坐在马鞍上，那模样好像一个准备跟大人出游的孩子。

双颊下陷的瘦削的切克马尔安排好自己的事情后，不时望望和睦相处了三十年的老爷，知道他心情愉快，在期待一次愉快的谈话。又有第三个人小心翼翼地（看来有人告诫过他了）骑马从树林里过来，停在伯爵身后。这是身穿家常女式衣衫、头戴尖顶帽的白胡子老头。他是小丑娜斯塔西娅·伊万诺夫娜。

“喂，娜斯塔西娅·伊万诺夫娜，”伯爵对他眨眨眼低声说，“你要是把野兽吓跑了，丹尼洛要你好看！”

“我自己……也是有胡子的。”娜斯塔西娅·伊万诺夫娜说。

“嘘——！”伯爵叫他别作声，一面转向谢苗。

“你看见娜塔莉娅·伊里尼什娜[①]吗？”他问谢苗。“她在哪里？”

“她和彼得·伊里奇停留在扎罗夫荒草地旁边，”谢苗微笑着回答道，“尽管是女孩子，兴致也那么高！”

“谢苗，你看她骑马的样子感到惊讶吗，啊？”伯爵说，“男人也不过如此！”

“怎么会不惊讶呢？又勇敢又灵巧！”

“尼科拉沙[②]在哪里？在利亚多夫高地，是吗？”伯爵还在小声地问。

“是的，大人。他知道要在哪里守候。他的骑术那么高明，我和丹尼洛都啧啧称奇。”谢苗说道，他知道怎样讨好老爷。

“他很会骑马，啊？骑马的样子怎样，啊？”

“那简直像画儿一样！几天前他在扎瓦尔津荒草地上捕获了一只狐狸。为了不让它逃进密林，他开始在林边疾驰拦截，太棒了——马是价值千金的骏马，骑者更是无价的高手！是呀，这样的年轻人哪里去找啊！”

“哪里去找啊……”伯爵重复了一遍，仿佛在惋惜，谢苗的话怎么这样快就讲完了呢。“哪里去找啊。”他说，一边翻开皮袄的前襟，取出了鼻烟壶。

“前几天他佩戴着所有勋章做完日祷出来，米哈伊尔·西多雷奇

---

① 娜塔莉娅·伊里尼什娜，娜塔莎的名字和父称。

② 尼科拉沙，尼古拉的爱称。

就……”谢苗没有把话说完，他听见寂静的田野清楚地传来了狩猎的声音和两三条猎犬的低沉的吠声。他低下头倾听，并对主人默默地做了个警示的手势。“他们发现了一窝狼崽子……”他小声说道，“就在利亚多夫高地上。”

伯爵忘了收起笑容，遥望前面的狭长林带，手里拿着鼻烟壶却没有嗅鼻烟。紧接着猎犬的吠叫声，又传来了丹尼洛吹响的捕狼的低沉的号角声；他的一群猎犬和前面的三条狗会合了，于是可以听到时高时低的犬吠，带着只有在猎狼时才会发出的那种低沉的吼声。驯犬师不再对猎犬厉声吆喝了，只是叫它们“上，上！”丹尼洛时而低沉、时而尖厉刺耳的嗓音压倒了所有的声音。他的嗓音仿佛充满了整个树林、又传到树林之外，远远地在田野回荡。

伯爵和他的马夫默默地听了几秒钟，确信猎犬已分为两群：一群较大，叫得特别凶猛，去得越来越远了；另一部分猎犬在伯爵附近，沿着树林的边缘飞奔，在这一群里可以听到丹尼洛在发出“上！上！”的命令声。那两群狗分分合合，但是都渐渐地跑远了。谢苗叹了口气，弯下腰，想整理一下皮带，这条皮带把一条小公狗缠住了。伯爵也叹了口气，发觉自己手里拿着鼻烟壶，便掀开壶盖，取出了一小撮鼻烟。

“回来！”谢苗对小公狗叫了一声，它跑到林子外边去了。伯爵浑身一颤，失手掉了鼻烟壶。娜斯塔西娅·伊万诺夫娜下马去捡它。

伯爵和谢苗都看着他。突然，像常有的那样，追逐猎物的声音转瞬间就到了很近的地方，仿佛狗群狂吠的大嘴和丹尼洛“上！上！上！”的唆使声就在他们面前。

伯爵朝四周看了一眼，看见米季卡在右边，正瞪大眼睛望着伯爵，同时举着帽子向前面指点，要他注意另一边。

“当心！”他大声叫道，显然，他早就迫不及待地想对他说出这句话了。于是他放开猎犬，骑着马朝伯爵疾驰而来。

伯爵和谢苗骑马跑出树林，看见自己的左边有一条狼，轻柔地摇晃着身子，从他们左边正悄悄地向他们刚才守候的那片林子飞快地蹿了过去。那些凶悍的猎犬一声尖叫挣脱了皮带，从马腿旁边向那只狼猛扑过去。

狼停下脚步，仿佛患了咽炎似的笨拙地转过宽脑门的脑袋向那群猎犬张望一下，依旧轻柔地摇晃着身子，向前一跳，又一跳，尾巴一摇在林子里消失了。就在这时，一条、两条、三条猎犬发出号哭似的吠声从对面的林子里惊慌地蹿了出来，它们在田野，就在那条狼刚才溜走的地方猛追过去。猎犬后面的榛树丛分开了，出现了丹尼洛的那匹由于满身是汗而皮毛发黑的栗色马。丹尼洛蜷缩着骑在长长的马背上，身子前倾，帽子没有了，一头灰白的乱发，通红的脸上汗水淋漓。

"上，上！……"他叫道。在看到伯爵的时候，他的眼里仿佛有电光一闪。

"真是……！"他叫了一声，举起短柄长鞭朝伯爵做了一个威胁的手势。

"把狼放跑了！……什么猎手！"他似乎不屑于和内疚的惊慌失措的伯爵再讲什么，抱着对伯爵的满腔怒火，在栗色骟马的凹陷、汗湿的两肋上狠狠地抽了一鞭子，跟在猎犬后面疾驰而去。伯爵像挨罚一样站在那里四处张望，想用微笑在谢苗的心里引起对他的处境的同情。但谢苗已不在那里了：他骑马绕过灌木丛，想抢在前面不让它逃进禁林。带着灵猩的猎手们也飞快地从两边包抄过去。可是狼已经钻进了灌木丛，没有哪一个猎手能拦得住它了。

五

尼古拉·罗斯托夫这时正站在自己的位置上等候着野兽。根据时远时近的狩猎活动，根据他所熟悉的猎犬的吠声，根据驯犬师们时远时近的说话声和不断提高的嗓门，他意识到了树林里正在发生的情况。他知道，树林里有幼狼和老狼；他知道猎犬分成了两群，在什么地方追捕猎物，而情况并不顺利。他时刻在等待野兽朝自己这个方向跑。他有过千百种设想，揣摩野兽会从哪个方向出现，怎样跑过来，以及他怎样追捕它。希望变成了失望。他多少次向上帝祈祷，但愿狼会朝着他跑过来；他祈祷时的心情既热烈而又愧疚，人们为了无谓的小事而非常激动

地祈祷时往往会怀有这样的心情。“唉，对你来说，这有什么难的呢，”他对上帝说，“你就为了我这样做吧！我知道，你是那么伟大，求你办这样的事真是罪过；不过，你务必要做到，让老狼朝我这儿来，并且让卡拉伊当着大叔的面死死地咬住它的喉咙，瞧，他在那里看着呢。”在这半个小时，罗斯托夫千百次地以执著、紧张、焦躁的目光扫视着树林的边缘地带，那里有两棵罕见的橡树高耸于白桦树幼林之上，扫视着边缘被水冲塌的峡谷，以及右首在灌木丛中隐约可见的大叔的皮帽。

“不，不会有这样的运气，”罗斯托夫想，“什么大不了的事啊！不会有的！无论是在赌桌上还是在战场上，不管干什么，我总是倒霉。”奥斯特利茨和多洛霍夫在他的想象中清晰而迅速地交替闪现。“一生中只要有一次能捕获一条老狼，我便别无所求了！”他想，他紧张地运用他的听力和视力，向左张望，再向右张望，倾听着狩猎活动的最细微的动静。他又向右面看了一下，只见空旷的田野上有什么东西正向他迎面跑来。“不，这不可能！”罗斯托夫想，不禁长叹一声，一个人在长久的期盼终于实现的时候往往会发出长长的叹息。天大的运气来了，它来得那么简单，没有喧嚣、没有炫耀、没有朕兆。罗斯托夫不敢相信自己的眼睛，这怀疑持续了一秒多钟。狼在朝前跑，沉重地跳过路上的一道深沟。那是一条老狼，脊背是灰白色的，吃得饱饱的肚子有些发红。它从容不迫地跑着，显然它相信，没有谁会看见它。罗斯托夫屏住呼吸，回头望望猎犬。它们或卧或立，没有看见狼，什么也没有察觉。老卡拉伊勾着头，龇着黄牙，在气冲冲地寻找跳蚤，上下牙在后腿上磕碰作响。

“上，上！”罗斯托夫撅起嘴唇，小声叫道。那些猎犬一抖铁链站了起来，竖起了耳朵。卡拉伊搔完它的后腿，也站起来了，它竖起耳朵，轻轻地摇了摇尾巴，尾巴上挂着一片片纠结在一起的狗毛。

“放狗？不放？”尼古拉看见老狼离开树林向他走来，便这样问自己。突然，狼的嘴脸大变；它浑身一震，瞥见了它大概还从未见过的一双人类的眼睛在注视着它，于是把头微微转向猎手，停在那里——后退还是前进?“唉! 管它呢，前进! ……”看来它似乎在这样对自己说，于是往前走了，不再回头张望，它轻柔、从容、然而坚定不移地纵步向前。

“上，上!”尼古拉使劲地大声叫道，他的骏马也自动地拼命往坡下疾驰，跳过大大小小的水洼，要去截住那条狼；猎犬跑得更快，纷纷赶到前面去了。尼古拉没有听见自己的叫喊声，没有意识到他在纵马狂奔，没有看见那些狗，也没有看见他经过的地方；他眼里只有那条狼，它加快了速度，按照原来的方向在洼地里奔跑。首先出现在野兽近旁的是宽臀的有黑色斑点的母狗米尔卡，它开始接近那头野兽。近了，更近了……终于追上了它。狼只是微微地瞟了它一眼，米尔卡竟没有像平常那样更勇猛地扑上前去，却翘起尾巴，两条前腿猛然支撑着地面站住了。

“上，上!”尼古拉叫道。

红毛的柳比姆从米尔卡后面蹿了出来，向狼猛扑过去，一口咬住它的后腿，可是就在这一刹那它又惊骇地往旁边跳开了。狼蹲下身子，龇一龇牙，又站起来往前跑，所有的狗都在一俄尺之外紧跟不舍，却不敢靠近它。

“要逃掉了! 不，这可不行。”尼古拉想，他的嗓子哑了，还在叫喊着。

“卡拉伊! 快上! ……”他叫道，一边在用眼睛寻找那条老公狗，这是他唯一的希望了。老卡拉伊使出全身力气，尽可能伸直身子，眼睛瞟着狼，费劲地从它旁边横插过去，可是狼连跑带跳的速度比狗快，显然，卡拉伊要想截住它是失算了。尼古拉已经看到前面不远处有一片树林，狼跑到那里就一定能顺利逃脱。前面出现了一群猎犬和一个骑着马几乎是迎面驰来的猎手。还有希望。陌生的狗群中有一条尼古拉不曾见过的体型细长的深褐色小公狗从前面飞快地向狼冲上去，几乎把它撞倒了。狼以其出人意料的速度爬起来，扑向深褐色的公狗，只听喀嚓一声——鲜血淋漓、肋部撕裂的公狗尖叫起来，一头栽倒在地。

“卡拉尤什卡! 老伙计! ……”尼古拉要哭了……

后腿上挂着一绺绺毛的老公狗，趁机去拦截狼的去路，离开它只有五步的距离了。狼似乎感觉到了危险，它瞟了卡拉伊一眼，把尾巴更深地夹在两腿之间，正要奋力逃跑。就在这时，卡拉伊不知怎么一来——霎时间已扑在狼的身上了，并和它一起陀螺般地滚进了它们前面的水坑里。

尼古拉看到水坑里一群狗和狼在一起折腾，看到狗的身子底下露出狼的灰白的毛皮，一条伸得笔直的狼腿和抿着耳朵惊慌地喘息着的狼头（卡拉伊咬住了它的喉咙）——在尼古拉看到这一切的时候，那是他一生中最幸福的时刻。他已经抓住鞍桥，准备下马把狼刺死，突然，从这一大群猎犬之中伸出了狼头，随后狼的两条前腿扑在水坑的坑沿上。狼把牙齿咬得咯咯作响（卡拉伊已不再咬住它的喉咙），后腿一使劲跳出了水坑，又夹起尾巴摆脱一群猎犬，往前移动。卡拉伊竖起身上的毛，艰难地爬出了水坑，它大概身上有伤，不是摔伤了，就是被咬伤了。

“我的天！怎么会这样？……”尼古拉绝望地大声叫道。

大叔的一名猎手从另一边驰来拦截这条狼，他的一群猎犬又挡住了狼的去路，把它围在当中。

尼古拉和他的马夫，大叔和他的那个猎手都围着野兽转悠，一面发出唆使声、吆喝声，每当那条狼蹲下的时候便准备下马，每当那条狼抖动身躯、向那片能使它得救的禁伐区逃走的时候便策马追赶。

在这次围猎开始的时候，丹尼洛一听见唆使猎犬的声音，就从林子里来到树林的边缘地带。他看见卡拉伊咬住了狼，便把马勒住，以为事情已经结束了。但是当他看到，猎手们并没有下马，狼抖擞一下又开始逃走时，丹尼洛便催动自己的栗色马，不是扑向那条狼，而是笔直地驰往禁伐区，和卡拉伊一样，为的是拦截那条狼。由于他采取这个方向，当大叔的一群猎犬第二次围住狼的时候，他恰好赶到。

丹尼洛默默地纵马奔驰，左手握着一把出鞘的短刀，那短柄长鞭就像连枷一样不断地落在栗色马的剽悍的两肋上。

在栗色马喘着粗气从他身边走过之前，尼古拉没有看到丹尼洛，也没有听到他的声音，这时他听见有人倒下的声音，看到丹尼洛已经倒在狗群之间，扑在狼的臀部，竭力想抓住它的耳朵。显然，猎手、猎犬和狼全都明白，现在一切都结束了。野兽惊恐地抿起耳朵，竭力想站起来，可是猎犬都紧紧地缠住它。丹尼洛欠起身来，做一个扑倒的动作，仿佛要躺下休息似的，以全身的重量压在狼的身上，并抓住它的两只耳朵。尼古拉想刺死它，不过丹尼洛低声说："不要，我们把它的嘴捆上。"于是他改变姿势，用一只脚踩在狼的脖子上。拿一根棍子塞在狼的嘴里，把嘴捆上，好像给它戴上了嚼子，再捆住它的腿，于是丹尼洛把它的身子从一侧到另一侧反复翻动了一两次。

大家带着幸福和疲惫的神情，把活捉的老狼抬到马背上，吓得那匹马急忙闪避，直打响鼻，于是在猎犬对狼的吠叫声中把狼带往全体集合的地点。猎犬捕到了两条幼狼，灵猩捕到了三条。猎手们带着自己的猎物和故事相聚在一起，大家都走过去看那条老狼，老狼垂下嘴里咬着一根木棍的宽脑门的脑袋，用无神的大眼睛望着把它围在中间的成群的猎犬和人。有人碰到它时，它抖动着被捆住的腿，用野性而又呆滞的眼神望着大家。

伊利亚·安德烈伊奇伯爵也走上前来碰碰那只狼。

"噢，多强壮，"他说，"是一条老狼吧，啊？"他问站在他身旁的丹尼洛。

"是的，大人。"丹尼洛连忙摘下皮帽回答说。

伯爵想起了他无意中放走的狼，以及他和丹尼洛的冲突。

"老弟，你很爱生气啊。"伯爵说。丹尼洛一声不吭，只是羞怯地露出孩子般温顺而愉快的微笑。

六

老伯爵回家去了。娜塔莎和彼佳留在狩猎队里，答应很快就回去。狩猎队继续往前走，因为时间还早。中午猎犬被放进了峡谷，那里到处是茂密的幼林。尼古拉站在已收割的庄稼地里，看得见自己的所有猎手。

罗斯托夫面前是一片绿油油的麦苗，他的一名猎手就在那里，站在洼地里一株突出的榛子灌木后面。猎犬一放出来，罗斯托夫就听到了他熟悉的一条狗沃尔托恩追捕猎物时特有的声音；别的狗都和它一起行动，时而寂然无声，时而又开始追逐。片刻后，小树林里发出了捕捉狐狸的呼叫声，于是所有的猎犬都一窝蜂地沿着一条支渠，朝麦田的方向追过去，离罗斯托夫越来越远了。

他看见几个戴红帽的管理猎犬的猎手纵马沿着草木茂盛的峡谷的边缘奔驰，甚至看得见那些猎犬，时刻都在等候有狐狸在对面那片绿油油的麦地上出现。

站在洼地里的那个猎手动起来了，放出了猎犬，这时尼古拉看到有一只火红的矮小古怪的狐狸，拖着蓬松的尾巴在麦地里急促地逃窜。猎犬向它追了上去。它们离得近了，狐狸开始在猎犬之间绕圈子，它越来越频繁地绕着圈子，用蓬松的尾巴环绕着自己，这时谁家的一条白狗飞身扑了上去，一条黑狗也跟着扑上去了，于是全都搅成一团，其余的猎犬尾部朝着不同的方向犹豫地站成了星形。两名猎手骑马来到了猎犬那里：一个戴着红色皮帽，另一个是陌生人，身穿绿色的束腰长衫。

“这是怎么了？”尼古拉在想，“这个猎手是从哪里冒出来的呢？他不是大叔的人哪。”

两个猎手夺下了狐狸，没有把它拴在马鞍的后鞍桥上，都徒步站在地上。两匹马拖着缰绳、驮着空鞍子站在他们附近，几条狗躺在那里。两个猎手挥舞着手臂，并拉扯着狐狸。那里响起了号角声，这是打架的信号。

“这是伊拉金的猎手不知为什么在和我们的伊万吵闹。”尼古拉的马夫说。

尼古拉派马夫去把妹妹和彼佳叫到自己身边来，自己骑着马向驯犬师们正在集合猎犬的地方走去。几个猎手驰往争斗的地点。

尼古拉下了马，和骑马赶来的娜塔莎和彼佳停留在猎犬附近等候消息，看事态的结果如何。

那个争斗的猎手骑着马从林边出来了，他带着拴在马鞍后的狐狸来到少爷跟前。他远远地就摘下皮帽，竭力以恭敬的语气说话；但是他脸色苍白，喘着粗气，脸上带着恶狠狠的表情。他的一只眼睛被打伤了，自己大概还不知道呢。

“你们在那里怎么了？”尼古拉问。

“当然啦，他想从我们的猎犬嘴里抢狐狸！那可是我的灰色母狗捕捉到的。你就评评这个理吧！他伸手来抓狐狸！我拿起狐狸狠狠地给了他一下子。瞧，在鞍子上挂着呢。要不你问问它？”猎手亮出短刀说道，大概他还觉得是在对自己的敌人说话呢。

尼古拉没有和他谈下去，叫妹妹和彼佳等着他，便策马向那个敌对的伊拉金的狩猎队所在的地方驰去。

得胜的猎手骑着马来到一群猎手中间，被赞赏他和问长问短的人们团团围住，讲述着自己的功劳。

情况是这样，伊拉金与罗斯托夫家不和，而且在打官司，他在传统上属于罗斯托夫家的地方打猎，而现在似乎又故意吩咐他的人来到罗斯托夫家打猎的树林附近，并且允许自己的猎手抢夺别人的猎犬捕获的猎物。

尼古拉从未见过伊拉金，可是他的判断和心情一向偏激，风闻这个地主蛮横霸道，就对他满怀仇恨，把他看做自己最凶恶的敌人。他现在又愤怒又激动，骑着马去找他，手里紧握短柄长鞭，决心对自己的敌人采取最坚决而危险的行动。

他刚刚从树林的低洼处上来，就看到一个肥胖的贵族地主，头戴海狸皮便帽，骑一匹黑色骏马，在两名马夫的陪伴下朝他迎面而来。

尼古拉发现，他所敌视的伊拉金原来是一位仪表堂堂，彬彬有礼，特别希望和年轻伯爵结识的贵族。伊拉金来到罗斯托夫面前，微微举起便帽，说他对发生的事情深感遗憾；说他一定吩咐下去，对胆敢抢夺别人猎物的猎手加以惩处，他请伯爵不要见外，并邀请他到自己的地方去打猎。

娜塔莎怕他的哥哥做出什么可怕的事情，不安地在不远处跟随着他。看到两个敌人友好地鞠躬致意，便向他们走了过去。伊拉金在娜塔莎面前更高地举起海狸皮便帽，微微一笑说，伯爵小姐对狩猎的爱好和美貌都宛如狄安娜[1]，而他对她的美貌仰慕已久。

伊拉金为了弥补自己的猎手的过错，恳切地邀请罗斯托夫前往一俄里外他为自己保留的山麓，据他说，那里遍地是野兔。尼古拉同意了，于是扩大一倍的狩猎队伍便动身前去。

到伊拉金的山麓去，要经过一片田野。猎手们都齐头并进。主人们走在一起。大叔、罗斯托夫和伊拉金都竭力不让人察觉，悄悄地打量着别人的猎犬，忐忑不安地在其中寻找可以和自己的猎犬一争高下的对手。

伊拉金的猎犬中有一条狗非常漂亮，使罗斯托夫特别惊讶。那是一条长着红色斑点的纯种小母狗，体型狭长，但肌肉强健，细长的脸上有一双凸出的黑眼睛。他曾听说伊拉金的猎犬奔跑快捷，认为这条漂亮的母狗正是自己的米尔卡的对手。

伊拉金谈起了当年的收成，在就这个严肃的话题交谈的过程中，尼古拉指了指他的那条有红色斑点的母狗。

"您的这条母狗真漂亮！"尼古拉语调从容地说，"跑得快不快？"

"这一条吗？是的，这是一条好狗，打猎还行。"伊拉金语气平淡地谈到自己的有红色斑点的叶尔扎，这条狗是他一年前用三户家仆向邻居换来的。"这么说，您那里的粮食产量也不怎么样？"他接着原来的话头说。他认为礼节上对年轻的伯爵应当有所回应，便看看他的那些猎犬，并挑中了米尔卡，它的宽宽的体态引起了他的注意。

"您的这条有黑色斑点的狗真漂亮，长得很匀称！"他说。

"是的，跑起来还可以。"尼古拉回答道。心里想："看着吧，只要田野里跑出一只大灰兔，我就让你看看这条狗怎么样！"他回头对马夫说，哪一个猎手能找到躲着的兔子，就赏他一个卢布。

"我不明白，"伊拉金接着说道，"有些猎手怎么会眼红别人的猎物和猎犬。我对您说说我自己吧，伯爵。您知道吗，我觉得骑马漫游，心情很愉快；有这样的人结伴同游……于愿足矣（他又对娜塔莎摘下了

---

① 狄安娜，罗马神话中的月亮和狩猎女神。

海狸皮便帽）；至于带回多少猎物，对我来说是无所谓的！”

“可不是嘛。”

“我也不会因为捕获猎物的是别人的狗而不是我的狗就不高兴——我只是要欣赏捕猎的过程，这样不是很好吗，伯爵？再说了，我认为……”

“快上——逮住它！”这时响起了一个停住脚步，带着灵猩的猎手拉长声音的叫喊。他站在庄稼地里的土丘上，举起短柄长鞭，又拉长声音重复了一遍：快——上——逮住它！（这声音和举起的短柄长鞭说明，他看见自己前面有一只躲着的野兔。）

“啊，好像是发现了野兔，”伊拉金从容地说，“也好，我们打猎去，伯爵。”

“好，应该过去了，怎么，一起去？”尼古拉回答道，一面注视着叶尔扎和大叔的那条红色的鲁加依，他还从来没有机会让这两个对手和自己的狗公平地比试过。“要是把我的米尔卡比下去了，那可怎么办！”他心里想，与大叔和伊拉金向野兔那里并辔驰去。

“是大兔子吗？”伊拉金朝发现野兔的猎手走过去问道，不无担心地环顾四周，吹着口哨呼唤伊尔扎……

“您呢，米哈伊尔·尼卡诺雷奇？”他问大叔。大叔骑着马，脸色阴沉地双眉紧锁……

“我何必凑热闹！你们的狗——没说的！——都是用整个村庄的代价买来的，价值千金啊。你们比试自己的狗吧，我就在这里看看！”

“鲁加依！去呀，去呀！”他叫道，“鲁加尤什卡！”他又叫了一声，不由自主地用这个爱称流露了自己对这条红色公狗的喜爱和寄予它的希望。娜塔莎看在眼里，感觉到了这两个老头子和她的哥哥隐藏在心里的激动，自己也激动起来了。

猎手举着短柄长鞭站在土丘上，主人们骑着马缓步向他走去；远在地平线上行动的猎犬都拐弯离开野兔；主人之外的猎手们也骑马离开了。一切行动都缓慢而谨慎。

“野兔的头朝着哪个方向？”尼古拉向发现野兔的猎手大约走了一

百步，问道。可是猎手还来不及回答，灰兔仿佛感觉到寒气逼近似的，待不住了，便跳了出来。一群猎犬戴着链条，狂吠着向坡下的野兔扑去；没有拴皮带的灵猩从四面八方向那群猎犬和野兔冲了过去。所有那些缓缓行进的管理猎犬的猎手们都大呼“站住！”把猎犬赶到一处，带灵猩的人都大叫“快上！”并引导着方向，他们都在田野上奔驰起来。举止安详的伊拉金和尼古拉、娜塔莎、大叔全都纵马飞驰，自己也不知道要往哪里去，眼里只看见那些猎犬和野兔，唯恐狩猎过程哪怕有一刹那的工夫逃过他们的视线。碰上的这只野兔既老练又敏捷。它跳起来以后没有马上逃跑，而是转动耳朵，倾听着突然从四面八方发出的呼喊声和马蹄声。它跳了十次左右，并不快，诱使猎犬跟过来，最后它选定了方向、了解了危险，于是抿起耳朵急忙逃跑。它是躲在庄稼地里的，可是前面就是一片麦苗地，泥泞难行。发现野兔的猎手的两条狗离它最近，首先盯上了它，紧追不舍；可是还远没有追上它，伊拉金的有红色斑点的叶尔扎就从它们后面飞快地跑了过去，近到只有一条狗的距离，便瞅准了野兔的尾巴以惊人的速度扑了上去，以为抓住它了，便就地一滚。野兔弓起背，逃得更快了。有黑色斑点的宽臀米尔卡从叶尔扎后面冲到前头，很快就要赶上它了。

“米卢什卡[①]，亲爱的！”响起了尼古拉兴高采烈的喊声。米尔卡似乎立刻就能一击而中，逮住野兔，米尔卡赶上了它，却冲过了头。灰兔往旁边一纵，躲过一劫。漂亮的叶尔扎又追上它，有一会儿紧贴着野兔的尾巴，仿佛在打量怎样能不再出差错，扑住一条后腿。

“叶尔曾卡[②]！亲爱的！”响起了伊拉金带着哭腔的大叫声。叶尔扎没有听见他的祈求。在它眼看就要抓住灰兔的那一瞬间，灰兔一闪，奔上庄稼地和麦苗之间的地带。叶尔扎和米尔卡又齐头并进，急忙跟了上去；在这个地带上灰兔跑起来轻松多了，两条狗不能很快就追上它。

“鲁加依！鲁加尤什卡！没说的！”这时又有一个新的声音叫喊起

---

① 米卢什卡，米尔卡的昵称。
② 叶尔曾卡，叶尔扎的昵称。

来，于是大叔的那条驼背的红色公狗伸展身躯，弓着背，渐渐赶上前面的两条狗，冲到它们前头，奋不顾身地扑向野兔，把它撞到麦苗地里，在泥泞的麦苗地里又一次更凶猛地扑了过去，陷入齐膝深的泥泞，只见它就地一滚，背上沾满污泥，和野兔滚在一起。其余的狗参差不齐地围着它。片刻后大家都站在那一群狗旁边。只有幸福的大叔下马割下了野兔的一条小腿。他抖动野兔，让血流出来，不安地四处张望，目光游移，手足无措，他在说话，自己也不知道在对谁说，也不知道在说些什么。“这没说的……瞧这些狗……全都被它打败了，价值千金的也好，只值一个卢布的也好——没说的！”他喘着气说，恶狠狠地环顾四周，仿佛在责骂什么人，仿佛人人都是他的敌人，人人都欺负他，现在他才总算出了口气。“看看你们那些价值千金的狗吧——没说的！”

“鲁加依，给，兔子腿！”他说，把割下的沾着泥土的一小截兔子腿丢了过去。“这是你应得的，没说的！”

“它跑得太累了，独自追赶了三次。”尼古拉说，他不听别人说话，也不管他的话别人在不在听。

“这样在半道上拦截，算什么呀！”伊拉金的马夫说。

“它一扑空，任何一条看家护院的狗也能追上去逮到啊。”这时伊拉金说道，由于奔驰和气恼而满面通红，吃力地喘着粗气。同时，娜塔莎兴高采烈，扯开嗓子尖声大叫，震得耳朵嗡嗡作响。她的这声尖叫所表达的，正是其他猎手们七嘴八舌所要表达的意思。这尖叫声非常怪异，要是在别的时候，她自己一定会因为这样粗野地尖叫而感到害羞，别人听了也会大为惊讶。大叔自己把灰兔拴在马鞍后的皮带上，灵巧而利索地把它抛到马屁股后面，仿佛这样一抛是在责备所有的人，而且带着不愿和任何人说话的样子，骑上自己的栗色马扬长而去。除了他，所有的人都心情抑郁而沮丧地散开了，此后很久才恢复了原来那种假装平静的神态。他们好久还不时地看看红色的鲁加依，它满身污泥，驼着背，带着胜利者泰然自若的神气小跑着跟在大叔的马蹄后面，身上的小铁片轻微地叮当做响。

“除了在打猎的时候，我和别的狗没有什么两样。哼，到时候那就看吧！”尼古拉觉得那条狗的神气在这样说。

好久以后，大叔骑着马来到尼古拉面前和他谈起话来。在发生了这一切情况之后，大叔还屈尊来和他谈话，使他受宠若惊。

七

傍晚，伊拉金和尼古拉分手的时候，尼古拉离开家已经很远了，只好接受大叔的建议，把狩猎队的人员、马匹和猎犬都留在他的米哈伊洛夫卡村过夜。

“要是您顺路到舍下去——没说的！”大叔说，“那就再好不过了；看，天气阴沉沉的，你们好好休息一下，再让伯爵小姐乘坐轻便马车回去。”大叔说，大叔的邀请被接受了，随即派一名猎手到快乐村去要轻便马车；尼古拉、娜塔莎和彼佳便骑着马前往大叔的住所。

五六个大大小小的男仆跑到大门口的台阶上迎接老爷。几十个老老少少的妇女和女孩子从台阶后的门廊里探头张望骑马到来的猎手们。娜塔莎，一个女人，还是贵族小姐，竟然骑在马上，激起了大叔家的仆人们极大的好奇心，以至其中的许多人都毫不羞怯地走到她跟前，瞅着她的眼睛，当着她的面对她评头论足，好像她不是一个人，而是一个供展览的听不懂人话的怪物。

“阿琳卡，你看呀，她侧身坐在马上呢！自己坐着，只有衣裳的下摆在摆动……瞧，还有一个小号角！”

“我的老天爷，还有刀呢！”

“看哪，一个鞑靼女人！”

“你怎么没有从马上栽下来呢？”一个胆子较大的女仆说，她已经向娜塔莎直接发问了。

大叔在台阶旁下马，那是一座小木屋，花园里草木茂盛，他扫视一下家里的那些人，以命令的口气吩咐闲人走开，去好好安排一下，准备接待客人和猎手们。

大家都散开了。大叔把娜塔莎扶下马，牵着她的手走上了晃晃悠悠的木板台阶。用原木搭建的不曾粉刷的屋子里不大干净——看不出居住的人要求保持整洁，清除斑斑点点的污渍，但也并不显得杂乱。门廊里散发着新鲜苹果的香气，墙壁上悬挂着整张的狼皮和狐皮。

大叔带客人们穿过前厅，来到放着一张可以折叠的桌子和几把红色木椅的小厅，然后到了有一张桦木圆桌和一张沙发的客厅，又来到书房，这里有一张破沙发，铺着破旧的地毯，挂着苏沃洛夫、主人的父母和他本人身穿军服的画像。书房里有一股强烈的烟草味和狗的气味。

在书房里，大叔请客人们坐下，像在家里一样不要拘束，自己转身出去了。鲁加依带着背上没有清洗的污泥进了书房，躺到沙发上，用舌头和牙齿清除自己身上的污秽。书房通着走廊，走廊里有一架屏风，上面的帷幔已经破了，屏风后传来女人们的嬉笑和低语声。娜塔莎、尼古拉和彼佳脱掉外衣坐在沙发上。彼佳靠在手臂上立即睡着了；娜塔莎和尼古拉默默地坐着。他们的脸上红扑扑的，觉得很饿了，也很高兴。他们彼此看了一眼（打猎后，在房间里，尼古拉认为不必在妹妹面前表现男人的优越感了）；娜塔莎对哥哥眨了眨眼，两个人忍了不久，便放声大笑起来，还来不及为自己的大笑找个借口。

等了一会儿，大叔穿着后身打褶的短上衣、蓝长裤和一双小皮靴进来了。娜塔莎曾在快乐村见到过大叔的这身打扮，感到又惊讶又可笑，现在却觉得这是一套真正得体的服装，丝毫不亚于常礼服和燕尾服。大叔也很高兴；他对兄妹俩的笑声不仅不见怪（他不可能想到人家是在笑话他的生活），反而自己也和他们一起无缘无故地呵呵大笑。

“瞧这个年轻的伯爵小姐——没说的——这样的姑娘我还没有见到过！”他说，一面把一个长柄的烟斗递给罗斯托夫，又以习惯性的动作把一个截短的烟斗握在三指之间。

“整天骑在马上，男人也够呛，她却若无其事！”

大叔进来不久，听脚步声，有一个赤脚的女仆走来打开了门，随即进来一个双手捧着摆满食品的大托盘的体态丰满、面色红润的四十岁左右的漂亮女人，双下巴，嘴唇丰满而红润。她以殷勤、庄重的态度，和蔼可亲的眼神和举止环视客人，面带亲切的笑容向他们恭敬地点头致意。尽管她非常肥胖，不得不把胸脯和肚子向前突出，而头向后仰，这个女人（大叔的女管家）的行动却非常轻快。她来到桌前，放下托盘，白白胖胖的双手把酒瓶、冷盘和其他食品灵巧地拿起来摆放在桌上。然后她走开了，面带微笑站在门边。“我就是那个她呀！现在你了解大叔了吧？”她的出现向罗斯托夫透露了这个意思。怎么会不了解呢：不仅罗斯托夫，而且娜塔莎也了解了大叔，了解了他皱着眉头幸福而得意地微笑的含义，这微笑在阿尼西娅·费多罗夫娜进来的时候使他微微绽开了双唇。用托盘端来的是草药酒、果子露酒、蘑菇、脱脂乳汁黑面饼、鲜蜂蜜、冒泡的蜜酒、苹果、生胡桃、炒胡桃和蜜饯胡桃。随后阿尼西娅·费多罗夫娜又送来了蜜糖果酱、火腿和新出炉的烤鸡。

这些都是阿尼西娅·费多罗夫娜一手操办、采集和烹调的。这一切都香气扑鼻，美味可口，具有阿尼西娅·费多罗夫娜的特色。一切都有芬芳、纯洁、洁白的气氛，有愉悦的微笑的韵味。

“吃呀，伯爵小姐。”她劝说着。一边给娜塔莎递上这个、那个。娜塔莎来者不拒，觉得这样的脱脂乳汁面饼，这样甜美的果酱、蜜饯胡桃和这样的烤鸡，她还从来没有在哪里见到过，吃到过。阿尼西娅·费多罗夫娜出去了。罗斯托夫和大叔边吃边喝着樱桃酒，谈论着过去和今后的狩猎活动，谈论着鲁加依以及伊拉金的猎犬。娜塔莎挺直身子目光炯炯地坐在沙发上听着。她几次想叫醒彼佳，让他吃点儿什么，可是他含糊地叽咕几句，显然还没有清醒过来。娜塔莎在这新的环境里那么愉快、惬意，只怕接她的马车来得太快。在偶然出现的冷场之后，初次在家里接待熟人的主人往往会这样：大叔似乎在回答客人心里的想法，说道：

“我就这样度过自己的晚年了……人死了——没说的！——什么也不会留下。何必造孽！”

在这样说的时候，大叔的面容意味深长，甚至很美。这时罗斯托夫不觉想起了父亲和邻居们所谈到的大叔的种种好处。大叔是全省远近闻名的最高尚、最无私的怪人。人们请他调解家庭纠纷，担任遗嘱执行人，向他吐露隐私，选举他担任法官和其他职务，但是他对社会工作总是坚决拒绝，春秋骑着自己的栗色骟马在田野溜达，冬天待在家里，夏天躺在草木茂盛的花园里。

“为什么您不出来工作呢，大叔？”

“工作过，放弃了。不行哪，没说的，我什么也不懂。这是你们的事情了，我脑子不够用啦。至于打猎就不同了——那可是没说的！把门打开啊，”他叫道，“怎么关上了！”走廊（大叔把门廊叫做走廊）尽头的那扇门通往单身猎人室，这是对猎人们的下房的称呼。一双赤脚啪嗒啪嗒地走了过去，一只看不见的手打开了猎人室的门。走廊里传来了巴拉莱卡[1]的清晰的声音，看来是一位内行的琴师在演奏。娜塔莎早就在凝神倾听了，这时她走到走廊里，想听得更清楚一些。

“那是我的车夫米季卡……我给他买了一把很好的巴拉莱卡，我爱听。”大叔说。大叔有一个规矩，他每一次打猎回来，米季卡要在单身猎人室弹奏巴拉莱卡。大叔喜欢听这种音乐。

“多好，真的，很好。”尼古拉带着一种不自觉的倨傲说道，仿佛不好意思承认，他非常欣赏这首乐曲的声音。

“什么很好？”娜塔莎感觉到了哥哥说话时的那种语气，不满地说。“不是很好，而是美妙极了！”正如她觉得大叔的蘑菇、蜂蜜和果子露酒都是世界上最好的，这时她也觉得，这首乐曲是音乐美的极致。

“再弹哪，请你再弹。”巴拉莱卡的声音一停下来，娜塔莎便朝着门外说。米季卡调好琴弦，以一连串的滑音和顿音弹起了**芭勒娘舞曲**[2]。大叔偏着头，面带不易觉察的微笑，坐在那里听。**芭勒娘舞曲**的旋律重复了一百遍。几次重新调好琴弦，于是又奏响了那些同样的音符，听众百听不厌，对他的演奏只是还想听，还想听。阿尼西娅进来了，肥胖的身躯斜倚在门框上。

“赏光听听吧，伯爵小姐，”她微笑着对娜塔莎说，这笑容和大叔的微笑非常相像，“他在我们这儿演奏得很出色。”她说。

---

① 巴拉莱卡，俄罗斯民间的一种三弦琴。

② 芭勒娘舞曲，俄罗斯民间歌曲，以它伴奏民间舞蹈芭勒娘舞。

“这一段可不该这样弹，”大叔突然做了个有力的手势，说道，“这儿要奏出一个华彩段——没说的——华彩段。”

“您也会乐器吗？”娜塔莎问。大叔笑而不答。

“你去看看，阿尼西尤什卡[1]，琴弦坏了没有，那把吉他？好久没有玩过了，没说的！荒疏啦。”

阿尼西娅·费多罗夫娜高兴地迈开轻快的脚步，去执行自己主人的吩咐，把吉他拿来了。

大叔谁也不看，吹掉灰尘，以瘦骨嶙峋的手指敲一下琴盖，调好琴弦，在圈椅上坐好。他握着吉他颈部稍高的地方（把左臂的臂肘张开，有点儿舞台表演的架势），朝阿尼西娅·费多罗夫娜眨了眨眼，不是弹奏**芭勒娘舞曲**，而是起了个清亮、纯净的和弦，随即舒缓，悠闲，然而坚定地开始以相当缓慢的节奏演奏一首名曲《在有一座桥的大街上》。陡然，歌曲的旋律应和着节拍，以一种沉静的欢乐（阿尼西娅·费多罗夫娜全身心地沉浸在这种欢乐之中）在尼古拉和娜塔莎的内心回响。阿尼西娅·费多罗夫娜羞红了脸，以头巾掩面，笑盈盈地走出了房间。大叔继续纯净、细腻、坚定而有力度地演奏着这首歌曲，以变得充满灵感的眼神凝视着阿尼西娅·费多罗夫娜离开的那个地方。他的脸上微微地隐含笑意，在歌曲进一步展开，节奏加快的时候，在一串连续的滑音的某些地方有点儿走神，一侧的白胡子底下更是笑意盈盈。

“妙极，妙极，大叔！再来，再来！”一曲刚完，娜塔莎便叫喊起来。她从座位上跳起身来，搂着大叔吻了吻他，“尼科连卡，尼科连卡！”她回头望着哥哥说，仿佛在问：这是怎么回事呀？

尼古拉也很喜欢大叔的演奏。大叔第二次弹起了这首歌曲。阿尼西娅·费多罗夫娜的笑脸又出现在门口，在她身后还簇拥着别人的笑脸。

去汲取清凉的甘泉，

---

①阿尼西尤什卡，阿尼西娅的爱称。

他在喊，姑娘，你等一等。①

大叔演奏着，又弹出一串俏皮的滑音，双肩一抖松开了手。

“再来呀，再来呀，亲爱的大叔。”娜塔莎以恳切的声音呻吟般地哀求道，仿佛不答应她的这个请求，她就活不下去了。大叔站了起来，他身上仿佛有了两个人，一个人对快活的乐天派严肃而揶揄地一笑，而这个乐天派做了一个质朴而道地的民间舞的起舞动作。

“来吧，侄女！”大叔叫道，向娜塔莎扬起刚才弹了个和弦的那只手。

娜塔莎甩开身上的披巾，跑到大叔前头，双手叉腰，做了个双肩摆动的动作，挺立在那里。

她，这个在法国女侨民的教养下长大的伯爵小姐，是何时、何地、如何从她呼吸的俄罗斯的空气中吮吸了这种精神的呢，是从哪里学到了这些早该被披巾舞排挤掉的动作的呢？然而这种精神和这些动作正是道地的不可模仿、无法研习的俄罗斯的精神和动作，完全符合大叔对她的期待。当她挺立在那里，带着傲然的狡黠而快乐的神气得意地微微一笑的时候，尼古拉和所有在场的人最初怕她做不到那么好的担心便烟消云散，于是只顾欣赏她了。

她做到了，而且恰如其分地、那么恰到好处地做到了，阿尼西娅·费多罗夫娜立刻给她递去她跳舞所需要的手绢，她望着这个苗条、优雅、如此陌生的一位在养尊处优的环境中受到教养的伯爵小姐不禁含泪而笑，她竟能领会阿尼西娅、阿尼西娅的父亲、婶婶、母亲以及所有俄罗斯人的内心所蕴藏的一切。

“行哪，伯爵小姐，没说的！”跳舞后，大叔高兴地笑道。“哎

---

①原编者的注释指出，这句歌词意思不明。它取自一首民歌，但重新作了组合，要结合原歌词来看，原歌词是：

他在喊：“姑娘，你等一等，
我的美人，等我一会！
我们一起去汲水，
去汲取清凉的甘泉。”

哟，侄女！但愿给你物色一个好夫婿才好，没说的！”

“已经物色到了。”尼古拉微笑着说。

“哦？”大叔惊讶地说，疑问地望着娜塔莎。娜塔莎带着幸福的微笑肯定地点了点头。

“是个非常出色的人！”她说。不过她的话一出口，心里便勾起了一种新的思绪。“尼古拉说：‘已经物色到了’，他说话时的微笑意味着什么呢？他对这件事是高兴还是不高兴？他似乎以为，鲍尔康斯基对我们的这种快乐不会赞赏，不会理解。不，他一定会理解的。现在他在哪里呢？”娜塔莎想，她的脸色突然郑重起来了。不过这仅仅持续了一秒钟。“不想这些，不许想。”她对自己说，又坐到大叔身边，请他再弹点儿什么。

大叔又弹了一首歌曲和一支华尔兹舞曲；然后沉默了一会儿，清清嗓子，唱起了自己心爱的猎歌：

傍晚，下了一场初雪，
纷纷扬扬，好大的雪……

大叔唱歌，像老百姓那样，天真地认为，歌曲的意思全都在歌词里，曲调会自然而然地形成，没有歌词的曲调是没有的，曲调只是要让声音动听而已。正因如此，大叔的这种像鸟鸣一样自然流露的曲调才特别悦耳。大叔的歌唱使娜塔莎如醉如痴。她决定，从此不再学竖琴了，今后只弹奏吉他。她向大叔要来吉他，立即弹了这首歌曲的几个和弦。

九点多钟，一辆敞篷马车、一辆轻便马车和三名骑手被派来接娜塔莎和彼佳了。被派来的人说，伯爵和伯爵夫人不知道他们在哪里，很不放心。

彼佳像死人一样被抬着安置在敞篷马车里；娜塔莎和尼古拉坐上了轻便马车。大叔把娜塔莎裹得严严实实的，温情脉脉地同她告别。他徒步把他们送到桥头，这里要绕开桥涉水而过，因此吩咐几名骑马的猎手在前面领路。

“再见了，亲爱的侄女！”黑暗中传来了他的喊声，这不是娜塔莎原来所熟悉的声音，而是他唱着“傍晚，下了一场初雪”的声音。

他们经过的一座村庄闪着点点灯光，愉快地散发着烟味。

“这个大叔多么令人着迷啊！”他们出了村子，来到大路上时娜塔莎说。

“是呀，”尼古拉说，“你冷吗？”

“不，我很好，很好。我觉得太好了。”娜塔莎简直有点儿困惑地说道。他们久久地默然无语。

这是一个黑暗潮湿的夜晚。看不见马匹，只听到在看不见的泥泞中践踏的马蹄声。

这稚气、善感的心灵里发生了什么呢？它那么贪婪地捕捉并吸纳生活中无限纷繁的印象。她的心灵是怎样容纳这一切的呢？不过她感到非常幸福。离家不远了，她蓦地哼起了民歌的曲调：“傍晚，下了一场初雪”，她一路上都在捕捉这首民歌的曲调，终于捕捉到了。

“捕捉到了吗？”尼古拉问。

“你刚才在想什么呢，尼科连卡？”他们喜欢这样问对方。

“我吗？”尼古拉说，一边在回想，“你知道吗，起初我在想，那条红色公狗鲁加依很像大叔，假如它是人，它也会把大叔留在自己身边，即使不是因为奔跑快捷，也会因为他好而把他留下。大叔这个人多么好啊！是吧？那么你在想什么呢？”

“我？等一等，等一等。对了，我起初想，我们这样坐在马车里，以为正在回家，可是天知道我们在这黑暗中驶向何方，突然我们到了，却发现我们不是在快乐村，而是来到了仙境。后来我又想……不，没有了。”

“我知道，想必是想到**他**了。”尼古拉说，娜塔莎从他的话音里听出他在微笑。

“不，”娜塔莎回答道，其实她也同时想到了安德烈公爵，想到他会多么喜欢大叔，“我还反复地想，一路上都在反复地想：阿尼西娅的表现真好，真好……”娜塔莎说。接着尼古拉听到了她的一串清脆悦耳、无缘无故的幸福的笑声。

“你知道吗，”她突然说，“我知道，我永远不会像现在这样幸福、安心了。”

“这可是瞎说、傻话、胡扯。”尼古拉说，心里想：“我的这个娜塔莎多么可爱呀！我没有也不会有另一个这样的朋友了。她为什么要嫁人呢？但愿能和她永远这样走下去！”

“这个尼古拉真可爱！”娜塔莎想。

“啊！客厅里还亮着灯呢。”她指着自家的窗户说，那些窗户在湿润、温馨的夜色里闪烁着美丽的光彩。

八

伊利亚·安德烈伊奇伯爵辞去了首席贵族之职，因为这个职务使他的开销太大。可是他的经济状况还是没有好转。娜塔莎和尼古拉常常看到父母在私下不安地交谈，听到他们在商量要出售罗斯托夫家族祖传的豪宅和莫斯科近郊的一座庄园。不当首席贵族，不需要接待那么多人了，快乐村的生活比前几年平静了，可是这座巨宅和附属房舍仍然住满了人，餐桌上仍然有二十多人就餐。所有这些人，或是在这里住惯了，如同家庭成员一样，或是一些似乎应当住在伯爵家里的人。这些人是乐师迪姆勒夫妇，舞蹈教师约格尔一家，一向住在这里的老太婆别洛娃小姐，还有很多其他的人：彼佳的几个教师，小姐们从前的一个女家庭教师，以及只是觉得住在伯爵这儿比住在自己家里更舒适或更省钱的一些人。不像从前那样门庭若市了，可是生活方式依旧，伯爵和伯爵夫人不能想象此外还能有别的生活。仍然保留着狩猎队，尼古拉还加以扩充了，马房里仍然有五十匹马和十五名马夫；仍然在命名日互赠贵重的礼品，举行盛大的宴会招待全县的贵宾；伯爵照旧打惠斯特牌和波斯顿牌，将牌展成扇形放在牌桌上给大家看，每天都故意让邻居们赢几百卢布，他们都把能和伊利亚·安德烈伊奇伯爵打牌看做最有利可图的投资。

伯爵在这样的境况中，仿佛落入了一个巨大的罗网，他不愿相信，他已经落入罗网而不能自拔，却又每一步都更加深陷其中，既没有能力冲决罗网的束缚，也没有能力谨慎地、耐心地着手解开它。伯爵夫人的一颗爱心感到，她的孩子们就要破产了，她觉得这不是伯爵的错，因为他就是这样的一个人，他自己也意识到了他和孩子们行将破产而感到痛苦（尽管在加以掩饰），于是她开始寻求摆脱困境的办法。出于她的妇人之见，觉得唯一的出路是——让尼古拉娶一位富有的姑娘为妻。她觉得这是最后的希望，如果尼古拉拒绝她给他物色的配偶，那么摆脱困境的机会便永远丧失了。这个对象便是朱丽·卡拉金娜，父母都是非常高尚的好人，她自幼就是罗斯托夫一家所熟悉的女孩，现在由于最后一个兄弟亡故而成为富有的女继承人，待字闺中。

伯爵夫人直接写信给莫斯科的朱丽的母亲，提出两家结亲的事情，并且得到了善意的回应。她回信说，她本人是同意的，不过一切要取决于女儿的意愿。她邀请尼古拉到莫斯科去。

伯爵夫人几次含泪对儿子说，现在两个女儿都有了归宿，她唯一的愿望就是看到他成亲了。她说，这样她就死也瞑目了。后来又说，她看中了一个非常好的姑娘，并试探他对婚姻的意见。

有几次她在谈话中夸奖朱丽，建议他到莫斯科去度假，消遣消遣。尼古拉猜到了母亲话里的意思，有一次便请她开诚布公地把话讲清楚。她对他说，现在恢复家业的全部希望就寄托在他和卡拉金娜的婚姻上了。

“怎么，如果我爱上一个没有财产的姑娘，难道您，妈妈，要我为了财产而牺牲感情和名誉吗？”他问母亲，他只顾表白自己的高尚，而不明白这个问题有多么残忍。

“不，你没有明白我的意思，”母亲说，不知怎样辩解才好，“你没有明白我的意思，尼科连卡。我是希望你幸福。”她又说，她觉得她说的不是真话，思绪乱了。她哭了起来。

“妈妈，您不要哭，您只要告诉我，是您希望这样，您知道，为了让您安心，我愿意付出自己的一生，付出一切，”尼古拉说，“我愿意为您牺牲一切，甚至牺牲自己的感情。”

可是伯爵夫人不愿这样提出问题：她不要自己的儿子作出牺牲，她倒是宁愿自己为他作出牺牲。

“不，你没有明白我的意思，我们不谈了吧。”她擦着眼泪说。

“是的，也许我真的在爱着一个贫穷的姑娘，”尼古拉自言自语，“怎么，为了财产我就该牺牲感情和名誉？奇怪，妈妈怎能对我说这种话呢。因为索尼娅贫穷，”他想，“我就不能爱她，不能对她那忠贞不渝的爱情作出回应？和她在一起，比和一个听任摆布的朱丽在一起肯定更幸福。我无法改变自己的感情啊，”他自言自语，“如果我爱索尼娅，那么对我来说，我的感情便胜于一切，高于一切。”

尼古拉没有去莫斯科，伯爵夫人也不再向他提起这门亲事，她忧郁地、有时甚至恼怒地看着自己的儿子和没有陪嫁的索尼娅日益亲近的迹象。她责备自己不该这样，可是她忍不住要嘀咕，要向索尼娅找茬儿，常常没来由地打断她的话，埋怨她，还称呼她“您，我亲爱的”。善良的伯爵夫人最生气的是，索尼娅这个贫穷的黑眼睛的表侄女是那么温顺，那么善良，对自己的恩人是那么感恩戴德，而且那么忠贞不渝地以自我牺牲的精神爱恋着尼古拉，简直找不出可以责备她的地方。

尼古拉的假期就要结束了。娜塔莎收到了未婚夫安德烈公爵的第四封信，是从罗马寄来的，信中说，他早就可以踏上归途了，可是在温暖的气候中伤口突然裂开，使他不得不把归期推迟到明年年初。娜塔莎仍然爱恋着自己的未婚夫，仍然因为这份爱情而安心，仍然对生活的种种乐趣那样敏感，可是在与他别后第四个月的月末，她变了，有时愁绪萦怀，挥之不去。她怜悯自己，怜惜独自虚度她觉得自己是那么善于爱和被爱的这段光阴。

罗斯托夫一家都闷闷不乐。

九

圣诞节节期[1]到了，除了隆重的日祷，除了邻人和家仆的郑重、乏

[1] 圣诞节至主显节（12月24日至次年1月6日）是基督教圣诞节节期。

味的祝贺，除了人人身上的新衣，没有任何特别的活动表示庆祝节期，而在零下二十度无风的严冬，白天阳光灿烂夺目，冬季的寒夜繁星闪烁，这时总觉得需要有什么活动来庆祝这样的时光。

圣诞节的第三天，家里的人午餐后都各自回到自己的房间，这是一天中最乏味的时候。尼古拉拜客回来，在休息室睡着了。老伯爵在书房里休息。客厅里索尼娅坐在圆桌旁描花样。伯爵夫人在把一副牌分别摆开。小丑娜斯塔西娅·伊万诺夫娜面带愁容和两个老妇人坐在窗前。娜塔莎走进房间，来到索尼娅跟前，看看她在做什么，然后走到母亲面前默默地站着。

“你怎么像游魂似的走来走去？”母亲说，“你要什么？”

“我要**他**，此时此刻就要他，”娜塔莎说，她眼睛闪亮，没有笑容。伯爵夫人抬起头，凝神地看了女儿一眼。

“不要看我，妈妈，不要看我，我要哭了。”

“你坐，陪我坐坐吧。”伯爵夫人说。

“妈妈，我要**他**，我怎么这样苦闷呢，妈妈？……”她语声哽咽，泪水夺眶而出，她为了掩藏眼泪很快地转身离开了房间。她来到休息室，站了一会儿，想了想，到女仆的房间去了。一个老女仆正在那里数落一个气喘吁吁的年轻的女仆，她刚从仆人们那里在严寒中跑来。

“玩够了吧，”老太婆说，“玩也要看是什么时候啊。”

“让她去吧，康德拉季耶夫娜，”娜塔莎说，“你去吧，玛夫鲁莎，去吧。”

放走玛夫鲁莎之后，娜塔莎经过大厅到前厅去了。一个老头子和两个年轻的仆人在玩牌。看见小姐进来，他们停止玩牌，站了起来。

“我派他们干些什么呢？”娜塔莎想。

“对了，尼基塔，请你走一趟……”娜塔莎说，心里想，“我派他到哪里去呢？”接着说：“对了，请你到家仆那里去拿一只公鸡来；对了，米沙，你去拿一些燕麦来。”

“您是吩咐我拿点燕麦吗？”米沙乐呵呵地说。

“去呀，快去。”老头子肯定地说。

“费多尔，你去找些石灰给我。”

经过餐具室时，她吩咐把茶炊送上去，尽管还完全不到时候。

管理餐具的福卡是全家最爱生气的一个人。娜塔莎喜欢支使他，在他身上试试自己的权威。他不信她的话，就跑去问，是不是真的要茶炊？

“瞧这个伯爵小姐！”福卡说，皱着眉头假装生她的气。

家里谁也不像娜塔莎那样支派那么多仆人，给他们那么多差事。她看到仆人不去支派他们，心里就不舒服。她似乎想试试，有没有人会生她的气，对她绷着脸，不过，仆人们对谁的吩咐也不像对娜塔莎的吩咐那样乐呵呵地照办。“我干什么好呢？我到哪儿去呢？”娜塔莎在走廊里慢慢地走着，心里想。

“娜斯塔西娅·伊万诺夫娜，我会生个什么孩子呀？”她问小丑，他穿着女式短棉袄，正朝她迎面走过来。

“你会生跳蚤、蜻蜓、蝈蝈。”小丑回答道。

“我的天哪，我的天哪，总是老一套！唉，有什么地方好去呢？我可怎么办呢？”于是她沿着楼梯噔噔噔地快步跑上去找约格尔，约格尔和妻子住在楼上。两个家庭女教师坐在他那里，桌子上放着几碟葡萄干、胡桃和杏仁。女教师们在讨论哪里的生活费用比较低，是莫斯科还是敖德萨？娜塔莎坐下，神情抑郁，若有所思地听她们谈话，听了一会儿便站了起来。

“马达加斯加岛，”她说，“马——达——加——斯——加，”她把每个字清楚地重复了一遍，绍斯太太问她在说什么，她不予理睬，走出了房间。

她的弟弟彼佳也在楼上：他在和一个小叔叔料理焰火，准备夜里去放。

“彼佳！彼季卡！”她对他喊道，“来背我下去。”彼佳跑过来，背对着她弯下了腰。她纵身扑在他身上，双手搂着他的脖子，于是他背着她连蹦带跳地跑了起来。“不，让我下来吧……马达加斯加岛。”她说，随即从他身上跳下来，下楼去了。

娜塔莎仿佛巡视了自己的王国，考验了自己的权威，深信人人都很驯服，可是仍然感到意趣索然，她来到大厅，拿起吉他，坐在小柜子后面一个黑暗的角落，开始拨弄低音弦，弹出歌剧中的一个她记在心里的乐句，她曾在彼得堡和安德烈公爵一起听过这部歌剧。旁人会觉得，她在吉他上弹奏出来的是一些毫无意义的声音，然而这些声音却在她的想象中勾起了对往昔的种种回忆。她坐在小柜子后面，望着从餐具室的门缝漏进来的一抹光线，听着自己的弹奏回忆。她沉湎于回忆之中。

索尼娅拿着一个高脚玻璃杯，穿过大厅来到餐具室。娜塔莎透过餐具室的门缝望了望她，于是她觉得，这是她在回忆从餐具室的门缝漏进来的光线和索尼娅拿着高脚玻璃杯走过来。"这情景是有过的呀，一点不差。"娜塔莎想。

"索尼娅，这是什么？"娜塔莎用几根手指拨弄一根粗弦，大声问道。

"啊，你在这里！"索尼娅一惊说道，她走过去仔细地听着。"不知道。这是暴风雨？"她胆怯地说，怕猜错了。

"嗯，她当时也是这样一惊，也是这样走过来，怯生生地微微一笑，"娜塔莎想，"我当时也……这样想过：她缺少点儿悟性。"

"不，这是《运水夫》[①]中的合唱，听出来了吗？"于是娜塔莎哼着合唱的曲调，让索尼娅能听明白。

"你这是去哪里？"娜塔莎问。

"去把杯子里的水换掉。我要马上把花样描好。"

"你总是在忙，我却做不到，"娜塔莎说，"尼科连卡在哪里？"

"好像在睡觉。"

"索尼娅，你去叫醒她，"娜塔莎说，"就说我叫他来唱歌。"她坐了一会儿，她想，这一切都发生过，可是这能说明什么呢，她找不到答案，也丝毫不觉得遗憾，又在想象中飞到了那个时候，当时她和他在一

---

①即《二日》（1800），意大利作曲家凯鲁比尼（1760—1842）的歌剧，又译《运水夫》。

起，而他含情脉脉地望着她。

“噢，他快些来吧。我很担心，有一天我不再这样思念他了！主要的是：我还满怀憧憬啊，是呀！现在的这种心情是会消失的。不过，也许他今天就会回来，马上就会回来。也许，他已经来了，就在客厅里坐着。也许，他昨天就来了，只是我忘了。”她站起身来，放下吉他，到客厅去了。家里的人、男女教师和客人们都坐在茶桌旁了。仆人们站在茶桌周围——而安德烈公爵并不在座，生活还是一切如常。

“噢，她来了，”伊利亚·安德烈伊奇看见娜塔莎进来，说道，“来，坐到我身边来。”但娜塔莎停在母亲身旁，望望周围，仿佛在寻找什么。

“妈妈！”她说，“把**他**给我，给我吧，妈妈，赶快，赶快。”她又勉强忍着，没有痛哭失声。

她在桌旁坐下，听着长辈们和尼古拉的谈话，他也来到了茶桌旁。“天哪，天哪，还是这样的一些面孔，还是这样的谈话，爸爸还是这样端着茶杯，这样用嘴吹着！”娜塔莎想，骇然地感到，她的心里涌起了对家里所有人的厌恶，就因为他们都是老样子。

喝茶后，尼古拉、索尼娅和娜塔莎到休息室去了，到他们心爱的那个角落去了，他们总是在那里开始倾诉隐衷。

十

“你是否有过，”他们在休息室坐下来以后，娜塔莎对哥哥说，“你是否有过这样的心情，觉得一切都不会再有了——一切；觉得那一切曾经有过的美好的东西都不会再有了？于是不是感到乏味，而是忧伤？”

“怎么没有！”他说，“有一回，一切都好，大家都很高兴，而我突然想，这一切已经叫人厌烦了，这些人都死掉才好。有一次我没有参加团里的游艺会，那里正在演奏音乐……而我突然觉得那么乏味……”

“噢，这我知道。知道，知道，”娜塔莎附和道，“我还很小的时候，有过这么一次。记得吗，有一天我为了几个李子受到了处罚，你们都在跳舞，而我坐在教室里号啕大哭。哭得那么伤心，叫我一辈子忘不了。我很忧伤，而且怜惜所有的人，也怜惜自己，怜惜所有、所有的人。主要的是，我是无辜受罚，”娜塔莎说，“你记得吗？”

“记得，”尼古拉说，“记得我后来走到你跟前，想安慰你，知道吗，有点儿不好意思。我们当时太可笑了。我那时有一个小玩偶，想要送给你。记得吗？”

“你记得吗，”娜塔莎若有所思地微笑道，“那是好久好久以前了，我们都还是小不点儿，小叔叔把我们叫到书房，那还是在老屋里，天色很暗——我们去了，突然发现那里站着……”

“站着一个黑奴，”尼古拉接口道，愉快地微笑着，“怎么不记得。我现在也不知道，是真的有一个黑奴，还是我们的一个梦，还是听别人说的。”

“他是灰蒙蒙的，记得吗，有一口雪白的牙齿——站在那里看着我们……”

“您记得吗，索尼娅？”尼古拉问。

“是的，是的，我也记得一点。”索尼娅怯生生地回答说。

“关于这个黑奴我是问过爸爸和妈妈的，”娜塔莎说，“他们说，从来没有过什么黑奴。可是你记得啊！”

“当然，我现在还记得他的牙齿。”

“这多么奇怪呀，真像一场梦。我喜欢这样。”

“你记得吗，我们在大厅里拿鸡蛋滚着玩，突然，来了两个老太婆，在地毯上旋转起来。这事有过没有？记得吗，多有意思呀，当时……”

“是的。你还记得吗，爸爸穿着蓝色皮大衣在台阶上放了一枪？”他们笑意盈盈，洋溢着回忆的情趣，这不是老年人伤感的怀旧，而是青春年华的富于诗意的追忆，他们回忆着最早期的那梦境与现实交融的种种印象，心情愉悦地轻轻地笑着。

索尼娅像平常一样落在他们后面，尽管这些都是他们共有的回忆。

索尼娅不记得他们回忆中的很多往事了，她所记得的也没有在她心里引起他们所感受到的诗情画意。她只是因他们快乐而快乐，竭力迎合快乐的氛围。

她只是在他们回忆索尼娅初来的情景时才参加了谈话。索尼娅说，她当时很怕尼古拉，因为他上衣上有几条绦带，而保姆对她说，要把她也缝在绦带里。

“我还记得，有人对我说，你是在大白菜底下出生的，记得我当时不敢不信，可是我知道这是假话，尴尬极了。”

这样谈着的时候，女仆从休息室的后门把头伸了进来。

“伯爵小姐，公鸡送来了。”姑娘小声说。

“不要了，波莉娅，叫他拿走吧。”娜塔莎说。

在休息室的谈话过程中，迪姆勒走进房间，来到放在屋角的竖琴跟前。他取下呢子琴套，竖琴发出了一声走调的音响。

“爱德华·卡尔雷奇，请您弹一首我爱听的菲尔德[①]先生的《夜曲》。”从客厅传来了老伯爵夫人的声音。

迪姆勒弹了个和弦，转身对娜塔莎、尼古拉和索尼娅说：

“年轻人真乖呀！”

“我们在谈哲理呢。”娜塔莎回头看了一下说，又继续谈话。现在谈的是梦。

迪姆勒开始演奏。娜塔莎悄无声息地踮脚走到桌前，把蜡烛拿了出去，回来后静悄悄地在自己的位子上坐下。房间里，特别是他们坐的沙发上光线很暗，不过一轮明月的银辉透过窗户洒落在地板上。

“你知道吗，我在想，”娜塔莎凑近尼古拉和索尼娅说，这时迪姆勒已经一曲弹罢，坐在那里轻轻地拨动琴弦，看来拿不定主意，是就此收手还是再弹新曲，“要是这样回忆、回忆，一直回忆下去，结果会记起我出世之前的事情。”

“这是轮回观念，”索尼娅说，她总是认真学习，什么都记得，“埃及人相信，我们的灵魂以前是在动物身上，以后又回到动物身

---

①菲尔德（1782—1837），爱尔兰钢琴家及作曲家。

上去。”

“不，告诉你，我不相信我们曾经是动物，”娜塔莎还是那样小声说道，虽然音乐声已经停止了，“我知道，我们一定是什么地方的天使，也到过这里，所以全都记得……”

“我可以参加你们的谈话吗？”迪姆勒走过来轻轻地说，在他们身旁坐了下来。

“既然我们曾经是天使，那么我们怎么会降低了呢？”尼古拉说，“不，这是不可能的！”

“没有降低，谁对你说降低了？……我怎么知道，我以前是什么呢，”娜塔莎深信不疑地反驳道，“要知道灵魂是不死的……这就是说，既然我会永远活着，那么我在以前也活着，永恒地活着，直到现在。”

“不错，不过我们对永恒是难以想象的。”迪姆勒说，他是带着温和、轻蔑的微笑来到年轻人这里的，现在也像他们一样在低声而严肃地说话。

“永恒为什么难以想象？今天存在，明天存在，永远存在，因而昨天也存在，前天也存在……”

“娜塔莎！现在轮到你了。给我唱一首。”响起了伯爵夫人的声音。

“妈妈！我不想唱。”娜塔莎说，不过同时站了起来。

他们，包括不再年轻的迪姆勒，都不愿停止谈话，不想离开休息室，可是娜塔莎已经站起来了，而且尼古拉也已经坐在古钢琴前面。娜塔莎和平时一样，站在大厅中央，选在共鸣最好的地方。娜塔莎开始唱母亲最爱听的一首歌曲。

她说她不想唱，但是她在此之前和在此之后都很久不曾像这天晚上那样唱过了。伊利亚·安德烈伊奇伯爵在书房里和米坚卡谈话，听到她的歌声，就像一个即将下课急着要去玩耍的学生，前言不搭后语地向管家吩咐几句便默然不语，米坚卡站在伯爵面前，也默默地含笑听着。尼古拉目不转睛地看着妹妹，和她一起换着气。索尼娅听着她的歌声在想，她和她的朋友之间的差距是多么大啊，哪怕想多少有点儿表妹那样的魅力也不可能。老伯爵夫人带着幸福、忧伤的微笑，泪水盈盈地坐着，时而摇摇头。她想到娜塔莎，想起自己的青春岁月，也想到了娜塔莎和安德烈公爵未来的这段婚姻，总觉得其中有某种不正常的、可怕的地方。

迪姆勒坐到伯爵夫人身旁，闭目谛听。

“不，伯爵夫人，”他终于说，“这是欧洲的天才，她没有什么可学的了，这柔和，这温婉，这力度……”

“噢！我多么为她担心哪，我多么担心。”伯爵夫人说，忘记了她在和谁说话。她的母性的敏感在对她说，娜塔莎的感情太丰富了，因此她是不会幸福的。娜塔莎还没有唱完，十四岁的彼佳风风火火地跑了进来，说化妆表演的那些人到了。

娜塔莎蓦地停住了。

“傻瓜！”她朝弟弟叫道，跑去倒在椅子上放声大哭，久久地止不住哭声。“没什么，妈妈，真的没什么，只是彼佳使我受了惊吓。”她说，竭力想露出笑容来，可还是泪流不止，不住地哽咽。

家仆们化装成的狗熊、土耳其人、酒店老板、贵妇人，又可怕又可笑，带来了一阵寒气和欢乐，起初都胆怯地挤在前厅里；后来一个躲在另一个背后拥进了大厅；最初还有些腼腆，后来便越来越快乐而和谐地唱起歌，跳起民间舞和轮舞，玩起圣诞节节期的游戏。伯爵夫人认出了几个人，朝化妆表演的人们笑了笑，到客厅去了。伊利亚·安德烈伊奇伯爵笑逐颜开地坐在大厅里，赞赏着他们的表演。几个年轻人不见了。

半小时后，大厅的化装人群中又出现了一位身穿裙环裙的老夫人——那是尼古拉。一个土耳其女人，是彼佳。杂技中的丑角是迪姆勒，而骠骑兵是娜塔莎，切尔克斯人是索尼娅，都用软木炭画了胡子和眉毛。

在没有化装的人们的一阵温和的惊讶、辨认和赞叹之后，几个年轻人觉得，他们的装扮太棒了，还想在别的什么人面前显摆显摆。

尼古拉想用自己的三驾雪橇载着大家在平坦的大路上奔驰一番，建议带上头十个家仆到大叔家去。

“不，你们何必去给他一个老头子添麻烦！”伯爵夫人说，“何况他那里也施展不开。要去，就到梅柳科娃家去。”

梅柳科娃是个寡妇，家里有大大小小的几个孩子以及男女家庭教师，离开罗斯托夫家有四俄里。

“对，亲爱的，好主意，”老伯爵兴奋地附和道，“我马上去化装，也跟你们去。我可要让帕舍塔好好活动活动。”

不过，伯爵夫人不肯让他去，这些天他一直腿疼。于是决定伊利亚·安德烈伊奇不去了，要是有路易莎·伊万诺夫娜（绍斯太太）陪着，小姐们可以到梅柳科娃家去。平时总是胆怯而腼腆的索尼娅比谁都恳切地请求路易莎·伊万诺夫娜和她们做伴儿。

索尼娅的化装比谁都好。她的胡子和眉毛特别适合她。大家都对她说，她非常漂亮，因而她一反常态地兴致勃勃，劲头十足。内心的声音在对她说，她的命运就决定于今天，错过今天再也没有机会了，于是穿着一身男装的她变成了完全不同的另一个人。路易莎·伊万诺夫娜同意了，半小时后挂着铃铛的四辆雪橇在冰雪上发出刺耳的尖啸声驶近台阶。

娜塔莎首先表现出了节期的欢乐情绪，这情绪彼此感染，越来越广泛、越来越强烈地感染了大家，终于达到欢乐的顶点，人们热烈交谈，彼此招呼，笑着叫着纷纷登上几辆雪橇。

两辆雪橇是日常使用的，此外一辆是老伯爵用奥廖尔的走马驾辕的雪橇；一辆是尼古拉自用的雪橇，驾辕的是一匹长着乱蓬蓬的长毛的矮小的黑马。尼古拉穿着老太婆的衣裳，上面披一件骠骑兵的束腰外套，拉紧缰绳站在雪橇中间。

夜色晴朗，他看得见金属和马匹的眼睛在月色下的反光，马儿惊恐地回头张望在昏暗的廊檐下喧闹的乘客。

尼古拉的雪橇上坐着娜塔莎、索尼娅、绍斯太太和两个年轻的女仆。老伯爵的雪橇上坐着迪姆勒夫妇和彼佳；化装表演的家仆分乘其余的两辆雪橇。

“你先走，扎哈尔！”尼古拉对父亲的马夫叫道，这样他就可以在大路上赶超他了。

老伯爵的雪橇载着迪姆勒和一些化了装的人出发了，仿佛冻在雪地上的滑木吱吱作响，铃铛发出了低沉的铃声。两匹边套马紧挨着车辕，马蹄深陷，翻出像白糖一样密实的亮晶晶的白雪。

尼古拉跟着第一辆雪橇动身了；其余的两辆也在后面发出了起动声和滑木的吱吱声。起初是在一条小路上小跑着。经过花园的时候，光秃的树木的阴影往往横在路上，遮没了明亮的月光，不过，过了围墙以后，钻石般闪亮、带有蓝莹莹的反光的雪原便遍地沐浴在明媚的月色下，四野苍茫，寂然无声。前面的雪橇在坑洼处颠了一下，又一下；随后的雪橇也都同样地颠簸着，于是雪橇一辆接一辆放肆地打破冰雪般凝固的寂静，渐渐拉开了距离。

“兔子脚印，脚印很多！”严寒、凝固的空气中响起了娜塔莎的声音。

“看来是的，尼古拉！”索尼娅的声音说。尼古拉回头看了索尼娅一眼，又弯下身子，想凑近看清她的脸。貂皮围脖中露出一张画着黑眉毛、黑胡子的鲜艳可爱的脸，在朦胧的月光下显得若近若远。

“这就是从前的那个索尼娅。”尼古拉想。他凑得更近些，瞅着她微微一笑。

“您这是干吗，尼古拉？”

“没什么。”他说，又转身朝着马匹。

驶上了平坦的大路，路面被滑木滑得溜光，马掌上的防滑铁留下的印迹在月光下随处可见，这时马匹自动地拉紧缰绳，加快了速度。左面的边套马弯着脖颈跳跃时不断地扯动挽索。辕马摆动身子，摇晃着耳朵，好像在问：“开始吗？或者还早？”前面，扎哈尔的黑色三驾雪橇在白雪上清晰可见，它已经远远地跑在前头，铃铛声渐渐远去。可以听到从他的雪橇上发出的吆喝声，以及化了装的家仆们的哄笑声和讲话声。

“喂，来吧，亲爱的马儿！”尼古拉叫道，他提一提缰绳，并扬起握着皮鞭的手。只看迎面的风势似乎更加强劲了，两匹绷紧挽索、不断加速的边套马的筋肉在急剧颤动，就可以明白，三驾雪橇疾驰如飞。尼古拉回头看了一眼。其余的雪橇在紧紧追赶，他们吆喝着、尖叫着，挥舞着皮鞭驱使辕马快跑。他的辕马在轭下顽强地微微晃动身子，无意减速，假如需要还可以跑得更快、更快。

尼古拉赶上了第一辆雪橇。他们从一个山冈上下来，行驶在河边草地上车马走出来的一条宽阔的大路上。

"我们这是在哪里呢？"尼古拉想，"大概是在科索伊草地。可是不对呀，这是个陌生的地方，我从来不曾见到过。这不是科索伊草地，也不是焦姆卡山，天知道是哪里！这是一个新奇的神话般的地方。嘿，不管它！"于是他向马儿吆喝一声，开始超越第一辆雪橇。

扎哈尔勒住马，回过头来，脸上连眉毛也结了霜。

尼古拉正在放马奔驰，扎哈尔向前伸直两条胳膊，嗨的一声也放开了自己的马。

"嘿，当心哪，少爷。"他说。两辆雪橇并驾齐驱，更快地飞驰而去，马腿在奔驰中迅速地交替迈进。

"不对呀，少爷。"他对尼古拉高声叫道。尼古拉正放马飞奔，赶到了扎哈尔的前头。马蹄溅起的细碎干燥的雪花纷纷洒落在乘者的脸上，他们的耳边响着急骤的有节奏的马蹄声，飞快跑动的马腿和渐渐被超越的雪橇的影子迅速地交错而过。四面八方传来滑木在雪地上的呼啸声和妇女的尖叫声。

尼古拉又勒住马，向四周张望。周围仍然是被月光照得透亮、遍地撒满点点星光的神话般的雪原。

"扎哈尔叫我向左转；为什么要向左转呢？"尼古拉想，"难道我们走对了，难道这就是梅柳科夫卡？天知道我们在哪里，天知道我们是怎么搞的，事情的经过很奇怪，却很顺利。"他回头朝雪橇上看了一眼。

"你看哪，他的胡子和眼睫毛全白了，"坐在雪橇上的那些奇怪的、美丽而陌生的人中，一个有细细的胡须和眉毛的人这样说道。

“这个人好像是娜塔莎，”尼古拉想，“那是绍斯太太；也许不是，而这个有胡子的切尔克斯人，不知道是谁，可我喜欢她。”

“你们冷不冷？”他问。他们没有回答，都笑了起来。后面雪橇上的迪姆勒在大声说话，想必他的话很可笑，可是听不清在说什么。

“是的，是的。”只听人们笑着回答道。

这真是一座神话般的树林，林中的阴影与钻石般的光芒交相辉映，有排列得整整齐齐的大理石台阶，还有神话般的建筑物的银白色屋顶和一些野兽的尖厉的嗥叫。“倘若这真的是梅柳科夫卡，那么更奇怪的是，我们谁也不知道身在何处，却碰巧来到了梅柳科夫卡。”尼古拉想。

不错，这是梅柳科夫卡，男女仆人们手持蜡烛，喜形于色地跑到了台阶上来。

“这都是什么人？”台阶上有人问。

“伯爵家化装表演的人，一看到那些马我就知道了。”几个声音回答道。

十一

佩拉格娅·丹尼洛夫娜·梅柳科娃是肩宽体胖、精力充沛的女人。她戴着眼镜，身穿对襟无扣外衣，坐在客厅里，女儿们环绕在她的周围，她总是想方设法不让她们感到寂寞无聊。她们在缓缓地倾倒着熔化的蜡，注视着渐渐显现的影像[1]，这时前厅响起了客人们到来的嘈杂的喧哗声和脚步声。

骠骑兵们、贵妇人们、巫婆们、丑角们、狗熊们在前厅咳嗽着，抹着脸上结的霜，涌进了大厅，大厅里的人急忙点燃蜡烛。丑角迪姆勒和贵妇人尼古拉跳起了民间舞蹈。化了装的人们被大呼小叫的孩子们围在中央，他们蒙着脸、改变了自己的嗓音在女主人面前鞠躬致意，散开站在房间里。

---

① 民间迷信。把蜡倒在水中，根据蜡所凝结成的迹象算命。

“哎哟，认不出来。啊，这是娜塔莎吧！你们来看，她像谁呀！真的，她很像某一个人。爱德华 · 卡尔雷奇多帅！我没有认出来！他的舞跳得真好！啊，天哪，还有个切尔克斯人呢；真的，很像索尼娅。这又是谁呢？啊，真叫人高兴！尼基塔，瓦尼亚，去准备饭菜吧。刚才我们还安安静静地坐着呢！”

“哈哈哈！……骠骑兵，瞧那个骠骑兵！活脱一个假小子，瞧那两条腿！……我一看就忍不住笑……”这时响起了好几个人的声音。

梅柳科娃家年轻姑娘们最喜爱的娜塔莎和她们躲到后面的房间去了，吩咐下人送去软木炭、各式长衫和男装，姑娘们从一扇敞开的门伸出赤裸的手臂接了过去。十分钟后，梅柳科娃家的所有年轻人都加入到化装的人群中去了。

佩拉格娅 · 丹尼洛夫娜吩咐给客人们腾出地方，准备好款待他们主仆的饮食，也不摘下眼镜，面带含蓄的笑容，在化装的人群中走来走去，凑近瞅着他们的脸，却谁也没有认出来。她不仅没有认出罗斯托夫家的人和迪姆勒，而且怎么也认不出自己的女儿以及她们身上穿的她丈夫的长衫和制服。

“她是谁家的？”她望着自己的化装成喀山鞑靼人的女儿的脸，向自家的家庭女教师问道。“好像是罗斯托夫家的哪个。喂，骠骑兵先生，您是哪个团的呀？”她问娜塔莎。“是土耳其人吧，给土耳其人来点儿水果软糕，”她对招待客人的侍者说，“他们的法律不禁止这样的食品。”

有时望着舞者跳出的古怪而逗笑的舞步，只见那些人断定没有人能认出他们，一点也不害臊，佩拉格娅 · 丹尼洛夫娜用手绢蒙着脸，发出了一阵不可遏止的老太太的那种和善的笑声，笑得她那肥胖的身躯直打战。

“是我的萨希内特[①]，是萨希内特！”她说。

在跳过俄罗斯的民间舞和轮舞之后，佩拉格娅 · 丹尼洛夫娜把所有

---

① 萨希内特，亚历山德拉的昵称。

的仆人和主人都召集到一起，围成一个大大的圆圈，拿来了一枚戒指、一根绳子和一个卢布，一同做起了游戏。

一个小时后，身上的衣裳都揉皱了，凌乱不堪。汗水淋漓的兴奋得红彤彤的脸上，软木炭画的胡子和眉毛涂抹得脏兮兮的。佩拉格娅·丹尼洛夫娜能认出化装的人了，不住地赞叹服装设计得那么好，特别适合小姐们，感谢大家让她得到了无上的快乐。客人们被邀请到餐厅共进晚餐，在大厅里安排了对仆人们的款待。

“不，在浴室里算命，这真可怕！”一位寄居在梅柳科娃家里的老姑娘说。

“为什么？”梅柳科娃的长女问。

“您就不敢去，这是需要勇气的……”

“我敢去。”索尼娅说。

“您对她说说一位小姐的遭遇吧。”梅柳科娃的二女儿说。

“情况是这样，一位小姐去了，”老姑娘说，“她带了一只公鸡，两副餐具——这是规矩，坐了下来。坐下不久，只听突然有车来了……一辆雪橇带着铃铛声驶到近处；听见了走路的脚步声。他进来了，完全是人的形象，简直就是一名军官，他走来和她一起坐在餐具前面。”

“啊！啊！”娜塔莎叫道，吓得瞪圆了眼睛。

“那他怎样呢，也会说话？”

“是的，跟人一样，一切都像模像样，于是他开始，开始安慰她，而她应当陪他说话，直到公鸡打鸣；可是她胆怯了；她就是胆怯，双手捂着脸。他一下子把她抱了起来。幸而这时有几个女仆跑了过来……”

“嘿，何必吓唬她们呢！”佩拉格娅·丹尼洛夫娜说。

“妈妈，您自己不是也算过命的吗……”一个女儿说。

“在谷仓里是怎样算命的呢？”索尼娅问。

“就说现在吧，也有人到谷仓去，就那么听着。你们会听到一种声音：要是有谁在敲敲打打，这是不祥之兆，要是在装粮食，那就是好兆头了；不过有的时候……”

“妈妈，您说说您在谷仓里碰到了什么？”

佩拉格娅·丹尼洛夫娜笑了。

“说什么呢，我已经忘了……”她说，“你们不是谁也不敢去吗？”

“不，我敢去；佩拉格娅·丹尼洛夫娜，您让我去吧，我敢去。”索尼娅说。

“嗯，也行，只要你不害怕。”

“路易莎·伊万诺夫娜，我可以去吗？”索尼娅问。

不管是在拿戒指、绳子或卢布做游戏的时候，还是像现在这样谈话的时候，尼古拉都寸步不离索尼娅，用一种全新的眼光望着她。他觉得，今天，由于用软木炭画的这些胡子，他才第一次完全认识了她。这天晚上，索尼娅确实很愉快，很活跃，也很美丽，尼古拉还从来没有看到她是这样的一个人。

“原来她是这样的啊，我真是个傻瓜！”他心里想，望着她那神采奕奕的眼睛和幸福的、喜悦的、在胡子下面露出两个小酒窝的微笑，这微笑是他从未见过的。

“我什么也不怕，”索尼娅说，“现在就去行吗？”她站了起来。人们告诉索尼娅谷仓在哪里，叫她安静地站着听，又把一件皮袄递给她。她把皮袄披在头上，看了尼古拉一眼。

“这个女孩多美呀！”他想，“我还犹豫什么呢！”

索尼娅进入走廊，到谷仓去了。尼古拉急忙走到大门的台阶上，说他怕热。的确，挤满了人的屋子里是很憋闷。

外面还是那静悄悄的寒气，还是那月亮，只是月色更加明亮。光线那么强烈，雪原上闪烁如繁星，简直不想看天，真正的星星反而引不起注意了。天上黑暗而寂寥，欢乐是在人间。

“我是傻瓜，傻瓜！我还等待什么呢？”尼古拉想，于是跑下台阶，转过屋角，踏上通往后门的小路，他知道索尼娅要经过这里。半路上有几个高高的柴垛，上面有积雪，柴垛投下了阴影；几株光秃秃的老菩提树把阴影从柴垛的上面和侧面纵横交错地投落在雪地和小路上。

小路通往谷仓。谷仓的原木墙壁和覆雪的屋顶，仿佛宝石雕成的一样，在月光下闪烁。花园里有一棵树发出了冻裂的响声，一切又归于寂静。胸中呼吸的仿佛不是空气，而是青春永驻的活力和欢乐。

静悄悄的台阶上响起了脚步声，最后一级积雪的台阶发出了清脆的咯吱声，老姑娘的声音在叮嘱：

“一直走，沿着这条小路一直走，小姐。只是不可以回头看！”

“我不怕。”索尼娅的声音回答道，于是索尼娅穿着窄窄的小皮鞋的一双小脚一路上咯吱咯吱地朝尼古拉的方向走来。

索尼娅裹着皮袄走过来。她相距两步才看到了他；她看到的他也不是她所认识的、总是对他有点惧怕的那个人了。他穿着女式衣衫，一头乱发，面带幸福的、索尼娅从未见过的微笑。索尼娅快步跑到了他跟前。

“完全不同，却又依旧是她。”尼古拉望着她在月光下熠熠生辉的脸蛋这样想。他把双手伸进她蒙在头上的皮袄，拥抱她，搂紧她，亲吻了她的嘴唇，嘴唇上有胡子，胡子散发着软木炭的气味。索尼娅对准嘴唇的中央亲吻了他，又抽出双手捧着他的面颊。

“索尼娅！……尼古拉！……”他们只说了这么一声。他们跑到谷仓那里，又各自从原来的台阶返回。

十二

大家向佩拉格娅·丹尼洛夫娜告别回家的时候，把一切都看在眼里的娜塔莎调整了座位，让路易莎·伊万诺夫娜和她坐上迪姆勒的那辆雪橇，而索尼娅与尼古拉和姑娘们坐在一起。

尼古拉不再争先恐后，平稳地行驶在回家的路上，一直在那奇异的月光下注视着索尼娅，在那闪烁不定的光线中，在眉毛和胡子下面寻觅着过去的和现在的索尼娅，他已经决定和她永不分离了。他凝神注视着，当他辨认着旧时的她和另一样的她、回忆着和亲吻的感觉混合在一起的软木炭的气味时，他深吸着寒冷的空气，望着后退的田野和明亮的天空，又觉得自己置身于神话般的仙境了。

“索尼娅，**你**快乐吗？”他有时问道。

“快乐，”索尼娅回答说，“**你**呢？”

半路上尼古拉让车夫暂时勒住马，跑到娜塔莎的雪橇旁，踏上一侧的弯杠待了一会儿。

“娜塔莎，”他用法语小声地对她说，“我对索尼娅拿定主意了。”

“你对她说了吗？”娜塔莎问，突然开心得眉开眼笑。

“哎哟，你画着这胡子和眉毛好古怪呀，娜塔莎！你高兴吗？”

“我非常高兴，非常高兴！我可生你的气来着。我没有对你说，可是我觉得，你以前对她的态度很不好。她的心肠多好，尼古拉，我真高兴！我有时很讨人嫌，可是只有我一个人得到幸福，而索尼娅没有，我感到这不公平，”娜塔莎接着说道，“现在我真高兴，好了，你快到她那里去吧。”

“不，等一会儿，唉，你的样子好可笑！”尼古拉说，他一直在端详着她，在妹妹身上也发现了某种新的、非凡的、迷人而温柔的地方，这是他以前所没有看到的。“娜塔莎，有点儿像神话一样，啊？”

“是呀，”她回答道，“你这样做好极了。”

“要是我以前看到她像现在这样，”尼古拉想，“我早就会问她该怎么办了，我会一切遵从她的吩咐，那就好了。”

“这么说，你很高兴，我也做得很好？”

“啊，太好了！为这件事，不久前我还和妈妈争吵过。妈妈说，她在勾引你。怎么能这样说呢！我和妈妈差点儿吵闹起来。我永远不允许任何人说她的坏话，或对她有不好的想法，因为她只有优点。”

“太好了？”尼古拉说，他又一次端详着妹妹的表情，想了解这话是不是真的，皮靴咯吱一响，他跳下弯杠，向自己的雪橇跑去。坐在那里的还是那个面带幸福的微笑的切尔克斯人，脸上画着胡子，一双炯炯有神的眼睛从貂皮围脖中望着他，这个切尔克斯人就是索尼娅，这个索尼娅必定是他未来的幸福、多情的妻子。

小姐们回到家里，对母亲讲了他们在梅柳科娃家怎样消磨了这段时光，便回自己的房间去了。她们脱了衣裳，不过没有擦去软木炭画的胡子，坐了好久，谈论着自己的幸福。她们讲到她们的婚后生活，她们的丈夫也会和睦相处，她们一定会幸福。娜塔莎的桌子上放着杜尼亚莎昨天就安排好的几面镜子。

“只是这梦想何时成真呢？我担心，只怕永远……这梦想太美好了！”娜塔莎说着站起来，走到镜子跟前。

“你坐下，娜塔莎，也许你能看见他。”索尼娅说。娜塔莎点燃几支蜡烛，坐了下来。

“我看见一个有胡子的人。”娜塔莎看着镜子里自己的脸说。

“不要笑，小姐。”杜尼亚莎说。

娜塔莎在索尼娅和女仆的协助下，把一面镜子放在合适的位置上；她的表情严肃起来，默默不语。她坐了很久，望着那些镜子里渐渐隐晦的一列烛光，一心一意地设想（根据她听到过的那些故事），在这面渐渐朦胧的方形镜子里，她将看到一口棺材，看到**他**，安德烈公爵。尽管她很想把哪怕极微小的斑点看做人或棺材的形象，却什么也没有看到。她开始不断地眨眼，终于离开了镜子。

“为什么别人能看到，我却什么也看不到呢？”娜塔莎说。“哎，你坐到这里来，索尼娅；你今天一定要看到，”她说，“不过是替我看……我今天好担心哪！”

索尼娅坐到了镜子前，调整好位置，开始看了。

“要是索菲娅·亚历山德罗夫娜[①]，一定能看到，”杜尼亚莎小声说道，“您老是笑！”

索尼娅听到了她的话，还听到娜塔莎在小声说：

“我也知道她能看到；她去年就看到过。”

有三分钟大家都一声不吭。“一定！”娜塔莎小声说，不过没有把话说完……突然，索尼娅推开手里拿着的镜子，用一只手捂着眼。

“唉，娜塔莎！”她说。

“看到了吗？看到了吗？看到什么了？”娜塔莎叫道。

---

①索菲娅·亚历山德罗夫娜，索尼娅的名字和父称。

“我说嘛。”杜尼亚莎扶着镜子说。

索尼娅什么也没有看到，只想眨眨眼站起来，这时她听到娜塔莎在说“一定”……她不想欺骗杜尼亚莎和娜塔莎，坐在那里很难受。她自己也不知道，在她用手捂上眼睛的时候，怎么会脱口叫了一声。

“看到他了吗？”娜塔莎一把抓住她的手问道。

“是的。等一等……我……看到他了。”索尼娅不由自主地说道，还没有弄清娜塔莎所说的**他**是指谁，这个**他**指的是尼古拉还是安德烈。

“为什么我就不能说看到了呢？别人是能看到的啊！谁能知道我看到没有呢？”索尼娅的脑子里闪过了这个念头。

“是的，我看见他了。”她说。

“怎么样？怎么样？他站着还是躺着？”

“不，我看见……有时什么也没有，突然，我看见他躺着。”

“安德烈躺着？他病了吗？”娜塔莎目不转睛地望着女友问道。

“不，相反，相反，他神情愉快，还把头向我转了过来。”她在这样说的时候，她自己觉得，好像真的看到了她所说的景象。

“后来呢，索尼娅？”

“我看不清楚，有一个蓝色的和红色的东西……”

“索尼娅，他什么时候回来呢？什么时候我才能见到他啊！天哪，我多么为他也为自己担心哪，想到哪一方面都感到害怕……”娜塔莎说了起来，她不答理索尼娅对她的安慰，在床上躺了下来，蜡烛熄灭之后很久，她还睁着眼睛，一动不动地透过结满霜花的窗子望着那寒冷的月光。

十三

节期过去不久，尼古拉对母亲说了他对索尼娅的爱慕，决意娶她为妻。伯爵夫人早就发觉了索尼娅和尼古拉之间的情况，并等待着这样的表白，静静地听完他的话，便告诉儿子，他可以爱娶谁就娶谁，但是她和他的父亲决不会为这门亲事祝福。尼古拉第一次感到，母亲对他不满，虽然她那么爱他，不过她是不会让步的。她派人去叫丈夫，态度冷淡，看也不看儿子；他来了，伯爵夫人想当着尼古拉的面把事情简短而冷淡地告诉他，可是她忍不住了，气愤地流着眼泪走出了房间。老伯爵语气和缓地规劝尼古拉，要求他放弃自己的想法。尼古拉回答说，他不能违背自己的诺言，于是父亲叹了口气，显得不知所措，很快就停止说话，去找伯爵夫人了。伯爵在和儿子的所有冲突中，总是因为家境衰落而在儿子面前感到内疚，所以他不能因为儿子拒绝娶一位富有的姑娘而选中没有嫁妆的索尼娅就生他的气。在这种情况下，他只是更痛切地想起，要不是家境衰落，对尼古拉来说，不可能希望有比索尼娅更好的妻子了，而家境的衰落只能归咎于他和他手下的米坚卡以及自己积习难改。

父母亲没有再和儿子谈起这件事；不过几天以后，伯爵夫人把索尼娅叫去，以她俩都没有料到的冷酷口吻责备表侄女引诱儿子，忘恩负义。索尼娅垂下眼睛，默默地听着伯爵夫人残酷无情的话语，不明白究竟要她怎样。她愿意为自己的恩人牺牲一切。自我牺牲是她喜爱的想法；可是在当前的情况下，她无法理解，她应该为谁牺牲，牺牲什么。她不能不爱伯爵夫人和罗斯托夫一家，也不能不爱尼古拉，不可能不知道，他的幸福决定于这份爱情。她默默不语，满怀忧伤，无言以对。尼古拉觉得，这种情况他再也无法忍受了，便去找母亲说明自己的态度。尼古拉又是恳求母亲宽恕他和索尼娅，同意他们结婚，又是威胁母亲说，如果索尼娅再受到折磨，他就马上和她秘密结婚。伯爵夫人用儿子从未见到过的冷淡态度回答他说，他是成年人了，安德烈公爵可以不经父亲同意就结婚，他也可以这么做，但是她永远不会承认这个**女阴谋家**是自己的孩子。

女阴谋家这个字眼把尼古拉气炸了，他提高嗓门对母亲说，他想不到她竟然强迫他出卖自己的感情，既然这样，他要最后一次说……不过他没有来得及说出那句决定性的话，母亲看着他的脸色，惊骇地等着他说，那句话一出口，说不定就会成为他们之间永难磨灭的痛苦的回忆。他没有来得及说完，是因为娜塔莎脸色苍白、神情严肃地从门口进来了，她是在门口偷听的。

“尼科连卡，你在说废话，你住口吧，住口吧！我叫你住口！”她几乎是在大声叫嚷，为的是把他的声音压下去。

“妈妈，亲爱的，这并不是因为……亲爱的妈妈，可怜的妈妈。”她对母亲说，母亲觉得自己正站在悬崖的边缘，惊骇地望着儿子，可是由于固执，由于正在争吵的气头上，不愿也不可能妥协。

“尼科连卡，我以后再向你解释，你出去……您听我说，亲爱的妈妈。”她对母亲说。

她的话没有什么意义，但是这些话产生了她所期望的效果。伯爵夫人沉痛地啜泣起来，把脸埋在女儿的怀里，尼古拉站了起来，猛地抱着头走出了房间。

娜塔莎开始进行调解，母亲终于答应不再为难索尼娅，尼古拉也答应不背着父母采取任何行动。尼古拉决意安排好团里的事务就退役，回来和索尼娅结婚，尼古拉与父母不和，愁眉不展，心事重重，但是他觉得自己正处于热恋之中，于是一月初动身到部队去了。

尼古拉一走，罗斯托夫家里比以往任何时候都沉闷。伯爵夫人由于心情抑郁而病倒了。

索尼娅很悲伤，因为尼古拉的离别，也因为伯爵夫人和她谈话时难免的那种敌视的腔调。伯爵比任何时候都更为家境的败落而操心，比任何时候都更需要采取断然措施。只好出售莫斯科的住宅和莫斯科近郊的一座庄园，而为了出售住宅，还得到莫斯科去。可是伯爵夫人的病情使他不得不一天又一天地推迟行期。

娜塔莎在和未婚夫分别的初期，心情很轻松，甚至很愉快，现在却变得日益焦躁，等得不耐烦了。一想到就这样白白地虚度她的美好年华，而这段光阴本来可以奉献给对他的爱，就使她忍受着无休止的苦涩。他的来信往往使她生气。她感到委屈，在她只为思念他而活着的时候，他却在享受着真正的生活，游历新的地方，与他感兴趣的新结识的人们交往。他的来信越是引人入胜，她就越是气愤。而她给他写信非但不能让她得到安慰，反而是一种枯燥的、虚与委蛇的义务。她不会写信，因为她在书信中不能真实地表达她惯于用嗓音、微笑和眼神所表达的情意于万一。她写给他的都是标准的单调乏味的信，自己也觉得这些信没有什么意思，还要伯爵夫人给她在信稿中纠正拼写错误。

伯爵夫人的健康状况一直没有好转，可是莫斯科之行不能再拖延了。要置办嫁妆，要出售住宅，而且安德烈公爵想必要先到莫斯科去，因为这个冬天尼古拉·安德烈伊奇公爵住在那里，而娜塔莎相信，他已经从国外回来了。

伯爵夫人留在乡下，伯爵在一月底带着索尼娅和娜塔莎到莫斯科去了。

第五卷

一

皮埃尔在安德烈公爵和娜塔莎谈婚论嫁之后，并没有什么明显的原因，却突然觉得不能再像以前那样生活了。无论他对恩师所揭示的真理曾经抱有怎样坚定的信念，无论他在醉心于内心自我修养的初期是多么愉快，当初他是那样热忱地投入——在他几乎同时得到安德烈公爵和娜塔莎订婚以及约瑟夫·阿列克谢耶维奇亡故的信息之后，往日那种生活的魅力对他来说突然消失殆尽。生活只剩下了毫无生趣的空架子：一所住宅和一个受到某要人恩宠的靓丽的妻子，在整个彼得堡的社交，以及公务上的乏味的形式主义。皮埃尔突然意外地觉得，往日的这种生活是那么令人生厌。他停止写日记了，回避会中的弟兄，又开始出入俱乐部，又开始酗酒，又和那些单身汉为伍而恢复了以往的生活方式，以致叶莲娜·瓦西里耶夫娜伯爵夫人认为有必要严词责备。皮埃尔觉得她是对的，为了不败坏自己妻子的名声，他跑到莫斯科去了。

在莫斯科，他刚刚驶进自己的奴仆成群的巨宅，见到几位憔悴或渐趋憔悴的公爵小姐，就觉得自己是在家里了，回到了静静的港湾。他在穿过城市时看到了伊韦尔小教堂[①]，圣像的金质衣饰前点燃着无数支蜡烛，看到了那积雪的克里姆林宫广场、那些马车夫、西夫采夫·弗拉热克[②]的那些简陋的小屋，看到了莫斯科的一无所求、安度晚年的老人们，看到了那些年老的妇女、莫斯科的贵妇人、莫斯科的舞会、莫斯科的英国俱乐部——他在莫斯科就像穿着一件睡衣那样安心，温暖，习惯，邋邋遢遢。

莫斯科的整个上流社会，上至老太太，下至孩子们，都把皮埃尔当做自己久盼的客人一样接待，永远为他准备好一个位置。虚位以待。对莫斯科的上流社会来说，皮埃尔是最可爱、善良、聪明、和蔼、慷慨大度的怪人，是一位心不在焉、诚恳率真的老派俄罗斯贵族老爷。他的钱袋永远空空如也，因为它向所有的人敞开着。

筹款演出、蹩脚的绘画作品、雕像、慈善团体、吉卜赛人、学校、募捐餐会、宴会、共济会员、教会、书籍——他是有求必应，来者不拒，要不是有两个借了他很多钱的朋友把他置于自己的监护之下，他能把所有的东西都送掉。俱乐部的午宴、晚会每次都少不了他。只要他两瓶马尔戈酒[③]下肚，在他常坐的沙发上一靠，大家就聚拢过来，于是开始聊天、争论、笑语喧哗。哪里有人争吵，他的一个和善的微笑、一句玩笑话就能让人和好如初。共济会的餐厅里要是没有皮埃尔在场，就会显得无精打采，举座不欢。

当他在单身汉们的晚餐之后，带着和善甜蜜的微笑，答应快乐的伙伴们的请求，站起身来准备跟他们走的时候，青年们便会发出一阵兴高采烈的欢呼声。他也在舞会上跳舞，如果男舞伴不够的话。年轻的夫人小姐都喜欢他，因为他并不向哪一位夫人小姐献殷勤，而是对她们一视同仁地和蔼可亲，尤其是在晚餐之后。“这个人妙极了，他是没有性别的。”她们这样说他。

皮埃尔是老老实实地在莫斯科安度余年的退役的宫廷高级侍从，这样的人在莫斯科数以百计。

七年前，在他刚从国外回来的时候，要是有人对他说，他不必有什么追求和考虑，他的人生道路早已开通，而且这是命中注定的，不管他怎样折腾，凡是处于他这种地位的人结局都一样，他听了会十分震惊。他是不会相信的。难道他不是曾一心一意地时而想在俄罗斯建立共和国，时而想自己成为拿破仑，时而想做个哲学家，时而又想成为军事家战胜拿破仑吗？难道他不是认为有可能而狂热地想改造罪恶的人类，并使自己的修养达到最高境界吗？难道他不曾开办学校、医院，解放

---

①伊韦尔小教堂位于沃斯克列先斯基门（今涅格林斯基门）附近。
②西夫采夫·弗拉热克是当时贫民聚居的一条小巷。
③马尔戈酒，一种法国葡萄酒。

农奴?

结果呢，还不是现在这样的他——有一个不忠实的妻子的富有的丈夫，退役的宫廷高级侍从，爱吃爱喝，喜欢解开衣扣骂骂政府，莫斯科英国俱乐部的成员，莫斯科上流社会中招人喜爱的一员。他很长时期不能容忍这样的想法：他就是七年前他所深恶痛绝的那种角色——莫斯科的一个退役的宫廷高级侍从。

有时他聊以自慰地想，他只是暂时地这样过日子，可是后来另一种想法又使他感到害怕，曾经有过多少人也是暂时地，像他一样齿发俱全地进入这种生活和这个俱乐部，而离开这样的生活时牙齿和头发已经掉光了。

在想到自己的处境而自傲的时候，他觉得，自己完全不同于他从前所鄙视的那些宫廷高级侍从，他们庸俗而愚蠢，心安理得地满足于自己的处境，“而我至今也心有不甘，总想为人类作出一点贡献，”他在自傲的时候这样对自己说。“不过，也许所有那些与我处境相同的人们，和我一样也曾经挣扎过，探索过自己的一种新的人生道路，也和我一样迫于环境、社会、门第以及人所无法抗拒的本能的力量而与我殊途同归，”他在谦卑的时候又这样对自己说，而在莫斯科生活了一段时间以后，他不再心存鄙视了，而是开始喜爱、尊重、怜惜那些与自己同病相怜的人们，一如对自己那样。

皮埃尔不像以前那样偶尔会绝望、忧郁和厌世；不过，从前时而激烈发作的这种病症潜入他的内心而顷刻不离了。“为什么？为什么？世界上的事情怎么会是这样的呢？”他一日数次困惑地自问，不由自主地开始琢磨生活中种种现象的意义；但是他凭经验知道，这些问题是没有答案的，于是拿起书本，或匆匆跑到俱乐部去，或跑去找阿波隆·尼古拉耶维奇闲聊城里的流言蜚语。

“叶莲娜·瓦西里耶夫娜从来就什么也不爱，只爱自己的肉体，她是世界上最愚蠢的女人之一，”皮埃尔想，“却被人们奉为智慧和风雅的极致，对她崇拜得五体投地。拿破仑·波拿巴一直受到世人的蔑视，直至成为一个大人物，而从这时起他也就成了可怜的丑角——弗兰茨皇帝却要把自己的女儿给他做外宅[①]。西班牙人通过天主教教会举行感恩祈祷，因为他们六月十四日战胜了法国人，而法国人也通过同一个天主教教会举行感恩祈祷，因为他们六月十四日战胜了西班牙人。我们共济会中的弟兄们以鲜血起誓，愿为他人牺牲一切，却不愿为济贫交一个卢布的募捐款，还煽动阿斯特列亚反对吗哪派[②]，并为了得到一条真正的苏格兰毯子和一份正式纪录[③]而费尽心机，而这份记录连抄写者也不明其意，对谁也没有用处。我们都在宣讲宽恕和爱他人的基督教教义，由于这个教义我们在莫斯科建造了无数教堂，可是就在昨天，一个逃跑的家奴被鞭打致死，而这个爱与宽恕的教义的仆人，一名神甫，居然让士兵在行刑前亲吻十字架。”皮埃尔这样想道，而所有这种普遍的、人所皆知的虚伪，不管他多么习以为常，却仿佛是一种新的现象，每一次都使他感到震惊。“我了解这种虚伪和混淆，”他想，“可是我怎样把我所了解的一切讲给他们听呢？我讲过，却总是发觉，他们在内心深处也和我一样了解这种虚伪，只是竭力对它视而不见。看来是应该这样！可是我呢，我该怎么办呢？”皮埃尔想。他感觉到，他拥有很多人、特别是很多俄罗斯人都拥有的一种不幸的能力，能看到并相信爱和真的内在力量，而把生活中的恶和假又看得太清楚，以致无法认真地参与到生活中去。一切工作领域，在他看来，都与恶和欺骗结合在一起。不管他想成为怎样的人，不管他想干什么，恶和假总是把他推开，阻挡着他从事活动的所有道路。可是总得活着啊，总得有事可干啊。处于生活中的这些无法解决的问题的压力之下是太可怕了，于是他投入各种娱乐活动，只是为了忘却这些问题。他出入各种社交场合，纵酒作乐，购买绘画作品并加以布置，而主要的是看书。

---

① 拿破仑于1796年与约瑟芬结婚，1809年离异；1810年娶奥地利皇帝弗兰茨之女玛丽亚·路易莎为妻。“外宅”一说不确。

② 阿斯特列亚和吗哪派分别是彼得堡共济会的两个分会的名称。“吗哪”一词源出《旧约·出埃及记》，是以色列人经过旷野时神赐的一种食物。

③ 共济会的每个分会都有一条上面画着象征性图形的毯子，各个分会都想得到古老而最受尊重的共济会组织所给予的这种毯子，以及列举共济会的典礼和决议的正式纪录。

他碰到什么书就看，他是这样看书的，晚上回家，仆人还在帮他脱外衣，他就拿起书在看了，看了书去睡觉，睡觉起来到客厅和俱乐部去闲聊，从闲聊到纵酒作乐、找女人，纵酒作乐以后又去闲聊、看书、喝酒。喝酒越来越成为他的生理需求和精神需求。尽管医生们都对他说，他身躯肥胖，喝酒有危险，他还是经常纵酒。只有不知不觉地往自己的大嘴里灌下几杯酒，他才觉得十分舒坦，感到体内有一股愉快的暖意，对身边所有的人都温情脉脉，倾向于对所有的想法只是作出肤浅的反应，而不深究其实质。只要喝下一两瓶酒，他就模糊地认为，生活中曾使他不寒而栗的那乱成一团的可怕的死结，并不像他想象的那么可怕。午餐和晚餐之后脑袋里嗡嗡作响，在闲聊、听别人谈话和看书的时候，总是不断地看到这个死结，从某个侧面看到它。不过在酒的作用下，他对自己说："没关系，我一定能解开这个死结——我已经成竹在胸了。不过现在没有时间——我**以后**再仔细考虑。"然而这个**以后**总是遥遥无期。

清晨空着肚子时，所有原来的问题都依旧显得那么难以解决，那么可怕，于是皮埃尔急匆匆地抓起书本，要是有人来访他就高兴了。

皮埃尔有时想起他曾听到的故事，士兵在掩体里躲避敌军的火力无所事事时，总是竭力想找点事干，为的是更容易忍受危险。于是皮埃尔觉得，所有的人都像那些逃避现实的士兵，他们为了逃避现实，有的贪图功名，有的打牌，有的起草法律条文，有的找女人，有的玩物丧志，有的爱马，有的搞政治，有的打猎，有的喝酒，有的从事国务活动。"事无巨细，全都一样；只要我能够避开现实就行！"皮埃尔想。"只要对**它**，对这个可怕的**它**视而不见！"

二

初冬，尼古拉·安德烈伊奇·鲍尔康斯基公爵和女儿来到了莫斯科。由于自己的过去，由于自己的智慧和特立独行，特别是由于那时拥戴亚历山大一世皇帝的狂热有所下降，反法的爱国主义思潮当时在莫斯科占有统治地位，尼古拉·安德烈伊奇公爵立即成为莫斯科人特别敬重的人物和对政府不满的莫斯科反对派的核心。

这一年公爵衰老了很多。他身上出现了一些明显的衰老的迹象：对近事健忘而对遥远的往事记忆犹新，以及在接受莫斯科反对派首脑角色时的那种孩子气的虚荣心。尽管如此，当这位老人，尤其是在晚上，身穿皮袄，头戴扑了粉的假发出来喝茶，受到别人的触动而急促地谈起往事或更加急促而尖锐地评论时局的时候，让所有在座的客人都肃然起敬。对造访者来说，那整座古老的府邸和窗户间的那些高大的立镜，革命前的老式家具，那些头戴扑了粉的假发的仆人，以及跨世纪的严厉而睿智的老人本人和深深崇敬他的他那温顺的女儿、美丽的法国姑娘，构成了一幅庄严而悦目的景象。但是造访者没有想到，在他们见到主人的这两三个小时之外，一天还有二十二小时，府邸里还有它不为人知的家庭生活。

近来在莫斯科的这种家庭生活使玛丽亚公爵小姐非常苦恼。在莫斯科她失去了自己的最高尚的乐趣：与修士们交谈或独处，这些乐趣能使她在童山时富有活力和朝气，而在都市生活中她得不到任何教益和快乐。她从来不出入社交场合；大家都知道，她父亲不让她没有他陪伴而独自出门，而他自己又由于健康原因而深居简出，所以也就没有人邀请她参加午宴和晚会了。玛丽亚公爵小姐彻底放弃了嫁人的希望。她目睹尼古拉·安德烈伊奇公爵怎样冷淡而恼怒地接待那些偶尔登门拜访、有可能成为她的未婚夫的年轻人，并使他们远离自己。玛丽亚公爵小姐没有朋友：这次来到莫斯科她对自己的两个最亲近的朋友感到失望。一个是布里安娜小姐，她原来就不是她能完全推心置腹的知己，现在公爵小姐对她感到不快，由于某种原因开始疏远她了；一个是朱丽，她住在莫斯科，玛丽亚公爵小姐有五年之久与她保持着通信关系，当玛丽亚公爵小姐和她重逢之后，竟与她格格不入。朱丽这时由于弟兄都已死去而成为莫斯科最富有的待字闺中的姑娘之一，正是她在上流社会最得意的时候。她被年轻的男子们所包围，以为他们终于认识到了她的优点。朱丽处于上流社会的小姐容颜渐衰的时期，她认为出嫁的最后时机已经来临，终身大事不在此时解决便没有机会了。玛丽亚公爵小姐每逢星期四就带着忧伤的微笑想起，她现在不能给谁写信了，因为朱丽就在这里，每周都和她见面，而和这个朱丽相处没有任何乐趣可言。她仿佛一个侨居异国的老侨民拒绝娶一位女士为妻，因为几年来他一直去她那里消磨夜晚，要是娶了她，那就不知道该到哪里去消磨夜晚了；她因为朱丽在这里，不能给她写信而感到惋惜。玛丽亚公爵小姐在莫斯科没有人可以说说话，没有人可以诉说自己的苦恼，而这个时期她又平添了许多新的苦恼。安德烈公爵回来结婚的日期临近了，他曾委托她劝说父亲同意，可是她非但未能完成他的委托，相反，事情看来完全搞糟了，一提起伯爵小姐罗斯托娃，老公爵便怒不可遏，而他在大部分时间里本来就心情不佳。玛丽亚公爵小姐近来新添的一个苦恼是要给六岁的侄儿上课。在自己对待尼科卢什卡的态度上，她惊恐地发觉自己也有父亲爱发脾气的特性。她多少次对自己说，给侄儿上课不许急躁，可是几乎每一次拿着教鞭坐下教法语字母时，她都急切地想轻而易举地把自己的知识灌输给孩子，而孩子已经在担心，怕姑姑又要大发脾气，只要孩子的注意力稍有松懈，她就发抖、着急、上火、提高嗓门，有时扯着他的小胳膊，罚他站在墙角。把他拉到墙角以后，她自己哭了，为自己凶狠、恶劣的天性而难过，于是尼科卢什卡陪着她放声大哭，不得到允许便走出墙角，来到她跟前，从她脸上拉开泪湿的双手，安慰她。不过使公爵小姐最最苦恼的还是父亲的脾气，他的脾气总是针对女儿而发，而且最近简直达到了残忍的程度。倘若他夜夜强迫她跪地祈祷，倘若他打她，强迫她挑柴担水，她决不会觉得自己处境艰难；可是这个有爱心的暴君，正因为爱她而在折磨自己和她，这是最残忍的，他不仅会有意侮辱她，贬低她，而且会向她证明，她一无是处，永远是她不对。近来他又有了一个新的特点，最使玛丽亚公爵小姐深受折磨——那就是他和布里安娜小姐更亲近了。他在得悉儿子要结婚之初想起的一个笑谈，说如果儿子娶亲，那么他也要和布里安娜结婚，看来他很喜欢这个想法，最近他经常只是为了侮辱她（玛丽亚公爵小姐觉得是这样）而对布里安娜小姐特别温柔，用向布里安娜示爱来表现自己对女儿的不满。

在莫斯科有一天老公爵当着玛丽亚公爵小姐的面（她觉得，他是故意做给她看的）亲吻了布里安娜小姐的手，并且把她拉过来拥抱她，爱抚她。玛丽亚公爵小姐勃然大怒，从房间里跑了出去。几分钟后，布里安娜小姐来到玛丽亚公爵小姐的房间，面带微笑用她那悦耳的嗓音愉快地说着什么。玛丽亚公爵小姐急忙擦干眼泪，步态坚决地走到布里安娜面前，不知不觉地对那个法国女人气急败坏地大叫大嚷起来：

“这是可恶、卑鄙、没有人性地利用别人的弱点……”她没有把话全都说出来。“从我这里滚出去。”她叫道，接着失声痛哭。

第二天公爵一句话也没有对女儿说，不过她注意到，在午餐桌上他吩咐从布里安娜小姐那里开始上菜。午餐快结束时，侍者又按照老习惯从公爵小姐那里上咖啡，公爵突然大发雷霆，拿手杖朝菲利普扔了过去，并立即下令将他送去当兵。

“不听……我说了两次！……就是不听！她是家里最重要的人；她是我最好的朋友。”公爵叫道。“要是你不知检点，”他愤怒地叫道，这才第一次对玛丽亚公爵小姐说话，“胆敢再像昨天那样……在她面前放肆，我就要让你明白，谁是家里的主人。滚！我不要看到你；向她道歉！”

于是玛丽亚公爵小姐为自己，也为求她庇护的侍者菲利普向阿梅利·叶夫根尼耶夫娜[①]和父亲道歉。

在这样的时候，玛丽亚公爵小姐心里仿佛涌动着一种受难者的自豪感。而在某些时候她突然发现，她所责怪的这位父亲或者在寻找眼镜，他在眼镜旁摸索着，却看不见它，或者对刚才发生的事情转眼即忘，或者晃晃悠悠地拖着软弱无力的双腿，这时他会回头看看，是不是有人看到了他衰弱的步态，更糟的是餐桌上若没有客人使他兴奋起来，他会突然打起瞌睡，松开手里的餐巾，把头颤巍巍地歪在盘子上。“他老了，身体不行了，而我还要责怪他！”她在这样的时候带着厌恶自己的心情想道。

① 阿梅利·叶夫根尼耶夫娜，布里安娜小姐的名字和父称。

三

一八一一年，莫斯科有一位迅速走红的法国大夫梅蒂维埃，他高大英俊，具有法国人的那种和蔼可亲的性格，莫斯科人人都说他是医术高明的医生。上流社会的家庭接待他，不是把他当做一名大夫，而是与他平等相交。

尼古拉·安德烈伊奇公爵是嘲笑医学的，最近在布里安娜小姐的规劝下同意接待这位大夫，对他渐渐地习惯了。梅蒂维埃每周来探望公爵一两次。

在圣尼古拉节，这是公爵的命名日，全莫斯科的人士都登门祝贺，可是他吩咐不接待任何人；按照他的吩咐，只邀请少数几个人参加午宴，他把一份名单交给了玛丽亚公爵小姐。

早晨前来祝贺的梅蒂维埃，觉得作为大夫违反命令是不算失礼的，他对玛丽亚公爵小姐这样说了便进去见公爵。情况是这样，在这个命名日的早晨，老公爵的心情恶劣透顶，整个早晨他在府里吃力地走来走去，对所有的人都吹毛求疵，假装不明白别人的话，也得不到别人的理解。玛丽亚公爵小姐太了解这种精神状态了，那忧心忡忡的低声唠叨通常是以一阵突发的狂怒来收场的，整个早晨，她都仿佛走在子弹上膛、张开机头的枪口底下，等待着那不可避免的扣动扳机的枪声。早晨在大夫到来之前总算相安无事。玛丽亚公爵小姐把大夫让进去之后，手里拿着一本书坐在客厅的门边，在这里她可以听到书房里所发生的一切。

她首先听到的是梅蒂维埃的声音，然后是父亲的声音，然后两个声音一齐说起话来，书房门打开了，门口出现了有一头蓬松黑发的梅蒂维埃的惊惶、漂亮的身影和公爵穿戴睡衣睡帽的身影，他气得脸上变色，垂下一双眸子。

“你不明白？”公爵叫道，“而我明白！法国间谍！波拿巴的奴才、间谍，从我家里滚出去，滚，我说的！”于是他砰的一声关上了门。

梅蒂维埃耸起肩膀，走到布里安娜小姐跟前，她是听到叫嚷声从隔壁房间跑来的。

“公爵有些不适，是肝火旺和脑充血。您别担心，我明天再来。”梅蒂维埃说，用一根手指贴着嘴唇，示意别出声，急忙走了。

门后传来了穿着便鞋的脚步声和叫嚷声：“间谍，叛徒，到处是叛徒！在自己家里也得不到片刻的安宁！”

梅蒂维埃走后，老公爵将女儿叫去，把全部怒气都撒在她身上。她的罪过是把一个间谍放了进来。他说过，对她说过，叫她拟好名单，名单上没有的人不要放进来。为什么把这个混蛋放进来呢！全是她的错。“和她在一起，得不到片刻的安宁，想安安静静地死也不行。”他说。

“不，姑奶奶，分开过，分开过，您要明白这一点，要明白！我现在忍无可忍啦。”他说，从房间里出去了。仿佛怕她会自我安慰似的，他又转身来到她面前，竭力装出平静的样子，补充道：“您不要以为我这是在说气话，我现在很平静，而且仔细地想过了；一定要这样——分开过，您给自己找个安身之处吧！……”可是他忍不住了，他带着一个心里爱着对方的人才会有的那种狠劲儿，显然自己也难受，挥舞着两个拳头对她大声嚷道：

“哪怕有个傻瓜来把她娶走也好啊！”他砰地关上门，把布里安娜小姐叫了进去，于是他在书房里安静下来了。

下午两点，应邀赴宴的六位重要人物到齐了。这些客人是著名的拉斯托普钦伯爵，洛普欣公爵[①]和他的侄儿，公爵的老战友恰特罗夫将军，以及两个年轻人皮埃尔和鲍里斯·德鲁别茨科伊，他们都在客厅里等他。

前几天到莫斯科来度假的鲍里斯，希望被介绍给尼古拉·安德烈伊奇公爵，他很善于奉迎，博得了他的好感，公爵从来不在家里接待单身

① 洛普欣公爵（1753—1827），叶卡捷琳娜二世时代曾任雅罗斯拉夫尔和沃洛格达总督，亚历山大一世在位时，于1803—1810年任司法大臣兼国务会议主席和大臣委员会主席。

的年轻人，只为他破例。

公爵的家不属于所谓的“上流社会”，然而这里有这样的一个小圈子，尽管在城里默默无闻，可是在这里受到接待却是最值得骄傲的。鲍里斯了解到这一点是在一个星期之前，当时总司令邀请拉斯托普钦伯爵在圣尼古拉节前去赴宴，拉斯托普钦对总司令说，他不能去：

“在这一天，我总是要去亲吻尼古拉·安德烈伊奇公爵的那把老骨头。”

“啊，对，对，”总司令回答说，“他怎么样？……”

高大的老式客厅陈设着老式家具，午宴前在这里聚会的几位好像是在召开庄严的法庭会议。大家都沉默着，即使说话也是低声细语。尼古拉·安德烈伊奇公爵出来了，神情严肃，寡言少语。玛丽亚公爵小姐比平时更文静，也更胆怯。客人们不大乐意和她说话，因为看出她没有心情顾及他们的谈话。只有拉斯托普钦伯爵时而谈谈城里的流言，时而讲一些政治新闻，以免冷场。

洛普欣和老将军偶尔参加谈话。尼古拉·安德烈伊奇公爵听着，好像大法官在听汇报，只是偶尔哼一声或简短地插上一句，表示他注意到了。谈话的语调表明，他们谁也不赞成政界所发生的事情。所谈到的事件显然说明，情况正变得愈来愈糟；不过，在任何谈话和议论中，令人吃惊的是，每一次在评论可能涉及皇帝陛下的关口，发言者便会停止讲话或者被制止。

在餐桌上话题转到最近的政治新闻，谈起拿破仑入侵奥尔登堡大公的领地和俄国发给欧洲各国宫廷的反对拿破仑的照会[①]。

“波拿巴对欧洲的行为就像海盗在虏获的船只上一样，”拉斯托普钦伯爵说，重复着他说过好几次的这句话，“君主们的长期容忍或一错再错真令人吃惊。现在轮到教皇了，波拿巴已经肆无忌惮地要推翻天主

---

①奥尔登堡大公、亲王彼得·菲特烈·路德维希的妻子是亚历山大一世母亲的一个姐妹。1810 年 12 月法军入侵该公国，奥尔登堡亲王被剥夺王位。俄国曾向法国发出措辞严厉的抗议照会。

教的首脑[1]，却没有人敢说话。只有我们皇上对侵占奥尔登堡大公的领地提出了抗议。而且还……”拉斯托普钦伯爵住口不说了，感到他已经处于不能发议论的关口。

“他们曾建议以其他领地代替奥尔登堡公国，”尼古拉·安德烈伊奇公爵说道，“正如我把农奴从童山迁往鲍古恰罗沃和梁赞的庄园一样，他把大公们迁来迁去。”

“奥尔登堡大公以惊人的毅力和平静忍受着自己的不幸。”鲍里斯说，态度谦恭地参加了谈话。他这样说，是因为他路过彼得堡时曾有幸拜见这位大公。尼古拉·安德烈伊奇公爵看了年轻人一眼，似乎想对此发表一点看法，不过改变了主意，认为他太年轻，还不够格。

“我看过我国有关奥尔登堡事态的抗议，这个照会的表达方式很差劲，使我大吃一惊。”拉斯托普钦伯爵随口说道，就像一个人在评论他非常了解的问题。

皮埃尔天真而惊讶地看看拉斯托普钦，不明白为什么照会的表达方式会使他感到不安。

“照会怎么写还不是一样吗，伯爵？”他说，“只要它的内容强有力不就行了。”

“亲爱的，拥有五十万大军，要有出色的文体是很容易的。”拉斯托普钦伯爵说。皮埃尔明白了，为什么照会的表达方式会使拉斯托普钦伯爵感到不安。

“看来出了很多笔杆子，”老公爵说，“在彼得堡那里大家都在写，不只是写照会——大家都在起草法律。我的安德留沙在那里为俄国起草了厚厚的一部法律。现在大家都在写！”他不自然地笑了起来。

谈话停顿了一会儿；老将军清清嗓子，想引起注意。

“最近在彼得堡的军事检阅中发生的一件事，你们听说了吗？新任法国公使的表现怎么样啊！”

---

①1809 年拿破仑颁布法令，将教皇国和罗马城并入自己的帝国。教皇不愿臣服拿破仑，于 1809 年 6 月被押往法国，软禁至 1814 年春。

“怎么？不错，我听到一点；他在皇上面前说了失礼的话。”

“皇上要他注意掷弹兵师和分列式，”将军接着说，“公使似乎丝毫不予注意，竟然说，在我们法国我们是不注意这种小事的。皇上什么也没说。下一次检阅时，据说皇上一次也没有理睬他。”

大家都沉默着；这件事情涉及皇上，是不能发表任何议论的。

“太放肆！”公爵说，“你们认识梅蒂维埃吧？我今天把他赶了出去。他来过，有人让他进来见我，尽管我再三叮嘱不要放任何人进来。”公爵说，悻悻地看了女儿一眼。于是他讲了自己和法国大夫的全部谈话，以及他认定梅蒂维埃是间谍的理由。尽管这些理由很不充分而且含糊不清，但是谁也没有提出异议。

热菜之后上了香槟酒，客人们从座位上站起来，向老公爵祝酒。玛丽亚公爵小姐也朝他走了过去。

他以冷冷的气冲冲的目光看了看她，把刮过的满是皱纹的面颊凑过去让她吻一下。他脸上的全部表情都在向她表白，他没有忘记早晨的谈话，他的决定仍然有效，只是因为有客人在座，他才暂时不提。

当他们走进另一个客厅喝咖啡的时候，老头子们都坐到了一起。

尼古拉·安德烈伊奇公爵比较活跃了，他谈了自己对当前的战争的想法。

他说，只要我们寻求与德国人结盟，硬要干预欧洲事务，让我们被蒂尔西特和约[①]卷入欧洲纷争，我们和波拿巴的战争就只能是不幸的战争。我们不必为奥地利而战，也不必为反对奥地利而战。我们的全部政策是在东方，而对付波拿巴只要做到一点——陈兵边境并执行强硬政策，他就永远不敢像在一八〇七那样侵犯我国边界。

“我们怎能和法国人作战呢，伯爵！”拉斯托普钦伯爵说，“难道我们能对自己的老师和上帝诉诸武力吗？看看我们的年轻人吧，看看我们的那些小姐吧。我们的上帝是法国人，我们的天国是巴黎。”

---

① 蒂尔西特和约，1807 年 6 月 25 日亚历山大一世和拿破仑一世在蒂尔西特签订的和约。俄国同意建立华沙大公国和参加大陆封锁。

他说话的声音更加响亮起来了，显然是要让大家都能听到。

“服装是法国式的，思想是法国式的，情感是法国式的！您把梅蒂维埃卡着脖子轰出去，因为他是一个法国人和坏蛋，而我们的那些小姐却跟在他后面爬行。昨晚我参加了一个晚会，五个小姐中就有三个是天主教徒，经教皇准许，她们周日在网状底布上刺绣十字图案。这些小姐坐在那里几乎是裸体的，好像在给澡堂做招牌，恕我直言。唉，看着我们的年轻人，公爵，真想把彼得大帝的古老的大棒从珍品陈列馆拿出来，用我们俄罗斯的方式打断他们的肋骨，让他们清醒清醒。”

大家都不说话了。老公爵面带微笑望着拉斯托普钦，赞赏地摇着头。

“好，再见，公爵大人，您可不能生病啊。”拉斯托普钦说，他像平素那样举止敏捷地站起身来，一面把手伸给公爵。

“再见，亲爱的，您真像古斯里琴[①]，总是叫我听得入迷！”老公爵说，握着他的手不放，又把面颊凑过去让他亲吻。别人也都跟着拉斯托普钦站了起来。

四

玛丽亚公爵小姐坐在客厅里听着老头子们的闲谈和议论，却茫然不知所云；她只是在想，客人们是不是发觉了她父亲对她的敌视态度。她甚至没有发现，席间德鲁别茨科伊始终在特别关注她，向她献殷勤，他已是第三次到他们家里来了。

玛丽亚公爵小姐心不在焉地把疑问的目光投向皮埃尔，他是最后离开的客人，在公爵出去以后，他手里拿着礼帽，面带微笑来到她面前，于是他们单独逗留在客厅里。

“可以再坐一会儿吗？”他说，他那肥胖的身躯在玛丽亚公爵小姐身旁的一把圈椅里落座。

“啊，行。”她说。“您没有察觉什么吧？”她的目光在问。

---

① 古斯里琴，俄罗斯的一种弦乐器。

皮埃尔在餐后心情很愉快。他望着自己前方，文静地微笑着。

“您早就认识这个年轻人吗，公爵小姐？”他问。

“谁？”

“德鲁别茨科伊。”

“不，不久前认识的……”

“怎么样，您喜欢他吗？”

“是的，他是令人愉快的年轻人……您为什么问我这个呢？”玛丽亚公爵小姐说，一边在继续想着自己早上和父亲的谈话。

“因为我曾经观察过：年轻人从彼得堡到莫斯科来度假，往往只有一个目的，就是要娶一位富有的姑娘。”

“这是您观察的结果？”玛丽亚公爵小姐说。

“是的，”皮埃尔接着含笑说道，“这个年轻人现在的表现是这样的，哪里有富有的待嫁姑娘，哪里就有他。我把他的心事看得一清二楚。他现在犹豫不决，拿不定主意该向谁进攻，是进攻您还是进攻朱丽·卡拉金娜小姐。他对她是很有好感的。”

“他常到他们家去吗？”

“是的，常去。您知道追求女孩子的新花招吗？”皮埃尔高兴地笑道，看来有一种善意嘲讽的好心情，他在日记中曾常常因为这种心情而自责。

“不知道。”玛丽亚公爵小姐说。

“现在要取悦莫斯科的女孩子，一定要显得忧郁。在她面前他是很忧郁的。”皮埃尔说。

“是吗？”玛丽亚公爵小姐说，她望着皮埃尔和善的脸色，还在不停地寻思着自己的苦恼。“我会好受一些，”她在想，“如果能和谁谈谈自己的感受的话，我倒是很想对皮埃尔倾诉一切。他是那么善良而高尚。我会好受些的。他一定会给我出出主意！”

“您愿不愿嫁给他呢？”皮埃尔问。

“唉，天哪，伯爵！有些时候我愿意嫁给任何人，”玛丽亚公爵小姐突然出乎自己的意料之外，声音带着哭腔说道，“唉，多么难受啊，爱一个亲人却又感到……不能（她的声音仍然在颤抖）为他做些什么，只有你知道无法改变的痛苦。那就只剩下一条路了——出走，可是我能去哪里呢？”

“您说什么呀，您怎么了，公爵小姐？”

可是公爵小姐话没有说完就哭了。

“我不知道，今天我是怎么了。您别听我的，把我说的话忘了吧。”

皮埃尔的愉快心情消失了。他关切地询问公爵小姐，请她把一切都说出来，信任地把自己的痛苦告诉他；可是她只是反复地说，请他忘掉她所说的话吧，她已经不记得说了些什么了，说她没有痛苦，唯一的痛苦是他知道的，那就是安德烈公爵的婚姻有可能使父子反目。

“您听说了罗斯托夫家的情况吗？”她问，想改变话题，“我听说他们很快就要到莫斯科来了，我也每天都在等安德烈回来。我希望他们能在这里见面。”

“对这件事他现在是什么态度呢？”皮埃尔问，所说的**他**自然是指老公爵。玛丽亚公爵小姐摇摇头。

“可是有什么办法呢？离一年的期限只剩几个月了。而这种情况是不可能不发生的。我但愿哥哥能避免最初几分钟的难堪。我希望他们快点儿来到这里。我希望能和她友好相处……您认识他们很久了吧，”玛丽亚公爵小姐说，“请您直言不讳地把全部实情告诉我，她是怎样的一位姑娘，您对她的看法如何？不过要说出全部实情；因为您知道，安德烈违背父命行事，是冒着很大风险的，所以我想知道……”

模糊的直觉告诉皮埃尔，她的这些有所保留的说法，以及反复要求他说出**全部实情**，表明玛丽亚公爵小姐对自己未来的这位嫂子是抱有敌意的，希望皮埃尔不要赞成安德烈公爵的选择；不过皮埃尔说的主要是他的感觉，而不是他的想法。

“我不知道怎样回答您的问题，”他说，他脸红了，自己也不知道为什么，“我完全不了解，她是怎样的姑娘；我无法具体地评论她。她很有魅力。为什么呢，我不知道；关于她，我能说的就是这些。”玛丽亚公爵小姐叹了口气，她脸上的表情在说："这正是我预料得到而感到担心的啊。"

"她聪明吗？"玛丽亚公爵小姐问。皮埃尔沉吟起来。

"我想，她不大聪明，"他说，"不过，我觉得她还是聪明的。她从来不自作聪明……是呀，她很有魅力，我再也说不出什么了。"玛丽亚公爵小姐又不以为然地摇了摇头……

"啊，我很希望能爱她！您把这一点告诉她吧，如果您在我之前能见到她的话。"

"我听说，他们这几天就要到了。"皮埃尔说。

玛丽亚公爵小姐对皮埃尔说了自己的计划，只等罗斯托夫家一到，她就要亲近未来的嫂子，并想方设法让老公爵能接受她。

五

鲍里斯想在彼得堡娶一位富有的姑娘，未能如愿，于是他抱着这个目的来到了莫斯科。在莫斯科，鲍里斯在两位最富有的姑娘朱丽和玛丽亚公爵小姐之间举棋不定。尽管他觉得，玛丽亚公爵小姐虽然不漂亮，还是比朱丽对他更有吸引力，不知怎么他却不好意思追求鲍尔康斯卡娅。在老公爵的命名日，最后一次与她相见时，对他想同她谈到感情问题的所有试探，她的回答总是文不对题，看来没有听他说话。

相反，朱丽很乐意接受他的殷勤，尽管她采取的是她所特有的一种很特别的方式。

朱丽二十七岁了。在自己的弟兄都亡故之后，她变得非常富有。她现在根本谈不上漂亮了，但是她认为，她不仅还是那样漂亮，而且比从前更富于吸引力了。她之所以会产生这种错觉，是因为，首先，她成了一个非常富有的待字闺中的姑娘，其次，随着年龄的增长，随着她对男人的危险性越来越小，男人们可以更自由地与她交往，不承担任何责任地享用她的晚宴、晚会以及在她家里的聚会和活跃的社交。十年前男人不敢每天都拜访一个有十七岁小姐的家庭，唯恐有损她的名声，也怕自己受到束缚，现在不同了，他每天都可以大胆地去与她交往，不是把她看做待嫁的少女，而是当做一个没有性别的老相识。

卡拉金的家庭是莫斯科这个冬季最愉快、最好客的家庭。除了招待晚会和宴会，卡拉金家每天都宾朋满座，特别是男宾，他们在午夜十一点多钟用晚餐，一直待到两点多。朱丽不放过任何一次舞会、戏剧或娱乐活动。她的打扮总是最时髦的。然而尽管如此，朱丽似乎对一切都感到失望，逢人便说，她不相信友谊，不相信爱情，也不相信人生有什么欢乐，只期盼着在**九泉之下**能得到安宁。她学会了一种腔调，好像一位姑娘遭遇过极大的失望，仿佛是失去了爱人，或是被他残酷地欺骗了。虽然她根本没有过这种经历，人们还是把她看做那样的女孩子，于是连她自己也相信，她在生活中是遭受过很多痛苦的。这种忧郁不妨碍她寻欢作乐，也没有妨碍那些年轻人在她身边愉快地消磨时间。每一位前来的客人都对女主人的忧郁尽到表示同情的义务，然后便忙于高雅的谈话、跳舞、智力游戏和举行卡拉金家时兴的限韵诗比赛[①]。只有少数几个人，其中包括鲍里斯，对朱丽的忧郁感同身受，于是她同这些年轻人进行更持久的单独谈话，感叹尘世生活的空虚，并给他们打开自己的纪念册，里面满是感伤的绘画、格言和诗句。

朱丽对鲍里斯特别亲切：怜惜他过早地对生活失望，竭尽所能地给予他友谊的安慰，尽管她自己也在生活中忍受了那么多痛苦，她还给他打开了自己的纪念册。鲍里斯在纪念册上为她画了两棵树并题词道：“乡村的树啊，你们幽暗的粗枝把黑暗和忧郁向我抖落。”

他在另一处画了一口棺材，写道：

> 死亡是救星，死亡是安宁。
> 噢！苦难中别无避风的港湾。

朱丽说，写得真美。

---

①限韵诗比赛是一种文学游戏，按限定的韵脚作诗，17 世纪上半叶兴于法国，后传入俄国。这种诗作大多是诙谐诗。

“忧郁的微笑含有某种无限迷人的魅力！”她对鲍里斯说了一句从书里逐字抄来的话。

“这是阴影中的一线光明，悲哀和绝望之间的一抹轻愁，它指向心灵得到慰藉的机缘。”

作为回应，鲍里斯给她写了一首诗：

多愁善感的心灵的有毒的美食。
你呀，没有你幸福对我是不可能的奢望，
温柔的忧郁啊，你来吧，来给我安慰，
来吧，抚慰我在黑暗的孤独中的忧伤，
把隐秘的甜蜜融入我的泪，
我感到泪水在我的脸上流淌。

朱丽拿起竖琴，给鲍里斯弹奏凄婉的夜曲。鲍里斯为她朗读《可怜的丽莎》，激情使他窒息而一再中断朗读。在上流社会相遇的时候，朱丽和鲍里斯彼此把对方视为在冷漠的茫茫人海中的唯一知己。

安娜·米哈伊洛夫娜常来卡拉金家，陪朱丽的母亲打牌，顺便查问朱丽究竟有什么陪嫁（陪嫁是奔萨的两个庄园和下诺夫哥罗德的几处森林）。安娜·米哈伊洛夫娜怀着听从上天安排和深受感动的心情，看着把她的儿子和富有的朱丽联系在一起的那种微妙的、淡淡的哀愁。

“我们可爱的朱丽还是那么美丽和忧郁，”她对那个女儿说，“鲍里斯说，他在府上才能得到内心的安宁。他经受了那么多的失望，又那么多愁善感。”她对那位母亲说。

“噢，我的朋友，近来我是多么依恋朱丽啊，”她对自己的儿子说，“我简直无法形容！谁又能不爱她呢？这是一个天仙般的人儿！噢，鲍里斯，鲍里斯！”她沉默了一会儿。“我很同情她的妈妈，”她接着说，“今天她给我看了来自奔萨的报告和信件（那里有他们的一个大庄园），可怜凡事都靠她一个人料理，人们都在欺骗她啊！”

鲍里斯露出难以觉察的笑意听母亲说。他在温和地嘲笑她的没有恶意的狡狯。不过他在倾听，有时还仔细地向她打听奔萨和下诺夫哥罗德两地的庄园的情况。

朱丽早就在等待自己的神情忧郁的仰慕者向她求婚了，并准备接受他的求婚；不过，这位仰慕者内心里对她，对她急于嫁人的迫切心情，对她的矫揉造作的一种厌恶感，以及对放弃真正的爱情追求的恐惧感还在阻碍着鲍里斯。他的假期就要结束了。每一天他都整天待在卡拉金家，每一天在暗自琢磨的时候，鲍里斯都对自己说，明天一定要向她求婚。可是见到朱丽，望着她那红彤彤的脸和几乎总是扑满了粉的下巴，望着她那湿润的眼睛和脸上随时希望由忧郁一变而成为对夫妇幸福生活的狂喜的那种表情，鲍里斯的决定命运的那句话便说不出口；尽管他早就在想象中认为自己是拥有奔萨和下诺夫哥罗德的庄园的主人了，而且把庄园的收入派上了用场。朱丽看出了鲍里斯的犹豫，有时会想，他是讨厌她的；可是女性的自我欣赏立刻给了她安慰，于是她对自己说，是爱情使他羞于启齿。不过，她的忧郁开始渐渐地变为恼怒，在鲍里斯离开前不久，她采取了一个决定性的步骤。就在鲍里斯的假期即将结束的时候，阿纳托利·库拉金来到了莫斯科，不言而喻，也出现在卡拉金家的客厅里，朱丽的忧郁突然不见了，她非常高兴，无微不至地关心库拉金。

“亲爱的，”安娜·米哈伊洛夫娜对儿子说，“我得到可靠消息，库拉金公爵叫儿子到这里来，就是要让他娶朱丽。我很爱朱丽，我会为她感到惋惜的。你是怎么想的呢，我的朋友？”安娜·米哈伊洛夫娜说。

一想到被人愚弄，在朱丽身边扮演忧郁的角色的整整一个月都白白浪费掉了，眼看他在想象中已经分别登记下来，而且完全派了用场的奔萨庄园的全部收入都落到别人手里，特别是落到了愚蠢的阿纳托利之手，鲍里斯就深感屈辱。他抱着坚定的决心到卡拉金家去求婚了。朱丽带着愉快的无忧无虑的样子接待他，对他随便地谈起了她昨天在舞会上是多么快乐，又问他什么时候动身。尽管鲍里斯是决心来表白爱情的，因而想显得温柔一些，却气愤地讲起了女性的变化无常：说女人们很容易就能由悲伤而快乐起来，她们的心情因人而异，就看是谁在追求她们。朱丽不高兴了，她说，这倒是真的，女人需要多姿多彩的生活，老一套的表现人人都会感到乏味。

“对于这一点，我要奉劝您一句……”鲍里斯发话道，想拿话讽刺她。不过就在这时他有了一种受辱的感觉，他可能就此离开莫斯科，目的没有达到而白费了自己的工夫（这种情况是他从未有过的）。他说了一半就打住了，垂下眼睛，不看她那气恼而又犹豫不决的脸色，说道：“我到这儿来，完全不是要和您吵架……恰恰相反……”他看了她一眼，想知道可不可以说下去。她的气恼突然烟消云散。一双不安的、祈求的眼睛带着热切的期待注视着她。“将来我总能想出办法和她少见面的，”鲍里斯想，“事情既然干了，就要干到底！”他突然涨红了脸，抬眼看着她说：“我对您的感情您是知道的！”多余的话不必再说了：朱丽的脸上焕发了胜利和得意的神采，但是她要求鲍里斯把在这种情况下该说的话全都说出来，要说他爱她，除了她，永远不再爱上任何别的女人。她知道，凭着奔萨的庄园和下诺夫哥罗德的森林，她可以提出这样的要求，她的要求果然得到了满足。

未婚夫妇不再提及把黑暗和忧郁向他们抖落的那两棵树了，他们拟定计划，要在彼得堡布置豪华的住宅，对亲友进行礼节性的拜访，并为豪华的婚礼进行一切必要的准备。

六

一月底，伊利亚·安德烈伊奇伯爵带着娜塔莎和索尼娅来到了莫斯科。伯爵夫人仍然病恹恹的，经不起旅途劳顿，可是又不能再等下去，因为安德烈公爵每天都可能回到莫斯科；何况需要置办嫁妆，需要出售莫斯科近郊的庄园，还要趁老公爵在莫斯科的时候，把他未来的儿媳带给他看看。罗斯托夫家在莫斯科的住宅没有做好生火取暖的准备；此外，他们来这里只是暂住；伯爵夫人也没有同来，于是伊利亚·安德烈伊奇决定，在莫斯科期间就在玛丽亚·德米特里耶夫娜·阿赫罗西莫娃那里落脚，她早就向伯爵表示过，欢迎他前去做客。

玛丽亚·德米特里耶夫娜住在老马厩街，很晚了，罗斯托夫家的四辆带篷雪橇驶进了她家的庭院。玛丽亚·德米特里耶夫娜独居。她唯一的女儿出嫁了，几个儿子都在服兵役。

她还是那样身姿挺拔，还是那样直爽、干脆、响亮地对所有人说出自己的意见，仿佛在全身心地指责别人的任何软弱、癖好和盲目迷恋，认为这些表现是不可容忍的。从清早起，她就穿着保暖的女上衣料理家务，然后每逢节日出去参加午前的日祷，日祷后到城堡和监狱去，她在那里有事要做，至于是什么事，她没有对任何人说过，平日里她穿好衣裳在家里接待各阶层的求告者，每天都有这样的一些人来见她，然后共进午餐。丰盛而美味的午餐桌上总有三四位客人；午餐后有一场波士顿牌局；夜晚叫人给她读报纸和新书，自己编结着什么。她很少破例外出，如果外出，就是走访城里的一些头面人物。

她还没有睡下，罗斯托夫一家到了，前厅门的滑轮吱扭一声，罗斯托夫家的人和他们的仆役带着一股寒气陆续走了进来。玛丽亚·德米特里耶夫娜把眼镜架在鼻尖上，昂起头站在大厅门口，带着严厉的气呼呼的样子望着进来的人。人们或许会以为，她对来客很生气，要立刻把他们赶出去，而这时她正在关切地吩咐下人们，怎样安置客人和他们的行李。

“是伯爵的？拿到这里来。”她指着几只箱子说，和谁也没有打招呼。“小姐的，拿过来，往左拐，喂，你们在巴结什么呀！”她朝几个女仆喊道。“去把茶炊烧开！胖了，更好看了，”她说，拽着风帽把脸冻得红彤彤的娜塔莎拉到了自己身边，“嗬，你身上冰凉！你快脱衣服去吧。”她对正想上前行吻手礼的伯爵叫道。“敢情冻坏了。喝茶时上朗姆酒！索纽什卡[①]，你好。”她对索尼娅说，这句用法语说的问候语，表明她对索尼娅有点儿看不起，不过也很亲切。

大家脱去外衣，在旅途后梳洗打扮一下，都来喝茶了，玛丽亚·德

①索尼娅的爱称。

米特里耶夫娜按次序亲吻了所有的人。

“我由衷地高兴，你们能来我家落脚。”她说，“早就该来啦。”她意味深长地看了看娜塔莎说……“老头子在这里，日复一日地等着儿子。应该，应该去和他见见面。不过，这事我们以后再说。”她补充了一句，打量了索尼娅一眼，表示有她在座，她不想谈。“现在你听着，”她转向伯爵，“明天你有什么打算？要派人邀请谁呢？申升？”她扳了一根手指，“爱哭的安娜·米哈伊洛夫娜，这就两个了。她和儿子在这里。他要娶亲了！还有别祖霍夫，是吧？他和妻子也在这里。他躲开她，她跟着追来了。星期三他是在我这里吃午饭的。至于她们，”她指了指两位伯爵小姐，“明天我带她们到伊韦尔小教堂去，然后顺路去找奥贝尔-舍尔玛[①]。你们大概都要做新衣裳吧？不要学我，如今时兴的袖子，自己去看吧！前两天年轻的伊琳娜·瓦西里耶夫娜公爵小姐来，两条手臂上就像套着木桶一样。如今天天都有新的时尚。你自己有什么事情要办呢？”她严肃地问伯爵。

“事情都凑到一起来了，”伯爵回答道，“要给两个姑娘买些衣裳，还要找那个买主，他想买莫斯科的庄园和住宅。承蒙您的好意，我想抽时间到马林斯科耶去一天，把两个小丫头就丢给您了。”

“行，行，您放心。交给我就像交给监护委员会一样。我会带她们到需要去的地方去，会骂她、疼她。”玛丽亚·德米特利耶夫娜说，用她的大手碰碰自己心爱的教女娜塔莎的面颊。第二天早晨，玛丽亚·德米特利耶夫娜带着两位小姐上伊韦尔小教堂，又去找奥贝尔-舍尔玛，她那么害怕玛丽亚·德米特利耶夫娜，总是把衣裳亏本卖给她，只想快快地把她打发走。玛丽亚·德米特利耶夫娜几乎订购了所有嫁妆。回来后，她把所有的人都赶出房间，只留下娜塔莎，然后把自己宠爱的教女叫到自己的圈椅旁。

---

① 奥贝尔-舍尔玛，时装店的女店主，她在莫斯科很有名，生意兴隆，人们把这位奥贝尔-沙尔玛戏称为奥贝尔-舍尔玛，舍尔玛与沙尔玛谐音，意为大滑头、机灵鬼。

“好了，现在咱们说说话儿。我祝贺你和你的未婚夫。你找了一个好青年！我为你高兴；他这么大（她比划着离地一俄尺高）我就认识他了。”娜塔莎高兴得脸也红了。“我喜欢他和他的家庭。现在你听我说。你知道，老头子尼古拉公爵很不希望儿子结婚。一个很执拗的老头子！当然啦，安德烈公爵不是孩子，不理他也行，可是勉强进入一个家庭总不大好。要和睦，要有爱心。你是聪明的女孩子，知道该怎么做。你要善意地、聪明地处理这个问题。那就一切都会好的。”

娜塔莎没有作声，玛丽娅·德米特利耶夫娜以为她是害羞，其实娜塔莎是不高兴，她不喜欢别人来干预她和安德烈公爵的爱情问题，她觉得，这个问题和人世间的一切问题都那么不同，那么特别，在她看来，没有人能理解它。只有安德烈公爵是她相知相爱的人，他爱她，这几天一定会来带她走。此外她什么也不需要。

“你明白吗，我早就认识他了，我也喜欢你的小姑子玛申卡，俗话说，大姑小姑刁钻的泼妇，可她呀，连苍蝇也不肯得罪。她请求我安排她和你见面。你明天和父亲去见见她，你要好好地博得她的欢心，你比她小嘛。等你的那位回来，你已经同他的妹妹和父亲混熟了，得到了他们的喜爱。对吧？这样不是更好些吗？”

“更好些。”娜塔莎不情愿地回答道。

七

第二天，伊利亚·安德烈伊奇伯爵听从玛丽亚·德米特里耶夫娜的劝告，带娜塔莎去拜访尼古拉·安德烈伊奇公爵。伯爵在准备这次拜访时闷闷不乐，因为他心里害怕。在民兵工作中最后一次见面时，伯爵曾发出赴宴的邀请，得到的回答却是严厉的申斥，原因是兵员不足，这件事伊利亚·安德烈伊奇至今记忆犹新。相反，娜塔莎穿上自己最好的衣裳，心情好极了。“他们不爱我是不可能的，”她想，“大家总是爱我的啊。而且我很愿意按照他们的愿望做任何事情，很愿意去爱他们，因为他是父亲，她是妹妹啊，他们是没有理由不爱我的！”

马车抵达了弗兹德维任卡大街上的一座古老阴森的住宅，他们进了门廊。

“求上帝保佑你吧。”伯爵半开玩笑半认真地说道；不过娜塔莎发觉，父亲急匆匆地走进前厅，胆怯地悄声询问，公爵和公爵小姐在不在家。在通报他们到访之后，公爵的仆役之间起了一阵慌乱。跑去通报的仆人，在大厅里被另一名仆人拦住了，他们在小声地议论着什么。一个年轻的女仆跑进了大厅，在匆忙地说着什么，她提到了公爵小姐。最后，一个年老的仆人悻悻地出来对客人说，公爵不能接待，公爵小姐请他们过去。第一个迎着客人出来的是布里安娜小姐。她特别有礼貌地迎接父女俩，陪他们去见公爵小姐。公爵小姐又激动又惊慌，脸上布满了通红的斑点，脚步很重地跑出来迎接客人，徒劳地想装出轻松自如和快乐的样子。一见面，公爵小姐就不喜欢娜塔莎，觉得她打扮得太漂亮，太轻佻地喜形于色，太爱慕虚荣。玛丽亚公爵小姐不知道，早在她见到自己未来的嫂子之前，就已经对她怀有恶感了，因为不由自主地在忌妒她的年轻美貌和幸福，忌妒自己哥哥的爱情。除了对她的这种不可遏止的反感，玛丽亚公爵小姐此刻之所以激动不安，还因为在得知罗斯托夫父女来访的时候，公爵大叫大嚷，拒不接见，他让玛丽亚公爵小姐去接待，如果她愿意的话，而且不准让他们去见他。玛丽亚公爵小姐决定接待，可是时刻都在担心，公爵会做出什么乖张的举动，因为罗斯托夫父女的来访使他十分焦躁。

“您瞧，亲爱的公爵小姐，我把我的小歌唱家给您带来了。”伯爵说，同时不住地点头致意，又回头张望，好像害怕公爵会进来似的。“我很高兴，你们彼此认识了。可惜，可惜，公爵还是身体欠安，”伯爵又讲几句客套话，便站了起来，“如蒙允许，公爵小姐，我要把我的娜塔莎留在您这儿十来分钟，我要出去一趟，就几步远，到狗市广场去找安娜·谢苗诺夫娜，然后回来接她。”

伊利亚·安德烈伊奇想出这个外交手腕，是为了使未来的小姑子和自己的嫂子有一个充分表白的机会（后来他把这一点告诉了女儿），还为了避免和他所害怕的公爵相遇。这一点他没有告诉女儿，但是娜塔莎明白了父亲的这种恐惧和不安，因而觉得自己蒙受了羞辱。她为自己的父亲脸红了，更为自己的脸红而生气，于是以一种勇敢的挑战的目光看了公爵小姐一眼，表示她谁也不怕。公爵小姐对伯爵说她很高兴，只是请他在安娜·谢苗诺夫娜家里多逗留一会儿，伊利亚·安德烈伊奇便走了。

玛丽亚公爵小姐想和娜塔莎单独谈谈，几次向布里安娜小姐投去不安的目光，她却置之不理，没有离开房间，只顾谈着莫斯科的娱乐活动和戏剧演出。刚才客厅里发生的那慌乱的一幕，父亲的不安和公爵小姐的不自然的语调都使娜塔莎深感屈辱，她觉得，公爵小姐接待她时在假意敷衍。因此她对一切都感到不快。她不喜欢玛丽亚公爵小姐。她觉得她容貌丑陋、做作而又冷漠。娜塔莎突然无精打采，不知不觉地采取一种漫不经心的腔调，这种腔调使玛丽亚公爵小姐和她更疏远了。沉闷而做作的谈话进行了五分钟，这时响起了穿着便鞋快步走来的脚步声。玛丽亚公爵小姐的脸上露出了惊恐的神情，房间的门开了，公爵戴着白睡帽、穿着睡衣走了进来。

“啊，姑娘，”他说，“姑娘，伯爵小姐……是罗斯托娃伯爵小姐，我没有说错吧……请原谅，请原谅……我不知道啊，姑娘。真糟糕，我不知道您赏光来到舍下，就穿着这样的衣裳顺便来看女儿了。请原谅……真糟糕，我不知道。”他又那么不自然地说了一遍，在“真”这个字眼上加重语气，而且令人非常反感的是，玛丽亚公爵小姐垂下眼睛站在那里，既不敢看父亲，也不敢看娜塔莎。娜塔莎站起来行了屈膝礼，也不知如何是好。只有布里安娜小姐在愉快地微笑着。

“请原谅！请原谅！真糟糕，我不知道。”老头子嘟囔道，他对娜塔莎从头到脚打量了一下，出去了。此后布里安娜小姐首先打破沉默，谈起了公爵的健康。娜塔莎和玛丽亚公爵小姐默默地面面相觑，她们默默地面面相觑而不说出她们本来应该说的话，这样拖得越久，她们彼此就越没有好感。

等到伯爵回来，娜塔莎不顾礼貌地笑逐颜开，急着要走：这时她几乎恨这个老气、冷漠的公爵小姐了，她竟然把她置于如此尴尬的境地，而且在她们相处的半个小时里，一句不提安德烈公爵。“要知道，在这个法国女人面前，我不可能先来谈他啊。”娜塔莎想。同时玛丽亚公爵小姐也由于同样的原因而感到很苦恼，她知道，她应当对娜塔莎说说，可是她做不到，既因为布里安娜小姐在一旁碍事，也因为她自己也不知怎么，要谈这门亲事她是那么难以启齿。伯爵正要走出房间的时候，玛丽亚公爵小姐快步走到娜塔莎跟前，握住她的双手，沉重地叹息一声说道：“您等一下，我要……”娜塔莎嘲笑地望着玛丽亚公爵小姐，自己也不知道有什么可嘲笑的。

“亲爱的娜塔莉，”玛丽亚公爵小姐说，“您要知道，我很高兴我的哥哥找到了幸福……”她住口不说了，感到自己言不由衷。娜塔莎注意到了这个停顿，也猜到了停顿的原因。

“我认为，公爵小姐，现在不便谈这些。”娜塔莎说，表面上矜持而冷淡，却感到泪水涌上了喉头。

“我说了些什么呀，我干了些什么呀！”她一走出房间便这样想道。

这天等娜塔莎吃午饭等了很久。她坐在自己的房间里像孩子一样号啕大哭，擤着鼻涕，欷歔不已。索尼娅站在她身旁，亲吻着她的头发。

“娜塔莎，你哭什么呢？”她说，“他们与你有什么相干？一切都会过去的，娜塔莎。”

“不，要是你知道，这有多么气人……好像我……”

“别说了，娜塔莎，你是没有错的，这与你何干？你亲亲我吧。”索尼娅说。

娜塔莎抬起头，吻了吻自己闺中好友的嘴唇，把泪湿的脸紧贴着她。

“我没法说，我不知道。谁也没有错，”娜塔莎说，“是我错了。可是这一切太可怕了。嗨，他怎么还不来呢！”

她眼睛红红地出来吃饭了。玛丽亚·德米特里耶夫娜知道公爵是怎样接待罗斯托夫父女的，假装没有注意到娜塔莎心灰意懒的脸色，只顾在餐桌上与伯爵和其他客人大声说笑。

八

这天晚上罗斯托夫父女去看歌剧，票子是玛丽亚·德米特里耶夫娜搞来的。

娜塔莎不想去，可是不能拒绝玛丽亚·德米特里耶夫娜的好意，她这是特意为她安排的。她穿好衣裳，来到大厅等候伯爵，她照照大镜子，看到她很漂亮，非常漂亮，更觉忧伤了，不过这是甜蜜和多情的忧伤。

“我的上帝！要是他在这里，我不会像以前那样了，不会再愚蠢地有所顾忌了，而要按新的方式，大方地拥抱他，紧紧地偎依在他身上，要他用那双探究的、好奇的眼睛看着我，他过去是常常用那样的眼神看我的，我要他像当时那样笑，他的那双眼睛啊，此刻仿佛就在我的眼前！”娜塔莎想。“他的父亲和妹妹与我何干：我爱的只是他，我爱他，爱他，爱他的那张脸和那双眼睛，还有他的微笑，那充满男子气概而又孩子气的微笑……不，最好不去想他，不想，要忘掉，这个时候要完全忘掉。我受不了这样的等待啦，忍不住要哭了。索尼娅怎么会那样平静而安心地爱着尼科连卡，耐心地等了那么久呢！”她望着穿好衣裳，手拿扇子走进来的索尼娅想，“不，她是个完全不一样的姑娘。我是做不到的！”

娜塔莎感到自己这时柔情似水，一往情深，能爱和被爱仍心犹不足：她要的是现在、此刻就拥抱心爱的人，彼此情话绵绵，她的心里正有说不尽的情话呢。当她乘着马车，坐在父亲身边，若有所思地望着结满冰花的车窗外的闪烁的街灯时，她觉得自己更为情所困，忧思更甚，忘了自己身在何处。在长长的一行马车之中，只听车轮缓缓地在雪地上吱吱作响，他们的马车驶近了剧院。娜塔莎和索尼娅提着衣裙急忙跳下马车；伯爵也由仆人们搀扶着下了车，三人夹在入场的男女观众和出售节目单的小贩之间走向楼下两侧的包厢。一扇扇虚掩的门里已经传出了音乐声。

“娜塔莎，你的头发。”索尼娅低声说。引座员彬彬有礼地疾步赶到小姐们前面，打开包厢的门。音乐声更响亮了，眼前出现了一排排灯火辉煌的包厢和袒肩露臂的太太小姐，池座里笑语喧哗，闪动着男士们光彩熠熠的礼服。正要走进隔壁包厢的女士用女性忌妒的目光朝娜塔莎打量了一下。幕布还没有升起，乐队在演奏序曲。娜塔莎整理着衣裙，和索尼娅一起走过去坐了下来，望着对面的一排排明亮的包厢。几百只眼睛都看着她那裸露的手臂和颈项，这种久已不曾体验过的感觉令人又愉快又厌烦地蓦然向她袭来，勾起了与这种感觉有关的无数回忆、憧憬和激动。

两位姿色出众的姑娘娜塔莎和索尼娅，以及很久没有在莫斯科露面的伊利亚·安德烈伊奇伯爵吸引了大家的注意。何况大家都模糊地知道，娜塔莎和安德烈公爵已经订婚，知道从那时起罗斯托夫家一直住在乡下，于是都好奇地望着俄国最佳适婚青年之一的这位未婚妻。

娜塔莎在乡下变得更漂亮了，人人都这样对她说，而这天晚上，她由于心情激动显得特别美。她的勃勃朝气和美貌以及对周围冷若冰霜的态度，都令人惊异。她的一双黑眼睛望着人群，无意寻找任何人，一直裸露到臂肘以上的纤手支在丝绒栏杆上，显然在不自觉地随着序曲的节奏时握时松，揉着手里的节目单。

“你看，那是阿列宁娜，”索尼娅说，“好像是和母亲在一起。”

“天哪！米哈伊尔·基里雷奇又胖了！”老伯爵说。

“你们看，我们的安娜·米哈伊洛夫娜戴着一顶女式高筒帽！”

“那是卡拉金家的人，和他们在一起的是朱丽和鲍里斯。俨然一对未婚夫妻。”

“德鲁别茨科伊向她求过婚了！当然，我今天才知道。”申升走进罗斯托夫家的包厢说。

娜塔莎顺着父亲的视线望了过去，看到了朱丽，她通红的胖脖子上挂着珍珠项链（娜塔莎知道，脖子上是扑了粉的），一脸幸福地和母亲并肩而坐。在她们身后可以看到鲍里斯，他的头发梳理得又平整又光洁，微笑着把漂亮的头颅侧耳凑近朱丽的嘴边。他紧皱眉头看着罗斯托夫一家，面带微笑对自己的未婚妻说着什么。

“他们在讲我们，讲我和他！”娜塔莎想，“他大概是想平息未婚妻对我的妒意。真是瞎操心！但愿他们知道，我和他们中的任何一个都毫无瓜葛。”

安娜·米哈伊洛夫娜头戴绿色的女式高筒帽，带着顺从天意的幸福、喜庆的神情坐在后面，他们的包厢笼罩着未婚夫妇的那种氛围，这是娜塔莎所熟悉和眷恋的。她转头不看他们，突然，她在早晨的拜访中所遭遇的所有屈辱都在心中浮现了。

“他有什么理由不接纳我进入他们的家庭呢？嗨，最好不去想它，在他回来之前不要想！”她这样对自己说，开始打量池座里相识和不相识的人们。在池座前排的正中央，多洛霍夫背对栏杆站着，臂肘支在栏杆上，卷曲蓬松而又浓密的头发向上梳起，身穿波斯服装。他站在剧院最显眼的地方，知道他会把整个大厅的注意力吸引到自己身上，自由自在地站在那里，就像在自家的房间里一样。莫斯科一些仪表出众、风度翩翩的年轻人都聚集在他身边，看来他是其中的佼佼者。

伊利亚·安德烈伊奇伯爵笑着碰一碰脸上泛红的索尼娅，把她从前的爱慕者指给她看。

“认出他了吗？”他问。“他是从哪里冒出来的，”伯爵转头问申升，“他不是销声匿迹了吗？”

“不错，”申升回答道，“他去了高加索，后来逃跑了，据说在波斯当上了一个有领地的大公的大臣，在那里打死了波斯国王的一个兄弟；嘿，莫斯科的太太小姐们都为他疯狂了！波斯人多洛霍夫，那还了得。现在我们这里句句不离多洛霍夫：用他的名字起誓，请人到他那儿去就像请人赴鲟鱼宴一样，”申升说，“多洛霍夫和阿纳托利·库拉金让我们所有的太太小姐们都神魂颠倒了。”

一位高高的漂亮太太走进了相邻的包厢，一条粗大的辫子，裸露的白皙丰满的肩膀和脖子，脖子上有两串硕大的珍珠，她在座位上折腾了好久，肥大的丝绸衣衫簌簌作响。

娜塔莎不由自主地望着那脖子、肩膀、珍珠、发式，欣赏着肩膀和珍珠之美。当娜塔莎第二次看她时，她回过头来，目光与伊利亚·安德烈伊奇伯爵相遇，向他点头微笑。那是别祖霍娃伯爵夫人，皮埃尔的妻子。在上流社会交游广阔的伊利亚·安德烈伊奇向她探过身去说：

“您早就光临莫斯科了吧，伯爵夫人？”他说，“一定到府上去，一定去，亲吻您的小手。听说谢苗诺娃[①]的表演非常精彩，”伊利亚·安德烈伊奇说，“彼得·基里洛维奇伯爵是从来不会忘记我们的。他在这里吗？”

“在这里，他是想来拜访的。”海伦说，注意地看了娜塔莎一眼。

伊利亚·安德烈伊奇伯爵重又落座。

“她很漂亮吧？”他小声地对娜塔莎说。

“美极了！”娜塔莎说，“真令人着迷！”这时响起了序曲的最后几个和弦，乐队指挥敲了敲指挥棒。迟到的男人们在池座里纷纷落座，幕布升起来了。

幕布升起，包厢和池座顿时鸦雀无声，所有的男人，不问老少，身穿礼服或燕尾服的，以及裸露的肌肤上宝石璀璨的所有妇女，都聚精会神地注视着舞台。娜塔莎也开始看演出了。

九

舞台中央铺着平整的薄木板，两旁立着用染色硬纸板制作的树木，后面的木板上展开一幅巨幅绘画。舞台中间坐着几个身穿红衫白裙的少女。一个很肥胖的少女穿着白色连衣裙，单独坐在低矮的小板凳上，板凳后面钉着一块绿色的硬纸板。她们都在歌唱。一曲终了，白衣少女走到前台提词者的小间附近，一个穿着紧身丝绸长裤、佩戴着羽饰和短剑的男子，迈动粗壮的双腿向她走了过来，开始歌唱并伸展双臂。

身穿紧身长裤的男子独唱一曲，然后是她的独唱。然后两人都静默着，音乐声响起，于是男子开始用手指轻轻地敲击白衣少女的手，显然

---

① 大概是指尼姆福多拉·谢苗诺娃（1788或1787—1876），俄国戏剧和歌剧女演员。著名戏剧女演员叶卡捷琳娜·谢苗诺娃（1786—1849）是她的姐姐。

又是在等候节拍，以便开始自己和她的男女声合唱。他们的合唱完毕，剧院里响起了全体观众的鼓掌声和喝彩声。扮演一对恋人的两位演员在舞台上微笑着张开双臂，鞠躬谢幕。

娜塔莎过惯了乡村生活，这时的心情又那么沉重，对她来说舞台上的这一切是荒诞而奇怪的。她无法跟踪歌剧的剧情，甚至对音乐听而不闻：她看到的只是染色的硬板纸和奇装异服的男男女女，他们在耀眼的灯光下怪异地走动、说话、唱歌。她知道，这一切只是舞台上的表演，可是这一切是那么稀奇古怪，那么虚假、不自然，以致娜塔莎有时为演员感到脸红，有时又在心里嘲笑他们。她环顾周围的观众，想在他们身上也能发现她心里的那种嘲笑和困惑；然而所有的人都专注于舞台上的演出，流露出赞赏的神情，不过娜塔莎觉得，这种赞赏是假装出来的。“也许在剧院里就应当这样吧！”娜塔莎想。她轮流地时而看看池座里一排排头发光溜的后脑勺，时而看看包厢里袒肩露臂的女人们，特别是邻座的海伦，她完全脱掉外衣，带着文静的泰然自若的微笑，目不转睛地望着舞台，感受着照亮整个大厅的灿烂的灯光和散发着人们的体温的暖洋洋的空气。娜塔莎渐渐地进入了久已不曾有过的陶醉状态。她不记得她是谁了，不记得身在何处以及眼前所发生的一切。她望着，想着，脑海里突然闪过一些毫无联系而极其奇特的念头，她时而想跳上栏杆唱那位女演员刚才唱过的一首咏叹调，时而想用扇子碰一碰坐得离她不远的小老头，时而想朝海伦探过身去胳肢她。

有一次，在舞台上静悄悄地等候唱咏叹调时，入口的门吱的响了一声，罗斯托夫家的包厢所在的一侧的池座地毯上响起了一个迟到男子的脚步声。“这就是他，库拉金！”申升小声地说。别祖霍娃伯爵夫人微笑着转向进来的人。娜塔莎循着别祖霍娃伯爵夫人的视线望过去，看到了一位非常英俊的副官，他自信而又彬彬有礼地走过他们的包厢。这是阿纳托利·库拉金，她早就在彼得堡的一次舞会上见到过他，也还记得他。他现在身穿佩戴肩章和肩饰的副官制服。步伐矜持而英武，这样走路或许会令人发笑，要不是他的容貌是那么俊美，而他那漂亮的脸蛋上是那么洋溢着一种和善的得意和快乐。尽管台上正在演出，他却从容不迫，马刺和马刀轻微地叮当做响，他昂着洒了香水的漂亮的头颅，轻盈地走在过道的倾斜的地毯上。他看了娜塔莎一眼，走到妹妹身边，一只紧裹着手套的手搭在她包厢的边上，向她摆头示意，又俯下身去，指着娜塔莎在打听什么。

“她非常可爱啊！”他说，显然是在讲娜塔莎，与其说她是听见了，不如说她是根据他的唇部的动作猜到的。然后他走到第一排，坐在多洛霍夫身旁，友好而漫不经心地用肘部捅了他一下，而别人和这个多洛霍夫交往时是那么曲意逢迎。他愉快地对他眨眨眼，微微一笑，把一条腿撑在栏杆上。

“这兄妹俩多么相像！”伯爵说，“两个人都那么漂亮。”

申升开始压低嗓音对伯爵讲述库拉金在莫斯科的一段私情，娜塔莎正因为他说她可爱而在注意倾听。

第一幕的演出结束了。池座的观众都站了起来，人们熙熙攘攘，出出进进。

鲍里斯来到罗斯托夫家的包厢，只是很自然地接受了大家的祝贺，他抬起眉毛，带着心不在焉的微笑转告娜塔莎和索尼娅，他的未婚妻邀请她们参加她的婚礼，随即离去。娜塔莎带着愉快和妩媚的微笑与他交谈，向她曾经爱恋过的这个鲍里斯表示祝贺。她处于一种陶醉的心情，觉得一切都是简单而自然的。

衣着袒露的海伦坐在她身旁，对所有的人都同样地微笑着；娜塔莎也对鲍里斯露出那同样的微笑。

那些最显赫、最聪明的男士们挤满了海伦的包厢，并从池座一侧围绕着她的包厢，他们似乎在争先恐后地要向所有的人表明，他们是她的相识。

幕间休息时库拉金一直和多洛霍夫站在舞台前沿的栏杆前面，望着罗斯托夫家的包厢。娜塔莎知道他在讲她，感到很高兴。她甚至转一转身，向他展示她自以为姿态最优美的侧面。第二幕开始前，皮埃尔的身影在池座里出现了，罗斯托夫父女来到莫斯科以后还不曾见到过他。他神情忧郁，比娜塔莎最后一次见到他时更胖了。他谁也不理会，走到了前几排。阿纳托利上前对他说着什么，一面望着罗斯托夫家的包厢并指给他看。皮埃尔看到娜塔莎顿时活跃起来，急忙沿着一排排座位朝他们的包厢走了过去，手扶栏杆笑容可掬地和她谈了很久。在和皮埃尔谈话的时候，娜塔莎听到，在别祖霍娃伯爵夫人的包厢里有一个男人的声音，不知怎么，她知道那就是库拉金。她回头一看，与他的目光相遇。他面带一丝笑意直视着她的眼睛，他的眼神是那么喜悦而亲切，她不禁觉得奇怪，她离他那么近，这么看着他，深信自己博得了他的青睐，却又与他素不相识。

第二幕竖立着表示几座墓碑的硬纸板，巨幅绘画上有一个洞，表示月亮，脚灯的灯罩已经揭起，小号和低音提琴奏起了乐曲的低音部，很多身穿僧侣的黑色法衣的人们从两边走了出来。他们开始挥舞手臂，手里拿着的好像是短剑；然后又有一些人跑来，拉着那个本来穿着白色连衣裙而现在改穿蓝色连衣裙的姑娘。他们没有立刻把她拉走，而是和她一起唱歌，唱了好久之后才把她拉走了，这时后台响起了三次敲击铁器的声音，于是人们都跪下朗诵祈祷文。所有这些情节都一再被观众兴高采烈的喝彩声所打断。

在这一幕演出的时候，娜塔莎每次向池座望去，都能看到阿纳托利·库拉金把一只手臂搭在椅背上，两眼望着她。她看到他这样为她着迷，心情很愉快，根本没有想到这种行为有什么不道德的地方。

第二幕结束，别祖霍娃伯爵夫人站起来，转身对着罗斯托夫父女的包厢（她的胸部完全袒露着），伸出戴着手套的手指招呼老伯爵过去，她对进入她的包厢的其他人一概不予理会，只顾亲切地微笑着与他交谈。

“您要给我介绍您的两位可爱的女儿啊，”她说，“全城都在谈论她们了，而我还不认识她们。”

娜塔莎站起身来，对光彩照人的伯爵夫人行了屈膝礼。这位雪肤花貌的美人儿的赞赏使娜塔莎喜不自胜，两颊绯红。

“我现在也想做个莫斯科人了，”海伦说，“您怎么不害羞啊，把这样的珍珠埋没在乡下！”

别祖霍娃伯爵夫人是名副其实的魅力非凡的女人。她很会说一些言不由衷的话，特别善于简单而自然地恭维别人。

“不，亲爱的伯爵，请您允许我来关照您的女儿们吧。不过我在这里待不了多久。您也一样。我要尽力让她们快乐起来。我在彼得堡就时常听人说起您了，很想能认识您。”她带着她那刻板的嫣然微笑对娜塔莎说。“我的少年侍从德鲁别茨科伊对我说起过您，对我说起您的还有我丈夫的朋友鲍尔康斯基，安德烈·鲍尔康斯基公爵。”她特别加重语气说道，以此暗示，她是知道他和娜塔莎的关系的。为了更好地彼此结识，她邀请两位罗斯托娃小姐中的一位坐到她的包厢观看其余的演出，于是娜塔莎走了过去。

第三幕舞台上布置了一座宫殿，宫殿里点着许多蜡烛，悬挂着几幅绘画，画上描绘的是一些蓄着胡子的骑士。站在前面的大概是沙皇和皇后。沙皇开始挥舞右手，唱了些什么，也许是由于羞怯吧，唱得很差劲，然后坐在深红色的宝座上。先后穿着白色和蓝色连衣裙的少女，这时只穿一件衬衣，披散着头发站在宝座旁。她对皇后唱着伤感的歌曲；可是沙皇严厉地挥一挥手，于是一些光着腿的男人和光着腿的女人从两旁走了出来，共同起舞。接着是几把小提琴的响亮而欢快的演奏。一名光着一双粗腿和瘦削的双臂的少女隐入幕后，整理一下裙子上的硬腰带，走到舞台中央开始跳跃，并用一只脚飞快地拍击另一只脚。池座的观众全都鼓掌叫好。然后一个男人站到舞台的一角。乐队的扬琴和小号演奏得更响亮了，于是这个光着腿的男人独自开始高高跃起并走着细密的碎步。(这个男人是迪波尔，他凭着这门技艺获得六万银卢布的年收入。）池座、包厢和楼座的观众都拼命地鼓掌喝彩，他停下了，微笑着向各方鞠躬致意。接着是其他一些光着腿的男男女女的舞蹈，后来沙皇又在音乐的伴奏声中叫喊了一声，于是大家开始唱歌。可是暴风雨突然来了，乐队奏起半音音阶和降低的七度音和弦，人们又一次拉着一个在场的人一齐跑进了幕后，幕落。观众中再度响起了震耳欲聋的喧嚷声和掌声，人人都欣喜若狂地呼喊着：

“迪波尔！迪波尔！迪波尔！”

娜塔莎已经不觉得怪异了。她满意地面带喜悦的微笑望着自己的周围。

“迪波尔真令人着迷，是吧？”海伦对她说。

“噢，是的。”娜塔莎回答道。

十

幕间休息时，海伦的包厢蓦地寒气袭人，门开了，阿纳托利为避免碰着别人，弯着腰走了进来。

“请允许我向您介绍我的兄弟。”海伦不安地把目光从娜塔莎身上移向阿纳托利说道。娜塔莎转过好看的小脑袋，越过袒露的肩头对这个美男子微微一笑。阿纳托利在近处也像从远处看上去一样漂亮，他坐到她身旁，说他早就盼着这样的幸遇了，起因还是纳雷什金家的舞会，在那次舞会上他曾有幸见到她，至今难忘。库拉金与女性相处时，远比在男人的圈子里更显得聪明而自然。他的谈吐大胆而毫不做作，娜塔莎感到又惊奇又高兴，在这个饱受訾议的人身上，非但没有任何可怕之处，而且恰恰相反，他的微笑极其天真、快乐而又和蔼可亲。

阿纳托利·库拉金问她对演出的印象如何，又对她说，上一次谢苗诺娃在表演时跌倒了。

“您知道吗，伯爵小姐，”他说，突然像是在对一个久已相识的老朋友说话似的，“我们要举行一个化装舞会；您应该参加，很有趣啊。都到阿尔哈罗夫家去。请您也来吧，说真的，啊？”他说。

说话时，他那笑盈盈的眼睛盯着娜塔莎的脸、脖子和裸露的手臂。娜塔莎当然知道，他为她而倾倒。这使她感到高兴，可是不知为什么，有他在座，她觉得忸怩、燥热，而且惶恐不安。她不看他的时候，觉得他在看着她的肩膀，于是不由自主地截住他的目光，宁可让他看着她的眼睛好些。不过，看着他的眼睛，她骇然地觉得，在他和她之间完全没有那层害羞的障碍。而在她和别的男人之间她是永远觉得有这层障碍的。她自己也不明白，怎么只过了五分钟她就觉得自己和这个人亲近得可怕。当她把头转开的时候，很怕他会从后面握住她裸露的手臂，亲吻她的颈窝。他们谈着最普通的话题，而她觉得，他们是那么亲近，是她和别的男人从未有过的。她回头望望海伦和父亲，仿佛要问他们，这是怎么了，可是海伦正在和一位将军谈话，没有理会她的目光，而父亲的目光什么表示也没有，只是像平常一样，好像在说："你快乐，我也就高兴了。"

在难堪的沉默时，阿纳托利便鼓着眼睛安静地注视着她，在这样的时候，有一次娜塔莎为了打破沉默，问他喜不喜欢莫斯科。娜塔莎话一出口便涨红了脸。她总是觉得，和他说话是一件不大得体的事情。阿纳托利微微一笑，仿佛在鼓励她。

"起初我不大喜欢，因为一座城市惹人喜欢的是什么呢？是靓丽的女性，不是吗？而现在我非常喜欢这座城市了，"他意味深长地看着她说，"您去参加化装舞会吗，伯爵小姐？请一定去吧。"他说，又把手伸向她的花束，压低声音说："您将是最美的一位。去吧，亲爱的伯爵小姐，就把这束花儿给我作为保证吧。"

娜塔莎不明白他的话，正如他自己也不明白他在说什么，但是她觉得，他的暧昧的话语包含着不可告人的意图。她不知道说什么才好，于是把头转开，仿佛没有听到他的话似的。不过，她刚转开头便在想，他就在身后，离她很近。

"他现在怎样了呢？他难为情了？生气了？要不要挽回一下呢？"她问自己，不禁回头一望。她对他的眼睛看了一下，于是他的亲近，他的自信，他的和蔼可亲的微笑征服了她。她也像他那样微笑，直视着他的眼睛。她又骇然觉得，在他和她之间没有任何障碍。

幕布重又升起。阿纳托利离开了包厢，平静而快乐。娜塔莎回到了父亲的包厢里，她已经完全适应她所处的环境了。她已经觉得，她眼前所发生的一切都是十分自然的；不过，以前的所有那些有关未婚夫、玛丽亚公爵小姐和乡下生活的想法都一次也没有出现过，仿佛那一切都发生在很久以前，是久已过去的往事。

第四幕有一个鬼，他在挥舞着一只手唱歌，直至脚下的地板被抽掉，他掉下去为止。娜塔莎在第四幕中所看到的就是这些：她陷入了

一种莫名的激动和苦恼，而激动的根源便是库拉金，她的眼睛不由自主地追随着他的一举一动。当他们走出剧院的时候，阿纳托利来到他们身边，把他们的马车叫来，又帮助他们上车。在帮助娜塔莎上车时，他握住她手腕以上的小臂。面色绯红的娜塔莎激动而幸福地回眸相视。他目光炯炯有神，面带温柔的微笑望着她。

只是在回家以后，娜塔莎才能清楚地细细回想她所经历的一切，而且突然想起了安德烈公爵，她大吃一惊，这时大家在观剧后围坐喝茶，她在茶桌上不禁当着大家的面惊叫了一声“噢”，满脸涨得通红，跑出了房间。“天哪！我完了！”她对自己说。“我怎么能让这种情况发生呢？”她想。她双手捂着涨红的脸，坐了很久，竭力想给自己一个明确的答案，她的言行究竟说明了什么，然而她既不能理解她所经历的一切，也不能理解她的感受。她觉得一切都那么卑劣、暧昧而可怕。那里，在灯火辉煌的大厅里，赤裸双腿的迪波尔穿着金属片闪闪发光的上衣，在音乐的伴奏声中沿着湿润的地板跳跃，而那些姑娘、老头子们，以及衣着袒露、面带平静而高傲的微笑的海伦都兴高采烈地大声喝彩——在那里，在这个海伦的阴影里，这一切都是单纯而自然的；而现在一人独处，这就难以理解了。“这是怎么回事呢？我对他感到恐惧是怎么回事呢？此刻我所感到的良心的谴责是怎么回事呢？”她在想。

只有对老伯爵夫人娜塔莎才能在夜晚躲在被窝里诉说她的所思所想。至于索尼娅，她知道，以其严峻而单纯的想法，或者什么也不能理解，或者对她的自白大吃一惊。娜塔莎竭力想独自解决困扰着她的问题。

“对安德烈公爵而言，我已经不值得他爱了？”她问自己，又带着自我安慰的讪笑回答道：“我真傻，怎么这样提问题呢？我怎么了？没什么。我什么也没有做过啊，没有什么可自责的。谁都不会知道，我也永远不会再与他见面了，”她这样对自己说，“所以很清楚，什么也不曾发生，没什么可后悔的，安德烈公爵可以爱我**这样的**人。不过，**这样的**是怎样的呢？啊，天哪，天哪！为什么他不在这里呢！”娜塔莎只有了片刻的安宁，可是后来一种本能又对她说，尽管这都是实情，尽管什么也不曾发生——本能还是告诉她，从前她对安德烈公爵的那份纯洁的爱情已经不复存在了。于是她又在自己的想象中重温她和库拉金的全部谈话，想象着这个英俊而大胆的男子在握着她的手臂时的面容、姿态和温柔的微笑。

十一

阿纳托利·库拉金住在莫斯科，因为父亲把他赶出了彼得堡，他在彼得堡一年的开销是两万多卢布，还要欠下同样数目的债务，债主们都来向父亲讨债。

父亲向儿子宣布，他最后一次为他偿还一半债务，但条件是他要到莫斯科去，就任总司令副官之职，这是父亲为他谋得的差使，此外，他要设法在那里攀一门好亲。他给儿子提出的人选是玛丽亚公爵小姐和朱丽·卡拉金娜。

阿纳托利同意了，他来到莫斯科，暂时住在皮埃尔家里。起初皮埃尔不大乐意接纳阿纳托利，不过后来相处惯了，有时和他一起去饮酒作乐，还给他钱花，说是借给他的。

申升说得很对，阿纳托利自从来到莫斯科，就惹得莫斯科的夫人小姐们为他神魂颠倒，特别是因为他不把她们放在眼里，显然，他宁可要吉卜赛女人和法国女演员，据说他和头牌法国女演员乔治小姐的关系很亲密。他从不放过在多洛霍夫和莫斯科其他同好那里纵酒狂欢的机会，整夜整夜地喝，酒量无人能及，还出入于上流社会的所有晚会和舞会。人们传说着他和莫斯科的太太们的一些绯闻，在舞会上他还向某些太太献殷勤。但是他不愿接近姑娘，特别是那些富有的、大多容貌丑陋的待嫁闺女，何况阿纳托利两年前已经结婚了，这个情况，除了他的一些最亲近的朋友是没有人知道的。两年前，他的团驻扎在波兰，一个家境不大富裕的波兰地主迫使他娶了他的女儿。

阿纳托利很快就抛弃了自己的妻子，约定他给岳父寄一笔钱，换取以未婚者的身份抛头露面的权利。

阿纳托利对自己的处境，对自己和别人一直很满意。他本能地、由衷地相信，他不可能有不同于现在的另一种生活，相信他在生活中从来没有干过任何坏事。他既不会考虑他的行为对别人会有什么影响，也不会考虑他的这种或那种行为会产生什么后果。他相信，正如鸭子被创造出来，注定要在水中生活，同样，他被上帝创造出来，注定在生活中要有三万卢布的年收入，并且在社会上永远占有极高的地位。他是那样相信这一点，以致别人看到他也就深信不疑了，从不拒绝让他在上流社会占有极高的地位，也不拒绝给他金钱，他逢人便借钱，显然是不打算偿还的。

他不是赌徒，至少从来不想赢钱，甚至不为输了钱而感到惋惜。他没有虚荣心。别人对他有什么看法，他完全无所谓。更不能指责他追求功名利禄。他有几次为了激怒父亲而故意毁了自己的前程，而且嘲笑所有的荣誉头衔。他不吝啬，对谁都有求必应。他只有一个爱好——寻欢作乐、找女人；在他看来，这种爱好没有任何不高尚之处，他又不会考虑，他的爱好得到满足会对别人造成什么后果，因此他由衷地认为自己是无可挑剔的好人，真心鄙视痞子和坏人，问心无愧地把头抬得高高的。

以酗酒打发时间的酒鬼们，这些身为男子的抹大拉的马利亚①内心有一种自以为无罪的感觉，这种感觉也和抹大拉的马利亚一样，是以指望获得赦免为基础的。“她的许多罪都赦免了，因为她的爱多；他的许多罪也都赦免了，因为他的欢乐多。”②

多洛霍夫在流亡和波斯奇遇之后，那一年又出现在莫斯科，过着豪赌和酗酒的奢侈生活，与彼得堡的老相识库拉金过从甚密，并利用他来达到自己的目的。

---

①抹大拉的马利亚是圣经中的人物，是一个生活荒淫的女人，“曾有七个鬼从她身上赶出来”（《新约 · 路加福音》第 8 章第 2 节），于是她改恶从善，成为耶稣的忠实信徒。

②前一句引自《新约 · 路加福音》第 7 章第 47 节，后一句是仿照前一句杜撰的。

阿纳托利真心实意地喜欢聪明剽悍的多洛霍夫，而多洛霍夫需要阿纳托利·库拉金的名望、贵族身份和上层关系，以便招引富家子弟来参加自己的赌局，而又不让他觉察这一点，他利用库拉金，又拿他消愁解闷。除了这种意图之外，支配别人意志的过程本身也是多洛霍夫的一种乐趣、习惯和不可或缺的需要。

娜塔莎给库拉金留下了强烈的印象。他看了歌剧后，在晚餐桌上以行家的派头对多洛霍夫大谈她的手臂、肩膀、腿和头发的妙处，并宣称他决心开始追求她。至于追求她会引起什么后果，阿纳托利不会去考虑，因而也不会知道，正如他从来都不知道，他的这种或那种行为会有什么后果。

"她非常漂亮，老弟，却不是为我们而生的。"多洛霍夫对他说。

"我要告诉姐姐，以她的名义邀请她来共进午餐，"阿纳托利说，"怎么样？"

"你最好等她出嫁以后……"

"你要知道，"阿纳托利说，"我最爱小姑娘，她立刻就会激动得晕头转向。"

"你为了小姑娘，已经惹过一次麻烦了，"多洛霍夫说，他知道阿纳托利结婚的事，"小心点吧。"

"怎么，两次就不行吗！啊？"阿纳托利憨厚地笑着说。

十二

看歌剧的第二天，罗斯托夫父女哪里也没去，也没有人来看他们。玛丽亚·德米特里耶夫娜瞒着娜塔莎，在和她父亲商量着什么。娜塔莎猜想，他们是在谈论老公爵，要想出个主意来，这使她感到不安和屈辱。她时刻都在等待着安德烈公爵，这一天她两次派看家护院的仆人到弗兹德维任卡去，打听他回来了没有。他还没有回来。对他的急切的期盼和淡淡的哀愁，以及与玛丽亚公爵小姐和老公爵见面所留下的不愉快的回忆，还有她不知缘由的恐惧和不安都一齐涌上心头。她老是觉得，他永远不会来了，或者在他到达之前，她会出什么事。她不能像过去那样，独自安心而情意绵绵地思念他了。只要想到他，对他的回忆便会勾起对老公爵，对玛丽亚公爵小姐的回忆，也会回忆起昨天的歌剧演出，想起库拉金。她又要面对一个问题，她是否有了过错呢，她对安德烈公爵的忠诚是否已遭到破坏，于是她又发现自己在细致入微地回忆那个人的每句话、每个手势和脸上表情的每个细微的变化，他会激起她内心的那种难以理解的惊慌失措的感觉。在家人看来，娜塔莎比平时活跃了，其实她远不像过去那样平静和幸福。

星期天早晨，玛丽亚·德米特里耶夫娜请客人们到自己的位于莫吉利齐的圣母升天教区做午前祈祷。

“我不喜欢那些时髦的教堂，”她说，看来为自己的自由思想而颇为自豪，“不论在哪里，上帝只有一个。我们的神甫非常出色，履行宗教仪式很得体，这样就显得很崇高。难道唱诗班像在音乐会上那样演唱，还谈得上神圣吗？我不喜欢，简直是儿戏！”

玛丽亚·德米特里耶夫娜喜欢星期日，每逢这一天，她都会营造节日的气氛。她的整个住宅星期六就已经洗刷得干干净净；仆人和她都不工作，所有的人都是节日的打扮，而且全都参加午前祈祷。主人的餐桌上增添了美味佳肴，赏给仆人们的有酒，还有烤鹅或烤乳猪。不过，全家哪里的节日气氛也不像玛丽亚·德米特里耶夫娜宽宽的严肃的脸上表现得那么明显，她的脸上整天都保持着庄重的神情。

午前祈祷后喝了咖啡，这时，在揭去所有布套的客厅里，仆人向玛丽亚·德米特里耶夫娜禀报，马车准备好了，于是她神态严肃、披着出门做客时才用的考究的披肩，站起来宣布，她要去见尼古拉·安德烈伊奇·鲍尔康斯基公爵，和他把娜塔莎的事情说说清楚。

玛丽亚·德米特里耶夫娜走后，沙尔玛太太的女时装师来找罗斯托夫家的人，于是娜塔莎在客厅的隔壁房间里关上门，很高兴能消愁解闷，开始试穿新衣。她穿上用大针脚缭起来还没有缝上袖子的女装，扭头照镜子，看背部是否合体，这时听到了父亲和一个女人在客厅里的活跃的说话声，她的声音使娜塔莎脸红了。那是海伦的声音。娜塔莎还来不及脱下试穿的衣裳，门已经开了，别祖霍娃伯爵夫人走了进来，身穿深紫色的高领丝绒连衣裙，和蔼而亲切地粲然微笑。

“啊，我迷人的姑娘！”她对面色绯红的娜塔莎说。“可爱极了！不，这太不像话，我亲爱的伯爵，”她对跟着进来的伊利亚·安德烈伊奇说，“住在莫斯科怎能哪里也不去呢？不，我是不会放过你们的！今晚乔治小姐在我家朗诵，还有一些人前来聚会；要是您不把比乔治小姐还漂亮的两位姑娘带来，我就不理您了。我丈夫不在家，他到特维尔去了，不然我就让他来请你们了。一定要来啊，来吧，在八点多钟。”她朝相识的女时装师点了点头，后者向她恭敬地行了个屈膝礼。她在镜子旁的圈椅上坐下，姿态优美地铺开丝绒连衣裙上的衣褶。她不停地闲聊着，和蔼而快乐，对娜塔莎的美貌赞不绝口。她仔细地看了看她的连衣裙，赞叹不已，她也很欣赏自己的那件金属丝薄罗纱新连衣裙，这是从巴黎买来的，她还劝娜塔莎也照样做一件。

“不过您穿什么都好看，我可爱的姑娘。”她说。

娜塔莎始终露出喜悦的微笑。受到这位可爱的别祖霍娃伯爵夫人的称赞，她感到自己幸福而又神采焕发，从前她觉得这是一位高不可攀的庄重的夫人，而现在觉得这位夫人对她是那么友善。娜塔莎高兴起来，她觉得自己几乎爱上了这个如此美丽而又如此和蔼可亲的女人。海伦也真诚地欣赏娜塔莎，希望她心情愉快。阿纳托利求过她，让他能和娜塔莎见面，她是为这件事才到罗斯托夫家来的。让兄弟和娜塔莎见面的想法使她觉得很有趣。

尽管她从前因为娜塔莎夺走她的鲍里斯而恨过她，现在却毫不介意了，按照她的想法是真心地希望娜塔莎好。离开罗斯托夫家时，她把自己所庇护的人叫到一边。

“昨天我兄弟是在我家吃饭的，我们都笑得要死，他什么也不吃，为了您，我可爱的姑娘，唉声叹气。他神魂颠倒，真的是神魂颠倒地爱上您了，我亲爱的。”

娜塔莎听到这些话，脸涨得通红。

“她脸红了，她脸红了，我可爱的姑娘！”海伦说道，“您一定要来。即使您心有所属，我可爱的姑娘，这也不是您把自己封闭起来的理由。即使您是未婚妻也罢，我相信，您的未婚夫也会希望您在上流社会走动，而不要苦闷得要死。”

“可见，她知道我已订婚，可见，她和自己的丈夫皮埃尔，和那个为人正直的皮埃尔，”娜塔莎想，“谈论过、取笑过这件事，可见，这没有什么大不了的。”于是在海伦的影响下，原来觉得可怕的事情又变得简单而自然了。“而且她是这样一位庄重的夫人，这样和蔼可亲，而且看来又这样真心喜欢我，”娜塔莎想，“为什么不可以散散心呢？”娜塔莎想，一双惊讶的、睁得大大的眼睛望着海伦。

午饭前玛丽亚·德米特利耶夫娜回来了，她默默不语，愁眉不展，显然在老公爵那里遭到了挫折。她由于发生了冲突还十分激动，不能平静地说明情况。她对伯爵的问题回答说，一切都好，明天再详谈。听说别祖霍娃伯爵夫人来过，还邀请参加晚会，玛丽亚·德米特利耶夫娜说：

“我不喜欢和别祖霍娃来往，也劝你们不要和她来往；嗯，既然你已经答应了，那就去吧，散散心也好。”她又对娜塔莎补了一句。

十三

伊利亚·安德烈伊奇伯爵带着两个女孩去拜访别祖霍娃伯爵夫人。晚会上的人相当多。但那些人娜塔莎几乎都不认识。伊利亚·安德烈伊奇伯爵不满地发现，这些人大多是以行为不检而闻名的男男女女。乔治小姐被年轻人围绕着站在客厅的一角。有几个是法国人，其中就有梅蒂维埃，自从海伦来到这里，他就成了她家的常客。伊利亚·安德烈伊奇伯爵决定不打牌了，要片刻不离地跟着两个女儿，等乔治的表演一结束就走。

阿纳托利显然是在门口等着罗斯托夫父女的到来。他向伯爵问好后，便立刻走近娜塔莎，跟在她身后。娜塔莎一看到他，就像在剧院那样，由于为他所喜欢而充满了虚荣心得到满足的得意，又因为在她和他之间没有道德屏障而满怀恐惧。

海伦高兴地迎接着娜塔莎，对她的美貌和衣着打扮大为赞叹。他们到达后不久，乔治小姐离开房间去化妆了。大厅里人们摆开椅子，纷纷就座。阿纳托利给娜塔莎移近椅子，自己想坐在近旁，可是目不转睛地看着娜塔莎的伯爵在她身边坐下了。阿纳托利只好坐到后面。

乔治小姐袒露着有几个肉窝的粗壮的手臂，一侧肩头披着红色披巾，来到在圈椅之间为她保留的一片场地，摆出矫揉造作的姿势站住了。

乔治小姐神情严峻而阴沉地扫视一下听众，开始朗诵法语诗歌，诗中讲述着她对自己儿子的罪恶的爱情。她在有些地方提高嗓音，在有些地方激动地昂起头低声细语，在有些地方停顿下来，睁大眼睛发出嘶哑的声音。

“感人至深，太神奇了，妙不可言！”处处响起了赞叹声。

娜塔莎望着肥胖的乔治，可是她对眼前所发生的一切听而不闻，视而不见，一片茫然；她只觉得自己又完全地、无可挽回地置身于远离过去的那个奇怪的、疯狂的世界，在这个世界里分不清什么是美，什么是丑，什么是理智，什么是疯狂。在她身后坐着阿纳托利，她感觉到他的亲近，等待着会发生什么事情。

在第一段独白之后，大家都站起来围绕在乔治小姐身边，向她表示自己的无限欣喜。

“她多么美呀！”娜塔莎对父亲说，父亲和别人一起站了起来，穿过人群朝女演员走去。

“看着您，我就觉得她并不美。”阿纳托利注视着娜塔莎说道。他是在只有她才能听得见的时候这样说的。“您美极了……从我看到您的那一刻起，我就不断地……”

“我们去，我们去，娜塔莎，”伯爵说，他是回来喊女儿的，“她多么美呀！”

娜塔莎什么也没说，她走到父亲跟前，用疑问和惊讶的目光看着他。

乔治小姐在朗诵几次之后就走了，于是别祖霍娃伯爵夫人请大家到大厅去。

伯爵想告辞，但海伦恳求他不要破坏她即兴安排的舞会。罗斯托夫父女留了下来。阿纳托利邀请娜塔莎跳华尔兹，跳舞时他紧紧地搂着她的腰、握着她的手对她说，她非常有魅力，他爱她。在她又和他跳苏格兰舞的时候，当他们单独在一起时，阿纳托利对她一言不发，只是看着她。娜塔莎不禁怀疑，在跳华尔兹时他对她所说的那些话是不是梦里的一种幻觉。第一种舞步快结束了，他又攥了攥她的手。娜塔莎向他抬起吃惊的眼睛，可是他那亲切的目光和微笑是那么自信而温柔，她看着他，本想对他说的话竟说不出口了。她垂下了眼睛。

“不要对我谈这种事，我已经订婚了，爱着另一个人。”她说得很快……她看了他一眼，阿纳托利听了她的话没有发窘，也没有生气。

“您不要对我讲这些。这与我何干？”他说，“我说的是，我发疯似的、发疯似的爱上了您。您令人倾倒，难道是我的错？……我们决不能放弃。”

娜塔莎又兴奋又忐忑不安，圆睁着惊慌的眼睛看着四周，显得异乎寻常地快乐。这天晚上所发生的事情，她几乎什么也不记得了。他们跳着苏格兰舞和古老的德国舞，父亲叫她回去，她要求留下来。不论她在哪里，不论在和谁谈话，她都感觉到他向她投来的目光。后来她还记得，她请父亲允许她到更衣室去整理一下衣裙，海伦跟着她出来了，笑呵呵地对她说到她兄弟的恋情，在小休息室里她又遇到了阿纳托利，海伦不知上哪儿去了，只剩下了他们两个，于是阿纳托利握着她的手柔声说道：

“我不能到府上去看您，难道我们就永远不见面了？我发疯似的爱您。难道就永远？……”于是他拦着她的去路，把自己的脸凑近她的脸。

他那男性的闪亮的大眼睛离她的眼睛那么近，她什么也看不见了，只看见这双眼睛。

“娜塔莉?！”他在疑问地悄声细语，她的手被握得生疼，“娜塔莉?！”

“我什么也不明白，我无话可说。”她的眼神仿佛在说。

炙热的嘴唇紧紧地贴上了她的嘴唇，就在这一瞬间，她又觉得自己没有任何约束了，这时在房间里听到了海伦的脚步声和衣裙的窸窣声。她回头朝海伦看了一眼，然后，脸色绯红、微微战栗，抬头惊疑地望了望他，便向门口走去。

“一句话，就一句话，求求您了。”阿纳托利说。

她止住了脚步。她多么需要他说出那句话啊，那句话足以向她解释刚才的举动，而她也就可以对那句话作出回应了。

“娜塔莉，一句话，就一句。”他反复地说，看来不知该说什么，他反反复复地说，直到海伦来到他们跟前。

海伦和娜塔莎又回到了客厅。罗斯托夫家的人没有留下吃晚饭就走了。

回到家里，娜塔莎一夜未能合眼；她爱谁，这个难以解决的问题折磨着她：她爱的是阿纳托利还是安德烈公爵？她爱安德烈公爵——她记得很清楚，她对他的爱是多么热烈。不过，她也爱阿纳托利，这是没有疑问的。“要不，难道这一切能发生吗？”她想。“既然我和他分别时能以微笑回应他的微笑，既然我能做到这一步，那就意味着我对他是一见钟情，意味着他善良、高尚而又英俊潇洒，叫人不能不钟情于他。我爱他，又爱另一个人，我可怎么办呢？”她自言自语，对这些烦恼的问题找不到答案。

十四

迎来了忙忙碌碌的早晨。大家都起床了，人们在活动，在说话，女时装师又上门了，玛丽亚·德米特里耶夫娜又出来了，有人在招呼喝茶。娜塔莎睁大眼睛，似乎想截住每个向她投来的目光，忐忑不安地打量着大家，竭力想表现得像平常一样。

早饭后，玛丽亚·德米特里耶夫娜（这是她一天中最美好的时光）在自己的圈椅上坐下，叫来了老伯爵和娜塔莎。

“哎，我的朋友们，我考虑了各方面的情况，现在就谈谈我给你们的建议，”她开始说道，“昨天，你们知道，我去见过了尼古拉公爵，哼，我和他谈了谈……他居然吵嚷起来。别想吵得过我！我对他毫不客气，直言不讳！”

“他说什么了？”伯爵问道。

“他呀，说什么？乖戾任性的家伙……他连听也不愿听；哼，还有什么好说的，就这样我们已经让可怜的姑娘受够了折磨，”玛丽亚·德米特里耶夫娜说，“我给你们的建议是，把事情办完就回家，到快乐村去……就在那里等着……”

“噢，不！”娜塔莎大声叫道。

“不，回去，”玛丽亚·德米特里耶夫娜说，“就在那里等着。要是未婚夫现在来到这里，免不了会有一番争吵，让他单独和老头子把一切谈妥，然后再来找你们。”

伊利亚·安德烈伊奇赞同这个主意，他立刻就明白了，这个主意很有道理。如果老头子软化了，那最好，以后再到莫斯科或童山去见他；否则违背他的意愿结婚，就只能在快乐村举行婚礼。

“这样最好。”他说，“我真后悔，到他那里去了一趟，还带着她。”老伯爵说。

“不，后悔什么呢？既然来了，不能不去拜会。嘿，他不愿，那是他的事。”玛丽亚·德米特里耶夫娜说，一边在手提包里寻找什么。“嫁妆也准备好了，你们还等什么呢，要是还缺什么，我会派人给你们送去。尽管我舍不得你们，你们最好还是动身回去吧。”她在手提包里找到了她要找的东西，便把它递给娜塔莎。“这是玛丽亚公爵小姐的信——是写给你的。她多么痛苦啊，可怜的姑娘！她担心你会觉得她不喜欢你。”

“可她就是不喜欢我。”娜塔莎说。

“别瞎说。”玛丽亚·德米特里耶夫娜叫道。

“谁的话我也不信：我知道她不喜欢我。”娜塔莎勇敢地说道，她拿起信，脸上流露出冷冷的恼怒的决断，这使玛丽亚·德米特里耶夫娜更注意地看了她一眼，皱起了眉头。

“你，我的大小姐，不要这样回答我，”她说，“我说的都是实话。你给她写封复信吧。”

娜塔莎没有答理，回房间看玛丽亚公爵小姐的信去了。

玛丽亚公爵小姐在信中写道，她因为在她们之间产生了误会而陷于绝望。不论父亲的心情如何，玛丽亚公爵小姐写道，她请求娜塔莎相信，她不可能不爱她，因为她是哥哥的意中人，为了他的幸福她愿意牺牲一切。

“不过，”她写道，“您不要以为，我的父亲对您有恶感。他年老多病，应当原谅他，但是他善良、大度，一定会喜欢给他的儿子带来幸福的姑娘。”接着她请娜塔莎指定时间，她想和她再次见面。

看完信，娜塔莎坐到书桌前写复信。“*亲爱的公爵小姐！*”她迅速而机械地写到这里就停了下来。在昨天所发生的一切之后，她接着还能写些什么呢？“是的，是的，这一切都发生过了，现在的情况已经完全不同。应当拒绝他？ 真的应当吗？这太可怕了！……”为了摆脱这些令人烦恼的想法，她到索尼娅那里去了，和她一起开始挑选花样。

午饭后娜塔莎回到自己的房间，又拿起玛丽亚公爵小姐的信。“难道一切都已经结束？”她想，“难道这么快这一切就发生了，并毁掉了以前的一切？”娜塔莎像以前那样满怀激情地回忆着自己对安德烈公爵的恋情，同时又感到自己在爱着库拉金。她生动地想象自己是安德烈公爵的妻子，想象着在自己的心里憧憬了多少回的与他共同生活的美满幸福的画面，同时又激情洋溢地想象着昨天与阿纳托利相见的详情细节。

“为什么这种情况不能并存呢？”她有时糊涂透顶地这样想。“只有这样我才能获得完满的幸福，可现在我不得不作出选择，而两个人当中少一个我就不可能幸福。有一点，”她想，“把发生的实情告诉安德烈公爵或瞒着他，都同样地行不通。而和**这一个**的关系是没有任何缺憾的。可是难道要永远告别和安德烈公爵相爱的幸福吗？他正是我曾在漫长的时日里魂牵梦萦的人啊。”

“小姐，”女仆走进房间，神秘地悄声说，“有一个人吩咐我转交。”女仆递过来一封信。“小姐，求您不要说……”女仆又说，娜塔莎不假思索，机械地拆开信封，在看阿纳托利的情书。信里的话她一个字也看不懂，她只明白一点，这封信是她所爱的那个人写来的。“是的，她是爱他的，要不，难道会发生那些情况吗？难道她的手里会拿着他的情书？”

娜塔莎双手捧着这封多洛霍夫为阿纳托利代拟的充满激情的情书，她看着信，在其中找到了似乎是她自己的感受的某些回声。

“昨晚起我的命运已经决定了：为您所爱或死去。我没有别的选择。”信是这样开头的。他接着说，他知道她的家庭决不会把她嫁给他，这是有不可明说的原因的，他以后只能对她一个人如实相告，不过，倘若她爱他，只要她说一声**是**，那就没有任何人间的力量能够阻止他们的幸福。爱情将战胜一切。他要秘密地带她走，把她带往天涯海角。

“是的，是的，我爱他！”娜塔莎想，她把信反复看了二十遍，在每句话里探索着某种特别深刻的含义。

这天晚上，玛丽亚·德米特里耶夫娜要到阿尔哈罗夫家里去，叫两位小姐与她同去。娜塔莎借口头痛留在家里。

十五

索尼娅晚上很晚才回来，她走进娜塔莎的房间，惊讶地发现她在沙发上和衣而卧。在她身边的桌上放着已经拆开的阿纳托利的信。索尼娅拿起信看了起来。

她在看信，不时地望望熟睡中的娜塔莎，想在她的脸上找到她对信的内容的辩白，但是没有找到。她的脸上是平静、温顺而幸福的表情。索尼娅捧着胸口，感到窒息，由于恐惧和焦急而面色惨白，浑身战栗，她在圈椅上坐下来泪流满面。

“我怎么一点也没有看出来？怎么竟到了这个地步？难道她不爱安德烈公爵了？她怎能让库拉金这样胡来呢？他是个骗子和恶棍，这是无可置疑的。尼古拉，亲爱的、高尚的尼古拉知道了会怎么样啊？难怪她的神色那么激动、坚决而反常，前天、昨天、今天都是这样，”索尼娅想，“但是她不可能爱他啊！也许，她不知道这是谁的信，所以才把它拆开了。也许，她感到受了侮辱吧。她不可能做出这种事来！”

索尼娅擦干眼泪，走到娜塔莎面前，又审视着她的脸。

“娜塔莎！”她悄声喊道。

娜塔莎醒了，看到了索尼娅。

“啊，回来啦？”

于是她像醒来时常有的那样，带着坚决和温柔的神情拥抱了自己的女友。不过，发觉索尼娅惶恐不安的脸色后，娜塔莎的脸上流露了不安和怀疑。

“索尼娅，你看过信了？”她说。

“是的。”索尼娅轻轻地说道。

娜塔莎十分高兴地微微一笑。

“不，索尼娅，我按捺不住了！”娜塔莎说，“我不能再瞒着你了。你知道吗，我们相爱了！……索尼娅，亲爱的，他在信中说……索尼娅……”

索尼娅好像不相信自己的耳朵似的，睁大眼睛看着娜塔莎。

“那么鲍尔康斯基呢？”她说。

“噢，索尼娅，噢，要是你能知道，我是多么幸福啊！”娜塔莎说，“你不知道什么是爱情……”

“不过，娜塔莎，难道**那件事**彻底结束了？”

娜塔莎睁着坦然的大眼睛望着索尼娅，似乎不明白她的问题。

“怎么，你要放弃安德烈公爵？”索尼娅说。

“啊，你什么也不懂，别说傻话了，你听着。”娜塔莎立即气愤地说道。

“不，这是我无法相信的，”索尼娅又说道。“我不懂。你怎么爱一个人爱了整整一年，却突然……要知道，你只见过他三次啊。娜塔莎，我不相信你的话，你是在开玩笑。三天里把一切都忘了，而且还那么……”

“三天，”娜塔莎说，“我觉得，我爱他一百年了。我觉得，在他之前我从来没有爱过任何人。而且我从来没有像爱他那样爱过别人。

你是不会明白的。索尼娅，等一下，坐到这儿来吧。”娜塔莎搂着她吻了一下。“我听说，这种情形是有的，你大概也听说过，可是我现在才体验到了这样的爱情。这和过去是截然不同的。我一见到他，就觉得他是我的主人，而我是他的女奴，我不能不爱他。是的，女奴！他吩咐我做什么，我就做什么。这一点你是不会明白的。我怎么办呢？我怎么办呢，索尼娅？”娜塔莎面带幸福和惊恐的神情说。

“不过你想一想吧，你这是在干什么啊，”索尼娅说，“这事我不能不管。这些秘密的书信……你怎么能让他这样胡来呢？”她恐惧而厌恶地说道，竭力掩饰着厌恶的心情。

“我对你说过了，”娜塔莎回答道，“我已经没有自己的意志了，你怎么就不明白呢：我爱他呀！”

“那我是不能听之任之的，我要讲出去，”索尼娅叫道，眼泪夺眶而出。

“你说什么，千万不要……要是你讲出去，你就是我的仇敌。你是希望我不幸，你是想拆散我们……”

看到娜塔莎这样害怕，索尼娅哭了，为朋友感到羞耻和惋惜而流泪。

“可是你们之间发生了什么呢？”她问，“他对你说了什么？为什么他不到家里来？”

娜塔莎没有回答她的问题。

“我求你，索尼娅，不要对任何人讲，不要折磨我，”娜塔莎恳求道，“你要记住，这种事旁人是不能干预的。我对你坦白了……”

“可是为什么要这样神秘呢？为什么他不到家里来？”索尼娅问道。“为什么他不干脆来向你求婚？既然这样了，要知道，安德烈公爵是给了你完全的自由的；不过我是不相信这个人的。娜塔莎，你想过没有，能有什么**不可明说的原因**呢？”

娜塔莎惊讶地望着索尼娅。看来她自己还是第一次想到这个问题，她不知道该怎样回答。

“是什么原因，我不知道。不过，既然他说了，肯定是有原因的！”

索尼娅长叹一声，不信任地摇了摇头。

“倘若有原因……”她开始说道。但是娜塔莎猜到她在怀疑什么，便惊慌地打断了她的话。

“索尼娅，不可以怀疑他，不可以，不可以，你明白吗？”她大声叫道。

“他爱你吗？”

“爱吗？”娜塔莎重复道，她惋惜自己的女友缺乏悟性而微微一笑。“你不是看了信、见过他吗？”

“不过，如果他不是个正派的人呢？”

“**他**——不是个正派的人？但愿你能了解他啊！”

“如果他为人正派，那么他就应该或者宣布自己的意向，或者不再和你见面；要是你不愿这么做，那就由我代劳，我来给他写信，并且告诉爸爸。”索尼娅坚决地说道。

“可我离开他就活不了！”娜塔莎嚷了起来。

“娜塔莎，我真看不透你。你在说什么呢！你想想父亲，想想尼古拉吧。”

“我谁也不要，我谁也不爱，除了他。你怎么敢说他不正派呢？难道你不知道我爱他吗？”娜塔莎叫道，“索尼娅，你走吧，我不想和你吵架，你走吧，看在上帝分上，你走吧：你看我是多么痛苦啊。”娜塔莎以矜持的恼怒而绝望的声音愤恨地叫道，索尼娅放声大哭，跑出了房间。

娜塔莎走到桌前，不假思索地写好了给玛丽亚公爵小姐的信，这封信她磨蹭了一早上也没有写成。在这封信里她简短地对玛丽亚公爵小姐说，她们之间的一切误会均已了结；安德烈公爵临行时给了她自由，她凭借他的好意请求她忘却一切并原谅她，倘若她在她面前有什么过错的话，不过她是不会成为他的妻子的。这时她觉得，她说出这一切是那么轻松、简单而明确。

星期五罗斯托夫家的人该回乡下，而伯爵在星期三和一位买主到莫斯科近郊的庄园去了。

在伯爵离开的那一天，索尼娅和娜塔莎受到邀请，要到库拉金家去参加一个大型宴会，是玛丽亚·德米特利耶夫娜带她们去的。在这次宴会上娜塔莎又遇到了阿纳托利，索尼娅发觉，娜塔莎在悄悄地和阿纳托利谈话，唯恐被别人听见，而且在宴会上她一直比过去更加兴奋。她们回家以后，娜塔莎首先向索尼娅开始了她女友所期待的表白。

“你呀，索尼娅，讲了有关他的种种傻话，”娜塔莎开始说道，那温顺的语气就像孩子想得到称赞似的，“今天我和他说清楚了。”

“嗯，那好，怎么呢？他是怎么说的呀？娜塔莎，我好高兴，你不生我的气了。你把一切，把全部实情都告诉我吧。他是怎么说的？”

娜塔莎沉吟起来。

“噢，索尼娅，要是你能像我一样了解他就好了！ 他说……他问我，我和鲍尔康斯基是怎样约定的。他非常高兴，是否解除婚约取决于我。”

索尼娅忧伤地叹息了一声。

“但是你还没有和鲍尔康斯基解除婚约吧？”她说。

“也许我已经解除了婚约呢！也许和鲍尔康斯基已经彻底了结了。为什么你把我想得那么坏呢？”

“我什么也没想，我只是不明白，这个人……”

“等一等吧，索尼娅，你会全都明白的。你会看到他是怎样的人。你不要对我和他有不好的想法。”

“我对谁也没有不好的想法： 我爱所有的人，怜惜所有的人。可是我该怎么办呢？”

索尼娅没有向娜塔莎和她说话时的那种温柔的语气妥协。娜塔莎脸上的表情越柔和、越巴结，索尼娅的脸色就越郑重、越严峻。

“娜塔莎，”她说，“你要求我不要和你说话，我就不说了，现在是你挑起了话头。娜塔莎，我不相信他。为什么这样神秘呢？”

“又来了，又来了！”娜塔莎打断了她的话。

“娜塔莎，我为你感到害怕。”

“害怕什么呢？”

“害怕你会毁掉自己。”索尼娅坚决地说道，自己也大吃一惊，竟然会这样说。

娜塔莎又露出了愤恨的脸色。

“我就是要毁掉，要毁掉、尽快地毁掉我自己。与你无干。遭殃的是我，不是你。你离开吧，离开我吧。我恨你！”

“娜塔莎！”索尼娅大声地呼唤道。

“我恨你，我恨你！从此你就永远是我的敌人！”

娜塔莎跑出了房间。

娜塔莎不和索尼娅说话了，总是回避她。她带着犯罪感的神情忐忑不安地在几个房间里走来走去，时而干这，时而干那，却又立刻抛开。

尽管索尼娅的心情很沉重，但她还是目不转睛地注视着自己女友的一举一动。

在伯爵该回来的前一天，索尼娅发觉，娜塔莎整个早晨都坐在客厅的窗前，似乎在等待什么，还发现她给一个骑马路过的军人发了个暗号，她觉得那个军人好像是阿纳托利。

索尼娅开始更细心地观察自己的女友，发觉娜塔莎在午餐时和晚上一直处于一种奇怪而反常的状态（她回答问题时文不对题，说话有头无尾，对人人都喜笑颜开）。

喝茶后，索尼娅看见一个女仆畏缩地在娜塔莎的门口等她。索尼娅让她进去了，便在门外偷听，知道又传递了一封信。

索尼娅顿时恍然大悟，娜塔莎今晚有一个可怕的计划。索尼娅敲敲她的门。娜塔莎不放她进去。

“她要跟他私奔！”索尼娅想，“她什么事都干得出来。今天她的脸上有一种特别可怜而又坚决的表情。她和表叔分别时哭过，”索尼娅回忆着，“是的，她肯定要跟他逃跑，可我怎么办呢？”索尼娅想，她现在想起了一些迹象，清楚地说明，娜塔莎有一个可怕的意向。“伯爵不在。我怎么办呢？写信给库拉金，要求他作出解释？可是谁能保证他会给我写回信呢？写信给皮埃尔？安德烈公爵曾请她在遭遇不幸的时候写信告诉皮埃尔……不过，她也许真的已经解除了和鲍尔康斯基的婚约吧（昨天她曾给玛丽亚公爵小姐寄过一封信）。可惜表叔不在！”

告诉那么信任娜塔莎的玛丽亚 · 德米特利耶夫娜，索尼亚想也不敢想。

“不过无论如何，”索尼娅站在黑暗的走廊里想，“现在是稍纵即逝的机会，可以证明我对他们的家庭感恩戴德并爱着尼古拉。不，我即使熬三个通宵也决不走出这个走廊，我要竭力制止她出走，决不让耻辱降临他们的家庭。”她想。

十六

阿纳托利最近搬到多洛霍夫那里去住了。拐带罗斯托娃的计划几天来已由多洛霍夫作了周密考虑并准备就绪，就在索尼娅站在娜塔莎门外偷听、决心保护她的那一天，该计划将付诸实施。娜塔莎在晚上十点将如约出来与库拉金在后门口会面。库拉金会扶她坐上备好的三驾马车，把她带到莫斯科六十俄里外的村庄卡缅卡，那里请来了一个被免去神职的神甫，将为他们主持婚礼。在卡缅卡已准备好换乘的马匹，要把他们送到华沙大道，在那里他们就可以坐驿站的马车驶往国外了。

阿纳托利既有护照，也有驿马使用证，还有妹妹给她的一万卢布和通过多洛霍夫借来的一万。

两个证婚人坐在进门第一个房间里喝茶，一个叫赫沃斯季科夫，原是小官吏，多洛霍夫任用他张罗赌局；一个叫马卡林，退役骠骑兵，为人善良软弱，爱极了库拉金。

在多洛霍夫宽敞的书房里，从墙壁到天花板装饰着波斯花毯、熊皮和枪支，多洛霍夫穿着旅行用的齐膝紧身外衣和皮靴，坐在打开盖子的老式书桌前，书桌上放着算盘和几沓钞票。阿纳托利敞着制服，从证婚人所在的房间经过书房到后房去了一下，那里一个法国仆人带着几个人在收拾最后的一些东西。多洛霍夫在数钱并记账。

“喂，”他说，“要给赫沃斯季科夫两千卢布。”

“那就给呀。”阿纳托利说。

“马卡尔卡（他们这样称呼马卡林），这个人为你赴汤蹈火是不求报酬的。好，账算完了，”多洛霍夫说，把账单拿给他看，“对吗？”

“那还用说，当然对。”阿纳托利说，看来没有听多洛霍夫说话，脸上一直带着痴迷的微笑望着前方。

多洛霍夫啪的一声盖上书桌，面带讥嘲的微笑转向阿纳托利。

“你知道吗，撒手吧：还来得及！”他说。

“傻瓜！”阿纳托利说，“别说蠢话了。要是你知道……天晓得这是怎么了！”

“真的，撒手吧！”多洛霍夫说，“我和你说正经的。这种勾当难道是儿戏吗？”

“嗨，又来了，又来逗我了？你见鬼去吧。啊？”阿纳托利皱起眉头说，“我可没工夫开这种愚蠢的玩笑。”他离开了房间。

阿纳托利出去后，多洛霍夫轻蔑而又宽厚地笑了。

“你等一下，”他朝阿纳托利说道，“我不是开玩笑，是说正经的，你过来，过来。”

阿纳托利又走进了房间，聚精会神地看着多洛霍夫，显然是不由自主地服从了他。

“你听着，我对你说最后一遍。我干吗和你开玩笑呢？我违拗过你吗？是谁为你安排一切的，是谁找来了神甫，是谁弄来了护照，是谁为你搞到钱的？全是我。”

“是该谢谢你。你以为我不感激你吗？”阿纳托利叹了口气，搂住了多洛霍夫。

“我帮助了你，可我还是应该对你说实话：这事很危险，仔细想想，也很愚蠢。嗯，你把她带走，很好。难道人家会放过你吗？他们会打听到你结过婚的事。要知道，你会被送上刑事法庭……”

“噢！胡说，胡说！”阿纳托利又皱起眉头说道，“我不是向你解释过了吗。啊？”阿纳托利像那些愚钝的人一样，对自己用脑子琢磨出来的推论特别偏爱，于是把他对多洛霍夫重复了一百遍的论断又重复了一遍。“我不是向你解释过了吗，我认定：假如这个婚姻是不合法的，”他扳着一个手指说，“那么我没有任何责任；又假如是合法的，反正也一样：在国外没有人会知道这件事，你说，是不是这样？你就别说了，别说了，别说了！”

“真的，放弃吧！否则你会有麻烦……”

“你见鬼去吧，”阿纳托利说，抓住头发跑到另一个房间去了，立刻又跑回来，双脚跳上多洛霍夫面前的一把圈椅蹲了下来。“鬼知道这是怎么了！啊？你看看，跳得多厉害！”他抓起多洛霍夫的手贴在自己的心口。“啊！多好看的小脚，亲爱的朋友，多迷人的眼神！一位女神啊！！啊？”

多洛霍夫冷然微笑，一双漂亮的肆无忌惮的眼睛闪闪发光地看着他，看来又想拿他逗乐。

“喂，钱花光了，那时怎么办？”

“那时怎么办呢？啊？”阿纳托利也这样自问，想到将来他真的感到一筹莫展。“那时怎么办？我不知道以后该……瞎扯什么呢！”他看了看表，“到时候啦！”

阿纳托利到后房去了。

“喂，你们快了吗？还在磨蹭！”他对仆人们嚷道。

多洛霍夫把钱收好，叫来仆人，吩咐他拿些吃的喝的来，让大家吃了好上路，然后去了马卡林和赫沃斯季科夫所待的房间。

阿纳托利用臂肘支撑着躺在书房的沙发上，若有所思地微笑着，低声地自言自语。

“来吃点东西。喝一杯吧！”多洛霍夫在另一个房间向他叫道。

“我不想吃！”阿纳托利回答道，仍然在微笑着。

“来吧，巴拉加来了。”

阿纳托利起来，走进了餐厅。巴拉加是驾驭三驾马车的有名的好手，认识多洛霍夫和阿纳托利已有六年，用自己的三驾马车为他们效劳。阿纳托利的团驻扎在特维尔的时候，巴拉加曾不止一次在傍晚载着他从特维尔动身，黎明前赶到莫斯科，又在第二天深夜载着他离开。他曾不止一次载着多洛霍夫逃脱追捕，不止一次载着他们与那些吉卜赛人和他所谓的小娼妇们在城里兜风。他不止一次为他们办事，在莫斯科撞倒行人和赶车的，总是他称之为少爷的这两个人把他救出来。不止一匹马在他为他们赶车时累死了。不止一次挨他们打，不止一次被他们用香槟和他爱喝的马德拉葡萄酒灌得酩酊大醉，他也知道他们每个人的不止一个勾当，任何一个普通人早就会为这样的勾当付出流放西伯利亚的代价。他们自己在纵酒狂欢的时候常常将巴拉加强邀来，让他在那些吉卜赛人面前喝酒、跳舞，经过他的手花掉的钱财也远不止一千卢布。他为他们效劳，一年有二十次在玩命，为他们干活累死的马比他们付给他的钱更多。但是他爱他们，喜欢这种发疯似的疾驰，一小时十八俄里，他喜欢在莫斯科撞翻赶车者、践踏行人，在莫斯科的大街上全速地飞驰而过。他喜欢听自己身后的那种狂野的醉醺醺的呼叫："快呀！快呀！"，尽管已经不可能跑得更快了；他喜欢狠狠地抽打乡下人的脖子，这个人已经吓得半死不活闪在一旁了。"这两位是真正的少爷啊！"他想。

阿纳托利和多洛霍夫也喜欢巴拉加，因为他赶车的技巧，也因为他和他们有共同的爱好。巴拉加对别人是要讲价钱的，赶车两个小时收二十五卢布，而且他很少亲自为别人赶车，大都派自己的伙计去。但是对他所说的自己的少爷，他总是亲自去为他们赶车，而且从来不要求任何酬劳。只是从近侍那里打听到什么时候有钱之后，几个月才在清晨来一次，也没有喝醉，他深深鞠躬，请求搭救他。少爷们总是让他坐下。

"你们要解救我啊，费多尔·伊万内奇少爷，或您大人，"他说，"我没有马了，要赶集去，行的话，就借点钱给我。"

阿纳托利和多洛霍夫只要身上有钱，总是给他一两千卢布。

巴拉加是个浅褐色头发、红脸膛、粗脖子特别红、身材敦实的翘鼻子男子，大约二十七岁左右，有一双闪亮的小眼睛和一撮小胡子。他穿着薄薄的绸里子蓝布长衫，里面是一件短皮袄。

他朝上座的圣像画了十字，走到多洛霍夫面前，伸出一只乌黑的小手。

"费多尔·伊万内奇！"他鞠躬说道。

"你好啊，老弟。瞧，他来了。"

“你好，大人。”他对进来的阿纳托利说，也伸出了手。

“我对你说，巴拉加，”阿纳托利把两只手放在他肩上说，“你喜欢不喜欢我？啊？现在有一件事要你办……你套的是怎样的马？啊？”

“按来人的吩咐，套的是你们的那几匹烈性马，”巴拉加说。

“嗯，你听着，巴拉加！就是把三匹马全都累死了，也要在三个小时之内赶到。啊？”

“全都累死了，还怎么赶路呢？”巴拉加挤眉弄眼地说。

“哼，我打烂你的狗脸，不要开玩笑！”阿纳托利突然瞪着眼睛叫道。

“什么开玩笑，”车夫笑笑说，“难道为了自己的两位少爷，我还舍不得马吗？马能跑多快，咱们就跑多快。”

“噢！”阿纳托利说。“那就坐吧。”

“怎么了，坐啊！”多洛霍夫说。

“我就站一会吧，费多尔·伊万内奇。”

“坐，别扯淡，喝！”阿纳托利说，给他斟了一大杯马德拉葡萄酒。车夫看见酒，两眼放光了。他假意推让一下，一口喝干，用放在帽子里的绸手绢擦了擦嘴。

“什么时候走啊，大人？”

“是呀……（阿纳托利看看表）马上就得走了。当心啊，巴拉加。啊？赶得到吗？”

“那就看车马好不好，车马好怎么会赶不到呢？我不是用七个小时把你送到了特维尔吗。你或许还记得吧，大人。”

“你知道吗，有一次我从特维尔回来过圣诞节，”阿纳托利微笑着对马卡林回忆道，马卡林感动地凝神注视着库拉金，“你信不信，马卡尔卡，我们一路飞跑，简直喘不过气来。我们闯进了一个车队，有一回从两辆大车上跳了过去。啊？”

“那是马好！”巴拉加接着讲故事。“当时我把两匹拉边套的马驹和浅褐色的辕马套在一起，”他转头对多洛霍夫说道，“你信不信，费多尔·伊万内奇，这些烈性的畜生飞奔了六十俄里；想勒也勒不住，手也冻僵了，天太冷。我把缰绳一扔说，接住，大人，自己一下子倒在了雪橇上。那可不是在赶马啊，到达目的地之前根本勒不住。这些剽悍的鬼东西三个小时就跑到了。只是死了一匹，左边拉边套的。”

十七

阿纳托利走出房间，几分钟后回来了，身穿束一条银腰带的皮袄，头上剽悍地歪戴着和他漂亮的面庞很相称的貂皮帽。他照照镜子，随即摆着在镜子前采取的姿势站到了多洛霍夫面前，他举起酒杯。

“嗨，费佳，再见了，谢谢你为我所做的一切，再见，”阿纳托利说，“嗨，伙伴们，朋友们……”他沉吟良久……“青年时代……我的青年时代的伙伴们，朋友们，再见了。”他转向马卡林和其他人。

尽管他们这些人都是要和他一起走的，可是看来阿纳托利还是想在对伙伴们的致辞中制造一点感伤和庄重的氛围。他说话的声音缓慢而洪亮，挺着胸膛，一条腿抖动着。

“请大家举杯，你也一样，巴拉加。嗨，我青年时代的伙伴们，朋友们，我们在一起饮酒作乐、享受生活，饮酒作乐。啊？今日一别，何时再能相见？我要去国外了。我们曾在一起享受生活，再见了。弟兄们。祝大家健康！乌拉！……”他说，喝干自己杯中的酒，把杯子往地上一摔。

“祝你健康。”巴拉加说，也喝干了酒，拿手绢擦着嘴。马卡林含泪拥抱着阿纳托利。

“唉，公爵，和你分手我心里好难受。”他说。

“出发，出发！”阿纳托利叫了起来。

巴拉加要出去了。

“不，你等一等，”阿纳托利说，“把门关上，要坐下来。这就对了。”有人关上门，大家都坐下了。

“好了，现在出发，弟兄们！”阿纳托利站起来说道。

仆人约瑟夫把挎包和马刀拿给阿纳托利，于是大家往前厅走去。

“皮袄呢？”多洛霍夫问，“喂，伊格纳什卡！你去找马特廖娜·

马特维耶夫娜，把皮袄要来，那件斗篷式貂皮外套。我听说过，人家是怎样拐带妇女的，”他挤挤眼说，“要知道，她会半死不活地急忙跑出来，就穿着在家里穿的衣裳；你稍慢一步——她就哭爹喊娘，马上就冷得受不了，要往回跑，你得立刻用皮袄裹着她，把她抱上雪橇。”

仆人拿来了女式狐皮外套。

“笨蛋，我对你说的是貂皮的。喂，马特廖什卡[①]，要貂皮的！”他喊得那么响亮，远处的几间屋里也都响起了他的声音。

一个漂亮的瘦削、苍白的吉卜赛女人，眼睛乌黑闪亮，乌黑的鬈发闪着灰蓝色的光泽，她披着一条红色披肩，手上拿着貂皮外套跑了出来。

“好吧，我才不小气呢，你拿去吧。”她说，看来在自己的主人面前有点儿胆怯，又心疼外套。

多洛霍夫没有答话，接过外套，把它披在马特廖娜身上，将她裹了起来。

“就这样，”多洛霍夫说，“然后再这样，”他说，把领子竖起围着她的头部，只在脸前敞开一点儿，“然后再这样，看到吗？”于是他把阿纳托利的头推到领子留下的空隙跟前，从那里可以看到马特廖莎的粲然微笑。

“嗯，再见了，马特廖莎。”阿纳托利吻着她说，“唉，我在这儿尽情狂欢的日子结束了！代我问候斯焦什卡。好了，再见了！再见，马特廖莎；你为我祝福吧。”

“好呀，上帝保佑你，公爵，万事如意。”马特廖莎对阿纳托利说道，带着她那吉卜赛人的口音。

门口停着两辆三驾马车，由两个年轻的车夫照管着。巴拉加坐上了前头的一辆，他高高抬起两个胳膊肘，从容不迫地把缰绳分开拿着。阿纳托利和多洛霍夫坐上了他的车。马卡林、赫沃斯季科夫和一个仆人坐的是另一辆。

---

① 马特廖什卡和马特廖莎都是马特廖娜的小名。

“坐好了吗？”巴拉加问。

“驾！”他吆喝一声，一边把缰绳缠绕在两只手上，于是三匹马拉着车沿着尼基塔林荫道飞奔而下。

“吁！让开，喂！……吁！”只听巴拉加和一个坐在驭座上的伙计在叫嚷。在阿尔巴特广场三驾马车蹭到了一辆轿式马车，只听咔嚓一声，有人叫嚷起来，于是三驾马车沿着阿尔巴特街如飞而去。

巴拉加在博诺文斯科耶大街上来回跑了两趟，开始勒马缓行，回来后让马停在老马厩街的十字路口。

一个伙计跳下来抓住贴近马笼头处的缰绳，阿纳托利和多洛霍夫沿着人行道走了过去。走近门口时，阿纳托利吹了一声口哨。他听到了回应的口哨声，随即一个侍女跑了出来。

“你们进院子吧，要不人家会看见的，她马上就出来。”她说。

多洛霍夫留在门口。阿纳托利跟着侍女进了院子。

加夫里洛迎着阿纳托利，他是玛丽亚·德米特里耶夫娜的身材魁梧的跟班。

“请到太太那里去。”仆人声音低沉地说道，一边挡住他退往门口的路。

“什么太太？你是谁呀？”阿纳托利喘息着问道。

“请吧，我是奉命带人。”

“库拉金！回来！”多洛霍夫大声叫道，“上当了！回来！”

多洛霍夫本来站在大门上的一扇便门旁，这时正和一个看院子的人扭打在一起，因为那个人要在阿纳托利进去后把便门关上。多洛霍夫最后使劲推开那个人，一把抓住跑来的阿纳托利的一只手，把他拽出便门，和他一起朝着三驾马车逃回去了。

十八

玛丽亚·德米特里耶夫娜在走廊里碰到满面泪痕的索尼娅，逼着她说明原委。抢过娜塔莎的一张便条，看了以后，玛丽亚·德米特里耶夫娜拿着便条进去找娜塔莎了。

“坏丫头，不要脸的东西，”她对她说，“我一句话也不想听！”她推开惊讶而又冷漠地望着她的娜塔莎，把她锁在房间里，随即吩咐看院子的人把今晚要来的那些人全都放进大门，但是不放他们出去，又吩咐一个仆人把那些人带来见她，然后就坐在客厅里等着那伙拐子。

加夫里洛来向玛丽亚·德米特里耶夫娜禀告，来的人都逃走了，她皱着眉头站了起来，把双手放在背后，在房间里来来回回地走了很久，考虑着她该怎么办。夜里十一点多钟她摸了摸口袋里的钥匙，到娜塔莎的房间去了。索尼娅坐在走廊里伤心地哭泣。

“玛丽亚·德米特里耶夫娜，让我去看看她吧，我求您了！”她说。玛丽亚·德米特里耶夫娜没有答理她，开门进去了。“可恶，恶劣……在我的家里，这坏丫头……只是父亲可怜！”玛丽亚·德米特里耶夫娜在想，竭力压住自己的怒火，“不管多么困难，我也要吩咐所有的人绝口不提，我还要瞒着伯爵。”玛丽亚·德米特里耶夫娜迈着坚定的步子走进了房间。娜塔莎躺在沙发上，双手抱着头，一动不动。她躺着的姿势还和玛丽亚·德米特里耶夫娜离开时完全一样。

“你行哪，真行！在我家约情人幽会！不要装睡了。我对你说话的时候，你要听着。”玛丽亚·德米特里耶夫娜碰碰她的手，“我说话的时候，你要听着。你丢尽了自己的脸，你这个坏透了的丫头。我真想要你好看，可是我可怜你的父亲。我得瞒着他。”娜塔莎没有改变姿势，只是那无声的、痉挛的、令人窒息的哭泣使她浑身都在耸动着。玛丽亚·德米特里耶夫娜回头看看索尼娅，在沙发上挨着娜塔莎坐下了。

“算他走运，让他逃掉了，可是我会找到他的，”她粗声粗气地说道，“我说的话你听见没有？”她把一只大手伸到娜塔莎的脸下面，把她扳过来面朝自己。玛丽亚·德米特里耶夫娜和索尼娅看到娜塔莎的脸都大吃一惊。她的眼睛亮闪闪的，冷漠无情，双唇紧抿，双颊下陷。

“别管我……我无所谓……我……要死了……”她说，狠狠地挣脱玛丽亚·德米特里耶夫娜，于是又躺下了，还是原来的姿势。

“娜塔莉娅！……”玛丽亚·德米特里耶夫娜说，“我是为你好。你躺着吧，就这样躺着，我不会再碰你了，你听着……我不说你的不是了。你自己知道。可现在你的父亲明天就要来了，我对他怎么说呢？啊？”

娜塔莎又哭得浑身颤抖起来。

“嗯，他准会知道的，还有你的哥哥、未婚夫！”

“我没有未婚夫，我已经解除了婚约。”娜塔莎叫道。

“反正一样。”玛丽亚·德米特里耶夫娜接着说。“要是他们知道了，怎么，他们会善罢甘休？你的父亲，我是了解他的，他一定会要求和他决斗，这能有好结果吗？啊？”

“啊，别管我，为什么您总是来妨碍我们呢！为什么？为什么？谁请您来的？”娜塔莎从沙发上欠起身来叫道，愤恨地看着玛丽亚·德米特里耶夫娜。

“你想怎样呢？”玛丽亚·德米特里耶夫娜突然大声叫道，她又火了。“怎么，难道我们把你关起来了？有谁妨碍他到家里来呢？为什么要来拐带你，像拐带吉卜赛女人一样？……好吧，就算他把你带走了，你以为就找不到他了？你父亲，还有你哥哥、未婚夫呢？而他是个坏蛋、无赖，我说的！”

“他比你们谁都好，”娜塔莎突然欠身叫道。“要不是你们添乱……噢，我的天哪，这是怎么搞的，这是怎么搞的？索尼娅，为什么呀？你们走吧！……”于是她那么绝望地放声大哭起来，人们这样痛哭只是因为意识到了，正是自己酿造了苦果。玛丽亚·德米特里耶夫娜又要说什么，可是娜塔莎叫了起来：“你们走吧，你们走吧，你们都恨我了，看不起我了！”她又扑倒在沙发上。

玛丽亚·德米特里耶夫娜还花了一点时间，继续引导娜塔莎知错悔改，让她明白，务必要把这件事瞒过伯爵，而且谁也不会知道，只要娜塔莎自己把一切忘掉，也不在任何人面前露出家里出了事的样子。娜塔莎没有答话，她也不再哭了，不过她浑身发冷、颤抖。玛丽亚·德米特里耶夫娜给她放好枕头，盖上两条被子，亲自给她拿来了菩提树花茶①，

---

①菩提树花茶常用以发汗。

不过娜塔莎没有什么反应。

“好了，让她睡吧。”玛丽亚·德米特里耶夫娜离开房间时说，以为她睡着了。但娜塔莎没有睡，苍白的脸上一双大睁着的呆滞的眼睛望着正前方。娜塔莎一宿未睡，也不哭，也不同好几次起身来到她跟前的索尼娅说话。

第二天早饭前，伊利亚·安德烈伊奇伯爵如期从莫斯科近郊的庄园回来了。他很高兴，和买主的交易谈妥了，现在已经没有任何事情要在莫斯科耽搁，和他思念的伯爵夫人离别。玛丽亚·德米特里耶夫娜迎接了他，向他宣称娜塔莎昨天身体很不好，曾去请过医生，不过她现在好些了。这天早晨娜塔莎没有出过房门一步。她坐在窗口，紧抿着干裂的双唇，眼睛干涩而呆滞，不安地注视着街道上的过往行人，有人走进房间便急忙回头看看。显然，她在等他的消息，等他亲自来或写信给她。

伯爵上楼来看她的时候，听到他的男人的脚步声，她不安地回过头来，她的脸上出现了原来的那种冷漠甚至愤恨的表情。她甚至没有起身迎接他。

“你怎么了，我的小天使，病了？” 伯爵问。

娜塔莎沉默了一会儿。

“是的，我病了。”她回答道。

伯爵不安地问她，为什么她这样沮丧，是不是和未婚夫之间发生了什么事情，她对他说没什么，请他放心。玛丽亚·德米特里耶夫娜向伯爵证实娜塔莎的说法，也说没有发生什么事情。伯爵根据可疑的病情，根据女儿情绪低落的样子，根据索尼娅和玛丽亚·德米特里耶夫娜局促不安的脸色看得很清楚，在他离开的时候肯定有什么事情发生了；可是想到他心爱的女儿发生了什么不名誉的事情，他就非常害怕，他非常珍惜自己愉快平静的心情，所以不再追根究底，总是竭力要自己相信，没有什么大不了的事，只是因为她健康欠佳不得不一再推迟归期而心情抑郁。

十九

自从妻子来到莫斯科的那一天起，皮埃尔就随时准备到任何地方去，只要能不和她待在一起。罗斯托夫家的人到达莫斯科不久，娜塔莎给他留下的印象促使他急忙去完成自己的一个心愿。他到特维尔去见约瑟夫·阿列克谢耶维奇的遗孀，她早就答应把亡夫的一些文件转交给他。

皮埃尔回到莫斯科后，收到玛丽亚·德米特里耶夫娜的一封信，她为了与安德烈·鲍尔康斯基及其未婚妻有关的很重要的事情而请他去一趟。皮埃尔一直回避娜塔莎。他觉得，他对娜塔莎的感情超过了一个已婚的人对自己朋友的未婚妻应有的感情。而命运却使他们经常不期而遇。

“发生了什么事呢？他们的事又与我何干？”他想，一边在穿衣服，准备到玛丽亚·德米特里耶夫娜的家里去。“安德烈公爵快些回来和她结婚吧！”皮埃尔在前去见阿赫罗西莫娃的路上想。

在特维尔林荫道上，有人喊了他一声。

“皮埃尔！什么时候到的？”一个熟悉的声音大声问道。皮埃尔抬起头来。阿纳托利和他的形影不离的伙伴马卡林坐在一辆双套马的雪橇上一闪而过，两匹灰色大走马扬起的白雪溅满了雪橇的前部。阿纳托利笔挺地坐着，保持着讲究仪表的军人的标准身姿，脸的下部围着海狸皮领子，头略微低着。他面色红润而鲜艳，白色羽饰的帽子歪戴着，露出洒满雪花的油光光的鬈发。

“说实话，这才是真正的聪明人！”皮埃尔想，“除了眼前的快乐什么也看不到，什么也不会使他感到不安，所以才能永远快乐、知足而又心安理得。要是能成为他这样的人，我有什么是不愿付出的呢！”

在阿赫罗西莫娃的前厅，一个仆人在帮他脱皮袄时说，玛丽亚·德米特里耶夫娜请他到她的卧室去。

皮埃尔打开大厅的门，看见了娜塔莎，她坐在窗前，面色苍白，神情冷漠而恼怒。她回头看了他一眼，带着冷冰冰的傲慢走出了房间。

“发生什么事了？”皮埃尔进门时向玛丽亚·德米特里耶夫娜问道。

“好事，”玛丽亚·德米特里耶夫娜回答说，“我在世上活了五十八年，没有见到过这样的丑事。”玛丽亚·德米特里耶夫娜要皮埃尔保证，对他所了解到的所有情况都绝口不提，这才告诉他，娜塔莎在父母不知情的情况下解除了和未婚夫的婚约，撕毁婚约的原因是阿纳托利·库拉金，撮合他们的是皮埃尔的妻子，娜塔莎想趁着她父亲不在的时候和这个阿纳托利私奔，准备秘密结婚。

皮埃尔耸起肩膀、张口结舌地听着玛丽亚·德米特里耶夫娜对他所说的话，简直不相信自己的耳朵。安德烈公爵深爱着的未婚妻，过去那个可爱的娜塔莎·罗斯托娃，会放弃鲍尔康斯基而看上结过婚的笨蛋阿纳托利（皮埃尔知道他结婚的秘密），而且爱得那么着迷，竟然同意跟他私奔！——这是皮埃尔无法理解也无法想象的。

他从小就认识的娜塔莎的可爱的印象，在他的心里怎么也无法和认为她卑劣、愚蠢和冷酷无情的新观念联系在一起。他想起了自己的妻子。“她们都是一样的货色。”他自言自语道，觉得并非他一个人遭到和坏女人结合在一起的可悲命运。然而他还是极其同情安德烈公爵，为他的自尊心受到伤害而感到痛惜。他越是同情自己的朋友，就越是带着鄙视甚至厌恶的心情想到这个娜塔莎，刚才她在大厅里还带着那种冷冰冰的傲慢从他身旁走过。他不知道，娜塔莎的内心充满了绝望、羞愧和屈辱，脸上无意中流露了平静的自尊和冷峻，这并不是她的过错。

“什么结婚！”皮埃尔听了玛丽亚·德米特里耶夫娜的话说道，“他不能结婚，他是已婚的男人。”

“这就越来越糟了，”玛丽亚·德米特里耶夫娜说，“这小子可真行！真是个无赖！可她还在等呢，这已经是第二天了。至少不要让她再等下去，应该告诉她。”

玛丽亚·德米特里耶夫娜向皮埃尔了解了阿纳托利结婚的详情，大骂了一通以发泄自己的愤怒，然后对皮埃尔说明了请他来的目的。玛丽亚·德米特里耶夫娜担心，伯爵或随时可能来到的鲍尔康斯基在了解了她本想加以隐瞒的实情之后，会向库拉金挑起决斗，因此请他以她的名义命令他的内弟离开莫斯科，叫他不要再让她看见。皮埃尔答应去完成她的愿望，只是现在他才明白了，老伯爵、尼古拉和安德烈公爵都面临着怎样的危险。她简单明确地向他提出自己的要求之后，便让他到客厅去了。

“当心，伯爵什么也不知道。你要表现得好像一无所知，”她对他说，“我要去告诉她，不要再白等了！你要是愿意，就留下吃饭吧。”玛丽亚·德米特里耶夫娜对皮埃尔大声说道。

皮埃尔见到了伯爵。他惶恐不安，心灰意懒。这天早上娜塔莎对他说了，她已解除了和鲍尔康斯基的婚约。

“糟糕，糟糕，朋友，”他对皮埃尔说，“没有母亲在身边，这些小丫头就要出事；我真后悔来到这里。我坦白地告诉你吧。听说了吗，她解除了和未婚夫的婚约，没有征求过任何人的意见。这事儿，可以说，我对这门亲事从来就不是很乐意。可以说，他是个好人，可是违背父亲的意愿是不会有幸福的，何况娜塔莎也不是找不到对象。然而这种关系毕竟已经保持了很久，怎么能也不问问父母就走了这一步呢！现在她病了，天知道是怎么回事！不行哪，伯爵，带着女儿离开母亲是不行的……”皮埃尔看到伯爵的心情非常不好，很想转换话题，可是伯爵又谈起了自己的伤心事。

索尼娅神色惊慌地来到了客厅。

“娜塔莎身体不大好；她在自己的房间里，很想见到您。玛丽亚·德米特里耶夫娜在她那里，也请您去。”

“是的，您和鲍尔康斯基是好朋友，她想必有什么话要请您转告他，”伯爵说。“唉，天哪，天哪！本来一切都挺好的！”伯爵抓着两鬓稀疏的白发离开了房间。

玛丽亚·德米特里耶夫娜对娜塔莎说了，阿纳托利是结过婚的。娜塔莎不愿相信她的话，要求皮埃尔亲自去证实这一点。这是索尼亚陪着皮埃尔到娜塔莎的房间去，经过走廊时告诉他的。

娜塔莎脸色苍白，神情严峻，坐在玛丽亚·德米特里耶夫娜身旁，皮埃尔一进门，她那患热病似的闪亮的目光就带着疑问盯着他。她没有笑，没有向他点头致意，她只是目不转睛地看着他，而她的目光只是在问他一点：他是阿纳托利的朋友，还是像大家一样是他的敌人？显然，对她来说皮埃尔本人是不存在的。

“他全都知道，”玛丽亚·德米特里耶夫娜指着皮埃尔对娜塔莎说，“让他告诉你吧，我说的是不是实话。”

娜塔莎像一头受了伤、被追得精疲力竭的野兽望着渐渐逼近的猎狗和猎人那样，看看她又看看他。

“娜塔莉娅·伊里尼什娜，”皮埃尔垂下眼睛说道，他对她满怀怜悯，同时对他不得不做的事情感到厌恶，“这是不是实话，对您来说并不重要，因为……”

“这么说，他并不是真的结过婚？”

“不，这是真的。”

“他是结过婚的，早就结婚了？”她问，“您发誓？”

皮埃尔向她发了誓。

“他还在这里吗？”她很快地问道。

“是的，我刚才还看到他。”

看来她没有力气说话了，只是做手势，要求大家离开她。

二十

皮埃尔没有留下吃午饭，当即离开房间，坐车走了。他满城寻找阿纳托利·库拉金，现在一想到这个人，血液就涌往他的心脏，使他感到呼吸困难。滑雪场，吉卜赛人那里，科莫奈诺那里——都没有他。皮埃尔去了俱乐部。俱乐部里一切如常：前来聚会用餐的客人们成群地坐在一起，和皮埃尔打着招呼，谈论着城里的新闻。一个了解他的交往和习惯的仆人向他问好后告诉他，在小餐厅里给他留了位子，米哈伊尔·扎哈雷奇公爵在图书室，帕维尔·季莫菲伊奇还没有来。皮埃尔的一个熟人在谈天气时问起他，是否听说库拉金拐骗罗斯托娃的事？城里都在传说。这是真的吗？皮埃尔笑笑说，这是瞎扯，因为他刚从罗斯托夫家的人那里来。他向大家问起阿纳托利；一个说他还没有来，一个说他今天要来吃午饭。皮埃尔望着冷静的心平气和的人群觉得奇怪，他们对他心里的烦恼竟一无所知。他在几个大厅里走了走，等所有的人都来齐了，还是没有等到阿纳托利，于是不吃午饭就回家了。

他寻找的阿纳托利这一天在多洛霍夫那里吃了午饭，和他商议怎样挽回不利的局面。他觉得必须见到罗斯托娃。晚上他来到姐姐那里，和她商谈安排这次会面的办法。皮埃尔白费工夫地跑遍了整个莫斯科，只好回家，近侍禀告他，阿纳托利·瓦西里耶维奇公爵在伯爵夫人那里。伯爵夫人的客厅坐满了客人。

皮埃尔没有向妻子问好，他回到莫斯科后还不曾见到过她（此刻他比任何时候都更憎恨她），他进了客厅，看到阿纳托利便走到他跟前。

“啊，皮埃尔，”伯爵夫人朝丈夫走过去说，“你不知道，我们阿纳托利的处境多么……”她住口不说了，因为她看到了那低下的头、丈夫那脸色、他那闪闪发光的眼睛和他那坚定的步态所表现的可怕的狂怒和威力，这是她所了解的，而且她在他和多洛霍夫决斗后曾亲身领教过。

“您到哪里，哪里就会有丑闻，有祸事，”皮埃尔对妻子说，“阿纳托利，我们走，我必须和您谈谈。”他用法语说道。

阿纳托利回头看了看姐姐，顺从地站了起来，准备跟他走。

皮埃尔抓住他的手，把他朝身边一拽就往外走。

“如果您胆敢在我的客厅里。”海伦低声说道，但皮埃尔不予理睬，从房间里出去了。

阿纳托利跟在他后面，像平常一样迈着英姿勃勃的步伐，但他的脸上明显地流露出忐忑不安的神情。

皮埃尔走进书房，关上门，转身对着阿纳托利，看也不看他。

“您答应罗斯托娃伯爵小姐要娶她为妻，想把她拐走？”

“我亲爱的，”阿纳托利用法语回答道（他们一直在用法语交谈），“我认为我没有义务回答用这种口气提出的问题。”

皮埃尔的脸本来就很苍白，这时更因狂怒而变了形。他的大手一把抓住阿纳托利的制服领子，使劲地左右摇晃着，直到阿纳托利的脸上露出了十分恐惧的样子。

“既然我说了，**我必须**和您谈谈……”皮埃尔重复了一遍。

“怎么这样，无聊。啊？”阿纳托利说，一边摸着衣领上被连同呢子扯下的纽扣。

“您是无赖和恶棍，我不知道是什么在阻止我拿这个东西痛快地砸烂您的脑袋。”皮埃尔说，他的话说得这么别扭是因为他在讲法语。他手里拿着沉重的镇纸，威胁地举了起来，立刻又急忙把它放回原处。

“您答应过娶她吗？”

“我，我，我没有想过，不过，我从来没有答应过，因为……”

“您有她的信吗？您有她的信吗？”皮埃尔反复问道，一边逼近阿纳托利。

阿纳托利望了望他，立即把手伸进口袋里拿出了皮夹子。

皮埃尔接过递给他的信，推开挡着路的桌子，倒在了沙发上。

“我不会对您怎么样，不用害怕，”皮埃尔看到阿纳托利恐惧的样子，这样说道，“信留下，这是一，”皮埃尔说，仿佛在复习功课似的，“其次，”他在片刻的沉默之后接着说道，又站起来开始踱步，“明天您要离开莫斯科。”

“可是我怎么能……”

“第三，”皮埃尔不听他的，继续说，“关于您和伯爵小姐之间的事，您永远不能再提一个字。这一点，我知道，我无法禁止您，可是只要您还有一点儿良心……” 皮埃尔几次在房间里默默地踱步。阿纳托利坐在桌边，皱着眉头咬自己的嘴唇。

“最后，您不可能不懂得，除了您的享乐，还有别人的幸福和安宁，您仅仅由于自己想取乐而在毁掉别人的整个人生，您去和我的妻子那样的女人寻欢作乐吧，和这样的女人在一起，您有这个权利，她们知道，您想从她们身上得到的是什么。她们拥有同样的伤风败俗的经验，足以对付您。可是答应一位姑娘要娶她为妻……欺骗她、拐带她……您怎么就不明白，这就像殴打老人或孩子一样卑鄙啊！……”

皮埃尔不说了，他看了阿纳托利一眼，那已经不是愤怒的目光，而是带有疑问的目光。

“这一点我不知道。啊？” 阿纳托利说，他随着皮埃尔逐渐克服自己的愤怒而神气起来，“这一点我不知道，也不想知道，” 他说话时没有看他，下巴颏在微微地颤抖，“可是您对我说出了这样的话：卑鄙啦什么的，我是一个正派的人，不允许任何人这样说我。”

皮埃尔惊讶地看了他一眼，弄不懂他想要怎样。

“尽管没有旁人在场，” 阿纳托利继续说道，“我也不能……”

“怎么，您要决斗？”皮埃尔嘲笑地说。

“至少您可以收回自己的话吧。啊？如果您想叫我按照您的愿望行事的话。啊？”

“收回，我收回，”皮埃尔说，“我请求您原谅我，”皮埃尔下意识地看了看那颗被扯下的纽扣，“钱嘛，如果路上要用的话。”阿纳托利笑了。

皮埃尔在妻子的脸上看惯了的这种胆怯而又卑鄙的笑容，使他怒不可遏。

“噢，这卑鄙的、没有心肝的一家子！”他说，随即离开了房间。

第二天阿纳托利到彼得堡去了。

二十一

皮埃尔到玛丽亚·德米特里耶夫娜的家里去了，要告诉她，已经按照她的意愿把库拉金从莫斯科赶走了。她家里的人都在担心和焦急。娜塔莎病得很重，玛丽亚·德米特里耶夫娜悄悄地对他说，娜塔莎在向她宣布阿纳托利已婚的当夜就吞服了砒霜，那是她偷偷弄到的。她吞下少许后，害怕极了，便叫醒索尼娅，告诉她，她服毒了。当即采取了解毒的必要措施，现在她已脱离危险，但是还非常虚弱，带她车马劳顿地回乡下是不可能了，已派人去请伯爵夫人。皮埃尔见到了心灰意懒的伯爵和哭得面容憔悴的索尼娅，可是未能见到娜塔莎。

这一天皮埃尔是在俱乐部吃午饭的，只听到处都在谈论试图拐带罗斯托娃的消息，他坚决驳斥这些传言，要大家相信，他的内弟曾向罗斯托娃求婚而遭到拒绝，如此而已，别的都是无稽之谈。皮埃尔觉得，他有义务隐瞒实情，为罗斯托娃恢复名誉。

他怀着恐惧的心情等待安德烈公爵回来，每天都到老公爵那里去打听他的消息。

尼古拉·安德烈伊奇公爵通过布里安娜小姐知道了城里的所有流言蜚语，也看了玛丽亚公爵小姐收到的那张便笺，娜塔莎在其中解除了和未婚夫的婚约。他显得异乎寻常地高兴，在迫不及待地等着儿子。

阿纳托利离开几天之后，皮埃尔收到了安德烈公爵的便条，通知他自己回来了，请皮埃尔便中到他那里去一趟。

安德烈公爵回到莫斯科后，在到达的第一时间就收到了父亲转交的娜塔莎写给玛丽亚公爵小姐的解除婚约的便笺（这张便笺是布里安娜小姐从玛丽亚公爵小姐那里偷来交给公爵的），又听到了父亲关于拐带娜塔莎的添油加醋的叙述。

安德烈公爵头天晚上回来。皮埃尔第二天早晨就去了他那里。皮埃尔料想，安德烈公爵会处于和娜塔莎几乎一样的状态，因而他大为惊讶，当他进入客厅时竟然听到了从书房传来的安德烈公爵的响亮的说话声，他正在兴奋地谈论着彼得堡的一起阴谋。老公爵和另一个不知是谁的声音偶尔打断他的话。玛丽亚公爵小姐出来迎向皮埃尔。她叹息一声，眼睛看着安德烈公爵的那扇门，看来想表示对哥哥的痛苦处境的同情，但皮埃尔从玛丽亚公爵小姐的脸上看出，她既为所发生的事态而高兴，也为哥哥能这样承受未婚妻背叛的消息而欣慰。

“他说，这是他意料之中的，”她说，“我知道，他的自尊心不允许他流露自己的感情，但毕竟经受住了，情况比我预想的要好，好得多。显然，应该这样……”

“不过，难道一切就这样彻底结束了？”皮埃尔说。

玛丽亚公爵小姐惊讶地看了他一眼。她甚至不明白，怎么会这样提出问题。皮埃尔进了书房，安德烈公爵变得多了，显然更健康一些，但是一条新的皱纹横在两道眉毛之间，他穿着便服，站在父亲和梅谢尔斯基公爵对面，在激烈地争论，做着有力的手势。

谈论的是斯佩兰斯基，关于他突然被流放和所谓的背叛的消息刚刚传到莫斯科。①

“现在指责和非难他（斯佩兰斯基）的人都是一个月之前钦佩他的那些人，”安德烈公爵说，“以及不能理解他的抱负的那些人。指责一个失宠的人是很容易的，可以把别人的所有错误都归罪于他；可是我要说，如果说本朝做过什么好事的话，那么所有的好事都是他做的，是他一个人做的……”他看到皮埃尔就住口不说了。他的脸抽搐了一下，立刻露出了恼怒的表情。“后世会给他公正的评价的。”他把话说完，立即转向皮埃尔。

“哎，你怎么样？还在发胖啊，”他兴奋地说，可是新出现的那条皱纹在他的前额上显得更深了，“是的，我很健康。”他回答皮埃尔的问候时说道，又冷然一笑。皮埃尔看得很清楚，他的冷笑是在说：“很健康，不过我的健康谁也不需要了。”他和皮埃尔聊了几句，说到过了波兰边境后的恶劣的道路，提到他在瑞士曾遇见皮埃尔的几个熟人，还谈到他从国外带回来当儿子教师的德萨尔先生，然后安德烈公爵又热烈地介入了两位老者还在继续的关于斯佩兰斯基的谈话。

“如果他真的背叛了，而且有证据说明他和拿破仑有秘密联系，那么早就把这些证据公之于众了，” 他热烈而急切地说道，“我个人过去和现在都不喜欢斯佩兰斯基，但是我喜欢公正。” 现在皮埃尔在自己朋友的身上看出了非常熟悉的一个特点，那就是他需要激动，需要对与己无关的问题争论不休，仅仅是为了压抑自己内心的太沉重的思绪。

梅谢尔斯基公爵走后，安德烈公爵挽起皮埃尔的手臂，请他到拨给自己用的房间去。房间里有一张搭起的床，几只打开的手提箱和木箱。安德烈公爵走到其中一个箱子跟前取出小匣子。从小匣子里拿出了一个纸包。他默默地做着这些事，动作很快。他抬起身来，清了清嗓子。他脸色阴沉，双唇紧闭。

---

①1812 年 3 月，斯佩兰斯基遭到诬陷而被解除职务，被流放到下诺夫哥罗德，同年 9 月又被流放到比尔姆。

“对不起，我要给你添麻烦了。”皮埃尔明白，安德烈公爵要谈到娜塔莎了，他宽宽的面庞上流露了惋惜和同情。皮埃尔的这种表情触怒了安德烈公爵；他坚决、响亮而不悦地接着说道：“我接到了罗斯托娃伯爵小姐拒婚的信，我听到有传言说，你的内弟在向她求婚或诸如此类的情况。这是真的吗？”

“是真的，又不是真的。”皮埃尔开始说道，但安德烈公爵打断了他的话。

“这是她的信件，”他说，“和一幅画像。”他从桌上拿起纸包交给了皮埃尔。

“交给伯爵小姐吧……如果你见到她的话。”

“她病得很重。”皮埃尔说。

“她还在这儿？”安德烈公爵说。“那么库拉金公爵呢？”他很快地问道。

“他早就走了。她几乎死了……”

“对她的病我感到很遗憾，”安德烈公爵说。他冷淡、恼怒、令人不快地笑了笑，就像他的父亲。

“但是库拉金先生，这么说来，并不曾屈尊向罗斯托娃伯爵小姐求婚喽？”安德烈公爵说。他几次嗤之以鼻。

“他不能结婚，因为他是结了婚的。”皮埃尔说。

安德烈公爵又像他父亲那样令人不快地笑了起来。

“那么他现在在哪里呢，你的那个内弟，我可以知道吗？”

“他去了彼得……不过，我不知道，”皮埃尔说。

“哦，这没有关系，”安德烈公爵说，“你转告罗斯托娃伯爵小姐，她过去和现在都是完全自由的，我对她抱有最良好的祝愿。”

皮埃尔拿起了纸包。安德烈公爵仿佛在回想，是不是还有什么话要对他说，或是在等待着，皮埃尔会不会要说什么，所以目光凝定地注视着他。

“您听我说，您记得我们在彼得堡的争论吗，”皮埃尔说，“记得关于……”

“我记得，”安德烈公爵急忙回答道，“我说过，对堕落的女人要宽恕，但是我没有说我能宽恕。我不能。”

“难道这是可以相提并论的吗？……” 皮埃尔说。安德烈公爵打断了他的话。他厉声叫道：

“是的，再去向她求婚，表现我的宽宏大度，如此等等？……是的，这样很高尚，但是我不能步这位先生的后尘。如果你想做我的朋友，那就永远不要和我谈起这个女……谈起这一切。你会转告吗？”

皮埃尔出去了，他去找老公爵和玛丽亚公爵小姐。

老头子显得异常活跃。玛丽亚公爵小姐表面上像平时一样，不过皮埃尔看得出，出于对哥哥的同情，她对哥哥的婚姻破裂心里是高兴的。看着他们，皮埃尔明白了，他们对罗斯托夫一家人是何等蔑视和憎恨，也明白了，在他们面前甚至提也不能提那个女人的名字，她居然会舍弃安德烈公爵而接受随便哪一个男人。

吃午饭时谈起了战争，战争日益临近已是毫无疑义的了。安德烈公爵的话滔滔不绝，他时而与父亲时而又与来自瑞士的教师德萨尔争论，显得异乎寻常地活跃，而他如此活跃的精神上的原因，皮埃尔是看得一清二楚的。

二十二

皮埃尔当天晚上就去找罗斯托夫家的人，要把委托给他的事情办妥。娜塔莎在睡觉，伯爵在俱乐部，于是皮埃尔把信件交给索尼娅，到玛丽亚·德米特里耶夫娜那里去了，她想了解一下安德烈公爵接到消息后的态度。十分钟后索尼娅进来找玛丽亚·德米特里耶夫娜。

“娜塔莎一定要见彼得·基里洛维奇伯爵。”她说。

“那怎么行，把他带到她那里去？你们的房间还没有收拾过呢。”玛丽亚·德米特里耶夫娜说。

“不，她已经穿好衣裳到客厅去了。”索尼娅说。

德米特里耶夫娜只是耸了耸肩。

“伯爵夫人什么时候能来啊，我简直受够了。你可得注意，不要什么话都对她说，”她对皮埃尔说道，“骂她吧，又于心不忍，她太可怜了，太可怜了！”

娜塔莎形容消瘦、脸色苍白而严峻（毫无皮埃尔料想中的羞惭之态），站在客厅中央。皮埃尔出现在门口的时候，她慌了，看来是拿不定主意，该迎上去，还是等他过来。

皮埃尔急忙来到她面前。他以为，她会像平时一样向他伸出手来；可是她走到他贴近处却站住了，沉重地喘息着，毫无生气地垂下双臂，那姿势和她以前来到大厅中央要尽情歌唱时完全一样，只是神色大异。

“彼得·基里洛维奇，”她开始很快地说道，“鲍尔康斯基公爵曾是您的朋友，他现在也是您的朋友，”她更正道（她觉得，一切已成过去，如今完全不同了），“他当初对我说过，有事可以找您……”

皮埃尔望着她暗自嘘唏。他心里至今在指责她，竭力想鄙视她；然而此刻对她满怀怜惜，心里已经容不得指责了。

“他目前还在这儿，您对他说……请他宽……宽恕我。”她住口不说了，呼吸更加急促，但没有哭。

“好，我对他说，”皮埃尔说，“不过……”他不知说什么好。

娜塔莎看来对皮埃尔可能出现的想法大吃一惊。

“不，我知道，一切都结束了。”她急忙说，“不，这是永远不可能的了。我只是因为给他造成的伤害而感到痛心。您只要告诉他，我请求他宽恕、宽恕，宽恕我的一切……”她浑身震颤，跌坐在椅子上。

皮埃尔的心里充满了从未有过的怜惜之情。

“我对他说，再去把一切都告诉他，”皮埃尔说，“不过……我很想知道一件事……”

“想知道什么？”娜塔莎的眼睛在问。

“我很想知道，您是否爱过……”皮埃尔不知道该怎样称呼阿纳托利，想起他就脸红，“您是否爱过那个坏人？”

“请您不要叫他坏人，”娜塔莎说，“不过我什么、什么也不知道……”她又哭了起来。

皮埃尔的心灵更加充盈着对她的怜惜、柔情和爱。他感觉到泪水在他的眼镜下流淌，但愿没有人会发现。

“我们不要再说了吧，我的朋友。”皮埃尔说。

娜塔莎突然觉得奇怪，他的声音是那么和蔼、温柔、贴心。

“我们不要再说了，我的朋友，我会把一切都告诉他的，不过我对您有一个要求：您把我看做自己的朋友吧，如果您需要帮助、建议，哪怕只是需要有一个人听您说说知心话——不是现在，而是等到您心情开朗的时候，那就想起我吧。”他拿起她的手亲吻了一下，“我会感到幸福的，如果我能……”皮埃尔不好意思了。

“不要和我说这些，我不配！”娜塔莎大声说道，她想离开房间了，但皮埃尔拉住了她的手。他知道，他还有话要对她说。可是话一出口，自己也对这些话感到吃惊。

“住口吧，住口吧，对您来说，整个一生还在前头呢。”他对她说。

“对我来说？不！对我来说一切都完了。”她羞愧而自卑地说。

“一切都完了？”他反问道。“假如我不是我，而是世上最英俊、最聪明，最优秀的人，而且是自由身的话，此刻我便跪下向您求婚、求爱。”

多日来娜塔莎第一次流下了感激和感动的眼泪，她看了皮埃尔一眼，出去了。

皮埃尔也跟在她后面几乎是跑着来到前厅，他强忍着哽在喉头的感动和幸福的泪水，他的手好几次都伸不进袖子，终于穿上皮袄，坐上了雪橇。

“现在往哪儿去，老爷？”车夫问。

“哪儿去呢？”皮埃尔自问。“现在能到哪儿去呢？难道去俱乐部或者去做客？他觉得所有的人都显得那么渺小、可怜，比起他所体验到的那种感动和爱；比起她最后一次含泪看他的那种柔和、高洁的眼神。”

“回家吧。”皮埃尔说，他不顾零下十度的严寒，在他那欢畅地呼吸着的宽阔的胸膛上敞开了熊皮袄。

天气寒冷而晴朗。在污秽的半明半暗的街道上方，在黑糊糊的屋顶上方是幽暗的星空。只有仰望天空，皮埃尔才不会感觉到，和他的心灵升华的高度相比，尘世的一切是那么令人感到屈辱而卑微。在进入阿尔巴特广场时，一片辽阔的幽暗的星空展现在皮埃尔的眼前。几乎就在圣母林荫道的上空中央高悬着一八一二年的巨大、明亮的彗星，它的周围布满了星星，但是它离地面特别近，它的出奇之处在于它的白色的光辉和向上翘起的长长的尾巴，人们说，这就是那颗预示着种种灾难和世界末日的彗星。但是在皮埃尔的心里，这颗有着长长的光芒四射的尾巴的明亮的星星没有引起任何恐怖的感觉。相反，皮埃尔一双含着泪花的眼睛快乐地遥望那颗明亮的星星，它仿佛以无法形容的速度沿着抛物线划过无垠的空间，突然像一支插入土中的箭，在幽暗的天空猛地刺进了它所选定的一个地方，就此不动，有力地向上翘起尾巴，在无数璀璨的星星之间泛起闪烁的白光。皮埃尔觉得，这颗星星和他那迎着新生活绽放的温柔而振奋的心灵所经历的心路历程是完全吻合的。

译文名著精选

YIWEN CLASSICS

战争与和平（下）

[俄] 列夫·托尔斯泰 著　娄自良 译

Л.Н. Толстой

Война и Мир

上海译文出版社

第三部

第一卷

一

从一八一一年底起，西欧军队开始加强军备，集中兵力，一八一二年，西欧数百万之众的大军（包括运送给养和军队的人员）由西而东向俄国边境推进，俄国军队从一八一一年起也同样地向边境集结。六月十二日西欧军队越过俄国边界，于是战争开始了，也就是说，发生了违反人类理性和全部人性的事件。几百万人彼此实施不可胜计的暴行、欺骗、背叛、盗窃、制造并发行假币、抢劫、纵火和杀戮，这一切世界上全部法庭几个世纪的记述也不可能收集齐全，而在这个时期，参与其事的人们却并不认为这是在犯罪。

这个非常事件是由什么引起的？它的原因何在？历史学家天真地断言，这个事件的起因在于对奥尔登堡大公的欺凌、大陆封锁令[①]没有得到遵守、拿破仑的野心、亚历山大的强硬、外交官们的错误等等。

由此得出结论，只要梅特涅[②]、鲁缅采夫或塔列兰[③]在公务之余细心斟酌，写一份措辞巧妙的文件，或拿破仑在给亚历山大的信里写道：皇帝陛下，我的兄弟，我同意交还奥尔登堡公国，那么战争就不会发生了。

当时的人们把问题设想成这样是可以理解的。可以理解，拿破仑认为，战争的起因是英国的阴谋（他在圣赫勒拿岛[④]上就是这样说的）；可以理解，英国国会议员认为，战争的起因是拿破仑的野心；可以理解，奥尔登堡大公认为，战争的起因是对他所施加的暴力；商人们认为，战争的起因是使欧洲破产的大陆封锁令；老兵和将军们认为，主要原因是必须把他们投入战斗；当时的正统派认为，必须恢复优良的原则[⑤]，而当时的外交官们认为，所发生的一切都是由于一八〇九年俄国和奥地利的联盟[⑥]未能十分巧妙地瞒过拿破仑，一七八号备忘录措辞不当。可以理解，当时的人们会想起这些原因以及无数的、无穷无尽的原因，其数量是由千差万别的观点所决定的，可是我们后代人能从整体上观察所发生的规模宏大的事件并深入领会该事件的简单而可怕的意义，对我们来说，上述原因是不充分的。我们不能理解，几百万基督教军人互相残杀、互相折磨是由于拿破仑的野心、亚历山大的强硬、英国的狡猾政策和奥尔登堡大公的受欺凌。我们不能理解，这些情况与杀戮和暴力这个事实能有什么关系；为什么由于大公受到欺凌，成千上万的人就要从欧洲的另一端来残杀和掠夺斯摩棱斯克省和莫斯科省的人们并被他们所杀。

对我们后代人来说——我们不是醉心于探索过程的历史学家，因而能以不受蒙蔽的健全理性观察事件——事件的原因是不可胜数的。我们愈是深入地探索原因，我们所发现的原因就愈多，而任何一个或一系列原因，我们认为，孤立地就其本身而言都是正确的，然而与事件的宏大规模相比，它们就显得微不足道了，因而是错误的，而且它们的作用不足以使事件发生（如果没有其他相应的原因参与的话），因而也同样是错误的。拿破仑拒绝把自己的部队从维斯瓦河对岸撤回，拒绝交还奥尔登堡公国就是这样的原因，同样，我们认为第一个法国军士是否愿意再次服役也是这样的原因： 如果他不愿服役了，第二个、第三个、第一千个军士和士兵也都不愿服役，那么拿破仑的部队就会缺少这些兵员，战争也就不会发生。

---

①大陆封锁令，拿破仑为避免商业竞争以保护法国经济并削弱英国的军事潜力，于1806年颁布法令，禁止法国的盟国和属国等一系列欧洲国家与英国通商，实行经济封锁。俄国根据1807年的吉尔西特和约有义务参加欧洲大陆的封锁行动。不过俄国以及法国商界常常为了自身的经济利益而不遵守这项法令。

②梅特涅（1773—1859），1809年起任奥地利外交大臣。

③塔列兰（1754—1838），1807年之前任法国外交大臣。

④拿破仑的宫廷高级侍从、作家拉斯卡斯在《圣赫勒拿岛备忘录》中记录了拿破仑的思想、评论和回忆。

⑤正统派指法国波旁王朝的拥护者，优良的原则意指复辟波旁王朝的思想。

⑥奥地利在与法国开战前不久，于1809年4月在与俄国的秘密谈判中就俄国保持事实上的中立达成协议。俄国还是向奥地利宣战了，但没有采取积极的军事行动。

如果拿破仑不因为要求他从维斯瓦河撤兵而恼羞成怒，不命令部队进攻，就不会有战争，不过，如果所有的中士都不愿再次服役，战争也不可能发生。要是没有英国的阴谋和奥尔登堡大公，没有亚历山大的震怒，要是没有俄国的专制政权，要是没有法国革命及随后的独裁和帝制，也没有产生法国革命的种种前提，如此等等，战争也是不可能发生的。这些原因缺少一个，就什么事也不会发生。由此可见，所有这些原因，数以十亿计的原因的偶合才使已经发生的事件得以发生。由此可以得出结论，没有什么是事件发生的独一无二的原因，而事件之所以必定会发生只是因为它必定会发生。数百万人必定会摒弃自己的人类感情和自己的理性，由西往东去残杀自己的同类，正如几个世纪之前人们也曾由西向东蜂拥而至，残杀自己的同类。

事件发生还是不发生似乎取决于拿破仑和亚历山大的决定，其实他们的行为正像每一个抽签和被招募而投入征战的士兵一样，并非只是一意孤行。情况不可能不是这样，因为拿破仑和亚历山大（事件是否发生似乎取决于他们）的意志要付诸实施，必须有无数条件的配合，缺少其中的任何一个条件事件就不可能发生。必须有几百万具有实际力量的人员，以及扣动扳机、运输给养和大炮的士兵，还要他们都愿意执行这种个别的、软弱无力的人物的意志，从而被纳入那无数纷繁复杂的原因之中。

为解释历史上的不合理现象（即我们不了解其合理性的那些历史现象），宿命论是不可避免的。我们越是想要合理地解释这些历史现象，便越是觉得这些现象是不合理的，是不可理解的。

每个人都为自己而生活，享有达到自己个人目的的自由，并且毫不怀疑地觉得，他可以立刻采取或不采取某个行动，但是他一旦采取了这个行动，这个在某个时刻所采取的行动就无可挽回地成为历史所占有的东西，它在历史中不是具有自由的作用，而是具有了预先决定的作用。

每个人的生活都有两个方面：个人生活，它的利益越是抽象，生活便越是自由；自发的群体生活，人在群体生活中不可避免地要执行为他所规定的准则。

人自觉地为自己而生活，然而不自觉地成为达到历史的、全人类的目的的工具。已完成的行动是无可挽回的，他的行为在时间上与其他人的数以百万计的行为相偶合，便获得了历史意义。一个人在社会阶梯上站得越高，他所联系的人越多，他对别人所拥有的权力就越大，他的每个行动的预先决定性和不可避免性就越明显。

“帝王的心在上帝手中。”

帝王是历史的奴隶。

历史，即人类的不自觉的、共同的群体生活，为自己利用帝王生活的每一分钟作为实现它的目的的工具。

现在，在一八一二年，尽管拿破仑比任何时候都更觉得，他握有是否让自己的人民流血的决定权（正如亚历山大在给他的最后一封信中所说），然而他在任何时候都不曾像现在这样受制于必然规律，规律迫使他为共同事业、为历史而采取（就他自己而言，他觉得这是他的自主行为）必当发生的行动。

西方的人们为了相互残杀而到东方来。按照原因偶合原理，这个行动和战争的数以千计的细小的原因都自发地适逢其会地与这一事件相偶合，这些原因是：对不遵守大陆封锁令的谴责，奥尔登堡大公，只是为了以武力争取和平（拿破仑觉得是这样）而进军普鲁士①，法国皇帝对战争的爱好和习惯符合他的臣民的愿望，醉心于大规模的备战，备战的开支，获取利益以弥补这些开支的需要，令人眼花缭乱的德累斯顿的隆重会见②，外交谈判——在当时的人们看来，这些谈判是真诚地谋求和平，却只是伤害了双方的自尊，还有千百万个其他原因适逢其会地与将要发生的事件相偶合。

苹果成熟后落下来了——为什么它会落下来？是由于地心引力，

---

①1812 年 4 月法军渡过奥得河进入普鲁士。

②1812 年 5 月初拿破仑在德累斯顿会见他的新盟友——奥地利皇帝及其家庭以及普鲁士国王和王储，含有向俄国示威的意思。

由于枝子枯萎了，由于被太阳晒干了，由于变得更重了，由于风吹，还是由于站在树下的孩子想吃它？

什么也不是原因。这一切只是任何生命中的、有机的、自然界的事件得以发生的条件的偶合。认为苹果落下是由于细胞组织腐烂等等的植物学家又正确又不正确，正如那个站在树下的孩子，他会说苹果落下是因为他想吃它而祷告过。同样，如果有人说，拿破仑进军莫斯科是由于他想这样做，并由于亚历山大想要他灭亡而灭亡，也是又正确又不正确；如果有人说，被挖掘不止的百万普特重的山之所以倒塌是由于最后一名工人用十字镐的最后一击，也是又正确又不正确。在历史事件中，所谓伟大人物只是事件的标签，他们也像标签一样与事件本身完全没有关系。

他们的每个行动对他们自己来说，似乎都是他们的自主行为，在历史意义上却是不由自主的，而是处于同整个历史进程的联系之中，是亘古注定的。

二

五月二十九日[①]拿破仑离开了德累斯顿，他在那里待了三个星期，被宫廷中的人物所围绕，其中有几位王子、大公、国王，甚至还有一位皇帝。拿破仑临行前对比较满意的几位王子、国王和那位皇帝很亲切，斥责了他不完全满意的几位国王和王子，又拿自己的，也就是取自其他国王的珍珠和钻石赠与奥地利皇后，如同他的一位历史学家所说[②]，他亲热地拥抱了皇后玛丽亚·路易莎，便把她留在痛苦的离别之中了，她显得那么难舍难分——这个玛丽亚·路易莎以他的妻子自居，尽管他另有一个妻子在巴黎，虽然外交官们还坚信和平是可能的，并为此而勤奋地工作，虽然拿破仑皇帝亲自写信给亚历山大皇帝，称他为皇帝我兄，信誓旦旦地说他不希望战争，而且将永远爱他、尊敬他——结果

① 这里说的是新历，按旧历应为17日。书中其他各处的日期均为俄国旧历。
② 参见梯也尔的《执政府和帝国时代的历史》。

他还是驶往军中，并且在每一站都发布新的命令，催促军队东进。他乘着六匹马拉的旅行马车，在少年侍从、副官和卫队的簇拥下沿着大道前往波森①、托伦、但泽②和柯尼斯堡③。在每一座城市都有成千上万的民众激动而狂热地欢迎他。

军队在由西向东推进，每站更换的六匹马拉着他驶往同一个方向。六月十日他赶上了部队，在维尔科维斯森林一座波兰伯爵的庄园里为他准备的行宫过夜。

第二天拿破仑赶上了部队，乘轻便马车抵达涅曼河，为视察渡口地形他换上波兰军服，来到岸边。

他看到了对岸的哥萨克（les Co saques）和辽阔的草原（les Steppes），草原中央是圣城莫斯科，这是马其顿王亚历山大④曾经入侵过的那个与西徐亚国⑤相似的国家的首都——拿破仑出乎所有人的意料，既违背战略上的考虑，也违背外交上的考虑，竟然下令进攻，于是第二天他的部队开始横渡涅曼河。

十二日清晨，他走出这一天搭在涅曼河陡峭的左岸上的帐篷，用望远镜看着自己的部队从维尔科维斯森林涌出的洪流，漫过横跨涅曼河的三座大桥。部队知道皇帝亲临，在放眼寻找他，当他们发现山上有一个离开侍从独自站在帐篷前的身穿常礼服、头戴礼帽的身影时，便抛起帽子高呼："皇帝万岁！"——同时一直掩蔽在大森林里的部队仍在成群结队地向外涌流，源源不绝，并列队通过三座大桥走向对岸。

"现在我们要行动啦！噢！他亲自来，事情就能干得热火朝天。真的……那就是他啊，乌拉，皇帝！这就是亚细亚的大草原了……不过是个叫人讨厌的地方。再见，博舍。我把莫斯科最好的宫殿留给你。再

---

①波森，今波兰的波兹南。

②但泽，今波兰的格但斯克。

③柯尼斯堡，今俄罗斯的加里宁格勒。

④马其顿王亚历山大（前356—前323），史称亚历山大大帝，曾在东起印度河西至尼罗河与巴尔干半岛的领域内建立了亚历山大帝国。

⑤西徐亚人，亦称斯基泰人，为古老的游牧民族和农耕民族，曾在黑海北部沿岸定居，公元前3–2世纪在克里米亚西部建立了强大的奴隶制国家西徐亚国。

见，祝你成功。你看到皇帝了吗？乌拉！要是我能当上印度总督，我就让你当个克什米尔的大臣……乌拉！这就是皇帝呀！看到他了吗？我看到他两次，就像现在看到你一样。矮小的军士……我亲眼看见他给一个老军人挂上十字勋章……乌拉，皇帝！……”年老和年轻的、性格和社会地位各异的人们都在这样说着。人人脸上都有一个共同的表情，他们为久已盼望的远征终于开始而高兴，对身穿常礼服站在山上的那个人满怀热情、忠心耿耿。

六月十三日拿破仑得到一匹不大的纯种阿拉伯马，他骑上这匹马向涅曼河上的一座大桥疾驰而去，不断响起的兴高采烈的欢呼声震耳欲聋，显然，他之所以忍受下来，只是因为不能禁止他们用欢呼来表达自己对他的爱戴，可是这种声音到处伴随着他，使他很不舒服，而且分散了他对战事的注意，自从来到部队他就一直牵挂着作战的问题。他骑马走过架在几条小船上的浮桥，上了对岸，随即拨转马头，向左朝着科夫诺[①]的方向驰去，在他前面的是幸福至极、兴高采烈的近卫猎骑兵，他们沿着骑兵部队在他之前奔驰过去的路线为他清扫道路。他来到宽阔的维利亚河边，勒马站在波兰枪骑兵团附近，这个团就驻扎在岸边。

“万岁！”波兰人也兴高采烈地欢呼着，他们乱了队形，为了能看到他而互相推挤着。拿破仑视察了河流，下马坐在一棵倒在岸边的原木上。根据一个无声的手势，有人递上了望远镜，他把它架在跑过来的深感幸福的少年侍从的背上，开始观察对岸。然后他专心致志地看着一张摊在原木之间的地图。他头也不抬地说了什么，于是他的两名副官骑马跑到波兰枪骑兵那里。

“什么？他说了什么？”看到一名副官跑来，波兰枪骑兵的队伍里响起了这样的问题。

下达的命令是要找一个浅滩涉水过河。波兰枪骑兵上校，一位五官端正的老军人，激动得满脸通红、口齿不清地向副官问道，找不到浅滩是否允许他带领自己的枪骑兵泅渡。他显然带着唯恐被拒绝的心情，像

---

① 科夫诺，今立陶宛的考纳斯。

一个男孩子要求准许他骑马那样，惶恐地要求准许他在皇帝的眼前泅渡。副官说，皇帝对这种过分的热心想必是不会感到不满的。

副官此言一出，留着小胡子的老军官神采飞扬、双目炯炯，举起马刀高呼："万岁！"——于是他命令枪骑兵们跟着他，用马刺在马腹上一撞便冲往河边。他恶狠狠地催动畏缩的坐骑，扑通一声跳进了水里，朝水深流急的地方泅去。几百名枪骑兵跟在他后面纵马奔驰。在激流之中又冷又害怕。枪骑兵们彼此抓住不放，纷纷落马，有些马沉没了，有些人也沉没了，其余的人有的伏在马鞍上，有的抓住马鬃拼命游着。他们竭力向前游往对岸，尽管渡口就在半俄里之外，他们感到自豪，因为他们在这条河里泅水和沉没是在那个人看得见的地方，而那个人坐在原木上，甚至没有看看他们在做什么。当回来的副官瞅准适当的时机，恭请皇帝注意波兰人对他的忠心的时候，身穿灰色常礼服的矮小的人站了起来，他把贝尔蒂埃①叫到身边，和他在岸边走来走去，一边给他发布命令，偶尔不满地抬头望望那些正在沉没的枪骑兵，因为他们分散了他的注意力。

他确信，在世界各地，从非洲到莫斯科维亚②大草原，凡是他所到之处都同样地会引起轰动并使人们陷入忘我的疯狂，这已经不是什么新鲜事了。他吩咐把马牵来，跨上马回自己的驻地去了。

大约四十个左右的枪骑兵在河里淹死了，尽管曾派船去救援。大多数人被激流冲回岸边。上校和几个人过了河，艰难地爬上对岸。但是他们一到岸上，身上磨破的湿衣服还在溪流般地淌着水，便高呼："万岁！"兴高采烈地望着拿破仑刚才站立的地方，但他已经不在那里了。这时他们仍然感到很幸福。

傍晚拿破仑在发出两项指示之间——一项是要求尽快将印制好的俄国假币运来，以便带进俄国，另一项是要枪毙一个萨克森人，在他身上截获的一封信里有关于法军军事命令的情报——发出了第三项指

---

①贝尔蒂埃（1753—1815），法国元帅，1812—1814年任法军总参谋长。

②莫斯科维亚，原指莫斯科公国。

示，将毫无必要地投入河中的波兰上校列入以拿破仑为首的荣誉团（Légion d'honneur）名册。

上帝要谁灭亡，必先使他疯狂。①

三

俄国皇帝这时在维尔纳②已住了一个多月，进行军事检阅和演习。对大家预料中的战争还毫无准备，皇帝是为备战而从彼得堡来到这里的。没有统一的作战计划。对提出的几个作战计划应该采取哪一个始终犹豫不决，皇帝亲临大本营一个月之后，犹豫不决的情况只是变本加厉了。三支军队③都各自有一个总司令，可是却没有人统帅全军，皇帝也不愿承当此任。

皇帝住在维尔纳越久，人们对战争的准备便越来越少，因为等打仗已经等得不耐烦了。皇上周围的人们的全部努力似乎都集中于一点，就是要使皇上愉快地消磨时光而忘却面临的战争。

在波兰富豪以及近臣和皇上本人多次举办舞会和娱乐活动之后，六月间皇上的一个波兰侍从将军想以侍从将军们的名义为皇上举办一次宴会和舞会。这个想法得到了大家的欢迎。皇上表示同意。侍从将军们募集了款项。一位最可能得到皇上喜爱的女人被请来当舞会的女主人。本尼格森伯爵，维尔纳省的一个地主，建议用他的郊外别墅作为活动场所，于是预定于六月十三日在本尼格森伯爵的郊外别墅扎克列特举行宴会、舞会和泛舟活动，还要放焰火。

就在这一天拿破仑下达了渡过涅曼河的命令，他的先头部队逼退哥萨克后越过了俄国边界，而亚历山大正在本尼格森的别墅里，在侍从将军们举办的舞会上消磨这一晚。

---

① 原文为拉丁文。

② 维尔纳，今立陶宛的维尔纽斯。

③ 西线第一军团由巴克莱·德·托利统领；他作为陆军大臣管辖下的巴格拉季翁指挥西线第二军团；掩护西南诸省的第三军团则由骑兵上将托尔马索夫（1752—1819）统率。

这是一次愉快的出色的娱乐活动，据行家说，在一个地方集中那么多美女是罕见的，别祖霍娃伯爵夫人和俄国的其他贵夫人追随皇上从彼得堡赶到维尔纳来，她出席了这次舞会，以其厚重的、所谓俄国式的美貌使娇柔的波兰女人黯然失色。她引起了注意，得到了与皇上共舞的荣幸。

自称单身汉的鲍里斯·德鲁别茨科伊把妻子撇在莫斯科，也参加了这次舞会，虽然不是侍从将军，却为舞会捐献了大笔款项。鲍里斯现在是个富翁了，在仕途上很得意，不再寻求庇护，已与同龄人中地位最高的那些人平等相交。

午夜十二点人们还在跳舞。海伦没有合适的舞伴，主动来邀请鲍里斯跳玛祖卡舞。他们是舞会上的第三对。鲍里斯偶尔冷漠地望望海伦从黑色绣金线连衣裙里露出的艳丽夺目的肩膀，不露声色地时刻观察着也在这个大厅里的皇上。皇上没有跳舞；他站在门口，不时对这些或那些人说一些只有他才会说的亲切的话语。

玛祖卡舞开始时鲍里斯看到，最受宠信的侍从将军之一巴拉舍夫①走到皇上跟前，违反宫廷的规矩站在离皇上很近的地方，他正在和一位波兰贵妇人谈话。皇上和那位贵妇人谈了一会儿，质疑地抬头看了一眼，似乎明白了，巴拉舍夫这样做必有重要的原因，便向贵妇人微微点头，朝巴拉舍夫转过身来。巴拉舍夫一开始说话，皇上就露出了惊讶的神色。他挽起巴拉舍夫的手臂穿过大厅，两旁的人不知不觉地在他面前让出了宽约三俄丈的通道。在皇上和巴拉舍夫走过去的时候，鲍里斯注意到了阿拉克切耶夫焦躁的脸色。阿拉克切耶夫皱眉看着皇上，翕动着红鼻子，从人群中上前一步，似乎在等候皇上垂询。（鲍里斯明白了，阿拉克切耶夫在忌妒巴拉舍夫，一个显然很重要的消息不通过他而直接奏闻皇上使他非常不满。）

但是皇上和巴拉舍夫走了过去，没有注意阿拉克切耶夫，从出口的

---

①巴拉舍夫（1770—1837），1810年被任命为警察总监；同年任国务委员会委员。

门进入了灯火通明的花园。阿拉克切耶夫手按佩剑愤恨地环顾四周，跟在他们后面走了过去，保持着约二十步的距离。

鲍里斯在继续跳着玛祖卡舞步的时候，有一个问题在不断地折磨着他，他很想知道巴拉舍夫带来了什么消息，怎样才能最先打听出来。

在跳到需要选择舞伴的舞步时，他低声告诉海伦，他想挑选波托茨卡娅伯爵夫人，她好像到阳台上去了，他在镶木地板上滑步而行，从出口的门跑进了花园，他发现皇上和巴拉舍夫正要进来到阳台上去，便止住了脚步。皇上和巴拉舍夫朝门口走来。鲍里斯慌乱起来，仿佛来不及避让似的，恭敬地紧靠着门框，低下了头。

皇上以自己个人受到侮辱的激动语气说道：

“不宣而战，入侵俄国。只有在没有一个武装的敌人留在我的国土上时我才会议和。”他说。鲍里斯觉得，皇上说了这些话感到很高兴：他很满意自己的这种表达方式，不过使他不满的是，这些话被鲍里斯听到了。

“切不可让任何人知道！”皇上双眉紧锁地加了一句。鲍里斯明白这话是对他说的，于是闭上眼睛微微低下头来。皇上又走进大厅，还在舞会上待了近半个小时。

鲍里斯首先得知了法军越过涅曼河的消息，因而有机会向某些重要人物显示，他知道许多不为人知的内幕，从而有机会在这些要人眼里抬高自己。

法军越过涅曼河的出乎意料的消息特别令人感到意外的是，在白等了一个月之后，竟然在舞会上得到了这个消息！皇上在获得消息的最初时刻，由于愤怒和受辱想到了后来成为名言的那句话，这句话他自己也很欣赏，因为它充分表达了他的感情。从舞会上回来，皇上在深夜两点命人召来国务大臣希什科夫①，吩咐他起草发给部队的命令和给萨尔蒂

①希什科夫（1754—1841），海军上将、作家、俄国科学院院士，1812 年 4 月取代斯佩兰斯基任国务大臣，战争期间的上谕和告民众书均出自他的手笔。

科夫元帅的诏书，诏书中务必要有这句话：俄国国土上哪怕还有一个武装的法国人，他就决不议和。

第二天写好的致拿破仑的信如下：

皇帝我兄：我昨日获悉，尽管我忠实地遵守对陛下的义务，您的部队还是越过了俄国边界，直至现在我才从彼得堡收到有关此次入侵的照会，洛里斯东伯爵①在照会中通知我，自从库拉金公爵②提出要自己的护照之时起，陛下就认为与我处于敌对关系。巴萨诺公爵③拒绝发给护照所提出的理由，决不会使我料到，我的大使的行动竟成为军事进攻的借口。他的行动，正如他本人所宣称的那样，并非奉我的旨意；一经得悉此事，我立即向库拉金公爵表示了我的不满，命令他照旧履行委任的职责。如果陛下不愿我们的臣民因为这种误解而流血，如果您愿意从俄国领土撤出自己的军队，那么我对所发生的事件将毫不介意，我们之间是可以达成协议的。否则我将被迫对并非由我方挑起的军事进攻发起反击。陛下，您还有机会使人类摆脱新的战争灾难。

亚历山大（签字）

四

六月十三日深夜两点皇上召见巴拉舍夫，给他读了自己写给拿破仑的信，命令他带上这封信，亲自转交法国皇帝。在派遣巴拉舍夫的时候，皇上再次向他重申了那句话：在俄国国土上哪怕还有一个武装的敌人，他决不议和，并命令他务必要向拿破仑转达这些话。皇上没有在信里这样写，是因为皇上以他的通权达变觉得，不宜在最后试图争取和

---

①洛里斯东伯爵（1768—1828），法国政治家、军事家和外交家，1811年起任驻俄大使。

②库拉金公爵（1752—1818），当时任俄国驻法大使，因与法方关于法军撤出普鲁士的谈判失败，要求发给他和全体使馆人员护照，以便回国。

③巴萨诺公爵（1763—1839），1811年起任法国外交大臣。

解的时刻递交这样的信件，然而他命令巴拉舍夫务必要当面对拿破仑说。

巴拉舍夫于六月十三日夜带着一名号手和两个哥萨克出发，黎明前来到雷康特村，抵达涅曼河此岸的法军前哨阵地。他被法军的几个骑马的哨兵拦住了。

一个身穿深红色军服、头戴皮帽的法国骠骑兵军士向策马渐渐走近的巴拉舍夫猛喝一声，命令他站住。巴拉舍夫没有立即勒马，而是继续在路上缓步而行。

军士皱起眉头，骂骂咧咧地放马逼近巴拉舍夫，手握马刀粗鲁地喝问这位俄国将军是不是聋了，听不见别人的话。巴拉舍夫报出了自己的姓名和身份。军士派了一名士兵去找军官。

军士不理睬巴拉舍夫，和同伴们谈起了自己团里的事情，看也不看这位俄国将军。

巴拉舍夫觉得非常奇怪，在接近最高当局和权势之后，在三个小时前和皇上谈话，而且在自己的职务上总是受到恭敬礼遇之后，居然在这里，在俄罗斯的土地上，看到一个粗人对自己的这种敌视的、主要是这种倨傲不敬的态度。

太阳刚从云层中升起；清新的空气饱含晨露。有人从村子里赶着一群牲畜走在土路上。田野里，云雀一只又一只啼叫着扑棱飞起，宛如水里冒出的气泡。

巴拉舍夫环视四周，等军官从村子里出来。俄国的哥萨克、号手和法国的骠骑兵们偶尔彼此看一眼。

法国骠骑兵上校看来刚起床，骑一匹肥壮、漂亮的灰色马带着两名骠骑兵从村子里出来了。军官、士兵和他们的马匹都有一种得意和炫耀的神气。

这是在战局初期，部队还完好无损，从事着简直像检阅似的和平活动，只是有一种军容整肃、威武的情调和大战前总会有的那种快乐、进取的精神风貌。

法军上校勉强忍住哈欠，但是很有礼貌，看来他理解巴拉舍夫所负有的重要使命。他领着他从自己士兵们的身旁过去，来到散兵线后方，对他说，他要觐见皇帝的愿望想必会立即实现，因为据他所知，皇帝的驻跸之地就在不远的地方。

他们穿过雷康特村，经过法国骠骑兵的拴马桩以及向自己的上校敬礼并好奇地打量俄军军服的哨兵和士兵们，来到村子的另一头，上校说，师长在两公里外，他将接待巴拉舍夫，送他到指定的地点去。

太阳已经升起，阳光在碧绿的田野上愉快地闪耀着。

他们刚走过一个小酒店往山上去，只见一群骑马的人从山脚下迎面而来，为首者骑着一匹黑马，马具在太阳下闪闪发光，他身材高大，头戴一顶带有羽饰的礼帽，黑色鬈发披散在肩上，身披红色斗篷，两条长腿就像法国人骑马那样向前伸出。此人朝巴拉舍夫疾驰而来，在六月的灿烂阳光下，他的羽饰、宝石和衣帽上的金属丝线熠熠生辉地闪动。

这位骑者露出矫揉造作的庄重神情，佩戴着手镯、项链、羽饰和黄金饰物迎面驰来，巴拉舍夫离开他只有两匹马的距离了，那个法军上校尤利内尔恭敬地小声说道："那不勒斯国王。"①不错，这就是现在被称为那不勒斯王的缪拉。尽管根本无法理解，他怎么会是那不勒斯国王，不过大家都这样称呼他，他本人对此也深信不疑，因此他的神情显得比过去更加庄重而高傲了。他是那么相信他真的是那不勒斯国王，因而在离开那不勒斯的前夜，当他和妻子在那不勒斯的街头散步，有几个意大利人向他高呼"国王万岁！"②的时候，他面带忧郁的微笑转头对夫人说："可怜的人们哪，他们不知道，我明天就要离开他们了！"

尽管他确信他是那不勒斯国王，为被他遗弃的自己的臣民的痛苦而感到遗憾，然而近来在他又奉命入伍之后，尤其是在但泽与拿破仑见面，那位至高无上的内兄③对他说："我封你为王，不是要你按自己的意志，而是要按我的意志进行统治。"之后，他又愉快地重操旧业了，

---

①缪拉于1808年被封为那不勒斯国王。

②原文为意大利文。

③拿破仑的妹妹卡罗琳娜（1782—1839）是缪拉之妻。

仿佛一匹饱食终日，但并不太肥、可供驱使的马似的，觉得已被套上车了，便驾着车辕欢蹦乱跳，尽可能打扮得又花哨又气派，欢快而得意地在波兰的道路上飞奔，而自己并不知道要去哪里，要去干什么。

见到俄国将军，他像国王那样庄重地高高昂起鬈发披肩的头，并询问地看了法军上校一眼。上校恭敬地向国王陛下说明巴拉舍夫的使命，可是说不清他的名字。

“德巴尔马舍夫！[①]”国王说（他果断地解决了上校的难题），“很高兴认识您，将军。”他摆出国王的宽容大度的姿态加了一句。国王一旦响亮而迅速地说起话来，王者的气度便一扫而空，不觉显出了他所固有的随和亲昵的腔调。他把自己的手搭在巴拉舍夫的马脖子上。

“怎么样，将军，好像要打仗了。”他说，似乎因为出现了他无法判断的局势而感到惋惜。

“陛下，”巴拉舍夫回答道，“正如陛下所知，俄国皇帝是不希望战争的。”巴拉舍夫说，口口声声不离陛下，对听到这个封号还觉得很新鲜的人说话，不得不装腔作势地频频以陛下相称。

缪拉在听巴拉舍夫先生讲话的时候，脸上焕发着愚蠢的洋洋得意的神采。但帝王的称号是有其相应的职责的：他感到，和亚历山大的使者交谈，必须以国王和盟友的身份谈论国家大事。他下了马，挽起巴拉舍夫的手臂，走到在一旁恭候的侍从们的几步之外，和他来回踱步，竭力想谈谈意义重大的话题。他提到从普鲁士撤军的要求是对拿破仑皇帝的侮辱，尤其是现在，这个要求已是尽人皆知的了，有损于法国的尊严。巴拉舍夫说，这个要求并没有侮辱的意味，因为……缪拉打断了他的话头：

“那么您认为亚历山大皇帝不是战争的发动者？”他突然带着温和的傻笑说道。

巴拉舍夫说明了，为什么他的确认为发动战争的是拿破仑。

“哦，我亲爱的将军，”缪拉又打断他的话，“我由衷地希望，两

---

①原文为意大利文，发音有差异。

位皇帝妥为处理彼此之间的问题，这场违背我的意愿的战争能尽快结束。”他以奴仆之间谈话的口气说道，尽管主人在争吵，奴仆希望仍旧是好朋友。接着话锋一转，问起大公，问起他的健康，问起他对于和他一起在那不勒斯度过的快乐、有趣的时光的回忆。后来他似乎突然想起了自己身为国王的尊严，庄重地挺直了身躯，摆出加冕时的姿态，挥动右手说：“我不再耽搁您了，将军；祝您顺利完成自己的使命。”于是闪动红色绣花斗篷和璀璨的珠宝，朝着在一旁恭候他的侍从们走去。

巴拉舍夫继续往前走，根据缪拉的话预料很快就能被引见拿破仑本人。但是他未能很快就见到拿破仑，在下一个村庄，达武[①]的陆军哨兵又像在前方散兵线上那样拦住了他，被叫出来的军长副官把他送到了村子里的达武元帅那里。

五

达武是拿破仑皇帝身边的阿拉克切耶夫——这个阿拉克切耶夫不是懦夫，但同样勤奋、残酷，而且只会通过残酷来表现自己的忠诚。

国家机构需要这种人，正如自然界的结构需要狼一样，他们总是存在，总是会出现并且总能保住权位，不管他们的存在、他们和政府首脑的接近显得多么不合情理。只有这种必然性才能解释，残酷、亲自动手扯掉掷弹兵胡子而又由于神经衰弱不敢面对危险，既无教养又非皇亲国戚的阿拉克切耶夫怎么竟能在骑士般高尚、性格柔和的亚历山大身边独揽大权。

巴拉舍夫是在农家一个仓房里碰到达武元帅的，他坐在木桶上做文字工作（核对账目）。一个副官站在他身边。本来可以找到更好的住处，但达武元帅是这样一种人，他们故意把自己置于最阴沉的生活条件之中，为的是有理由阴沉着脸。由于这同样的原因，他总是急迫而顽强地忙碌着。“怎么还能想到人类生活中幸福的一面呢，你们看，我不是在这肮脏的仓房里坐在木桶上工作吗？”他脸上的表情在说。这种人的

---

①达武（1770—1823），法国元帅，参加了拿破仑的所有战争。

主要快乐和需求就在于，看到别人生气勃勃便显摆自己的阴沉、顽强的工作。在巴拉舍夫被领进来见他的时候，达武为自己找到了这种快乐。俄国将军进来时，他对工作更投入了，他透过眼镜看看巴拉舍夫在美好的早晨以及与缪拉的一席谈话的影响下而精神焕发的脸色，并没有站起来，甚至没有动一动，而是更加愁眉不展，又恼恨地冷然一笑。

在巴拉舍夫的神色之间发觉这样的接待给他留下了不愉快的印象，达武抬起头来，冷冷地问他有什么事。

巴拉舍夫料想，自己受到这样的接待是因为达武不知道他是亚历山大皇帝的侍从将军，而且在拿破仑面前甚至是皇上的代表，于是急忙对他说明自己的官衔和使命。和他的预料相反，达武听了巴拉舍夫的话，变得更加冷峻而粗暴了。

“您的公函在哪里？”他说，“交给我吧，我派人给皇帝送去。”

巴拉舍夫说，他奉命将公函面呈皇帝本人。

“贵国皇帝的命令是在贵军中执行的，而在这里，”达武说，“要按我们说的办。”

似乎为了让这位俄国将军更能感觉到，他是处于暴力的支配之下，达武派副官去找来了值班军官。

巴拉舍夫取出内有皇上信件的信封，把它放在桌子上（桌子就是架在两个木桶上的一扇门板，门板上还翘着挣脱的合叶）。达武拿起信封看了看。

“您完全有权决定是否尊重我，”巴拉舍夫说，“不过请允许我向您指出，我有幸荣任我国皇帝陛下的侍从将军……”

达武默默地望了望他，巴拉舍夫有些激动的窘态看来给他带来了快乐。

“您会得到应有的礼遇。”他说，把信封放进衣袋走出了仓房。

一会儿元帅的副官卡斯特雷先生进来，把巴拉舍夫送到了为他准备的住处。

这一天巴拉舍夫就是在仓房里，和元帅坐在那两个木桶架着的门板旁吃饭的。

第二天达武清早就骑马出来了，他把巴拉舍夫请去，郑重地对他说，请他仍留在此地，接到有关的命令的话，要和行李一起行动，除卡斯特雷先生外，不得与任何人说话。

孤独、寂寞，只觉得自己那么卑微而处处受制于人，这种感觉由于不久前还处于权势显赫的环境之中而特别敏锐，在这样过了四天之后，在和元帅的行李一起随着已占领整个地区的法军几经转移之后，巴拉舍夫被带到了现在已被法军占领的维尔纳，进了城门，四天前他就是从这个城门出去的。

第二天御前侍从蒂雷纳先生来通知巴拉舍夫，拿破仑皇帝要接受他的觐见。

马车载着巴拉舍夫来到一座房子跟前，四天前在这座房子附近站着普列奥布拉任斯基团的哨兵们，而现在却站着两个身穿敞开前胸的蓝军服、头戴皮帽的法国掷弹兵，一个由骠骑兵和枪骑兵组成的卫队以及豪华的随从阵容：副官、少年侍从和将军们，他们在等候拿破仑上朝，围绕着台阶附近的一匹坐骑和他从埃及带回的骑兵侍卫鲁斯唐。拿破仑在维尔纳的一栋房子里接见巴拉舍夫，那就是当初亚历山大派遣他出使的房子。

六

尽管巴拉舍夫见惯了宫廷的庄严，拿破仑皇帝的宫廷的奢华和富丽堂皇还是令他震惊。

蒂雷纳伯爵将他领进了接待大厅，在那里等候的已有很多将军、宫廷高级侍从和波兰的豪绅巨富，其中有不少人是巴拉舍夫在俄皇的宫廷见到过的。迪罗克[①]说，拿破仑皇帝在散步之前接见俄国将军。

等了几分钟后，值班的高级侍从来到接待大厅，彬彬有礼地向巴拉舍夫点头致意，请将军跟他走。

巴拉舍夫走进一间小接待室，那里有一扇门通往书房，俄国皇帝就

①迪罗克（1772—1813），拿破仑的首席副官，后任法国宫廷大臣。

是在那个书房里打发他走的。巴拉舍夫站着等了一两分钟。门后传来急促的脚步声。两扇门都迅速地打开了，开门的高级侍从恭敬地站着等候，一片寂静，书房里响起了另一个人的坚定、果断的脚步声：这是拿破仑。他刚为骑马出游打扮就绪。他身穿敞胸的蓝色制服，里面的白坎肩落在圆滚滚的肚子上，白色驼鹿皮裤紧裹着短而肥胖的大腿，脚蹬长筒靴。他的一头短发看来刚梳理过，但有一绺头发落在他宽宽的前额中间。他的白白胖胖的脖子明显地从制服的黑领子里露了出来；身上散发着香水的气息。在他下巴突出的年轻、丰腴的脸上自有一种帝王的庄严和慈祥的气象。

他出来受觐了，每走一步都很快地抖动着身子，头微微后仰。他的整个矮小发胖的身躯、又宽又厚的肩膀和无意中前突的腹部和胸脯都显得器宇轩昂、威仪凛然，那是养尊处优的四十岁男人所具有的仪表。此外可以看出，这一天他心情极佳。

他点点头向深深鞠躬致敬的巴拉舍夫表示答礼，来到他跟前便立刻谈起话来，好像他在珍惜自己的每一分钟而不屑于咬文嚼字，自信他的话永远是切中要害而又恰到好处的。

“您好，将军！”他说，“您带来的亚历山大皇帝的信我收到了，很高兴能见到您。”他抬起自己的大眼睛朝巴拉舍夫看了看，立刻就移开目光望着前方。

显然，他对巴拉舍夫这个人一点也不感兴趣。显然，能引起他兴趣的只有**他**内心的一切。对他来说，身外的一切是没有意义的，因为他觉得，世界上的一切都完全取决于他的意志。

“我现在和过去都不希望战争，我是被迫诉诸战争的，”他说，“我**现在**（说到这个词他加重了语气）也愿意听取您可能作出的任何解释。”于是他简单明了地陈述了他对俄国政府感到不满的种种原因。

从法国皇帝讲话时从容、平静而友好的语气来看，巴拉舍夫确信，他是希望和平并愿意进行谈判的。

“陛下，我国皇帝。”当拿破仑把话说完，以询问的目光看了看俄国使臣的时候，巴拉舍夫便开始说道，他的这番讲话是早已准备好的；

可是法国皇帝凝神注视的目光使他惶惶不安。“您别慌，沉住气。”拿破仑似乎在说，他带着难以觉察的微笑打量着巴拉舍夫的制服和佩剑。巴拉舍夫沉静下来，又开始说话。他说，亚历山大皇帝认为，库拉金索要护照不是开战的充分理由，而且库拉金的做法是一意孤行，并没有得到皇上的谕旨，亚历山大皇帝不希望战争，和英国也没有任何关系。

“还没有。”拿破仑插了一句，又似乎不愿向自己的情绪让步，略微点了点头，向巴拉舍夫表示，他可以继续说下去。

在说了奉命要说的话之后，巴拉舍夫说，亚历山大皇帝希望和平，但举行和谈的条件是……这时巴拉舍夫犹豫了：他记起了亚历山大皇帝在信里没有写、但命令务必要写进给萨尔蒂科夫的诏书，并由巴拉舍夫向拿破仑转达的那句话。巴拉舍夫记得该说的话是：“在俄国的国土上没有一个武装的敌人。”但是某种复杂的思绪妨碍了他。他很想说出这句话，却未能说出口。他犹豫了，只是说：“条件是法军撤回涅曼河对岸。”

拿破仑发觉了巴拉舍夫在说最后这句话时的不安；他的脸上抽搐了一下，左腿的腿肚子开始有节奏地抖动起来。他没有移动地方，只是说话的声音比刚才更高、更急促了。在他说下去的时候，巴拉舍夫不止一次地垂下眼睛，不由自主地注意到拿破仑左腿的腿肚子在抖动，而且他越是提高嗓门便抖动得越厉害。

“我希望和平不亚于亚历山大皇帝，”他开始说道，“十八个月来，我不是在为争取和平而竭尽所能吗？十八个月来我一直在等待解释。可是为了开始和谈，向我提出的要求是什么呢？”他说，他双眉紧锁，用他那白皙虚胖的小手做了一个强有力的询问的手势。

“将军队撤回涅曼河对岸，陛下。”巴拉舍夫说。

“涅曼河对岸？”拿破仑反问道，“这么说，现在你们的要求是撤回涅曼河对岸——只是撤回涅曼河对岸？”拿破仑直视着巴拉舍夫反问道。

巴拉舍夫恭敬地低下了头。

四个月之前的要求是撤出波美拉尼亚，而现在只要求撤回涅曼河对岸了。拿破仑迅速地转过身来，开始在房间里踱步。

“您是说，为了开始谈判要求我撤回涅曼河对岸，然而两个月前也曾这样要求我撤回奥得河和维斯瓦河对岸，尽管如此，你们还是同意进行谈判了。”

他默默地从房间的一个角落走到了另一个角落，又停在巴拉舍夫面前。他的脸色冷峻得像石头一样，左腿抖动得比刚才更厉害了。拿破仑知道他左腿的腿肚子在抖动。“我左腿的腿肚子抖动是一种伟大的征兆。”他后来这样说过。①

“撤离奥得河以及维斯瓦河之类的建议可以向巴登亲王提，不必来找我，”拿破仑出乎自己的意料，突然大声嚷道，“你们就是给我彼得堡和莫斯科，我也不会接受这样的条件。您说是我发动了战争？那么是谁首先来到军队中的呢？——是亚历山大皇帝，而不是我。你们向我提出议和是在我耗费了数百万军费之后，是在你们和英国已经结盟而你们的处境不妙的时候——你们向我提出议和！你们和英国结盟目的何在？英国给了你们什么好处？”他讲得很快，显然，现在他的谈话已经不是要说明缔结和约的好处以及议和的可能性，而只是要证明自己的正确和强大，并证明亚历山大是没有道理的、错误的。

他在开始谈话的时候目的显然是要表示自己处于有利地位，尽管如此，他还是愿意议和的。不过，他的话已经说开了头，于是他说得愈多就愈难控制自己的言谈。

现在他的谈话的全部目的就是要抬高自己，贬低亚历山大，而这恰恰是他在会晤之初最不想做的事情。

“据说，你们和土耳其人签订了和约？②”

---

①指拿破仑在圣赫勒拿岛与拉斯卡斯的谈话。托尔斯泰曾说，拿破仑直到晚年都“喜欢扮演伟人，他自己也明白扮演得并不成功”。

②俄国和土耳其经过1806—1812年的长期战争，于1812年5月签订布加勒斯特和约。根据和约，格鲁吉亚西部和比萨拉比亚并入俄国，摩尔达维亚（摩尔多瓦）和瓦拉几亚仍属于土耳其。

巴拉舍夫低下了头，表示肯定。

“和约是签订了……”他开始说道。但拿破仑不让他说下去。看来他要自己一个人说话，于是他像娇纵惯了的人那样，继续用那种花言巧语、肆意泄愤的口气说了下去。

“是的，我知道，你们和土耳其人签订了和约，却并没有得到摩尔达维亚和瓦拉几亚。而我是会把这些省份交给贵国皇帝的，正如我曾把芬兰给了他。是的，”他接着说，“我会答应并一定做到，把摩尔达维亚和瓦拉几亚交给亚历山大皇帝，而现在他不可能得到这些极好的省份了。不过，他本来可以把它们并入自己帝国的版图，在他这个朝代把俄国的疆域从波的尼亚湾扩展到多瑙河口。伟大的叶卡捷琳娜女皇所能做到的也不过如此，”拿破仑说，他越来越兴奋，在房间里来回走动，把他在蒂尔西特对亚历山大本人说过的话几乎对巴拉舍夫全都重复了一遍。“这一切都有赖于我的友谊……噢，多么美好的朝代，多么美好的朝代！”他反复说了好几遍，停下来从口袋里取出金质鼻烟壶，猛嗅了一阵。

“亚历山大皇朝本来**可以**是多么美好的朝代啊！”

他惋惜地朝巴拉舍夫看了看，巴拉舍夫刚想说什么，他又急忙打断了他的话头。

“他希望得到并努力追求的东西，有什么是我的友谊不能提供的呢？……”拿破仑困惑地耸着双肩说，“不，他认为置身于我的敌人之间更好，他搜罗了施泰因①、阿姆菲尔特②、温岑格罗德③、本尼格森之流。那是一些什么人呢？施泰因是被祖国驱逐的叛徒，阿姆菲尔特是好色之徒和阴谋家，温岑格罗德是法国的逃亡者，本尼格森比别人

---

① 施泰因（1757—1831），1807—1808 年任普鲁士首相，实行资产阶级改革。1808 年由于拿破仑的坚决要求而被解职。1812 年 5 月受到亚历山大一世的延揽。

② 阿姆菲尔特（1757—1814），瑞典将军和政治家。1810 年离职并加入俄国国籍，成为亚历山大一世的亲信，主张俄国和瑞典结盟。

③ 温岑格罗德，俄国和奥地利军事家，1797 年起在俄军服役，1809 年曾参加奥地利和法国的战争。

略具军人气质，但毕竟是无能之辈，他在一八〇七年毫无建树，只会引起亚历山大皇帝的可怕的回忆[①]……假如他们是可用之材，那倒不妨加以任用，”他接着说道，他的话语勉强跟得上他的想法，他急于表明他的正确和强大（在他看来，这两者是同一概念），“然而这也谈不上：无论战争还是构建和平，他们都无能为力。据说，巴克莱[②]比他们更有才干，可是我看未必，只要看看他最初的行动就行了。他们在干什么呢？所有这些近臣都在干什么啊！普富尔[③]提出建议，阿姆菲尔特加以反驳，本尼格森在考虑，而负责行动的巴克莱却无所适从，时间就这样溜走了。只有巴格拉季翁是个军人。他很笨，但他有经验，有眼光，有决断……贵国年轻的皇上在这群庸人之间能起什么作用呢？他们败坏他的名声，把所有的责任都推诿于他。皇上只有在身为统帅时才应该亲临军中。”他说，显然，他的这些话就是在直接向皇上挑战。拿破仑知道，亚历山大皇帝多么想当统帅。

“战役开始只有一个星期，你们连维尔纳也未能守住。你们被分割为二[④]并被逐出波兰各省。你们的军队怨声载道……”

“恰恰相反，陛下，”巴拉舍夫说，他勉强能记住对他所说的话，艰难地追随着这种口若悬河的夸夸其谈，“部队的士气……”

“我全都知道，”拿破仑打断了他的话，“我全都知道，我就像对自己的部队一样，准确地知道贵军有多少个营。贵军不到二十万，而我军三倍于此。对您说句实话，”拿破仑说，他忘了，他的这种实话是不可能有任何意义的，“对您说句实话，在维斯瓦河这一边我军有五十三万之众。土耳其人帮不了你们：他们毫无用处，与你们议和便证明了这一点。瑞典人，他们的宿命是受发疯的国王统治。他们的国王是个疯

---

①本尼格森所指挥的一个军1807年在弗里德兰附近被法军击溃。

②巴克莱（1761—1818），俄国的苏格兰籍将军，1810—1813年任俄国陆军大臣。

③普富尔（1757—1826），普鲁士将军和军事理论家。耶拿之战失败后离开普鲁士，在俄军中服役。1812年奉亚历山大一世之命拟定最初的反拿破仑的军事行动计划。

④西线第一军团和第二军团被分割。撤退到斯摩棱斯克后会师。

子；他们废黜了他，另立新君——贝纳多特[1]，他马上就疯了，因为作为瑞典人，只有疯子才会与俄国结盟。”拿破仑恶狠狠地冷笑了一声，又把鼻烟壶塞到鼻子底下。

对拿破仑的每句话巴拉舍夫都想反驳，而且有反驳的理由；他不断做出想要说话的手势，可是拿破仑总是不容他开口。比如，关于瑞典人发疯的问题，巴拉舍夫想说，俄国是在瑞典孤立无援的时候支持它的，可是拿破仑怒吼起来，为的是压倒他的声音。拿破仑十分懊丧，他需要不停地说下去，说下去，只是要自己来证明自己的正确。巴拉舍夫感到为难了：作为使臣，他很怕丧失尊严，觉得必须进行反驳，可是作为一个人，面对无缘无故发火而忘乎所以的状态，在精神上感到压抑，显然，拿破仑正处于这种忘乎所以的状态之中。他知道，拿破仑现在所说的这些话是没有意义的，等他醒悟过来，自己就会感到羞愧。巴拉舍夫站在那里，垂下眼睛看着拿破仑的抖动的粗腿，并竭力回避他的目光。

“对我来说，你们的这些盟友算得了什么？”拿破仑说，“我的盟友是波兰人：他们有八万，在战斗中像雄狮一样。而且他们的人数将达到二十万。”

想必他是更加懊丧了，因为此话一出，他说的显然是谎言，巴拉舍夫站在他面前，仍然是一副听天由命的姿态，默然无语，他陡地转过身来，直走到巴拉舍夫面前，一双白白的手做着有力而迅疾的手势，几乎是叫嚷起来：

“你们要知道，如果你们挑动普鲁士来反对我，你们要知道，我必定将它从欧洲地图上抹掉，”他脸色苍白，恼怒使他面目扭曲，他的一只小手以有力的手势在另一只小手上猛地一击说道，“是的，我要把你们赶过德维纳河，赶过第聂伯河，重建对付你们的屏障[2]，背信弃义和

---

① 贝纳多特（1763—1844），法国元帅，1810 年被瑞典议会选为年老无嗣的国王查理十三世的王位继承人，他作为实际上的政府首脑，奉行亲英和亲俄政策，1812 年与俄国签订同盟条约。

② 屏障指波兰。18 世纪的最后三十余年波兰曾三度被俄国、普鲁士和奥地利所瓜分。最后两次瓜分（1793 年，1795 年）是为了巩固反法同盟。

愚昧的欧洲居然允许将它摧毁。是的，这就是你们的处境，这就是你们疏远我的结果。”他说，在房间里默默地来回走了几趟，厚实的肩膀不断地抖动着。他把鼻烟壶放进背心的口袋，又拿了出来，几次放在鼻子底下，终于在巴拉舍夫的对面站住，他沉默半晌，嘲笑地直视巴拉舍夫的眼睛，又低声说：“其实贵国皇上本来**可以有**一个多么美好的朝代啊！”

巴拉舍夫觉得必须反驳，他说，俄国的情况并不如此阴暗。拿破仑沉默着，仍然嘲笑地看着他，显然并没有听。巴拉舍夫说，俄国对战争抱有一切美好的期待。拿破仑宽容地点了点头，仿佛在说：“我知道，这样说是您的职责，但是您自己并不相信，您已经被我说服了。”

巴拉舍夫说完后，拿破仑又拿出鼻烟壶，嗅了嗅，一只脚在地板上跺了两下，这是一个信号。门开了；弯着腰的侍从恭敬地把帽子和手套递给皇帝，另一个侍从递上了手绢。拿破仑不看他们，转向巴拉舍夫。

“请以我的名义向亚历山大皇帝保证，”他拿了帽子说，“我对他的忠诚一如既往：我十分了解他，对他的崇高品格有很高的评价。我不再耽搁您了，将军，您将收到我给贵国皇上的书信。”于是拿破仑快步朝门口走去。接待厅里的人全都拥向前去，跟着下楼。

七

听了拿破仑对他所说的那些话，他在几次勃然大怒之后又冷淡地说：“我不再耽搁您了，将军，您将收到我给贵国皇上的书信。”巴拉舍夫确信，拿破仑不仅不希望再见到他，而且会设法避而不见，因为这位使臣受到了他的侮辱，而主要的是，见证了他那不成体统的激烈腔调。但是令巴拉舍夫惊讶的是，当天就接到了迪罗克转达的与皇帝同桌进餐的邀请。

午餐桌上有贝西埃尔①、科兰古和贝尔蒂埃。

---

①贝西埃尔（1768—1813），法国元帅。拿破仑的亲信。1812 年指挥近卫军骑兵。

拿破仑神情愉快而亲切地迎接巴拉舍夫。他非但没有因为上午的暴怒而负疚和自责的表现，还竭力鼓励巴拉舍夫振作起来。看得出来，拿破仑早就深信不疑，自己是不可能犯错误的，在他的思想上，他的所作所为都是好的，并不是因为符合好坏的观念，而是因为那是**他**的作为。

皇帝在骑马游览维尔纳之后心情很愉快，维尔纳的民众兴高采烈地迎送他。他所经过的街道，两旁的所有窗户都展示着花毯、旗帜以及由他的姓名的起首字母所组成的花字。波兰的女人们还向他挥舞手绢表示欢迎。

进餐时他让巴拉舍夫坐在自己身边，他不但态度亲切，而且似乎将巴拉舍夫也视为自己的近臣，视为拥护他的计划并为他的胜利而高兴的人物。在谈话中他提到了莫斯科，他向巴拉舍夫问起俄国首都的情况，不只是像好奇的旅游者为了游览而打听新的景点，似乎还深信，巴拉舍夫作为俄国人，会因为对莫斯科的好奇而感到得意。

“莫斯科有多少居民，多少房屋？莫斯科被称为圣城莫斯科，是吗？莫斯科有多少教堂？”他问。

回答是有两百多座教堂。他又问：

“为什么要那么多教堂呢？”

“俄国人是笃信上帝的。”巴拉舍夫回答道。

“不过，大量的修道院和教堂向来是民众落后的标志。”拿破仑说，他回头望着科兰古，想听听他对这一判断的评说。

巴拉舍夫恭敬地向法国皇帝表示异议。

“每个国家都有自己的习俗。”他说。

“可是在欧洲，哪里都没有这样的现象。”拿破仑说。

“请陛下原谅，”巴拉舍夫说，“除了俄国，还有西班牙，那里也有很多教堂和修道院。”

巴拉舍夫的这个回答暗示法国人不久前在西班牙所遭到的失败，据巴拉舍夫说，这个回答后来在亚历山大皇帝的宫廷获得了很高的评价，而现在，在拿破仑的餐桌上并没有引起足够的重视，无声无息地过去了。

元帅先生们冷漠和困惑的脸色说明，他们感到纳闷，巴拉舍夫的语调所暗示的那种俏皮，究竟俏皮在哪里呢。“如果真的是俏皮话。那就是我们没有听懂，或者只是一句平淡无奇的俏皮话。”元帅们的表情在这样说。这个回答那么不受重视，以致拿破仑甚至根本没有注意到它，还天真地问巴拉舍夫，从这里通往莫斯科的直路要经过哪些城市。在餐桌上一直保持警觉的巴拉舍夫回答道，俗话说，条条大路通罗马，同样，所有的大路都通往莫斯科，道路很多，在这些各不相同的道路中，有一条就是查理十二世所选择的通往**波尔塔瓦**的那条路[①]，巴拉舍夫说到这里，不由得为这句巧妙的回答高兴得脸都红了。巴拉舍夫还来不及讲完有关“波尔塔瓦”的话，科兰古就谈起了从彼得堡到莫斯科的路怎样崎岖难行以及对彼得堡的回忆。

餐后到拿破仑的书房去喝咖啡，四天前那是亚历山大皇帝的书房。拿破仑坐下，轻轻搅动塞夫尔[②]瓷杯里的咖啡，对巴拉舍夫指指自己身旁的一把椅子。

人会有那种所谓的进餐后的心情，这种心情比任何合理的原因都更强烈地使人感到心满意足，把所有的人都看做自己的朋友。拿破仑当时的心情就是这样。他觉得自己是在崇拜他的人们之间。他深信，巴拉舍夫在与他共进午餐之后也成了他的朋友和崇拜者。拿破仑露出愉快而略带讥诮意味的微笑转向巴拉舍夫。

“听说，这就是亚历山大皇帝住过的房间。真巧，不是吗，将军？”他说，看来他毫不怀疑，这样说是不会使对方感到不快的，因为这句话说明他拿破仑胜过亚历山大。

巴拉舍夫无言可对，默然低下了头。

“是的，四天前温岑格罗德和施泰因就曾在这个房间商谈，”拿破仑说道，带着同样的讥诮而自信的微笑，“有一点我无法理

① 瑞典国王曾试图经乌克兰进军莫斯科，1709 年在波尔塔瓦被打败。

② 塞夫尔，巴黎附近的一个城市，出产瓷器。

解，”他说，“那就是亚历山大皇帝罗致了我个人的所有仇敌。这一点我……无法理解。他没有想一想，我会以牙还牙吗？”他向巴拉舍夫问道，这方面的回忆又把他推上了上午愤怒的轨迹，这轨迹还记忆犹新。

“那就让他知道，我是会以牙还牙的，”拿破仑推开瓷杯，站起来说道，“我要从德国驱逐他的所有亲人，还有符腾堡、巴登、魏玛的[①]……是的，我要驱逐他们。让他在俄国为他们准备避难所吧！”

巴拉舍夫低下头，以此表示他希望告辞，他之所以还在听，只是因为他不能不听一听别人在对他说些什么。拿破仑没有发觉他的这种表情；他不是将巴拉舍夫看做自己敌人的使臣，而是觉得，这个人现在是完全忠于他的，对自己故主受到凌辱一定会感到高兴。

“为什么亚历山大皇帝要领导军队呢？这是为什么？战争是我的行当，他的职责是治理国家，而不是指挥军队。为什么他要承担这样的责任？”

拿破仑又拿起鼻烟壶，在房间里默默地来回踱步，突然，他出人意料地来到巴拉舍夫跟前，面带轻微的笑意，仿佛要做一件不仅重要，而且让巴拉舍夫高兴的事情，那么自信、迅捷而自然地向那位四十岁的俄国将军的面部抬起手来，捏住他的耳朵轻轻地拉了一下，只翕动双唇微微一笑。

被皇帝揪耳朵在法国宫廷是一种莫大的光荣和恩宠。

“哎，您怎么不说话呢，亚历山大皇帝的崇拜者和近臣？”他说，仿佛有他在座，居然是别人的而不是他拿破仑的近臣和崇拜者，那是很可笑的。

“马匹给将军准备好了吗？”他问，并微微点头作为对巴拉舍夫的鞠躬的回礼。

“把我的几匹马给他，他要走很远的路……”

---

① 亚历山大的母亲是符腾堡的郡主，妻子是巴登侯爵的女儿，姐姐玛丽亚是萨克森-魏玛公爵的妻子。

巴拉舍夫带去的信是拿破仑给亚历山大的最后一封信。俄国皇帝得悉谈话的详情细节，于是战争开始了。

八

在莫斯科与皮埃尔见面之后安德烈公爵到彼得堡去了，对家里人说是有事要办，其实是去找阿纳托利·库拉金公爵，他认为必须找到这个人。他到彼得堡后得知库拉金已不在那里。皮埃尔告知自己的内弟，安德烈公爵去找他了。阿纳托利·库拉金立即得到陆军大臣的任命，前往摩尔达维亚军团。就在这时安德烈公爵在彼得堡见到了一直对他颇有好感的老上司库图佐夫，库图佐夫建议他和自己一同前往摩尔达维亚军团，老将军被任命为该军团总司令①。安德烈公爵获得在参谋部供职的任命后，便动身到土耳其去了。

安德烈公爵认为，写信给库拉金要求决斗是不妥的。自己要求决斗而不提出新的决斗理由，安德烈公爵认为会败坏罗斯托娃伯爵小姐的声誉，因此他在寻找与库拉金见面的机会，企图在见面时找到决斗的借口。但是他在土耳其的部队里也未能见到库拉金，他在安德烈公爵来到土耳其的部队后不久便回俄国了。在异国他乡和新的生活环境中，安德烈公爵的生活比较轻松。在自己的未婚妻变心之后，他愈是竭力向所有的人掩饰自己所受到的影响，这个变故对他的打击便愈是沉重，对他来说，他曾经感到幸福的原有的生活环境是难以忍受的，而他原来所珍惜的自由和独立自主更使他苦恼不堪。他不再重温当初在奥斯特利茨战场上仰望天空时第一次出现的那些想法了，他曾乐于和皮埃尔加以探讨，而且那些想法也曾充实了他在鲍古恰罗沃以及后来在瑞士和罗马的孤独生活，不仅如此，他甚至不敢回忆那些展现了无限光明的远景的想法。他感兴趣的只是眼前的与往事无关的实际事务，他愈是把往事深埋心底，便愈是贪婪地抓住眼前的事务。仿佛他曾仰望的那无限的、遥远的天穹，蓦地变成了低矮、有限、使他感到压抑的穹隆，而没有任何永

① 库图佐夫于 1811 年被任命为多瑙河军团总司令，司令部在土耳其境内。

恒和神秘可言。

在他所经历的各种活动中，服军役是最简单也是他最熟悉的。在库图佐夫的司令部任值班军官时，他顽强而热心地投入工作，他对工作的热衷和尽职尽责的精神使库图佐夫感到吃惊。安德烈公爵在土耳其没有找到库拉金，认为不必再赶回俄国去找他了，尽管如此，他知道，不论再过多久，只要遇见库拉金，他就会按捺不住，尽管他那么鄙视这个人，尽管他有充分的理由认为，不值得降低身份与这种人发生冲突，然而他知道，只要遇见库拉金，他不可能不要求决斗，正如一个饿汉不可能不扑向食物。他在工作中装出忙忙碌碌、有点儿爱慕虚荣的样子，故意造成心情平静的假象，尽管受到侮辱而未能报仇泄愤的意识对这种表面的平静乃是莫大的冲击。

一八一二年，与拿破仑开战的消息传到布加勒斯特的时候（库图佐夫在这里住了两个月，日夜和自己的一个瓦拉几亚女人混在一起），安德烈公爵请求库图佐夫把他调往西线军团。库图佐夫对鲍尔康斯基的勤奋已感到厌烦了，因为这种勤奋不啻是责备他无所事事。库图佐夫很乐意让他走，于是委派他到巴克莱·德·托利那里去任职。

在前往五月驻扎在德里萨营地①的部队之前，安德烈公爵顺路去了童山，他恰好途经童山，它离斯摩棱斯克大道三俄里。最近三年在安德烈公爵的生活中有过太多的变故，有过太多的思考、感悟和见闻（他走遍了西方和东方），因而在驶入童山的时候，一切依然如故、直至细枝末节都依然如故的生活缓流使他大感意外、惊奇不已。他驶入童山的林荫道和石门，仿佛走进中了魔法的酣睡的城堡。在这座邸宅里还是那样肃穆，那样干净，那样寂静，还是那些家具、那些墙壁、那些声音、那些气味和那些人，只是略显苍老。玛丽亚公爵小姐还是那个羞怯、难看、年华渐渐老去的姑娘，在恐惧和精神痛苦中毫无裨益、毫无乐趣地

---

① 德里萨营地是德里萨城下的防御阵地，在西德维纳河左岸。按照普富尔的计划，巴克莱·德·托利可以凭借这个阵地阻挡拿破仑的部队，巴格拉季翁的军团就可以攻击敌军侧翼。普富尔没有估计到俄军被各个击破的可能。托尔斯泰在很多地方强调西线第一和第二军团各自为战的致命弱点。

虚度人生最美好的年华。布里安娜还是那个快乐地利用自己生活的每一分钟，充满自我陶醉的憧憬，心满意足、卖弄风情的姑娘。安德烈公爵觉得，她只是更自信了。他从瑞士带来的家庭教师德萨尔穿着俄国式的常礼服，在用生硬的俄语和仆人们说话，不过他还是那个智力有限，有学问、有德行而书呆子气十足的教师。老公爵在生理上只有一个变化，就是嘴的一边少了一颗牙齿；在精神上他还是像从前那样，只是对世界上所发生的一切都抱着更憎恶、更怀疑其真实性的态度。只有尼科卢什卡长大了，变了，脸色红扑扑的，长着一头深色的鬈发，他不知道，他在喜笑颜开的时候，好看的小嘴那样翘起上嘴唇，和已故的小公爵夫人一模一样。在这座中了魔法的酣睡的城堡里，只有他一个人打破了一成不变的规则。不过，虽然从表面上看一切依旧，可是自从安德烈公爵离开他们以后，所有这些人的内部关系却发生了变化。家庭成员分成了两个阵营，彼此格格不入，而且怀有敌意，此刻在他身边相聚在一起，只是为了他而改变日常的生活方式。老公爵、布里安娜小姐和建筑师属于一个阵营，属于另一个阵营的是玛丽亚公爵小姐、德萨尔、尼科卢什卡以及所有的保姆和奶妈。

他在童山的时候，全家人都同桌吃饭，可是大家都显得尴尬，于是安德烈公爵觉得，他是一个受到破格接待的客人，他在座使所有的人都不自在。在第一天共进午餐时，安德烈公爵就不由地有了这种感觉，因而沉默寡言，老公爵发觉他神情不自然，也就阴沉着脸默然无语，而且餐后立即回自己的房间去了。傍晚时，安德烈公爵来见他，为了打动他便开始讲述小卡缅斯基伯爵①所指挥的战役，老公爵却出人意料地谈起了玛丽亚公爵小姐，指责她迷信，指责她不喜欢布里安娜小姐，而后者，用他的话来说，是唯一真心待他的。

老公爵说，如果说他有病，那就是因为玛丽亚公爵小姐；说她故

---

① 小卡缅斯基伯爵（1776—1811），俄国卡缅斯基伯爵的幼子，在库图佐夫之前任多瑙河军团总司令，在他的指挥下攻占了土耳其军队的一系列重要据点。

意折磨和刺激他；说她的娇惯和蠢话使小尼古拉公爵变坏了。老公爵很清楚，是他在折磨自己的女儿，他知道她的日子很难过，也知道他不可能不折磨她，还说这是她活该。“为什么安德烈公爵看到这一切，在我面前却对妹妹一字不提呢？” 老公爵在想，“他是怎么想的呢，认为我是个恶人或老糊涂，在无缘无故地疏远女儿而去亲近那个法国女人？他不理解，所以必须向他解释一下，全都讲给他听听。”老公爵想。于是他开始解释，是什么原因使他无法忍受女儿的不可理喻的性格。

“既然您问我，”安德烈公爵把目光避开父亲说道（他生平第一次指摘父亲），“我本来是不想说的；可是既然您问我，我就坦率地对您说说我对这一切的看法。要是在您和玛莎之间有什么误解和分歧，我是决不会怪罪她的——我知道她是多么爱您、敬您。既然您问我，”安德烈公爵激动地接着说道，因为最近他总是很容易激动，“我能说的只有一点：如果有什么误解，那么原因一定是那个微不足道的女人，她不该是妹妹的女友。”

起初老人目不转睛地盯着儿子，他的微笑不自然地露出了新近掉牙留下的豁口，安德烈公爵对这个豁口还不大习惯。

“什么女友啊，亲爱的？啊？商量过了吧？啊？”

“爸爸，我不想充当法官，”安德烈公爵语调生硬而气愤地说道，“但是您要我说，我说了，而且永远要说，玛丽亚公爵小姐是没有过错的，有过错的是……有过错的是那个法国女人……”

“这就判决了！……判决了！”老人低声说，安德烈公爵觉得，他好像还有些尴尬，但后来他突然跳起来大声嚷道：“滚！滚！我不想再见到你！……”

安德烈公爵想立刻就走，但玛丽亚公爵小姐恳求他再逗留一天。这一天安德烈公爵没有和父亲见面，父亲闭门不出，除了布里安娜小姐和吉洪，也不让任何人进去见他，有几次他曾问到儿子走了没有。第二天，安德烈公爵在临行前到儿子的住处去了。健康的、像母亲一样有一头鬈发的孩子坐到了他的膝上。安德烈公爵给他讲《蓝胡子》①的故事，可是没有讲完就陷入了沉思。他把儿子抱在自己膝上的时候，他想的不是这个漂亮的男孩，而是在想他自己。他惊恐地在自己的心里寻找却既找不到因激怒父亲而后悔的感情，也找不到因为即将离开他（在生平第一次闹僵之后）而惋惜的心情。对他来说，最主要的是，他想寻找却找不到过去对儿子的那份温情，他爱抚孩子、让他坐在自己膝上，就是希望唤起那份亲情。

"哎，你讲下去呀。"儿子说。安德烈公爵没有答理他，把他放下膝盖，从房间里出去了。

安德烈公爵一放下自己的日常事务，特别是一走进当初他幸福时所处的往日的生活环境，便勾起了生活中原有的强烈的烦恼，于是他急于离开这些回忆，急于找点事做做。

"你决定要走吗，安德烈？"妹妹问他。

"谢天谢地，我可以走了，"安德烈公爵说，"很可惜，你却走不了。"

"你怎能这样说呢！"玛丽亚公爵小姐说，"现在，在你即将投入这场可怕的战争而他如此衰老的时候，你怎能这样说呢！布里安娜小姐说，他问起过你……"她刚提起这个话题，嘴唇就抖动起来，潸然泪下。安德烈公爵转过身去，开始在房间里踱步。

"啊，天哪！天哪！"他说，"你会怎么想呢，一件事、一个人——一个微不足道的人就能成为人们不幸的原因！"他恶狠狠地说，那愤恨的神情使玛丽亚公爵小姐大吃一惊。

她理解，在说到他所谓的微不足道的人时，不仅是指造成他的不幸的布里安娜小姐，也是指那个人，他毁了他的幸福。

"安德烈，我有一个要求，我恳求你，"她碰碰他的臂肘说，一双闪着泪光的眼睛望着他，"我理解你（玛丽亚公爵小姐垂下了眼睛）。你不要以为，痛苦是人造成的。人是上帝的工具。"她从安德烈公爵头

---

①《蓝胡子》的作者是法国诗人和批评家佩罗（1628—1703）。

顶的稍高处望了过去，那是信赖的、习惯性的目光，人们就是以这样的目光望着圣像所在的那个熟悉的地方。“使人受苦的是他，而不是人。人是他的工具，人是没有过错的。如果你觉得，某人对你有过错，你要忘掉这些，宽恕他。我们是没有权利惩罚别人的。这样你就能领悟宽恕给予你的幸福。”

“如果我是女人，我会这样做，玛丽。这是女人的美德。但是男人不该也不可能忘记和宽恕。”他说，于是未曾发泄的全部仇恨陡地涌上心头，尽管在此刻之前他并没有想到过库拉金。“既然玛丽亚公爵小姐已经在劝我宽恕了，这就意味着，我早该对他进行惩罚了。”他想，他不再答理玛丽亚公爵小姐了，现在他开始想到他遇见库拉金的那个欢乐的、报仇雪恨的时刻，那个人现在（他知道）在军队中。

玛丽亚公爵小姐恳求哥哥再等一天，她说她知道，如果安德烈不同父亲和解就走，他会多么伤心，但安德烈公爵回答说，他大概很快就会从部队上回来，还说他一定会给父亲写信，现在在家里待得越久，越是会加剧这种不和。

“再见吧，安德烈！记住啊，不幸是来自上帝，永远不会是由于人的过错。”这是他向妹妹告别时听到她说的最后几句话。

“一定会这样！”安德烈公爵在驶离童山老宅的林荫道时想道，“她这个可怜、纯真的人，只能忍受昏聩的老头子的折磨了。老头子意识到是他不对，就是无法改变自己。我的小男孩在成长，在快乐地生活，在这种生活中他会变得和所有的人一样，被别人欺骗或欺骗别人。我现在到部队去了，为什么？——自己也不知道，可我希望见到我所鄙视的那个人，为了让他有机会打死我并嘲笑我！”从前的生活条件也是这样，不过从前它们是和谐地结合在一起，而现在一切都分崩离析了。只有一些毫无意义的现象，一个接一个毫无联系地出现在安德烈公爵的想象中。

九

安德烈公爵于六月底抵达军团司令部。皇上所在的第一军团的部队驻扎在德里萨河边筑有防御工事的军营；第二军团的部队在撤退，力图与第一军团会合，听说他们和第一军团的联系被法军的大部队切断了。俄军对战事的整个进程普遍不满，但谁也没有想到俄国的几个省份会有受到入侵的危险，谁也不曾料到，战争会蔓延到波兰西部各省的范围之外。

安德烈公爵在德里萨河岸上找到了他奉命去见的巴克莱·德·托利。由于军营四周连一个大村镇也没有，所以军中的大批将军和近臣都安置在方圆十俄里内的乡村中较好的民宅，分散在河流两岸。巴克莱·德·托利的驻地离皇上四俄里。他对鲍尔康斯基的态度很冷淡，带着德国口音说，他会奏请皇上决定对他的任命，暂时留在他的参谋部。安德烈公爵希望在军中找到阿纳托利·库拉金，他却不在这里：他在彼得堡，这个消息反而使鲍尔康斯基感到高兴。正在进行中的这场大规模战争的重要意义吸引了安德烈的注意，因而他很高兴能暂时摆脱由于想到库拉金而引起的仇恨。最初四天没有任何差事，安德烈公爵骑马走遍了整个防御阵地，借助自己的知识以及与知情人的交谈，竭力想对这个营地形成一个明确的概念。但是对安德烈公爵来说，这个阵地是否有用的问题仍然没有得到解决。他已经根据自己的战争经验得出了一个坚定的信念，在战争中经过深思熟虑缜密制订的计划是毫无意义的（正如他在奥斯特利茨之战中所看到的那样），一切都取决于对敌方出人意料而又无法预见的行动作出怎样的反应，整个战事是由谁领导、怎样进行的。为了向自己阐明这最后一个问题，安德烈公爵利用自己的地位和关系，力图深入了解军队的领导工作的性质，以及参与领导的人物和派别的性质，并为自己推断出对战局的如下认识。

皇上还在维尔纳时，军队分为三个部分：第一军团受巴克莱·德·托利统率，第二军团受巴格拉季翁统率，第三军团受托尔马索夫统率。皇上本人在第一军团，但不是总司令。发布的命令中没有说部队由皇上指挥，只是说皇上在军中。此外，皇上本人不设总司令参谋部，而是设有皇帝大本营参谋部。他手下有担任御前参谋长的军需总监沃尔康斯基公爵[1]、将军们、侍从武官们、外交官们以及一大批外国人，但没有军队的参谋部。此外，在皇上身边不担任任何职务的有：前陆军大臣阿拉克切耶夫、将军中军衔最高的本尼格森伯爵、皇储康斯坦丁·巴甫洛维奇大公[2]、一等文官鲁缅采夫伯爵、前普鲁士大臣施泰因、瑞典将军阿姆菲尔特、作战计划的总起草人普富尔、侍从将军撒丁人保卢奇[3]、沃尔措根[4]以及其他很多人。虽然这些人在军队里不担任军职，但是凭自己的地位是有影响力的，一个军长甚至总司令往往不知道，本尼格森，或大公，或阿拉克切耶夫，或沃尔康斯基公爵是以什么身份在提出问题和这样那样的建议，不知道他是以自己的名义还是代表皇上以建议的形式发出命令，是不是必须加以执行。不过这些都是表面情况，皇上和所有这些人物留在军中，在近臣们看来（有皇上在此，人人都成了近臣了），其实质意义是很清楚的。实质上就是：皇上不接受总司令的头衔，然而却在掌控全军；他周围的人都是他的助手。阿拉克切耶夫是秩序的忠实的奉行者和维护者，是皇上的侍卫；本尼格森是维尔纳省的地主，似乎忙于在当地接待皇上，其实他是优秀的将军，可以提供咨询，也可以随时用他去顶替巴克莱。大公留在这里是因为他乐意。前普鲁士大臣施泰因在这里，是因为他可以提供咨询，还因为亚历山大皇帝很看重他的人品。阿姆菲尔特是拿破仑的死敌和十分自信的将军，这一点对亚历山大总是有影响的。保卢奇在这里，是因为他口头上勇敢而果断。侍从将军们在这里，是因为皇上在哪里，他们就在哪里。最后，主要的是，普富尔也在这里，因为他拟定了对拿破仑的作战计划并使亚历山大相信这个计划的合理性之后，正在领导战争的全局。沃尔措根追随普富尔，他以比普富尔更通俗的形式传达普富尔的思想，是一位脾气暴躁、自信到目空一切的脱离实际的理论家。

---

①彼·米·沃尔康斯基公爵（1776—1852），俄国贵胄，1810—1812 年任该职。

②康斯坦丁·巴甫洛维奇大公（1779—1831），保罗一世次子，曾多次参加对拿破仑的战争，1812—1813 年指挥近卫军骑兵。

③保卢奇，起先在法军服役，1807 年加入俄军。

④沃尔措根（1774—1845），普鲁士将军，从 1807 年起在俄军服役。

除了上面列举的这些俄国人和外国人（尤其是外国人，以在异国从事活动的人所特有的大胆，每天都会提出一些出人意料的新见解），还有很多次要人物，他们之所以留在军队里，是因为他们的首长在这里。

从这个巨大、不安、杰出而自豪的世界所发出的种种见解和声音之中，安德烈公爵看出，可以更细致地分为如下几个较突出的倾向和派别。

第一派是：普富尔及其追随者，他们是军事理论家，相信有战争科学，这门科学有其不变的法则，如迂回法则、包抄法则等等。普富尔及其追随者要求向本国腹地撤退，撤退要严格遵循所谓的军事理论所规定的法则，对这一理论的任何背离一概被视为野蛮无知或居心叵测。属于这一派的有德国的亲王们以及沃尔措根、温岑格罗德等人，大多是德国人。

第二派与第一派是对立的。情况总是这样，有一种极端出现，便会出现另一种极端的代表人物。属于这一派的就是当初要求从维尔纳进攻波兰，并不受任何既定计划的约束的那些人。此外，这一派的代表人物也是采取大胆行动的代表人物，同时，他们还是民族主义的代表人物，这就使他们在争论中变得更加偏激了。这都是一些俄国人：巴格拉季翁和正在冉冉上升的叶尔莫洛夫等等。这时流传着叶尔莫洛夫的一个有名的笑话，说他曾向皇上恳求一个恩典：封他为德国人。这一派的人们在缅怀苏沃洛夫时说，什么也不用想，也不要用图钉摁上地图，只要战斗、痛击敌人，不让敌军踏进俄国一步，决不让士气低落。

第三派最受皇上信任，属于这一派的是在两个派别之间采取调和态度的宫廷近臣。这一派的人物大部分不是军人，阿拉克切耶夫就属于这一派，他们所想所说的往往就是那些没有见解却想装得有见解的人所说的话。他们说，毫无疑问，战争，尤其是与波拿巴（他又被称为波拿巴了）这样的天才作战，要极其深入地思考，要对军事科学有深刻的了解，而在这方面普富尔是天才；然而同时不能不承认，理论家难免有片面性，所以对他们也不能完全相信，而是既要听取普富尔的反对者的意见，也要听取那些有实战经验的人们的意见，然后加以折中。这一派的人坚决主张，要按普富尔的计划固守德里萨营地，却要改变其他两个军团的行动。虽然这样一来，两方面的目标都不可能达到，但是这一派的人们偏偏认为，这样做更好。

第四个派别，其中最著名的代表人物是身为皇储的大公，他不能忘怀自己在奥斯特利茨的绝望，当时他骑马像检阅一样出现在近卫军面前，头戴盔形帽，身穿骑兵制服，企图漂亮地一举击溃法国人，却意外地发现已身在前线，在一片混乱中勉强逃脱。这一派人的议论很坦率，这是他们的优点，也是他们的缺点。他们害怕拿破仑，认为他强大，而自己弱小，并且毫不隐讳地说出来。他们说："现在这样，除了痛苦、屈辱和毁灭不会有任何结果！我们丢掉了维尔纳，丢掉了维捷布斯克，也将丢掉德里萨。我们唯一的聪明之举，就是在我们被赶出彼得堡之前赶快签订和约！"

这个观点在军队上层很流行，还得到了彼得堡的支持，也得到了一等文官鲁缅采夫的支持，他由于某些政治原因也主张和平。

第五派是巴克莱·德·托利的拥护者，他们不是拥护他这个人，主要是拥护他这位陆军大臣和总司令。他们说："他不论怎样（开场白总是这样），毕竟是一个正直而干练的人，没有比他更好的了。让他拥有真正的权力吧，因为没有统一指挥，战争不可能胜利地进行，他是能够有所作为的，正如他在芬兰所表现的那样。如果说我军完整而强大，在向德里萨撤退途中没有遭到任何失败，那么我们只能把这一点归功于巴克莱。如果现在让本尼格森来取代巴克莱，那就全完了，因为本尼格森在一八〇七年已表现了他是何等无能。"

第六派是本尼格森派，他们说，相反，没有比本尼格森更干练、更有经验的人了，不管怎么折腾，终究还得请他出马。这一派的人力图证明，我军撤退到德里萨是一个可耻的失败，连续不断地犯了一系列错误。"犯的错误越多，"他们说，"那就越好：至少能让人快些醒悟，不能再走老路了。有用的人不是什么巴克莱，而是像本尼格森这样的人，他在一八〇七年已经表现了自己的才干，拿破仑本人对他作了公正的评价，对这样的人，大家是乐于认可其权威的，而这样的人只有一个，那就是本尼格森。”

属于第七派的那种人从来都有，尤其是在少年君主身边，而这种人在亚历山大皇帝身边特别多——那是一些将军和侍从将军，他们热情地忠诚于皇上本人而非皇帝，热忱而无私地崇拜他这个人，就像罗斯托夫在一八〇五年那样崇拜他，在他身上不仅看到所有的美德，也看到人的所有优秀品质。这些人赞赏皇上的谦虚，他拒绝了军队的指挥权，但不赞成这种过分的谦虚，他们只有一个希望并坚持不懈地要求敬爱的皇上不要过于缺乏自信，要公开宣布亲任军队统帅，建立御前总参谋部，必要时咨询有经验的理论家和实干家并亲自统率部队，仅此一端就足以使全军士气大振。

第八个派别是最大的一群人，他们因其数量庞大而与其他派别形成99与1之比，他们既不要战争，也不要和平，不论在德里萨还是在其他任何地方都既不要进攻，也不要防御阵地，既不要巴克莱，不要皇上，也不要普富尔和本尼格森，而是只要一样，那是最重要的：为自己赢得最大的利益和享受。在皇上的大本营处处有阴谋，在这错综复杂的阴谋的浑水里，可以在很多方面大获其利，这在别的时候是不可思议的。有一个人只是为了保住自己的有利地位，今天附和普富尔，明天附和他的论敌，后天又说他对某个问题没有任何意见，只是要逃避责任和取悦皇上。第二个人想捞到好处，为了引起皇上的注意，便大声说出皇上头一天所暗示的想法，在会议上捶着胸脯争论、叫嚷，还要和持有不同意见的人决斗，从而表明，他随时准备为了共同利益而作出牺牲。第三个人在两次会议之间、又没有对手在场的时候，干脆要求发给他一次性补贴，作为他忠实服务的酬劳，他知道，这时人家是无暇拒绝他的。第四个人老是仿佛无意中出现在皇上面前，似乎在忙于繁重的工作。第五个人为了达到早已期盼的目标——受到皇上的宴请，便激烈地论证某种新见解对或不对，并为此而援引多少有点道理的论据。

这一派的人全都在捞取卢布、勋章和官衔，在此过程中他们只关注皇恩的风向标的朝向，一旦发现风向标转向某个方向，寄生于军中的这群雄蜂便一齐朝着那个方向趋之若鹜，以至皇上想改变风向就更难了。

形势不明朗，严重的危险使人人都惊慌失措，又处于这种阴谋、自尊心以及不同观点和感情的冲突的旋涡之中，而这些人又出身各异，因而这个人数最多、只谋求个人私利的第八个派别使整个局面非常混乱而动荡。不管提出什么问题，这一窝雄蜂就原来的话题还没有吵完，又纷纷扑向新的话题，并以其嗡嗡声压倒和扰乱真正进行争论的声音。

就在安德烈公爵来到部队的时候，从上述各派中又形成了一个第九派，他们开始发出自己的声音了。这一派的人们是富有治国经验的明智的老年人，善于在不认同任何一种对立意见的情况下，重新审视大本营参谋部所发生的一切，并缜密地考虑走出困境的办法，以求摆脱这种形势不明、犹豫不决、混乱和软弱无能的局面。

这一派的人们谈到并认为，皇上和御前军事人员留在军中是一切恶劣现象的主要根源；那种不确定、受制约、摇摆不定的关系被带进了军队，这种关系在宫廷中是合适的，而对军队是有害的；皇上应当君临国家，而不是指挥军队；摆脱这种状况的唯一出路是皇上和他的宫廷离开军队；仅仅由于皇上在军中，就使五万兵力陷于无用，因为要保证他的个人安全；最差的然而不受制约的总司令要胜过最优秀的却受到皇上亲临及其权力的制约的总司令。

安德烈公爵在德里萨无所事事的时候，这一派的主要代表人物之一国务秘书希什科夫给皇上写了一封信，由巴拉舍夫和阿拉克切耶夫共同署名。他在信中利用皇上允许他议论战局的权利，借口皇上有必要在京城鼓舞民众的斗志，恭请皇上离开部队。

皇上鼓舞民众并号召民众保卫祖国——正是对民众的这种鼓舞（皇上当初驾临莫斯科所发挥的作用）成为俄国获得胜利的主要原因，将这个建议呈送皇上时，皇上将它作为离开部队的借口而接受了。

十

在这封信还没有呈交皇上时，巴克莱在午餐时转告鲍尔康斯基，皇上要亲自召见安德烈公爵，以便向他详细询问土耳其的情况，此外安德烈公爵要在晚上六时到达本尼格森的住处。

就在这一天，皇上的行宫接到消息，拿破仑将采取可能危及我军的新的军事行动——后来发现，这个消息乃是误传。也就是在这天早晨，米绍上校[①]陪同皇上巡视德里萨的防御工事，他试图向皇上证明，普富尔构建的这个防御营地至今被视为战术的杰作，足以毁灭拿破仑，其实这个营地毫无用处，它将成为俄国军队的葬身之地。

安德烈公爵来到了本尼格森将军的住所，这是就在河岸上的一座不大的地主宅院。本尼格森和皇上都不在那里，不过皇上的侍从武官切尔内绍夫接待了鲍尔康斯基，对他说，皇上与本尼格森将军和保卢奇侯爵今天又一次去视察德里萨营地的防御工事了，对这个营地的效用产生了极大的怀疑。

切尔内绍夫拿着一本法国小说坐在第一个房间的窗口。这个房间原来想必是一个大厅；其中还有一架管风琴，上面堆放着一些毛毯，房间的一角支着本尼格森的副官的行军床。这个副官就在那里。看来他被饮宴或工作折磨得疲惫不堪，坐在铺盖卷上打盹。大厅有两扇门：一扇直通原来的客厅，一扇朝右通往书房。从第一扇门传来德语的谈话声，偶尔也有法语。那里，在原来的客厅里，按皇上的意思，在召开的不是军事会议（皇上喜欢不确定性），而是召集了一些人，他想知道他们对当前的难题有什么看法。这不是军事会议，而似乎是为了向皇上本人阐明某些问题而召集的会议。应邀出席这个半似会议的集会的有：瑞典将军阿姆菲尔特、侍从将军沃尔措根、被拿破仑称为法国逃亡者的温岑格罗德、米绍、托尔[②]、完全不是军人的施泰因伯爵，最后还有普富尔本人，安德烈公爵听说，他是全部工作的骨干。安德烈公爵有机会好好地观察他了，因为普富尔在他之后不久就到了，进客厅后略停片刻，与切尔内绍夫交谈了几句。

普富尔身穿做工粗糙的俄国将军制服，不大合身，好像化装时穿了

---

① 米绍（1771—1841），俄国军事工程师，1805 年从撒丁军队转入俄军工程兵部队。

② 托尔于 1812 年 4 月提出与拿破仑作战的计划，该计划规定要进行防御战。当时在德里萨营地担任总军需官（上校军衔）。

别人的衣服，乍一看，安德烈公爵觉得似曾相识，尽管从来不曾见到过他。他身上兼有魏罗特、马克、施密特以及安德烈公爵在一八〇五年见到过的很多德国军事理论家的影子，不过他比他们都更为典型。这样的德国理论家，安德烈公爵还从来不曾见到过，他居然一身而兼备那些德国人的所有特点。

普富尔身材不高，很瘦，但骨骼宽大，一副粗犷而强健的体格，长着宽宽的臀部和瘦骨嶙峋的肩胛骨。他的脸上布满皱纹，双目深凹。前面的头发显然从鬓角旁匆匆往后梳理过，后面有几撮头发胡乱地翘着。他走进了房间，不安而愤懑地左顾右盼，仿佛他进来的这个大房间里的一切都让他感到害怕。他笨拙地手扶佩剑，用德语向切尔内绍夫打听皇上在哪里。看来他想尽快通过房间，以免不断地鞠躬和问候，能在地图前坐下工作，觉得他在那里才是适得其所。他对切尔内绍夫匆匆点头，表示在听他说话，面带讥讽的微笑听他谈到皇上在视察防御工事，那是他根据自己的理论亲自构筑的。他像极端自信的德国人那样，低沉而断然地暗自嘟囔：愚蠢……或是：所有的事情都将毁于一旦……或是：有好戏看了[①]……安德烈公爵没有听清，想走过去，可是切尔内绍夫把安德烈公爵介绍给了普富尔，说安德烈公爵刚从土耳其来，那里的战争十分圆满地结束了。普富尔稍微看了一眼，与其说是看安德烈公爵，不如说是从旁瞟了一下，笑着说："就是嘛，想必是一场战术正确的战争。[②]"于是轻蔑地笑了起来，到传来说话声的房间去了。

显然，普富尔平时就喜欢冷嘲热讽发脾气，今天更是恼火，因为有人竟敢背着他察看他的营地，议论他的是非。安德烈公爵仅仅根据与普富尔的这次短暂的见面，凭着对奥斯特利茨的回忆，对这个人已经有了清楚的认识。普富尔是那种不可救药、至死不变、百折不挠的自信的人之一，这种人只能是德国人，这是因为只有德国人的自信是立足于抽象观念——科学，即关于绝对真理的假学问。法国人自信，是因为他认为自己个人的智慧和身体都具有不可抗拒的魅力，对男人是这样，对女

①② 原文为德文。

人也是这样。英国人自信的理由在于他是世界上组织最完善的国家的公民，因而作为英国人，总是知道他该做什么，而且知道，他作为英国人所做的一切，必定是好事。意大利人自信，是因为他激动得忘乎所以，很容易把自己和别人全忘了。俄国人自信，恰恰是因为他什么也不知道，也不想知道，因为他不相信，人能完全地认知事物。德国人的自信是最坏的一种，也是最顽固、最讨厌的一种，因为他以为他知道真理——他自己所杜撰的科学，但对他来说，这门科学就是绝对真理。显然，普富尔就是这样的人。他有一门科学——关于迂回运动的理论，是从腓特烈大帝的战争史中总结出来的，于是他觉得，他在腓特烈大帝后来的战争史中所看到的一切，以及他在最近的军事史中所看到的一切都是胡闹、野蛮、莫名其妙的冲突，冲突双方都犯了那么多错误，以至这些战争不能称之为战争，因为它们不符合理论，不能成为科学研究的对象。

一八〇六年普富尔是作战计划的拟定者之一，那场战争以耶拿和奥尔施泰特的失败而告终，然而他认为，这场战争的结局丝毫不能证明他的理论有错误。相反，据他看来，违背他的理论是全部失败的唯一原因。他以他所固有的幸灾乐祸的嘲笑口吻说："我说的吧，所有的事情都将毁于一旦。"[①]普富尔是那么一种理论家，他们那样热爱自己的理论，以至忘记了，理论要以应用于实践为宗旨；他出于对理论的热爱而痛恨任何实践，不屑一顾。他甚至为失败而高兴，因为在实践中违背理论而造成的失败，只能向他证明他的理论的正确性。

他就当前的战争对安德烈公爵和切尔内绍夫讲了几句话，看那表情，他事先就知道要坏事，甚至不无得意之感。后脑勺上未经梳理而翘起的几小撮头发和匆匆梳过的鬓角仿佛特别雄辩地证实了这一点。

他到另一个房间去了，从那里立刻传来了他那低沉的喋喋不休的说话声。

---

①原文为德文。

十一

安德烈公爵来不及目送普富尔，本尼格森伯爵就匆匆走进房间，对鲍尔康斯基点点头，不停步地去了书房，一边给自己的副官作了一些指示。皇上随后就到，本尼格森赶在前面，要做些准备，以便及时迎接皇上。切尔内绍夫和安德烈公爵迎到台阶上。皇上神色疲惫地下了马。保卢奇侯爵在对皇上讲话。皇上向左偏着头，面色不悦地听着保卢奇语气特别激烈的谈话。皇上动身朝前走了，看来想结束谈话，可是激动得面红耳赤的意大利人忘了礼节，跟在后面继续说道：

“至于那个建议修建德里萨营地的人。”保卢奇说，这时皇上踏上台阶，注意到了安德烈公爵，仔细地看着他不大熟悉的脸。

“陛下，至于，”保卢奇不顾一切地说了下去，好像难以自控似的，“至于那个建议修建德里萨营地的人，我认为，他只有两个地方可去：疯人院或绞刑架。”皇上没有听完，又似乎没有听见意大利人的话，他认出了鲍尔康斯基，便亲切地对他说：

“很高兴见到你，你到他们开会的地方去吧，在那里等着我。”皇上到书房去了。跟在他后面的有彼得·米哈伊洛维奇·沃尔康斯基公爵和施泰因男爵，门在他们身后关上了。安德烈公爵得到皇上的恩准，便和他在土耳其就认识的保卢奇到正在召开会议的客厅去了。

彼得·米哈伊洛维奇·沃尔康斯基公爵的职务好像是皇上的参谋长。沃尔康斯基从书房出来，把带进客厅的地图摊在桌子上，提出了几个问题，想听听与会诸君的看法。情况是这样，夜间接到了法军包抄德里萨营地的消息（后来发现是误传）。

阿姆菲尔特将军出人意料地首先发言，为了避开当前出现的难题，他提议构筑一个全新的、无法解释的（唯一可能的解释是，他想表明他也是有想法的）阵地，阵地位于彼得堡大道和莫斯科大道的一侧，按照他的看法，军队应当在那里集结待敌。看得出，这个计划是阿姆菲尔特早已拟就的，他现在陈述这个计划，目的不在于回答所提出的问题，这个计划也回答不了，主要是想利用机会把他的计划说出来。这是数以百万计的设想之一，这些设想和其他设想一样，都可以头头是道地提出来，尽管并不了解战争将具有怎样的特点。有些人提出异议，有些人维护他的看法。年轻的上校托尔比别人更激烈地反驳瑞典将军的意见，他在争辩时从一侧的衣袋里取出写满字迹的笔记本，要求允许他读给大家听。托尔在详尽的笔记中提出与阿姆菲尔特和普富尔的计划完全不同的另一个作战计划。保卢奇反驳托尔，他提出了向前推进和发起进攻的计划，用他的话来说，唯有进攻才能摆脱盲动和陷阱，他把我们所驻扎的德里萨营地称为陷阱。在人们争论的时候，普富尔和他的翻译沃尔措根（他是普富尔在宫廷中与人沟通的桥梁）都默然不语。普富尔只是轻蔑地嗤之以鼻，并转过头去，表示决不降低身份去反驳他现在所听到的那种胡言乱语。但是当主持讨论的沃尔康斯基公爵请他发表意见时，他只是说：

“何必问我呢？阿姆菲尔特将军已经设想了后方完全暴露的一个绝妙的阵地。或者是进攻，这位意大利先生的主张很好！[①]或者是撤退，也好。[②]何必问我呢？”他说，“你们自己比我更高明啊。”但是沃尔康斯基皱起眉头说，他是代表皇上来征求他的意见的，这时普富尔站了起来，突然精神振奋地开始说道：

“一切都被破坏了，一切都搞乱了，大家都想比我高明，现在却来找我：怎么改进呢？不用改进。一切都要严格按照我所阐明的基本原则执行，”他用几根骨瘦如柴的手指拍击桌子说，“什么难题？胡说，不值一提。[③]”他走到地图前，迅速地说了下去，一根干瘦的手指在地图上指指点点，力图证明，任何偶然情况都无损于德里萨营地的合理性，一切都预见到了，如果敌人真的进行迂回，那么他们将不可避免地被歼灭。

不懂德语的保卢奇开始用法语向他提问题。沃尔措根走过去帮助自己的法语讲得不好的上司，开始给他当翻译，勉强能跟得上他，普富尔讲得很快，竭力证明，一切、一切，不仅已经发生的情况，而且只要

①②③原文为德文。

有可能发生的一切，他的计划都估计到了，如果现在发生了困难，那么一切过错就在于，并非一切都准确无误地得到了执行。他不断讥讽地笑着、证明着，终于轻蔑地不再证明了，正如一个数学家不再用各种不同的方法去验证一道已经得到证明的算题。沃尔措根代替他用法语继续阐述他的思想，时而向普富尔问道："是这样吗，阁下[①]？"普富尔像一个在战斗中晕头转向的人那样向自己人开起火来，对沃尔措根气愤地嚷道：

"得了吧，还多说什么呢？[②]"结果保卢奇和米绍用法语异口同声地攻击沃尔措根。阿姆菲尔特用德语对普富尔开腔。托尔用俄语向沃尔康斯基进行解释。安德烈公爵默默地听着，观察着。

在所有这些人当中，最引起安德烈公爵同情的是那个恼怒、坚毅、莫名其妙地那么自信的普富尔。在所有在座的人之中，显然，唯有他不谋求任何私利，对谁都没有敌意，他只有一个愿望——将计划付诸实施，这个计划是根据他多年研究的理论制定的。他很可笑，他的冷嘲热讽也令人不快，然而他对思想的无限忠诚却令人肃然起敬。此外，除了普富尔，所有人的发言都有一个共同的特点，这个特点在一八〇五年的军事会议上是不曾有过的——那就是对拿破仑的天才的虽然掩饰却不可遏止的恐惧，这种恐惧在每个人的不同意见中都有所表现。他们觉得拿破仑是无所不能、防不胜防的，彼此以他的可怕的名字摧毁对方的设想。唯有普富尔似乎认为，拿破仑也像他的所有论敌一样是野蛮人。不过，除了敬意，普富尔还使安德烈公爵心存怜悯。根据近臣们和他说话的语气，根据保卢奇竟敢对皇上那样说他，主要是根据普富尔本人有些绝望的神情，可以看出，大家都知道，他自己也意识到了，他的垮台已为期不远。尽管他那么自信，尽管这个德国人唠唠叨叨地冷嘲热讽，可是他和他那梳得溜光的鬓发、后脑勺上翘起的几小撮头发显得可怜巴巴的。看来他虽然摆出气愤和轻蔑的架势来加以掩饰，其实他是处于绝望之中，因为现在通过大规模的实验来检验并向全世界证明其理论的正确

---

①②原文为德文。

性的唯一机会已不复存在。

讨论持续了很久，持续得越久，争论就越激烈，简直到了大声嚷嚷和人身攻击的地步，这样就更不可能从大家的发言中得出一个共同的结论。安德烈公爵听着这种不同语言的谈话和那些设想、计划以及辩驳和叫嚷，只是觉得奇怪，竟然所有的人都在说话。他在军事活动中早就经常出现一种想法，认为没有也不可能有什么军事科学，因而也不可能有任何所谓的军事天才，现在对他来说，这种想法已经是毫无疑义的真理了。“战争的条件和环境是未知的，也无法确定，作战的兵力如何更无法确定，那么能有什么理论和科学可言呢？谁都不可能知道，我军和敌军一天后的态势如何，而且谁都不可能知道，这支或那支部队的兵力如何。有时走在前面的不是胆小鬼，他不会大叫：‘我们被分割了！’然后拔腿逃跑，而是一个快乐、勇敢的人走在前面，高呼：‘乌拉！’——五千人的部队便抵得上三万之众，就像在申格拉伯恩那样，可是有时五万人在八千人面前逃跑，比如在奥斯特利茨。在战争中正如在任何实际活动中一样，一切都是无法确定的，一切都取决于无数的条件，而这些条件的作用决定于顷刻之间，可是谁也不知道，决定性的时刻何时到来，在这种情况下能有什么科学可言呢。阿姆菲尔特说，我军被分割了，而保卢奇说，我们将法军置于两面夹击之中；米绍说，德里萨营地的不利之处在于它背靠大河，而普富尔说，这是置之死地而后生。托尔提出一个计划，阿姆菲尔特提出另一个；两个计划都好，又都不好，任何态势的有利与否，只有在事件发生之后才能看得清楚。那么为什么大家都说有军事天才呢？难道及时命令运来干粮并下令谁向左转、谁向右转的那个人就是天才？只是因为军人拥有光环和权力，许多卑鄙之徒才阿谀权势，赋予他们捏造的天才品质，称他们为天才。相反，我所知道的优秀的将军们都是愚钝或漫不经心的人。巴格拉季翁很优秀——这是拿破仑也承认的。而波拿巴这个人！我记得他在奥斯特利茨战场上的那副沾沾自喜而又冥顽不灵的嘴脸。一个好的统帅不仅不需要天才或某些特殊的品质，而且恰恰相反，他不能有人类那些最美好、最崇高的品质，诸如仁爱、诗人气质、温情和探索哲理的怀疑态度。他应当生性愚钝，坚信他所做的一切都非常重要（否则他就会缺乏韧性），只有这样他才能成为英勇无畏的统帅。他这个人千万不能爱上谁，不能心生怜悯，不能去考虑什么是对，什么是错。当然，自古以来就有人给他们杜撰天才的理论，因为他们拥有权势。能否取得战争的胜利并不取决于他们，而是取决于某个人，他在队伍里大喊‘完蛋啦’还是高呼‘乌拉’，只有在这样的队伍里服役，才能满怀信心地认为，你是个有用的人！”

安德烈公爵在听别人议论时这样想，只是听到保卢奇在招呼他才清醒过来，这时已经散会了。

第二天检阅时皇上问安德烈公爵，他希望在哪里工作，于是安德烈公爵永远失去了在宫廷中的位置，因为他没有请求留在皇上身边，而是请求恩准他到部队去服役。

十二

罗斯托夫在战役开始前接到父母的信，来信简短地谈到娜塔莎的病以及她和安德烈公爵的决裂（他们说，决裂是由于娜塔莎拒婚），又要求他退役回家。尼古拉接信后，不打算请假或退役，而是写信对父母说，他对娜塔莎生病以及与未婚夫决裂感到很难过，说他会尽可能实现他们的愿望。他给索尼娅单独写了一封信。

“我由衷敬爱的朋友，”他写道，“除了荣誉，没有什么能阻止我回到家乡。但是现在，在战役即将打响之际，如果我把个人的幸福看得重于对祖国的义务和爱，那么我不仅愧对所有的战友，也愧对自己。不过这是最后一次离别了。相信我吧，倘若战后我还活着，而你仍然爱我，我会立刻扔下一切，飞到你的面前，把你紧紧地搂在火热的胸前，不再分离。”

的确，正是战争爆发阻碍了罗斯托夫，使他未能回去，像他所许诺的那样与索尼娅结婚。快乐村秋天的狩猎、冬季的圣诞节节期和索尼娅的爱向他展现了一幅贵族之家平安而欢乐、祥和的远景，从前他不懂，现在却感到了它诱人的魅力。“出色的妻子、儿女，大群的良种猎犬，十至十二组矫捷的灵猩[1]，家业、乡亲和自己选择的工作！”他想。但现在要打仗了，必须留在团里。既然如此，尼古拉·罗斯托夫按照他的性格，对他在团里的生活也很满意，而且善于把生活安排得令人心情舒畅。

尼古拉假期后回来，受到战友们的热情欢迎，他被派去添购马匹，从小俄罗斯[2]带回了一批好马，他很高兴，而且受到了长官的称赞。他在离开部队的时候被提升为大尉，当这个团进入战时状态扩大编制时，他又接掌了原来的骑兵连。

战役开始了，这个团被派往波兰，发双份薪水，来了一批新的军官、士兵和马匹；主要的是，部队洋溢着临战的那种兴奋欢快的情绪；尼古拉意识到自己在团里所处的有利地位，全身心地沉浸于部队生活中的娱乐和消遣，尽管他知道，早晚有一天他会离开这一切。

由于国事、政治和策略上的各种复杂的原因，部队从维尔纳撤退了。撤退的每一步都会在司令部里引发利益、见解和激情的复杂较量。对巴甫洛格勒团的骠骑兵来说，这次撤退正值美好的夏季，给养充足，是一次极其简单而快乐的行军。在司令部里或许会沮丧、不安、搞阴谋，而在部队的基层，没有人会问这是去哪里，去干什么。如果因撤退而惋惜，那只是因为不得不放弃舒适的住处，离开漂亮的波兰女人。即使有人想到情况不妙，那么想到这一点的人，作为一名优秀的军人，他应当竭力保持愉快的心情，不去想整个战局，而只想眼前的私事。起先他们愉快地驻扎在维尔纳附近，与一些波兰地主交往，等待和接受皇上以及其他高级指挥官的检阅。后来接到命令，要向斯文齐亚内[3]撤退，将带不走的粮草就地销毁。骠骑兵忘不了斯文齐亚内，只是因为那是个**醉营**——这是全军给斯文齐亚内附近的驻地所起的绰号，因为在斯文齐亚内怨声载道，抱怨部队利用征集粮草的命令，在征集粮草时把波兰

① 一组灵猩是指用一根皮带牵引的两条或四条灵猩。
② 小俄罗斯指乌克兰。
③ 斯文齐亚内，今立陶宛的什文乔尼斯。

地主的马、马车和毛毯也抢走了。罗斯托夫忘不了斯文齐亚内，是因为他来到这个小地方的第一天就撤换了连副，他管不了骑兵连的所有那些喝得烂醉的士兵，他们不得他的允许就拉走了五桶陈年啤酒。部队从斯文齐亚内节节后退，撤至德里萨，接着又从德里萨撤退，渐渐逼近俄国的边境。

七月十三日巴甫洛格勒团第一次碰上了严酷的战斗。

七月十二日在战斗的前夜，有过一场雷电交加的暴风雨。总的来说，风暴是一八一二年夏季的一大特色。

巴甫洛格勒团的两个骑兵连露宿在横遭牲口、马匹践踏的已经抽穗的黑麦地里。大雨如注，罗斯托夫和受他庇护的年轻军官伊林坐在匆匆搭建的小窝棚里。他们团的一个留着长长的络腮胡子的军官到司令部去，回来时途中遇雨，躲进了罗斯托夫的小窝棚。

“伯爵，我是从司令部来的，听说拉耶夫斯基①立了战功吗？”这个军官讲述了萨尔塔诺夫斯克之战②的详情，这都是他从司令部听来的……

罗斯托夫缩着头颈，头颈后面淌着水，他在吸烟斗，漫不经心地听着，偶尔看看挤在他身边的青年军官伊林。这个军官，一个十六岁的少年，是不久前来到团里的，现在对尼古拉的态度就像七年前尼古拉对杰尼索夫一样。伊林在一切方面都努力仿效罗斯托夫，而且像女人一样爱恋着他。

留着两撇胡子的军官兹德尔任斯基绘声绘色地说，萨尔塔诺夫斯克水坝是俄军的温泉关③，拉耶夫斯基将军在水坝上所完成的行动堪比古希腊罗马的英雄业绩。兹德尔任斯基讲述着拉耶夫斯基的行动，说他冒

---

① 拉耶夫斯基（1771—1829），俄国将军。

② 萨尔塔诺夫斯克是莫吉廖夫附近的一个村庄，1812 年 7 月 11 日拉耶夫斯基军的一个支队与达武和莫尔蒂耶的两个军在此激战。不过拉耶夫斯基未能在敌军中打开缺口，以实现第一和第二军团会师的目标。

③ 温泉关是希腊中部东海岸卡利兹罗蒙山和马利亚科斯湾之间的狭窄通道，公元前480 年在温泉关之战中，斯巴达的一个小支队（300 人）扼守此处，抗击波斯军队数千人的猛攻。斯巴达人全部战死。

着猛烈的炮火，把两个儿子带出来，和他们并肩向水坝发起冲锋。罗斯托夫听着这个故事，对兹德尔任斯基的狂喜非但没有一句赞许的话，相反，他的神情仿佛对他所听到的故事感到羞愧，尽管他并不打算辩驳。罗斯托夫在奥斯特利茨战役和一八〇七年的战役之后，根据自己的切身经验知道，人们在讲战斗故事的时候总是会夸大其词，正如他自己也曾夸大其词一样；其次，他知道，战场上所发生的一切完全不是我们所能想象和加以叙述的。因此他不喜欢兹德尔任斯基的故事，也不喜欢兹德尔任斯基本人，这个满脸络腮胡子的人有一个习惯，对谁说话，就喜欢俯身凑近对方的脸，在这狭小的窝棚里挤着他。“首先，在他们所攻击的水坝上想必十分混乱而拥挤，如果拉耶夫斯基真的带上两个儿子，这对任何人都不可能发生什么影响，除非是他本人身边的十来个人，”罗斯托夫想，“其余的人根本看不到，拉耶夫斯基是带着谁向水坝冲锋。何况看到的那些人也不可能受到很大的鼓舞，因为在事关自己生死的时候，拉耶夫斯基的父子亲情与他们何干呢？再说祖国的命运并不取决于能否攻占萨尔塔诺夫斯克水坝，这一点和人们所描述的温泉关是不同的。这样说来，何必作出这么大的牺牲呢？我就不仅不会带上彼佳弟弟，甚至也不会带上伊林，这个和我非亲非故却很善良的少年，我会设法让他们受到保护。”罗斯托夫继续想道，一边听着兹德尔任斯基讲话。不过他没有把自己的想法说出来：他在这方面也是有经验的。他知道，这个故事有助于颂扬我国的武装力量，因而对这样的故事应该装出毫不怀疑的样子。他就是这样做的。

“真受不了，”伊林发觉罗斯托夫不喜欢兹德尔任斯基的谈话，便说，“袜子、衬衫、身上都淋湿了。我去找个避雨的地方。雨好像小些了。”伊林出去了，兹德尔任斯基也骑上马走了。

五分钟后伊林踩着泥浆跑到窝棚跟前。

“乌拉！罗斯托夫，快去。我找到啦！就在两百步开外有个小酒店，我们的人都到那里去了。我们去把衣服烘干也好哇，玛丽亚·亨里霍夫娜也在那里。”

玛丽亚·亨里霍夫娜是团部军医的妻子，是一个年轻漂亮的德国女人，军医是在波兰和她结婚的。军医或是由于缺钱用，或是由于不愿与年轻的新婚妻子分别，便带着她到处跟着骠骑兵团，军医的忌妒时常成为骠骑兵军官之间说笑的话题。

罗斯托夫披上斗篷，叫拉夫鲁什卡带上衣物，和伊林一起走了，有的地方在泥泞中滑行，有的地方干脆在蒙蒙细雨中踏水而过，远方的闪电不时划破黑暗的夜空。

“罗斯托夫，你在哪里？”

“在这儿。瞧这闪电！”他们在交谈。

十三

废弃的小酒店里已有大约五个军官，军医的带篷小马车停在门前。玛丽亚·亨里霍夫娜是胖胖的浅色头发的德国女人，她穿着短上衣、头戴睡帽坐在前面角落里的一条很宽的长凳上。她的军医丈夫睡在她身后。罗斯托夫和伊林在表示欢迎的欢笑声中走进了房间。

“嗬！你们这里好快活。”罗斯托夫笑道。

“你们怎么不来呢？”

“好家伙！身上直淌水！别把我们的客厅弄湿了。”

“别弄脏了玛丽亚·亨里霍夫娜的衣裳。”几个声音呼应道。

罗斯托夫和伊林急于找一个不致冒犯玛丽亚·亨里霍夫娜的角落，把湿衣裳换下来。他们想到隔板后面去换衣服；可是三个军官把小小的储藏室挤得满满的，一个空箱子上点着一支蜡烛，他们坐在那里打牌，怎么也不肯把自己的地方让出来。玛丽亚·亨里霍夫娜拿出自己的一条裙子，临时充当帘子，于是罗斯托夫和伊林在这帘子后面，在带来马褡子的拉夫鲁什卡的帮助下，脱下湿衣服，换上了干衣服。

破炉子里生起了火。人们拿来一块木板，把它架在两个马鞍子上，盖上马被，又拿来小茶炊、旅行食品箱和半瓶朗姆酒，于是请玛丽亚·亨里霍夫娜当女主人，大家都聚在她身边。有人递给她一条干净的手绢，让她擦擦好看的小手，有人在她的小脚下铺一件骑兵上衣防潮，有人拿斗篷挂在窗子上挡风，有人用扇子在她丈夫的脸上赶苍蝇，怕把他闹醒了。

“别管他，”玛丽亚·亨里霍夫娜说，羞怯而幸福地微笑着，“他一夜没睡，再闹也会睡得很香。”

“不，玛丽亚·亨里霍夫娜，”一个军官回答道，“对大夫是要巴结的。哪一天要给我截胳膊或锯腿的时候，说不定他也会发发善心的。”

只有三只杯子；水那么脏，看不清茶泡得浓不浓，茶炊里只有倒满六杯的水，不过这样更有趣，可以按次序和军阶从玛丽亚·亨里霍夫娜那双短指甲不大干净的胖乎乎的小手上接过自己的一杯水。这天晚上所有的军官似乎真的都爱上了玛丽亚·亨里霍夫娜。甚至在隔板后面打牌的那些军官也很快就扔下牌，来到茶炊旁，凑热闹向玛丽亚·亨里霍夫娜献殷勤。玛丽亚·亨里霍夫娜看到这些出色而彬彬有礼的年轻人围绕在自己身边，幸福得容光焕发，尽管她竭力加以掩饰，尽管睡在她身后的丈夫在睡梦中每动一下都会使她担惊受怕。

匙子只有一个，糖是多极了，大家都要把糖搅匀是办不到的，于是决定，由她按次序给每个人搅糖。罗斯托夫接到自己的一杯茶，往里面倒了些朗姆酒，请玛丽亚·亨里霍夫娜把它搅匀。

“可您没放糖呀？”她说，还是微笑着，仿佛她所说的一切，以及别人所说的一切都很好笑，而且另有含义。

“可我不要糖，我只要您亲手搅一搅。”

玛丽亚·亨里霍夫娜同意了，便找匙子，匙子已被人抢走了。

“您就用手指吧，玛丽亚·亨里霍夫娜，”罗斯托夫说，“那更有趣。”

“太烫！”玛丽亚·亨里霍夫娜说，高兴得脸都红了。

伊林提来一桶水，滴了些朗姆酒，走到玛丽亚·亨里霍夫娜跟前，请她用手指搅一搅。

“这是我的一杯，”他说，“只要您把手指伸进去，我就喝干。”

茶炊里的水喝完以后，罗斯托夫拿起一副牌，提议和玛丽亚·亨里霍夫娜玩“当国王”的游戏。抓阄决定，谁做玛丽亚·亨里霍夫娜的对手。根据罗斯托夫的建议，游戏规则是，谁当上国王，谁就有权亲吻玛丽亚·亨里霍夫娜的小手，谁做了“坏蛋”，就要在大夫醒来时重新为他坐上茶炊。

“要是玛丽亚·亨里霍夫娜当上‘国王’呢？”

“她本来就是女王！她的命令就是法律。”

游戏刚开始，大夫突然从玛丽亚·亨里霍夫娜身后抬起乱蓬蓬的头来。他早就醒了，在倾听人们的谈话，看来在大家的所有谈话和活动中没有发现任何愉快、好笑或逗乐的东西。他脸色抑郁而阴沉。他没有和军官们打招呼，挠挠头，请大家让他出去，因为他们挡着他的路。他一走，所有的军官都哄然大笑，而玛丽亚·亨里霍夫娜脸红得要掉泪了，在军官们的眼里她显得更妩媚动人了。大夫从院子里回来对妻子说（她不再幸福地微笑了，惊恐地等着宣判似的望着他），雨停了，该到马车上去过夜啦，再不去，东西就被人偷光了。

“我派勤务兵去看着，”罗斯托夫说，“你得了吧，大夫。”

“我亲自去站岗！”伊林说。

“不，诸位，你们都睡够了，我可是两夜没合眼。”大夫说，阴沉地在妻子身边坐下，等游戏结束。

大夫乜斜眼睛看着妻子，军官们望着他那阴沉的脸色更快活了，很多人忍不住笑出声来，又连忙为这笑声寻找体面的借口。大夫带走妻子，和她在马车上安置下来后，军官们都盖着潮湿的军大衣在小酒店里躺了下来，可是好久也睡不着，时而交谈，回忆着大夫吃惊和他妻子快活的样子，时而跑到台阶上，报道着小马车里的动静。罗斯托夫几次蒙着头想睡；可是又被谁的话所吸引，于是谈话又开始了，又发出了阵阵无缘无故的快活而孩子气的笑声。

十四

两点多了，还是谁也没有睡着，这时连副送来了向奥斯特罗夫纳镇开拔的命令。

军官们连忙开始准备，仍然谈笑风生；又坐上了茶炊，烧的是很脏的水。但是罗斯托夫等不及喝茶就去了骑兵连。天已破晓；细雨停了，乌云在渐渐飘散。空气潮湿而寒冷，尤其是身上的衣服还没有干透。走出小酒店，罗斯托夫和伊林都在黎明的薄暗中向大夫的那辆皮车篷上雨点闪闪发亮的马车里张望，车帘下露出了医生的两只脚，在马车当中可以看到枕头上的医生太太的睡帽，听得到他们睡梦中的呼吸声。

“说真的，她很可爱！”罗斯托夫对和他一起出来的伊林说道。

“这女人太迷人了！”伊林带着十六岁的认真劲儿回答说。

半小时后骑兵连列队站在大路上。传来了口令声：“上马！”士兵们画了十字，纷纷上马，罗斯托夫骑马走到前面，发出口令：“齐步走！”于是骠骑兵四人一排，只听潮湿的路上蹄声嗒嗒、马刀铿锵、低声细语，他们沿着两旁栽种着桦树的大道前进，跟随着走在前面的步兵和炮兵。

青紫色的片片乌云被曙光映得红艳艳的，在风的驱使下飞跑。天色越来越亮。可以清楚地看到总是繁殖在村道上的茂密的野草，由于昨天的一场雨还湿漉漉的；桦树的悬垂的枝条也是湿漉漉的，在风中摇曳，把亮晶晶的水滴洒向一旁。士兵们的脸越来越清晰可见了。罗斯托夫和紧随不舍的伊林沿着大道的一侧走在两行桦树之间。

罗斯托夫在战场上自作主张地骑了一匹哥萨克马，而不是战马。作为行家和爱马者，不久前他给自己搞到了一匹高大的烈性顿河马，那是白鬃白尾的枣红马，骑上这匹骏马，谁也赶不上他。对罗斯托夫来说，骑这匹马是一种享受。他想到马，想到早晨，想到医生太太，却一次也没想到面临的危险。

从前罗斯托夫在投入战斗时感到害怕；现在丝毫没有恐惧感了。他不感到害怕，不是因为他对战火已经习惯了（对危险是无法习惯的），而是因为他学会了在危险面前控制自己的心态。他习惯于在投入战斗时什么都想，就是不想他似乎最该关切的事情——面临的危险。这一点在服役初期是做不到的，不管他怎样努力，怎样怨恨自己胆小；但是随着岁月的流逝，现在已经自然而然地做到了。他现在和伊林在桦树之间并辔而行，偶尔从碰到手边的树枝上摘下几片树叶，有时用脚轻轻地碰一下马腹，有时头也不回地把抽完的烟斗递给一个跟在后面的骠骑兵，神态是那么平静而自由自在，仿佛在骑马漫游似的。他怜惜地望着伊林激动的脸色，伊林在不安地唠叨着；他凭着经验很了解少尉的那种等待风险和死亡的痛苦心情，他也知道，只有时间才能帮助他。

太阳刚出现在乌云下的一片明净的天空,风便停息了,仿佛它不敢破坏这雷雨过后的夏日清晨的美景；雨点还在滴落，不过已是垂直地滴下——万籁俱寂。太阳整个儿地跃出地平线，又隐没在它上方的一片狭长的乌云里。几分钟后太阳更灿烂地出现在乌云的上缘，阳光把乌云的边缘撕破了。万物都在阳光下闪烁。与此同时，仿佛在和阳光相呼应似的，前方响起了大炮的轰鸣。

罗斯托夫还来不及考虑和确定炮声的距离，奥斯特曼-托尔斯泰伯爵①的副官便骑马从维捷布斯克赶来，传达沿着大路跑步前进的命令。

骑兵连赶过了也在加快脚步匆匆行进的步兵和炮兵，驰下山坡，经过一个空无一人的乡村，又奔上山坡。马匹开始冒汗，士兵们满脸通红。

“立正，看齐！”前面传来了骑兵营长的口令。

“左转弯，齐步走！”前面又响起了口令声。

于是骠骑兵沿着战线转往我师的左翼，停留在处于第一线的我军枪骑兵之后。右方是保持密集的纵队队形的我军步兵，那是预备队；在他们上方的山上可以看见在一尘不染的空中，在早晨斜射的灿烂的阳光下，在那地平线上有我们的炮群。在前方峡谷的那边，可以看到敌军的纵队和大炮。峡谷里可以听到已投入战斗的我军散兵线的行动以及与敌军互射的欢快的枪声。

罗斯托夫听到这久违的声音，好像听到最欢快的音乐一样，心情愉快起来。嗒——嗒——嗒！——时而一阵齐射，时而很快地连声枪响。一切又归于寂静，接着又仿佛有人踩着响炮似的响成一片。

---

① 奥斯特曼-托尔斯泰伯爵（1770—1857），俄国将军，1812 年指挥西线第一军团的一个步兵军。在奥斯特罗夫纳之战中他挡住了缪拉一个军的进攻。

骠骑兵们在原地待了近一个小时。炮击开始了。奥斯特曼伯爵带着随员从骑兵连后面过来，勒马和团长交谈了几句，随即驰往山上的炮群。

奥斯特曼走后，枪骑兵那里响起了口令声：

“成一路纵队，准备冲锋！”他们前面的步兵分列两旁，让骑兵过去。枪骑兵出动了，长矛上的小旗飘动着，他们快步下山，向出现在山脚下的法国骑兵冲去。

枪骑兵下山后，骠骑兵立即奉命上山掩护炮队。在骠骑兵进入枪骑兵的位置时，远处散兵线上发射的子弹呼啸着凌空而过。

这久已不曾听到的声音比刚才的射击声使罗斯托夫更高兴、更兴奋。他挺直身子，察看着山下的战场，心思都放在枪骑兵的行动上了。枪骑兵们飞快地向法国龙骑兵猛扑过去,在烟雾中纠缠在一起了,五分钟后枪骑兵疾驰而回,不是退回原地,而是略微偏左。在身穿橙黄色军服、骑着枣红马的枪骑兵之间和他们后面可以看到一大群身穿蓝军服、骑着灰色马匹的法国龙骑兵。

十五

罗斯托夫以其猎人的锐利目光和其他一些人最先看到身穿蓝军服的法国龙骑兵在追击我军枪骑兵。一群一群溃乱的枪骑兵和跟踪追击的法国龙骑兵来得近了，更近了。已经看得见，在山脚下显得很小的那些人在互相冲撞，彼此追逐，挥舞着手臂或马刀。

罗斯托夫像看狩猎一样望着眼前所发生的一切。他敏锐地觉得，如果现在和骠骑兵一起向法国龙骑兵发起攻击，他们是抵挡不住的；可是若要攻击，就得马上，就在此时此刻，否则就晚了。他环顾四周。站在他身边的连副也同样目不转睛地看着下面的骑兵。

“安德烈 · 谢瓦斯季亚内奇，”罗斯托夫说，“要知道，我们可以合围……”

“好主意，”连副说，“可不是吗……”

话没有听完，罗斯托夫就催动坐骑，冲到骑兵连前面去了，他还没有来得及发出行动的口令，和他心意相通的骑兵连便跟着他一拥而上。

罗斯托夫自己也不知道，他怎么会这么干。他就像在打猎时一样，不假思索地这么干了。他看到龙骑兵离得很近，他们在奔驰中队形混乱；他知道他们是抵挡不住的，他知道只有稍纵即逝的一刹那。子弹那样令人激动地在他周围呼啸，马是那样性急地要往前冲，他把持不住了。他催动坐骑，发出口令，听见自己已展开队形的骑兵连全速奔驰的马蹄声，在这同一瞬间他往山下的龙骑兵冲去。一到山下，他们的速步跑法便自然地变成了大跑，随着渐渐接近我军枪骑兵和追赶他们的法国龙骑兵而跑得愈来愈快。龙骑兵很近了。前面的看到骠骑兵便拨回马头，后面的不得不停下来。罗斯托夫带着拦截野狼的心情放开自己的顿河马全速飞奔，向溃乱的法国龙骑兵部队横插过去。一个龙骑兵勒马站住了，一个步兵扑倒在地，以免被马踩死，一匹没有骑手的马卷进了骠骑兵之间。法国龙骑兵几乎都在掉头逃跑。罗斯托夫在灰色马的骑手中选定一个目标，追了上去。他在路上碰上了灌木丛；骏马驮着他一跃而过，尼古拉险些掉下马来，他看到顷刻之间就能赶上他所选定的敌人了。看军服那个法国人大概是一名军官，他俯伏在自己的灰色马上，用马刀赶着马飞跑。转瞬间罗斯托夫的马的胸部撞上了那个军官的马屁股，差点儿把它撞翻，就在这一瞬间，罗斯托夫自己也不明白为什么，举起马刀就向法国人砍了过去。

就在他砍下去的同一瞬间，罗斯托夫兴奋的心情突然消失了。那个军官的手臂只是在略高于肘部的地方被划破了一点，他倒下了，与其说是被马刀砍倒的，不如说是由于马的冲撞和受到惊吓。罗斯托夫勒住马，用眼睛搜寻自己的敌人，想看清他所战胜的是什么人。法国龙骑兵军官一只脚在地上蹦跳，一只脚套在马镫里。他惊恐地眯缝着眼，仿佛随时等待着新的打击，皱起眉头骇然地仰望着罗斯托夫。他苍白的脸上溅满污泥，一头浅色头发，面容显得很年轻，下巴上有一个小窝，眼睛是浅蓝色的，这是一张最不该出现在战场上的毫无敌意的脸，而是极其普通的居家过日子的脸。在罗斯托夫决定对他采取什么行动之前，军官就大叫：“我投降！”他急急忙忙地想把脚从马镫里解脱出来，同时一双蓝眼睛紧盯着罗斯托夫。几名跳过去的骠骑兵把他的脚抽了出来，又把他扶上马鞍。骠骑兵在四面八方和那些龙骑兵打交道：一个龙骑兵受伤了，尽管满脸鲜血，却就是不肯把他的马交出来；另一个搂着骠骑兵，坐在他的马屁股上；第三个被骠骑兵托着想爬上他的马。法国步兵在前面边跑边打枪。骠骑兵们带着自己的俘虏匆忙地往回赶。罗斯托夫怀着一种不痛快的沉重的心情和别人一起回去了。某种模糊的、纠缠不清的、他怎么也无法解释的问题出现在他面前，就因为他俘虏了这个军官，还砍了他一刀。

奥斯特曼-托尔斯泰伯爵迎接归来的骠骑兵们，他把罗斯托夫叫去，向他表示感谢并对他说，他要向皇上呈报他的英勇事迹，并请求授予他圣乔治十字勋章。当罗斯托夫被叫去见奥斯特曼伯爵的时候，他想起他是在没有上级命令的情况下发起冲锋的，他毫不怀疑，长官叫他去，是因为他擅自行动而要惩罚他。因此奥斯特曼的赞扬和为他请功的好意应当使罗斯托夫更为惊喜才对，然而那种不痛快的、模糊的感觉仍然使他如坐针毡。“究竟是什么在折磨我呢？伊林？不，他安然无恙。我干了什么丢脸的事了？不，都不是！是别的什么在折磨我，好像是一种悔恨。对了，对了，是那个下巴上有一个小窝的法国军官。我清楚地记得，当我举起手臂时，我的手臂就停住不动了。”

罗斯托夫看到俘虏被带走，便跟在他们后面，想看看那个下巴上有个小窝的法国人。他穿着那身奇怪的军装，骑着骠骑兵的一匹备用马，不安地环顾四周。他手臂上的伤几乎算不上是伤。他对罗斯托夫假意地微微一笑，向他挥手致意。罗斯托夫还是那样尴尬，觉得问心有愧。

这一天整天和第二天，罗斯托夫的朋友和战友们发觉，他并不烦闷，也没有生气，只是寡言少语，神情专注地若有所思。他没有兴趣喝酒，喜欢独自待着，老是在想着什么。

罗斯托夫一直在想着自己的这个辉煌的战功，他感到惊讶，居然让他获得了圣乔治勋章，甚至为他赢得了勇士的名声——可他怎么也无法理解。“他们比我们还更加害怕啊！”他想。“这就是所谓的英雄业绩吗？难道我是为了祖国而这样做的？他长着一个小窝和一双蓝眼睛有什么错？他多么害怕啊！他以为我要杀死他。我为什么要杀死他呢？

当时我的手发抖了。可我却获得了一枚圣乔治勋章。我一点也不懂!”

尼古拉在心里反复琢磨这些问题，始终解不开心头的疑团，可是这时他在军旅生涯中却像常有的那样时来运转了。他在奥斯特罗夫纳的战斗之后得到了提拔，一个骠骑兵营交给他指挥了，每当需要勇敢的军官时，便派他去执行任务。

十六

得到娜塔莎生病的消息，还没有完全康复、身体虚弱的伯爵夫人便带着彼佳和全家人来到了莫斯科，罗斯托夫一家从玛丽亚·德米特里耶夫娜家里搬进自家的住宅,在莫斯科定居了。

娜塔莎的病很重，她对构成其病因的事件的想法、她的行为以及她与未婚夫的决裂都退居次要地位了，这对她和她的亲人都是一件幸事。她病成那样，不可能再去考虑，她在整个事件中所犯的错误有多大，可是她不吃、不睡、明显地日渐消瘦、咳嗽不止，医生们暗示，她还没有脱离危险。唯一要考虑的是治好她的病。医生们常来，单独或通过会诊用法语、德语和拉丁语喋喋不休，彼此责难，开出能治疗他们所知道的所有病症的各种各样的药方；可是他们谁也没有想到一个简单的道理，他们是不可能了解娜塔莎的病症的，正如不可能了解一个活人所患的任何一种病症一样，因为每一个活人都有他的特点，总是患有一种特别的病症——他所独有的、复杂的、医学所未知的新的病症，那不是医学所记载的肺部、肝脏、皮肤、心脏、神经等等的疾患，而是这些器官的疾患的无数综合征之一。医生们不可能想到这个简单的道理（正如一个魔法师不会想到，他是不可能施行魔法的），因为他们一生的事业就是从事医疗，因为他们靠行医挣钱，还因为他们为此而耗费了毕生最好的年华。但主要的是，医生之所以不可能想到这个道理，是因为他们看到，他们无疑是有益的，而且确实对罗斯托夫一家的所有人都有益。他们之所以有益，不是因为他们迫使病人吞服大多有害的物质（这种害处不易觉察，因为有害物质的剂量很小），然而他们是有益的、必要的、不可或缺的人（这就是为什么过去和现在永远会有假郎中、算命先生、主张顺势疗法和对抗疗法的医生），因为他们能满足患者和关爱患者的人们的精神需求。他们能满足希望减轻病痛这种人类的永恒的需求以及对同情和采取行动的需求,人在病痛中是有这些需求的。他们能满足人类的一种永恒的需求，儿童以最原始的形式把它表现出来——揉揉碰疼的地方。儿童碰疼了，便立刻跑到母亲、保姆的怀里，让她们在他疼痛的地方亲亲、揉揉，亲过了，揉过了，他就觉得好些了。儿童不相信，那些比他强壮、聪明的人会没有办法减轻他的痛楚。对减轻痛楚的希望以及母亲在替他揉搓时的怜惜的表情使他得到了安慰。医生对娜塔莎有益，因为他们亲着、揉着**痛处**，对她说，马上就不痛了，只要车夫到阿尔巴特街的药房去一趟，花一卢布七十戈比买来装在漂亮的小盒子里的药粉和药丸，只要娜塔莎每隔两小时一定按时按量用开水把药粉服下就行。

索尼娅、伯爵和伯爵夫人能做些什么呢，他们能眼睁睁地看着虚弱、消瘦的娜塔莎而无所事事吗？幸亏有这些按时服用的药丸、温开水、鸡肉饼以及医生嘱咐的种种生活琐事，对周围的人来说，遵从医嘱就是他们的任务和安慰啊。这些要求越严格、越复杂，周围的人就越是感到安慰。试想：要是伯爵不知道，娜塔莎的病花掉了他几千卢布，只要她能好起来，再花几千卢布也在所不惜，也就是说，要是他不知道，她若不能康复，他不惜再花几千卢布带她到国外去请医生会诊；要是他不能详细地谈谈梅蒂维埃和费勒摸不准病情,弗里斯倒是摸准了,而穆德罗夫的诊断更准确，那么，自己爱女的病叫伯爵怎么受得了呢？要是伯爵夫人不能有时和病中的娜塔莎吵嘴，责怪她没有严格遵从医嘱，她还能做什么呢？

“要是你不听医生的话按时服药，”她说，因为气愤而暂时忘记了自己的悲痛，“你就一辈子也好不了！千万不可大意，你可能转为肺炎。”伯爵夫人说，在说到并非她一个人不懂的这个术语时，她已经得到了很大的安慰。索尼娅要不是愉快地意识到，她为了随时准备严格地执行医嘱，在初期曾有三夜衣不解带，现在又为了不错过时间能及时从金色小盒子里取出毒性很小的药丸递给病人而深夜不眠，那么她还有什么事可干呢？甚至娜塔莎本人，尽管她说，什么药也治不好她的病，这一切都很无聊——连她也很高兴看到，大家都在为她尽心尽力，她必须在一定的时间服药，而且她甚至很高兴，可以在藐视规定的时候表白，她不相信医药，也不在乎自己的生命。

有一位医生每天都来，号脉、瞧舌苔，他不理会她那沮丧的脸色，和她开着玩笑。可是他一走进另一个房间，伯爵夫人就急忙跟着去了，于是他神情严峻，若有所思地摇着头说，虽然有危险，但他希望这最后开的药能起作用，所以要等等看；病主要是精神上的，不过……

伯爵夫人竭力掩饰自己的动作，悄悄地往他手里塞了一枚金币，于是每次都安心地回到病人的身边。

娜塔莎的病状是吃得少，睡得少，咳嗽，一直萎靡不振。医生们说，不能让病人得不到医疗，因此把她留在城市的污浊的空气里。一八一二年罗斯托夫一家没有到乡下去。

尽管吞服了小罐子、小盒子里的大量药丸、药水和药粉，爱好小玩意的绍斯太太已经从小罐子和小盒子中挑选了一大堆收藏品，尽管离开了习惯的乡村生活，青春还是占了上风：娜塔莎的悲伤开始蒙上一层往日生活的印象，悲伤不再是压在心头的那么折磨人的痛楚，渐渐成为过去，于是娜塔莎的身体开始复原了。

十七

娜塔莎平静些了,但心情没有好起来。她不只是回避一切欢乐的外在环境，诸如舞会、兜风、音乐会、戏剧，而且她在笑的时候没有一次不是饮泣吞声。她不能唱歌。她只要笑起来，或独自一人试着唱歌，泪水便使她窒息：那是悔恨的泪水，回忆一去不复返的清纯时代的泪水；那是气愤的泪水，她白白地毁了自己少女时代的生活，本来可以过得多么幸福啊。她特别觉得，欢笑和歌唱是对她的悲哀的亵渎。她一次也没有想过要搔首弄姿；她甚至不必克制自己。她说过，并且感觉到，在这个时期所有的男人对她来说，完全就是小丑娜斯塔西娅·伊万诺夫娜。内在的心防坚决禁止她享乐。从前的生活乐趣已经荡然无存，那时她过的是少女的无忧无虑、充满希望的生活。她最经常、最痛心的回忆是秋季、狩猎、大叔以及她和尼古拉在快乐村所度过的圣诞节节期。那个时期的生活只要能再过一天，她甘愿付出任何代价！但是这已经完全结束了。那时的预感没有欺骗她，自由的、可以尽情欢乐的生活永远不会回来了。但是还得活下去。

她乐于去想，她并非像她过去所想象的那样比别人好，而是比世上所有的人都更坏，而且坏得多。然而这还不够。这一点她是知道的，因而自问："以后怎么办呢？"以后什么也没有了。生活中没有任何欢乐，而生活在流逝。看来娜塔莎只想不拖累任何人，不妨碍任何人，而她自己一无所求。她疏远家里所有的人，只有和弟弟彼佳在一起才会高兴。她最喜欢和他待在一起；和他单独相处时她有时会笑。她几乎足不出户，而在来访的客人之中她只高兴见到皮埃尔。没有人能比别祖霍夫伯爵更温柔、更细心而又更庄重地对待她。娜塔莎下意识地感觉到了这种温柔的态度，因而有他在场她会感到很满足。不过，对于他的温柔，她甚至没有感激之情：她觉得，来自皮埃尔的好意并不是他刻意为之，皮埃尔似乎很自然地善待所有的人，因而他的善良算不上什么功劳。有时娜塔莎发现，有她在场时，他会发窘、不好意思，特别是当他想取悦于她或担心谈话中有什么会勾起娜塔莎的沉痛回忆的时候。她发现了这一点，并把它归因于他的一般的善良和腼腆，在她看来，他对别人和对她是一样的。他曾偶然地说过，如果他是自由身，他就跪下向她求婚、求爱，这些话是在她那么心烦意乱的时候对她说的，此后皮埃尔再也没有谈到过他对娜塔莎的感情，因而在她看来，当时让她得到极大安慰的那些话不过是说说而已，正如人们为了安慰哭泣的孩子而说些毫无意义的话。不是因为皮埃尔是已婚的男人，而是因为娜塔莎觉得，在自己和他之间有一种极大的道德障碍——她和库拉金在一起是不觉得有这种障碍的——她觉得，她和皮埃尔的关系不仅决不会发展为爱情，她不会，他更不会，甚至不会有男女之间的那种温情脉脉的、自尊的、富于诗意的友谊，她知道这种友谊的几个例子。

在彼得斋戒期[①]结束时，罗斯托夫家在快乐村的邻居阿格拉费娜·伊万诺夫娜·别洛娃到莫斯科来拜见圣徒。她建议娜塔莎斋戒，娜塔莎欣然接受了这个想法。尽管医生禁止清早出门，娜塔莎却坚持斋戒，而且不是像罗斯托夫的家庭通常那样斋戒，即在家里做三次祷告，而是一定要像阿格拉费娜·伊万诺夫娜那样斋戒一周，一次也不放过教堂的晚祷、日祷或晨祷。

伯爵夫人看到娜塔莎这样热心很高兴，由于医疗不见效，她心里希望祈祷比药物对她更有帮助，尽管怀着疑惧的心情瞒着医生，但是赞同了娜塔莎的愿望，并把她托付给别洛娃。阿格拉费娜·伊万诺夫娜凌晨三点来叫醒娜塔莎，往往发现娜塔莎已经起床了。娜塔莎怕睡过晨祷的时间。匆忙地洗了脸，温顺地穿上自己最差的衣裳和旧斗篷，娜塔莎在寒气中哆嗦着走上晨曦映红的空荡荡的大街。按照阿格拉费娜的建议，娜塔莎不在自己的教区斋戒，而是到另一个教堂去，虔诚的别洛娃说，那里有一位非常严格的人品高尚的神甫。教堂里的人总是很少；娜塔莎和别洛娃来到常去的地点，站在左边唱诗班的后面所镶嵌的圣母像前，在这不寻常的清晨时分，望着被上方的烛光和窗外的朝霞所映照的圣母的幽暗的圣容，听着她竭力追随并力求理解的祈祷，一种面对不可思议的伟大场景时的从未有过的谦卑感充满了娜塔莎的内心。当她能理解祷词时，她带有自己特点的心情便融入她的祈祷；当她不能理解时，她就更高兴地想，要理解一切是骄傲的表现，理解一切是不可能的，只要信仰和皈依上帝就好，上帝此时——她感觉得到——正在指引她的心灵。她画着十字，鞠躬行礼，当她不理解时，便对自己的卑劣感到骇然，只是祈求上帝宽恕她的一切、一切，保佑她。她最热心的祈祷是忏悔的祈祷。她早上回家时，碰到的只有上工的泥瓦匠和扫大街的看院子的人，家里的人都还睡着，娜塔莎怀着从未有过的心情，觉得自己还能悔过自新，过上纯洁幸福的新生活。

---

① 指圣彼得节（东正教节日，俄历 6 月 29 日）前的斋戒，结束于俄历 6 月 28 日。

在她这样生活的整个一周，这种感觉在日益增强。在她的心目中，领圣餐，或者像阿格拉费娜·伊万诺夫娜高兴地玩弄字眼对她所说的领圣体，是那么伟大的幸福，以致她觉得，她活不到极乐的礼拜天。

然而幸福的一天终于到来了，当娜塔莎在这个难忘的星期天身穿白纱连衣裙领圣餐回来后，几个月来她第一次感到心情平静，不再为她要面对的生活而郁郁不乐。

这一天医生来给娜塔莎检查身体，吩咐要继续服用他两周前所开的药粉。

“一定要继续服用，早晚各一次，”他说，看来是真心实意地为自己的成就而深感满意，“只是要更准时才好。您放心吧，伯爵夫人，”医生开玩笑地说，一面灵巧地把一枚金币抓在手心里，“她很快又会唱歌玩耍了。最后这次开的药对她非常、非常有效。她气色好多了。”

伯爵夫人看了看指甲，吐了口唾沫[1]，喜笑颜开地回客厅去了。

十八

七月初，莫斯科广泛流传着关于战局的越来越令人不安的消息：人们谈到皇上的告民众书，谈到皇上本人离开军队回到了莫斯科。由于七月十一日之前没有收到宣言和告民众书，关于这些文件和俄国处境的流言不免夸大其词。人们说，皇上离开军队是因为军队陷入了危险境地，斯摩棱斯克已经失守，拿破仑拥有百万大军，只有奇迹才能挽救俄国。

七月十一日，星期六，宣言收到了，但是还没有印出来，于是在罗斯托夫家做客的皮埃尔答应第二天，即星期日，去吃午饭时把宣言和告民众书带去，这两份文件他可以在拉斯托普钦伯爵那里搞到。

那个星期天罗斯托夫一家像往常一样，到拉祖莫夫斯基家的家庭教堂去做日祷。这是七月炎热的一天。罗斯托夫一家在教堂前下马车时已是十点钟了，在炎热的空气中，在小贩的叫卖声中，在人群的鲜艳夺

---

① 俄俗求吉利的动作。

目的夏季服装中，在林荫道的落满尘土的树叶上，在军乐声中和前去接班的一营军人的白色长裤上，在马路上的隆隆声中和炎热耀眼的阳光下有一种夏日的慵困，以及城市中在晴朗炎热的日子里能特别强烈地感觉到的那种对现状的满意或不满。在拉祖莫夫斯基家的教堂里聚集了莫斯科的显贵和罗斯托夫家的所有相识（这一年，仿佛在等待什么似的，往年纷纷下乡的很多富有的家庭都留在了城里）。一名穿着仆役制服的仆人在母亲身边开道，娜塔莎跟着他往前走的时候，听见有一个年轻人在用太大的耳语声谈论她：

“这是罗斯托娃，就是那个……”

“瘦多了，可还是很漂亮！”

她听到，或者说她感觉到，他们提到了库拉金和鲍尔康斯基的名字。不过她总是有这样的感觉。她总是觉得，别人看着她时只想着她发生过的那些事情。娜塔莎穿着一件镶有黑色花边的浅紫色丝绸连衣裙，带着她在人群中总会有的那种痛苦而麻木的心情，像女人所擅长的那样走路——心里越痛苦、羞愧就越显得平静而庄重。她知道她漂亮，不错，可是现在她不像过去那样因此而高兴了。相反，最近她倒是因此而极为苦恼，尤其是在城里，在这晴朗炎热的夏天。“又是一个星期天，又是一个星期。”她对自己说，想起了上个星期天她在这里的情形，“还是那种没有生气的生活，还是那样的环境，从前在这样的环境里是那么轻松愉快。我漂亮、年轻，而且我知道，现在我很善良，过去我是很坏的，而现在我很善良，我知道，”她在想，“而美好的年华并不为了谁而在白白流逝。”她站到母亲身旁，对近处的相识点头致意。娜塔莎习惯性地审视女士们的衣着，批评站在附近的一位女士的风度以及用手在很小范围内画十字的不成体统的方式，她又恼怒地想，别人在议论她，她也议论起别人来了，这时突然听到了祈祷声，她对自己的卑劣大吃一惊，对她又丧失了原来的纯洁而惊愕。

一位仪表端庄、举止安详的老者在诵读祷文，他那谦和而庄重的神态使祈祷者的心灵感受到庄严的抚慰。圣像墙的中门关上了，缓缓地拉上了帐幔；从那里传来神秘安详的声音。娜塔莎自己也莫名其妙的泪水堵在胸口，快乐而陶醉的心情使她激动不已。

“你教导我吧，我该怎么做，怎样改过自新永不再犯，永不再犯，我该怎样对待自己的生活……”她想道。

助祭登上读经台，揸开拇指从法衣下捋出长发，把十字架放在胸前，开始庄严地高声诵读祷文：

“我们共同向主祷告。”

“我们——大家在一起，不分阶层，没有敌意，兄弟般地团结友爱，共同祷告。”娜塔莎想。

“祷告天上的世界，祈求我们的灵魂得救！”

“祷告天使和所有生活在天上的没有形体的神灵的世界。”娜塔莎祷告着。

在为军人祷告时，她想起哥哥和杰尼索夫。在为漂泊的游子祷告时，她想起安德烈公爵，为他祷告，并祈求上帝宽恕她对他所作的恶。在为爱我们的人祈祷时，她为自己的家人祈祷，为父亲、母亲、索尼娅祈祷，现在第一次明白了自己对他们所犯的过错，感到自己是那么深爱着他们。在为仇恨我们的人祈祷时，她为自己想出一些敌人和仇人，以便为他们祈祷。她把债主和所有那些与她父亲打交道的人都列为敌人，她每次想到敌人和仇人，便会想起对她干了那么多坏事的阿纳托利，虽然他并不是仇人，她高兴地把他当做敌人而为之祈祷。她觉得自己只有在祈祷时才能泰然而平静地想起安德烈公爵和阿纳托利，她对这些人的感情比起她对上帝的敬畏和崇敬之情是微不足道的。在为皇家和正教院①祈祷时，她特别深深地鞠躬，画着十字，她对自己说，即使她不能理解，也决不能怀疑，因而还是爱着拥有无上权力的正教院并为它祈祷。

助祭结束应答祈祷②后，在胸前肩带上画十字表示祝福，宣讲道：

---

① 正教院，实行委员制的俄国最高宗教机构。

② 应答祈祷，东正教祈祷仪式中的一部分，神甫或助祭诵读祷文时，唱诗班应答道：“上帝保佑！”

“我们把自己和我们的生命献给我主基督。”

“我们把自己献给基督，”娜塔莎在心里复述道，“我的上帝，我服从你的意志，”她想，“我自己一无所求；愿你教导我怎么做，怎样贯彻你的意志！愿你把我带走，把我带走吧！”娜塔莎心里感动而急切地说；她没有画十字，垂下纤细的手臂，仿佛在等待一种无形的力量马上把她带走，使她摆脱自己，摆脱自己的那些懊恼、愿望、埋怨、希冀和罪孽。

在祈祷时，伯爵夫人几次回头看望女儿的深受感动、双目炯炯的面容，祈求上帝帮助她。

突然，助祭在祈祷中途，也不按娜塔莎所熟知的礼拜程序，把圣灵降临节[①]在上面跪诵祷文的那条板凳搬了出来，把它放在圣像墙的门前。神甫头戴淡紫色丝绒法冠出来了，他整理好头发，费力地跪了下来。大家也都跟着跪下，困惑地面面相觑。这是刚刚收到的从正教院发来的一篇祷文，祈求拯救俄国免受外敌入侵。

“万能的上帝，我们的救世主，”神甫以清晰、质朴而温和的声音诵读起来，只有斯拉夫教士才会用这样的声音诵读，这声音不可抗拒地感染着俄国人的心灵，“万能的上帝，我们的救世主！愿你今天就以你的慈悲和恩德眷顾你恭顺的子民，体察我们的仁爱之心，宽恕我们，保佑我们！敌人要骚扰你的土地，要把全世界夷为平地，与我们为敌；那些无法无天的人们纠集在一起，要毁坏你的所有，摧毁你的可敬的耶路撒冷、你所垂爱的俄罗斯：玷辱你的神殿，掘掉你的祭坛，亵渎我们的圣物。主啊，这些罪孽深重的歹徒要猖狂到几时？他们罪恶的政权要保持到何时呀？

“主宰万物的上帝啊！愿你垂听我们的祈祷：以你的神力支持无限虔诚、大权在握的伟大君主——我们的亚历山大·巴甫洛维奇皇帝；愿你垂念他的正直和谦和，奖赏他的仁慈，仁慈的他将保护我们，保护你所垂爱的以色列。为他的贤明、创举和业绩而降福于他吧；请用

---

①东正教十二大节日之一。

你万能的手加强他的王国，让他战胜敌人，犹如你让摩西战胜亚玛力，让基甸战胜米甸，让大卫战胜歌利亚。[①]请保佑他的军队：将铜制的强弩授予他的战士们，他们是以你的名义武装起来的，并赐予他们战斗的力量。请拿起武器和盾牌为我们助阵，但愿试图加害于我们的人蒙受奇耻大辱，但愿他们在你忠诚的战士面前像风前的尘埃，但愿你的坚强的天使羞辱并赶走他们；但愿他们在不知不觉之间陷入罗网，让他们被四面围困,无处藏身；但愿他们倒在你的仆人们的脚下，在我们的怒吼声中遭到践踏。主啊！不论长幼你都不倦地加以拯救；你是上帝，人是不能违抗你的。

“我们天上的父啊！记住你亘古以来的恩宠和慈悲：不要抛弃我们，甚至憎恶我们的不足之处，而是以你伟大的慈悲保佑我们，并以你浩荡的恩德不计较我们的妄为和罪孽。请铸就我们纯洁的心灵，恢复我们本能中正义的精神；巩固我们所有人对你的信仰，坚定我们的希望，激励我们真心相爱，并以团结精神武装我们，以保卫你赐予我们和我们祖辈的胜利果实，可不能让渎神者的棍棒支配你的信徒们的命运。

“我们的上帝，我们信仰你，仰仗你，不要让我们期望你的慈悲的夙愿遭到嘲笑，请预示吉兆吧，让仇视我们和我们东正教信仰的人看到，他们必将遭到耻辱和失败；让各国皆知，你的名号是上帝，而我们是你的子民。主啊，今天就向我们显示你的慈悲吧，让我们得到你的拯救；让你的仆人为你的慈悲而欢欣鼓舞；请惩罚我们的敌人，赶快把他们打倒在你的忠实信徒的脚下。你赐予一切信仰你的人以护持、帮助和胜利，我们把一切光荣归于你，归于圣父、圣子和圣灵，今天以至永远，直至永恒。阿门。”

在娜塔莎所处的那种敞开心扉的状态中，这篇祷文强烈地感染了她。她逐句倾听，听到摩西战胜亚玛力、基甸战胜米甸、大卫战胜歌利亚以及要破坏你的耶路撒冷时，她心里充满了柔情和感动向上帝祈求；但是她不大明白，她在这祷告里向上帝祈求的是什么。她一心一意地祈

①典出圣经故事。

求正义的精神、以信仰和希望坚定人心、激励人们的爱心。但她不能祈求把自己的敌人踩在脚下，因为就在几分钟之前她曾想有更多的敌人，以便爱他们，为他们祈祷。然而她也不能怀疑跪诵的祷文的正确性。她怀着虔敬而战栗的恐惧，怕人们会由于他们的罪孽而受到惩罚，特别是怕她会由于自己的罪孽而受到惩罚，于是她祈求上帝宽恕他们所有的人和她，赐予他们所有的人和她以平安幸福的生活。她觉得，上帝听到了她的祈祷。

十九

那一天皮埃尔在离开罗斯托夫家的途中回忆着娜塔莎的感激的眼神，他仰望天空的那颗彗星，感到一个新的前景已向他展现，从此以后，永远困扰着他的关于尘世的一切空虚而荒诞的问题便不再出现了。这个可怕的问题： 何必呢？为什么？——以前他在从事任何活动时都会出现的这个问题消失了，现在取代它的并不是另一个问题，也不是对以前那个问题的回答，而是对**她**的想象。不论他是听到还是自己在进行无聊的谈话，不论他是读到还是了解到人的卑劣或无聊，他都不像以前那样大为震惊了；他不再问自己，人们何必忙忙碌碌呢，既然一切都那么短暂而渺茫，而是回忆他最后一次所见到的她的样子，于是他的一切怀疑都消失了，不是因为她回答了他曾经想到的那些问题，而是因为对她的想象刹那间便把他带到了另一个光明的境界，在那里不可能有什么是非曲直，那是美和爱的境界，为了那样的美和爱此生可以无憾。他在生活中不管看到什么卑鄙龌龊的事情，都对自己说：

“尽管某某盗窃了国家和沙皇的财产，国家和沙皇还是以礼相待；而她昨天曾对我微笑，还请我去看她，我爱她，这一点是永远不会有人知道的。”他想。

皮埃尔仍旧出入社交界，仍旧贪杯，过着游手好闲、神不守舍的生活，因为他除了在罗斯托夫家度过的时光，还有其余的时间要打发，习惯和他在莫斯科的新相识不可抗拒地把他吸引到他难以摆脱的生活中去。但是最近，从战场上传来愈来愈令人惊惶不安的消息，同时娜塔莎的健康开始恢复了，她在他的心里不再激起那种关怀备至的怜惜之情，一种莫名的不安开始越来越困扰着他。他感觉到，他现在的生活不可能持续太久，灾难正在临近，它将改变他的整个人生，于是他焦急地在种种现象中寻找灾难逼近的迹象。一个共济会的兄弟向皮埃尔透露了有关拿破仑的预言,这个预言是从约翰的《启示录》中推算出来的：

《启示录》第十三章第十八节说："在这里有智慧。凡有聪明的，可以算计兽的数目，因为这是人的数目，它的数目是六百六十六。"

这一章第五节说："又赐给它说夸大亵渎话的口，又有权柄赐给它，可以任意而行四十二个月。"

法语字母按照希伯来数字表示法，以前九个字母表示个位数、其余字母表示十位数，其数值如下：

a	b	c	d	e	f	g	h	i	k	l	m	n	o	p
1	2	3	4	5	6	7	8	9	10	20	30	40	50	60
q	r	s	t	u	v	w	x	y	z[①]					
70	80	90	100	110	120	130	140	150	160					

按照这个字母表,用数字代入 L'empereur Napoléon(拿破仑皇帝)这两个词，这些数字的总和为666,因此拿破仑就是《启示录》所预言的那个兽。此外，再用同样的方法代入 quarante deux（42），这是为那个兽"说夸大亵渎话"所设置的期限，其数字的总和又等于666，由此可以得出结论，拿破仑政权的期限是在一八一二年，因为这一年这位法国皇帝已满四十二岁。这个预言使皮埃尔大为惊讶，他经常自问：究竟谁将终结这个兽即拿破仑的政权呢，于是根据以数字和计算来处理词的方法,竭力想找出这个他颇感兴趣的问题的答案。皮埃尔写下了这个问题的答案：是 L'empereur Alexandre（亚历山大皇帝）？是 La nation Russe（俄国人民）？他对字母进行了计算，但是数字的总和都远大于或小于

①法语共有26个字母，这里缺"j"。

666。有一次，在进行这种计算时他写下了自己的名字：Comte Pierre Besouhof（别祖霍夫伯爵）；数字的总和也相差甚远。他改变了拼写法，把 s 改为 z，加上 de，再加上冠词 le，仍没有得到预期的结果。这时他想了起来，如果他所寻求的问题的答案就是他的名字，那么在答案里一定要说明他所属的民族。他写下了 Le Russe Besuhof（俄罗斯人别祖霍夫），计算后得出的数字是 671。只多了 5；表示 5 的字母是“e”，就是在 L'empereur 这个词前面的冠词中省略的那个“e”。于是皮埃尔也省略了“e”，虽然这样省略是不正确的，皮埃尔得出了所寻求的答案：l'Russe Besuhof，等于 666。这个发现使他异常兴奋。他和《启示录》所预言的伟大事件怎么会如此密切地结合在一起呢，这是由于怎样的联系呢，他不知道，但是他毫不怀疑，这种联系是必定存在的。他对罗斯托娃的爱、敌基督、拿破仑的入侵、彗星、666、拿破仑皇帝和俄罗斯人别祖霍夫——这一切合在一起，必将酝酿成熟、猛然爆发，使他彻底摆脱莫斯科习气——他觉得自己是这种习气的囚徒——的邪恶、渺小的世界，把他引向伟大的功勋和伟大的幸福。

在诵读祷文的那个星期日的头一天，皮埃尔曾答应罗斯托夫家，从他的老相识拉斯托普钦伯爵那里给他们带来告俄国民众书和来自军中的最新消息。皮埃尔清晨去见拉斯托普钦伯爵，在他那里碰到了刚从部队来的信使。

信使是皮埃尔所认识的莫斯科擅长跳芭蕾舞的人之一。

“看在上帝分上，能不能帮帮忙？”信使说，“我带来了满满一口袋家信。”

在这些书信中有一封是尼古拉·罗斯托夫写给父亲的信。皮埃尔拿了这封信。此外，拉斯托普钦伯爵给皮埃尔拿来了刚印好的皇上告莫斯科民众书、军方最近的命令和他自己新写的传单。皮埃尔看了军方的命令，在一份命令中，他在有关负伤、阵亡和获奖人员的通报中找到了尼古拉·罗斯托夫的名字，他因在奥斯特罗夫纳英勇作战而荣获四级圣乔治勋章，在同一份命令中安德烈·鲍尔康斯基公爵被任命为精锐步兵团团长。虽然他不愿向罗斯托夫家的人提起鲍尔康斯基，却忍不住想让他们因子弟受到嘉奖而高兴，便把告民众书、传单和其他命令留在身边，以便去吃午饭时带给他们，而派专人把一份印刷的命令和那封信送往罗斯托夫家。

与拉斯托普钦伯爵的谈话、他那担心而急促的声调；和信使的相遇，他那么漠不关心地谈到军队的糟糕的情况；谣传在莫斯科发现了间谍，有一份在莫斯科流传的文件说，拿破仑要在秋天之前占领俄国的两座京城；预料皇上将于明日驾临的谈话——这一切更激起了皮埃尔的激动和期待的情绪，自从彗星出现特别是战争开始后这种情绪就不曾消失过。

皮埃尔早就想参军，要不是有些顾虑，也就如愿以偿了，第一，他是宣誓加入共济会的，而共济会宣扬永久和平和消灭战争；第二，看到大批莫斯科人身穿军服宣传爱国主义，不知怎么他不好意思跨出这一步。不过，他没有实现参军愿望的主要原因还在于他有一个模糊的观念，他，俄罗斯人别祖霍夫，具有那个兽的数值666，他将参与终结那个说夸大亵渎话的兽的政权的伟大事业，这是亘古长存的天意，因此他什么也不干，要等待那必将发生的事情。

二十

每逢星期天总有几个亲近的熟人在罗斯托夫家吃午饭。

皮埃尔来得早些，以免碰到外人。

这一年皮埃尔又胖了许多，他会显得畸形，要不是他身材高大，四肢粗壮，力气又那么大，看来能轻松地承受他那肥硕的身躯。

他喘息着，暗自嘟囔着什么，踏上了楼梯。他的车夫已经不问要不要等他了。车夫知道，伯爵到罗斯托夫家来，总要待到十一点钟。罗斯托夫家的仆人们高兴地迎上来替他脱斗篷，接过手杖和帽子。皮埃尔按照俱乐部的习惯，把手杖和帽子都留在前厅里。

他在罗斯托夫家见到的第一个人是娜塔莎。在见到她之前，他在前厅脱斗篷时就听到了她的声音。她在大厅唱视唱练习曲。他知道，她从生病时起就不曾唱歌了，因此她的声音使他又惊奇又高兴。他轻轻地推开门，看到娜塔莎穿着她在参加日祷时穿的那条淡紫色连衣裙，在房间里边走边唱。他把门推开时，她是背对着他，不过当她陡然转身，看到他胖胖的、神情惊讶的脸时，她脸上微微泛起红晕，快步向他迎了过来。

“我想再试着唱一唱，”她说，“这毕竟也是学习。”她补充了一句，仿佛在为自己辩解似的。

“很好啊。”

“您来了，我好高兴！我今天好幸福！”她朝气蓬勃地说道，皮埃尔很久没有看到她这样充满活力了，“您知道吗，尼古拉获得了圣乔治勋章。我多么为他感到自豪啊。”

“当然知道，命令是我派人送来的。好，我不打搅您了。”他加了一句，要到客厅去。

娜塔莎拦住了他。

“伯爵，怎么了，我唱唱歌不好吗？”她红着脸说，不过带着疑问的神气目不转睛地望着皮埃尔。

“不……为什么不好？相反……可是您为什么要问我呢？”

“我自己也不知道，”娜塔莎很快地回答道，“不过我不愿意做任何您不喜欢的事情。我在各方面都信任您。您不知道，您对我多么重要，您为我做了多少好事！……”她说得很快，没有注意到，他听到这些话脸红了。“在那份命令里我还看到了**他**，鲍尔康斯基（这个名字她说得又快又轻），他在俄国，又任军职了，您怎么看，”她很快地说道，看来急于把话说出来，因为她担心自己没有勇气说下去，“他以后会宽恕我吗？他对我不会有恶感吧？您看呢？您看呢？”

“我看……”他说，“他没有什么可宽恕的……要是我处于他的地位……”由于对往事的回忆，他的想象立刻飞到了那个时候，当时他安慰她，对她说，如果他不是他，而是世上最优秀的人，而且是自由身，那么他就跪下向她求婚，于是他心里又充满了当初的那种怜惜、柔情和爱，那些话就要脱口而出了。但是她不给他说这些话的时间。

“可您，您，”她说，热情洋溢地说出了这个**您**字，“是不同的。比您更善良、更豁达、更好的人我还没见过，也不可能有。要是当时没有您，现在也一样，我真不知道，我会出什么事，因为……”泪水蓦地涌入她的眼眶；她转身把乐谱拿到眼前唱了起来，又开始在大厅里走来走去。

就在这时，彼佳从客厅跑了出来。

彼佳现在是十五岁的面色红润的美少年，长着丰满、鲜红的嘴唇，很像娜塔莎。他在准备上大学，可是最近和自己的同学奥博连斯基暗中决定，要去当骠骑兵。

彼佳急匆匆地赶来，是要和自己的同名人[1]商量大事。

他曾托他打听一下，部队会不会接受他当骠骑兵。

皮埃尔在客厅里走着，没有理会彼佳。

彼佳拉拉他的手，想引起他的注意。

“我的事情怎么样了，彼得·基里雷奇。看在上帝分上！我只有指望您了。”彼佳说。

“哎哟，你的事情。是当骠骑兵的事吧？我去说，我去说。今天就去说。”

“怎么样，*亲爱的*，怎么样，宣言拿到了吗？”老伯爵问道，“伯爵夫人在拉祖莫夫斯基那里参加了日祷，听了新的祷文。她说，祷文很好。”

“拿到了，”皮埃尔回答道，“皇上明天到……要召开非常贵族会议，据说要按千分之十的比例征集新兵。对了，祝贺您。”

“好，好，感谢上帝。哎，军队有什么消息？”

“我们又撤退了。听说，已经到斯摩棱斯克了。”皮埃尔回答道。

“天哪，天哪！”伯爵说，“宣言在哪里啊？”

“告民众书！啊，对了！”皮埃尔开始在口袋里寻找文件，可是找不到。他一面拍打着几个口袋，一面亲吻了进来的伯爵夫人的手，又不

---

①指皮埃尔，他和彼佳的名字都是彼得。

安地回头张望，显然是在等娜塔莎，她不唱了，可是也没有到客厅来。

“糟糕，不知把它塞到哪里了。”他说。

“瞧瞧，老是丢三落四的。”伯爵夫人说。

娜塔莎神色柔和而又激动地走进客厅，她坐下了，默默地望着皮埃尔。她一走进来，皮埃尔原来阴沉的脸色陡然容光焕发，于是一面继续寻找文件，一面朝她看了几次。

“真的，我还是回去一趟吧。我忘在家里了。一定……”

“喂，那就赶不上吃午饭了。”

“唉，车夫也不见了。”

不过，到前厅去找文件的索尼娅却在皮埃尔的帽子里找到了，他把文件仔细地塞在帽褶里面。皮埃尔要读给大家听。

“不，午饭后再读。”老伯爵说，看来他预料读文件会给他带来很大的快乐。

午饭时大家为圣乔治勋章的新获得者喝了香槟，接着升申讲了城里的新闻：老格鲁吉亚公爵夫人生病了，梅蒂维埃已从莫斯科失踪，有人把一个德国人带到拉斯托普钦面前，宣称他是个香菇[①]（这是拉斯托普钦本人说的），拉斯托普钦伯爵吩咐把香菇放了，对人们说，这不是香菇，只是个德国老蘑菇[②]。

“他们抓人了，抓人了，”老伯爵说，“所以我对伯爵夫人说了，叫她少说法语。现在不是时候啊。”

“听说了吗？”升申说，“戈利岑公爵请了个俄语老师，在学俄语呢——在大街上讲法语是很危险的。”

“怎么样，彼得·基里雷奇伯爵，等到征集民兵时，您也要骑上战马了？”老伯爵问皮埃尔。

吃午饭时，皮埃尔一直默默地若有所思。他听到有人叫他，茫然地看了伯爵一眼。

---

① “香菇（шампиньон）”的发音与“间谍（шпион）”近似。

② “老蘑菇（старый гриб）”也有“老朽”之意。

“对，对，上战场，”他说，“不！我算什么军人！不过，一切都那么蹊跷，那么蹊跷！我自己也理解不了。我不知道，我对军事太缺乏兴趣了，可是在现在这种时候，谁也由不得自己。”

午饭后伯爵舒服地坐在圈椅里，神情严肃地要求以善于朗诵出名的索尼娅读文件。

“告故都莫斯科民众书。

“敌人以强大兵力侵我疆土。他们要来毁灭我们亲爱的祖国。”索尼娅以她尖细的嗓音用心地读着。伯爵在闭着眼睛听，在某些地方发出急促的叹息声。

娜塔莎挺直身子坐着，以审视的目光坦然地时而望着父亲，时而望着皮埃尔。

皮埃尔感觉到她注视自己的目光，竭力不回头看。伯爵夫人对宣言中的每一个慷慨激昂的语句都不以为然，气愤地摇着头。她在所有这些话语中只看到一点，就是威胁着她儿子的危险还不会很快过去。升申撇嘴露出嘲笑的样子，看来随时准备嘲笑首先出现的可以嘲笑的对象：嘲笑索尼娅的朗读，嘲笑伯爵所说的话，如果没有更好的借口，甚至会嘲笑告民众书。

读了威胁俄国的危险，读了皇上对莫斯科、尤其是对名门望族所寄予的厚望，索尼娅嗓音颤抖地读完了最后的几句话，她的嗓音之所以颤抖，主要是因为大家都在聚精会神地倾听：“我将毫不迟疑地亲自到首都以及我国各地的民众中去，以便商讨并领导全国的民兵部队，他们有的在前线阻击敌人，有的是新组建的部队，随时准备击败敌人，不论他们出现在哪里。敌人梦想灭亡我们，让灭亡的命运降临到他们自身的头上吧，从奴役中被解放的欧洲将颂扬俄国的威名！”

“说得真好！”伯爵睁开湿润的眼睛大声叫道，好几次觑欷难言，仿佛有人把气味强烈的醋酸盐瓶子放到了他鼻子底下似的。“只要皇上说一声，我们就毫不吝惜地牺牲一切。”

升申还来不及把他准备好的拿伯爵的爱国主义开玩笑的话说出来，娜塔莎就跳起来，跑到了父亲跟前。

“爸爸真了不起！”她吻着他说，她又带着下意识的娇媚看了皮埃尔一眼，娇媚和她的活力一起回到了她的身上。

“真是一位女爱国者！”升申说。

“根本不是什么女爱国者，只不过……”娜塔莎生气地回答说，“您觉得一切都可笑，而这可不是开玩笑……”

“怎么是开玩笑呢！”伯爵接口道，“只要他一句话，我们就一起上…… 我们可不是那些德国人……”

“你们注意到了吗，”皮埃尔说，“那里说：‘以便商讨。’”

“那总是有什么原因吧……”

这时谁也不曾注意到的彼佳走到父亲跟前，脸涨得通红，用男孩变声时期的时粗时细的嗓音说道：

“现在，爸爸，我决心说了，不管您怎么想，妈妈也一样，我决心说了，你们让我去参军吧，因为我不能……就说这些吧……”

伯爵夫人骇然地抬眼望天，举起双手轻轻一拍，气冲冲地转向丈夫。

“说呀，说出祸事来了吧！”她说。

不过，伯爵立刻恢复了常态，不再激动了。

“喂，喂，”他说，“又来了个战士！别说蠢话：学习要紧。”

“这不是蠢话，爸爸。费佳 · 奥博连斯基比我还小，他也要去，主要的是，反正我现在不能学习，当……”彼佳住口不说了，脸红得要冒汗，不过终究还是说了出来，“当祖国遭到危险的时候。”

“够了，够了，蠢话……”

“不是您自己说的吗，要牺牲一切。”

“彼佳，我对你说，你给我闭嘴。”伯爵叫道，一面回头望着妻子，她面色惨白，凝目注视着小儿子。

“我告诉您吧，彼得 · 基里雷奇也说……”

“我对你说，这是胡闹，乳臭未干就想从军！得了吧，得了吧，我对你说。”于是伯爵带上文件要离开房间了，大概想午休前在书房里再看一遍。

“彼得·基里雷奇，算了，我们去抽烟吧……”

皮埃尔心慌意乱而又茫然失措。娜塔莎的一双异常明亮、兴奋的眼睛不断向他投来过于亲切的目光，使他乱了方寸。

“不，我，好像，得回家了……”

“什么回家，您是想在我们这儿消磨一个晚上的啊……您已经很少来了。而我的这个……”伯爵指着娜塔莎好心地说，“只有您在这儿的时候才会快乐……”

“对了，我忘了……我一定得回去……有事……”皮埃尔急忙说。

“那就再见了。”伯爵说，他走出房间不见了。

“为什么您要走？为什么您心绪不佳？为什么？……”娜塔莎问皮埃尔，挑衅地看着他的眼睛。

“因为我爱你！”他想说，但没有说出口，他脸色绯红，似乎要流泪了，他垂下了眼睛。

“因为我最好少到你们家来……因为……不，只是我有事……”

“为什么？不，您说。”娜塔莎断然地开始说道，却突然住了口。他们心慌意乱地面面相觑。他想笑笑，可是不行：他的笑容表现的是苦涩，于是他默然吻了吻她的手，走了。

皮埃尔暗自决定不再到罗斯托夫家去了。

二十一

彼佳的要求在中午被坚决拒绝以后，他回到自己的房间，把自己反锁在里面，伤心地哭了。他出来喝午茶时沉默而阴沉，眼睛哭得红红的，大家都装作什么也没有看见似的。

第二天皇上到了。罗斯托夫家的几个看家护院的仆人获准去看皇上。这天早晨彼佳花了很长时间梳洗打扮，把衣领摆弄得像大人的一样。他皱着眉头站在镜子前，摆姿势、耸肩，最后，他对谁也不说，戴上帽子就悄悄地从后门出去了。彼佳决定直接到皇上所在的地方去，并直接向某个侍从（彼佳觉得，皇上身边总有很多侍从）说明，他罗斯托夫伯爵虽然年轻，却决心报国，年轻无碍于对祖国的忠诚，他已做好准备……彼佳在准备出门的时候，想好了要对侍从说的动听的话。

彼佳指望能顺利地见到皇上，正是因为他还是个孩子（彼佳甚至想到，大家都会对他这么年轻感到惊讶），同时他想通过精心安排的衣领、发式和沉稳、从容的步态表现为一个老成持重的人。但是他越是往前走，就越是被克里姆林宫旁络绎不绝的人流所吸引，而忘记要保持成年人的那种稳重从容的风度。走近克里姆林宫，他已经在担心会被人们挤坏了，便带着威胁的神气坚决地张开胳膊肘。可是在圣三一门那里，尽管他很坚决，人们大概不知道他是抱着一种爱国主义的目的要去克里姆林宫，还是把他紧紧地挤在墙上，他只好屈服，站住了，等着那些轻便马车在拱门下隆隆驶过。彼佳身边站着带一个仆人的农妇、两个商人和一名退役士兵。彼佳在圣三一门里站了一会儿，不等所有的马车过完，就想抢先往前闯，开始坚决地摆动两个胳膊肘，可是农妇就站在他前面，他的胳膊肘首先冲撞了她，农妇生气地朝他嚷了起来，

“小少爷，你干吗推人，你瞧，别人都站着不动。乱挤什么呀！”

“那就大家都来挤吧。”那个仆人说，也开始摆动胳膊肘，把彼佳挤到了臭气熏人的门旮旯。

彼佳用手擦掉脸上的汗水，又整理一下汗水湿透的衣领，他在家里曾像大人那样把衣领整理得好好的。

彼佳觉得，他的样子有失体面，他担心，要是这样出现在侍从们面前，他们是不会让他去见皇上的。可是要想梳洗打扮一下再到别的地方去，由于太拥挤而根本不可能。有一位骑马走过的将军是罗斯托夫家的熟人。彼佳想请他帮忙，可是觉得，这不是男子汉所为。所有马车都过去了，人群一拥而上，把彼佳挤到了广场上，那里人山人海。不仅广场，而且斜坡上、屋顶上到处都是人。彼佳刚出现在广场上，就清晰地听到了响遍克里姆林宫的钟声和民众的欢声笑语。

有一段时间广场上比较宽松，可是突然，人人都光着头了，大家又向前拥了过去。彼佳被挤得喘不过气来，人人都在高呼：“乌拉！乌拉！乌拉！”彼佳踮着脚挤来挤去，忍着痛楚，可是除了周围的人，什么也看不见。

人人的脸上都流露出感动和狂喜的表情。一个站在彼佳身边的女商人放声大哭，泪水流了下来。

“恩人，天使，圣上啊！”她边说边用手指抹眼泪。

“乌拉！”四面八方都在呼喊。

人群在原地待了片刻；可是后来又冲向前去。

彼佳忘乎所以了，他咬紧牙关，怒目圆睁，摆动胳膊肘往前冲，高呼“乌拉！”仿佛此刻他准备把自己和所有的人都杀掉似的，不过，他的两旁人头攒动，他们也同样疯狂，同样地高呼“乌拉！”

“瞧，皇上意味着什么！”彼佳想，“不，我不能自己向他提出请求，这样太放肆了！”尽管如此，他还是不顾一切地挤过去，他从前面人群的背后隐约看到，一片空地上有一条铺着红地毯的通道。可是这时人群开始晃动着往后退（前面的警察把过于逼近庄严的行进队伍的人们往后推；皇上正从皇宫前往圣母升天大教堂），彼佳的肋骨意外地受到重重的撞击，人被紧紧地挤压着，他突然两眼发黑，失去了知觉。当他醒过来时，一个脑后有一绺花白头发、身穿破旧的蓝色长袍的神职人员，大概是教堂执事，一只手扶在他的腋下，一只手挡着拥挤的人群。

“这位小少爷被挤伤了！”教堂执事说，“怎能这样！……轻点儿……挤伤了，挤伤了！”

皇上进了圣母升天大教堂。人群又散开了，于是教堂执事把面色苍白、停止呼吸的彼佳带到炮王[①]那里。有几个人很可怜彼佳，突然一大群人都朝他转过身来，在他周围竟发生了拥挤的情况。离得近些的人在照料他，他们解开他的上衣，扶他坐在大炮的高处，一边埋怨着——埋怨那些挤伤他的人。

“这能挤死人的。怎么这样！简直是行凶！瞧，可怜的孩子，脸白得像纸一样。”有几个人在说。

彼佳很快就清醒了，脸上有了血色，疼痛过去了，这暂时的不快使

---

①炮王是1586年铸造的一尊大炮，重2400普特，陈列于克里姆林宫。

他在大炮上得到了一个位置，他希望在这里能看到将要回来的皇上。彼佳现在不考虑提出请求的事了。只要能见到皇上，那就是莫大的幸运了！

在圣母升天大教堂做礼拜——恭迎皇上驾临的祈祷和庆祝与土耳其缔结和约的感恩祈祷结合在一起——的时候，人群都散了；出现了一些小贩，在叫卖克瓦斯、蜜糖饼干和彼佳特别爱吃的罂粟籽馅饼，可以听到一些日常的谈话。一个女商贩拿一条破旧的披巾给人看，说是花大价钱买来的；另一个女商贩说，现在丝绸料子全都涨价了。救助彼佳的教堂执事在和一个官员交谈，说某人和某人今天同主教一起主持礼拜。教堂执事几次说到**会同**[①]这个词，彼佳不懂是什么意思。两个年轻的小市民在和几个嗑榛子的年轻女仆调笑。所有这些谈话，尤其是和姑娘调笑，对彼佳这样年龄的男孩是特别有吸引力的，彼佳现在对所有这些交谈一概不感兴趣；他坐在炮台上，想到皇上和自己对皇上的爱戴时还是那么激动。他被挤住时的疼痛和恐惧以及欢欣鼓舞的心情都在这同一天发生了，使他更强烈地意识到了这个时刻的重大意义。

从滨河街那边突然传来放礼炮的声音（这是庆祝与土耳其缔结和约），于是人群急忙朝滨河街赶去——去看放礼炮。彼佳也想去，可是主动关心这个小少爷的教堂执事不放他走。

礼炮声还在继续，这时从圣母升天大教堂匆匆跑出一群军官、将军和宫廷侍从，然后又有几个人不那么匆忙地出来了，于是人们又脱下帽子，那些去看大炮的人也在往回跑。最后又有四个身穿礼服、佩戴绶带的男人走出了教堂的门。“乌拉！乌拉！”人群又欢呼起来。

“是哪一个？是哪一个？”彼佳带着哭腔向周围问道，但谁也没有回答他。大家太入神了，于是彼佳挑中这四个人中的一个，由于高兴得泪眼模糊而看不清这个人，却把全部热情都倾注在他身上，不过那并不是皇上，他狂热地高呼“乌拉！”并下定决心，明天就参军，不管要付出怎样的代价。

---

① 会同，是在教会的会议上“有很多神职人员参与”的意思。

人群跟着皇上跑，把他送到皇宫，便开始走散。天色已经很晚，彼佳还什么也不曾吃过，脸上大汗淋漓；不过，他不回家，和有所减少、却仍然为数众多的人群站在皇宫前面，在皇上进餐时望着皇宫的窗户，还在等待着什么，同样地既羡慕驶近皇宫前来与皇上共进午餐的达官贵人，也羡慕那些伺候进餐、在窗口闪动的宫廷仆役。

在皇上进餐时，瓦卢耶夫朝窗外望望说：

“民众仍然希望能见到陛下。”

午餐已经结束了，皇上吃着最后一块饼干走上了阳台。民众和站在中间的彼佳急忙朝阳台拥去。

“天使，恩人！乌拉，圣上！……”民众和彼佳呼喊着，妇女和一些比较软弱的男人，其中也包括彼佳，幸福得哭了起来。皇上拿着的一块相当大的饼干失手掉在阳台的栏杆上，又从栏杆上掉到了地上。站得最近的身穿紧腰长外衣的车夫扑向那一小块饼干，一把抓在手里。人群中有些人便向车夫冲了过去。皇上看在眼里，吩咐给他端来一盘饼干，开始从阳台上把饼干抛下来。彼佳两眼充血了，被挤伤的危险只是更刺激了他，他朝那些饼干猛扑过去。他不知为什么，但一定要得到沙皇手里的一块饼干，而且决不退让。他冲了过去，撞倒了一个正想拿起一块饼干的老太婆。但老太婆却不肯认输，尽管倒在地上（她伸手想抓饼干却老是抓不到）。彼佳用膝盖撞开她的手，抢到了饼干，好像怕来不及似的，又放声大喊“乌拉！”他的嗓子已经嘶哑了。

皇上走了，然后大部分民众也都开始散了。

“我就说过嘛，还得等一等——果然等到了。”民众中到处有人在高兴地说。

不管彼佳多么感到幸福，但他想到回家还是闷闷不乐，他知道，今天的欢乐已经结束了。彼佳离开克里姆林宫不是回家，而是去找自己的同学奥博连斯基，他今年十五岁，也要投军。回家后，他断然宣称，要是不放他走，他就逃走。第二天，伊利亚·安德烈伊奇伯爵虽然还没有彻底认输，却出去多方打听，怎样能把彼佳安排到比较安全的地方去。

二十二

此后的第三天，即十五日的早晨，斯洛博达宫[①]附近停着无数轻便马车。

大厅里都挤满了人。第一个大厅里的是身穿制服的贵族。第二个大厅里的是佩戴奖章、留着大胡子和身穿蓝色长衫的商人。贵族会议厅里，喧哗和脚步的杂沓声响成一片。在一张大桌子旁，在皇帝画像下面，那些位高权重的大臣坐在高背椅子上，不过，大多数贵族都在大厅里来回走动。

所有的贵族，就是皮埃尔每天都能时而在俱乐部、时而在他们家里见到的那些人，全都穿着制服，有的是叶卡捷琳娜朝代的制服，有的是保罗朝代的，有的是亚历山大的新朝的，有的是一般的贵族制服，全是制服，这种共同性使那些年老和年轻的、各不相同却又熟识的脸显得古怪而离奇。特别令人吃惊的是那些老人，他们老眼昏花、牙掉了、谢顶了，脸浮肿发黄或满脸皱纹，瘦骨嶙峋。他们大多默默地坐着，即使走动、谈话，也总是找年轻些的做伴。在所有这些人的脸上，正如彼佳在广场上的群众脸上所看到的那样，都有一种令人惊讶的截然相反的特点：一方面普遍地期待着某种激动人心的事件，一方面又想着昨天那些平常的人和事——波士顿牌局啦，厨师彼得鲁什卡啦，季娜伊达·德米特里耶夫娜的健康啦，等等。

皮埃尔从清晨起就穿上了嫌太瘦的贵族制服，紧裹在身上很不舒服，他也在大厅里。他心情很激动：不仅有贵族，而且有商人等不同阶层参加的非常会议，三级会议，在他心里引起了一系列久已搁置、然而深藏心底的有关社会契约和法国大革命的思想。他注意到告民众书中有一句话，说皇上要回首都与自己的人民**商讨**，这句话更加强了他的观点。因而他认为，在这方面他久已期盼的某种重大事件正在临近，他走来走去，仔细观察并倾听别人的谈话，但哪里也没有找到他感兴趣的

---

① 斯洛博达宫位于莫斯科的列福尔托沃。

那些思想的表现。

宣读了皇上的宣言，引起了极大的热情，后来人们散开了，彼此交谈着。除了通常的话题，皮埃尔听到人们在议论，皇上进来时首席贵族们该站在哪里，何时为皇上举行舞会，各县分开举行还是全省合在一起，如此等等。可是问题一涉及战争和召集贵族的意图，议论便迟疑不决、含糊其辞了。大家都宁愿多听，而不愿多说。

一个中年男子，英武、漂亮，身穿退役海军制服，在一个大厅里说话，身边聚集了很多人。皮埃尔走近这个圈子，站在那个能说会道的人身旁仔细地听着。伊利亚·安德烈伊奇身穿叶卡捷琳娜时代军事长官的长襟上衣，面带愉快的微笑在人群中走来走去，他和谁都认识，也来到了这个组，和善地微笑着听了起来，像平时一样，边听边赞同地点头，表示同意对方的意见。退役海军军人说话很放肆；这从听众的表情可以看得出来，而且皮埃尔所认识的一些最温顺随和的人也不以为然地从他身边走开或表示异议。皮埃尔挤到了圈子中间，仔细地听了听，认定说话的人确实是个自由派，不过并不是皮埃尔所理解的自由派。这位海军军人用贵族的那种特别洪亮、悠扬的男中音说话，带着含糊悦耳的卷舌音，省略辅音，那声音就像人们呼唤“拿茶，烟斗！”那样。他说话的声音里有一种嚣张弄权的习气。

“斯摩棱斯克人建议皇上组建民兵,那又怎样。难道斯摩棱斯克人的话对我们就是命令吗？如果莫斯科省的高尚贵族认为必要，他们可以用其他方式向皇上表示自己的忠诚。难道我们忘记了一八〇七年的民兵？只是养肥了吃教堂饭的人和盗贼……”

伊利亚·安德烈伊奇伯爵露出甜蜜的微笑，点头赞许。

“怎么，难道我们的民兵有益于国家？没有任何好处！只是使我们经济破产。还是征兵好……否则回来的既不是兵，也不是农夫，全是一些为非作歹的坏毛病。贵族不吝惜自己的生命。我们自己全体出动，还带上招募来的新兵。只要昂上（他把皇上说成了昂上）吭个声儿，我们就一起去为他拼命。”演说家慷慨激昂地补充了一句。

伊利亚·安德烈伊奇高兴得直咽唾沫，又碰碰皮埃尔。不过皮埃尔也有话要说。他走到前面，觉得意气风发，自己还不知道为什么会如此激动，还不知道要说什么。他张口刚要说话，一个站在演说家附近的参政员打断了他，这个人的牙齿已经掉光了，有一张聪明而怒形于色的脸。他显然惯于进行辩论和抓住问题，说话的声音很轻，但能听得见：

“我认为，亲爱的先生，”参政员翕动瘪嘴说道，“我们被召集到这里来，不是为了讨论，目前什么对国家更合适——是征兵还是组建民兵。我们来到这里是为了响应皇帝陛下的号召。至于判断什么更合适——征兵还是组建民兵，要由最高当局斟酌决定……”

皮埃尔突然为自己激昂的情绪找到了宣泄的机会。他对参政员极为反感，因为他用这种正确然而狭隘的看法来影响贵族的当前行动。皮埃尔跨前一步，制止了他。他自己也不知道他要说什么，但兴奋地说了起来，偶尔冒出几句法语或用文绉绉的俄语来表达。

“请原谅，阁下，”他开始说道（皮埃尔和这位参议员很熟，但认为在这种场合必须用正式的称呼），“不过我不同意这位先生……（皮埃尔卡壳了。他本想说*我尊敬的论敌*）这位……先生*我还没有结识他的*荣幸，但我认为，贵族阶层除了表达自己的支持和热情外，也有责任来讨论帮助祖国的办法。我认为，”他非常激动地说道，“如果皇上发现，我们只是把我们的农奴交给他，而……我们自己只能当*炮灰*，却不能为他分……分……分忧，那么皇上是不会满意的。”

好多人离开这个圈子了，他们注意到了参政员的轻蔑的微笑和皮埃尔言论的自由主义倾向，只有伊利亚·安德烈伊奇满意皮埃尔的讲话，正如他也满意海军军人、参政员的讲话一样，一般说来，他总是满意他所听到的最后一个人的讲话。

“我认为，在讨论这些问题之前，”皮埃尔接着说道，“我们应当请皇上，恭请皇上向我们通报，我们有多少部队，我们的部队和各军团目前处于什么位置，那时再……”

但皮埃尔还没有把话说完，就突然遭到了来自三个方面的攻击。对他攻击得最厉害的是他早就认识、向来对皮埃尔抱有好感的玩波士顿牌的牌友斯捷潘·斯捷潘诺维奇·阿普拉克辛。斯捷潘·斯捷潘诺维奇

穿着制服，由于这套制服，或是由于其他原因，皮埃尔在自己面前看到的仿佛完全是另一个人。斯捷潘·斯捷潘诺维奇脸上突然露出老气横秋的愤恨，对皮埃尔嚷道：

“首先，我告诉您，我们无权向皇上问这些，其次，即使俄国贵族有权这样问，皇上也无法回答。部队随着敌人的运动而运动——部队的行踪是来去不定的……”

另一个人中等身材，四十岁上下，皮埃尔从前在吉卜赛人那里见到过，知道他打牌不大高明，也由于穿着制服而变样了，他逼近皮埃尔，打断了阿普拉克辛的话。

“何况也不是发议论的时候，”这个贵族说，“需要的是行动：仗打到俄国境内了。我们的敌人来了，要毁灭俄国，要玷辱我们祖先的坟墓，要虏走我们的妻儿。”这个贵族拍了一下胸脯。“我们要一齐奋起，大家一起上，为圣上而战！”他瞪着充血的双眼叫道。人群中响起了几个人的赞许声。“我们俄国人为保卫信仰、皇座和祖国不惜流血牺牲。我们是祖国的儿子，必须抛开幻想。我们要让欧洲看看，俄国人怎样为俄国而奋起。”那位贵族大声说道。

皮埃尔想反驳，却说不出一句话来。他觉得，他的话里不论包含怎样的意思，与那位贵族慷慨激昂的说话声相比，他的声音是很难被人们听到的。

伊利亚·安德烈伊奇在圈子外面表示赞许；话音一落，有几个人朝演说家豪迈地一扭肩膀说：

“说得对，对！这就对了！”

皮埃尔想说，他并不是反对牺牲，无论是牺牲金钱、农奴还是自己的生命。但是应当了解战事的情况，以便为战事效力，可是他无法说话。许多人同时都在叫喊、说话，以致伊利亚·安德烈伊奇都来不及向所有的人点头；于是人群时而扩大，时而散开，又聚拢在一起，人声嘈杂地拥往大厅里的那张大桌子。皮埃尔不仅未能说话，而且人们粗鲁地打断他、推搡他、扭头不理他，好像他是众人的公敌。这种情况之所以发生，并不是因为人们不满意他讲话的内容，在随后那么多人讲话之后，他的讲话已被忘得一干二净了，但是群众高昂的情绪需要有一个看得见摸得着的爱的对象和一个看得见摸得着的恨的对象。皮埃尔成了后者。在那位慷慨激昂的贵族之后，很多演说家都讲了话，而且所有的讲话都口径一致。很多人讲得很好，很有新意。

《俄罗斯通报》的出版者格林卡[①]被人们认出来了（人群中有人在说："作家，作家！"），他说：必须以暴制暴，他看到过一个在电闪雷鸣之中微笑的孩子，但我们不是这样的孩子。

"是的，是的，在电闪雷鸣之中！"后排有人赞许地重复道。

人群拥到了大桌子跟前，桌边坐着那些身穿制服、斜披绶带、白发苍苍和头顶光秃的七十岁高龄的高官显贵，这些人皮埃尔几乎都见到过，看到他们在家里和小丑逗乐或在俱乐部打波士顿牌。人群拥到桌子跟前，喧哗不已。被拥上来的人群从后面紧紧地挤在高高的椅背上的演说家们，一个接一个或两个同时讲话。站在后面的人发觉发言者说漏了什么，便急忙加以补充。有些人在这又热又挤 的人群中搜索枯肠，冒出什么想法便急忙说出来。皮埃尔所认识的那些年迈的达官贵人坐在那里，时而看看这个，时而看看那个，其中大部分人的表情只说明一点，他们热得难受。不过，皮埃尔觉得很激动，人们有一种普遍的心情，想表白我们是无所畏惧的，不过大多表现于声音和表情，而不是表现于言词的含义，这种情绪也感染了皮埃尔。他没有放弃自己的想法，但觉得自己有什么过错似的，于是想申辩一下。

"我只是说，我们在了解有什么需要之后，才能适当地作出必要的牺牲。"他大声说道，竭力想压倒别人的声音。

一个离得最近的老头子看了他一眼，但立刻被桌子另一边发出的叫嚷声所吸引。

"是的，莫斯科将被放弃！莫斯科就是赎罪的代价！"有人叫道。

"他是人类的公敌！"另一个叫道，"请允许我发言……先生们，

---

① 格林卡（1776—1847）于1808—1820年、1824年出版《俄罗斯通报》杂志，在拿破仑入侵期间该刊支持民众的爱国主义热情，但同时坚持君主制立场。

你们挤着我了……”

二十三

这时，在分列两旁的贵族之间，下巴突出、眼睛灵动的拉斯托普钦伯爵身穿将军制服、肩头斜披绶带疾步走了进来。

“皇上马上就到，”拉斯托普钦说，“我刚从那里来。我认为，处于当前的形势，不必多谈。皇上决定召集我们和商界，”拉斯托普钦伯爵说，“从那里会流出千百万卢布（他指指商人们的那个大厅），而我们的任务是提供民兵，不要顾惜自己……我们至少可以做到这一点！”

坐在桌边的高官显贵开始商议。整个会议几乎是无声无息地过去了。会议甚至显得很压抑，这时，在刚才的人声鼎沸之后，只听衰老的声音在一个一个地说话，一个说：“同意”，另一个为了避免重复，就说：“我也是这个意见”，如此等等。

书记受命起草莫斯科贵族的决议：莫斯科人和斯摩棱斯克人一样，按千分之十提供奴仆及其全套装备。开完会的先生们站起身来，仿佛卸下重负似的，推开椅子，在大厅里活动活动腿脚，一边挽着某个人的手臂聊天。

“皇上！皇上！”这声音蓦地传遍大厅，人群拥到了门口。

皇上在贵族们的人墙中沿着宽阔的通道进了大厅。人人的脸上都露出敬畏而又好奇的表情。皮埃尔离得很远，听不清皇上在说什么。他根据自己所听到的，只知道皇上谈到了国家所处的危险境地，以及他对莫斯科贵族所寄予的厚望。有人回答皇上说，刚才通过了贵族的决议。

“诸位！”皇上的声音颤了一下说；人群发出一阵簌簌声，又归于寂静，于是皮埃尔清楚地听到了皇上那么令人愉快的仁爱而又深受感动的声音，他说：“我从不怀疑俄国贵族的忠心。但是今天你们的忠心超过了我的期望。我代表祖国感谢你们。诸位，让我们行动起来吧——时间最宝贵……”

皇上不说了，人群开始挤在他身边，只听四周都是一片赞叹声。

“是的，最宝贵……皇上的话最宝贵。”伊利亚·安德烈伊奇在后面哭着说，他什么也没有听见，而是完全误解了。

皇上从贵族大厅来到了商界的大厅。他在那里待了近十分钟。皮埃尔看到皇上和几个人从商界的大厅里出来时眼里噙着感动的泪水。后来才知道，皇上刚开始对商人们讲话，眼泪便夺眶而出，于是他声音颤抖着把话说完。皮埃尔看见皇上的时候，他正在两个商人的陪伴下出来。一个是皮埃尔认识的胖胖的包税人，另一个是头儿，尖下颏，又黄又瘦的脸。他们两个都在哭。瘦子止住了泪水，胖子包税人却像孩子一样号啕大哭，嘴里不停地说：

“把我们的生命和财产都拿去吧，陛下！”

皮埃尔这时已经什么别的感觉也没有了，一心只想表明他无所畏惧，准备牺牲一切。他觉得，他的有立宪倾向的言论是应受谴责的；他在寻找补过的机会。得知马莫诺夫伯爵[①]提供一个团，别祖霍夫当即向拉斯托普钦伯爵宣布，他献出一千名奴仆及其全部给养。

老罗斯托夫对妻子讲起这段经过时总是泪流不止，当即同意了彼佳的要求，而且亲自去为他登记。

第二天皇上走了。所有与会的贵族都脱下制服，又各自在家里和俱乐部里安顿下来了，哼哧着吩咐管家去办理有关民兵的事宜，心里很吃惊，自己会干出这样的傻事。

---

① 德米特里耶夫-马莫诺夫（1790—1863），诗人，政论家；与共济会关系密切。马莫诺夫的团在他本人的指挥下参加了1812年的一系列战役。

第二卷

一

拿破仑之所以对俄国发动战争，是因为他不能不去德累斯顿，不能不迷惑于荣耀的光环，不能不穿上波兰军服而陶醉于六月清晨那蓬勃进取的诱惑，不能不在库拉金面前，后来又在巴拉绍夫面前勃然大怒。

亚历山大之所以拒绝任何谈判，是因为他觉得自己个人受到了侮辱。巴克莱·德·托利努力出色地统领军队，是为了恪尽职守并赢得伟大统帅的声誉。罗斯托夫之所以投入对法国人的冲锋，是因为他忍不住要在平坦的旷野纵情驰骋。同样，所有那些不计其数的人，这场战争的参与者，都由于自己的天性、习惯、条件和目的而在采取行动。他们担心着、吹嘘着、高兴着、愤怒着、思索着，自以为知道自己在做什么，而且是为自己在做，其实所有的人都是历史的不由自主的工具，他们在起着自己并不了解、而我们后人却看得很清楚的作用。这就是所有置身于实际活动中的人不可避免的命运。他们在人间阶梯上站得愈高便愈不自由。

现在一八一二年的活动家们早已离开了自己的舞台，他们个人的利害得失已消失得无影无踪，摆在我们面前的只有那个时代的历史后果。

不过，如果我们假定，欧洲人**应该**在拿破仑的统率下深入俄国腹地，并在那里遭到灭亡，那么参加这场战争的人们的全部自相矛盾、毫无意义的残忍行动就是我们可以理解的了。

天意迫使所有这些人在追求各自的目标时促成一个重大的结果，这个结果是任何人（无论是拿破仑还是亚历山大，参加战争的其他人就更不用说了）都丝毫没有想到的。

现在我们很清楚，一八一二年法军覆灭的原因是什么。谁也不会争辩，拿破仑的法国军队之所以覆灭，一方面是由于进军太晚，对冬季深入俄国腹地的远征缺乏充分的准备，另一方面是由于在焚烧俄国城镇、激起俄国人民的同仇敌忾之后的战争性质。可是当时谁也不曾预见到，唯有如此世界上一支由最优秀的统帅所率领的最优秀的八十万之众的大军，才会在冲突中败于俄军这样一支缺乏经验的统帅所率领的缺乏战斗经验而兵力不及对手一半的军队；**这一点不仅谁也不曾预见到**，而且**从俄方来说**，所有的努力往往对唯一能使俄国得救的态势起着阻挠作用，**从法方来说**，尽管有作战经验和拿破仑的所谓军事天才，所有的努力却都是在驱使军队于夏末之前冲到莫斯科，这就是说，他们的所作所为恰恰是自取灭亡。

现在法国作者们在有关一八一二年的历史著作中很喜欢说，拿破仑意识到了拉长战线的危险性，一直在寻求战机，他的元帅们都建议他在斯摩棱斯克停止前进，作者们还援引其他类似的论据证明，当时就对战役的危险性有了认识；而俄国的作者们更喜欢说，在战役开始之初就有一个诱使拿破仑深入俄国腹地的冷酷的作战计划，有的说拟定该计划的是普富尔，有的说是某个法国人，有的说是托尔，有的说是亚历山大皇帝亲自制定的，并援引各种笔记、方案和信函作为证据，其中确实有一些关于这种作战方式的暗示。但是所有这些关于事态的发展已在预料之中的暗示，无论它们出自法方还是出自俄方，现在被提出来，仅仅是因为事态证明了它们的正确性。要是预料中的事态没有发生，那么这些暗示就会被遗忘，正如千百万种相反的暗示和预测现在已被遗忘一样，那些暗示和预测与事实不符，因而被遗忘了。对每一个正在发生的事件的结局永远会有无数预测，因而不论结局如何，总会有人说："我当时就说过会这样。"完全忘了，在无数预测之中有过截然相反的预测。

关于拿破仑意识到了拉长战线的危险性以及俄方诱敌深入的推测显然属于这一类，历史学家只能牵强附会地认为，拿破仑和他的元帅们有那种想法，而俄军将领有那样的计划。所有的事实都是和这样的推测完全矛盾的。不仅在整个战争期间，俄方从未有过诱敌深入的想法，而且敌人一进入俄境，俄方所做的一切就是要阻止他们，拿破仑不仅不怕拉长战线，而且高兴地把前进的每一步都看做自己的胜利，不再像他在以往的战役中那样积极地寻求战机了。

战役刚开始，我军的几个军团便被分割开来，于是我们力求达到的唯一目标就是让它们会合，若要撤退并诱敌深入，军团会师是毫无益处的。皇上留在军中是为了鼓舞士气，保卫俄国的每一寸土地，而不是要撤退。按照普富尔的计划修建巨大的德里萨营地，也不是打算再向后撤。皇上每一次都因为部队撤退而申斥总司令。不要说焚烧莫斯科，皇帝甚至无法想象会让敌人攻占斯摩棱斯克，而在军团会师之后，皇上大为震怒，斯摩棱斯克居然被占领、被焚毁而没有在城下进行一场大决战。

这是皇上的心境，但俄国将领和全体战士想到我军在向内地撤退更为愤怒。

拿破仑将我军分割后，向俄国内地挺进，几次放过了战机。八月，他在斯摩棱斯克只想着怎样向前推进，尽管我们现在看到，这次进军对他来说显然是毁灭性的。

事实清楚地说明，拿破仑没有预见到进军莫斯科的危险，亚历山大和俄军将领当时也没有想诱敌深入，而是在考虑相反的可能。拿破仑深陷俄国内地不是执行某人的计划的结果（没有人相信这种可能性），而是投身战争的人们的各种阴谋、目的和愿望的极其错综复杂的角逐的结果，他们没有去揣摩什么是必将发生的事情，也没有去揣摩什么是拯救俄国的唯一途径。一切都是无意中发生的。几个军团在战役开始时被分割开了。我们力图使它们会合，目的显然是要进行会战，阻止敌人进攻，可是我们在力图会师的过程中，为了避免与强敌交战，不由自主地成锐角形后退，把法军引到了斯摩棱斯克。我们成锐角形后退，是因为法军在两个军团之间推进，结果这种锐角就变得更尖了，不过这样说还不够，我们之所以退得更远，还因为巴克莱·德·托利这个不得人心的德国人[①]是巴格拉季翁（他可能要受托利的领导）所痛恨的，于是指挥第二军团的巴格拉季翁想方设法尽可能拖延与巴克莱会合的时间，以免

① 巴克莱·德·托利出身于古老的苏格兰世家，于17世纪移居里加。但俄国社会把这个来自异国的人称为“德国人”。此外，巴克莱·德·托利执行了鲜为人知然而正确的撤退战略。

受他的节制。巴格拉季翁很久不肯会师（虽然会师是所有指挥官的主要目的），是因为他觉得，他在会师的路线上会使自己的军团遭遇危险，对他来说，比较有利的是朝偏左和偏南的方向撤退，以便骚扰敌军的侧翼和后方。不过看来这是他想出来的借口，因为他不愿听命于他所痛恨而军衔又比他低的德国佬巴克莱。

皇帝在军队中是要鼓舞士气，而他的亲临、他不知如何决策的迟疑以及大批顾问和各种计划消耗了第一军团的行动能力，军团在撤退中。

原来估计能在德里萨营地停下来，可是想当总司令的保卢奇突然竭力对亚历山大施加影响，于是普富尔的整个计划被放弃，巴克莱奉命掌管全部军务。但是由于对巴克莱缺乏信任，他的权力是有限的。

军团分散，没有统一的领导，巴克莱不得人心，但是由于这种混乱、分散和总司令这个德国人的不得人心，一方面导致迟疑避战（如果军团已经会师，当指挥官的不是巴克莱，那么决战是不可避免的），另一方面招致对所有德国人的愈来愈强烈的愤恨而激起了爱国主义热情。

最后皇上离开了军队。为他的离去找到的唯一适当的借口是说，他必须在两个京城鼓舞民众，发动人民战争。皇上这次离开部队去莫斯科使俄国军队的战斗力增强了两倍。

皇上离开军队是为了不妨碍总司令的统一指挥，希望能采取更果断的行动。但军队领导层的情况却更混乱了，更加软弱无能：本尼格森、大公和一大群侍从将军仍留在军中，以便监督总司令的行动并激励他的斗志，因而巴克莱在**皇上的众多耳目**的监督之下，觉得自己更不自由了，对采取果断行动更加谨小慎微，并且回避决战。

巴克莱主张谨慎。亲王[①]暗示这是背叛，并要求进行大会战。柳博米尔斯基、勃拉尼茨基、弗洛茨基[②]等人把这场纷争闹得沸沸扬扬，巴克莱只好以向皇上呈送文件为借口，把波兰籍的侍从将军们都支使到彼

① 即上述大公。大公是沙皇子、孙、兄弟的爵位。

② 柳博米尔斯基公爵（1786—1870），1812 年为亚历山大一世的侍从武官；勃拉尼茨基（1782—1843），亚历山大一世的亲随军官；弗洛茨基（生卒年代不详）是亚历山大一世的侍从将军。

得堡去，并与本尼格森和大公进行公开的斗争。

不论巴格拉季翁多么不愿意，军团终于在斯摩棱斯克会师了。

巴格拉季翁乘着轿式马车驶近巴克莱的驻地。巴克莱披上武装带出迎，并作为下级军官向军衔较高的巴格拉季翁报告。巴格拉季翁经过内心斗争，尽管军衔高，还是宽宏大度地表示服从巴克莱。但是在表示服从之后，更不愿和他团结一致了。根据皇上的旨意，巴格拉季翁可以直接向皇上报告情况。他在给阿拉克切耶夫的信中写道："任凭皇上发落，我无论如何也不能与**这位大臣**（巴克莱）共事。看在上帝分上，哪怕把我派到哪里去指挥一个团呢，我在这里实在待不下去了；整个司令部都是德国人，一个俄国人简直无法生存，在这里毫无意义。我本以为，我完全是在为皇上和祖国效力，其实是在为巴克莱服务。说实话，我不愿意。"勃拉尼茨基、温岑格罗德之流使军团总司令之间的关系更加恶化。部队准备在斯摩棱斯克前面进攻法军。一位将军被派去视察阵地。这位痛恨巴克莱的将军跑去找自己的一个当军长的朋友，在他那里待了一整天，回来见巴克莱，把未来的战场批评得一无是处，而他并没有到战场上去看过。

当我们为未来的战场问题争论不休、倾轧不已的时候，当我们寻找法军，错判了他们的位置的时候，法军与涅韦罗夫斯基的一个师遭遇，直逼斯摩棱斯克城下。

不得不为了保卫自己的交通线而在斯摩棱斯克仓促应战。大战开始了。双方各死伤数千人。

违背皇上和全国人民的意志，斯摩棱斯克终于被放弃。但斯摩棱斯克是受了省长欺骗的本城居民自己焚毁的，于是倾家荡产的居民们走向莫斯科，为其他俄国人做出了榜样，他们一路上只想着自己的损失，不断燃起对敌人的仇恨。拿破仑在进军，我军在撤退，终于导致足以战胜拿破仑的结果。

二

儿子走后的第二天，尼古拉·安德烈伊奇公爵把玛丽亚公爵小姐叫了去。

“怎么，你现在满意了吧，”他对她说，“你让我和儿子吵架！你满意了吗？你就是想这样！满意了吧？这叫我痛心，痛心……我年老体衰了，你就是要让我痛心。你高兴吧，高兴吧……”此后玛丽亚公爵小姐有一个星期未能见到自己的父亲。他病倒了，没有走出书房一步。

玛丽亚公爵小姐感到惊讶，她发觉，老公爵在生病期间也不让布里安娜小姐去见他。只有吉洪在伺候他。

一个星期后公爵出来了，又开始过原来的生活，非常活跃地从事建筑和料理花园，中断了和布里安娜小姐的一切原有的关系。他的神情以及他对玛丽亚公爵小姐的冷淡的语气仿佛在对她说：“瞧，你对我有很多想法，对哥哥胡诌我和这个法国女人有什么关系，让我和他吵了一架；现在你看到了吧，我既不需要你，也不需要那个法国女人。”

一天中有半天玛丽亚公爵小姐是在尼科卢什卡那里度过的，监督他做功课，亲自给他上俄语课和音乐课，一边和德萨尔谈话；一天的其余时间她在自己那边和书本、老保姆以及修士们为伴，他们有时从后门进来找她。

玛丽亚公爵小姐关于战争的想法都是妇人之见。她为在战场上的哥哥担忧，她无法理解战争，对人们互相杀戮的那种残忍感到恐怖，但她不了解这场战争的意义，她觉得，它和以往的所有战争没有什么两样。她不了解这场战争的意义，尽管经常与她交谈的德萨尔对战争的进程抱有浓厚的兴趣，竭力向她解释自己的见解，尽管常来看她的修士们都恐惧地各自讲述民间关于敌基督入侵的种种传闻，尽管朱丽，现在的德鲁别茨卡娅夫人，又与她通信了，从莫斯科给她写来充满爱国热情的书信。

“我用俄语给您写信，我的好友，”朱丽写道，“因为我憎恨所有的法国人，也同样憎恨他们的语言，我听不得人家讲法语……我们在莫斯科的所有人都因为热爱我们崇敬的皇帝而激情满怀。

“我可怜的丈夫正在犹太人的小旅店里忍受艰难和饥饿，不过我听到的新闻使我更加深受鼓舞。

“您想必听说了拉耶夫斯基的英雄事迹吧，他搂着两个儿子说：‘我就是和他们一起去死，也决不动摇！’确实，虽然敌人比我们强大一倍，可我们从不动摇。我们现在是得过且过，但战时就要有战时的样子。阿琳娜公爵夫人和索菲成天与我待在一起，我们这些守活寡的不幸的女人，一边撕扯旧的亚麻布作裹伤用，一边进行极有意义的谈话；只可惜，我的朋友，您不在这里……”等等。

玛丽亚公爵小姐不了解这场战争的意义，主要是因为老公爵从来不谈它、不承认它，而且在餐桌上嘲笑谈论这场战争的德萨尔。老公爵的语气是那么安详而充满信心，公爵小姐不假思索就相信他了。

整个七月老公爵特别活跃，甚至生气勃勃。他又开辟了一座新的花园，为仆人盖了一座房子。只有一点使玛丽亚公爵小姐感到不安，他睡得很少，并且改变了在书房睡觉的习惯，每天都变换过夜的地方。时而吩咐把他的行军床支在穿廊里，时而躺在客厅的沙发或伏尔泰式安乐椅上衣不解带地打瞌睡，而读书给他听的已不是布里安娜小姐，而是书童彼得鲁沙；时而又在餐厅过夜。

八月一日收到了安德烈公爵的第二封信。在他走后不久收到的第一封信里，安德烈公爵温顺地请求父亲宽恕他说话冒昧，并请求他一如既往地关爱他。老公爵接到这封信便写了一封措辞亲切的回信，从此疏远了法国女人。安德烈公爵的第二封信写于维捷布斯克城外，当时这座城市已被法军占领，信里简要地描述了整个战局，另附一张平面图，并讲了自己对今后战局走势的看法。安德烈公爵在这封信里向父亲说明了他的处境的诸多不便，因为他离战场太近，正好在军队的交通线上，劝他到莫斯科去。

这一天吃午饭时，德萨尔谈到法国人已进驻维捷布斯克的传闻，老公爵这才想起了安德烈公爵的信。

“今天接到了安德烈公爵的信，”他对玛丽亚公爵小姐说，“你看过没有？”

“没有，爸爸。”玛丽亚公爵小姐吃惊地说道。她不可能看过，她甚至不曾听说有信来。

“他讲到了这场战争。”公爵面带已成为习惯的轻蔑的微笑说，他谈到当前的战争时总是这样。

“想必很有意思，”德萨尔说，“公爵能知道……”

“噢，很有意思！”布里安娜小姐说。

“您去替我拿来，”老公爵转身对布里安娜说，“您知道，就在小桌子上的镇纸下面。”

布里安娜小姐高兴地跳了起来。

“不用了，”他皱起眉头叫道，“你去吧，米哈伊尔·伊万内奇。”

米哈伊尔·伊万内奇站起来到书房去了。可是他刚出门，老公爵就不放心地回头张望，扔下餐巾亲自去了。

“什么也做不好，把东西都搞乱了。”

在他去的时候，玛丽亚公爵小姐、德萨尔、布里安娜小姐甚至尼科卢什卡都默然不语地面面相觑。老公爵在米哈伊尔·伊万内奇的陪伴下脚步匆匆地回来了，他把带来的信和平面图放在自己身边，不让别人在吃饭的时候看。

来到客厅后，他把信交给了玛丽亚公爵小姐，然后把新建筑的图纸摊在自己面前，他两眼盯着图纸，吩咐她读信。玛丽亚公爵小姐读完信，疑问地看了父亲一眼。

他看着图纸，显然沉浸于自己的思虑之中。

“您对此有什么看法，公爵？”德萨尔冒昧地问了一句。

“我！我！……”公爵仿佛刚醒过来不高兴地说，眼睛没有离开建筑图纸。

“战场很可能向我们逼近……”

“哈——哈——哈！战场！”公爵说，“我说过，现在还要说，战场在波兰，敌人永远不会越过涅曼河。”

德萨尔惊讶地看了公爵一眼，敌人已经到了第聂伯河，他还说什么涅曼河。但玛丽亚公爵小姐忘了涅曼河的地理位置，认为她父亲说的话是对的。

“到大雪融化时，他们就会淹没在波兰的沼泽地里。只有他们才会看不到这一点，”公爵说，看来他想的是一八〇七年的战争，觉得这是不久前的事，“本尼格森应该早些进入普鲁士，那情况就不同了……”

“不过，公爵，”德萨尔畏缩地说，“信里说的是维捷布斯克……”

“哦，信里，是的。”他的脸色突然阴沉下来。他沉默了一会儿。“是的，他写了，法国人已被击溃，那是在哪一条河？”

德萨尔垂下了眼睛。

“公爵没有提到这些。”他低声说。

“难道没有提到吗？嗯，我可没有瞎说啊。”大家都不吭声了。

“是的……是的……喂，米哈伊尔·伊万内奇，”他突然指着建筑图纸抬头说道，“你说说，你想怎样把它修改一下……”

米哈伊尔·伊万内奇走到图纸跟前，于是公爵和他谈了谈新建筑的布局，就气冲冲地看看玛丽亚公爵小姐和德萨尔，走了。

玛丽亚公爵小姐看到了德萨尔投向她父亲的不安而惊讶的目光，注意到了他的沉默，她大吃一惊，父亲竟把儿子的信忘在了客厅的桌子上，可是她害怕和德萨尔谈起或问起他不安和沉默的原因，而且对这一点连想也不敢想。

傍晚米哈伊尔·伊万内奇奉公爵的差遣，来向玛丽亚公爵小姐要那封忘在客厅里的安德烈公爵的信。玛丽亚公爵小姐交出了信。尽管她心里很不愿意，还是决心问一问米哈伊尔·伊万内奇，她父亲在做什么。

“一直在操心忙活，”米哈伊尔·伊万内奇带着一种恭敬和讥讽的微笑说道，这微笑使玛丽亚公爵小姐脸色发白了，“他很为一个新建的军担心。看了一会书，而现在，”米哈伊尔·伊万内奇压低嗓音说，“坐在写字台旁，想必在忙着写遗嘱（最近公爵最喜欢干的一件事就是整理文件，这些文件应当在他死后保存下来，他称之为遗嘱）。”

“他还要派阿尔帕特奇到斯摩棱斯克去吗？”

“那当然，他早就在等着了。”

三

米哈伊尔·伊万内奇拿着信回到书房时，公爵坐在打开的写字台前，戴着眼镜和眼罩，蜡烛也罩上了罩子，他把拿着文件的手伸得远远的，摆着几分得意的架势读着自己的文件（他称之为书面意见），这些文件应当在他死后呈交皇上。

米哈伊尔·伊万内奇进去时，他正回忆着当初起草此刻在朗读的这些文件的那个时代而热泪盈眶。他从米哈伊尔·伊万内奇的手里接过信，放进口袋里，又把文件放好，于是叫来了早在等候的阿尔帕特奇。

他有一张纸片，上面记着需要在斯摩棱斯克办的事，阿尔帕特奇等在门口，于是公爵在他身旁踱来踱去，开始发出指示。

“首先是信笺，听着，要八刀，这个样子的；要裁口喷金……这是样品，务必要和它一样；清漆、火漆，照米哈伊尔·伊万内奇的清单买。”

他在房间里走动了一会，看了看备忘的清单。

“然后将一封关于书面意见的信面呈省长。”

然后是买新房子的门闩，务必要公爵亲自设计的那种式样。

然后是订购存放遗嘱的匣子。

向阿尔帕特奇发指示用了两个多钟头。公爵还是没有放他走。他坐下，沉思起来，接着闭上眼睛打盹。阿尔帕特奇稍微动了动。

“好了，去吧，去吧；要是还需要什么，我派人找你。”

阿尔帕特奇出去了。公爵又走到写字台前，往桌子里面瞧瞧，用手碰碰自己的文件，又锁上了，随即坐到桌子跟前给省长写信。

已经很晚了，他站起来把信封好。他想睡了，但他知道是睡不着的，躺在被窝里会产生极其苦恼的想法。他叫来了吉洪，和他到几个房间去，要告诉他，今夜要把床铺放在哪里。他走来走去，打量着每个角落。

他觉得哪里都不好，不过最差的是书房里他睡惯的那张沙发。这张沙发使他害怕，也许是因为他躺在这张沙发上有过太多沉痛的思绪。哪里都不好，但休息室的钢琴后面的一角毕竟比哪里都好：他还不曾在这里睡过。

吉洪和一个侍仆拿来卧具，开始铺床。

“不是这样，不是这样！”公爵大声说道，亲自把床从角落移开四分之一俄尺，然后又往里移一点。

“好，事情终于办完了，现在我要休息了。”公爵想，他让吉洪给自己脱衣服。

他因为脱长衫和裤子很费劲而懊丧地皱着眉头，公爵脱了衣服，在床上沉重地坐下，轻蔑地望着自己干瘦发黄的双腿，仿佛陷入了沉思。他不是在沉思，而是在迟疑，因为要把这双腿抬起来移到床上是很艰难的。“噢，多么沉重！噢，但愿这些麻烦事儿赶快、赶快结束！**你们**就不再纠缠我了！”他想，他抿着嘴唇，使劲了二十回，总算躺下了。可是他刚躺下，整个床就突然在他身下有节奏地前后摆动，仿佛在喘着粗气晃来晃去。这种情况几乎每夜都有。他睁开了刚闭上的眼睛。

“不得安宁，该死的家伙！”他恼怒地埋怨着谁，“对了，对了，还有一件重要的事情，我准备夜里躺在床上做的一件很重要的事情。门闩？不，这已经讲过了。不，是在客厅里发生的那件事。玛丽亚公爵小姐瞎说什么来着。德萨尔这个笨蛋说过什么东西。口袋里的什么东西，不记得了。”

“吉什卡①！吃午饭时谈什么来着？”

“说到公爵，米哈伊尔……”

“住嘴，住嘴。”公爵一拍桌子，“对！我知道了，安德烈公爵的信。玛丽亚公爵小姐读过。德萨尔谈到了维捷布斯克。现在我要看信。”

他吩咐把口袋里的信拿来，把放着柠檬水和螺旋形蜡烛的小桌子移到床跟前，他戴上眼镜看信了。他在寂静的深夜，借助绿色灯罩下的微弱光线看了信，这时他才第一次顿时明白了信里的意思。

“法国人在维捷布斯克，经过四天的行程他们可能到达斯摩棱斯克；也许，他们已经到了那里。”

“吉什卡！”吉洪一跃而起，“不，不用了，不用了！”他大声

① 吉什卡是吉洪的昵称。

叫道。

他把信藏在烛台底下，闭上了眼睛。于是他的想象中出现了多瑙河、阳光明媚的中午、大片的芦苇、俄军营地，而他，一位年轻的将军，脸上没有一丝皱纹，朝气蓬勃、心情愉快、面色红润，走进了波将金的彩绘的营帐[①]，于是对由衷爱戴的人的炽热的羡慕之情依然那样强烈地使他激动不已。他的想象中又出现了一个面色微微泛黄的矮胖女人——女皇陛下[②]，她第一次亲切接待他时的微笑、言谈，回忆起她躺在灵柩台上的遗容，以及当时他和祖波夫在灵柩旁为争取亲吻她的手的权利而引起的冲突。

"噢，快些、快些回到那个时代吧，但愿眼前的一切快些、快些结束，但愿他们能让我得到安宁！"

四

尼古拉·安德烈伊奇·鲍尔康斯基公爵的庄园童山位于斯摩棱斯克后方，相距六十俄里，距莫斯科大道三俄里。

在公爵给阿尔帕特奇发指示的那个晚上，德萨尔要求与玛丽亚公爵小姐见面，对她说，因为公爵身体欠安，也不采取任何保护自己安全的措施，而根据安德烈公爵的来信看，住在童山难免会有危险，所以他斗胆劝她写一封信，让阿尔帕特奇带到斯摩棱斯克去见省长，请省长向她通报当前局势和童山所面临的危险。德萨尔替玛丽亚公爵小姐写了致省长的信，她签了字，把信交给阿尔帕特奇，并吩咐他面呈省长，万一遇到危险，便赶快回来。

阿尔帕特奇带着所有的指示，在家人的簇拥下，头戴白色绒帽（这是公爵送给他的礼物），像公爵那样拿着手杖，出来坐上带皮蓬的马车，套着三匹膘肥体壮的黑鬃黄褐色马。

大铃铛裹了起来，那些小铃铛里面都塞了纸。公爵不允许任何人在

---

① 鲍尔康斯基公爵可能在回忆他在1768—1774年间参加俄土战争的情况。

② 女皇陛下指叶卡捷琳娜二世（1729—1796）。

童山带铃铛行驶。可是阿尔帕特奇走远路时喜欢听铃铛声。他的一些手下人，一位地方行政官员①，一个办事员，给下人和主人做饭的厨娘，两个老太婆，一个哥萨克童仆，几个车夫和那些看家护院的人都来为他送行。

女儿在他背后和身下垫了印花布的羽绒垫子。年老的大姨子偷偷地塞了个小包裹。一个车夫托着他的手臂扶他上车。

“嘿，嘿，婆娘们来凑热闹了！这些婆娘们哪！”阿尔帕特奇喘着粗气说得很快，和公爵说话时一模一样，他随即坐上了马车。他对那位地方行政官员交代了最后一些工作上的指示，在这方面已不再模仿公爵了，阿尔帕特奇摘下秃头上的帽子，画了三次十字。

“你们哪，万一有什么事……你们就回来，雅科夫·阿尔帕特奇；看在基督分上，你要顾惜我们大家啊。”妻子朝他喊道，她在暗示那些有关战争和敌人的种种流言。

“这些婆娘，这些婆娘，婆娘们来凑热闹了。”阿尔帕特奇暗自嘀咕着上路了，他放眼四望，田野上有的地方黑麦已经泛黄，有的地方茂密的燕麦还绿油油的，有的地方还是刚开始复耕的黑土地。阿尔帕特奇坐在马车上欣赏着今年春播作物少有的丰收景象，望着一垄垄黑麦地，那里有的地方已开始收割了，于是盘算着播种和收割的农事，想着有没有忘记公爵的什么嘱咐。

路上喂了两次马，八月四日傍晚阿尔帕特奇来到城里。

阿尔帕特奇沿途遇到并赶超辎重和部队。接近斯摩棱斯克时他听到了远处的枪声，不过他对这些枪声并不感到吃惊。最使他吃惊的是，在驶近斯摩棱斯克的时候，他看到士兵们在一片极好的燕麦地上收割燕麦，看来是用作饲料，而且燕麦地上驻扎着兵营；这个情况使阿尔帕特奇大吃一惊，但他很快也就忘了，只顾想着自己的事情。

已经三十多年了，阿尔帕特奇生活中的一切兴趣都以公爵的意志为依归，他从来不越出这个范围。一切与执行公爵的指示无关的事，不仅

---

①沙俄在农业地区设立的拥有行政、司法权力的官员。

引不起他的兴趣，而且对阿尔帕特奇来说是不存在的。

阿尔帕特奇于八月四日傍晚来到斯摩棱斯克，投宿在第聂伯河对岸加琴斯克区的一家小客栈，客栈老板是费拉蓬托夫，三十年来他已习惯于在这里落脚。十二年前按照阿尔帕特奇的成功的先例，费拉蓬托夫买了公爵的一片小树林，开始经商，现在在省城有了一栋房子、一家小客栈和一家面粉铺。费拉蓬托夫是个四十岁的漂亮的黑胖男子，厚嘴唇，鼻子上长着个大疙瘩，紧皱的黑眉毛上方也有几个同样的疙瘩，挺着个大肚子。

费拉蓬托夫穿着背心和印花布衬衣站在临街的铺子旁。他看到阿尔帕特奇便迎了过去。

“欢迎，雅科夫·阿尔帕特奇。人家往城外跑，你反而进城来了。”客栈主人说。

“为什么呢，往城外跑？”

“我也说呀，那些人真蠢。老是怕法国人。”

“女人见识，女人见识！”阿尔帕特奇说。

“我也是这么看，雅科夫·阿尔帕特奇。我说，下过命令了，不让敌人进来，那他们就肯定进不来。农民出一趟车还要三个卢布，真黑心！”

雅科夫·阿尔帕特奇漫不经心地听着。他要了茶炊和马草，喝了茶就睡下了。

小客栈前的街上整夜都在过着军队。第二天阿尔帕特奇穿上他只在城里才穿的无袖男上衣，出去办事了。是个出太阳的早晨，八点钟就很热了。是收割庄稼的好天气啊，阿尔帕特奇想。从清早起，城外就传来了枪声。

从八时起，除了枪声又响起了密集的炮声。大街上有很多行色匆匆的民众，有很多军人，但是像平时一样，出租马车来来往往，商人站在店铺旁，教堂里在做礼拜。阿尔帕特奇去过商铺、政府机关、邮局后，就去见省长。政府机关、商铺、邮局到处都在谈论部队和已在攻城的敌人；大家互相问怎么办，又竭力彼此安慰。

阿尔帕特奇发现，在省长的府邸前有大批民众、哥萨克和一辆属于省长的旅行马车。雅科夫·阿尔帕特奇在台阶上碰到了两位贵族，他认识其中的一位。他认识的这位当过警察局长，他正在声色俱厉地讲话。

“这可不是开玩笑，”他说，“要是一个人也就罢了。掉脑袋也就是一个，可是一家十三口，还有全部家当……弄得大家都要同归于尽了，这当的什么官儿？嘿，真想把这些匪徒全都吊死！”

“行了，别说了。”另一位说。

“我怕什么，就让他听见吧！听见也好，我们不是任人宰割的畜生。”前警察局长说，他一回头看见了阿尔帕特奇。

“啊，雅科夫·阿尔帕特奇，你怎么来了？”

“奉公爵大人之命，来见省长，”阿尔帕特奇说，他自豪地昂着头，把一只手插在怀里，他提到公爵时总是这样……“他命令我来了解一下局势。”

“那就去了解吧，”这个地主叫道，“搞得大车没有了，什么都没有了！……瞧那边，听见吗？”他指着传来枪声的方向说。

“搞得大家都要同归于尽了……这些匪徒！”他又说道，走下了台阶。

阿尔帕特奇摇摇头上楼去了。

接待室里有商人，有妇女，有官员，都默默无言地面面相觑。办公室的门开了，大家都站起来拥了过去。一个官员从门里跑出来，和一个商人谈了谈，招呼一个脖子上挂着十字架的胖胖的官员跟他进去，随即又消失在门里了，看来他在逃避所有那些冲着他来的目光和问题。阿尔帕特奇朝前走了走，在那位官员再次出来时，便把手伸进扣着的常礼服迎上去，把两封信递给他。

“这是陆军上将鲍尔康斯基公爵给阿什男爵先生的信。”他那样庄重而意味深长地说道，军官就接了他的信。几分钟后省长接见了阿尔帕特奇，急匆匆地对他说：

“你报告公爵和公爵小姐，我一无所知：我是奉命行事——这就是……”

他把一份公文递给阿尔帕特奇。

“不过，公爵身体欠安，所以我劝他立即到莫斯科去。我自己马上就走。你回去报告……”不过省长的话没有说完，一个满面尘埃、汗水淋漓的军官从门口跑了进来，开始用法语说着什么。省长满面惊骇之色。

“你走吧。”省长朝阿尔帕特奇点点头说，又开始向军官询问什么。阿尔帕特奇从省长办公室出来时，人们急切、惊恐、无助的目光都转向了他。阿尔帕特奇现在不由得倾听近处越来越猛烈的枪声，急忙赶回客栈。省长给阿尔帕特奇的公文内容如下：

> 请您相信，在可预见的将来斯摩棱斯克城尚无丝毫危险，说它已受到任何危险的威胁是难以置信的。我从一侧，而巴格拉季翁公爵从另一侧正前往斯摩棱斯克前方会师，会师将于二十二日完成，两个军团即可同心协力保卫您治下的省城同胞，直至他们的努力迫使祖国的敌人远遁，或我军战至最后一兵一卒。由此可见，您有充分的理由安抚斯摩棱斯克的市民，因为在如此英勇的两支部队的保卫之下，任何人都可以对胜利满怀信心。（巴克莱·德·托利给斯摩棱斯克民政省长阿什男爵下达的指示，一八一二年。）

民众惶惶不安地在街道上来来往往。

高高地堆着家用器皿、椅子、小柜子的大车不时从各家的院门里出来，在街道上行驶着。费拉蓬托夫邻居家的院子里停着几辆马车，几个婆娘在这分别的时候边哭边数落。一条看家狗在套上车的马匹前面转来转去地吠叫不已。

阿尔帕特奇迈着比平时略微急促的脚步进了院子，朝板棚下面的自己的马匹和马车直奔过去。车夫在睡觉；他叫醒了他，吩咐套车，随即走进了门廊。老板家的正房里传来孩子的哭声、一个女人扯破嗓子的号啕大哭声和费拉蓬托夫的嘶哑的怒吼声。阿尔帕特奇一进来，在门廊里的厨娘就像受惊的母鸡一样惊慌起来。

“要出人命啦，他打老板娘！……那样打，那样拖！……”

“为了什么？”阿尔帕特奇问。

“她要求离开。女人嘛！你把我带走，她说，你别害了我和小孩子们；人家，她说，都走了，为什么，她说，我们不走？他就打她了。那样打，那样拖！”

阿尔帕特奇听了这些话仿佛赞许似的点了点头，他什么也不想知道了，走到对面老板家正房的门前，他买的东西都放在正房里。

“你这个坏蛋，害人虫，”这时一个苍白、消瘦的女人，怀里抱着孩子，手里拿着从头上扯下的头巾，大声嚷着冲出门来，沿着楼梯往院子跑去。费拉蓬托夫跟着她出来了，他看到阿尔帕特奇，便整理一下背心和头发，打个哈欠，跟在阿尔帕特奇后面进了正房。

“你要走了吗？”他问。

阿尔帕特奇没有回答老板，也不回头看他，一边收拾买来的东西，一边问客栈老板，该付多少住宿费。

“以后再算！怎么，见到省长了？”费拉蓬托夫问，“有什么决定？”

阿尔帕特奇答道，省长对他什么也没说。

“我们这样的家当，难道能全都带走吗？”费拉蓬托夫说，“雇一辆马车到多罗戈布日要七个卢布。所以我说，他们真黑心！”他说。

“谢利瓦诺夫星期四赚了一笔，按九卢布一袋的价钱把面粉卖给了军队。也好，您要喝茶吗？”他又说。阿尔帕特奇和费拉蓬托夫利用套马的时间，喝够了茶，畅谈粮价、收成和收割的好天气。

“不过开始静下来了，”费拉蓬托夫说，他喝了三杯茶站起身来，“想必是我们占了上风。说过了，不会让他们得逞的。这就是说，我们是有力量的……前不久听说，马特维·伊万内奇·普拉托夫把他们赶进了马里纳河，说是一天里淹死了一万八千人。”

阿尔帕特奇收拾好买来的东西，交给进来的车夫，和老板结了账。庭院的门口响起了马车出去时的车轮声、马蹄声和小铃铛的丁零声。

午后已过了很久；街道一边在阴影里，另一边被太阳照得很亮。阿尔帕特奇朝窗外看了看，向房门口走去。突然，远处传来奇怪的呼啸声和重物落地的声音，随即听到了排炮的一片轰鸣声，排炮震得窗玻璃直颤。

阿尔帕特奇来到了街上；有两个人沿着街道往大桥那里跑。四面八方都能听到炮弹的呼啸声、落地声和榴弹落在城里的爆炸声。但是与城外传来的排炮的轰鸣相比，这些声音几乎听不到，也引不起市民的注意。这是一次大规模的炮击，拿破仑在四点多钟下令动用一百三十门大炮轰击全城。最初人们不明白这次炮轰的重大意义。

榴弹和炮弹落下的声音起初只是激起了人们的好奇心。费拉蓬托夫的妻子一直在板棚下不住声地号啕大哭，这时不哭了，抱着孩子来到大门口，默默地看着人们，倾听着各种声音。

厨娘和一个店铺伙计也来到大门口。大家都带着愉快的好奇心竭力想看到从他们头顶上飞过的炮弹。从街角走出了几个人，在热烈地交谈。

“好大的力气！”一个说，“屋顶和天花板就那么炸成了碎片。”

“就像猪拱土一样，”另一个说，“这才叫厉害，这才叫刺激！”他笑着说，“幸亏你跳开了，要不把你也给埋了。”

人们都围上了这两个人。他们停下来告诉大家，炮弹就在他们身旁落进了房子。这时，一些炮弹有的带着飞快的阴沉的呼啸声——那是圆形炮弹，有的带着欢快的唿哨声——那是榴弹，不断地从人们头上飞过。不过没有一颗落在近处，全都飞了过去。阿尔帕特奇坐上了马车。老板站在大门口。

“没见过吗！”他对厨娘叫道，她的衣袖卷着，穿一条红裙子，甩着两条光胳膊，走到了拐角那里听人家讲故事。

“这真是怪事。”她边听边说，不过听到老板的叫声就回来了，边走边把掖起来的裙子抻平。

又听见了呼啸声，不过这次很近，好像有一只鸟儿从上面飞了下来，街心火光一闪，那东西炸开了，整条街硝烟弥漫。

“凶手，这是在干的什么！”老板大声叫道，一边向厨娘跑过去。

就在这一瞬间，四面八方只听妇女们在如怨如诉地哀号，一个受惊的孩子哭了起来，人们脸色苍白地聚集在厨娘身旁。人群中声音最响的是厨娘的呻吟和怨诉。

“哎哟，好心人哪！我亲爱的好心人哪！别让我死呀！我亲爱的好心人哪！……”

五分钟后街道上已空无一人。被榴弹的弹片击伤大腿的厨娘被抬进了厨房。阿尔帕特奇和他的车夫，费拉蓬托夫的妻子和孩子们，还有一个看院子的，都坐在地窖里听着外面的动静。大炮轰鸣、炮弹的呼啸声和压倒一切声音的厨娘的凄惨呻吟一刻也没有停息过。老板娘时而摇着孩子哄他睡觉，时而向那些进地窖的人打听她的老板在哪里，他还在街上呢。一个走进地窖的伙计对她说，老板和大伙儿到大教堂去了，人们在那里向有灵验的斯摩棱斯克圣像祈求保佑。

薄暮中炮击渐渐停息。阿尔帕特奇走出地窖站在房门口。原来明朗的晚空烟雾弥漫。透过烟雾，高悬空中的一弯新月怪异地照耀着。城市上空原来那可怕的隆隆炮声沉寂之后似乎已是一片寂静，打破这寂静的只有仿佛遍布全城的轻微的脚步声、呻吟声、远处的叫喊声和大火中的噼啪声。现在厨娘的呻吟停止了。黑色的滚滚浓烟从两旁的大火中不断升起又随风飘散。大街上穿着各种军服的散兵游勇东奔西走，好像被捣毁蚁巢的一群乱纷纷的蚂蚁。阿尔帕特奇眼见其中的几个跑进了费拉蓬托夫家的院子。阿尔帕特奇出来朝院门走去。一个团的部队在拥挤着匆匆赶路，挤满了街道，他们是在撤退。

“城市就要放弃了，您走吧，走吧。”一个发现了他的身影的军官对他说道，随即转身招呼士兵：

“我允许你们到各家各户去！”他大声说道。

阿尔帕特奇回到屋里，叫来车夫，吩咐他马上动身。费拉蓬托夫一家大小也都跟着阿尔帕特奇和车夫出来了。看到此刻在暮色中已很明显的从大火中冒出的浓烟甚至火光，此前默不作声的妇女都望着大火顿时放声大哭。仿佛在呼应她们似的，街道的其他地方也都响起了同样的哭声。阿尔帕特奇和车夫在屋檐下用哆嗦的双手整理着乱成一团的缰绳和挽索。

当阿尔帕特奇驶出院门时，他看到费拉蓬托夫的店铺门户大开，十来个士兵在里面大声嚷嚷着用口袋和背囊装面粉和葵花子。就在这时，从街道上回来的费拉蓬托夫走了进来。看到士兵们就想大声吆喝，却突然住口，他抓住头发号哭般地哈哈大笑。

“全都拿走吧，弟兄们！不要留给那些恶鬼！”他大声叫道，亲自抓起口袋扔到街上。有些士兵吓得往外跑，有些还在继续装。看到阿尔帕特奇，费拉蓬托夫朝他转过身来。

“完蛋了！俄国！”他叫道。“阿尔帕特奇！完蛋了！我亲自来放火！完蛋了……”费拉蓬托夫往院子跑去。

川流不息的士兵把街道全堵住了，阿尔帕特奇的车子过不去，只好等着。费拉蓬托夫的妻子和孩子们也坐在大车上等待可以通行的时候。

夜色已深。天上有星星，烟雾遮掩着的那一弯新月偶尔露出月光。在通往第聂伯河的下坡路上，在士兵和马车的队伍中缓缓行进的阿尔帕特奇和老板娘的马车不得不停了下来。离开马车停下的十字路口不远，在一条小巷里，一座房子和几间店铺在燃烧。火势即将熄灭。火苗时而暗淡，消失在浓烟里，时而又突然闪亮地蹿出来，出奇清晰地照亮站在十字路口的人群的面部。大火前闪动着人们的黑色身影。在火场上噼噼啪啪的爆裂声中可以听到说话声和叫喊声。阿尔帕特奇下了车，看到他的马车还不会很快放行，便转到小巷里看火情。士兵们在火场旁不停地钻来钻去，阿尔帕特奇看到，两个士兵和一个身穿粗毛呢军大衣的人一起把燃烧的原木从火场上拖往街道对面的一个邻近的院子里；另一些人把干草抱走。

阿尔帕特奇走到一大群人那里，他们站在一座火势正旺的高大的粮仓对面。粮仓的墙壁全都被大火吞没，后墙倒了，木板屋顶坍塌了，几根横梁在熊熊燃烧。看来人们在等待屋顶倒塌的那一刻。阿尔帕特奇也在等着。

“阿尔帕特奇！”突然一个熟悉的声音在叫他。

“我的天，是大人您哪！”阿尔帕特奇应声答道，他立刻听出那是小公爵。

安德烈公爵身披斗篷，骑着一匹黑马，在人群后望着阿尔帕特奇。

“你怎么会在这里？”他问。

“大……大人，”阿尔帕特奇说，不禁失声痛哭……“大，大人……我们真的完了吗？老爷子……”

“你怎么会在这里？”安德烈公爵又问了一遍。

这时火苗闪亮地一蹿，给阿尔帕特奇照亮了他的小主人苍白而疲惫不堪的脸色。阿尔帕特奇讲了他如何被派到这里来，怎样费尽周折才得以离开。

“怎么，公爵大人，我们真的完了？”他又问。

安德烈公爵没有回答，他取出笔记本，略微抬起膝盖，用铅笔在撕下的一页纸上写了起来。他是写给妹妹的：

“斯摩棱斯克即将放弃，”他写道，“童山一周后将被敌军占领。你们马上到莫斯科去。动身之前立即给我回话，派专人到乌斯维亚日来。”

他写好便条交给阿尔帕特奇，又口头告诉他，如何安排好公爵、公爵小姐以及他儿子和家庭教师的出行。他还来不及把这些指示讲完，参谋长已带领随从骑着马疾驰而来。

“您是团长？”参谋长带着德国口音高声问道，这声音是安德烈公爵所熟悉的。“人们当着您的面纵火烧房，您却站着不动？这是什么意思？您是要受到处罚的，”贝格叫道，他现在是第一军团左翼步兵部队副参谋长——用贝格的话来说，这是一个非常惬意而引人注目的职务。

安德烈公爵看了他一眼，没有理睬，继续对阿尔帕特奇说道：

“你就说，十号之前我等回音，如果十号还得不到他们都已动身的消息，我就抛开一切，亲自赶往童山。”

“公爵，我之所以这样说，”贝格认出安德烈公爵后说道，“只是因为我应当执行命令，因为我总是严格地奉命行事……请您原谅。”贝格辩解道。

大火里的什么东西开始噼啪作响。这响声沉寂了一会儿；屋顶下冒出了滚滚黑烟。大火里发出了一阵更可怕的爆裂声，于是一个庞然大物倒塌下来。

“嗬嗬嗬！”人群吼叫起来，呼应着粮仓顶棚的倒塌声，从那里飘来烧煳的粮食一股馅饼的香气。火苗蹿了起来，照亮了火场周围的人群生气勃勃的快乐而疲惫的脸色。

那个穿粗呢军大衣的人高高地举起手臂叫道：

“棒极了！烧得好！弟兄们，棒极了……”

“这就是粮仓的主人。”有几个人在说。

“就这样，就这样，”安德烈公爵对阿尔帕特奇说，“你把我说的话全都转告他们。”于是他对身旁哑口无言的贝格不加理睬，催马进了小巷。

五

部队继续从斯摩棱斯克撤退。敌人紧追不舍。八月十日安德烈公爵所指挥的团沿着大路行进，这条路和通往童山的大道近在咫尺。炎热和干旱已持续了三个多星期。天空每天飘浮着松散的白云，偶尔遮着太阳；可是傍晚又碧空如洗，夕阳坠落在殷红的暮霭里。只有浓重的夜雾滋润着大地。留在根上的庄稼枯死了，籽粒都散落在地。沼泽地干涸了。牲口在太阳烤焦的草地上找不到食物，饿得嗷嗷叫。只有夜间，在还保留着露水的森林里才有凉意。但是在路上，在部队行进的大路上，即使在夜里，即使在森林里，也没有这种凉意。在沙尘厚达四分之一俄尺的道路上是看不到露水的。天刚放亮就开始行动了。辎重车和大炮在没及轮毂的尘土中无声地行进，步兵走在没及脚踝的尘土里，那是松软、闷热、一夜未曾冷却的灼热的尘土。这沙尘的一部分在车轮和脚下被碾压、践踏，另一部分飞扬起来，像云雾一样停留在空中，钻进眼里、头发里、耳朵里、鼻孔里，主要是钻进在这条路上行走的人畜的肺里。太阳升得越高，尘埃的云雾就升得越高，透过这稀薄、灼热的尘埃，可以用肉眼看着没有云层遮掩的太阳。太阳像一个巨大的淡褐色的火球。没有风，人们在这凝固的空气里窒息。大家用手绢掩着口鼻走路。一到村庄，人人都扑向水井。人们为争水而斗殴，直喝到水底现出淤泥。

安德烈公爵指挥着一个团，忙于部队的安顿、官兵的福利以及接受和发布命令。斯摩棱斯克的大火及其放弃对安德烈公爵来说是整整一个时代。对敌人的这种新的仇恨使他忘记了自己的痛苦。他完全投身于本团的工作，关心自己的官兵，与他们亲密无间。团里称他为**我们公爵**，爱戴他，为他而感到自豪。但是他的善良和谦和只表现于对本团官兵，对季莫欣等人，对那些完全陌生、处于不同环境中的人，对那些不可能知道和了解他的过去的人；然而只要一接触到参谋部里的旧相识，他又浑身带刺了，变得严酷、讥诮和鄙夷。与他对往事的回忆相联系的一切都会引起他的反感，因此对往日的那些旧相识，他只是努力做到处事公正，履行自己的**职责**。

的确，在安德烈公爵眼里一切都黑暗而阴沉——尤其是在八月六日放弃斯摩棱斯克（他认为可以而且应当保卫这座城市）之后，在多病的父亲不得不逃往莫斯科，而把心爱的、多年经营的、他所安居的童山扔下任人掠夺之后，不过，尽管如此，由于有这个团，安德烈公爵可以关心与全局问题完全无关的另一个对象——自己的部队。八月十日他的团所属的纵队来到童山附近。安德烈公爵两天前得到消息，他的父亲、儿子和妹妹都到莫斯科去了。虽然安德烈公爵在童山已无事可做，但是他一直有一个重访伤心地的愿望，决定顺路到童山去。

他吩咐鞴马，骑上马离开行军中的部队到他父亲的村子去了，在经过一个池塘时，安德烈公爵注意到，过去总是有几十个妇女在这里一面交谈，一面用棒槌捶打和洗涮衣裳，现在却不见人影，一条离岸的小木筏一半浸在水里，侧身漂在池塘中央。安德烈公爵来到了门卫的岗亭前。车马入口的两扇石门旁一个人也没有，门扇大开。花园小径已长满野草，一些牛犊和马在英国式公园里游荡。安德烈公爵骑马来到暖房跟前：玻璃都打碎了，栽种在木桶里的树木有些倒了，有些已经枯死。

他叫了一声花匠塔拉斯。没有人应声。他策马绕过暖房来到陈列园，只见雕花的木板护栏全被拆毁，一株李树上的李子被连枝带叶地摘光了。一个老农（安德烈公爵幼年常在石门旁看见他）坐在绿色长凳上编树皮鞋。

他耳背，没有听见安德烈公爵骑马过来。他坐在老公爵爱坐的长凳上，身旁有一株枯死的木兰树，残枝上晾着抻开的树皮。

安德烈公爵骑马来到屋前。老花园里的几棵菩提树已被砍掉，一匹怀着马驹的花斑母马就在屋前的月季花之间走来走去。屋子的百叶窗全都钉死了。一扇窗户的下半截开着。仆人家的一个小男孩看到安德烈公爵就跑进了屋里。

阿尔帕特奇把家眷送走后，独自留在童山；他坐在家里看《圣徒传》。得知安德烈公爵来了，他鼻子上架着眼睛，扣着衣裳从屋里出来了，急忙走到公爵跟前，一言不发地哭着亲吻安德烈公爵的膝盖。

接着他因为自己软弱而气恼地转过脸去，开始向他报告情况。所有值钱和贵重的东西都运到了鲍古恰罗沃。大约一百俄担的粮食也运走了；干草和春播作物都被征收了，据阿尔帕特奇说，今年的春播作物长势非常好，还没有成熟就被征用了，收割的是部队。农民都破产了，有些人也去了鲍古恰罗沃，一小部分人留了下来。

安德烈公爵没听完就问他，父亲和妹妹是什么时候走的，意思是什么时候去了莫斯科。阿尔帕特奇以为是问什么时候去了鲍古恰罗沃，便回答说，是八月七日走的。又详细地谈起家务，要求指示。

“您是否允许部队打收条把燕麦运走？我们还剩下六百俄石。”

“怎么回答他呢？”安德烈公爵想，他望着老人在阳光下闪闪发亮的谢顶的头，从他的表情看出，他自己也明白，这些问题是不合时宜的，只是随便问问，也好减轻一些自己的痛苦。

“行，你让他们运走吧。”他说。

“如果您觉得花园里杂乱无章，”阿尔帕特奇说，“那是无法避免的： 三个团的部队到过这里，在这里过夜，特别是龙骑兵部队。我记下了指挥官的军衔和姓名，可以控告他们。”

“那你想怎么办？你留在这里，要是敌人来了呢？”安德烈公爵问他。

阿尔帕特奇转脸看了看安德烈公爵；突然，他神态庄严地举起了手。

“上帝保佑我，听天由命吧！”

一群农民和仆人从草地上走来，脱了帽子，离安德烈公爵近了。

“好，再见了！”安德烈公爵向阿尔帕特奇俯身说道，“你自己也走吧，把你能带走的东西都带走，吩咐大家都到梁赞或莫斯科近郊的庄园去。”阿尔帕特奇搂着他的腿放声大哭。安德烈公爵小心地推开他，催动坐骑，沿着林荫道向下坡疾驰而去。

在陈列园里，那个老人还是像亲爱的死者脸上的一只苍蝇那样无动于衷地坐在那里，敲打着树皮鞋的楦头；两个小女孩衣襟里兜着她们从暖房的树上摘来的杏子，从那里跑开，撞上了安德烈公爵。看见少爷，较大的女孩神色惊骇地抓住小女伴的手一起躲到了一棵桦树后面，来不及捡起散落的青杏。

安德烈公爵惊恐地急忙把头转开，怕被她们发觉，他看见她们了。他很可怜那个好看的受惊的女孩。他不敢看她，却又忍不住想看。一种新的欣慰而安心的感觉支配了他，因为看到这两个小女孩，他明白了，人间还有完全不同于他的别的追求，而那些追求和他所怀有的追求是同样合理的。这些女孩显然有一个热烈的愿望——带走并吃掉这些青杏而不被人抓住，于是安德烈公爵和她们一起希望她们如愿以偿。他忍不住又看了她们一眼。她们以为没有危险了，从藏身处跳了出来，用清脆的嗓音尖叫着什么，双手按住衣兜，晒得黝黑的赤裸的小腿在草地的青草上欢快地跑着。

安德烈公爵离开行军的大路上那尘土飞扬的地方后觉得凉快些。但是在童山后面不远的地方他又上了大路，在部队中途休息的一个不大的池塘堤坝旁赶上了自己的团。午后一点多钟了。太阳，漫天尘土中的一个火球，透过黑色的制服把背部烘烤得难以忍受。尘埃还是那样凝聚在停止行军的人声嘈杂的部队上空。微风不起。骑马走在堤岸上，安德烈公爵闻到了水藻和池塘的清凉气息。他很想下水——不管水有多脏。他转头看看笑语喧哗的池塘，长着水草的混浊的小池塘水位升高了大约两俄尺，漫过了堤岸，因为池塘里挤满了士兵们赤裸的、在水里闹腾的白色人体，只有手臂、脸和脖子是砖红色的。所有这些赤裸的白色人体带着欢笑和尖叫声在这肮脏的水洼里闹腾，就像鲫鱼挤在喷壶里挣扎。这样的闹腾令人愉快，因而也特别可悲。

三连一个浅色头发的青年士兵——安德烈公爵还认得他——腿肚子下面系着一条细带子，正在画着十字往后退，想经过有力的助跑纵身入水；一个黑黑的、总是头发蓬松的士官在齐腰深的水中颤动着肌肉强健的身躯，高兴地用鼻子吭气儿，一面用手腕以下黑黑的双手捧水淋头。可以听到互相拍打的吧嗒声、尖叫声和哎哟声。

河岸上、堤坝上、池塘里到处是健康、强健的白色肉体。红鼻子军官季莫欣在堤坝上擦身，看到公爵很窘，不过还是对他说：

“真好啊，公爵大人，您也来吧！”他说。

“太脏。”安德烈公爵皱着眉头说。

“我们马上给您腾地方。”季莫欣也不穿上衣服就跑去腾地方了。

“公爵要来。”

“哪一位，**我们公爵**？”大家问道，于是所有的人都急忙行动起来，安德烈公爵好不容易才把他们劝住了。他想，还是在板棚里冲个澡吧。

“肉体，身躯，炮灰！”他也望着自己的裸体想道，他在发抖，不是因为冷，而是因为他眼看在这肮脏的池塘里扑腾的大量肉体而产生的莫名的厌恶和恐惧。

八月七日巴格拉季翁公爵在斯摩棱斯克大道上的驻地米哈伊洛夫卡写信：

尊敬的阿列克谢·安德烈耶维奇伯爵大人。

（信是写给阿拉克切耶夫的，但是他知道，他的信皇上一定会看到，因此竭尽所能地字斟句酌。)

我想，陆军大臣已经报告了斯摩棱斯克的沦陷。痛心，可悲，全军陷于绝望，一个军事要地被轻易放弃了。我曾以极具说服力的方式亲自请求他，最后又提出书面请求；然而一切归于徒劳。我以我的荣誉向您起誓，拿破仑曾处于从未有过的困境，他可能丧失一半兵力，但决不能占领斯摩棱斯克。我们的部队那样英勇顽强地战斗，是前所未有的。我以一万五千人的兵力坚守了三十五个小时以上，并击退他们，而他连十四个小时也不愿坚守。这是可耻的，是我军的污点；至于他本人，我觉得不应再活在世上。如果他说伤亡太大，这是谎言；可能伤亡了近四千人，不会更多，也许还不到这个数字。即使伤亡一万，那又如何，这是战争！可是敌人就会伤亡无数……

再坚守两天又有何难？至少敌人会自行退去；因为兵员马匹都没有水喝。他曾向我保证决不撤退，可是突然送来作战部署，说他当夜就要撤走。这样打仗是不可以的，也许我们很快就会把敌人引到莫斯科去……

有传闻，说您在考虑议和。议和，千万不可！在作出这一切牺牲之后，在如此不可理喻的撤退之后而要议和，您将招致整个俄国的一致反对，我们每个人都会以身穿军服为耻。事已至此，必须战斗，只要俄国还能战斗，只要战士们没有倒下……

指挥军队的必须是一个人而不是两个。您的陆军大臣也许当大臣是称职的；可是当将军，不是一般的不称职，而是非常不称职，我们却把祖国的命运交给了他……说实话，我气得快要发疯了；请恕我出言不逊。显然，谁主张媾和，主张由陆军大臣指挥军队，谁就是不爱皇上，就是要我们大家都遭到毁灭。总之，我要直言相告：组建民兵吧。因为陆军大臣正以极其高明的手段将那位不速之客引往京城。侍从武官沃尔措根先生引起了全军的重大怀疑。有人说，他与其说是我们的人，不如说是拿破仑的人，而他是给陆军大臣出主意的。我不仅对他彬彬有礼，而且像一名军士那样服从他，尽管我的资格比他老。这令人痛心；然而出于对我的恩人和皇上的爱，我愿意服从。只是为皇上感到惋惜，他把我们光荣的军队托付于这样的一些人。请想想吧，我们因逃避决战而疲劳过度和伤病住院的，共减员一万五千余人，若是进攻，就不会发生这种情况。看在上帝分上，请您说出我们的母亲俄罗斯要说的话吧，我们何必如此惧战，为什么要把这样美好、勤劳的祖国拱手让给那些暴徒而使全体臣民含恨受辱。怕什么，怕谁？陆军大臣优柔寡断、胆小怯阵、不可理喻、踟蹰不前以及他所具有的一切恶劣品质并非我的过错。我全军官兵在伤心流泪，痛心疾首地诅咒他……

六

生活现象可以有无数种分类，所有这些类别可以划分为两种，一种以内容为主，一种以形式为主。可以归入后者的是与乡村、地区、省城，甚至莫斯科的生活截然相反的彼得堡的，尤其是沙龙的生活。这种生活是一成不变的。

从一八〇五年起，我们和波拿巴时而和解，时而反目，我们立宪而又废除，而安娜·帕夫洛夫娜的沙龙和海伦的沙龙还分别与七年前和五年前完全一样。在安娜·帕夫洛夫娜那里，仍旧那样困惑不解地谈论波拿巴的成功，并且把他的成功以及欧洲各国君主对他的姑息都看成一种恶毒的阴谋，其唯一的目的就是要在以安娜·帕夫洛夫娜为代表的宫廷小圈子里制造烦恼和不安。在海伦那里也是情况依旧，鲁缅采夫亲自拜访她，把她誉为聪明非凡的女人，在一八一二年仍旧像在一八〇八年那样兴高采烈地谈论那个伟大的国家和伟大的人物，看到与法国发生冲突而深感遗憾，海伦沙龙里的那些人认为，这场冲突应该以和解告终。

最近，在皇上从军队里回来之后，在这两个相互对立的沙龙小圈子里起了一些风波，彼此之间也有过一些抗议的表示，但各自的政治倾向依然如故。安娜·帕夫洛夫娜的小圈子只接待法国人中的顽固的正统派，这里还表现了一种爱国主义思想，就是不要到法国剧院去，因为供养一个剧团的钱足够供养整整一个军。他们密切注视战局，并散布对我军极为有利的流言。在海伦、鲁缅采夫和法国人的圈子里，人们对宣扬敌人和战争的残酷的流言加以驳斥，讨论着拿破仑试图议和的各种努力。这个圈子指责那样一些人，他们建议做出过于仓促的安排，让皇家学校和皇太后庇护下的女子学校准备疏散到喀山去。总之，在海伦的沙龙里，全部战争行动被看做很快就会以和解告终的虚有其表的示威，而且比利宾的看法占着支配地位，他现在就在彼得堡，是海伦家的常客（任何聪明人都应该在她家露面），他认为，决定战争的不是火药，而是发明火药的人。在这个圈子里，话里带刺、非常巧妙而又相当谨慎地奚落莫斯科人的狂热，有关莫斯科人的狂热的消息是随着皇上到达彼得堡而传到这里来的。

在安娜·帕夫洛夫娜的圈子里则相反，他们欣赏这种狂热，谈起莫斯科人的狂热，就像普卢塔克[①]谈起希腊罗马人一样。瓦西里公爵仍然位居要津，他是联系这两个圈子的中间环节。他常去自己的可敬的朋友安娜·帕夫洛夫娜那里，也常去自己女儿的外交沙龙，由于不断地往返于两个阵营之间，往往会弄错，在安娜·帕夫洛夫娜那里讲了应该在海伦那里讲的话，反之亦然。

皇上回来后不久，瓦西里公爵在安娜·帕夫洛夫娜那里兴致勃勃地谈论着战争，他激烈地谴责巴克莱·德·托利，对任命谁当总司令却颇为踌躇。一位客人名字叫做有很大优点的人，他讲他今天看到当选为彼得堡民兵指挥官的库图佐夫坐在省税务局里接见民兵，并且谨慎地谈了自己的看法，说库图佐夫倒是一位完全符合要求的人。

安娜·帕夫洛夫娜忧伤地微微一笑说，库图佐夫除了给皇上带来烦恼，一事无成。

“我在贵族会议上说了又说，”瓦西里公爵插话道，“可他们就是

---

①普卢塔克（约46—约127），希腊哲学家，其成名作《希腊罗马名人比较列传》描写了希腊罗马人值得仿效的典型性格。

不听。我说，选他当民兵指挥官，皇上会不高兴的。他们就是不听。”

“就是喜欢对着干，”他接着说道，“这是对谁呢？原因就是我们想盲目模仿莫斯科人的愚蠢的狂热。”瓦西里公爵说，他一时糊涂，忘记了在海伦那里要嘲笑莫斯科人的狂热，而在安娜·帕夫洛夫娜这里是要抱欣赏态度的。不过他立即纠正了过来。“库图佐夫伯爵这个俄国最老的将军坐在税务局接待民兵合适吗，他的所作所为都是徒劳！怎能任用这样一个人当总司令呢，他不能骑马，开会打瞌睡，而且脾气极坏！他在布加勒斯特的表现真出色！他作为将军的品质我就不说了，但是在这样的时候难道能任用一个又衰老又瞎眼、简直就是瞎子的人吗？一个瞎眼的将军真不赖！他什么也看不见。要是捉迷藏……干脆什么都看不见！”

对他的话谁也没有表示异议。

七月二十四日这样说是完全对的。可是七月二十九日库图佐夫被授予公爵爵位。公爵爵位也可能意味着要摆脱他，因而瓦西里公爵的看法仍然是对的，尽管他并不急于把这个看法说出来。但是八月八日由萨尔蒂科夫元帅、阿拉克切耶夫、维亚济米季诺夫、洛普欣和科丘别伊组成的委员会召开了讨论战局的会议。委员会认定，失败是由于多头领导，尽管委员会成员知道皇上对库图佐夫没有好感，委员会经过短暂的商议，还是建议任命库图佐夫为总司令。当天库图佐夫就被任命为各军团以及部队所在的整个地域的全权总司令。

八月九日瓦西里公爵又在安娜·帕夫洛夫娜那里遇见了有很大优点的人。有很大优点的人正在向安娜·帕夫洛夫娜献殷勤，因为他想在太后玛丽亚·费多罗夫娜所庇护的女子学校里当个学监。瓦西里公爵以幸运的胜利者、一个实现了梦寐以求的目标的人的姿态走了进来。

“诸位，你们知道一个大新闻吗？库图佐夫公爵现在是元帅了①！所有的分歧全都结束了。我感到多么幸运，多么高兴啊！”瓦西里公爵说，“说到底，这才是个人物呢！”他说，意味深长而又严肃地环视客

①库图佐夫于波罗金诺战役后晋升为元帅。

厅里所有的人。有很大优点的人尽管很想谋得一个职位，却忍不住要向瓦西里公爵提一提他原来的看法（这对在安娜·帕夫洛夫娜的客厅里的瓦西里公爵、对听到这个消息也很高兴的安娜·帕夫洛夫娜都是失礼的；可他就是忍不住了）。

“可是有人说他是瞎子呀，公爵？”他说，向瓦西里公爵提起了他本人的话。

“嗳，胡说，他视力很好，请相信我的话。”瓦西里公爵用他那低沉、快速而带些咳嗽的声音说道，他用这种带些咳嗽的声音应付所有的尴尬。“他视力很好嘛，”他又说了一遍，“我高兴的是，”他接着说道，“皇上赋予他统辖所有军团、全部地区的全权，哪一位总司令也不曾拥有过这样的权力。这是另一位君主啊。”他面带胜利的微笑结束道。

“但愿如此，但愿如此。”安娜·帕夫洛夫娜说道。有很大优点的人在宫廷社会还是一个生手，他想取悦于安娜·帕夫洛夫娜，便在这个论断中袒护她原来的见解，他说：

“据说，皇上不大乐意把这个权力交给库图佐夫。据说在宣布‘皇上和祖国赐予您这个荣誉’的时候，他的脸涨得通红，就像一位小姐听人读了《若孔德》[①]一样。”

“也许还有所保留。”安娜·帕夫洛夫娜说。

“啊，不，不！”瓦西里公爵热烈地争辩道。他现在已不能让库图佐夫任人评说了。按照瓦西里公爵的看法，库图佐夫不仅本人非常出色，而且大家也都很推崇他。“不，这不可能，因为皇上以前就那么看重他。”他说。

“但愿库图佐夫公爵，”安娜·帕夫洛夫娜说，“能掌握实权，不让**别人**掣肘——des bâtons dans les roues。”

瓦西里公爵立即明白了，这个**别人**是谁。他小声说道：

---

① 《若孔德》是法国寓言诗人拉封丹（1621—1695）的《故事诗》中的一篇，有色情内容。

“我确切地知道，库图佐夫提出了一个必要条件，就是不让皇储随军。您知道他是怎么对皇上说的吗？”于是瓦西里公爵重复了似乎是库图佐夫对皇上所说的原话：“‘如果他干得不好，我不能惩罚他，如果他干得好，我也不能嘉奖他。’噢！这是个极聪明的人，库图佐夫公爵，多么有个性。噢！我是早就了解他的。”

“甚至有人说，”有很大优点的人说，他还缺乏宫廷中的分寸感，“公爵大人还提出了一个必要条件，就是请皇上本人不要到军队中去。”

他的这句话一出口，瓦西里公爵和安娜·帕夫洛夫娜顿时扭头不理他，彼此忧郁地对看了一眼，为他的幼稚而叹息。

七

在彼得堡发生这些事情的时候,法国人已经过了斯摩棱斯克，离莫斯科越来越近了。拿破仑的历史学家梯也尔和拿破仑的其他历史学家一样，竭力为自己的英雄辩解，说拿破仑是不由自主地被吸引到莫斯科城外的。他是对的，正如所有历史学家都是对的一样，他们仅仅在某一个人的意志中寻求历史事件的解释；他也和俄国历史学家一样是对的，俄国历史学家断定，拿破仑是被俄国的统帅们运用军事艺术吸引到莫斯科的。这里采用了追溯规律（回顾规律），把过去的一切都看做已发生的事实的准备。然而此外还有使问题变得错综复杂的相互作用。一个优秀的棋手真心认为，他输棋是因为自己犯了个错误，于是他在自己的开局中寻找这个错误，但是他忘记了，在他下棋的全部过程中都有这样的一些错误，没有一步棋是无懈可击的。他所注意到的那个错误之所以被他发现，只是因为对手利用了它。相比之下，战争的博弈要复杂多少呢？战争的博弈是在时代的一定条件下进行的，这里不是由一个人的意志操纵无生命的机器，而是一切都产生于种种不同的任意行为的无数冲突之中。

拿破仑占领斯摩棱斯克后在多罗戈布日东北的维亚济马附近，然后又在察廖沃-宰米谢附近寻求战机；结果是俄军由于情况的无数变化和冲突，在到达距离莫斯科一百二十俄里的波罗金诺之前无法应战。拿破仑下令从维亚济马直扑莫斯科。

莫斯科，这个庞大帝国的亚洲首都，亚历山大的各族人民的圣城，拥有无数中国宝塔式教堂的莫斯科！这个莫斯科使拿破仑为之心驰神往。在从维亚济马到察廖沃-宰米谢的行军途中，拿破仑在近卫军、卫队、少年侍从和副官的护卫下骑着自己的浅黄色截尾溜蹄马。参谋长贝尔蒂埃落在后面，他要审问一个被骑兵抓获的俄国俘虏。他在翻译官勒洛梅·迪德维尔的陪同下纵马赶上了拿破仑，神情愉快地勒住了马。

“怎么样？”拿破仑问。

“普拉托夫的一个哥萨克说，普拉托夫的那个军和主力会师了，库图佐夫被任命为总司令。是个很聪明、爱饶舌的家伙！”

拿破仑微微一笑，吩咐给这个哥萨克一匹马，把他带来见他。他想亲自和他谈谈。几个副官骑马去了，一个小时后，杰尼索夫让给罗斯托夫的那个农奴拉夫鲁什卡，穿着勤务兵制服骑在法国骑兵的马鞍上，带着狡黠、醉醺醺的快乐神气来到了拿破仑面前。拿破仑命令他与自己并辔而行，开始问他：

“您是哥萨克？”

“是哥萨克，大人。”

“哥萨克不了解他所处的环境，因为拿破仑的简朴没有任何迹象能使东方人想象到有皇上在此，因而他非常随便地讲着当前的战争形势。”①梯也尔在叙述这个情节时写道。确实，头天拉夫鲁什卡喝醉了酒让主人没有午饭吃，因而挨了一顿鞭子，被派到乡下去抓鸡，他只顾趁火打劫，不留神被法国人俘虏了。拉夫鲁什卡是一个见过世面的粗野无耻的仆人，这种人认为用卑鄙狡猾的手段办事是自己的本分，随时准备向自己的主人提供任何服务，而且能机灵地猜到主人的坏想法，特别是主人的虚荣心和低级趣味。

他无意中来到了拿破仑这里，他很轻易地就认清了拿破仑的身份，

---

①这段话见于梯也尔《执政府和帝国时代的历史》，第14卷。

拉夫鲁什卡毫不惊慌,只是一心一意地想报答这些新主子。

他很清楚，这就是拿破仑本人，在拿破仑身边并不比在罗斯托夫或手拿树条的连副身边更惊慌，因为他什么也没有，无论连副还是拿破仑都不可能剥夺他什么。

他喋喋不休地讲着勤务兵之间的各种议论。其中有不少是实话。可是当拿破仑向他问起俄国人怎么看，他们能否战胜波拿巴的时候，拉夫鲁什卡眯着眼睛沉思起来。

他认为这里有诡计，拉夫鲁什卡这种人总是在任何事情上都认为有诡计，他皱起眉头沉默了一会儿。

“是这样： 如果进行决战，”他若有所思地说，“而且速战速决，那么就能。嗯，要是在三天之内不能解决战斗，那么这个战役就会拖下去。”

这段话被译成了这样：“要是战役发生在三天之前，法国人会赢，不过，要是发生在三天之后，结果会怎样就只有天知道了。”勒洛梅·迪德维尔微笑着转述道。拿破仑没有笑，尽管他似乎心情极好，他吩咐把这些话再对他重复一遍。

拉夫鲁什卡看在眼里，为了使他高兴起来，说话时便假装不知道他是谁。

“我们知道,你们有波拿巴,他把世界上的所有人都打败了，至于我们就是另一回事了……”他说，自己也不知道，怎么说到后来会冒出了自吹自擂的爱国主义。翻译官向拿破仑转述这些话时掐掉了最后一句，拿破仑笑了。“年轻的哥萨克使权倾一时的交谈者笑了。”梯也尔写道。拿破仑默默地走了几步，转身对贝尔蒂埃说，他想检验一下，当这个顿河之子得悉他与之交谈的人就是皇帝本人，就是那位把自己战无不胜的不朽英名写在金字塔上的皇帝时，这个信息会对他产生怎样的影响。

这个信息被转告了他。

拉夫鲁什卡（他明白，这是在给他出难题，拿破仑以为他会大吃一惊）为了讨好新主子，他装出愕然震惊的样子，瞪圆了眼睛，露出他被拉去受鞭刑时惯用的那副神气。“拿破仑的翻译官，”梯也尔写道，“刚把这事儿告诉了哥萨克，这个惊得发呆的哥萨克就再也没有说过一句话，他骑马继续走着，目不转睛地望着那位征服者，他的大名越过东方的大草原传到了他的耳中。他的絮叨突然中止，只剩下天真的、默然无语的欣喜。拿破仑为了奖赏他，下令放了他，正如把一只小鸟放回故乡的田野。”

拿破仑策马前行，梦想着他魂牵梦萦的莫斯科，而被放回故乡田野的小鸟朝着前哨阵地疾驰而去，预先编着要讲给自己人听的无中生有的故事。实际发生的事情他不想讲，恰恰是因为他觉得，这些事情不值得讲。他来到了哥萨克们那里，打听他的隶属于普拉托夫的那个团在那里，傍晚就找到了自己的主人尼古拉·罗斯托夫，他驻扎在扬科沃，刚骑上马要和伊林到郊外的乡村去逛逛。他给了拉夫鲁什卡一匹马，把他也带上了。

八

玛丽亚公爵小姐并非如安德烈公爵所愿已到了莫斯科，脱离了危险。

阿尔帕特奇从斯摩棱斯克回来后，老公爵仿佛突然从睡梦中苏醒了过来。他命令召集并武装各村民兵，又写了一封信通知总司令，自己决意留在童山直至最危急的关头并进行自卫，请总司令酌定是否采取保卫童山的措施，俄国一个最老的将军即将在童山被俘或被杀，他随即向家人宣布，他留在童山不走了。

公爵自己留在童山，同时安排公爵小姐和德萨尔带着小公爵去鲍古恰罗沃，然后从那里前往莫斯科。玛丽亚公爵小姐看到父亲一改平时的懒散,没日没夜地狂热工作而大为吃惊，不敢把他一个人留下，生平第一次大着胆子不服从他的安排。她不肯走，于是公爵的怒气便像可怕的暴风雨向她倾泻而下。他对她提起一些往事，在所有这些事情上他对她都是不公平的。他百般指责她，说他受够了她的折磨，说她挑起了他和儿子的不和，对他怀有可鄙的猜疑，说她活着的目的就是要破坏他的生活，他把她赶出了书房，说她要是不走，他也无所谓。他说他不管她的死活，但预先警告她，可别让他再看见。他并没有像玛丽亚公爵小姐所担心的那样，吩咐下人把她强制送走，只是不准她出现在他面前，这使玛丽亚公爵小姐喜上心头。她知道，这说明，他内心深处是因为她留下不走而感到高兴的。

在尼科卢什卡走后的第二天，老公爵早晨穿上全套军服准备去见总司令。马车已经套好。玛丽亚公爵小姐看见他身穿制服、佩戴所有勋章走出府邸，要到花园去检阅武装起来的农民和家奴。玛丽亚公爵小姐坐在窗前，倾听着从花园传来的他的声音。突然有几个仆人神色惊慌地从林荫道上跑了出来。

玛丽亚公爵小姐跑到了台阶上、花径上和林荫道上。迎着她过来了一大群民兵和家奴，在这群人中央，几个仆人搀扶着穿军服、戴勋章的身材矮小的老人。玛丽亚公爵小姐跑到了他跟前，阳光透过林荫道上的菩提树的阴影，化为无数晃眼的小圆圈，使她难以确定，老人脸上发生了什么变化。她只看到了一点，他过去的那种严峻、果决的神情一变而为胆怯和顺从。他看到女儿，嘴唇无力地翕动着，发出了一阵嘶哑的声音。听不清他想说什么。人们把他抬了起来，送到了书房，放在他近来非常害怕的那张沙发上。

当夜请来的医生为病人放了血，声称公爵中风，右侧偏瘫。

留在童山越来越危险了，于是公爵在中风的第二天就被送往鲍古恰罗沃。医生跟着一起去了。

他们来到鲍古恰罗沃的时候，德萨尔和小公爵已经到莫斯科去了。

病情老是那样，不好也不坏，老公爵为偏瘫所苦在鲍古恰罗沃躺了三个星期①，就住在安德烈公爵新建的那栋住宅里。老公爵神志不清；他躺在那里，像一具难看的尸体。他不停地嘟囔着什么，牵动着眉毛和嘴唇，不知道他是否明白周围的情况。有一点是可以肯定的，他很痛苦，觉得还有话要说。可是他想说什么，谁也弄不清楚；这是病人的胡

---

① 这样讲和下述情节有矛盾：老公爵是 8 月 10 日左右中风，8 月 15 日去世的。

闹或神志不清的呓语，还是与战争全局或家庭状况有关呢？

医生说，他所表现的焦躁没有什么意思，它是生理原因所引起的；但是玛丽亚公爵小姐认为（她露面总是使他更加不安，这就更坚定了她的看法），他是有话要对她说。他显然在忍受着生理上和精神上的痛苦。

已经没有康复的希望了。带他走也不行。万一死在路上怎么办？"死了岂不好些，干脆死了才好！"玛丽亚公爵小姐有时这样想。她日夜照料着他，几乎废寝忘食，不过说来可怕，她在照料时往往不是希望找到病情好转的迹象，而是**想**找到病危的征兆。

玛丽亚公爵小姐意识到自己有这种心情，感到非常讶异，然而这种心情确实是有的。还有使玛丽亚公爵小姐更觉骇然的情况，就是在她父亲生病以后（甚至还要早些，也许就在她为了期待什么而陪他留下来的时候），被忘怀而沉睡于内心的那些个人的心愿和希望都苏醒了。几年来不曾有过的想法——关于摆脱对父亲的无限期畏惧而自由生活的想法，甚至关于爱情和家庭幸福的可能性的想法，都像恶魔的诱惑不断地萦回于她的脑际。不论她怎样抗拒，她的脑海里还是不断地出现关于今后怎样安排自己生活的念头。这是恶魔的诱惑，玛丽亚公爵小姐是知道的。她知道，抗拒这种诱惑的唯一办法是祈祷，于是她试图祈祷。她摆出祈祷的姿势，眼望圣像诵读祷文，但是她无法祈祷。她感到，现在她沉浸于另一个世界——艰难、自由的日常琐事的世界，它和她曾置身其中的那种精神世界是完全对立的，在那个世界祈祷是唯一的安慰。她无法祈祷，也不能哭泣，日常的烦恼纠缠着她。

留在鲍古恰罗沃已经很危险了。到处可以听到法国人渐渐逼近的消息，距离鲍古恰罗沃十五俄里的一个村子有一座庄园已被法军的散兵游勇劫掠一空。

医生坚持要将公爵送往更远的地方；首席贵族派了一名官员来见玛丽亚公爵小姐，劝她赶紧离开。县警察局长来到鲍古恰罗沃，也坚持同样的看法，他说法国人只有四十俄里的距离了，各村都发现了法国人的传单，如果十五日前公爵小姐不和父亲离开，他就不能负责他们的安全了。

十五日公爵小姐决定离开。她整天为做好准备而操心，忙于向所有来找她的仆人发出指示。十四日夜，她像平常一样，在公爵卧病的房间隔壁衣不解带地度过了一宿。她几次醒来都听到他的哼哼声和嘟囔声、床铺的吱吱声以及吉洪和医生帮他翻身的脚步声。她几次站在门外听着,觉得他今天嘟囔的声音比平常更大，翻身的次数也更多。她睡不着，几次来到门外听着，想进去却又不敢。尽管他不曾说过，但是她看得出来，知道任何为他担心的表情都会惹他不高兴。她发觉，有时她不由自主地注视着他，他就不满地转头避开她的目光。她知道，她在夜里这不平常的时候来看他，一定会惹他生气。

可是她从来不曾这样满怀怜悯，这样害怕失去他。她回忆自己与他相处的整个一生，发现他的一言一行都表现了对她的爱。偶尔在这些回忆中会冒出恶魔的诱惑，想起他死后的情况，怎样安排她自由的新生活。但是她厌恶地赶开这些想法。凌晨他平静了，她也睡着了。

她醒来时已经很晚了。醒来时往往会有的坦诚使她清楚地意识到，她在父亲病中最关切的是什么。她醒来倾听着门里的动静，听到哼哼声，便叹息着对自己说，还是老样子。

“那要怎样呢？我想怎样呢？我是想要他死啊！”她怀着对自己的厌恶叫道。

她穿衣洗漱，诵读祷文，来到门口的台阶上。台阶前停着没有套马的几辆马车，仆人们在往车上装行李。

这是温暖、灰暗的早晨。玛丽亚公爵小姐站在台阶上，对自己内心的卑劣不断地骇然自责，竭力在进去见他之前调整好自己的心绪。

医生下楼来到了她跟前。

“他今天好些了，”医生说，“我在找您。他说的话有些能听懂了，头脑清醒一些。我们去吧。他在叫您……”

玛丽亚公爵小姐听到这个消息，心脏那么猛烈地跳动起来，以至她脸色苍白地靠在门上，以防跌倒。当玛丽亚公爵小姐的整个心灵充满如此可怕的罪恶的诱惑时去见他、和他谈话、承受他的目光——既痛苦、害怕而又高兴。

“我们去吧。”医生说。

玛丽亚公爵小姐进了父亲的房间，来到他的床前。他高高地仰面而卧，一双瘦骨嶙峋、浅紫色青筋突露的小手放在被子上，左眼直瞪瞪地盯着而右眼斜视，双眉和双唇凝然不动。他整个儿地那么瘦弱、矮小而可怜。他的脸似乎干枯了，或者说消融了，脸形缩小了很多。玛丽亚公爵小姐上前亲吻他的手。他用左手紧攥着她的手，看来早就在等候她了。他拽着她的手，眉毛和嘴唇都气恼地微微动弹起来。

她吃惊地看着他，想猜出他要她怎样。她变换姿势，凑近一些，让他的左眼能看到她的脸，于是他安心了，有几秒钟目不转睛地盯着她。然后他的嘴唇和舌头都动了起来，发出一些声音，他开始说话了，胆怯而恳求地望着她，看来是怕她不明白他的意思。

玛丽亚公爵小姐集中全部注意力看着他。他吃力地转动舌头的滑稽样子使玛丽亚公爵小姐垂下眼睛，竭力压抑着涌往喉头的哀号。他说了什么，总是把自己的话重复好几遍。玛丽亚公爵小姐听不明白；不过她用心猜测他想说什么，于是疑问地重复他的话。

“嘻嘻，哈……哈……”他重复了几遍。

这些话怎么也听不懂。医生以为他猜到了，便重复他的话，问他是不是想说：

小姐害怕？他否定地摇摇头，又把原话重复了一遍。

“**心里，好悲伤**。”玛丽亚公爵小姐猜到了，说了出来。他肯定地嗯了几声，抓起她的一只手，按到他胸脯的不同地方，仿佛在找寻真正属于她的所在。

“老是在想！想着你……想着……”此后他的话说得比刚才清楚些、易懂些了，因为现在他相信别人能听得懂了。玛丽亚公爵小姐把头埋在他的手上，竭力掩饰自己的啜泣和泪水。

他抚摸着她的头发。

“我整夜都在叫你……”他说。

“可我不知道啊……”她含泪说道，“我不敢进来。”

他握了握她的手。

“你没睡吧？”

“没有，我没睡。”玛丽亚公爵小姐摇着头说。她不由自主地受了父亲的影响，现在也像他说话那样更多地用手势，而且似乎也那么费力地转动着舌头。

“好闺女……”也许是“好孩子……”玛丽亚公爵小姐分辨不清；不过看他的眼神，说的肯定是他从未说过的一个温柔亲切的字眼。“为什么你不来呢？”

“而我却希望，希望他死！”玛丽亚公爵小姐想。他沉默了一会儿。

“谢谢你……女儿，好孩子……谢谢你的一切、一切……原谅我……谢谢……原谅我……谢谢！……”他的眼里涌出了泪水，“把安德留沙叫来。”他突然说道，在提出这个要求时，他的脸上露出了孩子般的胆怯和疑惧。他仿佛自己也知道，这个要求是没有意义的。至少玛丽亚公爵小姐觉得是这样。

“我收到了他的一封信。”玛丽亚公爵小姐回答道。

他惊讶而胆怯地看着她。

“他在哪里呢？”

“他在部队里，爸爸，在斯摩棱斯克。”

他闭着眼睛沉默了好久，后来肯定地点点头睁开了眼睛，仿佛回答了自己的疑问，并且确认他现在已明白了一切，一切都想起来了。

“是的，”他清晰地低声说道，“俄国完了！被他们断送了！”于是他又失声痛哭，泪流满面。玛丽亚公爵小姐再也忍不住了，望着他的脸也哭了。

他又闭上了眼睛。他的哭声停止了。他用手指了指眼睛；吉洪明白了他的意思，为他擦了眼泪。

然后他睁开眼睛说了些什么，很久谁都不明白他的话的意思，最后还是吉洪听明白了，便转告了大家。玛丽亚公爵小姐根据他片刻之前说话时的情绪探究他的话的含义。她以为他说的是俄国，又像是在说安德烈公爵，又像是说她，说孙子，又像是谈到自己的死亡。因此她猜不透是什么意思。

“穿上你的白色连衣裙吧，我喜欢它。”他说。

等到明白了这句话的意思，玛丽亚公爵小姐更是放声大哭，医生扶着她的手臂，把她领到凉台上，劝她要镇静，要做好撤离的准备。在玛丽亚公爵小姐离开房间以后，公爵又谈起了儿子，谈起了战争和皇上，气愤地扬起眉毛，开始提高嘶哑的嗓音，于是他第二次也是最后一次中风了。

玛丽亚公爵小姐停留在阳台上。白天更晴朗了，阳光灿烂，天气炎热。她什么也无法理解，一无所思，一无所感，除了自己对父亲的热爱，她觉得，在此刻之前她不曾领悟这份爱。她跑进花园，痛哭失声地朝下面的池塘跑去，沿着安德烈公爵亲手栽种的幼小的菩提树间的小径。

“是的……**我**……**我**……**我**呀。我曾希望他死。我曾希望赶快结束……**我**想得到安宁……情况会怎样呢？他不在了，我要安宁何用。”玛丽亚公爵小姐喃喃自语，在花园里快步走动着，双手紧压胸膛，她的胸腔发出一阵阵痉挛的恸哭声。她在花园里绕了一圈，于是又来到了屋前，看到布里安娜小姐（她留在鲍古恰罗沃不肯离开）和一个陌生男人正迎着她走来。那是本县的首席贵族，他亲自来见公爵小姐，是要充分地向她说明紧急撤离的必要性。玛丽亚公爵小姐听着，却茫然不解其意；她把他带到家里，请他用早餐，和他一起坐了下来。后来她向首席贵族表示歉意后，走到老公爵门口。医生神色惊慌地出来对她说，不能进去。

“您走开吧，公爵小姐，走开，走开！”

玛丽亚公爵小姐又来到了花园里，她在池塘边的斜坡上谁也看不到的地方坐在一片草地上。她不知道她在那里坐了多久。一个女人沿着小径跑来的脚步声惊醒了她。她站起身来，看见了她的女仆杜尼亚莎，她显然是跑来找她的，一看到自己小姐的样子，突然似乎大吃一惊地停住了脚步。

“请您去呢，公爵小姐……公爵……”杜尼亚莎说，连声音都变了。

“马上就去，马上就去。”公爵小姐急忙回答，不让杜尼亚莎有时间讲出她要讲的话，也竭力不看杜尼亚莎，就朝家里跑去。

“公爵小姐，一切都是上帝的旨意，您要做好最坏的准备。”首席贵族在门口迎着她说。

“别来烦我。这不是真的！”她愤恨地对他嚷道。医生想拦住她。她推开他，朝门口跑去。“为什么这些神色惊慌的人要来阻拦我呢？我谁也不要！他们都在这里干什么呀？”她推开门，这间原来半暗的房间恍如白昼的光亮使她猛然吃了一惊。房间里有几个妇女和保姆。她们都从床边闪开，给她让路。他还是那样躺在床上，然而他平静的脸上的严峻表情使玛丽亚公爵小姐停在门口不敢迈步。

“不，他没有死，这是不可能的！”玛丽亚公爵小姐对自己说，她走上前去，克制着内心的恐惧用嘴唇紧贴在他的面颊上。但她立刻从他身边闪开了。她心里所怀有的对他的全部柔情顿时消失，代之而起的是对她所面对的东西的恐惧。“不，他不在了！没有他了，而在这里，就在他刚才所在的这个地方，只有一种陌生而敌对的东西，一种可畏可怖、令人厌恶的秘密……”于是玛丽亚公爵小姐双手捂着脸倒在扶着她的医生的臂弯里。

妇女们当着吉洪和医生的面，洗净他的遗体，用头巾裹了头，以免张开的嘴僵化，又用一条头巾把叉开的腿捆在一起。然后她们给他穿上佩戴勋章的军服，把一具瘦小干瘪的尸体放在桌上。天知道，有谁曾关心过这件事，但一切似乎都自然而然地完成了。入夜，灵柩四周点着蜡烛，灵柩上覆着盖棺布，地板上撒了刺柏枝，死者干瘦的头下放着一篇印刷的祈祷文，一个教堂执事坐在角落里诵读《诗篇》。

正如一群马围在一匹死马四周彼此闪避着、拥挤着、打着响鼻一样，客厅里的灵柩四周也拥挤着一些外人和自家人——首席贵族，还有村长和农妇们，全都瞪着惊恐的眼睛在画十字、鞠躬、亲吻老公爵的一只冰冷僵硬的手。

九

鲍古恰罗沃在安德烈公爵迁入之前，一直是没有主人照管的庄园，因此鲍古恰罗沃农民的性质与童山的农民完全不同。他们的语言、衣着和习性都有别于后者。他们被称为草原农民。他们到童山来帮助收割或挖掘池塘和沟渠时，老公爵称赞他们能吃苦耐劳，但不喜欢他们的粗野。

安德烈公爵最近一次在鲍古恰罗沃定居，以及开办医院、学校和减轻代役租等新举措并没有使他们变得温和一些，相反，却加剧了老公爵称之为粗野的性格特点。他们之间总是有一些含混不清的流言蜚语，时而议论把他们所有人都改为哥萨克的问题，时而议论有人鼓动他们改宗的新的宗教信仰，时而谈到沙皇的什么诏书，时而谈到一七九七年对保罗·彼得罗维奇的效忠宣誓（有人谈到这次宣誓时说，那时就可以得到自由，可是被老爷们剥夺了），时而议论将在七年后登基的彼得·费多罗维奇[①]，说他登基后人人都能得到自由，一切都很简单，什么麻烦事都没有了。在他们那里，关于战争和波拿巴以及他的入侵的流言是和有关敌基督、世界末日和绝对自由的同样含混不清的观念结合在一起的。

鲍古恰罗沃周围都是一些大村庄，它们属于国家和收取代役租的地主所有。在这个地区居住的地主很少；家奴和识字的人也很少，因而在这个地区的农民生活中，俄国民间生活的神秘暗流比其他地区更明显也更强大，这些暗流的成因和意义是现代人所难以解释的。其现象之一就是约二十年前表现在该地区的农民向那些温暖的江河流域迁徙的运动[②]。包括鲍古恰罗沃在内的成百上千的农民突然卖掉自己的家畜，拉家带口地迁往东南方某地。就像候鸟飞往海外一样，这些人带着妻子儿女朝着东南方，奔向他们谁也不曾到过的地方。他们成群结队地行动起

---

①指彼得三世（1728—1762），他在1762年的宫廷政变中退位，谣传他因试图解放农奴而被贵族推翻。

②想必是指当时农奴大批向北高加索和摩尔达维亚的“自由”土地逃亡的事实。

来，各自赎身或逃跑，有的坐车，有的步行，前往温暖的江河流域。很多人受到了处罚，被流放到西伯利亚，很多人由于饥寒而倒毙途中，很多人自己回来了，于是这个运动便自行平息，正如它的兴起一样没有什么明显的原因。然而这种水下的暗流在这些民众中并没有停止流动，而是在积蓄力量，以便形成一股新的潮流，它也将那么奇怪、突然，同时又简单、自然而强有力地表现出来。现在，在一八一二年，一个生活贴近民众的人不难发现，这种水下的暗流在强烈地活动，很快就会表现出来了。

阿尔帕特奇在老公爵去世前不久来到鲍古恰罗沃，他发现民众发生了骚乱，这里的情况与童山不同，在童山以六十俄里为半径的范围内，所有的农民都逃走了（听任哥萨克洗劫自己的村庄），而在鲍古恰罗沃的草原地带，听说农民与法国人有来往，他们得到一些文件在彼此之间传阅，于是留在当地不走。他通过心腹家奴得知，在地方上很有影响的农民卡尔普日前出了一趟官差，他带回一个消息，说哥萨克在洗劫居民出逃的村庄，但法国人却秋毫无犯。他知道，另一个农民甚至从法军驻扎的维斯洛乌霍沃村带回了法国将军的文告，文告向居民宣布，如果他们留下来不会受到任何损失，取自他们的一切都按价付款。为了证明这一点，农民从维斯洛乌霍沃拿来了购买干草的预付款一百卢布纸币（他不知道那是假币）。

最后，最重要的是，阿尔帕特奇知道，就在他吩咐村长集中几辆大车把公爵小姐的行李从鲍古恰罗沃运走的当天，一清早村子里就召开了村民大会，会上决定不出车，等着瞧。但时间是不等人的。首席贵族在公爵去世的那一天，八月十五日，坚决要求玛丽亚公爵小姐当天就走，因为情况危急。他说，十六日以后他是不负任何责任的。在公爵去世的那天晚上他走了，不过答应第二天来参加葬礼。可是第二天他不能来，因为根据他本人所得到的消息，法国人突然向前推进了，他只来得及从自己的庄园带走一家大小和所有的贵重物品。

村长德龙管理鲍古恰罗沃有三十年了，老公爵叫他德龙努什卡。

德龙是那种身体强壮、精神健旺的农民，他们一上年纪就蓄起大胡子，就这样毫无变化地活到六七十岁，没有一丝白发，不掉一颗牙，六十岁还像三十岁那样腰板挺直，精力旺盛。

德龙和别人一样参加过向温暖的江河流域迁徙的运动，此后不久他就在鲍古恰罗沃奉命担任村长，从此在这个职位上无可挑剔地干了二十三年。农民怕他更甚于怕老爷。主人们，老公爵也好，年轻的公爵也好，还有总管都敬重他，把他戏称为大臣。德龙在当村长期间从来没有喝醉过酒，没有生过病；在通宵不眠之后，在无论多么繁重的劳动之后，他从来不会露出一丝倦容，他不识字，但决不会忘记一笔钱，不会忘记他出售的满载的大车队有多少普特面粉，也不会忘记鲍古恰罗沃的每俄亩土地上收割的哪怕一个庄稼垛。

阿尔帕特奇从衰败的童山来到这里，在公爵落葬的当天叫来了这位村长，吩咐他准备十二匹马为公爵小姐套车，准备十八辆大车运送就要从鲍古恰罗沃起运的财物。虽然农民都是代役租农民，但是阿尔帕特奇认为，执行这个命令是不会有困难的，因为在鲍古恰罗沃有二百三十个课税单位[①]，农民是富裕的。但是村长德龙听到他的吩咐，却默默地垂下了眼睛。阿尔帕特奇对他说出了自己所了解的一些农民的名字，命令征用他们的大车。

德龙回答说,这些农民的马都跑运输去了。阿尔帕特奇又提到其他农民，德龙说，他们也没有马，有的人出官差去了，有的人身体虚弱，有的人没有饲料马都饿死了。在德龙看来，不但找不到拉大车的马，就是给公爵小姐套车的马也找不到。

阿尔帕特奇仔细地看了德龙一眼，皱起了眉头。德龙是一个模范的农民村长，阿尔帕特奇有为公爵管理庄园二十年的历练，也不愧是模范总管。他极善于察言观色，了解他与之打交道的这些人的需求和本能，正因如此，他才是一位出类拔萃的总管。他朝德龙看一眼，立刻就明白了，德龙的这些回答并不代表德龙的想法，而是鲍古恰罗沃村民的普遍

---

① 农民负担赋税、徭役的课税单位通常由一夫一妻组成，大家庭由若干个课税单位构成。

情绪的反映，村长已经被村民所挟持了。但同时他也知道，富裕起来、受到村民敌视的德龙一定会在老爷和农民这两个阵营之间摇摆不定。他在他的目光中觉察了这种动摇，因此他紧皱眉头，向德龙逼近了一步。

“你呀，德龙努什卡，给我听着！”他说，“你不要和我说空话。安德烈·尼古拉伊奇公爵大人亲自命令我，要把民众全部撤走，不准留下当顺民，沙皇也有这样的诏令。谁留下来谁就是背叛沙皇。听见没有？”

“我听着呢。”德龙回答道，他没有抬起眼睛。

阿尔帕特奇不满意这个回答。

“唉，德龙，你可要倒霉了！”阿尔帕特奇摇着头说道。

“随您的便！”德龙悲伤地说。

“唉，德龙，你得了吧！”阿尔帕特奇又说，他从怀里抽出手来，神态庄严地指着德龙脚下的地板。“我不只是把你看得清清楚楚，你脚下三尺的一切我都看得清清楚楚。”他说，一面盯着德龙脚下的地板。

德龙发窘了，他朝阿尔帕特奇匆匆一瞥，又垂下了眼睛。

“你废话少说，去告诉大家，都要准备离开家乡到莫斯科去，明天早晨准备大车供公爵小姐使用，你自己不要再去开会了。听见没有？”

德龙突然跪倒在他脚下。

“雅科夫·阿尔帕特奇，你撤了我吧！我把钥匙交出来，你就把我撤了吧！”

“行啦！”阿尔帕特奇厉声说道，“我能看得到你脚下三尺。”他重复道，他知道，他的养蜂技术、关于何时播种燕麦的知识，以及他二十年来始终得到老公爵宠信的本领，早就为他赢得了魔法师的美名，而能看到脚下三尺正是魔法师才有的能力。

德龙站起来想说什么，但阿尔帕特奇打断了他：

“为什么你们突然就变了呢？啊？……你们究竟是怎么想的？啊？……”

“我拿他们怎么办呢？”德龙说，“全都闹起来了。我也是对他们说……”

“我就说嘛，”阿尔帕特奇说，“他们在喝酒？”他简短地问。

“闹得不成样子了，雅科夫·阿尔帕特奇：他们又拉来了一桶酒。”

“那你听着。我去找县警察局长，你要约束他们，别再胡闹啦，而且一定要有大车。”

“是。”德龙回答道。

雅科夫·阿尔帕特奇不再叮嘱了。他长期管理这些人，深知要他们服从的主要手段，就是决不向他们流露担心他们可能不服从的疑虑。雅科夫·阿尔帕特奇听到德龙驯服地说了声“遵命”，便适可而止了，虽然他不仅怀疑，而且几乎确信，不借助军队的力量，要想弄到大车是不可能的。

果然，到了晚上也没有大车。村子里的小酒馆旁边又在召开村民大会，会上决定把马匹都赶到林子里去，也不提供大车。这个情况阿尔帕特奇对公爵小姐一字不提，他吩咐从来自童山的大车上卸下他自家的东西，准备用那些马为公爵小姐套车，他自己骑着马找官长去了。

十

父亲落葬以后，玛丽亚公爵小姐在自己的房间里闭门不出，也不让任何人进去。女仆走到门口说，阿尔帕特奇来请示动身的事。（这还是在阿尔帕特奇和德龙谈话之前。）玛丽亚公爵小姐从她躺着的沙发上欠起身来，隔着关闭的门说，她不走了，哪里也不去，请不要打扰她了。

玛丽亚公爵小姐躺着的房间窗户朝西。她面朝墙壁躺在沙发上，手指抚摸着皮靠垫上的扣子，眼里只看到这个皮靠垫，她的朦胧的思绪只集中于一点：她想的是人死不能复生，以及她一直懵然不知而在父亲生病期间才表现出来的自己心灵的卑污。她想祈祷，却不敢祈祷，不敢在她现在所处的心境中面对上帝。她在这种状态中躺了好久。

太阳下沉到房子的另一侧了，夕阳斜晖射进敞开的窗户，照亮了房间和玛丽亚公爵小姐望着的山羊革垫子的一部分。她的思绪蓦地停止了。她下意识地欠身整理一下头发，站起来走到窗前，不由自主地在这晴朗然而有风的傍晚吸了一口凉爽的空气。

“现在你可以舒适地欣赏傍晚的景色了！他已经不在了，没有人会来妨碍你了。”她自语道，她在椅子上坐下，头倒在窗台上。

有人从花园一边轻轻地柔声叫她，又吻了吻她的头。她回头一望。那是布里安娜小姐，黑色连衣裙上缀着哀悼的白布。她悄声走到玛丽亚公爵小姐跟前，叹息着亲吻她，当即哭了起来。玛丽亚公爵小姐回头看了她一眼。此前和她的所有冲突以及对她的忌妒，玛丽亚公爵小姐顿时回忆起来了；还想起他最近背弃了布里安娜小姐，不愿见她，由此可见，玛丽亚公爵小姐心里对她有过的种种责难是多么不公正啊。“而我，希望他死的我，有资格责备谁呀！”她想。

玛丽亚公爵小姐想象着布里安娜小姐的处境，最近她被排斥于自己的交往范围之外，却又依赖她、过着寄人篱下的生活。于是她可怜她了。她温和而疑问地看看她，向她伸出了手。布里安娜小姐当即哭了，她开始亲吻她的手，并谈起公爵小姐所遭受的痛苦，从而分担着这份悲伤。她说，她在痛苦中的唯一安慰就是公爵小姐允许她和她共同承担。她说，所有的误解都应当在面对这巨大的痛苦时化解，她觉得自己在大家面前是清白的，他从那里是看得到她的爱心和感激之情的。公爵小姐听着，却不明白她所说的话，不过偶尔看看她，倾听着她说话的声音。

“您的处境更可怕了，亲爱的公爵小姐，”布里安娜小姐沉默了一会儿说道，“我理解，您过去和现在都不可能想到自己，但是我对您的爱使我不能不提醒您……阿尔帕特奇来见过您吗？他和您谈到过要走的事没有？”她问。

玛丽亚公爵小姐没有回答。她不明白谁要走，到哪里去。“难道现在能有什么事可做，有什么可想的吗？难道不是无所谓了吗？”她没有回答。

“您知道吗，亲爱的玛丽，”布里安娜小姐说，“知道吗，我们处于危险之中，我们被法国人包围了；现在走是危险的。如果现在走，我们几乎一定会被俘虏，那么天知道……”

玛丽亚公爵小姐望着自己的朋友，不明白她在说什么。

“唉，但愿有人知道，我现在完全无所谓了，”她说，“不言而喻，我无论如何不愿离开**他**……阿尔帕特奇对我谈到过动身的事……您去和他谈谈吧，我没有什么可谈的，也不想谈……”

“我和他谈过了。他希望我们明天就走，不过我想，现在还是留在这里好，”布里安娜小姐说，“因为，您不能不同意，亲爱的玛丽，如果在路上落到士兵们或骚动的农民手里，那就太可怕了。”布里安娜小姐从手提包里拿出了印在一种特殊的外国纸张上的法国将军拉莫的告示，告示要求居民不要离开自己的家园，他们会受到法国当局的应有的保护。她把这张告示递给了公爵小姐。

“我想，最好去找这位将军，”布里安娜小姐说，“我相信您一定会得到应有的尊重。”

玛丽亚公爵小姐看了告示，欲哭无泪的干号使她的脸痉挛了。

“您这是从谁那里拿到的？”她问。

“想必他们是根据我的名字知道我是法国人。”布里安娜小姐红着脸说。

玛丽亚公爵小姐拿着告示站起来离开窗口，面色苍白地走出房间到安德烈公爵原来的书房去了。

“杜尼亚莎，你们给我把阿尔帕特奇、德龙努什卡叫来，叫谁都行，”玛丽亚公爵小姐说，“去告诉阿梅利·卡尔洛夫娜，叫她不要进来。”她补了一句，因为她听到了布里安娜小姐的说话声。“要快些走！赶快走！”玛丽亚公爵小姐说，一想到她会落入法国人手里就惊慌起来。

“让安德烈公爵知道，她落入了法国人手里！让她，尼古拉·安德烈伊奇·鲍尔康斯基公爵的女儿，去请求拉莫将军的庇护，接受他的恩惠！”这个想法使她大为震惊，使她战栗、脸红，激起了她从未有过的愤怒和自尊。她鲜活地想象到，在她的处境中会遭受怎样的灾难、主要是侮辱。“他们法国人会在这座府邸住下；拉莫将军会占用安德烈公爵的书房；为了消愁解闷而翻阅他的书信和文件。布里安娜小姐将在鲍古恰罗沃殷勤地接待他。他们恩赐她一个小房间；士兵们拆毁父亲的新坟，摘走他的勋章和星章；他们对我讲述战胜俄国人的故事，假意地同情我的不幸……”玛丽亚公爵小姐不是在用自己的想法思考，而是觉得自己有责任用父兄的想法作为自己的想法来思考。对她个人来说，不论留在哪里，不论有什么遭遇，一切都无所谓，然而她觉得自己还是亡父和安德烈公爵的代表。她不由自主地用他们的想法来思考，用他们的心情来感觉。他们现在会怎么想，怎么做，她觉得必须完全照办。她到安德烈公爵的书房去了，想深入领会他的想法，认真考虑自己的处境。

生活中需要办的事，她觉得随着父亲的亡故而不复存在了，现在却突然以新的、从未有过的意义出现在玛丽亚公爵小姐面前，使她心潮澎湃。

她激动得满面绯红，在房间里走来走去，不断地叫人来见她，时而叫阿尔帕特奇，时而叫米哈伊尔·伊万诺维奇，时而叫吉洪，时而又叫德龙。杜尼亚莎、保姆和女仆们都想说布里安娜小姐的建议很有道理，却又插不上话。阿尔帕特奇不在家，他找官长去了。被叫来的建筑师米哈伊尔·伊万诺维奇睡眼惺忪地出现在玛丽亚公爵小姐面前，对她说不出什么来。十五年来他习惯于带着同意的微笑回应老公爵，而不表示自己的意见，他也以这样的微笑作为对玛丽亚公爵小姐的问题的回答，因此从他的回答中得不出任何明确的看法。应招而来的老仆吉洪面颊深陷、形容消瘦，脸上带着难以磨灭的悲痛的痕迹，对玛丽亚公爵小姐的所有问题都回答说“遵命”，他望着她，勉强忍着没有失声痛哭。

最后村长德龙走进了房间，他向公爵小姐深深鞠躬，站在门框旁。

玛丽亚公爵小姐在房间里走了几步，停在他面前。

“德龙努什卡，”玛丽亚公爵小姐说，她把他看做可靠的朋友，这个德龙努什卡每年到维亚济马去赶集，每次回来总是给她带来一种特别的蜜糖饼干，笑容可掬地递给她，“德龙努什卡，现在，在我们遭到不幸之后。”她刚开始就停了下来，没有力气再说下去。

“祸福难料啊。”他叹了口气说。他们都沉默了。

“德龙努什卡，阿尔帕特奇有事出去了，我没有人可以商量。有人说我不能走，这是真的吗？”

“为什么你不能走，公爵小姐，走是可以的。”德龙说。

“我听说，碰到敌人很危险。亲爱的，我什么也不会，什么也不懂，身边又没有人。我一定要在今夜或明晨就走。”德龙没有吭声。他皱着眉头看了看玛丽亚公爵小姐。

“没有马，”他说，“我对雅科夫·阿尔帕特奇也讲过。”

“怎么会没有呢？”公爵小姐问。

“简直是受罪，”德龙说，“马是有一些，都被军队征用了，有些马是饿死的，今年是什么年头啊。别说养马，自己能不饿死就不错了！就这样已经三天没有东西吃了。什么都没有，彻底破产啦。”

玛丽亚公爵小姐仔细地听着他所说的话。

“农民破产了？他们没有粮食吃？”她问。

“他们要活活饿死了，”德龙说，“别说大车……”

“你怎么不早说呢，德龙努什卡？难道不能救济一下吗？我会竭尽所能的……”玛丽亚公爵小姐觉得，现在，在她满怀悲痛的此刻，她要是还分什么穷人、富人，还认为富人可以不帮助穷人，那就未免太奇怪了。她模糊地知道，也听说过，地主是有存粮的，可以发放给农民。她也知道，无论哥哥还是父亲都不会拒绝帮助农民；她只担心她在动用这批粮食发放给农民的时候会说错话。她很高兴有了操劳的理由，为了这样的操劳可以问心无愧地忘却自己的痛苦。她开始向德龙努什卡详细地了解农民的需求，以及存粮还有多少。

“我们不是有存粮吗，哥哥的？”她问。

“少爷的存粮原封未动，”德龙自豪地说道，“我们公爵吩咐不准卖。”

“发放给农民吧，他们要多少给多少：这是我代表哥哥作出的决定。”玛丽亚公爵小姐说。

德龙一言不发，只是长叹了一声。

“既然存粮足够他们食用，你就都发给他们。全部发掉。我代表哥哥命令你，告诉他们：凡是我们的东西，也就是他们的。为了他们我们什么都不吝惜。你就这样说。”

公爵小姐说话的时候，德龙凝神注视着她。

“你撤我的职吧，小姐，看在上帝分上，你吩咐人收了我的钥匙吧。”他说，“我干了二十三年，没做过坏事；撤我的职吧，看在上帝分上。”

玛丽亚公爵小姐不明白，他在向她要求什么，为什么会请求她撤他的职。她回答他说，她从未怀疑过他的忠诚，她随时准备为他和农民们做任何事情。

十一

此后过了一个小时，杜尼亚莎给公爵小姐带来一个消息，说德龙和农民们都按公爵小姐的吩咐来了，他们集合在粮仓那里要和女主人商谈。

“可我没有叫过他们呀，”玛丽亚公爵小姐说，“我只是告诉德龙努什卡，把粮食分给他们。”

“不过，公爵小姐，看在上帝分上，您叫人把他们赶走吧，您也不要出去见他们。这是一个骗局，”杜尼亚莎说，“等雅科夫·阿尔帕特奇回来，我们就动身走吧……您可不能……”

“什么骗局？”公爵小姐诧异地问道。

“可我知道，您就听我劝吧，看在上帝分上。不信您问问保姆。听说他们不愿按您的吩咐离开家园。”

“你说到哪里去了。我从来没有要他们离开……”玛丽亚公爵小姐说，“去把德龙努什卡叫来。”

德龙来了，他肯定了杜尼亚莎的说法：农民们是按公爵小姐的吩咐来的。

“可我没有叫过他们呀，”公爵小姐说，“你大概把话传错了。我只是叫你把粮食给他们。”

德龙叹了口气，没有答话。

“要是您吩咐，他们会走的。”他说。

“不，不，我去见他们。”玛丽亚公爵小姐说。

玛丽亚公爵小姐不顾杜尼亚莎和保姆的劝阻，来到了台阶上。德龙、杜尼亚莎、保姆和米哈伊尔·伊万内奇跟在她后面。

“他们大概以为，我给他们粮食，是要他们留在此地，而自己一走了之，任凭他们受法国人的蹂躏，”玛丽亚公爵小姐想，“我要答应在莫斯科近郊的庄园按月给他们配给口粮，提供住房；我相信，要是安德烈处于我的地位，一定会做得更多。”她想，在薄暮中走到人群面前，他们都站在粮仓附近的牧场上。

人群拥挤着蠕蠕而动，很快地纷纷摘下帽子。玛丽亚公爵小姐垂下眼睛，衣裙下脚步凌乱地走到他们紧跟前。那么多老人和青年的各不相同的目光都投向了她，那么多不同的脸，玛丽亚公爵小姐没有看任何一张脸，觉得一下子要和所有的人谈话，不知如何是好。但是她又想到自己是父亲和哥哥的代表，这给了她力量，于是她勇敢地开始讲话了。

“你们都来了，我很高兴，”玛丽亚公爵小姐讲了起来，她没有抬起眼睛，感到她的心在快速而剧烈地跳动，“德龙努什卡告诉我，战争使你们丧失了一切。这是我们共同的不幸，因而我要不惜一切地帮助你们。我自己要走了，因为这里很危险，敌人已经离得很近……因为……我的朋友们，我要把一切都给你们，请你们把一切，把我们所有的粮食都拿去，只要你们不再一贫如洗。要是有人对你们说，我给你们粮食是要你们留在这里，这不是事实。相反，我请你们带上所有的财产前往我们在莫斯科近郊的庄园，在那里我会负起责任来，而且我保证，决不会再让你们吃苦受穷。你们会得到房屋和粮食。”公爵小姐住口不说了。人群中只听到长吁短叹的声音。

“我这样做，不是我个人的主意，”公爵小姐接着说，“我这样做是代表我已故的父亲——你们的好老爷，也代表哥哥和他的儿子。”

她又停了下来。谁也没有打破她的沉默。

“不幸是我们大家的，让我们来共同承担吧，我所拥有的一切都是你们的。”她说，打量着站在她面前的人们。

所有的眼睛都带着同样的表情注视着她，她却无法理解这种表情的含意。这是好奇、忠诚、感激还是吃惊和疑虑呢，但所有人脸上的表情都是同样的。

“您的好意我们心领了，不过我们是不会拿主人的粮食的。”后面有一个声音说。

“这是为什么呢？”公爵小姐说。

没有人回答，于是玛丽亚公爵小姐扫视着人群，她发觉，现在人们一遇到她的目光便垂下眼睛。

“你们为什么不要呢？”她又问。谁也不回答。

这种沉默使玛丽亚公爵小姐感到很压抑；她在竭力捕捉不管是谁的目光。

“你们怎么不说话啊？”公爵小姐问一个年迈的老者，他臂肘支在拐棍上站在她面前。“如果你还有什么需要的话，那就告诉我。我一定办到。”她捕捉到了他的目光，就对他说。可是他听了好像很生气，完全低下了头，说道：

“有什么可商量的，我们不需要粮食。”

“怎么，要我们把一切都扔下？我们不同意。不同意……我们是不会同意的。我们同情你，可我们不同意。你走吧，一个人走……”人群中到处响起了这样的声音。这群人的脸上又都出现了同样的表情，现在这已经肯定不是好奇和感激的表情了，而是恶狠狠地下定决心的表情。

“你们大概还不明白，”玛丽亚公爵小姐带着忧愁的微笑说道，“为什么你们不愿走呢？我答应让你们有吃有住。而在这里你们会遭受敌人的蹂躏……”

但是人群的声音压倒了她的声音。

“我们不同意，让他们来蹂躏吧！我们不要你的粮食，我们不同意！”

玛丽亚公爵小姐又想捕捉人群中的某个目光，然而没有一个人的目光是投向她的；显然，人们的眼睛在回避她。她觉得奇怪而又尴尬。

“瞧瞧，说得真好听，跟着她去当农奴吧！毁掉家业去任人奴役。

那还用说！听听，我给你们粮食！”人群中七嘴八舌地说道。

玛丽亚公爵小姐低下头，走出人群回去了。她向德龙重申她的命令，第二天一定要有马匹以备出行，她回到自己的房间，独对自己的思绪。

十二

当夜玛丽亚公爵小姐在自己的房间里久久地坐在敞开的窗口，倾听着村子里传来的农民们的谈话声，不过她心里不再想着他们了。她觉得，不论她怎么想，也无法理解他们。她只想着一点——自己的不幸，刚才因忙于眼前的事而暂时没有想它之后，现在这不幸对她来说已成为往事了。她现在已经能回忆，能哭泣，也能祈祷了。日落风息。夜晚宁静而凉爽。十一点多钟说话声渐渐沉寂，鸡叫头遍，菩提树后浮现一轮明月，升起了清新的带露的白雾，村子和宅院里一片寂静。

近来发生的事情——父亲患病和弥留之际的画面一幅又一幅地展现在她眼前。现在她怀着悲喜交集的心情怀念着那些形象，只是骇然地赶开他死后的最后一个印象，她感到，甚至在这宁静而神秘的夜间也无力在想象中回忆它。这些画面是那样鲜明而又那样纤毫毕现，以至时而恍若现实，时而又仿佛是过去或未来的景象。

有时她生动地想象着那个时刻，当时他中风了，人们架着他的胳膊拖着他从童山的花园里出来，而他无力地喃喃低语，耸动着灰白的眉毛，不安而畏怯地望着她。

“那时他就想对我说话，想把他在去世的那一天对我所说的话讲出来，”她想，“他心里老想着要对我说的那些话啊。”于是她详细地回忆着在童山的那个夜晚，那是他中风的前夕，当时玛丽亚公爵小姐预感到要出事，便违反他的意愿留在了他身边。她没有睡觉，夜里踮着脚下楼，走到她父亲那天过夜的花房门口，谛听他的声音。他声音疲乏而痛苦地和吉洪说着什么。看来他很想说说话。“他怎么不叫我呢？为什么他不让我处于吉洪的位置呢？”玛丽亚公爵小姐当时和现在都这样想，“他现在已经永远不可能对任何人倾诉自己的心思了。那个时刻对他和我来说已一去不复返，他本来是可以畅所欲言的，我，而非吉洪，就能聆听他的话并理解他了。为什么我不进去呢？”她想，“也许他当时就对我说了他在去世的那一天所说的话。他和吉洪谈话时就曾两次问到我。他想见我，而我就站在那里，站在门外。他和不能理解他的吉洪谈话不免感到忧伤和沉痛。记得他和他谈起了丽莎，仿佛她还活着似的——他忘记她已经死了，吉洪却提醒他说，她已经不在了，于是他叫了起来：‘笨蛋！’他的心情是沉重的。我在门外听到，他哼哧哼哧地在床上躺下，大叫了一声：‘我的天哪！’我当时为什么不进去？他能对我怎样？我怕什么？那样的话，他也许就得到了安慰，就会对我说出那个字眼。”于是玛丽亚公爵小姐出声地说出了他在去世的那一天对她所说的那亲切的字眼。“好——闺——女，”玛丽亚公爵小姐把这个字眼重复了一遍，不禁痛哭失声，流出了慰藉的泪水。她现在看到那张脸仿佛就在面前。不过，不是她从记事起就熟识的、总是从远处看到的那张脸；而是她在最后一天俯身凑近他的嘴边想听清他的话时所审视的那张布满皱纹、纤毫毕现的畏怯而虚弱的脸。

“好闺女。”她重复道。

“他说这句话的时候在想什么呢？他现在在想什么呢？”她心里蓦地闪出了这样的问题，作为对它的回答，她的眼前出现了他躺在棺材里那裹着白色头巾的脸上的表情。那时她曾接触到他，确信那不仅不是他，而且是一种神秘的、令人反感的东西，于是一阵恐怖袭上心头，现在这同样的恐怖又攫住了她。她想转换思绪，想祈祷，却就是做不到。她瞪大眼睛，望着月色和阴影，觉得随时会看到那张死气沉沉的脸，感到屋里屋外的无边寂静禁锢着她。

“杜尼亚莎！”她小声说，“杜尼亚莎！”她狂野地大声呼叫，冲破寂静，朝着女仆的房间奔去，扑向迎面跑来的保姆和女仆们。

十三

八月十七日，罗斯托夫和伊林在被俘后刚刚回来的拉夫鲁什卡和一名传令兵的陪同下，骑马从距离鲍古恰罗沃十五俄里的驻地扬科沃出来溜达——试试伊林新买的马，也了解一下村子里有没有干草。

最近三天鲍古恰罗沃夹在敌我两军之间，俄军后卫部队也和法军前哨部队一样，要到这里来是很容易的，因此罗斯托夫作为细心的骑兵连连长，想赶在法国人之前征用被遗留在鲍古恰罗沃的粮草。

罗斯托夫和伊林的心情都非常好。他们到鲍古恰罗沃这个有巨大宅院的公爵庄园去，想在那里找到大批家奴和漂亮的女仆，他们一路上时而向拉夫鲁什卡询问拿破仑的情况，对他的故事发出阵阵笑声，时而你追我赶，试验伊林的马。

罗斯托夫不知道，也没有想到，他要去的这个村庄就是曾与他的妹妹订婚的那个鲍尔康斯基的庄园。

罗斯托夫和伊林最后一次放马比赛，驰往鲍古恰罗沃前的带有慢坡的高地，罗斯托夫赶过伊林，首先进入鲍古恰罗沃村的街道。

“你领先了。”跑得满脸通红的伊林说。

“是的，总是我领先，在草地上领先，在这里也一样。”罗斯托夫回答说，一面抚摸着自己的浑身冒汗的顿河马。

“而我骑的是法国马，大人，”拉夫鲁什卡跟在后面说，他把自己的拉车的驽马叫做法国马，“我是能超过你们的，只是不想让别人丢脸。”

他们慢步走向粮仓，粮仓旁站着一大群农民。

有些农民摘下了帽子，有些没有摘帽，看着骑马来到跟前的人们。两个身材很高的满脸皱纹、留着稀疏的胡子的老农从小酒馆里出来，微笑着摇摇晃晃地唱着走调的歌，来到军官们跟前。

“伙计们！”罗斯托夫笑着说，“怎么样，有干草吗？”

“怎么都是一个模样……”伊林说。

“快乐—呃呃—呃呃呃—的闲—聊—”农民们面带幸福的微笑放声歌唱。

有一个农民走出人群，来到罗斯托夫跟前。

“你们是什么人？”他问。

“法国人，”伊林笑着回答道，“他就是拿破仑。”他指着拉夫鲁什卡说。

“这么说，你们是俄国人吧？”农民又问。

“你们有很多兵在这里吗？”另一个矮个儿的农民走过来向他们问道。

“很多，很多，”罗斯托夫回答道，“你们聚在这里干吗？”他问，“过节吗？”

“老头子们聚在这里商量村里的事。”那个农民回答着走开了。

这时从主人的宅院来的路上出现了两个女人和一个头戴白色帽子的男人，他们正向军官们走来。

“穿粉红色衣裳的归我，可不许抢！”伊林说，他看见杜尼亚莎正坚决地朝他走了过来。

“她是咱们的！”拉夫鲁什卡朝伊林眨眨眼说。

“你需要什么，我的美人？”伊林微笑着说。

“公爵小姐吩咐我来问一下，你们是哪个团的，尊姓大名？”

“这是罗斯托夫伯爵，而我是您忠实的奴仆。”

“快—乐的—闲—聊！”一个喝醉的农民大声唱道，面带幸福的微笑望着在和女仆交谈的伊林。跟在杜尼亚莎身后的阿尔帕特奇来到罗斯托夫面前，远远地就摘下了帽子。

“我冒昧地打扰您了，长官，”阿尔帕特奇恭敬地说，不过看到这个军官那么年轻就有些轻视，于是他把一只手插进了怀里，“我的女主人，本月十五日逝世的陆军上将尼古拉·安德烈伊奇·鲍尔康斯基公爵的女儿，由于这些人的无礼而陷于困境，”他指着那些农民说，“她请您赏光去一趟……劳驾，”阿尔帕特奇忧郁地苦笑道，“可否借一步说话，否则不大方便，当着……”阿尔帕特奇指了指两个农民，他们在他身边跑来跑去，就像马蝇围着马飞。

“啊！……阿尔帕特奇……啊？雅科夫·阿尔帕特奇！……多气派！务必请你原谅。多气派！啊？……”农民们说，高兴地看着他笑。罗斯托夫看了看两个喝醉的老头子，微微一笑。

“也许，这使阁下感到高兴？”雅科夫·阿尔帕特奇用没有插在怀里的那只手指着老头子们，神态庄重地说。

“不，没有什么可高兴的，”罗斯托夫说，拨马走开几步，“什么事？”他问。

“斗胆报告长官，这里粗野的民众不肯放女主人离开庄园，扬言要把马卸下来，因此早晨就收拾停当，公爵小姐却不能动身。”

“不可能！”罗斯托夫大喝一声。

“我有幸向您报告的都是实情。”阿尔帕特奇再一次肯定地说道。

罗斯托夫下了马，把马交给传令兵，和阿尔帕特奇朝府邸走去，一边询问详情。确实，昨天公爵小姐向农民发放粮食的建议、她对德龙和集会的解释把事情搞糟了，德龙终于交出钥匙，加入了农民一伙，不再按阿尔帕特奇的要求去见他。早晨公爵小姐吩咐收拾行装出发，一大群农民聚集在粮仓这里，并派人来说，他们决不让公爵小姐出村，说有命令不准携带财产离开，他们要把马匹卸下来。阿尔帕特奇出来见他们，想使他们知错悔改，但他们回答说（说话最多的是卡尔普，德龙躲在人群里没有露面），不能把公爵小姐放走，这是有命令的，只要公爵小姐留下来，他们还照旧为她效力，一切听命于她。

当罗斯托夫和伊林在大路上奔驰时，玛丽亚公爵小姐不顾阿尔帕特奇、保姆和女仆们的劝阻，吩咐收拾行李想要动身，但是看到几个疾驰而来的骑兵，以为那是法国人，车夫们逃散了，府里响起了妇女的一片哭声。

“少爷！亲人！是上帝派你来的。”罗斯托夫穿过前厅时，传来了感动的呼喊声。

玛丽亚公爵小姐心灰意懒，无力地坐在大厅里，就在这时，罗斯托夫被领进来见她了。她茫然不解，他是谁，来干什么，她会有什么遭遇。看到他的俄罗斯人的面貌、进来时的样子，听到他最初所说的几句话，她认出这是自己圈子里的人了，于是用自己深邃而神采焕发的目光看了他一眼，激动得语气断断续续、声音颤抖地说起话来。罗斯托夫立即感到，这次相逢有某种浪漫情调。“一个悲伤无助的姑娘，孤身一人被留下来听凭粗野、骚动的农民摆布！多么奇怪的命运把我推到了这里！”罗斯托夫听着她的话语，看着她想道。“她的容貌和神情是多么谦和而高尚！”他听着她怯生生的叙述想道。

她谈起这一切就发生在父亲落葬的次日，这时她的声音颤抖了。她转过脸去，后来仿佛在担心，怕罗斯托夫会认为，她的这些话是想引起他的怜悯，不禁疑问而惊恐地看了看他。罗斯托夫眼里含着泪。玛丽亚公爵小姐发觉了这一点，感激地看了他一眼，她那神采焕发的目光使人不在意她的容貌并不美丽。

“我无法形容，公爵小姐，我感到多么幸福，因为偶尔到此，能向您表示为您效劳的诚意，”罗斯托夫站起来说道，“请允许我离开，我以名誉向您担保，没有任何人敢于为难您，只要您允许我护送您。”于是恭敬地鞠躬，像血统高贵的绅士向女士鞠躬那样，他朝门口走去。

罗斯托夫仿佛要以自己恭敬的态度表明，尽管他认为能与她结识是生平幸事，然而不愿乘人之危，达到亲近她的目的。

玛丽亚公爵小姐理解并珍惜这种态度。

“我非常、非常感激您，”公爵小姐用法语对他说道，“不过我希望，这一切都只是误会，谁也没有过错。”公爵小姐突然哭了。“请原谅。”她说。

罗斯托夫双眉深锁，再一次深深鞠躬，随即走出了房间。

十四

“怎么样，她可爱吗？不，老兄，我的粉红色的她太令人着迷了，她的名字叫杜尼亚莎……”不过一看罗斯托夫的脸色，伊林就住了口。他看出来了，他的这位英雄和连长的心情大不相同。

罗斯托夫恶狠狠地回头朝伊林瞪了一眼，也不搭理他，大步流星地到村子里去了。

“看我怎么教训他们，看我怎么收拾他们，这帮匪徒！”他暗自说道。

阿尔帕特奇脚步轻快，只差没有奔跑，好不容易快步赶上了罗斯托夫。

“您有什么决定？”他赶上他问。

罗斯托夫停住脚步，突然握紧拳头，威严地逼向阿尔帕特奇。

“决定？什么决定？老东西！”他向他吼道，“为什么你袖手旁观？啊？农民造反，你就不会管一管？你自己就是个叛徒。我知道你们这种人，我要扒了你们的皮……”他似乎怕白白地浪费了自己的怒气，便丢下阿尔帕特奇，快步往前走。阿尔帕特奇强忍委屈，迈动轻快的步伐跟上罗斯托夫，继续向他陈述自己的看法。他说，农民执迷不悟，眼下没有军队，和他们对抗是不明智的，先派人去找军队岂不更好。

“我要让他们瞧瞧军队的厉害……我要和他们对抗。”尼古拉语无伦次地边走边说，由于失去理性的满腔怒火和发泄这种怒气的需要而气喘吁吁。他不考虑要怎么做，下意识地、迅速而果断地向人群走去。他离他们越近，阿尔帕特奇越是觉得，他的不明智的行动很可能会产生良好的结果。人群中的农民们看着他迅速坚定的步伐和果断阴沉的脸色，也有了同样的感觉。

在这几个骠骑兵进了村，罗斯托夫去见公爵小姐之后，人群中产生了混乱和纷争。有些农民开始说，这些骑马进村的都是俄国人，他们会因为农民不肯放走小姐而恼火吧。德龙也是这个看法，但是他刚把这个看法提出来，卡尔普和其他农民就攻击这位前村长了。

“你吸大伙儿的血吸了多少年了？”卡尔普对他嚷道，“你反正无所谓！你把钱罐子挖出来带走，我们的家是不是被毁掉与你不相干，是吧？”

“说过的，要有秩序，谁也不要离开自己的家，什么也不准运走——瞧现在这样！”另一个叫道。

“本来是轮到你的儿子，你想必心疼自己的胖小子，”突然一个矮小的老头儿很快地说道，他是在攻击德龙，“倒把我的万卡送去当兵。唉，我们只有死路一条！”

“就是，死路一条！”

“我对大伙儿的事可没有撒手不管。”德龙说。

“那是，你没有撒手不管，把自己的肚子养肥了！”

两个高个子农民只顾在说话。罗斯托夫在伊林、拉夫鲁什卡和阿尔帕特奇的陪同下一到，卡尔普把手指插在宽腰带里，就似笑非笑地从人群中走了出来。相反，德龙躲到了后排，人群挤得更紧了。

“喂，你们这里谁是村长！”罗斯托夫向人群跨近一步叫道。

“村长？您有什么事？……”卡尔普问。

但他没有把话说完，帽子霎时飞了，脑袋挨了重重的一击歪到了一边。

“帽子摘了，叛徒们！”罗斯托夫生气勃勃地高声叫道，“村长在哪里？”他怒不可遏地问道。

“村长，在叫村长……德龙·扎哈雷奇，叫您呢。”有的地方响起了匆忙、温顺的声音，人们纷纷摘下帽子。

“我们不该闹事，要遵守秩序。”卡尔普说，后面有几个人突然同时说起话来：

“是几个老头子决定的，你们发号施令的人太多了……”

“还说话？……造反了！……土匪！叛徒！”罗斯托夫毫无道理地吼叫起来，声音都变了，他一把抓住卡尔普的衣领。“把他捆起来，捆起来！”他叫道，不过除了拉夫鲁什卡和阿尔帕特奇，没有捆他的人。

不过，拉夫鲁什卡还是向卡尔普跑过去，从后面抓住他的双臂。

“您要不要下令把我们坡下的部队调来？”他大声问道。

阿尔帕特奇转向农民们喊了两个人的名字，叫他们捆绑卡尔普。两个农民顺从地走出人群，开始解自己的腰带。

“村长在哪里？”罗斯托夫叫道。

德龙脸色阴沉而苍白地从人群中走了出来。

“你是村长？捆起来，拉夫鲁什卡！”罗斯托夫叫道，好像这个命令也不会遇到阻碍。果然，又有两个农民开始捆绑德龙，德龙好像在帮助他们，把自己的腰带解下来递给了他们。

“你们都给我听着，”罗斯托夫对农民们说道，“马上各自回家，别让我再听到你们的声音。”

“也好，我们没有冒犯小姐。可以说，我们只是一时糊涂。不过是干了蠢事……我说过的，这是胡闹。”人们在互相埋怨。

“我对你们说过吧，”阿尔帕特奇说，开始进入自己的角色，“这样不好，弟兄们！”

“我们真蠢，雅科夫·阿尔帕特奇。”有几个人在说，于是人群立刻开始散开，在村子里纷纷走散。

两个被捆绑着的农民被带进了主人的庭院。两个醉醺醺的农民跟在他们后面。

“唉，我看你呀！”其中一个对卡尔普说。

“难道可以这样对老爷们说话吗？你是怎么想的？”

“他是傻瓜，”另一个附和道，“真的，傻瓜！”

几小时后几辆马车停在鲍古恰罗沃庄园的庭院里。农民们敏捷地把主人的东西搬出来装上马车。原被关在柜子里，按玛丽亚公爵小姐的指示放出来的德龙站在院子里指挥农民们。

“你不能把它这样乱放，”一个高个子圆圆脸的农民面带笑容从女仆手里接过小匣子说，“它也是很值钱的。你怎能把它这样一扔，丢在绳子下面呢——它会磨坏的。我不喜欢这样。要老老实实地按规矩办事。瞧，要这样放在席子下面，再盖上些干草，这就行了。看着也舒服！”

“瞧这些书，书，”另一个农民说，他正在把安德烈公爵的书橱搬出来，“你别碰着！真沉哪，弟兄们，书可真多！”

“是呀，总是在看书写字，没有贪玩！”高个子的圆脸农民指着上面的一本厚厚的词典，意味深长地眨眨眼说。

罗斯托夫不愿把自己的结识强加于公爵小姐，没有去见她，而是留在村子里等她出来。玛丽亚公爵小姐的轿式马车从府邸出来后，罗斯托夫骑上马，沿着我军占领的大道，骑马护送她直到鲍古恰罗沃的十五俄里之外。在扬科沃一家小客栈的院子里，他向她恭敬道别，这才第一次吻了吻她的手。

“瞧您说的，”当玛丽亚公爵小姐感谢他的救命之恩（她这样评价他的行为）时，他红着脸回答道，“每一个区警察局长都会这么做的。

如果我们只需要和农民战斗，我们就不会让敌人这样深入内地了，”他说，有些羞愧似的，竭力想改变话题，“我只是为有缘和您结识而感到幸福。再见了，公爵小姐，祝您幸福安康，希望能在更幸福的环境与您相逢。如果您不想让我脸红，请不要说感谢的话了。”

公爵小姐虽然没有再说感谢的话，却以洋溢着感激和柔情的神情感谢着他。他说不值得她感谢，她是无法相信的。相反，对她来说，毋庸置疑的是，如果没有他，她必定会落入骚动者和法国人之手而遭殃。他为了救她，是冒着显而易见的可怕的危险的，更无可置疑的是，他是一个心灵高尚的人，而且善于理解她的处境和痛苦。在她止住哭泣，对他诉说自己的丧父之痛的时候，他的那双善良正直的眼睛满含泪水，这双眼睛在她的脑海中始终挥之不去。

公爵小姐与他分手，独自留下后，突然觉得热泪盈眶，这时她心里已不是第一次出现了一个古怪的问题，她爱上他了吗？

在前往莫斯科的路上，尽管公爵小姐的处境堪忧，与她同车的杜尼亚莎却一再发觉，公爵小姐探头窗外，又高兴又忧伤地微笑着。

“要是我真的爱上了他，那又怎样呢？”玛丽亚公爵小姐在想。

自己首先爱上了一个也许永远不会爱她的人，不管承认这一点多么羞人，她聊以自慰的是，这件事永远不会有人知道，而且她是没有什么可指责的，只要永远不对任何人说，默默地第一次也是最后一次爱上一个人而至死不变。

有时她回忆着他的目光、他的同情、他的话语，觉得幸福并不是不可能的。这时杜尼亚莎就会发觉，她微笑着谛视窗外。

“他该当来到鲍古恰罗沃，而且恰恰在这个时候！”玛丽亚公爵小姐想。“又该当他的妹妹拒绝了安德烈公爵的婚事！”玛丽亚公爵小姐觉得，这一切都是天意。

玛丽亚公爵小姐给罗斯托夫留下了非常愉快的印象。当他回想起她时，觉得很高兴，战友们知道了他在鲍古恰罗沃的奇遇后和他开玩笑，说他去征集干草，却勾上了一个俄国最富有的姑娘，这时罗斯托夫却生气了。他之所以生气，正是因为他不止一次地产生了一个不由自主的想法，就是迎娶这位令他动心而又拥有大量财产的玛丽亚公爵小姐。对尼古拉个人来说，不能希望有比玛丽亚公爵小姐更好的妻子了：娶她为妻能成就他母亲伯爵夫人的幸福，改善他父亲的经济状况，甚至，他感觉得到，也能使玛丽亚公爵小姐得到幸福。

可是索尼娅呢？许下的诺言呢？正是由于这个缘故，罗斯托夫听到别人拿鲍尔康斯卡娅公爵小姐和他开玩笑，才会生气。

十五

获得军队的指挥权之后，库图佐夫想起了安德烈公爵，便向他发出了到司令部报到的命令。

安德烈公爵恰好在库图佐夫第一次检阅部队的那一天、那个时候抵达察廖沃-宰米谢。安德烈公爵在村里神甫的住宅旁停了下来，总司令的轿式马车就停在附近，他在大门口的长凳上坐下等候殿下——现在大家都这样称呼库图佐夫。村外的田野上时而传来军乐声，时而响起无数军人向新任总司令欢呼“乌拉！”的吼声。两名勤务兵、一个信使和一个管家利用总司令不在的时候和晴好的天气都站在大门旁，离开安德烈公爵十步左右。一个留着髭须和连鬓胡子的肤色浅黑、身材矮小的骠骑兵中校骑马来到大门口，朝安德烈公爵看了看，问他：殿下是不是驻扎在这里，能很快就回来吗？

安德烈公爵说，他不是殿下参谋部的人员，也是刚到。骠骑兵上校转问衣着光鲜的勤务兵，于是总司令的勤务兵带着一种特有的轻慢——总司令的勤务兵和军官谈话都是这样——说道：

“什么，殿下？说不定马上就回来。您有事吗？”

骠骑兵中校学着勤务兵的腔调撇嘴一笑，下马走到鲍尔康斯基跟前，微微点头致意。鲍尔康斯基在长凳上让了让。骠骑兵中校在他身边坐了下来。

“您也在等总司令吧？”骠骑兵中校问道，“据说人人都可以见他，谢天谢地。遇到卖香肠的家伙可就倒霉了！难怪叶尔莫洛夫要求当德国人。现在俄国人总算也能说上话了。要不鬼知道他们在干什么。

老是撤退，老是撤退，您参加过部队的转移吗？”他问。

“躬逢其盛啊，”安德烈公爵回答道，“不仅参加过撤退，而且在这次撤退中丧失了所有宝贵的东西，庄园和故居就不用说了……父亲忧愤而死。我是斯摩棱斯克人。”

“啊？……您是鲍尔康斯基公爵？很高兴认识您，我是杰尼索夫中校，瓦西卡这个名字更为人们所熟悉。”杰尼索夫说，一面紧握安德烈公爵的手，并以特别和善的关切审视着鲍尔康斯基的脸。“是的，我听说了，”他同情地说，沉吟片刻后接着说道，“这就是西徐亚人的战争啊。这一切都很好，不过对那些深受其害的人来说就不同了。您就是安德烈·鲍尔康斯基公爵吧？”他摇摇头，“非常高兴，公爵，非常高兴认识您。”他又带着感伤的微笑，握着他的手说道。

安德烈公爵知道杰尼索夫，因为娜塔莎曾讲过她的第一个心上人的故事。这个回忆现在把他带回了往日那又甜蜜又痛苦的感受，近来他久已不去想它了，但这些感受毕竟还埋藏在他的心里。最近有其他那么多严酷的印象，诸如斯摩棱斯克的放弃、他的童山之行以及不久前父亲的死讯——他有了这么多切肤之痛的感受，以至对往日的那些回忆早已淡忘，一旦想起来，对他也远没有当初那样强烈的影响。而对杰尼索夫来说，鲍尔康斯基这个名字所引起的一系列回忆却是一段遥远的、充满诗意的过去，那时他在晚餐和娜塔莎唱歌之后，自己忘乎所以地竟向一个十五岁的女孩求婚。他回想起那时的情景和自己对娜塔莎的爱情，不禁微微一笑，不过立刻就转而想到了此刻他满腔热血地异常关切的问题。这是一个作战计划，是他作为前哨部队的一员在撤退途中构想的。他曾向巴克莱·德·托利提交这个计划，现在打算把它呈送库图佐夫。计划的依据是，法军的战线拉得太长，与其在前线作战，扼守法军前进的通道，不如在他们的交通线上采取行动，或两者同时进行。他开始向安德烈公爵陈述自己的计划。

“他们不能在整条战线上到处设防啊。这是不可能的，我担保能突破他们的防线；给我五百个战士，我就能在他们的战线上撕开缺口，这是肯定的！一种作战方式——游击战。”

杰尼索夫站起身来，用手势比划着向鲍尔康斯基说明自己的计划。在他讲述的中途，检阅场上传来了军队的呐喊声，声音不那么整齐了，它渐渐扩散开来，并与军乐声和歌声融合在一起。村子里响起了马蹄声和欢呼声。

“他来了，”站在大门口的一名哥萨克叫道，“来了！”

鲍尔康斯基和杰尼索夫朝站着一群士兵（仪仗队）的大门口走去，看见库图佐夫骑着一匹不高的枣红马沿着街道走来。大批将军骑马随行。巴克莱几乎和他并辔而行；一群军官跟着他们跑，围着他们高呼“乌拉！”

副官们在他之前驰入庭院。库图佐夫不耐烦地催动自己的坐骑，那匹马在他沉重的压力下迈动溜蹄步，不住点着脑袋，他的一只手举向头上的近卫重骑兵的白色军帽（带红帽圈，没有帽檐）。他来到了向他敬礼的仪仗队跟前，组成仪仗队的是剽悍的掷弹兵，其中大多是骑兵，他沉默片刻，以首长凝注的目光打量着他们，随即转向站在他周围的一群将军和军官。他的脸上突然有了一种微妙的表情；他耸耸肩，做了一个困惑的手势。

“有这样的小伙子，还老是撤退、撤退！”他说，“好了，再见，将军。”他加了一句，催马从安德烈公爵和杰尼索夫身边进了大门。

“乌拉！乌拉！乌拉！”人们在他身后高呼。

自从安德烈公爵上次见到他以后，库图佐夫更胖了，皮肤松弛、身躯臃肿。然而他所熟悉的那只白色眼球、那伤疤，以及他的面容和身躯所显出的倦意依然如故。他身穿军人常礼服（细皮条编的鞭子挂在肩上），头戴近卫重骑兵的白色军帽。他沉重地晃悠着骑在自己的那匹精力充沛的马上。

“嘘……嘘……嘘……”他进入院子时极轻微地嘘气，脸上流露出一个人在履行职责之后想得到休息时的安心和快乐。他把左脚抽出马镫，整个身躯卧倒，于是费劲地皱起眉头，艰难地把左腿移到马鞍上，用膝盖支撑着，哼了一声垂落在哥萨克和副官们的手臂上，他们托住了他。

他整理一下衣服，眯缝着眼睛环视四周，朝安德烈公爵看了一眼，想必没有认出他，随即迈开他那一拐一拐的步子向台阶走去。

“嘘……嘘……嘘。”他轻轻地嘘气，又回头看看安德烈公爵。对安德烈公爵的面貌的印象只是在几秒钟之后（这是老年人常有的情况）才和对他这个人的回忆联系了起来。

“你好啊，公爵，你好，亲爱的，我们走……”他疲惫地说，沉重地踏上在他的体重下吱吱作响的台阶，一面回头望望。他解开衣服，在台阶上的长凳上坐下。

“怎么样，你父亲好吗？”

“昨天接到了他去世的消息。”安德烈公爵简短地说。

库图佐夫吃惊地瞪大眼睛看了看安德烈公爵，然后摘下军帽，画了十字：“愿他升入天国！我们大家都服从上帝的意旨吧！”他沉重地长叹一声，沉默了一会儿。“我爱他，敬重他，由衷地同情你。”他拥抱着安德烈公爵，把他搂在自己肥胖的胸脯上，很久没有放开他。他把他放开后，安德烈公爵看到，库图佐夫虚胖的双唇在抖动，眼中含泪。他叹了口气，双手抓住长凳，准备站起来。

“我们走，到我那里去，我们谈谈。”他说，可是就在这时，对长官毫不畏缩就像对敌人毫不畏缩一样的杰尼索夫，不顾副官们站在台阶旁生气地低声喝阻，勇敢地、马刺在梯级上叮叮作响地走上了台阶。库图佐夫双手还撑在长凳上，他不满地看了杰尼索夫一眼。杰尼索夫自报姓名，宣称要向殿下报告对祖国的福祉有重大意义的作战问题。库图佐夫抬起疲惫的目光看着杰尼索夫，以气愤的动作收回双手交叠在肚子上，反问道：“对祖国的福祉？什么事？你说吧。”杰尼索夫像姑娘一样脸红了（这张胡子拉碴、老气而有醉意的脸上居然会出现红晕未免太奇怪了），他勇敢地开始陈述在斯摩棱斯克和维亚济马之间切断敌军战线的计划。杰尼索夫在这些地方住过，熟悉地形。看来这无疑是个很好的计划，特别是因为他的话很有说服力。库图佐夫看着自己的腿，偶尔望望相邻农舍的院子，仿佛在等待那里会有什么不愉快的事发生。从他望着的那个农舍里，果然在杰尼索夫说话时出来了一位腋下夹着公文包的将军。

“怎么样？”库图佐夫在杰尼索夫陈述时问道，“您准备好了？”

“准备好了，殿下。”将军说。库图佐夫摇摇头，仿佛在说：“他一个人是怎么来得及的呢。”接着继续听杰尼索夫的陈述。

“我愿作为一名俄国军官庄严保证，”杰尼索夫说，“我一定能突破拿破仑的交通线。”

“军需总监基里尔·安德烈耶维奇·杰尼索夫是你的什么人？”库图佐夫打断了他的话。

“是我的亲叔叔，殿下。”

“哦！我们是老朋友了，”库图佐夫高兴地说道，“好，好，你就留在参谋部里，明天我们再谈。”他对杰尼索夫点点头，转过身来，伸手去拿科诺夫尼岑[1]给他送来的文件。

“殿下可否到房间里去，”值班将军不满地说，“需要审阅计划并签署几份文件。”副官从门里出来报告，寓所已准备就绪。但是库图佐夫看来想把事情处理完再进房间。他皱了皱眉……

“不，亲爱的，你叫人把小桌子搬到这里来，”他说，“你别走开。”他又对安德烈公爵说。安德烈公爵留在台阶上，听值班将军说话。

在他报告的时候，安德烈公爵听到从门后传出女子的低语声和丝绸衣裙的簌簌声。他朝那个方向张望，几次发现门里有一个身穿粉红色衣裙，裹着浅紫色头巾的体态丰满、面色红润的漂亮女人，手里端着盘子，显然在等总司令进去。库图佐夫的副官对安德烈公爵低声说，那是女房东，神甫的老婆，她要给殿下奉献面包和盐。她丈夫在教堂里手捧十字架欢迎过殿下，而她留在家里……“她很好看啊。”副官笑嘻嘻地补充了一句。库图佐夫听到这句话回头看了一下。库图佐夫听值班将军的报告（其主要内容是批评察廖沃-宰米谢的防御阵地），就像他听

---

① 科诺夫尼岑（1746—1820），1812 年指挥第 3 步兵师，波罗金诺会战后担任俄军参谋部值班将军（即参谋长）。

杰尼索夫说话，就像他七年前在奥斯特利茨听军事会议上的辩论一样。他听着，显然只是因为他有一双耳朵，尽管其中的一只塞着绳絮，也不可能听不见，不过，值班将军所可能说的一切，不仅不能影响他或打动他，而且他预先就知道他要说什么，他之所以听，只是因为必须听，正如必须听祈祷一样。杰尼索夫所说的一切都务实而聪明。值班将军所说的更务实，更聪明，然而库图佐夫显然既轻视知识，也轻视智慧，而他知道另一种有决定意义的东西—— 与智慧和知识无关的另一种东西。安德烈公爵仔细观察总司令脸上的表情，他所能发现的仅有的表情是烦闷、对室内女子的低语是什么意思的好奇和依礼行事的愿望。显而易见，库图佐夫轻视智慧，轻视知识，甚至轻视杰尼索夫所表现的爱国热情，然而他的这种轻视不是基于自己的智慧、感情和知识（因为他根本就不想显示这些东西），而是基于别的什么。他的轻视是基于自己的老年人的阅历、自己的生活经验。库图佐夫对这个报告只作了一个指示，是涉及俄军的抢掠行为的。值班将军在报告的结尾呈请殿下签署一份文件，根据地主因燕麦青苗被割而提出的请求，向有关部队长官索赔。

库图佐夫听了这桩公案，咂咂嘴摇起头来。

“丢进炉子……烧了！我断然告诉你，亲爱的，”他说，“所有这类公文案卷全都扔进火里烧了。就让他们去割庄稼、烧木柴吧。我不下这个命令，也不允许，可是我也不能索赔。不这样是不行的。伐木难免碎片飞。”他又朝那份文件看看。“嘿，像德国人一样一丝不苟！”他摇着头说道。

十六

“好了，现在结束了。”库图佐夫说，这时他在签署最后一份文件，他艰难地站起身来，舒展着白胖的脖子上的褶皱，神情愉快地朝门口走去。

神甫老婆的脸涨得通红，连忙抓起盘子，尽管她准备了那么久，还是未能及时递上盘子。她深深地鞠躬把盘子捧到库图佐夫面前。

库图佐夫眯缝着眼睛；他微微一笑，用手托着她的下巴说：

“好一个美人儿！谢谢你，亲爱的！”

他从裤兜里掏出几枚金币，放在她的盘子里。

“怎么样，日子过得还不错吧？”库图佐夫说，朝着为他安排的房间走去。神甫老婆红润的脸上笑得露出了两个酒窝，跟在他后面进了正房。副官来到台阶上请安德烈公爵用早餐；半小时后又有人来叫他去见库图佐夫。库图佐夫躺在圈椅里，仍然穿着解开的常礼服。他手里拿着一本法文书，在安德烈公爵进来时，他用一把小刀夹在书里，把书合上。安德烈公爵从封面上看到，那是让利斯夫人的作品《天鹅骑士》。

“坐吧，坐这里，我们谈谈。”库图佐夫说，“我心里难受，非常难受。不过你记住，朋友，我就是你的父亲，另一个父亲……”安德烈公爵对库图佐夫讲了他所知道的有关自己父亲去世的所有情况，以及他在经过童山时的所见所闻。

“弄到了……弄到了这种地步！”库图佐夫突然焦躁地说道，显然，他根据安德烈公爵的叙述看明白了俄国的处境。“等着瞧，等着瞧，”他满面怒容地加了一句，显然，他不愿再继续这个使他焦躁不安的话题了，他说：“我把你叫来，是要让你留在我身边。”

“感谢殿下，”安德烈公爵回答道，“不过我担心，我不适合在参谋部任职。”他微笑着说，库图佐夫注意到了他的微笑。库图佐夫询问似的看了看他。“主要是，”安德烈公爵补充道，“我已经习惯于团队生活，喜爱军官们，战士们似乎也喜爱我。我会舍不得离开这个团的。如果我放弃追随左右的荣誉，请相信……”

库图佐夫虚胖的脸上浮现了善良、聪明而略带嘲讽的表情。他打断了鲍尔康斯基的话。

“可惜，你是我所需要的人；不过你是对的，你是对的。战士不该到我们这里来。顾问总是很多，而战士却不足。如果所有的顾问都像你一样，到部队去任职，那么我们的部队就不是今天这个样子了。我从奥斯特利茨战役起就记得你了……记得，记得，记得你手执军旗。”库图佐夫说，这个回忆使安德烈公爵的脸上蓦地泛起了快乐的红晕。库图佐夫拉着他的手，把面颊向他凑过去，这时安德烈公爵又看到老人的眼里含着泪。虽然安德烈公爵知道库图佐夫爱落泪，知道他现在对他特别亲切、爱惜，是要表示同情他的丧父之痛，可是关于奥斯特利茨战役的回忆还是使他感到又高兴又得意。

“你走自己的路吧。我知道，你走的是一条光荣的道路。”他沉默了一会儿。“我在布加勒斯特曾为你感到惋惜：当时不得不派个人去。”接着库图佐夫改变话题，谈到了土耳其战争和签订的和约。“是呀，对我有过不少责难，”库图佐夫说，“战也受责难，和也受责难……而一切都按时到来了。对善于等待的人来说，一切都会按时到来。而那里的顾问并不比这里的少啊……”他继续说道，又回到了顾问这个话题，看来他对顾问总是念念不忘。“噢，顾问，顾问哪！”他说，“要是什么人的话都听，我们在土耳其那里就既不能媾和，也不能结束战争。老是要快，要快反而慢了。要是卡缅斯基不死[①]，他就会一败涂地。他率领三万人猛攻要塞。占领要塞并不难，难的是赢得战争。而要赢得战争，不需要猛攻和冲锋，需要的是**耐心和时间**。卡缅斯基派兵去攻打鲁休克[②]，而我只派它们（耐心和时间）去，我攻占的要塞比卡缅斯基多，而且迫使土耳其人吃马肉。”他摇了摇头。“法国人也会吃马肉的！相信我的话吧，”库图佐夫意气风发地捶着胸脯说，“在我这里他们一定会吃马肉！”他的眼睛又泪汪汪的了。

“不过总是要应战的吧？”安德烈公爵说。

“要应战，如果大家都要应战，那就只得应战……不过要知道，亲爱的：最强大的两个战士是**耐心和时间**；它们什么都能办得到，然而顾问们充耳不闻，这就坏事了。有的人要打，有的人反对打。怎么办呢？”他问，看来在等待回答。“是呀，你叫人怎么办呢？”他又问了一

---

①1811 年 3 月多瑙河军团总司令卡缅斯基患病，不久病逝，其职务由库图佐夫继任。

②鲁休克，土耳其要塞，1810 年 7 月卡缅斯基包围要塞久攻不下，同年 11 月被俄军占领。鲁休克即今保加利亚的鲁塞。

遍，眼里闪耀着深邃和睿智的光辉。“我来告诉你该怎么办，”他说，因为安德烈公爵还是没有回答，“我来告诉你该怎么办，我是怎么办的。在没有把握的时候，我亲爱的，”他沉默了一会儿，“不可妄动。”他一字一顿地说道。

“好，再见了，朋友；记住，你的悲痛我感同身受，我对你来说不是殿下，不是公爵，也不是总司令，我是你的父亲。有什么需要就直接来找我。再见了，亲爱的。”他又拥抱和亲吻了他。安德烈公爵还没有走出房间，库图佐夫就舒心地叹了口气，又拿起没有读完的让利斯夫人的长篇小说《天鹅骑士》。

怎么会这样呢，安德烈公爵大概是无法解释的。不过在和库图佐夫的这次见面之后，他回到自己的团，对整个战局，对身负指挥重任的这个人都感到放心了。他愈是看到这位老人没有任何个人的东西，在他身上仿佛只保留了易动感情的习惯，而代替智慧（对事件分门别类和作出结论的智慧）的只是静观事态发展的能力——他愈是看到这一点，就愈是感到安心，因为一切都会像应有的那样发生。“他没有任何自己的东西。他不臆想什么，不策划什么，”安德烈公爵想，“但是他倾听一切、牢记一切，让一切都各得其所，不妨碍任何有益的事，不容忍任何有害的事。他懂得，有一种东西比他的意志更强、更重要——这就是事件发展的必然进程，而他善于洞察事件，善于理解事件的重要意义，有鉴于这种重要意义而放弃对事件的干预，放弃自己的与之相左的个人意志。主要的是，”安德烈公爵想，“为什么你相信他呢，因为他是俄国人，尽管他读让利斯的小说、讲法国谚语；因为他在讲‘弄到了这种地步！’时他的声音在颤抖，还因为他在讲到他要‘迫使他们吃马肉！’时暗自抽泣。”正是由于大家都或多或少隐约地感觉到了这一点，人们才在违背宫廷意愿选举库图佐夫当总司令的这件事上表现了一致的意见和普遍的拥护。

十七

皇上离开莫斯科后，莫斯科又恢复了原来的日常生活方式，这生活是那么平常，以至很难回想起以往那些爱国主义的狂热和满怀激情的日子，也很难相信俄国真的处于危险之中，很难相信英国俱乐部的会员们同时也是准备为祖国牺牲一切的祖国的好儿子。只有一件事能使人们想起皇上在莫斯科时那庄严的爱国主义热情，那就是需要提供兵员和金钱了，当初答应过，随即履行了正式的法律程序，因而看来作出牺牲是不可避免的了。

随着敌军日益逼近莫斯科，莫斯科人对自己处境的态度不是更严肃了，而是恰恰相反，变得更轻佻了，人们在面临巨大危险的时候往往如此。在危险逼近时，人的心里总是有两个同样强烈的声音，一个相当明智的声音在说，人要周密地考虑危险的性质和摆脱危险的途径；另一个更明智的声音在说，老想着危险是太沉重、太折磨人了，何况一个人要预见一切，并置身于整个战局之外而求自保，是办不到的，因而在灾难到来之前，不如不去想它，而想些愉快的事情。人在孤独时大多会屈从第一种声音，相反，在人群中就会屈从第二种声音。现在莫斯科的居民就是这样。莫斯科很久没有像今年这样热闹了。

拉斯托普钦的传单上端有一幅画，画的是一个小酒店和当掌柜的莫斯科小市民卡尔普什卡·奇吉林，**他是个民兵，在店里多喝了两杯，听说拿破仑要进攻莫斯科暴跳如雷，用脏话把所有的法国人大骂了一通，他走出小酒店，开始在鹰徽下对聚集的民众讲话**。这些传单就像瓦西里·利沃维奇·普希金[①]最近写的一首限韵诗一样，被人们广为传阅和议论。

在俱乐部的一个拐角的房间里，人们聚在一起阅读这些传单。有些人很喜欢卡尔普什卡那样取笑法国人，说他们**吃大白菜发胖，吃饭涨破肚子，喝菜汤呛死，说他们都是侏儒，一个农妇用铁叉就能打倒他们三个**。有些人不赞成这种腔调，说这样很庸俗，很荒唐。人们说，拉斯托普钦把法国人甚至所有外国人都赶出了莫斯科，他们当中有拿破仑的间

① 瓦西里·利沃维奇·普希金（1770—1830），俄国大诗人普希金的伯父，擅长写限韵诙谐诗。

谍和奸细。不过这样说主要是为了趁机转述拉斯托普钦在打发他们时所说的俏皮话。外国人是乘驳船去下诺夫哥罗德的，于是拉斯托普钦对他们说：“你们上这条船要清醒，别让这条船成为卡戎[①]的船。”人们说，莫斯科的所有政府机关都迁到外地去了，又立刻添上升申的一句笑话，说为了这一点就该感谢拿破仑。人们说，马莫诺夫为他的一个团花了八十万，别祖霍夫在自己民兵身上的花费更多，不过别祖霍夫最出色的行动是，他将亲自穿上军装，跨马走在自己团队的前头，而且不向来观赏他的人收取一文钱。

“你们就是嘴上不饶人。”朱丽·德鲁别茨卡娅说，一边用戴满戒指的细细的手指把扯好的裹伤用的纱布收集起来，捏成团儿。

朱丽准备第二天离开莫斯科，在举行告别晚会。

“别祖霍夫是可笑，不过他那么善良，那么可爱。何乐挖苦他呢？”

“罚款！”一个穿民兵制服的年轻人说，朱丽把他叫做“我的骑士”，曾和他同路到下诺夫哥罗德去了一趟。

在朱丽的圈子里，也和莫斯科的许多社交场合一样，相约只讲俄语，谁犯规讲了法语就要罚款交给捐献委员会。

“用词不当，还要再罚一次，”客厅里的一个作家说道，“‘何乐’不是俄语的说法。”

“你们就是不饶人哪，”接着朱丽对民兵说，不理会作家的意见，“我说了‘挖苦’，是我不对，”她说，“我认罚，不过有幸对你们说出了实情，我还是乐意付款的；至于用词不当，我可不能负责。”她对作家说：“我和戈利岑公爵不同，既没有钱也没有时间请老师教我学俄语。啊，这不是他吗，正说到……不，不，”她对民兵说，“您就别挑刺吧。正说到太阳，就见到了阳光，”女主人对皮埃尔亲切地微笑着说，“我们刚才还谈到您，”朱丽利用上流社会妇女特有的说谎的自由说道，“我们说，您的团肯定比马莫诺夫的团好。”

---

① 卡戎是希腊神话中在冥河上用独木舟为鬼魂摆渡的船夫。

“噢，我的团您就别提了，”皮埃尔回答道，他吻了吻女主人的手，坐到了她身边，“它让我厌烦死了！”

“您想必要亲自指挥这个团吧？”朱丽说，她狡黠而讥讽地对民兵使了个眼色。

民兵当着皮埃尔的面不再那样挖苦他了，他脸上露出了困惑的表情，对朱丽的讪笑感到不解。尽管漫不经心，为人厚道，皮埃尔的人格力量却使任何当面嘲笑他的意图都化解了。

“不，”皮埃尔打量着自己肥大的身躯笑着说，“法国人很容易打中我，而且我怕我也爬不上马背……”

朱丽这个圈子选作谈资的还有罗斯托夫一家。

“据说他们的境况非常不好，”朱丽说，“伯爵本人又那么糊涂。拉祖莫夫斯基想买他的住宅和莫斯科近郊的庄园，这件事一直拖着。他要价太高。”

“不，好像日内就要成交了。”有一个人说，“不过现在要在莫斯科置办产业是不明智的。”

“为什么？”朱丽问，“莫非您认为莫斯科有危险？”

“您为什么要走呢？”

“我？这就奇了。我要走是因为……是因为大家都走，何况我不是贞德[①]，也不是阿马宗女人[②]。”

“嗯，是呀，是呀，您再给我一些破布。”

“要是他善于经营，他是能还清所有债务的。”民兵继续谈着罗斯托夫。

“老头子很善良，就是不会办事。他们何必在这里住那么久呢？他们早就想回乡下去了。娜塔莉现在好像身体好了吧？”朱丽狡狯地笑问皮埃尔。

“他们在等小儿子，”皮埃尔说，“他参加了奥博连斯基的哥萨克

---

①贞德（约1412—1431），法国女英雄，在百年战争时期曾领导反英斗争。

②阿马宗人是希腊神话中居住在亚速海沿岸的尚武好战的女部落。

部队，到白采尔科维去了。那里在组建一个团。现在他们把他调到我的团里来了。他们每天都在等他。伯爵早就想走，可是伯爵夫人在儿子到来之前，怎么也不肯离开莫斯科。”

“我三天前在阿尔哈罗夫家见到过他们。娜塔莉又那么漂亮了，心情也好了。她唱了一首抒情歌曲。有些人多么快就把一切都忘了啊。”

“什么忘了？”皮埃尔不满地问道，朱丽微微一笑。

“您知道，伯爵，像您这样的骑士只有在苏扎夫人的小说里才能找到了。”

“什么骑士？这是从何说起？”皮埃尔红着脸问。

“行啦，亲爱的伯爵，这事儿全莫斯科都知道。真的，我对您感到惊讶。”

“罚款！罚款！”民兵说。

“哟，好吧。不能说，真乏味。”

“什么事儿，全莫斯科都知道？”皮埃尔站起来，气愤地问道。

“行啦，伯爵。您知道！”

“我什么也不知道。”皮埃尔说。

“我知道，您和娜塔莉很合得来，所以……不，我一向和薇拉更合得来。这个可爱的薇拉！”

“不，夫人，”皮埃尔以不满的语气接着说道，“我从来没有扮演过罗斯托娃的骑士的角色，我几乎有一个月没有去他们家了。可是我不明白这种冷酷……”

“谁辩解，谁就是在自责，”朱丽挥动手里的纱布笑道，为了把最后的结论保留给自己，她立刻改变了话题，“怎么样，我今天刚知道：可怜的玛丽·鲍尔康斯卡娅昨天到了莫斯科。你们听说她失去了父亲吗？”

“是吗！她在哪里？我很想见到她。”皮埃尔说。

“我昨天和她消磨了一个晚上。她今天或明天早上带侄子到莫斯科近郊的庄园去。”

“她怎么样，还好吧？”皮埃尔问。

“没什么，很伤心。不过您知道是谁救了她吗？这是一个很浪漫的故事。尼古拉·罗斯托夫。人们包围了她，要打死她，她的仆人都受了伤。他冲上去救了她……”

“还有一个浪漫故事，”民兵说，“这完全是大逃亡造成的，让所有的老姑娘都嫁人了。卡季什是一个，鲍尔康斯卡娅公爵小姐又是一个。”

“你们知道吗，我真的在想，她有点儿爱上了那个年轻人。”

“罚款！罚款！罚款！”

“可是这句话用俄语怎么说呢？……”

十八

皮埃尔回到家里的时候，仆人给他拿来了当天送到的拉斯托普钦的两份传单。

第一份传单说的是，有关拉斯托普钦伯爵禁止人们离开莫斯科的传言不实，相反，拉斯托普钦伯爵乐见贵族和商人家庭的妇女离开莫斯科。“少些恐惧，少些流言吧，”传单说，“但是我以性命担保，那个恶徒进不了莫斯科。”这些话第一次向皮埃尔清楚地表明，法国人将进入莫斯科。第二份传单说，我军司令部在维亚济马，维特根施泰因伯爵打败了法国人，不过由于许多居民希望武装起来，因此在仓库里为他们备有现成的兵器：马刀、手枪、长枪，居民可以廉价获取。两份传单的语气已不像以前奇吉林的谈话那样风趣了。皮埃尔默默地思考着传单里的话。显然，可怕的暴风雨的乌云，他内心热烈呼唤而又使他不由得心生恐惧的乌云已经临近。

“进入军界并立即到部队去，还是再等一等？”皮埃尔第一百次向自己提出了这个问题。他随手拿起桌上的扑克牌，开始摆卦。

“如果卦象摆成了，”他把牌洗好拿在手里，两眼仰望，自言自语道，“如果摆成了，那就意味着……意味着什么呢？……”他还没有来得及解决这个问题，只听书房门外传来了大公爵小姐的声音，她问可不可以进来。

“那就意味着我应当到部队去。”皮埃尔把要说的话说完了。“请进，请进。”皮埃尔转头对公爵小姐说。

（只有腰身很长、表情呆板的大公爵小姐还住在皮埃尔家里，她的两个妹妹都已出嫁。）

“对不起，表哥，我来打扰您了，”她埋怨而焦躁地说道，“归根结底总要有个决断吧！这样下去怎么行呢？大家都离开莫斯科了，民众在闹事。我们怎么还留在这里不走呢？”

“恰恰相反，看来大家都安居乐业啊，我的表妹。”皮埃尔以玩笑口吻说道，他总是不好意思在公爵小姐面前充当恩人的角色，便养成了这种打趣的习惯。

“是的，这就是安居乐业，好一个安居乐业！今天瓦尔瓦拉·伊万诺夫娜对我说过，我们的军队有多么出色。真该给他们记功才对。老百姓又闹得很厉害，谁的话也不听；我的小女佣，连她也敢粗鲁无礼。这样下去我们很快就会挨打。现在不敢在大街上走路了。主要的是，法国人眼看就到，我们还等什么！我有一个请求，表哥，”公爵小姐说，“您叫人把我送到彼得堡去吧：我无论如何不能在波拿巴的统治下过日子。”

“得了吧，表妹，您是从哪里得到这些消息的？相反……”

“我不当您的拿破仑的顺民。别人我管不着……要是您不愿这样做……”

“不，我照办，我马上吩咐下去。”

公爵小姐看来很懊丧，因为没有人可以让她发泄怒气。她低声絮叨着在椅子上坐了下来。

“不过您得到的消息不可靠，”皮埃尔说，“城里很平静，也没有任何危险。瞧，我刚才看了……”皮埃尔把传单拿给公爵小姐看。“伯爵说，他以性命担保，敌人进不了莫斯科。”

“噢，您的这个伯爵呀，”公爵小姐气愤地说道，“他是个伪君子，坏蛋，就是他煽动老百姓闹事的。难道不就是他的这些荒谬的传单说，不管他是谁，都要抓住他的头发，把他送往拘留所吗（简直荒谬绝伦）！还说，谁要是抓到了，功劳和荣誉就归于谁。这样煽动还得了。瓦尔瓦拉·伊万诺夫娜说，她差点儿被老百姓打死，就因为她说了法语……”

“是有这么回事……您别太往心里去。”皮埃尔说，又开始摆卦。

尽管卦象摆成了，皮埃尔还是没有到部队去，而是留在空荡荡的莫斯科，还是那样惊惶不安、犹豫不决、既恐惧又高兴地等待着某种可怕的事态。

第二天傍晚公爵小姐坐车走了，皮埃尔的总管坐车赶来通知他，他要的为一个团置办服装的款项无从筹集，除非卖掉一个庄园。总管还干脆提醒他，组建一个团的馊主意会使他倾家荡产。皮埃尔听了总管的话，好不容易地掩饰着自己的微笑。

“那就卖吧，”他说，“怎么办呢，我现在又不能翻悔！”

任何事情，特别是他的事情，情况越糟糕，皮埃尔就越高兴，就越能说明他所期盼的惨剧正在临近。皮埃尔的几乎所有的熟人都已经不在城里，朱丽走了，玛丽亚公爵小姐走了。亲近的熟人当中只有罗斯托夫一家还留在城里；可是皮埃尔不到他们家去。

这一天皮埃尔为了散心，到沃龙佐沃村去看莱皮希为了消灭敌人而制造的大气球[①]，以及预定在第二天升空的试验气球。这个大气球还没有造好；不过皮埃尔了解到，它是按皇上的旨意制造的。皇上在写给拉斯托普钦的信中谈到了这个气球：

> 莱皮希一旦准备就绪，请为他的气球吊篮选拔一批忠诚干练的乘员，并派信使去见库图佐夫将军通报情况。我已将此事通知了他。
>
> 请叮嘱莱皮希密切注意他第一次降落的地点，以免出错而落

①拿破仑人侵俄国后，荷兰人莱皮希来见莫斯科总司令，建议制造可装炮弹的大气球，作为消灭敌人的武器。该建议得到亚历山大一世的支持。曾在离莫斯科6俄里的沃龙佐沃试制，未获成功。

入敌人之手。他务必要与总司令配合行动。

从沃龙佐沃回来经过沼泽广场时，皮埃尔看到有一群人站在宣谕台附近，便停下轻便马车从车上下来。那是在对一名法国厨师施行体罚，他的罪名是进行间谍活动。体罚刚结束，行刑者把一个凄惨呻吟的胖子从行刑凳上解下来，此人留着红色连鬓胡子，穿着蓝袜子和绿色无袖短上衣。另一名瘦弱苍白的罪犯也站在那里。看脸型，两个都是法国人。皮埃尔带着和那个瘦弱的法国人一样惊恐而痛苦的样子挤进了人群。

“怎么了？是什么人？为什么？”他问。可是人们——官员、小市民、商人、农民，以及穿着斗篷式外衣和皮袄的妇女——都聚精会神地望着宣谕台上的情景，谁也没有搭理他。胖子站起身来，皱着眉头耸了耸肩，看来想表示他很坚强，他开始穿短上衣，也不朝周围看；可是他的嘴唇突然抖动起来，他像一个容易激动的成年人那样哭了，同时为此而生自己的气。人们大声地说起话来，皮埃尔觉得，他们是要强压下自己的恻隐之心。

“这是一个公爵家的厨师……”

“这位先生怎么了，看来法国人觉得俄国的调味汁太酸……酸得倒牙了……”当法国人哭起来时，皮埃尔身边一个满面皱纹的小官吏说道。小官吏望望四周，似乎在等着别人的反应。有些人笑了起来，有些人惊恐地继续望着那个行刑者，他又在扒另一个人的衣服了。

皮埃尔鼻子发酸，皱起眉头很快转过身来，朝自己的马车走去，在他走路和坐上马车时，不住地暗自唠叨着什么，一路上他有几次浑身打战，大声叫嚷，车夫问他：

“您有什么吩咐？”

“你这是去哪儿？”皮埃尔对驶往卢比扬卡的车夫叫道。

“按您的吩咐去总司令那里。”车夫回答说。

“笨蛋！畜生！”皮埃尔叫道，他是很少这样骂车夫的。“我说的是回家；你快些吧，傻瓜。今天还要动身呢。”皮埃尔暗自说道。

皮埃尔看到被体罚的法国人和围着宣谕台的人群时，终于决定，他不能再留在莫斯科了，今天就要到部队去，他觉得，或者他已经对车夫说过了，或者车夫自己应该知道这一点。

回家后，皮埃尔吩咐自己的无所不知、无所不能、全莫斯科闻名的车夫叶夫斯塔菲耶维奇，说他当夜就要到莫扎伊斯克的部队去，他的那些坐骑都要送到那里，所有这一切不可能在当天就办妥，按照叶夫斯塔菲耶维奇的想法，皮埃尔应该把自己的行期推迟到次日，以便有时间让换乘的马匹先出发。

二十四日恶劣的天气转晴，这天午饭后皮埃尔离开了莫斯科。夜里在佩尔胡什科沃换马时，皮埃尔得知这天晚上打了一场大仗。人们说，在这里，在佩尔胡什科沃，隆隆炮声震得大地颤动。皮埃尔问起胜负，却没有人能回答他。（这是二十四日发生在舍瓦尔金诺的战斗。）天刚放亮，皮埃尔来到了莫扎伊斯克。

莫扎伊斯克的所有房屋都驻扎着军队，他的驯马师和车夫在一家小客栈迎接他，几间正房已没有空位：全都住满了军官。

莫扎伊斯克城里城外到处是驻防和行进中的部队。四面八方都可以看到哥萨克、步兵、骑兵、辎重车、弹药箱和大炮。皮埃尔急着往前赶，他愈是远离莫斯科，深入这部队的海洋，就愈是感到惊惶不安和一种他还不曾体验过的崭新的喜悦。这心情和他在斯洛博达宫见到皇上驾临时的心情相仿佛——那是必须有所作为、有所牺牲的心情。现在他有一种愉快的感觉，意识到构成人生幸福的一切，舒适的生活条件、财富甚至生命本身，与某种东西相比，都是乐于抛弃的身外之物……与什么相比呢，皮埃尔找不到答案，他也不急于弄明白，为了谁、为了什么而牺牲一切对他来说是一种特殊的美。他不关心他为什么要牺牲，牺牲本身对他来说就是一种崭新的喜悦。

十九

二十四日在舍瓦尔金诺多面堡打了一仗，二十五日双方都一枪未发，二十六日发生了波罗金诺会战。

是为什么又是怎样在舍瓦尔金诺和波罗金诺发动进攻和应战的

呢？为什么要进行波罗金诺会战？不论对法方还是对俄方，这个问题都毫无意义。最直接的结果出现了，也是必然会出现的——对俄方来说，就是我们接近于丧失莫斯科（这是我们在世界上最担心的），而对法方来说，就是他们接近于全军覆没（这也是他们在世界上最担心的）。这个结果在当时是显而易见的，但拿破仑还是发动了这次会战，库图佐夫也就应战了。

如果两位统帅遵循合理的因果关系，那么拿破仑看来应当十分清楚，深入敌境两千俄里，投入很有可能丧失四分之一兵力的会战，那就是自取灭亡；同样，库图佐夫似乎也应当十分清楚，如果他也冒着损失四分之一兵力的风险应战，结果一定会丢掉莫斯科。对库图佐夫而言，这就像数学一样清楚，比如下跳棋，如果我少一个子儿，却和对方对拼，我就必输无疑，因而不应该对拼。

假如对方有十六个子儿，而我有十四个，那么我只弱于对方八分之一，又假如我和对方对拼了十三个子儿，那么对方就比我强两倍了。

在波罗金诺会战前，我军和法军的兵力约为五与六之比，而会战后变成了一比二，也就是说，会战前是十万对十二万，会战后变成了五万对十万。可是睿智而经验丰富的库图佐夫却决定应战。而被称为天才统帅的拿破仑竟然发动会战，以至损失四分之一兵力，而且他的战线拉得更长了。如果要说，他认为占领莫斯科也能像占领维也纳一样结束战斗，那么有许多论据足以驳倒这种说法。拿破仑的那些御用历史学家就说，他在斯摩棱斯克便想停止前进了，知道自己战线太长的危险性，也知道占领莫斯科并不是战斗的结束，因为斯摩棱斯克让他看到了被放弃的俄国城市的状况，他曾一再声称，希望举行和谈，只是没有得到任何答复。

库图佐夫和拿破仑投入波罗金诺会战是不由自主的无谓的行动。而历史学家是在事后为了迎合既成事实而巧妙地编造论据，以证明统帅们的预见和天才，其实他们在世界性事件的所有不由自主的工具中是最驯服、最不由自主的活动家。

古代给我们留下了英雄史诗的典范，其中英雄是历史的全部兴趣之所在，而我们至今还不能适应新的情况，即这种历史对我们人类的当今时代已经没有意义了。

第二个问题：波罗金诺会战及此前的舍瓦尔金诺之战是怎样打响的，对这个问题同样存在着非常明确、人所共知、完全错误的看法。所有的历史学家都是这样描述的：

> **俄军在从斯摩棱斯克撤退途中一直在寻找进行大会战的最佳阵地，这样的阵地终于在波罗金诺附近找到了。**
>
> **俄国人预先加固了这个阵地，该阵地位于从莫斯科到斯摩棱斯克的大道左侧，与大道几乎成直角，沿着从波罗金诺到乌季察一线展开，就是后来进行会战的地方。**
>
> **在这个阵地前沿，为了监视敌人而在舍瓦尔金诺土冈上布置了一个筑有工事的前哨。二十四日拿破仑进攻并占领了这个前哨阵地；二十六日便在波罗金诺战场上向驻守阵地的俄军发起了全线进攻。**

历史学家这样说，然而这是完全错误的，凡是愿意深入探究事实真相的人都不难发现这种说法的错误。

俄国人没有寻找最佳阵地；相反，他们曾在撤退途中经过很多比波罗金诺更好的阵地。他们没有在其中任何一个阵地上停留：既因为库图佐夫不愿接受不是他亲自选定的阵地，也因为人民战争的要求还没有充分强烈地表露出来，还因为米洛拉多维奇指挥下的民兵还没有向他靠拢，此外还有不计其数的其他原因。事实是，那些阵地更好，而波罗金诺的阵地（会战就是在这个阵地上打的）不仅不好，而且作为阵地它总是由于某种原因而并不优越于在俄罗斯帝国的版图上用大头针胡乱标示的任何地点。

俄国人不仅没有加固波罗金诺战场上大道左侧与大道成直角的那个阵地（即会战发生的地方），而且一八一二年八月二十五日之前从未想到会战会发生在这个地方。证据是，第一，不仅二十五日这里没有防御工事，而且二十五日开始构筑的工事到二十六日还没有完成；第二，舍瓦尔金诺多面堡的位置也是证据，舍瓦尔金诺多面堡位于应战时的阵地前面，因而毫无价值。为什么这个多面堡要修筑得比其他所有据点都坚固呢？为什么要在二十四日坚守到深夜，全力以赴并伤亡六千人呢？为监视敌人只要一个哥萨克骑兵侦察小分队就行了；第三，二十五日前巴克莱·德·托利和巴格拉季翁都一直认为，舍瓦尔金诺多面堡是阵地**左**翼，库图佐夫在会战后仓促写成的战报也把舍瓦尔金诺多面堡称为阵地**左**翼，这都足以证明，会战时的阵地并不是预先选定的，舍瓦尔金诺多面堡也并不是阵地的前沿据点。很久以后，在可以任意发挥的情况下所写的波罗金诺会战战报却虚构了一个与事实不符的奇怪的说法（想必是要为一贯正确的总司令掩饰错误），说舍瓦尔金诺多面堡是**前沿**据点（其实它只是左翼的一个加固的据点），波罗金诺会战是我军在构筑了防御工事的预先选定的阵地上进行的，其实会战是发生在完全出乎意料的、几乎没有防御工事的地方。

显然，实际情况是这样的：选定的阵地是在科洛恰河的沿岸地带，这条河穿过大道，与大道成锐角而非直角，因而左翼在舍瓦尔金诺，右翼在新村附近，而中央在波罗金诺，在科洛恰河与沃伊纳河的汇合处。我军的目的是阻止敌军由斯摩棱斯克大道向莫斯科推进，任何人忘掉实际进行的会战而看一看波罗金诺战场就会明白，这个以科洛恰河为屏障的阵地才毫无疑义地是预先选定的阵地。

拿破仑二十四日前出至瓦卢耶沃，不曾看到从乌季察到波罗金诺的俄军阵地（他不可能看到，因为这个阵地不存在），也没有看到俄军的前哨，却在追击俄军后卫部队时碰到了俄军阵地左翼的舍瓦尔金诺多面堡，于是出其不意地率军渡过了科洛恰河。俄军来不及投入大决战，其左翼便退出本来打算据守的阵地，而占据了不曾预料到也没有防御工事的阵地。拿破仑渡到科洛恰河左岸后，向大道左侧运动，将未来会战的整个战线由右向左（从俄军方面来看）推移，把会战转移到乌季察、谢苗诺夫斯科耶和波罗金诺之间的战场上，二十六日的全部会战就是在这个战场上进行的。设想中的会战和实际发生的会战可简略地图示如下：

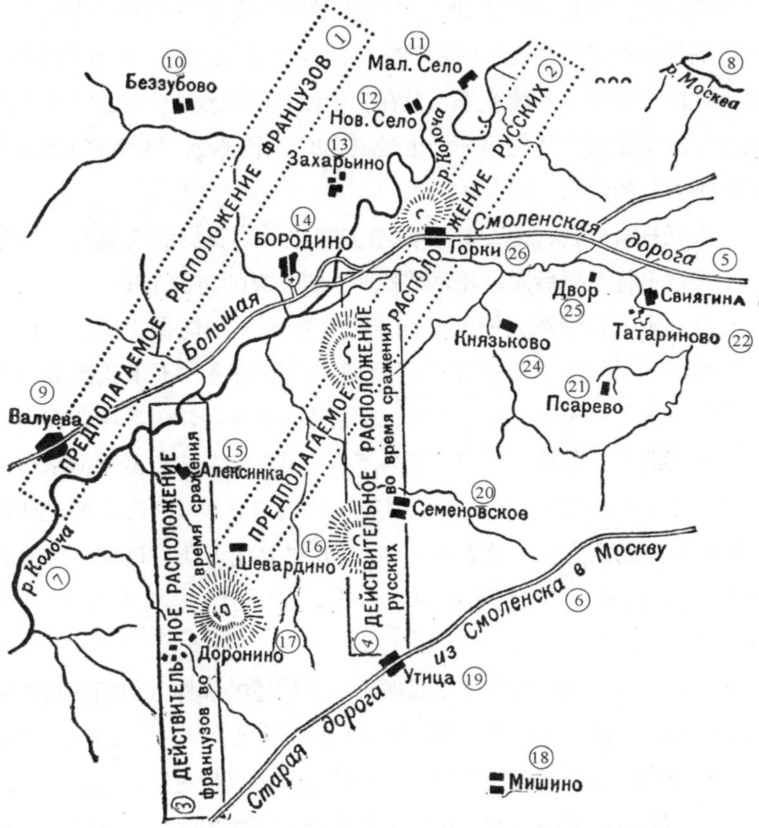

1. 设想中的法军阵地　2. 设想中的俄军阵地　3. 会战时法军实际阵地
4. 会战时俄军实际阵地　5. 斯摩棱斯克大道　6. 古斯摩棱斯克大道
7. 科洛恰河　8. 莫斯科河　9. 瓦卢耶沃　10. 别祖博沃　11. 小村
12. 新村　13. 扎哈里诺　14. 波罗金诺　15. 阿列克辛卡　16. 舍瓦尔金诺
17. 多罗尼诺　18. 米希诺　19. 乌季察　20. 谢苗诺夫斯科耶
21. 普萨列沃　22. 塔塔里诺沃　23. 斯维亚吉纳　24. 克尼亚兹科沃
25. 德沃尔　26. 戈尔基

如果二十四日傍晚拿破仑没有前出至科洛恰河，也没有立刻下令在当晚进攻多面堡，而是在第二天早晨发起攻击，那么谁也不会怀疑，舍瓦尔金诺多面堡是我军阵地的左翼；会战就会像我们所预期的那样发生。在这种情况下，我们想必会更顽强地防守我们的左翼舍瓦尔金诺多面堡；我们会从中央或右翼进攻拿破仑，那么就会在预先选定并筑有坚固工事的阵地上进行一场大决战。但是因为对我军左翼的攻击发生在我军后卫部队撤退的当晚，即紧随格里德涅瓦战役之后就发动了攻击，也因为俄国军事将领不愿或来不及在二十四日当晚投入大决战，所以我们输掉了波罗金诺会战的第一个也是主要的一个战役，显然，这也就导致了二十六日的败绩。

二十五日清晨舍瓦尔金诺多面堡失守之后，我们的左翼没有阵地了，于是被迫将左翼后撤，并急忙就地构筑左翼的防御工事。

八月二十六日俄军只能据守尚未完工的薄弱的防御工事，不仅如此，这种不利局面还由于下述原因而加剧，俄国将领不承认既成事实（左翼阵地丢失，未来的整个战场已由右向左转移），仍然停留在由新村至乌季察的漫长阵地上，因而不得不在作战时才把自己的部队从右往左调动。在这种情况下，在整个会战期间，面对进攻我军左翼的全部法军，我军应战的兵力只及敌人的一半。（波尼亚托夫斯基进攻乌季察和乌瓦罗夫在右翼进攻法国人的战斗是与战局的发展无关的孤立行动。①）

总之，波罗金诺会战完全不是像人们所描述的那样（他们在竭力掩饰我军将领的错误，并因而贬低我国军民的光荣业绩）发生的。波罗金诺会战并非在选定并加固的阵地上、在俄方兵力仅相对薄弱的情况下打的；在波罗金诺会战中，俄军在舍瓦尔金诺多面堡失守后，不得不在几乎没有防御工事的开阔地上迎击两倍于己的法军，也就是说，在这种条件下，不仅连续作战十小时相持不下是不可思议的，甚至坚持三小时而不致全军溃败也令人难以想象。

二十

二十五日早晨，皮埃尔离开了莫扎伊斯克。皮埃尔出城时在大山的

① 军事史家认为，拿破仑的盟友波兰人波尼亚托夫斯基（1763—1813）将军所指挥的一个波兰军和乌瓦罗夫将军的骑兵军的参战，和整个战局的发展是有联系的。波尼亚托夫斯基曾短暂地占据乌季察，乌瓦罗夫和普拉东的几个团曾攻击法军左翼。

陡峭而崎岖的坡道上、在右边山顶的一座正在祈祷、鸣钟的教堂附近下车步行。跟在他后面的是以一队歌手为前导的骑兵团。载着昨天负伤的兵员的一列大车迎着他上山来。赶车的农民在两边跑来跑去，一边吆喝着鞭打马匹。每辆大车上都有三四个伤兵躺着或坐着。这些大车在陡坡的乱石路上颠簸。伤兵们苍白的脸上皱眉蹙额、紧抿双唇，牢牢地抓住栏杆，在大车上彼此碰撞着、震荡着。他们几乎人人都带着孩子般天真的好奇望着皮埃尔的白色礼帽和绿色常礼服。

皮埃尔的车夫生气地大声嚷嚷，叫伤兵车队靠边走。唱着歌下山的骑兵团渐渐逼近皮埃尔的轻便马车，把路给堵住了。皮埃尔停下来，紧靠在山路边上。被山坡挡着的太阳照不到低洼处的路上，这里又冷又潮湿；在皮埃尔的头顶上是八月明媚的阳光，教堂的钟声欢快地四处飘荡。一辆运伤兵的马车停在皮埃尔附近的路边上。车夫穿一双树皮鞋气喘吁吁地跑到马车旁边，在没有轮箍的后轮下塞了石头，开始为自己的站在那里的小马整理后鞧。

一位负伤的老兵有一条手臂包扎着，他跟在一辆大车后面走，没负伤的手抓着大车。

“怎么，老乡，把我们就丢在这里了，是吗？还是要把我们带到莫斯科去？”他说。

皮埃尔只顾想心事，没有听见他的问题。他有时看看现在已和伤兵车队相遇的骑兵团，有时看看身旁的大车，大车上有三个伤兵，两个坐着，一个躺着，他觉得他所关心的问题的答案就在这里、就在他们身上。一个坐着的士兵想必是伤在脸上。他的头全都裹着纱布，半边脸肿得有婴儿的脑袋大。他的嘴和鼻子都歪在一边。这个士兵眼望教堂画着十字。另一个还是个小男孩，是新兵，浅色头发，肤色白皙，秀气的脸上好像没有一丝血色，他带着和善的、仿佛凝固的微笑望着皮埃尔；第三个俯卧在那里，看不到他的脸。骑兵的一队歌手正紧贴着大车走过去。

“远走他乡了……那个刺儿头……”

“在陌生的异乡漂泊……”他们声情并茂地唱着一首士兵舞曲。那高山上全部敲响的嘹亮的钟鸣仿佛在呼应着这舞曲，却另有一番欢乐的韵致。太阳灼热的光辉洒遍了对面山坡的顶部，更是另有一番欢乐的气象。但是在山坡下，在伤兵的大车旁，在皮埃尔所站的那匹气喘吁吁的小马附近，却是潮湿、阴暗而凄迷。

面颊肿大的士兵望着骑兵的那一队歌手。

“唉，这些花花公子！”他责备说。

“现在别说当兵的，连农民也能看得到！把农民也赶来了，”一个站在大车旁的士兵带着凄然的微笑对皮埃尔说，“现在不分兵民了……这就是要全体民众一齐上，一句话——我们的背后是莫斯科。现在是要拼到底了。”尽管这个士兵的话不是讲得很清楚，皮埃尔还是听懂了他的意思，便赞同地点了点头。

路通了，皮埃尔下山后继续骑马赶路。

皮埃尔骑在马上张望着大路两边，希望能遇到熟人，可是到处只看到各兵种的陌生军人，他们都同样惊讶地看着他的白色礼帽和绿色常礼服。

走了大约四俄里，他才遇到了第一个熟人，便高兴地同他打招呼。这个熟人是军队里的一位主任医生。他乘着轻便马车和皮埃尔迎面相逢，他和一个年轻医生坐在一起，认出皮埃尔便叫充当车夫的哥萨克停车。

“伯爵！伯爵大人，您怎么在这里？”医生问。

“就是想来看看……”

“是的，是的，值得一看……”

皮埃尔下马，站在那里与医生攀谈，对他说明自己想参战的想法。

医生建议皮埃尔直接去找殿下。

“您何必在这兵荒马乱的时候到处乱跑呢，”他和自己的年轻同伴递着眼色说，“殿下毕竟是了解您的，一定会亲切地接待您。就这么办吧，老兄。”医生说。

医生显得疲惫而匆忙。

“您这样想吗……我还想问问您，阵地在哪里？”皮埃尔说。

“阵地？”医生说，“这我就不知道了。您到塔塔里诺沃去吧，那里有很多人在挖土。您可以到土冈上去：从那里就能看得一清二楚了。”医生说。

“从那里能看到吗？……要是您……”

不过医生打断了他的话，朝自己的马车走去。

“我是愿意送您去的，真的，这是实话，可是我（他做了个万分紧急的手势）正赶着要去见军长。我们的情况怎么样啊？……您知道吗，伯爵，明天有一场硬仗：十万人之中少说也会有两万伤员；而我们的担架、病床、医士和医生连六千伤员也应接不暇。一万辆大车倒是有，可是还得有别的东西才行啊；就只能看着办了。”

一个奇怪的想法使皮埃尔大吃一惊，就在那成千上万活生生的、健康的、愉快而惊讶地看着他的帽子的年轻和年老的人们之中，大概有两万人注定会负伤或阵亡（也许就是他见到过的那些人）。

“他们也许明天就要死了，他们怎么还能想那些与死亡无关的事呢？”由于某种神秘的精神联系，他突然活灵活现地想起了莫扎伊斯克山的坡道、运伤兵的大车，还有那夕阳斜照和骑兵的歌声。

“骑兵奔赴战场，却遇上了伤兵，他们一点也不考虑前途险恶，走过时还对伤兵们使眼色打趣。所有这些人之中有两万人难免一死，而他们却对我的帽子感到惊讶！奇怪呀！”皮埃尔想，继续朝塔塔里诺沃前进。

大道左侧一个地主宅院附近有几辆马车、带篷大车、一群勤务兵和几个哨兵。殿下就在这里。可是等皮埃尔到了那里，他已经走了，司令部的人几乎全都走了。大家都在做礼拜。皮埃尔再往前到戈尔基去。

皮埃尔上了坡道，进入一个乡村的小街，第一次看到了帽子上插着十字架、身穿白衬衣的农民民兵，他们大声说笑，兴奋而汗水淋漓地在大道右侧的一个长满野草的大土冈子上面干着活儿。

他们有些人在用铁锹挖土，有些人用手推车在木板上运土，还有些人站在那里什么也不干。

两个军官站在土冈上指挥他们。看到这些刚当上民兵显然还充满新奇感的农民，皮埃尔又想起了莫扎伊斯克的伤兵，这才明白了那位士兵所说的**"这就是要全体民众一齐上"**究竟是什么意思。这些在战场上干活的留着大胡子的农民的样子，他们那古怪、笨拙的靴子，那汗水淋漓的脖子，以及有些人解开衬衣的斜襟而露出的黝黑的锁骨，比他迄今的所有见闻都更强烈地影响了他，使皮埃尔深切地意识到了此刻的庄严和重要性。

二十一

皮埃尔下了马车，走过那些干活的民兵，登上了土冈，医生对他说过，在那个土冈上整个战场即可一览无遗。

这大约是上午十一点钟。太阳在皮埃尔的身后偏左，透过纯净稀薄的空气把大地呈半圆形而又逐层升高地展现在他面前，将这幅环形全景图照耀得熠熠生辉。

斯摩棱斯克大道切入这半圆形，蜿蜒曲折地向左上方延伸，大道穿过位于土冈前方五百步、比土冈低的一个有白色教堂的村庄（那是波罗金诺村）。大道在村子下方通过一座桥，又经过几次下坡和上坡蜿蜒而上，通往约六俄里外的瓦卢耶沃村（现在拿破仑的行营设在那里）。在瓦卢耶沃那边，大道隐没于地平线上的一片泛黄的树林。在这座兼有桦树和枞树的树林里，在大道之右，在阳光下闪烁的科洛恰修道院的十字架和钟楼遥遥在望。沿着那蓝色的远方，在树林和大道的左右两边，处处可见烟雾迷蒙的篝火以及我军和敌军数量不等的部队。右面，科洛恰河和莫斯科河流经的地方多为山地和峡谷。远处，在那些峡谷之间，别祖博沃村和扎哈里诺村隐约可见。左面的地方比较平坦，有庄稼尚未收割的田野，可以看到一个被焚毁的村子在冒烟，那是谢苗诺夫斯科耶村。

皮埃尔在右面和左面所看到的一切都那么难以捉摸，无论平原的左面还是右面都不能充分满足他的想象。到处都不是他希望看到的战场，而是田野、林间空地、军队、树林、篝火的烟、村庄、土冈、小河；不论皮埃尔怎样细心观察，他也不能在这片生气勃勃的大地上找到阵地，甚至不能区分我军和敌军。

“要问内行才行。”皮埃尔想，便转向一个军官，他正在好奇地打量着皮埃尔的身穿便服的胖大身躯。

“请问，”皮埃尔向军官问道，“前面那个村庄叫什么名字？”

“是叫布尔金诺吧？”军官说，他在问自己的一个同伴。

“是波罗金诺。”另一个纠正道。

军官看来很高兴有机会说说话，便迎着皮埃尔走了过去。

“是我们的人在那里吗？”皮埃尔问。

“对，再过去一点就是法国人了，”军官说，“瞧，那就是他们，能看得见了。”

“哪里？哪里？”皮埃尔问。

“肉眼也看得见。看哪，那就是！”军官指着河对岸左面的烟雾说，这时他的脸上出现了凝重而严肃的表情，皮埃尔在他遇到的很多人的脸上都看到过这样的表情。

“啊，这是法国人！那里的呢？……”皮埃尔指了指左面的土冈，土冈附近出现了部队。

“那是我们的人。”

“啊，我们的人！那里的呢？……”皮埃尔指着远处的有一棵大树的另一个土冈，土冈旁就是峡谷里的一个村庄，村庄那里也有篝火的烟雾和一些发黑的东西。

“这又是**他**了，”军官说，（那是舍瓦尔金诺多面堡。）“昨天是我们的，现在是**他**的了。”

“那么我们的阵地呢？”

“阵地？”军官高兴地笑着说，“我可以清楚地告诉您，因为我方的几乎所有工事都是我建造的。您瞧，我们的中央在波罗金诺，就在那里。”他指了指前面那个有白色教堂的村子。“这里是科洛恰河的渡口。这里，看见吗，低洼处还堆放着一排排割下的干草，这里就是大桥。这是我们的中央。我们的右翼是在那里（他陡地指向右边一个遥远的峡谷），那里就是莫斯科河，我们在那里建造了三座火力很强的多面堡。左翼……”这时军官住口了。“知道吗，这很难给您讲清楚……昨天我们的左翼是在那里，在舍瓦尔金诺，瞧，就是有一棵橡树的那个地方；而现在我们的左翼撤到后面来了，现在您看，您看——看见吗，那个村子和烟？那是谢苗诺夫斯科耶，瞧，左翼就在这里，”他指着拉耶夫斯基土冈说，“不过未必会真的在这里打。他把部队调到这里来，是在使诈；他想必是要从莫斯科河右面包抄过来。哎，不管在哪里打，明天有很多人是回不来了！”军官说。

在军官说话时，一个老士官走到他跟前，默默地等自己的长官把话说完；可是听到这里，他显然对军官的话不大满意，于是打断了他的话头。

“该去拿些土筐了。”他严肃地说。

军官好像发窘了，他好像明白了，明天有很多人回不来这件事心里想想是可以的，但不该说出来。

“好，再把三连派去吧。”军官急忙说道。

“您是什么人，是医生吧？”

“不，我来随便看看。”皮埃尔回答说。于是皮埃尔又经过民兵身边往山下走了。

“啊，这些该死的！”跟在他后面的军官说道，捂着鼻子从干活的民兵们旁边跑过。

“他们来了！……抬着来了……那就是他们……马上就到……”突然响起了一阵嘈杂声，军官、士兵和民兵们都从路上拥了过去。

东正教的庄严的游行队伍正从山脚下的波罗金诺上山来。在尘土飞扬的路上，摘下高筒帽、倒背长枪的步兵整齐地走在最前面。步兵后面是唱诗班的一片合唱声。

士兵和民兵都光着脑袋赶到皮埃尔前头，迎着游行队伍跑去。

“抬着圣母来了！我们的保护神！……伊韦尔圣母！……”

“是斯摩棱斯克圣母。”另一个人纠正道。

民兵们，无论村子里的还是在炮垒上干活的，全都把铁锹一扔，跑去迎接教会的游行队伍。在尘土飞扬的路上行进的是一个步兵营，跟在他们后面的是那些身穿法衣的司祭，一个头戴法冠的老者带领着全体教士和唱诗班。其后是官兵们抬着身披金属衣饰、面容呈黑色的巨幅圣母像。这幅圣母像是从斯摩棱斯克带出来的，此后即随着军队辗转各地。圣像的前后左右，到处是成群的光着脑袋的军人在走动、奔跑、叩头。

到了山上，圣像停了下来；用毛巾托着圣像的人们换了班，教会执事重新点燃手提香炉，祈祷仪式开始了。炎热的阳光垂直地照射着；微微的清风吹拂着光头上的头发和点缀圣像的飘带；唱诗班的合唱声在野外轻柔地荡漾。一大群官兵和民兵环绕在圣像四周。在司祭和教会执事后面的一块腾空的地方站着几位要人。一位已谢顶的脖子上挂着圣乔治勋章的将军就站在一个教士的背后，他没有画十字（想必是德国人），耐心地等候祈祷结束，他认为有必要听完祈祷，也许是为了激发俄国人的爱国热情吧。另一位将军姿态威武，一只手在胸前不时地轻轻挥动，环顾着四周。站在一群农民中的皮埃尔，在这些要人中认出了几个熟人，但他不看他们，因为他正全神贯注于这群士兵和民兵的严肃的表情，他们都同样聚精会神地望着圣像。倦怠的教会执事们（他们已在吟诵第二十篇祷文了）开始懒散而习惯性地吟诵："圣母，从灾难中拯救你的仆人吧。"司祭和助祭应声道："上帝，我们祈求你的保佑，你的庇护是我们坚不可摧的屏障。"——所有人的脸上又突然焕发出了同样的神采，意识到庄严的时刻即将来临，这神采他曾在莫扎伊斯克的山脚下见到，也间或在他今天上午所遇到的许许多多人的脸上见到过；这时只见人们频频俯首，头发随之飘舞，叹息声和十字架在胸前的碰击声不绝于耳。

圣像周围的人群突然散开，挤到了皮埃尔身上。一个人正向圣像走来，从人们在他面前匆忙闪开的情形来看，想必是一位非常重要的人物。

那是巡视阵地的库图佐夫。他在回塔塔里诺沃途中顺路来到了祈祷的地方。皮埃尔根据他那与众不同的特别的体型立刻认出了他就是库图佐夫。

库图佐夫硕大的身躯套着一件长长的常礼服，背微驼，敞着白发苍苍的头，虚胖的脸上露出一只白色的眼球，他迈着起伏摇摆的步态走进了圈子里，站在一个教士身后。他以习惯的动作画了十字，以手触地，沉重地喘了口气，垂下了白发苍苍的头颅。库图佐夫身后站着本尼格森和随从。尽管总司令亲临，吸引了所有高官显贵的注意，民兵和士兵们仍目不斜视地继续祈祷。

祈祷结束后，库图佐夫走到圣像前，沉重地跪地叩首，他想站起来了，却由于身体沉重、虚弱，好久也站不起来。他那白发苍苍的头颅因为吃力而微微扭动。他终于站起来了，孩子般天真地撅着嘴唇亲吻圣像，又以手触地深深地鞠躬。将军们都仿效他的榜样；然后军官以及他们身后的士兵和民兵们也都彼此拥挤着，脚步杂沓、喘着粗气互相碰撞着，神情激动地照着样儿做了起来。

二十二

被挤得摇摇晃晃的皮埃尔在四处张望。

“伯爵，彼得·基里雷奇！您怎么在这里？”有人说。皮埃尔回头看了看。

鲍里斯·德鲁别茨科伊用手掸了掸弄脏了的膝盖（大概也是在亲吻圣像时弄脏的），微笑着向皮埃尔走了过来。鲍里斯衣着优雅，带有几分英武的军人气概。他穿着长长的常礼服，肩上挂着鞭子，和库图佐夫一模一样。

库图佐夫这时已来到村子里，坐在近处一栋房子的阴影里的一条长凳上，这条长凳是一名哥萨克跑着给他搬来的，另一名哥萨克又连忙铺上了毯子。一大群衣着考究的随从围绕着总司令。

圣像在人群的簇拥下起动了。皮埃尔站在离开库图佐夫大约三十步的地方与鲍里斯谈话。

皮埃尔说明了自己想参战和考察阵地的意图。

“您就这么办吧，”鲍里斯说，“我请您参观军营，本尼格森伯爵会在那里，您可以从那里把一切看得更清楚。我就是在他身边供职。我去向他报告您的情况。如果您想在阵地上到处走走，那就和我们一起去：我们马上就要到左翼去了。然后我们回来，我请您赏光在我那里过夜，咱们凑一个牌局。您不是认识德米特里·谢尔盖伊奇吗？他的驻地就在这里。”他指了指戈尔基的第三栋房子。

“不过我想看看右翼；听说右翼是很强的，”皮埃尔说，“我想骑马看看从莫斯科河起的全部阵地。”

“嗳，您以后还可以去看嘛，目前主要的是左翼……”

“是的，是的。鲍尔康斯基公爵的团在哪里，您能指给我看吗？”皮埃尔问道。

“安德烈·尼古拉耶维奇？我们正好要路过，我送您去见他。”

“左翼怎么样呢？”皮埃尔问。

“实话相告，只能在我们之间说说，我们左翼的情况如何只有天知道，”鲍里斯信赖地压低嗓音说，“本尼格森的设想完全不同。他的设想是加强那个土冈的防御，而不是像现在这样……可是，”鲍里斯耸了耸肩，“殿下不愿意，或许是听了别人的什么闲言碎语。要知道……”鲍里斯没有把话说完，因为这时库图佐夫的副官凯萨罗夫[①]来找皮埃尔了。“啊！派西·谢尔盖耶维奇，”鲍里斯很自然地微笑着对凯萨罗夫说道，“我在向伯爵说明阵地的情况。真令人惊讶，殿下竟能如此准确地料定法国人的意图！”

“你们在谈左翼？”凯萨罗夫说。

“是呀，是呀，就是。我们的左翼现在是非常、非常强的。”

尽管库图佐夫赶走了参谋部的所有冗员，但是鲍里斯在库图佐夫几经撤换之后仍能留在司令部。鲍里斯被安插在本尼格森伯爵身边。本尼格森伯爵和鲍里斯以往的上司一样，认为年轻的德鲁别茨科伊是一个不可多得的人才。

在统领军队方面有截然不同的两派：库图佐夫派和参谋长本尼格森派。鲍里斯属于后一派。没有人能比他更善于在向库图佐夫表示卑

---

①派西·谢尔盖耶维奇·凯萨罗夫（1783—1844），1812 年战争期间以上校军衔任第一和第二军军团的值班将军。

躬屈节的敬意的同时，向人们暗示老头子不行，所有的事情都是本尼格森在领导。现在到了进行会战的决定性时刻，这个时候应当或者除掉库图佐夫而把指挥权交给本尼格森，或者即使库图佐夫打赢了会战，也要让人们意识到全部功劳都是本尼格森的。总之，明日一战，必将有人因功受奖，一批新人会脱颖而出。因此这一天鲍里斯整天都处于极度兴奋的期待之中。

在凯萨罗夫之后，又有其他一些熟人来找皮埃尔，因而他来不及回答人们纷纷提出的有关莫斯科的问题，也来不及听完他们所讲述的新闻。所有人的脸上都流露出兴奋和不安。但是皮埃尔觉得，其中某些人之所以神情激动，主要是由于个人的得失问题，而他心中忘不了的是另一种神情，它涉及的不是个人问题，而是整体的生死存亡问题。库图佐夫注意到了皮埃尔和围在他身边的人们。

“您去把他叫来。”库图佐夫说。副官转达了殿下的意愿，于是皮埃尔朝长凳走了过去。不过在他之前一个普通的民兵走到了库图佐夫面前。那是多洛霍夫。

“这个人怎么在这里？”皮埃尔问。

“这个鬼东西哪里都敢闯！”有人回答道，“他是受过降职处分的。现在很想能出人头地。他提交过一些行动计划，还在夜里摸进了敌人的散兵线……不过是个好样的！……”

皮埃尔在库图佐夫面前恭敬地脱帽、鞠躬。

“我敢肯定，要是我向殿下提出报告，您会把我赶走，或者您会说，您知道我要报告什么，即使如此，对我也没有什么坏处……”多洛霍夫说。

“不错，不错。”

“不过，要是我说对了，我就能给祖国带来利益，我甘愿为祖国效死。”

“不错……不错……”

“如果殿下需要一个置生死于度外的人，那就请您想到我吧……也许我能对殿下有用。”

“不错……不错……”库图佐夫反复说道，他眯细了那只含有笑意的眼睛看着皮埃尔。

这时鲍里斯机敏地上前与皮埃尔并肩站在靠近首长的地方，神态极其自然，仿佛在接着刚才的话头似的对皮埃尔低声说道：

“民兵们干脆穿上干净的白衬衣，做好了牺牲的准备。这就是英雄主义啊，伯爵！”

鲍里斯对皮埃尔这样说，显然是要让殿下听见。他知道，这些话一定会引起殿下的注意，果然，殿下对他说话了：

“你说民兵怎么了？”他问鲍里斯。

“殿下，他们为了明天决一死战而穿上了白衬衣。”

“啊！英勇卓绝、无与伦比的人民！”库图佐夫闭上眼睛摇着头说，“无与伦比的人民！”库图佐夫又一次感叹道。

“您想闻闻火药的气味吗？”他问皮埃尔，“是的，一种很好闻的气味。我有幸是您夫人的崇拜者。她身体好吗？我的住处可以供您使用。”接着像老年人常有的那样，库图佐夫开始茫然四顾，仿佛完全忘了他要说什么或做什么了。

显然，他忆起了他想要了解的什么，便招招手，把自己副官的弟弟安德烈·谢尔盖耶维奇·凯萨罗夫[①]叫到身边。

“是什么呢，是什么呢，马林[②]的诗说什么来着？那首诗是怎么说的，怎么说的呀？他写到格拉科夫：‘要是继续在军校中执教……’你说，你说呀。”库图佐夫说道，看来他就要笑了。凯萨罗夫朗读了那首诗……库图佐夫微笑着，随着诗的节拍点着头。

皮埃尔从库图佐夫身边走开后，多洛霍夫来到他面前，握住了他

---

①安德烈·谢尔盖耶维奇·凯萨罗夫（1782—1813），政论家、作家和语文学家。战争期间曾出版《俄罗斯人报》，广泛宣传库图佐夫的活动。

②马林是宫廷诗人和亚历山大一世的侍从武官。库图佐夫回忆他献给格拉科夫的诙谐诗。格拉科夫是陆军士官武备学校的历史教员，著述颇丰而缺少才华。库图佐夫曾任该校校长，两人相识。诗中写道：“你会，你会，作家，/你会一辈子都写些废话；/要是继续在军校执教，/到头来会当上个上校。”据说，托尔斯泰用这首诙谐诗主要是暗示自己对亚历山大一世的看法。

的手。

“很高兴在这里见到您，伯爵，”他毫不在意有旁人在场，异常果断而郑重地大声说道，“天知道明天我们之中谁还能活下来，我很高兴有机会在此时告诉您，我为我们之间曾经有过的误会感到遗憾，但愿您不计前嫌。我请求您宽恕我。”

皮埃尔面带微笑注视着他，不知对他说什么好。多洛霍夫含着涌上来的泪水，拥抱并亲吻了皮埃尔。

鲍里斯对自己的将军说了什么，于是本尼格森伯爵转向皮埃尔，建议他和自己巡视前线。

“您会感兴趣的。”他说。

“是的，很有意思。”皮埃尔说。

半小时后，库图佐夫到塔塔里诺沃去了，本尼格森带着随从去前线巡视，皮埃尔也在他的随从之中。

二十三

本尼格森从戈尔基沿着大路往下走，到了桥边，一个军官曾在土冈上指着这座桥对皮埃尔说，它是我军阵地的中央，桥边岸上放着一排排割下来的发出干草气味的青草。他们过桥到达波罗金诺村，从那里向左拐，经过大批部队和炮群来到一个高大的土冈，民兵们在土冈上挖土。这是一座还没有名称的多面堡，后来被称为拉耶夫斯基多面堡或土冈炮台。

皮埃尔没有特别注意这个多面堡。他不知道，这个地方将比波罗金诺战场上的任何地方都更使他难以忘怀。然后他们穿过一个峡谷前往谢苗诺夫斯科耶，士兵们正在这里拆走农舍和谷物烘干房的最后一批木料。然后他们下坡再上坡，往前经过一片仿佛被冰雹砸毁的黑麦地，沿着炮兵部队在坑坑洼洼的耕地上新踩出的道路到达尖顶堡，它也是还在构筑之中。

本尼格森勒马站在尖顶堡上望着前方的（昨天还是我们的）舍瓦尔金诺多面堡，可以看到堡上有几个骑手。军官们说，拿破仑或缪拉在那里。人人都聚精会神地望着那几个骑手。皮埃尔也朝那里望着，竭力猜测，那隐约可见的几个人之中谁是拿破仑。最后骑手们下了土冈，消失不见了。

本尼格森开始对向他走过来的一位将军说明我军的整个态势。皮埃尔听着本尼格森的话，集中自己的全部智力，想了解未来会战的实况，可是他懊丧地感到，自己智能有限而不能如愿。他感到茫然不解。本尼格森住口不说了，他注意到正在倾听的皮埃尔，突然向他问道：

“我想，您不感兴趣吧？”

“啊，相反，很有意思。”皮埃尔有些言不由衷地重复了一遍。

他们从尖顶堡再向左转，沿着在浓密、低矮的桦树林中蜿蜒而过的小道前进。在树林中间，一只四腿雪白的褐色野兔跳到他们面前的路上，受惊于众多马匹的蹄声，这只惊慌失措的野兔在他们面前的路上向前跳了好久，引起了大家的注意和一阵哄笑声，只是在几个人向它吆喝之后，它才急忙逃往一边，在密林中消失了。他们在树林里又走了两俄里，来到林中的一片空地，图奇科夫一个军的部队在这里驻守左翼。

在左翼的尽头，本尼格森大发议论并且作出了皮埃尔觉得非常重要的军事部署。图奇科夫部队的驻地前方是一片高地。这片高地上没有派驻部队。本尼格森大声抨击这个错误，他说，不占据制高点而把部队置于高地下面是荒唐的。有些将军也表达了同样的看法。一位将军以军人的非常激烈的语气说，这是让部队坐以待毙。本尼格森以自己的名义命令把部队调到了高地上。

在左翼发出的这个命令使皮埃尔更加怀疑自己对军事的理解能力了。听了本尼格森和将军们对于把部队部署在山脚下的谴责，皮埃尔完全理解他们的意见，同意他们的看法，然而正因如此，他不能理解，那个把部队部署在山脚下的人怎么会犯下如此显而易见的重大错误。

皮埃尔不知道，这支部队并不是为防守阵地而部署的，像本尼格森所以为的那样，而是布置在暗处作为伏兵，也就是说，为了不让敌人发觉而对行进中的敌军发起突然袭击。本尼格森不了解这一点，他根据自己的想法把部队调往前方，却没有把这一点告知总司令。

二十四

安德烈公爵在二十五日的这个晴朗的八月的夜晚支着臂肘躺在克尼亚兹科沃村的一个遭到破坏的仓房里，位于本团驻地的边上。他从破墙的豁口望着沿围墙一带有三十年树龄的桦树，桦树下部的枝条都被砍光了；望着耕地上那些散乱的燕麦垛和灌木丛，那一带冒着缕缕炊烟，那是士兵行军灶的所在地。

无论安德烈公爵现在觉得他的生活多么艰难，多么于人无益，多么难以忍受，他还是像七年前在奥斯特利茨会战前夕那样感到激动而愤怒。

关于明天会战的命令已经发布，他也接到了这个命令。此刻他已无事可做。但是一些最简单、最明确，因而也是最可怕的思绪不让他有片刻的安宁。他知道，明日之战将是他所参与过的所有战争中最可怕的一次，生平第一次感到了死亡的可能，这种可能性与多事的人生无关，也不涉及对别人的影响，这种只涉及他自己，只涉及他的内心感受的死亡的可能性鲜明地、几乎确定无疑地、可怕地赫然浮现在他的想象之中。站在这个想象的高度，过去使他苦恼和关心的一切突然被冷冷的白光所照耀，没有阴影、没有前景、没有轮廓的差异。他曾把全部生活想象成一盏幻灯，在人为的照明下久久地透过玻璃注视着它，现在他陡然在白昼的亮光下，没有玻璃的折射，看清了那些涂抹得很拙劣的画面。“是的，是的，这就是那些曾经使我激动、神往和痛苦的虚假的形象。”他对自己这样说，一面在想象中逐一回忆着自己生活的幻灯中的主要画面，现在是在白昼冷冷的白光——明确的死的观念——中审视着它们。“这就是那些涂抹得很拙劣的形象，它们曾被想象为美好而神秘的东西。荣誉、社会福祉、对女性的爱以及祖国本身——对我而言，这些画面曾显得多么伟大，充满了多么深刻的含意！这一切在这个早晨的冷冷的白光下是何等粗糙、苍白而拙劣，我觉得这个早晨的曙光是为我而升起的。”他生活中的三个大不幸特别引起他的注意：他对女性的爱、父亲的亡故和法国人占领半个俄国的入侵。“爱情！……这个少女，我觉得她洋溢着神秘的魅力。我是多么爱她啊！我拟定过有关爱情和幸福牵手的富于诗意的计划。啊，可爱的少年！”他悻悻地说出了声，“不言而喻！我曾相信一种理想的爱情，它能在我离开的整整一年里使她保持对我的忠诚。好像寓言中温柔的小鸽子，她应当因为与我离别而憔悴。而这一切却简单得多……这一切是太简单了，可恶至极！”

“父亲在童山也曾大兴土木，以为那是他的地方，他的土地，他的空气，他的农民；拿破仑一到，对他的存在一无所知，把他像路上的小木片一样一脚踢开，于是他的童山和他的全部生活都毁于一旦。而玛丽亚公爵小姐却说这是上天给予的考验。既然他已经不在了，而且不会再有这个人了，那么考验还有什么意义呢？永远不会再有他这个人了！他不在了！那么这是对谁的考验呢？祖国，莫斯科的毁灭！明天我会被打死——甚至不是被法国人而是被自己人打死，昨天就有一个士兵在我耳边擦枪走火，于是法国人来了，抓住我的双脚和脑袋丢到坑里，以免我在他们的鼻子底下发臭，于是形成新的生活条件，别人同样会习以为常，而我不会知道了，因为我不在了。”

他看了看那一排桦树，它们那凝然不动的黄、绿、白色的树皮在阳光下闪烁。“死亡，明天我会被打死，我就不在了……眼前的一切都在，而我却不在了。”他鲜活地想象着没有自己的生活。于是这些桦树及其闪光和阴影、这朵朵白云、这缕缕炊烟——周围的一切对他来说都变了，变成一种可怕而有威胁性的东西。一阵寒气掠过他的脊背。他迅速起身，走出仓房，开始在户外踱步。

仓房后面传来了人声。

“谁在那里？”安德烈公爵叫道。

多洛霍夫从前的连长，现在因为部队缺少军官而当上了营长的红鼻子大尉季莫欣畏缩地走进了仓房。跟着进来的是副官和团部军需官。

安德烈公爵连忙站起来，听了军官们按其职责要向他汇报的情况，又向他们发出一些指示，正准备让他们离开，这时仓房外响起了一个熟悉的声音。

“见鬼！”那个人被什么东西绊了一下说。

安德烈公爵朝外面看了看，只见皮埃尔正向他走过来，他被地上的一根木头绊了绊，差点儿跌了一跤。安德烈公爵不愿见到自己圈子里的人，尤其是皮埃尔，皮埃尔会使他想起自己在最后一次莫斯科之行中的所有那些备受折磨的时刻。

“啊，是您！”他说，“什么风把您吹来了？真没想到。”在他这样说的时候，在他的眼里和整个面部的表情中有一种更甚于冷淡的东西——那是敌意，皮埃尔立刻就注意到了。他怀着极其兴奋的心情朝仓房走来，可是见到安德烈公爵的表情，他觉得拘谨而尴尬了。

“我来了……随便走走……您知道……我是来……我觉得很有意思，”皮埃尔说，这一天已经多少次无聊地重复了“很有意思”这个字眼，“我想亲眼看看战争。”

“是呀，是呀，共济会的弟兄们是怎样谈论战争的呢？该怎样预防战争呢？”安德烈公爵讥讽地说，“哎，莫斯科怎么样了？我的家人呢？他们到底到了莫斯科没有？”他严肃地问道。

“到了。朱丽·德鲁别茨卡娅对我说的。我去拜访他们，可是未能见到。他们已经到莫斯科近郊的庄园去了。”

二十五

军官们想告辞了，不过安德烈公爵似乎不愿和自己的朋友单独相对，便挽留他们坐下喝茶。长凳和茶水端来了。军官们不免惊讶地望着身材肥硕的皮埃尔，听他讲述莫斯科的情况，以及他有幸巡视的部队的部署。安德烈公爵默然不语，面有愠色，所以皮埃尔主要不是对鲍尔康斯基，而是对和善的营长季莫欣说话。

“这么说，您已经了解了部队的整个部署？”安德烈公爵打断了他的话。

“是的，不过怎么说呢？”皮埃尔说，“我不是军人，我不敢说我已经有了充分的了解，但我对部队的部署大体上还是知道的。”

“那么您所知道的已经比任何人都多了。”安德烈公爵说。

“啊！”皮埃尔透过眼镜困惑地望着安德烈公爵说，“您说说，您对库图佐夫的任命有什么看法？”他说。

“我对这个任命感到非常高兴，我所知道的，仅此而已。”

“那么您告诉我，您对巴克莱·德·托利的看法如何？在莫斯科，天知道人们在怎样谈论他。”

“你问他们吧。”安德烈公爵指着军官们说。

皮埃尔带着宽厚的微笑疑问地看了看季莫欣，因为大家都自然而然地把头转向了他，脸上都带着同样的表示疑问的微笑。

“大人，自从殿下就任以来，人们就看到了光明。”季莫欣有些胆怯地说道，不断地看看安德烈公爵的脸色。

“为什么这样说呢？”皮埃尔问。

“禀告大人，就拿木柴和饲料来说吧。我们是从斯文齐亚内撤退的，一路上不准动一根树枝或干草或别的什么。要知道，我们一走，全都留给**他**了，不是吗，大人？”他转向自己的公爵说道，“可就是不准。我们团有两位军官还为了这种事受到了军法审判。嘿，殿下就任以后，这个问题就好办了。大家看到了光明……”

“他为什么要禁止动用木柴和饲料呢？”

季莫欣不好意思地看看大家，不知道该怎样回答这个问题。于是皮埃尔把这个问题向安德烈公爵提了出来。

“就为了我们丢给敌人的地方不致遭到破坏，”安德烈公爵气愤地嘲笑道，“这是很有道理的：不能允许掠夺地方，不能放纵部队趁火打劫。就是在斯摩棱斯克他的议论也是对的，他说法国人可能对我们实行迂回包抄，他们拥有更强大的兵力。然而他不能理解，”安德烈公爵仿佛脱口而出地尖声叫道，“然而他不能理解，我们是第一次在那里为俄罗斯的土地而战，我军士气之高昂是我从未见过的，我们连续两天击退了法军，而这个胜利使我军战斗力增强了十倍。他命令撤退。于是所有的努力和伤亡全都白费。他不是想背叛，他竭力要尽可能把事情做好，对一切都深思熟虑，可是正因如此，他是不中用的。他现在不中用，恰恰是因为他认真而细心地周密考虑所有的问题，正如任何一个德国人都会做的那样。怎么对你说呢……嗯，你的父亲有一个德国仆人，他是非常好的仆人，能比你更好地满足他的一切需求，那就让他效力吧。可是如果父亲病危，你就会赶走仆人，开始用自己生疏、笨拙的双手照料父亲，这比一个训练有素然而不相干的外人更能使父亲得到安慰。对巴克莱也是如此。当俄国健康的时候，外人是可以用的，而且他是个很不错的大臣。可是俄国一旦面临危险，那就需要自己人、亲人。你们在俱乐部里却异想天开，说他是叛徒！而诬陷他是叛徒，只能使人们后来因为错误地责难他而心怀愧疚，又把他从叛徒捧为英雄或天才，这就更加不对了。他是个忠实而且很正派的德国人……”

“不过人们说，他是高明的统帅。”皮埃尔说。

“我不懂高明的统帅是什么意思。”安德烈公爵嘲讽地说。

“高明的统帅，”皮埃尔说，“嗯，是这样的人，他能预见所有的偶然性……嗯，能料到敌人的意图。”

“这是不可能的。”安德烈公爵说，仿佛在谈一个早有定论的问题。

皮埃尔惊讶地看了看他。

“不过，”他说，“人们都说，作战就像下棋。”

“是的，”安德烈公爵说，“不过有一个小小的差别，下棋时你可以对每一步棋详加斟酌，不受时间限制，还有一个差别，那就是马永远比小卒子强，两个小卒子总比一个小卒子强，而在战场上一个营有时比一个师还强，有时却不如一个连。没有人能够知道部队之间的力量对比。相信我的话吧，”他说，“要是问题取决于参谋部的军事部署，那么我就会留在那里研究军事部署，不，我有幸在这里工作，在团里和这些先生在一起，而且我认为，明天的战斗实际上将取决于我们而不是他们……胜败从来不取决于也不会取决于阵地、武器装备，甚至不取决于部队的数量，而阵地是最无关紧要的。”

“那取决于什么呢？”

“取决于心情，我的、他的，”他指了指季莫欣，“每个士兵的心情。”

安德烈公爵望了望季莫欣，后者惊讶而困惑地看着自己的指挥官。现在安德烈公爵一反矜持、沉默的故态，显得异常激动。看来他忍不住要把蓦然出现在心里的想法痛快地说出来。

“赢得战役的是决心要打赢的人。为什么我们在奥斯特利茨战役中打败了？我们的伤亡几乎与法国人相等，但是我们很早就对自己说，我们打败了，于是真的败了。我们之所以会那样说，是因为我们没有必要在那里打仗：都想赶快离开战场。‘我们打败了——那就逃跑吧！’——我们就逃跑了。如果我们在傍晚前不说这句话，那么天知道会发生什么情况。而明天我们是不会这样说的。你说我们的阵地左翼弱，右翼拉得太长，”他接着说，“这都是废话，毫不相干。明天我们将面对的是什么局面呢？千百万各种各样的偶然性将在顷刻间决定于逃跑或准备逃跑的是他们还是我们，被打死的是这个人还是那个人；而现在所做的一切不过是儿戏而已。实质在于，今天和你巡视阵地的那些人，不仅无助于战局的演变，而且在起着干扰作用。他们关心的只是个人的渺小的得失。”

“在这样的时候？”

“在**这样的时候**，”安德烈公爵重复道，“对他们来说，在这样的时候才正好可以吹毛求疵、暗算对手，为自己再谋得一枚十字勋章或一条绶带。我对明天的展望是这样：十万俄军和十万法军将迎头搏杀，毫无疑问，在二十万之众的这场搏杀中，谁在战斗中更勇猛，更忘我，谁就会获胜。我可以告诉你，无论如何，无论上层怎样搅局，我们一定能打赢明天的会战。明天，无论如何，我们一定能打赢这场会战！”

“对，大人，这才是真理，毫无疑问的真理，”季莫欣说，“现在谁还顾惜自己呢！您信吗，我营战士不喝酒了，他们说现在不是时候。”大家都默然不语。

军官们站了起来。安德烈公爵和他们走到仓房外，向副官发出了最后一些指示。军官们走后，皮埃尔来到安德烈公爵面前，正想交谈，离仓房不远的路上响起了三匹马的马蹄声，安德烈公爵朝那个方向一望，认出了沃尔措根和克劳塞维茨[1]，后面跟着一名哥萨克。他们在近处驰过，皮埃尔和安德烈无意中听到了以下的谈话：

“战争应当转移到广阔地带。对这个观点我十分赞赏。[2]”一个说。

“是的，”另一个说，“既然目的在于削弱敌人，就不能考虑私人的损失。”[3]

“就是嘛。[4]”第一个人赞同地说。

“是呀，转移到广阔地带，[5]”他们走后，安德烈公爵嗤之以鼻，气愤地重复道，“我的父亲、儿子和妹妹所在的童山就是在广阔地带[6]。这对他来说是无所谓的。这就是我对你所说的——这些德国先生们不会赢得明天会战的胜利，只会尽其所能地起破坏作用，因为在他那德国人的脑袋里只有一文不值的议论，而在他们的心里没有明天所需要的唯一的东西——季莫欣的那种心情。他们把整个欧洲都交给了**他**，还来教训我们——好出色的老师！”他又尖声叫道。

“那么您认为，能打赢明天的会战？”皮埃尔问。

“是的，是的，”安德烈公爵漫不经心地说，“我会做一件事情，如果我有权决定的话，”他又说道，“我就不留俘虏。什么是收容俘虏？这是骑士精神。法国人毁了我的家园，又要去毁灭莫斯科，每时每刻都在侮辱我。他们是我的敌人，我认为他们全都是罪犯。季莫欣和全军将士也都是这样想的。对他们必须处以死刑。既然他们是我的敌人，就不可能成为朋友，不管他们在蒂尔西特说得多么好听。”

“是的，是的，”皮埃尔双目炯炯地看着安德烈公爵说道，“我完全、完全同意您的看法！”

皮埃尔觉得，从莫扎伊斯克山起整天困扰着他的那个问题完全清楚了，彻底解决了。他现在懂得了这场战争和即将进行的会战的全部意义

---

① 克劳塞维茨（1780—1831），德国军事理论家，普鲁士将军。1812年春离开普鲁士，加入俄军，先后担任帕伦和乌瓦罗夫的骑兵军军需官。著有《战争论》一书。

②③④⑤⑥ 原文为德文。

和重要性。他在这一天所看到的一切，他匆匆瞥见的人们脸上那些凝重、严峻的表情都对他闪耀着新的光辉。他懂得了物理学上所谓的潜热（latente），他见到的所有那些人的心里都有一份爱国主义的潜热，它说明，为什么所有这些人都平静而似乎轻率地视死如归。

“不留俘虏，”安德烈公爵继续说道，“这一点会改变整个战争并减少战争的残酷性。否则我们就是在玩战争游戏——这是很恶劣的，我们故作仁慈，如此等等。这种故作仁慈和多愁善感，就像一个小姐的仁慈和多愁善感，她看见屠宰牛犊子就头晕；她十分善良，见不得流血，可是她津津有味地吃着蘸了调味汁的小牛肉。有的人对我们谈论战争法规、骑士精神、谈判、怜悯不幸者等等。全是废话。我在一八〇五年见识过骑士精神和谈判：尔虞我诈罢了。他们掠夺别人的家园，发行伪币，最坏的是他们杀我子女、父母，却说什么战争法规和对敌人的仁慈。不留俘虏，而是要杀人并拼命厮杀。谁像我一样经历了那么多痛苦，谁就会这样想……”

安德烈公爵本来觉得，敌人是否会像占领斯摩棱斯克那样占领莫斯科是无所谓的，这时由于喉咙的一阵痉挛而住口不说了。他默默地来回踱步，而双眼好像发热病似的闪闪发光，在他又开始说话时，他的嘴唇也在颤抖。

“要是在战争中没有假慈悲，我们就只有在值得一战的时候才会像现在这样投入必死的战斗。那么就不会因为帕维尔·伊万内奇得罪了米哈伊尔·伊万内奇而发生战争。像现在这样的战争，那才叫战争。那时部队的士气就会和以往不同了。那时拿破仑统率下的所有这些威斯特伐利亚人和黑森人[①]就不会跟着他入侵俄国，我们也不会跑到奥地利和普鲁士去打仗，自己却不知道为何而战。战争不是亲善，而是人生最可恶的事情，必须明白这一点而不要玩弄战争。必须十分严肃地接受这

---

①1807 年拿破仑在德国领土上建立威斯特伐利亚王国，其领土除了威斯特伐利亚本身，还包括黑森选侯区等地。拿破仑军队中有 27 000 名威斯特伐利亚士兵。

种可怕的必然性。要点是：抛弃谎言，战争就是战争，不是儿戏。否则战争就成了游手好闲的浮浪子弟所喜爱的娱乐……军人阶层是最可敬的阶层。而什么是战争，为了取得战事的胜利需要什么，军人的风尚又是什么呢？战争的目的是杀人，战争的手段是间谍活动、叛变、策反、使居民倾家荡产、为了军队的给养而对他们实施掠夺和盗窃；是所谓军事计谋的欺诈和谎言；军人阶层的风尚是没有自由，即遵守纪律、游手好闲、愚昧无知、残酷无情、腐化堕落、好酒贪杯。尽管如此，这却是人人尊敬的最崇高的阶层。除了中国皇帝，所有的皇帝都身穿军服，谁杀的人多，他们就奖励谁……人们就像明天那样，会彼此逼近，相互残杀，使数以万计的军人阵亡、致残，然后就为了杀死许多人（还要夸大数字）而进行感恩祈祷，宣布胜利，认为杀人愈多功劳愈大。上帝在怎样看着他们、听着他们哪！”安德烈公爵声音尖厉地叫道，“唉，亲爱的，近来我活得太累。我发觉，我懂得的太多啦。人是不能从分辨善恶的树上采果子吃的[1]……好了，不会太久了！”他加了一句，“不过你要睡了，我也该睡了，你到戈尔基去吧。”安德烈公爵突然说道。

“噢，不！”皮埃尔吃惊而满怀同情地看着他说。

“去吧，去吧，大战之前要好好睡一觉。”安德烈公爵又说。他快步走过去拥抱皮埃尔，吻了吻他。“再见了，你走吧，”他大声说，“我们还会再见吗，不会了……”于是他急剧地转身回仓房去了。

天色已暗，皮埃尔看不清安德烈公爵脸上的表情是愤怒还是充满温情。

皮埃尔默默地站了片刻，寻思该跟着他进去还是回家，“不，他不需要安慰！”皮埃尔很自然地认为，“不过我知道，这是我们最后一次见面了。”他沉重地叹了口气，骑马回戈尔基去了。

安德烈公爵回到仓房在毯子上躺下，可是无法入眠。

他闭上眼睛。一些形象交替浮现于他的脑海。有一段往事使他高

---

① 典出《旧约·创世记》第 3 章。

兴地想了好久。他生动地回忆着彼得堡的一个傍晚。娜塔莎的神情又兴奋又激动地对他讲，去年夏天她去采蘑菇，怎样在大森林里迷了路。她不大连贯地描述着大森林的荒凉、自己的心情、她和她遇见的养蜂人的交谈，她随时都会停下来说："不，不行，我讲不好；不，您是不会明白的。"安德烈公爵不断地安慰她说他明白，其实他真的明白她所想说的一切。娜塔莎不满意自己的叙述，她觉得，她当天所体验到的、很想尽情倾诉的那种激情洋溢的诗意的感受没有表达出来。"那位老人是那么可亲，森林里又那么幽暗……他有一双那么善良的……不，我讲不好。"她说，激动得满脸绯红。现在安德烈公爵露出了笑容，这就是当时他看着她的眼睛而露出的快乐的微笑。"我是理解她的，"安德烈公爵想，"不仅理解，而且我所爱的正是她的这种心灵的魅力，这种发自心灵深处的真挚和坦诚，正是她的仿佛受到肉体束缚的心灵，我爱的正是她的这颗心……爱得那么热烈、那么幸福……"这时他蓦地想起了他的爱情的结局。"这一切**他**是不需要的。这一切**他**是看不到也理解不了的。在他眼里她是一个漂亮、**娇嫩**的小姑娘，他并不想把自己的命运和她结合在一起。可我呢？而他至今还快乐地活着。"

安德烈公爵仿佛被人烫了一下似的一跃而起，又在仓房外来回踱步。

二十六

八月二十五日，在波罗金诺会战前夕，法国皇帝的宫廷事务大臣德博斯①先生和法布维埃②上校来到拿破仑皇帝在瓦卢耶沃的行营，他们之中前者来自巴黎，后者来自马德里。

换上宫廷礼服后，德博斯先生吩咐人们在他前面抬着他给皇帝带来的箱子，走进了拿破仑营帐的第一个房间，在那里一面和周围的拿破仑

---

①德博斯（1770—1835），法国作家和拿破仑的宫廷高级侍从。1805 年起任宫廷事务大臣。

②法布维埃（1783—1855），法军大本营副官。

副官们交谈，一面打开密封的箱子。

法布维埃没有进营帐，站在营帐门前和相识的将军们谈话。

拿破仑皇帝还没有从卧室出来，他的梳洗打扮快要结束了。他发出轻轻的呼哧呼哧声和哼哼声，不时把宽厚的背部或长满毛发的肥胖的胸脯转过来，让近侍用刷子为他刷身体。另一个近侍用手指捏着一个小玻璃瓶，在皇帝保养得很好的身体上喷洒香水，那表情仿佛在说，只有他才知道，香水要喷洒多少、往哪里喷洒。拿破仑的潮湿的短发散乱地落在前额上。他的那张脸尽管虚胖发黄，却流露出一种生理上的快感："使点劲儿，再来……"他耸着肩，哼哼着，对给他刷身子的近侍说。一个副官走进卧室，向皇帝报告，在昨天的战斗中抓了多少俘虏，报告完毕便站在门口，等候着允许他走的命令。拿破仑皱着眉头悻悻地看了副官一眼。

"没有俘虏，"他重复了副官的说法，"他们迫使我们不得不将他们消灭，这对俄军更糟，"他说，"再来，使点劲儿。"他拱起背把肥胖的双肩凑过去说。

"行了！去叫德博斯进来，叫法布维埃也进来。"他对副官点了点头说。

"是，陛下。"于是副官从门口消失了。

两个近侍很快地为陛下着装，于是他身穿近卫军的蓝制服，迈着坚定、迅捷的步伐走进了接待室。

德博斯这时正手忙脚乱地把他带来的皇后的礼品安置在两把椅子上，正对着皇帝进来的门口。可是皇帝出人意料地很快就穿好衣服出来了，以至他来不及完全准备好这个意想不到的礼物。

拿破仑立刻发觉他们在做什么，猜到他们还没有准备好。知道他们是要给他一个惊喜，不愿使他们扫兴。他假装没有看见德博斯先生，把法布维埃叫到了身边。拿破仑严肃地皱着眉头默然不语，听法布维埃对他讲着他的部队的英勇和忠诚，这支部队在欧洲另一端的萨拉曼卡作战，他们只有一个想法——无愧于自己的皇帝，只有一种恐惧——不能使皇帝满意。战役的结局很惨。拿破仑在法布维埃讲述时讥讽地评论几句，仿佛他从来不曾想过，离开他战事会有什么别的结果。

“我要在莫斯科挽回影响，”拿破仑说，“再见。”他补了一句，随即把德博斯叫去，这时德博斯已经把意想不到的礼物准备好了，把它稳妥地放在椅子上，又用盖布蒙上。

德博斯按照法国宫廷的礼节深深鞠躬——，只有波旁王朝的旧臣才会这样鞠躬，他上前呈递了一封信。

拿破仑愉快地转向他，揪了揪他的耳朵。

“您忙好啦，我很高兴。哎，巴黎人都在说什么呢？”他说，原来严厉的表情蓦地变得十分亲切。

“陛下，整个巴黎都因为您不在而懊恼。”德博斯回答道，他是应该这么说的。不过，拿破仑虽然知道德博斯应该说诸如此类的话，虽然他在头脑清醒的时候也知道这不是真话，他还是喜欢听德博斯这样说。他又宠信地揪了揪他的耳朵。

“很抱歉，让您跑了这么远的路。”他说。

“我曾期待，陛下，至少能在莫斯科城下找到您。”德博斯说。

拿破仑微微一笑，漫不经心地抬头朝右面看了一眼。副官拿着金质鼻烟壶脚步轻快地送了过去。拿破仑接在手里。

“是的，您碰上了好机会，”他说，把打开的鼻烟壶凑到鼻子下面，“您是喜欢旅行的，三天后您就能见到莫斯科了。您大概没有想到能看见亚洲的京城。您会有一次愉快的旅行。”

德博斯鞠躬致意，感谢对他爱好旅行的关心（在此之前他不知道自己有这个爱好）。

“啊！这是什么？”拿破仑说，他注意到，所有的近臣都望着盖布蒙着的什么东西。德博斯以近臣的乖巧，没有背对皇上，而是半转身后退两步，同时掀开盖布说：

“皇后给陛下的礼物。”

这是热拉尔①用鲜艳的色彩所画的一幅男孩的肖像，这男孩是拿破

① 热拉尔（1779—1837），接近法国宫廷的法国肖像画家。

仑和奥地利皇帝的女儿所生，不知为什么大家都称呼他罗马王[①]。

这是非常漂亮的鬈发男孩，目光像西斯廷圣母[②]怀中的基督，画中的他在玩接球游戏[③]。小球被画成地球，另一只手里拿的木棒是权杖的形状。

画作中的所谓罗马王在用木棒戳地球，尽管画家这样描绘的用意并不十分清楚，然而拿破仑也像巴黎所有看过这幅画的人一样，显然觉得其中的寓意很清楚，而且非常喜欢。

“罗马王，”他用一个姿态优美的手势指着画像说，“妙极！”他以意大利人表情善变的特点，走到画像前做出沉思和温情脉脉的样子。他觉得，他此刻的一言一行都将载入史册。于是他觉得，他身为伟人，因而他的儿子才能在接球游戏中玩耍地球，而他此刻的最佳表现就是，和伟人的身份相反，要显示最普通的父爱。他的眼睛模糊了，随即跨前一步，回头看了一下椅子（椅子立刻跳到了他身后），面对画像坐下。一个手势——人们都蹑手蹑脚地出去了，让这位伟人独对自己的温情。

他坐了不久，自己也不知为什么用手碰了碰画像上色彩浅而毛糙的地方，他站起来，又把德博斯和值班将军叫去。他吩咐把画像抬到营帐前，让站在营帐附近的老近卫军官兵能有幸看到他们所崇拜的皇上的儿子和继承人，一睹罗马王的风采。

正如他的预期，在他和荣幸的德博斯共进早餐的时候，营帐前涌到画像跟前的老近卫军的官兵们发出了兴高采烈的欢呼。

“皇帝万岁！罗马王万岁！皇帝万岁！”传来了兴高采烈的声音。

早餐后，拿破仑当着德博斯的面口授了发给全军的命令。

“简短有力！”拿破仑立刻亲自看了一字不改的公告后说道。命令是这样的：

---

① 拿破仑之子约瑟夫·弗朗索瓦·夏尔（1811—1832）出生后即获得罗马王的封号。

② 西斯廷圣母是意大利画家拉斐尔（1483—1520）的名画，作于1515—1519年。

③ 用长绳将小球系在木棒上，抛起小球，用棒尖或小碗去接。

军人们！我们如此期盼的会战即将开始。胜利决定于你们。它为我们所必需；它将为我们提供所需要的一切：获得舒适的住宅和迅速返回祖国。你们就像在奥斯特利茨、弗里德兰、维捷布斯克、斯摩棱斯克那样战斗吧。让我们的后代自豪地回忆你们今天的战功。让他们在谈到你们每一个人的时候都会说：他参加了伟大的莫斯科之战！

“莫斯科之战！”拿破仑重复道，他邀请爱好旅行的德博斯先生和他去散步，随即走出营帐，向备好的马匹走去。

“陛下好意愧不敢当。”德博斯对邀请他做伴的皇帝说：他想睡觉了，而且他不会也不敢骑马。

但是拿破仑朝这位旅行家点了点头，这就是说德博斯必须去。拿破仑走出营帐后，近卫军官兵在他儿子画像前的欢呼声更加响亮了。拿破仑皱起了眉头。

“把它撤走，”他用优雅庄严的姿态指着画像说，“让他看到战场还太早。”

德博斯闭目垂首，深深地叹了口气，用这个姿态表明，他是善于珍视和领会皇帝的意思的。

二十七

八月二十五日一整天，正如拿破仑的历史学家所说，他是在马背上度过的，他巡视地形、审阅他的元帅们呈交的作战计划、亲自给自己的将军们下达命令。

俄军沿着科洛恰河部署的最初的战线被突破了，战线的一部分，即俄军左翼由于舍瓦尔金诺多面堡于二十四日失守而往后撤退。这段战线没有防御工事，也失去了河流的屏障，而且唯有在这段战线前面有一片比较开阔而平坦的地方。任何一个军人或非军人都能看出，法国人势必会向这部分战线发起进攻。看来对于这一点无需过多的考虑，无须法国皇帝及其元帅们那样操心、奔忙，更无须所谓天才的那种特别高超的军事才能，而人们是乐于把拿破仑称为天才的，然而后来描述这一事件的历史学家、当时围绕在拿破仑身边的军人以及他本人却有不同的看法。

拿破仑巡视战场，深思熟虑地审视地形，独自赞赏或怀疑地摇着头，他不把指导他作出结论的深思熟虑的过程告诉身边的将军们，只是以命令的形式将最后结论传达给他们。被称为埃克米尔公爵的达武建议对俄军左翼实行迂回包抄，拿破仑听了说，不需要这样做，却并不解释为什么不需要。孔潘斯①将军（他奉命进攻尖顶堡）建议率领自己的师穿过树林，拿破仑却表示同意，尽管埃尔兴根公爵，即内伊②大胆指出，穿过树林是危险的，有可能使这个师陷于混乱状态。

视察了舍瓦尔金诺多面堡对面的地形后，拿破仑沉思片刻，指着一些地方说，明天要布置两个炮兵连对付俄军的防御工事，而在相邻的一些地方要有一批野战炮。

他在发出这些以及其他一些命令后回到了大本营，在他的口授下写就了作战部署。

这个受到法国历史学家热情赞扬，其他历史学家也对之深怀敬意的作战部署，内容如下：

> 黎明，夜里在埃克米尔公爵占据的平原上新布置的两个炮兵连向面前敌军的两个炮兵连开火。
>
> 同时，第一军炮兵司令佩尔内蒂③将军动用孔潘斯师的三十门大炮以及德赛和弗里昂师的八门榴弹炮向前推进、开火，向敌军炮兵阵地倾泻雨点般的榴弹，对该阵地作战的共有：
>
> 近卫军炮兵部队的二十四门大炮
> 孔潘斯师的三十门大炮

---

① 孔潘斯伯爵（1769—1845），达武那个军的第五步兵师师长。

② 内伊（1769—1815），在1805年乌尔姆一役后获得伯爵封号。在波罗金诺会战中指挥进攻尖顶堡的法军中央部队。

③ 佩尔内蒂（1766—1856），在波罗金诺会战中指挥第一军炮兵部队。

弗里昂和德赛[①]师的八门大炮，

共计六十二门大炮

第三军炮兵司令富歇[②]将军把第三和第八军的所有榴弹炮共十六门摆在奉命向左翼防御工事轰击的炮兵阵地两侧，炮击该工事的总计有四十门大炮。

索尔比埃[③]将军应做好准备，接到命令后即以近卫军炮兵的全部榴弹炮火速向一个或另一个防御阵地发炮。

在炮战中波尼亚托夫斯基公爵向村子开进，进入树林，包抄敌军阵地。

孔潘斯将军穿过树林，夺取第一个防御工事。

这样投入战斗后，将根据敌军的行动发布相应的命令。

听到右翼的炮击声，左翼的炮击立即开始。看到右翼发起攻击，莫朗[④]和总督[⑤]的两个师的步兵即猛烈开火。

总督占领村子[⑥]并由三座桥梁过河，在一片高地上与莫朗和热拉尔[⑦]的两个师协同行动，这两个师应在总督的统率下开赴多面堡，与其余各部进入前沿阵地。

上述各项务必有条不紊地执行（le tout se fera avec ordre et méthode），尽可能保留预备队。

一八一二年九月六日[⑧]，莫扎伊斯克附近皇帝行营

① 弗里昂伯爵（1758—1829）、德赛伯爵（1764—1834），两位法国将军均参加了拿破仑在1805、1807、1809年所进行的战争。

② 富歇（1762—1827），法国将军。

③ 索尔比埃（1762—1827），法国将军。

④ 莫朗（1771—1835），法国将军，他的师在开战初期首先渡过涅曼河进入俄国领土。

⑤ 总督指博加尔内（1781—1824），拿破仑养子，意大利总督，1812年任法军第四军军长。

⑥ 指波罗金诺村。

⑦ 热拉尔（1773—1852），法国元帅。

⑧ 此处用的是新历。

这个写得非常含糊而混乱的作战部署——如果我们不盲目敬畏拿破仑的天才而来评论他的命令的话——包括四点，即四项命令。其中的任何一项都不可能执行，也没有人执行。

作战部署的第一个要求：**在拿破仑指定的地方布置的若干炮兵连以及与它们并排的佩尔内蒂和富歇的大炮共有一百零二门，一齐开火，向俄军尖顶堡和多面堡倾泻雨点般的炮弹**。这不可能做到，因为从拿破仑指定的地方发炮，炮弹打不到俄军工事，于是这一百零二门大炮徒然浪费弹药，除非直接指挥的军官违背拿破仑的命令，将大炮向前推移。

第二项命令要求：**波尼亚托夫斯基开进村子和树林，包抄俄军左翼**。这是不可能的，也没有人这样做，因为波尼亚托夫斯基要开进村子和树林，就会在那里遇到挡住他的去路的图奇科夫，他也就不可能包抄俄军阵地，实际上也没有包抄。

第三项命令要求：**孔潘斯将军经树林向前推进，以便占领第一个工事**。孔潘斯师未能占领第一个工事，而是被击退了，因为该师出了树林，不得不冒着榴霰弹整顿队伍，这是拿破仑没有料到的。

第四项命令：**总督占领村子（波罗金诺村）并由三座桥梁过河，在一片高地上与莫朗和弗里昂的两个师**（没有说明，这两个师要在何时向何处推进）**协同行动，这两个师应在他的统率下开赴多面堡，与其余各部进入前沿阵地。**

在某种程度上可以认为——如果撇开这段语无伦次的话不论，而是根据总督为执行给他的命令而作的种种尝试来看的话——他应当穿过波罗金诺而从左面向多面堡进攻，而莫朗和弗里昂的两个师应当同时从正面发起攻击。

这一点和其他各点一样，没有执行也不可能执行。穿过波罗金诺后，总督在科洛恰河上被击退，而且无法再过河；莫朗和弗里昂的两个师未能攻克多面堡，他们被击退了，多面堡是在会战的最后时刻被骑兵占领的（对拿破仑来说，这大概是无法预料也是闻所未闻的）。总之，作战部署中的任何一项命令都没有执行，也不可能执行。不过作战部署中说，这样投入战斗后，将根据敌军的行动发布相应的命令，因此人们或许会认为，在会战过程中拿破仑曾下达过一切必要的命令，然而他没有也不可能这样做，在整个会战中拿破仑始终远离战火，因而（正如后来所表明的那样）他不可能了解会战的进展，也不知道他的任何一项命令在作战时都无法执行。

二十八

很多历史学家说，法国人没有取得波罗金诺会战的胜利，是因为拿破仑感冒了，如果他不是患了严重的感冒，那么他在会战打响之前和之后所发布的命令就会更加英明，俄国也就灭亡了，于是世界的面貌便会大不相同。有些历史学家认为，俄国的形成是由于彼得大帝一个人的意志，法国从共和国变为帝国，以及法军入侵俄国也是由于拿破仑一个人的意志，对这些历史学家来说，所谓俄国之所以依然强大是由于拿破仑在二十六日患了严重感冒的看法，就必然是合乎逻辑的论断了。

如果是否发动鲍罗金诺会战取决于拿破仑的意志，是否发布这个或那个命令也取决于他的意志，那么显然，对他的意志发生影响的感冒就可能是俄国得救的原因，而二十四日忘记给拿破仑拿防水靴子的高级侍从就是俄国的救星了。按照这种思路这个结论是无可置疑的——正如伏尔泰的结论也无可置疑一样，他嘲笑说（他自己也不知道在嘲笑谁），巴托罗缪之夜的大屠杀是由于查理九世胃部不适所致①。然而凡是不承认俄国的形成取决于彼得一世一个人的意志，也不承认法兰西帝国的建立以及对俄战争的发动取决于拿破仑一个人的意志的人，都会认为，前述论断不仅不正确、不合理，而且与人类的本性完全相悖。对什么是历史事件的原因这个问题有另一种回答，认为世界上事件的进程是上天前定的，取决于所有参与者的所有任意行为的偶合，而拿破仑对这些事件进程的影响只是一种表面的假象。

---

① 出于法国国王查理九世及其母后卡特琳·美第奇的倡议，1572 年 8 月 23 日夜（圣巴托罗缪节前夜）天主教徒对胡格诺派教徒（新教徒）进行大屠杀，史称“巴托罗缪之夜”，这一血腥事件发生在法国宗教战争时期。伏尔泰的哲理小说《切斯特菲尔德伯爵的耳朵和神父古德曼》中有上述说法。

认为巴托罗缪之夜的大屠杀，尽管查理九世曾发出命令，但并不是由于他的意志而发生的，他只是误以为这是他下令的结果，而鲍罗金诺八万人的相互残杀也不是出于拿破仑的意志（尽管他发布了有关发动和进行会战的命令），他只是误以为这是他的命令使然——这种看法无论初看起来多么奇怪，但是人类的尊严认可这种看法,人类的尊严告诉我，我们之中的任何人都和伟大的拿破仑同样是人,而且历史研究已经充分地证实了这种看法。

在鲍罗金诺会战中，拿破仑没有向任何人射击，没有打死任何人。这都是士兵们干的。可见他并没有杀人。

法军士兵在鲍罗金诺会战中去杀害俄军士兵不是由于拿破仑的命令，而是出于自愿。全体法军：饥饿褴褛而疲于奔命的法国人、意大利人、德国人、波兰人由于有军队堵住他们到莫斯科的去路而索性一不做二不休。要是这时拿破仑禁止他们和俄国人打仗，他们就会杀死他而去打俄国人，因为他们别无选择。

当他们听到拿破仑在其命令中因他们可能致残或阵亡而安慰他们说，后代将缅怀他们也参加了莫斯科之战时，他们高呼“*皇帝万岁！*”正如他们看到绘画中拿着玩具用木棒戳地球的小男孩也高呼“*皇帝万岁！*”一样；同样，不论皇帝对他们说什么废话，他们都会高呼“*皇帝万岁！*”并投入战斗，希望作为胜利者而在莫斯科得到食物和休息。可见，他们并不是由于拿破仑的命令而残杀自己的同类。

决定会战进程的也不是拿破仑，因为他的作战部署的任何要求都没有得到执行，而且在作战时他不知道前方发生了什么情况。可见，那些人在怎样互相残杀也并不决定于拿破仑的意志，而是与他毫不相干地在按照参加整个战争的几十万人的意志进行。拿破仑**只是误以为**，全部战事都是在他的掌控之中。因此，对历史来说，拿破仑是否感冒的问题，比起一个最普通的辎重兵是否感冒来没有更多的意义。

正因为八月二十六日拿破仑的感冒是没有影响的，因此作者们关于拿破仑的感冒使他的作战部署和战时的命令不如从前的说法是完全错误的。

这里所摘录的作战部署比起从前打胜仗时的所有作战部署都毫不逊色，甚至还略胜一筹。设想中的战时命令也不会比过去逊色，而是和往常一样。可是人们却误以为作战部署和这些命令都不如从前，这是因为鲍罗金诺会战是拿破仑没有打赢的第一个战役。只要战争没有打赢，那么所有最出色、最深思熟虑的作战部署和命令就会被看得非常拙劣，于是军事学家都煞有介事地加以批评，只要战争打赢了，那么最拙劣的作战部署和命令也会被看得很高明，于是道貌岸然的人们便连篇累牍地论证这些拙劣命令的优越性。

魏特罗在奥斯特利茨战役中所拟定的作战部署是此类作品中的典范，然而还是遭到谴责，而谴责的是它的完善和过于详细。

拿破仑在鲍罗金诺会战中也很好地执行了自己作为当权者的任务，比在其他战役中还要好些。他没有做任何有害于会战进程的事情；他能采纳比较明智的意见；他没有反复无常造成混乱，没有惊慌失措也没有逃离战场，而是以其策略和丰富的战争经验镇定自若、当之无愧地起到了貌似指挥的作用。

二十九

拿破仑在第二次忧心忡忡地巡视战线之后，回来说：

“棋子已经布好，博弈明天开始。”

他吩咐给他拿来潘趣酒，叫来了德博斯，与他谈起巴黎，谈起他想对皇后宫中的人员做些变动，他对内臣之间的关系的一切细节的好记性使这位宫廷事务大臣大为惊讶。

他关心琐事，打趣德博斯对旅行的爱好，随意地闲谈，好像一位高明自信的著名外科医生挽起袖子、围上围裙而别人在把病人绑到手术台上时那样：“事情都在我的手上和心里，明确而肯定，等到干正事的时候，我会干得比任何人都好，而现在我可以逗乐，我越是逗乐、安心，你们就越应该镇定而自信，惊讶于我的天才。”

拿破仑喝了第二杯潘趣酒去休息了，他觉得明天将有一场大战，要在大战之前好好休息一下。

他对面临的战役如此关切，以至无法入眠，于是不顾由于晚凉而加重的感冒，他在凌晨三点大声擤着鼻涕来到营帐的大间。他问俄国人走了没有？他得到的回答是，敌人的篝火还在原来的地方。他赞许地点了点头。

值班副官走进了营帐。

“喂，拉普[1]，你觉得怎样，我们能打好今天这一仗吗？”他问道。

“毫无疑问，陛下。”

拿破仑看了看他。

“您还记得吗，陛下，您在斯摩棱斯克曾对我说过一不做二不休。”

拿破仑皱起眉头，以手支头坐在那里，默然良久。

“可怜的军队啊！斯摩棱斯克一战使我军遭到了重大伤亡。命运之神是个十足的妓女，拉普。我一直这样说，我也开始尝到她背叛的滋味了。不过近卫军，拉普，近卫军未受损伤吧？”

“是的，陛下。”

拿破仑拿起一片药放进嘴里，看了看表。他不想睡，到天亮还早。为了消磨时间，已经没有什么命令可发布了，因为凡是该发布的都已发布，此刻正在付诸实施。

“干粮和大米都发给近卫军了？”拿破仑厉声问道。

“是的，陛下。”

“大米呢？”

拉普回答说，他已将皇上关于大米的命令传达下去了，但拿破仑不悦地摇摇头，似乎不相信他的命令已得到执行。仆人把潘趣酒送了进来。拿破仑吩咐再拿一杯给拉普，自己默默地喝了几口。

“我没有胃口，也没有嗅觉，”他凑近杯子闻了闻说，“感冒让我

---

①拉普（1771—1821），拿破仑的战友，曾多次随军征战。

厌烦透了。他们侈谈医学。什么医学，连感冒也治不好？科尔维扎尔[1]给了我这些药片，可是毫无用处。他们能治什么病呢？病是不可能治的。我们的身体是为生命活动而造的机器。它就是为此而构造的。让其中的生命不受干扰，让它自我保护，它就会比用药物干预做得更好。我们的身体好像能走一定时间的钟表；钟表匠不能把它打开，只能蒙上眼睛摸索着操作。我们的身体是为生命活动而造的机器。就是这样。”拿破仑仿佛开始下定义了，他是喜欢下定义的，突然，他又下了一个新的定义。“您知道吗，拉普，什么是军事艺术？”他问，“这种艺术就是要在某个特定时刻保持对敌人的优势地位。就是这样。”

拉普没有吭声。

“明天我们要和库图佐夫打交道了！”拿破仑说，“我们等着瞧吧！您记得吗，他在布劳瑙指挥军队，三个星期里一次也没有骑上马去视察阵地。我们等着瞧！”

他看看表。还只有四点钟。他不想睡，潘趣酒喝完了，仍然无事可做。他站起身，来回走了一趟，便穿上保暖的常礼服、戴上帽子走出营帐。夜黑暗而潮湿；勉强感觉得到的潮气从空中飘落。近处法国近卫军的篝火不太明亮，远处俄军战线上在烟雾中闪着火光。一片寂静，可以清晰地听到法军开始行动的簌簌声和脚步声，他们要去占据阵地了。

拿破仑在营帐前走了几步，望望篝火，倾听着脚步声；一个身材高大、头戴毛茸茸的军帽的近卫军士兵在他的营帐旁站岗，看到皇帝出来，就像一根黑柱子一样站得笔挺，拿破仑在走过他身边时，在他对面站下了。

“哪一年入伍的？”他以习惯性的矫揉造作的军人气概粗豪而亲切地问道，他总是这样和士兵谈话。士兵回答了他。

“哦！是个老兵了！你们团领到大米了吗？”

“领到了，陛下。”

---

①科尔维扎尔（1775—1821），拿破仑的第一个御医，以学术著作而驰名。

拿破仑点点头，走开了。

五点半拿破仑骑马到舍瓦尔金诺村去。

天色放亮，晴空万里。被扔下的篝火在清晨的微光中渐渐燃尽。

右边单独地响起了一声沉闷的炮击，炮声在一片寂静中掠过而沉寂。过了几分钟。响起了第二、第三声炮击，空气震动了。

第一波炮声还没有消失，又响起接二连三的炮声，连绵不断的炮声融成一片而又彼此交错。

拿破仑带着侍从们驰近舍瓦尔金诺多面堡下马。博弈开始了。

三十

从安德烈公爵那里回到戈尔基后，皮埃尔吩咐驯马师把马匹准备好，明天一早叫醒他，立刻在鲍里斯让给他的隔板后的一个角落里睡着了。

第二天早晨皮埃尔完全醒来时，农舍里已空无一人。小窗户上的玻璃在叮叮作响。驯马师站在那里使劲地不断推他。

“大人，大人，大人……”驯马师不看皮埃尔，一边叫一边固执地摇着他的肩膀，看来已失去了叫醒他的希望。

“怎么？开始了？到时候了吗？”皮埃尔醒了，问道。

“您听听这响成一片的炮声吧，” 驯马师说，他是个退伍军人，“所有的人都走了，殿下早就过去了。”

皮埃尔连忙穿好衣服跑到台阶上。户外明朗、凉爽、有露水，心情为之一爽。太阳刚刚冲破遮蔽它的乌云，一半被乌云挡住的阳光越过街道对面的屋顶投射在满是露水的大路的尘埃上、房屋的墙壁上、围墙的窗户上和皮埃尔的站在农舍旁的马匹身上。炮声在户外听得更清楚了。副官带着一名哥萨克从街道上驰过。

“该走了，伯爵，该走了！”副官大声说道。

皮埃尔吩咐驯马师牵马跟在后面，沿着街道到土冈去，昨天他曾在这个土冈上观察战场。土冈上有一群军人。可以听到参谋部人员讲法语的谈话声，看得见白发苍苍的库图佐夫戴着他那有红箍的白色军帽，头发花白的后脑勺缩在肩膀里。库图佐夫用望远镜观察着前面的大道。

皮埃尔沿着入口处的阶梯踏上土冈，纵目远眺，眼前的美景使他惊喜得发呆了。这仍然是他昨天在这土冈上所欣赏的那幅全景，但是现在这个地方到处有军队和炮火的硝烟，在皮埃尔身后偏左处升起的灿烂的太阳，在清晨纯净的空气中把斜斜的光芒洒遍大地，闪耀着金色和粉红色的炫目光辉，投下长长的阴影。在这幅全景的尽头，远方的树林仿佛用金黄、翠绿的宝石雕成，在地平线上显现出树冠隆起的曲线，在瓦卢耶沃村外，布满军队的斯摩棱斯克大道从这片树林中穿过。近处的金色田野和小树林在阳光下闪烁。前面和左右两边到处是军队。这一切都生动、壮观而出人意表。然而最使皮埃尔感到震撼的，是战场本身以及波罗金诺和科洛恰河两岸洼地的景象。

在科洛恰河上，在波罗金诺及其两边，特别是左边，在沃伊纳河通过两岸沼泽地流入科洛恰河的地方笼罩着一片大雾，大雾在消融、弥漫，在灿烂的阳光下显得晶莹剔透，并赋予雾中所见的一切以神奇的色彩和轮廓。枪炮的硝烟与大雾相汇合，雾里、硝烟里处处闪烁着晨曦的闪光——忽此忽彼地闪烁在水上、露珠上和群集于河流两岸和波罗金诺村的部队的刺刀上。雾中可以看见一座白色教堂、波罗金诺的一些农舍的屋顶、有些地方的密集的士兵、有些地方的绿色弹药箱和炮群。这一切都在动或似乎在动，因为雾气和硝烟弥漫于整个空间。无论在波罗金诺附近雾气弥漫的低洼地区，还是在村外较高特别是稍左的地方，沿着整条战线在树林、洼地、高地之巅，都不断地凭空冒出大炮的硝烟，这一团团硝烟有时稀薄，有时浓密，时而单独、时而成群地冒出来，它们膨胀着、扩散着、缭绕着、交融着，弥漫于整个空间。

这些大炮的硝烟以及，说来也怪，隆隆炮声产生了主要的景色之美。

“噗！”蓦地出现一团泛出紫色、灰色、乳白色的浓烟，接着**“砰！”**传来了这团烟的响声。

“噗——噗”升起了两团烟，彼此碰撞着、交融着；接着

“砰——砰”证实了目之所见。

皮埃尔再看第一团烟，刚才它是一个密实的圆球，现在它向一边飘移，已经化为几个小球了，于是“噗……（有个停顿）噗——噗”又冒出了三团烟，又冒出了四团，随即以相同的间隔对应地“砰……砰——砰——砰”，这悦耳、坚定、忠实的响声回应着。时而觉得这些烟在飘动，时而觉得它们是不动的，而是树林、田野和闪亮的刺刀在它们旁边跑过。左边，在田野和灌木丛那里不断地冒出大团的硝烟及其洪亮的回声，而在近些的洼地和树林里喷出了火枪的缕缕轻烟，也发出细小的回声。“特拉——嗒——嗒——嗒”，火枪声虽然密集，但比起大炮的轰鸣显得不规则而微弱。

皮埃尔想到那里去，到那有这些硝烟、这些闪亮的刺刀和大炮，有军事行动和枪炮声的地方去。他回头看看库图佐夫和他的侍从们，以便把自己的感受和别人比较一下。果然，大家都和他一样，他觉得，他们是以同样的心情在注视着前方，注视着战场。所有人的脸上都焕发着一种感情的潜热（chaleur latente），这是皮埃尔昨晚所发现的那种感情，是他在和安德烈公爵的一席谈话之后所完全理解的那种感情。

“去吧，亲爱的，你去吧，基督与你同在。”库图佐夫眼睛不离战场，对站在身边的一位将军说。

这位将军听到命令，便从皮埃尔身旁走了过去，走向下土冈的斜坡。

“到渡口去！”将军听到参谋人员问他去哪里，便冷冷地厉声说道。

“我也去，我也去。”皮埃尔想，就跟在将军后面走了。

将军骑上了哥萨克牵来的马。皮埃尔来到自己的牵着几匹马的驯马师跟前。皮埃尔要了一匹比较温驯的马，爬上马背，抓住马鬃，撇开两腿用脚后跟紧夹着马腹，这时觉得眼镜要掉下来了，却不敢松开紧抓马鬃和缰绳的手，就这样跟在将军后面疾驰而去，站在土冈上看他的参谋人员都忍俊不禁。

三十一

皮埃尔所追随的那位将军一下土冈就陡然左拐，从他的视线中消失了，皮埃尔闯进了他前面的步兵队伍。他左冲右突试图离开这支队伍；但到处是士兵，都同样地神情凝重，满腹心事，表面上看不出是什么事，但显然是重要的大事。他们都以不满的疑问目光看着这个头戴白色礼帽的胖子，不知道他为什么要让他的马踩他们。

“他干吗在队伍里乱闯！”一个士兵不满地叫道。另一个用枪托对他的马捣了一下，于是皮埃尔伏在马鞍上，勉强勒住受惊一闪的马，朝士兵前面比较开阔的地方驰去。

他前面是一座桥，桥边站着另一批士兵在射击。皮埃尔来到了他们跟前。他无意中到达了科洛恰河上的大桥，它位于戈尔基和波罗金诺之间，法军在第一次战斗中（夺取波罗金诺村之后）正在进攻这座桥。皮埃尔看到他前面有一座桥，桥两边的草地和他昨天看到的三排散发着清香的干草那里，士兵们在硝烟里忙活，不过，尽管在这个地方枪声不断，他却怎么也没有想到，这就是战场。他没有听到四面八方子弹的呼啸声和从他头上飞过的炮弹声，而且很久没有看见死者和伤者，而很多人就是在他不远处倒下的。他脸上带着从未消失的微笑四处张望。

“这家伙干吗在前线乱闯？”又有人叫道。

“向左、向右拐呀。”人们对他嚷嚷。

皮埃尔向右一拐，意外地碰到了他认识的拉耶夫斯基将军的副官。这个副官恼怒地看了皮埃尔一眼，看来也想对他嚷嚷，不过认出了他，对他点了点头。

“您怎么在这里？”他说着继续往前走。

皮埃尔觉得这不是他应该待的地方，无事可做，担心又会妨碍别人，便跟在副官后面赶了上去。

“就在这里打，是吧？我可以和您一起走吗？”他问。

“等一等，等一等。”副官回答道，他来到站在草地上的胖胖的上校面前，把什么转交给他，这才朝皮埃尔转过身来。

“您怎么到这里来了，伯爵？”他笑着问他，“还是那么好奇？”

“是呀，是呀。”皮埃尔说。可是副官又拨转马头赶路了。

“这里还算好呢，”副官说，“可是在巴格拉季翁的左翼打得非常激烈。”

“是吗？”皮埃尔问，“这是在哪里？”

“您跟我到土冈上去吧，从那里能看到，我们炮台的情况还可以，”副官说，“怎么，您去吗？”

“去，我跟着您。”皮埃尔说，一边四面张望，寻找自己的驯马师。这时皮埃尔才第一次看到了那些蹒跚而行和躺在担架上的伤员。就在他昨天路过的有几排清香扑鼻的干草的草地上，一个士兵不自然地扭着头，一动不动地横躺在那几排干草上，高筒帽掉在地上。“这个人怎么没有抬走？”皮埃尔想问；可是看到副官回头看了一眼，脸色凝重起来，便不吭声了。

皮埃尔没有找到自己的驯马师，和副官一起沿着河谷底部前往拉耶夫斯基土冈。皮埃尔的马落在副官后面，老是那样颠簸着他。

“您大概不习惯骑马吧，伯爵？”副官问。

“不，没什么，不过它好像跳得很厉害。”皮埃尔困惑不解地说。

“哦！……它是受伤了，”副官说，“在右前腿膝盖上部。想必是被子弹打中了。祝贺您，伯爵，”他说，“这是战火的洗礼。”

他们在硝烟中沿着第六军阵地，在一个推到前面来发炮的炮兵连后面走，炮声震耳欲聋，终于来到一个不大的树林。树林里凉爽、寂静，散发着秋的气息。皮埃尔和副官下了马，徒步登山。

“将军在吗？”副官快登上土冈时问道。

“刚才还在，他来了。”有人指着右方回答道。

副官回头看了看皮埃尔，好像不知道该拿他怎么办。

“您不用费心，”皮埃尔说，“我到土冈上去，可以吗？”

“那您去吧，在那里全都看得到，也不太危险。我会来找您的。”

皮埃尔向炮兵阵地走去，副官也骑着马走了。他们再也没有见过面，皮埃尔很久以后才知道，这一天副官被炸掉了一条手臂。

皮埃尔登上的土冈是一个著名的地方（俄国人叫它土冈炮台或拉耶夫斯基炮台，法国人称之为大型多面堡、致命的多面堡、中央多面堡），在它周围死了几万人，法国人认为它是整个阵地上最要紧的据点。

这个多面堡就是三面挖有壕沟的土冈。在挖有壕沟的地方摆着十门正在射击的大炮，炮口都从围墙的窟窿里伸了出去。

两边与土冈一字排开的大炮也都在不断地射击。在炮群稍后的地方驻守着步兵。登上这个土冈后，皮埃尔怎么也没有想到，这个挖了一些不大的壕沟、有几门大炮在射击的地方竟是整个战场上最要紧的地方。

相反，皮埃尔觉得，这个地方（正因为他在这里）是战场上最无足轻重的地方之一。

登上土冈后，皮埃尔在围绕着炮兵阵地的壕沟的一端坐下，带着下意识的高兴的微笑看着在他周围所发生的情况。有时皮埃尔仍旧带着那样的微笑站起身来，在炮兵阵地上散步，竭力不去妨碍士兵，他们在装填炮弹、滚动大炮、不断地带着图囊和炮弹从他身旁跑过。这个炮兵阵地上所有的大炮相继发射的隆隆炮声震耳欲聋，四周硝烟弥漫。

刚才在掩护部队的步兵之间心情很不痛快，相反，这里在炮兵阵地上忙于作战的为数不多的几个人，为壕沟所局限而与其余的人隔开——这里可以感觉到一种普遍的活跃氛围，仿佛在家里一样。

头戴白色礼帽的非军人皮埃尔的出现，最初使这些人很不高兴。从他身旁经过的士兵惊讶甚至惧怕地瞟着他的身影。一个比较年长的炮兵军官，有一双长腿的麻脸的高个子，仿佛要检查一下靠边的那门大炮，走到皮埃尔跟前好奇地看了他一眼。

年轻圆脸的小军官，还完全是个孩子，显然是初出军校校门，非常卖力地指挥着两门归他管辖的大炮，他对皮埃尔的态度很严厉。

“先生，请您让开道，”他说，“待在这里不行。”

士兵们看着皮埃尔，都不以为然地摇摇头。不过，后来大家都确信，这个头戴白色礼帽的人并没有做什么坏事，而是要么安静地坐在围墙的斜坡上，要么怯生生地微笑着，很有礼貌地给士兵让路，他在阵地上冒着敌人的炮火那样镇定自若地散步，就像在林荫道上一样，这时，对他抱有敌意的有所疑虑的心情渐渐地变了，变成一种亲切而戏谑的同情，士兵们就是这样同情自己身边的动物的，像部队喂养的狗啦、公鸡啦、山羊啦，等等。这些士兵立刻在心里把皮埃尔接纳到自己的大家庭里来，视如家人，还给他起了外号。他们以“我们的老爷”这个外号称呼他，彼此之间谈起他时亲切地取笑他。

一颗炮弹在皮埃尔的两步开外炸得尘土飞扬。他一边掸着溅在身上的尘土，一边含笑四顾。

“您怎么不害怕呢，老爷，真是！”一个红脸膛宽肩的士兵对皮埃尔说，龇着一口雪白坚固的牙齿。

“难道你害怕？”皮埃尔问。

“怎么会不害怕呢？”士兵回答，“大炮一轰，肠子就炸飞了。不可能不害怕。”他笑着说。

几个士兵神情愉快而亲切地停在皮埃尔身边。他们好像没有想到，他也会和大家一样讲话，这个发现使他们非常高兴。

“当兵是我们的本分。而他是老爷呀，太奇怪了。这位老爷真是好样的！”

“各就各位！”一个年轻的军官对围在皮埃尔身边的士兵们叫道。这个年轻的军官大概是第一次或第二次执行自己的职责，所以对士兵和长官都一丝不苟、循规蹈矩。

隆隆炮声和密集的枪声在整个战场上响得更激烈了，特别是在左面巴格拉季翁的尖顶堡那里，可是皮埃尔所在的地方硝烟弥漫，几乎什么也看不见。何况对炮兵阵地上那些亲如家人（他们是和其余的人完全隔绝的）的士兵的观察引起了皮埃尔的全部注意。战场上的景象和声音最初在他身上所引起的下意识的愉悦和兴奋，现在被另一种心情所取代了，尤其是在看到那个孤单地躺在草地上的士兵之后。现在他坐在壕沟的斜坡上，观察着周围的人们。

十点钟不到，炮兵阵地上大约有二十个人被抬走了；两门大炮被击毁，炮弹越来越频繁地落在炮兵阵地上，远处的子弹也越来越密集地呼啸着飞来。但是炮兵阵地上的士兵似乎毫不在意；四处传来愉快地说笑和逗乐的声音。

“加馅儿的[1]！”一个士兵朝带着呼啸声飞来的榴弹叫道。“不是冲这儿！是冲着步兵！”另一个大笑补充道，他发现榴弹飞过去落在掩护部队的队伍里。

“怎么，它是你的相识？”另一个士兵对那个在炮弹飞过时蹲下的农民笑道。

几个士兵聚集在围墙边观察前方的情况。

“散兵线也撤了，你看，他们在往后退。”他们指着围墙外说。

“去管好自己的事，”一个老士官对他们嚷道，“往后退是因为后面有事。”士官抓住一个士兵的肩膀，用膝盖顶了他一下。响起了一阵哄笑声。

“推到五号炮那里去。”有人在一旁叫道。

“干哪，齐心协力，学纤夫的样子。”传来了正在撤换一门大炮的士兵们欢快的喊声。

“嗨，我们老爷的礼帽差点儿被打掉了。”红脸膛爱说笑的士兵冲着皮埃尔笑道。“唉，这个坏东西。”他冲着炮弹责备地加了一句，它击中了轮子和一个人的腿。

“你们哪，真像狐狸！”另一个在嘲笑几个弓着腰的民兵，他们是到炮台上来抬伤员的。

“这碗饭不好吃吧？嘿，这些乌鸦，吓得发呆了！”有人向民兵叫道，他们面对被炸掉一条腿的士兵踟蹰不前。

“这个、这个，啥子、傻蛋，”有人学着农民的腔调，“他们受不了啦！”

皮埃尔发觉，每落下一颗炮弹，每有一次伤亡，一种普遍的兴奋、激动的情绪便愈来愈强烈。

就像酝酿暴风雨的乌云突然闪电狂舞一样，所有这些人的脸上（仿佛是要反抗眼前的情况）都越来越经常、越来越耀眼地喷发出内心的熊熊烈火的闪光。

---

① 指装填火药的榴弹或炮弹。

皮埃尔不看面前的战场，也不想知道那里的情况；他全神贯注地谛视这愈燃愈旺的烈火，这烈火也同样地（他感觉得到）在他的心里熊熊燃烧。

十点钟布置在炮台前面的灌木丛和卡缅卡河沿岸的步兵掩护部队撤退了。从炮台上可以看得很清楚，他们是从炮台旁边往后跑，用火枪抬着伤员。一位将军带着随从上了土冈，和上校说了几句话，生气地看了看皮埃尔，又下了土冈，命令炮台后面的步兵掩护部队卧倒，以减少伤亡。此后炮台右面的步兵队伍里响起了鼓声、口令声，从炮台上可以看到，步兵队伍在向前挺进。

皮埃尔从围墙后看着。有一个人的脸特别引起了他的注意。这个军官有一张年轻苍白的脸，他拖着军刀跟在末尾，仓皇四顾。

步兵队伍在硝烟里隐没了，传来了悠长的呐喊声和火枪密集的射击声。几分钟后，成群的伤员和担架从那里过来。落在炮台上的炮弹更多了。有几个人躺在那里没有被抬走。几门大炮旁的炮兵更加忙碌和活跃起来。谁也不再注意皮埃尔了。有两次人们对他大声吆喝，因为他挡着路了。一个比较年长的军官紧皱双眉，大步流星地从一门炮走向另一门炮。年轻的小军官脸色更红了，更加卖力地指挥着士兵。士兵们传递炮弹、迅速转身、装填炮弹，干得热火朝天。他们走路时连蹦带跳，好像走在弹簧上。

酝酿着暴风雨的乌云临近了，皮埃尔一直在谛视的熊熊烈火在所有人的表情中闪亮地燃烧。他站在年长的军官身边。稚气的小军官，把手举在帽檐上跑到年长的军官面前。

“报告，上校先生，火药只有八包了，您要下令继续开火吗？”他问。

“霰弹！”向围墙外瞭望的年长的军官没有回答，大声说道。

突然发生了什么事；小军官哎哟一声，蜷缩着坐在地上，仿佛在飞行中被击落的鸟儿。在皮埃尔的眼里一切都变得怪异、模糊而阴沉了。

炮弹一个接一个呼啸着相继击中胸墙、士兵和大炮。此前皮埃尔没有听到这些声音，现在却只听到这些声音了。炮台右侧士兵们在喊着

"乌拉"奔跑，皮埃尔觉得他们不是在向前冲，而是在往后跑。

一颗炮弹正好击中皮埃尔面前的围墙的边缘，泥土散落下来，一颗黑色小球在他眼前一闪而过，立刻噗的一声打中了什么。正想到炮台上来的民兵们掉头就跑。

"继续发射霰弹！"军官叫道。

士官跑到年长的军官跟前，惊恐地小声说（就像宴会上管家在向主人报告，客人要的酒没有了），火药没有了。

"这些混蛋，在干些什么！"军官转身对着皮埃尔叫道。年长军官的汗湿的脸涨得通红，阴沉的双眼闪闪发光。"到预备队去，把弹药箱运来！"他一边生气地打量着皮埃尔，一边对自己的士兵大声说道。

"我去。"皮埃尔说。军官大步向另一边走去，没有理睬他。

"停止射击……等着！"他叫道。

奉命去运火药的士兵碰到了皮埃尔。

"哎，老爷，你不该待在这里。"他说，朝土冈下跑去。皮埃尔跟在士兵后面跑，绕开了年轻的小军官坐着的地方。

一颗、两颗、三颗炮弹飞临他的头顶上，落在他的身前、身旁和身后。皮埃尔跑到了土冈下面。"我到哪里去呢？"他突然想，这时他已经快要跑到绿色的弹药箱那里了。他犹豫不决地停下了脚步，不知往回走好还是往前走。突然一次可怕的撞击使他往后倒在地上。就在这一瞬间一团大火的火光照亮了他，也就在这同一瞬间响起了震耳欲聋、震得耳朵嗡嗡作响的轰鸣声、爆裂声和呼啸声。

皮埃尔醒来时坐在地上，两手撑着地面。在他身边的那个弹药箱不见了；只有一些烧坏的绿色木板和破布散落在烧焦的草地上，一匹马拖着车辕的残骸从他身边跑开，另一匹马也像皮埃尔一样，躺在地上发出悠长、刺耳的嘶鸣。

三十二

皮埃尔吓得魂不附体，跳起来跑回了炮台，觉得那是他逃避周围一切恐怖现象的唯一避难所。

皮埃尔在走进战壕时，发现炮台上听不见炮声，不过有些人在那里活动。皮埃尔来不及弄清他们都是些什么人。他看到年长的上校背对着他扑在围墙上，好像在审视着下面的什么，还看见他见过的一个士兵在向前挣扎着，试图摆脱抓住他一条手臂的那些人，嘴里叫喊着“弟兄们！”此外还看到了一个怪现象。

不过他还是没有想到，上校已经被打死，那个叫喊“弟兄们！”的人是俘虏，而他亲眼所见的是另一个士兵被人用刺刀捅进了背部。他刚跑进了战壕，一个面黄肌瘦、满脸是汗的身穿蓝军服的人就手握军刀向他扑了过来，嘴里在叫喊着什么。他们都看也不看就朝对方猛扑过去，皮埃尔为了自卫，以免被他撞倒，便本能地伸出双手抓住了这个人（那是法国军官），一只手抓住肩膀，一只手抓住喉咙。法国军官放开军刀，一把抓住了皮埃尔的衣领。

有几秒钟他们两个都看着对方陌生的脸，两个都感到困惑，不明白他们都在干些什么，现在该怎么办。“是他俘虏了我，还是我俘虏了他呢？”两个都在这样想。不过，看来法国军官更倾向于认为自己被俘了，因为皮埃尔的强有力的手，被莫名的恐惧所驱动，越来越紧地掐着他的喉咙。这个法国人想说些什么，突然有一颗炮弹就在他们头顶上低低地发出了可怕的呼啸声，皮埃尔觉得，法国军官的头被削掉了：他那么快就低下了头。

皮埃尔也低下头放开了手。不再想谁俘虏谁的问题了，法国人跑回炮兵阵地，皮埃尔向坡下跑，一路上在死尸和伤员之间跌跌绊绊，觉得他们好像在抓他的腿。但是他还没有到达坡下，跑步前进的俄军士兵便黑压压地迎面而来。他们跌跌撞撞地呐喊着，快乐而迅猛地扑上了炮台。（这就是那次冲锋，叶尔莫洛夫把它归功于自己，他说，只有靠他的勇气和幸运才能立此大功，据说在这次冲锋中，他把放在口袋里的圣乔治勋章也扔到了土冈上。）

占据炮台的法国人逃走了。我们的部队带着“乌拉”的呐喊声把法国人赶到了炮台之外那么远的地方，以至很难让他们停下来。

俘虏们被带下了炮台，其中有一个是受伤的法国将军，被军官们围在中间。成群的伤员，皮埃尔有的认识，有的不认识，这些俄国人和法国人痛得扭歪了脸，走着、爬着或躺在担架上离开炮台。皮埃尔登上土冈，他曾在这里度过一个多小时，接纳他的那个亲如家人的圈子里的人，他一个也没有找到。这里有很多他不认识的死者。不过有几个他是认识的。稚气的小军官还是那样蜷缩着坐在围墙边的血泊之中。红脸膛的士兵还在抽搐着，可是没有人把他抬走。

皮埃尔从土冈上跑了下去。

“不，现在他们不会再这样干了，现在他们对自己的所作所为一定会大惊失色！”皮埃尔想，毫无目的地追随在一批批离开战场的担架之后。

但是被硝烟遮蔽的太阳还很高，前面，尤其是在谢苗诺夫斯科耶的左边，仿佛有什么在硝烟中沸腾，射击的一片嗡嗡声、枪声和排炮的轰鸣非但没有减弱，反而加强到疯狂的程度，仿佛一个人在使尽最后的力气拼命叫喊。

三十三

波罗金诺会战的主要战斗发生在波罗金诺和巴格拉季翁的尖顶堡之间数千俄丈的地区。（在这个地区之外，一方面，俄国人在中午以乌瓦罗夫的骑兵部队进行了一次佯攻，另一方面，在乌季察的那一边波尼亚托夫斯基和图奇科夫发生了冲突；不过和战场的中央地带相比，这只是两次孤立的小接触。）在波罗金诺和尖顶堡之间的田野上、树林旁、从两边都能看到的开阔地上发生了会战中的主要战斗，这次战斗是以最简单、最直截了当的方式进行的。

会战以双方数百门大炮的轰击开始。

后来整个战场硝烟弥漫，在这硝烟中有德赛和孔潘斯的两个师从右面（从法军方面看）向尖顶堡推进，总督的各个团从左边扑向波罗金诺。

从拿破仑所在的多面堡到尖顶堡的距离是一俄里，到波罗金诺的直线距离是两俄里以上，因此拿破仑看不见那里所发生的情况，更何况硝烟和大雾混合在一起遮蔽了整个地区。扑向尖顶堡的德赛的师只有在走下峡谷之前才能看得见，峡谷隔在他们和尖顶堡之间。等到他们进入峡谷，尖顶堡上火枪和大炮的浓浓的硝烟遮蔽了峡谷对面的整个斜坡。在那里的硝烟中闪现着一些黑影，大概是士兵，有时看得到刺刀的闪光。不过他们是在行动还是站着不动，那些人是法国人还是俄国人，站在舍瓦尔金诺多面堡上是看不清的。

光芒四射的太阳升起来了，斜斜的阳光直接照在拿破仑的脸上，他手搭凉棚观察着尖顶堡。尖顶堡前硝烟弥漫，因此时而觉得烟雾在动，时而又觉得是部队在动。有时可以在枪炮声中听到士兵的呐喊，但是无法知道他们究竟在做什么。

拿破仑站在土冈上用望远镜观察，透过望远镜的小圆孔，他看到硝烟和士兵，有时是己方的士兵，有时是俄军士兵，可是当他放下望远镜又用肉眼看时，却不知道刚才所见到的一切是发生在什么地方。

他走下土冈，在土冈前徘徊。

他偶尔停下来倾听枪炮声，凝神注视着战场。不仅在他所站的低处，不仅在他的几个将军现在所站的土冈上，甚至就在尖顶堡上也无法弄清这个地方所发生的情况，尖顶堡上俄国人和法国人或同时出现，或不时地交替出现，死伤枕藉，活着的士兵都惊恐莫名或状似疯狂。这个地方在连续几个小时之内，在一刻不停的枪炮声中时而出现俄国人，时而出现法国人，时而是步兵，时而是骑兵；出现、倒下、射击、迎头相撞而又不知所措，叫喊着掉头逃跑。

拿破仑派出的副官们以及他的元帅们的传令官不断地从战场上飞驰而来，向他报告战况；但所有这些报告都是过时的：既因为在激战中很难说此时此刻在发生什么情况，也因为很多副官并没有亲临战地，所说的只是从别人那里听来的传闻；此外还因为在副官驰过他和拿破仑之间的两三俄里时，情况已经发生了变化，因而他送来的消息已经过时。例如总督的副官飞马来报，已经夺取了波罗金诺，科罗恰河上的大桥也控制在法军手中。副官问拿破仑，他是否命令部队过河。拿破仑命令部队在对岸集结待命，可是不仅在拿破仑发出这个命令的时候，而且就在副官离开波罗金诺时，大桥已被俄军夺回并焚毁，这就发生在会战初期皮埃尔曾参加过的那次战斗中。

副官脸色苍白、神情惊慌地从尖顶堡疾驰而来，向拿破仑报告冲锋受挫，孔潘斯受伤，达武阵亡，其实在副官听说法军受挫时，尖顶堡已被法军的另一支部队所占领，而达武活着，只是受了轻微的震伤。拿破仑就是根据这种必然失实的情报发号施令，这些命令或者在他发布之前已经执行了，或者不可能执行，也没有人去执行。

元帅和将军们虽然离战场较近，但也和拿破仑一样，没有直接参战，只是偶尔进入子弹的射程之内，不经拿破仑的同意而做出自己的部署，擅自下令从哪里向哪里射击，骑兵向哪里奔袭，步兵向哪里跑步前进。但是甚至他们的命令也和拿破仑的命令一样，同样只是在极小的程度上而且很少得到执行。大多会出现与他们的命令相反的结果。奉命前进的士兵碰到霰弹的袭击，只好掉头逃跑；奉命原地驻守的士兵突然看到俄国人出现在自己对面便有时往后跑，有时冲向前去，于是骑兵在没有得到命令的情况下追击逃跑的俄国人。例如，两个团的骑兵途经谢苗诺夫斯科耶峡谷，刚踏上上坡便突然掉头飞跑。步兵的行动也是如此，有时会跑到完全不是命令所指定的地方去。所有关于何时向何处推移大炮、何时派步兵射击、何时派骑兵冲击俄国步兵的命令——所有这些命令都是与部队同进退的直接长官自己发出的，甚至不问一问内伊、达武和缪拉，更不用说拿破仑了。他们不怕因为违抗命令或擅自发号施令而受到处分，因为在战斗中事关每个人最宝贵的东西——自己的生命，有时觉得往后跑能得救，有时又觉得往前跑能得救，这些置身于激战之中的士兵是按照一时的冲动而采取行动的。实质上，所有这些前进和后退的行动都没有改善或改变部队的处境。他们彼此之间的所有袭击对他们几乎没有造成损害，而造成损害、死亡和伤残的是在这些人跑来跑去的地区乱飞的炮弹和子弹。那些士兵一旦离开炮弹和子弹乱飞的地区，就立刻被站在身后的长官们整编，受到纪律的约束，并在纪律的约束下重新被带入战区，在战区中他们又（在死亡的恐惧的驱使下）违反纪律，按照人们的一时冲动而东逃西窜。

三十四

拿破仑的将军达武、内伊和缪拉离开这个战区很近，有时甚至深入该战区，好几次将大量建制完整的部队调到这里。然而和过去历次战役中必定会发生的情况相反，听不到敌军逃跑的消息，而大量建制完整的部队从**那里**回来时却溃不成军，惊慌失措。他们又重新加以整编，可是兵员越来越少了。中午缪拉派自己的副官去向拿破仑请求增援。

拿破仑坐在土冈下喝潘趣酒，缪拉的副官来对他言之凿凿地说，如果陛下再给一个师，俄军就必败无疑。

“增援？”拿破仑严峻而惊讶地说，仿佛听不懂他的话似的望着这个有一头长而拳曲的黑发（他的发式和缪拉的一样）的少年副官。“增援！”拿破仑沉思半晌。“他们请求什么增援，手握占全军一半的重兵，而进攻的只是俄军薄弱的不设防的一翼！”

“您去告诉那不勒斯王，”拿破仑厉声说，“现在还不到正午，我还没有看清自己的棋局。去吧……”

留一头长发的漂亮的少年副官手不离帽檐，倒吸一口凉气，又向那进行屠杀的地方驰去。

拿破仑站起来，将科兰古和贝尔蒂埃叫来，和他们谈起了与作战无关的问题。

在渐渐引起拿破仑兴味的谈话中，贝尔蒂埃的目光投向一位带着随从的将军，他正骑着汗湿的马向土冈驰来。这是贝利亚尔。他下马快步走到皇帝面前，开始坚决、大声地证明增援的必要性。他以人格起誓，只要皇帝再给一个师，就能打败俄国人。

拿破仑耸了耸肩，一言不发，继续踱步。贝利亚尔和围着他的侍从将军们热烈地大声交谈起来。

“您的心情很急切啊，贝利亚尔，”拿破仑说，他又走到骑马赶来的将军面前，“在激烈战斗的氛围中容易犯错误。您再去看一看，然后再来见我。”

贝利亚尔还没有从视线中消失，从战场上新派来的副官又从另一边策马赶到。

“说吧，又是什么事？”拿破仑以不断受到干扰而感到气愤的口气问道。

“陛下，公爵……”副官开始说。

“请求增援？”拿破仑做了个愤怒的手势说道。副官肯定地低下头，开始报告；但皇帝掉头不理，走了两步，停下，随即转身叫来了贝尔蒂埃。“要动用预备队了，”他微微摊开两手说道，“派谁去，您看呢？”他问贝尔蒂埃，问这个“我把他造就为雄鹰的一只雏鹅”，后来他曾这样称呼他。

“陛下，把克拉帕雷德的师派去吧？”贝尔蒂埃说，所有的师、团、营他都记得。

拿破仑点了点头，表示同意。

副官骑马到克拉帕雷德师去了。几分钟后，驻扎在土冈后面的青年近卫军开拔了。拿破仑默默地朝这个方向看着。

“不，”他突然对贝尔蒂埃说，“我不能派克拉帕雷德去。把弗里昂的师派去吧。”他说。

虽然不派克拉帕雷德而改派弗里昂师没有任何好处，而且现在要阻止克拉帕雷德，再去派弗里昂显然会引起不便和迟误，但是命令被严格地执行了。拿破仑没有看出，他对自己的部队所起的作用，正是以自己的药物干预病情的医生的作用，对这种作用他是十分了解并正确地加以谴责的。

弗里昂师也和其他师一样消失在战场的硝烟中了。副官们仍继续从各个方向疾驰而来，不约而同地说着同样的话。他们都请求增援，都说俄国人在坚守阵地，制造使法国部队消融的地狱之火。

拿破仑坐在折叠椅上陷入了沉思。

那个爱好旅行的德博斯先生从早晨起一直挨着饿，这时来到皇帝面前，大胆地恭请陛下用早餐。

“我希望，现在我已经可以向陛下恭贺胜利了。”他说。

拿破仑默默地摇头表示否定。德博斯先生以为这是对胜利的否定，而不是对早餐的否定，便冒昧地以恭敬的戏谑口吻说，在可以进早餐的时候，世界上没有任何理由能妨碍用餐。

“去你的……”拿破仑突然沉下脸说，转开了头。德博斯先生的脸上露出了惋惜、后悔和喜悦的怡然自得的微笑走开了，向其他的将军们走去。

拿破仑感到心情沉重，这很像赌徒的一种心理，一个疯狂扔钱却总是能赢的幸运的赌徒，有一天，恰恰在他精心算计了赌博的一切偶然性之后，却突然感到，他出牌时越是周密考虑，就越是会输。

还是那些部队，还是那些将军，还是那样的战备，还是那样的作战部署，还是那样简短有力的公告，他自己还是那个人，这一点他知道，他知道他现在甚至比过去更有经验、也高明得多，甚至敌人也还是当初在奥斯特利茨和弗里德兰的那个敌人；然而可怕地猛然挥起的手臂落下时却奇怪地软弱无力。

还是过去那些捷报频传的作战方法：集中全部炮火攻敌一点、预备队冲锋突破防线、铁骑突袭——所有这些方法都已经一一用上了，不仅没有取得胜利，反而从四面八方传来同样的坏消息：将军伤亡、迫切需要增援、俄军不可撼动、部队溃散。

过去只消两三个命令、两三句话，将军和副官们便神情得意地前来报捷，宣布俘获成建制的军、成捆的敌军旗帜和鹰旗以及大炮和辎重，缪拉只是要求准许他派骑兵去收缴辎重。在洛迪、马伦戈、阿科莱、耶拿、奥斯特利茨、瓦格拉姆等地都是这样。现在他的军队好像已不复当年了。

尽管获悉占领了尖顶堡，拿破仑却看出，这不是、完全不是他以往所有战役中的情况了。他看出，他周围那些富于战争经验的人们也都有和他一样的感受。人人都满面愁容，彼此回避着对方的目光。只有德博斯还不明白当前的情况意味着什么。拥有长期战争经验的拿破仑心知肚明，在长达八小时竭尽全力之后而进攻的一方不能赢得战役的胜利意味着什么。他知道，几乎败局已定，目前在会战的这个节骨眼上，任何一种微不足道的偶然事件都足以使他和他的军队遭到毁灭。

他仔细回忆对俄国的这场战争，在这场战争中没有打赢过一次战役，两个月里没有俘获过旗帜、大炮和成建制的军，他望着周围人们暗暗发愁的面容，听着俄军不可撼动的消息——一种可怕的噩梦般的心情攫住了他，于是他不禁想起足以毁灭他的所有灾难性的事件。俄国人有可能进攻他的左翼，有可能在左翼实行中央突破，偶然飞来的炮弹有可能击毙他本人。这一切都是可能的。在以往的战役中他想到的只是能导致胜利的事件，现在无数不幸的事件却在他的想象中纷至沓来，而这一切都在他的意料之中。不错，这很像一场噩梦，人在梦里觉得有一个恶人在袭击他，于是他在梦里挥臂猛击，知道这可怕的一击足以致人死命，可是他觉得他的绵软无力的手臂却像破布似的落下，于是这个无助的人内心充满了难逃厄运的恐惧。

俄国人进攻法军左翼的消息在拿破仑的心里所引起的就是这种恐惧。他坐在土冈下的折叠椅上，臂肘支在膝盖上垂首无语。贝尔蒂埃上前建议他到战线上走走，看看战况究竟如何。

“什么？您说什么？”拿破仑说，“好，吩咐给我牵马。”

他骑上马向谢苗诺夫斯科耶驰去。

拿破仑骑马经过的地方硝烟在渐渐消散，遍地只见马匹和兵员孤零零地或成群地躺卧在血泊里。无论拿破仑还是他的将军们还从未见过如此恐怖的景象，从未见过在如此狭小的地带有如此众多的死者。一连十个小时不绝于耳的隆隆炮声，赋予这个景象以特殊的音响效果（如同给活动画片配上了音乐）。拿破仑骑马登上谢苗诺夫斯科耶高地，透过硝烟看到了身穿颜色陌生的军服的队伍。那是俄国人。

密集的俄军队伍驻守在谢苗诺夫斯科耶和土冈之后，他们的大炮不停地轰鸣，他们的防线硝烟弥漫。真正的战斗已经没有了。只是在继续杀人，这对俄国人和法国人来说，都不可能造成什么后果了。拿破仑又勒马陷入了刚才被贝尔蒂埃打断的沉思；他无法制止眼前、身边所发生的情况，而人们认为这一切都是由于他的领导和决定，挫败使他第一次觉得，这种情况是不应该发生的，是可怕的。

一位将军策马来到拿破仑面前，冒昧地建议他把老近卫军投入战斗。站在拿破仑身边的内伊和贝尔蒂埃面面相觑，对这位将军的无谓的建议鄙夷地一笑。

拿破仑低下头沉吟良久。

“我不能让自己的近卫军在离开法国三千二百俄里的地方死无葬身之地。”他说，于是拨转马头，回舍瓦尔金诺去了。

三十五

库图佐夫垂下白发苍苍的头，沉重的身躯瘫坐在铺着毯子的长凳上，还是在皮埃尔早上看到他的那个老地方。他没有发布任何命令，只是对别人的建议表示同意或不同意。

“是的，是的，就这么办，”他对各式各样的建议都这样回答，“是的，是的，你去一趟，亲爱的，你就看着办吧。”他时而对这个，时而对那个亲信说；或者：“不，不行，还是等一等好。”他说。他倾听情报，在部下要求指示时便发出指示；但是在听取情报时，他对别人所说的内容似乎不感兴趣，他感兴趣的是报告时的表情、语气中的某种意味。他凭着多年的战争经验知道，也凭着老年人的睿智懂得，领导几十万与死亡搏斗的人不能一个人说了算，也知道，决定战争命运的不是总司令的命令，不是军队部署的地点，不是大炮和阵亡军人的数量，而是所谓士气的那种不可捉摸的力量，他密切注视着这种力量，并在力所能及的范围内加以引导。

库图佐夫脸上的主要表情是集中而平静的注意和紧张，这种紧张几乎超越了疲惫衰老的身体所能承受的限度。

上午十一时，他获悉法国人占领的尖顶堡再次被我军夺回，不过巴格拉季翁公爵受了伤。库图佐夫哎哟一声摇了摇头。

“你到彼得·伊万诺维奇公爵那里去，了解一下详细情况。”他对一个副官说，随即转向站在他身后的符腾堡亲王[①]。

---

①符腾堡亲王（1771—1833），符腾堡大公，皇太后玛丽亚·费多罗夫娜的兄弟。

“殿下可否接掌第一军团的指挥权。”

亲王走后不久，在他还没有到达谢苗诺夫斯科耶的时候，一个副官很快就从他那里回来了，他向殿下报告，亲王请求增派部队。

库图佐夫皱起眉头，命令多赫图罗夫指挥第一军团[①]，他说，在眼下这个重要关头，他离不开亲王，请他回来。当缪拉被俘[②]的消息传来，参谋部人员都向库图佐夫祝贺的时候，他微微一笑。

“等一等吧，先生们，”他说，“战役打赢了，俘虏缪拉没有什么可奇怪的。但是等一等再高兴更好。”不过他派一名副官骑马去向部队传达了这个消息。

谢尔比宁[③]从左翼来报告，法军占领了尖顶堡和谢苗诺夫斯科耶，库图佐夫根据战场的声浪和谢尔比宁的脸色猜想到，这个消息不妙，他站起来仿佛要舒展一下腿脚，挽起谢尔比宁的手臂，把他带到一旁。

“你去一趟，亲爱的，”他对叶尔莫洛夫说，“看看能不能有所作为。”

库图佐夫在戈尔基，在俄军阵地的中央。拿破仑对我军左翼的进攻几次被击退。在中央，法军未能从波罗金诺前进一步。乌瓦罗夫的骑兵迫使法国人从左翼败逃。

两点多钟法国人的进攻停止了。库图佐夫在所有来自战场以及他身边的人们的脸上看到了极度紧张的表情。库图佐夫很满意当天取得了超过预期的战果。但是老人的体力不济了。他的头好几次低低地垂落，打起盹来。午餐为他安排好了。

侍从武官沃尔措根骑马来到库图佐夫跟前，就是他在经过安德烈公爵身边时说，战争要在广阔的地带进行[④]，巴格拉季翁非常憎恨这个人。沃尔措根从巴克莱那里来报告左翼的战况。明智的巴克莱·德·托利看到成群逃离的伤兵和军队溃乱的背影，对整个战况掂量后断定，

---

①此处及上文所说的应为原来由身负重伤的巴格拉季翁所指挥的第二军团。

②缪拉被俘是误传，被俘的是陆军准将波纳米将军。

③谢尔比宁（1791—1876），军需处军官。

④原文为德文。

我军已经战败，于是派自己的爱将前来通知总司令。

库图佐夫吃力地咀嚼着烤鸡，高兴地眯起眼睛看了看沃尔措根。

沃尔措根大大咧咧地活动一下腿脚，嘴角挂着略带鄙夷的微笑走到库图佐夫面前，一只手稍微碰了碰帽檐。

沃尔措根对殿下的态度有些故作轻慢，目的是要表明，他作为有高度教养的军人，让俄国人把这个无用的老朽奉为偶像，而自己知道是在和什么样的人打交道。“老先生（德国人在自己的圈子里这样称呼库图佐夫）过得挺自在。[①]”沃尔措根想，他严厉地看了看放在库图佐夫面前的碟子，开始向老先生报告左翼的情况，他是根据巴克莱的指示和他自己的见解报告的。

“我军阵地的所有据点都落到了敌人手里，而且无法夺回，因为没有部队了；他们在逃跑，不可能加以阻止。”他报告道。

库图佐夫停止咀嚼，惊讶地盯着沃尔措根，仿佛听不懂他在说什么。沃尔措根发觉老先生很激动，微笑道：

“我认为自己无权向殿下隐瞒我所看到的情况……部队完全处于瓦解的状态……”

“您看到了？您看到了？……”库图佐夫皱起眉头，迅速站起来逼近沃尔措根大声说，“您怎么……您怎么敢！……”他双手哆嗦地做着威胁的手势，气急败坏地大声喝道，“您怎么敢，亲爱的先生，对**我**说这种话。您什么也不懂。替我转告巴克莱将军，他的情报是错误的，会战的真实情况，我作为总司令比他更了解。”

沃尔措根想表示异议，但是库图佐夫制止了他。

“敌人在左翼被击退，在右翼被击溃。如果您没有看清楚，不可以乱说。请您去见巴克莱将军，把我明天必定向敌人发动进攻的意图转告他。”库图佐夫严肃地说道。大家都没有吭声，只听见上气不接下气的老将军的沉重的呼吸声。“敌人到处被击退，为此我感谢上帝和我们英勇的军队，敌人被打败了，明天我们要把他们从俄国神圣的土地上赶出

---

①原文为德文。

去。”库图佐夫画着十字说；突然热泪盈眶地抽泣了一声。沃尔措根耸了耸肩，撇着嘴默默地走到一边，对老先生的这种刚愎自用[1]感到惊讶。

“瞧，他来了，我的英雄。”库图佐夫目视一位丰满英俊的黑发将军说，这时他正登上土冈。这是拉耶夫斯基，他整天都待在波罗金诺战场上的主要据点。

拉耶夫斯基报告，部队坚守自己的阵地，法国人不敢再进攻了。

库图佐夫听了用法语说：

“这么说来，您不像别人那样，认为我们应当撤退？”

“恰恰相反，殿下，在胜负难料的战斗中，胜利属于更顽强的一方，我看……”

“凯萨罗夫！”库图佐夫叫自己的副官。“你坐下写明天的命令。而你，”他对另一个副官说，“到前线去宣布，我们明天发起进攻。”

在他和拉耶夫斯基谈话和口授命令的时候，沃尔措根从巴克莱那里回来报告，巴克莱·德·托利将军希望有一份书面命令，以确认该命令是元帅发布的。

库图佐夫不看沃尔措根，吩咐写下这个命令，前任总司令希望有这样一份命令是为了握有充分的根据推卸自己的责任。

一条不可捉摸的神秘的纽带维系着那种被称为军魂并构成战争主要动力的全军同仇敌忾的高昂士气，库图佐夫的话和他明日发动进攻的作战命令就是沿着这条神秘的纽带同时传遍部队的各个角落。

传到这条纽带的最后一个环节时已远非原来的话和命令了。在全军各个角落口耳相传的说法和库图佐夫的话甚至迥然不同，但是他的话的意思都传达到了，因为库图佐夫所说的话不是出于机巧奥妙的思虑，而是出自总司令内心的感情，这种感情也同样地存在于每个俄国人的内心。

得知我们明天要向敌人发起进攻的消息，大家但愿这是真的，从军

---

①原文为德文。

队高层得到证实后，心情痛苦、彷徨的战士们便疑虑顿消，精神大振。

三十六

安德烈公爵的团是预备队，一点钟之前在敌人猛烈的炮火下驻扎于谢苗诺夫斯科耶后面按兵不动。一点多钟，已伤亡二百多人的这个团推进到一片横遭践踏的燕麦地，在谢苗诺夫斯科耶和土冈炮台之间的这个地段当天已打死几千人，中午一点多钟敌军数百门大炮又集中火力向这个地段猛烈轰击。

在原地不动，而且一枪未放，该团的兵员又伤亡了三分之一。前面特别是右面，在始终不散的硝烟中炮声隆隆，而前面硝烟弥漫于整个战区，从神秘的烟雾迷蒙的地方不断地飞出带着迅疾的呼啸声的炮弹和啸声悠缓的榴弹。有时仿佛要让人有喘息的时间，在一刻钟里炮弹和榴弹都从头顶上飞了过去，可是有时在一分钟里就夺走了几个人的生命，于是不断地拖开死者，抬走伤员。

随着每一次新的打击，留给那些还没有被打死的人们的生存机会便愈来愈少。该团在三百步的距离之内以营为单位列成纵队，尽管如此全团官兵的心情都是一样的。全团的人都沉默寡言，心情忧郁。队伍中很少听到说话声，每次一听到有人被击中和呼唤“担架！”的声音，说话声便立刻停止。大部分时间官兵们都遵从长官的命令坐在地上。有的取下军帽，用心抚平褶皱，又把它揉皱；有的用手掌把干土揉碎，用来擦刺刀；有的把皮带揉得软和一些，勒紧带扣；有的仔细解开包脚布，重新裹上，再穿上靴子。有些人用耕地上的土块搭小房子或用麦秸编结小玩意。所有的人似乎都非常专注于这些活动。当有人负伤或阵亡时，当担架排成长队时，当我们的人退回来时，当透过硝烟看到大量敌人时，对这些情况谁都毫不在意。要是炮兵、骑兵向前推进，要是看到我们的步兵出动，四面八方便会响起赞叹的评语。但最吸引他们注意的还是那些与战斗毫无关系的闲事。这些在精神上饱受折磨的人们注意这些日常琐事，似乎可以得到休息。一个炮兵连在团的前面走过。炮兵一辆弹药车的拉边套的马踩到了套索，“喂，拉边套的马！……快把它管好！它会绊倒的……嗨，他们看不见……”全团都在队伍里叫喊。另一次引起大家注意的是一条尾巴竖得笔直的褐色小狗，天知道是从哪里钻出来的，它担心地一溜小快步跑到了队伍前面，突然一颗炮弹落在附近，小狗尖叫一声，夹起尾巴逃到了一边。全团发出了一阵哄笑和尖叫的声音。不过，这种消遣往往只持续几分钟，而官兵们已经不吃不喝、无所事事地始终在死亡的可怕威胁下站了八个多小时，苍白阴沉的脸色越来越苍白而愁眉不展。

安德烈公爵和全团官兵一样阴沉而苍白，在燕麦地旁的草地上背着手、低着头在两条田埂之间走来走去。他无事可做，也不需要发号施令。一切听其自然。死者被拖到队列之外，伤员抬走了，于是队伍又自行合拢。如果士兵跑开了，立刻又急忙赶回来。安德烈公爵起初认为，自己有责任鼓舞士气，为他们做出榜样，不断地沿着队列走动，可是后来他确信，这些人是无需别人来教导他们的。他的全部精神力量，正如每个士兵一样，下意识地就是要避免想到眼前处境的可怖。他拖着脚步在草地上走动，踩得青草乱糟糟的，不时望望自己靴子上布满的尘土；他时而跨着大步，想踏上收割者留在草地上的足印，时而数着自己的脚步，计算他在两条田埂之间要走几趟才能凑满一俄里，时而采摘田埂上艾蒿的花朵，用手掌把花朵搓碎，闻着它那辛辣刺鼻的香气。昨天的所有思想活动都荡然无存了。他什么也不想。他那疲惫不堪的听觉仍在谛听那些声音，分辨着炮弹飞来的呼啸声和大炮的轰鸣，望望他看惯了的第一营官兵的脸，他在等待着。“又是它……这又是朝我们来的！”他想，谛听从硝烟掩蔽中的地方发射的东西渐渐临近的呼啸声。“一颗，两颗！又是一颗！打中了……”他停下脚步看了看队伍。“不，飞了过去。这一下打中了。”他又开始走动，使劲跨着大步，要十六步走到田埂那里。

呼啸声和炮弹落地声！在离他五步的地方干土被翻起来，盖住了一颗炮弹。不由得一股凉气掠过他的脊背。他又看了看队伍。大概伤亡了很多人；一大群人聚集在第二营那里。

“副官先生，”他叫道，“命令他们不要聚在一起。”副官执行命令后，朝安德烈公爵走来。营长骑马从另一边也来了。

“当心！”传来了士兵的一声惊叫，仿佛一只啼叫着疾飞而来、落在地上的鸟儿似的，一颗榴弹在离开安德烈公爵两步的地方，在营长坐骑附近噗的一声落在地面。那匹马不问好歹，首先惊恐万状，打着响鼻人立而起，差点儿掀翻了少校，朝一旁疾驰而去。马的恐惧也感染了人。

“卧倒！”扑倒在地的副官大声叫道。安德烈公爵犹豫地站着。那颗榴弹冒着烟，像陀螺似的在他和躺倒的副官之间，在耕地和草地的交界处，在一丛艾蒿旁旋转。

“难道这就是死亡？”安德烈公爵想，他以全新的羡慕的目光看着青草、艾蒿和那个在旋转的黑色小球冒出的一缕袅袅轻烟。“我不能，我不想死，我爱生活，爱这青草、泥土、空气……”他在这样想，也知道，大家都在看着他。

“不害臊，军官先生！”他对副官说，“算什么……”他的话没有说完。与此同时响起了爆炸声以及仿佛打碎窗户时的碎片的啸声，闻到了一股呛人的火药味——安德烈公爵向一旁猛地一冲，扬起一只手扑倒在地。

几个军官跑到了他身边。腹部右侧在草地上流了一大摊血。

叫来的民兵们带着担架停在军官们身后。安德烈公爵俯卧在地，脸垂落在草地上，嘶哑、急促地喘着粗气。

“怎么都站着，过来！”

农民们过来抬起他的肩膀和双腿，可是他痛苦地呻吟起来，农民们面面相觑，又把他放了下来。

“动手呀，放上去，反正是一回事了！”有人叫道。人们第二次托着肩膀把他放上了担架。

“我的天哪！天哪！这是怎么了？……击中了肚子！这就完了！我的天哪！”只听军官们在说，“就差头发丝那么一点儿，嗖的一声从耳边飞了过去。”副官说。农民们把担架放在肩上，沿着他们踩出的小路动身到包扎所去。

“你们的脚步要齐……嗨！……这些乡下人！”一个军官挡住农民的肩膀叫道，因为他们脚步不齐，弄得担架乱晃。

“你跟着我的步子走，好吗，赫维多尔，喂，赫维多尔。”前面的农民说。

“这下行了，挺好。”后面的农民合上了步子，高兴地说。

“是大人吗？啊？是公爵？”季莫欣跑过来，朝担架上望着，声音颤抖地问。

安德烈公爵的头深陷在担架里，他睁开眼睛从担架里看了看讲话的人，又合上了眼。

两个民兵把安德烈公爵抬到了树林边，那里有几辆载货马车和一个包扎所。包扎所是搭在桦树林旁边的三个帐篷，帐篷的帘幔全都卷了起来。载货马车和马匹就在桦树林里。马吃着饲料袋里的燕麦，乌鸦飞来啄食着散落的麦粒。乌鸦闻到血腥气，都急不可耐地发出哑哑的叫声，在桦树上飞来飞去。在帐篷周围不下于两俄亩的地方，躺着、坐着、站着身穿各种衣服、血迹斑斑的军人。在伤员们的四周站着一群群神情专注的沮丧的担架兵，维持秩序的军官们徒劳地要把他们从这个地方赶走。他们不听军官的劝告，拄着担架站在那里，凝神注视着眼前所发生的一切，仿佛试图理解这幅景象的深奥的含义。帐篷里时而传出声嘶力竭的惨叫，时而传出痛苦的呻吟。医士偶尔出来取水，指出要抬进去的伤员。伤员们在帐篷外挨次等候，他们在喘息、呻吟、哭泣、叫喊、骂人、要伏特加。有些人在说胡话。安德烈公爵作为团长，被抬着大步穿过那些尚未包扎的伤员，来到离帐篷更近的地方，等候吩咐。安德烈公爵睁开眼睛，好久也不明白他周围所发生的情况。他想起了草地、艾蒿、旋转着的黑色小球以及他对生活的激情洋溢的爱。在他两步开外，一个拄着树枝、头上裹着绷带的人站在那里大声说话，引起了大家的注意，那是一名高大、英俊、黑头发的军士。他被子弹击中了头部和一条腿。一群伤员和担架兵聚在他周围，贪婪地听他讲话。

“我们一个突击把敌人从这里赶走了，打得他们狼狈逃窜，国王自己也被抓到了。”军士的黑眼睛闪着炙热的光芒环视四周，大声说道，

“要是预备队及时赶到，我的小兄弟，敌人就彻底报销了，所以我老实告诉你……”

安德烈公爵也像讲述者周围的那些人一样，目光炯炯地看着他，心里得到了安慰。“不过，现在难道不是一切都无所谓了吗，”他想，“死后的世界会有什么，此生有过的又是什么呢？为什么我对生命这样难以割舍？此生是有过什么的，而我过去和现在都无法理解它。”

三十七

一个医生的围裙和一双大手都沾满鲜血，他一只手的大拇指和小指之间夹着（以免沾上血污）一支雪茄从帐篷里出来。医生抬头四面张望，但不看伤员。他显然想稍微休息一下。他把头左右摇摆几次，叹息一声，垂下了目光。

“行，马上。”他听了医士指着安德烈公爵所说的话回答道，并吩咐把他抬进帐篷。

一群候诊的伤员中有了怨声。

“看来在那个世界也是只有老爷们才能活命。”一个伤员说。

安德烈公爵被抬进去放在一张刚刚收拾干净的桌子上，医士还在擦洗上面的污渍。安德烈公爵还不能清晰地分辨帐篷里的东西。四面八方痛苦的呻吟，大腿、腹部和背部的剧痛分散了他的注意力。他在周围所看到的一切，都融为一个总的印象——裸露的血淋淋的人体，它似乎填满了整个低矮的帐篷，正如几个星期之前，在八月那个炎热的一天，这同样的人体填满了斯摩棱斯克大道旁的肮脏的池塘。不错，这就是那同样的肉体，那同样的炮灰，当初看到它就大为惊骇，仿佛预感到了今日的情景。

帐篷里有三张桌子。两张已被占用，安德烈公爵被放在第三张桌子上。有一会儿他被孤零零地放在那里，于是不由自主地看到了另外两张桌子上所发生的情况。一个鞑靼人坐在近些的桌子上，从扔在一旁的军服看，大概是哥萨克。四名士兵紧紧地抓住他。一个戴眼镜的医生在他褐色的肌肉发达的背部切割着什么。

“哼哟，哼哟，哼哟！……”鞑靼人发出像猪一样的哼哼声，突然，他抬起那张高颧骨、翘鼻子的黝黑的脸，龇着雪白的牙齿，开始挣扎、抽搐，发出尖利刺耳、经久不息的吼叫声。在旁边聚集着许多人的另一张桌子上，脸朝上躺着一个身躯肥硕的人，头向后仰（安德烈公爵觉得，拳曲的头发、头发的颜色和头型出奇的熟悉）。几个医士压在这个人的胸脯上，紧紧地抓住他。一条白皙的胖乎乎的大腿像发热病似的急速而频繁地不住颤抖。这个人在痉挛地号叫，气喘吁吁。两个医生（其中一个面色苍白，不停地哆嗦）默默地在这个人的另一条血红的大腿上做手术。戴眼镜的医生处理好鞑靼人，给他盖上一件军大衣，擦着手走到安德烈公爵跟前。

他朝安德烈公爵的脸上看了看，急忙转过头去。

“脱衣服！怎么都站着？”他气愤地对医士们叫道。

当一个医士卷着袖子的双手匆忙地为他解开衣扣脱衣服时，安德烈公爵想起了遥远的童年。医生低低地弯着腰察看伤口，轻轻地摸了摸，不禁长叹一声。然后他向别人做了个手势。腹内剧烈的疼痛使安德烈公爵失去了知觉。他醒来时，大腿的碎骨已经取出，切除了几小块碎肉，伤口也包扎好了。有人在向他脸上喷水。安德烈公爵刚睁开眼睛，医生就弯腰在他的嘴唇上亲吻了一下，随即匆忙地走开。

在熬过剧痛以后，安德烈公爵有了一种很久不曾有过的幸福安详的感觉。他一生中最美好幸福的时光，特别是最遥远的童年，有人为他脱衣、让他躺在小床上的时候，保姆在他身边哼着曲儿哄他入睡的时候，他把头埋在枕头里，一想到活在世上就觉得自己倒霉的时候——都浮现在他的想象之中，甚至不像是往事，而是宛如现实。

在安德烈公爵觉得其头型很熟悉的那个伤员身边，医生们在忙碌着；大家在鼓励他、安慰他。

“拿给我看看吧……噢——！噢！噢——！”可以听到他那由于恸哭而断断续续的、恐惧的、疼痛得无可奈何的呻吟。听到这样的呻吟，安德烈公爵想哭。也许是由于他即将毫无光彩地死去，也许是由于他难舍人世，由于这些一去不复返的童年往事，也许是由于他在受苦，别人也都在受苦，而这个人如此痛苦地在他面前呻吟，反正他想哭，想流下孩子般善良的、几乎是欣喜的泪水。

给伤员看了套着靴子的那条切断的带着血痂的腿。

“噢！噢——！”他像女人一样号啕大哭。站在伤员面前遮挡着他的脸的医生走开了。

“天哪！这是怎么回事？他怎么会在这里？”安德烈公爵自言自语道。

安德烈公爵认出了，刚才被锯掉一条腿的这个不幸的失声痛哭而渐渐虚弱的人就是阿纳托利·库拉金。人们把阿纳托利搂在怀里，递给他一杯水，他的颤抖、肿胀的嘴唇却含不住杯沿。“不错，是他；不错，这个人和我有某种密切而令人苦恼的关系，”安德烈公爵想，还不大明白他所面对的是什么人，“这个人和我的童年、我的生活有什么联系呢？”他这样自问，却找不到答案。突然，对童年世界，对纯洁和爱的世界的一种崭新的、意外的回忆出现在安德烈公爵的心里。他回忆中的娜塔莎还是他在一八一〇年的舞会上所见到的模样，纤细的颈项、纤细的手臂、时刻在期待欢乐的惊恐、幸福的神情，于是对她的爱和柔情比任何时候都更为生动而强烈地在他的心灵中复苏了。现在他想起了存在于他和这个人之间的关系，这个人肿胀的眼里热泪盈眶，正泪眼模糊地望着他。安德烈公爵把一切都想起来了，他的深感幸福的心里充满了对这个人的热忱的怜惜和爱。

安德烈公爵再也忍不住了，他哭了，为人们、为自己、也为他们和自己的谬误而流下了充满爱和柔情的眼泪。

“对兄弟、对有爱心的人们的同情和爱，对仇视我们的人的爱，对敌人的爱——这就是上帝在人间所宣扬的那种爱，就是玛丽亚公爵小姐向我宣讲而我并不理解的那种爱；就是因为这种爱，我才对生命难以割舍啊，假如我能活下去，那么还能留在我心里的也就是这种爱了。但现在为时已晚。这一点我是知道的！”

三十八

战场上死伤枕藉的可怕景象，加以头脑昏沉、二十位将军或死或伤的消息以及一向坚强的铁腕变得软弱无力的意识，对总是喜欢考察伤亡情况，以此考验自己的精神力量（他这样想）的拿破仑产生了出乎意料的影响。这一天战场的可怕景象战胜了他认为是自己的丰功伟绩之所系的精神力量。他急忙策马离开战场，回到了舍瓦尔金诺土冈。他的脸发黄、浮肿，心情沉重，眼神暗淡，鼻子通红，声音嘶哑，坐在折叠椅上不由自主地倾听着枪炮声，也不抬起眼睛来。他带着病态的愁容等待战斗结束，他认为自己是这场战斗的起因，然而却无力加以制止了。个人的人性的感情在一个短暂的时间内对生活中人造的幻影占了上风，而他长期来对这种人造的幻影是孜孜以求的。他在设身处地感受着他在战场上所目睹的苦难和死亡。头脑和胸口的沉闷提醒了他，自己也是可能遭到苦难和死亡的。此刻他既不想为自己取得莫斯科，也不想取得胜利和荣誉。（他还需要什么样的荣誉呢？）他现在唯一的希望是休息、平安和自由。但是他在谢苗诺夫斯科耶高地上的时候，炮兵指挥官向他提出建议，在那些制高点上布置几个炮兵连，以便对聚集在克尼亚兹科沃前面的俄军部队加强火力。拿破仑同意了，并命令给他送来有关这些炮兵连所发挥的作用的消息。

副官来报告，根据皇帝的命令，两百门大炮一齐向俄国人开火，但俄国人仍在坚守。

“我军炮火使他们成群地遭到伤亡，而他们还在坚守。”副官说。

“他们还想要吗！……”拿破仑声音嘶哑地说。

“陛下？”没有听明白的副官又问。

“还想要，”拿破仑皱起眉头，嗓音沙哑地说，“那你们就再接再厉。”

即使没有他的命令，事情也在如他所愿地照样进行，而他之所以下令，只是因为他以为别人都在等候他的命令。于是他又投入了他原来的那种人造的似乎伟大的幻影世界，于是他又开始扮演上天为他注定的那种残酷、可悲而又不堪重负的非人的角色。

此人的理智和良心并非只是此时今日才受到蒙蔽，他面对现状比所有参与其事的人都承受着更为沉重的负担；他终其一生既不能理解真、善、美，也不能理解自己的行为的影响，这些行为太违反善和真理，太远离全部人性，以至他无法理解其影响。他无法放弃自己的受到半个世界赞扬的行为，因而不得不放弃真理、善以及全部人性。

并非只是今天在巡视死伤遍地（他认为，这是由于他的意志所造成的）的战场的时候，望着那些人计算着，一个法国人换来了几个俄国人，看到一个法国人能换来五个俄国人，便自欺地以此作为得意的理由。并非只是在今天才在寄往巴黎的信中说，战场很壮观，因为战场上有五万具尸体；在圣赫勒拿岛，他在孤寂的独处中也说，他打算把闲暇的时间用来叙述他所从事的伟大事业，他这样写道：[1]

> 在俄国进行的战争本来可以是现代最得人心的战争：这是遵循健全理性和真正有益的战争，是谋求所有人的平安和安全的战争；纯粹是爱好和平的保守的战争。
>
> 它是为了一个伟大的目标，为了结束偶然性和开创太平盛世。新的前景、新的工作便会展现，以保障所有人的富足安康。欧洲的体系将得以建立，问题只在于形成制度了。
>
> 这些重大问题得到满意的解决，处处可以放心，我也就会有自己的**会议**[2]和自己的**神圣同盟**[3]了。这都是从我这里剽窃的观念。在伟大君主们的这种集会上，我们可以像在家庭中一样为我们的利益而工作，并尊重人民的意见，如同文书尊重主人的意见那样。
>
> 这样欧洲很快就会真正形成的同一个民族，任何人无论浪迹何方，永远都是置身于共同的祖国。
>
> 我便会规定，所有的河流人人都可以航行，大海是公海，庞

---

① 下文是拿破仑的宫廷高级侍从和作家拉斯-卡斯与拿破仑谈话的记录，托尔斯泰摘自他的《圣赫勒拿岛记事》。

② 1814—1815 年的维也纳会议迫使拿破仑接受俄国、奥地利、英国、普鲁士等盟国的条件。

③ 神圣同盟，1815 年俄国、奥地利、普鲁士三国君主签署于巴黎，后受到欧洲其他国家君主的支持。

大的常备军一律缩编为君主的近卫军，如此等等。

回到法国，回到伟大、强盛、壮丽、安定、光荣的祖国，我便会宣布它的疆域是不可变更的；所有未来的战争都是**防御性**的；任何新的扩张都是反民族的；我会让自己的儿子参与对帝国的统治；我的**独裁**就此终结，宪政从此开始……

巴黎将是世界的首都，法国人成为各国人民羡慕的对象！……

然后我就利用闲暇和暮年，在皇后的帮助下以及在我儿子接受帝王教育的时候，宛如一对真正的乡村夫妇，骑着自己的马逐渐走遍全国各地，接受投诉，秉公办理，在四面八方到处大兴土木，广施恩惠。

他，上天注定要扮演各国人民刽子手的可悲的不自由的角色，却要自己相信，他的所作所为都是为了人民的福祉，自以为可以支配千百万人的命运，运用政权兴利除弊！

在渡过维斯瓦河的四十万人之中，有一半是奥地利人、普鲁士人、萨克森人、波兰人、巴伐利亚人、符腾堡人、梅克伦堡人、西班牙人、意大利人和那不勒斯人。帝国军队其实有三分之一是荷兰人、波兰人、莱茵河沿岸居民、皮埃蒙特人、瑞士人、日内瓦人、托斯卡纳人、罗马人、第三十二师招募的居民、不来梅人、汉堡人等等；军队中说法语的未必有十四万人。

法国本身为远征俄国所付出的代价不足五万人；俄军在从维尔纳向莫斯科撤退途中的各次战役中伤亡的人数超过法军三倍；莫斯科大火使十万俄国人丧生，他们都在树林里死于饥寒；最后，俄军在从莫斯科到奥得河的行军中也饱受严酷季节的折磨；来到维尔纳后只剩下了五万人，而在卡利什已不足一万八千人。

他自以为与俄国的战争是由于他的意志而发生的，战争的恐怖并不使他感到惊讶。他勇敢地承担了这个事件的全部责任，他丧失理智，认为可以为自己辩解的理由，居然是在几十万战死者之中法国人少于黑森人和巴伐利亚人。

三十九

几万战死的军人身穿不同制服、姿势各异地躺在田野和草地上，这些田产和草地属于达维多夫家族①和国有农民，几百年来波罗金诺、戈尔基、舍瓦尔金诺和谢苗诺夫斯科耶的村民同时在这些田野和草地上收割庄稼、放牧牲畜。在那些包扎站所在的一俄亩的地方，草地和土壤都浸透了鲜血。各部队成群受伤和没受伤的军人神色惊慌地蹒跚而行，从一边退往莫扎伊斯克，从另一边退往瓦卢耶沃。还有成群疲惫不堪、面有饥色的军人在官长的率领下向前方行进。其余的人仍留在原地继续射击。

原来在早晨的阳光下刺刀闪烁、硝烟弥漫的田野那么美丽悦目，现在空中却笼罩着潮湿的阴霾，散发着火硝和鲜血的奇怪的腥臭味。出现了片片乌云，飘起了细雨，向死者和伤者洒落，向惊慌失措、疲惫不堪和满腹怀疑的人们洒落。细雨仿佛在说："人们哪，够了，够了。快停下来……醒醒吧。你们这是在干什么呀？"

双方饥饿、疲惫、受尽折磨的人们同样地开始怀疑，他们还应该互相残杀吗，人人的脸上都明显地有了动摇的迹象，每个人的心里都同样地出现了问题："为什么、为了谁我要杀人而又被杀呢？你们爱杀谁就杀谁，你们为所欲为吧，我可不干了！"这个想法到傍晚已经在人人心里酝酿成熟。所有这些人随时都可能对自己的行为骇然失色，扔下一切就跑，不管跑到什么地方。

可是，在会战接近尾声的时候，尽管人们已经觉得自己的行为非常可怕，尽管他们很愿意住手，一种不可理解的神秘力量还是在继续支配着他们，只剩下三分之一汗流浃背、沾满火药和血迹的炮兵了，尽管累

---

①达维多夫，在莫斯科省拥有若干庄园的著名贵族家族。

得跌跌绊绊、气喘吁吁，仍在搬运弹药、装填炮弹、瞄准、安上引火线；于是双方的炮弹还是那样迅速而无情地飞来飞去，炸得血肉横飞，可怕的行径在继续进行，这种行径不是按照战士们的意志，而是按照那个领导军队和世界的人的意志进行的。

谁看一看俄军的队尾的混乱情形，谁就会说，法国人只要再稍微努一把力，俄军就被消灭了；谁要是看一看法军的队尾，也会说，俄国人只要再稍微努一把力，法国人就彻底完了。但是法国人和俄国人都没有作出这种努力，于是战火慢慢地趋于熄灭。

俄国人没有作出这种努力，因为并不是他们在进攻法国人。在会战之初他们只是驻守在通往莫斯科的大道上，堵住敌人，到会战后期，他们仍像在会战之初那样继续驻守。不过，即使俄国人的目的是要击退法国人，他们也不可能作出这最后的努力，因为俄国人的军队已经全部被击溃，没有一支部队不在战火中受到重创，即便是驻守原地，俄军也已经丧失了一半兵力。

法国人带着对过去十五年战无不胜的记忆，怀有拿破仑不可战胜的信心，知道他们已控制了战场的一部分，而他们只损失了四分之一的兵员，还拥有两万毫发未伤的近卫军，因而是很容易作出这种努力的。为了把俄军从阵地上赶走而进行攻势作战的法国人是应当做出这种努力的，因为只要俄国人还像战前一样堵住到莫斯科去的大道，法国人的目的就没有达到，他们的一切努力和牺牲全都付诸东流。但是法国人并没有作出这种努力。某些历史学家说，拿破仑应当动用自己的毫发未伤的老近卫军，以便赢得会战的胜利。说拿破仑如果动用自己的近卫军，情况便会怎样，这就等于说，如果秋天变为春天，情况便会有所不同。这是不可能的。拿破仑没有动用自己的近卫军，不是因为他不想这样做，而是因为不可能这样做。法军的所有将军、军官、士兵都明白，当时是不可能这样做的，因为部队低落的士气不允许这样做。

不是拿破仑一个人有过噩梦般的感觉，觉得可怕地挥起的手臂软弱无力地落了下来，而是法军所有的将军，所有曾参与和不曾参与的士兵，在有了以往历次战役的经验（那时只消十分之一的努力敌人便会逃跑）之后，这次面对敌人却都有一种畏惧的感觉，这个敌人在丧失一半兵力之后，在会战后期仍然像在会战初期那样岿然不动。进行攻势作战的法军的精神力量耗竭了。俄国人在波罗金诺所取得的胜利，不是根据夺取了多少面木杆上绑着布片的所谓军旗、先后占据了什么地方来评定的胜利，而是精神上的胜利，是迫使敌人承认自己的对手在精神上占有优势而自己处于劣势的胜利。法国人的入侵好比一头凶猛的野兽，在飞扑而来时受到了致命伤，觉得自己要死了；然而这头野兽是不可能停下来的，正如俄军不可能不避开两倍于己的敌军一样。在这次碰撞后，法军还能到达莫斯科；但是在这里无需俄军作出新的努力，这头野兽就会由于在波罗金诺受到了致命伤流血过多而死。波罗金诺会战的直接后果，就是拿破仑无缘无故地从莫斯科逃走、沿着古斯摩棱斯克大道往回跑、五十万大军的入侵的彻底失败、拿破仑帝国的灭亡，这个帝国首先在波罗金诺受到了精神上更强大的敌人的致命一击。

第三卷

一

运动的绝对不间断性是人的智力所不能理解的。人要理解任何一种运动的规律，只有当他从这种运动中任意截取若干单位加以考察时才有可能。然而人类的大部分错误正是由于把不间断的运动任意分割为间断性的单位而产生的。

众所周知，古希腊有一个所谓的诡辩，说的是阿喀琉斯永远赶不上在他前面爬行的乌龟，尽管阿喀琉斯行走的速度是乌龟的十倍：当阿喀琉斯走完他和乌龟之间的距离时，乌龟在他前面爬行了这个距离的十分之一；阿喀琉斯走完这十分之一，乌龟爬行了百分之一，依此类推，以至无穷。古希腊人觉得这个问题是无法解决的。答案（阿喀琉斯永远赶不上乌龟）的荒谬完全是由于任意截取运动的间断性的单位，而阿喀琉斯和乌龟的运动都是不间断的。

采取越来越小的运动单位，我们只是接近于问题的解决，却永远不能最终解决它。只有假设无穷小以及由无穷小至十分之一的级数，并取得该几何级数之和，我们才能解决问题。新的数学分支获得了处理无穷小的方法，于是关于运动的其他更为复杂的问题，过去觉得无法解决的现在也迎刃而解了。

古希腊人所不知道的这个新的数学分支在考察运动问题时，运用无穷小的概念借以恢复运动的主要条件（运动的绝对不间断性），从而克服了过去人类智力所不可避免的错误，他们以考察运动的个别单位来代替对不间断运动的考察。

在对历史运动规律的探索中，情况也完全一样。

无数人的任意行为所形成的人类运动是不间断的。

认识这一运动的规律是历史学的目的。可是为了研究无数人的任意行为之总和所形成的运动规律，人的智力却诉诸任意的、间断性的单位。历史学的第一种方法是从那些不间断的事件中任意抽取一个系列，孤立地加以考察，然而任何一个事件都没有也不可能有开端，总是一个事件不间断地产生于另一个事件。第二种方法是考察一个人——帝王、统帅的行为，把这种行为看做人类任意行为的总和，然而人类任意行为的总和从来不表现于个别历史人物的行动。

历史科学在其发展过程中经常选取越来越小的单位作为考察的对象，竭力想通过这样的方法接近真理。但是不论历史学所选取的单位多么小，我们觉得，孤立地截取某个单位、假设某个现象有**开端**并假设所有人的任意行为都表现于某个历史人物的行为之中，这本身就是错误的。

历史学的任何结论，无需批评家费什么力气就会灰飞烟灭，不留痕迹，这就是因为批评家选作考察对象的都是或大或小的间断性的单位；他有理由这样做，截取的历史单位永远都是任意性的。

只有考察无穷小——历史的微分①，即人们的各种同样的趋向，并应用求积分②的方法（取这些无穷小之总和），我们才有希望认识历史规律。

十九世纪最初十五年，欧洲出现了几百万人的异乎寻常的运动。人们放下自己的日常活动，从欧洲的一端奔向另一端，掠夺、互相杀戮、或狂喜或绝望，整个生活进程在几年中发生着变化，呈现为一种强劲的运动，它起初日渐高涨，后来渐渐微弱。这个运动的原因何在，或者说，它是按照什么规律发生的？——人类的理智在这样发问。

为了回答这个问题，历史学家向我们讲述几十个人在巴黎市一座房子里的活动和讲话，并将这些活动和讲话称之为革命，然后讲了拿破仑

---

①这个概念表示不可分割的要素，某种“数学上的原子”。历史学家卢里耶认为，托尔斯泰的“历史的微分”恰好类似于古希腊原子论者的“不可分割的”单位，这就是历史运动中的无穷小的要素（见卢里耶《〈战争与和平〉中的历史的微分》，《俄罗斯文学》1978 年第3 期）。

②“求积分”在俄语中还有“加以整合、一体化”的意思。

以及某些支持和反对他的人的详细履历，介绍了其中一些人对另一些人的影响，并说：这就是运动发生的原因，也就是运动的规律。

但人类的理智不仅不相信这种解释，而且干脆说，这种解释的方法不对，因为在这种解释中最无足轻重的现象被看做最重大的现象的原因。人们的任意行为的总和造就了革命和拿破仑，正是这些任意行为的总和曾容忍了又消灭了革命和拿破仑。

“但是每一次，只要有征服，就有征服者；每一次，只要国家有重大变革，就有伟大人物。”历史学这样说。而人类的理智回答道，不错，每当出现征服者时就会有战争，然而这不能证明，征服者是发生战争的原因，也不能证明，可以在个别人的活动中找到战争的规律。每一次当我望着自己的表，看见指针指向十点时，就听到邻近的教堂开始鸣钟，不过，尽管每当开始鸣钟时指针就指着十点，我却没有理由根据这一点就作出结论，说指针的位置是教堂的钟一齐响动的原因。

每一次，当我看到机车启动时，就能听到汽笛声，看到阀门打开和车轮滚动，但是我没有理由根据这一点就作出结论，说汽笛声和车轮的滚动是火车启动的原因。

农民说，暮春刮寒风是因为橡树吐新叶，确实，每年春天都在橡树吐新叶时刮寒风。虽然我不知道，为什么会在橡树吐新叶时刮寒风，但是我不能同意农民的看法，说刮寒风是橡树吐新叶的原因，就因为风力对吐新叶是不起作用的。我所看到的只是任何日常现象中常有的那些条件的巧合，而且我看到，不管我多么仔细地观察时针、机车的阀门和车轮以及橡树的新叶，我也无法了解鸣钟、机车启动和刮寒风的原因。为此我应该完全改变着眼点，去研究蒸汽、车轮与风的运动规律。历史学也应当这样做。而且已经有过这样的尝试了。

为了研究历史规律，我们应当完全改变观察对象，应当撇开帝王、大臣和将军，而去研究那些影响着群众的同样的、无穷小的因素。谁也不能说，研究历史规律的这个途径能给人带来多少成果，但显而易见的是，唯有遵循这个途径才有可能捕捉到历史规律，而人类的智慧在这方面的付出，还不及历史学家们为描述帝王、统帅、大臣的活动以及阐述自己对这种活动的思考而付出的努力的百万分之一。

二

欧洲说十二种语言的武装力量入侵俄国。俄国军民为避战撤退到斯摩棱斯克，又从斯摩棱斯克撤退到波罗金诺。法军以不断增强的冲力猛扑莫斯科，扑向行动的目的地。他们的冲力在接近目的地时越发增强，正如落体在接近地面时速度越来越快。背后是几千俄里忍饥挨饿、同仇敌忾的广阔地域；面前是离目的地几十俄里的路程。这一点拿破仑军队的每一名士兵都明白，入侵只是由于惯性而不由自主地迫近目的地。

随着连续不断的撤退，俄军仇恨敌人的怒火愈燃愈旺；部队在撤退时集中、壮大起来了。在波罗金诺发生了冲突。双方的部队都没有溃散，但俄军在冲撞后立即后退是必然的，如同一个球与另一个冲力更大的球相碰必然会向后滚动一样；同样，急剧冲撞的入侵之球也必然会（尽管在冲突中已丧失全部力量）再向前滚一段距离。

俄国人撤退一百二十俄里——退到了莫斯科那边，法国人到了莫斯科，在那里停了下来。在此后的五个星期里没有打仗。法国人按兵不动。好像一头受了致命伤的野兽，流血不止、舔着自己的伤口，他们在莫斯科停留了五个星期，无所作为，突然，没有任何新的原因就向后方逃跑：奔向卡卢加大道（他们胜利了，因为小雅罗斯拉韦茨附近的战场又被他们占据了），没有发动任何重大的战役又更快地逃往斯摩棱斯克，过了斯摩棱斯克、维尔纳、别列津纳河等等。

八月二十六日晚，库图佐夫和全军官兵都深信，波罗金诺会战打赢了。库图佐夫就这样呈报了皇上。库图佐夫下令准备新的战斗、彻底击溃敌人，他这样做并不是想欺骗谁，而是因为他知道，敌人已被打败，这是每个参战的人也都知道的。

可是当晚和第二天陆续传来遭到空前伤亡、丧失一半兵力的消息，因而已无力再战。

发起新的战役是**不可能**的，因为情报还没有收集齐全，伤员还没有全部抬走，炮弹还没有补充，阵亡者还没有统计，代替阵亡官长的人员还没有指派，战士们还没有吃饱睡好。

与此同时，就在战役结束后的第二天早晨，法军已经（按照运动的惯性，现在仿佛与距离的平方成反比地加快速度）自然而然地向俄军挺进。库图佐夫想在第二天发动进攻，全军官兵也想这样。但是要进攻，仅有进攻的愿望是不够的；还要有进攻的可能性，而这种可能性是不存在的。不得不昼夜撤退，然后又同样地不得不接二连三地昼夜撤退。最后在部队抵达莫斯科的九月一日，尽管部队的士气无比旺盛，然而迫于实际情况，部队只好撤到莫斯科的后方去。于是部队又一而再地昼夜撤退，莫斯科沦于敌手。

有些人习惯性地以为，统帅在制定战争和战役计划时也像我们一样，可以坐在自己的书房里看着地图设想，在如此这般的战役中该怎样或自己会怎样进行部署，他们会问，为什么库图佐夫在撤退时不采取这样或那样的行动，为什么他不抢先占据菲利的阵地，为什么他不一下子退到卡卢加大道，为什么要放弃莫斯科，如此等等。习惯于这样想的人们忘记了或不了解，任何一位总司令的活动总是在一些不可避免的条件下进行的。我们自由自在地坐在书房里，看着地图分析某个战役，已知双方各有多少部队，地形也是已知的，并且从某个已知的时间点开始我们的设想，统帅的活动和我们在这种情况下所想象的毫无共同之处。总司令永远不会像我们那样，总是在一个事件**开始**时的条件之下考察事件。总司令总是处于一系列变动不居的事件中心，因而自始至终在任何时候都不可能全面思考变化中的事件的全部意义。事件随时在难以觉察地显现它的意义，而在事件的这种逐渐的、不断地显现过程中的每时每刻，总司令都处于极其复杂的博弈、阴谋、忧虑、制约、权力、方案、建议、威胁、欺骗的旋涡中心，经常不得不回答向他提出的不可胜数的、总是相互矛盾的问题。

军事学者非常严肃地告诉我们，库图佐夫早在到达菲利之前就应该把部队调往卡卢加大道，甚至有人提出过这个方案。但是在总司令面前，尤其是在困难时刻，往往不是有一个方案，而是同时有几十个方案。这些基于战略和战术考虑的方案每一个都相互矛盾。总司令似乎只要从这些方案中选定一个就行。但是这一点他也无法做到。事件和时间是不等人的。假定二十八日有人建议他转移到卡卢加大道，然而这时副官从米洛拉多维奇那里疾驰而来，问他马上同法国人开战还是要撤退。他必须刻不容缓地马上发出命令。而撤退的命令使我们错过了通往卡卢加大道的那条弯道。在副官之后，军需官问粮草要运往哪里，而医院院长来问往哪里运送伤员；而来自彼得堡的信使送来了皇上的信件，断然不准放弃莫斯科，而总司令的对手，那个暗中找茬的人（这种人总是有的，不是一个，而是好几个）提出了一个新方案，它和开赴卡卢加大道的计划截然相反；而总司令本人需要睡眠和营养来保持体力；而一位可敬的将军错过了受奖的机会跑来发牢骚，而当地居民来恳求保护；派去视察地形的军官带来的报告，与在他之前派去的军官的说法完全相反；而侦察兵、俘虏和实地侦察的将军对敌情的描述各不相同。习惯于不理解或忘记任何一位总司令在行动中必然会碰到这些条件的那些人，譬如说，会向我们介绍部队在菲利的情况，并设想总司令在九月一日完全可以自由地决定放弃还是保卫莫斯科的问题，可是俄军在距离莫斯科五俄里时所处的情况，已经使这个问题不可能存在了。客观上这个问题是什么时候决定的呢？是在德里萨、斯摩棱斯克，最明显的是二十四日在舍瓦尔金诺、二十六日在波罗金诺以及在从波罗金诺向菲利撤退的每一天的每时、每刻决定的。

三

俄军从波罗金诺撤退后驻守在菲利。前往视察阵地的叶尔莫洛夫来见元帅。

“在这个阵地上作战是不可能的。”他说。库图佐夫惊讶地看看他，要他再说一遍。等他说过了，库图佐夫拉起他的一只手。

“把手给我，”他说，他把这只手转动一下，以便搭脉，接着说，“你有病，亲爱的。想一想吧，你在说什么呀。”

库图佐夫在波克隆山上，在离开多罗戈米洛沃哨卡六俄里的地方下了马车，在路边的一条长凳上坐了下来。一大群将军聚拢在他的周围。拉斯托普钦伯爵从莫斯科来到这里，也和他们一起来了。所有这些杰出人物分为几个圈子，交谈着阵地的利弊、部队的态势、拟议中的计划、莫斯科的状况，总之，谈的都是军事问题。大家都意识到，这是一次军事会议，尽管没有明说为什么召集他们，也没有说是开会。所有的谈话都保持在共同问题的范围之内。即使有人谈论或打听私人的事情，也是低声细语，而且立刻又回到共同的问题：没有戏谑，没有笑声，甚至在所有这些人之间都见不到笑容。显然，大家都在自我克制，竭力严格要求自己。所有的小组在交谈时都挤在靠近总司令的地方（他的长凳成为这些小圈子的中心），说话时总是设法让他能够听到。总司令听着，有时请周围说话的人把话再重复一遍，但他自己不介入谈话，也不发表任何意见。在听了某个圈子的谈论之后，他往往带着失望的样子扭开了头，仿佛他们所说的话完全不是他希望听到的。有些人在谈论选定的阵地，与其说在批评阵地本身，不如说在批评选定该阵地的人的智力；另一些人试图证明，早就犯了一个错误，前天就该应战了；还有一些人在谈论萨拉曼卡战役，刚刚到达的身穿西班牙军服的法国人克罗萨[①]介绍了这次战役的情况。（这个法国人和在俄军服役的一个德国亲王一起分析了萨拉戈萨[②]之围，也觉得保卫莫斯科是可行的。）第四个圈子里的拉斯托普钦伯爵说，他已经准备好要亲率莫斯科民兵与首都共存亡，但他还是不能不感到遗憾，他居然被蒙在鼓里，要是他早知道这些情况，那就是另一回事了……第五个圈子里的人们为了显示自己深刻的战略思考，在大谈部队今后应该采取的行动方向。第六个圈子的人纯粹是在胡说八道。库图佐夫的脸色越来越忧郁而悲伤。在所有这些谈话中，库图佐夫只意识到一点：保卫莫斯科完全**没有任何实际可能性**，也就是说，不可能到如此程度，即使哪个发疯的总司令发出作战命令，也只能

① 克罗萨是1812年起在俄军服役的法裔军官。

② 萨拉戈萨是西班牙城市，1808—1809年两度被法军围困，经两个多月的英勇抵抗于1809年2月陷落。

引起混乱，而不会有作战行动；这是因为所有的高级指挥官不仅承认这个阵地糟糕透顶，而且他们在谈话中只是在讨论阵地必将被放弃之后会发生什么情况。指挥官怎么能率领自己的部队奔赴他们认为糟糕透顶的战场呢？下级指挥官甚至士兵（他们也在议论）也承认阵地糟糕透顶，因而不可能带着这种失败情绪投入战斗。既然本尼格森坚持保卫阵地，而其他人还在对这个阵地议论纷纷，那么这个问题本身就已经失去意义了，只是成了挑起争端和耍阴谋的借口。对库图佐夫来说，这是昭然若揭的。

本尼格森选定阵地后，热烈地大谈他对俄国的爱国主义（库图佐夫不能不皱着眉头听），坚持要保卫莫斯科。库图佐夫对本尼格森的意图了如指掌：在保卫战失败的情况下，可以归咎于库图佐夫，因为他不战而退，把部队带到了麻雀山，在获得胜利的情况下，则归功于自己；在他的意见被否决的情况下，他可以为自己洗刷放弃莫斯科的罪名。但此刻老人对这个耍阴谋的问题并不在意。他在意的是一个可怕的问题。而他在谁的谈论中也找不到对这个问题的答案。现在对他来说，唯一的问题是："难道是我把拿破仑放到了莫斯科，我又是在什么时候铸成大错的呢？这是在什么时候造成的？难道是昨天晚上，在我派人向普拉托夫下达撤退命令的时候，或者是前天晚上，在我打盹而命令本尼格森主持一切的时候？也许还更早？……这个可怕的情况究竟是在什么时候造成的呢？莫斯科必须放弃。部队必须撤退，这个命令必须发布。"他觉得，发布如此可怕的命令，就等于放弃军队的指挥权。而他爱权力，习惯于掌权（普罗佐罗夫斯基公爵所享有的尊荣刺激了他的权力欲，他在土耳其曾是他的部属），不仅如此，他还确信，命中注定要由他来拯救俄罗斯，正因如此，他才能违反皇上的意旨而顺应民意地当选总司令。他确信，只有他能在如此困难的条件下继续统领军队，全世界只有他能无所畏惧地与不可战胜的拿破仑为敌。而他必须发布的命令却使他想起来就觉得可怕。然而必须作出决断，必须制止他周围的议论，这种议论开始具有一种过于放肆的性质。

他把几位军衔最高的将军叫到身边。

“不管我的头脑好使不好使，反正没有人可以依靠了。”他说，他从长凳上站起来，骑马到菲利去了，他的马车都停在那里。

四

下午两点钟，在农民安德烈·萨沃斯季亚诺夫家宽敞的、最好的屋子里召集会议。这个农民大家庭的男人、女人和孩子们都挤在门斗对面的一个没有烟囱的小木屋[①]里。只有安德烈的小孙女，六岁的小姑娘玛拉莎留在大房间的火炕上，殿下对她很亲切，喝茶时给了她一块糖。她腼腆而高兴地从火炕上看着将军们的脸、军服和十字勋章，他们鱼贯而入，在正中圣像下宽宽的长凳上落座。爷爷，玛拉莎在心里这样称呼库图佐夫，单独坐在火炕后面一个幽暗的角落。他坐着，把身子深深地埋进可以折叠的圈椅里，不断地哼哼着拉开常礼服的领子，尽管领扣已经解开，他好像还是觉得衣领勒着脖子。陆续进来的人走到元帅跟前；他和某些人握手，对某些人点头。副官凯萨罗夫想拉开库图佐夫对面的窗帘，可是库图佐夫生气地连忙向他摇手，凯萨罗夫明白了，殿下不愿让人看到他的脸色。

在农家那张云杉木的桌子上放着一些地图、计划、铅笔和文件，围在桌子旁的人太多，于是勤务兵又搬来一条长凳放在桌边。在这条长凳上坐下的是新到的叶尔莫洛夫、凯萨罗夫和托尔。在圣像的正下方，坐在首位的是脖子上挂着圣乔治勋章、脸色苍白而有病容、高高的前额与光头融为一体的巴克莱·德·托利。他受寒热的折磨已有两天，这时恰好发冷，浑身酸痛。和他并排坐在一起的乌瓦罗夫在小声地（大家说话的声音都很小）对巴克莱说什么，一边很快地做着手势。矮小的圆滚滚的多赫图罗夫微微抬起眉毛，双手叠放在肚子上，仔细地听着。坐在另一边的是奥斯特曼-托尔斯泰，他一只手托着宽宽的脑袋，形容威猛、双目炯炯，似乎完全沉浸于自己的思绪。拉耶夫斯基带着急不可耐的表

① 这种小屋用火炉取暖，却没有烟囱；起初屋内烟雾腾腾，然后从窗洞慢慢冒出去。

情，用习惯性的手势向前面卷着乌黑的鬓角，时而看看库图佐夫，时而看看门口。科诺夫尼岑坚定、漂亮、和善的脸上闪着和蔼、狡黠的微笑。他遇到了玛拉莎的目光，便对她使眼色，把小姑娘逗笑了。

大家都在等候本尼格森，他以重新视察阵地为借口，在享用自己美味的午餐。从四点钟等到六点，在这段时间里一直没有开会，都在低声细语地讲些闲话。

只是在本尼格森走进房间时，库图佐夫才从自己的角落里向桌前移动，但适可而止，让放到桌上来的几支蜡烛照不到他的脸。

本尼格森以一个问题作为会议的开场白："不战而放弃俄罗斯古老神圣的首都还是保卫它？"接着是持续很久的一片寂静。所有人的脸色都阴沉下来，在寂静中只听到库图佐夫气愤的呼哧声和咳嗽声。所有人的眼睛都在看着他。玛拉莎也看着爷爷。她离他最近，看到他的脸上布满了皱纹：他似乎就要哭了。不过为时不久。

"**俄罗斯神圣古老的首都**！"他突然说道，用气愤的声音重复本尼格森的话，从而指出这种话的虚伪性。"请允许我告诉您，大人，这个问题对俄国人是没有意义的。（他那沉重的身躯向前一扑。）不能这样提出问题，这样的问题是没有意义的。我召集这些先生来讨论的问题，是军事问题。问题如下：'拯救俄罗斯要靠军队。甘冒丧失军队和莫斯科的风险而应战有利，还是不战而放弃莫斯科有利？'正是在这个问题上我希望知道诸位的意见。"（他向圈椅的椅背上一仰。）

辩论开始了。本尼格森还不认为他的这一局博弈已经输了。他是认可巴克莱和其他人关于不可能在菲利进行保卫战的意见的，现在却满怀俄罗斯爱国主义和对莫斯科的爱，建议趁夜将部队从右翼调往左翼，并在第二天袭击法军右翼。意见有了分歧，赞成和反对的争论不休。叶尔莫洛夫、多赫图罗夫和拉耶夫斯基赞同本尼格森的意见。他们是出于要在放弃首都之前牺牲的热情，或出于个人的其他考虑，可是这几位将军似乎不明白，此次会议是不可能改变事态的必然进程的，不明白现在莫斯科已被放弃了。其余的将军们是了解这一点的，因而把莫斯科问题撇在一边，在谈论部队撤退中应采取的方向。玛拉莎目不转睛地看着眼

前的情况，对这个会议的意义有了另一种理解。她觉得，这只是“爷爷”和“长襟”个人之间的争执，她见本尼格森穿着长襟常礼服便叫他“长襟”。她看到，他们在交谈时都发火了，心里站在爷爷一边。在谈话中她发觉，爷爷用调皮的目光向“长襟”很快地看了一眼，此后她高兴地看到，爷爷对“长襟”说了什么，使本尼格森无话可说：本尼格森突然满脸通红，气呼呼地在房间里走来走去。对本尼格森发生了这么大影响的话，是库图佐夫以平静、温和的语气就本尼格森的建议的利弊所发表的意见，他的建议是：趁夜将部队从右翼调往左翼，以便进攻法国人的右翼。

“诸位，”库图佐夫说，“我不能赞同伯爵的计划。在敌人的近距离内调动军队总是危险的，军事史证明了这个看法。譬如……（库图佐夫仿佛在沉思，寻求恰当的战例，并以天真开朗的目光看着本尼格森。）就拿弗里德兰战役[①]来说吧，我想，伯爵还记得很清楚，这个战役之所以不大成功，就是因为我军在离开敌人太近的地方重新编队……”接着是片刻的沉默，不过大家都觉得这段时间很漫长。

辩论重新开始，不过时常冷场，觉得不必多谈了。

在一次冷场时库图佐夫长叹一声，好像准备讲话。大家都转身望着他。

“总之，诸位，看来要由我为后果承担责任了，”他说。他缓缓地欠起身来，走到桌前，“诸位，我听取了你们的意见。有些人会有异议。但是我（他停顿了一下）以我的皇上和祖国赋予我的权力宣布，我——命令撤退。”

此后，将军们庄严、肃穆、小心翼翼地开始走散，好像刚参加了葬礼似的。

有几位将军完全不像在会议上发言时那样声音洪亮，而是低声地向总司令说着什么。

家里早就在等玛拉莎吃晚饭了，她背朝外小心地从火炕上爬下来，

---

① 见第2部第2卷第17章注。

一双小小的赤脚不断踩着火炕的突出处，随即在将军们的大腿之间钻过去，从门口溜出去了。

将军们走了以后，库图佐夫臂肘支在桌子上坐了很久，一直在想那个可怕的问题："什么时候，究竟是什么时候铸成大错，以致不得不放弃莫斯科呢？是什么时候犯了决定性的错误，那是谁的错？"

"这一点，这一点我不曾料到，"他对进来见他的副官施奈德说，这时已是深夜，"这一点我不曾料到！这一点我没有想到！"

"您应该休息了，殿下。"施奈德说。

"不！他们一定会像土耳其人一样吃马肉，"库图佐夫没有理会施奈德，用胖乎乎的拳头捶着桌子大声说道，"他们也会吃马肉，只要……"

五

同时，与库图佐夫相反，在比军队不战而退更为重大的事件，即在放弃和焚毁莫斯科的这个事件中，以该事件领导者自居的拉斯托普钦的所作所为却完全不同。

放弃和焚毁莫斯科的事件，与部队在波罗金诺会战后不战而退到莫斯科后方同样是不可避免的。

每个俄国人不是基于思辨，而是基于我们和我们父辈内心的感觉，在这一切发生之前就能预言它必将发生。

从斯摩棱斯克开始，在俄罗斯土地上的所有城镇和乡村，无需拉斯托普钦伯爵及其传单的参与，到处发生了与莫斯科相同的情况。人民从容不迫地等待着敌人，没有暴动，没有骚乱，没有把任何人撕成碎片，而是平静地等待着自己的遭遇，感到自己有力量在最艰难的时刻采取应有的行动。等到敌人临近，比较富有的居民走了，把财产弃之不顾；比较贫穷的居民留了下来，焚烧和摧毁遗留的一切。

俄罗斯人的心灵意识到这种情况会发生，而且任何时候都会发生。这种意识，不仅如此，还有对莫斯科将被占领的预感始终存在于一八一二年莫斯科的俄罗斯人社会。那些早在七月和八月初就从莫斯科出走的人们表明，他们是估计到莫斯科会被占领的。那些扔下房屋和一半财产，带上能带走的一切出走的人们，这样做是出于潜在的（latent）爱国主义，这种爱国主义不是表现于豪言壮语，不是表现于为了拯救祖国而杀死孩子等不正常的行动，而是不为人知地、朴实地、出自本能地表现出来，因而总是会产生极其强有力的效果。

“逃避危险是可耻的；只有胆小鬼才会逃离莫斯科。”有人对他们说。拉斯托普钦在其传单中向他们宣称，从莫斯科出走是耻辱。他们羞于被叫做胆小鬼，羞于出走，但他们还是走了，知道他们应当走。为什么他们要走呢？不能设想，他们是因为拉斯托普钦说到拿破仑在被征服的土地上的骇人听闻的暴行而害怕了。他们走了，最先走的是富有的有教养的人们，他们很了解，维也纳和柏林都完好无损地保存了下来，居民和有魅力的法国人一起度过愉快的时光，那时俄国的男人，尤其是女人们，是那么喜爱法国人。

他们之所以走，是因为对俄国人来说，不存在生活于法国人统治下的莫斯科好不好的问题。法国人的统治是不可接受的：这比什么都糟。他们在波罗金诺会战之前就陆续离去，在波罗金诺会战之后走得更快，不理睬保卫首都的号召，无视莫斯科总督要抬着伊韦尔圣母像投入战斗的意向以及要用来毁灭法国人的气球，也不理会拉斯托普钦在其传单中的所有胡言乱语。他们知道，应当投入战斗的是军队，如果他们不行，那么要带领夫人小姐和家仆到三山门去和拿破仑作战是不可想象的，必须出逃，[1]不管抛弃自己的财产是多么痛心。他们走了，不去想这座宏伟富饶的首都的崇高意义，它被居民所遗弃，而且显然会被焚毁（一座被遗弃的用木料建筑的大都市必然会烧成灰烬）；他们每个人都是为了自己而离去的，然而正是由于他们走了，一个辉煌的壮举才得以完成，它将永远是俄罗斯人民最崇高的荣耀。那位模糊地意识到她不是波拿巴奴仆的太太，唯恐人们会根据拉斯托普钦的命令阻挡她，早在六

① 拉斯托普钦曾在传单里号召莫斯科居民手拿武器到城南的三山门地区迎击敌人。拉斯托普钦指定要在1812年9月1日“消灭那个恶徒”。

月就带着自己的黑奴和小丑们从莫斯科动身去了萨拉托夫乡下，从而真正是在朴实地干着拯救俄国的伟大事业。而拉斯托普钦伯爵时而羞辱出走的人们，时而疏散政府机关，时而把毫无用处的武器发给一群酗酒的败类，时而抬着圣像游行，时而禁止奥古斯丁[①]转移圣骨和圣像，时而强征莫斯科的所有私人车辆，时而动用一百三十六辆马车运走莱皮希制造的气球，时而暗示他要放火焚毁莫斯科，时而声称他已烧了自家的房屋，并写了致法国人的公告，正气凛然地指责他们毁了他的孤儿院；时而把焚烧莫斯科的功劳据为己有，时而又加以否定，时而命令民众抓捕一切奸细送交他本人，时而又责备他们这样做，时而把莫斯科的所有法国人驱逐出境，时而把莫斯科全体法国侨民的核心人物奥贝尔·舍尔玛夫人留在城内，却又没有任何特殊原因就下令逮捕并流放邮政局的可敬的老局长克柳恰廖夫[②]；时而要召集民众到三山门与法国人作战，时而又为了摆脱那些人而诱使他们杀人，自己却从后门溜走；时而说，他要与莫斯科共存亡，时而在纪念册上写自己参加战斗的法文诗[③]——这个人不了解当前事件的意义，只想有所作为，一鸣惊人，完成某种爱国主义的英雄壮举，于是像个孩子一样，在放弃和焚毁莫斯科这样雄伟而不可逆转的事件中嬉戏，妄想用他的小手促进或阻挠把他也席卷而去的人民的洪流。

六

海伦随宫廷从维也纳回到彼得堡，陷入了困境。

在彼得堡海伦享有一位大臣的特殊庇护，他在国家占有最高的要职之一。而在维也纳她已经和一个年轻的外国王子过从甚密。当她回到

---

① 奥古斯丁，即维诺格拉茨基（1766—1819），其职衔是德米特罗夫主教，著名的宗教作家和传道士，1812 年实际主持莫斯科教区。

② 克柳恰廖夫（1754—1820），共济会员，长期担任莫斯科邮政局长。

③ 我生而为鞑靼人。我想做个罗马人。法国人叫我野蛮人。俄国人却叫我乔治·当丹。——作者注。

乔治·当丹是莫里哀的喜剧《乔治·当丹》的主人公。这出喜剧是庆祝路易十四凯旋的，曾在凡尔赛宫演出。

彼得堡时，王子和大臣都在彼得堡，两个都向她声明自己的权利。于是海伦在自己的生涯中面临一个崭新的课题：与两个都保持亲密的关系而不冒犯其中的任何一个。

别的女人觉得棘手甚至无法解决的问题，从来没有使别祖霍娃伯爵夫人皱一皱眉头，难怪她享有最聪明的女人的名声。要是她开始掩饰自己的行为，用狡猾的手段摆脱窘境，这样就会因为意识到自己有过错而把事情搞糟；可是恰恰相反，海伦就像一位真正的大人物，立刻就能随心所欲地把自己置于正确的一方，真诚地相信自己是正确的，同时把所有其余的人都置于有过错的一方。

第一次当年轻的外国人胆敢抱怨她的时候，她高傲地抬起美丽的脑袋，略微转身对着他，强硬地说道：

“这就是男人们的自私和冷酷！不会有更好的表现。一个女人为你们奉献自己；她很痛苦，而您就这样报答她。殿下，您有什么权利要求我交代自己的依恋和友情呢？这个人对我来说胜似父亲。”

外国人想说什么。海伦打断了他。

“不错，也许他对我并不是完全抱有父亲的感情，可是我不应该因此就对他闭门不纳啊。我不是男人，不能以怨报德。但愿殿下知道，内心的感情我只向上帝和我的良心倾诉。”她讲完了，一只手轻按高高挺起的美丽的胸脯举目望天。

“不过，您听我把话说完吧，看在上帝分上。”

“您娶我吧，那我就是您的奴隶了。”

“可这是不可能的呀。”

“您不肯屈尊和我谈婚论嫁，您……”海伦说，她哭了。

外国人开始安慰她。海伦满眼含泪说（仿佛一时忘情），什么也不能妨碍她嫁人，这是有先例的（当时这样的先例还很少，但是她举出了拿破仑和其他显要人物），还说她从来不是自己丈夫的妻子，只是一个牺牲品。

“可是法律、宗教……”外国人说，他已经心软了。

“法律、宗教……想出这些东西有什么用呢，连这件事也办不到！”海伦说。

这个大人物很惊讶，这样简单的道理他怎么就想不到呢，于是去向耶稣会那些关系密切的教友请教。

几天后，海伦在自己石岛的别墅举办了一个令人神往的游乐会，会上有人给她介绍了已届中年、头发雪白、黑眼睛炯炯有神的令人着迷的若贝尔先生，一个穿短袍的耶稣会士①，他在花园里，在彩灯闪烁、乐声缭绕中和海伦久久地畅谈对上帝、基督、慈祥的圣母的爱，以及统一的真正的天主教给予今生和来世的慰藉。海伦感动了，好几次她和若贝尔先生都热泪盈眶、嗓音颤抖。一个舞伴来邀请海伦跳舞，打断了她和她未来的信仰的维护者的交谈，不过第二天若贝尔先生就一个人在晚上来到了海伦家里，从此就是她家的常客了。

一天，他把伯爵夫人带到天主教教堂，她被领到祭坛前，于是在祭坛前跪倒。已届中年、令人倾倒的法国人把双手放在她头顶上，后来她自己说，她觉得仿佛有一阵清风吹拂，直透她的心底。人们向她解释说，这是天惠。

然后一个穿长袍的神甫被领到她面前，听了她的忏悔，赦免了她的罪孽。第二天给她送来了一个匣子，内有圣餐，供她在家里享用。几天后海伦高兴地得知，现在她已加入了真正的天主教教会，日内教皇将亲自了解她的情况，并给她发一份文件。

这个时期在她周围和对她所做的一切，这么多聪明人对她的关心，而且以如此令人愉快而又风雅的方式表现出来，以及现在她那鸽子般纯洁的形象（这个时期她一直穿着洁白的连衣裙、扎着白色缎带），都使她十分得意；然而得意之余她一分钟也没有忘记自己的目的；往往如此，在耍花招方面蠢人会使比较聪明的人吃亏上当，她很清楚，他们的一言一行主要是想让她成为天主教徒，然后为了耶稣会机构的利益而向她要钱（向她暗示过），海伦在付款之前，坚持要为她履行各种必要的手续，以便解除她和丈夫的婚姻关系。在她看来，任何宗教的作用就是要在满足人的愿望时保持一定的体面。为了这个目的，她在和听取忏悔

① 穿短袍的耶稣会士是尚未担任神职的教士，担任神职后改穿长袍。

的神甫的一次谈话中坚决要求他回答一个问题，就是她的婚姻对她究竟有多大的约束。

他们坐在客厅的窗前。薄暮时分。窗口花香扑鼻。海伦身穿露肩和露胸的白色连衣裙。神甫保养得很好，丰满的下巴刮得溜光，有一张讨人喜欢的坚毅的嘴巴，一双白皙的手谦和地放在膝上，他坐在靠近海伦的地方，嘴角挂着微妙的笑意，安静地以陶醉于她的美貌的眼神不时看看她的脸，就他们感兴趣的问题阐述着自己的观点。海伦带着不安的微笑望着他的鬈发、因刮光胡子而发青的丰满的双颊，时刻期待他的谈话能有一个新的转折。不过，神甫尽管面对自己女弟子的美貌和亲近而显然感到赏心悦目，却醉心于论述的技巧。

信仰指导者的推论如下。由于不了解您的行为的意义，您向一个人发誓忠于婚姻，他结了婚却不相信婚姻的宗教意义，亵渎了它。这婚姻就失去了它应有的约束双方的意义。尽管如此，您的誓言对您是有约束力的。您背弃了它。您这样做犯了什么罪呢？是可以饶恕的罪，还是不可赎的罪？是可以饶恕的罪，因为您的行为没有恶意。如果你现在为了生儿育女而再次结婚，那么您的罪就是可以饶恕的。可是问题又分为两个方面：首先……

“但是我认为，”不耐烦的海伦带着迷人的微笑突然说道，“我既然信奉了真正的宗教，那么错误宗教强加于我的婚姻对我就没有约束力了。”

信仰的维护者大为惊讶，哥伦布的鸡蛋就这样容易地在他面前竖起来了[①]。他赞赏自己女弟子神速的长进，却不能放弃自己苦心建立的论证体系。

“我们来分析一下这个问题吧，伯爵夫人。”他微笑着说，开始反驳自己教女的论断。

七

海伦知道，从宗教观点来看，这个问题很简单也很容易解决，她的

---

① 传说哥伦布悟到，要把鸡蛋竖在桌上，把它的一端敲碎即可。

指导者们处处刁难，只是因为他们顾忌世俗当局对这个问题的看法。

因此海伦决定，要在社交界为这件事做好舆论准备。她引起了年老大臣的醋意，又对他说了对第一个追求者说过的那些话，即这样提出问题，若要获得拥有她的权利，唯一的办法是娶她为妻。这位年老的要人最初也像前面那个年轻人一样，听了撇下活着的丈夫出嫁的建议大吃一惊，但是海伦坚信，这和姑娘出嫁是同样简单而自然的，这种毫不动摇的信念对他起了作用。要是海伦自己稍微露出一点动摇、羞愧、诡秘的迹象，那么她的事情无疑就会办砸了，然而不仅没有一点诡秘、羞愧的迹象，而且相反，她单纯、天真而和颜悦色地告诉自己亲近的朋友们（而这样的朋友遍及整个彼得堡），王子和大臣都向她求婚，而她两个都爱，很怕伤害了其中的任何一个。

一种流言立刻在彼得堡散布开了，不是说海伦要和丈夫离婚（如果散布这样的流言，很多人就会反对这种非法的企图），而是干脆说，不幸的、迷人的海伦很困惑，在两个人之中不知嫁谁好。这已经不是可不可以的问题了，问题仅仅在于嫁谁更有利，宫廷对此会有什么看法。确实有一些守旧的人，不能上升到理解这个问题的高度，认为这个意图是对婚姻的神圣性的亵渎；但这样的人很少，而且他们默不作声，大多数人感兴趣的是海伦的幸运和选谁更好的问题。至于撇下活着的丈夫嫁人好不好，没有人谈论，因为在那些比咱们聪明（据说是这样）的人看来，这个问题显然已经解决了，怀疑这个问题已得到正确的解决是要冒风险的，会显得愚蠢，不懂得上流社会的处世之道。

这一年夏天玛丽亚·德米特里耶夫娜·阿赫罗西莫娃到彼得堡来看望自己的一个儿子，只有她敢于直言，发表与社会舆论相反的意见。在舞会上遇到海伦，玛丽亚·德米特里耶夫娜把她拦在大厅中央，在一片寂静中对她粗声说道：

“你们这儿有人要撇下活着的丈夫嫁人了。你大概以为，这种新鲜事儿是你发明的吧？人家赶在前面了，少奶奶。早就有人发明了。在所有的……那里就是这么干的。”玛丽亚·德米特里耶夫娜边说边卷着自己宽大的袖子并严厉地环视四周，以她惯常的威风凛凛的姿态穿过大厅。

玛丽亚·德米特里耶夫娜在彼得堡尽管大家都惧怕她，却把她看做丑角，所以在她的话里只注意那个难听的字眼，在彼此之间小声地重复它，揣度这个字眼正是她所说的话的精髓之所在。

瓦西里公爵最近对自己说过的话特别健忘，往往上百次地重复同样的话，只要碰见自己的女儿，每一次都说：

“海伦，我有话要对你说。”他把她领到一边，往下拽着她的一只手说，“我听说你有一些打算，关于……你知道的。是呀，我亲爱的孩子，你知道，你父亲的心总是感到快乐，只要你……你承受了这么多……不过，亲爱的孩子……按你的心意去做吧。这就是我的忠告。”他掩饰着永远不变的激动，把自己的面颊在女儿面颊上紧贴一下，走开了。

比利宾依旧保持着绝顶聪明的声誉，他是海伦的无私的朋友，一个永远会出现在出色女人身边的朋友，一个永远不会成为情人的男朋友，比利宾曾在亲密的小圈子里对自己的朋友海伦说明了自己对整个这件事的看法。

“听我说，比利宾（海伦对比利宾这样的朋友总是直呼其姓），”她用戴着几枚戒指的白皙的手碰了碰他的燕尾服的袖子，“您就像对自己的姐妹一样告诉我，我该怎么办？在两个人当中要谁？”

比利宾抬起眉头，额上起了皱纹，唇边含笑沉思起来。

“您知道吗，您并没有使我感到意外，”他说，“作为一个真正的朋友，我对您的事考虑了很久。您要明白：如果您嫁给王子（他是个年轻人），再想成为另一个人的妻子就不可能了，”他扳下一根手指，“何况宫廷也会不满（您知道，这里牵涉到亲族关系）。如果嫁给老伯爵，那么您将是他晚年的幸福，将来……王子娶一位大臣的遗孀就不失身份了。”于是比利宾松开了额上的皱纹。

“这才是真正的朋友！”海伦容光焕发地说道，又用手挨着比利宾的袖子。“可是要知道，我两个人都爱，不想伤害任何一个。为了这两个人的幸福，我愿牺牲自己的生命。”她说。

比利宾耸了耸肩，表示面对这样的苦恼，连他也爱莫能助了。

“好样的女人！这才叫毫不含糊地提出问题。她想同时做三个人的妻子。”比利宾想。

“不过请告诉我，您丈夫对这件事是怎么看的？”他问，由于声誉卓著，他不怕提这样幼稚的问题会掉价，“他同意吗？”

“噢！他太爱我了！”海伦说，不知怎么她觉得皮埃尔也是爱她的，“他为了我是不惜一切的。”

比利宾皱起额上的皱纹，他的妙语呼之欲出了。

“甚至不惜离婚？”

海伦笑了。

对拟议中的婚姻的合法性敢于怀疑的人之中还有海伦的母亲，库拉金娜公爵夫人。她经常忌妒自己的女儿而苦恼不堪，而现在这种忌妒涉及公爵夫人最贴心的男人了，她一想起来就无法容忍。她请教一位俄国神甫，丈夫活着时离婚再嫁的可能性如何，神甫告诉她，这是不可以的，还给她指出了福音书中的一段文字，那里（神甫觉得）明确指出，丈夫活着时离婚再嫁是不容许的，她听了很高兴。

公爵夫人拥有这些她觉得无可辩驳的论据后，清早就到自己女儿的家里去了，以便和她单独谈谈。

听了母亲的不同意见后，海伦温和而讥讽地微微一笑。

“说得很明确啊：凡娶离婚妇女为妻者……”老公爵夫人说。

“哎哟，妈妈，别说蠢话了。您什么也不懂。处于我的地位是有应尽的义务的。”海伦改说法语了，她总是觉得，她的问题用俄语说不清楚。

“但是，孩子……”

“哎哟，妈妈，您怎么就不明白呢，神父是有权赦免的……”

这时寄居在海伦家里的女伴进来向她禀报，王子殿下在大厅里，想见她。

“不行，您去对他说，我不愿见他，他把我气死了，因为他不遵守诺言。”

“伯爵夫人，对任何错误都要慈悲为怀啊。”一个浅色头发的长脸高鼻子的年轻人走进来说道。

老公爵夫人恭敬地站起来行了屈膝礼。进来的年轻人没有理会她。公爵夫人朝女儿点了点头，向门口飘然而去。

“不，她是对的，”老公爵夫人想，她的所有信念都因这位殿下的出现而消失了，“她是对的。可是，我们在那一去不复返的青年时代，怎么就不明白这个道理呢？而这个道理是如此简单。”老公爵夫人在坐上马车时这样想道。

八月初海伦的事情完全确定了，于是她给丈夫（她认为他是很爱她的）写了一封信，信中说，她有意和NN结婚，她已信奉唯一真正的宗教，请他履行一切必要的离婚手续，递交此信的人将向他转告离婚手续的有关情况。

“在此我祈祷上帝，但愿您，我的朋友，处于上帝神圣而坚强有力的庇护之下。您的朋友海伦。”

这封信送到皮埃尔家里的时候，他正在波罗金诺战场上。

八

在波罗金诺会战已近尾声时，皮埃尔第二次从拉耶夫斯基炮台跑下来，和成群的士兵经过峡谷前往克尼亚兹科沃，走到包扎所他看到鲜血，听到叫喊和呻吟，便急忙继续朝前走，夹杂在成群的士兵之中。

现在皮埃尔心里只想赶快摆脱这一天给他留下的种种可怕的印象，回到平常的生活环境，躺在房间里自己的床上平静地进入睡乡。他觉得，只有在平常的生活环境里，他才能认识自己，才能理解自己的见闻和感受。可是哪里也没有这种平常的生活环境。

虽然在皮埃尔所走的这条路上没有炮弹和子弹的呼啸，但是四面八方的景象还是和战场上一样。还是那些苦楚、疲惫、有时冷漠得出奇的脸，还是那鲜血、军大衣和枪炮声，尽管枪炮声很远，却仍然令人恐惧；此外闷热难当，尘土飞扬。

皮埃尔在莫扎伊斯克大道上走了大约三俄里，在路边坐了下来。

暮色四合，隆隆炮声沉寂了。皮埃尔以手支头躺下，他这样躺了很久，望着身旁在昏暗中人影幢幢。他老是觉得，有一颗炮弹带着可怕的呼啸声向他飞来；他不时战栗着欠起身来。他记不得在这里待了多久。半夜，三个士兵拖来一些树枝，在他身旁安顿下来，开始生火。

士兵们瞟了瞟皮埃尔，生着了火，坐上一口锅，把面包干掰碎放进锅里，又放了腌猪油。油腻食物的香气和油烟气混合在一起。皮埃尔欠起身来，叹了口气。士兵们（一共三个人）不理会皮埃尔只顾自己吃，彼此交谈着。

“你是什么人？”一个士兵突然问皮埃尔，正如皮埃尔所想的那样，这个问题显然意味着：要是你想吃，我们就给你，不过你得说说，你是不是一个正派人？

“我？我？……”皮埃尔说，觉得必须尽可能降低自己的身份，显得更平易近人。“我实际上是民兵军官，不过我的部队不在这里；我是来参战的，却找不到我的人了。”

“瞧你！”一个士兵说。

另一个士兵摇了摇头。

“好吧，要是你想吃，就吃点糊糊吧！”先说话的那个士兵说，他把木勺舔了舔递给皮埃尔。

皮埃尔坐到火边，开始吃糊糊，这就是那锅里的食物，他觉得他一辈子也没有吃过这么好吃的东西。他弯腰舀了满满一勺子糊糊，贪婪地吃了一勺又一勺，他的脸被火光照得很清楚，这时士兵们都默默地望着他。

“你是要去哪里？你说吧！”一个士兵又问。

“我要去莫扎伊斯克。”

“看样子你是贵族老爷？”

“是的。”

“怎么称呼？”

“彼得·基里洛维奇。”

“好，彼得·基里洛维奇，走吧，我们送你去。”

士兵们和皮埃尔一起在漆黑的夜里前往莫扎伊斯克。

他们走到莫扎伊斯克，开始爬城里陡峭的山坡，这时公鸡已经啼晨。皮埃尔和士兵们走在一起，完全忘了他的客栈是在山脚下，他已经走过头了。他一定想不起来了（他是那么心神恍惚），幸亏他的驯马师在半山腰碰上了他，驯马师满城找他，这时正要回自己的客栈。驯马师看到他的帽子在黑暗中闪着白光，这才认出了皮埃尔。

“大人，”他说，“我们已经不抱希望了。您怎么步行呢？您去哪里呀，请回吧！”

“啊，对了。”皮埃尔说。

士兵们停了下来。

“怎么，找到自己人了？”他们中的一个问。

“那好，再见了！彼得·基里洛维奇，还能见面吗？再见了，彼得·基里洛维奇！”其余的人说道。

“再见了。”皮埃尔说，和自己的驯马师朝客栈走去。

“要赏他们！”皮埃尔想，一把抓住了口袋。“不，不必。”一个声音在对他说。

客栈的上房已没有地方，全都住满了人。皮埃尔走到院子里，蒙着头在自己的马车里躺了下来。

九

皮埃尔的头一挨上枕头，就觉得睡意沉沉，可是突然就像真的一样，清楚地听到嘭、嘭、嘭的炮声和炮弹落地声，闻到一股血腥气和火药味，于是死亡的恐惧紧紧地攫住了他。他惊恐地睁开眼睛，从军大衣中抬起头来。户外静悄悄的。只听见一个勤务兵在大门口踩着泥浆边走边和客栈老板谈话。皮埃尔头顶上，在木屋的幽暗的屋檐下，几只鸽子在扑腾着，因为他欠起身来时惊动了它们。整个院子弥漫着和平环境的、此刻使皮埃尔感到亲切的客栈的刺鼻气味，以及干草、马粪和焦油的气味。在两个幽暗的屋檐之间是一片纯净的星空。

“谢天谢地，都过去了，”皮埃尔想，又蒙上了头，“啊，怕得好厉害，我这样害怕真可耻！而他们……**他们**始终都是那么从容镇定……”他想，在皮埃尔的思想上，**他们**是指士兵——那些在炮台上的、请他吃糊糊的、向圣像祈祷的士兵。**他们**——这些奇怪的，他至今所不了解的**他们**，在他的思想上和所有其余的人都明显地截然不同。

“要做一个士兵，普通的士兵！”渐渐沉入睡乡的皮埃尔想，“要全身心地投入他们的集体生活，深入体验足以造就他们的一切。可是怎样抛下这外在的人，这多余的、可怕的包袱呢？有一个时期我是可以这样做的。我可以从父亲身边跑开，只要我愿意。我还可以在同多洛霍夫决斗后被降为士兵。”于是在皮埃尔的想象中闪过俱乐部的午餐，他在餐桌上向多洛霍夫要求决斗，闪过在托尔若克遇见的恩师。于是皮埃尔又想起了共济会分会的隆重的聚餐。这次聚餐是在英国俱乐部举行的。一个熟悉的、亲近的、尊贵的人坐在餐桌的一端。这是他呀！这是恩师。“他不是死了吗？”皮埃尔想，“是的，他死了，可我不知道他还活着。听说他死了，我是多么遗憾，他又活了，我是多么高兴哪！”餐桌的一边坐着阿纳托利、多洛霍夫、涅斯维茨基、杰尼索夫以及这样的一些人（梦中的皮埃尔在心里把这一类人也明确地界定为他称之为**他们**的一类人），这些人，阿纳托利和多洛霍夫，在大声叫着、唱着，但透过他们的叫声可以听到恩师不停地说话的声音，而他的说话声也像战场上的隆隆炮声一样深沉而连绵不断，不过，这声音又悦耳又令人愉快。皮埃尔不明白恩师在说什么，但是他知道（在梦里思想的范畴也是那么清晰），恩师谈到了善，他说，要做**他们**那样的人是有可能的。**他们**都质朴、善良而神情坚定地从四面八方围绕着恩师。不过，他们尽管善良，却都不看皮埃尔，也不认识他。皮埃尔想引起他们的注意，想说话。他欠起身来，可是就在这时他的大腿感到一阵凉意，露了出来。

他觉得难为情，用手遮着大腿，果然，军大衣已从大腿上滑了下去。皮埃尔立刻整理大衣，睁开眼睛，眼前还是那些屋檐，那些柱子，那个庭院。不过现在一切都是蓝盈盈的，很明亮，蒙着一层露珠和寒气的点点闪光。

“天亮了，”皮埃尔想，“可是不对呀。我是要倾听并理解恩师的话的。”他又盖上军大衣，但是聚餐的情景和恩师都不见了。剩下的只是语言所明确表述的想法，这些想法有人讲过或者是皮埃尔自己反复思考过的。

皮埃尔后来在回忆这些想法时，尽管这些想法都是当天的种种感受的产物，他却坚信另外有人对他讲过。他觉得，他在清醒时决不会这样想，也不会这样表达自己的想法。

“战争是迫使人的自由服从上帝的法则的最艰苦卓绝的方式，”一个声音在说，“纯朴就是对上帝的恭顺。**他们**是纯朴的。**他们**不说，而是在做。说是银，沉默是金。一个人怕死，就会一无所有。谁不怕死，一切就属于他。不经过艰难困苦，人就不了解自己的局限性，也不能认识自己。最困难的事情（皮埃尔在梦里继续说着或听着）是要善于在自己的心里把万事万物的意义结合起来。把一切都结合起来？”皮埃尔自问，“不，不是结合。想法是不可能结合的，而是要**洞彻**事理——这就对了！是的，**要洞彻，要洞彻！**”皮埃尔满怀喜悦地对自己反复说道，他觉得，正是这句话，也只有这句话才表达了他想表达的意思，他感到困惑不解的问题也就能迎刃而解了。

“是的，要洞彻，要洞彻。”

“要套车，要套车了，大人！大人，”有一个声音在反复说，“要套车，要套车了……”

这是急于要叫醒皮埃尔的驯马师的声音。阳光直射在皮埃尔的脸上。他看了看肮脏的客栈，在院子中央士兵们在井边给几匹瘦马饮水，几辆大车正从院子里出去。皮埃尔厌恶地扭头闭上了眼睛，急忙又倒在马车的座位上。“不，我不要这些，我不想看也不想知道这些，我想理解在睡梦中向我启示的一切。再有一秒钟，我就全都明白了。我该怎么做呢？洞彻，可是怎样才能洞彻一切呢？”于是皮埃尔骇然地感到，他在睡梦中所见、所思的一切已经烟消云散。

驯马师、车夫和客栈老板对皮埃尔说，有一位军官骑马送来消息，说法国人已逼近莫扎伊斯克，我们的人正在撤走。

皮埃尔起来了，他吩咐套车追赶他，自己先沿着穿过城市的路步行而去。

部队正在出城，留下了大约一万名伤员。在民房的院子里和窗口都能看到伤员，有些伤员聚集在街道上。街道上在那些运送伤员的大车旁，可以听到叫骂斗殴的声音。皮埃尔的马车赶来了，他让一位相识的受伤的将军上车，和他一起驶往莫斯科。皮埃尔在路上获悉了自己内弟和安德烈公爵的死讯。

十

三十日皮埃尔回到莫斯科。几乎就在城门口遇到了拉斯托普钦伯爵的副官。

“我们在到处找您，”副官说，“伯爵一定要见您。他请您立刻去见他，有要事相商。”

皮埃尔家也不回，雇了出租马车去见总督了。

拉斯托普钦伯爵这天早晨才从自己在索科尔尼基的郊区别墅回到城里。伯爵府的前厅和接待厅都挤满了奉命前来以及向他请示的官员。瓦西里奇科夫[①]和普拉托夫已见过伯爵，对他说了，保卫莫斯科已无可能，不得不放弃。这些消息虽然还瞒着市民，但是官员、各机关的负责人也和拉斯托普钦伯爵一样，知道莫斯科即将沦于敌手；他们为了推卸责任，都跑来请示总督，他们掌管的部门该如何处理。

皮埃尔走进接待室时，来自军中的信使正好从伯爵那里出来。

信使对人们向他提出的问题绝望地摇摇手，穿过大厅走了。

皮埃尔在接待厅等候的时候，以倦怠的目光扫视着房间里大大小小的官员，其中有老人和青年、军官和文官。看来人人都心怀不满，焦虑不安。皮埃尔走近一群官员，其中有一个是他认识的。他们和皮埃尔打过招呼，又继续交谈。

---

① 瓦西里奇科夫（1777—1847），在波罗金诺会战中以上将军衔在拉耶夫斯基部下指挥一个步兵师。

“怎么疏散了又叫回来呢，这倒没什么，可是在这种情况下出了事谁也无法负责。”

“看看吧，他是怎么写的。”另一个指着拿在手里的印刷品说。

“这是另一回事。对老百姓应该这样。”前一个说。

“这是什么？”皮埃尔问。

“是一份新的传单。”

皮埃尔拿在手里看了起来：

公爵殿下为了更快地与向他靠拢的部队会合，已过了莫扎伊斯克，驻扎在可以固守的地方，敌人一时不会向他发动进攻。已从这里给他送去了四十八门大炮和炮弹，殿下说，他要保卫莫斯科直至流尽最后一滴血，甚至准备进行巷战。弟兄们，你们别看政府机关已停止办公：秩序必须整顿，我们要通过自己的法庭对付那些恶棍！万一情况有变，我将召集城乡青年。大约在两天之内我会发出号召，现在不需要，我就不说了。可以拿斧子，拿长矛也不错，最好用三齿大叉：法国人不比一捆黑麦重。明天午后我要抬着伊韦尔圣母像到叶卡捷琳娜医院去看望伤员。我们要在那里祈求疗伤圣水：伤员很快就能康复；我现在也很健康：本来我一只眼有病，现在我睁大两只眼看着呢。

“不过有些军人对我说，”皮埃尔说，“在城里是无法作战的，阵地……”

“是呀，我们也是这么说。”前一个官员说。

“这是什么意思：本来我一只眼有病，现在睁大两只眼看着？”皮埃尔问。

“伯爵害了麦粒肿，”副官微笑道，“我对他说，有些人来问他怎么了，他很不安。怎么样，伯爵，”副官突然面带微笑向皮埃尔问道，“我们听说，您家里有些烦心的事儿？似乎伯爵夫人，您的妻子……”

“我什么也没有听到，”皮埃尔冷淡地说，“您听说什么了？”

“不，您知道，往往是无稽之谈。我只是听说。”

“您究竟听说什么了？”

“有人说，”副官脸上又挂着那同样的微笑说，“伯爵夫人，您的妻子准备到国外去。大概是瞎说。”

“可能吧，”皮埃尔说，漫不经心地看看周围，“这人是谁？”皮埃尔指着一个身材不高的老人问，他穿着一件干净的蓝色束腰呢大衣，雪白的大胡子，雪白的眉毛，脸色红润。

“他？他是商人，是一家小旅馆的老板韦列夏金。也许您听说了关于传单的故事吧？”

“啊，这就是韦列夏金？”皮埃尔说，他端详着老商人坚定平静的面容，在他脸上寻觅着背叛的形迹。

“这不是那个韦列夏金。这是那个写传单的韦列夏金的父亲，”副官说，“那个小的关在拘留所，看来不会有好下场。”

一个佩戴星形勋章的小老头和一个脖子上挂着十字勋章的德裔官员来到了两个交谈者身旁。

“您要知道，”副官说，“这件事很复杂。两个月之前出现了这份传单。有人向伯爵告发。他下令调查。加夫里洛·伊万内奇便多方追查，这份传单共经过六十三个人的手。他去问一个人：‘这份传单是谁给您的？’‘是某某。’他去找那个人：‘您的这份是谁给的？’这样一直追查到韦列夏金……一个不学无术的小商人，您知道，那种初出道的小商人，”副官微笑道，“问他：‘是谁给你的？’其实我们知道是谁给他的。除了邮政局长，还能有谁。唉，看来他们串通好了。他说：‘没谁给我，是我自己写的。’对他又是威胁又是好言相劝，他坚持说，自己写的。于是就这样报告了伯爵。伯爵吩咐把他叫去。‘你的这份传单是谁给的？’‘是我自己写的。’嘛，您是了解伯爵的！”副官高傲而愉快地微笑道，“他暴跳如雷，想想也是：这个小商人这样公然撒谎，顽固不化！……”

“哦！伯爵希望他供出克柳恰廖夫，我知道！”皮埃尔说。

“完全不是，”副官吃惊地说道，“克柳恰廖夫本来就有些过失，所以才被流放了。可是问题在于，伯爵被激怒了。‘你怎么写得出来？’他从桌上拿起那张《汉堡报》①。‘你看看吧。不是你写的，是你翻译的，而且译得很糟糕，因为你，傻瓜，不懂法文。’您猜怎么着？他说：‘我什么报也不看，是我写的。’‘这样的话，你就是叛徒，我要把你送交法庭审判，你会被吊死。说：是谁给你的？’‘我没有看到过什么报纸，是我写的。’结果就是这样。伯爵把他的父亲也叫来了，他还是毫不松口。只好送交法庭，好像是判他服苦役②。现在父亲是来为他求情的。可是小家伙不争气！您知道这种商人子弟，讲究衣着，拈花惹草，在哪里听了几次讲演就不知天高地厚。他真是胆大妄为！他父亲在石桥那里有一家小旅馆，就在这小旅馆里，你知道吗，挂着上帝一手握权杖、一手握金球的大幅圣像；他把这幅圣像拿回家挂了好几天，他还干了什么事啊！他找了个彩色写生画的混蛋画家……”

十一

这个新故事讲到一半，皮埃尔被叫去见总督。

皮埃尔走进了拉斯托普钦伯爵的办公室。拉斯托普钦在皮埃尔进来后皱起眉头，揉了揉前额和眼睛。一个身材不高的人在说着什么，一见皮埃尔进来就住口不说，出去了。

“啊！您好，伟大的战士，”那个人出去后，拉斯托普钦立刻说，“您当之无愧的光辉业绩我们都听说了！不过我要说的不是这些。亲爱的，只是在我们之间说说，您是共济会员吗？”拉斯托普钦伯爵厉声问道，似乎这有什么不妥，但他愿意宽恕。皮埃尔没有吭声。“亲爱的，我洞悉一切，但我知道，共济会员良莠不齐，我希望您不是那种以拯救人类为名而要毁灭俄国的人。”

“是的，我是共济会员。”皮埃尔回答。

---

①《汉堡报》，指汉堡出版的法文报纸《汉堡新闻》。

②米哈伊尔·韦列夏金（1790—1812），被控翻译和散发《汉堡新闻》上的《拿破仑致普鲁士国王的信》和《拿破仑在德累斯顿对莱茵同盟诸王公的讲话》而判处终身在涅尔琴斯克服劳役，另据拉斯托普钦的建议处以鞭刑。

“瞧瞧，亲爱的。我想您不会不知道，斯佩兰斯基和马格尼茨基两位先生已被打发到他们应该去的地方了[①]；克柳恰廖夫先生也是这样，还有其他一些人也一样，他们打着建造所罗门宫殿的旗号而干着破坏祖国宫殿的勾当。您可以理解，惩罚他们是有原因的，如果本地的邮政局长不是有害分子，我也不会流放他。现在我了解到，您派了自己的马车去送他出城，甚至还为他保管文件。我喜欢您，对您没有恶意，而且我比您年长一倍，我像父亲一样忠告您，和这种人停止一切交往，自己尽快离开这里。”

“可是，伯爵，克柳恰廖夫有什么罪呢？”皮埃尔问。

“我有权知道，而您无权过问。”拉斯托普钦大声叫道。

“如果指责他散发拿破仑的宣传品，那么这一点并没有确实的证据，”皮埃尔说（他不看拉斯托普钦），“而韦列夏金……”

“确实。”拉斯托普钦突然皱起眉头打断皮埃尔，他的叫嚷声更大了。“韦列夏金是变节者和叛徒，他会受到应有的惩处，”拉斯托普钦恶狠狠地说道，仿佛人们在想起夙怨时那样，“不过我不是请您来过问我的事情，而是要奉劝您，要说是命令您也可以。我请您不要再和克柳恰廖夫这种人交往，并立刻离开这里。不管谁犯糊涂，我都要让他清醒过来。”大概他突然意识到，他好像是在对别祖霍夫吼叫，而这个人并没有什么过错，于是友好地握起皮埃尔的手，接着说：“我们正面临共同的灾难，我没有时间对所有来见我的人都殷勤有礼。有时简直晕头转向！总之，亲爱的，您有什么打算呢，您个人方面？”

“没什么打算。”皮埃尔回答，仍然没有抬起眼睛，也没有改变沉思的神情。

伯爵皱起了眉头。

“是友好的忠告，亲爱的。赶快设法离开，这就是我要对您说的话。听劝的人是有福的！再见了，亲爱的。噢，还有，”他从门里向他高声叫道，“听说伯爵夫人落入了耶稣会神父们的魔掌，是真的吗？”

---

① 见第2部第3卷第5章及第2部第5卷第21章注。

皮埃尔没有答理就离开了拉斯托普钦，他那双眉紧锁、满面怒容的样子还从来没有人见到过。

他在暮色苍茫中回到家里。这天晚上约有八个各种各样的人来访。委员会秘书、他那个营的上校、总管、管家以及各种有求于他的人。他们都是有事来找皮埃尔，需要他解决。皮埃尔茫无头绪，对这些事一概不感兴趣，对所有的问题一味敷衍搪塞，但求能摆脱这些人。最后，他独自留下了，于是拆阅妻子的来信。

“**他们**——炮台上的士兵，安德烈公爵被打死了……那位老人……纯朴是对上帝的恭顺。要经历艰难困苦……万物的意义……要洞彻……妻子要嫁人了……要忘记并理解……”于是他走到床前，和衣而卧，立即睡着了。

第二天早晨他醒来时，管家来禀告，拉斯托普钦伯爵特派一名警官来了解，别祖霍夫伯爵是不是走了或正要走了。

约有十个各种各样的人有事来求皮埃尔，都等在客厅里。皮埃尔急忙穿好衣服，不是去见那些等他的人，而是走向后门的台阶，从那里出了院子的大门。

从那时起直至莫斯科被毁，尽管多方寻找，但别祖霍夫家的人就再也没有见到皮埃尔，也不知道他在哪里。

十二

到九月一日，即在敌军进入莫斯科的前夕，罗斯托夫一家还留在城里。

自从彼佳参加奥博连斯基的哥萨克团，前往该团正在组建的地点白采尔科维之后，伯爵夫人就一直担惊受怕。现在，在这个夏天，她第一次产生了可怕的、明确的想法：她的两个儿子都参加战争了，离开了她的庇护，每一个都可能在今天或明天被打死，也可能像她认识的一位太太的三个儿子那样全都阵亡。她试图要求把尼古拉调到自己身边，想亲自去找彼佳，把他安插在彼得堡的什么地方，可这两件事却都是不可能办到的。彼佳要回来，只能随团调过来，或把他调入另一个服现役的团。尼古拉在某地的部队里，在他写信详述自己和玛丽亚公爵小姐的相遇后就再无音讯。伯爵夫人彻夜难眠，一入睡就梦见两个儿子被打死了。几经商量和交涉，伯爵终于找到了安抚伯爵夫人的办法。他把彼佳从奥博连斯基的团调进了正在莫斯科附近组建的别祖霍夫的团。尽管彼佳还在服兵役，但是经过这样的调动，伯爵夫人总算看到有一个儿子在自己的卵翼之下而得到了安慰，她希望能妥为安置，使自己的彼佳不再离开她，把他永远安置在无论如何也不会遭到战火的岗位上。在只有尼古拉处于危险之中时，伯爵夫人觉得（她甚至为此而自责），她爱长子胜于爱所有其余的孩子；而当顽皮、学习差、随意损坏家里的东西、惹得人人生厌的小儿子彼佳，这个有一双愉快的黑眼睛、面色红润、两颊微微长出髭须的翘鼻子彼佳落入险境，和那些可怕、冷酷的大男人为伍，这些人好像在那里打仗而且乐此不疲——这时妈妈又觉得，她是爱他胜于、远胜于爱自己所有的孩子。盼望中的彼佳应当回到莫斯科的日子越近，伯爵夫人就越是焦急不安。她已经觉得，永远等不到这个幸福的时刻了。不仅索尼娅，连受宠的娜塔莎，甚至丈夫都使她见了心烦。“我哪里顾得上他们，我谁也不需要，除了彼佳！”她想。

在八月的最后几天罗斯托夫家收到了尼古拉的第二封信。信寄自沃罗涅日省，他是奉命到那里去采购军马。这封信没有使伯爵夫人感到安心。知道一个儿子脱离危险，她更为彼佳担心了。

尽管从二十日起，罗斯托夫家的几乎所有熟人都动身离开莫斯科了，尽管大家都劝伯爵夫人尽快离开，可是她什么话也听不进，直至她宠爱的宝贝儿子彼佳回来。八月二十八日彼佳回来了。母亲迎接他时的过分的柔情使十六岁的军官感到不快。虽然母亲向他隐瞒要把他留在自己的卵翼之下的意图，但是彼佳明白了她的企图，便本能地怕和母亲过分亲热，失去男子气概（他暗自这样想），他对她很冷淡，回避她，在莫斯科期间他只和娜塔莎做伴，他对她娜塔莎一向怀有一种特别的、近乎恋情的手足之情。

向来大大咧咧的伯爵，到八月二十八日还没有做好动身的任何准备，预期从梁赞省和莫斯科省各村庄来起运家财的大车三十日才到。

从八月二十八日到三十一日整个莫斯科的人都在忙忙碌碌、川流不息。每天都有波罗金诺战场上的成千上万的伤员从多罗戈米洛沃城门运进来并分送莫斯科各处，成千上万的大车载运居民和财物从其他城门驶出。无视拉斯托普钦的传单，或独立于这些传单，或盲从这些传单，极其矛盾而离奇的新闻在全城到处流传。有的说，已下令任何人不得出城，相反，有的说，教堂里的所有圣像都抬走了，要强迫所有的人离开；有的说，在波罗金诺会战后又打了一个战役，将法国人打败了，相反，有的说，俄军已被全歼；有的说，莫斯科的民兵将由神职人员领头开赴三山门；有的人悄悄地说，奥古斯丁被禁止出城，叛徒们被逮捕，农民造反了，在抢劫出城的人们，等等。不过这只是说说，实际上无论离开的人还是留下的人（尽管决议放弃莫斯科的菲利会议还没有召开）全都意识到，但并不明说，莫斯科一定会陷落，自己必须尽快离开并抢救自己的财产。他们意识到一切都会突然被炸得粉碎，变得面目全非，但直到九月一日还没有发生任何变化。这就像一个被押上刑场的罪犯，明知就要死了，还是在四处张望，还整一整没戴好的帽子，莫斯科也是这样自然而然地继续过着自己的日常生活，尽管知道毁灭的时候快到了，那时人们在生活中相沿成习的人际关系将毁于一旦。

在莫斯科陷落前的这三天里，罗斯托夫一家都在忙于各种琐事。一家之主伊利亚·安德烈伊奇伯爵不断地在城里奔波，到处搜集流言蜚语，在家里就匆忙地发出一些准备动身的一般性的、浮泛的指示。

伯爵夫人在督促女仆收拾财物，她满腹牢骚，不时去找避开她的彼佳，忌妒他对娜塔莎的态度，因为他老是和娜塔莎在一起消磨时光。只有索尼娅一个人在安排实际事务： 整理行装。可是最近索尼娅特别忧伤，沉默寡言。尼古拉的那封谈到玛丽亚公爵小姐的信，使伯爵夫人当着她的面就兴致勃勃地说，她认为玛丽亚公爵小姐和尼古拉的相遇是天作之合。

“鲍尔康斯基是娜塔莎的未婚夫的时候，”伯爵夫人说，“我从未高兴过，而我一直希望，而且我有预感，尼科连卡有一天会娶一位公爵小姐为妻。这样该有多好啊！”

索尼娅觉得，这是实情，罗斯托夫家改善境况的唯一机会就是与富家女结亲，公爵小姐是一位好配偶。不过这使她很痛苦。她尽管痛苦，或者说，也许正是由于内心痛苦，她把安排下人收拾东西装箱的所有繁难的杂务都揽在自己身上，整天忙个不停。伯爵和伯爵夫人有什么吩咐就来找她。相反，彼佳和娜塔莎不但不帮父母的忙，反而大部分时间都在家里干扰别人，惹人生厌。几乎整天都能听到他们在家里奔跑、叫嚷和没来由地哈哈大笑。他们欢笑、快乐并不是有什么值得笑的原因，可是他们心里感到欢畅、快乐，因而不管发生什么事都成了他们快乐和欢笑的原因。彼佳快乐，是因为他少小离家，回来时已是（正如大家对他所说的）血气方刚的男子汉；他快乐是因为他待在家里，因为他从白采尔科维来到了莫斯科，在白采尔科维不可能很快就投入战斗，而在莫斯科日内就要打仗了；他快乐主要是因为总是能左右他心情的娜塔莎很快乐。而娜塔莎之所以快乐，是因为她忧郁得太久了，现在没有什么会勾起她的伤心事，而且她身体也好了。她快乐还因为有人在欣赏她（别人的欣赏是齿轮的润滑剂，是她的身体机器能灵活运转所必需的），彼佳就在欣赏她。不过，他们快乐主要是因为战争就在莫斯科城下，因为人们要在城门口投入战斗，因为正在分发枪支，因为车马行人都行色匆匆，总之，正在发生非同寻常的大事，这总是令人兴奋的，尤其是对年轻人而言。

十三

八月三十一日是星期六，罗斯托夫家里好像全都翻得底朝天了。所有的门都大开着，所有的家具都搬了出去或挪了地方，镜子、画儿都摘了下来。房间里都乱放着箱子、干草、包装纸和绳子。农民和家仆们搬着东西脚步沉重地走在镶木地板上。院子里挤满了农民的大车，有些大车装得满满的，有些还空着。

大批家仆和赶大车来的农民的说话声、脚步声和彼此呼应声在院子里和家里喧嚣着。伯爵一早就出去了。伯爵夫人由于忙乱和喧闹而头痛欲裂，头上敷着醋躺在新装修的休息室里。彼佳不在家（他去找一个战友，打算和他从民兵转入作战部队）。索尼娅在大厅里包装水晶玻璃器皿和瓷器。娜塔莎在自己空荡荡的房间里坐在地板上，四周乱扔着衣裙、缎带和围巾，她一动不动地看着地板，手里拿着一条旧连衣裙，就是她第一次在彼得堡舞会上穿的那件（现在已过时的）连衣裙。

娜塔莎在家里什么事也不干，觉得不好意思，因为大家都忙得不可开交。有几次她从早上就试着想做点事；可是她干什么都不上心；而她要不是全心全意地全力以赴，就什么都不会做，也做不好。她在索尼娅身旁站了一会儿，看她包装瓷器，想帮忙，但立刻就扔下，回去收拾自己的东西去了。开头她高兴地把自己的衣裙和缎带分送给女仆，可后来剩下的还得收拾，又觉得索然无味了。

“杜尼亚莎，亲爱的，你来收拾吧？好吗？好吗？”

杜尼亚莎很乐意地答应她照办，娜塔莎便在地板上坐下，拿起那条旧连衣裙沉思起来，而她所想的和她眼下应当关心的事情毫不相干。把娜塔莎从沉思中惊醒的是隔壁女仆室的姑娘们的说话声和她们匆匆赶往后门口的脚步声。娜塔莎站起来向窗外望了望。街道上停着长长的一列运送伤员的大车。

姑娘们、男仆们、女管家、保姆、厨师、前导马驭手和几个小厨子站在院子的大门口望着那些伤员。

娜塔莎拿一块白手绢蒙在头发上，两只手拽着手绢的两只角，来到了街道上。

当过女管家的老太婆玛夫拉·库兹米尼什娜离开大门口的人群，走到一辆支着粗席篷的大车跟前，与躺在那里的一个脸色苍白的青年军官交谈。娜塔莎向前走了几步，又害羞地停了下来，仍然拽着手绢，听女管家在说什么。

“怎么，这么说，您在莫斯科一个亲人也没有？”玛夫拉·库兹米尼什娜说，“您要是能在哪一户人家落脚就好了……就到我们这儿来也行哪。主人家就要走了。”

“不知道准不准呢，”军官声音虚弱地说，“长官来了……您问问吧。”他指着一个胖胖的少校说，少校顺着街道上的那一列大车回来了。

娜塔莎吃惊地朝受伤的军官的脸上看了一眼，立刻迎着少校走了过去。

“伤员可以在我们家住下吗？”她问。

少校微笑着举手敬礼。

“您要让谁住下呀，小姐？”他眯缝着眼睛微笑道。

娜塔莎平静地把自己的问题重复了一遍，虽然她仍然抓着自己的手绢的两只角，但是她的神色和态度是十分认真的，少校不笑了，起初他沉吟片刻，仿佛在问自己，究竟能不能这样做，然后作了肯定的回答。

“行哪，怎么不行，可以。”他说。

娜塔莎微微低头致意，快步回到玛夫拉·库兹米尼什娜那里，后者站在军官身边，正满怀怜惜和同情地与他说着话。

“可以，他说可以！”娜塔莎低声说道。

军官的篷车拐进了罗斯托夫家的院子，于是几十辆载着伤员的大车开始应市民的邀请，纷纷拐进波瓦尔街上各家的院子，驶往住宅的门口。看来娜塔莎很喜欢在正常的生活条件之外与这些新来的军人交往。她和玛夫拉·库兹米尼什娜一起竭力让尽可能多的伤员拐进自家的院子。

“还是应该向老爷子禀告一声。”玛夫拉·库兹米尼什娜说。

“没关系，没关系，说不说还不是一样！我们搬到客厅去住一天。可以把我们这一边的房子全让给他们。”

“嗨，小姐，瞧您说的！就是让他们住厢房、住空屋、住保姆的房间，也得问一声哪。”

“好吧，我去问。”

娜塔莎回到家里，踮脚走进了门半开的休息室，休息室里有一股醋味和霍夫曼滴剂①的气味。

---

①霍夫曼滴剂，是2份乙醚和3份酒精的合剂，发明者是德国医生霍夫曼（1660—1762）。

“您在睡觉吗，妈妈？”

“嗐，睡什么觉！”伯爵夫人醒来说，她刚才在打盹。

“妈妈，亲爱的，”娜塔莎说，她在母亲面前跪下，亲昵地把脸贴在她脸上，“怪我，原谅我吧，我再也不敢了，是我吵醒了您。是玛夫拉·库兹米尼什娜叫我来的，我们家里来了一批伤员，是军官，您允许吗？他们无处可去啊；我知道您会允许的……”她一口气很快地说道。

“什么军官？来了什么人？莫名其妙。”伯爵夫人说。

娜塔莎笑了，伯爵夫人也虚弱地微微一笑。

“我就知道嘛，您一定会允许的……那我就去告诉他们。”于是娜塔莎吻了吻母亲，站起来向门口走去。

她在大厅里遇到了带着坏消息回来的父亲。

“我们耽搁得太久了！”伯爵不由自主地悻悻然说道，“俱乐部关门了，警察局也要撤走了。”

“爸爸，我把伤员请到家里来没关系吧？”娜塔莎问他。

“当然没关系，”伯爵漫不经心地说，“这不成问题，现在请你们别管那些小事了，要去帮忙收拾东西动身，动身，明天就动身……”于是伯爵又这样吩咐了管家和仆人。回来的彼佳在吃午饭时讲了自己听到的新闻。

他说，今天民众在克里姆林宫领了枪支，尽管拉斯托普钦的传单里说，他将在两天之内发出号召，然而已明确发布命令，全体民众要在明天手执武器开赴三山门，那里会有一场大战。

伯爵夫人胆怯而恐惧地不时望着儿子说话时快乐而又非常激动的神情。她知道，只要她露出一句口风，要求彼佳不参加这次战斗（她知道，他是期盼眼前这场战斗的），他就会说什么男子汉啦、荣誉啦、祖国啦——男人们的那种固执却又令人无法反驳的废话，那就糟了，她希望做好安排，在此之前就动身，把彼佳作为自己的保护人带在身边，因此她对彼佳什么也没有说，而是在饭后把伯爵叫去，含泪恳求他赶快把她带走，如果行的话，当夜就走。在此之前她一直表现得无所畏惧，现在出于女性本能的那种爱的狡狯，却说要是今夜不走，她会怕得要命。不用装，她现在真的是惶惶不可终日。

十四

曾去看望自己女儿的绍斯太太说起在肉商街的酒店里看到的情形，使伯爵夫人更加害怕了。她回来时在街上看到有一群醉鬼在酒店那里闹事，走不过去。她雇了出租马车从小胡同绕道回家；车夫对她说，那些人在砸酒店里的酒桶，他们是有人指使的。

午饭后罗斯托夫家所有的人都极其兴奋，急忙开始收拾财物，准备动身。老伯爵立刻着手办事，午饭后一直不停地从家里走到院子里，又从院子里走到家里，对那些忙着做事的人胡乱吆喝，催他们干得更快些。彼佳在院子里发号施令。索尼娅由于伯爵的命令自相矛盾而无所适从，完全傻了。人们嚷着、吵着、喧闹着，在院子和房间里跑来跑去。娜塔莎以她特有的激情洋溢的天性也立刻投入工作。起初人们对她的干预抱着不信任的态度。总是以为她在闹着玩，不愿听她支使；但是她顽强而激烈地要求别人服从她，因为别人不服从而生气，几乎要哭了，不过终于争取到了大家对她的信任。她的第一个功绩是装壁毯，这件事使她付出了极大的努力，并为她树立了威信。伯爵家有很多贵重的戈布兰花毯[①]和波斯壁毯。娜塔莎来参与其事的时候，大厅里放着两只打开的箱子：一只箱子几乎装满了瓷器，另一只装着壁毯。几张桌子上还摆满了瓷器，而且还在从储藏室搬运过来。要用第三只箱子了，已经派人去取。

“索尼娅，等一等，就这样也都能装得下。”娜塔莎说。

“不行，小姐，已经试过了。”餐厅管事说。

“不，请等一下。”于是娜塔莎开始从箱子里取出用纸包着的盘子和碟子。

“盘子要放在这里，放在壁毯里。”她说。

---

① 戈布兰花毯，上有神话、文学题材的绘画。产自法国。

“还有那么多壁毯呢，三只箱子能装下就不错了。”餐厅管事说。

“请等一下嘛。”娜塔莎迅速而灵巧地挑选起来，“这不要了，”她说的是那些基辅产的碟子，“这是要的，放到壁毯里去。”她说的是那些萨克森产的盘子。

“行啦，娜塔莎；得了吧，我们来装。”索尼娅埋怨道。

“哎呀，小姐！”管家说。但娜塔莎不肯罢休，她把所有的东西都倒了出来，又开始很快地重新装进去，她决定，那些劣等的家用毯子和多余的餐具干脆不要了。箱子倒空后，又开始重装。果然，那些不值得带走的、不值钱的东西几乎全都剔除后，所有贵重的东西都装进了两只箱子。只是装满壁毯的那只箱子盖不上。要是拿掉一些东西就行了，但娜塔莎坚决不肯。她这样装、那样装，往下压紧，又叫餐厅管事和她带来装箱的彼佳来压箱盖，自己也拼命使劲儿。

“何必呢，娜塔莎，”索尼娅对她说，“我看你是对的，你把上面的一条拿掉算了。”

“不要，”娜塔莎叫道，她一只手拢着散落在汗津津的脸上的头发，一只手使劲压下那些壁毯。“你压呀，彼季卡，使劲！瓦西里伊奇，使劲压！”她叫道。壁毯总算压下去了，箱子也盖上了。娜塔莎拍着手大声尖叫，高兴得泪流满面。不过这瞬息即逝。她立刻又投入了新的工作，大家对她已完全信任了，有人对伯爵说，娜塔莉娅·伊里尼什娜改变了他的命令，他也不生气了，仆人们也来请示娜塔莎：大车要不要用绳子捆扎一下，车上的东西装够了没有。由于娜塔莎的吩咐，工作干得热火朝天：大家把不需要的东西扔下，而把最贵重的物品装得妥妥帖帖。

可是不管大家多么忙碌，直到深夜还是没有完全装好。伯爵夫人睡着了，伯爵把动身的时间推迟到早晨，也去睡了。

索尼娅和娜塔莎睡在休息室，衣裳也没有脱。

这天夜里还有一个伤员经过波瓦尔街，站在院子大门口的玛夫拉·库兹米尼什娜让他拐进了罗斯托夫家。玛夫拉·库兹米尼什娜觉得，这个伤员是一位很重要的人物。载着他的是一辆带弹簧的四轮马车，挡布围得严严实实，车篷放下了。一个可敬的老年近侍和马车夫一起坐在驭座上。一个医生和两名士兵乘坐的马车跟在后面。

“请到我们这儿来，请吧。主人家就要走了，房子全都空着。”老太婆对那个老仆人说。

“也好，”近侍叹着气说，“我们也不指望能到家了！我们自己的家也在莫斯科，就是太远，而且家里一个人也没有。”

“欢迎到我们这儿来，我们主人家里什么也不缺，请吧，”玛夫拉·库兹米尼什娜说，“怎么，伤势很重吗？”她问。

近侍挥了挥手。

“不指望能到家了！要去问一下医生。”近侍从驭座上下来，走到后面的马车跟前。

“好。”医生说。

近侍又走到伤员的马车旁，朝里面张望一下，摇了摇头，吩咐车夫拐进院子，自己站在玛夫拉·库兹米尼什娜身边。

“我主耶稣基督！”她说。

玛夫拉·库兹米尼什娜建议把伤员抬进屋里。

“主人不会说什么……”她说。但要避免抬着伤员上楼梯，于是把伤员抬进了厢房，安置在绍斯太太住过的房间里。这个伤员是安德烈·鲍尔康斯基公爵。

十五

莫斯科的末日到了。这是明媚宜人的秋季。适逢星期天。同平常的星期天一样，所有的教堂都敲钟召唤人们做祷告，似乎还没有人能理解，等待莫斯科的是怎样的遭遇。

只有社会情况的两个指标说明了莫斯科的处境，一是平民百姓，即贫民阶层，二是物价。人数众多的一大群工人、仆役、农民，其中混杂着官吏、学生和贵族，这天一清早就涌往三山门。在那里站了一会，没有等到拉斯托普钦，确信莫斯科将被放弃，这群人便分散到了莫斯科的饭馆酒肆。这一天的物价也能说明问题。枪支、黄金、大车和马匹的价格一路上涨，而纸币和城市日用品的价格一路下跌，到中午竟出现了这样的情况，呢绒之类的贵重商品，出租马车运出去后一半归车主所有，而农民的一匹马要价五百卢布；至于家具，镜子、青铜器皿都白给。

在罗斯托夫家的有名望的老宅里，原有生活条件的瓦解表现得并不明显。在仆人方面，大量仆役中仅有三人在夜里失踪；但没有任何东西失窃；而在物价方面，来自各个乡村的三十辆大车成了一笔巨大的财富，很多人都很羡慕，愿出高价向罗斯托夫家求购。这些大车不仅有人高价求购，而且从昨天和九月一日清晨起，受伤的军官们派出的勤务兵和仆人，住在罗斯托夫家和邻近几家的蹒跚而行的伤员本人都纷纷来到罗斯托夫家的院子，请罗斯托夫家的仆人为他们求情，把大车给他们，以便离开莫斯科。一个仆人听到这样的请求，虽然同情伤员，还是断然拒绝，他说，他甚至不敢向伯爵提起这件事。不管滞留的伤员多么可怜，显而易见的是，给了一辆大车，就没有理由不再给一辆，最后连自家的马车也得给。三十辆大车救不了所有的伤员，而在大难临头的时候不能不为自己和自己的家庭着想。仆人是这样为自己的老爷考虑的。

伊利亚·安德烈伊奇伯爵在九月一日早晨醒来，轻手轻脚地走出卧室，以免惊醒凌晨才入睡的伯爵夫人，他穿着浅紫色的绸长衫来到台阶上。大车都捆扎好了，停在院子里。几辆轻便马车停在台阶旁。管家站在门口，在同一个老勤务兵和一个面色苍白、吊着一条伤臂的青年军官说话。管家见到伯爵，郑重而严厉地示意军官和勤务兵赶快离开。

“怎么样，都准备好了吗，瓦西里伊奇[①]？”伯爵问，他揉着自己的秃顶，和善地看着军官和勤务兵，向他们点头致意。（伯爵喜欢见到新面孔。）

“要马上套车都行，大人。”

“太好了，等伯爵夫人醒了就动身！你们有事吗，先生们？”他问军官，“是住在我家里的吧？”军官稍微走近一些，他那苍白的脸蓦地涨得通红。

---

① 瓦西里伊奇是管家的父称，与上文餐厅管事的父称相同。

“伯爵，帮帮忙，请允许我……看在上帝分上……在你们的大车上挤一挤。我在这里一无所有……让我待在运货的大车上吧……怎么都行……”军官的话还没有说完，勤务兵就为自己的主人向伯爵提出了同样的请求。

“噢，行，行，行，”伯爵连忙说道，“我非常、非常乐意。瓦西里伊奇，你去安排一下，腾出一辆或两辆大车，这个……怎么办呢……需要……”伯爵吞吞吐吐地仿佛在下命令。可是就在这时军官的感激之情溢于言表，已使他难以收回成命了。伯爵往周围一看，只见院子里、大门口、厢房的窗口都有伤员和勤务兵的身影。他们都望着伯爵，缓缓地向台阶走过来。

“大人，请您到画廊去：关于那里的画儿您有什么吩咐？”管家说。于是伯爵和他进屋去了，他重申自己的命令，不要拒绝伤员们搭车的要求。

“嗯，这样吧，有些东西可以卸下来。”他悄悄地低声说道，好像怕被人听见似的。

九点钟伯爵夫人醒了，她过去的侍女，现在为伯爵夫人充当宪兵头子的马特廖娜·季莫菲耶夫娜来向自己过去的小姐报告，玛丽亚·卡尔洛夫娜①很生气，又说小姐们的夏季衣裳不能留在这里。伯爵夫人问，绍斯太太为什么生气，这才知道，她的一个箱子从大车上卸下来了，下人们正在解开所有大车上的绳子，要卸下财物，捎上伤员。为人憨厚的伯爵吩咐过了，要把他们都带走。伯爵夫人派人把自己的丈夫请来。

“这是怎么回事，我的朋友，我听说又要把东西卸下来？”

“你知道吗，我亲爱的，我正要告诉你呢，我亲爱的伯爵夫人……一个军官来找我，求我拨几辆大车给伤员。这不是什么难事啊；他们留下来怎么办呢，你想想看！……说实话，军官们就等在院子里，当初是

① 玛丽亚·卡尔洛夫娜，绍斯太太的名字和父称。这与上文不一致。第2部第4卷第10章为路易莎·伊万诺夫娜。

我们主动邀请人家的……你知道，我是想，说实话，我亲爱的，你瞧，我亲爱的……就把他们捎上吧……何必急着走呢？……”伯爵怯生生地说道，只要涉及钱财，他总是这样说话。伯爵夫人听惯了他的这种口气，它所涉及的必定是使子女破产的事情，诸如修建画廊、暖房，组织家庭戏剧演出或乐队——她听惯了，因而总是认为有义务抗拒他用这种怯生生的口气所说的一切。

她装出她那顺从的惨兮兮的样子对丈夫说：

“你听我说，伯爵，你已经让他们在家里白住了，现在又要放弃我们的全部财物——这都是子女的。要知道你自己说过，家里有价值十万卢布的财产。我的朋友，我不同意就是不同意。你看着办吧！伤员的问题有政府解决。他们是知道的。你看：对门的洛普欣家，三天前就把东西全都运走了。瞧人家是怎么干的。只有我们是傻瓜。你就是不可怜我，也要可怜孩子们哪。”

伯爵双手乱摇，一言不发地走出了房间。

“爸爸，你们这是怎么了？”跟着他走进母亲房间的娜塔莎问道。

“没什么！与你何干！”伯爵生气地说。

“不，我听见了，”娜塔莎说，“妈妈为什么不愿呢？”

“与你何干？”伯爵叫道。娜塔莎走到窗前，陷入了沉思。

“爸爸，贝格来了。”她望着窗外说。

十六

罗斯托夫家的女婿贝格已是脖子上挂着弗拉基米尔勋章和安娜勋章的上校了，仍担任第二军副参谋长兼参谋长第一处副处长的安稳而舒适的职务。

他在九月一日从部队来到莫斯科。

他在莫斯科没有什么事，不过他发现部队里人人都想请假到莫斯科来，在这里忙活。他认为自己也应该请假，处理一些家庭事务。

贝格乘着他的精致的轻便马车来到岳父门前，驾车的一对膘肥体壮的黑鬃黄褐色马和某位公爵所拥有的完全一样。他注意地看看院子里的那些大车，走上台阶，取出一方清洁的手绢打了个结。

贝格脚步轻快而迫不及待地从前厅跑进客厅，拥抱伯爵，亲吻了娜塔莎和索尼娅的手，连忙问起妈妈的健康。

“现在还谈什么健康？哎，你讲讲吧，”伯爵说，“部队的情况怎么样？在撤退还是要再打一仗？”

“爸爸，唯有永恒的上帝，”贝格说，“能决定我们祖国的命运。军队士气旺盛，现在领袖们，不妨这样说，正在会商大计。结果会怎样，还不清楚。不过我可以概括地告诉您，那种英雄气概，真正古代俄罗斯军队的那种大无畏精神，他们——它（他纠正道）在二十六日一战中的表现或者说体现非语言所可形容……我告诉您，爸爸（他捶了一下自己的胸脯，就像一位将军在他面前讲述时那样，不过晚了一点，捶胸脯应该是在讲到‘大无畏精神’的时候），我坦白地告诉您，我们这些当官的不仅不需要督促士兵或诸如此类的行动，而且我们勉强才能阻止这些、这些……对，英勇的、古代的功勋，”他说得很快，好像在说绕口令，“我告诉您吧，巴克莱·德·托利将军总是冒着生命的危险冲在部队的前面。我们一个军布置在山坡上。您简直想象不到！”于是贝格讲起了他记在心里的各种故事，这都是他在这个时期听来的。娜塔莎目不转睛地看着贝格，仿佛要在他的脸上找到某个问题的答案，这使他很不自在。

“总之，俄国军人所表现的这种英雄气概是难以想象、值得赞美的！”贝格说，他打量着娜塔莎，似乎想博得她的好感，以微笑回应她注视的目光……“‘俄罗斯不是在莫斯科，而是在俄罗斯子孙的心里！’是吧，爸爸？”贝格说。

这时伯爵夫人神情疲惫而厌倦地从休息室出来了。贝格连忙跳起来，吻了吻伯爵夫人的手，向她问安，又摇着头表示同情，站在她身边。

“是的，妈妈，我实话告诉您，现在对每个俄国人来说，都是困难而悲伤的时候。不过何必这样不安呢？您要走还来得及……”

“我不明白，人们都在干些什么，”伯爵夫人转身对丈夫说，“我刚才听说，还什么都没有准备好。总得有个人去安排啊。可惜米坚卡不在。简直没完没了！”

伯爵想说什么，不过看来他忍住了。他从椅子上站起来，朝门口走去。

贝格这时好像要擤鼻涕似的拿起手绢，他望着那个结子沉吟起来，忧郁而意味深长地摇着头。

“爸爸，我对您有个重要的请求。”他说。

“嗯？……”伯爵停下脚步问了一声。

“我刚才坐车经过尤苏波夫商号，”贝格笑着说，“管理员我是认识的，他跑出来问我要不要买什么东西。您知道，我出于好奇就进去了，那里有一个小柜子和梳妆台。您知道，薇罗奇卡[1]多想要这些东西，为这件事我们还争吵过。（贝格谈起小柜子和梳妆台，不禁因为自家设施完善而用得意的腔调说道。）那么精致的东西！抽开一看，还装有英国式的暗锁，您知道吧？薇罗奇卡早就想要了。我很想给她一个意外的惊喜。我看到府上院子里有那么多农民。请您派一个给我吧，我付大价钱给他，而且……”

伯爵皱起眉头，咳嗽了一声。

“去求伯爵夫人吧，我管不着。”

“要是您觉得为难，那就算了。”贝格说，“我只是为了薇罗奇卡才很想买它。”

“哎哟，你们都给我滚吧，滚吧，都给我滚！……”老伯爵叫道，“头都晕了。”他随即走出了房间。

伯爵夫人哭了。

“是呀，是呀，妈妈，这是很困难的时候！”贝格说。

娜塔莎和父亲一起出去了，好像在费劲地考虑着什么，起初跟在他后面，后来跑到楼下去了。

彼佳站在台阶上，在给那些要离开莫斯科的仆人分发武器。那些满

① 薇罗奇卡是薇拉的爱称。

载的大车还停在院子里。其中有两辆已经卸载，一个军官在勤务兵的搀扶下，正在往其中的一辆大车上爬。

“你知道为什么吗？”彼佳问娜塔莎（娜塔莎明白，彼佳的意思是：父母为什么吵架）。她没有回答。

“因为爸爸要把所有的大车都用来运送伤员，”彼佳说，“是瓦西里伊奇告诉我的。在我看来……”

“在我看来，”突然，娜塔莎几乎是满脸怒气地冲着彼佳叫嚷起来，“在我看来，这太可恶，太卑鄙，太……我不知道该怎么说！难道我们是一伙德国人吗？……”她由于失声痛哭而喉头哽咽，她怕削弱和白白浪费自己的怒气，急忙转身向楼上冲去。贝格坐在伯爵夫人身边，亲人般彬彬有礼地劝慰她。伯爵拿着烟斗在房间里走来走去，这时娜塔莎气歪了脸，宛如一阵狂风扑进了房间，疾步走到母亲面前。

“这是可恶的！这是卑鄙的！”她大声叫道，“您不可能下这样的命令。”

贝格和伯爵夫人困惑不解，惊恐地看着她。伯爵在窗口停下脚步仔细听着。

“妈妈，不可以这样；您看看院子里的情况吧！”她大声叫道，“他们走不了啦！……”

“你怎么了？他们是谁？你要怎样？”

“伤员，就是他们！不可以这样，妈妈；这太不像话……不，妈妈，亲爱的，这样不行，请原谅我，亲爱的……妈妈，对我们来说，要运走的那些东西算得了什么，您就看看院子里的情况吧……妈妈！……这是不能容忍的！……”

伯爵站在窗前，没有转过脸来，听着娜塔莎的话。他突然鼻子一酸，把脸贴在窗子上。

伯爵夫人瞅了瞅女儿，看到了她为母亲而感到羞愧的脸色，看到了她的焦躁，这才明白，现在丈夫为什么不回头看她，于是她茫然四顾。

“哎哟，你们想怎么做就怎么做吧！我妨碍过谁吗！”她说，还没有马上认输。

“妈妈，原谅我！”

但是伯爵夫人推开女儿，走到伯爵面前。

“亲爱的，按你的意思去安排吧……我不了解情况嘛。”她说，面有愧色地垂下眼睛。

“鸡蛋……鸡蛋教训母鸡啦……”伯爵满含幸福的泪水说，他拥抱着妻子，她也乐意地把含羞的脸埋在丈夫的怀里。

“爸爸，妈妈！我去安排行吗？行吗？……”娜塔莎问，“所有最必需的东西我们还是要带走的……”娜塔莎说。

伯爵朝她点头同意，娜塔莎便以玩捉人游戏的速度穿过大厅跑到前厅，又沿着楼梯跑到了院子里。

人们聚集在娜塔莎身边，不敢相信她所传达的奇怪的命令，直至伯爵亲自来以妻子的名义加以认可，这个命令就是，所有的大车都用于运送伤员，箱子全都送进仓库。听明白了命令后，大家高兴地急忙投入新的工作。现在仆人们不仅不觉得奇怪，而是相反，觉得这是理所当然的；正如一刻钟之前，谁也不觉得留下伤员、带走财物是奇怪的，而是觉得这是理所当然的。

家里所有的人，仿佛因为没有早些着手这件事而要加以弥补似的，都欢快地、急匆匆地为安置伤员而忙活起来。伤员们缓慢地从各自的房间里出来，苍白的脸上喜笑颜开地围在那些大车旁。在邻近的几家也传开了有大车的消息，于是其他各家的伤员也陆续来到罗斯托夫家的院子。许多伤员都请求不要卸下东西，让他们待在箱笼上面就行。但是卸载的活儿既已开始也就停不下来了。全都留下或留下一半，觉得无所谓了。那些没有搬走的箱子放在院子里，里面是头天夜里那么费劲地装进去的餐具、青铜器皿、绘画、镜子，人们还一直在寻找可以卸下的东西，腾出一辆又一辆大车。

“还可以带四个人，”管家说，“我把自己的马车交出来，要不他们怎么办呢？”

“把装我的衣柜的大车给他们吧，”伯爵夫人说，“杜尼亚莎跟我坐马车。”

装衣柜的大车也交出来了，派到隔两户人家的地方去接伤员。家里所有的人和仆役都兴高采烈。娜塔莎深感幸福，她激情洋溢而又生气勃勃，这种精神状态是她久已不曾有过的了。

“把它捆在哪里呢？”仆人们把一个箱子搁在马车后面的狭窄的脚镫上说，“至少还要一辆大车。”

“那是什么？”娜塔莎问。

“是伯爵的书。”

“丢下吧。瓦西里伊奇会把它拿走的。不必带了。”

轻便马车里挤满了人；大家在发愁，彼得·伊里奇坐哪里呢。

“他坐到驭座上去。你就坐在驭座上吧，彼佳？”娜塔莎大声叫道。

索尼娅也在不停地忙着；不过她忙活的目的和娜塔莎相反。她在收拾要留下的东西；她按照伯爵夫人的吩咐一一登记，并设法把尽可能多的东西带走。

十七

一点多种，罗斯托夫家的四辆满载的轻便马车停在门口。伤员的大车一辆接一辆驶出院子。

载着安德烈公爵的带弹簧的四轮轻便马车从台阶旁驶过的时候，引起了索尼娅的注意，她正和一个女仆在停在门口的带弹簧的高大轿式马车上为伯爵夫人安排座位。

“这是谁的马车？”索尼娅从马车的窗口探头问道。

“您难道不知道吗，小姐？”女仆回答说，“公爵受伤了，他是在我们这儿过夜的，也和我们一起走。”

“这是谁呢？姓什么？”

“就是咱们家从前的姑爷，鲍尔康斯基公爵呀！”女仆叹着气说道，“听说快要死了。”

索尼娅跳出马车，跑去找伯爵夫人。伯爵夫人已穿上旅行装，披着披巾，戴着女式帽子；她满面倦容，在客厅里来回走动，她在等候家人，以便关起门来大家坐一会儿，做行前祷告。娜塔莎不在房间里。

“妈妈，”索尼娅说，“安德烈公爵在这里，听说他受伤快要死了。他和我们一起走。”

伯爵夫人吃惊地睁大了眼睛，一把抓住索尼娅的手，回头看了一眼。

“娜塔莎？”她问。

对索尼娅和伯爵夫人来说，这个消息最初只有一个很单纯的意思。她们了解自己的娜塔莎，对她听到这个消息会有什么反应的担心压倒了对那个人的任何同情，尽管她们是喜爱他的。

“娜塔莎还不知道；可他是和我们一起走啊。”索尼娅说。

“你说他快要死了？”

索尼娅点点头。

伯爵夫人搂着索尼娅哭了。

“天意难测啊！”她想，觉得在眼前所发生的一切之中，人们原来看不到的那万能的手开始显露了。

“哎，妈妈，全都准备好了。你们在说什么？……”娜塔莎跑了进来，生气勃勃地问道。

“没什么，”伯爵夫人说，“准备好了就出发吧。”伯爵夫人朝自己的手提包弯下腰，想遮掩忧伤的神色。索尼娅搂着娜塔莎吻了吻她。

娜塔莎疑问地看了看她。

“你怎么了？发生了什么事？”

“没有……没什么……”

“是对我很糟糕的事吗？……是什么啊？”敏感的娜塔莎问。

索尼娅叹了口气，什么也没有回答。伯爵、彼佳、绍斯太太、玛夫拉·库兹米尼什娜、瓦西里伊奇都进了客厅，于是关上门，大家坐下，谁也不看谁，默默地坐了几秒钟。

伯爵第一个站起来，长叹一声，开始朝圣像画十字。大家也都这样做了。然后伯爵开始拥抱留在莫斯科的玛夫拉·库兹米尼什娜和瓦西里伊奇，在他们拉他的手臂亲吻他的肩头时，他轻轻地拍着他们的背，含糊地说着亲切慰勉的话。伯爵夫人到供奉圣像的祈祷室去了，索尼娅看到她面朝零散地留在墙壁上的几幅圣像跪在那里（那些世代相传的最宝贵的圣像是要随身带走的）。

那些要离开的仆人们，佩带着匕首和马刀，把裤腿塞进靴筒，腰间紧束着皮带和宽腰带，在台阶上和院子里向留下的人们告别。

往往如此，要动身时总是会有很多东西忘记了或没有安放妥当，两个跟班等了很久了，他们站在敞开的车门和踏板两边，准备搀扶伯爵夫人上车，而这时女仆们拿着靠垫、小包裹从家里送进轿式马车、轻便马车，又往回跑。

“老是记不住！”伯爵夫人说，“你知道，这样我是没法坐的。”于是杜尼亚莎咬着牙，也不答话，带着抱怨的神气冲上马车重新收拾座位。

“哎呀，这些人哪！”伯爵摇着头说。

伯爵夫人只允许老车夫叶菲姆为她驾车，他坐在高高的驭座上，甚至不回头看身后的那些事儿。他凭十三年来的经验知道，不会很快就对他说：“走吧！”等到说了，还会有一两次要他停车，又派人去取遗忘的东西，这以后还会再一次停车，伯爵夫人亲自把头伸到窗口，以基督的名义请他上下坡时务必小心。他了解这一点，所以他比他的马儿（尤其是左边的枣红马“雄鹰”，它刨着蹄子，烦躁地咬着马嚼子）更有耐心地等着动身。终于所有的人都坐好了；踏板收起来翻进了车里，车门啪的一声关上，派人取来了放贵重物品的小匣子，于是伯爵夫人探头说了该说的话。这时叶菲姆慢慢地从头上摘下帽子，开始画十字。前导马驭手和所有的仆人都同样地做了。

“上帝保佑！”叶菲姆戴上帽子说。“驾！”前导马驭手催动马匹。车辕右边的马拉紧了套具，强韧的弹簧咯吱一响，车厢晃了晃。一个仆人赶上去跳上了驭座。轿式马车从院子里驶上坑洼不平的街道时颠了一下，其他轻便马车也都颠了一下，于是车队沿着街道往上坡驶去。轿式马车、轻便马车里的人都朝对面的教堂画着十字。留在莫斯科的仆人们走在马车两侧为他们送行。

现在，当娜塔莎靠近伯爵夫人坐在马车里，望着被遗弃的惊恐不安的莫斯科的沿街墙壁在身旁缓缓移动的时候，她感受到一种少有的喜悦。她在马车里把头探出窗外，望望后面又望望走在前面的伤员的长长的车队。她看得到几乎走在最前面的安德烈公爵那辆轻便马车的密闭的车篷。她不知道谁在马车里，每当她想弄清车队所到的地区时，便抬起眼睛搜索那辆马车。她知道，它走在所有车辆的前面。

在库德林诺，和罗斯托夫家的车队同样的几支来自尼基塔街、普列斯尼亚和波德诺文斯科耶的车队走到一起来了，在花园街上马车和大车已分成两排行驶。

在绕过苏哈列夫塔楼时，娜塔莎好奇而迅速地打量着以车马代步和步行的民众，突然高兴地惊叫道：

“天哪！妈妈，索尼娅，你们快看，那是他！”

“谁呀？谁呀？”

“你们看，真的是他，别祖霍夫！”娜塔莎说，她把身子探出车窗，看着一个高大肥胖的人，他穿着马车夫的束腰长衫，从步态和架势看显然是乔装打扮的贵族老爷，他和一个身穿粗呢军大衣的脸色发黄、没有胡子的小老头并肩走到了苏哈列夫塔楼的拱门下。

“真的，是别祖霍夫，穿着束腰长衫，身边还有个老小孩！”娜塔莎说，“你们看，你们看！”

“不是，这不是他。可能吗，瞎说什么。”

“妈妈，”娜塔莎说，“不是他，您砍了我的头！我保证是他。停一停，停一停！”她对车夫吆喝道，但车夫不能停车，因为又有一批大车和马车从小市民街出来了，在向罗斯托夫一家大喊大叫，要他们快走，别堵住别人的道。

果然，虽然比刚才更远了许多，罗斯托夫一家还是看到了皮埃尔，或者说看到了一个非常像皮埃尔的人，穿着束腰长衫，神情严肃地低着头在街上走着，身边有一个貌似仆人的身材矮小、没有胡须的老头子。这个小老头注意到了有人从马车里向他探头张望，便恭敬地碰了碰皮埃尔的胳膊肘，指着马车对他说了什么。皮埃尔好久都不明白他在说什么；看来他是太专注于自己的心事了。后来他终于明白了，朝指示的方向看去，认出了娜塔莎，当即在一阵冲动之下，向马车快步走去。可是走了十来步之后，他似乎想起了什么，停住了脚步。

从马车里探头张望的娜塔莎脸上洋溢着略带嘲讽的温情。

“彼得 · 基里雷奇，过来呀！我们认出您了！这太令人惊讶了！”她大声说道，一边向他伸出了手。“您这是怎么了？怎么成了这个样子？”

皮埃尔握住伸过来的手，一边走（因为马车在继续往前走）一边腼腆地吻了吻它。

“您怎么了，伯爵？”伯爵夫人吃惊而又满怀同情地问道。

“怎么了？怎么了？为什么？你们别这样问我。”皮埃尔说，回头看了看娜塔莎，她那神采焕发的喜悦的目光（他不看她也能感觉得到）美妙地注视着他。

“您到底怎么了，是要留在莫斯科？”皮埃尔沉吟未答。

“留在莫斯科？”他犹豫地说，“是的，留在莫斯科。再见了。”

“嗨，我但愿是个男人，我一定会和您一起留下来。嗨，那该多好！”娜塔莎说。“妈妈，只要您答应，我就留下。”皮埃尔神情恍惚地看了娜塔莎一眼，想说什么。不过伯爵夫人打断了他的话：

“我们听说，您到过战场了？”

“是的，我到过，”皮埃尔回答道，“明天又要打仗了……”他还想说下去，可是娜塔莎打断了他：

“您到底是怎么了，伯爵？您不像您自己了……”

“唉，您不要问了，不要问我了，我自己也不知道。明天……不说了！再见，再见，”他说，“可怕的时代！”于是他落在马车后面，走上了人行道。

娜塔莎还久久地探头窗外，对他绽开温情而又微带讥讽的喜悦的微笑。

十八

皮埃尔从家里消失以后，已经在已故巴兹杰耶夫的空屋里住了两天。经过是这样的。

皮埃尔在回到莫斯科与拉斯托普钦伯爵见面后的第二天醒来时，很久不知身在何处，对于别人曾向他提出的要求也都茫然。仆人向他报告，有很多人在客厅里等他，在其他人的姓名中还提到了一个法国人，他带着海伦·瓦西里耶夫娜伯爵夫人的信件来见他，这时一种错综复杂的绝望的心情突然向他袭来，他是很容易受到这种心情的侵袭的。他突然觉得，现在一切都完了，一切都乱成一团，一切都崩溃了，没有正邪之分，前途一片黑暗，没有任何摆脱这种境况的出路。他不自然地微笑着，不停地嘟囔着什么，时而无可奈何地坐到沙发上，时而站起来走到门边，透过缝隙窥探接待室，时而挥舞着双手退回来，拿起书本。管家再次来禀告皮埃尔，带来伯爵夫人信件的法国人很希望见他一面，哪怕只见一分钟也行，另外巴兹杰耶夫的遗孀派人来请他去接收书籍，因为巴兹杰耶娃太太本人到乡下去了。

“啊，行，马上，你等一等……要不……不，你去说，我马上就来。”皮埃尔对管家说。

但是管家刚出去，皮埃尔就拿起桌上的帽子，从书房的后门走了。走廊里没有人。皮埃尔穿过长长的走廊来到楼梯口，他皱着眉头，双手揉搓着额头，下楼到达第一个平台。看门人站在正门的门口。从皮埃尔所在的平台另有一道楼梯通向后门。皮埃尔沿着这道楼梯走到院子里。谁也没有看到他。可是他刚走出院子的大门，街道上站在几辆轻便马车旁的车夫们和管院子的人就看见了他，向他脱帽致敬。皮埃尔感觉到了向他投来的目光，但他的行动很像一只为避人耳目而把头藏进灌木丛的鸵鸟；他低头加快脚步，沿着街道走了。

这天早晨，皮埃尔觉得，在他所面临的种种事务中，整理约瑟夫·阿列克谢耶维奇·巴兹杰耶夫的书籍文件是最要紧的。

他雇了碰到的第一辆出租马车，吩咐车夫去大牧首塘，巴兹杰耶夫遗孀的家就在那里。

他张望着四面八方从莫斯科涌出的车队，不断挪动肥胖的身躯，以免从震得咯吱作响的旧马车上滑下去，皮埃尔好像逃学的顽童有一份好心情，和车夫闲聊起来。

车夫告诉他，今天在克里姆林宫分发枪支，明天要把全体民众赶到三山门外，那里将有一场大决战。

到了大牧首塘，皮埃尔开始寻找巴兹杰耶夫的家，他很久没有去过了。他来到篱笆门前。听到敲门声来应门的格拉西姆，就是那个脸色发黄、没有胡须的小老头，皮埃尔五年前在托尔若克见过他和约瑟夫·阿列克谢耶维奇在一起。

“在家吗？”皮埃尔问。

“由于目前的情况，索菲娅·丹尼洛夫娜带着孩子们到托尔若克乡下去了，大人。”

“我还是要进去，我要整理一下书籍。”皮埃尔说。

“请吧，欢迎您，已故主人——愿他早升天国！——的弟弟马卡尔·阿列克谢耶维奇留在这里，对了，您是知道的，他有个嗜好。”

马卡尔·阿列克谢耶维奇，正如皮埃尔所知，是约瑟夫·阿列克谢耶维奇的一个疯疯癫癫、嗜酒如命的兄弟。

“是的，是的，我知道。进去吧，进去吧……”皮埃尔说，进了屋。一个高大、秃顶、红鼻子的老人身穿睡袍，光脚穿着一双套鞋站在前厅里；看见皮埃尔，他生气地嘀咕着什么，到走廊里去了。

“很聪明的一个人，现在您瞧，大不如前了，”格拉西姆说，“您到书房去吗？”皮埃尔点点头。“书房自从封门以后，就原封未动。索菲娅·丹尼洛夫娜吩咐过，要是您派人来，就把那些书都给您。”

皮埃尔走进了那个阴暗的书房，恩师生前他曾那样惶恐地进去过。书房积满灰尘，约瑟夫·阿列克谢耶维奇去世后就从未动用过，更显得阴沉沉的。

格拉西姆打开一扇百叶窗，踮着脚走了出去。皮埃尔在书房里走了一圈，又走到放手稿的书橱前，从这些曾被共济会奉为最重要的圣物的手稿中取出一本。这是苏格兰文件的真本，上有恩师的评注和解说。他在积满灰尘的书桌边坐下，把手稿放在面前，翻开、合上，最后推在一边，双手托腮陷入了沉思。

格拉西姆几次小心翼翼地向书房张望，只见皮埃尔始终那样坐着。两个多小时过去了。格拉西姆大着胆子在门口弄出一些响声，想引起皮埃尔的注意。皮埃尔没有听见。

“要把出租马车打发走吗？”

“噢，是的。”皮埃尔清醒过来说，连忙站了起来。“你听着，”他说，他抓住格拉西姆上衣的一颗纽扣，一双炯炯有神、湿润而热情的眼睛从上到下打量着小老头，“你听着，你知道明天要打仗吗？……”

“听说了。”格拉西姆回答道。

“我请你对谁也不要说我是谁。你要照我说的去做……”

“遵命，”格拉西姆说，“您要用餐吗？”

“不要，但我需要别的东西。我需要一套农民的衣裳和一支手枪。”皮埃尔说，蓦地涨红了脸。

“遵命，大人。”格拉西姆想了想说道。

皮埃尔在恩师的书房里独自度过了这一天的其余时间，格拉西姆听见，他不安地从一个角落走到另一个角落，自言自语地说着什么，他是在为他就地准备的床铺上过夜的。

格拉西姆是生平见过许多怪事的仆人，因而见怪不怪，对皮埃尔前来寄宿并不感到惊讶，而且他似乎因为有人可以服侍而心满意足。他当晚就为皮埃尔搞来了一件束腰长衫和一顶帽子，并答应第二天去买所要的手枪，甚至也不问问自己，要这些东西何用。这天晚上，马卡尔·阿列克谢耶维奇穿着套鞋吧嗒、吧嗒地两次走到门口，站在那里讨好地望着皮埃尔。但只要皮埃尔向他转过身去，他便又羞又气地掩上睡袍的前襟急忙走开。就在皮埃尔穿着格拉西姆为他搞来并蒸洗过的马车夫的束腰长衫，和他一起到苏哈列夫塔楼附近去买手枪的时候，遇见了罗斯托夫家的人。

十九

九月一日夜发布了库图佐夫的命令，要求俄军穿过莫斯科向梁赞大道撤退。

第一批部队是在夜间行动的。在夜间行军的部队不慌不忙，缓慢而从容地向前推进；但是黎明时分，行进的部队在接近多罗戈米洛沃大桥时，只见在自己前头的另一个地方，拥挤的人群在匆匆过桥，乱纷纷的人群挤满了对岸的大街小巷，而在自己身后，看不到尽头的部队汹涌而至。于是无缘无故的匆忙而惊慌的情绪弥漫于全军。大家都向桥头扑去，拥上大桥、浅滩和渡船。库图佐夫吩咐自己的车夫退往后面的街道，绕道渡河。

九月二日早晨十点不到，在多罗戈米洛沃门外的广大地区只剩下了后卫部队。大军已在莫斯科河对岸和莫斯科城外。

就在这时，在九月二日晨十时，在自己部队的簇拥下的拿破仑站在波克隆山上眺望展现在他面前的景象。从八月二十六日到九月二日，从波罗金诺会战到敌人进入莫斯科，在这惊心动魄的难忘的一个星期里，天天都是秋季那非凡的、永远令人惊奇的天气，这时低低的太阳比春天还要热力四射，这时一切都在稀薄、纯净的空气中耀眼地闪闪发光，这时呼吸着秋天芬芳的空气，顿觉胸膛充满活力和凉意，这几天甚至夜夜温暖如春，在幽暗温暖的夜里，天空令人又惊又喜地不断洒落金色的星星。

九月二日早晨十时就是这样的天气。灿烂的晨晖神话般地奇妙。从波克隆山上远眺，莫斯科与它的河流、花园和教堂在广阔的地域上展开，而它的无数教堂的圆顶宛如星星闪耀着若隐若现的光芒，这仿佛就是莫斯科的生命的悸动。

看到这座奇特的城市及其前所未见的非凡的建筑样式，拿破仑产生了有些忌妒和不安的好奇心，人们在见到与他们毫无渊源的异国生活样式时往往会有这样的心情。显然，这座城市正焕发着她那充沛的生命力。根据某些无法言传的迹象，可以在远处准确无误地分辨出有生命的躯体和僵死的尸体，因此拿破仑在波克隆山上看到了城市的生命的悸动，仿佛感觉到了这个巨大、美丽的躯体的呼吸。

“这座有无数教堂的亚洲城市，莫斯科，他们的圣城莫斯科！这就是它，终于亲临这座名城！到时候了！”拿破仑说，他下了马，吩咐把这个莫斯科的地图摊在他面前，又把翻译官勒洛梅·迪德维尔①叫到身边。“被敌人占领的城市就像失去贞操的姑娘，”拿破仑想（他在斯摩棱斯克的时候也对图奇科夫②这样说过）。于是他从这个视角看着躺在他面前的这位他还从未见过的东方美人。他自己也觉得奇怪，他很久以来就梦寐以求，以为不可能实现的愿望，终于实现了。他在明媚的晨晖中时而望望这座城市，时而看看地图，核对着这座城市的地形。占有她的信心使他既激动而又顿生惧意。

“但是难道能有别的结果吗？”他想，“看，这座京城就在我的脚下，等待着自己未来的命运。现在亚历山大在哪里，又在想些什么呢？奇特、美丽、庄严的城市！奇特、庄严的此刻！在他们的心目中我何等人物啊！”他想到了自己的部队。“看，她就是给所有这些信心不足的人们的奖赏，”他想，环视着已经到达和即将到达以及正在列队的部队，“我只要一句话，一个手势，就足以毁灭历代沙皇的这座古都。然而我的仁慈总是会宽容战败者。我应当宽宏大度，不愧为伟人。可是不，说我在莫斯科，这不是真的，”他突然这样想，“可是她就躺在我的脚下啊，她那金色的圆顶和十字架正在阳光下闪烁和颤动。不过我要爱惜她。我要在野蛮和专制的古碑上写下正义和仁慈的伟大碑文……正是这一点将使亚历山大无比痛苦，我是了解他的。（拿破仑觉得，眼前所发生的一切，其主要意义就在于他和亚历山大个人之间的斗争。）从克里姆林宫的高处——是的，那是克里姆林宫，是的——我要给他们颁布正义的法律，向他们表明真正的文明的含义，我要让俄罗斯世袭贵族世代感恩戴德地铭记自己的征服者的名字。我要告诉代表团：我过去和现在都不愿打仗；我只是在和他们的宫廷的错误政策作战，我喜爱并尊敬亚历山大。我不愿利用战胜的幸运使敬爱的皇上受到屈辱。

---

① 勒洛梅·迪德维尔，拿破仑的秘书之一。

② 帕·阿·图奇科夫（1775—1858），俄国将军，1812 年 8 月 7 日在俄军放弃斯摩棱斯克后的一次战斗中受重伤被俘。1814 年获释。他是斯摩棱斯克会战中的英雄尼·阿·图奇科夫的兄弟。

至于世袭贵族，我要告诉他们：我不要战争，我要和平和我的全体臣民的幸福安康。不过我知道，他们的到来将使我受到鼓舞，我的谈话会像平时说话一样：明确、庄严而大度。可是我真的是在莫斯科吗？是的，她就在这里！”

“把世袭贵族们领来见我。”他转身对侍从们说。一位将军带领出色的随从们立即骑马出发，找世袭贵族去了。

两个小时过去了。拿破仑用毕早餐，又站在波克隆山上的老地方等候代表团。他对世袭贵族的谈话，已明确地拟就了腹稿。这篇谈话充满了尊严和拿破仑所理解的大度。

拿破仑在莫斯科的行动中所要表现的豁达的气度，使他本人为之倾倒。他在心里决定了在沙皇的宫殿里召开会议的日子，届时俄国的大臣们将和法国皇帝的大臣们齐聚一堂。他在考虑，要任命一个善于笼络人心的总督。知道在莫斯科有很多慈善机构后，他决心要对所有这些机构广布恩泽。他想，正如在非洲要披着带白绸风帽的斗篷坐在清真寺里，在莫斯科就要像沙皇那样乐善好施。为了彻底打动俄国人的心，他和每个法国人一样，除了提及**我亲爱的、温柔的、可怜的母亲**外，就想不出任何有感情色彩的话，因此他决定，要下令在所有这些机构用大字题写：*献给我亲爱的母亲的机构*。不，干脆写：*我的母亲之家*——他暗自决定。“不过，难道我是在莫斯科吗？是的，她就在我眼前。可是这么久了，本城的代表团怎么还没有到呢？”他想。

与此同时，在侍从们的后面，将军和元帅们在焦急地小声商议。奉命去找代表团的人已经回来了，说莫斯科已是空城，人都走光了。商议的人都面色苍白、焦躁不安。他们害怕的不是莫斯科已被居民遗弃（尽管这个情况非常严重），而是怎样向皇帝交代，怎样对他说明，他等世袭贵族是白等了这么久，除了成群的醉鬼就没有人了——怎样说才能使皇帝陛下不致陷入那种可怕的、法国人所谓的*可笑的*境地。有的说，无论如何要搞个代表团来，有的表示异议，强调要小心而巧妙地使皇帝在思想上有所准备，再向他说明实情。

“终究是要告诉他的……”侍从先生们说，“不过，诸位……”使情况复杂化的是，皇帝在考虑表示豁达大度的种种计划时，耐心地在地图前走来走去，不时手搭凉棚眺望通往莫斯科的大路，得意而傲然地微笑着。

“这可太难堪了……太那个了……”侍从先生们耸着双肩说，不敢说出所暗指的那个可怕的字眼：太可笑了……

这时皇帝倦于徒劳的等候，以其演员的嗅觉意识到，庄严的时刻由于拖延太久而开始丧失其庄严性，于是做了个手势。一声号炮响过，把莫斯科团团围住的部队开始向莫斯科进军，拥往特维尔门、卡卢加门、多罗戈米洛沃门。人马你追我赶，越来越快地跑步前进，隐没于他们所扬起的尘雾之中，空中响彻了一片呐喊的轰鸣声。

拿破仑卷入了部队的洪流，和部队一起来到多罗戈米洛沃门，但在那里又停了下来，他下了马，在度支部[①]的围墙外久久徘徊，等候着代表团。

二十

莫斯科这时已是空城。城里还有人，还剩下原有居民的五十分之一[②]，但它是空的了。它是空的，正如即将被遗弃的失去母蜂的蜂箱是空的一样。

失去母蜂的蜂箱里已没有生命了。但表面看上去，它好像还和其他蜂箱一样是有生命的。

在中午炎热的阳光下，失去母蜂的蜂箱也和那些有生命的蜂箱一样，有蜜蜂在周围快乐地飞舞；它也从远处散发着蜂蜜的香味，也有蜜蜂飞进飞出。但只要仔细观察就能看出，这个蜂箱里已没有生命。蜜蜂不像在有生命的蜂箱里那样飞舞，不正常的气味和声音会使养蜂人大吃一惊。养蜂人敲一敲病态的蜂箱的箱壁，引起的不再是原来那种蓦然出

---

①度支部，彼得一世时的财政部。

②史载：在拿破仑入侵前的1812年7月1日，莫斯科有居民198 914人。拉斯托普钦曾向库图佐夫报告，在拿破仑占据莫斯科的初期有居民近1万人，而在其末期已不足3 000人。

现、协同一致的回应，不是几万只蜜蜂的一片嗡嗡声，它们不再威严地收紧尾部，以快速飞舞的翅膀在空中发出生气勃勃的声音了——回应他的是在空箱子里的各处沉闷地发出分散零落的蜂鸣声。蜂巢孔不像原来那样散发出蜂蜜和毒汁的醉人的芳香，也没有了蜂群密集所散发的热气，而蜂蜜的气味混合着空巢的腐朽气息。蜂巢孔上不再有准备誓死自卫、翘起尾部的毒刺示警的工蜂。不再有蜂群劳动的那种均匀、轻微、仿佛沸腾似的颤动声，只有杂乱无章的零散的嘈杂声。在这个蜂箱上胆怯而鬼祟地飞进飞出的是一些长圆形身体上沾满蜂蜜的黑色贼蜂；它们不蜇人，一有危险就溜掉。从前蜜蜂只是带着花粉飞进而空身飞出，现在却是带着蜂蜜飞出来。养蜂人打开下层，观察蜂箱的底部。从前肥肥的蜜蜂彼此抓住蜂脚，仿佛一条条悬垂到箱底的黑黢黢的鞭子，它们在驯服地劳动着，不停地发出分泌蜂蜡的簌簌声，而现在只见无精打采的干瘦的蜜蜂在蜂箱的箱底和箱壁上懒洋洋地乱爬。箱底原来糊着一层蜂胶，由扇子般的蜂翅清扫干净的底板上，现在散落着零星的蜂蜡、蜂屎以及没有清除的将死、已死的蜜蜂，一些半死不活的蜜蜂在微微动弹着腿脚。

养蜂人打开上层，观察蜂箱的顶部。他看到的不是密密层层的蜜蜂填满蜂巢的所有缝隙在焐着幼蜂，而是看到了那些制作精巧复杂的蜂巢，但它已不是当初那原封不动的样子了。一切都荒废了，玷污了。黑色的贼蜂在蜂巢间快速地偷偷地乱窜；自家的蜜蜂干瘦、短小、萎靡，仿佛衰老了，缓缓地爬动着，谁也不妨碍，什么愿望也没有，已丧失了生命的意识。雄蜂、胡蜂、大黄蜂、蝴蝶飞来飞去，在蜂箱的外壁上乱撞。在沾有死去的幼蜂和蜂蜜之间的某些地方，偶尔从不同方向传来气急败坏的嗡嗡声；某处的两个蜜蜂在按照老习惯和记忆清理蜂房，勉为其难地把死去的蜜蜂或大黄蜂拖走，自己也不知道为什么要这样做。在另一个角落，两个老蜜蜂在懒洋洋地打架，或清除自身的污秽，或彼此喂食，自己也不知道，这样做是出于友爱还是出于敌意。在第三个地方，一群蜜蜂互相拥挤着在攻击一个受害者，撞击它，折磨它。于是那个虚弱或死去的蜜蜂便缓缓地，像一片羽毛轻飘飘地落到一堆尸体上。

养蜂人掀开当中的两片蜂蜡，想看看蜂巢。从前看到的是成千上万只蜜蜂背靠背围成密密麻麻的层层黑圈，守护着繁衍后代的最高秘密，而现在只看到几百只蜜蜂的萎靡的、半死的、寂然无声的残骸。它们几乎都不知不觉地死了，待在它们曾经守护，而今已不复存在的圣地上。它们散发着腐朽和死亡的气息。只有几只在动，慢腾腾地飞了起来，落入敌人的手里后，连蜇它一口的力气也没有就死了。其余那些死去的蜜蜂像鱼鳞一样轻轻地掉下来。养蜂人关上蜂箱，用粉笔在木座上做了标记，择日把它拆除烧掉。

莫斯科就是这样的一座空城，当时疲惫、不安的拿破仑脸色阴沉地在度支部的围墙外徘徊，等候着代表团，虽然代表团出迎只是表面文章，但拿破仑认为这是不可或缺的礼节。

在莫斯科的各个角落，人们还在百无聊赖地活动，维持着老习惯，自己也不明白在干些什么。

当有人小心翼翼地对拿破仑说明，莫斯科已经空了，他生气地看了看报告这个消息的人，转过身来继续默默地徘徊。

“备车。”他说。他和值班副官并排坐上马车，往城郊驰去。

“莫斯科空了。多么难以置信！”他自言自语道。

他没有进城，而是驻跸于多罗戈米洛沃门外的一家郊区旅店。

这出戏剧黯然收场。

二十一

俄军于深夜两点至次日两点通过莫斯科，带走了最后离开的居民和伤员。

部队行军中最拥挤的情况发生于石桥、莫斯科河大桥和亚乌扎桥上。

当部队在克里姆林宫附近兵分两路聚集在莫斯科大桥和石桥上的时候，大量士兵利用停顿和拥堵的机会离开桥边，悄悄地经瓦西里升天大教堂和博罗维茨门窜回高坡上的红场，他们凭着某种嗅觉意识到在红场上可以不劳而获。同样的人群仿佛在抢购廉价商品似的，挤满了商场的所有通道和过道。但是没有商场雇员招揽顾客的亲切、甜蜜的话语，没有叫卖的小贩，没有成群的花枝招展的女顾客，只有不带枪的士兵的清一色的军装和军大衣，他们默默带着货物出去，又空手进来挤进人群。商人和掌柜的（他们人数很少）失魂落魄地穿行于士兵之间，打开店铺又关上门，然后亲自与伙计们把自己的商品搬往别处。在商场不远处站着一队鼓手，在击鼓集合部队。但趁机盗窃的士兵们听到鼓声不是像往常那样应声集合，而是相反，跑到离鼓手更远的地方去了。在士兵当中，在店铺和过道里可以看到一些身穿灰色束腰长衫和剃光头的人。两个军官，一个军服上扎着武装带，骑一匹瘦马，一个身穿军大衣，徒步，站在伊利因卡街的拐角上谈话。第三个军官骑马向他们急驰而来。

“将军命令，务必立刻把所有的人都赶出来。怎么这样，太不像话！一半士兵都跑散了。”

“你去哪里？……你们去哪里？……”他朝三名步兵喝道，他们没有带枪，撩起军大衣的下摆从他身旁钻进了人群。“站住，混蛋！”

“瞧，您就集合吧！”另一个军官说道，“这是办不到的；我们赶快走吧，别让剩下的人都跑光了，情况就是这样！”

“怎么走啊？人都站在那里，挤在桥上动不了。要不要布置一条散兵线，防止剩下的人也都跑散了？”

“快到那里去吧！把他们赶走！”级别较高的军官叫道。

扎着武装带的军官下了马，叫上一名鼓手，和他一起走进了拱门。几名士兵打伙儿拔腿就跑。一个鼻翼两旁长着红色粉刺的商人，丰腴的脸上带着镇静的成竹在胸的神气，夸张地挥舞着双手，急忙来到那个军官面前。

“长官，”他说，“请保护我们吧。这些不值钱的东西我们决不计较，我们乐意奉送！请笑纳，我马上把呢子送来，给贵客拿两块也行，我们乐意！因为我们心甘情愿，可是这样不行，简直是在抢劫！求您了！能不能派兵警卫呢，哪怕让我们把店铺锁上也行……”

几个商人聚集在军官身边。

“嗨，瞎叨叨什么呀！”其中一个瘦瘦的神色严峻的商人说。“脑袋掉了，就不计较头发了。谁要什么就拿呗！”他有力地一挥手，侧身对着军官。

“您说说倒容易，伊万·西多雷奇，”第一个商人悻悻地说，“求您了，长官。”

“说什么呢！”瘦子叫道，“我这里三间铺子里的货物值十万卢布。部队走了，还能保得住吗。唉！人是无力回天的！”

“求您了，长官，”第一个商人鞠躬说道。军官站在那里满腹疑虑，看来拿不定主意。

“这和我有什么相干！”他突然叫道，沿着一排铺面走了过去。在一家打开的店铺里传出了斗殴和叫骂的声音，在军官快要走到那里的时候，门里突然窜出一个穿着灰色粗毛料外衣、剃了光头的人，他是被人搡出来的。

这个人弯下身子从商人和军官身边溜了过去。军官对这家商铺里的士兵们痛加训斥。但就在这时莫斯科大桥上传来了一大群人的可怕的叫喊声，于是军官跑到了广场上。

“怎么了？怎么了？”他问，但他的战友已向叫喊的方向驰去，正经过瓦西里升天大教堂。军官骑上马跟着他去了。在他接近桥头时，他看到了从前车上卸下的两门大炮、在桥上行进的士兵、几辆翻倒的大车、几个神色惊慌的人和士兵们的笑脸。两门大炮旁停着一辆套着两匹马的马车。马车的车轮后蜷伏着四条带颈圈的灵猩。马车上的东西堆积如山，顶端有一个农妇坐在四脚朝天的童椅旁，绝望地发出刺耳的尖叫。战友们把人群叫嚷和农妇尖叫的起因告诉了这位军官，原来叶尔莫洛夫将军碰到了这一群人，得知士兵都分散到商铺里去了，而这群市民却堵着大桥，便下令从前车上卸下大炮，并做出示范动作，要炮轰大桥。人群撞翻大车、互相踩踏、绝望地叫嚷起来，他们彼此拥挤着让开了通道，于是部队得以前进。

二十二

这时城内却空了。街道上几乎见不到人。大门和店铺都上了锁。

有些地方，在那些小酒店附近可以听到个别的叫喊声和醉汉的歌声。没有人骑马坐车，也很少听到步行的声音。波瓦尔街上寂然无声，阒无一人。罗斯托夫家的大院子里，到处是喂马剩下的干草、车队留下的马粪，一个人也见不到。在留下全部财产的罗斯托夫家，有两个人在大客厅里。那是管院子的伊格纳特和小厮米什卡，后者是瓦西里伊奇的孙子，他和爷爷留在了莫斯科。米什卡打开古钢琴，用一根手指戳着琴键。管院子的人双手叉腰，高兴地微笑着站在大镜子前面。

“真好玩！啊？伊格纳特叔叔！”孩子说，突然用双手拍着琴键。

“瞧你！”伊格纳特应声道，他看着镜子里自己的脸笑得越来越开朗，不禁感到惊奇。

“没良心的！真是，没良心的！”悄悄进来的玛夫拉·库兹米尼什娜在他们身后说，“哎呀，胖脸蛋的东西，还龇牙咧嘴地笑。你们在干些什么呀！什么都还没有收拾呢。瓦西里伊奇简直累坏了。你就等着瞧吧！”

伊格纳特整理一下腰带，他不笑了，顺从地垂下眼睛，走出了房间。

“婶婶，我再玩一小会儿。”孩子说。

“我叫你玩。小淘气鬼！”玛夫拉·库兹米尼什娜朝他扬起手叫道，“去给爷爷把茶炊坐上。”

玛夫拉·库兹米尼什娜掸去灰尘，把古钢琴盖上，长叹一声出了客厅，从外面把门锁上了。

来到院子里，玛夫拉·库兹米尼什娜寻思起来，现在到哪里去呢，到厢房去找瓦西里伊奇喝杯茶，还是到储藏室去把没有收拾好的地方再收拾一下？

寂静的街道上传来疾步而来的声音。脚步停在便门前；响起了门闩鼻的碰击声，有人想推门进来。

玛夫拉·库兹米尼什娜走到便门跟前。

“找谁？”

“我找伯爵，伊利亚·安德烈伊奇·罗斯托夫伯爵。”

“您是谁呀？”

“我是军官。我需要见他。”一个俄罗斯贵族悦耳的声音说。

玛夫拉·库兹米尼什娜开了便门。一个大约十八岁的圆脸军官走进院子，脸型酷似罗斯托夫家族。

“他们走了，少爷。是昨天傍晚走的。”玛夫拉·库兹米尼什娜亲切地说。

青年军官站在便门那里，仿佛迟疑不决，究竟进来还是不进来，咂了一下嘴。

“哎呀，糟糕！……”他说，“昨天来就好了……哎呀，真可惜！……”

玛夫拉·库兹米尼什娜这时同情地细心打量着她所熟悉的这个年轻人的罗斯托夫家族的脸型，以及他身上的破旧的军大衣和军靴。

“您找伯爵有什么事吗？”她问。

“可就是……有什么办法呢？”军官懊恼地说，他抓住便门，似乎打算走了。他又迟疑不决地站住了。

“您知道吗？”他突然说，“我是伯爵的亲戚，他对我一向很好。这不，您看（他带着和善、愉快的讪笑看了看自己的斗篷和靴子），都穿破了，又没有钱；所以我想请伯爵……”

玛夫拉·库兹米尼什娜不让他把话说完。

“请您稍候，少爷。就一会儿。”她说。军官刚把手从便门上放下，玛夫拉·库兹米尼什娜已经转过身去，迈着老太婆急匆匆的步子，朝后院自己的厢房走去。

在玛夫拉·库兹米尼什娜跑回去的时候，军官低头望着自己的破靴子咧嘴一笑，在院子里来回踱步。“多可惜，没有见到叔叔。这老大娘真好！她到哪里去了呢？我要打听一下，要走哪些街道能抄近路追赶我们的团，部队现在快到罗戈日门了吧？”青年军官这时在想。玛夫拉·库兹米尼什娜面带惊恐而又坚决的神色，手里拿着卷起来的方格小手绢，从拐角处来了。还离开几步的时候，她翻开手绢，从里面拿出一张二十五卢布的白色纸币，急忙递给军官。

“要是伯爵大人在家，不用说，他会，准定的，像对亲人一样，就会……眼下……”玛夫拉·库兹米尼什娜不好意思了，发慌了。但是军官没有谢绝，从容接了纸币，向玛夫拉·库兹米尼什娜表示感谢。“要是伯爵在家，”玛夫拉·库兹米尼什娜仍然歉疚似的说道，“基督与您同在，少爷！上帝保佑您。”玛夫拉·库兹米尼什娜说，一边躬身相送。军官仿佛在自嘲似的，微笑摇头，他沿着空荡荡的街道朝亚乌扎桥的方向，几乎是跑步追赶自己的部队去了。

而玛夫拉·库兹米尼什娜在关上的便门前还泪眼模糊地站了好久，若有所思地摇着头，觉得对她不认识的这个小军官蓦然涌起一股母性的关爱和怜惜之情。

二十三

在瓦尔瓦尔卡的一座未完工的楼房内可以听到醉汉们的叫喊声和歌声，因为底层是酒店。在不大的肮脏的房间里，有十来个作坊工人坐在几张桌子旁的条凳上。他们全都醉了，汗水淋漓、双目无神，在铆着劲儿张大嘴巴唱一首歌。他们各唱各的调，唱得很费劲、很卖力，显然并不是因为想唱，而只是为了证明他们醉了，可以纵情玩乐。其中一个是浅色头发、身材高挑的小伙子，穿着一件干净的蓝色粗呢长外衣，站在他们身边。他那长着细巧、挺直的鼻子的容貌可以说很漂亮，可惜紧抿的薄嘴唇在不停地翕动，一双无神的眼睛阴沉而呆滞。他站在那些唱歌的人们身边，看来挺自负，庄重而生硬地在他们头顶上挥动一只袖子卷到肘部的白白的手臂，不自然地使劲揸开肮脏的五指。外衣的袖子不断滑下来，于是小伙子又用左手使劲地把它卷起来，似乎这是特别重要的，这只青筋突起、不断挥动的白白的手臂一定要裸露出来。在唱歌中途，门廊里和台阶上传来了冲突和打人的声音。高个儿小伙子把手臂一挥。

“停！”他用命令的口气叫道，“打起来了，伙计们！”他到台阶上去了，一边继续卷着袖子。

工人们跟在他后面。在酒店里喝酒的工人们，这天早晨在高个儿小伙子的带领下，从作坊里拿了几张皮子来给酒店掌柜，这才换到了酒喝。邻近的铁匠铺里的铁匠们听到酒店里闹哄哄的，以为有人砸了酒店，便要强行冲进来。在台阶上起了冲突。

酒店掌柜在门口和一个铁匠争斗，铁匠猛地挣脱酒店掌柜，脸朝下倒在了马路上。

另一个铁匠在向门里闯，用胸脯挤压酒店掌柜。

卷起了袖子的小伙子边走边在硬闯的铁匠脸上打了一拳，又大声狂叫：

"伙计们！我们的人被打了！"

这时第一个铁匠从地上爬起来，在打破的脸上使劲抓得满脸是血，用哭腔叫嚷起来：

"救命！打死人了！……打死一个人了！弟兄们！……"

"哎哟，天哪，要打死人了，打死一个人了！"从邻居家的大门里出来的一个妇人尖叫起来。一群人聚集在满脸是血的铁匠身旁。

"你对别人的掠夺还少吗，连衬衣都要扒掉，"有一个声音对酒店掌柜说道，"你为什么要把人给打死了？土匪！"

高个儿小伙子站在台阶上，一双昏暗的眼睛时而盯着酒店掌柜，时而盯着两个铁匠，仿佛在考虑，现在该去和谁打架。

"杀人犯！"他突然向酒店掌柜吼道，"伙计们，把他捆起来！"

"什么，你捆起我来了！"掌柜推开向他扑来的人们，大声叫道，又一把抓下自己的帽子，朝地下一摔。这个动作仿佛有一种神秘的威吓作用，朝掌柜围了上来的工人们犹豫不决地住手了。

"老弟，我是很懂治安条例的。我要告到警察分局去。你以为我不敢？现在不允许任何人抢劫！"掌柜捡起帽子叫道。

"去呀，怎么呢！去呀……怎么呢！"酒店掌柜和高个儿小伙子你一句、我一句，于是两个人一起沿着街道朝前走。血迹斑斑的铁匠和他们并排走着。工人们和旁观者说着、嚷着跟在他们后面。

在马罗谢伊卡的拐角附近，在一座百叶窗紧闭、挂着一个鞋匠招牌的高大房屋的对面，站着二十来个神情沮丧的鞋匠，他们消瘦、疲倦，穿着工作衫和破旧的粗呢长外衣。

“他应该结清拖欠的工钱！”一个长着稀疏的胡须、形容消瘦的工匠皱着眉头说，“他喝了我们的血，解雇前就该清账。他对我们连哄带骗，拖了整整一个星期。现在到了最后关头却一走了之。”

看到民众和一个血迹斑斑的人，这个工匠住口不说了，所有的鞋匠都好奇地急忙挤进了行进中的人群。

“这些人是到哪里去？”

“那还用说，去找长官。”

“怎么，难道我们的军队当真没有打赢？”

“你在想什么呢！听听别人怎么说吧。”

只听人们有问有答地交谈着。酒店掌柜利用人越来越多的机会，有意落在人们后面，回自己的小酒店去了。

高个儿小伙子没有发觉自己的敌人酒店掌柜已经溜了，他挥舞着赤裸的手臂说个不停，以吸引大家的注意。人们大多是朝他挤过去，想从他那里得到所有感兴趣的问题的答案。

“他应该维持秩序，维护法律，这是长官的职责啊！我的话对吗，同胞们？”高个儿小伙子说，露出一丝难以觉察的微笑。

“他以为长官也没有了？没有长官还行吗？要不盗案还会少吗。”

“说什么废话！”人群中有人接茬道。“怎么，莫斯科这就要放弃了！人家对你说的是玩笑话，你就当真了。难道我们的部队还少吗。才不会让敌人进城呢！政府当局会采取措施的。你听听，人家在怎么说。”有人指着高个儿小伙子说。

在唐人街的一堵墙边，另有一小群人围着一个身穿粗毛呢军大衣、手里拿着文件的人。

“有指示了，宣读指示了！宣读指示了！”人们嚷了起来，于是大伙儿都朝着宣读指示的人拥了过去。

穿着粗毛呢军大衣的人读的是八月三十一日的传单。当人群围着他时，他似乎不好意思了，不过他依照挤到他跟前的高个儿小伙子的要求，拿着传单声音微微颤抖地从头读起。

“我明日一早就去见公爵殿下，”他读道（“殿下！”高个儿小伙子嘴角含笑，微微皱眉，庄重地重复了这个词），“和他商谈并采取行动，协助部队消灭凶恶的敌人；我们要把他们彻底……”他接着读并停顿了一下（“看见了吧，”小伙子得意地大声说道，“他会解开所有的疑团……”）“铲除，让这些不速之客死无葬身之地；我午饭前回来，并投入工作，把事情做好、做到底，消灭那些暴徒。”

最后这句话是在鸦雀无声中读完的。高个儿小伙子沮丧地垂下了头。显然，谁也不能理解这最后的一句话。尤其是“我午饭前回来”这样的话看来甚至使宣读者和听众都感到痛心。民众的期望值已调整到了很高的程度，而这样的话太简单，毫无必要地过于浅显；这种话是我们每个人都可能说的，因而出自最高当局的指示就不能说。

大家都沮丧地默然无语。高个儿小伙子翕动嘴唇，身子微微摇晃起来。

“问问他吧！……这就是他本人吗？……当然，我打听过了！……那倒也好……他会给予指示的……”人群的后几排突然响起了说话声，于是大家都注意到了，坐着轻便马车的警察局长在两名龙骑兵的护卫下驶到了广场。

警察局长这天早晨奉伯爵之命去焚毁几条驳船，他由于这趟差使弄到了一大笔钱，此刻钱就装在他的口袋里。他看到一大群人朝他拥过来，便吩咐车夫停车。

“你们是什么人？”他喝问道，那些人正零零落落地、畏缩地朝马车走过来。“你们是什么人？我问你们呢？”警察局长没有得到回答，又问了一遍。

“长官，他们，”那个身穿粗毛呢军大衣的小公务员说道，“长官，他们响应伯爵大人的公告，不惜性命地前来效力，不是伯爵大人所说的什么骚乱……”

“伯爵没有走，他在这里，会对你们做出安排的，”警察局长说，“走吧！”他向车夫吩咐道。人们都站住了，聚集在那些听到长官讲话的人身边，望着远去的马车。

警察局长这时惊慌地回头看了一眼，对车夫说了什么，于是他的那几匹马跑得更快了。

“他在骗人，伙计们！你带我们去见伯爵本人！”高个儿小伙子大声叫道。“别放他走，伙计们！让他讲讲清楚！揪住他！”人们叫了起来，于是大伙儿在马车后面猛追。

大伙儿在警察局长后面人声鼎沸地朝卢比扬卡跑去。

“这么说，老爷和商人们都走了，就让我们等死？怎么，我们是狗吗？”人群中这样的声音更多了。

二十四

九月一日晚，和库图佐夫见面后，拉斯托普钦伯爵很苦恼也很委屈，因为他没有受到参加军事会议的邀请，对于他参加保卫首都的建议，库图佐夫丝毫不予理会，而且他惊讶地发现军营里有了一种新的看法，认为首都的安宁和民众的爱国热情问题不仅是次要的，而且完全是多余的、毫无意义的——对这一切感到苦恼、委屈和惊讶的拉斯托普钦伯爵回到了莫斯科。晚饭后伯爵在长沙发上和衣躺下，十二点多钟车夫来叫醒他，给他带来了库图佐夫的一封信。信中说，部队要撤退到莫斯科后方的梁赞大道，问伯爵可否派一批警官引导部队穿过莫斯科。这个消息对拉斯托普钦来说已不是新闻。不仅昨天在波克隆山上与库图佐夫会晤时，而且早在波罗金诺会战之后，当所有到莫斯科来的将军都众口一词地说不能再打；当每晚都在伯爵的允许下运走公家财产，而居民已撤离一半的时候——拉斯托普钦伯爵就知道莫斯科要放弃了；然而尽管如此，这个消息是和库图佐夫的命令一起以便笺的形式通知他的，又是他在深夜好梦正酣的时候收到的，因而还是使他感到惊讶和愤怒。

后来拉斯托普钦伯爵在其回忆录中解释他在这个时期的活动时几次提到，他当时有两大目的：保持莫斯科的安宁和撤出城里的居民。如果承认这两个目的，那么拉斯托普钦的全部活动就是无可非议的。为什么不把莫斯科的珍贵物品、武器、弹药、火药、粮食运走？为什么成千上万的居民被骗，以为莫斯科不会放弃，以至倾家荡产？——为的是保持首都的安宁，拉斯托普钦伯爵可以这样辩解。为什么要运走政府机关成捆的无用文件、莱皮希的气球以及其他东西？——为的是留下一座空城，拉斯托普钦伯爵可以这样辩解。只要承认有什么在威胁民众的安宁，那么任何行动都是可以自圆其说的。

所有骇人听闻的恐怖活动都以关心民众的安宁为借口。

拉斯托普钦伯爵在一八一二年对莫斯科民众的安宁的担心有什么根据呢？认为城里有暴动的趋势理由何在？居民在纷纷逃离，撤退中的部队布满全城。民众怎么会因此而造反？

在敌人入侵时，不仅莫斯科，全国都没有发生过任何迹近暴动的情况。九月一日和二日还有一万余人留在莫斯科，除了有一群人奉总督之命聚集于总督府的庭院之外没有发生任何事件。显然，在波罗金诺会战之后，当放弃莫斯科已成为显而易见的或至少是可能的趋势时，如果拉斯托普钦不分发枪支和传单去煽惑民众，而是采取措施运走所有珍贵物品、火药、弹药和金钱，并向民众明白宣布城市将被放弃，那么就更没有理由认为民众会发生骚乱。

拉斯托普钦是一个容易冲动的多血质的人，他总是周旋于官场的上层，虽有爱国热情，却对他企图控制的民众毫无认识。从敌人占领斯摩棱斯克的最初时刻起，拉斯托普钦就在想象中为自己塑造了民众情绪——俄罗斯民心的引导者的角色。他不仅以为（每个行政长官都会有这样的看法），他在支配着莫斯科居民的外在行动，而且他还以为，他在通过公告和传单引导着他们的情绪，这些公告和传单是以民众所蔑视的粗俗语言写成的，当他们从上层人物的口中听到这种语言时觉得无法理解。拉斯托普钦很喜欢扮演民众情绪的引导者这个漂亮角色，简直乐此不疲，因而不得不放弃这个角色、不得不毫无英雄气概而黯然放弃莫斯科使他措手不及，他陡然失去了立足的根基，全然不知所措了。他虽然知道，但是直至最后一分钟也不相信莫斯科会被放弃，没有采取任何应对措施。居民出逃是违反他的意愿的。而撤离政府机关是伯爵迫于官员们的要求，不得已而同意的。他本人只是忙于扮演他为自己所设定的角色。性情急躁、容易冲动的人往往如此，他早就知道莫斯科即将放弃，然而只是在理智上知道，可是内心却全然不信，他的思绪不能适应这种新的形势。

他努力而坚决地投入活动（这种活动有多大益处、对民众有多大影响——这是另一个问题），他的全部活动只有一个目的，就是要在民众中激起他本人的那种感情——基于爱国热情的对法国人的仇恨和对自己的信心。

可是当事件具有了真正历史性的规模时，当仅仅以语言表达自己对法国人的仇恨已嫌不足，甚至已不可能以战斗来表达这种仇恨时，当自信心已无益于应对莫斯科问题时，当全体居民像一个人那样抛弃财产，洪流般地涌出莫斯科，以这种消极的行为显示民族感情的宏伟力量时——这时拉斯托普钦所选定的角色突然变得毫无意义了。他突然觉得自己成了软弱无力、孤独而可笑的人物，失去了立足的根基。

从睡梦中醒来，接到库图佐夫冷淡的、命令口气的便笺时，拉斯托普钦越是觉得自己犯了大错误，便越是恼怒。一切都留在莫斯科了，这一切恰恰是托付于他，而他应当及时运走的全部国家财产。这时要全部运走已不可能了。

“这是谁的过错，是谁造成的呢？”他想，“当然，不是我。我把一切都准备好了，我维护了莫斯科的安宁！而他们把事情弄到如此地步！坏蛋，叛徒！”他想，并不好好地想一想这些坏蛋和叛徒是谁，但是觉得必须憎恨这些莫须有的叛徒，他们是使他的处境如此尴尬而可笑的罪魁祸首。

这一夜拉斯托普钦伯爵通宵达旦地发布命令，因为莫斯科到处有人来向他请求指示。伯爵的亲信从未见过他这样阴沉和愤怒。

“大人，世袭领地管理局来了几个人，他们代表局长请示……宗教事务所来人了，参政院来人了，大学来人了，儿童收容所来人了，助理主教派人……来问……关于消防队您有什么指示？监狱长来了……精神病院院长来了……”值班人员整夜不停地向伯爵报告。

伯爵对所有这些问题都愤怒地给予简短的回答，表示现在不需要他的指示了，他精心准备的一切已被某些人所破坏，那些人将为眼前所发生的一切承担全部责任。

“好吧，你去告诉这个笨蛋，”他对世袭领地管理局的询问回答道，“叫他留下来看管好自己的文件。关于消防队，你哪来这些废话好问？不是有马吗，让他们骑到弗拉基米尔去。不要留给法国人。”

“大人，疯人院的监督来了，您有什么指示？”

“什么指示？让他们全都走吧，还有什么好说的……把城里的那些疯子都放掉。现在我们的军队是疯子在指挥了，这都是上帝的安排。”

有关狱中戴足枷的囚犯问题，伯爵气冲冲地朝监狱长吼道：

“怎么，要不要给你两营押送兵，可是哪里有啊？把他们全放了，不就完了！”

“大人，有两个政治犯：梅什科夫和韦列夏金。”

“韦列夏金！他还没有被绞死？”拉斯托普钦叫道，“把他给我带来。”

二十五

早晨近九时，部队已开始穿城而过，没有人再来向伯爵请示了。能走的都自己走了；那些留下的人都自行决定他们该干些什么。

伯爵吩咐给他牵来马匹，准备到索科尔尼基去，于是他抱着双臂坐在自己的办公室里，愁眉不展、脸色发黄、黯然无语。

每一位行政长官在风平浪静的平时都觉得，他治下的平民百姓完全是由于他的努力才得以行动起来，每一位行政长官都觉得，正是这种为民众所需要的意识才是对他所付出的努力和辛劳的主要奖赏。可以理解，在历史的海洋微波不兴的时候，作为统治者的行政长官在自己的一叶小舟上用篙子撑在民众的大船上而自行前进，一定会觉得，是他的努力在推动他用篙子撑着的大船。然而一旦风暴乍起，海上浪涛汹涌，大船自动行进了，这样的误解就不可能存在了。大船在独立地破浪前行，篙子已经够不到行进中的大船，于是统治者突然从主宰者、力量源泉的地位上跌落下来，变成一个渺小、无用、软弱无能的人。

拉斯托普钦感觉到了这一点，而这一点激怒了他。

被人群拦住的警察局长和前来报告马匹已准备就绪的副官一起进来见伯爵。两人都脸色苍白，警察局长报告了执行任务的情况，又说有一大群老百姓在伯爵的庭院里要求见他。

拉斯托普钦一言不发，站起来快步走到豪华亮堂的客厅，来到阳台门口，他抓住门把手，又放开，走到窗口，从这里可以看到整个人群。高个儿小伙子站在人群的前几排，神色严峻，正挥舞着双手说什么。血迹斑斑、脸色阴沉的铁匠站在他身边。透过关闭的窗户只听见人们说话的一片嗡嗡声。

“马车准备好了吗？”拉斯托普钦离开窗口问。

“准备好了，大人。”副官说。

拉斯托普钦又走到阳台门口。

“嗯，他们有什么要求？”他问警察局长。

“大人，他们说，他们是按照您的命令，集合起来去打法国人，在叫嚷有人背叛。不过这是一群暴徒。我是勉强逃脱的。大人，我冒昧建议……”

“您走吧，我自己知道该怎么办。”拉斯托普钦气冲冲地叫道。他站在阳台门边望着人群。“看吧，他们对俄国干了些什么！他们对我干了些什么！”拉斯托普钦想，感到他的心里正升起难以抑制的怒火，他认为某些人对所发生的一切是难辞其咎的。正如性情急躁的人所常有的那样，他已经怒火中烧了，但他还要寻找发泄怒火的对象。“瞧这些败类，这些民间的人渣，”他望着人群想，“他们太愚蠢了，竟将这批贱民煽动起来。他们需要牺牲品，”他望着挥舞双臂的高个儿小伙子这样想。他之所以会产生这样的想法，正是因为他自己需要这个牺牲品、这个泄愤的对象。

“马车准备好了吗？”他又一次问道。

“准备好了，大人，关于韦列夏金您有什么吩咐？他在台阶上等着呢。”副官说。

“啊！”拉斯托普钦叫了一声，仿佛突然想起什么而大吃一惊似的。

于是他迅速开了阳台门，步伐坚定地来到阳台上。嘈杂声蓦地沉寂下来，人们纷纷摘下帽子，所有的目光都投向露面的伯爵。

“你们好，孩子们！”伯爵很快地高声说道，“谢谢你们到这里来。我马上就出来见你们，不过我们首先要处理一个歹徒。我们必须惩办这个歹徒，他使莫斯科陷于毁灭。请你们等我一会！”于是伯爵砰的一声关上阳台门，又那样迅速地回到屋里。

人群里掠过一阵满意和赞赏的低语声。“这么看来，他一定会惩办所有的坏蛋！你还说法国人……他会向你讲清楚的！”人们说，仿佛在互相埋怨不该太多疑。

几分钟后，一位军官急忙走到大门外发出命令，龙骑兵都站得笔挺。人群立刻从阳台那里向台阶拥去。拉斯托普钦愤怒地快步走到台阶上，一边环顾四周，好像在找什么人。

“他在哪里？”伯爵问，他话音刚落，只见从屋角转出一个年轻人，他走在两名龙骑兵之间，长着细长的脖子，剃光一半的脑袋已长满了头发。这个年轻人穿着一件曾经很时新的、蒙着蓝色呢面子的旧狐皮袄和一条肮脏的粗麻布囚裤，裤脚塞在没刷过的细瘦的靴筒里。细瘦、软弱的腿上带着沉重的脚镣，使年轻人步履艰难地蹒跚而行。

“啊！”拉斯托普钦连忙把自己的视线从身穿狐皮袄的年轻人身上移开，指着最低的一级台阶说。“把他带到这里来！”年轻人拖着铿锵作响的脚镣，艰难地跨上给他指定的台阶，他用手指拉着皮袄的太紧的领子，把细长的脖子转动两次，于是叹口气，驯服地把素来不劳动的娇嫩的双手交叠在自己的腹部。

年轻人在最低的一级台阶上安顿下来的这几秒钟之内，沉默的氛围持续着。在拥向同一个地点的人群的最后几排可以听到呼哧声、呻吟声、碰撞声和脚步的杂沓声。

拉斯托普钦皱着眉头，用手摩挲着脸，等他在指定的地点站好。

“孩子们！”拉斯托普钦以金属般清脆的声音说道，“这个人，韦列夏金——就是使莫斯科遭到毁灭的那个坏蛋。”

穿着狐皮袄的年轻人把手腕叠放在腹部，微微弓着腰驯服地站着。他那神情绝望、由于剃过脑袋而显得畸形的瘦削、年轻的面孔低低地垂在胸前。听到伯爵开口说话，他就慢慢地抬起头来，自下而上地望着伯爵，似乎想对他说什么，或至少迎视他的目光。但拉斯托普钦不看他。年轻人细长的脖子上、耳后青筋突起，像一根绳子，满脸涨得通红。

所有的目光都投向了他。他看了看人群，他在人们脸上所看到的表情仿佛使他燃起了希望，于是悲哀而胆怯地微微一笑，又垂下脑袋，在台阶上调整了一下脚步。

“他背叛自己的沙皇和祖国，投靠波拿巴，俄国人中只有他玷污了俄罗斯人的名声，由于他莫斯科正在遭到毁灭。”拉斯托普钦以平稳而严厉的语气说道，但他突然自上而下地朝那个保持着驯服的姿态站在那里的韦列夏金迅速地瞥了一眼。这一瞥仿佛把他给气炸了，他举起一只手，几乎是对众人大声吼叫道：“由你们来审判他吧！我把他交给你们了！”

人们沉默着，只是彼此挤得越来越紧。互相依靠、在这被毒化的闷人的气氛中呼吸、动一下的力气也没有，等待着某种未知的、莫名其妙的、可怕的后果，令人难以忍受。那些站在前几排的人耳闻目睹眼前所发生的一切，惊愕得目瞪口呆，用尽所有力气承受着背后的人们的挤压。

“打死他！……让叛徒灭亡，别让他玷污俄罗斯人的名声！”拉斯托普钦叫道。“砍了他！我命令！”人群听到的不是拉斯托普钦的话语，而是他愤怒的咆哮，都沉痛地呻吟起来，他们朝前面拥过来，不过又停住了脚步。

“伯爵！……”在重又降临的片刻的沉寂中响起了韦列夏金的胆怯而又庄重的声音。“伯爵，上帝在我们头上……”韦列夏金抬起头来说，他细长的脖子上一条粗大的青筋又充血了，脸上很快地涌起血红的颜色，随即又消退了。他想说的话未能说完。

“砍了他！我命令！……”拉斯托普钦吼道，突然脸色苍白得和韦列夏金一样。

“拔出马刀！”一名军官向龙骑兵们叫道，他自己也抽出了马刀。

人群中掀起了一股更汹涌的人潮，人潮波及了前几排后，推动他们摇摆不定地直逼台阶。高个儿小伙子脸色铁板，举起的手臂停在空中，呆立在韦列夏金身边。

“砍哪！”军官几乎是耳语般地对龙骑兵们说道，于是一名士兵突然恼怒得扭曲了脸，用刀背在韦列夏金的头上砍了下去。

“啊！”韦列夏金短促而惊讶地叫了一声，吃惊地环顾四周，仿佛不明白为什么要这样对他。同样的惊讶和恐怖的呻吟声也从人群中掠过。

“主啊！”不知是谁在悲伤地叹息。

可是韦列夏金在脱口而出的惊叫后，痛得惨叫起来，这声惨叫断送了他的性命。那种紧张到极限的人类感情的屏障一直在阻碍着人群的盲动，这道屏障瞬间被摧毁。罪行既已开始，必然会进行到底。如怨如诉的悲戚的呻吟被人群残忍的怒吼声所淹没。人群后几排掀起的不可遏止的浪涛，仿佛能摧毁一切船只的最大的七级浪，朝前几排汹涌而至，冲垮了他们并吞没了一切。砍人的龙骑兵想再砍一刀。韦列夏金双手抱头，带着惊恐的叫声猛地窜向人群。被他撞到的高个儿小伙子用双手掐住韦列夏金的细脖子，带着野性的呐喊和他一起滚倒在黑压压的怒吼的人群脚下。

一些人殴打、撕扯着韦列夏金，另一些人在殴打、撕扯着高个儿小伙子。被挤压的人们以及那些全力救助高个儿小伙子的人的喊叫只会激起人群的暴怒。龙骑兵们很久未能把浑身是血、被打得半死的工人解救出来。尽管人们带着狂热的急躁情绪竭力要完成业已开始的暴行，但那些殴打、掐脖子、撕扯韦列夏金的人们也很久未能把他弄死；而人群从四面八方挤压过来，和裹在中间的他们一起，好像一个整体在蠕蠕而动，使他们既无法打死他，也无法扔下他。

“用斧头劈，怎么样？……挤死人了……叛徒，出卖基督！……他活着……生命力真强……恶人活该受罪。用门闩打吧！……他还活着吗？”

等到受害者已不再挣扎，号叫声变成了均匀、悠长的呼哧声，人们这才急匆匆地围着遍体血污躺在地上的死尸移动脚步。人人都上前看看暴行的结果，于是骇然带着责难和惊讶往后挤。

“主啊，民众简直是野兽，哪里有人的活路啊！”人群中有人说，“小伙子还很年轻呢……大概是个商人吧，这就是民众干的好事！有人说，这不是那个人……怎么不是那个人……听说另一个人被打得只剩一口气了……唉，民众啊……就不怕作孽……”还是那些人，现在又这样说了，他们带着痛苦和怜悯的表情看着发青的脸上沾满血污和尘土、细长的脖子被劈开的尸体。

一名细心的警官认为陈尸于大人的庭院颇为不雅，便命令龙骑兵把尸体拖到街道上去。两个龙骑兵抓住伤痕累累的腿，拖着尸体走了。细长脖子上的一颗剃了头发的血迹斑斑、沾满尘土的失去生命的头颅在地上转动着被拖走了。民众彼此拥挤着避开尸体。

在韦列夏金倒下，人群发出狂叫声在他身边挤成一团而微微波动时，拉斯托普钦的脸色突然发白，他没有走向有马车等他的后门口，而是自己也不明所以地垂下头沿着通往底层房间的走廊快步走去。伯爵脸色苍白，而且好像患热病似的止不住下巴颏发抖。

“大人，这边走……您要去哪里？……请这边走。”他身后一个颤抖、惊恐的声音说道。拉斯托普钦伯爵连说话的力气也没有了，他顺从地转身朝着为他指引的方向走去。后门口停着一辆带弹簧的四轮马车。远处人群吼叫的声浪在这里也能听到。拉斯托普钦伯爵急忙坐上马车，吩咐驶往郊区索科尔尼基的住宅。来到肉商街，已听不到人群的喊叫声，伯爵开始后悔了。他现在不满地想起了，他在自己下属面前所表现的焦急和恐惧。“民众是可怕的，令人厌恶，”他用法语想道，“他们像狼一样，只有用鲜肉喂饱他们，才能使他们满足。”“伯爵！上帝在我们头上！”他突然想起了韦列夏金的话，一股瘆人的凉气掠过了拉斯托普钦伯爵的脊背。不过这种感觉转瞬即逝，拉斯托普钦伯爵鄙夷地自嘲起来。“我肩负着与众不同的职责。必须满足民众的要求。过去和现在都有很多受害者为了社会福祉而成为牺牲品。”于是他开始想到他对自己的家庭所肩负的全部责任，想到了自己的（被托付于他的）首都和他自己——不是想到费多尔·瓦西里耶维奇·拉斯托普钦（他认为，费多尔·瓦西里耶维奇·拉斯托普钦是在为社会福祉而牺牲自己），而是想到作为总督、作为行政当局的代表和被沙皇授予全权的自己。“如果我只是费多尔·瓦西里耶维奇，那么我的人生道路就完全不同了，然而我必须捍卫总督的生命和尊严。”

拉斯托普钦在马车的柔软的弹簧座上轻轻摇晃，已听不到人群可怕的喧闹声，他在生理上得到了安适，于是像常有的那样，在生理上得到安适的同时，智力便为他臆造一些理由，使他在精神上也感到安适。使拉斯托普钦心里安适的想法并不新奇。自从有了人类社会，人们开始自相残杀以来，从来没有任何人在对自己的同类犯下罪行时不以这样的想法来安慰自己。这个想法就是社会福祉，它意味着为他人造福。

一个没有贪欲的人从来不知道这种福祉为何物，然而一个犯下罪行的人总是清楚地知道这种福祉是什么。现在拉斯托普钦也是知道的。

他在思想上不仅不谴责自己所采取的行动，而且还找到了自鸣得意的理由，认为他成功地利用了这个机遇——既惩处了罪犯，也安抚了民众。

“韦列夏金是被判处死刑的人，”拉斯托普钦想（尽管参议院只是判处韦列夏金服劳役），“他是叛徒和变节者；我不能让他逍遥法外，何况这是一石二鸟；我为了安抚民众而把受害者交给他们，也处决了恶人。”

回到自己的郊区住宅，处理了家庭事务，伯爵完全安心了。

半小时后，伯爵坐在驾着几匹快马的马车上经过索科尔尼基田野，他不再回首往事，只是在考虑和想象将要发生的事情。他现在是驶往亚乌扎桥，他听说库图佐夫就在那里。拉斯托普钦伯爵在心里酝酿着要对库图佐夫说的愤怒的、讽刺的话，斥其欺骗。他要暗示这个接近宫廷的老狐狸，由于放弃莫斯科，由于俄国遭到毁灭（这是拉斯托普钦的想法）而发生的一切不幸，其责任将完全落在他这个昏聩无能的老头子的头上。拉斯托普钦在预想对他说些什么的时候，坐在马车上愤怒地扭动身躯，怒目四顾。

索科尔尼基田野一片荒凉。只是在它的尽头，在养老院和精神病院附近有一些身穿白衣的人们，还有几个那样的人零星地走在田野上，挥舞着双手大声叫嚷。

其中一个朝拉斯托普钦伯爵的马车横插过来。拉斯托普钦伯爵本人、他的车夫和几名龙骑兵都带着不安的恐惧和好奇看着这些被放出来的疯子，尤其是向他们跑过来的那个。

这个疯子摇摇晃晃地迈动细长的腿，穿着飘飘然的白大褂飞跑，他目不转睛地盯着拉斯托普钦，对他声音嘶哑地嚷着什么，还用手势叫他停车。疯子长满一绺绺蓬乱的胡须的阴沉而庄重的脸又黄又瘦。他那乌黑闪亮的瞳仁在红里透黄的眼白上贴近下眼皮不安地频频闪动。

"站住！停车！我说！"他刺耳地尖叫道，又气喘吁吁地用威严的语气和手势嚷着什么。

他赶上马车，和马车并排地跑着。

"我被杀死三次，又三次从死人堆里复活。他们用石头砸我，把我钉在十字架上……我将复活……复活……复活。他们摧残我的尸体。天国将化为废墟……我要摧毁它三次，又三次重建。"他叫道，嗓音提得越来越高。突然，拉斯托普钦伯爵脸色煞白，白得就像在人群扑向韦列夏金的时候那样。他扭开了头。

"走，快走！"他对车夫叫道，声音在打战。

马车疾驰而去，可是拉斯托普钦伯爵很久还听到身后渐渐远去的声嘶力竭的狂叫，而眼前只看到身穿狐皮袄的叛徒那张惊讶、恐惧、沾满血污的脸。

尽管这一切记忆犹新，但是拉斯托普钦现在已经感觉到，这样的回忆将深深地、带着斑斑血迹嵌入他的内心。他现在清楚地感觉到，这回忆的血色印痕将永难磨灭，相反，可怕的回忆将越来越狰狞而令人痛苦地活在他的心里，直至他生命的终结。他现在觉得，仿佛听到了他当初说话的声音："砍了他，否则我要你们的脑袋！""我为什么要这样说呢！好像是无意中说的……我可以不说的嘛（他想），那就什么事都不会发生了。”他看到了那个砍人的龙骑兵惊慌而又突然变得冷酷的脸，以及身穿狐皮袄的孩子投向他的胆怯的无声责难的目光…… “不过我这样做并不是为了自己。我不得不这样做。一个贱民、恶人……社会福祉。”他想。

部队还挤在桥边。天气很热。库图佐夫阴沉而沮丧地坐在桥边的一条长凳上，用鞭子在沙地上随意画着，这时一辆马车向他隆隆驶来。一个身穿将军制服、头戴缀有羽饰的军帽的人，闪动着不知是愤怒还是惊惧的目光，来到库图佐夫面前，开始用法语对他说着什么。这是拉斯托普钦伯爵。他对库图佐夫说，他到这里来，是因为莫斯科和首都已不复存在，只剩下军队了。

“如果殿下不说，您不会不战而放弃莫斯科，那么形势就会不同，眼下的情况就不可能发生！”他说。

库图佐夫看着拉斯托普钦，仿佛不明白对他所说的话的意思，竭力想解读此刻写在这个对他说话的人的脸上的某种特殊的含意。拉斯托普钦赧然住口。库图佐夫微微摇头，他没有从拉斯托普钦的脸上移开视线，轻轻地说：

“是的，我不会不战而放弃莫斯科。”

库图佐夫这样说的时候，是在考虑完全不同的问题，还是明知这些话毫无意义而故意说的呢，不过拉斯托普钦伯爵什么也没有回答，急忙从库图佐夫身边走开。真是怪事！莫斯科总督，高傲的拉斯托普钦伯爵，居然拿起一根马鞭走到桥头，开始大声吆喝着驱赶那些挤在一起的大车。

二十六

午后三点多，缪拉的部队开进莫斯科。骑马走在前面的是一队符腾堡的骠骑兵，那不勒斯王亲自带领大批侍从骑马走在后面。

在阿尔巴特街中心附近，在圣尼古拉显灵教堂旁，缪拉勒马等候先头部队送来有关“克里姆林”城堡的军事情报。

有些留在莫斯科的居民聚集在缪拉周围。他们都胆怯而困惑地望着这个古怪的、装饰着羽毛和金饰的长发披肩的长官。

“怎么，这就是他们的沙皇吗？还不错！”人们在悄悄地说。

翻译官骑马来到一小群人跟前。

“把帽子摘下来……帽子。”人们在互相关照。翻译官问一个年老的仆人，克里姆林远不远？仆人莫名其妙地听着陌生的波兰口音，以为翻译官说的不是俄语，不懂他在说什么，躲到别人背后去了。

缪拉走近翻译官，叫他问一下，俄国的军队在什么地方。有一个俄国人听懂了他们的话，随即几个声音同时回答了翻译官。法军先头部队的一名军官前来向缪拉报告，城堡的大门被堵起来了，也许那里有伏兵。

“好。”缪拉说，又转向自己的一名侍从，命令调出四门轻炮轰击大门。

马匹拉着大炮从跟随缪拉的纵队中快步驶出，沿着阿尔巴特街行进。来到弗兹德维任卡大街的尽头后，在广场上停下整队。几个法国军官指挥将几门大炮摆开，用望远镜观察克里姆林宫。

克里姆林宫里敲响了晚祷的钟声，钟声惊动了法国人，他们以为这是在号召拿起武器。几个步兵士兵向库塔菲亚大门跑去。大门里堆放着原木和挡板。一个军官刚带着一队士兵冲向大门，大门里便发出了两声枪响。站在大炮旁的将军向那个军官发出口令，军官又带着士兵往回跑。

大门里又发出了三声枪响。

一发子弹击中了法军士兵的腿，随即从挡板后面响起了人数不多的奇异的喊声。那个法国将军和官兵们的脸上原有的愉快、平静的表情，像听到号令一样陡地变为迎接艰苦战斗的顽强而专注的表情。从元帅到最后一名士兵，对他们所有的人来说，这个地方不是弗兹德维任卡、莫霍瓦亚、库塔菲亚和圣三一门，而是新战场的一个新的战斗地点，很可能是一场血战。人人都做好了作战的准备。大门里的喊声停止了。大炮都推到了前面。炮兵们吹掉了点火杆上的炭渣。军官下令“开炮！”于是相继发出了两颗炮弹的呼啸声。霰弹噼噼啪啪地打在石门、原木和挡板上；只见两团硝烟在广场上飘动。

轰击砖石结构的克里姆林宫的隆隆炮声沉寂之后不久，法军头顶上传来了一种奇怪的声音。宫墙上空出现了一大群寒鸦，群鸦乱噪并发出扇动几千只翅膀的喧闹声，在空中盘旋。和这种声音一起，有人在大门口发出了孤单的呐喊声，从硝烟中出现了一个人的身影，没有戴帽子，穿着农民的束腰长衫。他手持火枪向法国人瞄准。“开炮！”炮兵军官又下令道，于是同时响起了一声枪响和两次炮声。硝烟又遮没了大门。

挡板后面已毫无动静，于是法军步兵的几个官兵朝大门走去。大门口躺着三个伤员和四个死者。两个穿束腰长衫的人在低地上沿着宫墙逃往兹纳缅卡。

“把这些清除掉。”军官指着原木和几具尸体说；几个法国人打死伤员，把尸体都扔到了下面的围墙外。没有人知道这些人是谁。“把这些清除掉。”是针对他们而说的，他们被扔了出去，后来怕他们发臭才草草掩埋。只有梯也尔为纪念他们而娓娓动听地写了几行献词：“这些不幸的人们挤满了神圣的城堡，拿起军火库的枪支朝法国人射击。其中有些人被马刀砍死了，人们从克里姆林宫里清除了他们。”①

缪拉得到报告，道路已经扫清。法军进入库塔菲亚门，开始在参议院广场扎营。士兵们把参议院的椅子从窗口扔到广场上用来生火。

另一批部队穿过克里姆林宫，驻扎在马罗谢伊卡、卢比扬卡、波克罗夫卡等地。第三批部队驻扎在弗兹德维任卡、兹纳缅卡、尼古拉街和特维尔街。由于找不到房屋的主人，法国人不像是分布于城市中的民居，而像是分布于城市中的军营。

尽管衣衫褴褛、饥疲交加，而且减员三分之一，法国人在开进莫斯科时还是队伍整齐的军队。他们虽然疲惫不堪、极度虚弱，但仍然是一支有战斗力的令人生畏的部队。然而这支部队只是在士兵们分散到各家各户去之前还是部队。军人一旦分散于无主的殷实的民居，部队便彻底瓦解了，他们成了非兵非民、介乎两者之间的趁火打劫的流寇。五个星期之后，当原来的那些军人走出莫斯科的时候，他们已经不再是一支

---

①引自梯也尔《执政府和帝国时代的历史》。

部队了。他们成了一群乌合之众，人人都运走或随身携带着许多他们觉得贵重或必需的财物。这些军人在走出莫斯科的时候，不再以攻城略地为目的了，只是要保持既得利益。这就像一只猴子把手伸进颈口狭小的瓦罐抓了一把胡桃，为了不失去抓到的东西而不肯松开拳头，因而害了自己，法国人在走出莫斯科的时候，由于携带着掠夺来的大量财物，显然会遭到毁灭，可是他们不可能丢弃这些财物，正如猴子不可能放弃手里的那把胡桃一样。法军任何一个团队在进入莫斯科某个街区的十分钟之后，就没有一个士兵和军官了。在住宅的窗口可以看到穿着军大衣和中筒皮靴的人们，他们喜笑颜开地在房间里踱步；在地窖和地下室里同样的一些人在擅自支配粮食；在庭院里这样的人在打开或砸开干草棚和马厩的大门；这些人在厨房里生火，卷起袖子烤面包、揉面和熬汤，吓唬、逗弄和爱抚那些妇女和儿童。在店铺和商号里到处都有许多这样的人；但部队已不复存在。

当天法军的指挥官们接二连三地发布命令，禁止部队分散到城里去，严禁对居民施加暴力和趁火打劫，要求当晚全体集合点名，但是不管采取什么措施，原来组成部队的那些人还是在这座设备齐全、物产丰富的空城里四处游荡。一群食草动物成群地走在光秃秃的旷野，只要碰到水草丰美的牧场，立刻便不可阻挡地散开了，法军部队也是这样不可阻挡地分散在这座富裕的城市里。

莫斯科没有居民了，士兵们像水渗入沙地一样无孔不入地渗入了莫斯科，从他们首先进入的克里姆林宫宛如拦不住的星光向四面八方扩散开来。一些骑兵走进一座留有全部财产的商人住宅，发现那里不仅有足够的单马栏，而且还有富余的，不过还是一起去占据了另一座住宅，觉得那里更好。一些人占据着几座住宅，用粉笔标出由谁占用，因而与别的队伍争吵甚至斗殴。还没有得到安置的士兵们跑到大街上巡视城市，听说有东西扔下，便冲往可以白拿贵重物品的地方。指挥官们去阻止士兵，自己也不由自主地卷入了同样的行动。在车市上，几家车行还有马车，于是将军们聚集在那里为自己挑选带敞篷的四轮马车和四轮轿式马车。留下的居民们邀请长官到自己家里来，希望免遭抢劫。财富触目皆是，无穷无尽；在法国人所占据的地区四周，还有他们所不了解的、未被占据的地方，法国人觉得，那里的财富更多。于是莫斯科把他们吸引到越来越远的地方去。大水淹没干旱的土地，于是大水和干旱的土地都消失了；同样，贪婪的军队进入一座富裕的空城，于是军队毁灭了，富裕的城市也毁灭了；结果是垃圾遍地，发生了大火和士兵的抢劫行为。

法国人把莫斯科大火归咎于拉斯托普钦的野蛮的爱国主义。俄国人则归咎于法国人的暴行。说到莫斯科大火的起因，如果是指要由某个人或某些人承担罪责，那么这样的起因其实是没有的，也不可能有。莫斯科之所以被焚毁是由于它所处的条件，在这样的条件下，任何一座用木头建造的城市必将毁于大火，而不取决于城里是否有一百三十条简陋的消防水龙。莫斯科必将毁于大火是由于居民都走了，它就像一连几天不断有火星散落在上面的一堆刨花一样，必然会燃烧起来。一座用木头建造的城市，尽管其中有作为房屋主人的居民，有警察局，夏天还几乎每天都发生火灾，现在没有居民了，住宿者是外国的军队，他们抽烟斗，还在参议院广场上用参议院的椅子生火，一天两次为自己烧吃的，那么这座城市就不可能不被焚毁。在和平时期只要有部队驻扎在某个地区的一些村庄的农舍里，这个地区发生火灾的次数立刻就会增加。那么外国军队驻扎在一座用木头建造的空城里，试问发生火灾的可能性又会增加多少呢？拉斯托普钦的野蛮的爱国主义和法国人的暴行在这个问题上是毫无罪责的。莫斯科之所以燃烧起来，是由于敌军士兵抽烟斗、生火做饭、燃起篝火以及住宿者的粗心大意，因为他们并不是房屋的主人。即使有人纵火（这一点是很可疑的，因为谁也没有理由要纵火，而纵火无论如何又麻烦又危险），也不能认为纵火就是莫斯科大火的起因，因为没有纵火犯结果也一样。

法国人谴责拉斯托普钦的兽行，而俄国人谴责暴君拿破仑，后来又把英勇纵火的火把硬塞入本国民众的手中，尽管这种做法令人感到得意，但是不能不看到，大火的这种直接起因是不存在的，因为莫斯科必定会被焚毁，正如一个乡村、工场和任何一座房屋，主人走了而让外人闯入为所欲为、生火做饭，必定会被焚毁一样。莫斯科是居民焚毁的，这倒是真的，但不是那些留在莫斯科的居民，而是那些离开了莫斯科的居民。被敌军占领的莫斯科，不像柏林、维也纳以及其他城市那样完好无损地保留下来，只是因为莫斯科的居民没有向法国人献上面包和盐以及城门钥匙，而是离开了莫斯科。

二十七

法国人在莫斯科的无孔不入的渗透，直至九月二日傍晚才到达皮埃尔现在所居住的街区。

皮埃尔在孤独而不平凡地度过最近两天之后，处于一种近似疯狂的状态。他全身心地被一种想法所控制。他自己也不知道，起于何时何故，然而这挥之不去的想法对他的控制竟如此强烈，以至他对往事完全失忆，而对现状茫然不解。他的所见所闻在他面前都仿佛发生在梦里。

皮埃尔从自己家里出走，就是为了摆脱生活中对他的种种要求的纷扰，他身陷其中而难以自拔。他以整理故人的书籍文件为借口到约瑟夫·阿列克谢耶维奇家里去，只是为了寻求躲开烦恼的避风港，而对约瑟夫·阿列克谢耶维奇的回忆和他沉浸于永恒、平静而庄严的沉思的内心世界相联系，这个内心世界是和他觉得自己被卷入其中的令人忐忑不安的纷扰完全对立的。他寻求平静的避风港，而在约瑟夫·阿列克谢耶维奇的书斋里确实找到了。他在死寂的书房坐下，双手支在故人布满尘埃的书桌上，这时他的心里便平静而意味深长地浮起一个又一个回忆，他回忆起最近这些日子，特别是回忆起波罗金诺会战以及他觉得自己渺小、虚伪的那种难以描述的心境，而另一种人是那么真诚、质朴、有力量，这种人是以“**他们**”这个称呼铭刻在他的心里的。当格拉西姆把他从沉思中惊醒的时候，他有了一个想法，要参加他知道的拟议中的民众保卫莫斯科的行动。为此目的他立刻要求格拉西姆为他物色一件农民穿的束腰长衫和一支手枪，并向他宣布，自己要隐姓埋名地留在约瑟夫·阿列克谢耶维奇家里。后来在这独自虚度（皮埃尔几次徒劳无益地试图把注意集中于共济会的手稿）的第一天里，他几次模糊地忆起曾经有过的关于自己和波拿巴的名字的奥妙关系的想法，不过他，俄国人别祖霍夫（l'Russe Besuhof）注定将终结**兽**的政权的这种想法只是偶然地、不留痕迹地在他心头闪过的一种臆想。

买来束腰长衫后（目的只是为了参加民众保卫莫斯科的战斗），皮埃尔遇见罗斯托夫一家，娜塔莎对他说："您要留下来？啊，这真是太好了！"——这时他心里蓦地闪过一个念头，觉得留下来真的很好，即使莫斯科失守他也要留下来，去执行注定要由他完成的使命。

第二天他抱着不惜牺牲和在任何方面也不落后于**他们**的决心和民众一起到三山门去了。不过，等回到家里，确信不会保卫莫斯科了，他突然感到，他过去觉得只是一种可能性的设想，现在成了一种不可避免的必然性了。他要隐姓埋名留在莫斯科，等候并刺杀拿破仑，或者自己不免一死，或者结束整个欧洲的不幸，在皮埃尔看来，唯有拿破仑是使整个欧洲遭到不幸的罪人。

皮埃尔了解一名德国大学生一八〇九年在维也纳行刺拿破仑的详情细节，也知道这个大学生被枪毙了。在实行自己的意图时要冒生命的危险，这一点使他越发兴奋起来。

两种同样强烈的心情使皮埃尔受到自己的意图的不可抗拒的吸引。第一种是由于意识到民众普遍遭到不幸而要作出牺牲和忍受苦难的心情，在这种心情的支配之下，他在二十五日驰往莫扎伊斯克，并深入战斗最激烈的地方，现在又从家中出逃，放弃惯常的奢华、舒适的生活，在硬沙发上和衣而卧，与格拉西姆吃同样的饭菜；第二种心情是隐约的、俄国人所特有的对一切受条件制约的、人为的、世俗的东西，对大多数人视为人世间最高福祉的东西的蔑视心情。皮埃尔第一次是在斯洛博达宫体验到了这种异样而诱人的心情，当时他突然觉得，财富、权力、生命以及人们孜孜以求的一切如果说有什么价值，那么其价值仅仅在于它可以在放弃这一切的时候给人带来无上的快乐。

那是这样一种心情，在它的影响之下，一个志愿兵喝掉最后一个戈比，一个醉汉没有任何明显的原因打碎了镜子和玻璃，而他明知要因此而赔掉他的最后一笔钱；在它的影响之下，人会干出疯狂的（从世俗眼光来看）事情，仿佛要试一试自己的权力和力量，仿佛在宣布，对生活有超越于世俗条件之上的最高裁判。

自从皮埃尔在斯洛博达宫第一次体验到这种心情的那一天起，他就不断地处于这种心情的影响之下，不过只是现在才找到了充分满足它的机会。此外，皮埃尔此刻坚持自己的意图而决不放弃，还因为他在这条道路上所已经做过的一切。他的离家出走，他的束腰长衫和手枪，他还向罗斯托夫一家宣称他要留在莫斯科——如果他现在也和别人一样离开莫斯科，他所做的这一切便显得可鄙而又可笑（对这一点皮埃尔是很敏感的）了。

皮埃尔的身体状况，像通常那样，是和精神状况相符的。难以下咽的粗茶淡饭，这些天喝的伏特加，没有葡萄酒和雪茄，在没有被褥的短沙发上熬过的两个几近失眠的夜晚——这一切使皮埃尔始终处于迹近癫狂的兴奋状态。

已是午后一点多钟。法国人已进入莫斯科。皮埃尔知道，但是他没有采取行动，只是在想着自己的事情，逐一设想未来的所有最微末的细节。皮埃尔在其梦想中没有逼真地想象行刺过程本身和拿破仑之死，而是满怀忧伤和快乐，非常鲜明地想象着自己的牺牲和大无畏的英勇精神。

“是的，一人为大家，我应当不成功便成仁！”他想，“是的，我要迎上去……然后突然……用手枪还是匕首呢？”皮埃尔想，“不过，反正都一样。‘处决你的不是我，而是上帝之手’，我要这样说（皮埃尔想的是他在刺杀拿破仑的时候要说的话）。好吧，你们逮捕我、处决我吧。”接着皮埃尔神情忧伤而坚定，垂下头自言自语道。

当皮埃尔站在房间中央这样独自议论的时候，书房的门开了，门口出现了一向胆怯而此刻形容大变的马卡尔·阿列克谢耶维奇的身影。他的睡衣敞开着。脸色通红，有些臃肿。看来他是喝醉了。他看到皮埃尔，起初有些尴尬，不过发现皮埃尔的脸色也显得尴尬便立刻振作起来，一双细瘦的腿摇摇晃晃地走到房间中央。

“他们害怕了，”他声音嘶哑，信赖地说，“我说：我决不投降，我说……这样说对吗，先生？”他沉思起来，突然看到桌上有一把手枪，出人意料地迅速抓在手里，跑进了走廊。

跟在马卡尔·阿列克谢耶维奇后面走的格拉西姆和看管院子的人在走廊里拦住他开始夺取手枪。皮埃尔来到走廊，带着怜悯和厌恶的表情望着这个半疯的老头子。马卡尔·阿列克谢耶维奇皱着眉头使劲抓住手枪，嗓子嘶哑地大声叫嚷，看来他在想象着某种激动人心的场合。

“拿起武器！冲啊！别想，你是夺不去的！”他叫道。

“行了，您哪，行了，做做好事，请放下吧。好了，请放下，老爷……”格拉西姆小心地拽着马卡尔·阿列克谢耶维奇的胳膊肘，使劲往门口拉。

“你是什么人？波拿巴！……”马卡尔·阿列克谢耶维奇大声嚷道。

“这样不好，老爷。您回屋里休息一会。请把枪给我。”

“滚开，卑鄙的奴才！别碰我！看到吗？”马卡尔·阿列克谢耶维奇晃着手枪叫道。

“抓住他。”格拉西姆对看管院子的人悄声说。

马卡尔·阿列克谢耶维奇被抓住双手拖往门口。

门廊里充满了不成体统的喧闹声和一个气喘吁吁的声音的嘶哑的呼哧声。

突然，又从台阶上传来了女人的一声刺耳的尖叫，随即厨娘跑进了走廊。

“他们来了！我的老天爷！……真的，是他们。四个人，骑着马！……”她叫道。

格拉西姆和看管院子的人松手放开了马卡尔·阿列克谢耶维奇，于是在静静的走廊里可以清楚地听到有几个人在敲门。

二十八

皮埃尔暗自决定，在实现自己的意图之前决不暴露自己的身份，还要假装不懂法语。他站在走廊的半开的门口，打算在法国人进来之前立即躲起来。但是法国人进来了，皮埃尔还是没有从门口走开：按捺不住的好奇心使他留了下来。

进来的是两个人。一个是军官，身材高挑的雄赳赳的美男子，另一个看来是士兵或勤务兵，瘦小敦实，脸晒得黑黑的，两颊深陷，神情木讷。军官拄着拐杖，一瘸一拐地走在前面。军官走了几步，似乎认定这座住宅不错，便停下脚步，转向站在门口的士兵们，以长官的口气大声吩咐他们把马匹牵进来。办完这件事，军官英姿勃勃地高高抬起臂肘，理一理胡须，用手触及军帽敬礼。

“大家好！”他愉快地说，微笑着环视四周。

谁也没有答话。

“您是主人吗？”军官问格拉西姆。

格拉西姆带着疑问的表情吃惊地看着法国人。

“房子，房子，借住一下，”军官说，他面带温和的微笑自上而下地看着比他矮的老头子，“法国人都是和善的小伙子。见鬼，我们是好相处的，老人家。”他又说，拍拍吃惊的、不吭声的格拉西姆的肩膀。

“怎么了！难道这里也没有人会说法语？”他又说，一边环顾四周，目光与皮埃尔相遇。皮埃尔从门口闪开了。

军官又转向格拉西姆。他要求格拉西姆让他看看房间。

“老爷不在，您的话……我不明白……”格拉西姆说，他把话倒着说，想使自己的话好懂些。

法国军官微笑着在格拉西姆的鼻子前面摊开双手，表示自己也不懂他在说什么，又一瘸一拐地朝皮埃尔站着的门口走来，皮埃尔想走开，避开他，但就在这时他看到，马卡尔·阿列克谢耶维奇拿着手枪从敞开的厨房门探出身子。马卡尔·阿列克谢耶维奇带着疯子的狡黠打量一下法国人，举枪瞄准。

“冲啊！！！”醉鬼按着手枪的扳机大叫一声。法国军官朝叫声转过身来，就在这刹那之间皮埃尔向醉鬼猛扑过去。在皮埃尔抓住并托起手枪的时候，马卡尔·阿列克谢耶维奇的一根手指终于碰到了扳机，于是震耳欲聋的枪声响起，硝烟向大家扑面而来。法国人脸色煞白，回头朝门口冲去。

皮埃尔忘了自己要假装不懂法语的意图，夺下手枪扔在一边，跑到法国人面前，用法语和他交谈起来。

“没有伤着您吧？”他问。

“好像没有，”军官摸摸身上说，“不过这一次可真险，”他指着墙上被打掉的灰泥说，“他是什么人？”军官严肃地望着皮埃尔问道。

“啊，发生这样的事，我感到非常遗憾，”皮埃尔很快地说道，完全忘了自己想扮演的角色，“这是个不幸的疯子，他不知道自己在干些什么。”

军官走到马卡尔·阿列克谢耶维奇跟前，一把抓住他的衣领。

马卡尔·阿列克谢耶维奇耷拉着嘴唇，好像要睡着了，靠在墙上摇晃着。

“匪徒，你会受到惩罚的。”法国人放开手说。

“我们胜利者是宽大的，但是我们不会饶恕敌对分子。”他神色阴沉而庄严地做了一个漂亮、有力的手势补充道。

皮埃尔继续用法语劝说这个法国人不要和神志不清的醉汉计较。法国人默默地听着，没有改变阴沉的脸色，却突然微笑着转向皮埃尔。他默默地看了他几秒钟。漂亮的脸上出现了演悲剧的那种温柔的表情，伸出了手来。

“您救了我的命。您是法国人。”他说。对这个法国人来说，这个论断是不容置疑的。只有法国人才会采取伟大的行动，而拯救他，第十三轻骑兵团大尉朗巴尔先生的生命无疑是一个极其伟大的行动。

可是不管这位军官的论断和以它为根据的信念多么不容置疑，皮埃尔还是认为不得不令他失望。

“我是俄国人。”皮埃尔很快地说。

“得，得，得，这话您对别人去说吧，”法国人在自己的鼻子前摇着一根手指微笑说，“现在您把这一切都对我说说吧……很高兴能遇到自己的同胞。噢！我们该怎样处置这个人呢？”他加了一句，他对皮埃尔已经像对自己的弟兄一样了。法国军官的表情和声调仿佛在说，即使皮埃尔不是法国人，既然他得到了这个举世最崇高的称号，是决不会拒绝的。对最后一个问题，皮埃尔再次说明，马卡尔·阿列克谢耶维奇是怎样的人，说明就在他们到来之前，这个失去理智的醉汉拿走了子弹上膛的手枪，几个人没有来得及把手枪夺下来，请求对他的行为不予追究。

法国人挺起胸膛，摆了个俨然帝王的姿态。

“您救了我的命。您是法国人。您要我宽恕他吗？我宽恕他了。把这个人带走。”法国军官迅速而有力地说道，他挽起因为救了他的命而被他封为法国人的皮埃尔的胳膊，和他一起朝屋里走去。

院子里的士兵们听到枪声，走进门廊问发生了什么事，准备惩处肇事者；但军官严厉地制止了他们。

“必要时会叫你们的。”他说。士兵们走了。勤务兵已经抽空到厨房去了一趟，他来到军官跟前。

“大尉，他们厨房里有浓汤和烤羊肉，”他说，“要拿来吗？”

“拿来，葡萄酒也拿来。”大尉说。

二十九

法国军官和皮埃尔一起进了屋。皮埃尔认为自己有义务再次向大尉声明，他不是法国人，随即就想离开，但法国军官听也不愿听。他是那么谦恭、亲切、温和，而且真心感激他的救命之恩，使皮埃尔感到盛情难却，只好和他在他们走进的第一个房间——大厅里坐下。至于皮埃尔声称他不是法国人，大尉显然不能理解，他怎么会拒绝这样荣耀的称号呢，于是耸了耸肩说，既然他一定要说自己是俄国人，那就只好这样了，不过尽管如此，对他的救命之恩的感激之情将永远把他们联系在一起。

要是这个人稍微有些理解别人心情的能力，就能猜得到皮埃尔此时的感受，皮埃尔大概就会离他而去，但是这个人对自己身外的一切显然缺乏洞察力，这一点使皮埃尔安心留下了。

“不论您是法国人或隐姓埋名的俄国公爵，”法国人说，打量着皮埃尔的肮脏却考究的内衣和手上的戒指，“您对我有救命之恩，因而我希望与您友好相处。法国人既不会忘记别人的侮辱，也不会忘记别人的帮助。我希望做您的朋友。别的我就不多说了。”

这个法国人的声音、表情、姿态表现了如许善意和高尚气度（按法国人的理解），皮埃尔对法国人的微笑下意识地报以微笑，握住了他伸过来的手。

“我是第十三轻骑兵团大尉朗巴尔，因九月七日之战①荣膺荣誉团勋章。”他作了自我介绍，忍不住扭捏地翕动胡须下面的嘴唇露出得意的微笑。

“现在可否劳驾告诉我，我有幸在和谁这样愉快地交谈，而不是体内带着那个疯子的子弹待在包扎所里？”

皮埃尔说，他不能说出自己的姓名，接着脸上一红，想捏造一个，并说明不能说出真姓名的原因，不过法国人连忙打断了他的话。

“您不必说了，”他说，“我理解您，您是军官……也许还是校官。您为反对我们而服兵役。这不关我的事。多亏有您我才活了下来。我知道这一点就足够了，我是您的忠实的朋友。您是贵族？”他以询问的口气又加了一句。皮埃尔垂下了头。“您的名字呢？我一句也不多问了。皮埃尔先生，您是说？……好极了，我要知道的就是这些。”

从俄国地窖里拿来了烤羊肉、煎蛋、茶炊、伏特加和法国人自己带来的葡萄酒，朗巴尔邀请皮埃尔共进午餐，并且像一个健康、饥饿的人那样又馋又快地吃了起来，用一口坚固的牙齿迅速地咀嚼着，不停地咂嘴说好吃，好吃极了！他面色绯红，满脸是汗。皮埃尔饥肠辘辘，高兴地接受了邀请。勤务兵莫雷尔端来一锅热水，把一瓶红葡萄酒放进热水里。此外他拿来了一瓶克瓦斯，这是从厨房里拿来供品尝的。法国人都知道这种饮料，还给它起了一个名称。他们把克瓦斯叫做猪猡柠檬汁，莫雷尔很赞赏他在厨房里找到的这种猪猡柠檬汁。不过大尉已经有了葡萄酒，这是他在部队经过莫斯科时搞到的，因此他把克瓦斯让给莫雷

① 指波罗金诺会战。

尔，自己抓起了那瓶波尔多葡萄酒。他用餐巾裹着瓶颈给自己和皮埃尔斟了酒。填饱肚子后的葡萄酒使大尉更加活跃了，他在餐桌上喋喋不休。

“是呀，我亲爱的皮埃尔先生，我理当点一支好大的蜡烛为您祈祷，感谢您出手相救……让我摆脱了这个疯子……您知道吗，我身上的子弹已经够多了。这儿（他指着腰侧）在瓦格拉姆挨了一枪，在斯摩棱斯克又挨了一枪。”他指了指面颊上的一个伤疤。“这条腿，您看见了吧，走动不方便了。这是七日在莫斯科附近的激战中受的伤。噢！真壮观！应当看一看，那是一片火海啊。你们让我们尝到了厉害。你们是可以夸耀一番的。说真的，尽管握有这张王牌（他指了指勋章），可我还是愿意一切从头再来一次。我为那些没有看到这场面的人感到惋惜。”

“当时我在那里。”皮埃尔说。

“哦，真的吗！这就更好了，”法国人说，“应当承认，你们是勇猛的对手。见鬼，巨大的多面堡岿然不动。你们迫使我军付出了沉重的代价。我到过那里三次，这就像现在您看到我一样真实。我们三次攻到炮台，三次都像不堪一击的纸人一样被击溃。说实话，你们的掷弹兵真棒。我看到他们的队伍六次合拢，像去参加检阅一样迈步前进。了不起的人们！我们的那不勒斯王在这方面是行家，朝他们大呼：‘好样的！’哈哈，您也是我辈军人！”他沉默片刻后笑着说，“这就更好，这就更好，皮埃尔先生。在战斗中令人生畏……而对美女……”他微笑着挤挤眼，“却殷勤备至，这就是法国人，皮埃尔先生，难道不是吗？”

大尉的快乐显得那么天真善良，又纯真又得意，皮埃尔自己也几乎要愉快地看着他挤挤眼了。大概“殷勤备至”这句话使大尉想起了他在莫斯科的情况。

“顺便说说，请您告诉我，是不是所有的女人都离开了莫斯科？怪事，她们怕什么呢？”

“如果俄军进入巴黎，难道法国妇女不离开巴黎吗？”皮埃尔说。

“哈，哈，哈！……”法国人拍着皮埃尔的肩膀，快活而轻狂地哈哈大笑。“瞧他！说出了这样的话，”他说，“巴黎？……可是巴黎……

巴黎……”

“巴黎是世界的首都……”皮埃尔替他把话说完了。

大尉看了看皮埃尔。他有一个习惯，就是在谈话中间停下来，用亲切含笑的眼睛凝神一瞥。

“嗯，要不是您对我说您是俄国人，我就敢打赌您是巴黎人。您有一种，一种……”他说了这句恭维话，又默默地一瞥。

“我到过巴黎，在那里待了好几年。”皮埃尔说。

“哦，这就对了。巴黎！……不了解巴黎的人是野蛮人。巴黎人在两里外你就能认得出来。巴黎——那就是塔尔玛①、迪舍努瓦②、波蒂埃③、索邦④、林荫道。”他发觉这个结论比起前一个结论来显得软弱无力，便连忙补充道：“全世界只有一个巴黎。您到过巴黎，仍然还是俄国人。这样也好，我还是同样地敬重您。”

几天来皮埃尔孤独地度过思绪暗淡的日子，又加上葡萄酒的影响，此刻和这个快活而和善的人交谈不觉高兴起来。

“不过我们还是回头来谈谈你们上流社会的妇女吧，据说她们非常漂亮。法国军队到了莫斯科，她们却要躲到草原上去，真是个傻主意！她们错过了一个绝妙的机会。你们的农民这样做我能理解，可你们是有教养的人，应当更了解我们。我们占领了维也纳、柏林、马德里、那不勒斯、罗马、华沙，占领了世界各国的首都……人们怕我们，又爱我们。更接近地了解我们是没有害处的。何况皇帝……”他说，但皮埃尔打断了他的话。

“皇帝，”皮埃尔重复道，他的脸上突然流露出忧伤和惶惑的表情，“皇帝是怎样的人？……”

“皇帝？他是宽厚、仁慈、公正、秩序、天才的化身——这就是皇帝！这是我朗巴尔对您说的。别看我现在这样，八年前我是他的敌人。

---

①塔尔玛（1763—1826），法国悲剧演员。
②迪舍努尔（1777—1835），法国女悲剧演员。
③波蒂埃（1775—1838），法国喜剧演员。
④索邦，即巴黎大学。

我的父亲是伯爵和流亡者。但是他这个人征服了我。他使我五体投地。我目睹他给法国带来的伟大和光荣，不能不折服。当我明白了他的追求，当我看到他在为我们准备胜利的桂冠时，我对自己说：这才是君主，于是我决心效忠于他。就是这样。噢，是的，我亲爱的朋友，这是一位古往今来最伟大的人物。”

“现在他在莫斯科？”皮埃尔犹豫了一下，面带负罪的神色问。

法国人对皮埃尔的负罪的神色瞥了一眼，冷然一笑。

“不，他明天入城。”他说，又接着讲自己的故事。

门口几个人的叫嚷声和莫雷尔的到来打断了他们的谈话，莫雷尔向大尉报告，来了几个符腾堡的骠骑兵，要把他们的马拴在大尉拴马的院子里。麻烦是那些骠骑兵听不懂对他们说的话。

大尉吩咐把他们的上士叫来，厉声问他是哪个团的，他们的团长是谁，为什么竟要占用已被占用的民房。那个不大懂法语的德国人报出了本团的番号和团长的姓名，以回答前两个问题；但他没有听懂最后一个问题，便夹杂着蹩脚的法语回答说，他是团部专管部队宿营的，奉团长之命占用这一带的所有民房。皮埃尔是懂德语的，他给大尉翻译了德国人所说的话，并向符腾堡骠骑兵转述了大尉的回答。德国人听明白后让步了，带走了自己的士兵。大尉走到台阶上，大声发布了一些命令。

大尉回到房间时，皮埃尔坐在原来的座位上，双手抱着头。他的脸上有一种痛苦的表情。此刻他确实很痛苦。大尉出去后，皮埃尔独自留下的时候猛然醒悟，意识到了自己的处境。莫斯科被敌军占领，这些幸运的战胜者在莫斯科作威作福，而自己受到他们的庇护——不管这一切使皮埃尔多么心情沉重，但此刻使他深受折磨的并不是这些。他是因为意识到自己的软弱而痛苦不堪。几杯葡萄酒下肚，又和这个和颜悦色的人交谈，使他这些天来的专注、阴沉的心绪荡然无存，而这种心情是他实行自己的意图所必需的。手枪、匕首、农民穿的外衣都准备好了，拿破仑明天就要进城。皮埃尔仍然认为，行刺暴君是有益的正义之举，但皮埃尔感到，他不会那样做了。为什么？——他不知道，但是似乎有一种预感，他是不会去实行自己的意图的。他努力抗拒这种软弱的心情，但模糊地感到，他克服不了它，原有的那种复仇、行刺和自我牺牲的阴沉的思绪在接触到第一个人后就已烟消云散。

大尉跛着脚，吹着口哨，走进了房间。

法国人的絮聒原来使皮埃尔感到有趣，现在却使他反感了。他吹的曲调、他的步态和捻胡须的手势——这一切都使皮埃尔有一种受辱的感觉。

“我马上就走，不再和他说一句话。”皮埃尔想。他在这样想，不过还是坐在那里不动。一种奇怪的软弱的感觉把他钉在自己的座位上：他想站起来就走，可是做不到。

相反，大尉好像很愉快。他在房间里来回走了两趟。他的眼睛炯炯有神，胡子微微翘起，仿佛有了一个有趣的想法而暗自微笑。

“好极了，”他突然说，“这个符腾堡的骠骑兵团长！他是德国人；却是个值得尊敬的小伙子。可惜是德国人。”

他在皮埃尔对面坐下。

“这么说，您懂德语？”

皮埃尔看着他没有吭声。

“避难所德语怎么说？”

“避难所？”皮埃尔反问道，“在德语中，避难所是 Unterkunft。”

“您是怎么说的？”大尉怕听错了，又很快地问。

“Unterkunft。”皮埃尔重复了一遍。

“Onterkoff。”大尉说，用含笑的眼睛对皮埃尔看了几秒钟。“那些德国人是挺笨的。不是吗，皮埃尔先生？”他下了结论。

“哎，再来一瓶莫斯科的波尔多葡萄酒吧，好吗？莫雷尔会给我们再温一瓶的。莫雷尔！”大尉快活地叫道。

莫雷尔拿来了几支蜡烛和一瓶葡萄酒。上尉在烛光下看了看皮埃尔，对方沮丧的脸色看来使他大吃一惊。朗巴尔带着真诚的关切和同情来到皮埃尔身边，俯下身来。

“这是怎么了，您很忧伤？”他拍拍皮埃尔的手说，“也许我惹得您不高兴了？不，说实话，您是不是对我有什么意见？”他一再问道，

“或许和处境有关？”

皮埃尔没有答话，亲切地望着法国人的眼睛。这种同情的表现使他感到欣慰。

“说真的，且不说您有恩于我，而且我是把您看做朋友的。我能为您做些什么吗？您就吩咐吧。我们是生死之交。我是把手放在心口对您这样说的。”他拍着胸脯说道。

“谢谢。”皮埃尔说。大尉凝神看了看皮埃尔，那神态就像他知道避难所在德语中怎么说时一样，他陡然容光焕发。

“噢！那就为我们的友谊干杯吧！”他快活地叫道，斟满了两杯酒。皮埃尔举起酒杯一饮而尽。朗巴尔也干了，再一次握握皮埃尔的手，随即把臂肘支在桌上，摆出一副沉思和伤感的样子。

“是呀，我的朋友，这就是命运无常啊。”他开腔了，“当初谁能告诉我，我将成为龙骑兵的一名士兵和大尉，为我们曾称之为波拿巴的人效命疆场呢。然而我不是追随他来到了莫斯科吗。应当告诉您，我亲爱的，”他接着说，语调忧伤，不疾不徐，仿佛要讲一个长长的故事，“我们家族是法国最古老的世家之一。”

于是大尉以一个法国人轻浮而纯真的坦诚对皮埃尔讲了自己祖先的历史，讲了自己的童年、少年和长大成人的故事，以及自己所有的亲戚关系、财产关系和家庭关系，当然啦，“我可怜的母亲”在这个故事中起着重要的作用。

“但这一切只是刚刚迈入生活，而生活的实质是爱情。是爱情！不是吗，皮埃尔先生？”他越发兴奋地说道，“再来一杯。”

皮埃尔又喝了一杯，还给自己斟了第三杯。

“噢，女人哪，女人！”于是大尉激动得闪闪发光的眼睛望着皮埃尔，开始讲起爱情和自己的艳遇。他的艳遇很多，这是不难相信的，只要看一看这个军官得意的漂亮的脸蛋，以及他谈起女人时的兴奋劲儿就行。尽管朗巴尔的爱情故事都带有被法国人视为爱情的特殊魅力和诗意之所在的那种淫秽性质，但大尉在讲述自己的故事时真挚地相信，只有他才体验并领悟到了爱情的全部魅力，又那么引人入胜地描述女人，使皮埃尔不禁好奇地听了起来。

显然，这个法国人所迷恋的爱情，既不是皮埃尔对自己的妻子所有过的那种低级、粗俗的爱情，也不是他自己所吹嘘的他对娜塔莎的那种浪漫的爱情（这两种爱情朗巴尔都同样地藐视——前者是车夫的爱情，后者是傻瓜的爱情）；这个法国人所崇尚的爱情，主要在于对女性的不正常的关系，在于那种赋予感情以主要魅力的种种畸形特点的组合。

大尉这样讲了自己的一段动人的爱情故事，他爱上一位迷人的三十五岁的侯爵夫人，同时爱上了天真美丽的十七岁的女孩子，迷人的侯爵夫人的女儿。母女俩彼此谦让的结果是母亲作出牺牲，提议让自己的女儿做自己情夫的妻子，虽然这已是对很久之前的往事的追忆，却还是使大尉激动不已。然后他讲了一个情节，在这个情节中丈夫当了情夫，而他（情夫）当了丈夫，又讲了对德国的回忆中的几个趣闻，在那里避难所被说成 Unterkunft，那里的丈夫们喝白菜汤，姑娘们头发的颜色太浅。

大尉记忆犹新的最后一个情节发生在波兰，他讲得手舞足蹈，满面绯红，在那里他曾救了一个波兰人的性命（在大尉的故事中总是不断遇到救命的情节），于是这个波兰人把自己迷人的妻子（她有一颗巴黎女人的心）托付于他，而他本人去投效法国军队。大尉很幸福，迷人的波兰女人想跟他逃走，但是大尉豁达大度，把妻子交给了丈夫，对他说："我挽救了您的性命，又在挽救您的名誉！"大尉重复了这句话，擦了擦湿润的眼睛，他抖动了一下，仿佛要抖落在这动人的回忆中的眷恋之情。

这是人之常情，皮埃尔在这有了酒意的夜晚，听着大尉的故事，不禁注意地聆听大尉所说的一切，心领神会，同时不知何故蓦然勾起自己个人的一系列回忆。听着这些爱情故事，他意外地想起了他自己对娜塔莎的爱情，逐一追忆这份爱情的画面，在心里拿来和朗巴尔的故事相对比。在听到义务与爱情的斗争的故事时，皮埃尔仿佛看到了在苏哈列夫塔楼附近与自己爱慕的对象的最后一次相逢的所有最微小的细节。这次相逢当时对他并没有什么影响；他甚至一次也不曾回忆它。可是现在他觉得，这次相逢意义重大而且富于诗意。

“彼得·基里雷奇，过来呀，我认出您了。”他仿佛听到了她所说的话，仿佛眼前看到了她的眼睛、微笑、旅行包发帽和露出的一绺头发……这一切都令他感动，情意绵绵。

讲完迷人的波兰女人的故事，大尉向皮埃尔提了一个问题，问他是否有过这种为爱情而自我牺牲和忌妒合法丈夫的感情。

皮埃尔被这个问题所触动，抬起头来，觉得心头的情愫不吐不快；他开始说明，他对男女之爱的理解有所不同。他说，他一生只爱着一个女人，而这个女人永远不可能属于他。

“你呀！”大尉说。

然后皮埃尔说明，他从少年时代就爱上了这个女人；但不敢想她，因为她年纪太小，而且他是个没有名分的私生子。后来等到他有了名分和财产，他还是不敢想她，因为他太爱她了，把她看得高于全世界，尤其高于自己。讲到这里他问大尉：这一点他是否理解？

大尉做了个手势，表示即使他不理解，也要请他说下去。

“柏拉图式的爱情，虚无缥缈。”他叽咕道。是有了酒意，还是需要向人倾诉，还是考虑到这个人不认识也不可能认识他的故事中的任何人物，还是所有这些因素都起了作用，皮埃尔的话匣子终于打开了。于是他口齿不清、闪着情欲的目光望着远方，讲了他的全部经历：自己的婚姻、娜塔莎爱上他最好的朋友的经过、她的变心以及自己和她的并不复杂的所有交往。在朗巴尔的追问下，他还讲了起初想隐瞒的情况——他在上流社会的地位，甚至对他讲了自己的真实姓名。

皮埃尔的故事中使大尉最为吃惊的是，皮埃尔非常富有，在莫斯科有两幢豪宅，他扔下这一切却没有离开莫斯科，而是隐姓埋名留在城里。

已是深夜，他们一同走到街道上。天气暖和而晴朗。住宅左首，在彼得罗夫卡闪耀着莫斯科第一场大火的火光。右首高悬一弯新月，新月的对面是在皮埃尔的心里与他的爱情相联系的那颗明亮的彗星。格拉西姆、厨娘和两个法国人站在院子的大门口。可以听到他们的笑语喧哗，尽管他们彼此之间语言不通。他们在看城里的大火。

在一座巨大的城市里，远处不大的火光没有什么可怕的。

皮埃尔望着高高的星空、月亮、彗星和火光，涌起了一阵愉悦的感动。“嗬，这多么好啊。嗬，还需要什么呢？！”他想。突然，他想起了自己行刺的企图，他的头发晕了，觉得很难受，只好靠在院墙上，以免跌倒。

他没有和自己的新朋友告别，踉踉跄跄地离开大门口回到自己的房间，在沙发上躺下，立刻就睡着了。

三十

以车马代步和徒步逃跑的居民以及撤退的部队怀着不同的心情从各条道路上望着九月二日开始的第一场莫斯科大火。

这天夜里罗斯托夫家的车队停留在离莫斯科二十俄里的梅季希村。九月一日他们动身太迟，沿途车马和部队十分拥挤，而且遗忘的东西又多，只好派人去取，因此决定在莫斯科城外五俄里的地方过夜。第二天早晨迟迟才动身，又多次不得不停止前进，因而只到了大梅季希村。晚上十点钟，罗斯托夫一家以及与他们同行的伤员都分散到了这个大村子的各家各户的院子和农舍。罗斯托夫家的下人、车夫和伤员们的勤务兵把主人安排好，自己吃了晚饭，又给马匹添上草料，就到门口去了。

拉耶夫斯基的副官负伤躺在相邻的农舍里。他的手腕被击碎，他身受可怕的剧痛，不断凄惨地呻吟，这呻吟声在黑暗的秋夜听起来非常瘆人。第一夜这个副官就在罗斯托夫一家停留的院子里过夜。伯爵夫人说，这呻吟声使她一夜未能合眼，于是在梅季希村搬到了更简陋的农舍去了，只是为了离开那个伤员远一些。

一个仆人在暗夜里从门口一辆马车的高高的车厢后面发现了另一处不大的火光。原来的一处火光是早就有的，大家都知道那是小梅季希村在燃烧，纵火的是马莫诺夫的哥萨克们。

“而这是另一场大火啊。弟兄们。”一个勤务兵说。

大家的注意力都转向了这片火光。

“听说，马莫诺夫的哥萨克放火烧了小梅季希村。”

“他们！不，这不是梅季希村，是更远些的地方。”

“快看呀，好像就在莫斯科。”

两个仆人走下台阶，绕到一辆马车那边坐在踏板上。

“这有些偏左！不用说，梅季希村是在那里，而这完全是在另一边。”

有几个人附和了第一种意见。

“瞧，火势很旺，”一个说，“伙计们，这是莫斯科的大火：不是在苏谢夫街，就是在罗戈日街。”

谁也没有搭茬。所有的这些人都很久地默默看着远处这场新的大火熊熊燃烧的火苗。

老头子丹尼洛·捷连季伊奇，伯爵的侍仆（大家都这样称呼他）来到人群跟前大声呼唤米什卡。

“你没见过吗，傻瓜……伯爵叫人，却没人应声；快去把衣裳收起来。”

“我刚去打了水。”米什卡说。

“您是怎么想的，丹尼洛·捷连季伊奇，这火光好像是在莫斯科吧？”一个仆人说。

丹尼洛没有答理他，大家又沉默了好久。火光在蔓延、飘动，不断地扩大。

“上帝保佑！……有风，天气又干燥……”又有人说。

“看，火势更旺了。天哪！能看得见飞着的乌鸦了。主啊，宽恕我们这些有罪的人吧！”

“说不定能扑灭大火。”

“谁去救火呢？”这是一直不吭声的丹尼洛·捷连季伊奇在说话，他的声音平静而缓慢。“就是莫斯科啊，弟兄们，”他说，“是她，我们圣洁的母亲……”他的声音中断了，突然发出老年人的哽咽声。大家仿佛就等着这声哽咽，这才明白了眼前这片火光对他们所具有的含义。于是响起了一片叹息、祈祷和伯爵老侍仆的低声啜泣。

三十一

侍仆回来报告伯爵，莫斯科燃起了大火。伯爵穿上睡袍出去观看。跟他一同出去的还有尚未脱衣就寝的索尼娅和绍斯太太。只有娜塔莎和伯爵夫人留在房间里（彼佳已不再和家里的人在一起：他随自己的团出发了，正开赴特罗伊察）。

伯爵夫人听到莫斯科燃起大火的消息哭了。娜塔莎面色苍白，目光呆滞，坐在圣像下的长凳上（她一到这里就坐在那里了），对父亲的话丝毫没有理会。她在倾听隔着三栋屋子也能听到的那个副官不断呻吟的声音。

“啊，多么吓人！”挨了冻，又受了惊吓的索尼娅从院子里回来说，“我想，整个莫斯科要烧光了，那火光真吓人！娜塔莎，你来看哪，现在从窗口就能看到。”她对妹妹说，看来想分散她的注意力。可是娜塔莎看了看她，好像不明白她在说什么，两眼又盯住了炉子的一角。娜塔莎从早晨起就处于这种呆若木鸡的状态，因为索尼娅使伯爵夫人又惊讶又气恼，她这天早晨不知为什么认为有必要告诉娜塔莎，说安德烈公爵受了伤，就在他们的车队里。伯爵夫人对索尼娅大发脾气，她是很少这样生气的。索尼娅哭着请求原谅，现在似乎想竭力弥补自己的过失，在不停地向妹妹献殷勤。

“你来看哪，娜塔莎，大火好吓人。”索尼娅说。

“哪里的大火？”娜塔莎问，“啊，是的，是莫斯科。”

她似乎为了不让索尼娅扫兴，也为了摆脱她的纠缠，便把头凑近窗口，随便看了看，显然什么也没有看到，随即又坐到了自己原来的位置上。

“你没有看到吧？”

“不，真的，我看到了。”她用祈求让她安静的语气说道。

伯爵夫人和索尼娅都明白，莫斯科、莫斯科大火，无论什么，对娜塔莎当然都是没有意义的。

伯爵又走到隔板后面躺下了。伯爵夫人来到娜塔莎面前，用手背碰碰她的头，她在女儿有病时就是这样，然后用嘴唇碰碰她的额头，好像要知道是否有热度，又吻了吻她。

“你受凉了。你浑身在打战。你还是躺下吧。”她说。

“躺下？好的，我躺下。我马上就躺下。”娜塔莎说。

娜塔莎自从今天早晨得知安德烈公爵受了重伤，与他们同行，她只是在最初的时候提了很多问题，他到哪里去？情况怎样？他的伤势有没有危险？她能不能去看他？人们对她说，她不能去看他，他伤势很重，不过没有生命危险，她显然不相信他们所说的话，但是她确信，不管她怎么说，只会得到同样的回答，此后便不再多问，也不说话了。一路上娜塔莎瞪大了眼睛——伯爵夫人很熟悉她的这双眼睛，很害怕她此刻的眼神——一动不动地坐在马车的角落里，现在也是这样坐在她的那条长凳上。她心里在打什么主意，想作出决定，或者现在已经下定决心了——这一点伯爵夫人知道，却不知道究竟是什么主意，正是这一点使她感到害怕和苦恼。

“娜塔莎，脱衣裳吧，亲爱的，就睡在我的床上。”（只有伯爵夫人一个人的床上铺了被褥，绍斯夫人和两位伯爵小姐都睡在铺着干草的地板上。）

“不，妈妈，我就在地板上睡。”娜塔莎气呼呼地说，她走到窗前打开了窗户。从打开的窗口更清楚地传来了那个副官的呻吟声。她把头伸到夜里潮湿的空气中，于是伯爵夫人看到，她那清瘦的肩膀哭得在颤抖，不断撞击着窗框。娜塔莎知道，那不是安德烈公爵在呻吟。她知道，安德烈公爵躺在他们的同一个大院子里，就在门廊相通的另一间小木屋里；但这可怕的不停的呻吟还是使她伤心地痛哭起来。伯爵夫人和索尼娅交换了一个眼色。

“睡吧，亲爱的，睡吧，我的女儿，”伯爵夫人说，轻轻地拍着娜塔莎的肩头，“唉，你就去睡吧。”

“啊，好的……马上，我马上就睡。”娜塔莎说，急忙脱衣裳、解裙带。她扔下连衣裙，穿上短衫，盘腿坐在地铺上，把不太长的细辫子甩到胸前，开始重新编辫子。细长的手指习惯性地、迅速而灵巧地解开辫子重编，扎上。娜塔莎的头以习惯性的动作时而转向一边，时而转向另一边，但是那双狂热的眼睛一动不动地直视前方。晚妆结束，娜塔莎在门口一侧铺在干草上的被单上轻轻地躺下。

“娜塔莎，你睡到当中来。”索尼娅说。

“不，我就在这里，”娜塔莎说，“你们都睡吧。”她气愤地加了一句，随即把脸埋在枕头里。

伯爵夫人、绍斯太太和索尼娅连忙脱衣就寝。房间里只留了一盏灯照明。可是两俄里外的小梅季希村的大火照得户外亮堂堂的，在马莫诺夫的哥萨克砸开的斜对面的小酒馆里，在街道上，人们醉醺醺地大声喧嚷，还可以听到那个副官在不住声地呻吟。

娜塔莎久久地谛听室内室外传到耳边的声音，却纹丝不动。她起先听到母亲的祈祷和叹息、床在她身下的咯吱声、绍斯太太的熟悉的带啸音的鼾声、索尼娅的细微的呼吸声。后来伯爵夫人叫了娜塔莎一声。娜塔莎没有答应。

“她好像睡着了，妈妈。”索尼娅轻声说道。伯爵夫人沉默片刻，又叫了一声，不过已经没有人答理她了。

此后不久，娜塔莎听到了母亲均匀的呼吸声。娜塔莎纹丝不动，尽管她伸在被子外面的一只赤裸的小脚在光光的地板上冻得生疼。

墙缝里一只蟋蟀在叫，仿佛在庆祝它打败了所有的对手。远处一只公鸡打鸣，附近的公鸡也都应声啼叫。小酒馆里的喧嚷静息了，只听到副官还在那样呻吟。娜塔莎欠起了身子。

“索尼娅，你睡着了吗？妈妈？”娜塔莎低声叫道。谁也没有回答。娜塔莎缓慢而小心地站起身来，画了十字，一只狭长、柔韧的光脚板小心地踏在肮脏、冰凉的地板上。地板咯吱一响。她迅速挪动脚步，像小猫一样跑了几步，抓住冰凉的门把手。

她觉得，有什么沉重的东西在有节奏地撞击着农舍的四壁：这是她的心在跳动，那颗吓得麻木、由于恐惧和爱而破碎的心。

她开门跨过门槛，踏上门廊里潮湿、冰凉的泥地。寒气袭来，她的精神为之一振。她用赤脚触摸着一个睡在地上的人，跨过他的身子，打开了安德烈公爵躺着的木屋的门。木屋里很暗。床上躺着人，床后的角落里，有一支结了很大烛花的蜡烛放在木凳上。

从早晨起，当她得知安德烈公爵的伤势及其处境后，就决定要见到他。她不知道为什么要这样做，但是她知道，相见会很痛苦，因而更坚定地认为相见是必要的。

她整天唯一的期盼，就是能在晚间见到他。但是当这个时刻终于到来时，她感到骇然，不知道会看到怎样的景象。他残废成什么样子了？他的身体还残留了什么呢？他是否就像副官的不停的呻吟那样？是的，他是那样。在她的想象中他就是副官那骇人的呻吟的化身。当她看到角落里的模糊的身影，并且把他在被子里拱起的膝盖当做肩膀时，她的想象中出现了一个可怕的躯体，骇然地停住了脚步。但是一种不可抗拒的力量吸引她向前走。她小心地迈出一步、又一步，终于出现在一间不大的堆满杂物的木屋中央。木屋里的圣像下，在拼凑在一起的长凳上躺着另一个人（那是季莫欣），还有两个人躺在地板上（那是医生和侍仆）。

侍仆欠起身来低声说了什么。季莫欣的一条伤腿痛得他睡不着，正睁大眼睛看着一个姑娘奇怪地出现在屋里，她穿着白衬衫、短上衣，戴着睡帽。侍仆睡眼惺忪地惊问："您要什么，有事吗？"——这只是使娜塔莎更快地走向躺在角落里的身影。不管多么可怕，不管那个躯体多么不像人样，她还是要见他。她绕过侍仆：烛花掉了下来，于是她清楚地看到了把双手放在被子上躺着的安德烈公爵，依然还是她一向所见到的模样。

他还是素来那样；不过他的红扑扑的脸色，特别是从翻开的衬衫领子里露出来的孩子般稚嫩的脖子，使他有一种特别的、天真无邪的、孩子气的样子，这可是她在安德烈公爵身上从未见到过的。她走上前去，用少女快捷而柔韧的动作跪倒在地。

他微笑着向她伸出了手。

三十二

安德烈公爵在波罗金诺战场上的包扎所里醒来后已过去了七天。这几天他几乎经常处于昏迷状态。据随行医生的看法，高烧不退和肠子受损后的炎症会夺去他的生命。但在第七天他高兴地吃了一片面包，喝了些茶，医生发现他的热度减退了。安德烈公爵是清晨恢复知觉的。离开莫斯科后的第一天，夜里相当暖和，安德烈公爵便留在马车里过夜，可是到了梅季希村，伤员自己要求把他抬出来，还要茶喝。在把他抬往木屋时所造成的剧痛使安德烈公爵大声呻吟起来，又失去了知觉。他被安置在行军床上后，闭着眼睛一动不动地躺了很久。后来他睁开眼睛低声问："茶呢？"这种对生活细节的记忆力使医生大吃一惊。他按了按脉，发觉脉搏比较正常，这使他既惊讶又担心。医生之所以担心是因为他凭经验知道，安德烈公爵不可能活了，即使眼下不死，不久以后也会更痛苦地死去。与安德烈公爵同行的有他团里的红鼻子少校季莫欣，他也是在波罗金诺会战中腿上负伤，后来在莫斯科与他会合。跟随他们的有一位医生以及安德烈公爵的侍仆、车夫和两名勤务兵。

给安德烈公爵端来了茶。他贪婪地喝着，一双眼睛非常兴奋地望着面前的那扇门，仿佛竭力要理解或想起什么。

"我不想多喝了。季莫欣在吗？"他问，季莫欣在长凳上爬到他跟前。

"我在，大人。"

"伤势怎么样？"

"我的伤势吗？没什么。倒是您呢？"

"能不能给我拿本书来？"他说。

"什么书？"

"福音书！我身边没有。"

医生答应给他找一本，开始询问公爵感觉如何。安德烈公爵不大乐意，但理智地回答了医生的所有问题，然后说，他需要垫一个靠枕，否则很别扭也很痛。医生和侍仆掀起盖在他身上的军大衣，从伤口散发出一股肌肉腐烂的难闻的气味，他们不禁皱起了眉头，开始察看那个可怕的地方。医生看了伤口很不满意，他作了一些变动，帮伤员翻了个身，他又呻吟起来，翻身时的剧痛又使他失去知觉，说起了胡话。他老是在说，要快些把那本书给他找来，放在他那里。

“这又不是什么难事！”他说，“我没有这本书，请你们找一本来吧，暂时放在这儿。”他用哀求的声音说。

医生到门廊里洗手去了。

“唉，你们简直没心肝，真是，”医生对往他手上淋水的侍仆说，“我只是一时没有照看到啊。你们是让他直接压在伤口上了。这有多痛，我感到奇怪，他怎么能忍受得了。”

“我主耶稣基督啊，我们好像是垫过的。”侍仆说。

安德烈公爵第一次明白了他在哪里、发生了什么事，于是回想起他受了伤，马车停在梅季希村的时候曾要求把他移进木屋。他又痛得迷糊了，第二次苏醒过来是在小木屋里，他喝了茶，这时回忆起他所遭遇的一切，又极其鲜明地想起了他在包扎所时候，那时他眼看自己所厌恶的人遭到痛苦而产生了那些给他带来幸福的新想法。现在这些想法又占据了他的心灵，尽管这些想法还不清晰、不明确。他回忆起现在他拥有了一种新的幸福，而这幸福是和福音书有某种联系的。所以他才想要福音书。可是他的伤口所遭到的重压以及重新翻身又扰乱了他的思绪。他第三次清醒过来已是在万籁俱寂的深夜。周围的人都睡了。从门廊传来蟋蟀的叫声，街上有人在叫喊、唱歌，蟑螂在桌子和圣像上乱爬，一只秋天的大苍蝇在他的床头和蜡烛旁飞来撞去，这支结了一个大烛花的蜡烛就放在他身边。

他的神志不大正常。一个健康的人通常是同时思考、感受并回忆无数对象，但是他有能力选定某个系列的想法或现象，并把自己的全部注意力集中于这个系列。健康的人在凝神深思时，可以分神对进来的人说句应酬话，随即又返回自己的思绪。安德烈公爵的神志在这方面却不大正常。他的心灵的全部力量比任何时候都更活跃、更鲜明，但是它们的活动是他的意志所无法控制的。各式各样的思绪和想象同时影响着他。有时他的思维突然开始活动，而且那么有力、鲜明而深刻，达到在健康状态下所不可能达到的程度，可是思维在其活动中会突然中断，被某种突如其来的想象所代替，便没有能力返回原来的思维了。

“是的，我得到了一种新的幸福的启示，人的这种幸福是不可剥夺的。”他躺在半明不暗的木屋里想，非常激动地瞪大眼睛凝视着前面。“这种幸福不取决于物质力量，不取决于外在的物质条件对人的影响，只是心灵中的幸福，爱的幸福！人人都能理解它，但是只有上帝才能觉悟爱的真谛，制定爱的法则。然而上帝是怎样规定这法则的呢？儿子怎么了？……”思路突然中断，于是安德烈公爵听到了一种声音（他不知道他是在谵妄中还是在现实中听到的），他听到一种轻微的耳语般的声音在不停地、有节奏地重复着：“噼唧——噼唧—— 噼唧”，然后是“唧——唧”又是“噼唧——噼唧——噼唧”，接着又是“唧——唧”。与此同时，在这耳语般的乐音的伴奏下，安德烈公爵觉得，在他的脸的上方，在正中央，正在用细细的针或薄木片建造一座奇特的空中楼阁。他觉得（尽管这使他感到沉重），他必须努力保持平衡，才能使建造中的这座空中楼阁不致倒塌，不过它还是在倒塌，接着又在有节奏的耳语般的乐音中慢慢地建造起来。“它在往高处伸展了！伸展了！伸展得更高了！还在伸展”，安德烈公爵自言自语道。在倾听耳语般的声音、看着这座在伸展着和用针建造中的空中楼阁的同时，安德烈公爵也间或看到有一圈红晕的烛光，听到蟑螂乱爬的沙沙声、苍蝇碰在枕头和他脸上的簌簌声。每当苍蝇碰到他脸上时就会引起一阵难受的感觉；但他同时又感到惊讶，苍蝇冲击到耸立在他脸上的楼阁的范围之内，怎么没有使楼阁遭到破坏呢。不过，此外还有一个重要的现象，这就是横卧于门边的一个白色的东西，那是一座狮身人面女怪的雕像，它也使他感到压抑。

“不过，那也许是我放在桌上的衬衫，”安德烈公爵想，“这是我的腿，那是门，可是怎么老是有什么东西在伸展、在建造呢，还有这噼唧—— 噼唧——噼唧、唧——唧，又是噼唧——噼唧——噼唧……够啦，请停止吧，别再烦我啦。”安德烈公爵心情沉重地央求着谁。突

然，思维和感觉又以非凡的明快和活力浮现出来了。

“是的，爱（他又完全清晰地想道），但不是有所求、有所希冀和有什么原因的爱，而是我第一次所体验到的那种爱，当时我看见了自己的情敌，而我仍然爱他。我体验到了那种爱的感情，这种爱是心灵的本质，这种爱不需要对象。我现在也体验到了这种无上幸福的心情。爱邻人，爱自己的敌人。爱一切，于上帝的一切表现中爱上帝。人类之爱可以爱亲人；然而唯有上帝之爱才能爱敌人。当我感到我在爱着那个人的时候，我因此而觉得那么快乐。他怎么样了？还活着吗？……人类之爱能由爱转变为恨；唯有上帝之爱是不可改变的。无论什么，即使是死亡，无论什么都不能破坏这种爱。这种爱是心灵的本质。而我生平恨过那么多人。在所有人当中，我所最爱和最恨的都莫过于她。”于是他生动地回忆起娜塔莎，但是不像过去那样仅仅想象她那悦目的美貌；而是第一次想象她内心的感受。他现在第一次明白了自己拒婚是何等残忍，明白了自己与她决裂的残酷性。“但愿我能再见到她哪怕一次。就一次，看着那双眼睛说……”

又是噼唧——噼唧——噼唧、唧——唧、噼唧——噼唧——噼唧——砰，苍蝇撞了一下……于是他的注意力突然飞到了现实与幻觉交融的另一个世界，那里正在发生一种特别的现象。在这个世界里还是那样在建造一直不倒的空中楼阁，还是有什么东西在伸展，还是亮着有一圈红晕的蜡烛，门边还是横卧着宛如狮身人面女怪的衬衫；不过在这一切之外，只听咯吱一声，扑进一阵清新的风，一个新的白色狮身人面女怪竖立着出现在门前。只见这个狮身人面女怪的头部有一张娜塔莎的苍白的脸和一双闪闪发光的眼睛，他刚才正想着她呢。

“噢，这种没完没了的幻觉多么烦人！”安德烈公爵想，竭力要从自己的想象中赶走这张脸。可是他面前的这张脸却生气勃勃，而且离他越来越近了。安德烈公爵很想回到原先的纯思维的境界，却办不到，幻觉在吸引他落入自己的氛围。耳语般的声音在继续有节奏地喋喋不休，有什么东西在压抑他，在伸展，那张奇怪的脸已经在他面前。安德烈公爵集中全力想清醒过来；他动了动，却突然耳鸣眼花，好像一个沉入水底的人一样失去了知觉，等他清醒过来，活生生的娜塔莎本人，在世界上所有的人之中，他最想用他现在所领悟的那种新的、纯洁的上帝之爱去爱的那个娜塔莎正双膝着地跪在他面前。他明白了，这是活生生的真实的娜塔莎，他没有惊讶，而是不露声色地乐在心里。娜塔莎跪在地上，惊恐但呆若木鸡地（她不能动弹了）望着他，强忍悲伤没有痛哭失声。她的脸苍白而凝然不动，只有脸的下部在颤抖不已。

安德烈公爵轻松地叹息一声，微笑着伸出手来。

“是您？”他说，“多么幸运！”

娜塔莎迅速而小心地膝行而前，小心地捧着他的手，低下头来开始亲吻它，双唇稍微地频频接触。

“请您饶恕！”她仰视着他小声说，“饶恕我吧！”

“我爱您。”安德烈公爵说。

“请您饶恕……”

“饶恕什么呢？”安德烈公爵问。

“饶恕我的行为。”娜塔莎以勉强听得见的声音断断续续地说，又开始亲吻那只手，双唇更加频繁地轻触着它。

“我比过去更爱你，爱得更深。”安德烈公爵说，一边用手托起她的脸，以便能看着她的眼睛。

那双满含幸福泪水的眼睛，充满同情和爱的喜悦怯生生地看着他。娜塔莎的消瘦、苍白、嘴唇肿胀的脸难看得很，简直显得可怕。但安德烈公爵没有看到这张脸，他看到的是神采奕奕的眼睛，那双眼睛太美了。他们后面响起了说话声。

侍仆彼得已从睡梦中醒来，他叫醒了医生。因为腿痛而一直睡不着的季莫欣早就看清了所发生的一切，他用被单裹着自己赤裸的身子，蜷缩在长凳上。

“这是怎么回事？”医生从自己的铺上欠身说，“您请走吧，小姐。”

这时一个女仆在敲门了，她是忽然想起女儿的伯爵夫人派来的。

娜塔莎像一个在梦中被唤醒的梦游症患者走出了房间，她回到自己的木屋号啕大哭，扑倒在自己的地铺上。

从这天起罗斯托夫一家在以后的行程中每到休息和过夜的地方，娜塔莎都寸步不离受伤的鲍尔康斯基，医生不得不承认，他没有想到一个少女在护理伤员时会这样有耐心而又心灵手巧。

尽管想到安德烈公爵可能在旅途中死在她女儿的怀抱里（据医生说，这是很可能的），伯爵夫人十分担惊受怕，却无法阻止娜塔莎。虽然由于伤员安德烈公爵和娜塔莎现在所确立的亲密关系，人们不禁会想，在伤员渐渐康复的情况下，原有的未婚夫妻的关系将会恢复，但是谁也没有提及这一点，尤其是娜塔莎和安德烈公爵：不仅鲍尔康斯基，而且整个俄国的生死存亡问题都还悬而未决，其他的那些设想也就顾不上了。

三十三

九月三日皮埃尔迟迟才醒。他头痛，穿在身上睡觉的衣裳使他很难受，而且心里模糊地意识到头天做了不光彩的事情；这不光彩的事情就是昨天同朗巴尔大尉的谈话。

时针指着十一点，不过户外很阴暗。他起身，揉了揉眼睛；看到格拉西姆又拿来放在书桌上的那支枪柄雕花的手枪，皮埃尔这才想起他是在哪里，以及他今天就要采取的行动。

“该不会迟了吧，”皮埃尔想，“不会，**他**进入莫斯科大概不会早于十二点。”皮埃尔没有费心去考虑他所面临的情况，而是急于尽快地投入行动。

皮埃尔整一整衣衫，把手枪抓在手里已经准备走了。不过这时他突然想到，他走在大街上怎样带枪呢，总不能拿在手里吧。这样大的手枪甚至很难藏在宽大的长衫下面。无论插在裤带里还是塞在腋下都不可能不被人发觉。何况手枪里的子弹已经打掉了，皮埃尔还没有来得及重新装上。“无所谓，就用匕首。”皮埃尔对自己说，尽管在考虑实现自己的企图的方法时，他曾一再暗自认定，一八〇九年那个大学生的主要错误就在于他想用匕首行刺拿破仑。不过，皮埃尔的主要目的似乎并不在于完成既定目标，而是要向自己证明，他没有放弃自己的意图，而且在为实现它而竭尽所能；皮埃尔急忙拿起匕首藏在背心里，这把套着绿鞘、刀刃有缺口的钝匕首是他在苏哈列夫塔楼那里和手枪一起买来的。

皮埃尔系好长衫的腰带，压低帽子，竭力悄然避开大尉，穿过走廊来到街道上。

他头天晚上不大在意的那场大火一夜之间火势扩大了许多。莫斯科已经四处起火。同时在燃烧的有车市、莫斯科河南岸、外商商场、波瓦尔街、莫斯科河上的驳船和多罗戈米洛沃大桥旁的木柴市场。

皮埃尔要经过几条小巷到波瓦尔街、阿尔巴特街，再到圣尼古拉显灵教堂，他心里早已决定要在教堂附近完成自己的任务。大部分房屋都大门紧闭，百叶窗也都关着。大街小巷都空荡荡的。空气中散发着一股焦味儿和刺鼻的烟味。偶尔遇到神色惊慌、胆怯的俄国人和走在街中心的法国人，他们与居民不同，自有一种过惯军营生活的派头。俄国人和法国人都惊讶地看着皮埃尔。除了高大肥胖的体型，除了那奇怪的阴沉而专注的神情，以及受难者的脸色和身影，俄国人之所以审视他，是因为不明白这个人究竟属于哪个阶层。法国人惊讶地目送着他，是因为其他俄国人都惊恐或好奇地看着法国人，而皮埃尔对他们却丝毫不予理会。在一栋住宅的大门前，三个法国人正在向一些俄国人解释什么，见对方听不明白，便拦住皮埃尔，问他懂不懂法语？

皮埃尔摇了摇头，继续走路。在另一条小巷里，一名站在绿色弹药箱旁的哨兵向他猛喝一声，而皮埃尔只是在哨兵再次威严地喝阻，并发出拿起枪来的声音时才明白过来，他必须从街道对面绕行。他对周围的一切听而不闻，视若无睹。他怀着自己的意图，仿佛怀里揣着一种可怕而陌生的东西，匆忙而忧心忡忡地赶路，唯恐——他记取了昨夜的经验教训——它会化为乌有。但皮埃尔注定不能把自己的意图完好无损地带到目的地。何况即使他在途中没有被耽搁，他也不可能实现自己的意图，因为拿破仑早在四个多小时之前就从多罗戈米洛沃门外经阿尔巴特街到达了克里姆林宫，此刻正心情极坏地坐在克里姆林宫沙皇的办公室里发布各种详尽的命令，要求立即采取相应措施扑灭大火、防止抢劫行为并安抚民众。可是皮埃尔对此一无所知；他全神贯注于当前的行动而又深感苦恼，人们在固执地要完成不可能办到的事情时往往如此——他不可能办到并不是因为事情太难，而是因为这种事情违反他的天性；他苦恼不堪，很怕在关键时刻一时心软，因而丧失对自己的尊重。

他虽然对周围的一切听而不闻、视若无睹，却下意识地辨认着道路，没有走错通往波瓦尔街的小巷。

皮埃尔离波瓦尔街越来越近了，烟雾也随之而愈来愈浓，大火甚至烤得热了起来。从那些屋顶下不时蹿出火舌。街道上的人更多了，这些人也更加惊慌不安。不过，皮埃尔虽然觉得周围有些异样，却没有注意到他正在走向大火。他走在一条经过大片建筑工地的小路上，这条小路一边靠近波瓦尔街，另一边靠近格鲁津斯基公爵家的花园，突然，皮埃尔听到了就在他身边的一个女人凄惨的哭声。他站住了，仿佛从睡梦中醒来似的抬起了头。

在小路的一旁，有一些家用物品堆放在落满尘土的枯草上：褥子、茶炊、圣像和几个箱子。箱子旁，一个瘦瘦的中年妇女坐在地上，上排的几颗长长的龅牙突出在外面，她穿着宽大的黑色外衣，戴着黑色包发帽。这个女人摇晃着身子在念叨什么，哭得声嘶力竭。两个十到十二岁的女孩穿着很脏的短连衣裙和短外衣，苍白、恐惧的小脸上带着惶惑的神气望着母亲。一个大约七岁的小男孩穿着粗呢子外套，戴着别人的大檐帽，在老保姆的怀里哭泣。一个赤脚的邋遢女仆坐在箱子上，拆散灰白色的发辫，揪下烧焦的头发用鼻子嗅着。女人的丈夫身材不高、微驼，身穿文官制服，留一部轮形络腮胡子，端正地戴在头上的帽子下面露出平整的鬓角，他脸色呆板地搬开一摞箱子，从箱子里取出一些衣服。

女人看到皮埃尔，几乎扑倒在他的脚下。

“亲人哪，正教的基督徒啊，救人哪，帮帮我们吧，亲爱的！……谁来帮帮我们吧，”她放声大哭地说，“一个小姑娘！……我的女儿！……我的小女儿丢了！……烧死啦！噢—噢—噢！我疼你是为了……噢—噢—噢！”

“够了，玛丽亚·尼古拉耶夫娜。”丈夫低声对妻子说，看来只是要在外人面前为自己辩解。“大概是姐姐把她带走了，要不还能在哪里！”他加了一句。

“木头！恶棍！”女人恶狠狠地叫道，她突然不哭了。“没心肝的东西，自己的孩子也不爱惜。别人早就把她从火里救出来了。可他是个木偶，不是人，不是父亲。您是高尚的人，”女人抽泣着对皮埃尔急切地说道，“邻家起火了，火头向我们家蹿了过来。女仆大叫着火了！连忙收拾东西。就这样穿着随身衣裳逃了出来……瞧，带出来的就是这些……只有上帝的慈悲和一张陪嫁的床了，别的全都烧光了。我急忙找孩子，卡捷奇卡不在。天哪！噢—噢—噢！”于是她又放声大哭。“我亲爱的孩子啊，烧死啦！烧死啦！”

“她在哪里，在哪里呀？”皮埃尔问。看到他脸上关切的表情，女人明白了，这个人是会帮助她的。

“大爷！亲爹！”她双手搂着他的腿叫道，“我的恩人，你总算让我有了盼头……阿尼斯卡，去呀，死丫头，带路呀。”她生气地张大嘴巴对女仆嚷道，这样一来她的几颗长牙就更加暴露出来了。

“带路，带路，我……我……我去救人。”皮埃尔气急败坏地连忙说道。

邋遢女仆从箱子后面走了出来，她挽起辫子，叹了口气，迈动肥大的光脚丫子沿着小路朝前走。皮埃尔仿佛从昏迷中突然醒了过来。他的头抬得更高了，他的眼睛生气勃勃地闪着光彩，迈开大步跟着女仆，又赶到她前面走上波瓦尔街。整条街道都弥漫着黑压压的浓烟。有些地方浓烟中在冒着火舌。一大群人挤在大火跟前。一个法国将军站在街道中心，对周围的人们说着什么。皮埃尔在女仆的陪同下快要走到将军所站的地方了，可是几个法国士兵拦住了他。

“这里不准通行。”一个声音叫道。

“走这里，大叔！”女仆说，“我们走小巷，从尼库林街过去。”

皮埃尔扭头就走，不时连蹦带跳地跟上她。女仆跑过街道向左拐进一条小巷，走过三栋屋子，进了右首院子的大门。

“这就到了。”女仆说，她穿过院子，打开木板围墙的便门，停下来给皮埃尔指了指一间正在燃烧的木板厢房，亮闪闪的大火散发着熏人的热气。它的一边已经倒塌，另一边在燃烧，闪亮的火苗从窗洞里和屋檐下冒出来。

皮埃尔走进便门时，热浪扑面而来，他不觉停住了脚步。

“哪一栋，哪一栋房子是你们家的？”他问。

“哎——哟！”女仆指着那间厢房哀号起来，“就是那一间，它本来是我们的下房。烧死啦，我的小宝贝卡捷奇卡，我看不够的小姐呀，哎——哟！”阿尼斯卡看着大火哀号道，她觉得有必要也表露一下自己的感情。

皮埃尔朝厢房闯了过去，可是火势太猛，他不觉围着厢房绕了个弧形，出现在一座楼房附近，它只是一边的屋顶着了火，旁边有一群法国人在挤来挤去。皮埃尔起初不明白，这些拖着东西的法国人在干什么；不过，看到面前的一个法国人在用一把钝了的短剑打一个男仆，夺取他手里的狐皮大衣，皮埃尔这才模糊地明白了，他们是在这里抢劫，但是他顾不上想这些。

墙壁和天花板噼啪作响和轰然倒塌的声音，火苗的呼啸声和咝咝声以及人们闹哄哄的喧嚷声，眼前时而滚滚浓烟遮云蔽日，时而冒出摇曳不定、闪耀着点点火花的乳白色轻烟，有的地方火苗密集宛如禾捆，有的地方又像金色的鳞片吞没一堵又一堵墙壁，热浪、烟雾和快速奔走所引起的感觉，对皮埃尔产生了大火通常会令人兴奋的作用。这种作用对皮埃尔特别强烈，是因为皮埃尔目睹这场大火，觉得自己已摆脱了使他感到压抑的那些想法。他觉得自己年轻、开朗、灵巧而又果断。他从楼房一边绕着厢房跑，正要跑进厢房的还没有倒塌的部分，这时就在他的头顶上突然响起了几个人的叫喊声，随即一个沉重的东西落在他身旁，发出坼裂声和丁零当啷的响声。

皮埃尔回头一望，只见楼房的窗口有几个法国人，他们刚才扔下了一个五斗橱抽屉，里面装满了金属物品。站在下面的其他法国兵走到了抽屉跟前。

“这家伙要干什么。”一个法国人朝着皮埃尔吼道。

“有一个孩子在屋子里，你们看到过孩子吗？”皮埃尔说。

“这家伙在啰嗦什么呢？你滚开。”响起了好几个人的声音，一个法国兵大概是担心皮埃尔从他们手里抢走抽屉里的银器和青铜器皿，气势汹汹地逼近了皮埃尔。

“一个孩子？”楼上的一个法国人叫道，“我听到过花园里有尖叫声。也许是他的孩子。好啦，要讲人道。我们都是人嘛……”

“孩子在哪里？在哪里？”皮埃尔问。

“这里来！这里来！”法国人站在窗口，指着屋后的花园对他大声说道，“您等一等，我马上下来。”

果然，片刻后法国人，一个脸上有颗黑痣的黑头发小伙子只穿着衬衫，从底层的窗口跳了出来，他拍拍皮埃尔的肩膀，和他一起朝花园跑去。

“喂，你们快点，”他向自己的同伴们喊道，“火势逼人了。”

跑到屋后铺着沙子的小道上，法国人拉一下皮埃尔的手，给他指了指圆形草地。长凳下躺着一个身穿粉红色小连衣裙的三岁女孩。

“瞧，您的孩子。啊，是个女孩，那更好，”法国人说，“再见，胖子。要讲人道。我们都是人嘛，不是吗。”于是这个脸上有颗痣的法国人转身向自己的同伴们跑了过去。

皮埃尔高兴得喘不过气来了，他奔向女孩，想把她抱在怀里。可是看到陌生人，那个害瘰疬病、很像母亲、样子惹人厌的女孩大声叫嚷起来，拔腿就跑。不过，皮埃尔抓住她把她抱了起来；她绝望地、恶狠狠地尖声叫嚷，用一双小手扳皮埃尔的手，又用沾满鼻涕的嘴咬它。一种恐惧和厌恶的感觉攫住了他，他在接触到某种小动物时就曾有过这样的感觉。不过他克制自己，没有丢下孩子，抱着她跑回楼房。可是已经不可能原路返回了；女仆阿尼斯卡已经不见了，于是皮埃尔怀着怜悯和厌恶的心情，尽可能温柔地搂紧在苦难中抽泣不止的湿漉漉的女孩，跑着穿过花园另找出口。

三十四

等到皮埃尔跑遍各家院子和小巷，终于抱着孩子回到格鲁津斯基家的花园时，他在波瓦尔街的拐角上，起初竟没有认出刚才他为了找孩子而离开的地方：那地方挤满了人，堆满了从家里搬出来的日用什物。除了几个俄国人家庭和他们从大火里抢救出来的财产，这时还有几个穿着各种衣服的法国士兵。皮埃尔没有注意他们。他急于找到那个文官家庭，把女儿交给母亲，再去救助别的什么人。皮埃尔觉得，他还有很多事需要赶快去做。由于热气逼人和长时间的奔走而非常兴奋的皮埃尔这时觉得，那种年轻、活跃和果断的感觉比他跑去救孩子时更强烈了。现在女孩已安静下来，一双小手揪着皮埃尔的长衫坐在他的手臂上，像一只小野兽那样向周围张望。皮埃尔不时看看她，微微露出了笑容。他觉得，他在这张受惊的病态的小脸上看到了感人的天真和天使般的纯洁。

那个文官和他的妻子已经不在原来的地方了。皮埃尔在人群中快步走来走去，打量着他遇到的人们的各不相同的脸。他偶尔注意到一个格鲁吉亚人或亚美尼亚人的家庭，这个家庭有一位东方人脸型的年纪很大的漂亮老人，穿一件崭新的吊面儿皮袄和一双新靴子，还有一位同样脸型的老妇人和一个年轻妇女。皮埃尔觉得，这个非常年轻的女子简直是东方美的极致，她那线条清晰的弯弯的黑眉毛，那白里透红、娇艳非凡的长脸蛋冷若冰霜。在到处乱扔的日用什物之间，在广场上的人群之中，她身穿华丽的女式缎子外套，裹着鲜艳的浅紫色头巾，令人想起被抛到雪地上的娇嫩的温室植物。她坐在老妇人稍后的角落里，一双长着长长的睫毛的乌黑的椭圆形大眼睛凝然不动地看着地下。看来她知道自己很美，并为此而担惊受怕。皮埃尔陡然惊艳，在沿着围墙匆匆走过时，几次回头看她。走到围墙边，皮埃尔还是没有找到他要找的人，便停下脚步四处张望。

皮埃尔抱着孩子的身影现在更引人注目了，几个俄国男人和女人聚集到了他身旁。

“你在找人吗，亲爱的？您本人是贵族吧？这是谁的孩子？”人们问他。

皮埃尔回答说，孩子是一个女人的，她穿着宽大的黑色外衣，带着几个孩子坐在这个地方，他问是否有人认识她，知道她到哪里去了。

“这孩子想必是安费罗夫家的，”年老的助祭对一个麻脸女人说，“上帝保佑吧，上帝保佑吧。”他又以惯常的男低音说。

“哪里是安费罗夫家的！”女人说，“安费罗夫家的人早晨就走了。这孩子要么是玛丽亚·尼古拉耶夫娜的，要么是伊万诺夫家的。”

“他说的是一个女人，而玛丽亚·尼古拉耶夫娜是一位夫人。”看院子的仆人说。

“你们是认识她的吧，长着大龅牙，瘦瘦的。”皮埃尔说。

“就是玛丽亚·尼古拉耶夫娜。这些豺狼闯到这儿来的时候，他们到花园里去了。”女人指着那些法国兵说。

“噢，上帝保佑。”助祭又说。

“您到那里去吧，他们就在那儿。您要找的人就是她。她一直在伤心落泪，”女人又说，“就是她。您从这边走吧。”

不过皮埃尔没有听这个女人说话。他已经有几秒钟目不转睛地看着几步之外正在发生的事情。他在看着那些亚美尼亚人和走到他们跟前的两个法国兵。一个士兵是机灵的矮个子，身穿蓝色军大衣，腰间束一根绳子。他头戴高筒帽，光着两只脚。另一个士兵使皮埃尔特别吃惊，他是瘦高个子，驼背，浅色头发，行动缓慢，表情痴呆。这个人穿着起绒粗毛呢外套和蓝色长裤，脚上套着一双破旧的大皮靴。没有靴子、穿着蓝色军大衣的矮个子法国人走到亚美尼亚人跟前说了句什么，立刻伸手抓住了老人的两只脚，于是老人马上急匆匆地开始脱靴子。穿外套的另一个法国兵站在亚美尼亚美女的对面，双手放在口袋里，一动不动地默默注视着她。

“你来抱，抱着孩子，”皮埃尔把女孩递给那个女人，用命令口气急忙说道，“你交给他们，把孩子交给他们！”他几乎是对女人大声叫嚷，一面把哭叫着的女孩放在地上，又回头看了看那些法国人和亚美尼亚人。老人已经光着脚坐在那里了。矮个子法国人脱下他的最后一只靴子，拿两只靴子交互拍打着。老人在低声抽泣，嘴里说着什么，不过皮埃尔对这些只是匆匆一瞥；他的全部注意力都集中于那个穿外套的法国人，这时他正缓慢地摇晃着身子逼近那个年轻的女人，从口袋里抽出手来，用双手卡住她的脖子。

美丽的亚美尼亚女人仍然一动不动地坐着，垂下长长的睫毛，仿佛没有看见也没有感觉到士兵的粗暴行径。

在皮埃尔冲过他和法国兵相距几步的距离时，穿外套的瘦高个子抢劫犯已在拉扯亚美尼亚女人戴在脖子上的项链，于是年轻的女人双手捂着脖子尖声大叫。

“放开这个女人！”皮埃尔嗓音沙哑地怒喝一声，双手抓住高个子驼背士兵的双肩把他甩开。士兵跌倒在地，爬起来就跑。但是他的同伴扔下靴子，拔出短剑威胁地逼向皮埃尔。

“喂，喂！老实点！”他叫道。

皮埃尔盛怒如狂，此时他已忘乎所以，而力气大了十倍。他扑向光脚的法国兵，在他拔出短剑之前已把他打翻在地，在他身上挥拳猛揍。周围的人群发出了一阵赞叹的呐喊，就在这时从街角出现了法国枪骑兵的巡逻队。枪骑兵迅速赶到，包围了皮埃尔和法国兵。以后的情况皮埃尔不记得了。他记得他打了人，有人打了他，最后他感到自己的双手被捆住了，一群法国兵站在他四周，搜他的身。

“中尉，他有一把匕首。”这是皮埃尔听明白的第一句话。

“啊，武器！”军官转身对那个与皮埃尔一起被抓起来的光脚的法国人：

“好了，好了，你法庭上陈述一切吧。”军官说。然后他问皮埃尔：“你会说法语吗？”

皮埃尔的一双充血的眼睛环视周围，没有回答。他的脸色大概显得非常可怕，因为军官低声说了什么，又有四个枪骑兵离开队列，把皮埃尔夹在中间。

“你会说法语吗？”他又问了一遍，站得离他远远的。“把翻译叫来。”一个穿着俄国便服的小矮子从队伍里出来了。皮埃尔根据他的衣着和声音立即认出他是莫斯科一家商店的法国人。

“他不像平民。”翻译打量一下皮埃尔说。

“噢，噢！他很像是纵火犯，”军官说，“您问他，他是什么人？”他加了一句。

“你是什么人？”翻译问。“你要回答长官。”他说。

“我不告诉你们，我是谁。我是你们的俘虏。把我带走吧。”皮埃尔突然用法语说道。

“啊！啊！”军官皱着眉头说，“好吧，开步走！”

枪骑兵附近聚集了一群人。站得离他最近的是那个抱着女孩的麻脸女人；巡逻队动身的时候，她走上前来。

“这是要把你带到哪里去呀，亲爱的？”她说，“女孩，要是这个女孩不是他们家的，我该把她往哪里送呢？”女人问。

“这个女人要干什么？”军官问。

皮埃尔像喝醉了酒似的。看到他救出的女孩，他那狂热的情绪更强烈了。

“她要干什么？”他说，“她怀里抱的是我的亲生女儿。是我从大火里救出来的，”他说，“再见！”他自己也不知道，怎么会脱口而出说了这句假话，于是夹在法国人之间，迈开坚定、庄重的步伐走了。

这支法国巡逻队是按照迪罗内尔①的命令派往莫斯科大街小巷的巡逻队之一，任务是要制止抢劫，特别是要抓捕纵火犯。这一天法军上层普遍认为，莫斯科大火是有人纵火的结果。这支巡逻队巡视了几条街道，被抓的还有五六个有嫌疑的俄国人，其中有一个小店主、两个神学

---

①迪罗内尔将军（1771—1849）在法军占领莫斯科期间任城防司令。

校学生、一个干粗活的仆人和一个看院子的，另有几个抢劫犯。不过在所有这些可疑的人之中，嫌疑最大的是皮埃尔。当他们被带到祖波夫土围子，在一栋设有拘留所的大房子里过夜时，皮埃尔在严密看守下被单独隔离。

第四部

第一卷

一

这个时期在彼得堡的上层，鲁缅采夫、法国人、玛丽亚·费多罗夫娜、皇储等各派之间的复杂斗争进行得空前激烈，而压倒这一切的是宫中雄蜂[1]的嗡嗡声，历来如此。彼得堡平静奢华的生活依然如故，只关心生活的浮华和假象；置身于这样的生活中，要作出很大的努力才能意识到局势的危险和俄国人民的困难处境。还是那样的朝觐、舞会，还是那样的法国剧院，还是那样的宫廷中的利害之争，还是那样的功名利禄和阴谋的角逐。只有最高层在努力提醒人们，要注意目前局势的艰难。人们在私下小声议论，在这样艰难的局势下，两位皇后[2]还在彼此对着干。皇太后玛丽亚·费多罗夫娜关心她管辖下的慈善机构和教育机构的福利，指示将所有的贵族女子中学迁往喀山，这些学校的东西已包装妥当。皇后伊丽莎白·阿列克谢耶夫娜却以她固有的爱国热情对向她请示的人回答说，她不能对国家机关发指示，因为那是关乎皇上的旨意的；至于她本人可以决断的问题，她说她将最后一个离开彼得堡。

八月二十六日，在波罗金诺会战这一天，安娜·帕夫洛夫娜举行了一个晚会，晚会上的精彩之处是要宣读至圣者[3]的一封信，这封信是他派人向皇上献出上帝虔诚的仆人谢尔吉[4]的画像时写的。这封信被奉为教会爱国辞令的典范。预定由瓦西里公爵亲自来宣读，他是以朗诵技巧著称的。（他曾为皇后朗诵。）人们认为朗诵的技巧在于词句响亮、悦耳，时而是绝望的呼号，时而是温柔的絮语，却完全不取决于词义，因而何时呼号，何时絮语完全出于偶然。这次宣读，正如安娜·帕夫洛夫娜的所有晚会一样是具有政治意义的。有几个重要人物出席晚会，一定要使他们因为经常出入法国剧院而感到羞愧，并激起他们的爱国热情。已经聚集了相当多的人，不过安娜·帕夫洛夫娜看到客厅里该来的人还没有到齐，因而没有安排朗读，而是在引领一般性的谈话。

这一天彼得堡的热门新闻是别祖霍娃伯爵夫人的病情。伯爵夫人几天前突然患病，错过了几次聚会，她本来是这些聚会引以为荣的人物，听说她现在不接待任何人，而且辞退了平常为她治病的几位彼得堡的名医，却信赖一个意大利医生用一种特别的新方法为她治疗。

大家都很清楚，美丽的伯爵夫人的病因是由于不便同时嫁两个丈夫，意大利医生的治疗就是要排除这种不便，不过有安娜·帕夫洛夫娜在场，不仅谁也不敢想到这一点，而且似乎谁也不知道。

“据说伯爵夫人很虚弱。医生说是患了心绞痛。”

“心绞痛？噢，这种病很凶险。”

“有人说，她得了这种病，两个情敌和解了……”

人们高兴地重复着心绞痛这个词儿。

“听说，老伯爵很令人伤感。他听医生说病情危险，像孩子一样哭了起来。”

“噢，这是莫大的损失。这样有魅力的女人。”

“你们在说可怜的伯爵夫人吧，”安娜·帕夫洛夫娜走过来说，“我派人去探问了她的病情。说是好些了。噢，毫无疑问，她是世界上最有魅力的女人。”安娜·帕夫洛夫娜带着对自己的这种激情的讪笑说道。“我们属于不同的阵营，然而这无碍于我对她和她的贡献的尊敬。她太不幸了。”安娜·帕夫洛夫娜接着又说。

一个不谨慎的年轻人认为，安娜·帕夫洛夫娜已经用这些话稍微揭开了伯爵夫人生病的秘密内幕，竟然表示惊讶，为什么不请有名的医生呢，一个江湖郎中为伯爵夫人治疗，也许会用一些带有危险性的药物。

“您的消息也许比我的更可靠，”安娜·帕夫洛夫娜突然刻薄地攻

---

①蜂巢中雄蜂什么也不干，比喻不劳而获的寄生虫。

②两位皇后，一位是保罗皇帝的遗孀，即皇太后，另一位是亚历山大一世的妻子伊丽莎白·阿列克谢耶夫娜。

③至圣者是对主教的尊称，指莫斯科的都主教普拉东（彼得·格奥尔吉耶维奇·列夫申，1737—1812）。

④上帝虔诚的仆人谢尔吉指被列为圣徒的谢尔吉·拉多涅日斯基（1314—1392），谢尔吉圣三一修道院的创建人和院长。

击这个阅世不深的年轻人，“可是我从可靠来源获悉，这个医生学识渊博、深谙医道。他是西班牙王后的御医。”安娜·帕夫洛夫娜说得年轻人哑口无言后转向了比利宾，他在另一个圈子里谈论奥地利人，他皱起了额上的皮肤，正准备松开它，说一个警句。

“我发现这简直太妙了。”他讲的是一份外交文件，和文件一起送到维也纳去的还有彼得堡的英雄（在彼得堡人们这样称呼维特根施泰因）所缴获的奥地利军旗[①]。

“什么，在说什么呢？”安娜·帕夫洛夫娜问他，从而引起一片寂静，以便都能听到警句，这个警句她已经知道了。

于是比利宾把由他草拟的外交急件的原话重复了一遍：

“皇帝将奥地利军旗奉还，这是误入歧途的友军的旗帜，皇帝是在它们不该出现的道路上获得的。”比利宾说完，额上的皮肤也舒展开了。

“妙极，妙极。”瓦西里公爵说。

“那是在华沙大道上吧，或许是。”伊波利特公爵突然响亮地说道。大家都转头看他，不明白他在说什么。伊波利特公爵也愉快地讶然四顾。他和大家一样，不明白自己的话是什么意思。他在自己的外交生涯中不止一次发觉，这样突然冒出来的话往往语惊四座，于是他每有机会话到嘴边便脱口而出。“也许会有很好的效果，”他想，“即使不合适，他们也会打圆场的。”果然，在笼罩着难堪的沉默的时候，安娜·帕夫洛夫娜等着要教训的那个缺乏爱国精神的人到了，于是她微笑着举起手指向伊波利特吓唬一下，便邀请瓦西里公爵到桌前来，为他拿来两支蜡烛和文稿，请他开始宣读。此时鸦雀无声。

“最仁慈的皇帝陛下！”瓦西里公爵庄严地高声朗读道，并扫视人群，仿佛在问，对此谁有什么反对的话要说吗。但谁也没有说什么。“先朝故都莫斯科，这座新的耶路撒冷，将迎接**自己**的基督，”他突然

---

① 维特根施泰因于1812年7月在克利亚斯季齐打败不久前的盟军奥地利的军队，当时他们在拿破仑的统率下作战。

把重音放在**自己**上，“像母亲把宵衣旰食的儿子揽入怀里，透过眼前的黑暗，预见到你强大国家的无上荣光，欣然吟唱：‘和撒那[1]，将来的人有福了！’”最后这句话瓦西里公爵是用哭腔朗读的。

比利宾在细心察看自己的指甲，看来许多人都很惶恐，仿佛在问，他们有什么罪过呢？安娜·帕夫洛夫娜的声音好像老太婆在领圣餐时祷告似的，已经抢先低声地重复道：“让这个胆大妄为、厚颜无耻的歌利亚……”她轻轻地说。

瓦西里公爵继续读了下去：

“让这个胆大妄为、厚颜无耻的歌利亚从法国边境向俄国的疆土散布死亡的恐怖吧；温顺的信仰，这俄国大卫的机弦[2]，将出其不意地打破他那傲慢嗜血的头颅。谨将古代热心于祖国福祉、信仰虔诚的谢尔吉像奉献于皇帝陛下。我体力日衰，无缘得见天颜，深以为憾。我热忱祷告上苍，愿全能的上帝光耀正义之师，得遂陛下宏愿。”

“铿锵有力！文采斐然！”响起了对朗读者和撰稿者的一片赞叹之声。在这篇讲话的鼓舞下，安娜·帕夫洛夫娜的宾客又就祖国的形势谈论了很久，对日内即将进行的会战作出种种预测。

“你们会看到，”安娜·帕夫洛夫娜说，“明天是皇上的诞辰，我们一定能得到消息。我有美好的预感。”

二

安娜·帕夫洛夫娜的预感真的应验了。翌日，皇宫举行皇帝陛下诞辰祈祷时，沃尔康斯基公爵被叫出教堂，接到库图佐夫公爵的信件。这是库图佐夫在会战当天写于塔塔里诺沃的报告。库图佐夫写道，俄军寸步不退，法军伤亡远多于我军，他的报告在战场上匆匆写就，未及统计最后战果。如此说来，这是一场胜仗。于是当即在教堂为造物主的护

---

① 和撒那，古希伯来语，原意为“求你施救”，古犹太教徒和今基督教徒用以表示颂扬、祈福、祝愿。

② 据《旧约·撒母耳记上》第17章，非利士人与以色列人两军对峙，歌利亚从非利士营中出来骂阵，信仰耶和华的大卫用机弦甩去石子打中歌利亚的额。

佑、为胜利举行了感恩祈祷。

安娜·帕夫洛夫娜的预感应验了，城里整个上午洋溢着喜庆的气氛。大家都认为这是最后的胜利，有些人已经谈到要俘获拿破仑本人，推翻他的统治，为法国另立新君。

远离战争，在宫廷的生活环境里，事态是很难得到全面而充分的反映的。在全部事件中，人们的关注自然而然地围绕着某种个别事件。例如现在近臣们的主要快乐与其说在于我们获得了胜利，不如说在于胜利的消息恰好在皇上的诞辰传来。这似乎是一个意外的惊喜。在库图佐夫报告的消息中也谈到俄军的伤亡，列举了阵亡者图奇科夫、巴格拉季翁和库塔伊索夫等人。在坏消息方面，彼得堡这里人们的关注也自然而然地围绕着一个事件——库塔伊索夫之死。这个人大家都认识，他是皇上的爱将，很年轻，为人又风趣。这一天大家一见面就说：

"真奇怪。正好在祈祷的时候。库塔伊索夫之死是多么大的损失啊！唉，太遗憾了！"

"关于库图佐夫我对你们说什么来着？"现在瓦西里公爵以预言家的自豪说道，"我总是说，只有他才能战胜拿破仑。"

可是第二天没有来自军中的消息，于是人心惶惶。近臣们因为皇上在毫无音讯中感到烦恼而烦恼。

"皇上是怎样的心情啊！"近臣们说，现在已经不像前天那样赞扬，而是责备库图佐夫了，因为他是皇上寝食不安的原因。这一天瓦西里公爵也不再因为他赏识库图佐夫而自鸣得意，话题一涉及库图佐夫，他便默不作声。此外，这天傍晚仿佛一切坏消息都凑到了一起，让彼得堡的人们惊慌失措，凑到一起来的还有一个可怕的新闻：海伦·别祖霍娃伯爵夫人意外地死于人们曾津津乐道的那种可怕的病症。在人数众多的场合人们都一本正经地说，别祖霍娃伯爵夫人是死于心绞痛的可怕发作，而在私密的小圈子里却详述内情说，西班牙王后的御医给海伦开了一种小剂量服用的药，这种药能产生那种不便明言的效果。可是海伦因为老伯爵怀疑她，又因为她写信给丈夫（这个该死的好色之徒皮埃尔），丈夫却置之不理而痛苦不堪，突然大剂量吞服了给她开的药，于是在饱受折磨中因抢救不及而死亡。据说，瓦西里公爵和老伯爵本想抓住那个意大利医生，不过意大利人把不幸的死者的那些便条拿给他们看，他们当即放了他。

一般的谈话都集中于三个话题：皇上的不明真相、库塔伊索夫的牺牲和海伦之死。

在收到库图佐夫的报告后的第三天，莫斯科的一个地主来到彼得堡，于是莫斯科沦陷的消息便在全城传开了。这简直太可怕了！皇上是怎样的心情啊！库图佐夫是叛徒，瓦西里公爵在人们因他女儿去世而前来向他吊唁的时候谈到他过去赞扬的库图佐夫（他在悲痛中忘记了自己过去所说的话，这是情有可原的），他说，对一个腐化的瞎老头子是不能抱有任何别的指望的。

“我只是觉得奇怪，怎能把俄国的命运寄托于这样的一个人。”

这个消息暂时还没有得到官方的证实，对它还是可以怀疑的，可是第二天拉斯托普钦伯爵的报告到了，内容如下：

> 库图佐夫公爵派副官给我送来一封信，他在信中要求我派遣警官将军队送到梁赞大道。他说，他怀着遗憾的心情放弃莫斯科。陛下！库图佐夫的行动决定着首都和陛下帝国的命运。得知放弃莫斯科，俄国举国震动，这个城市体现了俄国的伟大，有陛下祖先的陵墓。我将追随军队而去。我已运走了一切，唯有为我祖国的命运大恸。

收到这个报告后，皇上派沃尔康斯基公爵向库图佐夫传达旨意如下：

> 米哈伊尔·伊拉里翁诺维奇公爵！八月二十九日以来我没有看到您的任何报告。而在此期间，我接到了经由雅罗斯拉夫尔送达的莫斯科总督九月一日的可悲的情报，获悉您决定全军撤离莫斯科。您可想而知，这个情报对我发生了怎样的影响，而您的沉

默更使我大惑不解。今派遣侍从将军沃尔康斯基公爵奉旨前来，向您了解军队的情况以及您采取如此可悲的决定的原因。

三

莫斯科放弃九天后，库图佐夫派出的专使带着放弃莫斯科的正式消息抵达彼得堡。这个专使是法国人米绍，他不懂俄语，不过，虽然是个外国人，但在内心深处却是俄国人，他在谈到自己时这样说。

皇上立即在石岛行宫的办公室接见这位专使。米绍在会战前从未到过莫斯科，而且不懂俄语，然而当他出现在我们最仁慈的君主（他这样写道）面前时，他充满了同情的感动，他带来的是关于莫斯科大火的消息，那火光照亮了他的道路。

尽管米绍先生悲痛的缘由一定与俄国人有所不同，但是当米绍被引进皇上办公室的时候，他的神色是那么悲伤，皇上不禁立刻问他：

“您给我带来了什么消息？是坏消息吗，上校？”

“是很坏的消息，陛下，”米绍垂头叹息道，“莫斯科放弃了。”

“难道把我的故都不战而拱手相让吗？”皇上突然发火，很快地说道。

米绍恭敬地报告了他奉库图佐夫之命要转达的话，就是说，当时要在莫斯科城下作战是不可能的，只有两者必居其一的选择——或者丧失军队和莫斯科，或者只丧失莫斯科，因而元帅只能选择后者。

皇上默默地听了，他没有看米绍。

“敌人进城了吗？”他问。

“是的，陛下，现在这时候城市已化为一片火海。我离开时只见烈焰飞腾。”米绍果断地说，可是看了皇上一眼，米绍大惊，想不到会这样。皇上呼吸沉重而急促，下嘴唇在颤抖，一双漂亮的蓝眼睛顿时热泪盈眶。

不过，这样只持续了一分钟。皇上突然皱起眉头，仿佛在因为自己软弱而自责。接着抬起头来，语气坚定地对米绍说：

“根据目前的事态，我明白，上校，”他说，“上帝还要求我们作出更大的牺牲……我愿服从他的旨意，但是您要告诉我，米绍，您离开时，不战而丢弃我的故都的军队状况如何？是否发现有士气低落的迹象？……”

看到自己这位最仁慈的君主已经平静下来，米绍也安心了，不过，皇上的这个直率的重大现实问题自然也要求率直的回答，而他对这个问题还没有来得及准备好答词。

“陛下，您允许我像一个真正的军人那样直言不讳吗？”他这样说道，以便赢得时间。

“上校，这是我一贯的要求，”皇上说，“您不要有任何隐瞒，我一定要了解全部真相。”

“陛下！”米绍已经准备好了自己的回答，他轻松而恭敬地玩了一个文字游戏，他唇边挂着微妙的、难以觉察的微笑说道：“陛下！我离开时，全军上自指挥官，下至最普通的士兵，全都处于极大的、绝望的恐惧之中……”

“怎么会呢？”皇上严厉地皱起眉头，打断了他的话，“我的俄罗斯人会在挫折面前士气低落吗？……决不会！……”

“陛下，”他神色谦恭而又调皮地说，“他们害怕的只是陛下出于内心的仁慈决定签订和约。他们渴望重新投入战斗，以死向陛下证明对您的无限忠诚……”这位俄罗斯人民的全权代表说。

“啊！”皇上拍着米绍的肩膀，眼睛闪着亲切的光芒平静地说，“您使我放心了，上校。”

皇上低头沉吟片刻。

“好了，您回部队去吧，”他身姿笔挺，神态亲切而庄严地对米绍说，“您要告诉我们英勇的官兵，要在您所到之处告诉我的所有臣民，等到我不再有一兵一卒的时候，我将亲自统率我的可爱的贵族和善良的农民，直至拼尽我国的资源。敌人对这一切是估计不足的，”皇上越来越激昂地说，“但是如果天意注定，”他仰天说道，漂亮、温顺的眼睛洋溢着内心的感慨，“本朝不能再继承我祖先的皇统，那么在耗尽我所掌控的所有资源之后，我会让胡子长到这里（皇上用手比了比胸前），宁可去和我的最后一个农民分食一颗土豆，也决不在使我的祖国和我亲爱的人民蒙羞的条约上签字，人民所付出的牺牲我是懂得珍惜的！……”皇上语气激越地说了这些话，蓦然转过身去，仿佛不愿让米绍看到他涌入眼眶的泪水，走到了办公室深处。他在那里站了一会儿，又大步回到米绍面前，用有力的动作紧握他的前臂。皇上漂亮、谦和的脸涨得通红，目光炯炯，闪耀着决心和愤怒的光芒。

“米绍上校，请不要忘记我在这里对您所说的话，也许有一天我们会愉快地回忆起今日的交谈……或是拿破仑或是我，”皇上拍着胸脯说，“从此我们不可能同日为王。我现在认清他的为人了，他已经骗不了我……”于是皇上紧皱双眉，默然不语。听了这些话，看到皇上下定决心的眼神，虽然身为外国人，但在内心深处却是俄国人的米绍在这庄严的时刻对他所听到的一切深感鼓舞（他后来这样说），于是他用如下的话语既表达了自己的心情，也表达了俄国人民的心情，他自认为是俄国人民的全权代表。

“皇上！”他说，“陛下此刻是在签署保持人民荣誉和拯救欧洲的宣言！”

皇上点头让他走了。

四

那时俄国已丧失一半国土，莫斯科市民纷纷逃往遥远的外省，民兵部队相继奋起保卫祖国，我们这些没有生活在当时的人自然会觉得，所有的俄国人不论老少都在作出自我牺牲，忙于救国或为祖国的危亡而痛哭流涕。对当时的描述都概莫能外地只谈自我牺牲、爱祖国、绝望、痛苦和俄国人的英雄气概。其实并非如此。我们的感觉之所以有误，是因为我们只着眼于历史过程的利害得失，而看不到当时人们的个人的、人性的需求。其实个人的现实需求比共同的利害得失重要得多，以致对共同的利害得失感觉不到（甚至完全不予理会）。当时的人们大多不去注意战事的进展，而只是被个人的现实需求所驱使。正是这些人才是当时最有益的活动家。

那些试图理解战事的进展，抱着自我牺牲和英雄主义精神渴望参战的人们却是最徒劳无益的社会成员；他们把一切都看颠倒了，他们想做的所有好事，结果都事与愿违，比如皮埃尔、马莫诺夫等人组建了民兵团，而这些民兵团却在乡村进行抢劫，太太小姐们提供了裹伤用的纱布，这些纱布就从未到达伤员的手里，如此等等。有些人甚至由于喜欢自作聪明、表达自己的情绪而对俄国的当前形势妄作解人，他们在其言论中不由自主地带有自己的伪善和谎言的痕迹，毫无根据地憎恨和谴责别人，指责他们犯了谁也不可能犯的过错。在历史事件中最忌品尝认识之树的果实。只有无意识的活动才会带来成果，而在历史事件中发挥作用的人是并不理解该事件的意义的。如果他试图理解这个事件，那么他就会遭到失败，无果而终。

当时发生于俄国的事件，一个人越是直接参与其中，便越不会注意该事件的意义。在彼得堡和远离莫斯科的外省省会，女士们和身穿民兵制服的男子都为俄国和故都的灾难而痛哭，大谈自我牺牲等等；而在撤离莫斯科的军队中几乎不谈也不想莫斯科，望着城里的大火，没有人发誓要向法国人复仇，而是想着就要发下来的三分之一军饷，想着下一个宿营地，想着随军女商贩马特廖什卡等等。

尼古拉·罗斯托夫并没有抱定自我牺牲的宗旨，而是偶然直接而持久地参加了保卫祖国的行动，因为他在服役时恰逢战争爆发，因而他看待当时在俄国所发生的一切，既不悲观失望，也不费神思索。若问他对俄国的目前形势有什么想法，他会说，他没有什么可想的，因为这应该由库图佐夫和其他那些人去考虑，不过他听说，各团都在整顿补充，看来要持久地打下去了，在目前的情况下，过上两年他是不难升任团长的。

因为他这样看待战事，所以他在得到消息要奉命出差到沃罗涅日去为全师采购马匹时，他非但不因为失去一次参战的机会而懊恼，反而兴高采烈，这种心情他毫不掩饰，他的战友们也都很能理解。

在波罗金诺会战的几天前，尼古拉拿到了款项和文件，于是他派了几名骠骑兵打前站，自己乘上驿站马车前往沃罗涅日。

具有相同的体验，即一连几个月处于军事和战斗生活的氛围中的人，才能领会尼古拉的那种畅快的心情。他离开了部队的储备饲料、运载军粮的大车和野战医院陆续到达的地区；他脱离了士兵、行李车和军营所在地的肮脏环境，眼前看到的是乡村和农夫农妇、地主宅院、放牧着牲畜的田野、在驿站的屋子里熟睡的驿站长。他是那么快乐，仿佛生平第一次看到了这一切。特别是那些妇女使他长久地感到快乐和惊奇，她们年轻、强健，身边也没有十来个军官献殷勤，看到他这个过路的军官同她们调笑又开心又得意。

夜里尼古拉心情十分愉快地来到沃罗涅日的一家旅店，要了他在军中久未品尝的美味，第二天他把脸刮得干干净净，穿上很久不曾穿过的军礼服，骑马去向长官报到。

民兵司令是一位年老的文职将军，看来他为自己的军衔和军职而洋洋得意。他气冲冲地（他认为这才是军人本色）接待尼古拉，煞有介事地详加盘问，仿佛他有这个权利，又仿佛在讨论战局似的，表示赞同与否。尼古拉心情极佳，只觉得他的样子真逗。

他离开民兵司令去见省长。省长是一个矮小活跃的人，亲切而又平易近人。他向尼古拉介绍了可以搞到马匹的几个养马场，推荐了城里的一个马贩子和离城二十俄里的一个地主，他们都有好马，他还答应尽力协助。

“您是伊利亚·安德烈耶维奇伯爵的儿子吧？我的妻子和您的母亲很要好。我家每逢星期四都有聚会；今天星期四，欢迎您来，不必拘礼。”省长在他告辞时说。

尼古拉离开省长，要了驿站的马车，带上司务长直奔二十俄里外那个地主的养马场。在初到沃罗涅日的这个时期，尼古拉有一份轻松愉快的好心情，往往如此，一个人自己心态良好，便会事事如意。

尼古拉去找的地主是当过骑兵的老鳏夫、相马的行家、猎人，拥有铺着地毯的客厅、百年佳酿、陈年匈牙利葡萄酒和骏马。

尼古拉三言两语就花六千卢布买下了十七匹清一色的（他这样说）公马，作为自己选购军马的样品。午饭后，多喝了几杯匈牙利葡萄酒的尼古拉和地主热烈拥吻，对他已经友好地以“你”相称了，随即沿着崎岖不平的路疾驰而回，不停地催促车夫，要赶上省长家的晚会。

尼古拉换了衣服，洒了香水，又用冷水淋头，虽然迟了点儿，不过总算到了，对省长说了一句陈词滥调：迟到总比不到好。

这不是一次舞会，也没有人说要跳舞；不过大家都知道，卡捷琳娜·彼得罗夫娜要在古钢琴上弹奏华尔兹圆舞曲和苏格兰民间舞曲，自然是要跳舞的，所以人人都冲着这一点，像参加舞会一样盛装而来。

一八一二年外省的生活和往常完全一样，只有一个区别，就是省城里由于来了许多莫斯科的富裕家庭而更加热闹了，而且正像当时俄国在各方面的表现一样，显而易见地有一种特殊的豪放不羁的——天不怕地不怕、对一切都满不在乎的态度，还有就是人们之间必不可少的那种平常的应酬话，从前谈的是天气和共同的熟人，现在谈的是莫斯科、军队和拿破仑。

在省长家聚会的都是沃罗涅日的上层人士。

女宾很多，有几位是尼古拉在莫斯科的旧相识，不过男士中能多少与他匹敌的人一个也没有，这个圣乔治勋章获得者、采购军马的骠骑兵军官、为人谦和而又具有良好教养的罗斯托夫伯爵是出类拔萃的。男人中有一个被俘的意大利人是法军军官，尼古拉觉得，有这个俘虏在场更提高了他这位俄军英雄的地位。他好像是一种战利品。尼古拉感觉到了这一点，他觉得别人也都是这样看待这个意大利人的，于是尼古拉自尊而得体地向这个军官表示了关心和同情。

尼古拉身穿骠骑兵军服进来了，向周围散发着一股香水和葡萄酒的气息，他自己说，也几次听到别人对他说：迟到总比不到好，他一进来就被人们围在中间；所有的目光都集中在他身上，他立即感到，自己在外省进入了对他恰如其分的、向来令人愉快的那种成为大众宠儿的境界，而现在，他在长期军旅生涯之后更是为之欣然陶醉。非但在驿站、旅店和地主的客厅里有那些受到他的注意便受宠若惊的年轻女仆，而且在这里，在省长家的晚会上也有（尼古拉觉得）无数年纪轻轻的少妇和容貌姣好的少女迫不及待地盼望受到尼古拉的注意。少妇少女向他撒娇卖俏，几位老太太第一天就开始张罗，要给这个年轻浪子骠骑兵军官说亲，让他变得更稳重一些。其中的一位就是省长夫人，她像近亲一样接待尼古拉，并称呼他“尼古拉”和“你”。

卡捷琳娜·彼得罗夫娜果然开始弹奏华尔兹圆舞曲和苏格兰民间舞曲了，于是舞会开始，尼古拉以其灵巧的舞姿甚至倾倒了省会的整个社交界。他那特别的、奔放的舞姿甚至使所有的人吃惊。尼古拉本人对自己今晚的舞姿也有些感到惊奇。他从来没有在莫斯科这样跳过舞，甚至会认为这种过于放肆的舞姿不雅，格调不高，但他觉得在这里有必要用某种不平常的表现让人们惊讶，他们会以为这是流行于京城，而他们在外省还没有见识过的。

尼古拉整晚最青睐的是一位体态丰满、容貌可人的金发碧眼女子，她是省城里一位官员的妻子。快乐的年轻人都以为别人的妻子是为他们而生的，罗斯托夫抱着这种天真的看法，和这位太太寸步不离，同时友好地、有点儿神秘兮兮地与她的丈夫周旋，仿佛两人虽未明言，却心照不宣，他们，即尼古拉和这个丈夫的妻子一定会情投意合。然而这个丈夫似乎并不认同这种看法，对罗斯托夫面有愠色。可是尼古拉的善意的天真是那么异乎寻常，以至那个丈夫有时会不由自主地受到尼古拉的快乐心情的感染。不过到晚会临近尾声的时候，随着妻子的脸色越来越红润而兴奋，她丈夫的脸色就越来越忧伤而苍白，仿佛夫妻俩共有一分兴奋，妻子兴奋的分量增多，丈夫的兴奋也就相应地减少了。

五

尼古拉一直面带微笑，坐在圈椅里微微弯腰，俯就金发女子，对她天花乱坠地说着恭维话。

尼古拉矫健地变换着紧裹在马裤里的双腿的姿势，浑身散发着香水味儿，欣赏着自己的女伴，也欣赏着自己以及在紧绷的马裤下显露的自己双腿的漂亮线条，对金发女子说，他想从沃罗涅日这里拐走一位太太。

“哪一位太太呢？”

“仙女般迷人的太太。她的眼睛（尼古拉看了看对方）是蓝色的，嘴像红珊瑚，肌肤白皙……”他向肩膀瞥了一眼，“身躯像狄安娜……”

丈夫面色阴沉地走到他们跟前，问妻子他在说什么。

“啊！尼基塔·伊万内奇。”尼古拉彬彬有礼地站起来说。仿佛想把尼基塔·伊万内奇也拉到他的玩笑中来，将自己要拐走一个金发女子的想法也告诉了他。

丈夫的笑容很凄凉，妻子笑得很愉快。善良的省长夫人不以为然地走了过来。

“安娜·伊格纳季耶夫娜要见见你，尼古拉。”她说，在提到安娜·伊格纳季耶夫娜时她的声音很特别，尼古拉立刻就明白了，这位太太是个重要人物。“我们走吧，尼古拉。你不是允许我这样称呼你的吗？”

“噢，是的，伯母。她是谁？”

“安娜·伊格纳季耶夫娜·马利温采娃。她听自己的姨侄女提到过你，说你救了她……能猜到她是谁吗？……”

“我救过的人可不少！”尼古拉说。

“你救了她的姨侄女鲍尔康斯卡娅公爵小姐。她在沃罗涅日这里，和姨母住在一起。嗬！脸红了！怎么，莫非？……”

“我可没有想过，您别说了，伯母。”

“好吧，好吧。噢！瞧你！”

省长夫人带他去见一位戴着圆筒女帽、身材高大肥胖的老太太，她和城里几位显要人物的牌局刚刚结束。这是玛丽亚公爵小姐的姨母马利温采娃，一个没有子女的孀居的富婆，一直住在沃罗涅日。罗斯托夫来到她身边时，她正站在那里结算赌账。她庄重而高傲地眯起眼睛看了看他，又继续责骂那个赢了她钱的将军。

“很高兴见到你，亲爱的，”她向他伸出手来说，“欢迎到舍下去。”

她谈了谈玛丽亚公爵小姐和她已故的父亲，看来马利温采娃不喜欢他，她又向尼古拉详细询问安德烈公爵的情况，似乎对他也没有好感，高傲的老太太再次重申她的邀请，便让他走了。

尼古拉答应拜访，在鞠躬告退时脸又红了。在想起玛丽亚公爵小姐的时候，罗斯托夫自己也不明白，怎么会感到腼腆甚至恐惧。

罗斯托夫离开马利温采娃后想再去跳舞。但矮小的省长夫人把胖乎乎的小手放在他的袖子上说，她要和他谈谈，随即把他带到了休息室，休息室里的人都马上出去了，以免妨碍省长夫人。

“你知道吗，亲爱的，”省长夫人和善的小脸上表情严肃地说，“她和你十分般配。你愿意我给你做媒吗？”

“您说谁呢，伯母？”尼古拉问。

“我说的是公爵小姐。卡捷琳娜·彼得罗夫娜说公爵小姐名叫莉莉，我看好像不是。你愿意吗？我相信你的妈妈会感谢我的。真的，多好的姑娘，没说的！她并不丑。”

“一点也不丑，”尼古拉好像生气似的说，“伯母，我作为一个军人，从不强求什么，也从不拒绝。”尼古拉来不及想一想就随口说道。

“那你要记住啊：这可不是戏言。”

“怎么是戏言呢！”

“好，好，”省长夫人仿佛自言自语道，“还有一点，我的朋友，你对那个金发女子过分献殷勤了。丈夫的样子怪可怜的，真的……”

“噢，不，我和他是朋友。”尼古拉心地单纯地说，他简直想不到，这样愉快地消遣会使别人感到不悦。

“可是我对省长夫人说了什么蠢话啊！”吃晚饭时尼古拉突然想起。“她真的会去做媒的，那么索尼娅呢？……”向省长夫人告辞时，她又笑嘻嘻地对他说：“喂，你可得记住啊。”这时他把她领到了一边。

“是这样，我要如实地告诉您，伯母……”

“说吧，说吧，我的朋友；我们就在这里坐下谈。”

尼古拉突然有一种愿望，也觉得有必要对这个几乎陌生的女人倾诉自己内心的想法（这些想法他对母亲、妹妹和朋友也不会讲）；后来当尼古拉想起这没有来由、无法解释而又给他带来重要结果的敞开心扉的冲动时，觉得（人们往往会这样觉得）那不过是一时糊涂而已；其实这敞开心扉的冲动以及其他一些小事的凑合，对他和他的全家都产生了重大的结果。

“是这样，伯母。妈妈早就想为我娶一个富有的姑娘，可是这种为金钱而结婚的想法使我很反感。”

“噢，是的，我理解。”省长夫人说。

“不过说到鲍尔康斯基公爵小姐，那就是另一回事了。首先，我对您实话实说，我很喜欢她，她很合我的心意，其次，我在那种情况下遇见她之后很奇怪，我常常会想，这是天意。特别是请您想一想：妈妈早就有这么个想法了，可是以前我没有机会见到她，不知怎么，就是无缘相见。等到娜塔莎成了她哥哥的未婚妻，要知道，那时我是不可以考虑娶她的。想不到，我和她相遇恰巧是在娜塔莎的婚约解除以后，可后来老是……对了，我想告诉您。这些话我对谁也没有说过，以后也不会对别人说。只是对您说了。”

省长夫人感激地握了握他的臂肘。

“您认识我的表妹索菲吧？我爱她，答应过娶她，我是会娶她的……所以您看，这件事就不必提了。”尼古拉语无伦次地红着脸说。

“亲爱的，亲爱的，你怎么这样想呢？要知道，索菲一无所有啊，而你自己说过，你爸爸的境况很糟糕。而你的妈妈呢？这会伤透她的心的，这是一。再说索菲，如果她是个通情达理的姑娘，她以后的日子怎么过啊？母亲绝望，家业一败涂地……不，亲爱的，你和索菲都要明白这一点。”

尼古拉默然不语。他听到这样的一些说法心里很高兴。

“伯母，这毕竟是不可能的，”他沉吟半晌，叹口气说，“公爵小姐哪里还会嫁给我呢？何况她现在是在居丧期间。难道可以考虑婚嫁吗？”

“难道你以为，我叫你马上就结婚？一切都得按规矩办。”省长夫人说。

“您是多么出色的媒人哪，伯母……”尼古拉亲吻着她胖乎乎的小手说。

六

玛丽亚公爵小姐与罗斯托夫分别之后来到莫斯科，找到了侄子、家庭教师和安德烈公爵的一封信，他规定了他们前往沃罗涅日的路线，去找姨母马利温采娃。迁徙的操劳、对哥哥的担心、新居生活的安顿、新结识的人们、侄子的教育——这一切压倒了玛丽亚公爵小姐心里的一种仿佛受到诱惑的感觉，这种诱惑在父亲患病期间和亡故之后，特别是在与罗斯托夫相遇之后曾使她深受折磨。她很悲伤。现在，在平静的生活环境中过了一个月之后，在她心里与俄国的危亡相联系的丧父之痛愈来愈强烈了。她很不安：想到她剩下的唯一亲人哥哥所面临的种种危险，便坐卧不宁。她为侄子的教育操心，经常觉得自己对他无能为力；不过她保持着内心的和谐，这是因为她意识到，她已经抑制了随着罗斯托夫的出现而蠢蠢欲动的个人的梦想和希望。

省长夫人在晚会的第二天来见马利温采娃，和姨母商谈自己的打算（她附带说明，尽管在目前情况下谈不到正式求亲，但毕竟可以让两个年轻人见面，增进了解）并得到姨母的同意后，省长夫人当着玛丽亚公爵小姐的面讲起了罗斯托夫，称赞他，还说在提到玛丽亚公爵小姐时，他脸红了——这时，玛丽亚公爵小姐不是感到高兴，而是有了一种病态的心情：她内心的和谐不复存在了，又激起了心愿、疑虑、责难和希望。

从获得这个消息到罗斯托夫来访的这两天里，玛丽亚公爵小姐不断考虑，她对罗斯托夫应采取什么态度。有时她决定，他来拜访姨母时她不到客厅去，她身穿重孝是不宜见客的；有时她想，在他为她所做的一切之后，这样很失礼；有时她不禁觉得，她姨母和省长夫人对她和罗斯托夫一定有某种打算（她们的眼神和话语有时似乎在证实这样的猜想）；有时她对自己说，只有她想入非非，才会对她们有这样的想法：她们不会不记得，她重孝在身，此时谈婚论嫁乃是对她和悼亡的亵渎。

在考虑出去见他的时候，玛丽亚公爵小姐设想着他对她说的话和她要对他说的话；而她觉得，这些话要么不合情理地冷淡，要么包含着太多的含义。她最担心的是在与他相见时会显得腼腆，她感到，一旦见到他，她难免会害羞而暴露自己的情意。

不过，在星期天午祷后，仆人在客厅通报罗斯托夫伯爵光临时，公爵小姐并没有显得腼腆；她只是脸上微现红晕，眼睛闪现着从未有过的光彩。

“您见过他吗，姨妈？”公爵小姐声音平静地问道，自己也不知道，她怎么会表现得这样平静而自然。

当罗斯托夫走进客厅时，公爵小姐把头垂下片刻，仿佛让客人有时间与姨母寒暄，然后恰好在罗斯托夫转向她的时候，她抬起头来，一双神采奕奕的眼睛迎着他的目光。她面带愉快的微笑，充满自尊、举止优雅地欠起身来，向他伸出纤细柔美的手，说话时第一次发出了令人耳目一新的女性的胸音。布里安娜小姐在客厅里，她困惑而惊奇地望着玛丽亚公爵小姐。她是卖弄风情的行家，在与自己心仪的人相见时，她也不可能应付得更为出色。

“也许是一身黑色孝服非常适合于她，也许是她真的变得非常漂亮了，只是我不曾注意到罢了。主要的是——那么优雅得体！”布里安娜小姐想。

要是玛丽亚公爵小姐此刻也能想一想，她会比布里安娜小姐更惊讶于自己身上的变化。从她见到这张亲切可爱的面庞那一刻起，一种新的生命活力便主宰了她，使她不由自主地说话和行动。自从罗斯托夫进来，她的面容蓦然起了变化。如同四面雕花彩绘的灯笼，本来显得粗糙、晦暗而拙劣，一旦从里面点亮，这件繁复精巧的艺术品便突然出人意料地显出了它那惊人的美：玛丽亚公爵小姐的面容就是这样突然起了变化。她至今所经历的全部纯洁的内心活动第一次流露于外。她对自己不满的所有内心活动、她的痛苦、对善的追求、她的温顺、她的爱和自我牺牲精神——现在这一切都在她闪亮的眼睛、优雅的微笑、脸上柔美的轮廓里闪耀着光辉。

罗斯托夫把这一切都看得清清楚楚，仿佛对她的一生都已一目了然。他觉得，他面前的这个人是出类拔萃的，比他生平见过的人都更为优秀，主要的是，也比他自己更为优秀。

谈话是极其普通而无关紧要的。他们谈到战争，自然而然地和大家一样，夸大自己对这个事件的忧伤，谈到最后的一次相遇，不过尼古拉总是竭力岔开话题，谈到善良的省长夫人以及尼古拉和玛丽亚公爵小姐的亲属。

玛丽亚公爵小姐没有谈哥哥，她姨母刚讲起安德烈，她就把谈话引到了别的话题上。显然，关于俄国的不幸，她可以随口敷衍，然而哥哥是她太贴心的人，她不愿也不能泛泛而谈。

尼古拉注意到了这一点，一般地说，洞察力非其所长，然而他总能发现玛丽亚公爵小姐性格上的一切细微之处，而这些细微之处都在证实他的看法：她是一个十分特殊、不同凡俗的人。尼古拉也像玛丽亚公爵小姐一样，每当有人对他谈起公爵小姐，甚至在想到她的时候，就会脸红、害羞，而有她在座的时候，他却觉得无拘无束，他所说的并不是预先准备好的那些话，而是即兴发挥，却又总是讲得十分得体。

在尼古拉短暂拜访的时候，像通常有孩子在场那样，尼古拉会跑到安德烈公爵年幼的儿子身边，爱抚他，问他想不想当骠骑兵？他把小男孩抱起来，高兴地搂着他旋转，又回头看看玛丽亚公爵小姐。感动、幸福而又含羞的目光在追随着恋人怀里的她心爱的小男孩。这眼神尼古拉也注意到了，他仿佛懂得了这眼神的含义，高兴得脸上泛起红晕，满心欢喜地亲着孩子。

玛丽亚公爵小姐由于在守孝期间不便出门，而尼古拉认为经常在他们家出入不合礼数，不过省长夫人仍然在尽力作伐，她向尼古拉转达公爵小姐赞扬他的话，又往回传话，她坚持要尼古拉向玛丽亚公爵小姐表明感情。为了这次表白，她安排两个年轻人于午祷之前在主教那里见面。

尽管罗斯托夫对省长夫人说，他不会向公爵小姐作任何表白，但他答应赴约。

罗斯托夫当初在蒂尔西特不允许自己怀疑，大家公认的好事是否真好，现在也完全一样，在经过短暂然而真诚的内心斗争之后，他在试图按照自己的理智安排自己的生活和驯服地听从环境的支配之间选择了后者，并决定完全服从一种力量的支配，这种力量正在（他感觉得到）不可抗拒地引导着他。他知道，在向索尼娅有所承诺之后，又向公爵小姐表白感情，这未免是他所谓的卑鄙。他知道，他决不会干出卑鄙的行径。但是他也知道（也不是知道，而是在内心深处意识到了），现在听从环境和引导者们的支配，他不仅不是在干什么坏事，而且是在做一件非常、非常重要的事情，一件在他的一生中还从未做过的重要的事情。

在他和玛丽亚公爵小姐的这次见面之后，尽管他的生活方式表面上依然如故，但所有以往的娱乐都对他失去了吸引力，他时常思念玛丽亚公爵小姐，但是他对她的思念总是不同于对他在上流社会所邂逅的那些贵族小姐们的千篇一律的思念，不同于他长期来对索尼娅所曾经有过的激情洋溢的思念。对所有的贵族小姐，他几乎像任何一个正派的年轻人那样，把她们视为未来的妻子，试着设想所有适合于她们的婚后生活的条件：家常穿的宽松的白色连衣裙、妻子侍弄的茶炊、妻子的轿式马车、孩子们、爸爸和妈妈、他们和她的关系等等，而这些对未来的想象使他心满意足，可是当他想到有人为他作伐的玛丽亚公爵小姐时，他对未来的婚后生活却从未有过任何想象。倘若他试图想象，结果却总是不如意、不真实。他感到的只是惶恐不安。

七

关于波罗金诺会战和我军伤亡的可怕消息，以及莫斯科陷落的更加可怕的消息于九月中旬传到沃罗涅日。玛丽亚公爵小姐只从报纸上得知哥哥受伤，没有任何关于他的确切的报道，尼古拉听说（他本人没有见到她），她准备去寻找安德烈公爵。

得到波罗金诺会战和放弃莫斯科的消息后，罗斯托夫所感受到的并不是绝望、愤怒、复仇之类的心情，而是突然觉得，沃罗涅日的一切都使他感到烦闷、恼火，不知怎么老是觉得愧疚、尴尬。他觉得他所听到的所有谈话都是虚伪的；他不知道该如何评判这一切，觉得只有回到团里，他才能重又对一切都有明确的见解。他急于结束购买马匹的工作，时常对自己的仆人和司务长无缘无故地发火。

在尼古拉回部队的前几天，大教堂要为俄军获胜举行感恩祈祷，尼古拉也去参加了。他站在省长稍后的地方，保持着做祷告的庄重的态度，心里想着各种各样的事情，一直坚持到祈祷终了。感恩祈祷结束后，省长夫人把他叫了去。

“你看见了公爵小姐吗？”她说，用头部动作指点站在唱诗班后面的一身黑衣的女子。

尼古拉立刻认出了玛丽亚公爵小姐，与其说是根据女式礼帽下露出的侧影，不如说是根据霎时袭上心头的那种谨慎、担忧和怜悯的感觉。玛丽亚公爵小姐显然沉浸于自己的思绪，在出教堂之前画着最后的十字。

尼古拉惊奇地看着她的脸。这还是他以前所见到的那张脸，脸上还是流露着敏锐的、内在的精神活动的一般表情；不过现在它闪耀着完全异样的光辉。脸上是哀思、祷告和希冀的令人为之动容的神情。像往常有她在场时那样，尼古拉不等省长夫人的建议，便朝她走了过去，也不问问自己，他在教堂这里去接近她好不好，是否得体，他走到她面前告诉她，他听说了她的不幸，由衷地向她表示同情。刚听到他的声音，她的脸上就闪耀着灿烂的光辉，照亮了她悲喜交集的面容。

“我想对您说明一点，公爵小姐，”罗斯托夫说，“如果安德烈·尼古拉耶维奇公爵不幸阵亡，那么作为一位团长，他的阵亡会立刻在报上公布的。”

公爵小姐看着他，不明白他在说什么，但她欣慰地看到了他脸上充满同情的沉痛的表情。

“我知道很多例子，被弹片（报上说是榴弹）击中，要么当即致命，要么相反，伤势很轻，”尼古拉说，“应该抱有希望，我相信……”

玛丽亚公爵小姐打断了他的话。

“噢，那就太……”她激动得没有把话说完，动作优雅地（正如她在他面前的一切举止）低下头，跟着姨母走了。

这天晚上尼古拉没有出门做客，留在家里与出售马匹的人们结清了几笔账。事情处理完，再要出门已经太晚了，不过睡觉还嫌太早，于是尼古拉在房间里久久地独自来回踱步，考虑着自己的生活，这在他是罕有的。

玛丽亚公爵小姐在斯摩棱斯克给他留下了愉快的印象。当时他在那种特殊的情况下与她相遇，而他的母亲有一个时期恰恰把她指定为他的富有的配偶，所以她就特别引起了他的注意。在沃罗涅日，在他前去拜访的时候，她给他的印象不仅是愉快的，而且极富感染力。他在那一次所发现的她特有的那种心灵美使他感到震惊。不过他准备走了，并不因为离开沃罗涅日会失去与公爵小姐见面的机会而感到惋惜。可是今天在教堂里与玛丽亚公爵小姐的相逢，深深地铭刻在他的心里，深得超乎他的预料，深得他为了保持内心的平静而不敢相信。那苍白、清秀、哀伤的脸，那光芒四射的眼神，那娴静优雅的举止，主要的是——她的面容处处流露的那深沉的温柔的哀思使他惶恐，促使他同情。在男人身上，尼古拉看不得崇高的精神生活的表现（因此他不喜欢安德烈公爵），他轻蔑地称之为玄学、想入非非，但在玛丽亚公爵小姐身上，正是这种表现了与尼古拉格格不入的精神世界之全部深度的哀思，使他感觉到了不可抗拒的魅力。

“一定是人品极好的姑娘！这就是天使啊！”他自言自语道。“为什么我不是自由之身，我何必对索尼娅操之过急呢？”于是他不由得将两人作了对比：一个姑娘的精神天赋贫乏，而另一个拥有丰富的精神天赋，这些天赋是尼古拉所没有的，因而他才给予那样崇高的评价。他试着想象，如果他是自由的，情况会怎样。他会怎样向她求婚，而她会怎样成为他的妻子？不，这是他无法想象的。他惊慌失措了，在他的想象中没有出现任何清晰的形象。他早就勾画了和索尼娅在一起的未来的生活画面，而且一切都简单明了，正因为这一切都是出于想象，因为他了解索尼娅的一切，但是却无法想象和玛丽亚公爵小姐在一起的未来生活，因为他不了解她，只是爱她。

关于索尼娅的幻想含有某种愉快、嬉戏的成分。可是要想象玛丽亚公爵小姐却总是很难，甚至有些惶惑不安。

“她是在怎样祈祷啊！”他回忆起来。“看来她是在全心全意地祈祷。是的，这是力能移山的祈祷，我相信她的祈祷一定会发生效力。为什么我不向上帝祈祷呢？”他想起来了。“祈求什么呢？祈求自由，摆脱与索尼娅的关系。她说得对，”他想起了省长夫人的话，“我娶她为妻，除了不幸，不会有任何别的结果。一团糟，妈妈的痛苦……家境……一团糟，可怕的一团糟！何况我也并不爱她。是的，那不是真正的爱。我的上帝！让我摆脱这可怕的绝境吧！”他突然开始祈祷。“是的，祈祷能移山，但是要有信仰，不能像我和娜塔莎小时候那样祈祷，要求把雪变成糖，还跑到院子里去尝尝，雪是不是变成了糖。不，我现在不是为小事祈祷。”他说，他把烟斗放在墙角，双手交叠，站在圣像前。对玛丽亚公爵小姐的回忆使他满怀柔情，他开始祈祷了，他久已不曾这样祈祷过。他两眼含泪，喉头哽咽，这时拉夫鲁什卡拿着文件走了进来。

“笨蛋！没有叫你，怎么闯了进来！”尼古拉迅速改变姿势说。

“省长，”拉夫鲁什卡睡眼惺忪地说，“派了信使来，有您的信。”

“哦，好，谢谢，你去吧！”

尼古拉收到两封信。一封是母亲的，一封是索尼娅的。他从笔迹看出来了，他首先拆开索尼娅的信。他只看了几行，就脸色发白，又惊又喜地瞪大了眼睛。

“不，这不可能！”他说出声来。他坐不住了，手里拿着信，边看边在房间里走来走去。他先把信浏览一下，然后又看了一遍、两遍，他耸起两肩，摊开双手，停在房间当中目瞪口呆。刚才他虔诚地祈求上帝，深信上帝会遂其所愿，现在他的愿望实现了，不过尼古拉对这件事十分惊讶，仿佛这件事太异乎寻常，他仿佛从未期待这样的事会发生，而这件事来得这么快又仿佛恰恰说明，这不是他祈求上帝的结果，而是由于平常的偶然巧合。

这个限制罗斯托夫自由的似乎解不开的死结，被索尼娅的一封出乎意料的（罗斯托夫这样觉得）、无缘无故的来信解开了。她在信中写道，近来发生的种种不幸的情况、罗斯托夫家在莫斯科的财产丧失殆尽、伯爵夫人一再表示希望尼古拉能和鲍尔康斯卡娅公爵小姐结婚、他最近的沉默和冷淡——这一切迫使她下决心拒绝他的承诺，给他以完全的自由。

“我的心情太沉重了，因为我想到，我可能成为引起家庭的不幸或纷争的原因，而这个家庭是有恩于我的，”她写道，“我的爱以我所爱的人们的幸福为唯一目的；因此我恳求您，尼古拉，承认您是自由的并知道，无论如何，谁也不会像您的索尼娅这样深情地爱着您。”

两封信都寄自特罗伊察。另一封信是伯爵夫人写来的。这封信叙述了最近几天在莫斯科的情况，出逃、大火、全部财产被毁。伯爵夫人在信中顺便提到，安德烈公爵和其他伤员一起与他们同行。他的病情很危险，不过现在医生说，比较有希望了。索尼娅和娜塔莎像两个助理护士一样服侍他。

第二天尼古拉带着这封信去见玛丽亚公爵小姐。无论尼古拉还是玛丽亚公爵小姐都一字不提“娜塔莎服侍他”这句话可能意味着什么；不过由于这封信，尼古拉和公爵小姐突然更亲近了，几乎像有亲戚关系一样。

第二天尼古拉送玛丽亚公爵小姐去雅罗斯拉夫尔，几天后他也回部队去了。

八

索尼娅写给尼古拉使他的祈祷得以应验的那封信写于特罗伊察。写这封信的缘由是这样的：关于尼古拉娶一位富家闺女的想法使老伯爵夫人越来越着迷。她知道索尼娅是这段婚姻的主要障碍。最近，特别是在尼古拉写信讲到他在鲍古恰罗沃遇见玛丽亚公爵小姐以后，索尼娅在伯爵夫人家里的日子就越来越难过了。伯爵夫人不放过任何一个机会向索尼娅作出侮辱性的或冷酷无情的暗示。

但是在离开莫斯科的前几天，因为所发生的一切而百感交集、心情激动的伯爵夫人把索尼娅叫到跟前，没有责怪她，也没有强迫她，而是含泪哀求她，要她牺牲自己，断绝和尼古拉的关系，从而报答这个家庭为她所做的一切。

“要是你不答应我，我是永远不会安心的。”

索尼娅歇斯底里地号啕大哭，她哭着回答说，她一定做到，她愿意做任何事情，可就是没有直接答应下来，她心里不可能断然决定，满足对她的要求。为了抚养和教育她的这个家庭的幸福，是应当牺牲自己的。为他人的幸福而牺牲自己已成为索尼娅的习惯。她在家里的处境决定了，只有通过牺牲才能显示自己的价值，所以她习惯于也乐于牺牲自己。但是过去她在所有的自我牺牲的行动中都高兴地意识到，她牺牲自己就能在自己和别人的心目中提高自己的地位，因而更加配得上她生命中的至爱尼古拉，而现在她的牺牲却在于，要放弃作为对她的牺牲的全部奖赏、构成她生活的全部意义的东西。于是她生平第一次对那些人有了怨气，他们施恩于她是要让她受到更痛苦的折磨；她激起了对娜塔莎的忌妒，娜塔莎从来没有任何类似的遭遇，从来不需要牺牲什么，只是要别人为她作出牺牲，却仍然得到所有人的爱。索尼娅第一次感到，从她对尼古拉的平静、纯洁的爱情中突然滋长了凌驾于规范、道德和宗教之上的情欲；在情欲的驱使下，在寄人篱下的生活中学会深藏不露的索尼娅无意中笼统而含糊其辞地搪塞了伯爵夫人，从此回避和她交谈，决心等待与尼古拉重逢，而在这次重逢中，不是要给他自由，而是相反，要把自己和他永久地结合在一起。

罗斯托夫一家在莫斯科最后几天的忙碌和恐惧压倒了索尼娅心里的那种使她感到压抑的阴暗的想法。她很高兴能在实际操劳中得到解脱。但是当她了解到安德烈公爵就在他们家里时，尽管她对他和娜塔莎满怀真挚的怜悯，觉得上帝不愿让她和尼古拉分手的迷信观念还是让她喜不自胜。她知道，娜塔莎只爱安德烈公爵一个人，而且一直爱着他。她知道，现在两个人在这样可怕的情况下重逢，一定会旧情复燃，那么尼古拉由于他们之间的这种亲戚关系是不可以娶玛丽亚公爵小姐的。尽管在这最后几天以及在出走后的头几天所发生的一切是那么骇人听闻，认为天意在干预她的个人问题的这种想法、这种意识还是使索尼娅满怀喜悦的心情。

在圣三一大修道院，罗斯托夫一家在旅途中第一次停下来休息了一天。

修道院把客舍的三个大房间分给罗斯托夫一家，安德烈公爵占用了其中的一间。这一天伤势大有起色。娜塔莎坐在他那里。伯爵和伯爵夫人坐在隔壁的房间里彬彬有礼地与修道院长谈话，他是来看望自己的两位旧交和施主的。索尼娅也坐在那里，她非常好奇，很想知道安德烈公爵和娜塔莎在谈些什么。她从门后听着他们说话的声音。安德烈公爵的房门开了。娜塔莎神情激动地走了出来，没有注意欠身相迎并拢起右手的宽大袖子的修道院长，她来到索尼娅面前抓住了她的手。

“娜塔莎，你怎么了？你过来呀。”伯爵夫人说。

娜塔莎走过去接受祝福，修道院长劝她向上帝和上帝的侍者祈求保佑。

修道院长走后，娜塔莎立刻拉着女友的手，和她到一个空房间里去。

“是吗，索尼娅？他会活着吗？”她说，“索尼娅，我多么幸福，又多么忧伤！索尼娅，亲爱的——还是老样子啊。但愿他能活着。他不能……因为，因……为……”娜塔莎放声大哭。

“是的！这我知道！感谢上帝，”索尼娅说，“他会活着的！”

索尼娅的激动不亚于自己的女友——由于自己的恐惧和悲伤，也由于自己从未向人诉说的心事。她哭着亲吻娜塔莎，安慰她。“但愿他能活着！”她想。两个朋友哭了一会儿，说了一会儿话，擦干眼泪后来到安德烈公爵的房门口。娜塔莎小心地推开门，向房间里看了一眼。索尼娅和她并肩站在半开的门前。

安德烈公爵高高地躺在三个靠枕上。苍白的脸是安详的，眼睛闭着，看得出，他的呼吸很均匀。

“哎呀，娜塔莎！”索尼娅突然叫出声来，抓住表妹的手从门口往后退。

“什么？什么？”娜塔莎问。

“这是我看到过的，看到过的，瞧……”索尼娅说，她脸色发白，嘴唇在颤抖。

娜塔莎轻轻关上门，和索尼娅退往窗口，还是不明白她说的是什么。

“你记得吗，”索尼娅神色惊骇而凝重地说，“记得吗，我曾代替你看镜子……在快乐村，在圣诞节节期……记得我看到了什么吗？”

“是的，是的！”娜塔莎瞪大眼睛说道，模糊地想起，当时索尼娅谈到过安德烈公爵，看到他躺着。

“你记得吗？”索尼娅接着说道，“我当时看到了就对大家说过，对你和杜尼亚莎都说过。我看到他躺在床上，”她说，在讲到每个细节时都竖起一根手指打着手势，“闭着眼睛，盖的被子就是粉红色的，两只手交叠在一起。”索尼娅说，随着她对眼前所见到的细节的描述，她深信这些细节就是她当时所**看到**的。当时她什么也没有看到，但是她说看到了，讲的都是她临时想出来的，但是她觉得，她当时所杜撰的一切都和任何其他的回忆一样是真实的。她当时所说的是，他回头看着她微微一笑，身上盖的东西是红色的；她不仅记得，而且确信不疑，她当时就说过而且看到了，他盖着一条粉红色的，正是粉红色的被子，而他的眼睛是闭上的。

“是的，是的，就是粉红色的。”娜塔莎说，她现在也仿佛记得，当时说的是粉红色，认为这是预言中主要的奇异和神秘之处。

“不过这意味着什么呢？”娜塔莎若有所思地说道。

“嗨，我不知道，这一切真奇怪！”索尼娅抱着头说。

几分钟后，安德烈公爵摇铃叫人，娜塔莎进了他的房间；而索尼娅体验到一种少有的激动和感动，她逗留在窗前，反复思量着这件事的种种奇异之处。

这天有机会往部队寄信，伯爵夫人在给儿子写信。

“索尼娅，”伯爵夫人见表侄女从她身边走过，便从信纸上抬起头来说，“你不给尼科连卡写封信吗？”伯爵夫人轻轻地说，声音颤抖了一下，从她透过眼镜往外看的疲惫的目光里，索尼娅看出了伯爵夫人这句话的全部含义。这目光表现的是恳求，是担心被拒绝的恐惧，是不得不有求于人的羞惭，以及在遭到拒绝后无法化解的怨恨。

索尼娅走到伯爵夫人面前，双膝跪地，亲吻她的手。

“我写，妈妈。”她说。

这一天所发生的一切，特别是她刚才看到的占卜的神秘应验，使她的心软化了，满怀激动和感慨。现在她既然知道，在娜塔莎和安德烈公爵恢复关系后，尼古拉不可以娶玛丽亚公爵小姐为妻，便高兴地感到，自我牺牲的心情回归了，她在生活中是乐于并习惯于拥有这种心情的。她两眼含泪，高兴地意识到自己在采取舍己为人的行动，由于泪水模糊了那双温柔的天鹅绒似的黑眼睛而几次搁笔，终于写好了使尼古拉阅后大为震惊的那封感人的信。

九

在皮埃尔被带进去的拘留所里，逮捕他的官兵们是敌视他的，同时也尊重他。在他们对他的态度中既有对他究竟是什么人（是不是一个很重要的人物）的疑虑，也有他们个人不久前与他争斗所产生的敌意。

不过第二天早晨换班后，皮埃尔感到，对新来的看守他的官兵而言，他已不再具有原来对那些逮捕他的官兵们的意义了。的确，在这个身穿农民式束腰长衫的高大的胖子身上，看守者看到的已不再是与抢劫犯和押送兵拼命搏斗、庄严地声称他拯救了一个孩子的那个活生生的人，而只是根据最高长官的命令逮捕、羁押的第十七个俄国人了。要说皮埃尔身上有什么与众不同的地方，那就是他毫不畏惧、凝神沉思的样子和使法国人也感到惊讶的一口流利的法语。尽管如此，皮埃尔当天就和其他被捕的嫌疑犯给关到了一起，因为一个军官需要他所住的那个单独的房间。

和皮埃尔拘押在一起的所有俄国人都是底层的民众。他们看出皮埃尔是贵族老爷就疏远他了，尤其是因为他会说法语。皮埃尔满腹忧伤地听着他们对自己的冷嘲热讽。

第二天傍晚皮埃尔得知，所有这些被拘留的人（他大概也在其中）都要因纵火罪受审。第三天皮埃尔和别人一起被带到一栋屋子里，那里坐着一个白胡子法国将军、两个上校和其他几个肩上披着三色绶带的法国军人。对皮埃尔也像对别人一样，提出了通常向受审者提出的几个似乎不涉及人间善恶的明确而固定的问题：你是什么人？到过哪里？有什么目的？如此等等。

这些问题撇开生死攸关的案件的实质，也排除揭示其实质的可能性，像法庭上提出的所有问题一样，其目的只是要设置一条溜槽，审判者希望受审者的回答沿着这条溜槽滑下去，把他引向既定目标，即判定有罪。一旦他所说的话不符合判定有罪的目标，就采用多种溜槽，于是水可以流向它要去的任何地方。此外，皮埃尔体验到了所有法庭上的受审者都会有的感受；不知道为什么要向他提出这样的一些问题而感到困惑。他觉得，只是出于宽容或出于礼貌吧，才会使用这种设置溜槽的招数。显然，所有的回答都要引向定罪。他知道，他处于这些人的权力的支配之下，是权力把他带到了这里，是权力使他们能迫使他回答问题，这次相聚的唯一目的就是要判定他有罪。因此，既然拥有定罪的权力和企图，也就无需在提问和审判中要弄诡计。显然，所有的回答都会导致有罪的认定。对于在逮捕他时他在干什么这个问题，皮埃尔有些凄惨地回答说，在把他从火中救出的孩子送交孩子的父母。为什么同抢劫者打架？皮埃尔回答，他在保护一个女人，保护受欺凌的妇女是每个人应尽的责任，而且……他被制止了：这与案件无关。有人看到他在起火的楼房的院子里，为什么待在那里？他回答，去看看莫斯科发生了什么事。他又被制止：不是问他到哪里去，而是问他为什么待在火场附近。他是什么人？又向他提出了第一个问题，他曾说对这个问题不愿回答。他又回答说，他不能告诉他。

“记录下来，这样不好。很不好。”面色红润的白胡子将军对他厉声说。

第四天祖博夫土堡也几处起火。

皮埃尔和其他十三个人被带到克里木浅滩一个商人住宅的车棚

里。走在街道上时，皮埃尔被烟呛得很难受，似乎全城上空都弥漫着烟雾。四处都起火了。皮埃尔那时还不明白莫斯科被焚毁的意义，骇然地看着各处的大火。

皮埃尔在克里木浅滩附近一座住宅的车棚里又度过了四天，在这些日子里，皮埃尔从法国士兵的谈话里得知，所有拘押在这里的人每天都在等候元帅的决定。皮埃尔未能从士兵的口中打听到是哪个元帅。对一个士兵来说，元帅显然是权力的一个最高的、有些神秘的环节。

这最初的几天，在九月八日把被捕的人们带去接受第二次审讯之前，是皮埃尔最难熬的日子。

十

九月八日，从看守们毕恭毕敬的态度来看，一位很重要的军官走进了关押犯人的车棚。这大概是参谋部的军官，他手里拿着俄国人的名单逐一点名，把皮埃尔叫做不说出自己姓名的人。他冷漠而懒洋洋地打量一下全体犯人，命令一名看守的军官，在把他们带到元帅那里去之前要让他们衣着得体、收拾整齐。一个小时后，一个连的士兵来把皮埃尔和其他十三个人押往圣女广场①。这是雨后初晴、阳光明媚的一天，空气也非常清新。烟雾不像从祖博夫土堡的拘留所把皮埃尔带走的那一天那样在低处弥漫；清新的空气中腾起一个个烟柱。哪里也看不到熊熊大火了，不过四面八方都升腾着烟柱，整个莫斯科，皮埃尔的眼界所及都是一片瓦砾场。四面八方都可以看到乱放着炉子和烟囱的空地，有些地方可以看到砖房被烧焦的断垣残壁。皮埃尔仔细打量着那些瓦砾场，认不出城市中的那些熟悉的街区了。有些地方可以看到侥幸保全的教堂。克里姆林宫没有遭到破坏，从远处可以看到它的白色的塔楼和伊凡大帝钟楼。近处，新圣女修道院的圆顶愉快地闪烁着，那里传来的召唤祈祷的钟声显得格外清脆。这钟声使皮埃尔想起，今天是星期日和圣母诞生的节日。可是看来没有人会庆祝这个节日了：遍地是火灾留下的

---

①圣女广场位于新圣女修道院旁边。

废墟，只是偶尔碰到一些衣衫褴褛、神色惊慌，见到法国人便躲躲闪闪的俄国民众。

显而易见，俄国人的家园遭到了破坏和毁灭，但是在俄国人的生活秩序被摧毁之后，皮埃尔不自觉地意识到，法国人在这片家园被毁的废墟上已建立了他们自己的完全不同却坚不可摧的秩序。皮埃尔意识到这一点，是根据那些押送他和其他犯人的士兵们队伍整齐、警觉而愉快地行进的样子；他意识到这一点，是根据一个法国重要官员坐在由一名士兵驾驭的双套轻便马车上驶过的样子。皮埃尔意识到这一点，是根据从广场左侧传来的欢快的军乐声，而使他意识到并懂得了这一点的，主要是今天早晨来的那个法国军官清点犯人时所宣读的名单。皮埃尔只是被几个士兵逮捕，和别的几十个人一起被押送到这个地方、那个地方；看来他们可能已忘记了他的情况，把他混同于别的那些人了。然而并非如此：他在受审时的回答又以他的称呼的形式回到了他的头上：不说出自己姓名的人。皮埃尔现在就是顶着这个使他感到恐惧的名字被他们押送到什么地方去，他们脸上的神情说明，他们深信不疑，所有其他的被捕者和他都是他们所要找的人，现在要把他们押送到该去的地方。皮埃尔感到自己是微不足道一片木屑，落在他所不了解但运转正常的机器轮子下面。

皮埃尔和其他犯人被带到了圣女广场右边离修道院不远的一座带有大花园的白色巨宅前面。这原是谢尔巴托夫公爵的府邸，过去皮埃尔常来这里和主人相聚，他从士兵们的谈话中得知，现在这是埃克米尔大公达武元帅的驻地。

他们被带到台阶前，然后被逐个地单独带进屋内。皮埃尔是第六个被带进去的。皮埃尔经过他所熟悉的玻璃走廊、门斗、前厅，被带进了低矮狭长的书房。一个副官站在书房门口。

达武坐在房间尽头的一张桌子旁，鼻子上架着一副眼镜。皮埃尔走到了他跟前。达武没有抬起眼睛，看来在核对放在他面前的一份文件。达武没有抬起眼睛，低声问道：

“您是什么人？”

皮埃尔沉默着，因为他没有力气说话。在皮埃尔的心目中，达武不只是一个法国将军。皮埃尔知道，达武是以残忍闻名的人物。他像一个严厉的老师，只愿意暂时耐住性子等待回答，看着他冷冷的脸色，皮埃尔感到，任何一秒钟的迟延都可能要他付出生命的代价，但他不知道该说什么。他不敢造次地说出他在第一次受审时所说的话，而宣布自己的身份和地位却觉得既危险又可耻。皮埃尔沉默着。可是在皮埃尔拿定主意之前，达武已经抬起头来，把眼镜推到脑门上，眯起眼睛向皮埃尔凝神注视了一下。

“这个人我认识。”他不紧不慢地冷冷地说，显然意在恐吓皮埃尔。刚刚掠过皮埃尔脊背的一股凉气像钳子一样夹住了他的脑袋。

“您不可能认识我，将军，我从来没有见过您……”

“这是俄国奸细。”达武打断了他的话，对皮埃尔不曾注意到的房间里的另一个将军说。于是达武转过身去。皮埃尔一时情急迅速说道：

“不，殿下，”他说，蓦地想起达武是一位大公，“不，殿下，您不可能认识我。我是一名警官，不曾离开过莫斯科。”

“您的姓名？”达武又问。

“别祖霍夫。”

“谁能向我证明，您不是在说谎？”

“殿下！”皮埃尔大声叫道，他的语气不是气恼，而是在恳求。

达武抬起眼睛，向皮埃尔凝神注视。他们彼此对视了几秒钟，这对视的目光挽救了皮埃尔。这目光超越了战争和审判的一切条件，在两人之间建立了人性的关系。他们在此刻隐隐约约地百感交集，终于悟到他们两人都是人类之子，彼此是兄弟。

放在达武面前的是一份名单，人的案件和生命是用编号来称谓的，当他刚从名单上抬起头来的时候，皮埃尔最初在他的眼里只是一种情况。达武会枪毙他而不觉得做了什么昧心的坏事；但现在他已经把他看做一个人了。他沉吟片刻。

“您怎样向我证明您的话是真实的呢？”达武冷冷地问。

皮埃尔想起了朗巴尔，便说出了他的团的番号、他的姓名和那栋房子所在的街道。

“您不是您所说的那种人。”达武又说。

皮埃尔声音发抖，断断续续地列举证据来证明自己供词的真实性。

但这时副官进来向达武报告了什么。

达武听到副官报告的消息顿时容光焕发，开始扣上纽扣。他好像完全忘了皮埃尔。

当副官提醒他关于这个犯人的问题时，他皱起眉头，朝皮埃尔的方向一摆头说，把他带走。可是要带到哪里去呢？皮埃尔不知道是带回车棚还是带往准备好的刑场，在通过圣女广场时难友们曾把那个刑场指给他看过。

皮埃尔回头一看，只见副官又在询问什么。

“对，当然！”达武说，不过“对”是什么意思，皮埃尔不知道。

皮埃尔记不得他走了多久，在走向哪里。他处于完全麻木、神志不清的状态，对周围的一切视而不见，他和别人一起移动脚步，直至大家都停了下来，他也止住了脚步。这段时间皮埃尔的脑海里一直盘旋着一个想法。他在想，是谁，究竟是谁判了他死刑？这不是在委员会审问他的那些人，他们之中没有人愿意这样做，显然也无权这样做。这不是达武，他那么有人情味地看着他。再有一分钟，达武就会明白，他们的行为是恶劣的，但是进来的副官干扰了这一分钟。而这个副官显然并无恶意，不过他是可以不进来的。究竟是谁判他有罪、要杀害他、剥夺他的生命呢——他，这个有回忆、有追求、有希望、有思想的皮埃尔？这是谁干的？皮埃尔觉得，没有人要这样干。

这是秩序，是情势所造成的。

是一种秩序在杀害他皮埃尔，剥夺他的生命、一切，将他彻底消灭。

十一

犯人们被带着从谢尔巴托夫公爵的住宅笔直往下走，沿着新圣女修道院左侧的圣女广场来到竖着一根柱子的菜园里。柱子后面有一个挖好的大坑和新挖出来的泥土。在土坑和柱子附近，一大群人站成半圆形。人群中少数是俄国人，多数是拿破仑部队的闲散军人：穿着各种制服的德国人、意大利人和法国人。柱子的左右两旁是法军的队列，他们身穿蓝军服，头戴高筒帽，脚蹬中筒皮靴，佩戴着红肩章。

犯人们按名单上的次序排列（皮埃尔排在第六的位置），被带到柱子跟前。两旁的几名鼓手突然击起鼓来，皮埃尔感到，他的心仿佛随着这鼓声被猛地撕掉了一块。他失去了思考和想象的能力。他只能看和听。他只有一个愿望，但愿必定会发生的可怕的事情赶快了结。皮埃尔环顾自己的难友，打量着他们。

靠边的两个是剃光头的囚犯。一个又高又瘦；另一个肤色黝黑，头发蓬乱，肌肉发达，有一个扁平的鼻子。第三个是家奴，大约有四十五岁，头发花白，胖胖的身体保养得很好。第四个是农民，很漂亮，有一部宽而密的浅褐色大胡子和一双乌黑的眼睛。第五个是工场工人，一个面黄肌瘦的小伙子，十八岁左右，穿着工作服。

皮埃尔听见一些法国人在商议，怎样执行枪决，是每次一个还是每次两个？“每次两个。”级别较高的军官冷冷地说。士兵的队伍里起了一阵骚动，显而易见，所有的人都很匆忙——不像是忙于去做一件大家都能理解的事情，而像是忙于去结束一种不可避免而又不得人心、令人不解的行动。

一个肩上披着三色绶带的法国官员走到犯人横队的右边，用俄语和法语宣读了判决书。

然后四个法国人分为两组走向犯人，根据军官的命令抓住站在边上的两个囚犯。囚犯走到柱子跟前停住脚步，在拿来头套之前默默地看着周围，好像一头受伤的野兽看着渐渐走近的猎人。一个犯人一直在画着十字，另一个在搔脊背，动着嘴唇，好像在笑。士兵们手忙脚乱地给他们蒙上眼睛，套上头套，把他们捆在柱子上。

十二名射击手持枪迈着有节奏的坚定的步伐从队列里出来，走到离开柱子八步的地方停下，皮埃尔扭开头，不想看下去。突然响起噼啪声和轰隆声，皮埃尔觉得这些声音比最可怕的霹雳还要响，于是他转头望了望。他看到了硝烟，看到了几个脸色苍白、双手颤抖的法国人在土坑边忙活。另外两个被带了出来。这两个人也用那样的眼神看着大家，徒劳地只是用眼神默默地哀求保护，看来他们不理解，也不相信将要发生的事情。他们不相信，因为只有他们才知道，自己的生命对他们意味着什么，因而他们不理解也不相信，有人会夺去这生命。

皮埃尔不想看，又把头扭开。可是又仿佛可怕的爆炸声震破了他的耳鼓，随着这声爆炸他看见了硝烟、鲜血和那些脸色苍白而惊骇的法国人，他们又在柱子旁忙活，用颤抖的双手彼此推搡。皮埃尔沉重地喘息着环顾四周，仿佛在问：这是怎么回事？与皮埃尔的视线相遇的所有的目光里也都有这同样的问题。

在所有俄国人的脸上，在法国士兵、军官的脸上，在所有人的脸上，皮埃尔都毫无例外地看到了他心里也有的那同样的惊讶、恐惧和斗争。“这到底是谁干的？他们都和我一样感到悲痛啊。是谁干的呢？是谁？”皮埃尔的心里刹那间闪过这个问题。

“八十六团射击手，出列！”有人大喝一声。站在皮埃尔身边的第五个人被带走了——只带走了他一个。皮埃尔不知道，他已经得救，他和所有其余的人被带到这里来只是陪绑。他没有感到高兴，也没有感到安心，而是越来越恐惧地看着眼前的情况。这第五个是穿着工作服的工人。法国人的手刚碰到他，他就骇然跳开，一把抓住了皮埃尔（皮埃尔浑身一震，挣脱了他的手）。这个工人走不动路了。他被架着胳膊拖着走，于是他大声叫嚷着什么。他被带到了柱子跟前，这时他突然不吭声了。他仿佛突然明白了什么。也许是他觉得嚷也无益，也许是觉得别人是不会打死他的，不过他还是站到了柱子旁，等着和其他人一样被蒙上眼睛，于是像一头受了枪伤的野兽，用闪亮的眼睛打量着周围。

皮埃尔再也不能让自己扭开头闭上眼睛了。他和整个人群的好奇和激动在目睹第五次残杀时达到了顶点。这第五个人和其他人一样，似乎很平静；他掩上衣襟，用一只光脚蹭着另一只光脚。

在给他蒙上眼睛的时候，他自己整理了一下后脑勺上打的结子，因为勒得太紧。后来在叫他靠在血淋淋的柱子上时，他往后一仰，不过觉得这样很别扭，便调整一下姿势，两只脚平稳地站好，安详地靠在柱子上。皮埃尔目不转睛地望着他，没有放过任何一个细微的动作。

大概曾传来口令声，大概曾响起八支枪的射击声。可是后来皮埃尔无论怎样竭力回忆，也没有听到枪响。他只看到工人不知怎么突然倒在捆绑他的绳索上，有两处冒出了鲜血，绳索由于身体的重量而松开了，于是工人不自然地垂着脑袋，拳曲着两条腿坐倒在地。皮埃尔跑到了柱子跟前。谁也没有阻拦他。工人身旁有几个惊恐而脸色苍白的人在忙活。一个年长的留短须的法国人在解开绳索时下巴颏在哆嗦。尸体倒下了。几名士兵笨拙而匆忙地把尸体拖到柱子后边，推下了土坑。

显然，所有的人无疑都知道，他们是罪犯，必须赶快把自己犯罪的痕迹掩盖起来。

皮埃尔朝土坑里望了望，看到工人躺在那里，双膝抬起靠近脑袋，一个肩膀比另一个肩膀高些。这个肩膀在抽搐，在均匀地起伏着。但是一锹又一锹的泥土已撒落在他的全身。一个士兵很生气，凶狠而歇斯底里地朝皮埃尔吆喝了一声，叫他回去。皮埃尔没有明白他的意思，还是站在柱子旁，也没有人来赶他走。

在土坑已经填平的时候，传来了一声口令。皮埃尔被带回原处，列队站在柱子两旁的法军九十度转身，步伐整齐地从柱子旁边走过。带着打光了子弹的枪支站在圈子中央的二十四名射击手，在各自的连队经过时跑步归队。

皮埃尔目光茫然地望着那些射击手成双地从圈子里跑出来。除了一个，全都归队了。一个年轻的士兵脸色惨白，高筒帽歪在脑后，他放下枪，还站在他刚才面对土坑举枪射击的地方。他像个醉汉，时而跨前几步，时而倒退几步，支撑着歪歪倒倒的身子。一个当士官的老兵跑出队伍，抓住年轻士兵的肩膀，把他拽进了连队。那群俄国人和法国人开始散了。全都默然不语，垂头丧气地走着。

“这是他们纵火得到的教训。”一个法国人说。皮埃尔回头一看，说话的是一名士兵，他想在这场惨剧中找点儿理由聊以自慰，却办不到。他没有把开始说的话说完，一摆手走了。

十二

行刑后，皮埃尔和其他受审者被隔开了，单独留在一个破败肮脏的小教堂里。

傍晚，看守他的士官带着两名士兵走进教堂，向皮埃尔宣布，他被赦免了，现在要到关押战俘的板棚去。皮埃尔不明白他在说什么，站起来就跟着士兵们走了。到了一片空地上用烧焦的木板、原木和薄板草草搭建的几间简易板房那里，他被带进其中的一间。在黑暗中二十来个各种各样的人围住了皮埃尔。皮埃尔看着他们，不明白这都是一些什么人，他们要干吗，想要他怎样。他听了他们对他所说的话，却得不出任何结论和要领，因为他不明白这些话的意思。他自己在回答向他提出的问题，却想象不出是谁在听他说话，会怎样理解他的回答。他看着那些人的脸和模糊的身影，觉得他们全都一样无聊。

从皮埃尔看到那些人违心地进行可怕的屠杀那一刻起，在他心里支撑着一切并使一切富于生气的那根弹簧仿佛突然被抽掉，于是一切都倒塌了，变成一堆毫无价值的废物。虽然他还没有意识到，但是他对世界的美好、对人类和自己的良心以及对上帝的信仰已经破灭。这种心情皮埃尔过去也曾有过，但从来不像现在这样强烈。从前，当皮埃尔产生这种怀疑时，其根源在于他自身的过错。那时皮埃尔由衷地感到，要摆脱这种绝望和怀疑，问题在于自己。但是现在他觉得，世界在他的心目中崩溃，只剩下毫无意义的一片废墟，并不是由于他的过错。他觉得，能否恢复对生活的信心并不取决于他。

人们在黑暗中站在他周围。大概他身上有什么引起了他们很大的兴趣。人们对他讲述着什么，打听着什么，后来带着他到什么地方去，最后他出现在板房的一个角落和那些人挤在一起，从不同方向传来他们有说有笑的声音。

“这时，伙计们……就是那个亲王，**他**（特别加重这个词的语气）……”板房的对角有一个人在说。

皮埃尔一动不动默默地坐在墙边的干草上，时而睁开眼睛，时而闭上眼睛。可是只要他一闭上眼睛，他的眼前就会出现那个工场工人的可怕的、因其纯朴而特别可怕的脸色，以及那些被迫杀人的刽子手们因张皇失措而更加可怕的脸色。于是他又睁开眼睛，在黑暗中茫然四顾。

一个身材矮小的人弓着腰坐在他身边，皮埃尔最初是闻到一股强烈的汗味，这才注意到有这个人，他只要一动弹，身上就会散发出这种汗味。这个人在黑暗中摆弄他的一双脚，尽管皮埃尔看不见他的脸，却感觉到这个人在不停地打量他。在黑暗中仔细一看，才知道他在脱鞋。他脱鞋的样子引起了皮埃尔的兴趣。

他解开扎在一只脚上的绳子，细心地把绳子卷起来，马上又着手摆弄另一只脚，一边抬头看皮埃尔。一只手在挂绳子的时候，另一只手已经在解开另一只脚上的绳子了。就这样，这个人仔细地，用毫不迟延地一个接一个的圆形的、利索的动作脱掉鞋子，把鞋子挂到钉在他脑袋上方的橛子上，拿起一把小折刀削着什么，然后合上小刀，放在枕头下面，随即坐得舒服一些，双手抱膝，直勾勾地盯着皮埃尔。皮埃尔觉得，这些利索的动作，他在角落里的这种井井有条的安排，甚至这个人身上的气味都有一种令人愉快、安心的圆形的东西，于是他目不转睛地看着他。

“您遭了不少罪吧，老爷？啊？”这个身材矮小的人突然说。他的悦耳的声音是那么亲切而纯朴，皮埃尔想回答了，可是他的下巴颏颤抖起来，他感到自己已热泪盈眶。为了不让皮埃尔有时间露出窘态，这个矮小的人就在那一瞬间用他那悦耳的声音说起话来。

“哎，小鹰，别忧伤，”他用俄国老太太的那种温柔悦耳的抚慰语气说道，“别忧伤：忍得一时，长命百岁！要这样才行，我亲爱的。我们待在这里，感谢上帝，没有人欺负。这里也是有坏人也有好人。”他说，还说着话就灵活地身体前倾站了起来，咳嗽着到什么地方去了。

“瞧，小坏蛋来了！”皮埃尔听到了板房另一头那亲切的声音。“小坏蛋来了，它还记得呢！好，好，行啦。”于是这个士兵推开向他扑过来的小狗，回到自己的位子上坐了下来。他手里拿着用布片包着的东西。

“您吃点儿吧，老爷，”他说，又恢复了原来的恭敬的口气，一边打开布包，递给皮埃尔几个烤土豆，“午餐供应的是稀粥。这些土豆倒是挺好的。”

皮埃尔整整一天没有吃东西，觉得土豆闻起来喷香。他谢过士兵，吃了起来。

“怎么，就这样吃吗？”士兵微笑着说，拿起了一个土豆，“你要这样。”他又拿来小折刀，在自己的手掌上把土豆切成两半，从布片里拿了点盐撒上递给皮埃尔。

“这些土豆挺好的，”他又说了一遍，“你这样吃吃看。”

皮埃尔觉得，他从来没有吃过这么好吃的东西。

“不，我吃什么都行，”皮埃尔说，“可是为什么他们要枪毙这些不幸的人呢！最后一个只有二十岁。”

“啧啧……”矮子说，“罪过，真是罪过……”他很快地加了一句，仿佛他的话都是准备好的，会无意中脱口而出。他接着说：“这是怎么搞的，老爷，您怎么会留在莫斯科呢？”

“我没有想到，他们来得这么快。我不是有意留下来的。”皮埃尔说。

“他们怎么会逮捕你呢，小鹰，是从你家里逮捕的？”

“不，我是去看火灾的，他们当场抓住我，当纵火犯审判。”

“哪里有审判，哪里就没有公正。”矮子插话道。

“你早就在这里了？”皮埃尔咀嚼着最后一个土豆问。

“我吗？我是上星期天在莫斯科的医院里被逮捕的。”

“你是什么人，是士兵？”

“阿普歇伦团的士兵。我得了寒热病，差点儿死了。什么消息也不告诉我们。我们二十来个人躺在病床上。突然祸从天降。”

“怎么样，你在这里苦闷吗？”皮埃尔问。

“怎么会不苦闷呢，小鹰。我名叫普拉东，卡拉塔耶夫是姓，”他补了一句，看来是要让皮埃尔便于称呼他，“在部队里都叫我小鹰。怎么会不苦闷呢，小鹰！莫斯科，她是众城之母啊。看着这一切怎么会不苦闷呢。不过，虫子吃白菜，自己先受害——这是老人们讲的。”他很快地补充道。

“什么，你说什么来着？”皮埃尔问道。

“我？”卡拉塔耶夫说道，“我说，不是靠我们的智慧，而是要靠天意。”他说，以为这是在重复他说过的话。立刻又接着说：“老爷，您家里怎么样，有世袭领地吗？府邸也有？这么说，是个富贵人家！妻子也有吧？父母两位老人家还健在？”他问，虽然皮埃尔在黑暗中看不见，但是他感觉得到，士兵在这样问的时候含蓄、亲切的微笑使他的双唇皱了起来。看来，得知皮埃尔失去双亲，特别是没有母亲使他很伤感。

“妻子要和睦相处，丈母娘要礼尚往来，可是没有比亲生母亲更亲的了！”他说，“嗯，有孩子了吧？”皮埃尔的否定的回答看来又使他伤感了，他连忙说：“不用愁，你们都年轻，上帝保佑，孩子会有的。不过夫妻要和睦……”

“可现在无所谓了。”皮埃尔不禁说道。

“嗳，亲爱的人哪，”普拉东不赞成了，“讨饭也好，坐牢也好，都要甘愿承受。”他坐得舒坦些，咳嗽一声，看来准备发表长篇谈话。“是这样，我亲爱的朋友，那时我还住在家里，”他开始说道，“我们老爷的世袭领地很富饶，土地很多，农民的日子过得挺好，我们家的生活也不错。连老爷子一家七口都下地收割。生活得很好。都是真正的基督徒。想不到……”于是普拉东·卡拉塔耶夫讲了一个长长的故事，说他怎样到别人家的林子去偷木材，碰上了看林人，遭到鞭打、审判，被送去当兵——“怎么样呢，小鹰，”他在微笑，说话的声音也变了，“以为倒了大霉，原来却是一件幸事！要不是我出事了，就该弟弟去当兵。而弟弟家里连大带小有五个孩子——我呢，你瞧，撇在家里的只有老婆一个人。有过一个女儿，在我入伍之前就死了。后来回家乡休假，我就告诉你吧。到家一看，他们的生活比过去更好了。院子里满是牲口，婆娘们都在家，两个兄弟出去挣钱了。只有最小的弟弟米哈伊洛在家。老爷子就说：‘我呀，’他说，‘所有的孩子都一样：咬哪个指头都一样疼。当时要不是普拉东去当兵，米哈伊洛就得去。’他把我们都叫去，你信不信，他让我们都站在圣像前面。‘米哈伊洛，’他说，‘过来，朝他磕头，还有你，媳妇，也来磕个头吧，孙子孙女也要磕头。你们明白了吗？’他说。是呀，我亲爱的朋友。命运弄人。我们却老是说：这不好，那不好。朋友，我们的幸福就像拉网中的水：拉的时候鼓得满满的，拉出来一看——什么也没有。就是这样啊。”于是普拉东坐到他自己的干草上去了。

普拉东沉默片刻，站了起来。

“怎么，看样子你想睡了吧？”他说，他开始很快地画着十字，嘴里念叨着：

“主啊，耶稣基督，圣徒尼古拉，弗罗拉和拉夫拉，主耶稣基督，圣徒尼古拉！弗罗拉和拉夫拉，主耶稣基督——保佑和拯救我们吧！”他最后说，叩了头，站起身来，叹了口气在自己的干草上坐下。“就这样了。主啊，但愿你放下的是石头，拿起来的是面包。”他说完便把军大衣拉到身上躺了下来。

“你念的是什么祷词？”皮埃尔问。

“怎么了？”普拉东说（他已经快要睡着了），“我念什么祷词？向上帝祷告啊。难道你不祷告吗？”

“不，我也祷告，”皮埃尔说，“你怎么说到弗罗拉和拉夫拉[①]呢？”

“当然啦，”普拉东很快地回答道，“是马的节日呀。牲口也要爱惜才对，”卡拉塔耶夫说，“你瞧，小坏蛋缩成了一团。它暖和过来了，这个小狗崽子。”他说，摸了摸腿旁的小狗，又翻了个身，马上就睡着了。

外面，从远处的什么地方传来了哭喊的声音，从板房的缝隙可以看到火光，不过板房里很静也很暗。皮埃尔很久没有睡，在黑暗中睁着眼睛躺在自己的地方，倾听着躺在他身旁的普拉东的均匀的鼾声，于是他

---

① 弗罗拉和拉夫拉，两位圣徒，被认为是家畜的庇护者。

感到，在他的心里，此前被摧毁的世界，现在以新的美好的面貌，在新的不可动摇的基础上正在建立起来。

十三

皮埃尔进入并在其中待了四个星期的板房里有被俘的二十三个士兵、三个军官和两个官吏。

后来在皮埃尔的想象中他们都像在雾里一样模糊不清，可是普拉东·卡拉塔耶夫永远留在皮埃尔的心里，是他最深切而珍贵的回忆，是一切俄罗斯的、善良的和圆形的东西的体现。第二天黎明，当皮埃尔看到自己的邻人时，最初的那个圆形的印象完全得到了印证：普拉东身穿用绳子束腰的法国军大衣、头戴大檐帽和脚穿树皮鞋的整个身形是圆形的，脑袋完全是圆的，背部、胸脯、肩膀，甚至仿佛随时准备拥抱什么的那两条臂膀也是圆形的；愉快的笑容和一双温柔的褐色大眼睛也是圆形的。

根据普拉东·卡拉塔耶夫所讲的很久以前他作为一名士兵参加行军打仗的故事来看，他该是五十出头。他自己不知道，因而怎么也讲不清他有多大岁数了，不过他的牙齿都是完整的好牙，笑的时候（他时常会笑）总是露出一口白而亮的坚固的牙齿，形成两个半圆形；他的胡子和头发没有一根是白的，而他的全身都有一种柔韧、特别是坚强和耐劳的样子。

他的脸上尽管有一些细小的弧形皱纹，却有一种纯真和青春的气息；他的声音是愉快而悦耳的。但是他说话的主要特点是直率、利落。看来他从来不考虑他说了什么，也不考虑他要说什么；这就使他的快捷而恰当的语调自有一种特殊的、不可抗拒的说服力。

在被俘初期，他体力充沛、手脚麻利，似乎不知道什么叫疲劳和病痛。每天早晨和傍晚躺下时说："主啊，但愿你放下的是石头，拿起来的是面包。"清晨起来，总是那样耸起双肩说："躺下——缩成一团，起来——浑身抖一抖。"确实，他只要一躺下，就马上睡得死死的，像一块石头，只要浑身抖一抖，就一秒钟也不耽搁，立刻着手工作，像孩子起来就伸手抓玩具一样。他什么都会做，不是很好，但也不差。他烤、煮、缝、刨、缝制靴子，样样都会。他总是在忙，只是在夜晚才喜欢说说话、唱唱歌。他唱歌不像歌手那样，知道有人在听他唱，而是像鸟儿在歌唱，显然是因为需要发出这些声音，正如有时需要伸伸懒腰、遛遛弯儿一样；而这些声音几乎总是像女人一样尖细、柔和而又凄凉，这时他的神色往往是很严肃的。

他被俘后留起了大胡子，看来他抛弃了一切异己的、士兵的特点，自然而然地恢复了以前的农民的民间习气。

“休假的士兵，衬衣露在裤子外。”他时常说。他不大乐意讲他当兵的时光，不过并不抱怨，而且常说他当兵时一次也不曾挨过打。他要是讲起来，大多是讲自己在农民生活中，即他所说的“基督徒”①生活中的陈年往事，看来他非常珍惜这些回忆。他说话时常用俗语，不是士兵们所说的大多猥亵、出格的俗语，而是一些民间格言，孤立地看，好像没有什么意思，要是说得切合时宜，就会立刻显出具有深刻智慧的含义。

他的话常常前后抵触，却又都是有道理的。他喜欢说话，而且很会说话，话里点缀着一些亲昵的字眼和俗语，皮埃尔觉得，这些俗语都是他自己杜撰的，但是他的讲述的主要魅力在于，他的话所涉及的一些最简单的事情，有时正是皮埃尔看到而没有注意的事情，经他一讲就会具有一种严肃、优美的特点。他喜欢听一个士兵每晚讲的童话（都是同样的一些童话），不过他更喜欢听现实生活中的故事。他听这些故事的时候愉快地微笑着，时而插话、提问题，以便弄懂故事中的优美之处。皮埃尔所理解的眷恋、友谊、爱情，卡拉塔耶夫是完全没有的，但是他有爱心，而且满怀爱心地对待他在生活中所遇到的一切，尤其是人——不是某个特定的人，而是出现在他眼前的那些人。他爱自己的小狗，爱难友，爱法国人，爱他身旁的皮埃尔，但是皮埃尔觉得，卡拉塔耶夫尽管对他那么体贴、温柔（他不由自主地对皮埃尔的精神生活报以应有的

---

①在俄语中，“农民”和“基督徒”的发音相近。

温情），在分手时却不会有片刻的惜别之情。于是皮埃尔对卡拉塔耶夫也开始怀有这同样的感情。

普拉东·卡拉塔耶夫在所有其他俘虏的心目中是一个最普通的士兵；他们叫他小鹰或普拉托沙，善意地取笑他，常派他去取邮包。但是对皮埃尔来说，这个人在第一夜给他留下的印象是纯朴和正义的一种不可思议的、圆形的和永恒的体现，这个印象永久地保存了下来。

普拉东·卡拉塔耶夫除了自己的祷词，什么也记不住。他说话时，似乎开了头就不知道要怎样收尾。

有时皮埃尔对他的话感到惊讶，请他把说过的话重复一遍，普拉东却怎么也想不起片刻之前所说的话，同样，他也不能用言语向皮埃尔说明自己的一首心爱的歌曲。歌里是："亲爱的、小白桦树、我心里烦闷。"可是这些词句表达不出任何意思。他不理解也无法理解从语流中单独抽取出来的词句的含义。他的每句话和每个行动都是他所不理解的活动的表现，这种活动就是他的生活。而他的生活，在他自己看来，作为孤立的生活是没有意思的。它只有作为他经常意识到的整体的一部分才有意思。他的话和行动都均衡、必然而直接地流露出来，就像花香从花朵上飘散出来一样。他无法理解，孤立的行动或言辞会有什么价值和意义。

十四

玛丽亚公爵小姐从尼古拉那里得知她的兄长和罗斯托夫一家都在雅罗斯拉夫尔的消息后，不顾姨母的劝阻，立刻准备前去，而且不是一个人走，还要带上侄儿。这是不是有困难，有没有可能，她不问也不想知道：她的责任不仅是要亲自守在也许已经病危的兄长身边，而且要竭尽所能给他把儿子带去，于是她动身了。至于安德烈公爵本人为什么没有把情况通知她，玛丽亚公爵小姐认为，这是因为他太虚弱，不能动笔，或者是因为他觉得，如此长途跋涉对她和他的儿子太艰难、太危险。

玛丽亚公爵小姐在几天之内便做好了上路的准备。在她的车队中有一辆是公爵的高大轿式马车，这是她乘到沃罗涅日来的，另外还有几辆轻便马车和板车。同行的有布里安娜小姐、尼科卢什卡、家庭教师、老保姆、三个女仆、吉洪、一个年轻的男仆，还有姨母派给她使唤的一个跟班。

沿着平时的道路朝莫斯科的方向走根本不可能，玛丽亚公爵小姐不得不绕道而行：经过利佩茨克、梁赞、弗拉基米尔、舒亚，这条路很长，由于沿途没有驿马又很难走，在梁赞附近还很危险，据说那里出现了法军。

在这艰难的旅途中，布里安娜小姐、德萨尔和玛丽亚公爵小姐的女仆们都对她的坚定和活动能力感到惊讶。她睡得比谁都晚，起床比谁都早，任何艰难困苦都不能使她裹足不前。多亏她的行动和毅力鼓舞了她的旅伴们，他们在第二个星期的末尾终于驶近雅罗斯拉夫尔。

玛丽亚公爵小姐在沃罗涅日的最后一段时间是她一生中最幸福的美好时光。对罗斯托夫的爱已经不再使她感到困扰和不安了。这份爱充满了她的心灵，成为她自己的不可分割的一部分，于是她不再加以抗拒了。最近玛丽亚公爵小姐确信——虽然她没有明确而肯定地把这句话说出来，但是她确信，他是爱她的，她也爱他。她是最后一次与尼古拉见面时确信这一点的，当时他来告诉她，她的哥哥和罗斯托夫一家在一起。尼古拉没有一句话暗示，现在（在安德烈公爵康复的情况下）他和娜塔莎原有的关系可能恢复，但是玛丽亚公爵小姐从他的脸色看出，这一点他知道，也想到过。尽管如此，他对她的那种体贴、温柔和爱慕的态度非但没有改变，他似乎反而很高兴，现在他和玛丽亚公爵小姐的这层亲戚关系使他可以更自由地向她表达自己的友爱之情，玛丽亚公爵小姐有时就是这样想的。玛丽亚公爵小姐知道，这是她第一次也是最后一次爱一个男人，她感到，她是爱他的，在这样的关系中觉得又幸福又安心。

不过，在这方面的内心的幸福感不仅无碍于她为了兄长而满怀悲伤，恰恰相反，在这方面的内心的安宁使她更能沉浸于对兄长的感情。在离开沃罗涅日的初期这种感情是如此强烈，以至同行的人看着她憔悴、绝望的脸色都认为，她一定会在路上病倒。然而正是旅途的艰难和操劳使她那样事必躬亲，暂时地忘记了她的悲伤，增添了她的活力。

像旅途中常有的那样，玛丽亚公爵小姐只想着旅行本身，却忘了旅行的目的。可是离雅罗斯拉夫尔渐渐地近了，她可能面对的情况又凸显出来，已经不是多日之后，而是当天晚上就要面对那种情况了，这时玛丽亚公爵小姐激动不安的情绪达到了极限。

跟班被预先派了出去，以便在雅罗斯拉夫尔打听罗斯托夫家的人在哪里落脚，安德烈公爵的情况如何。他在城门口迎接驶入的高大轿式马车，看到从窗口探头看他的玛丽亚公爵小姐惨白的脸色，不禁大吃一惊。

“都打听到了，公爵小姐。罗斯托夫家的人住在广场上商人布龙尼科夫的家里。不远，就在伏尔加河岸边。”跟班说。

玛丽亚公爵小姐很惊讶，疑问地看着他的脸，不明白他在对她说什么，不明白他为什么不回答主要的问题：她哥哥怎样了？布里安娜小姐替玛丽亚公爵小姐提出了这个问题。

“公爵怎样了？”她问。

“公爵大人和他们都住在那座房子里。”

“这么说，他还活着，”公爵小姐想，她悄声问，“他怎样了？”

“人们说，情况还是那样。”

“还是那样”是什么意思，公爵小姐不想问了，只是对七岁的尼科卢什卡悄悄地匆匆一瞥，他坐在她前面，正兴高采烈地望着城市，她把头低下再也没有抬起来，直至沉重的轿式马车吱吱作响、摇摇晃晃地在什么地方停了下来。响起了放下踏板的声音。

车门打开了。左面是水——一条大河，右面是台阶；台阶上都是人，那是仆人们和一个面色红润、梳一条乌黑的大辫子的姑娘，她看到玛丽亚公爵小姐时，令人不快地假意微笑着（这是索尼娅）。公爵小姐跑上了楼梯，假意微笑的姑娘说：“这里来，这里来！”于是公爵小姐出现在客厅里的一位有东方人脸型的老妇人面前，她深情地快步迎了上来。这是伯爵夫人。她搂着玛丽亚公爵小姐开始亲吻她。

“我的孩子！”她说，“我早就喜欢您，知道您了。”

玛丽亚公爵小姐虽然非常激动，却也明白，这是伯爵夫人，应该对她说点儿什么。她自己也不明所以，竟以同样的语气礼貌地说了几句法语，随即问道：“他怎样了？”

“医生说没有危险。”伯爵夫人说，可是在她这样说的同时，却叹息着举目望天，而这个姿态所表达的意思是和她的话相矛盾的。

“他在哪里？可以见他吗，可以吗？”公爵小姐问。

“等一下，公爵小姐，等一下，我的朋友。这是他的儿子？”她说，一边转向尼科卢什卡，他正和德萨尔走了进来。“我们都能住得下，房子很大。啊，多么可爱的孩子！”

伯爵夫人把公爵小姐领到客厅里。索尼娅在和布里安娜小姐说话。伯爵夫人爱抚着小男孩。老伯爵进来了，向公爵小姐表示欢迎。老伯爵从公爵小姐最后一次见到他以后，变化非常大。那时他是一个机敏、愉快、自信的小老头，现在好像成了可怜的、被遗弃的人。他在和公爵小姐说话的时候，不断左顾右盼，似乎在问大家，他这样做有什么不妥吗。莫斯科和他的庄园遭到毁灭后，他脱离了习以为常的轨道，仿佛丧失了自我价值的意识，觉得在生活中已没有他的位置。

尽管心里十分焦急，尽管唯一的愿望是赶快见到兄长，而在她渴望见到他的此刻，人们却缠着她，还假意称赞她的侄儿，使她很气恼，尽管如此，公爵小姐还是注意到了她周围所发生的一切，感到有必要暂时服从她置身其中的这种新秩序。她知道，这一切是不可避免的，也使她感到很难受，可是她并不怪他们。

“这是我的表侄女，”伯爵夫人向她介绍索尼娅，“您不认识她吧？”

公爵小姐转向她，竭力压制心里对这位姑娘所激起的敌意，吻了吻她。但是她的心情沉重起来，因为周围所有人的情绪与她的心情是那么格格不入。

“他在哪里？”她又向大家问道。

“他在楼下，娜塔莎和他在一起，”索尼娅回答道，脸上泛起了红晕，“已经派人去探问了。我想，您倦了吧，公爵小姐？”

公爵小姐的眼里涌出了气恼的泪水。她扭过头去，又想问伯爵夫人，到他那里去怎么走，这时门口响起了轻盈、急切、仿佛很快乐的脚步声。公爵小姐回头一看，见到了几乎是跑着进来的娜塔莎，就是很久以前在莫斯科见面时，她很不喜欢的那个娜塔莎。

公爵小姐还来不及抬头朝这个娜塔莎的脸看一眼，心里就明白了，这是她的真正的患难之交，是她的知心的朋友。她迎着她扑过去，搂着她，伏在她的肩头哭了。

娜塔莎坐在安德烈公爵的床头，一听说玛丽亚公爵小姐来了，就轻轻地走出他的房间，迈着急速的、玛丽亚公爵小姐听来仿佛很欢快的脚步跑来见她。

当她跑进房间的时候，她那激动的脸上只有一个表情——爱的表情，那是对他、对她、对贴近心爱的人的一切的无限的爱，为别人感到惋惜、痛苦并激情洋溢地希望奉献自己的一切，以便帮助他们的表情。可以看出，这时在娜塔莎的心里完全没有想到自己以及自己与他的关系。

敏感的玛丽亚公爵小姐第一眼看到娜塔莎的脸，就明白了这一切，于是伏在她的肩头悲喜交集地泪如雨下。

“我们走吧，到他那里去，玛丽。”娜塔莎说，把她领到另一个房间去。

玛丽亚公爵小姐抬起头来，擦干眼泪，朝她转过身来。她感到，可以从她这里了解一切，澄清一切。

“怎么……”她开始问，却又突然打住。她觉得，不能用语言来提问或回答。娜塔莎的脸色和眼神会把一切表达得更清楚、更深刻。

娜塔莎望着她，似乎有些担心和疑虑——要不要把她所知道的全部说出来；她仿佛觉得，面对这双光芒四射、直透她心底的眼睛，不能不说出她所看到的全部、全部实情。娜塔莎的嘴唇颤抖了一下，嘴的周围出现了难看的皱纹，于是她双手捂着脸，痛哭失声。

玛丽亚公爵小姐全都明白了。

但她还是抱着希望，用她自己也信不过的语言问道：

“他的伤口怎样了？总的情况怎么样？”

“您，您……会看到的。”娜塔莎只能这样说了。

她们在楼下靠近他房间的地方坐了一会，让哭声停下来，能神色平静地进去见他。

“全部病情的发展过程是怎样的？他早就觉得恶化了吗？**这**是在什么时候发生的？”玛丽亚公爵小姐问道。

娜塔莎说，初期因发烧和伤口剧痛曾有过危险，不过在特罗伊察时这种情况过去了，医生只担心一样——坏疽。不过这个危险也过去了。来到雅罗斯拉夫尔以后，伤口开始化脓（娜塔莎知道有关化脓等等的所有情况），医生说，化脓可能是正常现象。出现了寒热病症状。医生说，这种症状不太危险。

“可是两天之前，”娜塔莎说，“**这**就突然发生了……”她在强忍哭声。“我不知道是什么原因。不过您会看到，他变成了什么样子。”

“衰弱了？瘦了？……”公爵小姐问。

“不，不是的，不过更糟糕。您会看到的。噢，玛丽，玛丽，他这个人太好了，他不能，不能活下去了……因为……”

十五

当娜塔莎以习惯性的动作推开他的门，让公爵小姐走在自己前面的时候，公爵小姐已经感到哭声就要从喉咙里冲出来了。不管她怎样预先做好准备，想竭力保持平静，可是她知道，见到他是忍不住会哭的。

玛丽亚公爵小姐明白，娜塔莎的话**“两天之前这在他的身上发生了”**意味着什么。她明白，这意思是，他突然变得柔和了，这种柔和、心软正是死亡的前兆。她在走近门口时，脑海里已经浮现出她自幼就熟悉的安德留沙那温柔、谦和、多愁善感的面容，这样的面容在他身上已很罕见了，因而总是会对她产生强烈的影响。她知道，他会像父亲临终时那样，轻言细语地对她说些温情脉脉的话语，而这是她所难以承受的，她一定会在他身边放声大哭。不过，或迟或早这是免不了会发生的，于是她走进了房间。痛哭声越来越近地涌向她的喉头，同时她的一双近视眼越来越清晰地分辨着他的身形、探寻着他的容貌，终于看到他的脸，与他的目光相遇了。

他躺在长沙发上，身边围着几个靠枕，穿着灰鼠皮睡袍。他消瘦而苍白。一只骨瘦如柴、白皙透明的手拿着手绢，另一只手的手指轻轻地触摸着新长出的细细的胡须。他的眼睛看着进来的人。

看到他的面容，接触到他的目光，玛丽亚公爵小姐突然放慢了脚步，感到泪水突然干了，哭声也停止了。捕捉到他的表情和眼神后，她突然腼腆起来，觉得自己犯了个错误。

“我有什么过错呢？”她自问。“你的过错在于，你活着并想着一个活人，可我！……”他的冷峻的目光在这样回答。

当他缓缓地打量着妹妹和娜塔莎时，他那深邃的、不是外向而是内向的目光里几乎是含有敌意的。

他和妹妹按照他们的习惯，手挽手地亲吻了一下。

“你好，玛丽，你是怎么到这里来的？”他说，他的声音和他的目光一样平静而生分。倘若他绝望地大声尖叫，这叫声也决不会像这说话声那样，使玛丽亚公爵小姐感到那么恐怖。

“尼科卢什卡也带来了？”他还是平静而缓慢地说道，显然在努力回忆。

“现在你身体怎么样？”玛丽亚公爵小姐说，自己也对她说的话感到吃惊。

“我的朋友，这要去问医生。”他说，看来又作了一次努力，想显出亲切的样子，他只动着嘴唇说（看得出，他完全没有去想他所说的话）：“亲爱的朋友，谢谢你来看我。”

公爵小姐握了握他的手。她的握手使他难以觉察地微微皱起眉头。他沉默着，她也不知道说什么好。她终于明白了他在这两天里所发生的变化。在他的话语里、声调里，特别是在这冷冷的、几乎含有敌意的目光里都可以感觉到对一个活人来说非常可怕的那种疏远尘世的精神状态。看来他现在很难理解尘世的一切；同时也可以感觉到，他之所以不理解人间的一切，并不是因为他失去了理解力，而是因为他领悟了某种别的、活着的人领悟不到也不可能领悟的玄机，这玄机占据了他的整个心灵。

“你看，命运多么奇怪地让我们相聚在一起！”他打破沉默，指着娜塔莎说，“她一直在服侍我。”

玛丽亚公爵小姐听着，却不明白他在说什么。他，温柔体贴的安德烈公爵，怎么能在彼此相爱的恋人面前说这种话呢！如果他想活下去，他就不会用这样冷淡、唐突的口吻说这种话。如果他不知道他要死了，那么他怎么会不怜惜她，怎么能在她面前这样说呢！这只能有一个解释，就是对他来说一切都无所谓了，而他觉得无所谓是因为他得到了一种更高的启示。

谈话是冷淡、缺乏联系、断断续续的。

“玛丽是经过梁赞来的。”娜塔莎说。安德烈公爵没有注意到，她称呼他的妹妹玛丽。娜塔莎在他面前这样称呼她之后，才第一次注意到了。

“那又怎么样？”他说。

“她听说，莫斯科被烧掉了，完全烧掉了，好像……”

娜塔莎连忙打住：她没法说了。他显然在努力听，却办不到。

“是的，烧掉了，都这么说，”他说，“很可惜。”于是他望着前方，漫不经心地用手指捋着胡子。

“你遇见过尼古拉伯爵吗，玛丽？”安德烈公爵突然说，看来是想让她们高兴一下，“他写信来，说他非常爱你，”他平淡而安详地接着说道，看来没有能力充分理解他的话对活着的人所具有的复杂意义，“如果你也爱他，那就太好了……你们就可以结婚了……”他略微加快语速说道，仿佛非常高兴，因为找了好久，终于找到了想说的话。玛丽亚公爵小姐听到了他的话，但这些话对她没有任何别的意义，除了说明他这时离开尘世已多么遥远。

“何必讲我的事呢！”她看了娜塔莎一眼，平静地说。娜塔莎感觉到了她投向自己的目光，不过没有回看她。大家又都沉默了。

“安德烈，你想……”玛丽亚公爵小姐突然说，声音颤动了一下，“你想见到尼科卢什卡吗？他老是想你。”

安德烈公爵第一次难以觉察地微微一笑，可是玛丽亚公爵小姐是熟悉他的神情的，她惊骇地明白了，这不是愉快的、对儿子的温情的微笑，而是在温和地暗中嘲笑，在他看来，玛丽亚公爵小姐是在使用最后一个招数，想激发他的感情。

“是的，我很高兴能见到尼科卢什卡。他身体好吗？”

尼科卢什卡被带到安德烈公爵面前时，他吃惊地看着父亲，但是没有哭，因为谁也没有哭，安德烈公爵亲了亲他，显然不知道对他说什么好。

尼科卢什卡被领走的时候，玛丽亚公爵小姐再次走到哥哥跟前吻了吻他，便再也忍不住了，哭了起来。

他凝神看了看她。

“你是为尼科卢什卡哭吗？”他问。

玛丽亚公爵小姐哭着，肯定地低下了头。

“玛丽，你知道福音……”可是他突然不说了。

“你说什么？”

“没什么。你不要在这里哭。”他说，还是用那种冷冷的目光看着她。

玛丽亚公爵小姐哭起来的时候，他明白，她是因为尼科卢什卡将失去父亲而哭。他作了很大的努力，竭力想迫使自己回归生活，并采取她们的观点。

“是的，她们会觉得这很遗憾！”他想了想，“其实这是很平常的！”

“你们看那天上的飞鸟，也不种，也不收……你们的天父尚且养活它。”[①]他自言自语道，想把这话也说给玛丽亚公爵小姐听。“可是不行，她们会按自己的意思去理解，她们理解不了！这是她们所无法理解

① 出自《新约 · 马太福音》第 6 章第 26 节。

的，她们所珍视的所有这些感情，所有我们的思想，我们觉得十分重要的所有这些思想全都是——**不必要的**。我们不可能相互理解。”

安德烈公爵年幼的儿子只有七岁。他刚学会识字，还什么也不懂。在这一天之后，他有了丰富的人生阅历，学到了知识、观察能力和经验；然而即使他当时就掌握了后来所学到的所有这些能力，也不可能对他在父亲、玛丽亚公爵小姐和娜塔莎之间所看到的那个场景有更好、更深入的了解。他理解了一切，却没有哭，他走出房间，默默地来到跟在他后面的娜塔莎跟前，一双若有所思的漂亮的眼睛腼腆地看了看她；微微翘起的红润的上嘴唇颤抖了一下，他把头靠在娜塔莎身上哭了。

从这天起，他回避德萨尔，回避对他很亲热的伯爵夫人，或者独自坐着，或者怯生生地走到玛丽亚公爵小姐和娜塔莎面前，安静而腼腆地依偎着她们。他爱娜塔莎似乎更胜于爱自己的姑姑。

玛丽亚公爵小姐从安德烈公爵那里出来以后，完全理解了娜塔莎的神色间向她所流露的一切，她和娜塔莎不再谈到挽救他的生命的希望了。她俩轮流守在他的沙发旁边，也不再哭泣，而是不断地祈祷，一心向着永恒的、神秘莫测的他，他在濒死者这里的存在是显然的。

十六

安德烈公爵不仅知道他要死了，而且感到他正在死亡，已经死了一半。他意识到在与尘世的一切疏远，而生存有一种愉快而奇异的轻松感。他不急也不惊慌不安，等待着他将面临的东西。那威严的、永恒的、不可知而遥远的东西，他在自己的一生中都不断地感觉到它的存在，现在它是离他很近的，而且——由于他体验到了生存的那种奇异的轻松感——几乎是可以理解和感觉得到的。

. . . .

从前他害怕结束。他曾两次体验到害怕死亡、害怕结束的这种寝食不安的可怕的感觉，而现在他已经不能理解这种恐惧了。

他第一次体验到这种感觉，是有一颗榴弹在他前面像陀螺一样旋转的时候，他看着麦茬地、灌木丛、天空，知道死亡就在他面前。当他受伤后醒来时，在他的心里，爱的花朵仿佛刹那间摆脱了抑制它的生活压力而绽放了，那是永恒的爱，不取决于今生的无限广泛的爱，他已经不害怕死亡，也不想到死亡了。

受伤后在痛苦孤独和半昏迷状态中度过的那些时光，他愈是深入探究这新的、他所发现的永恒的爱的原理，便愈是摈弃尘世生活。爱一切，爱所有人，永远为爱而牺牲自己，就意味着谁也不爱，意味着脱离这尘世的生活。而他愈是深入领会这一爱的原理，便愈是摒弃生命，并因而更彻底地消灭那不偏不倚地横亘于生死之间的可怕障碍。在这初期，他想起他必将死去的时候，他对自己说：死就死吧，死了更好。

可是在梅季希的那个夜晚，他在半昏迷中只见面前出现了他所怀念的姑娘，他捧起她的手紧贴在自己的唇间，流下了无声的、欢乐的泪水，于是对一个女性的爱不知不觉地潜入他的心底，使他又留恋生活了。欢乐和忐忑不安的思绪开始影响他了。回想起他在包扎所里见到库拉金的那一刻，现在他已不能恢复当初的那种感情：他是否活着的问题使他非常苦恼。他不敢提这个问题了。

他的病情一直按自然规律发展着，但是娜塔莎所说的：**这在他身上发生了**，是在玛丽亚公爵小姐到达的前两天出现的。这是生与死之间在精神上进行的最后一次斗争，结果是死亡占了上风。这是突然出现的意识，意识到他还珍惜生命，在他的想象中这生命就是对娜塔莎的爱，同时也是对不可知的东西的恐惧的最后一次发作，这次发作被制伏了。

这是一天晚上。他像平时饭后一样，有轻微的寒热症状，他的思想非常清晰。索尼娅坐在桌旁。他打起了瞌睡。突然他充满了幸福感。

“噢，这是她进来了！”他想。

果然，在索尼娅的位置上坐着刚才蹑手蹑脚进来的娜塔莎。

自从她开始服侍他，他总是能这样自然地感觉到她在附近。她坐在圈椅上，侧面对着他，用自己的身子为他遮住烛光，一边在织袜子。(有一次安德烈公爵对她说，谁也不能像那些会织袜子的老保姆那样服侍病人，织袜子这活儿有一种安抚人心的作用，打那以后她就学会了织袜子。）她的纤细的手指迅速地摆弄着时而相碰的织针，他可以清楚地看到她低着头若有所思的面部侧影。她动了动，线团从她的膝盖上滚了下去。她一惊，回头望了望他，小心翼翼地以柔和而准确的动作弯下腰捡起了线团，又原样坐好。

他一动不动地望着她，看出她在这样活动之后需要深深地喘一口气，可是她没有这样做，而是停下手中的活计，缓缓地呼吸。

在圣三一大修道院他们曾谈到过去，当时他对她说，要是他能活下来，他将因为负伤而永远感谢上帝， 因为负伤使他又能与她相逢；不过，打那以后他们就没有谈到过未来。

“这可能吗？”现在他看着她，听着织针相碰的轻微的金属声，这样想道，“难道命运这样奇怪地使我与她相逢，就是要让我死吗？……难道向我启示生命的真谛，就是要让我在虚妄中生活？我爱她胜过世上的一切。可我怎么办呢，既然我爱她？”他说，由于在病痛中养成的习惯不禁呻吟了一声。

听到这声音，娜塔莎放下袜子，向他探过身去，突然看到了他闪亮的眼睛，于是脚步轻盈地向他走过去，弯下腰来。

“您没有睡？”

“没有，我早就在看着您；您一进来我就感觉到了。没有人能像您一样，给我带来这样柔和的宁静……这样的光明。我真高兴得想哭。”

娜塔莎向他靠得更近些。她的脸上洋溢着得意的喜悦。

“娜塔莎，我太爱您了。胜过世上的一切。”

“那么我呢？”她把脸转开了一会儿，“为什么要说太呢？”她问。

“为什么要说太？……嗯，您是怎么想的，您心里有怎样的感觉，坦率地说，我能活着吗？您看呢？”

“我深信不疑，我深信不疑！”娜塔莎几乎喊叫起来，激情洋溢地握住他的双手。

他沉默片刻。

“那该多好啊！”于是他捧起她的手吻了吻。

娜塔莎感到又幸福又激动，不过，她当即想起不可以这样，他是需要安静的。

“可是您怎么不睡觉呢？”她压抑着自己的喜悦说道，“您好好地睡吧……求您了。”

他握了握她的手放开了，她走到蜡烛那里，又原样坐好。有两次她回头看他，他的眼睛迎向她闪着光彩。她给自己规定了织袜子的任务，在完成这个任务之前不再回头看。

果然，此后不久他就闭上眼睛睡着了。他睡了不久，突然一身冷汗地惊醒了。

刚才在渐渐入睡时，他仍然在想着他这个时期老是在想的问题——生与死的问题。想得更多的是死。他觉得自己离它更近。

“爱？爱是什么？”他想，“爱在干扰死亡。爱是生命。我之所以能理解我所理解的一切、一切，只是因为我心中有爱。是爱把一切联系在一起。爱是上帝，而死亡——对我这样一个爱的分子而言，就意味着回归普遍和永恒的本原。”他觉得这些想法是一种慰藉。然而这只是一些想法而已，好像太偏于个人的、理智的方面——没有显而易见的昭示。依旧是惶惑和不解。他睡着了。

他梦见他躺在房间里，是他实际上躺卧的房间，不过没有受伤，身体是健康的。很多各种各样的渺小、冷漠的人出现在安德烈公爵面前。他在和他们谈话，进行一些无聊的争论。他们准备到什么地方去了。安德烈公爵模糊地想起，这一切都很无聊，他还有别的更重要的事情，但他还在讲一些使他们感到惊讶的空洞的俏皮话。所有这些人都开始渐渐地悄悄隐没，只剩下了关门的问题。他站起来朝门口走去，要插上门闩，再把门锁上。**一切**都取决于他是否来得及锁门。他在走，心里很急，他的腿没有动，他知道来不及锁门了，但还在拼命地鼓足全身的力气。他充满了难以忍受的恐惧。这恐惧就是对死亡的恐惧：**它**就站在门外。但就在他无力而笨拙地朝门口爬去的同时，那可怕的东西已经在另一边推门，想硬闯进来。一种非人的东西——死神——要破门而入了，必须把门堵住。他拼尽全力顶着门，要锁门已经不可能了，哪怕能把门堵住也好，但是他力量薄弱，行动笨拙，在那个可怕的东西的推挤下，门开了又关上。

它又从那边推了一下。最后的超自然的努力终归徒劳，两扇门无声地开了。**它**进来了，它就是**死神**。于是安德烈公爵死了。

但就在他死去的那一瞬间，安德烈公爵想起他在睡觉，于是就在死去的那一瞬间，他振作一下，醒了过来。

“是的，这是死亡。我死了——我醒了。是的，死亡——觉醒！”他心里豁然开朗，至今遮掩着不可知的东西的帷幕终于在他心灵的视线之前掀开了一角。他感到，此前他心里被束缚的力量仿佛得到了解放，有了一种轻松感，这种轻松感从此就没有离开过他。

当他一身冷汗地醒来时，他在沙发上动了动，娜塔莎走过去问他怎么了。他没有回答，也不明白她的意思，用一种奇异的目光看了看她。

这就是在玛丽亚公爵小姐到达的两天之前，在他身上所发生的变化。从这天起，医生说，折磨人的寒热病恶化了，但是娜塔莎对医生的话不感兴趣：她看到了那些可怕的、对她来说更不容置疑的精神征兆。

从这天起，在安德烈公爵身上在脱离梦境的觉醒的同时也开始了脱离生命的觉醒。他觉得，这种觉醒相对于生命的延续时间，并不慢于相对于梦境的延续时间的梦的觉醒。

在这相对缓慢的觉醒中没有任何可怕和剧烈的现象。

他最后的时日过得平淡而简单。在他身边寸步不离的玛丽亚公爵小姐和娜塔莎都感觉到了这一点。她们没有哭泣，也不感到震惊，她们意识到了，在这最后的时刻，她们所服侍的已经不是他了（他已经不在了，已经离她们而去），而是他留下的最贴近的回忆——他的尸体。她俩的这种意识是那么强烈，以致死亡的外在的、可怕的一面对她们已不起作用，觉得没有必要再激起内心的伤痛。她们无论在他面前或背后都不再哭泣，彼此之间也不再谈到他。她们感到，她们所领悟的一切是无法用语言来表达的。

她俩都看到，他怎样缓慢而平静地离开她们，愈来愈深地下沉到彼处的什么地方，她俩都知道，这是不可避免的，而且也是好事。

给他举行了忏悔和领圣餐的仪式；大家都来向他告别。当儿子被带到他跟前时，他把嘴唇贴在他的脸上，随即转过头去，不是因为他感到难受或不舍（玛丽亚公爵小姐和娜塔莎都明白这一点），只是因为他以为，对他的要求就是这些了，不过，当人们告诉他要为孩子祝福时，他按要求做了，并回头望望，仿佛在问，是否还需要他做什么。

在灵魂快要离开肉体、发生最后的抽搐时，玛丽亚公爵小姐和娜塔莎就在那里。

"这就完了？！"玛丽亚公爵小姐说，这时他的身体已有几分钟一动不动，渐渐冷却，躺在她们面前。娜塔莎走过去看看死者的眼睛，急忙把眼睛合上。合上后她没有亲吻眼睛，而是恭敬地吻着他留下的最贴近的回忆。

"他去了哪里？这时他在哪里呢？"

为他净身、穿衣、入殓后安放在桌子上，人们上前告别，都哭了。

尼科卢什卡哭，是由于撕心裂肺般痛苦的困惑。伯爵夫人和索尼娅哭，是因为可怜娜塔莎，也因为他不在了。老伯爵哭，是因为想到自己不久也要走这可怕的一步。

娜塔莎和玛丽亚公爵小姐也哭了，不过她们哭，不是由于自己个人的悲伤；她们哭是由于充满她们心灵的满怀敬意的感动，意识到了在她们面前所发生的死亡的简单而庄严的秘密。

第二卷

一

现象的全部原因之总和是人类的智力所不可企及的。但找出原因是人类的一种内心需求。人类的智力不深入探究现象得以产生的无数复杂的条件，而其中任何一个条件都可能被单独地看做原因，于是抓住最初的、最易于理解的一种近似条件说：这就是原因。在历史事件中（这里观察的对象是人类的活动），这种最原始的近似条件便是神的意志，后来是占有最显要的历史地位的人们，即历史上的英雄人物的意志。但只要深入考察任何一个历史事件的实质，即深入考察参与该事件的广大群众的活动，便不难确信，历史上英雄人物的意志非但不能引导群众的活动，反而经常是被引导的。表面看来，对历史事件的意义怎样理解都无所谓。可是，一个人说，西方民族向东方进军，是因为拿破仑要这么干，另一个人说，这个事件之所以发生，是因为该当发生，其区别正如有些人硬说，地球是固定不动的，行星环绕地球运行，另一些人则说，他们不知道地球固定在什么东西上，但知道地球和其他行星的运行都是受规律的支配。历史事件除了一切原因的这个唯一的原因之外，没有也不可能有别的原因。但是存在着支配事件发展的种种规律，其中有些是未知的，有些是我们摸索出来的。要发现这些规律是可能的，只要彻底放弃在个人意志中寻找原因的做法，正如发现行星的运行规律是可能的，只要不再把地球想象为固定不动的东西。

历史学家认为，在波罗金诺会战、莫斯科被敌军占领并被焚毁之外，一八一二年战争最重要的军事行动是俄军由梁赞大道向卡卢加大道和塔鲁季诺营地的运动，即所谓的向红帕赫拉后方的迂回。历史学家们把建立这一天才功勋的荣誉归于不同的人①，并为这一功勋究竟属于谁而争论不休。甚至外国的，甚至法国的历史学家在谈到这次迂回时都称颂俄国统帅们的天才。可是，为什么军事著作家们及其后的所有人都认为，使俄国得到拯救而拿破仑遭到毁灭的这次**迂回**，是某一个人经过深思熟虑的决策呢？——这是很难理解的。首先，很难理解，这次行军的谋略和天才表现在哪里；因为要懂得军队的最佳位置（在没有受到攻击的时候）是在粮食较多的地方，这是无需多费心思的。任何一个人，甚至一个十三岁的笨孩子也不难懂得，一八一二年从莫斯科撤退后，军队的最佳位置是在卡卢加大道。总之，首先，很难理解，历史学家们是经过怎样的推理，认为这次行军是深思熟虑的结果。其次，更难理解，历史学家们究竟从哪里看出，这次行军对俄国人是挽救，而对法国人是毁灭性的；因为在这次行军的同时及其前后若发生其他情况，那就很可能会使俄军遭到毁灭而拯救了法军。如果说这次行动后，俄军的处境有所改善，那么无论如何不能由此得出结论说，这次行动就是情况改善的原因。

倘若没有其他条件的配合，这次迂回不仅不能带来什么好处，反而会毁了俄军。如果莫斯科没有毁于大火，那么情况会怎样？要不是缪拉不知俄军去向呢？②要不是拿破仑按兵不动呢？要是俄军在红帕赫拉附近根据本尼格森和巴克莱的建议打上一仗呢？倘若俄军在红帕赫拉后方行进时，法军攻击他们，情况又会如何？倘若后来拿破仑在进抵塔鲁季诺时进攻俄军，哪怕只用他进攻斯摩棱斯克的十分之一的兵力，那么情况又会怎样？倘若法国人进军彼得堡，那又会产生什么后果？……在所有这些假设中，迂回的拯救作用就会转变成自我毁灭。

第三，最不可理解的是，研究这段历史的人们故意不愿看到，这次迂回不能归因于任何个人，是任何人都不曾预见到的，这次行军正如在菲利的撤退一样，实际上谁也不曾对它有过完整的设想，而是一步又一

①叶尔莫洛夫认为迂回的想法是本尼格森提出的，波格丹诺维奇猜想这个想法可能是托尔提示的。想必还有其他说法。苏联历史学家认为是库图佐夫亲自制订了迂回计划。

②库图佐夫起初从莫斯科沿梁赞大道撤退，于1812年9月5日转向图拉大道，只留两个哥萨克团继续沿梁赞大道撤退，缪拉未能识破这一假象。拿破仑到9月中旬才确定了俄军主力的所在地。

步、一个事件接一个事件、一个瞬间接一个瞬间地从无数极其错综复杂的条件中逐渐形成的，只是在这次行军终于完成而成为既成事实之后，这时它才完整地呈现了出来。

在菲利的军事会议上，不言而喻，俄军将领的优先考虑是沿着下诺夫哥罗德大道直线后撤。证据是会议上的多数主张就是这样，主要的是会后总司令与主管军需的兰斯科伊[①]的谈话。兰斯科伊向总司令报告，军粮主要是在奥卡河沿岸的图拉省和卡卢加省征集的，如果退往下诺夫哥罗德，那么在军队和储备的军粮之间就隔着一条宽阔的奥卡河，初冬时节要运送给养过河往往是不可能的。这是第一个迹象，说明必须偏离原来以为最合理的退往下诺夫哥罗德的那条直线。于是部队采取偏南的方向，走梁赞大道，这里离开储备的军粮更近些。后来由于法国人按兵不动，甚至不知俄军去向，由于考虑到要保护图拉的养马场，主要是由于靠近我方储备的军粮更为有利，部队不得不更加偏向南方，向图拉大道转移。在帕赫拉后方冒险转往图拉大道后，俄军将领曾想留在波多利斯克[②]，根本没有想到塔鲁季诺的阵地，可是，由于情况的千变万化，原来不知俄军去向的法军重又出现，由于作战计划的需要，主要是由于卡卢加的军粮充足，我军不得不再向南移，转往我军粮道的中心地带，从图拉大道转往卡卢加大道向塔鲁季诺进发。正如无法回答莫斯科是何时放弃的问题一样，何时及何人决定向塔鲁季诺转移的问题也是无法回答的。只是部队在各种因地制宜的力量的作用下已经来到塔鲁季诺之后，人们才开始要自己相信，这正是他们需要并早就预见到的结果。

二

著名的迂回不过是俄军一直在朝着与进攻相反的方向直线后撤，在

---

① 兰斯科伊（1754—1831），参政员，1812 年主管俄国军队的军需部门。
② 库图佐夫的部队于 9 月 8 日、9 日占据了以波多利斯克为中心的防御阵地。最初就是预定要在这里与敌军接战。

法国人的进攻停止后，才偏离起初采取的那条直线，看到敌人没有跟踪追击便自然而然地向粮食充裕的地方转移。

假如设想俄军不是由天才统帅所指挥的军队，而只是一支干脆没有指挥官的军队，那么这支军队也别无选择，只能是掉头向莫斯科运动，从粮食较多、地区较富饶的方向绕个弧形。

这次从下诺夫哥罗德大道向梁赞大道、图拉大道、卡卢加大道转移是十分自然的，俄军趁火打劫的散兵游勇就是朝这个方向逃走，彼得堡也是要求库图佐夫朝这个方向调动自己的军队。

库图佐夫在塔鲁季诺接到皇上的一封几乎是申斥的信，指责他把军队带到梁赞大道，并给他指定了卡卢加对面的一个位置，他在接到皇上的信时已经在那个位置上了。

在整个战争期间以及在鲍罗金诺会战中受到撞击的俄军，像球一样朝撞击的方向滚开，在撞击力消失也没有受到新的撞击的情况下，这个球便自然地处于它所在的地方。

库图佐夫的功绩不在于什么天才的所谓战略机动，而在于只有他能理解正在发生的事件的意义。只有他在当时就已经理解了法国人按兵不动的意义；只有他一个人在继续强调鲍罗金诺会战是一场胜利；只有他——按说这个身为总司令的人是应当倾向于进攻的——只有他竭尽全力阻止俄军进行无益的战斗。

在鲍罗金诺受伤的那头野兽躺在某个地方，跑开的猎人把它留在了那里，可是它还活着吗，还有力量吗，或者只是躲了起来呢，猎人是不知道的。突然传来了这头野兽的呻吟声。

法军这头受伤的野兽表明它即将死亡的呻吟，就是派洛里斯东到库图佐夫的大营来求和。

拿破仑向来相信，好的未必真的好，而他心里的想法一定是好的，于是他把突然想到而又毫无意义的话写给了库图佐夫。他写的是：

> 库图佐夫公爵，我派我的一位侍从将军前来见您，以便与您商谈许多重大的问题。请殿下相信他对您所说的一切，**尤其是在**

他开始表达我很久以来对您所怀有的尊敬和特别的仰慕之情的时候。在此我祈求上帝将您置于自己神圣的庇护之下。

莫斯科，一八一二年十月三日

拿破仑

"如果我被视为任何协定的主谋，我会受到诅咒的：我国人民的意志就是这样。"库图佐夫这样回答道，并继续竭尽全力阻止部队发动进攻。

法军在莫斯科大肆抢劫，而俄军安静地驻扎于塔鲁季诺的一个月里，两军（士气和人数）的力量对比发生了变化，其结果是兵力的优势转移到了俄方。尽管俄国人不了解法军的态势及其兵员数量，[①]力量对比一旦发生变化，进攻的必要性便立刻通过无数迹象表现了出来。这些迹象是：洛里斯东被派来求和，塔鲁季诺的军粮充裕，各处传来法军无所作为和内部混乱的情报，我军各团补充了新兵，天气晴朗，部队得到充分休息后急于求战并已集结待命，对久已不知下落的法军情况的好奇，现在俄军前哨部队在驻扎于塔鲁季诺的法军附近到处游动的勇敢精神，农民和游击队轻易击败法国人的消息，这种情况所引起的忌妒，只要法国人还在莫斯科，人人心里所怀有的复仇的决心，而且（这是主要的）每个士兵的心里虽然不大清楚却已意识到了，现在兵力的对比已经发生了变化，优势是在我方。兵力对比发生重大的变化，进攻就是必要的了。于是就像时针转满一圈，自鸣钟立即准确地报时并发出音乐声一样，在军队的上层，与兵力的重大变化相应地表现了自鸣钟的剧烈活动、吱吱声和音乐声。

三

俄军受库图佐夫及其参谋部和皇上在彼得堡的双重领导。彼得堡

---

① 托尔斯泰的这个论断显然是值得商榷的。米洛拉多维奇指挥下的俄军后卫部队自 9 月 14 日起与缪拉所指挥的法军经常交火。库图佐夫知道法军已重新部署，并采取了必要的反制措施。参见波格丹诺维奇：《一八一二年卫国战争史》，俄文版第 2 卷，第 349—352 页。

早在获悉莫斯科被放弃之前就制订了整个战争的详细作战计划，并送达库图佐夫作为指导性文件。尽管该计划是在认定莫斯科还在我方手中时制订的，这个计划还是得到了参谋部的认可并付诸实施。库图佐夫在信中只是说，远距离佯动总是难以执行的[①]。于是为了解决这个难题，又发下新的指令，并派员监视他的行动据实上报。

此外，俄军参谋部这时在进行大改组。阵亡的巴格拉季翁和愤而辞职的巴克莱[②]的遗缺需要填补。人们在非常严肃地考虑怎样安排更好：А 取代 Б，而 Б 取代 Д，或相反由 Д 取代 А，等等，仿佛这样做除了让 А 和 Б 感到满意外，还能有什么别的作用。

由于库图佐夫和自己的参谋长本尼格森互相怀有敌意，由于皇上亲信的参与以及这些调动的情况，参谋部里异乎寻常地进行着错综复杂的派系斗争：在一切可能的调动和组合中 А 暗算 Б，Д 暗算 С，如此等等。在所有这些暗算中，阴谋的目的主要在于军事，所有这些人都想领导军事行动，然而军事行动并不取决于他们，而是完全像它应有的那样进行着，即永远不会符合人们的臆想，而取决于群众的态度的实质。所有这些臆想彼此对立、相互纠缠，也不过是应当会发生的事情在上层的忠实反映而已。

“米哈伊尔·伊拉里翁诺维奇公爵！”皇上在十月二日的信中写道，这封信是在塔鲁季诺战役后接到的，“从九月二日起，莫斯科沦于敌手。您最近的报告写于二十日；在此期间，您不仅没有为抗击敌人、解放故都采取任何行动，据您最近的报告，甚至还再次撤退。谢尔普霍夫已被敌军的先遣支队占领，因为拥有军队如此需要的养马场而闻名的图拉也处于危险之中。根据温岑格罗德将军的报告来看，敌人拥兵一万的一个军正沿着彼得堡大道向前推进，拥有数千人的另一个军也在向德米特罗夫移动。第三个军已沿着弗拉基米尔大道进发。兵力相当雄厚

---

① 库图佐夫对彼得堡制订的计划持怀疑态度，尤其是关于“佯动”的部分，即要求部队到俄国境外去牵制敌人。

② 1812 年 9 月 16 日库图佐夫下令西线第一、第二军团合并，巴克莱因职权受到限制，不久借口有病退役。

的第四个军驻扎于鲁扎和莫扎伊斯克之间。拿破仑本人在二十五日之前仍在莫斯科。根据所有这些情报来看，既然敌人已派出几支强大的部队而分散了自己的兵力，既然拿破仑本人及其近卫军还在莫斯科，那么要说您的当面之敌兵力很雄厚，使您不可能进行攻势作战，这可能吗？相反，可以确有把握地认为，他用于追击您的只是几支小部队，至多是一个军，其兵力大大弱于您所统率的军队。看来，您可以利用这种形势，以优势兵力向弱于您的敌人发动攻击并加以歼灭，至少迫使他们后退，把敌人目前所占领的大部分省会保留在自己手中，并从而解除图拉及我国其他内地城市所面临的危险。敌人如能派出一个军的强大兵力直逼彼得堡，威胁这座兵力薄弱的京城，那么责任将落在您的肩上，因为以您所统率的军队采取积极果断的行动，是完全有办法防止这个新的灾难的。请记住，您还必须对放弃莫斯科而使祖国蒙羞负责。您凭经验知道，我是随时准备嘉奖您的。我将一如既往，但我和国家有权期待您尽心竭力、坚定不移，期待您屡建战功，深信您的智慧、您的军事天才和您所统率的部队的勇敢精神将不负所望。”

不过，说明兵力的实际对比在彼得堡已有所反映的这封信还在路上的时候，库图佐夫已无法阻止他的军队发动进攻，战役已经打响了。

十月二日，哥萨克沙波瓦洛夫用火枪打死了一只兔子，又打伤了另一只。在追赶受伤的兔子时，沙波瓦洛夫深入树林，碰上了毫无戒备的缪拉军队的左翼。这个哥萨克笑着对战友们讲，他差点儿落到了法国人手里。一个少尉听到这个故事，报告了他的长官。

哥萨克被叫去盘问了一番；哥萨克的指挥官们想利用这个机会抢夺马匹。可是其中的一位认识高级军官，把这件事告诉了参谋部的一位将军。最近参谋部的情况很紧张。几天前叶尔莫洛夫去找过本尼格森，求他利用自己对总司令的影响力让他发动一次进攻。

“如果我不了解您，我会以为您嘴上这样说，其实不想打仗。只要我提出什么建议，殿下一定会采取相反的行动。”本尼格森回答道。

派出去的骑兵侦察小分队证实了哥萨克的消息，这说明时机完全成熟了。绷紧的弦松开了，于是零件吱吱作响，自鸣钟奏响了音乐。尽管有虚假的权力、有智慧、有知人之明，库图佐夫还是考虑到了可以直接奏报皇上的本尼格森的意见书[①]和将军们一致表达的愿望，他揣测这其实就是皇上的愿望，也考虑到了哥萨克带来的消息，已经无法阻止不可避免的行动了，于是他下令做他认为无益有害的事情——这是无奈之举。

四

本尼格森关于必须发动进攻的意见书，以及哥萨克关于法军左翼不设防的情报只是必须下令进攻的最后两个迹象，于是进攻的时间定于十月五日。

十月四日早晨库图佐夫签署了作战部署，托尔把它读给叶尔莫洛夫听，建议他作进一步的安排。

“好，好，现在我没有时间。”叶尔莫洛夫说，随即走出了木屋。托尔起草的作战部署很好。也是像奥斯特利茨的作战部署那样写的，不过用的不是德语：

“第一纵队开赴[②]某地和某地，第二纵队开赴[③]某地和某地”等等。纸上谈兵的所有这些纵队都要在指定的时间到达指定的地点消灭敌人。一切都像所有的作战部署一样考虑得很周到，也像所有的作战部署一样，实际上没有一个纵队能在指定的时间到达指定的地点。

作战部署准备了必要的若干份以后，叫来了一个军官，派他去把文件交给叶尔莫洛夫执行。这个年轻的骑兵军官是库图佐夫的传令官，他接到这个重要任务感到很得意，便到叶尔莫洛夫的住处去了。

“他出去了。”叶尔莫洛夫的勤务兵说。传令官到叶尔莫洛夫常去的一位将军家去找他。

“他没有来，将军也不在家。”

---

① 本尼格森于 10 月 3 日向库图佐夫递交了意见书，提出可以向缪拉的前卫部队发动进攻。

②③ 原文为德文。

传令官骑上马又到另一家去。

“他不在这里，走了。”

“我就怕要因为迟误而受到申斥了！真倒霉！”传令官想。他找遍了营地。有的说，曾看到叶尔莫洛夫和其他几位将军到什么地方去，有的说，他大概又回家了。传令官午饭也不吃，一直找到晚上六点钟。哪里也找不到叶尔莫洛夫，谁也不知道他在哪里。传令官在一个战友那里随便吃了点东西，又到前卫部队去找米洛拉多维奇。米洛拉多维奇也不在家，不过这里有人对他说，米洛拉多维奇在基金[①]将军的舞会上，叶尔莫洛夫大概也在那里。

“这是在什么地方呢？”

“瞧，就在叶奇基诺。”一个哥萨克军官指着远处的一座地主宅院说。

“那里怎么了，布置了警戒线？”

“派了我们的两个团进行警戒，那里在饮酒狂欢，热闹极了！有两个乐队和三个合唱队。”

传令官向警戒线那边的叶奇基诺走去。在走近那座宅院时，远远地就听到了和谐、欢快的士兵舞曲。

“在——草地——上……在——草地上！……”传来了歌唱声以及口哨声和托尔班琴[②]的伴奏声，不时被人们的叫喊声所淹没。传令官听到这些声音心里很高兴，可又担心犯了错误，这么久还没有把奉命传达的重要命令送到。已经八点多钟了。他下马走上台阶，进了前厅，这是位于敌我两军之间保存完好的一座高大的地主住宅。仆人们端着葡萄酒和菜肴在配餐室和前厅奔忙。合唱队的歌手们站在窗下。传令官被领进了门，于是他立刻看到全军所有的最重要的将领都在一起，叶尔莫洛夫引人注目的魁梧身影也在其中。所有的将军都敞开了常礼服，他们站成半圆形，脸色通红，兴致勃勃，开怀大笑。大厅中央，一位个子

①基金（1772—1834），1812年任值班将军。

②一种拨弦乐器。

不高、脸色通红的英俊的将军在敏捷而灵巧地跳着特列帕克舞步。

“哈哈哈！好样的，尼古拉·伊万诺维奇！哈哈哈！……”

传令官觉得，在这样的时候带着重要的命令进来，那是错上加错，于是想再等一等，可是一位将军看见了他，知道他的来意后就告诉了叶尔莫洛夫。叶尔莫洛夫板着脸来到传令官跟前，听了他的报告，接过文件，什么话也没有对他说。

“你以为他是偶然出来的吗？”这天晚上参谋部的同事在谈到叶尔莫洛夫时对近卫重骑兵的一个军官说道，“这是在耍花招，是故意这样的。要捉弄一下科诺夫尼岑①。你瞧着吧，明天会乱成一锅粥！”

五

第二天清晨，年老体衰的库图佐夫起床，祷告，穿衣，想起他必须去领导他并不赞同的战役而心情沮丧地坐上马车，从塔鲁季诺后面五俄里的列塔舍夫卡前往各参战纵队集结的地点。一路上库图佐夫时而昏昏欲睡，时而清醒过来倾听着右面有没有枪炮声，战斗是否已经打响？但还是万籁俱寂。潮湿阴晦的秋晨刚刚破晓。在接近塔鲁季诺的时候，库图佐夫看到马车前面有几个骑兵牵着马横穿大路去饮马。库图佐夫注意地看了看他们，停下马车，问他们是哪个团的？这些骑兵所属的纵队早该埋伏在前面很远的地方了。“也许是搞错了。”年老的总司令想。可是再往前走，库图佐夫看到了一些步兵团，枪都架着，士兵们穿着衬裤在抱柴火烧饭。叫来了一个军官。军官报告说，没有接到任何有关出动的命令。

“怎么会……”库图佐夫开始说，却又立刻打住，命令把长官叫来。他爬下马车，垂着头喘气，一声不吭地等候着，不停地走来走去。当总参谋部的军官艾兴奉命来到时，库图佐夫气得脸红脖子粗，不是因为这个军官有什么过错，而是因为他是发泄怒气的一个合适的对象。这

① 科诺夫尼岑当时也是库图佐夫总部的值班将军，派军官把作战部署送交叶尔莫洛夫的就是他。

位老人浑身发抖，喘不过气来，处于一种狂怒的状态，在他气得要躺在地上打滚的时候，就会出现这种状态，他冲到艾兴跟前，挥舞着双手威胁他，喊叫着，用脏话破口大骂。另一个军官布罗津上尉偶然来到这里，也无缘无故地落到了同样的下场。

“这又是谁在捣乱？把坏蛋们毙了！”他嘶哑地叫道，挥舞着双手，身子在摇晃。他感到一种肉体上的痛苦。他身为总司令、殿下，人人都恭维他说，俄国从来没有人像他这样大权在握，而他竟然被置于如此不堪的境地——成为全军的笑柄。“枉然为了今日而那样操心、祈祷，枉然那样夜不能寐，反复思考！”他想到了自己，“在我还是少不更事的小军官时，也没有人敢这样戏弄我……可现在！”他仿佛挨了体罚似的感受到一种肉体上的痛苦，不能不通过愤怒和痛苦的喊叫把它发泄出来；但不久他就体力不济，于是茫然四顾，觉得他讲了很多不得体的话，坐上马车，默然不语地回去了。

发泄了怒气，也就恢复了平静，于是库图佐夫有气无力地眨巴着眼睛，听着别人的表白和辩解（这一天叶尔莫洛夫本人没有来见他），以及本尼格森、科诺夫尼岑和托尔坚持要把被耽误的行动改到第二天去完成的意见。于是库图佐夫又不得不表示同意。

六

第二天傍晚部队在指定地点集结完毕，并于夜间出动。这是乌云密布但无雨的秋夜。土地潮湿但并不泥泞，部队在万籁俱寂中前进，只是偶尔可以隐约地听到炮车的铿锵声。严禁喧哗、吸烟和漏出火光；不让马匹嘶鸣。措施的神秘性增加了它的魅力。士兵们快乐地行进着。有些纵队停了下来，架起枪，在冷冰冰的土地上躺了下来，以为已经到达了目的地；另一些（占多数）纵队走了一夜，显然是走错了方向。

只有奥尔洛夫-杰尼索夫伯爵率领自己的哥萨克（一支人数最少的部队）准时到达了指定的地点。这支部队停留在紧靠树林的空地上，在一条从斯特罗米洛瓦村通往德米特罗夫斯科耶的小路上。

在黎明前小睡的奥尔洛夫伯爵被叫醒了。带来了一个从法军军营投奔过来的人。这是波尼亚托夫斯基那个军的一名波兰士官。士官用波兰语解释说，他来投奔，是因为部队亏待他，按说他早该是军官了，他比谁都勇敢，所以离开他们，要让他们受到惩罚。他说，缪拉在离开他们一俄里的地方过夜，只要给他一百名护送兵，他就能活捉缪拉。奥尔洛夫-杰尼索夫伯爵和自己的战友们商量了一下。这个建议太诱人了，令人无法拒绝。人人都自告奋勇地要去，都主张试一试。经过多次争论和考虑后，格列科夫少将决心带两个哥萨克团跟士官去。

“你可要记住，”奥尔洛夫-杰尼索夫伯爵在放士官走时对他说，“要是你撒谎，我就下令把你像狗一样吊死，假如说的是真话——赏一百枚金币。”

士官态度坚决，对这些话不予理睬，跨上马与迅速做好准备的格列科夫走了。他们消失在树林里。奥尔洛夫伯爵在破晓的寒气中瑟缩着，因为把责任揽在自己身上而忐忑不安，他送走格列科夫，走出树林，开始观察敌人的营地，这时它在晨曦和即将熄灭的篝火的微光中隐约可见。我方有几个纵队应该出现在奥尔洛夫-杰尼索夫伯爵右方的开阔的斜坡上。奥尔洛夫伯爵朝那里看着，可是，尽管很远就能看到他们，那几个纵队却踪影全无。在法军的营地上，奥尔洛夫-杰尼索夫伯爵仿佛觉得，有人在活动，特别是他的眼尖的副官也这么说。

“唉，说真的，太迟了。”奥尔洛夫伯爵看了看敌人的营地说。他恍然大悟——我们所信托的人从我们眼前消失，我们往往会这样——他恍然大悟，而且深信不疑，这个士官是个骗子，他撒了谎，他拉走两个团就是要破坏我们的突然袭击，天知道他把那两个团带到哪里去了。怎么可能在大批部队中抓走总司令呢？

“说真的，他骗了我们，这个坏蛋。”伯爵说。

“可以把他们叫回来。”一个随从说，他也像奥尔洛夫-杰尼索夫伯爵一样，看了敌人的营地后，对这个行动抱着怀疑态度。

“啊？是吗？……您是怎么想的，就让他们去？还是要？”

“您是要命令他们回来？”

“把他们叫回来，叫回来！”奥尔洛夫伯爵看看表，突然果断地说道，“太迟了，天要亮了！”

于是副官在树林里策马去追格列科夫。格列科夫回来后，奥尔洛夫-杰尼索夫伯爵由于这次行动被取消，白等了这么久步兵纵队还是没有出现，敌人又近在眼前，心情很激动（他的部队人人都有这样的感受），决定发起进攻。

他低声发出了口令：“上马！”士兵们各就各位，画了十字……

“上帝保佑！”

“乌拉—拉—拉！”树林里响彻了呐喊的嗡嗡声，于是一个骑兵连又一个骑兵连就像从口袋里倒出来似的，哥萨克们兴高采烈地举起长矛，飞快地策马跃过小溪，冲向敌营。

第一个看到哥萨克的法国人发出了一声绝望的惊叫——于是敌营里所有的人都光着身子，睡意蒙眬地扔下大炮、火枪和马匹，仓皇逃窜。

如果哥萨克跟踪追击，不去注意身后和周围的东西，他们就能俘获缪拉和那里的一切了。指挥官们但愿如此。可是在哥萨克接触到战利品和俘虏的时候，就没有人能叫得动他们了。谁也不听号令。当即抓了一千五百名俘虏，缴获了三十八门大炮、军旗以及哥萨克最看重的马匹、鞍子、被服和各种物品。这一切都要处理，俘虏和大炮要移交，战利品要分配，彼此之间难免要争吵甚至斗殴：哥萨克们都在干着这些事儿。

没有受到追击的法国人渐渐地清醒过来，奉命集合，开始还击。奥尔洛夫还在等待步兵纵队，没有继续进攻。

与此同时，由本尼格森指挥、托尔管理的步兵纵队根据“第一纵队开赴[①]”等作战部署，按照规定出发，总算来到了一个去处，不过那不是给他们指定的地方。于是像常有的那样，高高兴兴地出发的人们开始走走停停；有了怨言，意识到出了差错，又往回走。骑马驰过的副官和将军们叫嚷、发火、争吵，说完全走错了方向，而且误了时间，在责骂谁，如此等等，终于都把手一挥，走吧，总得朝什么地方走啊。“反正

---

①原文为德文。

能走到！”果然，他们走到了，却不是该去的地方，有些人倒是走到了，可是已经太晚，他们来得毫无益处，只是给敌人当靶子而已。托尔在这次战役中扮演了魏罗特在奥斯特利茨的角色，他卖力地从一个地方驰往另一个地方，发现到处都不是预期的那样。他在树林里碰到了巴戈武特的军，这时已经天色大亮，这个军早就应该在奥尔洛夫-杰尼索夫的那个地方了。情绪激动、因屡屡受挫而感到痛心、认为这都是别人的错的托尔，骑马来到军长跟前严加训斥，声称为此就该枪毙他。巴戈武特是一位勇敢、镇静的老将军，也由于多次驻足不前和局面混乱、矛盾重重而饱受折磨，出乎所有人的意料，他竟一反常态地勃然大怒，对托尔出言不逊。

“我不要任何人来教训我，至于率军奋战、出生入死，我决不落于人后。”他说，并率领一个师出发了。

走上枪林弹雨的战场后，勇敢而心情激动的巴戈武特不考虑此时投入战斗是否有利，而且仅有一个师的兵力，便身先士卒，率领自己的部队冒着敌人的炮火往前直冲。危险、炮弹、子弹正是他在盛怒之下所需要的东西。最初的子弹有一颗打死了他，随后的子弹打死了很多士兵。他的这个师在炮火下徒劳无益地坚持了一段时间。

七

与此同时，另一个纵队应从正面向法国人发起进攻，但库图佐夫在这个纵队里。他清楚地知道，违反他的意愿发动的这个战役除了混乱不会有别的结果，因而他尽可能利用其权力制止部队。他按兵不动。

库图佐夫默默地骑着自己的灰色小马，懒洋洋地回答着发起袭击的建议。

“你们老是把袭击挂在嘴上，看不到我们不可能进行复杂的兵力调动。”他对请战的米洛拉多维奇说。

“我们未能在早晨活捉缪拉，也未能准时到达指定地点：现在毫无办法了！”他这样回答另一个人。

有人向库图佐夫报告，在原来空无一人的法军后方，现在有了波兰人的两个营。他向身后的叶尔莫洛夫瞟了一眼（他从昨天起还没有和他说过话）。

“瞧，有人要求进攻，提出各种方案，一动起手来，却什么也没有准备好，反而是得到警报的法国人采取了预防措施。”

叶尔莫洛夫听了这些话，眯起眼睛微微一笑。他明白，对他来说暴风雨已经过去了，库图佐夫对他只是点到为止。

“他这是在取笑我呢。”叶尔莫洛夫轻轻地说，用膝盖碰了碰站在他身旁的拉耶夫斯基。

此后不久，叶尔莫洛夫走上前去，恭敬地向库图佐夫报告：

“时机还没有丧失，殿下，敌人没有逃走。也许您会下令进攻吧？否则近卫军连硝烟也看不到了。”

库图佐夫什么也没有说，可是得到缪拉的部队正在撤退的情报后，他下令进攻了，不过每前进一百步就停三刻钟。

整个战役仅限于奥尔洛夫-杰尼索夫的哥萨克部队所取得的战果；其余的部队只是白白地伤亡了好几百人。

由于这次战役库图佐夫获得了钻石勋章，本尼格森也获得钻石勋章[①]和十万卢布，其余的人也都按照军衔得到了皆大欢喜的奖励，在这次战役后，参谋部又有了新的变动。

“瞧，**我们这里总是**这样，一切都不符合要求！”塔鲁季诺战役后，俄国的军官和将军们说，现在人们也在这样说，暗示有某个蠢人造成了这种混乱的情况，而我们是不会这样的。可是这样说的人们，要么是不了解他们所谈到的这件事，要么是在自欺欺人。任何一次战役——塔鲁季诺战役、波罗金诺战役、奥斯特利茨战役——都不是按照其主持者的预先设计进行的。这是一个极其重要的前提。

无数不受约束的力量（人在任何时候都不像在事关生死的战争中那样不受约束）作用于战役的发展方向，而这种发展方向从来都是无法预

① 库图佐夫被授予镶有几枚钻石的金剑和桂冠，本尼格森获得圣安德烈僧团的钻石勋章。

知的，从来不会和某一种力量的方向相一致。

如果方向不同的多种力量同时作用于某个物体，那么该物体的运动方向不可能和其中的任何一种力量的方向相一致；总是沿着距离最短的中间线运动，这在力学中以力的平行四边形的对角线来表示。

在历史学家，尤其是法国历史学家的描述中，我们发现，历次战争和战役都是按照预先确定的计划进行的，而我们能由此得出的唯一结论就是：这些描述是与事实不符的。

显然，塔鲁季诺战役没有达到托尔的目的，他的设想是按照作战部署将部队依次投入战斗，也没有达到奥尔洛夫伯爵可能想俘虏缪拉的目的，或本尼格森和其他人可能想一举歼灭敌人一个军的目的，或某个军官希望在战斗中立功、某个哥萨克想缴获比他已经缴获的更多战利品的目的，如此等等。但是，如果目的在于实现后来所完成的一切，实现全体俄国人民的普遍愿望（将法国人逐出俄国并消灭其军队），那么塔鲁季诺战役正是由于它的种种不协调的现象而恰恰是战争这个阶段所需要的。很难甚至不可能设想，这次战役能有什么结局会比它现有的结局更符合目的。在投入的兵力最少、混乱现象极其严重、伤亡最微不足道的情况下取得了整个战争期间最大的战果，实现了由撤退向进攻的转变，暴露了法军的虚弱，而且正是这次打击促使拿破仑的军队望风而逃。

八

拿破仑在取得莫斯科河战役[①]的辉煌胜利后进入莫斯科；胜利是无可置疑的，因为那片战场留在了法军后方。俄军撤退，放弃了故都。拥有充足的粮食、武器、炮弹和无数财富的莫斯科掌握在拿破仑的手中。俄军兵力只及法军一半，有一个月之久不曾作反攻的尝试。拿破仑的地位是极其优越的。为了以超过敌人一倍的优势兵力猛攻俄军残部并加以歼灭，为了谈出有利的和约，或在遭到拒绝后发兵威胁彼得堡，甚至

① 指波罗金诺战役（莫斯科河流经该战区）。

为了在进攻受挫的情况下退回斯摩棱斯克或维尔纳，或驻守莫斯科——总之，为了保持法军当时所处的优越地位，似乎是不需要特殊的天才的。为此只需要做一些最普通而容易办到的事情：不容许部队抢劫；准备过冬的服装，莫斯科现有的服装就足够供应全军；正当地征集莫斯科现有的可以供应部队半年以上（根据法国历史学家的记载）的粮食。拿破仑，这位所有天才中最有天才并手握兵权的人物，据历史学家的记述，这些事他一件也没有做。

他不仅不这样做，而且相反，他利用手中的权力，在所有可供选择的行动路线中选择了最愚蠢、最致命的路线。拿破仑有很多可行的选择：在莫斯科过冬，向彼得堡进军，进攻下诺夫哥罗德，偏北或偏南沿着库图佐夫后来所走的路线掉头撤退——不管怎样考虑，也不可能想出比拿破仑更愚蠢、更致命的做法：他在莫斯科驻扎到十月，听任部队劫掠这座城市，然后，举棋不定地考虑是否要保留城防部队，从莫斯科出动，逼近库图佐夫[1]而没有开战，向右拐到小雅罗斯拉韦茨又没有抓住突破的意外机遇，不走库图佐夫走过的大路，而是退往莫扎伊斯克，而且走的是遭到破坏的斯摩棱斯克大道——想不出比这更愚蠢、对部队更具毁灭性的路线了，后来的结果就证明了这一点。让最高明的战略家们来出谋划策，又假定拿破仑的目的在于毁灭自己的军队而另外拟定一系列行动，或许这样才能同样毫无疑义地，并且不以俄军的行动为转移地使法军遭到全军覆没的下场，一如拿破仑之所为。

天才的拿破仑这样做了。可是，说拿破仑使自己的军队遭到毁灭，是因为他想要这样，或者是因为他很愚蠢，这样说是不对的，正如说拿破仑率领自己的部队直抵莫斯科，是因为他想要这样，还因为他非常聪明，是一位天才的统帅。

在这两种情况下，他的个人行动并不比任何一个士兵的个人行动更有影响力，只是因为符合了事物的发展规律而已。

历史学家完全错误地（只是因为结果不能证明拿破仑的行动是正确

---

① 即逼近驻扎于塔鲁季诺的俄国军队。

的）对我们说，在莫斯科时拿破仑的精力衰退了。其实他完全像以前及以后的一八一三年那样，尽心竭力地为自己和自己的军队谋取最大的利益。这个时期拿破仑的活动还是那样令人叹服，比起在埃及、意大利、奥地利和普鲁士的时候毫不逊色。我们并不确切地知道，拿破仑在四千年的历史看着他的伟人风范[①]的埃及时，他的天才究竟在何等程度上是真实的，因为所有这些伟大的功勋都只是法国人向我们描述的。我们不能准确地判断他在奥地利和意大利所表现的天才，因为关于他在那里的活动的资料想必都是取自法国和德国的文献；军队不战而降，要塞不攻自破的不可思议的现象想必使德国人倾向于承认他的天才，以作为对在德国境内进行的那场战争的唯一解释。而我们，谢天谢地，没有理由为了给自己遮羞而承认他的天才。为了有权简单而直率地看待问题，我们是付了代价的，我们决不会出让这个权利。

他在莫斯科的活动像在所有的地方一样，是令人惊叹的，是天才的。自从他进入莫斯科直至他离开莫斯科，他发布一批又一批命令、制订一批又一批计划。没有居民，没有代表团迎接，以及莫斯科的大火都没有使他惊慌失措。他始终没有忽略自己军队的利益、敌军的行动、俄国各族民众的福利、巴黎的政务、外交上对当前媾和条件的考虑。

九

在军事方面，拿破仑进入莫斯科后立即严令塞巴斯蒂亚尼[②]将军密切注意俄军动向，将几个军的部队派往交通要道，并命令缪拉找到库图佐夫。然后他想方设法加强克里姆林宫的防御，然后根据全俄地图制订未来的天才的作战计划。在外交方面，拿破仑叫来被抢劫一空、衣不蔽体、不知怎样从莫斯科脱身的雅科夫列夫[③]上尉，向他详细说明自己的

---

①1798 年 7 月 20 日拿破仑于交战前夕在因巴贝村和金字塔之间对部队发表讲话说：“士兵们！四千年的历史今天从这些高高的金字塔上看着你们！”

②塞巴斯蒂亚尼（1775—1851），法军元帅。

③雅科夫列夫（1767—1846），著名作家赫尔岑的父亲，赫尔岑在《往事与回忆》中描述了拿破仑召见他父亲的情况，见该书第 1 卷第 1 章。

政策和宽宏大度，又给亚历山大皇帝写了一封信，说他认为自己有义务向自己的朋友和兄弟通报拉斯托普钦在莫斯科管理不善的情况，于是把雅科夫列夫派到彼得堡去了。他对图托尔明[①]也详细说明自己的展望和宽宏大度后，把这个小老头也派到彼得堡去谈判。

在司法方面，在大火发生后立即下令逮捕纵火犯并处以死刑。还下令焚毁坏蛋拉斯托普钦的房屋，以示惩戒。

在行政方面，给莫斯科颁布了一部宪法，成立了市政府，并发布公告如下：

莫斯科的居民们！

你们的灾难是深重的，但皇帝兼国王陛下要制止灾难肆虐。惊人的先例已让你们懂得，他是如何严惩违抗和反叛的。已采取严厉措施，务必彻底制止骚乱，恢复社会治安。由你们自己选举、对你们关怀备至的行政当局将组成你们的市政府或市政领导机关。它将关心你们，关心你们的疾苦和福利。它的成员一律肩披红色绶带，以资识别，市长还要系白色腰带。不过在公余时间，他们只在左臂套上红袖箍。

市警察局已按原有规章成立，通过他们的努力秩序已有所改善。政府任命了两名总监，或称警察局长，以及二十名警官，或称警察署长，后者分管市区的各个地段。你们可以根据他们左臂上佩戴的白色袖章认出他们。一些宗教信仰不同的教堂开放了，在那里可以自由地举行祈祷仪式。现在每天都有你们的同胞回家，已经发出命令，要让他们回家后能根据困难的情况获得应有的帮助和补贴。这些都是政府为了恢复秩序、改善你们的处境所采取的措施，不过，为了达到这个目的，你们要努力与政府合作，如果可能的话，就忘掉你们所遭到的不幸，希望能有一个不那么残酷的命运，要相信，倘若有人胆敢侵犯你们的人身安全和

---

① 图托尔明（1751—1815），退役陆军少将，儿童收容所所长。

剩余财产，那么等待他们的将是不可避免的可耻的死亡，最后，不要怀疑，你们的生命财产一定会得到保护，因为这是古往今来最伟大和最公正的君主的意愿。不分民族的士兵们和居民们！你们要重建社会信任，这是国家幸福的源泉，要兄弟般地和睦相处，互助互让，团结起来，挫败心怀叵测的人们的企图，这样你们很快就会不再流泪了。

在军粮供应方面，拿破仑规定各部队轮流到莫斯科去抢劫居民，把食粮储存起来，以确保未来的军粮供应。

在宗教方面，拿破仑下令召回神甫，恢复教堂里的祈祷仪式。

在商业方面，并为征集军粮，到处张贴了如下布告：

布　告

安分守己的莫斯科居民们，因战乱逃离城市的工匠和工人们，以及因无端恐惧而仍然滞留于荒郊野外的流离失所的庄稼汉们，你们听着！京城已归平静，秩序正在恢复。你们的乡亲勇敢地陆续走出了自己的避难所，因为他们看到，他们是受到尊重的。任何侵害他们及其私有财产的暴力行动都立刻受到惩罚。皇帝兼国王陛下保护他们，也不把你们之中的任何人视为敌人，除了那些违抗他的旨意的人们。他希望结束你们的苦难，让你们回到自己的宅院和家庭。遵照他的仁慈的意图，平安地回到我们这里来吧。居民们！抱着信任的态度回家吧：你们很快就能找到谋生的方法。手艺人和勤劳的工匠们！回来从事你们的手工劳动吧：家人、店铺、警卫人员都等待着你们，你们的劳动会得到应有的报酬！最后，还有你们，因为恐惧而躲进丛林的农民们，出来吧，放心地回你们的农舍吧，完全可以相信，你们一定会得到保护。城里设立了粮栈，农民可以把余粮和田间作物运到那里去。政府采取下列措施，确保农民可以自由买卖：（一）自即日起，农民以及莫斯科郊区的庄稼人和居民可以把自己多余的农产品毫无风险地运进城里，即运到粮栈所在地莫霍瓦亚街和狩猎用品商场，不论何种农产品都可出售（限于两个指定粮栈的经营范围）。（二） 这些粮食按买卖双方商定的价格予以收购；若卖方不能按他们所要求的合理价格出售，则有权将粮食运回自己的村子，任何人不得以任何方式加以阻挠。（三） 规定每逢周日和周三进行大宗粮食的集市贸易；为此每逢周二和周六在各条大路上布置足够数量的部队，并保持适当距离，以便保护运粮车队。（四） 将采取同样的措施，以保证农民及其车辆、马匹在回村的路上通行无阻。（五） 立即采取措施，以便恢复日常贸易。城乡居民以及工人和工匠们，不论你们属于什么民族！现在号召你们奉行皇帝兼国王陛下的仁慈的旨意，与他共同促进社会的福祉。请向陛下表示你们崇高的敬意和信任，毫不迟疑地与我们团结合作！

在激励士气和鼓舞人心方面，不断举行阅兵式，广泛地论功行赏。皇帝骑马巡视街道，安抚民众；而且尽管政务繁忙，还亲自到根据他的命令建立的剧院去观赏戏剧。

在表现帝王崇高品德的行善方面，拿破仑也是全力以赴。他吩咐在慈善机构题写我的母亲之家，以这个行动将儿子的孝心和君王的伟大美德结合在一起。他参观了儿童收容所，把他白净的手伸给他所救助的孤儿们亲吻后，与图托尔明亲切交谈。此外，根据梯也尔花言巧语的描述，他曾吩咐用他印制的俄国假币给自己的部队发饷。“为了以一种与他和法国军队相称的行动，使这个措施显得更加高尚，他命令对遭受火灾的人们给予救助。但是由于食品的价格太贵，不能发给大多怀有敌意的异国民众，所以拿破仑认为最好是给他们发钱，让他们到其他地方去买粮食，于是他下令给他们发纸卢布。”

在军纪方面，不断地发布关于严惩玩忽职守和制止抢劫的命令。

十

但是很奇怪，所有这些命令、举措和计划虽然并不逊色于在类似情况下所发布的其他指令，却没有触动问题的实质，如同表盘上脱离机件的时针，因为没有咬住齿轮而在任意地、无目的地空转。

在军事方面，关于他的天才的作战计划，梯也尔说，他的天才还从未有过任何更深刻、更高明、更惊人的创造，并与费恩[①]先生争论，企图证明这一计划的拟订不是在四日，而是在十月十五日，可是这一计划没有也不可能付诸实施，因为它没有任何切实可行的地方。为加固克里姆林宫的防御而夷平清真寺（拿破仑这样称呼瓦西里升天大教堂），完全是无益之举。在克里姆林宫地下埋设地雷，只是有助于在皇帝离开莫斯科时执行他的旨意，把克里姆林宫炸掉，即敲打一下让孩子摔痛的地板。让拿破仑费尽心机的对俄军的追击暴露了一个匪夷所思的现象。法国将领不知道俄国的六十万大军究竟在哪里。按照梯也尔的说法，完全是由于缪拉的精明，或许也是由于缪拉的天才吧，总算大海捞针似的找到了俄国的这支六十万大军。

在外交方面，无论在图托尔明面前，还是在主要只关心能否得到一件军大衣和一辆马车的雅科夫列夫面前，他所申述的关于他宽大、公正的论据都白费了：亚历山大没有接见这两个使者，也没有对他们的使命作出回应。

在司法方面，枪毙几名含冤而死的纵火犯之后，莫斯科的另一半也烧掉了。

在行政方面，成立市政府未能制止抢劫，只是让这个市政府的某些官员捞到了好处，他们在维持治安的幌子下在莫斯科巧取豪夺，或保护自己免遭抢劫。

在宗教方面，在埃及通过拜访清真寺[②]轻而易举地摆平问题的做法，在这里毫无效果。在莫斯科找到的两三个司祭试图执行拿破仑的旨意，可是其中一个在祈祷时挨了一名法国兵的狠狠的一顿耳光，关于另

---

① 费恩（1778—1837），拿破仑的秘书，著有两卷本《1812 年手记》。

② 为了拉拢埃及，拿破仑宣布尊重伊斯兰教信仰和古兰经，承认清真寺不可侵犯。

一个，法国官员是这样报告的："我找到并请来主持午前日祷的司祭，把教堂打扫干净，锁了起来。当夜就有一些人又来砸门撬锁，撕毁经书，制造混乱。"

在商业方面，为勤劳的工匠和全体农民张贴的布告没有引起任何反响。勤劳的工匠没有露面，而农民们抓捕那些带着布告走得太远的警官，并加以杀害。

在建立剧院娱乐民众和部队方面，事情也同样地以失败告终。建立在克里姆林宫和波兹尼亚科夫[①]家的剧院当即关门，因为男女演员遭到了抢劫。

慈善活动也没有带来预期的结果。真假纸币充斥于莫斯科，都不值钱了。那些搜刮钱财的法国人只要黄金。不仅拿破仑那么仁慈地分发给不幸的人们的纸币一文不值，而且白银也要降价才能换取黄金。

然而当时最高当局政令废弛的最惊人的表现，莫过于拿破仑在制止抢劫、恢复纪律方面所作出的努力。

看看各级军官的报告吧。

> "尽管明令禁止，城里的抢劫仍在继续。秩序尚未恢复。没有一个商人在从事合法经营。只有随军商贩敢出售商品，而且卖的也都是抢来的东西。"

> "我的管区的一部分继续遭到第三军士兵的抢劫，他们不满足于夺走躲藏在地下室里的不幸的居民们的一点可怜的财物，还残忍地用马刀砍伤他们，我曾亲眼看到过多次。"

> "没有新情况，只是士兵们还在抢劫和盗窃。十月九日。"

> "盗窃和抢劫在继续。我区有一个盗窃团伙，必须采取强有

---

①波兹尼亚科夫家族是16世纪以来俄国著名的商人家族。

力的措施制止其盗窃活动。十月十一日。”

“皇帝非常不满，尽管明令禁止抢劫，却只见近卫军的那些趁火打劫的士兵成群结队地回到克里姆林宫。在老近卫军里，骚乱和抢劫在昨天、昨夜和今天更是变本加厉。皇帝痛心地看到，这些奉命保卫陛下的精挑细选的士兵，本当成为遵纪守法的榜样，却桀骜不驯到如此程度，以至哄抢储存军用物资的地窖和仓库。有些人堕落到不听哨兵和卫队军官的规劝，谩骂和殴打他们。”

“宫廷司仪官强烈地抱怨，”总督写道，“士兵们置所有的禁令于不顾，在所有的院子里，甚至在皇帝住所的窗外随地大小便。”

这支军队像一群放纵的牲口，脚下践踏着可以使它们免予饿死的饲料，在莫斯科每多待一天就更接近于崩溃和灭亡。

但这群牲口还停留在原地不动。

它们只是在突然惊恐万状的时候才开始奔跑，引起这种恐惧的是辎重在斯摩棱斯克大道上被敌军截获和关于塔鲁季诺战役的消息。就是拿破仑在阅兵时意外接到的这个关于塔鲁季诺战役的消息，正如梯也尔所说，激起了他惩罚俄国人的欲望，于是他下令出征，这也正是全军的要求。

离开莫斯科的时候这支军队的士兵们带上了大肆劫掠所得到的所有东西。拿破仑也随身携带着自己的珍宝。看到大批马车拥塞在队伍里，拿破仑不禁大吃一惊（这是梯也尔说的）。但是凭着自己的战争经验，他没有下令把所有多余的马车烧掉，像他当初在逼近莫斯科时处理一位元帅的马车那样，而是看了看士兵们乘坐的带弹簧的四轮马车和四轮轿式马车说，这样很好，这些马车以后可用来运送军粮和伤病员。

整个军队的状态就像一头受伤的野兽，它觉得自己快要死了，却不知道自己在干什么。研究拿破仑及其军队从进入莫斯科到全军覆没为止的高明的策略及其目的，无异于研究一头受了致命伤的野兽临死前的跳跃和抽搐的意义。受伤的野兽常常闻到火药味就冲向开枪的猎人，往返奔突，自己加速自己的死亡。拿破仑在他的整个军队的压力下也在这样做。塔鲁季诺战役的火药味惊动了这头野兽，于是它朝枪响处冲去，逼近了猎人，掉头往后跑，又往前冲，又往后跑，终于还是像任何野兽一样往后逃走了，沿着最不利、最危险的道路，然而是循着熟悉的旧脚印。

我们以为拿破仑是这整个行动的领导者（正如野蛮人以为，船头上雕刻的人像是领导这艘大海船的力量），其实拿破仑在这整个活动期间像个孩子，他拉着系在马车里的细带子，以为是他在赶车。

十一

十月六日清晨，皮埃尔走出了板棚，回来时站在门口逗弄在他身旁转来转去的一条浅紫色的小狗，它腰身很长，长着弯曲的短腿。这条小狗就待在他们的板棚里，夜里和卡拉塔耶夫躺在一起。它大概从来不属于任何人所有，现在也没有主人，没有什么名字。法国人叫它阿佐尔，爱讲故事的士兵叫它费姆加尔卡，卡拉塔耶夫和其他人都叫它灰毛，有时叫它长耳朵。虽然它没有主人，没有名字，也不是名种，甚至毛色也很晦暗，这条浅紫色的小狗却似乎一点也不觉得自卑。毛茸茸的圆圆的尾巴像鸵鸟翎子一样挺直地竖着，弯曲的短腿很听它的使唤，它仿佛不屑于把四条腿都用上，常常优美地提起一条后腿，用三条腿灵巧而快捷地奔跑着。什么东西都能引起它的兴致。它时而快乐地尖声吠叫着仰面躺下，时而若有所思、神态肃然地晒太阳，时而活蹦乱跳地玩着木片或麦秸。

皮埃尔现在的衣着是一件有破洞的脏衬衫，这是他原有的衣服中仅剩的一件了，一条士兵的军裤，为了保暖按照卡拉塔耶夫的建议用绳子在脚踝处扎着裤脚，一件长衫，一顶农民的软帽。这时皮埃尔的身体有了很大的变化。他不再显得那么胖了，尽管还保持着家族遗传的魁梧有力的样子。脸的下部长满了络腮胡子；头上现在满是虱子的蓬乱的长发拳曲着，好像戴了一顶帽子。眼神坚定、平静，显得生气勃勃而又成竹在胸，从前皮埃尔的目光里从未有过这样的表情。从前在他的目光里所表现的那种懒散，变成了精力充沛、随时准备行动和反抗的振奋。他光着双脚。

皮埃尔时而看着下面的田野，今天早上曾有许多马车和骑手在这片田野纵情驰骋，时而眺望河流对岸的远方，时而看看装腔作势要咬他一口的小狗，时而看着自己的光脚，高兴地把两只光脚摆成不同的姿势，一边活动着肮脏粗大的脚趾。每当他望着自己的光脚时，他的脸上就会掠过期待和得意的微笑。这双光脚使他回忆起在这个时期的感悟，他很喜欢这样的回忆。

一连几天都是宁静、晴朗、清晨略有霜冻的好天气——所谓初秋的艳阳天。

户外阳光和煦，这融融暖意以及在空气中还能感觉得到的早晨的霜冻那料峭寒意，令人特别舒坦。远近万物都闪烁着神奇晶莹的光辉，这是只有在秋季的这个时节才会有的。远处，有村落、教堂和一座高大的白色建筑物的麻雀山遥遥在望。光秃的树木、黄沙、碎石、鳞次栉比的屋顶、教堂的绿色尖顶、远处白色建筑物的棱角——都格外分明、纤毫毕现地镂刻在纯净透明的天空。近处可以看到一座被法军占用、外墙半被烧焦的贵族府邸的熟悉的断壁残垣，院墙边还有丁香花丛。甚至这座残破、肮脏，在阴天觉得不堪入目的丑陋的房屋，此刻在明媚的阳光静静地照射下也似乎是一派美丽而令人欣慰的景象。

一个法国军士像居家一样敞着怀，头戴便帽，叼着烟斗，从板棚的拐角处出来，友好地眨一眨眼，走到皮埃尔跟前。

“太阳多好，啊，基里尔先生？（所有的法国人都这样称呼皮埃尔。）简直像春天一样。”于是军士靠在门上，把烟斗递给皮埃尔，尽管他每次把烟斗递过去总是被皮埃尔谢绝。

“要是能在这样的天气行军打仗……”他开始说道。

皮埃尔问他，关于部队出发听到了什么消息，于是军士告诉他，几乎所有的部队都要出发了，今天就会有处理俘虏的命令。在皮埃尔所在的板棚里有一个士兵索科洛夫病危，皮埃尔对军士说，应该把这名士兵安排好。军士说，皮埃尔可以放心，这儿有流动医院和常驻医院呢，对伤病员会做出安排的，总之，所有可能发生的情况，长官都会考虑到。

“还有，基里尔先生，只要您对上尉说句话就行，您是知道的。他这个人……什么都会牢记在心。上尉来巡查时，您对他说吧；他会为您做任何事情……”

军士提到的那个上尉，常来和皮埃尔促膝长谈，对他关怀备至。

“我可以当着圣多马[①]发誓，有一天他对我说过：基里尔是有学问的人，会说法语；这是个俄国贵族，他遭到了不幸，可他是个人物。他明白事理……如果他有什么需求，不可拒绝。一个人有了点知识，就会爱学习，爱有教养的人。我说的是您呢，基里尔先生。日前要不是您，结果会很糟。”

军士又闲聊了一会儿才走。（军士所提及的日前发生的事情，是指俘虏和法国人之间的斗殴，皮埃尔在这场斗殴中成功地使自己的难友们冷静下来。）几名俘虏听了皮埃尔和军士的谈话，马上就问他，军士说了什么。皮埃尔对自己的难友们说，军士讲部队就要出发了，这时板棚的门口来了一个面黄肌瘦、衣服破旧的法国士兵。他迅速而又胆怯地把几根手指举向前额表示敬礼，问皮埃尔，替他做衣服的士兵普拉托什在不在这个板棚里。

一个星期前，法国人得到了一批皮革和麻布，便交给被俘的士兵们缝制靴子和衬衫。

“做好了，做好了，小鹰！”卡拉塔耶夫说，手里捧着一件叠得整整齐齐的衬衫出来了。

卡拉塔耶夫因为天热，也为了干活方便，只穿着一条裤子和一件黑得像污泥的破衬衫。他像工匠那样，用韧皮纤维把头发束了起来，这样他的圆脸就显得更圆也更招人喜爱了。

“说一不二。说星期五做好，就一定办到。”普拉东说，一边笑容满面地把他做好的衬衫展开。

这个法国人不安地回头望了望，似乎克服了疑惧，很快地脱下上

---

①圣多马是耶稣的十二门徒之一。

装，穿上了衬衫。法国人在上装里面没有穿衬衫，那又黄又瘦的光身子上只有一件长长的、油乎乎的、绣了几朵花的绸背心。看来法国人很怕那些看着他的俘虏会笑他，急忙把脑袋伸进衬衫。俘虏们谁也没有吭声。

“瞧，正合身。”普拉东边说边抻着衬衫。法国人把脑袋和手臂伸进去之后，头也不抬，只顾打量身上的衬衫，仔细地瞅着针脚。

“怎么样，小鹰，这里可不是裁缝铺，称手的工具也没有啊；常言道：空手捉不到虱子。”普拉东说，他满面笑容，看来很欣赏自己的活计。

“好，好，谢谢，麻布在哪儿，有剩下的吧？”

“你要是贴身穿，那就更合适了，”卡拉塔耶夫说，仍然在欣赏自己的手艺，“一定是又好又舒坦……”

“谢谢，谢谢，亲爱的，下脚料在哪儿，”法国人又微笑着说道，他拿出钞票付给了卡拉塔耶夫，“把下脚料给我吧……”

皮埃尔看出来了，普拉东是不想听懂法国人所说的话，于是他袖手旁观。卡拉塔耶夫收下钱，道了谢，继续欣赏自己的活计。法国人坚持要下脚料，请皮埃尔翻译他所说的话。

“他要下脚料干吗？”卡拉塔耶夫说，“给我们倒是很不错的包脚布。好吧，就给他。”于是卡拉塔耶夫突然脸上变色，伤心地从怀里拿出一卷边角料递给法国人，眼也不瞟他。“唉。”卡拉塔耶夫叹了口气，掉头就走。法国人看着麻布沉思起来，他疑问地抬头看了皮埃尔一眼，皮埃尔的目光似乎使他明白了什么。

“普拉托沙，喂，普拉托沙，”法国人突然涨红了脸，尖声叫道。“你拿去吧。”他交出边角料说，转身走了。

“瞧这个人哪，”卡拉塔耶夫摇着头说，“都说他们不是基督徒，也还是有良心的。老人们说得对：穷汉大方，富人小气。自己是个穷光蛋，却把东西送人。”卡拉塔耶夫若有所思地含笑看着边角料，沉默了一会儿。“朋友，能做成很不错的包脚布呢。”他说，回到板棚里去了。

十二

皮埃尔被捕已有四个星期。尽管法国人曾提议把他从士兵的板棚调进军官们住的板棚，他还是留在了他第一天被带进去的板棚里。

在遭到浩劫和兵燹的莫斯科，皮埃尔经历的灾难几乎达到了一个人所能忍受的极限，但是，由于他不曾意识到的自己坚强、健康的体质，特别是由于灾难之来是难以觉察的，甚至很难说究竟始于何时，所以他不仅轻松地承受了自己的境遇，而且感到心情愉快。正是在这个时期他获得了过去求之不得的平静和自得。他在自己的生活中曾久久地到处寻求这种平静和内心的和谐，波罗金诺战役中士兵们的这个特点曾使他感到震惊——他曾在行善中，在共济会里，在上流社会的寻欢作乐中，在借酒浇愁中，在自我牺牲的英雄壮举中，在对娜塔莎的浪漫爱情中寻求；也曾在思索中寻求，然而所有这些探索和尝试都使他大失所望。他终于获得这种平静和内心的和谐，自己也没有想到，完全是通过对死亡的恐惧、灾难和他在卡拉塔耶夫身上所得到的启示。他在行刑时所亲身体验到的那可怕的时刻，仿佛从他的想象和记忆中永久地抹去了悲天悯人的情怀，过去他觉得这种情怀是值得自豪的。他不再考虑俄罗斯、战争、政治和拿破仑了。他十分清楚，这一切都与他无关，不在其位不谋其政。“俄罗斯和夏天——不相干。”他重复着卡拉塔耶夫的话，这句话奇怪地使他安心了。他现在觉得，他企图刺杀拿破仑以及关于神秘数字和《启示录》中的兽的计算是不可理解的，甚至很可笑。他对妻子的憎恨以及怕自己的名声被玷污的担心，现在他觉得不值一提了，而且滑稽可笑。他何必在意这个女人在那里过她喜欢的生活呢？那些人是否知道，他们的一个犯人是别祖霍夫伯爵，这究竟与谁，尤其是与他有什么相干？

现在他时常想起自己与安德烈公爵的谈话，而且完全赞同他的见解，不过对安德烈公爵的想法的理解有些不同。安德烈公爵说出来的想法是，幸福往往只是一种反面的东西，他在这样说的时候带有苦涩和嘲讽的意味。仿佛他的话里透露的是另一种意思——我们之所以被赋予追求正面幸福的渴望，只是要让我们的追求得不到满足而饱受折磨。但皮埃尔毫无言外之意地认为他的话是对的。皮埃尔现在觉得，没有痛苦，需求能得到满足，因而可以自由活动，即自由选择生活方式，无疑是人的无上幸福。只有在这里，只是现在，皮埃尔才第一次充分地感受到了这样的快乐：想吃就吃，想喝就喝，想睡就睡，冷了有保暖的衣服，想说说话、听听别人的声音就找人聊天。各种需求——好的食物、清洁、自由——的满足，在他被剥夺了这一切的现在，使皮埃尔觉得这就是完满的幸福了，而活动的选择，即生活，在这种选择如此有限的现在，使皮埃尔觉得选择是那么轻而易举的事情，以致他忘记了，生活过于舒适会消灭需求得到满足的幸福感，而对活动的选择的广泛自由，教育、财富和在上流社会的地位使他在生活中所享有的那种自由，他忘记了，正是这种自由使得对活动的选择难以想象地艰难，甚至会消灭需求本身和从事活动的可能性。

皮埃尔的所有梦想现在都倾向于他获得自由的时候。可是此后终其一生，皮埃尔都激情洋溢地想到、谈到这被囚禁的一个月，以及只有在这个时期才体验到的那种一去不复返的强烈而快乐的心情，主要的是心灵的完全平静、内心的全然自由。

当他第一次清晨起身，在晨曦中走到板棚外，首先看到新圣女修道院的幽暗的圆顶和十字架，看到落满灰尘的草叶上的寒露，看到麻雀山的峰峦和蜿蜒于河上、隐没于淡紫色远方的林木葱茏的河岸，当他感触到清新的空气，听到从莫斯科飞过田野的群鸦乱噪，当后来阳光在东方喷薄而出，一轮红日的边缘庄严地从云彩后面浮现，于是教堂圆顶、十字架、露珠、远方、河流全都在欢乐的阳光中闪闪烁烁的时候——皮埃尔心里萌生了一种新的、从未有过的、觉得生活欢乐而又充实的情感。

这种情感在他被囚禁期间，不仅从未离弃过他，而且相反，随着他的处境日益艰难而越发强烈。

这种直面人生、精神振奋的心情由于受到大家的赞誉而更加坚定了，他进入这个板棚不久，难友们就对他有了很高的评价。皮埃尔由于懂几种外语，由于法国人对他所表示的敬意，由于为人朴实，有求必应（他每周按军官待遇领到三个卢布），由于把钉子摁进木板墙而向士兵们所显示的力量，由于和难友们相处的谦和态度，由于他们觉得不可思议的那种无所事事、静坐沉思的本领，他被难友们视为有些神秘的高人。一些同样的特点，在他从前所处的上流社会，即便不是对他有害，也使他感到不自在，比如他的力气、对舒适生活的轻蔑、漫不经心、质朴，在这里，在这些人之间，却使他几乎被奉为英雄。皮埃尔感到，他们的这种看法使他负有难以推脱的义务。

十三

十月六日夜，准备出发的法军开始行动，他们拆除厨房和板棚、装载马车，于是部队和辎重出动了。

早晨七时，法国押送队身穿行军服，头戴高筒帽，携带枪支、背囊和大口袋站在板棚前面，法语谈话声夹杂着许多骂人话震荡于整个队列。

板棚里大家都准备好了，已穿好衣服、束上腰带、穿了鞋子，只等出发的命令。有病的士兵索科洛夫消瘦、苍白、眼圈发黑，衣服鞋子也没穿，独自坐在自己那里，一双瘦得鼓出的眼睛疑问地望着对他不理不睬的难友们，低声而慢悠悠地呻吟着。看来，他呻吟主要不是因为病痛——他得的是痢疾，而是因为他会被单独留下而感到恐惧和悲伤。

皮埃尔穿着卡拉塔耶夫用法国人拿来绱鞋底的一块包茶叶的皮子给他做的鞋子，腰上系一根绳子，来到病人面前蹲了下来。

“怎么了，索科洛夫，他们并不是全部撤走啊！还有一座医院在这里。也许你的情况比我们还要好些呢。”皮埃尔说。

“啊，天哪！啊，我没命了！啊，天哪！”士兵的呻吟声更响了。

“我马上再去问问他们。”皮埃尔说，站起来朝板棚的门口走去，在皮埃尔快到门口的时候，昨天请皮埃尔抽烟斗的那个军士带着两名士兵从外面来了。军士和士兵都穿着行军服，背着背囊，头戴高筒帽，紧扣在帽子上的金属鳞片使他们的容貌变得陌生了。

军士是奉长官之命来关门的。要在把人放出去之前清点俘虏的人数。

“军士，这个病人怎么办呢？……”皮埃尔说，可是就在他说话的时候，他怀疑起来，这是他所熟悉的那个军士呢，还是素不相识的另一个人：此时的军士完全不像他本人了。此外，在皮埃尔说话的时候，两旁突然响起了击鼓的声音。军士听了皮埃尔的话皱起了眉头，骂骂咧咧地把门砰的一声关上。板棚里昏暗起来；两旁刺耳的鼓声压倒了病人的呻吟。

“这是它，又是它！”皮埃尔对自己说，不由得一股凉气掠过他的脊背。在军士变样的容貌上，在他说话的声音里，在激动人心、压倒一切的鼓声中，皮埃尔辨认出了那迫使人们违心地残杀同类的神秘而冷漠的力量，他曾在行刑时见识过这种力量的作用。害怕这种力量，竭力回避它，向那些成了它的工具的人们提出请求或进行规劝是徒劳无益的。现在皮埃尔明白了这一点。必须等待和忍耐。皮埃尔不再到病人那里去了，也不回头看他。他默默地皱着眉头站在板棚的门边。

当板棚的门打开的时候，俘虏们像羊群一样彼此挤压着堵在出口处，皮埃尔挤到他们前面，朝上尉走过去，军士曾一再要他相信，这个上尉是愿意为他做任何事情的。上尉也穿着行军服，那冷冷的脸色也透露出他在军士的话语和鼓声中所认出的“它”。

“走啊，走啊。”上尉说，严厉地皱起眉头望着拥挤在他身旁的俘虏们。皮埃尔知道，他想求情是徒劳的，但还是走到了上尉跟前。

“喂，又是什么事啊？”军官冷冷地回头一望，仿佛没有认出他来，问道。皮埃尔谈起了那个病人。

“他能走的，见鬼！”上尉说，“你们走啊，走啊。”他继续说道，没有看皮埃尔。

“那可不行，他快要死了！……”皮埃尔还想说什么。

“你要怎样？！”上尉愤怒地皱起眉头，向皮埃尔叫道。

嘚啦——哒——哒——咚、咚、咚，鼓声在响。于是皮埃尔明白了，那神秘的力量已经完全控制了这些人，现在说什么也无济于事。

他们把被俘的军官和士兵分开，命令军官走在前面。军官有三十来人，皮埃尔也在其中，士兵有三百来个。

从其他板棚里放出来的这些被俘的军官都是陌生人，衣着比皮埃尔好得多，他们都用怀疑和疏远的目光看着皮埃尔和他的那双鞋。有一个军官走在离皮埃尔不远的地方，看来他受到自己的被俘难友们的普遍尊敬，这是一个胖胖的少校，身穿喀山长衫，腰间束一条毛巾，有一张虚胖、发黄、气呼呼的脸。他一只手拿着烟荷包揣在怀里，一只手拄着长烟袋杆。他气喘吁吁，上气不接下气，嘴里嘟嘟囔囔，在生所有人的气，因为他觉得好像有人在推他，因为在不必着急的时候，大家偏要急匆匆地赶路，在没有什么值得惊讶的时候，大家偏要大惊小怪。另一个矮小瘦削的军官和所有的人都搭讪，他在估计他们现在是被带到什么地方去，今天能走多远。一个穿着毡靴和军需机关制服的官员跑来跑去，从各个方向仔细观察被烧毁的莫斯科，大声报告自己见到的情况，说什么东西被烧掉了，眼前看到的莫斯科的这个或那个部分都是什么地方。还有一个军官听口音是波兰人，正在和军需机关的官员争论，向他证明，他把莫斯科的几个街区搞错了。

“你们在争论什么呢？”少校生气地问。“尼古拉街也好，弗拉斯街也好，反正都一样；你们看，全都烧光了，这可就完了啊……您挤什么呀，难道没有路好走了吗。”他生气地对跟在他后面的人说，而这个人根本就没有碰到他。

“哎呀呀，他们都干了些什么呀！”不过时而从这边，时而从那边传来了观看火场的俘虏们的说话声。“莫斯科河南岸地区、祖博沃全都烧了，看哪，克里姆林宫也烧掉了一半……我对你们说过的，整个莫斯科河南岸地区都烧了，果真是这样。”

“喂，您知道烧了，还有什么好说的！”少校说。

在经过哈莫夫尼基（莫斯科少数几个没有被烧毁的街区之一）的教堂时，一群俘虏突然涌往一边，随即发出一片恐怖和极端厌恶的惊叹声。

“瞧这些坏蛋！真是丧尽天良！是个死人，就是死人嘛……脸上还抹了什么呢。”

皮埃尔也朝教堂走了过去，引起惊叹声的东西就在那里，他模糊地看到有什么东西靠在教堂的围墙上。他从看得更清楚的难友口中得知，那是一具尸体，被竖着放在围墙边，脸上还抹着烟臭。

“走开，该死的……走……这些鬼东西……”响起了押送人员的叫骂声，一些法国兵又凶巴巴地挥舞着短剑，驱散了围观死人的俘虏们。

十四

在通过哈莫夫尼基街区的各条巷子时，只有俘虏们和押送队在一起走，后面跟着属于押送人员的马车和大车，可是到了粮食商店一带，他们卷进了一支庞大的、密集行进的炮兵辎重车队，其间还混杂着一些私人车辆。

到了桥头，大家都停了下来，等候走在前面的车马行人过去。在桥上，俘虏们只见前后都是望不到尽头的其他正在行进的辎重车队。右边，在卡卢加大道拐弯的地方，在涅斯库奇诺耶旁边，部队和辎重车队络绎不绝，直至隐没于远方。这是走在所有部队前面的博加尔内的那个军；后面，源源而来的内伊的部队和辎重车队沿着滨河街过石桥。

俘虏们所属的达武部队经过克里木浅滩，一部分已经到达卡卢加街。但是辎重车的队伍太长，博加尔内的最后的车队还没有走出莫斯科踏上卡卢加街，内伊的部队已经从大奥尔登卡出来了。

俘虏们过了克里木浅滩之后，每走几步就要停下来，然后再走，这时马车和士兵越来越多地从四面八方挤了过来。从桥头到卡卢加街的几百步距离走了一个多小时，到了莫斯科河南岸地区的街道与卡卢加街汇合的广场后，被挤成一堆的俘虏们只得停下来，在那个十字路口站了好几个钟头。只听四面八方都是宛如大海的潮声般经久不息的车轮声和脚步声、经久不息的怒叫声和喝骂声。皮埃尔被挤得紧贴在一座烧焦的房子的墙壁上，这声浪在他的想象中是与鼓声一起回响的。

几个被俘的军官为了看得清楚些，爬上了皮埃尔附近的一座烧焦的房子的墙上。

“人真多啊，这么多的人！……他们的大炮上堆满了东西！你看：都是皮货……”他们七嘴八舌地说道。“瞧这些坏蛋，抢了多少东西……你看后面的那个人，他的大车上……那可是圣像上的东西啊，真的！这大概是一些德国人。还有我们的一个农民呢，真的！……噢，这些卑鄙的家伙！……瞧，他背得太多，路也走不动了！哎哟，还有轻便马车呢——连马车也抢！……瞧，他舒舒服服地坐在一摞箱子上。天哪！……他们打起来了！……”

“狠狠地打他的耳光，打他的耳光！这样等到晚上也走不了啦。你看，你们看哪……那可能就是拿破仑。你看到吗，那些马多么华贵！都带有姓名首字母的花体字和皇冠形的纹章。这是一座活动房。他的一个口袋掉下来了，他没有看见。又打架了……一个女人带着婴儿，模样挺俊。是啊，这还用说，他们才不会放过你呢……你看哪，数也数不过来。都是一些俄国姑娘，真的是姑娘们！她们坐在轻便马车上多舒坦哪！”

又一股好奇的浪潮，就像在哈莫夫尼基的教堂旁那样，把俘虏们推向大路，皮埃尔由于身材高大，越过别人的头顶看到了使俘虏们如此好奇的景象。混杂在炮弹车之间的三辆轻便马车上，服饰艳丽、涂脂抹粉的女人们挤坐在一起，尖声尖气地叫嚷着什么。

自从皮埃尔意识到神秘力量出现之后，没有什么能使他感到奇怪或可怕了：无论是为了找乐子而抹上烟炱的尸体，还是这些匆忙赶路的女人们，或是莫斯科大火留下的瓦砾场。现在皮埃尔所见到的一切，几乎都不会给他留下任何印象——仿佛他的一颗心已准备迎接艰苦的斗争，不愿接受有可能削弱他的决心的任何印象。

女人们的车队过去了，随之而来的又是连绵不断的大车、士兵、载重马车、士兵、炮弹车、轻便马车、士兵、弹药箱、士兵，还有不时出现的女人们。

皮埃尔看到的不是单独的个人，而是人流。

所有这些人和马仿佛都被一种无形的力量驱赶着。在皮埃尔观察他们的一个小时里，他们从各条街道缓缓而来，都同样地只想赶快通过；他们都同样地在和别人挨挨挤挤时发火、打架；龇牙咧嘴、皱着眉、彼此都同样地口出污言秽语，所有人的脸上都是逞强斗狠和残忍、冷漠的表情，早晨皮埃尔在击鼓声中曾在军士的脸上看到这种表情而大吃一惊。

已是天色向晚的时候，押送队队长集合自己的队伍，叫嚷着、争吵着挤进了辎重车队，于是被团团围在中间的俘虏们总算走上了卡卢加大道。

他们走得很快，一路不曾休息，只是在太阳快要下山的时候才停了下来。一支又一支辎重车队相继涌了过来，人们开始做过夜的准备。大家都似乎心里有气，牢骚满腹。很久都能听到四面八方的怒骂声、恶狠狠的叫嚷和吵架声。一辆跟在押送队后面的轻便马车撞上了押送队的大车，车辕把大车撞坏了。几名士兵从不同方向朝大车跑过来；有的拍打着轻便马车的马头，把它们拉开，有的自己人打了起来，皮埃尔看到有一个德国人被短剑刺中头部，受了重伤。

在秋季寒冷的暮色中停留于荒野，在经过出发时的匆忙和奔走后，看来所有这些人现在都有一种猛然醒悟的懊丧。停下来后，大家仿佛都明白了，他们还不知道要到哪里去，这一路上会遭受很多的艰难困苦。

这次中途休息时，押送人员对俘虏的态度比出发时更恶劣了。在这次休息时第一次把马肉作为荤菜分发给俘虏们吃。

可以看出，从军官到每一个士兵似乎人人都对每个俘虏怀有私仇，那么突然地改变了过去的那种友好的态度。

这种仇恨情绪在清点俘虏人数时发现一名俄国士兵失踪后更加强烈了，那个士兵走出莫斯科时在忙乱中假装腹痛趁机逃脱。皮埃尔曾看到，一个法国人因为一名俄国士兵远离大路而饱以老拳，还听到他的朋友上尉因为一名俄国士兵逃跑而申斥军士，威胁要把他送交军事法庭。军士推托说该士兵有病，走不动了，上尉说，上峰有令，掉队者就地枪决。皮埃尔感到，在行刑时使他心灰意冷而在拘押期间不易觉察的那种注定不祥的力量现在又控制着他的生死了。他觉得很可怕，但他感到，随着这种要置他于死地的不祥力量的肆虐，不取决于它的生命力在他的心里茁壮和坚强起来。

皮埃尔晚饭吃了黑麦糊和马肉，与难友们谈了一会儿。

皮埃尔和难友们谁也不谈他们在莫斯科所看到的情况，不谈法国人的粗暴态度，也不谈已向他们宣布的就地枪决的命令。大家仿佛要对抗恶化的处境，都特别活跃而快乐。他们谈着自己个人的往事，行军中看到的可笑场景，岔开有关目前形势的话题。

太阳早就下山了。天空这里那里出现了明亮的星星；正在升起的一轮满月的火红的光晕遍布天际，于是巨大的红色月球奇特地在灰色雾霭中晃动。周围显得很亮。暮色已尽，夜还没有降临。皮埃尔站起来离开自己的新难友，在篝火之间朝大路的另一边走去，他听说被俘的士兵都在那里。他想和他们谈谈。法国哨兵在路上拦住了他，命令他回去。

他掉头就走，但没有回到篝火旁的难友们那里，而是向一辆卸了套的马车走去，那里空无一人。他在车轮边的冰凉的土地上盘腿坐下，低下头来，久久地静坐沉思。一个多小时过去了。谁也没有来惊动皮埃尔。突然，他用浑厚而和善的声音哈哈大笑起来，这笑声那么响亮，引得人们从不同方向朝着这古怪的、显然是独自一人的笑声转过头来。

“哈哈哈！”皮埃尔在笑。于是他自言自语地说出声来：“那个士兵不放我过去。他们抓住我关了起来。让我在囚禁中度日。我是谁？我？我——就是我不朽的灵魂！哈哈哈！……哈哈哈！……”他笑得流出了眼泪。

有一个人站了起来，他走过来想看看，这个古怪的大个子独自在笑什么。皮埃尔不笑了，他站起来走得离这个好奇的人更远些，游目四顾。

刚才篝火噼啪作响、人声鼎沸的一望无际的野营都渐渐地静了下来；通红的篝火也渐渐熄灭而暗淡了。一轮明月高挂在天空。刚才看不见的营地外的树林和田野，现在已展现在远方。而在这些树林和田野的更远处，是明亮、摇曳、令人神往的无边无际的地平线。皮埃尔仰望天空，仰望远去的、闪烁的繁星深处。“这一切都是我的，这一切都在我心里，这一切就是我！”皮埃尔想。“而他们想把这一切都抓起来塞进用木板隔开的板棚!”他冷然一笑走了，要到自己的难友们那里去安排睡下。

十五

十月初，又有一名军使带着拿破仑的信与媾和的建议来见库图佐夫，信上注明发自莫斯科，其实这时拿破仑已经在库图佐夫面前不远的地方，在古卡卢加大道上。库图佐夫对这封信的回答和对洛里斯东送交的第一封信的回答是一样的：他说，媾和是不可能的。

此后不久，收到在塔鲁季诺左侧活动的多罗霍夫①游击队的报告，在福明斯科耶出现了布鲁西埃②师的部队，该师孤立于其他部队，不难予以歼灭。士兵和军官们又要求采取行动了。参谋部的将军们兴奋地想起在塔鲁季诺轻易取得的胜利，坚决要求库图佐夫采纳多罗霍夫的建议。库图佐夫认为，任何进攻都是不必要的。结果采取了折中的办法：向福明斯科耶派遣了一支不大的部队，其任务是突袭布鲁西埃。

由于奇怪的偶然性，接受这个任务的——后来事实证明，这是一项极其艰巨而重要的任务——是多赫图罗夫，就是那个十分谦虚、身材矮小的多赫图罗夫，谁也没有向我们描述过，他怎样制订作战计划，怎样在部队前策马飞驰，怎样把十字勋章扔在炮台上等等，人们认为而且直言不讳，说他不够果断，缺乏洞察力，但就是这个多赫图罗夫，我们发现，在俄法两军从奥斯特利茨战役到一八一三年的历次战斗中，哪里情况危急，哪里就有他在坐镇指挥。在奥斯特利茨，他在奥格斯特堤坝坚持到最后，在人们逃的逃，死的死，后卫部队里没有一个将军的情况下，他集合各团的残余兵力，挽救了可能挽救的一切。患有热病的他，率领两万人的部队前往斯摩棱斯克保卫这个城市，抗击拿破仑全

① 多罗霍夫（1762—1815），俄军中将，俄军从莫斯科撤出后，奉库图佐夫之命指挥约有两千人的游击队。这支游击队出色地完成了一系列消灭敌人的部队和运输物资的作战行动。1812 年 12 月 28 日多罗霍夫的游击队攻克法军后方的城市韦列亚。

② 布鲁西埃（1766—1844），法国将军，1812 年指挥博加尔内军的一个师。

军。在斯摩棱斯克，他在莫洛赫城门因热病发作刚要打个盹，被轰击斯摩棱斯克的排炮声惊醒，于是斯摩棱斯克坚持了整整一天。在波罗金诺会战的那一天，当巴格拉季翁阵亡，我军左翼部队伤亡达十分之九，而法军集中全部大炮向那里轰击的时候——派去的不是别人，正是这个不够果断、缺乏洞察力的多赫图罗夫，库图佐夫本想派别人去，但急忙纠正了这个错误。身材矮小、性情温和的多赫图罗夫骑马去了，于是波罗金诺成了俄军的最高荣誉。诗歌和散文给我们描写了很多英雄，但是对多赫图罗夫几乎一字不提。

多赫图罗夫又被派往福明斯科耶，从那里再被派到小雅罗斯拉韦茨，一个是和法国人打最后一仗的地方，另一个是法国人已明显地开始走向灭亡的地方，于是又有人给我们描写了这个战争阶段的很多天才和英雄，可是对多赫图罗夫只字不提，或讲得很少，或闪烁其词。正是对多赫图罗夫的这种沉默最明显不过地证明了他的优越之处。

自然，一个不懂机器的人，看到它在运转会觉得，这部机器最重要的部件是那片偶然落进机器里的微微震颤的刨花（其实它在妨碍机器的运转）。一个人不懂机器的结构，就不可能懂得，不是这片起破坏作用的碍事的刨花，而是那无声地转动着的小小的传动齿轮才是机器最重要的部件之一。

十月十日，多赫图罗夫在前往福明斯科耶的半道上停在阿里斯托沃村，为准确地执行命令做准备，就在这一天法国的全部军队迅猛地开到缪拉的阵地，看来是要发动一次战役，却又无缘无故地突然向左拐上新卡卢加大道，开始进入原来只有布鲁西埃驻扎的福明斯科耶。这时在多赫图罗夫指挥下的除了多罗霍夫之外还有菲格纳和谢斯拉文的两支不大的部队。

十月十一日傍晚，谢斯拉文带着一名被俘的法国近卫军到阿里斯托沃村来见长官。俘虏说，今天进入福明斯科耶的是整个法国大军的前卫部队，拿破仑就在那里，军队从莫斯科出发已是第五天。当天晚上，一个从博罗夫斯克来的家仆说，他看到有一支庞大的部队进了城。多罗霍夫游击队的哥萨克们报告，他们曾看到法国近卫军在通往博罗夫斯克的路上行进。根据这些消息显然可以断定，在他们想找到一个师的地方现在驻扎着全部法军，他们从莫斯科出来，走了一条出人意料的路线——古卡卢加大道。多赫图罗夫不想采取任何行动，因为他现在不了解他的任务是什么。他奉命突袭福明斯科耶。可是原来驻扎在福明斯科耶的只有布鲁西埃，而现在却是法国的全部军队。叶尔莫洛夫主张相机行事，但多赫图罗夫坚持要等候殿下的命令。决定向参谋部呈送一份报告。

为此选派了聪明的军官博尔霍维季诺夫，除了呈交书面报告，他必须口头汇报整个情况。夜里十一点多钟，博尔霍维季诺夫得到文件和口头命令后，在一名哥萨克带着备用马匹陪送下向总参谋部疾驰而去。

十六

这是一个黑暗、温暖的秋夜。小雨已经下了四天。博尔霍维季诺夫两次换马，在泥泞难行的路上以一个半小时狂奔三十俄里，于深夜一点多钟到达列塔舍夫卡。他在农舍旁下马，篱笆墙上挂着一个牌子：“总参谋部”，于是他扔下缰绳，走进了黑洞洞的门廊。

“快请值班将军！情况紧急！”他在黑暗的门廊里对一个气喘吁吁地站起来的人说。

“从晚上起大人就觉得很不舒服，三夜不曾合眼，”勤务兵的声音在辩护地小声说道，“您就先叫醒上尉吧。”

“情况紧急，奉多赫图罗夫将军的派遣。”博尔霍维季诺夫说，他摸到敞开的门走了进去。勤务兵赶到他前面去叫人。

“大人，大人，来了一个信使。”

“什么事，什么事？是谁派来的？”一个昏昏欲睡的声音问道。

“是多赫图罗夫和阿列克谢·彼得罗维奇[①]派我来的。拿破仑已经到了福明斯科耶。”博尔霍维季诺夫说，他在黑暗中看不见向他问话的人，不过听声音料想这不是科诺夫尼岑。

---

①阿列克谢·彼得罗维奇是叶尔莫洛夫的名字和父称。

被叫醒的人打着哈欠，伸了伸懒腰。

“我真不想叫醒他，”他说，一边在摸索着什么，“他身体不大好！也许就是一些谣言吧。”

“这是报告，”博尔霍维季诺夫说，“我奉命立刻呈交值班将军。”

“请等一下，让我把灯点上。你这该死的，把东西塞到哪儿去了？”刚才伸懒腰的人在问勤务兵。这是科诺夫尼岑的副官谢尔比宁。“找到了，找到了。”他连忙说。

勤务兵在打火，谢尔比宁在摸索着烛台。

“唉，这些讨厌的东西。”他厌烦地说。

博尔霍维季诺夫借助一点微光看见了拿着蜡烛的谢尔比宁的年轻的脸，还看见前面角落里睡着一个人。那是科诺夫尼岑。

火绒点燃的硫黄木片冒出蓝色继而变成红色的火焰，谢尔比宁点亮了脂油蜡烛，在烛台上啃蜡烛的蟑螂立刻四散逃走，他打量了一下信使。博尔霍维季诺夫满身泥浆，他用袖子擦拭，抹得脸上也都是污泥。

“是谁的报告？”谢尔比宁接了报告，问道。

“消息是可靠的，”博尔霍维季诺夫说，“俘虏、哥萨克和侦察兵都异口同声地反映了同样的情况。”

“没办法，只好叫醒他了，”谢尔比宁说，他站起来走到一个戴着睡帽、盖着军大衣的人跟前。“彼得·彼得罗维奇！”科诺夫尼岑没有动弹。“到总参谋部去！”他说，微微一笑，知道这样说一定能把他惊醒。果然，戴着睡帽的头立刻抬了起来。科诺夫尼岑因发烧两颊绯红，他那英俊、坚定的脸上片刻间还保留着远离现实的梦幻般的神情，不过随即陡地一震；他的脸上又是平时的镇静而坚定的表情了。

“说吧，什么事？是谁派来的？”他毫不急躁，但立即就这样问道，由于光线的刺激而眨着眼睛。科诺夫尼岑一边听着军官的报告，一边拆开信封，看了起来。他一看完，就把穿着毛袜的脚放到地板上，开始穿鞋。然后脱掉睡帽，梳理一下鬓角，戴上了军帽。

“你是火速赶来的吧？我们去见殿下。”

科诺夫尼岑当即明白了，送来的消息非常重要，不能耽搁。这消息是好是坏，他没有想，也不向自己提出这样的问题。他对此不感兴趣。他观察战局不是用智慧、推理，而是另有一种视角。他心里有不曾说出来的深刻的信念，一切都会很好，但对此不可轻信，更不必说出来，只要做好自己的工作就行。而他在做自己的一份工作时是全力以赴的。

彼得·彼得罗维奇·科诺夫尼岑像多赫图罗夫一样，仿佛只是出于礼貌才被列入所谓一八一二年的英雄——诸如巴克莱、拉耶夫斯基、叶尔莫洛夫、普拉托夫、米洛拉多维奇之流的名单，他像多赫图罗夫一样名声在外，被认为是才能和知识都很有限的人，也像多赫图罗夫一样，科诺夫尼岑从未制订作战计划，但总是出现在最困难的地方，自从被任命为值班将军，他总是敞着门睡觉，命令每一个奉命前来的人叫醒自己，在作战时总是亲临前线，以致库图佐夫为此而责备他，不敢把他派出去，因而他和多赫图罗夫一样，是那些不起眼的齿轮之一，它们无声无息地构成机器的最重要的部件。

从农舍走进潮湿的黑夜里，科诺夫尼岑皱起了眉头，部分是由于头痛加剧，部分是由于一种不愉快的想法，他想到，参谋部里那些有权有势的人们，尤其是在塔鲁季诺战役后与库图佐夫为敌的本尼格森，现在听到这个消息会怎样兴风作浪；他们会提出建议，争论不休，发布命令而又朝令夕改。正是这种预感使他心情沉重，尽管他知道，这是不可避免的。

果如所料，他顺路把这个消息告诉托尔之后，托尔马上就对与他同住的一位将军讲起自己的种种设想，科诺夫尼岑满面倦容地默默听着，只得提醒他，应该去见殿下了。

十七

库图佐夫像所有的老年人一样，夜里很少睡觉。白天他常常会突然打起盹来，可是夜里他和衣躺在自己的床上，大部分时间不是在睡觉，而是在考虑问题。

现在他就是这样躺在自己的床上思索着，用一只胖乎乎的手支撑着受过伤的沉重的大脑袋，习惯性地睁着一只眼注视着暗处。

自从与皇上通信、在参谋部里最有权力的本尼格森处处回避他以来，库图佐夫比较安心了，因为没有人再会迫使他参与毫无益处的进攻。给库图佐夫留下沉痛回忆的塔鲁季诺战役及其前夕的教训，想必对本尼格森也是起了作用的，他想。

“他们应该懂得，如果进攻，我们只会遭到失败。耐心和时间——这才是我克敌制胜的勇士！”库图佐夫想。他知道，苹果没有成熟时不应该去摘，等到它成熟了，自己会掉下来，没有成熟就摘下来，会损坏苹果和苹果树，自己吃了也会倒牙。他如同一个有经验的猎人，知道野兽已经受伤，只有俄国举全国之力才能使它伤成这样，然而是否足以致命，这还是一个有待解决的问题。现在根据洛里斯东和贝泰勒米被派来求和以及游击队的报告，库图佐夫几乎认定它的伤势是致命的。但是还需要证据，必须等待。

“他们想跑去看看，他们是怎样把它打死的。等一等吧，会看到的。老是要出击，老是要进攻！”他想，“为什么呢？老是想立功受奖啊。好像打仗有什么乐趣似的。他们就像孩子，无法理解当前的情况，就因为他们都想证明他们多么会打仗。可现在问题不在这里。

“这些人向我提出了多么高明的策略啊！他们想出两三个偶然情况（他想起了彼得堡制订的总计划），就以为他们把所有的偶然情况都考虑到了。而偶然情况是不可胜数的！”

在波罗金诺给予敌人的打击是不是致命的一击，这个问题悬在库图佐夫的心里已经有整整一个月了。一方面，法国人占领了莫斯科。另一方面，库图佐夫全身心地感觉到，他和全体官兵集中全力给予敌人的可怕打击无疑是致命的。但是无论如何需要证据，他等证据已等了一个月，随着时间的推移，他越来越不耐烦了。那些不眠之夜躺在自己的床上，他所做的正是那些年轻的将军们所做的事情，正是他曾对他们加以指责的事情。他设想足以表明拿破仑确定无疑地已经灭亡的一切可能的偶然情况。他像年轻人一样设想着这些偶然情况，不过有一个区别，他不把任何东西建立在这种假设之上，而且他作出的假设不是两个、三个，而是数以千计。他越往下想，假设就越多。他设想着拿破仑的军队，全军或其某个部分可能采取的各种行动——进军彼得堡，向他进攻或迂回，还设想了这样一种情况（这是他最担心的），即拿破仑用他的办法来对付他，驻军于莫斯科耐心地等着他。库图佐夫甚至设想拿破仑的军队会向梅登和尤赫诺夫撤退，但是有一个已经发生的情况是他未曾料到的，拿破仑的部队在撤出莫斯科的最初的十一天里失魂落魄地到处乱窜——这个现象使库图佐夫那时仍然不敢想的事情成为可能：全歼法军。多罗霍夫关于布鲁西埃师的报告，游击队传出的关于拿破仑军队陷入绝境的消息，关于法军准备离开莫斯科的传闻——这一切都在肯定一种推测，即法军已被打败，准备逃跑。不过这只是推测而已，觉得这个推测具有重大意义的是年轻的将军们，而不是库图佐夫。他凭借六十年来的经验知道，对传闻应赋予怎样的分量，他知道，抱有某种希望的人会把所有的消息汇总，仿佛能证实他们的希望是有根据的，他也知道，在这种情况下，人们很愿意忽略相反的现象。库图佐夫越是希望法军已被打败，便越是不敢轻信这一点。这个问题占据了他的全部心思。其余的一切对他来说只是习惯性地应付日常活动。对日常活动的这种习惯性的应付和屈从是与参谋部的人员谈话，在塔鲁季诺给斯塔尔夫人[①]写信，看小说，授予奖赏等等。只有他一个人预见到的法军的灭亡才是他唯一的心愿。

十月十一日夜，他以手支头躺在床上想着这件事。

隔壁房间里有了动静，传来了托尔、科诺夫尼岑和博尔霍维季诺夫的脚步声。

“喂，谁在那里？进来，进来！有什么新闻吗？”元帅在叫他们。

在仆人点蜡烛的时候，托尔讲了消息的内容。

“这消息是谁带来的？”库图佐夫问，蜡烛点燃后，他那冷峻而严厉的脸色使托尔大吃一惊。

---

①斯塔尔夫人（1766—1817），法国女作家，与拿破仑长期不和，1802 年流亡国外。1812 年住在俄国，曾与库图佐夫通信，对他被任命为俄军总司令表示欢迎。

“这是无可怀疑的，殿下。”

“你去叫他，叫他来！”

库图佐夫把一条腿从床上放下来坐着，大肚子压在另一条弯着的腿上。他眯起那只独眼，想把来使看得更清楚些，仿佛要在他的面容上看出他想知道的东西。

“你说，你说，朋友，”他用老年人的轻声细语对博尔霍维季诺夫说道，一边掩上胸前敞开的衬衫，“过来，离我近些。你给我带来了什么消息呢？啊？拿破仑从莫斯科逃走了？这是真的吗？啊？”

博尔霍维季诺夫首先详细地报告他奉命汇报的一切。

“你说，快些说，别让我着急。”库图佐夫插话道。

博尔霍维季诺夫说完了，便默默地等候指示。托尔开始要说什么，但库图佐夫打断了他的话头。他自己想说些什么，可是他突然眯缝着眼睛，满脸起了褶子；他向托尔挥了挥手，转身朝着相反的方向，面对农舍的由于挂着圣像而显得幽暗的上座。

“主啊，我的造物主啊！你听到了我们的祈祷……”他双手交叠，声音颤抖地说道，“俄国得救了。感谢你，主啊！”他哭了。

十八

自从接到这个消息直至战争结束，库图佐夫的全部活动就是利用权力、狡计甚至恳切的请求，以便阻止自己的部队徒劳无益地进攻、出击或与垂死的敌人发生冲突。多赫图罗夫向小雅罗斯拉韦茨开进，但库图佐夫及其全军迟迟不动，并下令撤离卡卢加，他觉得撤退到卡卢加的后方是可行的。

库图佐夫到处撤退，但敌人不等他撤退就掉头朝反方向逃跑了。

拿破仑的历史学家们向我们描述他向塔鲁季诺和小雅罗斯拉韦茨转移的高明之处，并设想他如果来得及深入富庶的南方各省，情况会怎样。

但是，且不说拿破仑可以畅通无阻地向南方的那些省份开进（因为俄军给他让开了大路），历史学家们忘记了一点，即拿破仑军队的覆灭是无可挽回的，因为它自身已具备了必然灭亡的条件。这支军队在莫斯科找到了充足的粮食而不能保住它，反而把它踩在脚下，这支军队来到斯摩棱斯克没有采购粮食，而是纷纷抢粮，为什么这样的一支军队到了卡卢加省就能恢复元气呢？须知这里的居民和莫斯科的居民是同样的俄国人，这里的火也同样能把点燃的东西烧毁。

这支军队在任何地方都不可能恢复元气。它从波罗金诺会战和抢劫莫斯科之时起，自身已带有崩溃的化学因素。

这支今非昔比的军队的士兵和自己的长官们一起逃跑，自己不知道要去哪里，他们只有一个愿望（拿破仑和每个士兵都一样）：自己尽快摆脱当前的绝境，他们都意识到已陷入绝境了，尽管这种意识还有些模糊。

正因如此，在小雅罗斯拉夫韦茨的会议上，当那些将军们假装商议军情、提出各种意见的时候，憨厚的老兵穆通①最后一个发表的意见堵住了所有人的嘴，他说出了大家的心声，认为应该赶快撤退，对大家都意识到的这个真理谁也没有发表任何不同的意见，甚至拿破仑也没有异议。

虽然大家都知道应该撤退，可是还羞于承认应该逃跑。需要有一个外部的推动来克服这种羞耻感。而这个推动来得正是时候。这就是法国人所谓的*皇帝的乌拉*②。

会议后的第二天，拿破仑假称要巡视部队以及过去和未来的战场，清晨骑马带着随从的元帅们和卫队走在部队设防地带的当中。在战利品附近窜来窜去的哥萨克们无意中碰到了皇帝本人，差点儿就抓住了他。要说这次未能抓到拿破仑，那么救了他的也就是毁了法国人的东西：战利品。无论在塔鲁季诺还是在这里，哥萨克们见到战利品就扑过去，对人却视而不见。他们没有注意拿破仑，只顾去抢战利品，拿破

---

①作者这样称呼穆通·巴泰勒米（1779—1816），巴泰勒米伯爵是拿破仑的老战友之一，在10月13日的军事会议上拿破仑最后征求穆通的意见。后者毫不迟疑地回答说，应该赶快沿着最近、最熟悉的道路从俄国撤退。

②指俄军冲锋时的呐喊。

仑才得以脱身。

既然顿河之子差点儿就能在大军之中抓住皇帝本人，那么显然已无计可施，只能沿着最近的熟路赶快逃跑了。拿破仑已是四十岁的大腹便便的男人，觉得自己不像从前那样灵活而大胆了，他懂得其中的意味。他受到哥萨克们的极大惊吓后立刻赞同穆通的意见，据历史学家们说，他下令向斯摩棱斯克大道撤退。

至于拿破仑同意穆通的意见，部队也开始后撤，这并不能证明命令是拿破仑下的，而是证明了，影响全军、促使它走上莫扎伊斯克大道的力量，同时也对拿破仑起了作用。

十九

一个在行动中的人总是会为自己设定一个行动的目标。为了走一千俄里，他必定会想，有什么好处在一千俄里之外等着他。必须想象有一个神赐的福地，才会有行动的力量。

神赐的福地对法国人来说，进攻时是莫斯科，撤退时是故乡。但是故乡太远，而要走一千俄里的人一定要忘掉最终目标，对自己说："今天我要走四十俄里，到达休息和过夜的地方。"于是在最初的行程中这休息的地方会压倒最终目标而把所有的向往和希望都吸引到自己身上。单个人所表现的愿望，在一群人之中总是表现得更为强烈。

对沿着古斯摩棱斯克大道后撤的法国人来说，终极目标故乡过于遥远，而所有那些在人群中倍加强烈的向往和希望，都趋向于最近的目标——斯摩棱斯克。不是因为他们知道，斯摩棱斯克有大量粮食和生力军，不是因为有人对他们这样说过（相反，军队的高层和拿破仑本人都知道，那里缺粮），而是因为唯有如此他们才有行动的力量，才能忍受眼前的艰难困苦。他们，那些知道和不知道的人，都同样地在欺骗自己，把斯摩棱斯克视为神赐的福地而奋力前进。

踏上大道后，法国人以惊人的毅力和闻所未闻的速度奔向自己臆想中的目标。除了共同的追求把这群法国人结合为一个整体，并赋予他们以某种毅力这个原因之外，还有另一个原因把他们结合在一起。这个原因在于他们的数量。他们的庞大数量本身，好像在物理学的引力定律中那样，把那些作为单个原子的人们都吸引到自己身边。他们以其十万之众仿佛整个国家似的向前移动。

其中的每一个人都只有一个愿望——当俘虏，摆脱所有的恐怖和不幸。可是，一方面，共同奔向斯摩棱斯克的强烈愿望把每个人都引向同一个方向；另一方面，一个军不可能向一个连投降当俘虏，尽管法国人利用每一个机会相互摆脱，稍有合适的借口就投降，可是这样的借口并不常有。他们的数量本身和密集、迅速的行动使他们缺乏投降的机会，也使俄国人不仅很难，而且几乎不可能阻遏法国人的庞大群体全力投入的这种行动。物体的机械断裂不可能超过一定限度地加速正在发生的物体分解过程。

一团雪不可能在瞬间融化。有一定的时间限度，早于这个时限无论怎样加温也不可能使雪融化。相反，越是加温，残雪就越是坚硬。

俄国的军事首长中，除了库图佐夫，没有人懂得这个道理。当法军沿着斯摩棱斯克大道逃跑的路线确定以后，科诺夫尼岑在十月十一日夜所预料的情况开始出现了。所有的高级将领都想一展身手，要切断、拦截、俘虏和击退法军，而且全都要求进攻。

库图佐夫一个人把自己的全部力量（每一位总司令的这种力量都不是很大）用于反对进攻。

他不能对他们说我们现在可以说的话：何必再打，何必挡住他们的去路，何必增加自己的伤亡，何必不人道地追杀那些不幸的人们呢？何必如此，既然那支部队从莫斯科到维亚济马不经过战斗就消耗了三分之一的兵员？不过他凭着老年人的智慧，讲了一些估计他们能理解的话，他对他们谈了谈金桥[①]，于是他们嘲笑他，诋毁他，又大发脾气，对已被打死的野兽气壮如牛。

在维亚济马附近，叶尔莫洛夫、米洛拉多维奇、普拉托夫等人离法军很近，克制不住切断并击退法国的两个军的欲望。为了通报自己的作

---

① 金桥（Pont d'or），法国俗语，意思是：给敌人留一条退路。

战意图，他们派人给库图佐夫送去的信封里没有报告，只有一张白纸。

不论库图佐夫如何尽力阻止，我们的部队还是发起了冲锋，力图挡住敌人的去路。据说，几个步兵团奏乐击鼓向前冲锋，毙敌数千，自己也伤亡了几千人。

至于切断——既没有切断，也没有击退过谁。法军为了避免危险，更紧地收缩了兵力，继续在慢慢消亡中走着通往斯摩棱斯克的死亡之路。

第三卷

一

波罗金诺会战及其后的莫斯科被占领和法国人不战而逃，是最可资借鉴的历史现象之一。

所有的历史学家都同意，国家和民族在彼此之间发生冲突时，其对外活动表现为战争；军事上取得或大或小的胜利，直接增强或削弱这些国家和民族的政治力量。

不论多么奇怪，历史的记述是，某个国王或皇帝和另一个皇帝或国王发生争执，于是集合军队向敌人的军队开战，获得胜利，打死了三千、五千或一万人，因而征服了一个有几百万人的国家和民族；不论多么难以理解，为什么仅占全民族力量百分之一的一支军队的失败会迫使该民族屈服——所有的历史事实（据我们所知的历史）都证明，下述论断是正确的，一个民族的军队对另一个民族的军队取得或大或小的胜利，是这些民族的势力扩大或削弱的原因，或至少是重要的标志。军队获得胜利，战胜的民族的权利立即扩大而有损于战败的民族。军队打了败仗，这个民族立即就会依照战败的程度而丧失其权利，在自己的军队彻底失败的情况下，则彻底屈服。

自古至今概莫能外（据历史记载）。拿破仑的所有战争都是这个法则的证明。依据奥地利军队战败的程度，奥地利相应地丧失了权利，而法国的权利和势力则得到扩张。法国人在耶拿和奥尔施泰特的胜利使普鲁士丧失了独立。

可是出人意料的是，一八一二年法国人在莫斯科附近获得胜利，占领了莫斯科，此后不曾有过新的战役，而灭亡的不是俄国，却是法国的六十万大军以及拿破仑帝国。为了迁就历史法则而歪曲事实，硬说波罗金诺会战的战场留在俄国人手中，在莫斯科被占领后发生的几次战役消灭了拿破仑的军队——这样牵强附会是不行的。

法国人在波罗金诺取得胜利后，非但没有进行过大的决战，甚至比较重要的战役也不曾有过，法国军队就灭亡了。这说明了什么？如果这是中国历史上的一个事例，那么我们会说，这不是信史（历史学家在遇到不符合他们的尺度的历史现象时就使用这种遁词）；如果问题涉及只有少量部队参加的一次短暂的冲突，那么我们会把这个现象看做一个例外，然而这个事件就发生在我们的父辈眼前，对他们来说，这是祖国生死存亡的问题，而且这场战争是一切已知战争中最伟大的战争……

一八一二年从波罗金诺会战到驱逐法国人的这个战争阶段证明，赢得战争不仅不是征服的原因，甚至也不是征服的固有标志；证明决定各民族命运的力量不在于征服者，甚至不在于军队和战争，而在于某种别的东西。

法国的历史学家们在描述法军放弃莫斯科之前的情况时说，这支伟大的军队一切正常，只有骑兵、炮兵和辎重队例外，因为没有干草喂马匹和牛羊。这个困难是无法解决的，因为郊区的农民把自己的干草烧掉也不肯给法国人。

赢得战役并没有带来通常的结果，因为卡尔普和弗拉斯这两个农民在法国人撤走后，带着大车来到莫斯科抢劫城里人，丝毫没有表现出个人的什么英雄情怀，而无数这样的农民不愿为了约许给他们的好价钱而把干草运到莫斯科来，宁可放火烧掉。

让我们设想一下，有两个人要按照击剑的全部规则持剑决斗：击剑持续了很长时间，其中一个突然感到自己受了伤——他明白，这可不是儿戏，而是关乎他的生死，于是弃剑不用，顺手抄起一根大棒挥动起来。想象一下吧，对手为了达到目的非常合理地使用着最顺手、最轻便的武器，又醉心于骑士传统，他想撇开事情的实质，坚决要求按照全部击剑规则决定胜负。可以想象得到，这样来描述这场决斗会产生多么混乱而模糊不清的说法。

要求按照击剑规则决斗的剑客是法国人；他的弃剑而抄起大棒的对手是俄国人；竭力要按照击剑规则解释一切的是记述这个事件的历史

学家。

从斯摩棱斯克大火后开始了一场不符合过去的任何战争传统的战争。焚毁城乡、打后即撤、在波罗金诺奋力一击而又退却、莫斯科的放弃和大火、抓捕趁火打劫的散兵游勇、拦截运输物资、开展游击战——所有这一切都是背离规则的。

拿破仑感觉到了这一点，他摆好剑客的正确姿势停留在莫斯科，看到的不是剑而是举在自己头上的大棒，从这时起他就不断地向库图佐夫和亚历山大皇帝抱怨，说战争违反了所有的规则（好像杀人也有什么规则似的）。尽管法国人抱怨不遵守规则，尽管一些地位很高的俄国人不知怎么觉得用大棒战斗不好意思，而要完全按照规则摆出第四种或第三种架势，用第一种架势巧妙地跨出一个箭步等等，人民战争的大棒还是以其全部威严而雄伟的力量，不理会任何人的口味和规则，但目标明确，不问是谁只要是法国人就傻气而干脆地狠揍，直至彻底粉碎敌人的入侵为止。

这样的民族有福了，他们不像法国人在一八一三年那样，完全按照规则鸣放礼炮，倒持剑柄，优雅而彬彬有礼地把剑交给宽大为怀的胜利者，而这样的民族是有福的，他们在经受考验的时刻，不问别人在类似情况下怎样按规则行事，干脆而轻松地抡起大棒狠揍，直至心中的屈辱之感和复仇的渴望被蔑视和怜悯所取代。

二

对所谓战争规则的最明显和最有利的背离之一是零散的人们对挤在一起的人群采取行动。此类行动经常在具有人民性的战争中表现出来。这种行动就是不以集群对抗集群，而是化整为零，击敌一部，打了就跑，以免遭到大部队的进攻，然后再待机出击。西班牙游击队①是这样做的；高加索的山民是这样做的；俄国人在一八一二年是这样做的。

人们把这种作战方式称为游击战，以为这样的称呼可以说明它的意

① 西班牙游击队于1808—1814年抵抗拿破仑的军队。

义。其实这种作战方式不仅不符合，而且直接违反众所周知并被公认为绝对正确的战术原则。这个原则要求，进攻时应集中兵力，以优势兵力对付敌人。

游击战（历史证明这种作战方式是经常取得胜利的）直接违反这个原则。

这个矛盾现象是由于军事科学把兵力等同于部队的数量。军事科学认为，部队越多，兵力就越强。大军团总是占据优势。

这样说来，军事科学就像力学那样，只根据力与其质量的关系来考察力，就会说，兵力的对比相等或不相等，是由于其数量的相等或不相等。

力（动量）等于质量乘以速度之积①。

在战争中兵力也是数量乘以某种东西，即乘以某种未知数 x 之积。

军事科学在历史上看到部队的数量与其实力不相符、小部队战胜大部队的无数实例，便含糊地承认有一种未知的乘数存在，时而在几何图形中，时而在武器装备中，时而——这是最常见的做法——在统帅的天才中竭力想把这个未知的乘数找出来。但是代入所有这些乘数的值都得不出与历史事实相符的结果。

实际上只要放弃为吹捧英雄而确立的对高级将领的指挥在战时的作用的错误观点，就能找到这个未知数 x。

这个 x 是部队的士气，即组成这支部队的全体官兵对投入战斗、甘冒危险的愿望究竟有多大，完全不取决于指挥战斗的人是不是天才，是三线作战还是两线作战，使用的是大棒还是一分钟打出三十发的火枪。对战斗具有最大愿望的人总是置身于对战斗最有利的条件。

部队的士气是乘以数量而得出兵力的那个乘数。军事科学的任务就是要求出部队士气这个未知乘数的值。

要完成这个任务是可能的，但是我们不能再把兵力借以表现的条

---

①牛顿的第二定律，在 1687 年出版的《自然哲学的数学原理》一书中首次提出。

件，诸如统帅的命令、武器装备等等代入整个未知数 x 的值，不能把它们本身看做乘数的值，而要承认这个未知数的整体，即投入战斗、甘冒危险的愿望究竟有多大。只有这样，在用方程式表示一定的历史事实时，才有望通过这个未知数的相对值的比较而确定未知数本身的值。

十个人、十个营或师与十五个人、十五个营或师作战，打败了后者，毙俘其全部，而自己伤亡了四个；那么一方的损失是四，另一方是十五。由此可见四等于十五，即：$4x = 15y$。由此可见，$x : y = 15 : 4$。这个方程式没有表示未知数的值，但是它表示了两个未知数的比例。将取自历史的不同单位（战役、战争、战争阶段）代入这个方程式可得出一系列数字，想必这一系列数字中是包含着规律的，要发现这些规律是可能的。

关于投入大量兵力进攻、分散撤退的战术原则只是无意中证明了一个真理，即部队的力量取决于它的士气。率领人们冒着炮火前进比起摆脱追兵需要有更多的纪律，因为要维护这样的一些纪律，只有在集群行动中才有可能。可是这个原则忽略了部队的士气，因而往往是不正确的，尤其是在士气十分高昂或低落的地方——在所有的人民战争中。

法国人在一八一二年退却时，虽然在战术上应当分散自卫，可是却挤成一团，因为部队的士气急剧低落，只有集群才能把部队维系在一起。反之，俄国人应当集群进攻，实际上却化整为零，因为士气大振，人们无需军官号令就自动地打击法国人，也无需强迫而甘愿效力，奋不顾身。

三

所谓的游击战开始于敌人进入斯摩棱斯克。

早在我国政府正式认可游击战[①]之前，已有成千上万的人——掉队的趁火打劫者、饲料采购员——被哥萨克和农民消灭。他们打死这些

① 亚历山大一世于 1812 年 7 月 6 日发表宣言，宣布全民武装，准许农民拿起武器。

人是自发的，正如一群狗自发地咬死闯进来的一条疯狗。杰尼斯·达维多夫[①]以其俄国人的敏感首先理解了这可怕的大棒的意义，它消灭法国人而不管什么战争艺术的规则，为这种战争方式合法化迈出第一步的荣誉是属于他的。

八月二十四日组建了达维多夫的第一支游击队，此后其他游击队也陆续组建起来，随着战局的发展，游击队日益增多。

游击队零星地消灭那支伟大的军队。他们打扫枯树——法国军队——的自动掉下来的落叶，有时也摇撼那棵枯树。十月，在法国人向斯摩棱斯克逃跑时，这种大小不等、性质各异的队伍已有几百个。有些队伍仿效正规军，拥有步兵、炮兵、参谋部和生活设施；有些是清一色的哥萨克骑兵；有些是小股的步兵和骑兵混合的队伍；有些是默默无闻的农民和地主的武装。有一支以教会执事为首的队伍一个月就抓了几百名俘虏。一个村长的老婆瓦西里萨[②]打死了数以百计的法国人。

十月下旬游击战达到了高潮。游击战初期，游击队员们对自己的大胆感到吃惊，时刻担心会被法国人抓获或包围，因而马不卸鞍，人几乎从不下马，随时防备着敌人的追捕，现在这个时期过去了。现在这场战争的情况已经很明朗，大家都清楚，对法国人可以采取什么行动，不可以采取什么行动。现在只有那些设有参谋部的游击队司令还按照常规在离开法国人很远的地方活动，他们还认为有很多事是不可以做的。至于早已开始活动并在近处窥探法国人的小股游击队，他们认为可以干的事情，那些大游击队的司令们连想也不敢想。而在法国人之间钻来钻去的哥萨克和农民们已经认为，现在干什么都可以。

十月二十二日，参加了游击队的杰尼索夫和自己的部队斗志昂扬。从早晨起他就带着自己的队伍开始行动了。他整天在靠近大路的树林里监视着载有骑兵物资和俄国俘虏的一支庞大的法国运输队，这支有重兵保护的运输队远离其他部队，这个消息是来自侦察兵以及往斯摩棱斯

---

①杰尼斯·达维多夫（1784—1839），在波罗金诺会战的前几天，他作为骠骑兵团长向巴格拉季翁提出了游击战的计划。

②瓦西里萨·科任娜，斯摩棱斯克省瑟乔夫县人。

克押送的俘虏。得到这个消息的不仅有杰尼索夫和在他附近活动的多洛霍夫（他也率领着一支不大的游击队），还有设有参谋部的大部队的司令们：他们全都了解这支运输队的情况，而且正如杰尼索夫所说，都对它摩拳擦掌。这些大部队的两位司令——一个是波兰人，另一个是德国人①——几乎同时邀请杰尼索夫参加他们各自的队伍，去袭击运输队。

“不，老兄，我也是有胡子的人了。”杰尼索夫看了他们的信说，于是写信告诉德国人，尽管他满心愿意在如此英勇而著名的将军麾下效力，却不得不放弃这样的幸运，因为他已经接受了波兰将军的指挥。他给波兰将军也写了一封同样措辞的信，说他已经接受了德国人的指挥。

杰尼索夫这样处理，是打算不报告上司，和多洛霍夫用他们有限的兵力袭击并俘获这支运输队。十月二十二日，运输队走在从米库林诺村到沙姆舍沃村的路上。从米库林诺到沙姆舍沃的道路左侧都是大树林，有些地方树林一直延伸到路边，有些地方离开道路有一俄里以上。杰尼索夫带着队伍整天在这些树林里转悠，时而深入林中，时而来到林边，密切地注视着行进中的法国人。早晨，离米库林诺不远，在树林挨近道路的地方，杰尼索夫部队的哥萨克们夺取了法国人的两辆陷入泥泞的载有骑兵马鞍的载重马车，拉进了树林里。从那时起直到晚上，部队没有进攻，只是注视着法国人的行动。这时不能惊动他们，要让他们安心抵达沙姆舍沃，那时再与多洛霍夫会合，傍晚他要到树林里守林人的小屋那里来（离沙姆舍沃一俄里）一起商量，然后在黎明时突然两面夹击，将他们一举歼灭。

在米库林诺后方两俄里处，在树林紧挨着路边的地方，有六个哥萨克留守，只要一看见有新的法军纵队出现，必须立刻报告。

在沙姆舍沃前面，多洛霍夫也要这样监视道路，以便了解，距离多

---

①杰尼斯·达维多夫在其日记中说的不是“德国人”，而是奥尔洛夫-杰尼索夫伯爵，侍从将军，他指挥所有哥萨克的游击队；“波兰人”指奥扎罗夫斯基伯爵（1776—1855），骑兵将军，1812年被任命为一支独立游击队的司令。

远还有法军的其他部队。运输队里估计有一千五百人。杰尼索夫有二百人，多洛霍夫可能也有这么多。但敌人数量上的优势未能吓阻杰尼索夫。他需要知道的只有一点，这些部队究竟是什么部队；为此杰尼索夫必须抓个**舌头**来（即从敌军的纵队里抓个俘虏）。早晨袭击载重马车时太匆忙，把在场的法国人全都打死了，活捉的只有一个少年鼓手，他是掉队的，怎么也说不清纵队里的究竟是什么部队。

杰尼索夫认为再次袭击很危险，会惊动整个纵队，于是他把自己部队里的农民吉洪·谢尔巴特派到前面的沙姆舍沃去，可能的话，哪怕把法军打前站的一个设营员抓来也好。

四

这是一个秋雨绵绵的暖和的日子。天空和地平线都是一片浑水的颜色。时而仿佛烟雾迷蒙，时而下着斜斜的大雨。

杰尼索夫骑着一匹腰腹紧缩的瘦瘦的纯种马，身披斗篷，头戴羊皮高筒帽，雨水顺着帽子和斗篷往下淌。他和他的歪着头、抿着耳朵的马一样，在斜雨下哭丧着脸，忧虑地注视着前方。他那消瘦的满是浓密的黑胡茬的脸上仿佛带有怒气。

与杰尼索夫并辔而行的是一个哥萨克大尉，骑着膘肥体壮的顿河马，也身披斗篷、头戴羊皮高筒帽，他是杰尼索夫的战友。

还有一个人是哥萨克大尉洛瓦伊斯基，也身披斗篷、头戴羊皮高筒帽，身材长而扁，活像一块木板，白净的脸，淡黄色的头发，一双眼睛小而亮，脸色和骑马的姿势都显得镇静自若。虽然说不出这匹马和骑者有什么特点，但是对这个大尉和杰尼索夫一眼就能看出，杰尼索夫湿淋淋的很不舒服——杰尼索夫是一个骑在马上的人，而大尉却像平时一样舒适而镇静，他不是一个骑在马上的人，而是人和马融为一体、力量增强了一倍的怪物。

在他们稍前的地方步行的是一个穿着灰长衫、戴着白色尖顶帽、浑身湿透的农民向导。

稍后处，一个身穿法国蓝色军大衣的年轻军官，骑着有一条大尾巴和蓬松的鬃毛、嘴唇磨出了血的瘦弱的吉尔吉斯小马。

骑马和他并排走的是一名骠骑兵，他身后马屁股上带着一个身穿破烂的法国军服、头戴蓝色尖顶帽的少年。少年用冻得通红的双手搂着骠骑兵，不停地摆动着自己的一双光脚，想让它们暖和起来，他扬起眉毛惊讶地打量着周围。这是早晨被俘的法军鼓手。

后面是骠骑兵们和跟随其后的哥萨克们的长长的队伍，他们三个或四个一起行进在坎坷不平、黏黏糊糊的林间小道上，有的披着斗篷，有的穿着法国军大衣，有的把马衣顶在头上。棕红色和枣红色的马都被雨水淋得像黑马一样。马鬃淋湿后，马脖子就显得出奇的细。马身上冒着热气。衣服、马鞍、缰绳都像泥土和布满道路的落叶一样潮湿、滑腻、萎靡。人们蜷缩着骑在马上，竭力一动也不动，想把流到躯体上的水焐热，不让冰凉的雨水再流到坐垫下、膝盖下和脖子里。在哥萨克的队列中央，两辆套着法国马并加套了几匹带鞍子的哥萨克马的载重马车在树根和树枝上磕磕碰碰地轰然作响，在积水的车辙里哗哗地驶过。

杰尼索夫的马为了绕开路上的水洼，往旁边一闪，把他的膝盖撞在树上。

“嘿，鬼东西！”杰尼索夫龇着牙恶狠狠地叫道，用鞭子抽了它两三下，溅了他和同伴们一身泥浆。杰尼索夫心情不好，因为下雨和饥饿（从早晨到现在谁也没有吃过东西），主要是因为一直没有多洛霍夫的消息，派去抓舌头的人也没有回来。

“未必还会有今天这样的袭击运输队的机会了。单独袭击太危险，可是推迟到明天——战利品就会被某个大游击队从我们的鼻子底下夺走。”杰尼索夫想，他不断地向前面张望，只盼能看到多洛霍夫派来的人。

来到一条林间通道后，杰尼索夫勒住了马，沿着这条通道可以朝右面看到很远的地方。

“有人来了。”他说。

哥萨克大尉朝杰尼索夫指的方向看了看。

“来的是两个，一个军官和一个哥萨克。不过要是中校本人来了，那就不是我们所**预期**的了。”大尉说，他喜欢用一些哥萨克们不熟悉的字眼。

来人走下山坡不见了，几分钟后才又出现。走在前面的军官鞭策疲惫的坐骑快跑，他蓬头垢面，浑身湿透，裤子在膝盖以上鼓了起来。哥萨克站在马镫上紧跟着他。军官是个年纪轻轻的少年，有一张宽宽的红润的脸和一双灵动、快活的眼睛，他策马来到杰尼索夫面前，递给他一封淋湿的信。

“是将军的信，请原谅，信打湿了……”

杰尼索夫皱着眉头接了信，开始拆信封。

“老是听人说危险、危险，”在杰尼索夫看那封信时，军官对哥萨克大尉说道。“不过我和科马罗夫，”他指着那名哥萨克说，“是有准备的。我们每人有两把手枪……这是怎么回事？”他看见了法军鼓手问道，“是俘虏吗？你们已经打过仗了？可以和他说说话吗？”

“罗斯托夫！彼佳！”这时杰尼索夫匆匆浏览了递给他的信，叫道。“你怎么不说你是谁呢？”于是杰尼索夫微笑着转身向军官伸出了手。

这个军官是彼佳·罗斯托夫。

彼佳一路上都在准备，对杰尼索夫不提往日的相识，而要保持一个大人和军官应有的态度。可是看到杰尼索夫含笑相迎，彼佳立刻便容光焕发，高兴得脸也红了，于是忘记了准备好的官样文章，讲起怎样从法军附近经过，怎样为接到这个任务而高兴，说他已经在维亚济马参加过战斗了，一个骠骑兵怎样在那里立了功。

“好了，很高兴见到你。”杰尼索夫打断了他的话，又露出了满腹心事的神情。

“米哈伊尔·费奥克利特奇，”他转身对哥萨克大尉说，“这又是那个德国人的信。这个人是他的部下。”于是杰尼索夫告诉大尉，刚才接到的这封信是德国将军再次要求联手袭击运输队。“要是我们明天不动手，他们就会从我们的鼻子底下把东西抢走。”他断然地说。

在杰尼索夫和大尉说话的时候，彼佳因为杰尼索夫语气冷淡而局促不安，以为这种语气是因他的裤子而起，为了不被人发觉，他悄悄地在军大衣下面整理着蓬乱的裤子，尽可能更好地保持军人的气派。

“大人有什么指示？”他对杰尼索夫说，把手举向帽檐，恢复了副官对将军的做派，这是他早已准备好的，“也许我应该留在大人身边听候调遣？”

“指示？……”杰尼索夫若有所思地说，“你能不能等到明天再走？”

“噢，请指示……我可以留在您身边吗？”彼佳兴奋地叫道。

“将军究竟是怎样命令你的——叫你立刻回去？”杰尼索夫问。彼佳脸红了。

“他没有什么命令啊。我想是可以的吧？”他用疑问的口吻说。

“好吧，行。”杰尼索夫说。于是他转向自己的部属，命令部队开往守林人小屋附近的指定地点休息，骑着吉尔吉斯马的军官（这个军官执行副官的职责）去寻找多洛霍夫，了解他在哪里，晚上来不来。杰尼索夫本人带着哥萨克大尉和彼佳前往朝向沙姆舍沃的林边，以便观察明天要袭击的法军驻地。

“喂，大胡子，”他对农民向导说，“带路去沙姆舍沃。”

杰尼索夫、彼佳和哥萨克大尉在几名哥萨克和带着俘虏的骠骑兵的陪同下向左拐，通过峡谷驰往树林的边缘地带。

五

小雨停了，只有雾水和树枝上的雨水在滴落。杰尼索夫、哥萨克大尉和彼佳默默地跟着戴尖顶帽的农民，他轻快而无声地迈开穿着树皮鞋的外八字脚，踩着树根和潮湿的落叶把他们带往林边。

这个农民经过长长的慢坡来到一片高地上，停下来四处张望，随即朝一排枝叶稀疏的树木走了过去。站在一棵树叶还没有脱落的大橡树旁神秘地招了招手。

杰尼索夫和彼佳放马过去。从农民所站的地方看得到法国人。紧挨着树林的是一片向下延伸的半坡春麦地。右面，在陡峭的谷地那边是一个小村子和地主的屋顶坍塌的住宅。在村子和地主的住宅里，在整个土冈上，在水井和池塘边，在从桥头到村子的不过二百俄丈的上坡道上，到处可以看到雾气弥漫中的成群的人。可以听到显然不是俄国人的吆喝马匹赶车上坡和彼此呼应的声音。

“把俘虏带来。”杰尼索夫说，仍目不转睛地盯着那些法国人。

一名哥萨克下马将小鼓手抱下来，和他一起来到杰尼索夫跟前。杰尼索夫指着法国人问，这都是什么部队。那孩子把冻僵的手伸进衣袋，扬起眉毛惊惧地望着杰尼索夫，看来很愿意说出他所知道的一切，可是他的回答却前言不搭后语，杰尼索夫问什么，他就肯定什么。杰尼索夫皱起眉头，转身对大尉讲了自己的设想。

彼佳迅速地转动脑袋，不时地看看小鼓手、杰尼索夫、哥萨克大尉，以及村子里和上坡道上的法国人，竭力不放过任何重要的迹象。

“多洛霍夫来也好，不来也好，必须动手了！……啊？”杰尼索夫说，眼睛里倏地闪过快活的光彩。

“这倒是动手的好地方。”大尉说。

“派步兵从洼地过去——通过沼泽地，”杰尼索夫接着说道，“他们要悄悄地逼近花园；您带着哥萨克们从那里绕过去，”杰尼索夫指着村子后面的一片树林说，“而我和骠骑兵从这里出击。以枪声为号……”

“走谷地不行，那是一片泥潭，”哥萨克大尉说，“马匹会陷进去的，要偏左一些绕过去……”

就在他们这样低声交谈时，下面在谷地里从池塘那边响起了枪声，冒出一股白烟，又是一声枪响，传来了半山腰上几百名法国人仿佛很快活的齐声呐喊。在最初的一刹那，杰尼索夫和哥萨克大尉一齐后退，他们离得太近，以为这枪声和呐喊声是冲他们来的。其实枪声和呐喊声与他们无关。谷地里有一个身穿红色衣服的人在沼泽地上跑。法国人显然是在朝他射击，冲他呐喊。

“这是我们的吉洪嘛。”哥萨克大尉说。

“是他！就是他！”

“这个大骗子。”杰尼索夫说。

“他能逃掉！”哥萨克大尉说。

他们称之为吉洪的人跑到小河边，扑通一声跳进了水里，只见水花四溅，消失片刻后，他全身衣服被水浸得发黑，又手脚着地钻了出来，爬起来就跑。追他的那些法国人都停住了脚步。

“真机灵。”哥萨克大尉说。

“这个鬼东西！”杰尼索夫还是那样气恼地说道，“他直到现在都在干些什么呢？”

“这是谁呀？”彼佳问。

“是我们的侦察兵。我派他去抓舌头的。”

“哦，对了。”彼佳听了杰尼索夫的第一句话就点头说道，仿佛他全都明白了，其实他一句也没有听懂。

吉洪·谢尔巴特是部队里最能干的人之一。他是格扎季附近的波克罗夫斯科耶村的农民。杰尼索夫在活动初期来到波克罗夫斯科耶，照例把村长叫来，问他们对法国人的情况知道些什么，这个村长和所有的村长一样，好像怕惹祸似的回答说，他们毫不知情。杰尼索夫向他们说明，他的目的是要打击法国人，当他再问起法国人到他们这里来过没有时，村长说，**匪徒**们确实来过，不过他们村子里只有吉什卡[1]·谢尔巴特处理这些事。杰尼索夫吩咐把吉洪找来，对他的行动表示赞许，当着村长的面讲了几句话，说祖国的儿子们都应当忠于沙皇和祖国，对法国人要同仇敌忾。

“我们对法国人没有干什么坏事，”吉洪说，他听了杰尼索夫的这些话似乎有些胆怯，“我们只是，这么说吧，一时兴起与伙伴们闹着玩。我们确实打死了二十来个**匪徒**，别的坏事没有干过……”

第二天杰尼索夫把这个农民完全给忘了，他走出波克罗夫斯科耶时，有人向他报告，吉洪缠着部队，请求把他留在部队里。杰尼索夫吩咐把他留下。

---

① 吉什卡是吉洪的小名。

吉洪开头干些生火、挑水、剥马皮之类的粗活，不久就表现了对游击战的很高的兴致和才干。他每到夜晚就出去找战利品，每次都能带回来法国人的一些服装和武器，只要给他下命令，他也能抓个俘虏押送回来。杰尼索夫把吉洪调离原来的工作，出去时开始把他带在身边，并将他列入哥萨克的编制。

吉洪不喜欢骑马，总是步行，却从来不落在骑兵后面。他的武器是一把短火枪、一支长矛和一柄斧子，他带短火枪大多是为了逗趣，他用斧子好像狼用它的牙齿一样，狼用牙齿捉身上的跳蚤或咬断大骨头都同样地轻松自如。吉洪抡起斧子劈开原木，抓住斧头削个小木橛儿或雕个小木勺都同样地十拿九稳。在杰尼索夫的部队里，吉洪占有与众不同的特殊地位。在碰到难活、脏活的时候，比如用肩膀扛起陷入泥浆的马车，抓住马尾拖出沼泽地里的马，剥马皮，潜入法军的中心地带，要一天走五十俄里等等——这时大家就指着他窃笑。

“他这个鬼东西才不会出什么事呢，强壮得像一匹骟马。”人们这样说他。

有一次，一个法国人在吉洪抓他时，拿手枪朝他开了一枪，击中了背部的软组织。吉洪只是用白酒内服外涂治伤，这次负伤成了全队最有趣的笑料，吉洪也乐意让他们取笑。

“怎么，老兄，不抓俘虏了吧？打成了驼背了？”哥萨克们笑着对他说，吉洪故意弓着腰，做出一副怪相，假装在生气，用最可笑的粗话骂法国人。这次事故对吉洪只有一个影响，自从负伤后他就很少带俘虏回来了。

吉洪是这支部队里最有用、最勇敢的人。谁也不像他发现了那么多袭击的机会，谁也不像他俘获和击毙那么多法国人，由于这个缘故他成了所有哥萨克和骠骑兵的开心果，他自己也乐意充当这个角色。这一回杰尼索夫在夜里就派他到沙姆舍沃去抓舌头。可是，或者因为他不满足于只抓一个法国人，或者因为他睡了一整夜，白天钻进灌木丛，闯进了法军的中心地带，于是正如杰尼索夫从山上看到的那样，他被敌人发现了。

六

杰尼索夫和哥萨克大尉又谈了谈第二天的袭击，现在眼看法国人这么近，他似乎已下定决心要打这一仗了，于是拨转马头往回走。

“喂，老弟，现在我们去把身上的衣服烘烘干吧。”他对彼佳说。

快到守林人的小屋时，杰尼索夫勒马向树林里张望。树林里，在林木之间，有一个人迈开两条长腿，摆动两条长胳膊，轻松地跨着大步走来，他身穿短袄，脚上穿着树皮鞋，头戴喀山帽，肩背火枪，腰里别着一把斧子。这个人看到杰尼索夫，急忙把什么东西扔进了灌木丛，摘下帽檐耷拉着的湿帽子，走到长官面前。这是吉洪。他满是麻子和皱纹的脸上有一双细长的小眼睛，脸上焕发着自鸣得意的神采。他高高地昂着头，仿佛忍着笑似的盯着杰尼索夫。

“说，你到哪里去了？”杰尼索夫问。

“到哪里去了？去抓法国人呗。”吉洪用嘶哑但悦耳的男低音勇敢而匆忙地回答道。

“为什么你要在白天去？蠢驴！怎么，没抓到？……”

“抓倒是抓了一个。”吉洪说。

“人在哪里？”

“那还是在天刚亮的时候最先抓到的，”吉洪叉开穿着树皮鞋的扁平的外八字脚接着说道，“我就把他带进了树林里。我一看，他不行。我想，再去抓一个好些的吧。”

“你瞧，这个大骗子，果然是这样，”杰尼索夫对哥萨克大尉说，“你怎么不把这个人带来呢？”

“干吗要带他啊，”吉洪生气地连忙接话道，“他是不中用的。难道我还不知道您需要什么样的人？”

“这个鬼东西！……后来呢？……”

“我又去抓其他法国人，”吉洪接着说，“我这样爬到树林里，就地卧倒。”吉洪突然柔韧地扑倒在地，实际表演他是怎样卧倒的。“碰巧来了一个，”他继续说，“我这样一把抱住他。”吉洪轻巧地一跃而起。“走，我说，去见团长。他嚷了起来。而他们有四个人。全都拔剑向我冲了过来。我拿斧子这样迎了上去：什么，我说，你们敢这样。”吉洪双手一挥大声喝道，威严地皱着眉头，挺起胸膛。

“怪不得我们在山上看到，你在沼泽地上那么急匆匆地蹚着水逃跑。”哥萨克大尉眯细一双闪亮的眼睛说。

彼佳很想笑，可是他看到大家都忍着没有笑。他很快地把目光从吉洪的脸上移向哥萨克大尉和杰尼索夫，不明白这是怎么回事。

“你不要装傻，”杰尼索夫很生气，轻轻地咳嗽一声说，“为什么没有把第一个俘虏带来？”

吉洪开始一手挠背，一手挠头，他的脸突然拉长了，露出一脸的傻笑，这一笑显出他缺了一颗牙（所以他才有了谢尔巴特①这个绰号）。杰尼索夫微微一笑，彼佳快活地放声大笑起来，吉洪自己也跟着笑了。

“说什么呢，他是个毫无用处的家伙，”吉洪说，“身上的衣服也不像样子，怎能带他来呢。他又很粗鲁，大人。他说：‘那怎么行，我可是一位将军的儿子，我不去。’”

“你这个蠢驴！”杰尼索夫说，“我是要盘问他……”

“我问过他了，”吉洪说，“他说：不大了解。‘我们，’他说，‘人很多，可都是窝囊废；只是，’他说，‘徒有虚名。你们狠狠地吆喝一声，’他说，‘就能把他们全都抓起来’。”吉洪说完了，高兴而坚定地看了杰尼索夫一眼。

“我狠狠地抽你一百皮鞭，看你还敢不敢装蒜。”杰尼索夫厉声说。

“何必生气呢，”吉洪说，“怎么，我没见过您要的那些法国人吗？等天黑我给您送人来，随便要什么样的，哪怕要三个也行。”

“嗨，我们走吧。”杰尼索夫说，他骑马来到守林人的小木屋那里，一路上气得皱着眉头一声不吭。

吉洪躲到后面去了，彼佳听见哥萨克们和他在笑，还嘲笑他往灌木

---

① 俄文是 щербатый，意为“有豁口的”。

从里扔掉了什么靴子。

在吉洪的话语和嬉笑声使他忍俊不禁之后，彼佳突然明白了，这个吉洪杀了一个人，心里很不以为然。回头看了看被俘的小鼓手，他的心似乎被刺得痛了一下。不过这种不以为然的感觉转瞬即逝。他感到必须把头抬得更高一些，振作起来，他郑重其事地向哥萨克大尉详细询问明天的作战行动，为的是要无愧于他置身其中的这个集体。

被派出去的军官在路上碰到了杰尼索夫，带来的消息说，多洛霍夫本人马上就到，他那里一切顺利。

杰尼索夫突然高兴起来，他把彼佳叫到身边。

“来，对我讲讲你自己的情况吧。”他说。

七

彼佳离开莫斯科，与家人分手后回到了自己的团里，此后不久被派到指挥一支大游击队的将军那里当传令官。自从被提升为军官，特别是调进作战部队参加了维亚济马战役之后，彼佳经常有一种庆幸而兴奋的心情，为他成了一个大人而感到高兴，往往激动而迫切地唯恐错过任何一个真正英勇作战的机会。他为他在军队中所见到和体验到的一切而感到非常幸福，可是与此同时他总是觉得，在那些没有他的地方正在发生最真实、最英勇无畏的战斗。于是他迫不及待地要赶往那些没有他的地方。

十月二十一日他的将军表示要派一个人到杰尼索夫的游击队去，这时彼佳那样急切地请求派他去，使将军实在无法拒绝。不过，在打发他去的时候，将军想起了彼佳在维亚济马战役中的疯狂行动，当时彼佳没有沿着大路到派他去的地方去，而是驰往前线，投身于战火之中，在那里用自己的手枪射击了两次——因此在派他去时将军曾严令他不得参与杰尼索夫的任何军事行动。所以在杰尼索夫问他可否留下时，彼佳才不禁脸红，支吾其词。在来到树林的边缘地带之前，彼佳认为他必须严格执行命令，立即回去。可是当他看到了法国人，看到了吉洪，知道夜里必定进行袭击之后，他像年轻人那样很快地改变了看法，暗自认定，他向来尊敬的将军——是个窝囊废、德国人，杰尼索夫才是英雄，哥萨克大尉也是英雄，吉洪也是英雄，他认为在危险时刻离开他们是可耻的。

杰尼索夫带着彼佳和哥萨克大尉来到守林人小屋的附近，已是暮色四合的时候。在昏暗中可以看到备好鞍子的马匹，哥萨克和骠骑兵们在一片空地上搭建窝棚，在林中的沟壑里（为了不让法国人看到烟）燃起通红的火。一个哥萨克卷起袖子在小屋的门廊里剁羊肉。小屋里，杰尼索夫部队的三个军官在用门板搭桌子。彼佳把湿衣服脱下交给人拿去烘干，立即开始协助军官们安排饭桌。

十分钟后，铺上桌布的饭桌安排好了。桌上有伏特加、装在一个军用水壶里的朗姆酒、白面包以及烤羊肉和盐。

和军官们一起坐在桌旁，用流着油的双手撕着喷香的肥羊肉，彼佳孩子般地激动，他温情脉脉地爱着所有的人，因而相信别人也同样地爱他。

“您是怎么想的，瓦西里·费多罗维奇，”他对杰尼索夫说，“我在您这儿逗留一天没有关系吧？”他不等回答，自己就回答道：“我是奉命来了解情况的，我这就是在了解呀……不过您要让我去最……去主要的……我不需要奖赏……我心里就是想……”彼佳一咬牙，把抬起的头往上一昂，抡起手臂。

“去最主要的……”杰尼索夫含笑重复道。

“只是求您一件事，把一个小分队完全交给我吧，让我来指挥，”彼佳接着说，“这对您来说有什么难的呢？噢，您要小刀？”他转问一个想要切羊肉的军官。随即把自己的小折刀递了过去。

军官称赞了他的这把小刀。

“那就请您留着用吧，我有好多这样的小刀……”彼佳红了脸说。“天哪！我完全忘了，”他忽然叫道，“我有极好的葡萄干，知道吧，就是无核的那种。我们那里有一个新来的随军商贩——那些东西多好啊。我买了一磅。我爱吃甜食。你们要吗？……”于是彼佳跑进门廊找自己的哥萨克，拿来了几袋葡萄干，大约有五磅。“吃吧，先生们，吃吧。”

“也许您需要咖啡壶吧？”他转向哥萨克大尉。“我在我们的随军商贩那里买了一把，真好！他有非常好的东西出售。而且他很诚实。这是主要的。我一定派人给您送一把来。还有，你们的打火石也许用完了，磨损了——这是常有的事啊。我带来了，我的就在这里……”他指了指袋子，“有一百个呢。我买得很便宜。请吧，要多少拿多少，要不全都拿去……”彼佳猛然大吃一惊，他是不是吹得太过火了，他住口了，脸也涨得通红。

他开始回想，还干了什么傻事没有。在逐一回忆这一天的经历时，他想起了法国小鼓手。“我们倒过得挺好，可他怎么样呢？他被塞到哪里去了？给他吃了东西吗？没有受欺负吧？”他想。可是一想起他刚才关于打火石胡吹了一通，现在就有了顾虑了。

“问一问总可以吧，”他想，“他们会说：自己还是个孩子，倒可怜起孩子来了。明天我要让他们看看，我是怎样的孩子！要是我问一问，这样做是否得体呢？”彼佳想，“嘿，无所谓！”于是立刻脸上泛起红晕，惶恐地望着军官们，看他们会不会露出嘲笑的神情，说道：

“可以把那个被俘的孩子叫来吗？给他点吃的……也许……”

“是啊，可怜的小家伙，”杰尼索夫说，看来他并不认为这个提议有什么不得体的地方，“把他叫来。他的名字叫樊尚·博斯。去叫。”

“我去叫。”彼佳说。

“你去叫，你去叫。可怜的小家伙。”杰尼索夫又说了一遍。

杰尼索夫这样说的时候，彼佳正站在门边。彼佳从军官们中间挤过来，走到杰尼索夫跟前。

“让我吻吻您吧，亲爱的，”他说，“啊，太好了！多好啊！”于是他吻了吻杰尼索夫，向外面跑去。

“博斯！樊尚！”彼佳站在门口大声喊道。

“您在找谁，先生？”黑暗中有人问。彼佳回答说，要找今天被俘的那个法国孩子。

“啊，韦先尼？”一个哥萨克说。

他的名字樊尚已经变了样：哥萨克叫他韦先尼，农民和士兵叫他韦谢尼亚。这两种叫法都使人想起春天，和年纪轻轻的少年的形象是吻合的。

“他在篝火旁烤火。喂，韦谢尼亚！韦谢尼亚！韦先尼！”黑暗中传来连续不断的呼唤声和笑声。

“这孩子很机灵，”站在彼佳身边的一个骠骑兵说，“我们刚才给他吃过了。他饿坏了！”

黑暗中响起了脚步声，小鼓手光着脚在泥泞中吧嗒吧嗒地来到了门口。

“啊，是您！”彼佳说。“想吃吗？别怕，他们不会难为您的，”他又说，胆怯而亲切地碰碰他的手，“进来，进来。”

“谢谢，先生。”小鼓手几乎是用童音颤抖地说，开始在门槛上擦着自己的脏脚。彼佳有很多话想对小鼓手说，可就是不敢说。他在门廊里犹豫不决地站在他身边。后来在黑暗中抓住他的手握了握。

“进来，进来。”他只是耳语般地柔声说。

“唉，我能为他做些什么呢！”彼佳自言自语道，他推开门，把孩子让到自己前面。

小鼓手走进木屋后，彼佳在离他远些的地方坐了下来，认为太关注他是有失体面的。他只是摸着口袋里的钱，不知道把这些钱拿给小鼓手是否得体。

八

按照杰尼索夫的命令，给小鼓手拿来了伏特加和羊肉，杰尼索夫还吩咐给他穿上俄式长衫，把他留在部队里，以免和俘虏们一起被送走。彼佳对小鼓手的注意因为多洛霍夫的到来而被吸引开了。彼佳在军中听到很多关于多洛霍夫非凡勇敢和对法国人异常冷酷的故事，因此多洛霍夫一走进木屋，彼佳便目不转睛地看着他，心情越来越振奋，他把抬起的头一扬，决心要配得上甚至与多洛霍夫这样的人为伍。

多洛霍夫外表的朴实使彼佳大为讶异。

杰尼索夫身穿哥萨克上衣，留着大胡子，胸前挂着显圣者尼古拉的圣像，用说话的态度并通过一切方式显示自己地位的特殊性。相反，当初在莫斯科身穿波斯服装的多洛霍夫，现在却是一副循规蹈矩的近卫军军官的打扮。他的脸刮得干干净净，身穿近卫军的棉上装，纽襻上别着圣乔治勋章，端正地戴着普通的军帽。他在墙角脱下潮湿的斗篷，走到杰尼索夫面前，和谁也没有打招呼，立刻就问到正题。杰尼索夫向他讲了两支大游击队对他们的运输队所抱有的企图，讲到彼佳被派来以及他是怎样回答两位将军的。然后杰尼索夫讲了他所知道的法军的全部情况。

“情况是这样，不过必须知道，那是什么部队，有多少人，”多洛霍夫说，“必须去一趟。没有确切地了解他们的人数就贸然投入战斗是不行的。我喜欢按部就班地办事。现在，诸位有谁愿意和我到他们的军营去走一趟呢。我随身带着几套军服。”

“我，我……我和您去！”彼佳叫道。

“根本不需要你去，”杰尼索夫说，又转向多洛霍夫，“我是无论如何不放他走的。”

“这就奇了！”彼佳大声叫道，“为什么我就不能去呢？……”

“就因为没有必要。”

“啊，那可不行，因为……因为……我要去，就是要去。您带我去吗？”他问多洛霍夫。

“为什么不呢……”多洛霍夫漫不经心地回答道，他在注视着法军鼓手的脸。

“这个花花公子早就在你这里了？”他问杰尼索夫。

“是今天抓到的，可他什么也不知道。我把他留在自己身边了。”

“那么你把其余的那些俘虏都藏到哪里去了？”多洛霍夫问。

“什么藏到哪里去了？是凭收条交人的！”杰尼索夫突然涨红了脸叫道，“我敢说，没有一个人的死亡能归罪于我。对你来说，派兵把三十个或三百个人押送到城里去，难道，恕我直言，比玷污一个军人的荣誉更难吗？”

“一个十六岁的年轻伯爵说这些慈悲为怀的话倒也合情合理，”多洛霍夫冷冷地讽刺道，“而你是不该这么说的。”

“怎么，我没说什么呀，我只是说，我一定要跟您去。”彼佳怯生生地说道。

“至于我和你，老弟，该是抛弃这种慈悲心肠的时候了，”多洛霍夫继续说道，仿佛谈论这个激怒杰尼索夫的话题特有乐趣，“为什么你要把这个人留在身边？”他摇着头说，“因为你可怜他？我们知道你的那些收条。你送走一百个人，到达目的地的只有三十个。其他的人不是饿死就是被打死了。干脆不留俘虏，还不是一样？”

哥萨克大尉眯着闪亮的眼睛，点头赞同。

“是一样，没什么可说的。可我不愿揽在自己身上。你说他们反正得死。好吧，你说得对。可是并非因我而死。”

多洛霍夫笑了。

“谁没有给他们这些人下过二十次命令要抓捕我呢？要是抓到了——抓到我和有骑士风度的你，同样都会给吊死在杨树上。”他沉默了片刻。“不过要去办正事了。把我的带着马褡子的哥萨克派去吧！我有两套法国军服。怎么，你跟我去？”他问彼佳。

“我？是呀，是呀，一定去。”彼佳朝杰尼索夫瞟了一眼，大声说道，脸红得要掉眼泪了。

在多洛霍夫和杰尼索夫争论该怎样处置俘虏的时候，彼佳又感到发窘、着急了，可是又未能好好领会他们所谈的问题。“要是有名望的大人都这样想，那就是说，应当这样，就是说，这样做是对的，”他想，“主要的是，不能让杰尼索夫以为我会听他的，以为他可以指挥我。我一定要和多洛霍夫到法国军营去。他能去，我也能。”

对杰尼索夫劝他不要去的所有说辞，彼佳都回答说，他也喜欢按部就班地办事，而不是毫无准备地碰运气，而且他从来不考虑自己个人的安危。

“因为——您得承认——要是不确切地了解那里有多少人，这也许会决定几百人的生死，而现在只是我们这三个人，再说，我很想这样做，一定、一定要去，您就不要拦我了，”他说，“那样只会适得其反……”

九

彼佳和多洛霍夫穿上法国军大衣，戴上高筒帽，骑马前往杰尼索夫视察营地的林间通道，在漆黑的夜色中走出树林，便往下朝谷地走去。来到下面后，多洛霍夫吩咐陪他来的几名哥萨克等在这里，随即沿着大路朝桥头疾驰而去。彼佳激动得神采飞扬，与他并辔驰骋。

“要是我们落入敌手，我决不活着投降，我有一把手枪。”彼佳低声说。

“不要讲俄语。”多洛霍夫很快地悄声说道，就在这时传来了喝问声：“什么人？”同时响起了拉枪栓的声音。

血涌到了彼佳的脸上，他一把抓住手枪。

“我们是六团枪骑兵。”多洛霍夫说，没有加快也没有减慢马的行进速度。一名哨兵的黑色身影站在桥上。

“口令？”多洛霍夫勒马缓步而行。

“告诉我，热拉尔上校在这里吗？”他说。

“口令！”哨兵没有回答，挡着路说。

“军官巡视散兵线，哨兵是不问口令的……”多洛霍夫叫道，他勃然大怒，放马撞向哨兵，“我问你，上校在这里吗？”

多洛霍夫不等闪在一旁的哨兵回答，便策马慢步登山。

多洛霍夫发现一个穿越道路的人的黑影，便拦住这个人问他，指挥官和军官们在哪里？这个人是肩背口袋的士兵，他停下来走到多洛霍夫的马跟前拍拍它，简单而友好地说，指挥官和军官们在山坡的更高处，在右边一座农场的院子里（他把地主庄园叫做农场）。

多洛霍夫一路走过去，道路两旁都是法国人在篝火边说话的声音。他拐向地主家的院子。进了院门后，他下马来到一个烈火熊熊的大篝火那里，有几个人坐在篝火周围大声交谈。边上的一口锅里煮着什么东西，一个头戴尖顶帽、身穿蓝色军大衣的士兵跪在地上，被火光照得通亮，正拿着通条在锅里搅拌着。

“噢，这个鬼东西是不会听命于人的。”一个军官说，他坐在篝火那一边的阴影里。

“他会把他们臭骂一顿……”另一个笑着说。两个都不作声了，朝黑暗中传来多洛霍夫和彼佳的脚步声的地方张望，他们正牵着马走近篝火。

“你们好，先生们！”多洛霍夫清楚地大声说。

军官们在篝火的阴影里骚动起来，一个脖子很长的高个子军官绕过篝火来到多洛霍夫面前。

“是您吗，克莱芒？”他问，“从哪里来的呀，鬼东西……”不过他没有说下去，发觉自己认错了人，于是微微皱眉，像对陌生人那样同多洛霍夫打了招呼，问他有什么可以效劳的地方。多洛霍夫说，他和同伴在追赶自己的团，随即转向大家，问军官们是否知道六团的什么情况。大家都一无所知；这时彼佳觉得，军官们都抱有敌意，怀疑地打量着他和多洛霍夫。有几秒钟全都沉默着。

“要是你们打算在这里吃晚饭，那就来得太迟了。”篝火后面有人含蓄地笑道。

多洛霍夫回答说，他们不饿，还要赶夜路呢。

他把两匹马交给在锅里搅拌食物的士兵，走到篝火旁，在长脖子军官身边蹲了下来。这个军官目不转睛地看着多洛霍夫，又问他是哪个团的？多洛霍夫没有回答，仿佛没有听到这个问题，他从口袋里拿出法式短烟斗抽了起来，问军官们，在他们前面的路上是不是有遭遇哥萨克的危险。

“这些强盗到处都是。”篝火那一边的一个军官回答道。

多洛霍夫说，哥萨克只是对他和同伴这样掉队的人员才是可怕的，不过，哥萨克未必敢袭击大部队吧，他疑问地加了一句。谁也没有回答他。

“好了，现在他要离开了。”彼佳站在篝火前听他说话，每一分钟都在这样想。

可是多洛霍夫又开始了中断的谈话，而且直接问起他们每营有多少人，共有几个营，抓了多少俘虏。在问到他们部队里的俄国俘虏时，多洛霍夫说：

“带着这些死尸是个大麻烦。不如把这帮歹徒全都毙了。”随即那么怪异地大笑起来，以至彼佳觉得，法国人马上就会识破骗局，不由自主地从篝火边后退了一步。谁也没有回应多洛霍夫的话和笑声，一个不见其人的法国军官（他蒙着军大衣躺着）欠起身来，对一个同伴小声说了什么。多洛霍夫站起来呼唤士兵牵马。

“他们会把马给我们吗？”彼佳想，不由得向多洛霍夫靠拢。

两匹马牵来了。

“再见，先生们。”多洛霍夫说。

彼佳想说声晚安，却未能把这句话说完。军官们在小声地彼此交谈着。多洛霍夫好久没有骑上躁动不安的马；后来骑着马缓步走出院门。彼佳和他并辔而行，法国人是不是在后面追赶他们呢？彼佳很想回头看一下，却又不敢。

来到路上后，多洛霍夫没有朝田野往回走，而是沿着村子走。他在一个地方停下，侧耳倾听。

“你听见了吗？”他问。

彼佳听出那是俄国人的声音，看到一堆篝火旁有俄国俘虏们的黑色身影。往下走到桥头后，彼佳和多洛霍夫从一言不发、沉着脸在桥上走来走去的哨兵身旁经过，终于到达了谷地，哥萨克们在那里等着他们。

“好，现在再见了。告诉杰尼索夫，黎明时以第一声枪响为号。”多洛霍夫说完要走了，但是彼佳伸手抓住了他。

“不！”他叫道，“您真是一位英雄。噢，真好！真出色！我非常爱您。”

“好了，好了。”多洛霍夫说，可是彼佳不肯松手，多洛霍夫在黑暗中看到彼佳向他俯过身来。他是要亲吻。多洛霍夫吻了吻他，笑了，于是拨转马头消失在夜色中。

十

回到守林人的小屋，彼佳在门廊里碰到了杰尼索夫。杰尼索夫焦急不安，怪自己不该放走彼佳，这时正在等他。

“谢天谢地！”他叫道。“啊，谢天谢地！”他听着彼佳激动的讲述，又说了一遍。“你这个鬼东西，为了你我一宿没睡！”他说，“好了，谢天谢地，现在你去睡吧。天亮前我们还能打个盹儿。”

“好的……不，”彼佳说，“我还不想睡。我很了解自己，要是睡着了，那就完了。再说，我已经习惯了，在战斗之前我是不睡觉的。”

彼佳在小屋里坐了一会儿，高兴地回忆着此行的详情细节，生动地想象着明天的情况。后来他发现杰尼索夫睡着了，便站起来到外面去。

户外还是很暗。小雨停了，不过树木还在滴水。在小屋附近可以影影绰绰地看到哥萨克的窝棚和拴在一起的马匹。在一个小板棚那边有两辆载重马车显得黑糊糊的，马车旁站着几匹马，峡谷里闪着一处即将熄灭的火光。哥萨克和骠骑兵并没有全都睡下：有些地方可以听到耳语般的轻轻的说话声，应和着水点滴落和近处马匹咀嚼的声音。

彼佳走出门廊，在黑暗中环顾四周，向载重马车走去。马车下有人在打鼾，马车周围有几匹备好鞍子的马在咀嚼着燕麦。彼佳在黑暗中认出了自己的马，他叫它卡拉巴赫①，其实这是一匹乌克兰马，他走到它跟前。

“喂，卡拉巴赫，明天我们要好好干。”他说，嗅着它的鼻孔并吻着它。

“怎么，少爷，您没有睡？”坐在马车下面的哥萨克说。

“没有；啊……利哈乔夫，好像是这样叫的吧？我刚回来。我们到法国人那里去了一趟。”于是彼佳不仅详细地对他讲了自己此行的经过，还讲了他为什么要去，以及为什么他认为：宁可冒生命的危险也不能贸然行事。

---

①卡拉巴赫是阿塞拜疆的一个地名，该地产马。

“我说，您还是睡一觉吧。”哥萨克说。

“不，我习惯了，”彼佳回答道，“怎么样，你手枪里的打火石好使吗？我这儿有。要不要？你拿吧。”

哥萨克从马车下探出头来，想更近地仔细看看彼佳。

“因为我习惯了，总是按部就班地办事，”彼佳说，“有些人很马虎，不做好准备，后悔就晚了。我不喜欢这样。”

“这是实话。”哥萨克说。

“还有一件事，亲爱的，请你把我的马刀磨得锋利些；使得钝了……（但是彼佳怕说谎话了）它还不曾开刃呢。可以吗？”

“当然可以。”

利哈乔夫站起身来，在马褡子里摸索了一会儿，不久彼佳就听到了磨刀霍霍的声音。他爬上马车坐在边上。哥萨克在马车下面磨刀。

“怎么样，弟兄们都睡了吗？”彼佳问。

“有的睡了，有的就像我们这样。”

“喂，那个孩子呢？”彼佳说。

“韦先尼？他在那里，在门廊里躺着呢。受过惊吓的人睡得更香甜。他好高兴啊。”

此后彼佳沉默了很久，倾听着各种声音。黑暗中传来了脚步声，出现了一个黑色身影。

“你在磨什么呢？”这个人走到马车前问道。

“为这位少爷磨马刀。”

“这是好事，”这个人说，彼佳看出他是骠骑兵，“一个杯子忘在这里了吧？”

“就在车轮旁边。”

“看样子天快亮了。”他说，打着哈欠走了过去。

彼佳本该知道，他是在树林里，在离开大道一俄里的杰尼索夫的游击队里，坐在从法国人那里缴获的载重马车上，旁边拴着几匹马，哥萨克利哈乔夫坐在他下面为他磨马刀，右面一个很大的黑点是守林人的小屋，左下方一个闪亮的红色斑点是即将熄灭的篝火，刚才来拿杯子的人是一个想喝水的骠骑兵，可是他对这些不知道，也不想知道。他是在一个奇妙的仙境里，这里的一切都与现实毫无相似之处。那个大黑点也许真的是守林人的小屋，也许却是通往大地最深处的一个洞穴。红色斑点也许是一团火，也许却是一头巨大怪兽的一只眼睛。也许他现在真的是坐在马车上，但很可能不是坐在马车上，而是坐在高得吓人的塔上，从塔上掉下去，掉到地上要一天、一个月——老是往下掉，却永远掉不到可以落脚的地方。也许马车下坐的就是一个普通的哥萨克利哈乔夫，但很可能这是谁也不知道的世上最勇敢善良、最奇异、最不同凡响的人物。也许那真的是来取水又到谷地去的骠骑兵，但也许他刚从视线中消失，便彻底消失，再也没有他这个人了。

不管彼佳现在看到什么，都不会感到奇怪。他是在一个奇妙的仙境里，在这里什么都是可能的。

他仰首望天。天上也和人间一样奇妙。天色放晴了，云彩在树梢上迅速飘过，仿佛是要展现星星。有时觉得，天色放晴，露出了幽暗、纯净的天空。有时觉得，那些黑点是片片乌云。有时觉得，天空在头顶上高高地、高高地升起；有时天幕低低地垂落，仿佛伸手可及。

彼佳闭上眼睛，轻轻地摇晃起来。

水点在滴落。有低低的说话声。马在嘶鸣，互相冲撞。有人在发出鼾声。

“霍嗤，嗤，霍嗤，嗤，”马刀在磨刀石上发出啸声。彼佳蓦地听到了音乐的和谐的合奏，在演奏一曲陌生的庄严悦耳的颂歌。彼佳的音乐天赋不亚于娜塔莎而胜过尼古拉，可是他从未学过音乐，也没有想到过音乐，因而蓦然出现在他脑海中的旋律便显得特别新颖而富于魅力。音乐声越来越清晰可闻。曲调在发展，从一种乐器的风格转为另一种乐器的风格。出现了所谓的赋格[①]，不过彼佳对什么叫赋格毫无概念。每一种乐器都时而像小提琴，时而像小号——但是比小提琴和小号更美、更清纯——每种乐器都有自己的特点，还没有奏完一个曲调，便

① 赋格是拉丁文 fuga 的音译，意为“追逸”“遁走”。西洋复调曲式之一。

融入另一种乐器，后者几乎在开始同样的演奏，又融入第三种、第四种乐器，于是它们都合而为一，又各自遁走，于是又合而为一，时而融合为庄严的教堂音乐，时而融合为明快的华丽而喜庆的格调。

“噢，是的，我这是在梦里，”彼佳的身子朝前一冲，说道，“这是我耳朵里的声音。也许这就是我的音乐。喃，又开始了。来吧，我的音乐！来呀！……”

他闭上了眼睛。于是四面八方，仿佛来自远方的音乐忽隐忽现，开始彼此协调、遁走、融合，一切又结合成那悦耳的庄严颂歌。“噢，这是多么美呀！完全如我所愿。”彼佳自言自语道。他试图指挥这乐器的大合奏。

“喂，轻些、轻些，现在要柔和。”声音都听从了他的要求。“喂，现在要饱满些，高兴些。再欢快些。”于是从某个深处升起渐渐增强的庄严的声音。“喂，加入声乐！”彼佳命令道。于是从远方首先传来男声，然后是女声。歌声在从容而激昂的努力中增强、增强。彼佳惊喜交集地倾听着这美妙非凡的歌声。

歌声和庄严的胜利进行曲融合在一起，这时水点在滴落，马刀在发出嗤、嗤、嗤的啸声，马匹又在互相冲撞和嘶鸣，而这一切并没有破坏合唱，而是融入其中。

彼佳不知道这延续了多久：他体验到一种无上的喜悦，一直对自己的喜悦感到惊讶，并且因为没有人与他共享而惋惜。利哈乔夫的温和的声音惊醒了他。

“磨好了，大人，您可以把法国人劈成两半。”

彼佳醒了。

“天已经亮了，真的，天亮了！”彼佳叫道。

原来看不见的马现在连马尾也看得见了。透过光秃秃的树枝可以看到淡淡的乳白色。彼佳浑身一震，跳起身来，从口袋里摸出一个卢布，给了利哈乔夫，试着挥一挥马刀，插进了刀鞘。哥萨克们在解开马匹，收紧马肚带。

“瞧，指挥官来了。”利哈乔夫说。

杰尼索夫从守林人的小屋里出来了，他把彼佳叫到身边，下令集合。

十一

大家在天色微明中迅速找到自己的马，收紧了马肚带，按小队集合。杰尼索夫站在守林人的小屋旁，发出最后的命令。响起了步兵几百只脚的脚步声，他们沿着大路走在前面，迅速隐没在黎明前雾气弥漫的树木之间。哥萨克大尉在向哥萨克们发布指示。彼佳牵着马，迫不及待地等候着上马的命令。他那冷水洗过的脸上，尤其是那双眼睛洋溢着火热的激情，神经紧张的寒噤不断地掠过他的脊背，全身都在迅速而均匀地颤抖。

“喂，你们都准备好了吗？”杰尼索夫说，“把马都牵过来。”

马都牵来了。杰尼索夫对一名哥萨克大发脾气，因为马肚带没有束紧，他大骂一通后上了马。彼佳踏上马镫。那匹马习惯性地想咬一下他的脚，可是彼佳仿佛感觉不到身体的分量，一跃上马，向杰尼索夫走去，一边回头张望身后在黑暗中出动的骠骑兵。

“瓦西里·费多罗维奇，您有什么任务给我吗？求您了……看在上帝分上……”他说。杰尼索夫好像忘记了有彼佳这个人。他回头看了他一眼。

“我对你有一个请求，”他严厉地说，“服从我的命令，不准到任何地方去乱闯。”

一路上杰尼索夫没有和彼佳再说一句话，只顾默默地走。来到树林的边缘地带后，田野上已经明显地亮了起来。杰尼索夫对哥萨克大尉小声地说了什么。于是哥萨克们开始从彼佳和杰尼索夫身旁走过去。等他们全都过去后，杰尼索夫催动坐骑下山。马匹蹲下后腿，马蹄直打滑，驮着自己的骑者到下面的谷地去。彼佳骑马走在杰尼索夫身边。他全身的颤抖愈来愈剧烈。天越发亮了，只有雾气遮掩着远处的景物。杰尼索夫下到谷底，回头看了一眼，对站在他身旁的哥萨克点了点头。

“发信号！”他说。

一名哥萨克抬起手开了一枪。就在那一瞬间前面响起了奔驰的马蹄声、来自不同方向的呐喊声以及枪声。

就在最初的马蹄声和呐喊声响起的同一瞬间，彼佳猛地催动坐骑，放松缰绳，不理会向他吆喝的杰尼索夫，往前方疾驰而去。彼佳觉得，在第一声枪响的那一刻，天色陡然亮得恍如白昼。他驰往桥头。哥萨克们在前面的路上奔驰。在桥上他和一名掉队的哥萨克撞在一起，又继续奔驰。前面有些人——那大概是法国人——从道路的右面往左面跑。有一个倒在彼佳马腿下的泥泞里。

在一个农舍旁有一群哥萨克在忙着什么。人群中响起了一声惨叫。彼佳放马过去，他第一眼看到的是一个法国人的惨白的、下巴颏哆嗦着的脸，他手里抓着刺向他的长矛的木杆。

“乌拉！……弟兄们……是咱们的人……”彼佳大声说道，给暴躁起来的马放开缰绳，沿着街道向前疾驰。

只听前面有枪声。哥萨克、骠骑兵以及在道路两边奔跑的衣衫褴褛的俄国俘虏都在大声地乱嚷着什么。一个没有帽子、红脸膛上满是褶皱、身穿蓝色军大衣的剽悍的法国人在用刺刀抵挡几个骠骑兵。彼佳赶到时法国人已经倒下了。“又迟了一步。”这个念头一闪而过，于是彼佳驰往枪声密集的地方。密集的枪声来自他和多洛霍夫昨夜去过的那个地主的宅院。法国人埋伏在篱笆后面长满灌木丛的花园里，朝聚集在院门边的哥萨克射击。在快到院门时，彼佳在硝烟中看到了多洛霍夫苍白发青的脸，他在向士兵们叫嚷着什么。“迂回过去！等候步兵！”他大声叫道，这时彼佳已经到了他身旁。

“等候？……乌拉—拉—拉！……”彼佳大声呐喊，没有片刻的迟疑，向枪声密集、硝烟更浓的地方飞驰而去。一阵排枪响过，子弹呼啸，凌空而过或打中了什么。哥萨克们和多洛霍夫紧跟彼佳，策马奔进了宅院的大门。法国人在摇曳的浓烟中有的扔下武器，从灌木丛里迎着哥萨克跑出来，有的逃往山下的池塘。彼佳骑着马在地主的宅院里奔驰，他没有握住缰绳，却奇怪而快速地舞动双手，越来越向马鞍的一侧倾斜。他的马闯到在晨曦中阴燃的篝火跟前陡然停住，于是彼佳落马，

沉重地倒在潮湿的土地上。哥萨克们看到，他的手和脚都很快地抽搐着，头却一动不动。子弹打穿了他的脑袋。

一个军衔最高的法国军官用长剑挑着手绢从屋后出来，向多洛霍夫宣布法军投降，多洛霍夫同他交谈几句后，下马走到摊开双手躺在地上不动的彼佳跟前。

“死了。”他皱起眉头说，朝院门走去，迎着向他驰来的杰尼索夫。

“打死了？！”杰尼索夫大叫，远远地就看到彼佳躺在地上，那是他所熟悉的必死无疑的姿势。

“死了，”多洛霍夫又说了一遍，仿佛说出这句话能使他得到快感，他快步走向被已经下马的哥萨克包围的俘虏们，“我们不留俘虏！”他朝杰尼索夫大声叫道。

杰尼索夫没有回答；他骑马来到彼佳跟前，下马用颤抖的双手捧起彼佳沾满鲜血和污泥的已经发白的脸。

“我爱吃甜食。极好的葡萄干，全都拿去吧。”他在回忆着。哥萨克们听到一声犬吠似的声音，惊讶地回过头来，杰尼索夫发出这样的声音很快地扭开头，走到篱笆边，紧紧地抓住篱笆。

在杰尼索夫和多洛霍夫解救出来的俘虏中有皮埃尔·别祖霍夫。

十二

从莫斯科出发后，一路上法国当局再也不曾有过任何关于皮埃尔所在的那批俘虏的命令。十月二十二日，与这批俘虏同行的已经不是从莫斯科出发时的那支部队和辎重车队。在行军的最初几天跟在他们后面的载运干粮的辎重车队，一半被哥萨克截获，另一半走到前面去了；原来走在前面的步行的骑兵已一个不剩，全部消失。最初几天可以看到的前面的炮兵部队不见了，在那里的现在是朱诺[1]元帅的一支庞大的运输车队，由威斯特伐利亚人护送。跟在俘虏后面的是运送骑兵用具的

---

①朱诺（1771—1813），法国元帅，1812年指挥威斯特伐利亚人的一个军。

车队。

从维亚济马出发的法国部队原来分为三个纵队行进，现在全都混在一起了。离开莫斯科后，皮埃尔在第一次中途休息时所看到的混乱状态现在已到了无以复加的地步。

他们行进的大路两旁到处是死马；从各部队掉队的衣衫褴褛的人们在不断地变动，时而加入行进中的纵队，时而又掉队了。

在行军中有过几次虚假的警报，于是押送兵们端起枪胡乱射击，挤挤撞撞地拼命逃跑，后来又集合起来，因为虚惊一场而互相谩骂。

这三个走在一起的庞大集群——骑兵一伙、俘虏一伙和朱诺的运输队——毕竟还构成某种单位，尽管三者的人数都在迅速地减少。

起初有一百二十辆马车的骑兵车队，现在剩下的已不足六十辆；其余的都被抢走了或是被扔掉了。朱诺的运输队也有几辆马车被丢弃或被抢走。有三辆马车被达武那个军的掉队士兵拥上来一抢而光。皮埃尔从那些德国人的谈话中听说，护送运输队的人比押送俘虏的人还多，他们的一个同伴德国籍士兵被元帅亲自下令枪毙，因为在他那里找到了一把属于元帅的银汤匙。

在这三个集群中，人数减少得最多的是俘虏。离开莫斯科时的三百三十人，现在剩下的还不到一百。俘虏比骑兵的马鞍和朱诺的行李更使押送的士兵受累。他们明白，马鞍和朱诺的那些汤匙可能会有点用处，可是为什么挨饿受冻的押送兵要站岗放哨，看守那些同样挨饿受冻的俄国人呢，他们沿途大批死亡或掉队，而掉队者是奉命要就地枪毙的——这不仅费解，而且令人反感。因而自己处境凄惨的押送人员似乎很怕屈服于内心对俘虏的怜悯之情而使自己的处境更加恶化，于是对俘虏的态度特别阴沉而严厉。

在多罗戈布日，押送兵把俘虏锁在马厩里，出去抢劫自己的仓库，有几个被俘的俄国士兵在墙脚下挖洞逃跑，可是被法国人抓住枪毙了。

离开莫斯科时曾规定被俘的军官和士兵分开走，这个规定早就废除了；凡是能走的都在一起走，从昼夜赶路的第三天起，皮埃尔已经又和卡拉塔耶夫会合了，还有认定卡拉塔耶夫是自己主人的那条浅紫色的罗圈腿小狗。

走出莫斯科的第三天，卡拉塔耶夫曾在莫斯科的医院卧病治疗的寒热病发作，随着卡拉塔耶夫渐渐虚弱，皮埃尔开始疏远他了。皮埃尔不知为什么，但自从卡拉塔耶夫病体虚弱，皮埃尔就必须勉强自己才能走到他跟前。在向他走过去时，听到他在中途休息时总是躺着发出的那种微弱的呻吟，闻到卡拉塔耶夫身上散发的现在变得很难闻的气味，皮埃尔便走开，离他远些，也不去想他。

被拘禁在板棚里的时候，皮埃尔不是凭理智，而是凭切身经验，全身心地感悟到，人是为幸福而生的，幸福在于人本身，在于人的自然需求得到满足，而一切不幸并非来自匮乏，而是来自过剩；不过现在，在最近这三个星期的行军中，他又感悟到一个新的令人宽慰的真理——世上没有什么是可怕的。他认识到，因为没有一种境遇，人在其中是幸福和完全自由的，所以也没有一种境遇，人在其中是完全不幸和不自由的。他认识到，痛苦有限度，自由也有限度，而这种限度很接近；一个人因为他的粉红色被子里卷进一片枯叶而痛苦，正如他现在这样直接睡在潮湿的地上、身子一边冷一边热而痛苦一样；过去他穿上狭窄的舞鞋而痛苦，正如他现在赤裸着（因为他的鞋早就破得不能穿了）布满化脓的伤口的双脚走路而痛苦一样。他认识到，在他觉得是根据自己的意愿娶了自己的妻子之后，他并不比现在这样被关在马厩里过夜更自由。在他后来也称之为痛苦，但当时几乎没有感觉到痛苦的种种遭遇之中，主要的是那双磨破的伤口结了痂的光脚。（马肉又好吃又有营养，用来代替食盐的火药甚至有一股矿物盐的扑鼻香气，天气不太冷，白天走路时还很热，夜里有篝火；虱子咬得浑身暖洋洋的。）就是这双脚，在初期使他很难受。

在行军的第二天，皮埃尔在篝火旁察看了化脓的伤口，认为无法走路了，可是别人都站起来后，他也跛着脚走了，等到身子暖和过来，走路却不疼了，不过到晚上这双脚看上去就更可怕了。但是他不看自己的脚，想着别的事情。

皮埃尔只是现在才懂得了人的强大的生命力，以及转移注意力所具有的解救作用，这很像蒸汽锅炉中的安全阀门，蒸汽的密度超过一定标准时，安全阀门便把多余的蒸汽排放出去。

他没有看到，也没有听到，掉队的俘虏被枪毙，尽管这样死去的俘虏已有一百多人。他不去想卡拉塔耶夫，这个人日渐虚弱，显然不久就会遭到同样的命运。皮埃尔更不会想自己。他的处境越困苦，前途越可怕，他就越是不理会他的处境而沉湎于快乐和欣慰的思绪、回忆和想象。

十三

二十二日中午，皮埃尔沿着一条路滑难行的泥泞的山道上山，望着自己的脚和坎坷不平的路。他偶尔抬头看看他周围熟悉的人群，又看着自己的脚。两者都是他非常熟悉的。浅紫色的罗圈腿小狗灰毛在路边欢快地奔跑，为了显示它的灵巧和得意，不时蜷起一条后腿，用三条腿跳跃，然后又撒开四条腿吠叫着扑向落在尸体上的一群乌鸦。灰毛比在莫斯科时更快活、更肥胖了。四面八方遍地都是各种动物——从人到马的腐烂程度不等的肉体；行进的人们不让野狼靠近，灰毛总是可以尽情地吃个够。

从早晨起小雨就下个不停，似乎眼看就要雨过天晴了，可是在短暂的放晴之后，雨下得更大了。被雨水浸透的道路已经不再吸水，于是雨水就像小溪一样沿着车辙流淌。

皮埃尔在数着脚步走路，每走三步就扳下一根手指，一边四处张望，怕被别人看见。他在心里对雨说：下吧，下吧，下得更大些吧！

他觉得，他什么也没有想；其实在他内心的某个深远的角落在想着某种重要而令人欣慰的东西。这就是他从昨晚和卡拉塔耶夫的谈话中所吸取的微妙的精神上的启示。

昨天在夜间宿营时皮埃尔在熄灭的篝火旁冻僵了，他站起来走到最近的一个烧得较旺的篝火那里。普拉东就坐在这堆篝火边，他像穿法衣那样连头裹着军大衣，用他那口齿伶俐、悦耳但病弱的声音向士兵们讲述一个皮埃尔所熟悉的故事。时间已过午夜。这时卡拉塔耶夫通常在寒热病发作后缓了过来，显得特别活跃。朝篝火走过去时，听到普拉东的病弱的声音，看到他被火光照亮的可怜的病容，皮埃尔的心仿佛被刺痛了。他对这个人的怜悯使他吃了一惊，想走开，可是没有别的篝火了，于是皮埃尔坐到篝火旁，竭力不去看他。

“你身体怎么样？”他问。

“身体怎么样？抱怨生病——上帝就不会赐你一死。”卡拉塔耶夫说，立刻又接着讲他的故事。

“就这样，我的老弟，”普拉东继续说道，消瘦、苍白的脸上笑意盈盈，眼睛里闪着一种特别的快乐的光芒，“瞧，我的老弟……”

皮埃尔早就知道这个故事了，卡拉塔耶夫曾有五六次对他一个人讲过，而且总是怀有一种异样的喜悦。但是不管皮埃尔多么熟知这个故事，他现在还是像第一次那样凝神倾听，卡拉塔耶夫讲的时候似乎怀有的那种安详的喜悦也感染了皮埃尔。这个故事讲的是一个年老的商人，他和一家人过着体面的敬神的生活，有一天他和一个富商朋友结伴前往马卡里耶。

在客栈住下后，两个商人都睡着了，第二天却发现商人的朋友被杀并遭到抢劫。在老商人的枕头底下找到了一把带血的刀。商人被审判，处以鞭刑，又撕破鼻孔——卡拉塔耶夫说这是按常规行事——然后被流放服苦役。

“瞧，我的老弟（皮埃尔来时卡拉塔耶夫正讲到这里），这个案子过了大约十年或更久。小老头在苦役中度日。他老老实实地服从，不做坏事。只求上帝赐他一死。好吧。于是有一天夜里，他们这些苦役犯就像你我这样相聚在一起，小老头也在。话题涉及他们谁由于什么缘故、犯下了什么罪孽而在这里受苦。他们讲了起来，有的杀了一个人，有的杀了两个，有的是纵火犯，有的是逃亡的农奴，没有干过别的坏事。大家问小老头：老爷爷，你为什么在这里受苦呢？他说，我呀，亲爱的老弟们，在这里受苦是因为自己和人间的罪孽。可我没有杀过人，没有拿过别人的东西，倒是救济过穷苦的乡亲们。我呀，亲爱的老弟们，是个商人；家里很有钱。如此这般，他讲了下去。于是对他们有头有尾地讲了案子的全部经过。他说，我并不为自己悲伤。这是上帝对我的惩罚。他说，我只是可怜自己的老伴和孩子们。于是小老头哭了，哭得很伤心。碰巧杀了那个商人的人就在他们中间。他问：老爷爷，这事发生在哪里？是什么时候的事，发生在几月里？他全都问到了。他的心痛了起来。于是他走到小老头面前，扑通一声跪倒在地。他说，老人家，你是在为我遭罪啊。千真万确；弟兄们，这个人是无辜受苦。他说，那是我干的，趁你睡觉时我把刀放在你的枕头底下。他说，爷爷，看在基督分上，宽恕我吧。”

卡拉塔耶夫沉默了，高兴地含笑看着篝火，拨弄一下劈柴。

“小老头就说：上帝会宽恕你，而我们所有的人在上帝面前都是有罪的，我是由于自己的罪孽而在受苦。他流下了伤心的泪水。你想得到吗，小鹰，”卡拉塔耶夫说，脸上焕发着越来越灿烂的激动的微笑，仿佛在他现在要说的话里才包含着这个故事的主要魅力和全部意义，“你想得到吗，小鹰，这个杀人犯自己向当局自首了。他说，我杀害了六条人命（他是个大恶人），可是我最可怜的是这个小老头。让他不要因为我而哭泣吧。他自首了：录了口供，按照程序发了公文。那地方很远，还要对案子进行审理，所有的公文都要按部就班地抄录，就是说要抄送各有关当局。案子惊动了沙皇。终于等到了沙皇的谕旨：将商人释放，并按照判决给予奖赏。公文到了，要侦讯小老头。这个无辜被冤的小老头在哪里呢？沙皇的谕旨颁布了。开始找人。”卡拉塔耶夫的下巴颏抖了一下，“而他已经得到了上帝的宽恕——他死了。事情就是这样，小鹰。”卡拉塔耶夫讲完了，他默默含笑，久久地望着前面。

不是这个故事本身，而是它的神秘含义、卡拉塔耶夫讲故事时激情洋溢的喜悦以及这喜悦的神秘意义，正是这些此刻朦胧而感人地充满了皮埃尔的心灵。

十四

“各就各位！”突然有人叫道。

在俘虏和押送人员之间出现了兴奋的慌乱和对某种幸运而庄严的

事态的期待。到处响起了口令声，出现了一队服装漂亮、骑着骏马的骑兵，他们让马儿小跑着从左面绕开俘虏们。人人都神情紧张，人们在最高当局莅临时往往如此。俘虏们都挤在一起，他们被人从路上推开了；押送人员已经整齐地排好了队伍。

“皇帝！皇帝！元帅！公爵！”脑满肠肥的卫兵们刚骑着马过去，就响起了一辆驾着纵列的灰色马匹的四轮轿式马车隆隆驶过的声音。皮埃尔一眼看到了一个头戴三角帽的人神色安详、相貌英俊、白皙丰满的脸。这是一位元帅。元帅的目光投向皮埃尔的引人注目的硕大身躯，从元帅皱眉扭过头去的表情中皮埃尔看出了他同情而又想掩饰这种同情的心态。

一个管理车队的将军满脸通红、神色惊慌，赶着自己的瘦马奔驰在轿式马车的后面。有几个军官走到了一起，士兵们站在他们周围。他们的脸色都激动而紧张。

“他说什么了？什么？什么？……”皮埃尔听他们在说。

在元帅驶过时，俘虏们都挤在一堆，于是皮埃尔看到了卡拉塔耶夫，今天早晨他还没有看到过他。卡拉塔耶夫穿着自己的军大衣，背靠一棵白桦树坐着。在他的脸上，除了昨天讲无辜受苦的商人的故事时的那种喜悦和感动的表情外，还洋溢着一种安详而庄严的神情。

卡拉塔耶夫用他那和善的、现在闪着泪花的圆眼睛看着皮埃尔，仿佛在召唤他，有话想对他说。但是皮埃尔太为自己担心了。他假装没有看到他的目光，急忙走开。

俘虏们又动身上路时，皮埃尔回头看了一眼。卡拉塔耶夫坐在路边的一棵白桦树下；两个法国人站在他身旁说着什么。皮埃尔没有再回头。他微微跛着脚向山上走去。

后面，从卡拉塔耶夫所坐的地方传来了一声枪响。皮埃尔清楚地听到了枪声，可是就在他听到枪声的那一瞬间，皮埃尔想起，他在元帅驶过之前开始的计算到斯摩棱斯克还有多少路程的工作尚未完成。于是他又计算起来。两个法国兵从皮埃尔身边跑了过去，一个手里拿着从肩上卸下的还在冒烟的枪。他们两个都脸色苍白，脸上的表情——其中一个曾胆怯地看了看皮埃尔——和他在刑场上的那个年轻士兵脸上所看到的颇为相似。皮埃尔看了拿枪的士兵一眼，想起前天这个士兵在篝火上烘衬衫时把衬衫烧掉了，大伙儿都笑话他。

后面，从卡拉塔耶夫所坐的地方传来了小狗的吠叫声。“这个蠢东西，在叫什么呢？”皮埃尔想。

与皮埃尔并排走的那些士兵难友们，都和他一样，没有回头看那个传来枪声，此后又传来小狗吠叫声的地方，但人人都神色冷峻。

十五

押送的一切，即俘虏和元帅的运输车队都停在沙姆舍沃村。大家都在篝火旁挤成一堆。皮埃尔走到一个篝火边，吃了些烤马肉，背对篝火躺了下来，立刻睡着了。他又做梦了，这是他在波罗金诺战役后在莫扎伊斯克睡下时所做的同样的梦。

现实中的事件又和梦境混合在一起了，又有一个人，好像是他自己，又好像是另一个人，在对他讲述一些想法，讲的甚至就是在莫扎伊斯克对他讲过的那些想法。

“生命就是一切。生命就是上帝。一切都在迁移，一切皆动，而这运动即上帝。只要生命尚存，就有自我意识中的神性的喜悦。要爱生命，爱上帝。在自己的苦难中，在无辜受苦中爱这生命是最难、也是最幸福的。”

“卡拉塔耶夫！”皮埃尔想起了他。

在皮埃尔的想象中突然活灵活现地出现了一位早已被忘却的温和的老教师，他在瑞士教过皮埃尔地理。“等一等。”小老头说。他把一个地球仪指给皮埃尔看。这个地球仪没有比例尺，是一个活跃的变化的球体。整个球面布满密密麻麻的点。所有的点都在动，在迁移，时而几个点合而为一，时而一个点分成好多点。每个点都在竭力流动，尽可能占据最大的空间，可是其他各点也是这样，因而挤压它，有时把它消灭，有时与它融合。

“这就是生命。”老教师说。

“这是多么简单明了啊，”皮埃尔想，“我过去怎么就不明白呢。”

“上帝在中央，每个点都企图扩张，力求在最大范围内反映上帝。它增大、融合、收缩，从球面上消灭、沉入深处又重新浮现。你就看这个卡拉塔耶夫吧，他不断流动而又消失了。你明白吗，我的孩子。”教师说。

“你明白吗，你见鬼去吧。”有一个声音在叫嚷，于是皮埃尔醒了。

他欠身坐了起来。篝火旁蹲着一个法国人，他刚才推开了一个俄国士兵，在烤一块穿在通条上的肉。袖子是卷着的，青筋毕露、长满汗毛、手指很短的通红的双手在灵巧地转动着通条。在炭火的火光中可以清楚地看到一张双眉紧锁、神色阴沉的褐色的脸。

“他无所谓。”他嘟囔道，迅速地朝站在他身后的士兵转过身来，“……强盗。真的！”

转动通条的士兵阴沉地瞟了皮埃尔一眼。皮埃尔扭开头，望着阴暗的地方。被法国人推开的那个被俘的俄国士兵坐在篝火旁，用手拍着什么。皮埃尔凑近一看，原来是那只浅紫色的小狗，它摇着尾巴坐在士兵身边。

“啊，它来了？”皮埃尔说，“啊，普拉……”他话到嘴边没有说出来。在他的想象中突然同时出现了互相联系的回忆，他想起了普拉东坐在白桦树下投向他的目光、在那里响起的枪声、小狗的吠叫、从他身边跑过的两个法国人的内疚的脸色、一支拿在手里冒着烟的枪、在这个宿营地没有卡拉塔耶夫这个人，于是他眼看就能明白过来：卡拉塔耶夫已被打死了。可是就在这一瞬间，他心里天知道从哪里冒出了关于那个晚上的回忆。那是在夏天，他和一个漂亮的波兰女人在基辅的自家阳台上共度黄昏。他终于未能把当天的种种回忆联系起来，并从中得出结论。皮埃尔闭上了眼睛，于是夏日的自然景色和关于沐浴、关于液态的变化的球体的回忆混合在一起了，他沉入了水里，水淹没了他的头顶。

日出前他被密集的、响亮的枪声和呐喊声惊醒了。法国人都从皮埃尔身边跑了过去。

“哥萨克！”其中一个叫道，片刻后一群俄国人把皮埃尔围在中间。

皮埃尔很久不明白自己的处境。他听到四面八方都是难友们的欢呼声。

“弟兄们！亲人哪，战友们！”老兵们在哭喊着，拥抱着哥萨克和骠骑兵们。骠骑兵和哥萨克把俘虏们围在中间，急急忙忙地有人递上衣服，有人递上靴子，有人递上面包。皮埃尔坐在他们当中号啕大哭，一句话也说不出；他搂着第一个向他走来的士兵，哭着吻他。

多洛霍夫站在倒塌的宅院门口，让一群被缴械的法国人从自己身旁过去。眼前所发生的一切使法国人很激动，他们在大声交谈，可是当他们经过多洛霍夫身边时，他用鞭子轻敲自己的皮靴看着他们，那冷冷的毫无表情的目光令人不寒而栗，谈话声戛然而止。另一边站着多洛霍夫的一名哥萨克，他在清点俘虏的人数，满一百便用粉笔在大门上画一条线。

“多少了？”多洛霍夫问清点俘虏的哥萨克。

“快满一百了。”哥萨克回答说。

“快走，快走。”多洛霍夫催促道，这句话是他向法国人学来的，在迎视走过的俘虏时，他的目光闪着冷酷的光芒。

杰尼索夫脸色阴沉，他摘下羊皮高筒帽，跟在哥萨克们后面，他们抬着彼佳·罗斯托夫的遗体走向花园里挖好的墓穴。

十六

自从十月二十八日严寒袭来①，法国人的逃跑更是悲剧性的了，士兵们沿途受冻或在篝火旁热得要死，皇帝以及国王和公爵们身穿裘皮大衣坐在带弹簧的四轮马车上，带着抢来的财物继续行驶。然而就其实质

①1812年10月28日拿破仑向西撤退，将自己的大本营迁往斯摩棱斯克。当时气温降到零下12度，到11月1日更降到零下17度。

而言，法军逃跑和瓦解的过程在撤离莫斯科以后没有丝毫变化。

从莫斯科到维亚济马，拥有七万三千人的法军，不计近卫军（他们在整个战争期间除了抢劫什么也不干），只剩下了三万六千人（其中战斗减员不超过五千人）。这是级数的第一项，据此可以用数学的准确性确定以后各项。

从莫斯科到维亚济马，从维亚济马到斯摩棱斯克，从斯摩棱斯克到别列津纳河，从别列津纳河到维尔纳，法军都按同比减员和消亡，不论寒冷的程度如何，不论怎样追击和拦截，也不取决于其他任何孤立的条件。过了维亚济马，法军不再分为三路纵队，而是混合在一起，并且这样走到最后。贝尔蒂埃给皇上写了一封信（众所皆知，将领们在报告军情时会多么远离真相）。他写道：

> 我认为有责任向陛下报告三天来我在行军中视察的各军的情况。他们几乎完全溃散。只有四分之一的士兵跟着军旗走，其余的都各自四处流窜，设法寻找食物和逃避勤务。大家只想着斯摩棱斯克，希望在那里能得到喘息的机会。近日有很多士兵扔下枪支弹药。不论陛下今后的意图如何，但为陛下计，务必要在斯摩棱斯克集结军队，并剔除步行的骑兵、徒手的军人、多余的辎重和一部分炮兵，因为现在炮兵和部队的数量已不成比例。需要征集粮食并休整数日；士兵由于饥饿和劳累已精疲力竭；近日来很多人死于路上和宿营地。这种灾难性的情况在日益加剧，使我们不能不担心，如果不迅速采取措施防患于未然，我们很快就会在战时无兵可用。十一月九日①，离斯摩棱斯克三十俄里处。

拥入他们心目中的神赐福地斯摩棱斯克之后，法国人为了粮食而互相残杀、抢劫自己的仓库，把仓库洗劫一空后便继续逃跑。

大家都在走，自己也不知道，他们要去哪里，目的何在。天才的拿

---

①此信写于新历 11 月 9 日，旧历为 10 月 28 日。

破仑就更不知道了，因为没有人给他下命令。但是他和他的近臣毕竟还保持着久已形成的习惯：草拟命令、书信、报告和议事日程；彼此称呼：“陛下，我的表兄弟，埃克米尔公爵，那不勒斯王”等等。但命令和报告只是纸上的东西，根本没有执行，因为不可能执行，尽管彼此以陛下、殿下、表兄弟相称，然而他们心里明白，他们都是作恶多端的卑鄙小人，现在是受到报应的时候了。尽管他们装模作样，似乎在关心军队，其实他们每个人都只关心自己，想着怎样逃走，保住性命。

十七

在从莫斯科返回涅曼河的战争中，俄法两军的行动很像在捉迷藏，捉迷藏的两个人都蒙着眼睛，其中一个不时摇铃，把自己的方位通知要捉他的人。起初那个躲藏的人摇铃是因为不怕对手，等到情况不妙时，他就竭力悄悄地走了，想逃离自己的敌人，往往因为想逃而和敌人撞了个正着。

拿破仑的军队开头还让人知道自己的行踪——这是在沿着卡卢加大道撤退的初期，不过后来他们走上斯摩棱斯克大道就用手按着铃中的小锤逃跑了，他们以为在逃离对手，却往往正好撞上了俄国人。

法国人和追赶他们的俄国人都跑得很快，又由于马匹跑得疲惫不堪，大致了解敌军态势的主要工具——骑兵侦察小分队已不复存在。此外，由于两军都经常而迅速地变换位置，即使有什么消息也不可能及时送到。假定二日送来消息说。敌军一日在某个地方，那么三日在有可能采取某种措施的时候，敌军已经走了两昼夜的路程，处于完全不同的位置了。

一支军队在逃，另一支在追。从斯摩棱斯克出发，法国人面前有很多条不同的路可走；看来在驻扎四天之后，法国人能弄清敌人在哪里，能想出什么有利的办法，作出某种新的决定。可是在四天的停留之后，这群乌合之众不是向右，也不是向左，而是不进行任何机动，不假思索地沿着那条最坏的老路逃往克拉斯诺耶和奥尔沙——一路踩着他们留下的旧的足迹。

法国人料想敌人在后面，而不是在前面，在逃跑中拉长了距离，前后相距二十四小时的路程。跑在最前面的是皇帝，然后是国王们，再后是公爵们。俄军以为拿破仑会向右渡过第聂伯河，这是唯一明智的选择，于是也向右走上通往克拉斯诺耶的大道。于是在这里，就像捉迷藏一样，法国人碰到了我军的先头部队。突然看到敌军，法国人惊慌失措，由于突然受惊而发愣，但是后来又开始逃跑了，扔下跟在自己后面的战友们。在这里，仿佛在俄军队列中穿行似的，法军各部一连三天相继通过，先是总督，然后是达武，再后是内伊。他们都各不相顾，扔下自己的全部重装备、大炮和一半兵员，只顾逃跑，总是在夜里从右边沿着半弧形绕开俄军。

内伊走在最后（尽管他们处境可悲，或者说正是由于这种处境，他们很想敲打一下让他们摔痛的地板，所以他曾忙于炸毁不妨碍任何人的斯摩棱斯克城墙），率领一个军的上万人马走在最后的内伊，只带着一千人到奥尔沙来见拿破仑，他抛弃了所有的人和大炮，在夜里偷偷地潜入树林、渡过第聂伯河。

他们开始从奥尔沙沿着大路逃往维尔诺，同样是在和跟踪追击的军队捉迷藏。在别列津纳河上又是一片混乱，很多人淹死了，很多人投降，但过了河的都继续逃跑。他们的主帅穿上裘皮大衣，坐上雪橇，撇下自己的战友们一个人逃了。能逃的也都逃了，不能逃的只有投降和死亡。

十八

法国人在逃跑途中的这场战争中，他们所做的一切都只能是自取灭亡；这群乌合之众的任何一次军事行动，从拐上卡卢加大道直至主帅逃离军队，都是毫无意义的——看来，在这个战争时期，把群众性的行动都归因于一个人的意志的历史学家们已经不可能按照自己的理解来描写这次撤退了。然而并非如此。历史学家关于这次战争所写的书堆积如山，处处描写拿破仑的部署及其深谋远虑的计划——指导部队行动的谋略，以及他的元帅们的天才部署。

从小雅罗斯拉韦茨撤退时，他本来有一条通往富庶地区的路可走，他还可以走一条平行的路，即库图佐夫后来追击他的那条路，不必沿着遭到破坏的路撤退，而历史学家却按照某种深思熟虑的意图来向我们解释这次撤退。还按照同样深思熟虑的意图来描写他从斯摩棱斯克到奥尔沙的撤退。然后又描写他在克拉斯诺耶的英雄气概，说他准备迎战并亲自指挥，手拿桦木手杖来回踱步说：

“我当皇帝已经当够了，现在是做将军的时候了。”尽管如此，他在说了这句话以后立刻又继续逃跑，让他身后的溃散的部队听任命运的摆布。

然后向我们描写了元帅们，特别是内伊的精神的伟大，他精神的伟大就在于夜间绕道潜入树林、渡过第聂伯河，丢下军旗、大炮和十分之九的部队逃往奥尔沙。

最后，伟大的皇帝终于脱离了英勇的军队[①]，历史学家居然把这次逃跑描述为伟大的、天才的行动。这最后一次临阵脱逃的丑行，在人类的语言中被斥为卑鄙至极，每个孩子都要学会引以为耻，甚至这样的行动在历史学家的笔下也得到了辩护。

当如此冗长的历史记述已不可能拉得更长的时候，当一种行为已明显地违反全人类所推崇的善乃至公正的时候，历史学家的笔下出现了“伟大”这个自圆其说的概念。伟大仿佛排除了辨别善恶的可能。对伟人而言，无所谓恶。没有任何骇人听闻的恶行可以用来责难一个伟人。

“这是伟大的！”历史学家说，于是善和恶都不见了，只有“伟大”和“不伟大”。伟大的就是好的，不伟大的就是不好的。按他们的理解，伟大是他们称之为英雄的那种特殊动物的属性。拿破仑穿着暖和的裘皮大衣逃回家去，不仅遗弃了身陷绝境的战友们，而且遗弃了（在他看来）由他带来的官兵，觉得这很伟大，于是他安心了。

“崇高（他认为自己是崇高的）离可笑只有一步之遥，”[②]他说。

---

① 拿破仑于 1812 年 12 月 5 日回巴黎，将自己的军队托付于缪拉。

② 拿破仑于 1812 年 12 月在华沙与法国驻萨克森王国公使谈话时曾这样说。

于是五十年来全世界都在说："崇高！伟大！拿破仑伟大！崇高离可笑只有一步之遥。"

谁也不曾想过，承认不以善恶的尺度来衡量的伟大，只不过是承认自己的卑微和无法衡量的渺小。

我们信奉基督所赐予的善恶的尺度，对我们来说，没有什么是不可衡量的。哪里没有纯朴、善和真理，哪里就没有伟大。

十九

俄国人读到关于一八一二年战争最后阶段的记述，谁不感到恼怒、不满和迷惑而心情沉重呢。谁不给自己提出这样的问题呢：为什么不俘虏、消灭全部法国人，既然所有的三个军团曾以优势兵力包围了他们，既然饥寒交迫、溃不成军的法国人成群地投降，而（史书告诉我们）俄国人的目的正是要拦截、切断并俘虏全部法国人。

俄军曾以兵员少于法军的部队投入波罗金诺会战，为什么俄军从三面包围法国人并以俘虏他们为目的，却没有达到自己的目的呢？难道法国人对我们具有如此巨大的优越性，以至我们以优势兵力包围了他们还是不能取胜？怎么会发生这种情况呢？

史书（以历史为名的书）对这些问题回答说，这种情况之所以发生，是因为库图佐夫，还有托尔马索夫、奇恰戈夫以及某人、某人没有采取这样、那样的军事行动。

可是他们为什么没有采取这些行动？如果没有达到既定目的应归咎于他们，那么为什么不对他们加以审判和惩处？但是，即使假定俄军受挫应归咎于库图佐夫和奇恰戈夫等人，仍然无法理解，为什么俄军在克拉斯诺耶和别列津纳河上处于那样的条件下（在这两个地方俄国人都集中了优势兵力），还是未能俘虏法军及其元帅、国王和皇帝，既然这正是俄国人的目的所在？

把这个奇怪的现象归咎于库图佐夫阻碍进攻是没有道理的，因为我们知道，在维亚济马和塔鲁季诺库图佐夫的意志都未能阻止部队发动进攻。

为什么俄军以劣势兵力在波罗金诺战胜了鼎盛时期的敌人，而在克拉斯科耶和别列津纳河上虽然集中了优势兵力却败于法国人溃不成军的乌合之众？

如果俄国人的目的在于切割法军并俘获拿破仑及其元帅们，而这个目的非但没有实现，而且为达到这个目的所进行的所有尝试，每一次都遭到极其可耻的失败，那么法国人把战争的最后阶段说成一系列胜利就是完全正确的，而俄国历史学家认为俄军所向无敌就是完全错误的。

俄国军事史学家迫于逻辑的必然而得出了这样的结论，在热情歌颂勇敢、忠诚等等之余，迫不得已地承认，法国人从莫斯科的撤退是拿破仑的一系列胜利和库图佐夫的一连串失败。

可是，把民族的自尊完全放在一边，也可以看出，这个结论本身就包含着矛盾，因为法国人的一系列胜利导致了他们的完全覆灭，而俄国人的一连串失败却导致彻底消灭敌人，光复失地。

这个矛盾的根源在于，历史学家根据帝王和将军们的书信，根据战报、报告、计划等等来研究事件，认定一八一二年战争后期的目的是切割敌军，俘虏拿破仑及其元帅和军队，其实这个目的纯属虚构，是不曾有过的。

这个目的从未有过，也不可能有，因为它毫无意义，而且根本不可能实现。

这个目的毫无意义，第一，因为拿破仑的溃散的军队正竭尽全力逃离俄国，这符合每个俄罗斯人的愿望，何必还要对全速逃跑的法国人采取各种军事行动呢？

第二，阻挡把全部精力都用于逃跑的人是没有用的。

第三，为了消灭法军而损失自己的兵力是没有意义的，因为法军无需外因就以那样一种级数自行消亡，即使路上毫无阻碍，他们带过边界的人数也不可能多于他们在十二月带出去的人，即全军的百分之一。

第四，想俘虏皇帝、国王和公爵是没有意义的，俘虏这些人将为俄军的行动造成极大的困难，当时一些最精明的外交家（约·迈斯特尔[①]等人）是承认这一点的。想俘虏法国人的几个军就更没有意义了，当时自己的部队在到达克拉斯科耶时已减员一半，要押送几个军的俘虏还得派出几个师的兵力，何况自己的士兵也不能经常得到充足的给养，已有的俘虏在大批地死于饥饿。

关于切割敌军并俘获拿破仑及其军队的整个深谋远虑的计划，很像是一个菜园主的计划，他要从菜园里赶走一头践踏他的菜畦的牲口，却跑到园门口去打它的头。要为这个菜园主辩护，只能说他当时很生气。可是关于计划的那些制订者却不能这样说，因为他们并不是践踏菜畦的受害者。

再说，要切割拿破仑的军队不仅没有意义，而且是不可能的。

这是不可能的，第一，因为经验说明，在一次战役中，几个纵队在五俄里之内的行动就永远不会和计划一致，所以要奇恰戈夫、库图佐夫和维特根施泰因准时在指定地点会合，其可能性太小了，等于不可能，库图佐夫就是这样想的，他在接到计划时就说，远距离牵制不会得到预期的结果。

第二，不可能，因为要克服拿破仑部队向后方逃跑的惯性力量，必须拥有比俄国人现有的部队多得无法比拟的部队。

第三，这是不可能的，因为军事用语“切割”没有任何意义。可以切割一块面包，而不是切割军队。切割军队，即挡住它的去路，是绝对不可能的，因为周围总有足够的地方可供迂回，而且有夜色的掩护，在夜里是什么也看不见的，军事学者根据克拉斯科耶和别列津纳河上的战例就可以对此深信不疑。

第四，这是主要的，说不可能是因为，一八一二年的战争是在亘古未有的可怕条件下进行的，俄军在追击法国人的过程中已竭尽全力，若要更有所作为，自己势必也会灭亡。

---

①迈斯特尔伯爵（1753—1821），法国政治活动家，1803—1817 年间任撒丁国王派驻俄国的全权代表，著有哲学著作和回忆录。

俄军在从塔鲁季诺到克拉斯诺耶的进军中，由于伤病和掉队损失了五万兵员，即相当于一个大省会的人口。军队的一半是在没有作战的情况下丧失的。

在这个战争阶段，部队没有皮靴和皮大衣，给养不足，没有伏特加，整月地夜宿于零下十五度的雪地里；白天只有七八小时，其余的时间都是纪律不起作用的黑夜；不像在战斗中，官兵只有几个小时被带进已经没有纪律可言的出生入死的战场，而是整月地挣扎在饥寒交迫的死亡线上；部队一个月就伤亡一半——关于这个战争阶段，历史学家却喋喋不休地对我们说，米洛拉多维奇应当向某地侧进，而托尔马索夫要进军某地，奇恰戈夫则应当向某地转移（在雪深过膝的地方转移），某人要怎样击溃并切割敌军，等等。

伤亡一半的俄国军队做到了可能做到的一切，而且为了达到无愧于人民的目标做到了应当做到的一切，至于有些俄国人坐在暖和的房间里主张做一些不可能做到的事情，这不是他们的过错。

事实和历史记述之间的这种奇怪的、现在难以理解的矛盾，只是由于历史学家在写到这个事件的时候，写的是将军们的美好感情和说空话的历史，而非事件本身的历史。

他们对米洛拉多维奇的空话、某个将军所获得的嘉奖以及他们的种种猜测兴致勃勃，而对留在医院和坟墓里的那五万人的问题甚至不感兴趣，因为这不属于他们的研究范围。

然而只要不去理会那些报告和将军们的计划，而深入了解直接投身于事件之中的那几十万人的活动，那么原来觉得无法解决的所有问题就会立刻迎刃而解，得到不容置疑的解答。

切割拿破仑的军队这个目的从来不曾有过，只是存在于十来个人的臆想中。不可能抱有这样的目的，因为这个目的是没有意义的，而且也不可能实现。

人民的目的只有一个：清除入侵者，收复失地。这个目的，第一，在自然而然地实现，因为法国人在逃跑，只要不去阻碍他们就行。第二，不断消灭法军的人民战争在实现这个目的。第三，俄国大军也在实现这个目的，他们尾随法国人，随时准备在法国人停止逃跑时动用武力。

俄国军队应当起到鞭子对奔跑的牲口的作用。一个有经验的赶牲口的人知道，最有用的办法是举着鞭子吓唬它，不要在牲口奔跑时鞭打它的脑袋。

第四卷

一

一个人看到动物死亡会感到恐惧：在他的心目中，自己身为一种动物，实质上也显然会归于寂灭，不再存在。倘若死去的是人，而且是朝夕相处的心爱的人，那么除了对生命的寂灭感到恐惧外，还会感到五内俱裂，受到心灵上的创伤，这种创伤和肉体上的创伤一样有时使人痛不欲生，有时渐渐治愈，但永远是心里的痛，受不了外界的触动和刺激。

安德烈公爵死后，娜塔莎和玛丽亚公爵小姐也都有这样的心情。她们在精神上仿佛被死亡的愁云惨雾压得直不起腰来、眯起眼睛，不敢正视生活的面貌。她们小心翼翼地保护着伤口，以免受到触动而伤感和痛苦。一切，无论大街上迅速驶过的马车，还是女仆来叫吃饭或问她们要准备什么衣裳，尤其是一句虚情假意、无关痛痒的同情话都会刺痛伤口，仿佛是一种亵渎，破坏了她们所需要的宁静——她俩在宁静的氛围中谛听在想象中尚未停息的森严的哀乐，也妨碍她们谛视曾在刹那间展现于她们面前的那神秘的一望无垠的远方。

她俩只有在单独相处时才不会受到亵渎和伤害。她们很少交谈。即使说话也都是最无关紧要的话题。她俩都避免提及有关未来的任何事情。

她们觉得，承认还会有未来就是在亵渎对他的怀念。她们尤其小心翼翼地在谈话中回避可能涉及死者的一切。她们觉得，她们的那些经历和感受是无法用语言来表达的。她们觉得，在谈话中提及他的任何生活细节都有损于曾在她们心目中所显示的那种奥秘的伟大和神圣。

不断地约束言谈，经常竭力回避有可能涉及他的任何谈论：这样在各方面都严守不可说的界限，及时打住，从而使她们所感受到的一切更加清晰而鲜明地呈现于她们的想象之中。

但是纯粹的、完全的哀伤也像纯粹的、完全的欢乐一样，是不可能持久的。玛丽亚公爵小姐是自己命运的独立自主的主人，是侄子的监护人和教养者，这种处境使她首先脱离了她在最初的两个星期里所处的哀伤的状态。她收到了亲戚的来信，需要答复；尼科连卡所住的房间有些潮湿，他开始咳嗽了。阿尔帕特奇到雅罗斯拉夫尔来汇报情况，建议并力劝迁往莫斯科的弗兹德维任卡，那里的住宅完好无损地保存了下来，只要稍微修缮一下就行。生活没有停顿不前，还得活下去。不论玛丽亚公爵小姐多么难于割舍她至今所处的那种独处内省的境界，不论把娜塔莎一个人撇下使她多么惋惜，还似乎于心不忍，然而家务事要求她的参与，于是她不由自主地投身其中。她和阿尔帕特奇核算账目，和德萨尔商谈侄子的问题，还要为迁往莫斯科做必要的安排和准备。

自从玛丽亚公爵小姐开始准备迁走，连娜塔莎也被疏远后，娜塔莎就形单影只了。

玛丽亚公爵小姐建议伯爵夫人让娜塔莎跟她到莫斯科去，母亲和父亲都高兴地同意了，因为他们发觉，娜塔莎的体力日渐虚弱，换个环境，得到莫斯科的医生们的关注，对她是有益的。

“我哪儿也不去，”娜塔莎听到这个建议时回答道，“只求你们不要管我。”她说，随即跑出了房间，强忍泪水，与其说那是悲伤的泪水，不如说是恼怒和气愤的泪水。

自从娜塔莎觉得自己被玛丽亚公爵小姐疏远而独自悲伤，大部分时间都孤单地留在自己的房间里，蜷曲着双腿坐在长沙发的一角，用她那纤细的手指使劲地撕扯或揉搓着什么，固执地把目光凝注于她的视线所停留的地方。这样的孤独使她身心疲惫，深受折磨，然而这孤独是她所需要的。只要有人进来找她，她就很快地站起来，改变姿势和眼神，拿起一本书或针线活，显然在迫不及待地等这个来打扰她的人出去。

她老是觉得，她马上就能理解和参透她那心灵的视线带着可怕的、难解的问题所凝注的那个疑团。

十二月末，身穿黑色毛料连衣裙，随便地把辫子盘成发髻，消瘦而苍白的娜塔莎蜷曲着双腿坐在长沙发的一角，使劲地把腰带的末梢揉成一团又松开，眼睛望着门的一角。

她在望着他所去的地方，那生命的彼岸。她过去从未想过、觉得遥远而难以置信的生命的彼岸，现在对她来说，却比只有空虚和破坏或苦难和亵渎的生命的此岸更近、更亲，而且更易于理解了。

她在望着他所在的地方，她知道他在那里，可是她只能看到他在这里时的样子。她又看见了他在梅季希、圣三一修道院、雅罗斯拉夫尔的模样了。

她看到他的脸，听到他的声音，并重温他的话和自己对他说的话，有时为自己也为他设想他们在当时可能说而未说的话。

只见他穿着天鹅绒皮袄，用消瘦苍白的手支着头躺在圈椅上。他的胸脯可怕地瘪了下去，双肩耸起。他双唇紧闭，目光炯炯，苍白的额上有一条皱纹忽隐忽现。他的一条腿在难以觉察地迅速抖动。娜塔莎知道，他在和剧烈的疼痛作斗争。“怎么这样痛呢？为什么会痛？他意识到什么了？他是多么痛啊！”娜塔莎想。他发觉她在注意他，于是抬起眼睛，面无笑容地说起话来。

“这是很可怕的，”他说，“一辈子把自己和一个在痛苦中挣扎的人结合在一起。”于是他用试探的目光——娜塔莎现在看到了这目光——看了她一眼。娜塔莎当时总是不假思索地回答他；她说：“不可能老是这样，这会过去的，您会好起来——完全康复。”

她现在重新看着他，并体验着她在当时的所有心情。她回忆着他在讲这几句话时的久久凝视的悲伤而冷峻的目光，明白了这久久凝视的目光所包含的责备和绝望。

“我表示同意，”娜塔莎现在对自己说道，“如果他永远这样在痛苦中挣扎，的确是很可怕的。我当时这样说，只是因为这对他来说是很可怕的，他却误会了我的意思。他误以为这**对我来说**是很可怕的。他当时还想活下去——害怕死亡。可我这样粗鲁而愚蠢地对他说了这样的话。我不是这样想的。我想的完全不同。要是我把心里所想的告诉他，我就会说：即使他要死了，也要一直在我眼前慢慢死去，比起现在这样我会感到幸福的。现在……现在我还有什么，还有谁呢。他知道这一点吗？不。他不知道，也永远不会知道了。现在已经永远、永远无法挽回了。”于是他又对她说了那几句话，可是现在娜塔莎在自己的想象中给他的回答是不一样的。她制止他说：“对您而言是很可怕的，但并非对我而言。您要知道，分担您的痛苦是我无上的幸福。”于是他拿起她的手紧紧地握着，就像他在死前四天那个可怕的晚上那样紧紧地握着。于是她在自己的想象中又对他说了另一些温柔的、情深意切的话语，这些话她本来可以当时就对他说，而她现在才说：“我爱你……爱你……我是爱你的，我爱你呀……”她说，痉挛地紧握双手，猛烈地咬紧牙关。

甜蜜的苦涩袭上心头，她已经热泪盈眶，可是她突然自问：她这是在对谁说话呢？他在哪里，现在他是**谁**？于是一切又隐没了，只剩下冷漠的、残酷无情的困惑，于是她又双眉紧锁，谛视他所在的地方。她觉得，她眼看就要参透那个秘密了……可是就在古怪的谜底似乎正在向她揭示的时候，响起了猛地转动门把手的刺耳的声音，女仆杜尼亚莎带着罕见的慌张的神情冒失地快步闯进了房间。

“请您到爸爸那里去，快，”杜尼亚莎带着异乎寻常的急切的表情说，“很不幸，是彼得·伊里奇，有信。”她哽咽着说。

二

除了一般地疏远所有人的心情，娜塔莎在这个时期还有一种特别疏远家里人的心情。对她来说，所有的亲人，父亲、母亲、索尼娅都是那么亲近、熟悉，那么平淡乏味，她觉得，他们所有的谈话和感情都是对她近来生活于其中的那个世界的亵渎，因此对他们不仅冷淡，而且抱有敌意。她听到杜尼亚莎讲到彼得·伊里奇，讲到不幸，可是不明白这些话是什么意思。

“他们会有什么不幸，能有什么不幸呢？他们总是过着因循守旧、相安无事的日子。”娜塔莎在心里对自己说道。

她来到大厅，父亲正疾步走出伯爵夫人的房间。他满面皱纹，泪如雨下。看来他跑出那个房间，就是要尽情地放声痛哭。看到娜塔莎，他绝望地扬起双手，突然痛苦地抽搐着泣不成声，胖乎乎的和善的脸哭得变了形。

“彼……彼佳……你去，你去，她……她……叫你……”于是他像孩子一样哭着，两条虚弱无力的腿小步跑到椅子跟前，两手捂着脸，几乎是跌坐在椅子上。

突然仿佛有一股电流掠过娜塔莎的全身。她的心好像挨了重重的一击，剧痛难忍。她感到一阵可怕的疼痛；她觉得肝肠寸断，就要死了。然而剧痛过后，她感到，她在生活中的禁忌蓦地解除了。看到父亲，听到门里传出的母亲那骇人的粗野的号叫，她霎时忘了自己和自己的悲伤。她跑到父亲跟前，可是他无力地挥着手，指着母亲的房门。玛丽亚公爵小姐脸色苍白，下巴颏在发抖，从门里出来拉着娜塔莎的一只手，对她说着什么。娜塔莎没有看见她，也没有听到她的声音。她快步走进房间，停了片刻，仿佛在克制自己的冲动，然后跑到母亲面前。

伯爵夫人躺在圈椅上，奇怪而笨拙地挺着身子，以头撞墙。索尼娅和女仆们拉着她的手臂。

“叫娜塔莎，叫娜塔莎！……”伯爵夫人吼道，“不是真的，这不是真的……他在撒谎……叫娜塔莎！”她推开周围的人吼道，“你们都滚开，这不是真的！打死了！哈——哈——哈！……不是真的！”

娜塔莎单膝跪在圈椅上，朝母亲俯下身子，搂着她，猛一使劲扶她站了起来，把她的脸转向自己，紧紧地偎依在她的怀里。

“妈妈！……亲爱的！……我在这儿呢，我的朋友。妈妈。”她一刻不停地对她小声地说着话。

她不放母亲出去，温柔地拦住她，叫人拿来枕头、水，解开或撕开母亲身上的衣裳。

“我的朋友，亲爱的……妈妈，亲爱的妈妈。”她不停地小声说着话，吻着她的头、手、脸，觉得自己的泪水不可遏止地像小溪似的流淌，刺激得鼻子和面颊发痒。

伯爵夫人攥着女儿的手，闭上眼睛，安静了一会儿。突然她异常迅速地站起来，茫然四顾，看到娜塔莎，便使出浑身的力气搂住她的头，随后把她那痛得皱起了眉头的脸转向自己，久久地凝视着它。

“娜塔莎，你是爱我的，”她信任地小声说道，“你不会骗我吧？你能对我说出全部真相吗？”

娜塔莎热泪盈眶地看着她，脸上只有对宽恕和爱的祈求。

“我的朋友，妈妈。”她反复地说，想竭尽自己的爱的全部力量，但求能分担压在母亲身上的过于沉重的悲哀。

在与现实的无能为力的斗争中，母亲不愿相信，在她的青春年少的爱子被打死后，她还能活下去，于是又在疯狂世界中逃避现实。

娜塔莎不记得这一天、一夜，随后的一天、一夜是怎么过的，她不睡觉，也不离开母亲一步。娜塔莎的执著、耐心的爱，不是作为劝解，不是作为安慰，而是作为生命的召唤，仿佛随时都环绕在伯爵夫人的周围。第三夜伯爵夫人安静了几分钟，于是娜塔莎在圈椅的扶手上用臂肘支着头，闭上了眼睛。床咯吱一声响了一下。娜塔莎睁开了眼睛。伯爵夫人坐在床上，轻轻地说着话。

“尼科连卡，你来了我是多么高兴啊。你累了，想喝茶吗？”娜塔莎走到她面前，“你更漂亮了，长成男子汉了。”伯爵夫人拉着女儿的手继续说道。

“妈妈，您在说什么呀！……”

“娜塔莎，他不在了，永远没有他了！”于是伯爵夫人搂着娜塔莎，第一次哭了起来。

三

玛丽亚公爵小姐推迟了行期。索尼娅和伯爵都想方设法替代娜塔莎，可是不行。他们看到，只有她一个人能使母亲免于疯狂的绝望。娜塔莎三个星期足不出户地待在母亲身边，睡在她房间里的圈椅上，给她喂水喂饭，还不停地和她说话，她不停地说着，因为只有她那温柔、亲切的声音能使伯爵夫人得到安慰。

母亲的心灵创伤是无法愈合的。彼佳之死夺走了她的生命的一半。彼佳的死讯传来时，她是一个精力充沛、生气勃勃的五十岁的女人，一个月后她从自己的房间出来，已是半死的、与生活隔绝的老太婆了。但是夺走伯爵夫人半条命的创伤，这个新的创伤却使娜塔莎焕发了生机。

精神实体被撕裂而产生的心灵创伤，和肉体上的创伤一样，不管看来多么奇怪，在深重的创伤痊愈，而且伤口也似乎完全愈合之后，心灵的创伤也和肉体的创伤一样，只有靠内部迸发的生命力才能真正痊愈。

娜塔莎就是这样痊愈的。她以为她的一生已经完了。但是对母亲的爱突然向她表明，她的生命的本质——爱仍然活在她的心里。爱觉醒了，生命也觉醒了。

安德烈公爵的弥留的日子把娜塔莎和玛丽亚公爵小姐联系在一起。新的不幸使她们更亲近了。玛丽亚公爵小姐推迟了行期，在最近的三个星期里像服侍有病的孩子一样服侍着娜塔莎。在母亲的房间里度过的这几个星期，娜塔莎由于过度劳累已感到体力不支。

有一天，玛丽亚公爵小姐在中午发觉娜塔莎畏寒发抖，就把她带到自己房里，让她睡在自己的床上。娜塔莎躺下了，可是在玛丽亚公爵小姐放下窗帘，转身要走的时候，娜塔莎把她叫到了自己身边。

“我不想睡。玛丽，陪我坐坐。”

“你累了，还是设法睡一觉吧。”

“不行，不行。你怎么把我带到这里来了？她会找我的。”

“她已经好多了。今天她讲话很清楚。”玛丽亚公爵小姐说。

娜塔莎躺在床上，在房间里的微弱的光线中端详着玛丽亚公爵小姐的脸。

“她像他吗？”娜塔莎在想，“是呀，又像又不像。不过，她不同，很陌生，完全是另一种人，彼此不了解。而她爱我。她有什么想法呢？一片好心。可是究竟如何？她是怎么想的？她怎样看我？是的，她为人极好。”

“玛莎，”她说，怯生生地把她的一只手拉过去，“玛莎，你不要把我想得很坏。不这样想？玛莎，亲爱的。我多么爱你啊。让我们真正地、真正地成为朋友吧。”

于是娜塔莎搂着玛丽亚公爵小姐，吻着她的手和脸。玛丽亚公爵小姐对娜塔莎这样表达感情既害羞又高兴。

从这天起，在玛丽亚公爵小姐和娜塔莎之间建立了只有在女性之间才会有的那种热烈而又充满柔情的友谊。她们不断地互相亲吻，彼此说着温柔的话语，而且大部分时间都在一起度过。要是一个出去了，另一个就会感到不安，急于和她相聚。她俩在一起比分开独自待着时感到彼此更和谐。在她们之间建立了超乎友谊的感情： 这是觉得相聚在一起才能活下去的一种特殊的感情。

有时她们整整几小时都默然不语；有时已经躺在被窝里了，说起话来能说到天亮。她们说的大多是遥远的往事。玛丽亚公爵小姐会谈到自己的童年、自己的母亲、自己的父亲、自己的梦想；娜塔莎过去由于不了解，心安理得地摒弃这种虔诚、顺从的生活，摈弃基督徒献身精神的诗意境界，现在她觉得自己和玛丽亚公爵小姐之间有了爱的纽带，也就爱上了玛丽亚公爵小姐的过去，了解了自己过去所不了解的一个生活侧面。她不想把顺从和献身精神应用于自己的生活，因为她习惯于追求其他的乐趣，但是她理解了并爱上了在别人身上的、她过去所不了解的这种美德。玛丽亚公爵小姐听了娜塔莎的童年和少女时代的故事，在她面前也展现了过去所不了解的一个生活侧面，以及对生活，对享受生活的信心。

她们仍然绝口不提**他**，以免在她们看来会破坏她们所怀有的崇高的感情，而关于他这样三缄其口，其结果是她们难以置信的，竟渐渐地把他忘却了。

娜塔莎瘦了，脸色更苍白了，身体很虚弱，使她高兴的是，大家都经常在谈论她的健康。不过，有时她不仅会突然感到对死亡的恐惧，而且怕体弱多病，怕失去美丽，于是有时会不由自主地细心打量着自己的手臂，对瘦骨伶仃感到惊讶，或在早晨望着镜子里自己的瘦长的、在她看来很可怜的脸。她觉得这是正常的，同时又感到害怕和忧伤。

有一次她很快地走到楼上，累得气喘吁吁，她不由得立刻就给自己想出楼下的什么事，又从那里跑上楼来，想试试自己的体力，观察自己的表现。

又有一次她召唤杜尼亚莎，她的声音若断若续地有些哆嗦。她又叫了她一声，尽管已经听到了她的脚步声，这一次是用她唱歌时的胸音叫她的，并倾听着自己的声音。

她不知道，大概也不会相信，就在覆盖在她心灵上的一层似乎无法穿透的淤泥下面，已有纤细、柔弱的嫩草即将冲破淤泥，它们会扎下根来，以其充满活力的幼苗覆盖着压在她心头的悲伤，使它很快就会消失于无形。伤口是从内部愈合的。

一月末，玛丽亚公爵小姐要到莫斯科去了，伯爵坚持要娜塔莎和她同去，以便求医问药。

四

库图佐夫在维亚济马未能阻止自己的部队击溃、切割等等的渴望而与敌人发生冲突之后，法国人继续逃跑，俄国人在后面追赶，在到达克拉斯诺耶之前不曾有过战事。法国人跑得太快，跟在后面的俄军赶不上他们，骑兵和炮兵的马匹都跑不动了，关于法军动向的情报总是与事实不符。

俄军官兵以一昼夜四十俄里的速度连续行军，已筋疲力尽，不可能跑得更快了。

要了解俄军疲惫的程度，就要弄清下述事实意味着什么，在离开塔鲁季诺后的整个行军途中伤亡的人数不超过五千，被俘的不到一百，而俄军从塔鲁季诺出发时拥兵十万，到克拉斯诺耶只剩下了五万人。

俄国人在法国人后面猛追，这对俄军发生了毁灭性的作用，正如逃跑对法军所起的作用一样。其区别仅仅在于，俄军的行动不是被迫的，没有悬在法军头上的那种灭亡的危险，而且法国人掉队的伤员是落在敌人手里，而掉队的俄国人是留在祖国境内。拿破仑军队减员的主要原因是逃跑的速度太快，俄军相应的减员足以证明这一点。

库图佐夫的全部活动，正如在塔鲁季诺和维亚济马一样，其目的就是——在他的权力所能控制的范围内——不要（像俄国的将军们在彼得堡和军队中所希望的那样）阻滞法国人的这种自取灭亡的行动，而要加以促进，并减缓自己部队的行动。

但是除此之外，自从部队由于快速追赶而出现了疲劳和大量减员的情况，库图佐夫又想到了减缓部队的追赶速度、待机而动的另一个理由。俄军的目的是跟踪法国人。法国人的撤退路线我们是不知道的，因此我们的部队在法国人后面跟得越紧，就越是会多走冤枉路。只有在跟踪时保持一定距离，才能沿着最短的路线跟踪而避免法国人所走的之字形弯路。将军们所建议的所有高明的军事行动都表现于调动部队、增加行军的距离，而唯一合理的目的恰恰在于减少行军的距离。在从莫斯科到维尔纳的整个战争期间，库图佐夫的行动都是遵循这个目的——不是偶一为之，不是暂时现象，而是一贯如此，一次也没有背离这个目的。

库图佐夫不是凭着智慧和学识知道，而是凭着一个俄罗斯人的全身心的感应知道并感觉到了每个俄国士兵都感觉到的事实，法国人被打败了，敌人正在逃跑，必须把他们逐出国境，但同时他也和士兵们同样地感觉到，以闻所未闻的速度在这样的季节行军打仗是多么艰苦。

可是将军们，尤其是非俄裔的将军们希望立功受奖，一鸣惊人，想为了某种目的而俘获某位公爵或国王——这些将军们觉得现在，当任何战斗都令人厌恶、毫无意义的时候，他们觉得现在正是进行战斗和打败某人的大好时机。当人们接二连三地呈递作战计划时，库图佐夫只是耸着肩膀，因为士兵们鞋子破了，没有皮上衣，处于半饥饿状态，在一个月里未经战斗已减少了一半，而且他们即使在敌人继续逃跑的最好情况下，要走到边界还必须走漫长的路程，比已经走过的路程还要长。

这种渴望立功受奖、调动军队击溃和切割敌人的情绪在俄军遭遇法军时表现得特别急切。

在克拉斯诺耶就发生了这种情况，他们想在那里找到法军三个纵队中的一个，却碰到了拿破仑本人及其一万六千人的部队。尽管库图佐夫千方百计要避免这次危害极大的冲突，以保存自己的实力，俄军疲惫不堪的部队还是一连三天在克拉斯诺耶连续打击法国人的已溃不成军的乌合之众。

托尔拟定了作战部署：第一纵队开赴某地[①]等等。像往常一样，结果一切都不符合部署的要求。符腾堡亲王欧根在山上向从一旁逃跑的成群的法国人猛烈开火，要求增援，援军却迟迟不至。法国人在夜里绕开俄国人，四散躲进树林，偷偷地各自溜走。

米洛拉多维奇曾说，他根本不想过问部队的给养，在需要这支部队时总是找不到它，他自称是“无可指责的无畏骑士”，热衷于同法国人交谈，他派军使要求法国人投降，既浪费了时间，也没有采取他奉命采取的行动。

“弟兄们，我把这个纵队赠送给你们了，”他骑马向部队走来，指着法国人对骑兵们说。于是骑兵们骑着勉强能动的不成样子的瘦马，用马刺和马刀驱赶它们用小快步前进，费了好大劲接近了作为赠品的那支纵队，即一群饥寒交迫的法国人；作为赠品的这支纵队立即扔下武器投降，他们早就想投降了。

他们在克拉斯诺耶抓了两万六千俘虏，缴获了几百门大炮，还有一根手杖，所谓的元帅权杖[②]，于是争论谁的表现更突出，对结果都很满意，不过觉得很遗憾，未能生擒拿破仑或哪怕某一位英雄、元帅，他们为此而互相指责，尤其是指责库图佐夫。

这些人被自己的欲望所支配，只是最可悲的必然性规律的盲目实行者而已，可是他们却以英雄自居，自以为干了一番值得自豪的高尚事业。他们责难库图佐夫，说他从战事一开始就对他们战胜拿破仑起了干扰作用，说他只想满足自己的私欲，不愿离开亚麻布厂[③]，因为驻扎在

---

① 原文为德文。

② 达武元帅的权杖是在克拉斯诺耶之战的第一天在缴获的辎重车队里找到的。

③ 亚麻布厂是卡卢加省的一个村庄，库图佐夫和俄军主力曾驻扎在这里。

那里很舒服；在克拉斯诺耶他之所以制止军事行动，只是因为打听到拿破仑在那里，惊慌失措了；可以设想，他和拿破仑是有勾结的，被拿破仑收买了[①]，等等。

不仅那些受私欲支配的同时代人这样说。后代和史书把拿破仑奉为伟人，至于库图佐夫，外国人认为他是狡猾、好色、老迈虚弱的宫廷仆从；俄国人说他是面目不清的人物，是仅仅因为有个俄国人的名字才有点儿用处的傀儡……

五

一八一二年和一八一三年，人们直接指责库图佐夫犯了错误。皇上对他很不满。不久前奉旨编撰的史书说，库图佐夫是宫廷中的狡猾的说谎者，对拿破仑闻风丧胆，他在克拉斯诺耶和别列津纳河上所犯的错误断送了俄军对法国人大获全胜的光荣。[②]

这不是俄国的精英们不予承认的所谓伟大人物、伟人的命运，而是那些罕有的、永远孤独的人们的命运，他们领会了上帝的旨意，并以其个人的意志服从于它。平庸之辈的仇恨和蔑视是对这些人的惩罚，原因在于他们领悟了最高规律。

对俄国历史学家来说——说来奇怪而可怕，拿破仑这个历史的最微不足道的工具，在任何时候、任何地方，甚至在流放中也没有表现出人格的尊严——这个拿破仑却是赞美和赞叹的对象；他是伟大的。至于库图佐夫，这个人在其一八一二年的活动中自始至终，从波罗金诺到维尔纳，没有一言一行违背自己的初衷，在历史上成为献身精神和真正认识到事件的深远意义的非凡典范——在他们看来，库图佐夫却是面目不清、无足轻重的人，他们似乎总是有点儿羞于谈论库图佐夫和一八一二年。

---

① 见威尔逊《笔记》。——作者注（威尔逊：1777—1849，英国将军，曾任英国盟军驻俄军司令部代表。）

② 见波格丹诺维奇所著1812年史对库图佐夫的评述，以及关于克拉斯诺耶战役的结果不能令人满意的论断。——作者注

然而很难想象一个历史人物，他的活动能这样坚持不懈地服从于一个既定目的。很难设想一个更值得尊重、更符合全民意志的目的。更难在历史上找到另一个范例，一个历史人物给自己设定的目的，能像库图佐夫在一八一二年所竭力追求的那个目的一样得到如此完美的实现。

库图佐夫从来不谈什么四千年的历史从金字塔上看着①，不谈他对祖国的奉献，不谈他打算完成或已经完成的工作，总之，根本不谈他自己，他不摆老资格，总是表现为最平常和最普通的人，讲一些最平常和最普通的事务。他给自己的女儿们和斯塔尔夫人写信，看小说，喜欢与漂亮的女人们相处，同将军、军官和士兵们开玩笑，从来不反驳想要向他证明什么的人。在亚乌扎桥上，当拉斯托普钦伯爵骑马来见库图佐夫，当面责问他，谁应该对莫斯科的沦陷负责，并质问道："您不是答应过，不会不战而放弃莫斯科吗？"库图佐夫回答说："我决不会不战而放弃莫斯科。"而此时莫斯科已经放弃了。当阿拉克切耶夫奉旨前来，对他说应当任命叶尔莫洛夫为炮兵司令时，库图佐夫回答说："是的，我刚才自己也这样说过。"而他片刻之前所说的话完全不同。当时只有他能深刻理解事件的重大意义，而又置身于头脑糊涂的庸人之间，拉斯托普钦伯爵把莫斯科的灾难归罪于自己还是归罪于他，与他何干？至于任命谁当炮兵司令，他就更不放在心上了。

这位老者凭着人生阅历，深信思想和表达思想的言辞并非推动人们的动力，因此不仅在这些场合，而且常常会说些毫无意义的话——想到什么就说。

然而正是这个如此忽视自己的言谈的人，在其全部活动中没有一句话违背他在整个战争期间所奔赴的那个唯一的目的。显然，在各种不同的情况下，尽管痛心地认为，没有人能理解他，还是会不由自主地一再说出自己的想法。他和周围人们的重大分歧产生于波罗金诺会战，从那时开始，只有他说，**波罗金诺会战是我军的胜利**，而且直至去世前一直在口头上，在奏章和报告中重复这句话。只有他说，**失去莫斯科不等于**

① 指拿破仑在远征埃及期间所说的话（见本书1169页注）。

失去俄国。他对洛里斯东的和谈建议答复道，**议和是不可能的，因为这是人民的意志**；只有他在法国人撤退时说，**我们的一切军事行动都是不必要的；一切听其自然，结果会比我们所希望的更好；要给敌人留一座金桥**[①]**；塔鲁季诺战役、维亚济马战役、克拉斯诺耶战役都是不必要的；必须留有兵力直抵边境；他决不会为了十个法国人而牺牲一个俄国人**。

唯有他，被人们描述为宫廷仆从、为了取悦于皇上而向阿拉克切耶夫说谎的这个人——唯有他，这个宫廷仆从，不怕失宠于皇上，在维尔纳说，**到国境外继续作战有百害而无一利**。

但嘴上说说还不足以证明，他在当时已了解事件的意义。他的行动也都始终不渝地服从于同一个目的，其目的体现于如下三个行动：第一，集中自己的全部兵力对抗法军，第二，打败他们，第三，逐出俄国，同时尽可能减轻人民和部队的灾难。

他，这个行动迟缓、以耐心和时间为箴言、反对果断行动的库图佐夫，正是他决定进行波罗金诺会战，并使备战活动笼罩在无可比拟的斗志昂扬的氛围之中。在奥斯特利茨战役开始前就说这将是一场败仗的这个库图佐夫，在波罗金诺的时候，尽管将军们纷纷扬言，波罗金诺会战打败了，尽管史无前例地在一场获胜的战役之后部队不得不撤退，他却力排众议，至死都认定波罗金诺会战是我军的胜利。他一个人在撤退期间始终坚持不进行在当时毫无益处的战斗，不挑起新的战争，不越过俄国边界。

现在，只要不把十来个人的头脑里曾经有过的目的强加于广大群众的行动，要了解事件的意义是不难的，因为整个事件及其后果都摆在我们的面前。

但是这位老人怎么能在当时就抵制所有人的意见猜到了，在当时就这样正确地猜到了人民对事件的意愿的意义，在其全部活动中一次也不曾违背人民的意愿呢？

---

① 见本书 1199 页注。

对正在发生的现象的这种非凡的洞察力来源于人民的感情，他心里保持着这种感情的全部纯真和力量。

只是由于承认他有这种感情，人们才不得不违背沙皇的意志，以如此独特的方式把一位失宠的老者选为人民战争的代表。正是这种感情使他达到了崇高的人性的高度，他身为总司令，把自己的全部力量不是用于对人的摧残和杀戮，而是用于对人的拯救和怜悯。

这位质朴、谦逊，因而真正伟大的人物不是欧洲式英雄的虚假模式所能容纳的，这种似乎在支配着别人的英雄不过是史书的虚构而已。

奴仆眼中无伟人，因为奴仆对伟人有自己独特的理解。

六

十一月五日是所谓克拉斯诺耶战役的第一天①。傍晚前，将军们经过很多争吵和失误，都走到了不该去的地方；在派出几名副官带着更正的命令奔赴各地后，情况已很清楚，敌人到处在逃跑，不可能再有战事了，库图佐夫骑马离开克拉斯诺耶前往多布罗耶，总部已于当天迁至该地。

天气晴朗，寒气袭人。库图佐夫带着对他不满、在他背后窃窃私议的众多将领，骑着他的肥壮的小白马走在前往多布罗耶的路上。一路上当天被俘的法国人（这一天俘虏了七千人）聚集在篝火旁取暖。离多布罗耶不远处，一大群衣衫褴褛、胡乱地把衣服束在身上的俘虏们发出嗡嗡的谈话声，站在路上长长的一列卸下的大炮旁。在总司令临近时，谈话声停止了，所有的眼睛都注视着库图佐夫，他头戴红箍白帽，微拱的双肩上披着棉大衣，在路上缓缓地走过来。一个将军在向库图佐夫报告，大炮和俘虏是在哪里俘获的。

库图佐夫仿佛满腹心事，没有听见将军的话。他不满地眯缝着眼睛，细心地凝神注视着俘虏们的身影，觉得他们的样子异常凄惨。大部

① 此次战役开始于两天前，当时米洛拉多维奇将军的一个军进攻勒扎夫卡镇的法军。11 月 5 日俄军已攻克克拉斯诺耶，迫使拿破仑向奥尔沙撤退。

分法国士兵的脸都因为鼻子和面颊冻伤而破了相，几乎所有人的眼睛都红肿化脓了。

一小群法国人就站在路边，两个士兵——其中一个脸上布满了化脓的伤口——在用双手撕着一块生肉。在他们投向骑马经过的人们的匆匆一瞥中，在满脸伤口的士兵看看库图佐夫、立刻扭头去撕生肉的凶狠的表情中有一种可怕的兽性的东西。

库图佐夫对这两个士兵细心地看了好久；他更加紧锁双眉，眯起眼睛，沉思地摇了摇头。在另一个地方，他发现一个俄国士兵在笑着拍拍一个法国人的肩头，对他亲切地说着什么。库图佐夫又带着那同样的神情摇了摇头。

“你说什么？什么？”他问将军，那位将军在继续报告，并请总司令注意竖立在普列奥布拉任斯基团的队列前的几面被缴获的法国军旗。

“啊，军旗！”库图佐夫说，似乎勉强放下了挥之不去的心事。他茫然四顾。几千只眼睛从四面八方注视着他，等他讲话。

他在普列奥布拉任斯基团前面勒马停下，长叹一声，闭上了眼睛。随从中有人招招手，叫手持军旗的士兵们跨前几步，将旗杆竖在总司令周围。库图佐夫沉默了几秒钟，看来处于自己的地位不能不有所表示，似乎不大乐意地抬起头来开始说话。一群群军官环绕在他周围。他注意地扫视一下军官们，认出了其中的某些人。

“感谢大家！”他转向士兵又转向军官们说道。他的周围笼罩在一片寂静之中，他缓缓说出的话语清晰可闻，“感谢大家艰苦卓绝地效命疆场。我们获得了完全的胜利，俄罗斯是不会忘记你们的。永恒的光荣属于你们！”他默然四顾。

“把那只鹰的头垂下，垂下，”他对一名士兵说，这个士兵手持法国的鹰旗，无意中把鹰旗垂向普列奥布拉任斯基团的军旗。“垂得更低些，更低些，这就对了。乌拉！弟兄们。”他用下巴颏朝士兵们迅速地一摆说道。

“乌拉——拉——拉！”响起了几千人的吼声。

士兵们欢呼时，库图佐夫弯着腰低下头来，他的眼睛闪着温和的、

仿佛嘲讽的光辉。

"是这样，弟兄们。"他在欢呼声沉寂后说……

他的声音和表情突然变了：似乎说话的不是总司令了，而是一位普通的老人，显然，他此刻要把最想说的话告诉自己的伙伴们。

在一群军官和士兵的队列中起了一阵骚动，想把他此刻要说的话听得更清楚些。

"是这样，弟兄们。我知道你们很艰苦，可是有什么办法呢！忍耐一下吧，不要再等很久了。我们把客人送出国门就可以休息了。沙皇不会忘记你们的功劳。你们很艰苦，但你们毕竟是在自己的国家；而他们——看看他们落到了什么地步，"他指着俘虏们说，"比最可怜的乞丐还不如。在他们强大的时候，我们是不惜生命的，而现在也可以怜惜一下他们了。他们也是人哪。是不是啊，弟兄们？"

他环顾四周，在向他投来的坚毅的、恭敬而略感困惑的目光中看出，自己的话得到了共鸣：他嘴边眼角挂着老年人的温和的粲然微笑使他的脸上越来越光彩照人。他沉默片刻，仿佛困惑不解地垂下了头。

"可是再说了，是谁请他们来的？他们这是活该，莫……还……进了莫……"他突然抬头说道。于是把马鞭一挥，在整个战争期间第一次策马飞驰而去，离开了快乐地哈哈大笑、高呼"乌拉"的乱了队形的战士们。

库图佐夫的话未必能为部队所理解。也许没有人能复述元帅这番话的内容，开头语气庄严，后来却像一个好心的老人在谈家常，然而正是这种、正是与对敌人的怜悯和对自己的正义事业的自觉相结合的这种胜利者的庄严感情，而又用这种、恰恰用这种老年人的好心的责骂表达出来——正是这种感情深藏在每个士兵的心里并化为经久不息的欢呼。此后，一位将军问总司令，是否要吩咐马车来接他，库图佐夫在回答时突然抽泣了一声，看来心情非常激动。

七

十一月八日是克拉斯诺耶战役的最后一天；部队到达宿营地时天已

经黑了。整天都是严寒无风的天气，飘着稀疏的雪花；傍晚时天色开始晴朗。透过片片雪花可以看到暗紫色的星空，寒气更加逼人了。

离开塔鲁季诺时有三千人，现在只有九百人的火枪团，是最先到达指定宿营地的几个团之一，宿营地在大路上的一个村子里。迎接这个团的设营员们宣称，所有的农舍都被死伤的法国人以及骑兵和各级指挥部占用了。只有一座农舍是留给团长的。

团长骑马来到自己的农舍。该团穿过全村，把火枪架在村边几座农舍旁的大路上。

这个团像一头多足巨兽一样开始安排自己的洞穴和食物。一部分士兵走在没膝深的雪地里，分散到村子右边的桦树林里，林子里立刻响起了斧子的伐木声、枝丫的断裂声和士兵们的欢声笑语；一部分士兵在该团的车辆马匹集中的地方忙碌着，他们拿出大锅、干粮、给马匹上饲料；还有一部分士兵分散在村子里，为指挥部的工作人员安排住处，抬走农舍里的法军尸体，拖来木板、干柴和屋顶上的干草，用来生篝火或编成挡风的篱笆。

村边的农舍后面，十四五个士兵在欢叫着摇晃一个板棚的高大的篱笆，板棚的棚顶已经拆掉了。

“来吧，来吧，一起来，推！”几个人大声叫道，于是在黑暗的夜色里，落满一层雪花的高大的篱笆发出冰雪的咔嚓声晃动起来。下面的几根木桩频频发出断裂声，于是篱笆和推篱笆的士兵们终于一齐倒下。响起了一阵响亮、快乐而粗野的叫骂声和哄然大笑声。

“两个人一组，一齐上！把撬杠拿过来！就这样。你到哪里去？”

“来吧，一齐干……等一等，弟兄们……喊个号子吧！”

大家都不吭声了，只听一个柔和悦耳的声音轻轻地唱了起来。在第三节末尾，紧随最后一个声音结束，二十个人齐声呼叫道：“嗬——嗨！行啦！一齐干哪！使劲，弟兄们！……”不过，尽管他们同心协力，篱笆还是移动得很少，在一片寂静中只听到沉重的喘息声。

“喂，你们六连的！鬼东西！来帮一把啊……你们也用得着咱们的。”

六连正在往村子里去的二十来个人都跑过来帮着拖，于是长约五俄丈、宽约一俄丈的篱笆弯曲起来，在喘着粗气的士兵们的肩上压着、刺着，沿着村子的街道向前移动了。

“你走呀，怎么了……要倒啦，哎哟……你怎么站住了？真是……”

逗乐的难听的骂人话一刻也没有停过。

“你们在干吗？”突然一个军人跑过来官气十足地责问道。

“长官都在这儿；将军本人就在屋里，你们这些鬼东西却在这儿骂娘。瞧我怎么收拾你们！”上士吼道，在碰到的第一个士兵的背上猛击了一掌。“小声点儿不行吗？”

士兵们不敢吭声了。那个挨了打的士兵轻轻地哼了几声，擦着脸上的血，他是撞在篱笆上把脸划破的。

“瞧这个鬼东西，打人这么狠！打得满脸都是血。”他在上士走后畏怯地叽咕道。

“你不乐意？”一个人笑着说；士兵们压低说话的声音又继续往前走。到了村外，他们又大声说话了，话里又夹着那些无聊的骂人话。

在士兵们经过的一座农舍里，高级军官聚在一起喝茶，热烈地谈论着过去的这一天以及他们所设想的未来的军事行动。他们设想向左侧进，切断总督①的退路，将他俘虏。

士兵们拖来篱笆的时候，各处的行军灶已经生了火。木柴噼啪作响，雪在融化，在这片被占用的、积雪已被踩结实的空地上人影幢幢。

到处都有人在挥动斧子干活。一切都在自动进行，无需上级的命令。人们拖来过夜用的木柴，为长官搭建窝棚，用大锅烧煮食物，整理枪支和装备。

八连拖来的篱笆在北边竖成半圆形，用枪架支撑着，在篱笆前燃起了一堆篝火。敲了点名鼓，点了名，吃了晚饭，各自在篝火旁安置过夜——有的在修补鞋子，有的在抽烟斗，有的脱光了衣服在用蒸气杀虱子。

---

①11 月 4 日博加尔内的一个军曾被包围。他率领残部成功突围，退往克拉斯诺耶。

八

当时俄国士兵生活条件的艰苦几乎是无法想象的——没有保暖的靴子，没有皮袄，没有房子住，露宿在零下十八度的雪地上，甚至没有充足的粮食，因为往往供应不上。看来士兵们会呈现出一幅极其凄惨而令人沮丧的景象。

恰恰相反，即使在最优越的物质条件下，部队也从未表现得如此快乐而活跃。这是因为部队每天都在淘汰那些变得消沉和软弱的人们。所有在体力和精神上软弱的人都落在了后面：留下的都是部队的精华——就精神力量和体力而言都是如此。

在竖起挡风篱笆的八连这里聚集的人最多。两个上士都坐到他们这里来了，他们的篝火也烧得最旺。他们要求，谁想坐在篱笆下面谁就要带木柴来。

“喂，马克耶夫，你怎么……是躲起来了还是被狼吃了？去拿木柴呀。”一个红脸膛、红头发的士兵被烟熏得眨巴着眯起的眼睛，大声叫道，自己却不肯离开篝火。“你跑一趟吧，乌鸦，去拿木柴来。”这个士兵又对另一个说。红头发不是士官，也不是上等兵，可他是个健壮的士兵，就对身体比他弱的那些人发号施令。被叫做乌鸦的那个身材瘦小的尖鼻子士兵顺从地站起来，去执行命令了，但这时一个年轻士兵的清秀、英俊的身影已经走进了篝火的火光之中，他抱来了一大捆木柴。

“拿过来吧。嗬，这下好了！”

木柴被折断，扔进火里，人们用嘴吹，用军大衣的下摆扇，于是火苗呲呲作响、发出迸裂的噼啪声。士兵们凑近篝火，抽起烟斗来。抱来木柴的那个年轻英俊的士兵两手叉腰，开始在原地快速而灵巧地跺着冻僵的双脚。

“啊，妈妈，露珠儿冰凉，可它多美呀，我还拿起了火枪……”他边跳边唱，仿佛每唱一个音节都在打嗝儿。

“喂，鞋底要掉下来了！”红头发叫道，他发现跳舞者的一只鞋底耷拉着。“跳舞真费鞋啊！”

他不跳了，把耷拉着的皮底撕下来扔进了火里。

“可不是吗，老兄，”他说；随即坐下来，从背囊里拿出一块法国产的蓝呢子，开始裹脚，“脚都冻得麻木了。”他加了一句，把两只脚朝篝火伸过去。

“就要发新的了。听说，打完这一仗，给所有的人发双份皮革。”

“瞧，狗崽子彼得罗夫还是掉队了。”一个上士说。

“我早就看出来了。”另一个说。

“是啊，这么个兵……”

“听说，三连昨天一天就少了九个人。”

“是的，你想，脚冻坏了，还怎么走呢？”

“唉，都在说空话！”上士说。

“难道你也想那样吗？”一个老兵说，他是在责备刚才说脚冻坏了的那个人。

“那你是怎么想的呢？”被叫做乌鸦的那个尖鼻子士兵突然隔着篝火欠起身来，用尖细、颤抖的声音说道。“胖子拖瘦了，瘦的只有死路一条。就说我吧。我挺不住了，”他突然对上士坚决地说，“你吩咐把我送到医院去吧，浑身酸痛，难受极了；要不，反正是要掉队的……”

“好了，不谈了，不谈了。”上士平静地说。

瘦小的士兵不吭声了，谈话仍在继续。

“今天抓到的法国人还少吗；可是说真的，谁的脚上也没有像样的靴子，徒有其名而已。”一个士兵谈起了新的话题。

“全都被哥萨克脱掉了。为团长腾房子的时候，是他们把尸体抬出去的。看上去真惨哪，弟兄们，”刚才跳舞的士兵说，“把他们翻动一下，有一个还活着呢，你信不信，他在嘟囔着什么，说的都是他们的话。”

“那些人真干净，弟兄们，”第一个人说，“那么白净，就像白桦树一样，还有些人威仪凛然，真奇怪，是贵族吗。”

“你是怎么想的？他把各阶层的人都召集来了。”

“我们的话他们一句也不懂，”跳舞的士兵面带困惑的微笑说，

"我问他：'你是哪个国家的？'他却叽里咕噜地说着他们的话。不可思议的人们！"

"说来也怪，弟兄们，"对他们的白净感到惊讶的人接着说道，"莫扎伊斯克附近的农民说，他们去收拾死人，就在战役发生的那个地方，他说真想不到，算来他们那些死者躺在那里有一个月了。他说，想不到他们就像干净的白纸一样躺在那里，一点儿气味也没有。"

"怎么，是因为天气冷吧？"

"亏你想得出！天气冷！那时还很热呢。要是因为冷，那我们的人也就不会发臭了。可是，他说，走到我们的人那里，他说，却全都腐烂生蛆了。他说，只好用手绢蒙住鼻子，还得把头扭开，就这样拖着走；真叫人受不了。而他们的人，他说，就像一张白纸，一点儿气味也没有。"

大家都不吭声了。

"大概是吃的不一样，"上士说，"他们吃的都是老爷们吃的东西。"

谁也没有异议。

"那个农民还说，在莫扎伊斯克附近，就在战役发生的地方，他们这些农民从十个村子里被赶了来，运了二十天，也没有把那些死人运完。他说，这些豺狼……"

"这才是一次真正的战役呢，"老兵说，"唯有它是值得回忆的；后来的一切……只是折磨人罢了。"

"说得对，大叔，前天我们冲了上去，他们不等我们靠近就赶紧扔下武器，跪倒。嘴里说：'饶了我们吧。'这只是一个例子。听说，普拉东两次抓到拿破仑本人。可是听不懂话。抓是抓到了：可倒好，在手里装得像小鸟一样，却飞了，就这么飞了。要打死他都没有机会。"

"我看你呀，基谢廖夫，就会吹。"

"怎么是吹呢，千真万确。"

"要是落在我手里，抓住了就把他埋进土里。再插上一根杨木橛子。否则他又要害死多少人。"

“终究会有这么一天，他别想再活在世上。”老兵打着哈欠说。

谈话声沉寂了，士兵们开始躺下。

“瞧，天上的星星，好多啊，亮闪闪的！你会说，这是婆娘们铺开了亮闪闪的麻布。”一个士兵说，他在欣赏银河。

“弟兄们，这是五谷丰登的预兆啊。”

“木柴还是不够。”

“背后烤暖了，胸前又凉了。真是怪事！”

“啊，天哪！”

“你挤什么，要让你一个人烤火，是吗？瞧他……只顾自己。”

在渐渐静下来的时候，响起了一些人的鼾声；其余的人在翻身烤火，偶尔交谈几句。从远在百步开外的篝火那里传来了一阵愉快的哄然大笑的声音。

“听，五连在笑什么呀，”一个士兵说，“那里的人可真多！”

一个士兵站起来朝五连走去。

“怪不得在笑，”他回来说，“那里来了两个法国人。一个完全冻僵了，另一个那么醉态可掬，真够呛！他在唱歌呢。”

“哦？去看看……”几个士兵到五连去了。

九

五连的宿营地紧挨着一片树林。雪地上燃烧着一堆巨大的篝火，把冰霜压弯的树枝照耀得亮晶晶的。

已是深夜，五连的士兵听到了在树林里踏雪而来的脚步声和树枝的断裂声。

“弟兄们，有熊。”一个士兵说。大家都抬起头来倾听，这时两个衣着怪异的身影彼此搀扶着从树林里出来，走进了篝火的亮光里。

这是躲在树林里的两个法国人。他们嗓音嘶哑地说着士兵们不懂的话，来到了篝火跟前。一个身材高些，戴着军官的帽子，看来虚弱不堪。他想在篝火旁坐下，却突然倒在地上。另一个是矮小敦实的士兵，腮帮子上裹着一块头巾，身子结实一些。他扶起自己的同伴，又指着自己的嘴说了什么。士兵们围绕着两个法国人，给病人铺了一件军大衣，又给两个人拿来了薄粥和伏特加。

身子虚弱的法国军官是朗巴尔；裹着一块头巾的是他的勤务兵莫雷尔。

莫雷尔喝了伏特加和一碗薄粥后，突然异乎寻常地高兴起来，对不懂他的话的士兵们絮絮叨叨地说个不停。朗巴尔拒绝进食，用手支着头躺在篝火旁，发红的眼睛茫然地望着俄国士兵们。他偶尔会发出悠长的呻吟，又默不作声了。莫雷尔指着肩头，向士兵们暗示他是军官，不能让他挨冻。一个俄国军官来到篝火跟前，派人去问团长，可否让一个法国军官到他那里去取暖；回来的人说，团长吩咐把军官带去，于是转告了朗巴尔，叫他过去。他站起来想走，可是摇晃了一下，要不是站在一旁的士兵扶住他，他就跌倒了。

"怎么了？你不想去？"一个士兵对朗巴尔嘲弄地眨眨眼说。

"唉，傻瓜！你胡说些什么！毕竟是乡巴佬，真的，乡巴佬。"周围响起了对这个开玩笑的士兵的一片指责声。人们围绕着朗巴尔，两个人手搭着手把他抬起来送往团长的屋子。朗巴尔被抬着走的时候搂着两个士兵的脖子，凄切地说：

"噢，多好的小伙子！噢，我善良的、善良的朋友们！真是好人哪！噢，我善良的朋友们！"他像孩子一样把头倚在一个士兵的肩上。

这时莫雷尔被士兵们环绕着坐在最好的位置上。

莫雷尔，这个矮小敦实的法国人，一双红肿的眼睛里眼泪汪汪，他在军帽外像农妇那样裹着头巾，穿着一件女人的短皮袄。他好像喝醉了，一只手搂着坐在他身边的士兵，用嘶哑的声音断断续续地唱着一首法国歌。士兵们望着他捧腹大笑。

"喂，喂，你教教我，怎么唱？我很快就能学会的。怎么唱？……"莫雷尔搂着的那个诙谐的歌手说。

万岁，亨利四世，
万岁，这个勇敢的君王！——

莫雷尔挤挤一只眼唱道。

这个混世魔王……

那个士兵挥起手，模仿法语的发音学唱了一遍，果真合上了曲调。

“瞧，真像！呵——呵——呵！……”周围发出了一阵粗野、快活的大笑声。莫雷尔也皱着眉头笑了。

“喂，再来，再来！”

他有三个本领
喝酒、打仗、
向女人献殷勤……

“也很好听。你唱，你唱，扎列塔耶夫！……”

“丘……”扎列塔耶夫在费劲地学。“丘——丘……”他使劲撅起嘴唇，拉长声音，“莱特里普塔拉，德布德巴，伊德特拉瓦加拉。[①]”他唱道。

“嗬，不错！简直就像法国人！哎哟……呵——呵——呵！怎么样，你要不要再吃一点？”

“再给他些粥吧，饿狠了不是一下子就能吃饱的。”

又给他拿来了粥，莫雷尔笑嘻嘻地喝着第三碗粥。年轻的士兵们都面带高兴的微笑望着莫雷尔。老兵们觉得忙于这些琐事有失体面，躺在篝火的另一边，但不时用胳膊肘支起身子，含笑看着莫雷尔。

“他们也是人哪，”其中一个说，一边把身上的军大衣裹好，“艾蒿也是从根上长的嘛。”

“噢！天哪，天哪！满天星斗，多极啦！寒流要来了……”于是大家都不说话了。

---

①这是模仿法语歌词的发音。

星星仿佛以为，现在谁也看不见它们了，便在漆黑的天空戏耍起来。它们时隐时现，在忙不迭地悄声交谈着某种可喜而神秘的事情。

十

法军在按照数学的等差级数逐渐消亡。记述颇多的横渡别列津纳河之役只是法军灭亡的中间阶段之一，并非战局的决定性事件。关于别列津纳河，过去和现在都有很多记述，就法国而言，只是因为法军过去逐次遭到的灾难，在别列津纳河的被突破的大桥上，突然集中地表现于一时、表现为一个令所有人都刻骨铭心的悲惨景象。就俄国而言，关于别列津纳河有过那么多谈论和记述，只是因为在远离战区的彼得堡制订了（又是那个普富尔）诱使拿破仑在别列津纳河上落入战略陷阱的计划。大家深信不疑，一切都会按照计划所设想的那样实现，因此坚持认为，正是横渡别列津纳河之役使法国人遭到了毁灭。其实横渡别列津纳河的结果，从法国人被俘获的大炮和俘虏来看，远不像克拉斯诺耶之役那样对法国人具有毁灭性，数字可资佐证。

横渡别列津纳河的唯一意义在于，它显然无可置疑地证明了，所有拦截敌人的计划都是错误的，而唯一可以实现的，库图佐夫和全军（群众）所要求的作战方式才是正确的，即仅仅跟踪敌人。法国人的乌合之众经常在加速逃跑，竭尽全力地逃往目的地。他们像受伤的野兽一样逃窜，要挡住他们的去路是不可能的。足以证明这一点的，主要不是渡河的安排，而是人们在桥上的行动。几座大桥被截断后①，失去武器的士兵、莫斯科居民以及在法军运输队中的妇女儿童全都在惯性力量的驱使下拒不投降，而是往前逃上小船，跳进冰冷的河水。

这样逃跑是合乎情理的。逃跑的人和跟踪追击的人的处境都同样地恶劣。留在自己人之间，患难中的每个人都希望能得到同伴的帮助，能保持他们在自己人之间所占有的一定地位。若投降了俄国人，他的患

---

①1812 年 11 月 17 日晨，几座横跨别列津纳河的大桥在法军残部过河以后被法军纵火焚毁。

难依旧，可是在分配生活必需品时却处于更不利的境地。法国人无需确切的情报，说俄国人虽然非常愿意救助俘虏，却无能为力，有一半俘虏已死于饥寒；他们意识到情况不可能不是这样。那些最富于同情心的俄军长官、对法国人抱有好感的人们以及在俄军效力的法国人都对俘虏爱莫能助。毁灭法国人的是俄军的灾难性的处境。不可能从饥饿、有用的士兵手中夺取面包和衣服，发给无害、无辜、并不遭到痛恨然而无用的法国人。有些人倒是这样做了，然而这只是少数的例外。

后面只有死路一条；前面还有希望。大船失火，无法获救，只能弃船集体逃生，法国人就是这样在竭尽全力地集体逃窜。

法国人逃得越远，他们的残部的处境越是悲惨，俄军将领的贪欲便越发强烈，在彼得堡的计划寄予厚望的别列津纳河战役之后尤其如此，他们互相指责，特别指责库图佐夫。他们认为，彼得堡的别列津纳河作战计划功亏一篑应归咎于他，于是对他的不满、蔑视、嘲弄便愈演愈烈。不言而喻，这种嘲弄和蔑视是以表面恭敬的形式表现出来的，这种表现形式使库图佐夫无法质问，为什么要指责他，指责他什么。那些人不和他严肃地谈话；在向他报告和请示的时候装出一副可怜相，而在他背后却挤眉弄眼，处处都千方百计地欺骗他。

所有这些人正因为不能理解他，才认为和老头子多说无益；他永远也不可能懂得他们的计划的高明之处；他只会说金桥，说他不能带一帮衣不蔽体的流浪汉打出国境等等，用空话搪塞（他们认为这些都是空话）。这一切他们已经听他说过了。而他所说的一切，比如要等候给养，士兵们没有靴子，全都那么简单，而他们所提出的建议却非常复杂而聪明，显然，他们觉得，他已老迈昏聩，只有他们才是不掌权的天才统帅。

尤其是在杰出的海军上将奇恰戈夫和彼得堡的英雄维特根施泰因会师之后，这种情绪和参谋部的诽谤达到了无以复加的地步。库图佐夫看出了这一点，只能叹息着耸耸肩。只有一次，那是在别列津纳河战役之后，他勃然大怒，给单独向皇上打报告的本尼格森写了一封信如下：

鉴于贵体欠安，请阁下见此信后即前往卡卢加，静候皇帝陛下的旨意和任命。

可是刚打发了本尼格森，战争初期在军中任职、后被库图佐夫调离的康斯坦丁·巴甫洛维奇大公就来到了军中。现在大公到军中来通知库图佐夫，皇帝陛下对我军战绩平平、行动迟缓深感不满。皇帝陛下日内即将亲临部队。

老人在宫廷事务中和在军事上同样富有经验，这个于同年八月违背皇上旨意被选为总司令的库图佐夫，这个将皇储和大公调离军队的人，这个利用自己的权力决定抗旨放弃莫斯科的人，这个库图佐夫当即明白，他的时代结束了，他的角色演完了，他的徒有虚名的权力也已告终。他不只是根据宫廷的态度明白了这一点。一方面，他看到他在其中发挥作用的战事已经结束，感到自己的使命已经完成了。另一方面，他恰恰在此时觉得，自己衰老的身体感到一种生理上的倦怠，需要在生理上得到休息。

十一月二十九日库图佐夫来到维尔诺，如他所说，来到了自己亲爱的维尔纳。他曾两次在维尔纳担任总督[①]。在完好无损的富庶的维尔纳，除了他久已被剥夺的舒适的生活，库图佐夫还找到了一些老朋友和对往事的回忆。于是他突然将军务和国务一概置之不理，只要周围沸腾的贪欲不来干扰他，他便沉浸于平静而熟悉的生活，仿佛正在发生和将要发生的历史事件都与他毫不相干。

奇恰戈夫是最热烈地主张切断和击溃敌人的人之一，奇恰戈夫曾先后要到希腊和波兰去实行牵制，但就是不愿执行命令到他该去的地方去，奇恰戈夫以敢于向皇上直陈己见闻名，奇恰戈夫认为自己有恩于库图佐夫，因为他在一八一一年曾奉命撇开库图佐夫与土耳其签订和约，他得悉和约已经签订，便向皇上坦承，签订和约的功劳属于库图佐夫；

① 库图佐夫曾于1799—1801年和1809—1811年两度出任立陶宛总督。

正是这个奇恰戈夫最先在维尔纳站在库图佐夫即将进驻的城堡前迎接库图佐夫。奇恰戈夫身穿海军文官制服，佩带短剑，将军帽夹在腋下，向库图佐夫呈递队列报告和城门钥匙。年轻人对昏聩的老者的那种貌似谦恭的蔑视溢于言表，奇恰戈夫已经知道了针对库图佐夫的责难。

与奇恰戈夫谈话时，库图佐夫顺便告诉他，在鲍里索夫从他那里夺走的几车餐具完好无损，会归还他的。

“您想对我说，我没有餐具用餐……相反，即使您要举行宴会，我也有足够的餐具供您使用。”奇恰戈夫涨红了脸说，他说每句话都想证明自己的正确，因而以为库图佐夫也关注这一点。库图佐夫面带微妙、通达的微笑，耸了耸肩回答说：“我想说的只是我说出来的意思。”

在维尔纳，库图佐夫违抗皇上的旨意，制止了大部分部队的行动。据库图佐夫身边的人说，他这次在维尔纳期间异常消沉，身体也大不如前。他无心处理军务，凡事都推给自己的将军们，他无所事事地打发日子，等候着皇上。

皇上带着自己的随从托尔斯泰伯爵、沃尔康斯基公爵、阿拉克切耶夫等人，于十二月七日从彼得堡出发，十二月十一日到达维尔纳，乘坐旅行雪橇直奔城堡。尽管天气严寒，城堡前站着身穿全套礼服的将军和参谋部军官共百余人以及谢苗诺夫团的仪仗队。

一名信使在马车上驾着三匹浑身冒汗的马向城堡驰来，赶在皇上前面高呼：“皇上驾到！”科诺夫尼岑冲进门廊向库图佐夫报告，他正在小小的门卫室里等候。

一分钟后，老人高大肥胖的身躯穿着全套礼服，胸前挂满勋章，武装带紧束着肚子，摇摇摆摆地来到台阶上。库图佐夫戴上军帽，拿起手套，侧着身子吃力地逐级迈下台阶，走下台阶后，他把准备面呈皇上的报告拿在手里。

奔走忙碌、轻言细语、三驾马车还在狂驰而过，所有的目光都投向驶来的雪橇，皇上和沃尔康斯基的身影隐约可见。

这一切由于五十年来的习惯使老将军惶恐而激动；他惊慌而匆忙地摸摸身上，正一正军帽，就在皇上跨出雪橇的那一刻，立即向他抬起眼睛，振作精神并挺直腰板，皇上报告，用从容、奉承的语气说起话来。

皇上从头到脚迅速地打量一下库图佐夫，霎时皱起眉头，不过立刻克制自己，张开双臂上前拥抱老将军。又由于习惯成自然的旧印象，也由于符合他的心意，这个拥抱像素来那样打动了库图佐夫：他抽泣了一声。

皇上向军官们问好，向谢苗诺夫团的仪仗队问好，又握了握老人的手，和他并肩向城堡走去。

和元帅单独留下的时候，皇上对他表示不满，责怪他在追击敌人时行动迟缓，在克拉斯诺耶和别列津纳河犯了错误，并把自己关于出国远征的设想通知了他。库图佐夫既不提出异议，也不发表意见。七年前他在奥斯特利茨战场上聆听皇上命令时的那种顺从和茫然的神情，现在又出现在他的脸上。

库图佐夫从书房出来，低着头以沉重、蹒跚的步态穿过大厅时，有人叫住了他。

“殿下。”那个人说。

库图佐夫抬起头来，久久地望着托尔斯泰伯爵的眼睛，伯爵用银盘托着一个小物件站在他面前。库图佐夫似乎不明白有什么事。

他仿佛突然想了起来，虚胖的脸上闪过一丝难以觉察的微笑，于是恭敬地俯身拿起银盘上的东西。这是一枚一级圣乔治勋章。

十一

翌日元帅举行宴会和舞会，皇上亲临。库图佐夫被授予了一级圣乔治勋章，皇上向他表达了崇高的敬意，但皇上对元帅的不满尽人皆知。礼节还是遵守的，皇上首先做出了遵守礼节的榜样，然而人人都知道，老头子犯了错误，已经毫无用处。在舞会上，库图佐夫按照叶卡捷琳娜女皇时代的惯例，在皇上步入舞会大厅时，吩咐人将缴获的军旗投掷于他的脚下，皇上不悦地皱起了眉头，说了几句话，有人听到话里有“老丑角”这样的字眼。

皇上对库图佐夫的不满在维尔纳加剧了，特别是因为库图佐夫不愿或不能理解今后战争的意义。

翌日晨皇上召集军官，对他们说："你们不只是拯救了俄国；你们拯救了欧洲。"——于是大家都明白了，战争并未结束。

唯有库图佐夫不愿理解这一点，并公开说出了自己的意见，认为新的战争不会改善俄国的处境，也不可能增加俄国的光荣，只会使俄国的处境恶化，降低他认为俄国现在已拥有的崇高荣誉。他竭力向皇上证明，难以组建新的部队；谈到人民的艰难处境，可能遭到挫败等等。

元帅有这样的情绪，自然只能成为今后战争的障碍和绊脚石。

为了避免和老头子发生冲突，自然而然地找到了解决办法，那就是如同在奥斯特利茨和战争初期巴克莱当权时那样，从总司令脚下抽掉他立足的权力的基础，不惊动他，也不向他宣布，把权力转移到皇上本人的手中。

为此目的，逐步改组了参谋部，于是库图佐夫参谋部的全部实权被剥夺而归于皇上。托尔、科诺夫尼岑、叶尔莫洛夫被调任其他职务。人们大声嚷嚷，说元帅身体非常虚弱，健康受到了严重损害。

他身体虚弱才必须让位于取代他的人。而他的身体也确实虚弱。

当需要库图佐夫的时候，他自然而简单地逐步从土耳其来到彼得堡的税务局召集民兵，再来到军中，现在库图佐夫的角色扮演完了，一个符合要求的新的活动家同样会自然而简单地逐步出现在他的位置上。

一八一二年的战争，除了俄罗斯人心中所珍视的人民意义之外，还应当具有另一种意义——欧洲意义。

西方民族涌往东方，随之而来的应当是东方民族涌往西方，这场新的战争需要一位具有不同于库图佐夫的特性和观点、被其他动机所推动的新的活动家。

亚历山大一世对于东方民族涌往西方并恢复原有国界是一位必要的人物，正如库图佐夫对于拯救俄国及其荣誉是必要的人物一样。

库图佐夫不理解欧洲、均势、拿破仑意味着什么。他不可能理解这一点。俄国人民的代表，在敌人被消灭、俄国获得解放和登上荣誉的巅峰之后，他这个俄国人作为俄国人已无事可做。人民战争的代表没有什么可留恋的了，只是有死而已。于是他死了[①]。

十二

皮埃尔像大多数人一样，只是在艰苦和紧张过去以后，才感觉到了当初被囚禁时物质生活的艰苦和紧张是多么难以忍受。他在被解救而获得自由之后来到了奥廖尔，在到达的第三天，正准备前往基辅时，他病倒了，在奥廖尔卧病了三个月；医生说，他患了急性胆囊炎。医生为他治疗，给他放血、服药，他最终恢复了健康。

皮埃尔从获得自由到生病之前所经历的一切，几乎没有给他留下什么印象。在他的记忆中只有时而下雨、时而下雪的灰暗阴沉的天气，内心的苦闷和腰腿酸痛；只有人们在遭受不幸和苦难的一般印象；记得军官和将军们出于好奇问这问那，使他不胜其烦，记得自己为了搞到马车和马匹而到处奔波，主要是还记得，这个时期自己丧失了思考和感悟的能力。在获得自由的那一天，他曾看到彼佳·罗斯托夫的尸体。也就是在这一天，他得知安德烈公爵在波罗金诺战役之后还活了一个月以上，不久前才在雅罗斯拉夫尔死于罗斯托夫的家里。也就是在这一天，杰尼索夫把这个消息告诉皮埃尔，在谈话中提到海伦之死，他以为皮埃尔早就知道了。这一切当时只是使皮埃尔感到奇怪。他觉得他无法理解所有这些消息的意义。他当时只是急于要赶快、赶快离开人们在互相残杀的地方，到一个平静的避风港去安心休息，好好考虑一下他在这个时期所了解到的那些奇怪或新鲜的事情。可是他一到奥廖尔就病倒了。皮埃尔从病中清醒过来时，看到身边有自己的两个仆人捷连季和瓦西卡，他们是从莫斯科赶来的，还有大公爵小姐，她住在叶利茨的皮埃尔的庄园里，得到他获救和生病的消息，便来到他身边服侍他。

皮埃尔只是在康复期间才逐渐地摆脱了最近几个月来已习以为常的那些印象，逐渐地习惯于明天没有人会赶他到什么地方去，谁也不会强占他的温暖的床铺，而且一定会有午餐、下午茶和晚餐。然而在睡梦

---

① 库图佐夫在俄军出国作战期间于 1813 年 4 月 16 日病逝于德国小镇邦茨劳。

中他还很久都看见自己置身于俘虏的生活环境。皮埃尔也是这样逐渐地理解了他在脱离囚徒生活后所听到的新闻：安德烈公爵之死、妻子之死、法国人的覆灭。

在康复期间，皮埃尔心里充满了快乐的自由感，这是人所固有的那种不可剥夺的、充分的自由，他第一次意识到这种自由是在离开莫斯科后第一次中途休息的时候。他感到惊讶，这种不以外在条件为转移的内心的自由，现在它的周围仿佛又有了太多的、过于奢侈的外部自由。他独自在一个陌生的没有熟人的城市里；谁对他都没有任何要求；谁也不能派他到什么地方去。凡是他想要的，他都有；过去使他经常苦恼不堪的关于妻子的想法也不再出现了，因为她已经不在人世。

“噢，多好！太好了！”当蒙着清洁的桌布、摆上香喷喷的肉汤的餐桌挪到他面前时，或者当他夜里在柔软、洁净的床铺上躺下就寝时，或者当他想到妻子和法国人都不复存在时，他就这样对自己说。“噢，多好！太好了！”于是他按照老习惯向自己提出了问题：那么，以后怎么办呢？我要做些什么呢？他立刻回答自己说：什么也不做。就这样活着。噢，太好了！

他过去为之深感苦恼、不断探求的东西——人生的目的，现在对他来说已经不存在了。现在对他来说，这个未知的人生目的并非此时此刻偶然地不存在，而是他感到，人生的目的是没有的，也不可能有。正是这种目的的阙如使他充分地、高兴地意识到了自由，此时这种意识就是他的幸福。

他不可能有目的，因为他现在有了信仰——不是对某种法则、言论、思想的信仰，而是对永生的、随时可以感知的上帝的信仰。过去他在为自己设定的目的中寻求上帝。因而寻求目的实际上就是在寻求上帝。他在自己的囚徒生活中不是凭言论，不是凭推理，而是凭直觉突然领悟到了保姆早就对他说过的话：上帝就在眼前，就在这里，他无处不在。他在囚徒生活中认识到了，卡拉塔耶夫心中的上帝比共济会所信奉的宇宙建筑师更加伟大、无限和不可测度。他此时的感觉就像一个人在自己的脚下找到了要找的东西，却一直在望着离自己很远的地方。他一生都在越过别人的头顶遥望远处，而他本来是不必极目远望的，只需要看着自己的面前。

他过去在任何地方都看不到伟大、不可测度和无限的东西。他只是觉得，它应当在某个地方，便去寻找它。他在近处的、明白易懂的一切之中只看到有限的、渺小的、平淡无奇而没有意义的东西。他拿起思想上的望远镜眺望远方的某处，在那里这种渺小而平淡无奇的东西远远地隐没在雾霭里，他之所以觉得它伟大而无限，只是因为它模糊不清。欧洲社会、政治、共济会、哲学、慈善事业就是这样呈现于远方。但是，即使在那时，在他自认为软弱动摇的时候，他的思想也曾深入探索那个远方，在那里他所看到的也同样是渺小、平淡无奇而没有意义的东西。现在他学会了在一切之中看到伟大、永恒和无限的东西，因而很自然，为了能看到它，能享受直观它的喜悦，他扔掉了在此之前用来越过人们的头顶瞭望的望远镜，喜悦地观察着自己周围永远处于变化之中的这永远伟大、不可测度和无限的生活。他愈是在近处观察，便愈是安详而幸福。从前使他的空中楼阁不断倒塌的那个可怕的问题“为什么？”——现在对他来说已不存在了。现在对这个为什么的问题，他心里永远有一个现成的简单的答案：因为有上帝，没有上帝的旨意，人的一根头发也不会掉下来。

十三

皮埃尔的外在行为方式几乎没有任何变化。从外表看，他还是和过去完全一样。他还和过去完全一样地心不在焉，仿佛他所关注的不是眼前的事，而是他所特有的某种东西。他过去和现在的神态之间的区别在于，过去，当他忽略眼前的事，忽略别人对他所说的话时，他会痛苦地皱起眉头，仿佛很想看清楚离他很远的某种东西，可就是无法看清。现在他还是那样忽略别人对他所说的话，忽略眼前的事，然而现在他露出难以觉察的、仿佛带有嘲讽意味的微笑，注视着他眼前的事物本身，倾听着别人对他所说的话，不过，他显然是别有所见、别有所闻的。过去他虽然为人善良，却很不幸，因而人们很自然地会疏远他。现在爱生活的微笑经常浮现于他的唇边嘴角，而且他的眼睛闪耀着对人们的关切——仿佛在问：他们都像他那样感到满意吗？因而有他在场人们都很愉快。

过去他话多，还非常急躁，很少听别人的意见；现在他不那么爱说话了，而且很善于倾听，所以人们都很乐意向他诉说自己的隐衷。

大公爵小姐一向不喜欢皮埃尔，自从老伯爵去世，她觉得自己受到皮埃尔的眷顾之后，对他就特别抱有敌意。她到奥廖尔来本意是要向皮埃尔表明，尽管他刻薄寡恩，她还是认为自己有义务来服侍他，可是使她感到气恼和奇怪的是，在奥廖尔短暂逗留之后，她很快就发觉，她喜欢他了。皮埃尔并没有刻意讨公爵小姐的欢心。他只是好奇地观察她。过去公爵小姐感到，他看她的目光含有讽刺和冷漠，于是对他也像对别人一样怀有戒心，只显示自己在生活中好斗的一面；相反，现在她感到，他仿佛在渐渐地成为她生活中的知己了，于是她起初还心存疑虑，后来却满怀感激之情向他流露了自己性格中深藏不露的善良的一面。

最狡猾的人也不能更巧妙地博得公爵小姐的信任，激起她对美好的青春年华的回忆并给予同情。而皮埃尔的狡猾之处仅仅在于，他在凶狠、冷漠、自命清高的公爵小姐的心里唤起了人性的情感，并从而得到慰藉。

“是的，他是一个非常、非常善良的人，只要不是在坏人而是在我这样的人的影响之下。”公爵小姐自言自语道。

皮埃尔身上所发生的变化，他的仆人捷连季和瓦西卡也注意到了。他们觉得他更加平易近人了。捷连季替主人脱了外衣，往往拿着靴子和衣服道过晚安还迟迟不愿离去，等着看老爷会不会有话要说。皮埃尔发现他想说说话，多半会留下捷连季。

“好吧，你就说说……你们是怎样搞到食物的？”他问。于是捷连季讲起莫斯科的灾难、已故的老伯爵，他把衣服拿在手里站着讲了很久，或者听皮埃尔讲故事，在他往前厅去的时候，高兴地觉得主人对自己很亲切，自己对他也很友好。

为皮埃尔看病的医生每天都来探望他，虽然他作为医生认为自己有义务显得行色匆匆，表示他的每一分钟对病人都非常重要，却又在皮埃尔那里一坐就是几个小时，讲一些他喜爱的故事以及他对病人，尤其是女病人的心理特点的观察。

“是啊，和他这样的人谈话是很愉快的，他不像我们这里的那些外省人。”他说。

有几个被俘的法国军官住在奥廖尔，医生把其中的一个年轻的意大利军官带来了。

这个军官时常来看望皮埃尔，大公爵小姐就嘲笑意大利人对皮埃尔所表现的那种温柔的感情。

看来意大利人只有到皮埃尔这里来谈谈才会感到高兴，他会讲起自己的过去、自己的家庭生活、自己的恋爱并发泄他对法国人特别是拿破仑的愤怒。

“倘若所有的俄国人哪怕多少有点儿像您，”他对皮埃尔说，“那么和您这样的人兵戎相见——简直是一种亵渎。法国人使您受到如此深重的灾难，而您对他们甚至连仇恨也没有。”

皮埃尔现在博得意大利人的热烈爱戴，只是由于他激发了他内心的美好情愫并加以欣赏。

在皮埃尔逗留于奥廖尔的后期，他的一个老相识，一八〇七年介绍他入会的共济会员维拉尔斯基伯爵来看他。维拉尔斯基娶了一个在奥廖尔省拥有几处大庄园的俄国富婆，临时在城里的粮食部门任职。

听说皮埃尔在奥廖尔，维拉尔斯基虽然和他并无深交，却来拜访他，向他表示友好和亲近，人们在沙漠中邂逅往往会有这样的表示。维拉尔斯基在奥廖尔颇感寂寞，能遇到一个自己圈子里的人，而且在他看来还是志趣相投的人，感到很高兴。

可是维拉尔斯基不久就惊讶地发现，皮埃尔太落后于现实生活了，自以为是地断定，皮埃尔陷入了冷漠和利己主义而不能自拔。

“您颓废了，亲爱的。”他对皮埃尔说。尽管如此，维拉尔斯基觉得，现在和皮埃尔相处比过去更愉快了，因而每天都来看他。皮埃尔现在望着维拉尔斯基，听着他的谈吐，想到他本人就在不久之前还是这样的一个人，觉得奇怪而不可思议。

维拉尔斯基是有家庭的已婚男人，既要管理妻子的庄园，又要忙于公务和照顾家庭。他认为所有这些活动都在干扰他的生活，而且所有这些活动都是可鄙的，因为其目的只是要谋求他个人和家庭的利益。军事、行政、政治、共济会方面的种种考虑经常吸引着他的注意。皮埃尔并不设法去改变他的观点，也不责备他，而是以他现在的那种经常平静而快乐的嘲讽欣赏着他所如此熟悉的这种奇怪现象。

皮埃尔在和维拉尔斯基、大公爵小姐、医生以及他现在所碰到的所有人的交往中，有一个新的特点为他赢得了所有人的好感；这就是承认每个人都可以按自己的方式思考、感知并坚持自己的观点；承认要说服一个人改变信念是不可能的。每个人的这种合乎情理的特点，过去曾使皮埃尔焦躁和恼怒，现在却是他同情和关心人的基础。人们的观点与生活之间以及观点与观点之间的分歧乃至完全对立只会使皮埃尔感到高兴，引起他的嘲讽和谦和的微笑。

在实际事务中，皮埃尔突然感到，他现在有了重心了，而过去是没有的。过去每次碰到金钱问题，特别是他作为富豪经常会遇到的有人要钱的时候，往往使他陷入犹豫不决的烦恼和困惑。“这笔钱给还是不给呢？”他问自己。“我有钱，而他需要钱。可是另一个人更需要啊。究竟谁更需要呢？也许两个都是骗子？”他过去在所有这些思虑中找不到任何出路，于是他只要有钱可给便有求必应。过去，每当问题涉及他的财产，有人说必须这样做，有人说必须那样做的时候，他也会同样地感到无所适从。

使他惊奇的是，现在他发现，所有这些问题都再也不会引起疑虑和困惑了。现在他心里有了一个裁判，在按照他自己所不了解的规则裁定什么事应当做，什么事不应当做。

他还是像过去那样对金钱问题漠不关心，然而现在他毫无疑问地知道，什么该做，什么是不该做的。让这个新裁判处理的第一个问题，是被俘的法军团长所提出的请求，他来向皮埃尔大谈自己的功绩，最后几乎是强硬地要求皮埃尔给他四千法郎，以便寄给妻儿。皮埃尔毫不为难就加以拒绝了，后来觉得很奇怪，过去似乎无法解决的难题，竟轻而易举地解决了。同时，他在拒绝团长的要求时当即决定，在离开奥廖尔时，必须使巧计让意大利军官收下一笔钱，看来他是很需要这笔钱的。皮埃尔对妻子的债务问题和是否修复莫斯科的住宅和别墅问题的处理，对他来说，是新的证据，证明他所确立的关于实际事务的观点是正确的。

他的总管到奥廖尔来了，皮埃尔和他对收支情况的变化算了一笔总账。按照总管的计算，莫斯科大火使皮埃尔损失了大约二百万卢布。

总管为了减轻这些损失，给皮埃尔又算了另一笔账。虽然遭到这些损失，但他的收入不仅没有减少，反而有所增加，如果他拒绝偿付伯爵夫人留下的债务，也不去修复莫斯科的住宅和近郊别墅的话，因为皮埃尔没有义务为伯爵夫人还债，而住宅和别墅每年要开销八万卢布，却毫无收益。

“对，对，这是实情，”皮埃尔高兴地笑着说，“对，对，我才不花这种冤枉钱呢。兵燹之灾反而使我更富有了。”

但是萨维利奇一月从莫斯科来，他谈到莫斯科的情况，谈到建筑师提交给他的修复住宅和近郊别墅的预算，听口气，这事似乎已经定了。与此同时皮埃尔接到了瓦西里公爵和其他熟人从彼得堡写来的信。信里都提到妻子的债务。于是皮埃尔认定，他曾如此欣赏的总管的计划其实不妥，他必须到彼得堡去将妻子的事情了结并在莫斯科安家。为什么必须这样做，他不知道，但他毫无疑义地知道，必须这样做。由于这个决定，他的收入减少了四分之一。但必须这样做；这一点他意识到了。

维拉尔斯基要到莫斯科去，他们约定一起走。

皮埃尔在奥廖尔养病期间始终感到快乐、自由、生机勃勃，不过，当他在旅途中置身于自由的天地，看到成百上千的新面孔时，这种感觉就更强烈了。他在旅途中一直像学生在度假一样兴高采烈。所有的人，马车夫、驿站长、路上或村子里的农民，对他来说，全都有了一种新的意义。同行的维拉尔斯基不断地埋怨俄国贫穷、愚昧、落后于欧洲，他的指摘只是使皮埃尔更高兴了。在维拉尔斯基看到一潭死水的地方，皮埃尔看到的是异常强大的活力，它在皑皑白雪中，在这广袤的土地上支撑着这完整、独特、统一的民族的生命。他没有反驳维拉尔斯基，而是仿佛赞同似的（因为假装赞同是避免徒劳无益的争论的最简便的方法），面带愉快的微笑听着他的谈话。

十四

很难解释，蚂蚁为什么要在被捣毁的蚁巢中匆匆来去，要去何方，有些蚂蚁拖着谷粒、蚁卵和死蚂蚁从蚁巢出来，另一些蚂蚁在返回蚁巢——为什么它们要彼此冲撞，你追我赶，彼此争斗呢，同样，很难解释，在法国人撤走后，俄国人为什么纷至沓来，聚集在曾被叫做莫斯科的地方。望着分散在残破的蚁巢周围的蚂蚁，尽管蚁巢被彻底捣毁，可是从无数蠕动着的蚂蚁的坚韧、毅力可以看出，一切都被摧毁了，只除了某种坚不可摧的、非物质的、构成蚁巢的全部力量的东西。莫斯科也是如此，十月里尽管没有政府机关，没有教堂，没有圣地，没有财富，没有房屋，但莫斯科还在，他仍然是八月里的那个莫斯科。一切都被摧毁了，除了某种非物质的、但强大而坚不可摧的东西。

人们从四面八方往敌人被肃清的莫斯科蜂拥而来，他们抱有形形色色的个人动机，初期的动机大多是出于粗野的本能。只有一个动机是人们所普遍具有的，那就是要到曾经被称为莫斯科的地方去有所作为。

一周后莫斯科已有一万五千居民，两周后就有了两万五千人，这是趋势。不断增加的结果，到一八一三年秋，人数已超过一八一二年的居民人口[①]。

最早进入莫斯科的俄国人是温岑格罗德部队的哥萨克[②]、邻近各村

---

①1814 年之前不久，莫斯科有居民近 16 万人。

②1812 年 10 月 10 日，温岑格罗德将军本人在当时仍被法国人占领的莫斯科被俘，10 月 11 日，在莫蒂埃的部队撤走后，温岑格罗德的副手伊洛瓦伊斯基少将率领若干团的哥萨克进入莫斯科。

的农民以及逃离莫斯科、躲在周边地区的居民。进入惨遭兵燹的莫斯科的俄国人发现莫斯科已被抢劫一空，自己也开始抢劫。他们在继承法国人的所作所为。农民的大车队到莫斯科来，是要把丢弃在莫斯科残破的民居和街道上的东西运往乡下。哥萨克把能运走的东西都运到自己的营地；各家的主人把他们在别人家里找到的东西全都拿走，借口这本来就是他们的东西而运回自己的家里。

可是在第一批抢劫者之后又来了第二批、第三批，于是抢劫由于抢劫者的人数日益增多而变得越来越困难，开始采取比较固定的方式。

法国人初到时莫斯科已是一座空城，但是还保留着城市正常运转的所有形式，具有商业、手工业、市容维护、行政管理、宗教等各种城市功能。这些形式已失去了生命，但它们还存在。有市场、铺子、商店、货栈、集市，多半都有商品供应；有工场和作坊；有摆设豪华的宫殿和豪宅；有医院、监狱、政府机关、教堂。法国人的占领愈久，这些城市运转的形式便愈是受到摧残，终于一切都化为浑然一体、萧条冷落的大劫掠场。

法国人的抢劫持续得越久，对莫斯科的财富和抢劫者的力量的破坏就越大。俄国人光复故都是从抢劫开始的，俄国人的抢劫持续得越久，参与抢劫的人越多，莫斯科的财富和城市的正常生活的恢复就越快。

除了抢劫者，各种各样的人——房产主、僧侣、大小官吏、商人、手工业者、农民，有的出于好奇，有的为执行公务，有的带着个人的打算，——像血液流向心脏一样，从四面八方流向莫斯科。

一周后，赶着空车想来运走财物的农民已经被官员制止，强迫他们把尸体运往城外。其他农民听说同伴的遭遇后，便带着面包、燕麦和干草到城里来卖，竞相压价出售，结果价格比从前还便宜。木匠为了赚大钱，每天都成群结队到莫斯科来，他们到处在盖新房或修理被烧坏的旧屋。商人们开始在板棚里做买卖。饭店、客栈在被大火烧焦的房屋里开张。僧侣在很多没有毁于大火的教堂里恢复祈祷仪式。施主们送来了被劫走的教会物品。官员们在狭小的房间里安放自己的带呢面的桌子和文件柜。最高当局和警方负责分发法国人留下的财物。有些房子里留下了很多从各家各户运来的东西，于是房东就抱怨说，把所有的东西都运到多棱宫[1]去是不合理的；另一些人坚决认为，法国人把各家各户的东西搜刮到一处，因此就把在那里找到的所有东西都交给房东是不公平的。有人骂警察；有人向警察行贿；有人根据被焚毁的公家财产申报十倍的预算；有人在申请救济。拉斯托普钦伯爵在写自己的传单。

十五

一月底，皮埃尔来到莫斯科，住在完好无损的厢房里。他走访了拉斯托普钦伯爵和几个回到莫斯科的熟人，准备第三天到彼得堡去。大家都在庆祝胜利，在劫后复苏的故都一切都显得欣欣向荣。大家很欢迎皮埃尔，人人都希望见到他，都向他详细地打听他的见闻。皮埃尔觉得，他对自己所遇到的所有人都怀有一种特殊的友好感情，不过现在他对所有人都抱着谨慎的态度，以免自己会受到什么束缚。他对向他提出的所有问题，不论重要与否，都同样模棱两可地回答；人们问他：他想住在哪里？要盖新房吗？他什么时候到彼得堡去，能否带一只小箱子去？——他总是回答说：嗯，也许，我想，如此等等。

他听说罗斯托夫一家在科斯特罗马，可是很少会想起娜塔莎。即使想起她，也不过是对遥远往事的愉快回忆而已。他觉得自己不仅摆脱了生活环境的束缚，而且也摆脱了那段感情，觉得他当初只是故作多情而已。

他在来到莫斯科的第三天，在德鲁别茨科伊家里听说，玛丽亚公爵小姐在莫斯科。安德烈公爵的死亡、苦难和临终的日子常使皮埃尔挂心，现在重又鲜活地浮现于他的心头。他在午餐桌上得知玛丽亚公爵小姐在莫斯科，住在弗兹德维任卡的未被焚毁的房子里，当天晚上就去拜访她了。

在去见玛丽亚公爵小姐的路上，皮埃尔不断地想到安德烈公爵，想

---

① 多棱宫是克里姆林宫中的宫殿之一。

到自己和他的友谊以及各次见面的情况，尤其是在波罗金诺的最后一次相见。

“难道他就带着他当时的那种恶劣情绪死了？难道他在临终前没有得到生活的启示？”皮埃尔在想。他想起了卡拉塔耶夫，想起了他的死，不由得开始比较这两个人，从他对这两个人的爱慕之情，以及他俩的生和死来看，他们是如此不同而又如此相似的两个人。

皮埃尔在抵达老公爵的府邸时心情十分沉重。这座府邸完好无损地保存了下来。府邸内部能看到破坏的痕迹，但府邸的特征依然如故。年老的侍仆迎接皮埃尔时脸色冷峻，仿佛在暗示客人，府里的秩序并没有因为公爵亡故而有所改变，他说，公爵小姐已经回自己的房间了，星期天是她的接待时间。

“去通报一声吧，也许会接待的。”皮埃尔说。

“遵命，”侍仆回答道，“请到肖像室[①]稍候。”

几分钟后侍仆和德萨尔出来见皮埃尔。德萨尔以公爵小姐的名义转告皮埃尔，她很高兴能见到他，若不见怪，请他上楼到她的房间去。

公爵小姐坐在点着一支蜡烛的低矮的小房间里，还有一个人穿着黑色连衣裙和她在一起。皮埃尔记得，公爵小姐身边总是有几个女伴。这些女伴是谁，是些什么人，皮埃尔不知道也不记得了。“这是她的一个女伴。”他朝身穿黑色连衣裙的女士瞟了一眼想道。

公爵小姐迅速地起身相迎，向他伸出手来。

“是啊，”在他吻了她的手之后，她审视着他那容貌大变的脸说道，“我们又相逢了。他在临终前的最后时刻还时常谈起您呢。”她说，把自己的目光从皮埃尔身上移向腼腆的女伴，她的腼腆使皮埃尔陡然吃了一惊。

“我知道您脱险是多么高兴啊。这是很久以来我们所得到的唯一令人高兴的消息。”公爵小姐又更加不安地回望女伴，正想说什么，可是皮埃尔打断了她的话。

---

①贵族府邸中悬挂肖像（主要是祖先的肖像）的房间。

“您可以想象得到啊，我对他的情况一无所知，”他说，“我以为他牺牲了。我所了解的一切，都是从别人那里辗转打听到的。我只知道，他和罗斯托夫一家意外相逢……天意难测啊！”

皮埃尔说得很快，很兴奋。他瞟一眼女伴的脸，看到了向他投来的亲切、好奇的凝视的目光，于是像谈话中常有的那样，他不知怎么觉得这位身穿黑色连衣裙的女伴是亲切、善良而善解人意的姑娘，她是不会妨碍他和玛丽亚公爵小姐倾心交谈的。

可是当他在最后一句话里提到罗斯托夫一家时，玛丽亚公爵小姐脸上的困惑表现得更明显了。她把目光又从皮埃尔的脸上迅速瞟向身穿黑色连衣裙的女士说：

“难道您没有认出来？”

皮埃尔又瞟一眼女伴的苍白、清瘦的脸，乌黑的眼睛和古怪的小嘴。有一种亲密的、久已忘却的、更甚于亲切的情愫，透过这双凝眸注视的眼睛在瞅着他。

“不，这是不可能的，”他想，“这严峻、消瘦而苍白的略显苍老的脸？这不可能是她啊。只是有相似之处而已。”但这时玛丽亚公爵小姐说道：“这是娜塔莎啊。”于是有一双凝视的眸子的那张脸，像正在打开的生锈的门一样艰难地、费力地绽开了微笑，于是从这扇生锈的门里有一股幸福的气息蓦地向皮埃尔袭来，这是他久已忘却的幸福，这幸福是他不曾想到的，尤其是在此刻。这蓦然袭来的幸福的气息使皮埃尔完全陶醉了。当她嫣然微笑的时候，就不可能再有怀疑了：这是娜塔莎，而他是爱她的呀。

在最初的瞬间，皮埃尔就不由自主地既向她、也向玛丽亚公爵小姐，主要是向他自己道出了他自己也懵然不知的秘密。他的脸上快乐而又充满苦涩地泛起了红晕。他想掩饰自己的激动。不过，他越是想掩饰，就越是明白无误地，比最明确的语言更加明白无误地向自己、也向她和玛丽亚公爵小姐道出了他对她的爱。

“不，这只是因为太意外而已。”皮埃尔想。可是他刚要和玛丽亚公爵小姐接着刚才的话谈下去的时候，他又瞟一眼娜塔莎，于是他的脸上泛起了更鲜艳的红晕，他的心里更加又惊又喜，激情满怀。他语无伦次了，只好住口不说。

皮埃尔没有注意娜塔莎，是因为他怎么也没有料到会在这里遇见她，不过他没有认出她，是因为自从最后一次见到她以来，她的变化实在太大了。她瘦了，脸色苍白了。然而这不是无法认出她的原因：他在进来的最初瞬间未能认出她，是因为过去在这张脸上，在这双眼睛里总是闪耀着热爱生活、发自内心的喜悦的微笑，可是刚才，他进来第一次抬头看她的时候，却看不到一丝笑意；只有一双专注、善良和忧伤而含有疑问的眼睛。

皮埃尔的羞涩反映在娜塔莎的心里不是羞涩，而是满心欢喜，这心情使她的整个面庞都焕发出难以觉察的神采。

十六

"她是在我家做客，"玛丽亚公爵小姐说，"伯爵和伯爵夫人日内就到。伯爵夫人的情况很不好。不过娜塔莎自己也需要看医生。她是被迫跟我来的。"

"是啊，谁家没有烦恼呢？"皮埃尔转向娜塔莎说，"您知道吗，这正好是在我们获救的那一天。我看见了他。多么出色的孩子！"

娜塔莎望着他，对他的回应只是她的眼睛睁得更大、更有光彩了。

"有什么安慰的话可说、可想呢？"皮埃尔说，"没有。为什么这样朝气蓬勃的好孩子会死呢？"

"是的，在我们这个时代没有信仰是很难活下去的……"玛丽亚公爵小姐说。

"对，对，这是千真万确的真理。"皮埃尔连忙打断了她的话。

"为什么呢？"娜塔莎注意地看着皮埃尔的眼睛问。

"什么为什么？"玛丽亚公爵小姐说，"只要一想到有他在那里等着……"

娜塔莎不等玛丽亚公爵小姐把话说完，又用疑问的目光望着皮埃尔。

“就因为，”皮埃尔接着说，“一个人只有信仰上帝在主宰我们，才能经受得住她和……您所遭到的这种损失。”皮埃尔说。

娜塔莎已经张嘴想说什么了，可是又突然打住。皮埃尔急忙扭开头，又转向玛丽亚公爵小姐问起自己朋友最后几天的情况。现在皮埃尔的羞涩几乎消失殆尽，可是与此同时，他觉得自己原有的自由也全都消失了。他现在觉得自己的一言一行都受到法官的审判，对他来说，这个法官的审判比世界上任何人的审判都更珍贵。他现在说话，在话出口的同时就在想象他的话会给娜塔莎留下什么印象。他并不故意讲一些她可能爱听的话；但是不管他说什么，他都会从她的角度来评判自己。

玛丽亚公爵小姐像平时一样，不大乐意讲安德烈公爵在他们见面时的情况。可是皮埃尔的那些问题、他的兴奋而不安的目光、他那激动得微微抽搐的面颊使她渐渐地热衷于细节的描述，这些细节她自己是很怕回忆的。

“是的，是的，是这样，是这样……”皮埃尔说，他整个身躯俯向玛丽亚公爵小姐，贪婪地倾听着她所说的故事。“是的，是的；这么说他安静了？变得温和了？他总是将他的全部精神力量都用于他的追求：成为一个完人，因而他是不会害怕死亡的。他身上所具有的某些缺点——如果他真的有缺点的话——其原因并不在他身上。这么说他变得温和了？”皮埃尔说。“他能和您相逢是多么幸福啊。”他突然转向娜塔莎热泪盈眶地看着她说。

娜塔莎的脸上突然抽搐了一下。她皱起眉头，霎时垂下眼睛。她犹豫了片刻：说还是不说呢？

“是的，这是幸福，”她用胸音低声说，“对我而言，这的确是幸福。”她沉默了片刻。“他……他……他也说，这是他所希望的，在我走到他面前时他这样说过……”娜塔莎的声音蓦地中断。她脸上泛起红晕，握紧放在膝上的双手，看来在努力克制自己，突然她抬起头来，开始很快地说道：

“在离开莫斯科的时候，我们还什么都不知道。我不敢打听他的情况。突然索尼娅告诉我，他和我们在一起。我什么也没有想，我无法想象他的处境；我只是需要见到他，和他待在一起。”她浑身颤抖，气喘吁吁地说道。她不容别人插嘴，一口气讲了她还从来没有对任何人说过的故事：她在旅途中以及在雅罗斯拉夫尔度过的那三个星期里所经历的一切。

皮埃尔张口结舌地听着她的故事，满含泪水的眼睛凝视着她。在听她讲话时，他既不想安德烈公爵，不想死亡，也不想她所说的话。他在听她讲话时，只是为她此刻在说话时所感受到的那种痛苦而怜惜她。

公爵小姐想忍住泪水而双眉紧锁，她坐在娜塔莎身边，第一次听到自己的哥哥和娜塔莎在最后的这些日子里的爱情故事。

这个痛苦与欢乐交织的故事，看来是娜塔莎所迫切需要的。

她在讲的时候，把不值一提的细节和深藏内心的隐秘都掺和在一起，看来她的话永远也说不完了。她有好几次在重复着一些同样的话。

门外响起了德萨尔的声音，他问可否让尼科卢什卡进来道声晚安。

“我讲完了，完了……”娜塔莎说。在尼科卢什卡进来的时候，她很快地站起来，几乎是朝门口奔了过去，头碰在挂着帘子的门上，不知是碰痛了还是心里难受，她呻吟着冲出了房间。

皮埃尔望着她出去的那扇门，就是不明白，怎么整个世界突然只剩下了他一个人。

玛丽亚公爵小姐把他从迷茫中唤醒，让他注意到走进房间里的侄儿。

尼科卢什卡的面貌很像他父亲，这一点在皮埃尔心软的此刻对他产生了极大的影响，他吻了吻尼科卢什卡，急忙取出手绢，站起来走到窗口去。他来向玛丽亚公爵小姐告辞，不过她挽留了他。

“不，我和娜塔莎有时到凌晨两点多钟也不睡；请您再坐一会儿。我这就吩咐准备晚饭。您先到楼下去吧；我们马上就来。”

在皮埃尔走出房间之前，公爵小姐对他说：

“她这样谈到他还是第一次呢。”

十七

皮埃尔被领进了灯火通明的大餐厅；几分钟后传来了脚步声，公爵小姐和娜塔莎走了进来。娜塔莎很平静，不过，没有笑容的严峻的表情现在又出现在她的脸上了。玛丽亚公爵小姐、娜塔莎和皮埃尔都同样地有一种羞涩之感，这是在严肃而推心置腹的谈话结束之后往往会有的心情。要继续原来的谈话已无可能；谈些身边琐事又觉得有些不好意思，而沉默是不愉快的，因为心里很想谈谈，这种沉默倒像是有意装出来的。他们默默地走到餐桌前，侍者们将椅子拉开又推上。皮埃尔铺开凉爽的餐巾，决定打破沉默，他抬头看了看娜塔莎和玛丽亚公爵小姐。这时两位姑娘显然也有了同样的决定：她俩的眼睛神采奕奕，对生活感到满意，承认除了痛苦也有欢乐。

"您要喝伏特加吗，伯爵？"玛丽亚公爵小姐说，这句话顿时驱散了过去的阴霾。

"给我们讲讲您自己吧，"玛丽亚公爵小姐说，"人们讲了您那么不可思议的怪事。"

"是的，"皮埃尔带着他已成习惯的谦和、嘲讽的微笑回答道。"他们甚至对我本人讲了我做梦也不曾想到过的怪事。玛丽亚·阿勃拉莫夫娜把我请到她家里，对我老是讲些我有过或可能有过的事情。斯捷潘·斯捷潘内奇也教会了我，该怎样讲故事。总之，我发现做一个有趣的人是很舒心的（我现在就是一个有趣的人）；人们把我请去，对我讲我的故事。"

娜塔莎微微一笑，想说些什么。

"我们听说，"玛丽亚公爵小姐打断了她的话头，"您在莫斯科损失了两百万卢布。这是真的吗？"

"我的财富却增加了两倍。"皮埃尔说。尽管妻子的债务和盖房子的花销改变了他的境况，皮埃尔还是在说，他的财富增加了两倍。

"我真正得到的东西，"他说，"那就是自由……"他认真地说道，可是又不想说下去了，因为他觉得这是一个太自私的话题。

“您还在盖房子吗？”

“是的，这是萨维利奇的主意。”

“请告诉我，您留在莫斯科的时候还不知道伯爵夫人已经去世了吧？”玛丽亚公爵小姐说，却立刻羞红了脸，发觉在他说得到了自由之后紧接着提出这个问题，她就把某种意思强加于他所说的话了，而他的话本来也许是没有这个意思的。

“还不知道，”皮埃尔回答道，显然并不认为玛丽亚公爵小姐对他所说的自由的解释有什么不妥，“我是在奥廖尔知道的，您简直无法想象，我是多么震惊。我们不是模范夫妻，”他瞟了娜塔莎一眼，发现她很想知道他对自己的妻子会有什么反应，便很快地说道，“但是她的死讯使我极为震惊。两个人吵架，总是双方都有过错。面对一个去世的人，自己的过错会突然变得极其沉重。再说，她就那么死了……没有朋友，没有慰藉。我非常、非常可怜她。”他说完了，满意地发现，娜塔莎的脸上流露出喜悦和赞赏的神情。

“是啊，您又是单身汉和择偶对象了。”玛丽亚公爵小姐说。

皮埃尔突然面红耳赤，很久都竭力不看娜塔莎。当他决心看她一眼时，只见她的脸色冷淡、严峻甚至轻蔑，他觉得是这样。

“不过，您真的如别人所说，见到过拿破仑，和他说过话吗？”玛丽亚公爵小姐问。

皮埃尔笑了。

“这是从未有过的事。人们都以为，当了俘虏就是拿破仑的座上客了。我不仅没有见到过他，而且不曾听说过他。我接触到的都是底层的人。”

晚餐快结束了，起初不愿谈自己的囚徒生活的皮埃尔，逐渐兴致勃勃地讲了起来。

“不过，您是为了行刺拿破仑才留在莫斯科的，这总是真的吧？”娜塔莎微笑着问他，“我当时就猜到了，我们是在苏哈列夫塔楼那里相遇的；记得吗？”

皮埃尔承认这是真的，从这个问题开始，在玛丽亚公爵小姐特别是娜塔莎的问题的慢慢引导下，他详细地谈起了自己的奇异经历。

起先皮埃尔带着他现在用来看别人、特别是看自己的那种嘲讽、温和的目光讲自己的经历，不过后来，在讲到他所目睹的惨状和灾难时，他不知不觉地着魔了，在回忆中勾起了强烈的印象，因而激动但不露声色地讲了起来。

玛丽亚公爵小姐面带谦和的微笑时而看看皮埃尔，时而看看娜塔莎。她在这全部故事中看到的只是皮埃尔和他的善良。娜塔莎用手臂支着头，带着与故事一起变化的面部表情，目不转睛地注视着皮埃尔，看来在和他一起体验着他所说的一切。不仅她的眼神，而且她所发出的惊呼和简短的问题都在向皮埃尔表明，她从他的故事中所理解的正是他想要传达的东西。看得出，她不仅理解了他所说的内容，而且理解了他想说而未能用语言来表达的意思。关于他因为保护妇女和儿童而被捕的情节，皮埃尔是这样讲的：

"那景象可怕极了，孩子们被扔下不管，有些孩子在大火里……我亲眼看到一个孩子被拖了出来……有人在抢妇女身上的东西，扯她们的耳环……"

皮埃尔脸红了，一时语塞。

"这时巡逻队来了，所有那些不曾抢劫的人，所有的男人都被抓了起来。我也是其中之一。"

"您想必没有全都说出来；您想必做过什么事情吧……"娜塔莎说道，她沉默了一会儿，"想必是做了好事。"

皮埃尔接着讲了下去。在讲到行刑的时候，他想绕开那些骇人的细节，可是娜塔莎要求他不要有任何遗漏。

皮埃尔要讲到卡拉塔耶夫了（他已经从桌旁站起来，在来回踱步，娜塔莎的目光追随着他），他停住了脚步。

"不，你们无法理解，我向这个文盲、怪人学到了什么。"

"不，不，您说吧，"娜塔莎说，"他在哪里呀？"

"他几乎就是当着我的面被打死的。"于是皮埃尔开始讲他们在撤退途中的最后一段时光，讲到卡拉塔耶夫的病（他的嗓音在不住地颤抖）和死。

皮埃尔在讲自己的经历了，他还从来没有对任何人这样讲过，还从来没有这样独自回忆过。他现在仿佛在他的所有经历中都看出了崭新的意义。现在，当他对娜塔莎讲述所有这一切的时候，他体验到了女性在听男人说话时所能给予的那种罕有的愉悦——不是那些**聪明**的女人，她们在听的时候，或者竭力把听来的话记住，以便充实自己的头脑，一有机会就向别人复述一遍，或者把听来的话和自己的话糅合在一起，赶紧把自己的小脑袋里炮制出来的聪明言论拿出来炫耀一番；而是真正的女性所给予的愉悦，她们具有一种天赋，善于从男人的表现中抉择、吸收一切优秀的东西。娜塔莎自己并不知道，她简直就是注意力的化身：她不放过皮埃尔的一句话、嗓音的一个颤动、一个眼神、脸上肌肉的一次抽搐、一个手势。她能敏锐地领悟还没有说出口的话，并把它直接收入自己敞开的心扉，一边猜想着皮埃尔全部内心活动的隐秘含义。

玛丽亚公爵小姐是理解这个故事的，也产生了共鸣，但是她现在看到了另一件事情，这件事吸引了她的全部注意力；她看出来了，娜塔莎和皮埃尔之间的爱情和幸福是可能的。她的这个第一次出现的想法使她满心欢喜。

已是深夜三时。侍仆们脸色抑郁而阴沉地来调换蜡烛，不过谁也没有理会他们。

皮埃尔的故事讲完了。娜塔莎一双闪亮的眼睛仍然兴奋地紧盯着皮埃尔，仿佛想弄清他还有什么别的想法，也许还没有说出来。羞怯而幸福的皮埃尔不时腼腆地抬头看她，考虑这时可以说些什么，把谈话转移到其他话题上。玛丽亚公爵小姐默然不语。谁也没有想到已是深夜三点，该睡觉了。

“人们说什么不幸和苦难，”皮埃尔说，“不过，要是现在有人问我，要像被捕前那样生活，还是把这一切再重新经历一遍？我但愿再尝尝被俘和吃马肉的滋味。我们以为，我们一旦被抛出生活的常轨，就一切都完了，其实这只是新的美好生活的开端。只要还活着，就会有幸福。来日方长啊。我这话是对您说的。”他转向娜塔莎说。

“是的，是的，”她说，这是在回答一个完全不同的问题，“我不抱什么希望了，只想把一切再从头经历一遍。”

皮埃尔凝神看了看她。

“是的，我别无所求了。”娜塔莎肯定地说。

“错，错，”皮埃尔大声叫道，“我活着并且想活下去，这没有什么不对；您也一样。”

娜塔莎突然垂下头，抱头痛哭。

“你这是怎么了，娜塔莎？”玛丽亚公爵小姐问。

“没什么，没什么，”她对皮埃尔含泪一笑，“再见，该睡了。”

皮埃尔起身告辞。

玛丽亚公爵小姐和娜塔莎像平时一样一同回到卧室。她们谈了谈皮埃尔所说的事情。玛丽亚公爵小姐没有谈自己对皮埃尔的看法。娜塔莎也没有提他。

“好了，再见，玛丽，”娜塔莎说，“你知道吗，我常常担心，我们怕亵渎自己的感情而不谈**他**（安德烈公爵），会渐渐地忘记他的。”

玛丽亚公爵小姐长叹了一声，这声长叹说明，她承认娜塔莎的话是对的；不过在口头上她还是表示不同意。

“难道能忘记吗？”她说。

“我今天把一切都说出来，觉得很痛快；既感到难受、痛苦也感到痛快。非常痛快，”娜塔莎说，“我相信，他确实是爱他的。因此我才对他说了这一切……我这样对他说，没有什么不妥吧？”她突然红着脸问。

“对皮埃尔？噢，没关系！他这个人很好。”玛丽亚公爵小姐说。

“你知道吗，玛丽？”娜塔莎突然露出调皮的微笑说，玛丽亚公爵小姐很久没有看到她这样笑了，“他变得干净、光润、容光焕发了；宛如刚刚出浴，你明白吗？精神上的出浴。是吗？”

“是的，”玛丽亚公爵小姐说，“他更出色了。”

“那短短的燕尾服和剪短的头发；就像，简直就像从浴室出来一样……爸爸有时……”

“我知道，**他**（安德烈公爵）没有像爱他那样爱过别人。”玛丽亚公爵小姐说。

“是的，而他和他却并不相同。据说，完全不同的男人才会成为朋友。大概真的是这样。他和他没有什么相似之处，是吧？”

“是的，不过也是极好的人。”

“好吧，再见。”娜塔莎说。那调皮的微笑仿佛被遗忘了似的，久久地留在她的脸上。

十八

这一天皮埃尔很久未能入睡；他在房间里来回踱步，时而皱眉思索某个难题、蓦地耸肩发怔，时而露出幸福的微笑。

他想到安德烈公爵、娜塔莎，想到他们的爱情，时而为她的过去而吃醋，因此又时而责备、时而原谅自己。已是早晨六时了，他还在房间里走来走去。

“可是怎么办呢。既然非如此不可！怎么办呢！只能这样了。”他对自己说，连忙脱衣就寝，既感到幸福和激动，也不无怀疑和疑虑。

“不论这幸福显得多么奇怪、多么不可能，都必须为了与她结为夫妻而竭尽所能。”他对自己说。

早在几天之前，皮埃尔就决定在星期五这一天到彼得堡去。星期四他醒来时，萨维利奇来向他请示收拾行装的事情。

“去彼得堡？什么彼得堡？谁在彼得堡？”他不由得这样问道，不过只是在暗中问自己。“是的，有过这么回事，那是在这个情况的很久、很久之前了，我有什么事准备去彼得堡来着，”他在回忆，“为什么不去呢？说不定我真的该去。他多么和善细心，把什么都记在心里！”他想，望着萨维利奇的苍老的脸。“多么愉快的笑容！”他想。

“怎么，你还是不想获得自由吗，萨维利奇？”皮埃尔问。

“大人，我要自由干吗？从前伺候老伯爵——愿他升入天国，现在伺候您都不会受委屈。”

“那孩子们呢？”

“孩子们也一样能过，大人：有这样的老爷是有好日子过的。”

“要是我有了继承人呢？”皮埃尔说，“突然我结婚了……这是很可能的啊。”他情不自禁地含笑加了一句。

“我斗胆说一句，这是喜事啊，大人。”

“他想得真轻巧，”皮埃尔想，“他不知道这有多可怕，多危险。太早了或太晚了……可怕！”

“您有什么吩咐？明天动身吗？”萨维利奇问。

“不；行期要稍微推迟一点。到时候我会告诉你的。给你添麻烦了，对不起。”皮埃尔说，又望着萨维利奇的笑容想：“这可真奇怪，他不知道，现在没有什么彼得堡了，首先要解决的是那个问题。不过，他也许是假装不知道吧。和他谈谈？他会怎么想呢？”皮埃尔想，“不，以后再说吧。”

吃早饭时皮埃尔对大公爵小姐说：他昨天去拜访玛丽亚公爵小姐，您猜得到吗？他在那里碰到了娜塔莉·罗斯托娃。

看样子大公爵小姐觉得，这个消息和皮埃尔见到安娜·谢苗诺夫娜一样，没有什么不平常的地方。

“您认识她吗？”皮埃尔问。

“我见过公爵小姐，”她回答道，“我听说，有人作伐要把她嫁给小罗斯托夫。这对罗斯托夫家是一件大好事啊；据说他们完全破产啦。”

“不，您认识罗斯托娃吗？”

“当时只听说了那个故事。很可怜。”

“不，要么她是真不明白，要么是在装糊涂，”皮埃尔想，“对她最好也不要说了。”

大公爵小姐也在为皮埃尔准备路上的食物。

“他们这些人真好，”皮埃尔想，“现在他们何必还做这些事呢，这对他们肯定不会再有什么好处了。全都是为了我啊；这真是令人惊叹。”

就在这一天，警察局长来见皮埃尔，请他派可靠的人到多棱宫去领取今天要发还失主的财物。

“瞧，这一位也是，”皮埃尔望着警察局长的脸想，“多么光荣、英俊的警官，又这样善良！**现在**这个时候还在干这些小事。人们还说他不诚实、捞好处。胡扯！不过，为什么不捞呢？他就是这样被教育出来的。大家都在这么干嘛。这样惹人喜爱的和善的容貌，还冲着我笑。”

皮埃尔走了，他到玛丽亚公爵小姐家去吃午饭。

他沿着街道经过火灾遗址，为房屋废墟之美而惊叹。火炉的烟囱和断垣残壁彼此掩映，蜿蜒于被焚毁的街区，使人想起莱茵河和古罗马的圆形剧场①。迎面而来的出租马车的车夫和乘客、打造房屋木架的木匠以及商人和摊贩都喜气洋洋地看着皮埃尔，好像在说：“哟，他来了！看看他能怎么样。”

在驶进玛丽亚公爵小姐的住宅时，皮埃尔怀疑起来，他昨天是否真的到过这里，和娜塔莎见过面、谈过话。“也许这都是我的虚构吧，也许我进去后谁也找不到。”可是他还没有走进房间，就凭着霎时失去自由而感觉到了她的存在。她还穿着那条有柔和皱襞的黑色连衣裙，梳着昨天那样的发式，却完全变了一个人。如果她昨天像今天这样，那么他在走进房间的时候，一定会马上就认出她来了。

她还是他从她孩提时代以及后来成为安德烈公爵未婚妻时所熟悉的那个样子。她的眼睛闪耀着愉快的、疑问的光彩；脸上是亲切的古怪而调皮的表情。

皮埃尔吃了午饭，也许会整晚坐在那里，可是玛丽亚公爵小姐要去做彻夜祈祷了，皮埃尔只好跟着她们一起去。

第二天皮埃尔很早就来了，吃了午饭，坐了整整一个晚上。尽管玛丽亚公爵小姐和娜塔莎显然都很欢迎这位客人；尽管皮埃尔的全部人生

---

① 莱茵河两岸还保留着很多中世纪城堡的遗迹，圆形剧场保留了围墙和一部分内部设施。

意义现在都集中于这座住宅，可是到傍晚他们就把什么都谈到了，于是谈话不停地从一个无聊的话题转到另一个无聊的话题，还时常中断。这天晚上皮埃尔坐得太久了，以至玛丽亚公爵小姐和娜塔莎彼此在使眼色，显然在等他快些走。皮埃尔看出了这一点，可就是迈不动步走人。他觉得心情沉重、尴尬，但他老是坐在那里，因为要他站起来走人，他**办不到**啊。

玛丽亚公爵小姐觉得这可没有个头了，首先站起来抱怨偏头痛，开始告辞。

“这么说，您明天去彼得堡？”她问。

“不，我不去，”皮埃尔又惊讶又仿佛生气似的急忙说道，“噢，您是说去彼得堡？明天；不过我并不就此告别。明天还要来，看有什么事要托我去办。”他说，红着脸站在玛丽亚公爵小姐面前，就是不肯离开一步。

娜塔莎和他握手告别，走了。相反，玛丽亚公爵小姐却没有走，她在圈椅上坐下，用她那神采奕奕的深邃的目光严厉而专注地看了看皮埃尔。此前她显然流露的倦态，现在已一扫而光。她沉重地长叹了一声，仿佛准备了一篇长长的谈话。

皮埃尔的困窘和腼腆在娜塔莎走后立刻烟消云散，一变而为激动和兴奋。他把圈椅迅速地拉到贴近玛丽亚公爵小姐的地方。

“是的，我就是有话要对您说，”他说，就像回答问话似的回答了她的目光，“公爵小姐，您帮帮我吧。我该怎么办呢？我可以抱有希望吗？公爵小姐，我的朋友，您听我说。我全都知道。我知道，我配不上她；我知道，现在不可以谈婚论嫁。但是我愿意做她的兄长。不，我不愿意……我办不到啊……”

他停了下来，用手擦了擦脸和眼睛。

“好吧，是这样，”他接着说道，看来在努力克制自己，想说得有条理一些，“我不知道，是什么时候爱上她的。但我只爱她一个人，一辈子只爱着她一个啊，我太爱她了，没有她，我无法想象自己怎么生活。现在我不敢向她求婚，可是一想到，也许她是有可能成为我的人的，而我却没有抓住这个机会……机会……就害怕极了。您告诉我吧，我可以抱有希望吗？告诉我吧，我该怎么办呢？亲爱的公爵小姐。”他说，沉默片刻后碰了碰她的手，因为她没有回答。

“我在考虑您对我所说的话，”玛丽亚公爵小姐回答道，“我想告诉您，您的话是对的，现在和她谈婚论嫁……”公爵小姐打住了。她想说的是，现在和她谈婚论嫁是不行的，但是她打住了，因为她三天来根据娜塔莎突然发生的变化认为：皮埃尔如果向她表白爱情，娜塔莎非但不会怪罪，而且这正是她所希望的。

“现在和她谈……是不行的。”玛丽亚公爵小姐还是这样说了。

“可是我该怎么办呢？”

“这事儿您就托付给我吧，”玛丽亚公爵小姐说，“我知道……”

皮埃尔看着玛丽亚公爵小姐的眼睛。

“说呀，说呀……”他说。

“我知道，她是爱……她会爱您的。”玛丽亚公爵小姐纠正道。

她还来不及把这句话说完，皮埃尔就跳了起来，神色惊慌地抓住了玛丽亚公爵小姐的一只手。

“为什么您这样想？您认为，我可以抱有希望？您认为？！……”

“是的，我认为，”玛丽亚公爵小姐含笑说道，“您写信给她的父母吧。其他的事情就交给我。等到合适的时候，我会对她说的。我希望这样。我的心告诉我，这事能成。”

“不，这不可能！我多么幸福啊！但这是不可能的……我多么幸福啊！不，不可能！”皮埃尔亲吻着玛丽亚公爵小姐的手说。

“您到彼得堡去吧；这样好些。我会给您写信的。”她说。

“去彼得堡？动身？好吧，对，动身。不过明天我能来看你们吗？”

第二天皮埃尔来告辞。娜塔莎不像前几天那样活跃，可是这一天，有时看看她的眼睛，皮埃尔就感到，他要消失了，不论他还是她都不存在了，有的只是一种幸福感。“果真？不，不可能。”他每次见到她的一个眼神、手势，听到她的一句话，就这样对自己说，内心充满了快乐。

当他向她告别，握着她那纤细、消瘦的手时，不由得把它放在自己的手里握得更久了一些。

“难道这手、这脸、这眼睛，这使我感到陌生的女性美的珍宝——难道这一切将永远是我的，是习以为常的，就像我对自己一样熟悉？不，这是不可能的！……”

“再见，伯爵，”她对他大声说道，“我殷切地盼望着您。”她又小声地加了一句。

这朴实的话语以及说话时的眼神和表情，在此后的两个月里成为皮埃尔无尽的回忆、解读和幸福梦想的对象。“我殷切地盼望着您……对，对，她是怎么说的？是的，我殷切地盼望着您。噢，我多么幸福！这是怎么了，我是多么幸福啊！”皮埃尔自言自语道。

十九

皮埃尔现在的心情和他在向海伦求婚的类似情况下所有过的心情迥然不同。

他没有像当初那样，怀着痛苦的羞耻感重复他说过的话，没有自言自语：“啊，为什么我没有这样说呢？为什么、为什么我当时要说：‘*我爱您*’？”相反，现在他在自己的想象中重复她的和自己的每句话，并回忆说话时的面容、微笑的所有细节，不想增一分也不想减一分：只想如实重现。对他所采取的行动究竟好不好的疑虑现在连影子也没有了。只有一个可怕的疑虑有时会出现在他的心里。这一切该不是梦吧？玛丽亚公爵小姐是不是看错了？我太高傲自负了吧？我相信是真的；不过玛丽亚公爵小姐对她一说，她也可能一笑置之，回答说：“真奇怪！他想必糊涂了。难道他不知道，他是很普通的一个人，而我呢？……我是与众不同的。”

唯独这个疑虑是皮埃尔时常会有的。现在他也不拟订什么计划了。他觉得眼前的幸福是那么不可思议，一旦这个愿望成真，那就不可能再有什么别的未来了。一切到此结束。

皮埃尔陷入了一种突发的快乐的癫狂状态，他本来认为，这种状态是不可能出现在自己身上的。他觉得，不只是对他个人，而是对整个世界来说，生活的全部意义就在于他的爱情以及她对他的可能的爱情。有时他觉得，所有的人都在忙于一件事——为了他未来的幸福而奔忙。他有时觉得，他们全都像他自己一样快乐，只是在竭力掩饰这种快乐而已，假装在忙于别的事务。在他看来，人们的一言一行都在暗示他的幸福。他那意味深长、暗示某种默契的幸福的眼神和微笑往往使迎面而来的人们感到惊讶。可是当他明白别人可能不知道他的幸福时，他会由衷地可怜他们，强烈地希望向他们说明，他们所从事的一切都是无聊的琐事，不值一提。

当人们建议他出任公职，或讨论某些全局性的国家大事和战争，预料所有人的幸福都将取决于某个事件的这样或那样的结局时，他总是面带温和的、表示同情的微笑听着，而他的奇谈怪论往往语惊四座。不过，皮埃尔觉得，无论是能理解人生的真谛，即能理解他的感情的那些人，还是那些显然不能理解这一点的不幸的人们——所有的人在这个时期都被他内心的感情所发出的灿烂光辉所照耀，因而他在遇到任何一个人的时候，都能毫不费力地立刻看到他身上的美好的、值得爱护的优点。

他在处理亡妻的案卷和文件时，对她没有任何恶感，只是因为她不曾享有他现在所了解到的幸福而为她感到惋惜。瓦西里公爵现在因为获得新的职位和星章而特别高傲，而在皮埃尔的心目中，他是一个令人感动的善良而可怜的老人。

后来皮埃尔时常回忆这个陶醉于幸福的疯狂时期。他在这个时期对人和环境所形成的见解，永远被他奉为圭臬。他后来不仅不放弃这些对人、对事的观点，而且相反，他在彷徨和矛盾的时候便诉诸他在这个疯狂时期所形成的观点，而这个观点永远被证明是正确的。

“也许，”他想，“那时我真的是又古怪又可笑，然而我当时并不像看上去那样疯狂。相反，那时我比任何时候都更聪明、更有洞察力，而且凡是生活中值得去理解的东西，我都能理解，因为……我是那么幸福。”

皮埃尔的疯狂在于，他不像过去那样，在人们身上看到他所谓的优点后才认为自己有理由去爱他们，而是他的心充满了爱，于是他在毫无理由地爱着别人的时候找到了他们值得爱的无可置疑的理由。

二十

在那第一个晚上，娜塔莎在皮埃尔走后带着快乐的讪笑说，他就像、简直就像刚刚出浴，穿着常礼服，头发也剪过了，从这一刻起，她自己也不了解的某种潜在的、不可遏止的东西在娜塔莎的心里苏醒了。

面貌、步态、眼神、嗓音——她身上的一切都突然起了变化。出乎她自己的意料之外，生命的活力、幸福的憧憬都浮现了出来，并要求得到满足。从第一晚起，娜塔莎似乎把她的经历全都忘了。从那时起，她一次也没有抱怨自己的处境，对过去一句不提，已经不怕拟订未来的娱乐计划了。她很少谈到皮埃尔，但是当玛丽亚公爵小姐提起他的时候，她的眼睛里燃起了久已熄灭的火花，唇间绽放了古怪的微笑。

娜塔莎身上所发生的变化，起初使玛丽亚公爵小姐感到惊讶；可是等她明白了其中的含义，这变化就让她伤心了。“难道她对哥哥竟如此薄情，很快就把他忘了。”玛丽亚公爵小姐独自考虑所发生的变化时，曾这样想。不过，当她和娜塔莎在一起的时候，她既不生她的气，也不责备她。娜塔莎的生命活力苏醒了，显然，它是那样不可遏止，那样出乎她自己的意料之外，玛丽亚公爵小姐在和她相处中感到，她甚至在心里也无权责备她。

娜塔莎那样全身心地沉浸于新的感情，她没有掩饰，她现在不再悲伤了，而是感到高兴和喜悦。

玛丽亚公爵小姐深夜和皮埃尔详谈后回到自己的房间，娜塔莎站在门口迎候她。

“他讲啦？是吗？他讲啦？”她反复问道。高兴，同时又因为自己这样高兴而请求原谅的怪可怜的表情留驻在娜塔莎的脸上。

“我本来想在门外偷听，可是我知道，你会告诉我的。”

对玛丽亚公爵小姐来说，不管娜塔莎望着她的那种眼神多么合情合理，多么感人；不管看到她那么激动多么令人同情；娜塔莎的话最初还是冒犯了玛丽亚公爵小姐。她想起了哥哥，想起了他的爱情。

“可是有什么办法呢？她不可能不是这样。”玛丽亚公爵小姐想，于是她神情忧伤而又有几分严厉地把皮埃尔对她所说的话全都转告了娜塔莎。听说他准备到彼得堡去，娜塔莎大惑不解。

“要去彼得堡？”她又说了一遍，仿佛不明白这是什么意思。可是仔细地看了看玛丽亚公爵小姐伤心的表情，总算猜到了她伤心的原因，突然放声大哭。“玛丽，”她说，“你教我怎么做吧。我不愿成为一个坏女孩。你怎么说，我就怎么做；你教我吧……”

“你爱他吗？”

“是的。”娜塔莎低声说。

“那你哭什么？我为你感到高兴。”玛丽亚公爵小姐说，她已经因为这些眼泪而完全原谅娜塔莎的快乐了。

“这不是很快就能办的事，但总有这么一天。你想，我成了他的妻子，而你嫁给尼古拉，那是多么幸福啊。”

“娜塔莎，我曾请求过你，不要提这件事。我们只谈你。”

她们沉默了一会儿。

“为什么要去彼得堡呢！”娜塔莎突然说，接着连忙自己回答自己：“不，不，这是必需的……是吧，玛丽？这是必需的……”

尾　声

第一卷

一

一八一二年后又过了七年。欧洲的波涛汹涌的历史海洋归于平静。它仿佛微波不兴，但推动人类的神秘力量（说这种力量神秘，是因为这种力量的运动规律是我们所未知的）在继续起着作用。

虽然历史海洋的表面似乎风平浪静，但是人类也和时间一样处于连续不断的运动之中。人们结成的各种不同的集团时分时合；总是在酝酿着国家形成和解体以及民族迁徙的原因。

历史的海洋不是像过去那样波澜壮阔地从此岸涌往彼岸：它是在深处沸腾。历史人物不是像过去那样宛如波浪从此岸扑向彼岸：他们现在似乎是在原地打转。历史人物过去是作为军队的统帅，发布战争、征讨、行军作战的命令，以反映广大群众的历史运动，现在是通过政治和外交的意图，通过法律和条约来反映在深处沸腾的运动……

历史人物的这种活动，历史学家称之为反动。

在描述这些历史人物的活动时，在历史学家看来，这些人是他们所谓的**反动**的原因，对他们进行严厉的谴责。那个时代的所有著名人物，从亚历山大一世和拿破仑到**斯塔尔夫人**、福季[1]、谢林[2]、费希特[3]、夏多布里昂[4]等人，都曾受到他们的严厉审判，根据他们促进了**进步**还是为**反动**张目而予以辩护或谴责。

按照他们的描述，俄国这个时期也出现了反动现象，而这个反动现象的始作俑者是亚历山大一世——然而也正是在他们的笔下，这同一个亚历山大一世曾是实施自由主义创举治理和拯救俄国的主要倡导者。

在目前的俄国出版物中，从中学生到渊博的历史学者没有一个人不暗示，亚历山大一世在位的这个时期犯了错误。

“他应该采取这样和那样的行动。在这样的情况下，他的做法是好的，而在那样的情况下就不好了。他在位的初期和一八一二年干得非常漂亮，可是他的有些做法是不好的，诸如赐给波兰一部宪法⑤，建立神圣同盟，放权给阿拉克切耶夫⑥，宠用戈利岑⑦和神秘主义，后来又宠用希什科夫⑧和福季。他直接指挥前线部队，这样做不好；他解散了谢苗诺夫团⑨，这样做不好，如此等等。”

历史学家根据自己所掌握的关于人类福祉的知识对他进行的种种谴责，要全部罗列出来，能写满十个印张。

这些谴责意味着什么？

亚历山大一世受到历史学家赞赏的那些行动，诸如治国的自由主义创举、与拿破仑的斗争、他在一八一二年所表现的坚定、一八一三年的出征，与亚历山大受到谴责的那些行动，诸如神圣同盟、重建波兰、二十年代的反动，不是同出一源——造就了亚历山大的个性的血统、教育、生活方式等同样的条件吗？

这些谴责的实质何在？

实质在于像亚历山大一世这样的历史人物，一个处于人类权力可能达到的顶峰、仿佛一切炫目的历史光芒都集中于一身的人物；一个受到与权力形影不离的阴谋、欺骗、阿谀、自我陶醉的那种世间最强烈的影

---

①福季，俗家姓斯帕斯基（1792—1838），俄国宗教活动家。曾任尤里耶夫修道院院长，与阿拉克切耶夫关系密切，对亚历山大一世的政策有过影响。

②谢林（1775—1854），德国哲学家。

③费希特（1762—1814），德国哲学家。

④夏多布里昂（1768—1848），法国作家，积极参加国家的政治活动。在其政论作品《论波拿巴和波旁王朝》中对拿破仑帝国的灭亡表示欢迎。

⑤在1814至1815年的维也纳会议之后，俄、奥、普三国重新瓜分波兰，产生了附属于俄国的波兰王国。亚历山大一世于1815年11月签署了波兰王国宪法。

⑥阿拉克切耶夫作为国务会议军事司司长，从1815年起将整个国务会议以及大臣委员会和当时俄国最高国家权力机关沙皇办公厅的领导权集中到自己手中。

⑦戈利岑开始与亚历山大一世的宠臣阿拉克切耶夫平起平坐，他是正教院总监、圣经协会会长，从1817年起任宗教事务和国民教育大臣。

⑧希什科夫这时担任俄国科学院院长，鼓励学术、政治和文化方面的保守倾向。

⑨谢苗诺夫团的士兵因受到虐待，于1820年10月发生哗变。主谋受到严惩，该团随即被解散。

响的人物；一个在生活中时刻都觉得自己对欧洲所发生的一切都负有责任的人物，这个人物不是虚构的，而是一个活生生的人，他和任何人都一样，有他个人的习惯、欲望和对真善美的追求——这个人在五十年前并不缺乏美德（历史学家没有因此而责备过他），而是不具备现在的从年轻时起就研究学问，即阅读书籍、讲义并摘录在小本子里的教授们所具有的那种关于人类福祉的观点。

然而即使假定，亚历山大一世在五十年前关于各族人民的福祉的观点有错误，那么自然而然地也就应当假定，评判亚历山大的历史学家关于什么是人类福祉的观点同样也会随着时间的推移而露出破绽。这个假定是自然而必要的，因为我们在注视历史的发展时看到，每过一年、每出现一个新的著作家，关于人类福祉的观点就会发生变化；于是原来是福的东西，十年后却成了祸；反之亦然。不仅如此，我们可以在历史上同时找到关于祸福的完全对立的观点： 一些人把波兰宪法和神圣同盟视为亚历山大的功绩，另一些人却因此而责备他。

我们不能说，亚历山大和拿破仑的活动有益或有害，因为我们无法说明，他们的活动对什么是有益的，对什么是有害的。如果有人不喜欢这种活动，那么他之所以不喜欢它，只是因为它不符合他的狭隘的祸福观。不管我认为一八一二年我父亲在莫斯科的房子免于兵燹，或俄军的荣耀，或彼得堡及其他大学的兴建，或波兰的自由，或俄国的强大，或欧洲的均势是不是福，认为欧洲的某种教育制度是不是一种进步，我都必须承认，任何一位历史人物的活动，除了这些目的之外，还有其他更为广泛的、我所不了解的目的。

但是我们姑且认为，所谓的科学有可能调和一切矛盾，并且对历史人物和历史事件有衡量善恶的不变的尺度。

姑且认为，亚历山大可以采取完全不同的行动。姑且认为，他可以按照那些批评他的人、那些武断地侈谈人类运动终极目标的人的指点，根据现在那些批评家所提供的民族、自由、平等、进步的纲领（别的纲领看来是没有的）执政。姑且认为，这个纲领是可能有的，而且已经制订出来。那么所有反对政府当时的方针的那些人的活动——历史学家认为正当和有益的活动还剩下什么呢？这样的活动就不会有了；生活就不会有了；什么都不会有了。

如果假定人类的生活可以受理性的支配，那么生活的可能性便不复存在。

二

如果像历史学家那样假定，伟大人物在领导人类达到一定的目的，其目的或是为了俄国或法国的伟大，或是为了实现欧洲的均势，或是为了传播革命思想，或是为了普遍的进步，或是为了其他的什么，那么没有**机遇**和**天才**这两个概念便无法解释历史现象。

如果说本世纪初欧洲战争的目的是造就俄国的伟大，那么没有以往的所有那些战争和这次入侵，这个目的也是可以达到的。如果目的是造就法国的伟大，那么这个目的没有革命和帝国制度也是可以达到的。如果说目的是传播思想，那么印刷术可以比士兵做得好得多。如果目的是文明的进步，那么很容易断定，除了消灭人及其财富，还有其他更合理的传播文明的途径。

为什么事情这样而不是那样发生了？

因为它这样发生了。“**机遇**创造时势；**天才**利用时势。”历史这样说。

然而什么是**机遇**？什么是**天才**？

机遇和**天才**这两个词不表示任何实际存在的东西，因而无法下定义。这些词只表示对现象的某种程度的理解。我不知道，为什么会发生这样的现象；我想，我是不可能知道的；因此我不想知道，就说：这是**机遇**。我看到有一种力量发挥了一般人类的能力所不可企及的作用；我不明白为什么会这样，就说：这是**天才**。

对羊群来说，那只每晚被羊倌赶进一个单独的羊栏喂养，因而比别的羊肥一倍的羊想必就是天才了。于是每晚恰恰是这只羊没有进公共的羊圈，而是到单独的羊栏去吃燕麦，恰恰又是这只羊膘肥体壮要作为肉羊屠宰的情况，就被视为天才与一系列不寻常的偶然性的惊人巧合。

但是只要这些羊不再认为，对它们所做的一切都是为了达到它们羊的目的；只要假定，它们所发生的事情也可能具有它们所无法理解的目的，它们立刻就能看出喂肥那只羊的事件的统一性和连贯性。它们即使不会知道喂肥它的目的何在，至少也会知道，在那只羊身上所发生的一切并非出于偶然，于是它们也就不需要**机遇**、**天才**这些概念了。

只要不再理会眼前的易于理解的目的，并且承认终极目的是我们无法理解的，我们就能看出历史人物生活中的一贯性和合目的性；我们就会发现他们能发挥一般人类的能力所不可企及的作用的原因，也就不需要**机遇**和**天才**这些字眼了。

只要承认，欧洲各民族骚动的目的不是我们所能知道的，我们所能知道的只是起初发生于法国，然后发生于意大利、非洲、普鲁士、奥地利、西班牙和俄国的杀戮的事实，而由西向东和由东向西的运动就是这些事件的实质和目的，我们不仅不需要在拿破仑和亚历山大的性格中寻找特殊性和**天才性**，而且不需要再把这些人想象为异于常人的人；因而不仅不需要用**偶然性**来解释那些造就了历史人物的渺小事件，而且十分清楚的是，所有这些渺小的事件都有其必然性。

放弃对终极目的的探求，我们就能清楚地懂得，正如不可能为任何一种植物想出比它自己的花朵和种子更适合于它的其他花朵和种子一样，我们也不可能想出另外两个人，其全部经历竟能在如此程度上、在极其微末的细节上适合于他们所面临的使命。

三

本世纪初欧洲事件的主要现实意义是欧洲各民族群众由西而东和以后由东而西的军事行动。这个运动的肇始是由西而东的运动。西方各民族为了完成他们所完成的直抵莫斯科的军事行动，他们：第一，必须形成庞大的军事集团，足以和东方的军事集团相抗衡；第二，必须放弃一切既有的传统和习惯；第三，在完成自己的军事行动时，必须有一位为首的人物，他要能既替自己也替他们为这个军事行动中即将发生的欺骗、掠夺和屠杀进行辩护。

从法国大革命开始，一个旧的不够强大的集团在崩溃；旧的习惯和传统在消亡；具有新的规模的集团以及新的习惯和传统在逐步形成，将要在未来运动中处于为首地位并对行将发生的事件承担起全部责任的那个人在准备着。

这个人没有信念，没有旧习惯，没有传统，没有名望，甚至不是法国人，[①]仿佛被极奇怪的偶然性所推动，在使法国风雨飘摇的各派力量之间艰难前行，他并不依附于其中的任何一派，却很快地身居要职。

同僚的愚昧无知，对手的软弱无能，这个人的公然说谎以及才智有限却张扬自信，把他推上了军事首脑的地位。意大利军队的出色的士兵[②]、敌人的缺乏斗志、孩子气的大胆和自信给他赢得了军事上的荣誉。无数的所谓偶然性到处如影随形地跟随着他。他失宠于法国的统治者[③]对他反而有利。他试图改变自己命中注定的道路，却屡次受挫；他未能如愿加入俄军，也未能被派往土耳其[④]。在意大利战争时期，他几次濒临绝境，每次都意外地转危为安。

他在意大利的时候，俄军，这支能使他的军事荣誉黯然失色的军队，却由于种种外交考虑而未能出兵欧洲。

从意大利回来后，他发现巴黎政府已处于分崩离析之中，在这一过程中政府中的人员都不可避免地会被清洗和消灭。对他来说，摆脱险境的机会不知不觉地出现了，这就是毫无疑义、无缘无故的远征非洲的行动[⑤]。那些所谓的偶然性又跟随着他了。难以攻克的马耳他不战而降；

---

①指拿破仑，他是科西嘉岛阿亚克肖市的土著，出生于拥有小领地的贵族家庭。

②1876年春，拿破仑曾指挥意大利军队。拿破仑的军事荣誉是在他与皮埃蒙特和奥地利的军队的一系列战役中获得的。

③1794年7月27日热月政变和罗伯斯比尔被处死后，拿破仑一度被黜退，被监禁了近两个星期。

④拿破仑因受到冷遇，曾于1794年8月末向共和国军事委员会请求派他去土耳其当军事顾问。

⑤拿破仑认为，要打垮英国必先占领埃及。这次远征开始于1798年5月。

所有鲁莽的指挥都侥幸获胜。敌人的舰队后来不曾放过任何一艘小艇，却放走了整整一支军队。[①]在非洲对那些几乎手无寸铁的居民实施了一系列暴行。而实施这种暴行的人们，尤其是他们的那个领导者硬说这样做很好，是一种光荣，很像恺撒和马其顿王亚历山大[②]，是一件好事。

有一种**光荣**和**伟大**的典范，就是不仅不认为自己干过任何坏事，而且对自己的任何罪行都引以为自豪，并赋予它以不可理解的、超自然的意义。这个人和他的那批手下所遵循的这种典范在非洲发挥得淋漓尽致。他做什么都很顺利。鼠疫没有传染到他身上。杀害俘虏的残暴行为[③]没有归罪于他。他离开非洲和患难中的战友[④]这种孩子般冒失、没有理由、不高尚的行为被说成了他的功绩，而敌人的舰队又两次放过了他。当他完全陶醉于为他带来成就感的罪行，已为扮演他的角色做好准备，毫无目的地来到巴黎时，一年前可能毁了他的共和政府的分崩离析现在已达到极点，现在他作为不受党派牵连的新人出现只会提高他的地位。

他没有任何计划；顾虑重重；但各派都来纠缠他，要求他入伙。

唯有这个人，他在意大利和埃及树立了光荣和伟大的典范，充满了狂热的自我崇拜，有敢于犯罪和公然说谎的本领——唯有他才能适应时局的需要。

他是一个位置所需要的人，这个位置也正在等着他，因而几乎不取决于他的意愿，也无视他优柔寡断、毫无计划以及所犯的种种错误，硬是把他卷进了以掌握政权为目的的阴谋，阴谋终于得逞[⑤]。

---

① 海军统帅纳尔逊指挥的英国地中海舰队在暴风雨中放过了从土伦出发的拿破仑的小型舰队。后来又是拿破仑走运：英国舰队赶过了头，没有发现他的小舰队。

② 据说拿破仑曾刻意模仿著名的政治家和军事统帅，尤其是恺撒和马其顿王亚历山大。

③ 见本书第 1 部第 1 卷第 4 节注。

④ 1799 年 8 月拿破仑没有督政府的命令而擅自离开处境十分困难的军队。

⑤ 指 1799 年的雾月政变，法国从督政府时期进入执政府时期，拿破仑为执政之一。1800 年初，拿破仑自任第一执政。

他被推上统治者们的会议①。他惊慌失措地想要逃走，认为自己完了；他假装昏厥；说了一些毫无意义的话，很可能为他招来杀身之祸。但是法国那些原来机敏高傲的统治者们现在觉得大势已去，比他更惶恐不安，所说的话都不是他们为了保住政权和打倒他而该说的。

偶然性，数以百万计的**偶然性**使他获得政权，所有的人仿佛都约好了似的在致力于巩固这个政权。**偶然性**造就了当时法国统治者的性格，使他们都服从他；**偶然性**造就了保罗一世②的性格，使他承认他的政权；**偶然性**造成了一个反对他的阴谋，而这个阴谋不仅无害于他，反而加强了他的政权③的地位。**偶然性**让当甘公爵落到了他的手上④，无意中使他遭到杀害，从而比任何其他手段都更有力地向芸芸众生证明了，他是有权势的，因为他有实力。**偶然性**造成了这样的结果，拿破仑集中全部兵力要远征英国，显然这会使他遭到毁灭，永远也不可能实现自己的意图，而他却偶然地向马克的奥地利军队发起了进攻，后者不战而降。**偶然性**和天才使他打赢了奥斯特利茨战役，于是一种情况**偶然地**发生了，所有的人，不只是法国人，而是整个欧洲，只有不参与以后事件的英国除外，所有的人尽管过去都不齿于他的作恶多端，现在却承认他的政权、他自封的称号以及他的伟大和光荣的典范了，仿佛人人都觉得这种典范是美好而合理的。

仿佛在为以后的行军测量距离和进行准备似的，西方武装力量于一八〇五、一八〇六、一八〇七和一八〇九年几次挥师东进，日益壮大。一八一一年，在法国成立的一个武装集团与中欧各民族联合成为一个庞

① 拿破仑利用新获得的巴黎武装力量指挥官的权力，于 11 月 10 日来到巴黎郊区的圣克鲁，那里在举行元老院和五百人院的会议。但两院代表拒绝成立几位执政所要求的新政府。五百人院会议宣誓效忠共和宪法。波拿巴被赶出会议大厅。他最后诉诸武力，将代表驱散。

② 俄皇保罗一世（1754—1801）希望法国大革命的成果会毁于拿破仑本人之手，于 1800 年开始接近他，从而破坏了与英国和普鲁士的联盟。

③ 1803 年有保皇派倾向的农民领袖卡杜达尔等人策划反拿破仑的阴谋，其目的是恢复波旁王朝的统治。拿破仑利用粉碎阴谋加强了自己的权力，并于翌年称帝。

④ 见本书 0005 页注③。

大的集团。随着这个集团的壮大，为军事行动的首脑辩护的力量也在继续发展。在大举进军之前的十年准备时期，此人与欧洲的所有头戴王冠的人物交往频繁。真面目被揭露的世界统治者们拿不出任何合理的典范与拿破仑的毫无意义的**光荣**和**伟大**的典范相抗衡。他们在他面前竞相展示自己的卑劣。普鲁士国王把自己的妻子送去博取伟人的欢心；奥地利皇帝认为，此人肯让皇家女儿侍候枕席乃是莫大的荣幸；教皇是各民族圣物的维护者，却通过自己的宗教活动来抬高这个伟人的身价。与其说是拿破仑本人在为完成自己的使命而进行准备，不如说是周围的一切都在使他做好准备，为正在和即将发生的事件负起全部责任。凡是他的言行，没有一个举措，没有一个恶行或低级的欺骗不被他周围的人们吹嘘成伟大的业绩。德国人能为他想出的最好的庆典就是庆祝耶拿和奥尔施泰特之战的胜利①。不仅他伟大，他的祖先、兄弟、养子、妹夫也无不伟大。一切都是为了剥夺他的最后一点理性，让他去扮演他那可怕的角色。等他准备好了，武装力量也准备好了。

侵略军直奔东方，到达了最后的目的地莫斯科。故都被占领；俄军的损失比敌军在以前从奥斯特利茨到瓦格拉姆的历次战争中所遭到的损失更大。然而在此之前始终以一连串不断的胜利把他引向既定目标的**偶然性**和**天才**突然消失了，出现了无数相反的**偶然性**——从波罗金诺战场上的感冒到严寒的降临和焚毁莫斯科的那最初的火花；而**天才**也被无与伦比的愚蠢和卑劣所代替。

侵略军逃跑了，又往回闯，再逃跑，现在所有的偶然性不是在经常成全他，而是在和他作对了。

由东向西的反向运动与此前的由西向东的运动有引人注目的相似之处。在由东向西的大规模行动之前，在一八〇五、一八〇七、一八〇九年也同样有过试探性的行动；也同样有中欧民族参加到行动中来；中途也同样有过动摇，在接近目的地时也同样地加快了速度。

最后的目的地巴黎到了。拿破仑的政府和军队被摧毁。拿破仑本

①1806 年 10 月拿破仑在耶拿和奥尔施泰特大败普鲁士军队。

人已失去意义；他的所作所为显然既可怜又可憎，可是又出现了一个无法解释的偶然性：盟国憎恨拿破仑，认为他是自己的一切灾难的罪魁祸首；他的权力被剥夺，他的暴行和阴谋被揭露，他应当像十年前或一年后那样，被盟国视为不受法律保护的匪类。可是由于某种奇怪的偶然性，谁也没有看清这一点。他的角色还没有演完。这个十年前和一年后被视为不受法律保护的匪类的人被流放到离法国有两天航程的岛上[①]，将该岛和一支近卫军交给他管辖，不知为什么还给了他几百万法郎。

四

各民族的运动开始风平浪静。大规模的运动退潮了，于是在平静的海面上形成了一圈圈波纹，外交家们穿梭其间，还以为使运动平息下来的是他们。

可是平静的海面又风波乍起。外交家们觉得，他们和他们的分歧是造成这次新的冲突的原因；他们预料在他们的君主之间将发生战争；他们觉得局势是无法控制的。不过，他们预感到的风波并不是来自他们所预料的方向。兴起的还是原来的波浪，还是来自运动的那个起点——巴黎。这是从西方发起的运动的回光返照；这次回光返照应当解决似乎无法解决的外交难题，并结束这个时期的军事行动。

使法国遭到毁灭的那个人没有阴谋、没有士兵，独自回到了法国[②]。任何一个看门人都能把他抓起来；但是由于奇怪的偶然性，不仅谁也没有抓他，而且大家都兴高采烈地欢迎一天前还在诅咒、一个月后还会诅咒的那个人。

这个人对共同演好最后一幕还是必要的。

落幕了。最后一场戏演完了。演员被叫去卸装：不再需要他了。

在以后的几年中，这个人孤单地待在自己的岛上，自己为自己演着

---

① 盟军进入巴黎后，拿破仑被迫于 1814 年 4 月宣布退位。盟国保留了拿破仑的皇帝称号，并将厄尔巴岛交给他管辖。

② 拿破仑于 1815 年 3 月 1 日登陆法国，不开一枪而“征服”了它，开始了他的百日复辟，直至兵败滑铁卢。

可怜的喜剧，小题大做地要阴谋、说假话，为自己的行为辩护，而这时已用不着辩护了，他向全世界表明，当一只无形的手牵引着他的时候，被人们看做一种力量的究竟是个什么东西。

主持人在收场后把脱掉戏装的演员指给我们看。

“看看吧，你们曾经信赖的是什么人！这就是他！现在你们明白了吧？推动你们的并不是他，而是**我**。”

可是被运动的力量所迷惑的人们很久都不能理解这一点。

亚历山大一世是由东而西的反向运动的领导人物，他的一生表现了更大的一贯性和必然性。

脱颖而出，成为这个由东而西的运动的领导者的人，需要具备什么条件呢？

需要有正义感、对欧洲事务的关切，不过这是没有直接关系、不被小利所诱惑的关切；需要对同盟者——当时欧洲的各国君主占有道德优势；需要谦和而有魅力的个性；需要有反对拿破仑的个人恩怨。这一切亚历山大一世无不具备；这一切都是他生平无数的所谓**偶然性**所造就的：包括教育、自由主义的创意、身边的顾问们以及奥斯特利茨、蒂尔西特和爱尔福特。

在人民战争期间，这个人无所作为，因为不需要他。但是欧洲大战的必然性一旦出现，这个人物当即出现在自己的位置上，他联合欧洲各国人民，领导他们奔赴一个目的。

目的达到了。在一八一五年的最后一战之后，亚历山大处于人类权力所可能达到的顶峰。他怎样使用这个权力呢？

亚历山大一世是欧洲和平的缔造者，他从青年时代起就一心一意追求本国各族人民的福祉，是在自己祖国实行自由主义新举措的首倡者，现在，当他拥有莫大权力，因而有可能为自己的人民造福的时候，在拿破仑在流放中拟定各种幼稚可笑和骗人的计划，声称他若拥有权力要怎样造福人类的时候，亚历山大一世在完成自己的使命、感觉到上帝引导自己的无形之手后，突然认识到这虚幻的权力是何等渺小，于是厌弃它，把它交给了他所鄙视的那些小人，只说：

“‘荣耀不要归与我们，不要归与我们，要归在你的名下！[①]’我和你们一样，也是人；你们就让我像普通人一样生活吧，让我想想自己的灵魂和上帝。”

从太阳到以太的每个原子都是自身完整的球体，同时又只是其规模之大令人无法理解的整体的一个原子，同样，每一个人都抱有自己个人的目的，同时他抱有这个目的只是为了服务于人所无法理解的普遍目的。

一只落在花瓣上的蜜蜂蜇了一个孩子。这个孩子怕蜜蜂了，他说，蜜蜂的目的就是要蜇人。诗人在欣赏钻进花萼的蜜蜂，他说，蜜蜂的目的是要闻花香。养蜂人发现蜜蜂采集花粉带进蜂房，便说蜜蜂的目的是采蜜。另一个养蜂人更贴近地观察蜂群的生活后说，蜜蜂采集花粉是为了喂养幼蜂和蜂王，而蜂王的目的在于繁育后代。植物学家发现蜜蜂携带花粉从雌雄异株植物的花瓣上飞到雌蕊上使它受粉，于是植物学家认为授粉就是蜜蜂的目的。另一个人在观察植物杂交时看到，蜜蜂有助于杂交，于是这位新的观察者可以说，这就是蜜蜂的目的。但是蜜蜂的最终目的不能归结于人的智力所能发现的所有这些目的中的任何一个。人类的智力越是在发现这些目的的过程中得到提高，便越是会发现，最终目的是不可企及的。

人所能做的只是观察蜜蜂的生活和其他生活现象之间的适应性。就历史人物和各族人民的目的而言，也是如此。

五

一八一三年娜塔莎嫁给别祖霍夫，她的婚礼是老罗斯托夫家的最后一件喜事。这一年伊利亚·安德烈耶维奇去世，世道总是这样，他一死

---

① 见《旧约·诗篇》第 115 篇：“耶和华啊，荣耀不要归于我们，不要归于我们，要因你的仁慈和诚实归在你的名下。”根据亚历山大一世的旨意，这句话刻在 1812 年卫国战争纪念章上。

旧家庭也就随之瓦解。

最近这一年所发生的事情，如莫斯科的大火和出逃，安德烈公爵之死和娜塔莎的绝望，彼佳之死，伯爵夫人的悲伤——这一切就像一个又一个打击相继落在老伯爵的头上。他似乎不理解，而且觉得自己无法理解所有这些事件的意义，于是在精神上低下了自己苍老的头颅，仿佛在等待并祈求新的打击来结束他的生命。他时而神色惊慌，惘然若失，时而又反常地活跃和亢奋。

娜塔莎的婚礼使他暂时地忙于表面的事务。他预订午宴、晚餐，看来很想表现出快乐的样子，可是他的快乐不像过去那样有感染力了，而是在了解他、爱他的人心里激起怜悯和同情。

在皮埃尔偕新婚妻子走后，他安静了下来，开始抱怨寂寞。几天后他病倒了。从生病的最初几天起，尽管医生百般安慰，但是他明白，他的病不会有起色了。伯爵夫人在他床头的圈椅上衣不解带地度过了两个星期。她每次拿药给他，他都抽泣着默默无语地亲吻她的手。在临终的一天，他痛哭失声，为家业败落请求妻子和不在身边的儿子宽恕——他认为这是他的主要罪过。领了圣餐、行了终敷礼后，他平静地死了，第二天前来参加葬礼的旧友新交在罗斯托夫家租赁的住宅里济济一堂。所有这些人曾多少次出席他家的宴请和舞会，多少次嘲笑过他，现在都同样地怀着内疚和感动，仿佛在向谁辩解："是啊，不管怎么说，他真是再好不过的人。这样的人现在是见不到了……谁又没有弱点呢？……"

就在伯爵的家业陷入困境，简直无法想象这样再过一年结果会怎样的时候，伯爵意外地撒手人世。

尼古拉接到父亲亡故的噩耗时，正在巴黎的俄军部队里。他立刻申请退役，不等批复就请假回到了莫斯科。财务状况在伯爵去世的一个月之后完全清楚了，各种零星债务的数额之大令人吃惊，债务比财产高出一倍。

亲友都劝尼古拉放弃遗产。但是在尼古拉的心目中对父亲的怀念是神圣的，放弃遗产就是对父亲的一种责难，因此他不听放弃遗产的主张，把遗产和偿还债务的义务一同继承了下来。

伯爵慷慨善良的天性有一种无形的巨大影响力，使债主们在伯爵生前长期来不好意思开口，这时却突然上门讨债了。这样就往往会形成竞争，比赛谁能先拿到钱，而像米坚卡等人一样持有礼金票据的那些人现在成了最苛刻的债主。债主们不让罗斯托夫有片刻的安宁，那些似乎曾对给他们造成损失（如果确有其事的话）的老伯爵心存怜悯的人，这时都毫不留情地跑来找年轻的继承人，他对他们并无亏欠，是自愿承担还债的责任的。

尼古拉所设想的周转办法全都行不通；庄园被半价拍卖，还是剩下一半债务没有还清。尼古拉接受了妹夫别祖霍夫主动借给他的三万卢布，偿还了一部分债务，他承认这些都是当初借现金欠下的真正的债务。为了不至于像债主们所威胁的那样，因为剩下的债务被关进监狱，他又重新担任公职。

如果进入军界，他将是递补团长的第一人选，但是不行，因为母亲现在抓住儿子不放，这是她最后的生趣了，因此，尽管他不愿留在莫斯科的旧相识的圈子里，尽管他对文职感到厌烦，他还是在莫斯科担任了文职部门的工作，他脱下心爱的军服，同母亲和索尼娅住在西夫采夫·弗拉热克的一套小小的住宅里。

娜塔莎和皮埃尔这时住在彼得堡，不大了解尼古拉的情况。尼古拉向妹夫借钱后竭力隐瞒了自己艰难的处境。尼古拉的处境特别困难，还因为他的一千二百卢布的薪水不仅要用来维持自己以及索尼娅和母亲的生活，还要不让母亲发觉他们是多么贫困。伯爵夫人不能理解，没有她自幼就习惯的豪华的条件怎么能生活，她不断地提要求，不明白这对儿子来说是多么困难，她时而要派一辆轻便马车去接一位相识的夫人，而他们家已经没有马车了，时而为自己要美味的食品、为儿子要葡萄酒，时而要钱，因为她要给娜塔莎、索尼娅和尼古拉本人购买令人惊喜的礼品。

索尼娅料理家务，侍候表婶，给她朗读，忍受她的任性和不露声色的厌恶，并协助尼古拉向老伯爵夫人隐瞒贫困的家境。尼古拉眼看她为母亲所做的一切，觉得自己欠了她无法偿还的人情债，钦佩她的耐心和忠诚，但总是设法疏远她。

他心里仿佛在责备她过于完美、无可指摘。她拥有令人器重的一切，但是她缺少能使他爱上她的东西。他觉得自己越是看重她，就越是不爱她。现在他抓住她在信中答应给他自由的诺言，与她保持距离，仿佛他们之间曾经有过的一切早已被忘却，而且一去不复返了。

尼古拉的处境每况愈下。从自己的薪水里攒点钱的想法不过是空想罢了。他不仅未能攒钱，还为了满足母亲的要求又零星地借钱花。他看不到摆脱困境的任何出路。他的几位女亲戚向他提出的娶富家女为妻的想法使他很反感。另一条出路——母亲之死——他根本就不曾想过。他什么也不想，也不抱任何希望；在内心深处为自己身处困境而毫无怨言感到一种忧郁、坚强的喜悦之情。他竭力回避过去的旧相识，不要他们的同情，不接受使他感到屈辱的帮助，回避任何消遣和娱乐，甚至在家里除了陪母亲摆牌阵也什么都不干，只是默默地在房间里踱步，不停地抽烟斗。他仿佛在竭力保持自己的忧郁的心绪，他觉得自己只有在这种心绪中才能忍受眼下的处境。

六

玛丽亚公爵小姐是在冬初来到莫斯科的。她听到城里的流言蜚语，得知罗斯托夫一家的处境，知道“儿子在为母亲作出牺牲”，城里的人都在这样说。

“我知道他就是这样的人。”玛丽亚公爵小姐自言自语，高兴地感到自己是爱他的。她回想起自己和这个家庭的几乎是亲戚般的友好关系，认为自己有义务去拜访他们。可是想起自己在沃罗涅日和尼古拉的交往，又胆怯起来。不过，她竭力克制自己，在来到莫斯科的几周之后终于到罗斯托夫家去了。

第一个遇见她的是尼古拉，因为要去见伯爵夫人必须通过他的房间。尼古拉在见到她的最初瞬间，脸上流露的不是玛丽亚公爵小姐所期待的喜悦，而是公爵小姐过去不曾见到过的冷淡、默然和高傲。尼古拉问候了她的健康，陪她去见母亲，坐了约有五分钟便走出了房间。

公爵小姐从伯爵夫人的房间出来的时候，尼古拉又遇见了她，他特别庄重而冷淡地把她送到前厅。在她谈到伯爵夫人的健康时，他一句也没有答理。“这与您何干？请不要来烦我。”他的眼神仿佛在这样说。

“她何必来串门？她要干吗？这些小姐和繁琐的客套真叫我受不了！”他当着索尼娅的面说道，看来在公爵小姐的马车驶离大门后，他忍不住发牢骚了。

“噢，怎么能这样说呢，尼古拉！”索尼娅说，勉强掩饰着自己高兴的心情，“她人又好，妈妈又很喜欢她。”

尼古拉一言不发，但愿不要再谈到公爵小姐。但自从她来访后，老伯爵夫人每天都要提到她好几次。

伯爵夫人称赞她，要求儿子去回访，说自己很想时常见到她，可是每当讲到她的时候，总是心情不佳。

在母亲谈到公爵小姐的时候，尼古拉竭力保持沉默，可是他的沉默激怒了伯爵夫人。

“她是难得的好姑娘，”她说，“你应该去看看她。总算也有人见见面，要不，老是和家里人待在一起，我想你会觉得烦闷的。”

“可我不想去，妈妈。”

“以前你是愿意见她的，现在却不想去了。亲爱的，我实在不明白你是什么意思。时而感到烦闷，时而又谁也不想见。”

“我可没说过，我感到烦闷。”

“什么，你自己说过，连她也不想见。她是很优秀的姑娘，你一向很喜欢她；现在却突然有了什么因由。什么都瞒着我。”

“不是这样，妈妈。”

“我又不是叫你做什么不愉快的事情，不过是请你作一次回访。这似乎也是礼节的要求……我求过你了，既然你有秘密瞒着妈妈，以后我就不管了。”

“好吧，我去，听您的。”

“我无所谓；我是为你着想。”

尼古拉咬着髭须叹气，摆开纸牌，想引开母亲的注意力。

第二天、第三天，直至第四天老是在重复这个话题。

玛丽亚公爵小姐到罗斯托夫家拜访，意外地受到尼古拉的冷遇后暗自承认，她不愿先到罗斯托夫家去是对的。

“我知道不会有什么别的结果，”她求助于自己的傲气说，“我和他毫不相干，不过是想看看老太太，她一向对我很好，我对她是心怀感激的。”

不过，这些想法并不能使她得到宽慰；每当想起这次拜访，一种追悔莫及的心情就使她深感苦恼。尽管她决心不再到罗斯托夫家去，想把这一切都忘掉，她还是觉得，自己时常会神思恍惚。当她自问，是什么使她苦恼的时候，她不得不承认，使她苦恼的是她和尼古拉的关系。他那冷淡的、礼貌性的口气并非出自他对她的感情（这一点她是知道的），而是在掩盖着什么。她必须弄清楚，他在掩盖什么；她感到，在此之前她是不能安心的。

冬季中旬的一天，她坐在教室督促侄儿做功课，仆人通报罗斯托夫来访。她决心不暴露自己内心的秘密，也不流露羞涩之态，把布里安娜小姐请来和她一起走进了客厅。

她一看尼古拉的脸色，就知道他来只是要尽到礼节性的义务，于是决定严格地保持同样的态度。

他们谈起伯爵夫人的健康，谈起共同的熟人和最近的战争消息，在礼节所要求的十分钟过去、客人可以离去的时候，尼古拉立即起身告辞。

公爵小姐在布里安娜小姐的协助下出色地经受住了谈话的考验；可是就在最后一刻，在他站起来的瞬间，她是那么倦于谈论与她无关的话题，又想到为什么唯有她的生活那么缺少欢乐而无限伤感，她一时若有所失，光芒四射的眼睛直视前方，一动不动地坐着，竟没有发觉尼古拉已经站起来了。

尼古拉看了看她，想假装对她茫然若失的神态视而不见，转而对布里安娜小姐讲了几句话，又瞟了公爵小姐一眼。她仍然一动不动地坐着，温柔的脸上流露出内心的苦涩。他蓦地对她满怀怜惜之情，模糊地觉得，自己也许就是她满腹哀愁的起因。他很想帮助她，对她说几句宽慰的话；可是他想不出该对她说什么才好。

“再见了，公爵小姐。”他说。她醒悟过来，突然满面绯红，长叹了一声。

“啊，对不起，”她说，仿佛刚从梦中醒来似的，“您就要走了，伯爵。好吧，再见！给伯爵夫人的靠枕呢？”

“您等一下，我马上拿来。”布里安娜小姐说，随即出去了。

两人默然无语，偶尔面面相觑。

“是啊，公爵小姐，”尼古拉终于忧伤地含笑说道，“好像就是不久之前的事啊，可是自从鲍古恰罗沃一别，多少光阴已经流逝。当时我们都觉得多么不幸哪——可是我愿付出任何代价，只要能回到那个时候……然而已无可挽回了。”

在他这样说的时候，公爵小姐神采奕奕的目光凝视着他的眼睛。她仿佛在竭力探究他话里的隐秘含义——那足以说明他对她的感情的弦外之音。

“是的，是的，”她说，“不过您没有什么可追悔的，伯爵。据我现在对您的生活的了解，您永远会欣然回忆眼下的生活，因为您目前在生活中所表现的奉献精神……”

“我不能接受您的赞扬，”他连忙打断了她的话，“相反，我在不断地埋怨自己，不过这是一个非常乏味，而且令人懊丧的话题。”

他的目光又露出了原来的冷淡而漠然的表情。但是公爵小姐已经在这个目光中又看到了她所了解、所爱的那个人，于是她现在只对那个人说话。

“我原以为，您会允许我对您这样说，”她说，“我和您……以及您的家庭这样亲近，所以我以为，您不会认为我的关切是不合时宜的；可是我错了。”她说。她的话音突然颤抖了一下。“我不知道这是为什么，”她恢复常态后接着说，“您从前不是这样的……”

“这个**为什么**有几千个理由（他在**为什么**这个字眼上特别加重语

气）。谢谢您，公爵小姐，”他低声说，“有时很难受啊。”

“原来如此！原来如此！”玛丽亚公爵小姐的心里有一个声音在说。“不，我爱他不仅仅是因为这快乐、和善、坦诚的眼神，不仅仅是因为这英俊的外貌；我看到了他高尚、坚强、勇于奉献的心灵，”她在自言自语，“不错，他现在很穷，而我非常富有……不错，就是由于这个原因……要是没有这个原因的话……”她回想他过去的温柔，看着他现在善良、忧伤的面容，突然明白了他态度冷淡的原因。

“为什么呢，伯爵，为什么？”她突然不由自主地几乎叫嚷起来，一边在逼近他，“告诉我，为什么？您应当告诉我。”他沉默着。“伯爵，我不明白您的**为什么**，”她接着说，“但是我很难过，我……我向您承认这一点。您不知为什么要让我失去您的友情。我感到很痛心。”她的眼睛和话音里都满含着泪水。“我生活中的幸福太少了，任何损失都使我难受……请原谅我吧，再见。”她突然失声痛哭，向门外走去。

“公爵小姐！您等一下，看在上帝分上，”他大声叫道，竭力想拦住她，“公爵小姐！”

她回过头来。有几秒钟他们默默地四目相对，于是遥不可及和不可能的事变成了近在眼前的、可能的、不可避免的了。 · · · · · ·
· ·

七

一八一四年秋天，尼古拉娶了玛丽亚公爵小姐，并偕妻子、母亲和索尼娅迁往童山。

三年内，他没有出售妻子的产业就还清了其余的债务，在一位表姐去世给他留下一笔不大的遗产后，他把欠皮埃尔的钱也还了。

又过三年，快到一八二〇年了，尼古拉的财务状况已经改观，他在童山附近添置了一个不大的庄园，并且正在为赎回父亲的快乐村而进行谈判，这是他心向往之的梦想。

他由于需要而开始经营农业以后，很快就对经营管理产生了浓厚的兴趣，以至经营管理成了他心爱的职业，也几乎成了他独一无二的活动。尼古拉是一个朴实的地主，不喜欢新办法，尤其是成为时尚的英国的那一套，他嘲笑经营管理的理论著作，不喜欢代价高昂的生产，不喜欢播种贵重作物，总之，不从事任何独立的经营。在他的心目中总是只有**庄园的整体**，而不是它的任何一个独立的部门。在庄园里主要的东西不是土壤和空气中的氮和氧，不是特别的犁和粪肥，而是能使氮、氧、粪肥和犁发挥作用的那个主要的生产工具，即农民的劳动力。当尼古拉着手经营并深入钻研其各个部门时，特别吸引他的注意的是农民；在他看来，农民不只是生产工具，也是生产的目的和顾问。他起初认真观察农民，努力去了解他们的要求、了解他们对好和坏的看法，自己只是假装在发号施令，其实他只是在向农民学习劳作、语言和对好坏的判断。只是在了解了农民的爱好和追求，学会了用农民的语言说话，觉得自己与农民亲密无间的时候，他才开始大胆地管理农民，即对农民履行要求于他的职责。因而尼古拉的经营管理带来了极其辉煌的成果。

尼古拉在接手管理庄园时，立即凭着某种天赋的洞察力，正确无误地指定了庄园主管、村长和农民代表，这些人正是农民自己所要选举的人，如果他们能进行选举的话，而他指定的这些领头人是从不更换的。在研究粪肥的化学成分之前，在热衷于考虑**借方**和**贷方**（他喜欢戏谑地这样说）之前，他首先向农民了解牲畜的数量，并千方百计地加以扩大。他维护农民的大家庭，不允许分家。对懒惰、堕落、衰弱的人他都同样地加以排斥，设法将他们调离团队。

在播种、收割干草和庄稼时，他对自己和农民的地都一视同仁。像尼古拉那样趁早精耕细作、屡获丰收的地主是很少见的。

他不喜欢和家仆们打交道，称之为**寄生虫**，大家都说他纵容他们，把他们都惯坏了；要对家仆做出什么安排，特别是要进行处罚时，他往往沉吟不决，而且要和全家人商量；不过，只要有可能让家仆代替农民被送去当兵，他是毫不犹豫的。对涉及农民的所有安排，他从来不会有任何疑虑。他的任何安排，他知道，一定会得到所有人的赞同，只有个别人例外。

他决不会仅仅根据个人的好恶去刁难、处罚一个人或优待、奖赏一个人。他也许说不出奖罚的标准是什么，但是在他心里这个标准是明确而不可动摇的。

他碰到什么挫折或不合理的事情常常会说：“**我们俄国的老百姓哪。**”觉得他对农民简直无法容忍。

可是他全心全意地热爱**我们俄国的老百姓**和他们的风俗习惯，正因如此他才理解并掌握了唯一能带来良好效果的经营方式和方法。

伯爵夫人玛丽亚因为他的这种爱而对丈夫心怀忌妒，又因为不能分享这种爱而感到惋惜，却不能理解这个使她感到陌生的世界给他带来的快乐和烦恼。她不能理解，当他黎明起身，在田间和打谷场上度过整个早晨，从播种、割草或收庄稼的农活中回到她身边来喝早茶时，怎么会那样兴致勃勃、喜气洋洋。她不明白他在赞赏什么，他是那么兴高采烈地谈到善于经营的富裕农民马特维·叶尔米申，说他带领全家通宵运回新收割的庄稼，别人家还没有收割，而他家的圆圆的庄稼垛却已经全都堆好了。她不明白，温暖的细雨密密地落在干旱的麦苗上，他怎么会那样高兴地从窗口走上阳台，嘴角含笑，欣喜地眨着眼睛，或者在收割时节带着浓浓雨意的乌云被风吹散，他晒得黑里透红，浑身冒汗，头发上带着一股艾蒿和毛连菜的气味从打谷场上跑来时，怎么会那么高兴地搓着双手说：“再有一个晴天，我和农民的一切都已经入仓了。”

她更不能理解，当她向他转达某些农夫或农妇向她提出的关于解除他们的劳动的要求时，他这个心地善良、随时准备满足她的愿望的人怎么会沮丧得近乎绝望，这样善良的尼古拉怎么会固执地加以拒绝，生气地求她不要多管闲事。她感到，他有一个他所热爱的特殊世界，这个世界的行事法则是她所不了解的。

她有时很想能理解他，对他谈到他为手下的民众谋福利的功劳，他生气地回答道：“哪有这种事，我连想也没有想过；我是不会为他们的福利做什么的。别人的福利等等全都是幻想和女人家的想入非非。我要做的是不让我们的孩子沿街乞讨；我要在我活着的时候整顿家业；如此而已。为此就要有制度，要雷厉风行……就是这样！”他信心十足地握紧拳头说，“不言而喻，还要办事公道，因为农民要是缺衣少食，只有一匹瘦马，他就既不能为自己也不能为我发挥什么作用。”

也许正因为他从来不想为别人、为行善做什么事，所以他的所作所为总是卓有成效：他的家业迅速扩大；邻近的农民都来求他买下他们，在他死后很久民间对他持家有方还保留着敬若神明的记忆。“是一位好东家……先想到农民，然后才想到自己。可是也决不纵容姑息。一句话，好东家！”

八

有一点使尼古拉在经营管理方面深感苦恼，这就是脾气暴躁和骠骑兵喜欢动手打人的老习惯。初期他觉得这没有什么可指责的，不过在婚后第二年他对这种惩治方式的看法突然有了转变。

夏季的一天从鲍古恰罗沃叫来了顶替德龙的村长，有人揭发他有各种欺诈行为和玩忽职守。尼古拉来到台阶上见他，在村长回答了几句后，门廊里就响起了怒斥和打人的声音。尼古拉回家吃早饭，走到低头绣花的妻子面前，像平时一样对她讲起这天早晨他所关切的事情，顺便也谈到鲍古恰罗沃的村长。伯爵夫人玛丽亚的脸上一阵红一阵白，抿着嘴唇，还是低头坐着，对丈夫的话一句也没有搭理。

“这个厚颜无耻的坏蛋，”他说，一想起来就冒火，“嘿，他本来可以告诉我，他喝醉了没看到……你这是怎么了，玛丽？”他突然问。

玛丽亚伯爵夫人抬起头想说什么，可是又急忙低下头抿紧嘴唇。

“你不舒服吗？你怎么啦，我的朋友……”

长得不漂亮的玛丽亚伯爵夫人在哭的时候总是楚楚动人。她从不因为痛苦或气恼而哭泣，总是由于悲伤和怜悯而落泪。她哭的时候，泪光闪闪的眼睛自有一种令人倾倒的魅力。

尼古拉刚握起她的一只手，她就忍不住哭了。

“尼古拉，我看到了……他是不对，可你，你何必呢！尼古拉！……”于是她双手捂着脸。

尼古拉不吭声了，脸涨得通红，从她身边走开，在房间里默默地走来走去。他知道她为什么会哭了，可是他在心里还不能立刻就同意她的看法，把他自幼就习以为常、认为再平常不过的举动看做恶劣行为。

“这是虚情假意、妇人之见，还是她的见解正确呢？”他这样自问。他未能独自解决这个问题，再一次注视她的痛苦而又深情款款的面容，于是猛然醒悟，她是对的，而他早就该反省自己的错误了。

“玛丽，”他走到她面前轻轻地说，“永远不会这样了；我向你保证。永远，”他声音颤抖地重复了一遍，像孩子在请求宽恕似的。

伯爵夫人更加泪如雨下，拉起丈夫的手亲吻。

“尼古拉，你什么时候把浮雕宝石打碎了。”为了改换话题，她看着他的手说，这只手上戴着镶有拉奥孔①头像的戒指。

“今天；就是为那件事。唉，玛丽，不要对我再提它了。”他又涨红了脸，“我向你郑重保证，不会再这样了。就让它永远提醒我吧。”他指着打碎的戒指说。

从此在与村长或管家发生争执时，只要血涌上面颊，双手攥起拳头，尼古拉便转动手上的戒指，在触怒他的人面前垂下眼睛。不过，一年总有一两回他会忘乎所以，于是来到妻子面前承认错误，又许下诺言说，不会有下次了。

“玛丽，你想必会轻视我吧？”他问她，“这是我活该。”

“要是你觉得自己忍不住了，就走开吧，赶紧走开。”玛丽亚伯爵夫人忧伤地说，竭力安慰丈夫。

在省里的贵族社会，大家敬重尼古拉，却并不喜欢他。他对贵族的利益不感兴趣。于是一些人认为他高傲，另一些人说他愚蠢。整个夏季，从春播到秋收，他都忙于农事。秋天他以忙于农事的同样实干的认真态度投入狩猎活动，带领自己的狩猎队出门一两个月。冬天他巡视其他一些乡村，认真阅读。他的读物主要是每年花一定金额订阅的历史著作。正如他所说，他为自己收集了可观的藏书，并规定要阅读他购置的所有书籍。他郑重其事地坐在书房里读书，起初把读书看做一种任务，

---

①希腊神话中特洛伊的祭司。因警告特洛伊人勿中木马计而触怒雅典娜，和两个儿子同被巨蟒缠死。

后来阅读成了学习的习惯，从中获得一种特殊的乐趣，并意识到读书是很严肃的事情。除了因事外出，冬天的大部分时间他都待在家里，享受家庭的天伦之乐，介入母亲和孩子们之间的小事儿。他和妻子越来越亲密无间，每天都能发现她的新的心灵美。

索尼娅从尼古拉结婚后就住在他家。早在结婚之前，尼古拉就把自己和索尼娅过去的关系告诉了未婚妻，表示自责并赞扬她。他请求玛丽亚公爵小姐亲切地善待她。玛丽亚伯爵夫人完全了解丈夫的过错；感到自己也对不起索尼娅；她想，是她的财富影响了尼古拉的选择，索尼娅是无可指责的，很想能爱她，可是非但不爱她，反而常常发现自己对她怀有恶感，而且无法克服。

有一天她和自己的朋友娜塔莎谈起索尼娅，觉得自己对她是不公正的。

“你知道吗，”娜塔莎说，“你常读福音书，那里有一个地方就是直接讲索尼娅的。”

“什么？”玛丽亚伯爵夫人惊讶地问。

“‘凡有的，还要加给他；没有的，连他所有的，也要夺过来’[1]，记得吗？她就是那个‘没有的’，为什么？我不知道；她所没有的也许是私心，我不知道，但是她所有的是要被夺走的，于是一切都被夺走了。我有时非常可怜她；从前我很希望尼古拉能娶她为妻，可我总是好像有预感，这是不可能的。她是一朵**无实花**，知道吗，像草莓上开的那种？我有时可怜她，有时又想，她并没有意识到这一点，不像我们能意识到。”

尽管玛丽亚伯爵夫人向娜塔莎说明，福音书上的这几句话不能这样理解，可是看着索尼娅，她不禁同意了娜塔莎所作的解释。确实，索尼娅似乎并不为自己的处境而感到苦恼，反而完全安于自己的**无实花**的命运。看来，她所珍惜的与其说是人，不如说是整个家庭。她如同一只小猫，不是依恋人，而是依恋家。她服侍老伯爵夫人，宠爱和娇惯孩子，

---

①见《新约 · 路加福音》第19章第26节。

总是愿意竭尽绵薄为别人效劳，可是人们虽然接受了她的效劳，却不由自主地鲜有感激之情。

童山庄园的重建已经结束，但其气派和已故公爵在世时已不可同日而语。

困难时期开工建造的房屋只能因陋就简。建立在原来的石头地基上的巨宅是木质结构，只是内部粉刷了一下。这座宽敞的大房子地板没有油漆，摆设着极普通的硬沙发和圈椅，以及自家的木匠用自家的桦木制作的桌椅。屋内很宽敞，有不少下房和客房。罗斯托夫和鲍尔康斯基家的亲戚有时会全家到童山来做客，他们驾着自家的十六匹马、带着几十名仆人驱车而来，一住就是几个月。此外，一年四次，每逢主人们的命名日和生日就有贺客上百人来住上一两天。一年的其余时间过着不容更改的有规律的生活，从事日常的活动，按时享用家常的茶点、早餐、午餐和晚餐。

九

这是冬季圣尼古拉节[①]的前一天，即一八二〇年十二月五日。这一年入秋后娜塔莎和丈夫带着孩子们在哥哥家做客。皮埃尔到彼得堡去了，他说有特别重要的事情要在那里待上三个星期，现在已经过去了六个多星期。估计随时都可能回来。

十二月五日，除了别祖霍夫一家，在罗斯托夫家做客的还有尼古拉的一位老朋友，退役将军瓦西里·杰尼索夫。

尼古拉知道，在他过命名日的六日这一天有客人要来，他必须脱下紧身外衣、穿上常礼服和狭窄的尖头长筒靴到他新建的教堂去，然后接受祝贺，以茶点招待客人，谈谈贵族选举和收成，不过在节日的前一天，他觉得还可以像平时一样过。午饭前尼古拉检查了内侄名下的梁赞庄园总管的账目，写了两封事务方面的信，又到打谷场、牲口棚和马厩

① 冬季圣尼古拉节为12月6日，另有夏季圣尼古拉节为5月9日。

去看了看。估计明天纪念建堂节[1]大家会喝醉了，他采取了一些应对措施后来到餐厅，没有来得及和妻子单独交谈几句便坐上了有二十副餐具的长餐桌，家里所有的人都围坐在桌旁。在座的有母亲、和她住在一起的老太太别洛娃、妻子、三个孩子、男女家庭教师各一名、内侄和他的家庭教师、索尼娅、杰尼索夫、娜塔莎、她的三个孩子和他们的一个女家庭教师，还有老公爵的建筑师，在童山养老的米哈伊尔·伊万内奇。

玛丽亚伯爵夫人坐在餐桌的另一端。丈夫刚在自己的位子上坐下，就凭他取下餐巾后把面前的茶杯和酒杯一推的动作，玛丽亚伯爵夫人便认定他心情不佳，他有时会这样，特别是在喝汤之前和工作后直接来就餐的时候。伯爵夫人很了解他的这种情绪，在她心情愉快的时候，她会平静地等他喝了汤，这才和他说话，要他承认他是无缘无故地闹情绪，可是今天她完全忽略了自己观察的心得；她觉得痛心，他无缘无故地生她的气使她深感不幸。她问他到哪里去了。他回答了。她又问，事情都顺利吗。他觉得她的语调不正常，便不高兴地皱起眉头，漫不经心地回答了一句。

“可见我没有看错，”玛丽亚伯爵夫人想，“他为什么生我的气呢？”玛丽亚伯爵夫人从他回答的语调中听出，他对自己没有好感，急于结束谈话。她感到自己的话很生硬，可是她忍不住又问了几个问题。

由于餐桌上有杰尼索夫在座，大家很快就热烈地交谈起来，玛丽亚伯爵夫人就没有再和丈夫说话。当大家离开餐桌去向老伯爵夫人道谢的时候，玛丽亚伯爵夫人把手伸过去，又吻了吻丈夫，问他为什么生她的气。

“你总是有一些古怪的想法；我根本就没有生气。”

但**总是**这个字眼似乎在这样回答玛丽亚伯爵夫人：不错，我在生气，就是不想说。

尼古拉和妻子非常和睦，甚至出于忌妒希望他们闹别扭的索尼娅和老伯爵夫人也找不到趁机责备的理由，不过他们之间也会有反目的时

① 在这里“建堂”的意思是为圣尼古拉而建立教堂。

候。有时，恰恰是在一段最幸福的时期之后，他们会突然产生疏远感和敌意；这种心情往往出现在玛丽亚伯爵夫人怀孕期间。现在她正处于这样的时期。

“哎，先生们、女士们，”尼古拉大声说道，似乎心情很愉快（玛丽亚伯爵夫人觉得，这是在故意气她），“我六点钟就起床了。明天又会很累，现在要去休息一下。”他没有对玛丽亚伯爵夫人再说什么，就到小休息室去在沙发上躺下。

“瞧，总是这样，”玛丽亚伯爵夫人想，“他向所有的人打招呼，就是不和我说话。我晓得，我晓得，他讨厌我。尤其是在这种情况下。”她看了看自己圆鼓鼓的肚子和镜子里自己蜡黄、苍白的脸，一双眼睛显得比任何时候都大。

于是一切都不如她的意了：无论是杰尼索夫的喊声、笑声还是娜塔莎的说话声，特别是索尼娅漫不经心地向她投来的那种目光。

索尼娅永远是玛丽亚伯爵夫人生气的第一个借口。

她陪客人坐了一会儿，对他们的谈话听而不闻，悄悄地出来，到儿童室去了。

孩子们坐在椅子上驶往莫斯科，邀请她一起去。她坐下和他们做游戏，可是关于丈夫、关于他无缘无故生气的想法一直困扰着她。她站起来走了，吃力地踮着脚到小休息室去。

“也许他没有睡，我要和他谈谈。”她对自己说。大孩子安德留沙学她的样，踮着脚跟在她后面。玛丽亚伯爵夫人没有发现他。

“亲爱的玛丽，他好像在睡觉，他累了。”索尼娅（玛丽亚伯爵夫人觉得，到处都能碰到她）在大休息室说，“安德留沙会吵醒他的。”

玛丽亚伯爵夫人回头一看，只见安德留沙跟在后面，觉得索尼娅说得对，正因如此她才怒气勃发，看来是勉强忍着没有出言奚落。她一声不吭，为了不听她的话，只是做个手势，叫安德留沙别出声，还是让他跟着，她走到了门口。索尼娅进了另一扇门。从尼古拉睡觉的房间里传来他的均匀的呼吸声，妻子熟悉这声音的极细微的变化。她听着这呼吸声，看着面前他那光洁漂亮的前额、胡子、整个面庞，在夜深人静的时候，她时常久久凝视他睡梦中的这张脸。尼古拉突然动了动，干咳了一声。就在这时安德留沙在门里叫了起来：

“爸爸，妈妈在这儿呢。”

玛丽亚伯爵夫人吓得脸也白了，开始给儿子打手势。他不出声了，玛丽亚伯爵夫人觉得可怕的沉寂大约延续了一分钟。她知道，尼古拉不喜欢别人吵醒他。突然门后又响起了叹气声、动弹声，还有尼古拉不满的说话声：

“一刻也不让人安静。玛丽，是你？你怎么把他带来了？”

“我只是过来看看，我没有看到……对不起……”

尼古拉咳嗽一声，不说了。玛丽亚伯爵夫人从门口走开，送儿子到儿童室去。五分钟后，三岁的黑眼睛的小娜塔莎，父亲宠爱的女儿，听哥哥说爸爸睡在小休息室里，便背着母亲去找爸爸了。黑眼睛的小女孩大胆地把门吱的一声推开，有力地迈动小小的光脚跑到沙发跟前，仔细地看看背对她躺着的父亲的姿势，踮起脚在父亲放在脑袋下的手上吻了一下。尼古拉转过身来，脸上挂着爱怜的微笑。

“娜塔莎，娜塔莎！”门口响起了玛丽亚伯爵夫人惊恐的低语声，“爸爸要睡觉。”

“不，妈妈，他不想睡了，”小娜塔莎很有信心地回答说，“他在笑。”

尼古拉放下脚，把女儿抱起来。

“进来，玛莎。”他对妻子说。玛丽亚伯爵夫人走进房间，坐在丈夫身边。

“他跟在我后面跑过来，我没有看到。把你给吵醒了，”她怯生生地说，“我很……”

尼古拉一只手抱着女儿，看了看妻子，发现她脸上有抱歉的神情，便用另一只手搂着妻子，吻了吻她的头发。

“可以亲吻妈妈吗？”他问娜塔莎。

娜塔莎羞怯地微微一笑。

“再来。”她说，用命令的手势指着刚才尼古拉吻妻子的地方。

“我不知道，你怎么会以为我心情不好。”尼古拉说，他知道妻子的心里是有这个疑问的。

“你无法想象，你那样对我，我会感到多么不幸、孤单。我老是觉得……”

“玛丽，够了，别说蠢话。你怎么不害臊。”他愉快地说。

“我觉得，你是不会爱我的，我这样丑……老是这样……而现在……又是这样怀着……”

“噢，你真可笑！人不是因为好看才可爱，而是因为可爱才好看。只有马尔维娜之类的女人，人们才因为她们漂亮而爱她们；难道我爱妻子吗？我不爱，不过说真的，我不知道怎么对你说才好。在没有你的时候，或者在我们之间像现在这样有了芥蒂，我会坐立不安，什么也干不了。若问，我爱自己的手指吗？我不爱，可你把它割掉试试……”

“不，我不是这样，不过我能理解。这么说，你没有生我的气？”

“可生气啦。”他微笑说，站起来理一理头发，在房间里踱起步来。

“你知道吗，玛丽，我想什么来着？”现在他们和睦如初了，于是他开始在妻子面前说出自己的想法。他不问她是否愿意听；他无所谓。既然他有了一个想法，她也会有什么想法的。于是对她讲，他想挽留皮埃尔到开春再走。

玛丽亚伯爵夫人听了他的话，说了自己的意见，现在轮到她说出自己的想法了。她的想法和孩子有关。

“现在就可以看出女人的韵味了，”她指着娜塔莎用法语说道，“你们责怪我们女人缺乏逻辑性。她的话就是我们的逻辑。我说；爸爸要睡觉，而她说：不，他在笑。她是对的。”玛丽亚伯爵夫人露出幸福的微笑说。

“是的，是的！”尼古拉用一只强有力的手臂高高地托起女儿，让她坐在自己的肩上，搂住两条小腿，扛着她在房间里走来走去。父女俩的脸上都是一副傻傻的幸福的神气。

“知道吗，你也许不大公平。你太宠爱这个孩子了。”玛丽亚伯爵夫人悄悄地用法语说。

“是的，可是有什么法子呢？……我竭力不表露出来……”

这时门廊和前厅传来了门的转动声和脚步声，好像是外面有人来的声音。

“有人来了。”

“我猜这是皮埃尔。我去看看。”玛丽亚伯爵夫人说，她出去了。

她出去后，尼古拉竟扛着女儿在房间里跑着兜圈子。他喘不过气来了，把笑咯咯的小女孩从肩上放下，搂在怀里。他的奔跑使他想起了跳舞，于是他看着孩子喜滋滋的小圆脸在想，等他老了带她出门，像去世的父亲带着女儿跳丹尼洛·库珀舞那样和她跳玛祖卡舞时，她会是什么模样。

“是他，是他，尼古拉，”几分钟后，玛丽亚伯爵夫人回来说，“我们的娜塔莎现在活跃了。该看看她是多么高兴，马上又怎样埋怨他，怪他没有按时回来。喂，赶快去呀，去吧！你们也该分开了。”她说，含笑望着依偎着父亲的女孩。尼古拉牵着女儿的手出去了。

玛丽亚伯爵夫人独自留在休息室里。

“从来、从来就不会相信，”她小声地自言自语，“我能这样幸福。”她眉开眼笑，可是就在这时她叹息了一声，深邃的目光里有了一种淡淡的轻愁。除了她所体验到的幸福之外，仿佛还有尘世生活中无缘得到的另一种幸福，此刻她不由自主地想了起来。

十

娜塔莎是在一八一三年早春出嫁的，到一八二〇年已有三个女儿和她热烈期盼的一个儿子，现在她亲自给儿子喂奶。她胖了，身材显得宽大了，在这位健壮的母亲身上已很难看出当初那个苗条、活泼的娜塔莎。她面部的线条已经定型，神情平静柔和、泰然自若。她的脸上已没有从前赋予她以迷人魅力的那种不断燃烧的青春的火焰。现在往往只能看到她的脸和身体，而内心的激情完全不见了。可以看到的只是一个健壮、美丽、多育的女人。在她身上很少能看到当年燃烧的火焰。除了像现在这样在她丈夫回来的时候，在孩子病愈或者在她和玛丽亚伯爵夫人一起回忆安德烈公爵的时候（她从来不在丈夫面前提到他，怕引起他的忌妒），在她偶然受到什么触动而歌唱的时候——这是非常罕见的，婚后她就完全放弃了唱歌的爱好。在这些罕有的时刻，当她发胖的美丽身躯里燃起往昔的火焰时，她就比从前还要有魅力。

婚后娜塔莎和丈夫住在莫斯科、彼得堡或莫斯科郊区的乡下，或住在母亲的家里，也就是住在尼古拉这里。在上流社会很少能见到年轻的别祖霍娃伯爵夫人了，见到她的人也对她不大满意。她既不亲切，也不动人。并不是娜塔莎喜欢孤独（她不知道她是否喜欢孤独；她甚至觉得，她是不喜欢离群索居的），而是她在怀孕、生育、给孩子喂奶的同时还要分分秒秒地参与丈夫的生活，为了满足这些需要，她不得不放弃社交活动。所有认识婚前的娜塔莎的人都对她身上的变化感到惊讶，觉得很怪。只有老伯爵夫人凭着母亲的直觉，了解娜塔莎的一切激情都源于对家庭和丈夫的需要，她曾在快乐村这样大声嚷嚷，这与其说是在开玩笑，不如说是实话实说。母亲对不了解娜塔莎的那些人的惊讶感到惊讶，反复地说，她一向知道，娜塔莎会成为贤妻良母。

“不过她对丈夫和孩子们爱得太过分了，”伯爵夫人说，“这简直荒唐。”

娜塔莎不理睬才智之士，尤其是法国人所宣扬的金科玉律，说什么姑娘出嫁后不可变成邋遢女人，不可放弃自己的才华，要比婚前更注意修饰，要像以前诱惑别的男人一样诱惑自己的丈夫。相反，娜塔莎立刻抛弃了自己所有的迷人之处，其中有一项是具有非凡魅力的，即歌唱。她之所以抛弃它，就因为它太能迷人了。她真的变成了所谓的邋遢女人。娜塔莎既不关心自己的风度，也不关心谈吐的文雅，也不关心怎样风姿绰约地出现在丈夫面前，也不怕自己的严格要求会使丈夫尴尬。她所做的一切都与那些金科玉律背道而驰。她觉得，过去本能教会她施展的魅力，现在只会在丈夫的眼里显得可笑，从最初的一刻起，她就把自己整个儿地奉献于他了，就是说，她奉献了整个心灵，其中没有一个角落是没有对他敞开的。她觉得，她和丈夫的结合不是依靠当初把他吸引到自己身边的崇高感情，而是依靠某种别的难以捉摸却牢固可靠的东西，就像自己的灵魂和她的肉体的结合一样。

她觉得，为了吸引丈夫而梳着蓬松的发式，穿上筒式连衣裙，唱着浪漫歌曲，就像为了让自己满意而梳妆打扮一样奇怪。为了取悦于别人而梳妆打扮，也许会使她高兴吧，她不知道，可就是没有时间啊。她不去唱歌，不关心自己的服饰，不考虑自己的谈吐，主要原因就在于完全无暇顾及。

大家知道，人能全身心地沉浸于一个对象，不论它显得多么微不足道。大家也知道，没有任何一种微不足道的对象，在对它的悉心关注下不会无限地膨胀起来。

娜塔莎完全沉浸于其中的对象是家庭，这就是丈夫和孩子，她要使丈夫完完全全地属于她，属于这个家，而对孩子要尽到怀胎、生育、喂奶和教育的责任。

她对自己所关注的对象不是在理智上关注，而她越是整个心灵、全身心地投入，这个对象就越是在她的悉心关注下膨胀起来，使她更觉得自己的力量薄弱而渺小，因而她把全部力量都集中于一点，还是来不及把她觉得该做的事情全都做好。

关于妇女权利、夫妻关系及双方的自由和权利的探讨和争论，在当时已和现在毫无二致，不过还没有称之为**问题**，但是娜塔莎对这些问题不仅不感兴趣，而且根本无法理解。

在当时也和现在一样，只对那些人而言才存在这些问题，他们在婚姻中看到的只是彼此从对方所得到的满足，即只看到婚姻的基础，而不是它在家庭中所具有的全部意义。

这些争论和现在的这些问题，如同怎样才能从饮食中获得更大满足的问题一样，无论在当时还是在现在，对另一些人而言是不存在的，他们认为饮食的目的在于营养，而夫妇生活的目的在于家庭。

如果饮食的目的在于身体的营养，那么突然享用双倍饮食的人也许会得到更大的满足，却不能达到目的，因为双倍饮食是肠胃所无法消化的。

如果婚姻的目的在于家庭，那么拥有很多妻子或丈夫的人也许会得到很多满足，但无论如何不能拥有家庭。

如果饮食的目的在于营养，而婚姻的目的在于家庭，那么全部问题的解决只能是：饮食不能超过肠胃的消化能力，而拥有妻子或丈夫的数量不能超过家庭的需要，即只能是一夫一妻。娜塔莎需要一个丈夫。她有了一个丈夫。于是丈夫给了她家庭。因而她不仅不需要另一个更好的丈夫，而且她既然把全部心力都用于为这个丈夫和家庭服务，也就不可能想象也没有兴趣去想象，在另一种情况下会怎么样。

娜塔莎根本不喜欢社交，但因此也就更加珍惜亲人们——玛丽亚伯爵夫人、哥哥、母亲和索尼娅的团聚。她珍惜这样一些人的聚会，在他们面前，她可以蓬头散发、穿着睡袍大步流星地从儿童室出来，满面喜色地展示没有绿斑而带有黄斑的尿布，听大家安慰她说，现在孩子的身体好多了。

娜塔莎变得很邋遢，她的衣裳、她的发式、她的牛头不对马嘴的谈话、她的忌妒——她忌妒索尼娅，忌妒家庭女教师，忌妒所有漂亮和不漂亮的女人——成了身边所有人平时的笑料。普遍的看法是，皮埃尔对妻子唯命是从，情况也的确如此。从婚后的最初几天起，娜塔莎就宣布了自己的要求。皮埃尔非常惊讶于妻子的这个崭新的看法，即他在生活中的每一分钟都属于她和家庭。皮埃尔对自己妻子的要求感到惊讶，却又觉得荣幸，并欣然服从。

皮埃尔的顺从表现在他不仅不敢向别的女人献殷勤，而且不敢面带微笑和别的女人说话，不敢为了消磨时间而随便到俱乐部去或参加宴会，不敢任意挥霍，不敢长期外出，除非有正事要办，妻子把他研究科学也列为正事，她对科学一窍不通，不过认为科学非常重要。作为交换，皮埃尔在自己家里拥有全权，不仅可以自由行动，而且可以支配全家。娜塔莎在自己家里甘愿做丈夫的奴隶，只要皮埃尔在书房里从事研究——看书或写作，全家就踮着脚走路。只要皮埃尔表现出某种爱好，他的爱好经常会得到满足。只要他有什么愿望，娜塔莎就会跳起来跑去付诸实施。

全家都完全秉承想象中的皮埃尔的旨意，即娜塔莎所竭力揣摩到的丈夫的愿望。生活方式、居住地点、交往、人情关系、娜塔莎的家务、孩子的教育——不仅全都按照皮埃尔明白表示的意图行事，而且娜塔莎还竭力揣摩，从皮埃尔的言谈所表露的想法中可以得出什么结论。她能准确地猜到皮埃尔的愿望的实质何在，一旦猜到，便坚决按照既定办法执行。等到皮埃尔本人已经想违反自己的愿望时，她会用他曾经有过的想法来反驳他。

譬如说，在皮埃尔和娜塔莎永远难忘的非常苦恼的时期，他们在生下第一个体质虚弱的孩子后，不得不先后换了三个奶妈，娜塔莎由于绝望而病倒了，有一天皮埃尔把他完全同意的卢梭的想法告诉她，雇用奶妈是违反自然而有害的。第二个孩子降生，尽管母亲、医生和丈夫本人都反对她喂奶，因为这在当时是闻所未闻的有害的事情，她却坚持己见，从此亲自给所有的孩子喂奶。

在生气的时候常有这样的情况，夫妻争论了很久，争论后皮埃尔惊喜地发现，妻子不仅在言谈中，而且在行动上体现了她在争论中反对过的想法。他不仅发现了这个想法的体现，而且发现，这个想法已清除了皮埃尔在表达思想时由于冲动和争辩而附加的多余的东西。

在结婚的七年之后，皮埃尔高兴而坚定地感到，他不是个坏人，他有这样的感觉是因为他看到了反映在妻子身上的自己。他觉得，在自己身上一切好的和坏的都混合在一起，两者都含混不清。然而反映在妻子身上的都是真正好的方面；所有不太好的东西都被扬弃了。这种反映不是由于逻辑思维，而是通过另一种途径——神秘的、直接的反映。

十一

两个月前，皮埃尔已在罗斯托夫家做客，接到费多尔公爵的来信，请他前往彼得堡讨论重大问题，这些问题已引起彼得堡一个团体的成员们的关切，皮埃尔是该团体的主要创始人之一。

娜塔莎对丈夫的所有信件都看，她也看了这封信。尽管丈夫不在家会使她心情沉重，她还是亲自建议他到彼得堡去。对丈夫的抽象的纯理论工作，她虽然不能理解，却非常重视，唯恐会妨碍丈夫的这些活动。皮埃尔看完信，忧郁地向他投来疑问的目光，她的回应是让他前去，不过要向她说明准确的归期。于是规定了四个星期的期限。

从皮埃尔在两个星期前过期不归时起，娜塔莎就始终处于担心、忧伤和恼怒的心情之中。

对现状不满的退役将军杰尼索夫是最近两个星期来的，他看到娜塔莎又惊讶又伤感，仿佛在看他曾经爱过的人的一幅画得不像的肖像。沮丧和抑郁的眼神、答非所问、絮絮叨叨地讲儿童室的情况，这就是他在当年迷人的女巫面前所看到和听到的一切。

娜塔莎在这个时期总是忧心忡忡、怒形于色，尤其是在母亲、哥哥、索尼娅或玛丽亚伯爵夫人为了安慰她，竭力为皮埃尔开脱，为他迟迟不归想出种种理由的时候。

“他的那些蠢话、废话，”娜塔莎说，“他的那些不会有任何结果的想法，还有那些荒谬的团体。”她所说的都是她对其重要性深信不疑的那些事情。她到儿童室去给自己唯一的男孩彼佳喂奶去了。

没有人能像这个才三个月的小生命那样，说出这么多使她得到安慰和合乎情理的话来，他躺在她的怀里，她感觉到他的小嘴的吮吸和小鼻子的呼吸。这个小东西在说：“你在生气，你在忌妒，你很想报复他，可我就是他啊。我就是他啊……”无话可说。这是再真实不过的了。

在这惶恐不安的两个星期里，娜塔莎常常跑到孩子这里来找安慰，忙着照料他，结果喂的奶过多，他生病了。孩子的病使她大为惊骇，同时这也恰好是她所需要的，忙于服侍孩子减轻了她对丈夫的牵挂。

她正在喂奶，这时大门口响起了皮埃尔的雪橇声，知道怎样让太太高兴的保姆悄悄地快步走来，喜滋滋地进了门。

“他来了？”娜塔莎很快地小声问道，她动也不敢动，怕惊醒了正要入睡的孩子。

“来了，太太。”保姆小声说。

血涌上了娜塔莎的面颊，两条腿不由得动了一下，可是不能跳起来就跑啊。孩子又睁开小眼睛看了看。“是你在这里。”他仿佛在说，又懒洋洋地吧嗒着小嘴。

娜塔莎轻轻地抽出乳头，摇了摇孩子，把他交给保姆，快步朝门口走去。可是在门口她停住了脚步，仿佛有些内疚，她一时高兴，那么快就放开了孩子，于是回头望了望。保姆抬起臂肘，正隔着小床的栏杆把孩子放到小床上。

“您走吧，走吧，太太，您放心地走吧。”保姆带着主仆之间所形成的亲昵神态笑嘻嘻地小声说。

于是娜塔莎脚步轻松地朝前厅跑去。

杰尼索夫拿着烟斗从书房来到大厅，这时才第一次认出了娜塔莎。她那变了样的脸上焕发着灿烂的喜悦的神采。

“他来了！”她一边跑一边对他说，于是杰尼索夫觉得，他也因为皮埃尔来了而兴高采烈，其实他不大喜欢这个人。娜塔莎跑进前厅，看见了身穿皮大衣，正在解下围巾的高大身影。

“是他！是他！真的是他！他回来了！”她这样自言自语，猛扑过去，拥抱他，紧紧地搂着，把头依偎在他胸前，然后又把他略微推开，看着皮埃尔的挂着霜花的红扑扑的、喜气洋洋的脸。“是的，这是他；他是又幸福又得意……”

突然她想起了两个星期来她所忍受的等待的煎熬，她脸上快乐的神采消失了；她皱起眉头，于是责难和怨言向皮埃尔倾泻而出。

“是呀，你倒好！你很高兴，你在外面寻欢作乐……可我呢？你哪怕想想孩子也好啊。我在喂奶，我的奶水变质了。彼佳快要死啦。你倒是很快活。是呀，你很快活。”

皮埃尔知道，他是没有过错的，因为他不可能早些回来；他知道，她这样大发脾气是不成体统的，也知道，两分钟后这一切就会过去；主要的是，他知道自己的确很高兴，很愉快。他很想笑笑，可就是不敢。他装出一副可怜巴巴、惊慌失措的神气，弯腰曲背。

“我回不来，真的！彼佳怎么了？”

“现在没事了，我们走吧。你怎么不害臊！要是你能看到，没有你我是什么样子就好了，我是多么难受啊……”

“你身体好吗？”

“我们走吧，走吧。”她说，抓住他的手不放。他们到自己的房间去了。

尼古拉和妻子来找皮埃尔时，他正在儿童室把睡醒的婴儿托在自己右手的大巴掌上逗他。孩子咧开没有牙的小嘴，宽宽的小脸上露出快乐的笑容。暴风雨早已过去，娜塔莎的脸上闪耀着灿烂、欢快的阳光，感动地望着丈夫和儿子。

“和费多尔公爵都商量好了吗？”娜塔莎问。

“是的，谈得好极了。”

“看到吧，他能抬着（娜塔莎是说孩子能抬着头）。哼，他把我吓坏了！”

“见到公爵夫人了吗？听说，她是爱那个人的，这是真的？”

“是的，你要知道……”

这时尼古拉和玛丽亚伯爵夫人进来了。皮埃尔没有放下手上的孩子，弯腰和他们亲吻，回答他们的询问。尽管有很多有意思的问题需要商谈，可是戴着睡帽、摇晃着脑袋的孩子显然吸引了皮埃尔的全部注意力。

“多可爱！”玛丽亚伯爵夫人看着孩子说，她在逗他，“我真不懂，尼古拉，你怎么不明白，这些小家伙是多么可爱啊。”

“我不明白，不懂，”尼古拉冷冷地看着孩子说，“就是一团肉呗。我们走，皮埃尔。”

“主要的是，他真是一个温柔体贴的父亲，”玛丽亚伯爵夫人为自己的丈夫辩护道，“不过等孩子长到一岁左右……”

“不，皮埃尔很会哄孩子，”娜塔莎说，“他说，他的大手长得正好可以托着孩子的屁股。你们看看。”

“嘿，才不是呢。”皮埃尔突然笑呵呵地说，顺手把孩子交给了保姆。

十二

如同每个真正的家庭，在童山的住宅里有几个各不相同的人群生活在一起，这些人群各自保持着自己的特点，而又互相谦让，融为一个和谐的整体。家里发生的每个事件，或喜或悲，对所有这些人群都同样重要；但每个人群对某一事件都各自有其悲喜的原因而不取决于其他人群。

例如皮埃尔的到来是可喜的重要事件，它也就这样反映在所有的人群之中。

仆人们是主人最忠实的裁判，因为他们的评判不是根据言谈和流露的感情，而是根据行动和生活方式，他们欢迎皮埃尔的到来，是因为他们知道，有他在，尼古拉伯爵就不会每天去忙于农事，而且会更快活、更和善，还因为人人都能得到丰厚的节日礼物。

孩子和家庭女教师欢迎皮埃尔的到来，是因为谁也不会像皮埃尔那样，把他们都吸引到共同的生活中去。只有他会在古钢琴上弹奏一种苏格兰舞曲（他只会这一支乐曲），在它的伴奏下，如他所说，可以跳各种各样的舞，而且他一定会给大家带来礼品。

尼科连卡现在已是十五岁的聪明少年，他羸弱多病，有一头淡褐色的鬈发和一双漂亮的眼睛，他也很高兴，因为皮埃尔叔叔（他这样称呼他）是他钦佩和热爱的对象。谁也没有鼓励他特别地去爱皮埃尔，而且他只是偶尔见到他。他的教育者玛丽亚伯爵夫人竭尽全力，要使尼科连卡像她那样爱她的丈夫。尼科连卡是爱姑夫的，不过他的爱带有轻视的意味。而他对皮埃尔是崇拜。他不愿像尼古拉姑夫那样成为骠骑兵和圣乔治勋章的获得者，他想成为像皮埃尔那样有学问和聪明善良的人。有皮埃尔在座，他的脸上总是焕发着喜悦的光辉，皮埃尔和他说话，他会脸红，会呼吸急促。他不会漏掉皮埃尔所说的任何一句话，然后与德萨尔一起或独自回忆和领会皮埃尔每一句话的含义。皮埃尔过去的生活，在一八一二年之前所遭到的不幸（他根据所听到的话为自己营造了富于诗意的想象），他在莫斯科的惊险经历，被俘，普拉东·卡拉塔耶夫（这是听皮埃尔讲的），他和娜塔莎的爱情（这个少年对娜塔莎也怀有一种特别的爱），主要的是他和尼科连卡已经不记得的父亲的友谊——所有这一切使皮埃尔成了他心目中的英雄和圣贤。

从他偶尔听到的关于他父亲和娜塔莎的谈话中，从皮埃尔谈到故人时激动的情绪中，从娜塔莎谈到他而不慎流露的脉脉柔情中，刚开始对爱情有了朦胧的意识的少年形成了一种看法，认为他父亲是爱娜塔莎的，临终时把她托付给了自己的朋友。少年已经不记得的这位父亲在他的心目中是他无法想象的神，每当想起他总是屏息凝神，眼睛里满含着悲伤和激动的泪水。少年由于皮埃尔的到来而感到幸福。

客人们欢迎皮埃尔，因为这个人能给任何聚会带来活跃和融洽的氛围。

家里所有的成年人，且不说妻子，都欢迎这个朋友，有他在，大家生活得更轻松而从容。

老太太们因为他会带来礼物，主要是因为娜塔莎又会眉开眼笑而欢迎他。

皮埃尔意识到了不同的人群对自己的这些不同的看法，急忙去满足每一个人的期待。

皮埃尔这个神不守舍的健忘的人，现在按照妻子开列的单子把东西全都买来了，既没有忘记岳母和内兄的委托，也没有忘记送给别洛娃的衣料和侄儿们的玩具。结婚初期他觉得妻子的这个要求很奇怪，他答应买什么东西就一定要做到，而且一样也不能忘记，第一次出门他把这件事忘得干干净净，她那愁眉不展的样子使他大吃一惊。不过后来他总算习惯了。他知道，娜塔莎自己从来不要什么，至于给别人买什么东西，只有在他主动提出时她才加以认可。现在他在为全家购物时，竟意外地感到孩子般的快乐，再也不会忘记什么。如果他受到妻子的责备，那一定是买了多余的和太贵的东西。在皮埃尔看来，娜塔莎除了邋遢、懒散等公认的缺点或毛病之外，还很吝啬。

自从在开销很大的大家庭里生活以来，皮埃尔惊讶地发现，他的开支比过去减少了一半，而且他最近主要是由于前妻的债务而恶化的经济状况开始好转了。

开支少了，是因为生活受到了约束： 皮埃尔不再过那种随时可能使他处境恶化的挥金如土的豪华生活，也不想过了。他感到，现在他的生活方式已经永远确定下来、至死不变了，他无权改变它，因而生活开支也就少了。

皮埃尔面带愉快的微笑把礼物拿了出来。

“怎么样？”他问，像布店伙计那样铺开一块印花布。娜塔莎把大女儿抱在膝上坐在他对面，把闪闪发亮的眼睛从丈夫身上很快地移向印花布。

“这是给别洛娃的？很好。”她摸摸布的质地说。

“大概要一个卢布一尺吧？”

皮埃尔报出了价钱。

“太贵，”娜塔莎说，“嗯，孩子们和妈妈会多么高兴哪。不过你不该给我买这个。”她加了一句，忍不住笑嘻嘻地欣赏着一把镶有几颗珍珠的金梳子，这种梳子当时刚开始流行。

“是阿杰利撺掇我的，她说：买吧，买吧。”皮埃尔说。

“我什么时候戴它呢？”娜塔莎把它插在发辫里，“带玛申卡出门时戴吧；说不定那时又会时兴这个。好了，我们走吧。”

他们带上礼物先去儿童室，再去见伯爵夫人。

皮埃尔和娜塔莎腋下夹着小包走进客厅时，伯爵夫人像平时一样，在和别洛娃摆牌阵。

伯爵夫人已经年过六十。她的头发全白了，戴着睡帽，睡帽的镶边把脸裹在中间。她的脸布满皱纹，上嘴唇瘪了进去，两眼暗淡无神。

儿子和丈夫那么快地相继去世后，她觉得自己是一个偶然被遗忘在这个世界上的失去目的和意义的人。她吃、喝、睡、起床，可是这不能算是生活。她的生活没有给她留下任何印象。她对人生别无所求，只图安静，而能让她安静的只有死亡。可是在死亡来临之前，她不得不活着，即消磨自己的时间和残余的生命力。在她身上最明显的是只有在年幼的孩子和年迈的老者身上才能看到的特点。在她的生活中看不到任何外在的目的，显而易见的只是练习自己的各种爱好和能力的需要。她需要吃、睡、思考、说话、哭泣、工作、生气等等，只是因为她有胃，有大脑，有肌肉、神经和肝脏。她这样做，不是由于某种外在的原因，这不同于那些充满活力的人们，他们在这样做的时候，除了他们所追求的目的之外，看不出还有别的目的，就是有生命力要使用。她说话，只是因为她在生理上需要活动一下肺和舌头。她像孩子一样哭泣，因为她需要擤擤鼻涕，如此等等。对充满活力的人们而言的目的，对她来说显然只是借口。

例如早晨，尤其是头一天吃了荤腥的话，她会有发发脾气的需要，于是她就找一个最近便的借口——别洛娃耳朵聋。

她在房间的另一头声音很轻地对她说话。

“亲爱的，今天好像暖和些了。”她小声地说道。别洛娃回答说：“当然，他们都来了。”这时她就生气地叽咕道：“我的天哪，又聋又蠢！”

另一个借口是鼻烟，她觉得鼻烟太干、太潮或者研磨得不好。这样发发脾气之后，胆汁涌上面颊，脸色发黄了，因此她的侍女可以根据可靠的迹象，知道什么时候别洛娃的耳朵又要聋了，鼻烟又要发潮了，什么时候她的脸色会发黄。正如她需要让胆汁发挥作用一样，她有时也需要让残余的脑力发挥作用，为此就以摆牌阵为借口。当需要哭泣的时候，就拿已故的伯爵做文章。当需要担忧的时候，借口就是尼古拉及其健康；当需要说说刻薄话的时候，那么玛丽亚伯爵夫人就成了借口。当需要练练发音器官的时候——这往往是在昏暗的房间里休息消化之后的六点多种——那么借口就是要对同样的一些听众讲讲同样的一些故事。

老太太的这种情况，家里的人都了解，不过谁也不说，大家都努力满足她的这些需要。只是在尼古拉、皮埃尔、娜塔莎和玛丽亚偶尔面面相觑、忧伤地似笑非笑之中表现了对她的情况的理解。

不过，这面面相觑的目光还另有含义；这目光仿佛在说，她已经完成了人生的使命，现在看到的她不能代表她的全部，有一天我们都会像她一样啊，我们心甘情愿地顺从她，为了这位曾经的亲爱的人，曾经像我们一样充满活力而现在这样可怜的人，我们要约束自己。记住，人总是要死的。[①]

在全家人当中只有那些极坏、极蠢的人和幼小的孩子才不明白这个道理而疏远她。

十三

皮埃尔和妻子来到客厅时，老伯爵夫人正像平常一样，需要摆牌阵来从事脑力活动，因此尽管她按照老习惯，说着她在皮埃尔或儿子回来时总要说的话："该回来了，该回来了，让我们等得太久啦。好了，谢天谢地。"在把礼物交给她时，她又说了另外两句讲惯了的话："礼轻情义重，亲爱的，谢谢，还给我这个老太婆带礼物……"——可是，皮埃尔这时来似乎惹得她不大高兴，因为这使她分心，牌阵还没有摆完呢。她摆完了牌阵才来看礼物。礼物是一个精致的牌盒、一个绘有几个牧羊女的蓝色带盖的塞夫尔瓷杯和一个绘有已故伯爵肖像的金质鼻烟壶，这幅肖像是皮埃尔在彼得堡专门请一位微型画家画的。（老伯爵夫人早就想要这样的鼻烟壶了。）她现在不想哭，所以她冷漠地看了看肖像，对牌盒更感兴趣。

"谢谢你，朋友，你让我得到了安慰，"她像平常一样说道，"不过你自己回来，这样最好。要不简直不像话；你哪怕管管自己的老婆也好。你不在家她就像个疯子。她对什么都不闻不问，"这些都是她时常讲的话。"你瞧，安娜·季莫费耶夫娜[②]，"她加了一句，"女婿给我买了牌盒。"

别洛娃称赞了她的礼物，也很喜欢自己的印花布。

虽然皮埃尔、娜塔莎、尼古拉、玛丽亚和杰尼索夫有很多事情要谈，而在老伯爵夫人面前有些事是不便谈的，并不是要瞒她什么，而是因为她落伍了，要是在她面前谈起来，就不得不回答她不时插进来的问题，把已经对她讲过好几回的话再说一遍：某某死了、某某结婚了，

---

①原文为拉丁文。

②安娜·季莫费耶夫娜是别洛娃的名字和父称。

这些她是不可能再记住的，不过他们还是像平时一样，坐在客厅里的茶炊旁喝茶，由皮埃尔回答老伯爵夫人的问题，都是一些她自己不需要了解、别人也不感兴趣的问题，比如告诉她，瓦西里公爵老了，伯爵夫人玛丽亚·阿列克谢耶夫娜向她问好，还记着她呢，等等。

喝茶时始终在进行这种谁也不感兴趣、然而不可避免的谈话。索尼娅坐在茶炊旁，家里的成年人都聚在圆桌和茶炊周围喝茶。孩子和男女家庭教师已经喝过茶了，隔壁休息室里传来他们的说话声。喝茶时大家都坐在自己坐惯的地方；尼古拉坐在靠近炉子的小圆桌旁，他的茶点都送到那里去。老猎犬米尔卡躺在他身边的圈椅上，它脸上的毛全白了，鼓鼓的黑眼睛显得更加突出，它是第一个米尔卡所生。杰尼索夫身穿将军常礼服坐在玛丽亚伯爵夫人身旁，他的头发、胡须和络腮胡子全都花白了。皮埃尔坐在妻子和老伯爵夫人之间。他在讲一些估计老太太会感兴趣、能听懂的事情。他谈到外面社会上的一些事件，谈到一些人，他们曾构成老伯爵夫人的同龄人的圈子，这些同龄人曾是一个真实、活跃的单独的小圈子，但现在大多流落世界各地，像她一样消磨余生，拾取昔日播种如今剩下的残穗。但在老伯爵夫人的心目中他们，这些同龄人，是一个特殊的重要而真实的世界。娜塔莎从皮埃尔活跃的情绪中看出，他的彼得堡之行很有意义，有很多话要说，就是不敢在老伯爵夫人面前讲。杰尼索夫不是家庭的一员，不明白皮埃尔的顾忌，此外他心怀不满，对彼得堡的情况很感兴趣，因而不断地要求皮埃尔讲讲不久前发生在谢苗诺夫团的事件，谈谈阿拉克切耶夫或圣经协会。皮埃尔有时情不自禁地讲了起来，但尼古拉和娜塔莎总是把话题拉回到伊万公爵和玛丽亚·安东诺夫娜伯爵夫人的健康问题上来。

"究竟怎么样了，那种疯狂，那个戈斯纳[①]和塔塔里诺娃[②]，"杰

---

① 戈斯纳（1773—1858），巴伐利亚的牧师，神秘主义者，1820 年被选为圣经协会会长。

② 塔塔里诺娃（1783—1856），于 1817 年在彼得堡创立宗教神秘主义教派的"宗教协会"，该派集会采取狂热的宗教娱神活动的形式，有集体和个人的舞蹈，与会者往往达到神魂颠倒的程度。

尼索夫说，“难道还是那样？”

“还是那样？”皮埃尔大声说道，“有过之而无不及。圣经协会嘛，现在就是整个政府。[①]”

“这是在说什么呢，我亲爱的朋友？”老伯爵夫人喝完了茶问，看来在用过茶点后，想找个借口发发脾气。“你怎么会说到政府呢，我不懂。”

“您知道吗，妈妈，是这样，”尼古拉插了进来，他知道要怎样翻译成母亲的语言，“亚历山大·尼古拉耶维奇·戈利岑公爵组织了一个团体，据说这样一来他就很有势力了。”

“阿拉克切耶夫和戈利岑，”皮埃尔冒失地说，“现在就是整个政府。而且大权在握！他们觉得处处都是阴谋，简直草木皆兵！”

“怎么，亚历山大·尼古拉耶维奇有什么错？他是一位很可敬的人物。我当初在玛丽亚·安东诺夫娜家里见过他，”老伯爵夫人生气地说，大家不答茬儿，她就更生气了，又说：“现在对什么人都品头论足。就说福音书协会吧，有什么不好？”她神情严峻地朝休息室里自己的那张桌子从容走去。

在一片伤感的寂静中，从隔壁房间传来了孩子们的欢声笑语。显然，在欢乐的孩子们之间激起了一阵骚动。

“好了，好了！”孩子们那里响起了小娜塔莎的快乐的尖叫声。皮埃尔与玛丽亚伯爵夫人和尼古拉对看一眼（娜塔莎总是在他的视野之内），高兴地微微一笑。

“这悦耳的声音太美妙了！”他说。

“这是安娜·马卡罗夫娜把袜子织好了。”玛丽亚伯爵夫人说。

“啊，我去看看，”皮埃尔跳起来说，“你知道吗，”他在门口停住脚步说，“为什么我特别喜欢这种声音？这声音首先告诉我，一切都

---

① 除了最有影响的人物阿拉克切耶夫、戈利岑之外，圣经协会的成员及其同情者还有内政大臣科丘别伊伯爵、马格尼茨基、彼得堡总督米洛拉多维奇、教育区督学鲁尼奇等人。

好。今天我坐雪橇来，离家越近，越忐忑不安。走进客厅，只听安德留沙笑声朗朗——这就意味着，家里一切都好。”

“知道，我知道这种心情，”尼古拉附和道，“我不能去，袜子是要送给我的一件意外的礼物。”

皮埃尔走进孩子们的房间，笑声和叫喊声更响亮了。“喂，安娜·马卡罗夫娜，”传来了皮埃尔的声音，“您到中间来，听我的口令——一、二，等我说到三，你就站到这里。你是注意的中心。好，一、二……”房间里响起了孩子们兴高采烈的喧嚷声。

“两只，两只！”孩子们大声叫道。

那是两只袜子，安娜·马卡罗夫娜按照只有她知道的秘密，能用织针同时编结两只袜子，袜子织好后，她总是在孩子们面前得意洋洋地把一只袜子从另一只袜子里抽出来。

十四

此后不久，孩子们都来道晚安。孩子们和大家亲吻，男女家庭教师鞠躬告退。只有德萨尔和他的学生留了下来。他低声叫自己的学生下楼去。

“不，德萨尔先生，我要请求姑母让我留在这里。”尼科连卡·鲍尔康斯基也低声回答道。

“姑姑，请允许我留下来。”尼科连卡走到姑母跟前说。他的脸上流露出恳求、激动和非常兴奋的神情。玛丽亚伯爵夫人看了看他，转向皮埃尔。

“有您在这里，他就不肯离开了……”她对他说。

“待会儿我就把他给您送过去，德萨尔先生；晚安。”皮埃尔把手伸向瑞士人说，随即微笑着转向尼科连卡。“我们好久不见了。玛丽，他长得越来越像了。”他转向玛丽亚伯爵夫人加了一句。

“像父亲？”少年问，他陡然满面绯红，炯炯有神的眼睛充满喜悦地仰望着皮埃尔。皮埃尔对他点点头，继续讲被孩子们打断的故事。玛丽亚伯爵夫人在十字布上绣花；娜塔莎目不转睛地盯着丈夫。尼古拉和杰尼索夫不时站起来要烟斗抽烟，向一直坐在茶炊旁神情落寞的索尼娅要茶喝，详细询问皮埃尔。一头鬈发的病弱的少年目光炯炯地坐在没有人注意的角落，露在翻领外的细脖子上的长着鬈发的脑袋转向皮埃尔所在的地方，他偶尔颤抖一下，小声地暗自说着什么，看来体验到了一种新的强烈的感情。

话题围绕着当时出自最高行政机关的流言蜚语，大多数人一般都认为这种流言蜚语对内政具有极其重要的意义。杰尼索夫由于仕途失意而对政府不满[①]，高兴地打听他估计是发生在彼得堡的种种愚蠢行为，并以尖酸刻薄的措辞对皮埃尔的话加以评论。

“从前应当做个德国人，现在应当与塔塔里诺娃和克吕德纳夫人共舞，阅读……埃卡茨豪森之流的作品[②]。噢！把我们的好汉波拿巴再放出来吧！他会把所有的乌烟瘴气一扫而光。这像话吗，把谢苗诺夫团交给丘八施瓦尔茨[③]？”他大声叫道。

尼古拉虽然不像杰尼索夫那样把形势看得一团漆黑，却也认为议论政府是一件正当而重要的事情，他认为，А 被任命为某部大臣，Б 被任命为某地总督，皇上说了什么，而大臣又说了什么，这一切都是意义重大的。他认为应当予以关心，并向皮埃尔打听。在这两位谈伴的盘问之下，话题脱离不了政府上层的流言蜚语之类的陈词滥调。

但是娜塔莎很了解自己丈夫的态度和思想，看出皮埃尔早就想把谈话引上另一条途径，却不能如愿，他想说出自己内心的想法，也就是他专程到彼得堡去与自己的新朋友费多尔公爵商谈的想法，于是她提出一个问题来帮助他：和费多尔公爵谈得怎么样？

---

①这里反映了这个人物的原型杰尼索夫·达维多夫的命运。达维多夫由于自由思想而失宠于俄国政府。他在卫国战争时期所建立的功勋没有得到官方应有的承认。他曾徒劳地请求调往高加索在叶尔莫洛夫指挥下的现役部队服役。终于在 1823 年被迫退役。

②杰尼索夫在暗示 1812 年德国人在俄军将领中的霸道，以及现在对俄国上层代表人物中的德裔宗教狂的盲目崇拜。塔塔里诺娃娘家姓布克斯格夫登；身为传教士的女作家瓦尔瓦拉·克吕德讷（1764—1825）娘家姓菲京戈夫；卡尔·埃卡茨豪森是德国神秘主义作家。

③1820 年 3 月施瓦尔茨上校被任命为谢苗诺夫团团长，此人以丘八作风著称。

“你们谈了什么？”

“还是那个老话题，”皮埃尔环顾四周说，“大家都看到，情况太糟糕了，决不能听之任之，正直的人们都有责任竭尽所能地加以制止。”

“正直的人们能做些什么呢？”尼古拉微微皱起眉头说，“能做些什么呢？”

“听我说……”

“我们到书房去吧。”尼古拉说。

娜塔莎早就猜到会来叫她喂奶，这时听到保姆的呼叫声，便到儿童室去了。玛丽亚伯爵夫人和她一起走了。男人们都到书房去，尼科连卡·鲍尔康斯基趁叔叔不注意也来到书房，坐在靠近窗子的阴影里，身边是一张书桌。

“说吧，你能做些什么呢？”杰尼索夫问。

“老是在空想。”尼古拉说。

“听我说。”皮埃尔开始说道，他没有坐下，时而在房间里走动，时而停住脚步，说话时口齿不清，打着迅速有力的手势。“听我说。彼得堡的局势是这样的：皇上不过问任何事情。他完全沉浸于那种神秘主义（皮埃尔现在不原谅任何人的神秘主义了）。他只求安静，而能给他安静的只有那些丧尽天良和人格、胡作非为的人们：马格尼茨基、阿拉克切耶夫之流[①]……要是你自己置农事于不顾，只求安静，那么你的庄园管理人越残酷，你就越能更快地达到目的，这种说法你能同意吗？”

“喂，你说这些是什么意思？”

“意思是一切都会完蛋。法庭贪赃枉法，军队靠的是棍棒：队列操练、军屯[②]——使人受尽折磨，教育被扼杀。新生的、正直的力量受

① 原文为意大利文。

② 阿拉克切耶夫于1817年根据亚历山大一世的旨意，在诺夫哥罗德、哈尔科夫、赫尔松等省建立军屯。

到摧残！大家都看到，不能再这样下去了。弦绷得太紧一定会断，”皮埃尔说（自从有政府以来，人们审视任何一个政府的作为后总是这样说），“我在彼得堡对他们讲了我的想法。”

“对谁说了？”杰尼索夫问。

“啊，您知道是谁，”皮埃尔双眉紧锁、意味深长地看着他说，“是费多尔公爵和他们所有的人。热心教育和慈善事业[1]，不言而喻，这都是好事。宗旨非常好，如此而已；但在目前形势下需要别的东西。”

这时尼古拉发现了他的外甥。他的脸色阴沉下来；他向少年走了过去。

“你怎么在这里？”

“干吗？随他去吧，”皮埃尔拉着尼古拉的手说，又接着说道：“这是不够的，我对他们说：现在需要别的东西。你们与其坐等绷紧的弦即将绷断；大家与其等候不可避免的灾难性的巨变——不如尽可能动员更多的人，更紧密地携起手来对抗普遍的灾祸。所有的新生力量都在受到蛊惑而投向那边、日益腐化。有的惑于女色，有的惑于地位，有的受到虚荣和金钱的引诱而转投那个阵营。像你们和我这样独立而自由的人就会一个不剩了。我对他们说：你们要扩大团体的规模；口号不再是道德，而是独立和行动。”

尼古拉离开外甥，气愤地挪过一把圈椅坐下听皮埃尔说，不满地咳嗽几声，脸色越来越阴沉。

“行动的目的何在？”他大声问道，“你们对政府采取什么态度？”

“告诉你吧！采取助手的态度。团体可以是公开的，只要政府允许它存在。它不仅不敌视政府，而且是真正保守派的团体。这是名副其实的绅士团体。我们只是为了明天普加乔夫[2]不会来屠杀你我的孩子，阿

---

① 这是与十二月党人秘密团体“幸福同盟”有联系的“俄国文学爱好者自由协会”的主要格言。

② 普加乔夫（1726—1775），18 世纪俄国农民起义领袖。

拉克切耶夫不会把我流放到军屯的地方——我们只是为此而携手战斗，唯一的宗旨是争取普遍幸福和普遍安全。”

“好，然而秘密团体自然是敌对和有害的势力，它只能产生罪恶。”尼古拉提高嗓门说道。

“为什么？难道拯救了欧洲的道德同盟[①]（那时还不敢说俄国拯救了欧洲）产生了什么有害的后果？这是道德同盟，是友爱和互助；这是被钉在十字架上的基督所宣扬的。”

在谈话的过程中进来的娜塔莎高兴地望着丈夫。她不是因为他所说的话而高兴。她对他的话甚至不感兴趣，因为她觉得，这一切都那么简单明了，而且她早就了然于胸（她有这样的感觉，是因为她了解这一切的根源所在——皮埃尔的整个心灵）。不过，她还是高兴地望着他那生气勃勃、热情洋溢的身影。

更加高兴而且充满激情地望着皮埃尔的是那个被大家遗忘、翻领里露出细脖子的少年。皮埃尔的每一句话都使他心情激动，于是他在无意中用手指的痉挛的动作折断了偶然落在手里的火漆和鹅毛笔，那原是放在姑父的书桌上的。

“完全不是你所想的那样，德国的道德同盟和我所主张的团体究竟如何，我刚才已经说过了。”

“嘿，卖香肠的家伙觉得道德同盟好。可我不了解，也没什么好说的。”响起了杰尼索夫的语气坚决的大嗓门，“一切都很糟糕，令人厌恶，这我同意，不过我不了解道德同盟，就是不喜欢什么**暴动**[②]，就是这样！我能跟你们走吗！”

皮埃尔微微一笑，娜塔莎笑出了声，但是尼古拉更加皱紧眉头，开始向皮埃尔证明，在可预见的未来看不到任何灾难性巨变的可能，他所

---

①道德同盟是1808年在哥尼斯堡成立的秘密政治团体，其宗旨是在反对法国占领普鲁士的斗争中恢复德国的“民族精神”。俄国十二月党人的第一个秘密组织“救国同盟”在制订政治纲领和策略时曾借鉴道德同盟的章程。

②俄语“暴动（бунт）”和德语“同盟（bund）”谐音，这里是故意把同盟说成暴动。

说的危险只存在于他的想象中。皮埃尔则证明相反的看法，由于皮埃尔的智力更强，也更敏锐， 尼古拉感到自己理屈词穷。这就使他更加恼怒，因为他不是根据推论，而是根据比推论更有力的某种东西，知道自己的看法无疑是正确的。

“我要对你说，”他说，用一个痉挛的动作把烟斗挪到嘴角，最后又干脆扔了它，“我无法向你证明。你说我们这里一切都很糟糕，会发生灾难性的巨变；我看不出这一点，可是你说宣誓效忠是有条件的，关于这一点我要告诉你：你是我最好的朋友，你是知道的，但是如果你们组织秘密团体，对抗政府，不管这个政府怎样，我的责任就是服从它。倘若阿拉克切耶夫此刻命令我指挥一个骑兵连向你们挥刀砍杀，我会毫不犹豫地执行命令。随便你怎么看。”

此话一出，大家都尴尬地沉默了。娜塔莎首先发言，她维护丈夫，攻击哥哥。她的维护既缺乏说服力，也很笨拙，然而她的目的达到了。谈话重新恢复，但是已没有尼古拉说最后几句话时的那种令人不快的敌对语气。

大家站起来去吃晚饭的时候，尼科连卡·鲍尔康斯基走到皮埃尔跟前，他脸色苍白，两眼闪闪发亮。

“皮埃尔叔叔……您……不……如果爸爸活着，他会同意您的看法吧？”他问。

皮埃尔突然明白了，在他说话时，这个少年的思想感情曾发生多么特殊的独立、复杂而激烈的活动啊，于是想起自己所说的那些话，悔不该让这个少年听到。可是必须回答他的问题。

“我想是的。”他不大情愿地说，从书房出去了。

少年低下头，仿佛这时才第一次注意到，他在书桌上闯的祸。他红着脸走到尼古拉跟前。

“姑父，对不起，这是我在无意中干的。”他指着折断的火漆和鹅毛笔说。

尼古拉气得哆嗦了一下。

“好了，好了。”他说，把火漆和鹅毛笔的碎片都扔到了桌子底下。看来他勉强压住了心头的怒气，扭开了头。

“你根本就不该待在这里。”他说。

十五

晚餐桌上的谈话不再涉及政治和秘密团体，相反，谈起了尼古拉最喜欢的话题——对一八一二年的回忆，这个话题是杰尼索夫提起的，皮埃尔在谈话中显得特别亲切而滑稽。分手时亲人们的关系极其融洽。

晚餐后尼古拉在书房脱了外衣，给等了好久的管家做了一些指示，穿着睡衣来到卧室，这时他的妻子还趴在书桌上写东西。

“你在写什么呢，玛丽？”尼古拉问。玛丽亚伯爵夫人的脸红了，怕自己写的东西不能得到丈夫的理解和赞同。

她宁愿不让他看到自己所写的东西，可是同时又很高兴被他撞见了，不得不告诉他。

“这是日记，尼古拉，”她说，把蓝色封面的小本子递给他，上面写满了笔迹坚挺、粗大的字。

“日记？……”他略带嘲笑的意味问，接过了小本子。写的是法文：

> 十二月四日。今天大儿子醒来后不愿穿衣服，**路易丝小姐**派人来叫我。他任性而又倔强。我试着吓唬他，他却更加大发脾气。我假装不理他，和保姆去照料别的孩子起床，对他说，我不喜欢他了。他很久都不吭声，好像感到惊讶。后来只穿着衬衣就向我扑过来，放声大哭。我安慰了好久他才平静下来。显然，惹我生气是最使他难受的。后来，在我晚上给他字条时，他又吻着我伤心地哭了起来。对他只要动之以情什么事都好办。

“什么字条？”尼古拉问。

“我每晚给大些的孩子一张字条，上面记着他们的行为。”

尼古拉看了看那双望着他的光彩四射的眼睛，继续翻阅日记。日记里记录了母亲觉得孩子的生活中值得注意的一切，表现了孩子的性格并引发了关于一般教育方法的思考。这大多是一些微不足道的小事，但是无论母亲还是现在第一次翻阅这本儿童生活日记的父亲都不这样看。

十二月五日是这样记的：

> 米佳在餐桌上淘气。爸爸吩咐不给他馅饼吃。于是没有给他，可是他那么可怜而贪婪地看着别的孩子吃！我想，为了惩罚孩子而不给他东西吃，会助长孩子的贪婪。要告诉尼古拉。

尼古拉放下小本子，看了看妻子。一双闪亮的眼睛在疑问地（他是否赞同这样记日记）望着他。毫无疑问，尼古拉对妻子不仅赞赏，而且钦佩。

“也许不必学究式地这样做，也许根本就不需要。”尼古拉想，然而这种内心的永远不知疲倦的关切，是以培养孩子精神上的善为唯一目的，使尼古拉的钦佩之情油然而生。如果他能意识到自己的心情，那么他会发现，他如此坚定、温柔而自豪地爱着妻子，其主要原因就在于他总是惊讶于她的善良，惊讶于尼古拉几乎觉得高不可攀的她的那种崇高的精神境界，而他的妻子总是生活在这样的精神境界之中。

尼古拉因为她这样聪明、优秀而感到骄傲，就精神境界而言，意识到自己在她面前的渺小，因而使他更加欣喜的是，她和她的心灵不仅属于他，而且成为他自身的一部分。

“我非常、非常赞同，我的朋友。”他神情郑重地说。沉默了一会儿，他说：“今天我的表现很不好。你当时不在书房。我和皮埃尔争论起来，我发了火。这是不可容忍的。他是像孩子一样天真的人。要不是有娜塔莎管着他，真不知道他会出什么事。你想想看，他为什么到彼得堡去……他们在那里组织了……”

“是的，我知道，”玛丽亚伯爵夫人说，“娜塔莎对我讲过。”

“啊，你知道了，”尼古拉接着说道，他一想起这场争论就暴躁起来，“他想说服我，每一个正直的人都有责任起来反对政府，而效忠的誓言和职责……可惜你不在场。他们反而都来攻击我，包括杰尼索夫和娜塔莎……娜塔莎太可笑了。她把丈夫管得服服帖帖，可是一碰到争论，她就没有自己的话了——她就完全用皮埃尔的话说了起来。”尼古拉补充了一句，屈服于评论最亲近的人的那种无法克服的欲望。尼古拉忘了，他关于娜塔莎所说的话，句句都适用于他和妻子的关系。

“是的，这一点我注意到了。”玛丽亚伯爵夫人说。

“我对他说，职责和效忠高于一切，天知道他这时说了些什么。可惜你当时不在；你会怎么说呢？”

“我看你是完全正确的。我对娜塔莎就是这么说的。皮埃尔说，人们在受苦受难、腐化堕落，帮助他人是我们的责任。当然，他是对的，”玛丽亚伯爵夫人说，“但是他忘了，我们还对亲人负有责任，这是上帝给我们的指示，我们可以自己去冒险，可是不能拿孩子冒险。”

“是啊，是啊，我也是这样对他说的。”尼古拉接口道，他真的觉得，他说过这些话，“他还是固执已见，大谈爱他人和基督教，而且都是当着尼科连卡说的，他这时溜进了书房，把东西全都搞坏了。”

“噢，你知道吗，**尼古拉**，尼科连卡时常让我犯愁，”玛丽亚伯爵夫人说，“他是那样一个与众不同的孩子。我很担心，我会为了自己的孩子而冷落他。我们都有孩子了，人人都有亲人；而他却形单影只。他老是独自沉思。”

“瞧你说的，我看你不必为了他而责备自己。一个温柔体贴的母亲为儿子所做的一切，你都为他做了。当然，我看了也很高兴。他是很好、很好的孩子。今天他听皮埃尔讲话好像听得有些忘乎所以。你想想看：我们要出来吃晚饭了；我一看，他把我桌上的东西都折成了碎片，他马上就告诉了我。我从来没有听到他说过一句假话。一个很好、很好的孩子！”尼古拉又说了一遍，他心里不喜欢尼科连卡，不过总是愿意承认他是个好孩子。

“毕竟和母亲不同，”玛丽亚伯爵夫人说，“我感到是不同的，这使我很苦恼。他是极好的孩子，不过我非常为他担心。人际交往对他是有好处的。”

“好吧，不会等太久了；今年夏天我就带他去彼得堡，”尼古拉说，“皮埃尔仍然是个幻想家。”他接着说，又想起了书房里的谈话，看来这次谈话使他非常激动。“那些事与我有什么相干，阿拉克切耶夫不好等等，那些事究竟与我有什么相干，我结婚了，负债累累，会坐牢的，还有母亲，她看不到这一点，也不能理解。再说，现在有了你、孩子、事业。难道我愿意从早到晚在办公室忙忙碌碌？不，我知道我必须工作，为的是安慰母亲，报答你，不让孩子们像我当初那样一贫如洗。”

玛丽亚伯爵夫人想对他说，人不是靠吃饱肚子就行，他把这些事务看得太重了，但是她知道，说这些是没有用处的。她只是拉起他的手吻了吻。他把妻子的这个举动看做对自己的见解的赞同和肯定，于是默默地想了一会儿，接着说出自己的想法。

“你知道吗，玛丽，”他说，“今天伊里亚·米特罗方内奇（这是管家）从坦波夫乡下来，他说有人愿出八万卢布买我们的树林。”于是尼古拉兴致勃勃地说，短期内就有可能赎回快乐村，“再过十年，我就能给孩子们留下上万家产。”

玛丽亚伯爵夫人听着，对丈夫所说的话全都明白。她知道，他在这样说出自己的想法时，有时会问她，他说了什么，发现她心有旁骛，就会生气。可是她为此要付出很大的努力，因为他所说的话一点也引不起她的兴致。她望着他，并不是心有旁骛，而是别有所感。她感到对这个人怀有温婉而充满柔情的爱，他从来不能理解她所理解的一切，她仿佛因此而更强烈地、带有某种温柔的情欲色彩爱着他。这种感情占据了她的整个心灵，妨碍她细致地了解丈夫的计划，此外她还会闪过一些与他所说的话毫无关联的想法。她想的是内侄（丈夫说他在皮埃尔说话时情绪激动，这使她大为惊讶），想起他的温柔、敏感的性格的种种特点；她在想到内侄时，也想到了自己的孩子。她没有对内侄和自己的孩子进行比较，但是她比较了自己对他们的感情，忧伤地发现，自己对尼科连卡的感情是有所欠缺的。

有时她会想，这种差别是由于年龄的关系，但是她觉得，自己在他面前是有罪过的，于是暗下决心要予以纠正，做到不可能做到的事——此生要爱自己的丈夫、孩子、尼科连卡以及所有其他的人，就像基督爱人类那样。玛丽亚伯爵夫人的心灵永远在追求无限、永恒和完美，因而永远不能平静。她的脸上出现了为肉体所累的心灵的那种隐秘而崇高的受难的表情。

"我的天哪！每当她流露这样的神情，我就会觉得，她要是死了，我们可怎么办哪。"他想，于是站在圣像面前开始做晚祷。

十六

娜塔莎单独和丈夫在一起，他们的谈话也是只有在夫妻之间才会进行的那种谈话，也就是说，彼此之间的了解和思想交流特别明快，违反一切逻辑规则，没有判断、推理和结论的中介，而是一种完全特殊的谈话方式。娜塔莎是那么习惯于用这种方式和丈夫谈话，以至于皮埃尔的逻辑思路对她来说，就是她与丈夫产生不和的准确预兆。当皮埃尔开始证明什么，理性而平静地说话，而她也如法炮制时，她知道这一定会引起争吵。

他们单独留下后，娜塔莎大睁着欣喜的眼睛，轻轻地走到他跟前，蓦地抱住他的头，把它搂在自己的胸前说："现在整个儿、整个儿都是我的，我的！你跑不掉啦！"从这时起就开始了这种违反一切逻辑规则的谈话，他们同时谈起了各种不同的话题，这本身就违反了逻辑。这样同时涉及很多问题，不仅无碍于明确的了解，恰恰相反，这是他们完全了解对方的可靠迹象。

在梦里一切都不真实、不合理、矛盾，除了支配梦境的感情，在这种违反一切议论规则的交流中也像在梦里一样，一贯而明确的不是语言，而只是支配着他们的感情。

娜塔莎对皮埃尔谈到哥哥的生活状况，谈到丈夫不在家她是多么痛苦，简直不是人过的日子，谈到她更爱玛丽了，说玛丽在各方面都比她优秀。在这样说的时候，她真诚地表白，她能看到玛丽的优越，不过她在谈到这一点的同时，要求皮埃尔还是要更喜欢她，而不是玛丽和其他女人，现在，尤其是在他看到很多彼得堡的女人之后，应该重新表态。

皮埃尔在回答娜塔莎时告诉她，他在彼得堡的晚会和午宴上与女人们相处是多么难受。

“我完全不会和女人交谈了，”他说，“简直无聊。何况我当时那么忙。”

娜塔莎注意地看了他一眼，接着说：

“玛丽太了不起了！”她说，“她多么了解孩子啊。她好像能看到他们的内心。就说昨天吧，米坚卡淘气……”

“啊，他那么像他的父亲。”皮埃尔插了一句。

娜塔莎明白，他为什么会提到米坚卡像尼古拉：他想起自己和内兄的争论感到不快，想听听娜塔莎的意见。

“尼科连卡是有这个毛病，凡是没有被所有人都接受的东西，他是无论如何不会赞同的。可我了解，你所重视的是要开辟一个活动舞台。”她说，重复着皮埃尔曾经说过的话。

“不，主要是对尼古拉来说，”皮埃尔说，“思想和讨论都是游戏，几乎就是消磨时间。瞧，他收集图书并规定，不读完已有的书就不买新书——西斯蒙第、卢梭和孟德斯鸠的书都不买，”皮埃尔笑眯眯地补充道，“你是知道的，我对他多么……”他开始缓和自己的语气；但是娜塔莎打断了他的话，让他明白，不必如此。

“你说，对他来说思想是游戏……”

“是的，对我来说，其余的一切才是游戏。我在彼得堡见到任何人总觉得精神恍惚。当我耽于思想的时候，其余的一切就是游戏了。”

“噢，很可惜，我没有看见你怎样和孩子们打招呼，”娜塔莎说，“谁最高兴？大概是丽莎吧？”

“是的，”皮埃尔说，又接着原来的话头说了下去，“尼古拉说，我们无须思考。可我办不到。且不说我在彼得堡就感觉到（现在我可以说了），没有我那一切就会分崩离析，大家都在拉帮结派。但是我成功地团结了所有的人，而且我的思想简单明确。我并没有说我们要对抗什么。我们可能犯错误。我是说：让一心向善的人们团结起来，高举一面旗帜：将美德贯彻于行动。谢尔盖公爵这个人很好，而且很聪明。”

娜塔莎不会怀疑，皮埃尔的思想是伟大的思想，但有一点使她感到困惑。这就是他竟然是她的丈夫。“社会所需要的一位如此重要的人物，同时也是我的丈夫？怎么会这样呢？”她想向他表示自己的怀疑。“哪些人能断定，他是否真的聪明过人？”她问自己，把皮埃尔非常尊重的人都放在心里过了一遍。根据他的自述，在所有这些人当中他最尊重的是普拉东·卡拉塔耶夫。

“你知道我在想什么吗？”她问，“在想普拉东·卡拉塔耶夫。他怎么样？他现在会拥护你吗？”

皮埃尔对这个问题一点不感到奇怪。他了解妻子的思路。

“普拉东·卡拉塔耶夫？”他问，沉吟起来，看来真的在用心考虑，卡拉塔耶夫在这个问题上会有什么看法。“他是不会理解的，不过我想他会拥护。”

“我非常爱你！”娜塔莎突然说，“非常爱你。非常！”

“不，他不会拥护，”皮埃尔想了想说，“他会赞赏我们的家庭生活。他很希望看到一切都井井有条、幸福安宁，我会自豪地让他看看我们的生活。你刚才说到分别。你简直无法相信，分别后我对你怀有多么特殊的感情……”

“啊，原来……”

“不，不是那个意思。我对你的爱是始终不渝的。不可能更爱了，而那是一种特殊的……嗯，是的……”他没有说完，因为他们相遇的目光表白了一切。

“真荒唐，”娜塔莎突然说，“说什么蜜月和结婚初期最幸福。相反，现在才是最美好的时光。只要你不离开。记得我们的争吵吗？总是我不对。总是我。我们为什么吵起来的——我甚至不记得了。”

“是个老问题，”皮埃尔微笑说，“吃醋……”

“不许说，我可受不了，”娜塔莎大声说。她的眼睛里闪着冰冷、凶悍的光芒。“你见到她了？”她沉吟片刻，又问。

“没有，即使见到也认不得了。”

他们沉默了一会儿。

“啊，你知道吗？你在书房说话时，我看着你，”娜塔莎说，看来她想驱散临近的乌云，“嘿，你和男孩（她这样称呼儿子）就像两滴水一样相像。啊，该到他那里去了……我想到了……可就是舍不得走。”

他们有几秒钟相对无语。然后蓦地同时转身相向，说起话来。皮埃尔神情得意而兴奋；娜塔莎面带平静、幸福的微笑。既然迎头相撞，他俩就停下来给对方让路。

“不，你要说什么？说呀，说呀。”

“不，你说，我没啥，都是一些傻话。”娜塔莎说。

皮埃尔接着话头说了下去。他继续自鸣得意地谈论他在彼得堡的成功。此刻他觉得，他负有给整个俄国社会和全世界指出新方向的使命。

“我只是想说，所有产生巨大影响的思想都是简单的。我的全部思想就在于，既然那些为非作歹的人们联合起来，形成一股力量，那么正直的人们也应当照此办理。就是这么简单。”

“是啊。”

“你想说什么来着？”

“我没啥，一些傻话。”

“不，还是说吧。”

“真的没什么，都是小事，”娜塔莎说，脸上的笑容更灿烂了，“我只是想讲讲彼佳：今天保姆要把他从我怀里抱走，他笑了起来，眯起眼睛紧紧地依偎着我——大概以为他躲起来了。可爱极了。他在哭呢。好了，再见！”于是她朝门外走去。

这时楼下在尼科连卡·鲍尔康斯基的单间卧室里，像平时一样点着一盏油灯（孩子怕黑暗，这是他的一个改不掉的缺点）。德萨尔高卧在四个靠垫之上，罗马式的鼻子发出均匀的呼吸声。尼科连卡刚醒来，出了一身冷汗，大睁双眼坐在床上，直视前方。可怕的梦惊醒了他。他梦见自己和皮埃尔戴着头盔——普卢塔克的插图本著作[1]中所画的那种。他和皮埃尔叔叔走在一支大部队的前面。这支部队是由布满空中的白色斜线组成的，宛如秋天飘荡的蛛网，德萨尔称之为圣母的丝线。荣誉就在前面，它和那些线是一样的，不过更密实一些。他们——他和皮埃尔——轻松愉快地飞奔，越来越接近目标。突然，牵动他们的线松弛了，纠缠在一起；感到很沉重。尼古拉·伊里奇神态威严而严厉地站在他们面前。

“这是你们干的？”他指着折断的火漆和鹅毛笔问，“我爱你们，但是阿拉克切耶夫命令我，谁第一个往前走，我就打死他。”尼科连卡回头看看皮埃尔，可是皮埃尔已经不见了。皮埃尔原来是父亲安德烈公爵，父亲没有形象和形体，但是他在那里，尼科连卡望着他，感到一种温情脉脉的爱恋：觉得自己绵软无力，柔若无骨。父亲爱抚他，怜惜他。但是姑父尼古拉·伊里奇逼近了他们。尼科连卡害怕极了，于是他醒了。

“父亲，”他想，“父亲（尽管家里有两幅酷似的画像，尼科连卡却从来没有把安德烈公爵想象为常人的形象），刚才父亲和我在一起，并且爱抚我。他赞扬我，赞扬皮埃尔叔叔。不论他说什么，我一定照办。穆西乌斯·斯凯沃勒[2]烧自己的手。但是为什么在我的生活中就不会有这种事呢？我知道，他们希望我学习。我会学习的。但是有一天我会停止学习；那时我就要采取行动了。我只求上帝一件事：让我也和普卢塔克笔下的人物有同样的际遇，我也会采取同样的行动。我要做得更好。大家都会知道我，爱我，钦佩我。”尼科连卡突然觉得泪水堵住胸口，于是痛哭失声。

“您身体不舒服吗？”听到了德萨尔的声音。

---

① 可能是指普卢塔克的法文版插图本《名人录》（有1811年的巴黎版），其中有将领和统帅戴头盔的画像。

② 穆西乌斯·斯凯沃勒，古罗马传说中的英雄。伊特拉斯坎国王率军围攻罗马，他潜入敌营行刺，被捕受审时把手伸入烈火，表示对酷刑的蔑视。国王见其英勇大惊，将他释放，并撤走围攻罗马的军队。

“不，”尼科连卡回答说，在靠枕上躺下，“他是一个善良的好人，我爱他，”他想到德萨尔。“而皮埃尔叔叔！噢，多么杰出的一个人！父亲呢？父亲，父亲！是的，我要有一番连**他**也感到满意的作为……”

第二卷

一

历史学的研究对象是各民族和人类的生活。直接用语言捕捉和把握，即直接描述一个民族的生活看来是不可能的，更不用说全人类的生活了。

古代历史学家为了描述和捕捉似乎无法捕捉的民族生活，都运用同样的方法。他们描述统治民族的个别人的活动；在他们看来，这种活动就是整个民族的活动的表现。

若问个别人怎样能使民族按照自己的意志行事，而这种意志本身又被什么所支配，古人对第一个问题的回答是：承认神的意志使民族服从一个杰出人物的意志；对第二个问题的回答是：承认那位神在引导这个杰出人物的意志去实现预定目标。

对古人来说，这些问题的解决就是相信神在直接参与人类的活动。

近代史在理论上推翻了这两个原理。

看来，既然推翻了古人的信仰，否定人服从神的意志，否定各民族被引向既定目标，那么近代史应该研究的就不是权力的表现，而是形成权力的原因。但是近代史没有这样做。近代史在理论上推翻了古人的观点，在实践中仍然在遵循那些观点。

为代替具有神赐权力并直接受神的意志引导的人，近代史提出了具有超人的非凡能力的英雄，或干脆提出具有各种不同属性的人，从君主到领导群众的新闻记者。为代替犹太人、希腊人、罗马人等民族的符合神的意志的目标——古人视之为人类运动的目标，近代史提出了自己的目标，即法兰西、德意志、英吉利民族的福祉的目标，并在高度抽象中视之为全人类文明幸福的目标，所谓人类，通常是指那些占据着欧洲大陆西北角的小小地盘的民族。

近代史推翻了古人的信仰，却没有提出取代它的观点，于是情势的逻辑迫使历史学家在臆想中推翻了帝王的神赐权力和古代的天命观之后，又殊途同归，承认（一）民族是由个别人领导的；（二）存在着民族和人类运动的一定目标。

从吉本[①]到巴克尔[②]的近代历史学家的所有著作，尽管表面上有分歧，有新颖的观点，其基础都不可避免地是这两个古老的原理。

第一，历史学家描述个别人的活动，认为他们在领导人类（一个认为领导人类的只是君主、统帅、大臣；另一个认为除了君主和演说家之外还有学问渊博的改革家、哲学家和诗人）。第二，历史学家知道，人类在被引向什么目标（一个认为这个目标是罗马、西班牙、法国的强盛；另一个认为是世界之一角的自由、平等和某种文明，而这个世界就是所谓的欧洲）。

一七八九年巴黎局势动荡；动荡的发展、扩大，演变为由西向东的运动；这个运动几次朝向东方，与由东向西的反向运动发生冲突；一八一二年这个运动达到自己的极限——莫斯科，又以引人注目的对称形式发生了由东向西的反向运动，像前一运动一样，也卷入了中欧各民族。反向运动到达了西方运动的出发点——巴黎，于是归于平息。

在这二十年间，大量土地荒芜了；房屋被焚毁；贸易改变了方向；千百万人有的穷了，有的富了，有的迁徙，千百万信奉爱他人的教规的基督徒相互残杀。

这一切意味着什么？为什么会发生这种事？是什么迫使这些人焚烧房屋并残杀同类？这些事件的原因何在？是什么力量迫使人们采取这样的行动？在碰到过去那个时期的运动的遗迹和传说时，人类会不由自主地向自己提出这些朴质而合情合理的问题。

为了解决这些问题，人类的健全理性会诉诸历史科学，这门科学就

---

①吉本（1737—1794），英国启蒙派历史学家，著有六卷本《罗马帝国衰亡史》。

②巴克尔（1821—1862），英国实证主义历史学家，著有《英国文明史》。

是以各民族和人类的自我认识为目的。

假如历史学接受古人的观点，就会说：神为了奖赏或惩罚自己的人民，赐予拿破仑权力，并引导他的意志去实现神自己的目标。这个回答是充分而明确的。可以信仰或不信仰拿破仑的作用来自神授；不过，对信仰者来说，这个时期的全部历史都昭然若揭，不可能有任何矛盾之处。

但近代史不可能这样回答问题。科学不承认古人关于神直接参与人类活动的观点，因而近代史的回答应当是不同的。

近代史在回答这些问题时说：你们想知道，这个运动意味着什么，它为什么会发生，是什么力量造成了这些事件吗？请听：

> 路易十四是非常骄傲自大的人；他有哪些情妇和哪些大臣，他治国无方。路易十四的后继者也都是平庸之辈，也都不善理政。他们有哪些宠臣和哪些情妇。当时有些人发表了一些著作。十八世纪末，有二十来个人聚集在巴黎，他们说，人人都是平等和自由的。因此全法国的人开始互相砍杀或把人淹死。那些人杀死了国王和其他很多人。就在这时法国有一个天才人物——拿破仑。他到处战无不胜，就是说杀人如麻，因为他是很有天才的。他不知为什么跑去杀非洲人，他杀人得心应手，而且又狡诈又聪明，回到法国后，就命令大家服从他。于是大家都服从他了。当上皇帝后，他又跑到意大利、奥地利和普鲁士去杀人。在那些地方也杀人如麻。俄国是亚历山大皇帝在位，他决定恢复欧洲的秩序，便与拿破仑作战。但在一八〇七年他突然与拿破仑和好了，而在一八一一年又闹得不可开交，于是他们又开始杀人如麻。拿破仑率领六十万人进入俄国，占领莫斯科；后来他又突然逃离莫斯科，于是亚历山大皇帝接受施泰因等人的建议，联合欧洲起兵反对欧洲安宁的破坏者。拿破仑的盟国突然都变成了他的敌人；他们的武装力量开始进攻集结了生力军的拿破仑。盟军战胜拿破仑，进入巴黎，迫使拿破仑退位，把他流放到厄尔巴岛，没有剥

夺他的皇帝称号，并给予他种种礼遇，虽然五年前[1]和一年后大家都认为他是不受法律保护的匪类。于是路易十八[2]即位，此前法国人和盟国都一味嘲笑他。拿破仑在老近卫军面前洒泪退位，前往流放地。然后高明的国家要人和外交家们（特别是塔列兰[3]，他抢先坐到显要的席位上，因此而扩大了法国的疆界）在维也纳商谈，此次商谈决定了各国人民的幸与不幸。外交家和君主们突然又差点儿闹翻了；他们已经准备再次命令部队相互残杀；但这时拿破仑带着一个营来到法国，本来仇恨他的法国人却都立刻臣服于他。盟国的君主们大为震怒，又起兵与法国人作战。天才的拿破仑被打败，被流放到圣赫勒拿岛上，人们突然又认为他是匪类了。在那里，他在流放中远离几个心上人和心爱的法国，在悬崖上慢慢死去，把自己的伟大业绩留给后人。欧洲发生了政治上的反动，各国君主又开始蹂躏自己的人民了。

不要以为，这是对历史著述的讽刺和丑化。相反，这是对**全部**历史学，从回忆录、国别史到世界史和当时的一种新的**文化**史所提供的自相矛盾、文不对题的回答的最温和的表述。

这些回答的奇怪和可笑，是由于近代历史学像一个聋子在回答谁也没有向他提出的问题。

如果历史学的目的是描述人类和各民族的运动，那么首先要回答推动各民族的力量是什么的问题，不回答这个问题，其余的一切便无从理解。对这个问题，近代史津津乐道的或是拿破仑的天才，或是路易十四的骄傲，或是某某写了什么书。

这一切很可能是真实的，人类愿意加以认可，但人类问的不是这些。这一切可能是有意义的，假如我们承认神的权力，它以自己为基

① 《尾声》第 1 卷第 3 节为“十年前”。

② 路易十八（1755—1824），路易十六的兄弟，1814 至 1824 年在位。

③ 在维也纳会议上战败国法国外交大臣塔列兰利用盟国的矛盾，提出要恢复 1792 年的法国疆界。

础，永远在始终如一地通过拿破仑们、路易十四们和作家们治理自己的各族人民，但我们是不承认这种权力的，因此在讲拿破仑们、路易十四们和作家们之前，必须说明这些人和各民族的运动之间的本质联系。

如果以另一种力量来代替神的权力，那就必须说明这种新的力量是什么，因为历史学的全部意义恰恰在于阐明这种力量。

历史学仿佛以为，这种力量是不言自明和众所周知的。可是，虽然很愿意承认这种新的力量是众所周知的，在读了大量历史著作之后却不由自主地会对此感到困惑，因为历史学家自己对这种新的力量的理解就各不相同。

二

推动各民族的力量是什么?

某些传记作家和各别民族的历史学家把这种力量理解为英雄和统治者所固有的权力。据他们的描述，事件之所以发生，完全是由于拿破仑们、亚历山大们或各别历史学家所描述的那些人物的意志。这类历史学家对推动事件发展的力量问题的回答是令人满意的，但仅仅在只有一个历史学家在处理每一个事件的情况下才是如此。一旦具有不同观点的不同民族的历史学家开始描述同一个事件，他们所作出的回答就完全失去意义了，因为其中的每个人对这种力量的理解不仅各不相同，而且往往是完全对立的。一个历史学家认定，事件的产生是由于拿破仑的权力；另一个认定，该事件的产生是由于亚历山大的权力；第三个认定，是由于其他某个人的权力。此外，这类历史学家甚至在解释同一个人的权力是基于什么力量时，彼此之间也会发生矛盾。波拿巴派的梯也尔说，波拿巴的权力基础是他的美德和天才。共和派的朗弗雷①说是基于他的狡诈和对人民的欺骗。因此这类历史学家在彼此否定对方的论点，从而否定了关于造成事件的力量的概念，不能对历史的本质问题作出任

---

①朗弗雷（1828—1877），法国政论家和历史学家，所著《拿破仑一世史》写到1811年为止。

何回答。

世界史学家涉及的是所有的民族，他们似乎认为各别史学家关于造成事件的力量的观点是不正确的。他们不承认这种力量是英雄和统治者所固有的权力，而认为它是各种被支配的很多力量起作用的结果。在描述战争和对一个民族的征服时，世界史学家不是在一个人的权力中，而是在介入事件的很多人的相互作用中寻找事件的原因。

根据这个观点，历史人物的权力作为很多力量的产物，看来不能被视为独立造成事件的力量。与此同时，世界史学家在大多数情况下运用的权力概念，又把权力看做一种独自造成事件并成为其原因的力量。据他们的描述，历史人物有时是自己时代的产物，因而他的权力只是各种不同的力量起作用的结果；有时他的权力又是造成事件的力量。例如格维努斯①、施洛塞尔②等人有时要证明，拿破仑是一七八九年的革命和思想的产物，有时又直截了当地说，一八一二年的远征以及他们所不喜欢的其他事件都是拿破仑的错误意志的产物，一七八九年的革命思想本身的发展由于拿破仑的专横而被扼杀了。革命思想和普遍情绪造就了拿破仑的权力。拿破仑的权力又镇压了革命思想和普遍情绪。

这个奇怪的矛盾并非偶然。它不仅随处可见，而且世界史学家们的全部叙述都是由这种连续不断的一系列的矛盾所构成。这种矛盾的产生是由于世界史学家在进入分析的领域后半途而废了。

为了找到构成合力的各种力量，必须使构成合力的各种力量之总和等于合力。世界史学家却从来不遵守这个条件，因此，为了说明合力，他们不得不假设，除了数量不足的力量之外还存在着某种作用于合力的不明力量。

各别史学家在描述一八一三年的远征或波旁王朝的复辟时，直截了当地说，这些事件是亚历山大的意志所决定的。但世界史学家格维努斯

① 格维努斯（1805—1871），德国历史学家、文学史家，施洛塞尔的学生，篇幅宏大的《维也纳会议以来的十九世纪史》的作者。

② 施洛塞尔（1776—1861），德国历史学家，海德堡大学教授，史学界海德堡派的奠基人。主要著作有《十八世纪史》和十九卷的《世界史》。

推翻各别史学家的这个观点，力求证明，一八一三年的远征和波旁王朝的复辟，除了亚历山大的意志还有其他原因，即施泰因、梅特涅、斯塔尔夫人、塔列兰、费希特、夏多布里昂等人的活动。显然，这位历史学家将亚历山大的权力分解为它的组成部分：塔列兰、夏多布里昂等人的权力，其总和，即夏多布里昂、塔列兰、斯塔尔夫人及其他人的相互作用，显然还不等于全部合力，即千百万法国人臣服于波旁王朝的现象。夏多布里昂、斯塔尔夫人等人在彼此之间所说的那些话，只能说明他们之间的关系，而不能说明千百万人的臣服。因此，为了说明，怎样从他们的这种关系引申出千百万人的臣服，即从等于一个 A 的组成部分引申出等于一千个 A 的合力，历史学家又不得不容忍他所否定的那种权力，承认它是各种力量起作用的结果，也就是假设存在着一种作用于合力的不明力量。世界史学家就是这样做的。因此他不仅与各别史学家相矛盾，而且自相矛盾。

乡村居民根据他们想要雨天还是晴天，由于不了解雨的成因，便说风吹散了乌云或风吹来了乌云。世界史学家也是这样；有时他们想这样说，因为这样说才符合他们的理论，便说权力是事件的结果；有时由于需要证明别的什么，又说权力造成事件。

第三种历史学家，所谓的**文化**史学家，追随有时承认作家和女士是造成事件的力量的世界史学家的足迹，但是对这种力量却有完全不同的理解。他们认为这种力量在于所谓的文化，在于智力活动。

文化史学家完全合乎逻辑地追随自己的奠基者世界史学家，既然可以用某些人彼此之间的这种或那种关系来解释历史事件，那么为什么不可以用哪些人写了什么书来解释历史事件呢？这些历史学家从任何实际现象所具有的大量特征中抽出了智力活动这个特征，并说这个特征就是原因。尽管他们竭力证明，事件的原因在于智力活动，但是只有做出巨大的让步才能同意，在智力活动和民族运动之间有某些共同之处，但是无论如何不能假设，智力活动能引导人们的行动，因为这样一些现象，诸如人人平等的宣传引发了法国大革命的残酷屠杀，由于宣传博爱而产生了凶残的战争和酷刑，都不能证实这种假设。

不过，即使假定充斥于这些历史叙述的复杂离奇的议论都是正确的；假定各民族受到所谓**思想**这种难以界定的力量的支配，历史的本质问题或者仍然没有得到解答，或者要在前述君主的权力和世界史学家所加上的顾问及其他人的影响之外，再补充一种新的力量——**思想**，而思想和群众的关系是需要解释的。可以理解，拿破仑拥有权力，因而事件得以发生；退一步还可以理解，拿破仑和其他各种影响力一起是事件的原因，然而论社会契约的书怎么会导致法国人相互残杀——若不说明这种新的力量和事件的因果关系，就无法理解了。

无疑，同时存在的一切都是有联系的，因而有可能在人们的智力活动和他们的历史运动之间找到某种联系，正如可以在人类运动和商业、手工业、园艺等随便什么东西之间找到这种联系一样。但是为什么文化史学家认为，人们的智力活动是全部历史运动的原因和表现，这就难以理解了。导致历史学家得出这个结论的只能是如下原因：（一） 历史是学者写的，因此他们自然乐于承认，他们这个阶层的活动是整个人类运动的基础，正如商人、农民和士兵也乐于这样想（这一点不可能表达出来，因为商人和士兵不写历史）；（二） 精神活动、教育、文明、文化、思想——这些概念都是含糊的、不明确的，打着它们的旗号便于使用意义更含糊，因而很容易纳入任何理论的词句。

不过，且不说这些历史论述的内在价值（也许它们对某些人或某种目的是有用的），所有世界史越来越与之合流的文化史，其特殊性在于，它详细而认真地分析各种宗教、哲学、政治学说，视之为事件的原因，可是一旦着手描述现实的历史事件，例如一八一二年的远征，就不由自主地把它描述为权力的产物，干脆说，这次远征是拿破仑的意志的产物。在这样说的时候，文化史学家不由自主地陷入自相矛盾的境地，或是在证明，他们所想出的那种新的力量并不是历史事件的表现，而理解历史事件的唯一可能在于他们似乎不愿承认的权力。

三

一辆机车在行驶。问：它为什么能动？一个农民说：是鬼在推它。另一个说：机车行驶是因为它的车轮在动。第三个硬说：动的原因在于被风吹走的烟。

农民是驳不倒的。要驳倒他，必须有人能向他证明没有鬼，或者另一个农民说，不是鬼，而是一个德国人在推机车。只有那时他们才能从矛盾中看出，他们两个都不对。但是说动的原因是车轮的那个人自己就能驳倒自己，因为他既然走进分析的领域，他就应当继续走下去：他应当说明车轮在动的原因。在找到机车在动的最终原因，即找到锅炉里被压缩的蒸汽之前，他无权停止寻找原因的脚步。至于用向后飘动的烟来解释机车行驶的那个人，他发现关于车轮的解释说明不了原因，便抓住首先看到的特征，把它说成原因。

能解释机车运动的唯一概念，是与可见的运动相等的力的概念。

能借以解释各民族的运动的唯一概念，是与各民族的全部运动相等的力的概念。

然而不同的历史学家把这个概念理解为完全不同的力量，而且都是与可见的运动不相等的力量。有些人在这个概念中看到的是英雄所直接固有的力量——像农民看到机车中的鬼；另一些人看到的是从其他力量中衍生出来的力量——像车轮的转动；还有一些人看到的是智力的影响——像飘动的烟。

只要写的还只是个别人的历史——不论是恺撒、亚历山大[①]还是路德[②]和伏尔泰，而不是参与事件的**所有人**、毫无例外的**所有人**的历史，那么在描述人类的运动时，能迫使人们致力于同一个目标的力量的概念就是不可或缺的。而历史学家所知道的唯一的这样的概念便是权力。

这个概念是唯一的把手，借助它才能在现在这种叙事方式中掌握历史材料，谁要是像巴克尔那样折断这个把手而又不知道使用历史材料的其他方法，他就失去了使用历史材料的最后的可能性。世界历史学家和文化史学家自己表面上弃绝权力的概念，却又处处在使用它，从而最好

① 指马其顿王亚历山大。

② 路德（1483—1546），德国宗教改革运动的著名活动家，德国新教的创始人。

地证明了，权力概念对解释历史现象是不可或缺的。

迄今为止，历史科学对人类问题来说很像流通货币——纸币和硬币。传记和各别民族史好像纸币。它们可以使用和流通，令人满意地行使自己的职能，对任何人都不会有害，甚至有益，直至出现一个问题，它们是用什么来保值的。只要忘记英雄的意志怎样造成事件这个问题，梯也尔之流的历史著述是有意义、有教益的，此外还颇有诗意。然而正如对纸币的实际价值会产生怀疑，或是因为印制纸币很容易而开始大量发行，或是因为人们想用纸币兑换黄金，同样，对这类历史著作也会产生怀疑，或是因为它们大量泛滥，或是因为有人天真地问：是什么力量使拿破仑做成了这件事？也就是说，他想用流通的纸币来兑换真金——一个有效的概念。

世界历史学家和文化史家很像这样一些人，他们承认纸币效用有限，决定用延展性不及黄金的金属制造硬币，以代替纸币。硬币果然很**硬**，但只是**硬**而已。纸币还能骗过无知的人，但不值钱的硬币是骗不了任何人的。正如金子只有在它不仅可以用于流通，而且有实际用途时才是真金一样，世界历史学家也只有在一种情况下才是真金，即能够回答历史的本质问题：权力是什么？世界历史学家对这个问题的回答是自相矛盾的，而文化史学家干脆撇开它，完全是答非所问。正如与金子相似的金属筹码只能在同意承认它是金子的人们聚会时使用，在不了解金子属性的人们之间流通一样，不回答人类本质问题的世界历史学家和文化史学家为了自己的某些目的而成为流通于大学和爱好严肃读物的读者群之中的硬币，他们是把这些著作称为严肃读物的。

四

古人认为神使民众的意志服从于一个特定的人，并使他的意志服从于神，历史学摒弃这一观点便不能前进一步而不遇到矛盾，二者必择其一：或者回到原来对神直接参与人类事务的信仰，或者明确解释造成历史事件的那种力量，即权力的含义。

回到前者是不可能的：信仰已被摧毁，因此必须解释权力的含义。

拿破仑命令召集军队投入战争。这个观念我们已习以为常，我们十分熟悉这个观点，因此我们觉得，为什么拿破仑说了那些话，六十万人便走向战场的问题是毫无意义的。他拥有权力，所以他的命令得到了执行。

这个回答是完全可以接受的，只要我们相信，他的权力是神所赐。可是我们一旦不承认这一点，那就必须说明，个人对其他人所拥有的这种权力是什么。

这种权力不可能是体力占优势的强者对弱者所具有的那种直接权力，其优势是以使用和威胁使用体力为基础的，如赫拉克勒斯[①]的权力；这权力也不可能是基于精神力量的优势，像某些过于天真的历史学家所想象的那样，他们说，历史活动家都是英雄，具有非凡的精神力量和智力以及所谓的天才。且不说道德品质毁誉不一的拿破仑之类的英雄人物，历史已经说明，统治千百万人的路易十一和梅特涅的精神力量都没有任何异于常人之处，相反，道德上在很多方面还不如在他们统治下的千百万人中的任何一个。

既然权力不是源于当权者的生理和精神品质，那么显然，这种权力的根源是存在于这个人之外——存在于当权者和群众的关系之中。

法学正是这样理解权力的，法学是历史的兑换处，要把历史的权力观兑换成真金。

权力是群众意志的总和在明确同意或默许下被移交给群众所选择的统治者。

法学论述的是，应如何组织国家和权力，如果这一切是可以组织的话，这在法学领域是十分明确的，然而要把权力的这个定义应用于历史，还要详加解释。

法学看待国家和权力，如同古人看待火，以为是某种绝对存在的东西。可是就历史而言，国家和权力其实只是现象，正如就当代的物理学而言，火并不是元素，而是一种现象。

由于史学观点和法学观点的这一基本分歧便产生了如下情况，法学

---

① 赫拉克勒斯是希腊神话中的大力士。

可以按照自己的见解详细论述应如何组织国家，以及什么是存在于时间之外的一成不变的权力，然而它对史学的权力问题提不出任何解答，因为史学所涉及的权力是随着时间而变动不居的。

如果权力是移交给统治者的群众意志的总和，那么普加乔夫是不是群众意志的代表？如果不是，那么为什么拿破仑一世就是代表呢？为什么拿破仑三世[①]在布洛涅被捕时是罪犯，而后来他所逮捕的那些人成了罪犯？

参与宫廷政变的有时只是两三个人，是群众的意志移交给了新人吗？在国际关系中，人民群众的意志移交给了自己的征服者？一八〇八年，莱因联盟[②]的意志移交给了拿破仑？一八〇九年我军和法国人结盟与奥地利作战，俄国人民群众的意志移交给了拿破仑？

对这些问题可以有三种解答：

或者（一）承认群众意志总是无条件地把权力移交给他们所选择的一个或几个统治者，因此任何新权力的出现，任何反对现有权力的斗争只能被视为对真正权力的破坏。

或者（二）承认群众意志是有条件地，在明确规定、众所周知的条件下将权力移交给统治者，指出对权力的一切压制、冲击甚至摧毁都是由于统治者没有遵守他们获得权力的上述条件。

或者（三）承认群众意志是有条件地移交给统治者，然而条件是未知的、不明确的，因而很多权力的崛起、斗争及其衰亡只能是由于这些统治者或多或少地执行了那些未知的条件，群众意志根据这些条件离弃一些人而被移交给另一些人。

历史学家对群众和统治者的关系的解释不外乎这三种。

---

① 拿破仑三世（1808—1873），拿破仑一世的侄子，于 1840 年曾试图夺取法国政权。他在布洛涅森林被捕，判处终身监禁于城堡，但越狱逃往比利时。1851 年 12 月 2 日发动军事政变后称帝，建立法兰西第二帝国。

② 莱因联盟是 1806 年德意志西部和南部国家在拿破仑的“保护”下结成的联盟，参加联盟的 1806 年有 11 国，1811 年有 36 国。奥地利和普鲁士等四国不包括在内。联盟各国推行拿破仑法典。1813 年拿破仑在莱比锡战役失败后，联盟瓦解。

有些历史学家过于天真，不了解权力的含义问题，前述各别历史学家和传记作家仿佛承认，群众意志的总和是无条件地移交给历史人物的，因而在描述某一权力时，这些历史学家和传记作家就把这一权力看做绝对的真正的权力，任何反抗这个真正的权力的其他力量都不是权力，而是破坏权力的暴力。

他们的理论对原始和平时期是合适的，要应用于人民生活复杂、动荡的时期便无能为力，因为这时各种力量同时兴起并相互斗争，保皇派历史学家会证明，国民公会[①]、督政府[②]和波拿巴是对权力的破坏，而共和派和波拿巴派则分别证明，国民公会或帝国才是真正的权力，其余的一切都是对权力的破坏。显然这是在相互否定，这些历史学家对权力的解释只能哄骗年幼无知的孩子。

另一些历史学家承认这种历史观是错误的，他们说，权力是建立在群众意志的总和有条件地移交给统治者的基础之上，历史人物只有在执行人民的意志以默认的方式给他们规定的纲领的条件下才能拥有权力。然而这些条件是什么，这些历史学家没有说，即使说也是莫衷一是。

每一位历史学家都根据他们对什么是人民运动的目的的见解，认为上述条件是争取法国或其他某个国家的公民的尊严、富足、自由和教育。且不说历史学家对这些条件的看法上的矛盾，即使假定有一个符合这些条件的举国公认的纲领，我们还是发现，这个理论几乎总是与历史事实相抵触。如果移交权力的条件是争取人民的富足、自由和教育，那么为什么路易十四和伊万四世[③]安然度过自己的当政时期，而路易十六和查理一世[④]却被民众处以死刑？历史学家对这个问题的回答是，路易十四违反纲领的行为反映在路易十六身上。但是它为什么不反映在路

① 国民公会是法国大革命时期建立的最高立法机关。存在于1792年9月至1795年10月。

② 督政府是1795至1799年法国大资产阶级专政的政府。

③ 伊万四世（1530—1584），即伊万雷帝，俄国沙皇，1547至1584年在位。

④ 查理一世（1600—1649），英国国王，在17世纪英国资产阶级革命中被推翻和处死。

易十四和路易十五身上，而要反映在路易十六身上呢？反映的期限是多久？对这些问题没有也不可能有答案。这种历史观也不足以解释，为什么意志的总和在几个世纪都不曾离弃自己的统治者及其继承人，却突然在短短的五十年间相继移交给国民公会、督政府、拿破仑、亚历山大、路易十八、又移交给拿破仑、查理十世[1]、路易-菲力普[2]、共和政府。在解释人民的意志如此迅速地离弃一个人而移交给另一个人，尤其是在国际关系、征战、结盟中的这种现象时，这些历史学家不得不承认，这种现象的一部分已不是正常的意志移交，而是某个外交家、君主或党派领袖的狡诈、错误或诡计所造成的偶然现象。因此很大一部分历史现象，如内讧、政变、征服，在这些历史学家看来，已不是自由意志移交的产物，而是一个或几个人的意志的误导的产物，也就是说，是对权力的破坏。因此这类现象在历史学家看来，也是对理论的背离。

历史学家很像一个植物学家，他注意到某些植物由种子萌生时有一对子叶，于是断定，所有生长中的植物只有分为两片子叶才能生长；认为棕榈、蘑菇甚至橡树完全分枝、分叉后也没有像两片子叶的东西，是背离了理论。

还有一些历史学家认为，群众意志是有条件地移交给历史人物，但这些条件是我们所未知的。他们说，历史人物拥有权力只是因为他们在执行被移交给他们的群众意志。

但是在这种情况下，既然推动人民的力量在于人民自身，而不在于历史人物，那么这些历史人物的意义何在？

这些历史学家说，历史人物反映群众的意志；历史人物的行动是群众行动的代表。

但是在这种情况下便出现一个问题，反映群众意志的是历史人物的全部行动，或仅仅是其行动的某一方面？如果像某些人所设想的那样，

---

①查理十世（1757—1836），法国国王，1824至1830年在位。

②路易-菲力普（1773—1850），法国国王，1830至1848年在位。1848年二月革命时被推翻。

历史人物的全部行动都是群众意志的反映，那么拿破仑、叶卡捷琳娜之类的历史人物的充斥着宫廷流言蜚语的详情细节的传记就是人民生活的反映了，这显然是荒谬的；如果像某些自封的历史哲学家所设想的那样，历史人物的行动只有某个方面是人民生活的反映，那么为了确定历史人物的哪个方面的行动是人民生活的反映，就先要了解人民的生活状况。

这类历史学家遇到这种难题，想出了极其含糊、难以捉摸的一般性的抽象概念，可以最大限度地把大量事件归入其中，并说这种抽象概念概括了人类运动的目的。最普通的、几乎被所有的历史学家所接受的一般性抽象概念是：自由、平等、教育、进步、文明、文化。把某一抽象概念定为人类运动的目的后，历史学家便研究身后留下最多文献的人物——帝王、大臣、统帅、著作家、改革家、教皇、新闻记者等，研究的范围是所有这些人物在他们看来，对这一抽象概念的实现是起了促进还是阻碍作用。但是没有什么可以证明，人类的目的是自由、平等、教育或文明，而且群众与统治者和人类启蒙者的关系只是基于任意的假设，认为群众意志的总和总是被移交给引人注目的人物，因此千百万人背井离乡、焚烧房屋、抛弃农耕、相互残杀的行动从来没有在对十来个人的活动的描述中得到反映，因为这些人是不焚烧房屋、不从事农耕、不杀害同类的。

历史所走过的每一步都在证明这一点。上世纪末西方各民族的动乱和涌往东方，能用路易十四、路易十五、路易十六及其情妇和大臣的活动来说明吗？能用拿破仑、卢梭、狄德罗[①]、博马舍[②]等人的生活来说明吗？

俄国民众向东方的喀山、西伯利亚移动，能在病态性格的伊万四世的生活细节及其与库尔布斯基[③]的通信中得到反映吗？

---

① 狄德罗（1713—1784），法国哲学家、文学家、《百科全书》主编。

② 博马舍（1732—1799），法国著名剧作家，代表作有《塞维利亚的理发师》《费加罗的婚姻》。

③ 库尔布斯基（1528—1583），俄国政治活动家和政论作家。在与伊万四世的长达15年（1564—1579）的通信中曾谴责他残酷和处死无辜。

在历次十字军东征时期各民族的东进能通过对戈弗雷①之流、历朝路易国王及其情妇们的研究来说明吗？对我们来说，西方各民族没有任何目的、没有领导、有一群流民和隐修士彼得②追随的东进至今无法理解。更无法理解的是，这次东进在历史活动家们明确提出解放耶路撒冷这个合理的神圣目标之后却戛然而止。教皇、国王和骑士们激励民众去解放圣地；可是民众不愿去，因为过去激励民众东进的那个未知的原因已不复存在。戈弗雷之流和抒情歌手们的历史显然容纳不下各族人民的生活。因而戈弗雷之流和抒情歌手们③的历史也就只是戈弗雷之流和抒情歌手们的历史，而各族人民的生活及其动机的历史依然是不可知的。

作家和改革家的历史对人民生活的说明就更少了。

文化史向我们说明作家和改革家的动机、生活条件和思想。我们知道了脾气暴躁的路德说了哪些话；知道了多疑的卢梭写了哪些书；可是我们不知道，宗教改革后各族人民为什么会相互厮杀，在法国大革命期间为什么会相互处以死刑。

如果像近代史学家那样，将这两种历史结合在一起，那么它只能是帝王和作家们的历史，而非各族人民生活的历史。

五

人民的生活不是几个人的生活所能容纳的，因为没有发现这几个人和人民之间有什么联系。理论认为，人民意志的总和被移交给历史人物是这种联系的基础，然而这种理论只是没有被历史经验所证实的假设。

关于群众意志的总和被移交给历史人物的理论，也许在法学领域可以说明很多问题，也许对达到自己的目的是必要的，可是在应用于历史

① 戈弗雷（约1060—1100），第一次十字军东征的领导者之一（1096—1099）。占领巴勒斯坦后成为耶路撒冷王国的统治者。

② 隐修士彼得（约1050—1115），法国人，在第一次十字军东征中领导贫民支队。

③ 指中世纪德国骑士阶层的抒情诗人和歌手们，他们美化骑士的军事生活和十字军东征。

时，只要出现革命、征战、内讧，只要历史开始演变，这一理论就什么也说明不了。

这个理论似乎是无法反驳的，因为人民意志的移交不可能得到检验：这种移交从来就不曾有过。

不论发生什么事件，不论谁是事件的为首者，这种理论总是可以说，某人成为事件的为首者，是因为群众意志的总和被移交给他了。

这种理论对历史问题的回答，类似这样一个人的回答，他看到畜群在朝着一个方向走，既不注意野外各处牧场的质量，也不注意有牧人在驱赶，便根据哪一只牲畜走在前头来判断畜群向这个或那个方向走的原因。

"畜群朝这个方向走，是因为走在前头的牲畜在领着它们，所有其余的牲畜的意志的总和移交给了畜群的这个统治者。"这是第一类历史学家的回答，他们认为权力的移交是绝对的。

"如果走在畜群头里的牲畜更换了，那么这是因为所有牲畜的意志的总和离弃了一个统治者而移交给了另一个，就看这领头的牲畜是不是朝着整个畜群所选定的方向走。"另一类历史学家这样回答，他们认为群众意志的总和是在某些条件下移交给统治者的，而这些条件是已知的。(在这种观察方式下往往会有这样的情况，观察者根据他所选择的方向，认为领头者在改变方向时已不是前面的那个，而是侧面的有时甚至是后面的一个。)

"如果为首者不断更换，整个畜群也不断改变方向，那么原因在于，为了朝我们已知的方向走，畜群把自己的意志移交给那些引人注目的牲畜，因此为了研究畜群的动向，就必须观察走在畜群四周的所有引人注目的牲畜。"第三类历史学家这样说，他们认为从君主到新闻记者的所有历史人物都是自己时代的表现。

群众意志被移交给历史人物的理论只是在变换词句——只是把问题换成另一种说法。

历史事件的原因是什么？是权力。权力是什么？权力是移交给某个人的群众意志的总和。群众意志在什么条件下移交给某个人？条件是这个人要反映所有人的意志。这就是说，权力是权力。这就是说，权力是一个其意不明的空洞的字眼。

如果人类的知识领域仅限于抽象思维，那么在批评**科学**对权力所作出的说明之后，人类就会得出结论，权力只是空话，实际上并不存在。但是对认识现象来说，人除了抽象思维之外还有经验作为工具，他可以用经验来检验思维的结果。经验说明，权力不是空话，而是实际存在的现象。

且不说对人类共同活动的任何描述都离不开权力概念，权力的存在已被历史所证明，也被对现代事件的观察所证明。每当发生一个事件，总会出现一个或一些人，看来事件就是由于他们的意志而得以完成。拿破仑三世下令，法国人就去了墨西哥①。普鲁士国王和俾斯麦下令，部队便开赴波希米亚②。拿破仑一世发布命令，部队就开进了俄国。亚历山大一世发布命令，法国人便臣服于波旁王朝。经验告诉我们，不论发生什么事件，它总是和一个或几个发号施令的人有关。

由于承认神参与人类事务的这种老习惯，历史学家想把当权者的意志的表达看做事件的原因，但是这个结论既没有被推理所证明，也没有得到经验的证实。

一方面，推理表明，一个人的意志的表达——他的话语只是战争或革命之类的事件中的广泛活动的一部分，因此，若不承认有不可理解的超自然的力量，即奇迹，就不能设想，话语是千百万人的行动的直接原因；另一方面，即使承认话语有可能成为事件的原因，历史也说明，历史人物的意志的表达在多数情况下没有产生任何作用，这就是说，他们的命令往往不仅没有得到执行，而且有时甚至会产生与他们的命令相反的结果。

① 拿破仑三世多次发动侵略战争。1862—1867 年参加对墨西哥的武装干涉，以失败告终。

② 指普鲁士政府于 1866 年发动的普奥战争。自 1862 年起普鲁士政府首脑是号称“铁血宰相”的俾斯麦（1815—1898）。

不承认神参与人类事务，我们就不能把权力看做事件的原因。

从经验来看，权力只是存在于个别人表达自己的意志和其他人执行这个命令之间的一种依存关系。

为了阐明这种依存关系的条件，我们首先重提意志表达的概念，表达意志的是人而非神。

如果神发布命令，表达自己的意志，像古人的史书所说的那样，那么这个意志的表达是不取决于时间也没有任何缘由的，因为神和具体事件没有任何关联。但是谈到在时间中行动并相互联系的人的命令，即意志的表达，我们为了阐明命令和事件的关系，必须（一）恢复事件得以发生的条件；事件在时间中发展的连续性；（二）恢复发布命令的人和执行他的命令的那些人之间的那种必然联系的条件。

六

只有不受时间制约的神的意志的表达才能涉及几年或几百年后将要发生的一系列事件，也只有不受任何东西的激发的神才能单凭自己的意志决定人类运动的方向；而人是在时间中行动并亲自参与事件的。

恢复第一个被忽略的条件，即时间的条件，我们就可以看到，任何一个命令没有前一个命令就不可能执行，前一个命令为后一个命令的执行创造了可能性。

任何一个命令都不会自行出现，也不会涵盖一系列事件；每个命令都源于另一个命令，而且从来不会涉及一系列事件，总是只涉及一个事件的某个方面。

例如我们说拿破仑命令部队投入战争，这时我们是把一系列连续的、彼此依存的命令结合成一个同时表达的命令。拿破仑不可能命令出征俄国，也没有下过这样的命令。他今天命令起草致维也纳、柏林和彼得堡的什么文件；明天给陆军、海军、军需部门发布什么指示和命令，如此等等——不可胜数的命令构成了适合一系列事件的一系列命令，这一系列事件导致法军进攻俄国。

拿破仑在位期间一直想下令远征英国[①]，对自己的任何一件事情都没有付出过这么多的努力和时间，尽管如此，在整个在位期间甚至一次也不曾做过实现自己企图的尝试，却远征俄国，而他曾一再信誓旦旦地说，他认为与俄国结盟更为有利，这种情况之所以发生，是由于前期的那些命令不适合，后来的命令才是适合一系列事件的。

一个人为了命令能切实执行，必须发出有可能执行的命令。然而要知道一个命令是否有可能执行是做不到的，不仅对千百万人参加的拿破仑对俄国的入侵来说是这样，对一个极其简单的事件来说也是如此，因为一个命令在执行中总是会遇到无数障碍。任何一个得到执行的命令总是来自不可胜数的没有得到执行的命令中的一个。所有不可能执行的命令都因为和事件没有关联而没有得到执行。只有那些有可能执行的命令，由于构成了适合于一系列事件的一系列连续的命令，才得到了执行。

我们有一个错误的观念，认为在事件之前发出的那个命令就是事件的原因，这是因为事件发生后，千百道命令中那些与事件相关联的命令都得到了执行，这时我们却忘记了那些因为不可能执行而没有执行的命令。此外，我们在这方面的失误的主要根源在于，在历史的陈述中，整个一系列各种各样的无数细小的事件，例如导致法军进攻俄国的一切都根据这一系列事件所产生的结果概括为一个事件，并把整个一系列命令概括为一个单一的意志表达。

我们说，拿破仑想远征俄国，就这样做了。实际上我们在拿破仑的全部活动中从未找到表现这种意志的任何迹象，我们看到的是，他的一系列命令或意志的表达，其目的是各种各样的或不明确的。在拿破仑的一系列的、无数的不曾执行的命令中，关于一八一二年远征的一系列命令却执行了，不是因为这些命令和那些不曾执行的命令有什么不同，而是因为这一系列命令与导致法军入侵俄国的一系列事件不谋而合；正如模板上能绘出这样或那样的图形，不是由于在模板上的某处设色和怎样

① 拿破仑曾拟订入侵不列颠群岛的计划。

设色，而是在模板上所雕出的图形上各处都设色。

因此，我们在时间中考察命令和事件的关系，就会发现，命令在任何情况下都不可能是事件的原因，两者之间存在着某种确定不移的依存关系。

要理解这种依存关系，必须恢复不是神而是人所发出的命令的另一个被忽略的条件，即发布命令的人是亲自参与事件的。

发布命令的人和接受他的命令的人的这种关系，就是所谓的权力。这种关系可以陈述如下：

为了进行共同的活动，人们总是会联合为一定的团体，共同行动所定的目的虽有差别，参加行动的人们之间的关系是始终如一的。

联合为这种团体后，人们之间会形成如下的关系：人数最多的那部分人，直接参与也最多，人数最少的那部分人，对他们联合进行的共同行动的直接参与也最少。

在人们为进行共同活动而结成的各种团体中，最严厉、最固定不变的团体之一是军队。

在军队的构成中有军衔最低的人员：列兵，他们的人数总是最多；军衔依次较高的人员是军士、士官，他们的人数少于前者；军衔更高的人员，人数也更少，以此类推，直至集中于一人之手的最高军事权力。

军事组织完全可以用圆锥体来表示，列兵构成其底部的最大直径；军衔较高，占有的底部也较小，然后是军队的高层直至圆锥体的顶部，统帅构成其顶点。

人数最多的士兵和下级军官构成圆锥体的最低点和底部。士兵自己直接进行烧杀抢掠，他们总是奉上级的命令采取这些行动；自己从来不下命令。士官（士官的人数就少些了）较少参加实际行动；不过可以下命令了；军官更少参加实际行动，下命令的时候也更多；将军已经只向部队发出行动的命令、指示目标，几乎从来不使用武器。统帅已经从不直接参加实际行动了，只是对广大官兵的行动作一般性的指示。

在从事共同活动的任何团体中，人们的关系都是这样，农业、商业和一切机关概莫能外。

总之，只要不人为地区分圆锥体的融为一体的各点和军阶，或任何一个机关或共同事业的名称和地位，从低层到高层可以看出一种规律，按照这个规律，人们为了采取共同行动总是会形成这样的关系：人们越是直接参加实际行动，就越是不可能发号施令，他们的人数也就越多；人们对实际行动的直接参与越少，就越能发号施令，他们的人数也就越少；这样由低层上升到最后一个人，他对事件的直接参与最少，因而最有可能使自己的活动仅限于发号施令。

发布命令的人和接受他的命令的人的这种关系，就是所谓的权力这个概念的实质。

恢复一切事件得以发生的时间条件，我们发现，命令只有在它涉及相应的一系列事件时才能得到执行。恢复下令者和执行者发生联系的必要条件，我们发现，就其特性而言，如果发布命令者对实际事件的参与最少，那么他们的活动就专注于发号施令。

七

在一个事件发生时，人们会表达对这个事件的看法和愿望，因为事件是很多人共同行动的产物，所以在那些看法或愿望中总有一个会实现，哪怕是近似的实现。其中的一个看法实现了，这个看法就和事件有了关系，好像是在它之前发出的命令似的。

人们要拖一根木头。每个人都发表自己的看法，要怎样拖，拖到哪里去。人们拖开了木头，结果表明，这件事是像其中一个人所说的那样完成了。这是他的命令。这就是原始形态的权力。

在工作中动手较多的人，就会较少地考虑他所做的事情、设想共同活动可能产生的结果并发布命令。较多发布命令的人，由于自己在动嘴，显然就会较少动手。在人们为了一个目的而展开活动的更大的群体中，会更明显地区分出一类人，他们对共同活动的直接参与越少，用于发号施令的活动就越多。

一个人在单独行动时，凭经验总是有一系列设想，他觉得这些设想曾指导他过去的活动，是他当前活动的理由，并且能指导他对未来行动的预测。

群体也是这样做的，让那些不参加行动的人对他们的共同活动提出设想、理由和预测。

由于我们已知或未知的原因，法国人开始相互杀戮。于是为事件提出相应的辩解的理由说，人们所表达的意志是这一切对法国的福祉，对自由和平等都是必要的。人们停止相互杀戮，对这一事件提出的理由是，必须统一权力、抵抗欧洲等等。人们从西方奔向东方，残杀同类，对这一事件说的是法国的光荣、英国的卑劣等等。为事件辩护的这些理由没有任何普遍意义，它们是自相矛盾的，比如承认人的权利而又杀人，为了污辱英国而到俄国去杀人无数。然而这些理由对当时来说是有其必然意义的。

这些理由是要为那些制造事端的人开脱道义上的责任。这些暂时性的目的就像在火车前头沿着铁轨清扫道路的刷子一样：它们是要为人们的道义责任扫清道路。没有这些理由就无法解释在考察每个事件时都会提出的极其简单的问题：千百万人怎么会集体犯罪，进行战争、屠杀等等？

在目前欧洲国家和社会的这种复杂的生活形态中，能想出任何一个事件不是由国家、大臣、议会、报刊所策划、指示和发动的吗？有什么共同行动不是以国家统一、民族、欧洲均势、文明作为辩解的理由呢？因此任何一个已经发生的事件都必定会符合有人表达过的某种愿望，于是事件得到了辩解，被看做一个或几个人的意志的产物。

大船不论驶向何方，在它前面总能看到被它劈开的波浪的水流。对船上的人来说，这水流是唯一可以觉察的运动。

只有时刻都切近地注视水流，并比较水流的运动和船的运动，我们才会确信，水流的运动在每个瞬间都是由船的运动所决定的，我们之所以会产生错觉是因为我们不自觉地处于运动之中。

只要时刻注视历史人物的运动（即恢复一切运动的必要条件——运动在时间中的连续性的条件），毫不忽略历史人物和群众的必然联系，我们就能看到同样的情形。

轮船朝一个方向行驶时，在它前面的是那同一条水流；轮船经常改变方向时，在它前面奔流的水流也经常改变。但是不论大船转向何方，到处都有水流处于船的运动的前面。

不论发生什么事情，总是觉得，这件事是预料之中的，是由人发动的。不论船怎样改变航向，水流既不引导也不加速它的运动，只是在它前面翻腾，而从远处看去，我们却觉得，水流不仅在任意运动，而且在引导船的运动。

只考察历史人物的意志的表达——作为涉及事件的命令——历史学家认为事件取决于命令。考察事件本身以及历史人物与群众的联系，我们却发现，历史人物及其命令取决于事件。这个结论的确凿证据是，不论有多少命令，事件也不会发生，如果没有其他原因的话；可是事件——不论什么事件——一旦发生，那么从各种人物不断表达的所有那些意志中就能找到这样一些意向，就其含义和时间而言是涉及事件的命令。

得出这个结论后，我们可以直接而肯定地回答历史的那两个本质问题了。

（一）权力是什么？

（二）什么力量产生各族民众的运动？

（一）权力是某个人对其他人的一种关系，在这种关系中，这个人越少参与行动，就越多地对正在进行的共同活动表达意见、预测和进行辩护。

（二）产生各族民众的运动的不是权力，不是智力活动，甚至不是这两者的结合，像历史学家所想象的那样，而是参与事件的**所有**人的活动，他们总是这样结合在一起，对事件的直接参与最多的那些人，承担的责任也最小；反之亦然。

在精神方面，权力似乎是事件的原因，在体力方面，服从权力的那些人似乎是原因。但是精神活动离开体力活动是不可思议的，因而事件的原因既不是前者，也不是后者，而是两者的结合。

换言之，就我们所考察的现象而言，原因的概念是不适用的。

在上述分析中，我们遇到了无限循环，这是人类的智力在任何思维领域都会达到的一种极限，如果对问题不是抱儿戏态度的话。电产生热，热产生电。原子相吸，原子相斥。

谈到热和电的相互作用以及原子，我们说不出为什么会发生这种情况，于是我们说，这是因为不可能不是这样，因为应当这样，或者说这是规律。历史现象也是如此。为什么会发生战争和革命？我们不知道；我们只知道，为了进行这种或那种活动，人们会联合为某种团体，并全体参与；于是我们说，情况就是这样，因为不可能不是这样，或者说，这是规律。

八

如果史学涉及的是外部现象，那么提出这个简单明了的规律就已经足够，我们的讨论也就结束了。然而历史规律是涉及人的。物质的微粒不可能对我们说，它根本感觉不到相吸和相斥的需要，相吸和相斥是谎言；而人是历史研究的对象，他直截了当地说：我是自由的，不受规律的约束。

人的意志自由问题即使不提出来，历史所走过的每一步也都能感觉到这个问题的存在。

所有进行严肃思考的历史学家都会不由自主地接触到这个问题。史学的一切矛盾和模糊不清的地方，这门科学所走的错误道路都是由于这个问题没有得到解决而产生的。

如果每个人的意志都是自由的，可以想怎样就怎样，那么整个历史就是一系列毫无联系的偶然现象。

哪怕一千年里千百万人之中有一个人能自由行动，即为所欲为，那么他的一个违反规律的自由行动就足以毁掉全人类存在任何规律的可能性。

即使只有一个支配人们行动的规律，那么就不可能有自由意志，因为人们的意志必须服从这个规律。

这个矛盾包含着意志自由的问题，从远古起这个问题就引起了人类最优秀的思想家们的关注，而且从远古起就提出了这个问题的全部重大意义。

问题在于，不论从什么观点——神学、史学、美学或哲学观点来看做为观察对象的人，我们发现他和万物一样都服从普遍的必然性规律。如果从自身来看我们所意识到的自己，我们就会感到自己是自由的。

这个意识是完全独立并且不依存于理性的自我意识的根源。人通过理性来观察自己；但是他只能通过意识来了解自己。

没有对自我的意识，任何观察和理性的应用都是不可思议的。

人为了进行了解、观察、推论，先要意识到自己是有生命的。有生命的人所了解的自己不是别的，只能是有所希冀的人，即意识到自己的意志。人意识到构成其生命的实质的自己的意志，而他所意识到的不是别的，只能是意志的自由。

如果让自己处于观察之下，人就会看到，他的意志总是在遵循同一个规律（不论他观察的是进食的需要还是脑力活动或别的什么），对自己意志的这种始终如一的遵循不可能有别的看法，只能看做对意志的限制。凡是不自由的东西，是不可能受到限制的。人觉得他的意志受到限制，恰恰是因为他意识到他的意志是自由的。

您说：我不自由。而我把手抬起又放下。人人都明白，这个非逻辑性的回答是对自由的无可辩驳的证明。

这个回答是不受理性支配的意识的表现。

如果自由的意识不是独立并且不依存于理性的自我认识的根源，它就会服从推理和经验，然而实际上这样的服从是从来没有也不可能有的。

一系列经验和推理在向每个人说明，他作为观察对象是服从某些规律的，于是人服从这些规律，并且从来不反抗他所认识到的引力或神秘莫测的规律。但是同样的一系列经验和推理在向他说明，他在自己内心所意识到的完全的自由是不可能存在的，他的任何行动都取决于他的体质、他的性格和作用于他的动机。但是人从来不接受这些经验和推理的结论。

从经验和推理中认识到，石头是向下落的，人毫不怀疑地相信这一点，并且在所有的情况中都预期他所认识到的规律会实现。

但是，人同样无可置疑地认识到，他的意志是服从规律的，他却不相信也不可能相信这一点。

不论经验和推理多少次向人表明，在同样的条件下，以同样的性格，他会采取和过去同样的行动，他第一千次在同样的条件下，以同样的性格开始行动，其结果总是一样，他还是深信不疑，他可以想怎么做就怎么做，就像不曾有过经验一样。任何人，野蛮人和思想家，不论推理和经验怎样不容置辩地向他证明了，在同样的条件下不可能想象有两种行为，他仍然觉得，没有这个毫无意义的想象（它构成自由的实质），他就无法想象自己的生活。他觉得，不论它怎样不可能，但它是存在的；因为没有这种自由的想象，他不仅不能理解生活，而且连一分钟也活不下去。

他活不下去是因为人们的一切追求，在生活中的一切动机都是对扩大自由的追求。富和贫，荣誉和默默无闻，权力和受权力支配，坚强和软弱，健康和卧病，教养和愚昧，劳动和闲散，饱和饥，美德和罪恶都只是自由的多少不等而已。

想象一个没有自由的人，那只能是失去生命的人。

如果在理性看来，自由的概念只是一种无聊的矛盾，例如可以在同一瞬间采取两种行动或从事没有原因的活动，那么这只能证明意识不属于理性的范围。

这种不可动摇、不容置辩、不属于经验和推理范围的自由意识，被所有的思想家所承认，也毫无例外地是所有的人都能感觉得到的，没有它任何关于人的想象都是不可思议的，这种意识构成了问题的另一个方面。

人是全知全能的至善的上帝的造物。罪恶这个概念源于人的自由意识，那么罪恶是什么？这是神学的问题。

人的行为服从统计学所表现的普遍的、不变的规律。人的社会责任的概念源于自由意识，那么人的社会责任是什么？这是法学的问题。

人的行为源于他的天生性格和作用于他的动机。源于自由意识的良心和行为善恶的意识是什么？这是伦理学的问题。

人在与人类的共同生活的联系中服从于决定人类生活的规律。但是这同一个人独立于这种联系之外，又是自由的。应当怎样看待各族人民和人类以往的生活——把它看做人们的自由活动的产物还是不自由的活动的产物？这是史学的问题。

只有在我们这个自以为是地普及知识的时代，才会借助于发达的印刷术这个强有力的工具传播愚昧落后的观点，将意志自由的问题移置于这样的基础之上，在这个基础上问题本身就不可能存在。当代大多数所谓的先进人物，即一群无知之徒认为，研究问题的一个方面的自然科学家的著作是在解决整个问题。

灵魂和自由是没有的，因为人的生命表现于肌肉的运动，而肌肉的运动是以神经的活动为条件；灵魂和自由是没有的，因为我们是在不可知的时期从猴子变来的——他们在这样说，这样写，这样著书立说。根本没有想到，几千年前所有的宗教、所有的思想家不仅已经承认而且从未有人否定过他们现在用生理学和比较动物学力求加以证明的必然性规律①。他们看不到，自然科学在这个问题上的作用只是阐明问题的一个方面的工具。因为在观察者看来，理性和意志只是大脑的分泌物（secretion），人根据普遍规律可以在不可知的时期从低级动物发展而来，这只能从一个新的侧面来说明几千年前已被所有的宗教和哲学理论所承认的真理，即从理性的角度看，人是受必然性规律制约的，但丝毫没有推动问题的解决，因为问题还有另一个基于自由意识的对立的方面。

---

① 作者在《尾声》这一部分的异文中对他当时的自然科学成就的批判性的看法较少，肯定了动物学（达尔文）、生理学（谢切诺夫）、心理学（冯特）等的积极意义。

如果说人是在不可知的时期从猴子变来的，那么这和人是在某个时期用泥土造出来的一样，是可以理解的（在第一种情况下X是时间，在第二种情况下X是过程），至于人的自由意识与人所服从的必然性规律如何结合的问题，是不可能用比较生理学和动物学来解决的，因为在青蛙、家兔和猴子身上，我们只能观察到肌肉、神经的活动，而人不仅有肌肉、神经的活动，还有意识。

想解决这个问题的自然科学家及其崇拜者很像一群粉刷工，他们被叫去粉刷教堂的一面墙，却趁工头不在，一时兴起把窗户、神像、脚手架以及还没有砌上墙裙的墙壁全都粉刷了一遍，他们都很高兴，因为用粉刷工的眼光来看，一切都显得平整而光滑。

九

史学解决自由和必然性的问题，对研究这个问题的其他知识门类是占有优势的，史学中的这个问题并不涉及人的意志的本质本身，而是只涉及这种意志在过去的一定条件下表现出来的表象。

史学在解决这个问题时，它和其他科学的关系是经验科学和思辨科学的关系。

史学的研究对象不是人的意志本身，而是我们的关于意志的表象。

史学与神学、伦理学和哲学不同，对它来说，不存在自由和必然性这对矛盾的结合的无法揭开的秘密。史学考察人的生活表象，这对矛盾的结合已经在生活的表象中实现了。

在实际生活中，每个历史事件、人的每个活动都可以了解得很清楚，不会感到有丝毫的矛盾，尽管每个事件看来一部分是自由的，一部分是必然的。

为了解决自由和必然性怎样结合、两个概念的本质是什么的问题，历史哲学可以而且应当走一条与其他各门科学相反的道路，史学不是先给自由和必然性的概念本身下定义，再把生活现象归入既有的定义，而是要从史学所研究的总是依存于自由和必然性的大量现象中得出自由和必然性概念的定义。

不论我们怎样考察许多人或一个人的活动的表象，我们对表象的理解只能是：它部分地是人的自由的产物，部分地是必然性规律的产物。

不论是谈论各民族的迁徙和野蛮人的入侵，还是拿破仑三世的命令，还是某一个人的行动，他在一个小时前出去散步，在散步的几个方向中选中了一个——我们都看不到任何矛盾。指导这些人的行动的自由和必然性的程度，对我们来说是可以明确界定的。

由于我们考察现象的观点不同，往往对自由的多少的看法也不同，但有一点是永远相同的，每个人的行动在我们看来都是自由和必然性的某种结合。在我们所考察的每个行动中，我们都能看到一定成分的自由和一定成分的必然性。而且在任何一种行动中，我们看到的自由多些，必然性就少些；必然性多些，自由就少些，永远如此。

由于考察一种行动的观点不同，自由与必然性的对比会少些或多些；但两者总是成反比。

一个溺水的人抓住别人，使他被淹死了，或一位喂奶的疲惫、饥饿的母亲偷窃食物，或一个习惯于服从纪律的人在队列里奉命杀死一个没有抵抗力的人——在了解他们所处的情况的人看来，他们的过错较小，这就是说，他们较少自由而较多的是对必然性规律的服从；在不了解那个人自己就要淹死了，那位母亲饥饿难忍，那个士兵是在队列里等等的人看来，他们是比较自由的。同样，一个人二十年前杀了人，此后在社会上平静地生活，并不危害他人——在二十年后来审查他的行为的人看来，他的行为较多的是受必然性规律的支配，而在这个行为发生的一天后来审查这同一个行为的人看来，他的行为是比较自由的。同样，一个疯子、醉汉或非常冲动的人的每个行动，在了解他们当时的精神状态的人看来，是较少自由而必然性较多，在不了解情况的人看来，是自由较多而必然性较少。在所有这些场合，自由的概念扩大或缩小，必然性的概念便相应地缩小或扩大，根据考察该行为时的观点而定。总之，必然性越多，自由就越少。反之亦然。

宗教、人类的健全理性、法学和史学本身都同样地了解必然性和自由之间的这种对比关系。

在所有的事例中，我们关于自由和必然性的观念扩大或缩小，都毫无例外地只有三个根据：

（一） 行为者与外部世界的关系；

（二） 与时间的关系；

（三） 与产生行为的原因的关系。

第一个根据或多或少是我们可见的与外部世界的关系，是或多或少明确了解到的每个人在与同时存在的一切的关系中所处的一定的地位。由于这个根据，一个就要淹死的人比站在陆地上的人显然较少自由而较多地受必然性的支配；由于这个根据，一个生活在居民稠密地区，与其他人有密切联系的人的行为，一个受到家庭、公务、事业的束缚的人的行为，比单身独居的人的行为无疑较少自由而较多地受到必然性的支配。

如果我们考察一个人，不理会他和周围一切的关系，我们就会觉得，他的每个行为都是自由的。但是，只要我们多少能看到他和周围的一切的关系，看到他和任何一个东西的联系——一个在和他说话的人，一本他正在看的书，一件他正在从事的工作，甚至他周围的空气，甚至落在他四周东西上的光线——我们就可以看到，其中的任何一个条件都对他有影响，哪怕只是在支配他的活动的某个方面。我们对这些影响能看到多少，我们关于他的自由的观念就会缩小多少，而关于制约他的必然性的观念就会扩大多少。

第二个根据是：人和世界的或多或少可见的时间关系；或多或少可以了解到的人的行为发生的时间点。由于这个根据，第一个人出现，其结果是人类的诞生，他的出现显然比现代人的结婚较少自由。由于这个根据，几个世纪前的人们的生活和活动与我是有时间上的联系的，在我看来他们的生活和活动不可能和我还不知其后果的现代生活一样自由。

在这方面，关于自由和必然性的多或少的观念的渐变性取决于行为的发生和对它的评判之间相距的时间长或短。

如果我考察我在一分钟之前的行为，现在我处于大致相同的条件下，我会觉得我的行为无疑是自由的。可是，如果我在考虑一个月之前的行为，那么因为自己已处于不同的条件，我会不由自主地承认，假如这个行为不曾发生，那么这个行为所产生的很多有益的、愉快的甚至必要的后果就不会有了。如果我回忆更遥远的过去，比如十年前或更久之前的行为，那么我的行为的后果就更加显而易见，于是我会难以想象，假如这个行为没有发生，情况会怎样。我愈是把回忆往前推，或者把评判推迟也一样，我关于行动自由的论断就愈是可疑。

关于自由意志在人类共同活动中的参与度的认识的这种级数，我们在历史中也能找到。我们觉得，已经发生的现代事件无疑是所有著名人物的活动的产物；可是对更遥远的事件我们已能看到它所产生的必然后果，此外我们无法想象任何其他结果。我们愈是把对事件的考察往前推，我们就愈是觉得，很难把它看做任意的产物。

在我们看来，奥普战争无疑是狡诈的俾斯麦等人的行动的产物。

拿破仑的历次战争虽然已令人起疑，但我们还是觉得，那是英雄们的意志的产物，然而我们已经把十字军东征看做占有其应有地位的事件，没有它欧洲的近代史是不可思议的，尽管十字军东征的编年史家还是把这个事件只看做某些人的意志的产物。至于欧洲的民族大迁徙，当代已没有人会认为，欧洲的全然改观是由于阿提拉[①]的一意孤行。我们愈是把史学的观察对象往前推移，人们制造事件的自由就愈显得可疑，而必然性规律就愈是显而易见。

第三个根据是我们对无限的因果联系能了解多少，无限的因果联系构成理性的一个必然的要求，每一个需要了解的现象都处于无限的因果联系之中，因此人的每个行为都占有一定的位置，它是以前的那些行为的结果和以后的那些行为的原因。

---

①阿提拉（？—453），匈奴帝国国王，434—453年在位，匈奴各氏族的盟主，曾征服东罗马帝国，占有欧洲的广大地区，为匈奴帝国的极盛时期。病死后匈奴帝国迅即瓦解。

由于这个根据，自己和别人的行为，一方面，我们愈是了解从观察中得出的使人受其制约的生理、心理规律和历史规律，愈是准确地看出行为的生理、心理原因或历史原因；另一方面，被观察的行为本身越简单，我们考察其行为的那个人的性格和智力越不复杂，那么在我们看来，这行为就越自由，受到必然性的制约就越少。

当我们完全不了解行为的原因时，无论恶行、善行甚或无所谓善恶的行为，就认为这种行为有极大成分的自由。对恶行我们首先要求加以惩罚；对善行我们会非常赞赏。对无所谓善恶的行为，我们认为它极大地表现了个性、独特性、自由。但是我们哪怕了解了无数原因中的一个原因，我们就认为有某种必然性的成分，于是我们较少地要求惩罚恶行，较少地承认善行的功绩，较少地承认表面独特的行为的自由。罪犯若是成长于恶人之间，这就减轻了他的罪过。父母的自我牺牲、有可能得到奖赏的自我牺牲，比没有原因的自我牺牲更易于理解，因而觉得这种牺牲较少值得同情，也较少自由。对于一位教派和党派的创始人和发明家，我们要是了解他的活动的酝酿过程和条件的话，就会较少地感到惊讶。如果我们拥有一系列丰富的经验，如果我们的观察经常是在人们的行为中探索因果之间的相互关系，那么越是能把因果正确地联系起来，就越是会觉得人们的行为较多必然性而较少自由。如果被考察的行为很简单，我们又有大量这样的行为可供观察，那么我们对这种行为的必然性的认识就更充分了。不诚实的父亲的儿子的不诚实的行为，落入某种环境的女人的丑行，酒鬼又开始酗酒等等行为，我们愈是了解其原因，就愈是觉得他们的行为是不自由的。如果我们考察其行为的那个人的智力发展水平很低，像个孩子、疯子或傻子，那么我们了解了其行为的原因及其不复杂的性格和智力，就会看到必然性的成分极大，而自由的成分极小，于是我们只要知道了即将发生的行为的原因，就能预言他的行为。

在所有的立法中，关于刑事无责任能力和减罪条件的规定就是基于这三个根据。责任能力大或小，就看对受审者所处的条件的了解多或少、行为发生的时间和审判之间相隔的时间长或短以及对行为原因的了解多或少。

十

总之，我们关于自由和必然性的观念在渐渐缩小和扩大，就看和外部世界的联系多或少，时间间隔的长或短，对原因的依存多或少，我们是在因果联系中考察人的生活现象的。

如果我们考察人的这样一种情况，他在这种情况中与外部世界的联系最多，评判的时间和行为发生的时间的间隔最长，而且行为的原因最易于了解，那么我们便会得到必然性最多和自由最少的观念。如果我们所考察的人对外部条件的依存最少；如果他的行为就发生在不久之前，而且他的行为的原因是我们所难以了解的，那么我们便会得到必然性最少和自由最多的观念。

但是在这两种情况下，无论我们怎样改变自己的视角，无论怎样研究这个人和外部世界的联系或觉得这种联系多么难以了解，无论怎样延长或缩短时间的间隔，无论我们觉得其中的原因多么清楚或难以理解——我们任何时候都不可能发现完全的自由或完全的必然性。

第一，无论我们怎样想象人不受外部世界的影响，也永远不能得出空间自由的概念。人的任何行动都必定会受到周围情况和人体自身的制约。我把手抬起又放下。我觉得我的行动是自由的。然而我自问，我能朝所有的方向抬手吗，我看到，我是朝障碍较少的方向抬手的，这里所说的障碍既指周围情况中的障碍，也指我身体结构中的障碍。如果我在所有可能的方向中选择了一个，那是因为这个方向的障碍较少。为了我的行动的自由，必须设想这个行动不会碰到任何障碍。为了想象一个人是自由的，就要想象他是处于空间之外，这显然是不可能的。

第二，我们无论怎样使评判的时间接近于行动的时间，永远也不能得出时间自由的概念。因为如果我在考察发生在一秒钟之前的行动，我还是不得不承认行动的不自由，因为它被局限于它发生的那个瞬间。我能抬起手来吗？我抬起了手，然而我自问，我能在刚才过去的那个瞬间不抬起手来吗？为了确信这一点，我在下一个瞬间没有抬手。然而我并不是在我问及自由时的那个最初的瞬间没有抬手。时间过去了，我是无力挽回的，我当时抬起的那只手，我当时做这个动作所置身其中的空气，已不是现在围绕着我的空气，也不是我现在不动的这只手了。第一个动作发生的那个瞬间已一去不复返，在那个瞬间我只能做一个动作，不管我做了什么动作，这个动作只能是一个。我在下一分钟没有抬手，不能证明我当时也可以不抬手。由于我的动作在同一瞬间只能有一个，所以它不可能是别的动作。要把这个动作想象为自由的，就要想象它是发生在现在，发生在过去和未来之间，即发生在时间之外，而这是不可能的。

第三，无论了解原因有多么困难，我们也决不会想象完全的自由，即没有原因。无论我们觉得表现于自己和别人的任何行动中的意志的原因多么难以了解，理性的第一个要求便是推测和寻找原因，没有原因任何现象都是不可思议的。我为了采取一个不取决于任何原因的行动而抬起手来，然而我想采取一个没有原因的行动，这本身就是我的行动的原因。

但是，即使想象一个人完全被排除于一切影响之外，只考察他当下的没有任何原因的瞬间行动，因而承认必然性的无穷小的残余等于零，我们也决不会认为人是完全自由的，因为一个不受外部世界的影响、处于时间之外、不受因果制约的生物已经不是人了。

同样，我们也永远无法想象人的行为会没有自由的参与而只是服从必然性的规律。

第一，我们关于人置身其中的空间条件的知识无论怎样扩大，这种知识永远不可能是完全的知识，因为这些条件的数量是无穷大的，正如空间是无限的一样。因此，既然所能确定的不是影响人的所有条件，也就没有完全的必然性，而有一定成分的自由。

第二，无论我们怎样延长我们所考察的现象和评论之间的时间的间隔，这间隔总是有限的，而时间是无限的，因而在这方面也不可能有完全的必然性。

第三，任何一个行动的因果系列无论多么易于了解，我们也永远不能认识整个系列，因为这个系列是无限的，因而我们也永远不能把握完全的必然性。

但是除此之外，即使承认最小的自由的残余等于零，认为在某些事例中，例如垂死的人、胎儿、白痴完全没有自由，我们也就因此而否定了所考察的人的概念本身，因为只要没有自由，也就没有人。因此关于人的行为只受必然性规律的制约而没有自由的极小残余的观念是不能成立的，正如关于人的行为完全自由的观念是不能成立的一样。

总之，为了想象只受必然性的制约而没有自由的人的行为，我们就要假定能了解**无穷**数量的空间条件、**无穷**大的时间间隔和**无穷**的因果系列。

为了想象人完全自由而不受必然性规律的制约，我们就要想象他独自处于**空间之外**、**时间之外**和**因果制约之外**。

在第一种情况下，如果没有自由的必然性是可能的，我们就只能以必然性本身来给必然性下定义，即只能得到一个没有内容的形式。

在第二种情况下，如果没有必然性的自由是可能的，我们就只能承认在空间、时间和因果联系之外的绝对自由，绝对自由正因为是绝对的和没有限制的，因而是空无或一个没有形式的内容。

总之，我们回到了形成人的全部宇宙观的那两个根据，即不可理解的生命的本质和规定这个本质的规律。

理性说：（一） 空间和赋予它可见性的所有形式——物质——是无限的，而且不可能不是这样。（二） 时间是一刻不停的无限运动，而且不可能不是这样。（三） 因果联系不可能有开端也不可能有终结。

意识说：（一） 我是唯一的，凡是存在的一切都只是我，由此可见，我是包容空间的；（二） 我以现在这个不动的瞬间衡量奔流的时间，我只是在这个瞬间才意识到自己是有生命的，由此可见，我是在时间之外；（三） 我在原因之外，因为我觉得自己是自己生命的一切表现的原因。

理性表现必然性规律。意识表现自由的本质。

不受任何限制的自由是人的意识生命的本质。没有内容的必然性是人的理性及其三个形式。

自由是考察的对象。必然性是考察者。自由是内容。必然性是形式。

只有把认识的彼此作为形式和内容而相关的两个根源分离，它们才是孤立的，成为相互排斥和不可理解的自由概念和必然性概念。

只有把两者结合才会有关于人的生活的明确的表象。

在作为形式和内容而结合并相互规定的这两个概念之外，不可能有生活的任何表象。

我们关于人们的生活所了解的一切都只是自由和必然性，即意识和理性规律的一定关系。

我们关于外部自然界所了解的一切都只是自然力和必然性或生命的本质和理性规律的一定关系。

自然界的生命力存在于我们之外，不是我们所能意识到的，于是我们把这种力量称为引力、惯性、电力、畜力等等，但人的生命力是我们所能意识到的，我们称之为自由。

然而正如我们能感觉到的引力，它自身是无法了解的，我们对引力只能有一定程度的了解，就看对它所服从的必然性规律了解到什么程度（从一切物体都有重量的最初认识到牛顿定律①），同样，每个人都能意识到的自由的力量，它自身是无法了解的，我们对它只能有一定程度的了解，就看我们对它所服从的必然性规律能了解到什么程度（从知道人人会死，到认识极其复杂的经济规律或历史规律）。

任何知识都只是将生命的本质归结为理性规律。

人的自由和任何其他力量的不同之处在于，前者是人所能意识到的；然而对理性来说，它和任何其他力量没有任何区别。引力、电力或化学亲和力之间的区别仅仅在于，理性给这些力量所下的定义不同。完全一样，对理性来说，人的自由的力量和其他自然力的区别也仅仅在

---

① 牛顿（1642—1727），英国物理学家，建立了成为经典力学基础的牛顿运动定律，在天文学方面发现万有引力定律。

于，这个理性给它所下的定义不同。而没有必然性的自由，即没有给它下定义的理性规律的自由，与引力、热力或植物的生命力是没有任何区别的——对理性来说，它只是生命的一种瞬间的、无法定义的感觉。

正如推动天体运行的力量的无法定义的实质以及热力、电力、化学亲和力或生命力的无法定义的实质构成天文学、物理学、化学、植物学、动物学等等的内容一样，自由的力量的实质构成史学的内容。但是正如任何一门科学的对象都是生命的这种未知的实质的表现，而这种实质本身是形而上学的对象一样，人的自由的力量在空间、时间和对原因的依存中的表现构成史学的对象，而自由本身是形而上学的对象。

在经验科学中，我们把已知的东西称为必然性规律；把我们未知的东西称为生命力。生命力所表达的只是我们关于生命实质的知识之外的未知部分。

史学也是如此：我们把已知的东西称为必然性规律；把未知的东西称为自由。对史学来说，自由所表达的只是我们关于人的活动规律的知识之外的未知部分。

十一

史学在与外部世界的联系中考察人的自由的表现，而世界是在时间和因果联系中发展的，这就是说，史学以理性规律来规定这种自由，因此史学仅仅在某种程度上是科学，就看理性规律能在何种程度上规定这种自由。

就史学而言，承认人的自由是足以影响历史事件的力量，即承认这种力量不受理性规律的制约——这就等于天文学承认天体运行的力量是自由的。

承认这一点就否定了存在规律的可能性，即否定了存在任何知识的可能性。哪怕只有一个自由运行的天体，开普勒[①]和牛顿的定

①开普勒（1571—1630），德国天文学家，提出行星运动的三定律，为牛顿发现万有引力定律打下了基础。

律就不复存在，关于天体运行的任何观念亦不复存在。只要人有一个行动是自由的，就不会有任何历史规律，也不会有关于历史事件的任何观念。

就史学而言，存在着人的意志运动的不同路线，路线的一端隐没于未知领域，另一端是人在当下的自由意识在空间、时间和因果联系中的运动。

这种运动的舞台愈广阔地展现在我们眼前，这种运动的规律就愈明显。捕捉和确定这些规律乃是史学的任务。

根据科学现在对自己的对象的看法，按照科学现在所走的路子在人的自由意志中寻求现象的原因，科学要表现规律是不可能的，因为不论我们怎样限制人的自由，只要我们承认它是不受规律制约的力量，规律就不可能存在。

只有对这种自由加以无限的限制，即把它看做无穷小的量，我们才会确信，原因是完全不可企及的，于是史学不再探索原因而以探索规律为己任。

对这种规律的探索早就开始了，史学应当掌握的新的思想方法是在旧史学由于把原因不断细化而日趋没落的同时培养出来的。

人类的各门科学都有过这样的过程。数学这门最精密的科学在得出无穷小后便放弃了细化过程，而开始了对未知的无穷小的归纳过程。数学撇开原因概念而探索规律，即探索一切无穷小的因素的共同属性。

尽管形式不同，其他科学也有过这样的思维过程。牛顿发表引力规律时，他没有说太阳或地球具有吸引的属性；他说，从极大到极小的任何物体都具有一种似乎在彼此吸引的属性，这就是说，他撇开运动的原因问题，表述了从无穷大到无穷小的一切物体的共同属性。各门自然科学也都是这样做的：它们撇开原因问题而探索规律。史学也站在这条道路上。既然史学的研究对象是各族人民和人类的运动，而不是要表述人们的生活细节，那么它就应当撇开原因概念，去寻求一切相等并紧密结合的无穷小的自由元素的共同规律。

十二

自从哥白尼[①]的日心说（即“地动说”）创立并得到论证后，只要承认运动的不是太阳而是地球，就足以推翻古人的全部宇宙学说。可以否定日心说而坚持对天体运行的旧观点，但是不否定它，似乎就不可能继续研究托勒密[②]体系。然而在哥白尼的日心说创立以后，人们在很长的时期内仍然在继续研究托勒密体系。

自从有人首先提出并论证了，出生或犯罪的数量服从于数学定律，一定的地理条件和政治经济条件决定这样或那样的政体，居民和土地的一定关系产生各种民族运动——从那时起，实质上已经摧毁了过去的史学借以建立的基础。

可以否定这些新的规律而坚持原来的历史观，但是不否定它们，似乎就不可能在研究中继续把历史事件看做人的自由意志的产物。因为如果由于某种地理条件、民族条件或经济条件而建立了某种政体或出现了某种民族运动，那么被我们看做建立了政体或激起了民族运动的那些人，他们的意志就不可能被看做原因了。

然而人们继续在既研究原来的史学，也同样地研究统计学、地理学、政治经济学、比较语文学和地质学的定律，而这些定律与原来的史学论点是直接抵触的。

在自然哲学中新旧观点之间进行了长期而顽强的斗争。神学捍卫旧观点，指责新观点违反了神的启示。真理获胜后，神学又稳固地立足于新的基础。

目前新旧历史观也在进行长期而顽强的斗争，神学也是在捍卫旧的历史观，指责新的历史观违反神的启示。

---

①哥白尼（1473—1543），波兰天文学家，创立日心说，否定了在西方统治了一千余年的地心说。

②托勒密（约90—168），古希腊天文学家，创立地心说，主张地球居中央不动，日、月、行星和恒星都环绕地球运行，称为地心体系，又叫托勒密体系。本书第4部第2卷第1章一开始就提到哥白尼的日心说和托勒密的地心说的对立。

在这两个事例中，双方在斗争中都意气用事而抹杀真理。一方的斗争是为几个世纪才建立起来的大厦感到恐惧和惋惜，另一方的斗争是激烈地要加以破坏。

与新出现的自然哲学的真理进行斗争的人们觉得，如果他们承认这个真理，对上帝、创造天地、约书亚的奇迹①的信仰便会遭到破坏。哥白尼日心说和牛顿定律的保卫者，例如伏尔泰，觉得天文学的定律是违反宗教的，于是用万有引力定律作为反对宗教的武器。

现在也同样地觉得：只要承认必然性规律，关于灵魂、善恶的概念以及所有建立在这些概念上的国家机关和宗教机构便会崩溃。

现在也和当初的伏尔泰一样，必然性规律的自告奋勇的捍卫者们都用必然性规律作为反对宗教的武器，其实，和天文学中的哥白尼学说一样，史学中的必然性规律非但没有摧毁，反而加强了国家机关和宗教机构的基础。

当初的天文学问题和现在的史学问题是一样的，观点的全部区别都基于承认还是不承认对现象的感知是唯一的绝对标准。在天文学中这就是地球不动；在史学中这就是个人的独立性——自由。

正如天文学要承认地球在运行，其难点在于要放弃对地球不动以及行星运行的直接感觉，史学要承认个人服从于空间、时间规律和因果联系，其难点也在于要放弃对自己个人的独立性的直接感觉。但是，正如天文学的新观点说："不错，我们感觉不到地球的运行，可是承认它不动，我们便陷于谬误；而承认我们感觉不到的运行，我们便能得出规律。"新的历史观也这样说："不错，我们感觉不到我们的依存性，可是承认我们的自由，我们便会陷于谬误；而承认自己依存于外部世界、时间和因果联系，我们便能得出规律。"

---

①《旧约》的《约书亚记》描述了约书亚在长期战争中的三大奇迹：他率领以色列人要渡过约旦河，河水断流，被以色列人包围的耶利哥城的城墙突然坍塌，然后耶稣使日月停止运行，不让敌人在夜色的掩护下躲藏起来。

在第一个事例中，必须放弃对地球在空间不动的感觉而承认我们感觉不到的运动；在当前的事例中，同样必须放弃并不存在的自由而承认我们感觉不到的依存性。

关于《战争与和平》一书的几句话[①]

我在优越的生活环境里，付出五年连续不断的辛勤劳动的作品即将问世之际，想在本书的序言中谈谈我对它的看法，以此对读者可能产生的困惑预先作些说明。我希望，读者不要在我的书中碰到或寻找我不愿或不善于表达的东西，而恰恰要把注意集中于我想表达，却认为不便细说（限于作品的条件）的地方。我的时间和才能有限，不允许我把一切都表达得如我所愿地完美，承蒙这本专门杂志的好意，我可以在这里哪怕简略地对可能感兴趣的读者谈谈作者对自己的作品的看法。

一、《战争与和平》是什么？它不是长篇小说，更不是长诗，更不是历史纪实。《战争与和平》是作者希望也能够通过一种形式来表达的东西，它现在借以表达的就是这种形式。作者的这种忽视散文艺术作品的约定俗成的形式的声明也许显得过于自负，如果这是有意为之而又没有先例的话。俄罗斯文学史从普希金时代起，不仅提供了这种有悖于欧洲形式的许多先例，而且连一个相反的例子也没有。从果戈理的《死农奴》到陀思妥耶夫斯基的《死屋手记》，在俄罗斯文学的新时期没有一部散文艺术作品——只要略微超脱平庸——能完全纳入长篇小说、长诗或中篇小说的形式。

二、 本书第一部发表后，有些读者曾向我表示，在我的作品中时代特征表现得不够鲜明。对于这种责备，我有如下异议。我知道，在我的这部长篇小说里找不到的那种时代特征是什么——那就是农奴制的恐怖，将妻子禁闭在家里，用鞭子抽打成年的儿子，萨尔蒂科娃[②]现象，等等；存在于我们的想象中的那个时代的特征，我认为是不真实的，因而不想表现它。在研究信件、日记和传说时，我发现所有那些令人胆寒的暴行都无过于我现在或在任何时候所发现的。在那个时代也有爱情、忌妒、对真理的追求、德行以及对情欲的贪恋；也有深奥的精神生活，在上层社会有时甚至表现得比现在更为雅致。如果说在我们的印象中形成了一种看法，认为那个时代的特征就是专横和暴力，那么这只是因为在传说、笔记和中长篇小说中流传下来的都是暴力和蛮横的突出事例。下结论说那个时代的主要特征是蛮横，这是不对的，正如一个人隔着山冈只看见树梢，便下结论说，那个地方除了树木便一无所有。那个时代的特征（也和任何时代的特征一样）来源于上层和其他阶层比较疏远、占统治地位的哲学、教育的特点和使用法语的习惯等等。这个特征我是竭尽所能地加以表现的。

三、 俄国作品中使用法语的问题。为什么在我的作品里不仅俄国人，而且法国人也部分地说俄语，部分地说法语？责备俄国作品里的人物用法语说话和写作，这就像一个人在看一幅画，责备画上有现实中不存在的黑斑（暗影）。某些人以为画家在画面上所画的暗影是现实中所没有的黑斑，这不是画家的错。如果暗影画得草率、粗糙，那才是画家的错。我研究本世纪初的那个时代，在描写一定阶层的俄国人以及拿破仑和如此直接地卷入当时的生活的法国人时，不免过于迷恋法国人思维方式的表现形式。因此我不否认我画的暗影或许草率、粗糙，不过，我但愿那些觉得拿破仑时而说俄语，时而说法语很可笑的人知道，他觉得可笑，只是因为他们就像那个看画像的人，眼里看到的不是有明暗对比的相貌，而是鼻子底下的黑斑。

四、 人物的姓氏鲍尔康斯基、德鲁别茨科伊、比利宾、库拉金等与俄国某些名门的姓氏很相似。把非历史人物和某些历史人物放在一起，让拉斯托普钦伯爵同普龙斯基公爵、斯特列利斯基或其他虚构的双姓或单姓的公爵或伯爵谈话，我听起来觉得很别扭。鲍尔康斯基或德鲁别茨科伊虽然并不是沃尔康斯基或特鲁别茨科伊，但在俄国贵族的圈子里听起来比较熟悉和顺耳。我无法给所有的人物都杜撰一个像别祖希

---

① 发表于《俄国档案》杂志 1868 年 3 月号，这时小说末尾的第 5、6 部（按最初的划分）尚未付印。作者原想给作品写一篇序，保存有几种详细提纲的草稿。随着小说的写作和发表，根据最初的一些反应，需要写的不是序，而是后记，作者在 1869 年的一封信里曾把这篇文章称为《说明》。文章第 6 点写于小说《尾声》中有关“伟人”在历史事件中的作用的论述之前。

② 萨尔蒂科娃（1730—1801）对待农奴特别残忍。

和罗斯托夫这样听起来不觉得虚假的姓氏，为了绕开这个难题，只能采用一些听惯了的俄罗斯姓氏，再改动其中的一两个字母。如果因为虚构的姓氏和真实的姓氏相似而引起误解，以为我要描写某个真实的人，我会感到非常遗憾；尤其是因为那种描写现在或过去的真人真事的文学活动和我所从事的文学活动毫无共同之处。

玛·德·阿夫罗西莫娃和杰尼索夫是仅有的两个人物，我偶然不假思索地给他们取的姓名很接近于当时社交界的两位很有代表性的可爱的真实人物。这是我的一个错误，起因是这两位真实人物特别有代表性；不过我在这方面的错误仅限于写了这两个人物；读者想必会同意，他们的故事纯属虚构。所有其余的人物都是杜撰的，甚至没有传说或现实中的固定原型。

五、 我对历史人物的描写与历史学家的叙述的差别问题。差别的产生并非偶然，而是必然的。历史学家和艺术家对某个历史时代的描述有两个完全不同的对象。如果历史学家试图表现历史人物的完整性，表现他和生活各方面的全部复杂关系，那是不对的，如果艺术家总是想表现人物的历史意义，也就无法完成这个任务。库图佐夫并不总是骑白马，手拿望远镜指着敌人。拉斯托普钦并不总是手持火炬纵火焚烧沃罗诺沃村的房子（他甚至从未这样做过），玛丽亚·费多罗夫娜皇太后也并不总是身披银鼠皮斗篷站在那里手按法典，而他们在民众的想象中就是这样。

在历史学家的心目中，就人物在促进某个目标的实现而言，是英雄；在艺术家的心目中，就这个人物对生活各方面的适应而言，不可能也不应当是英雄，而应当是普通人。

历史学家有时不得不歪曲真相，把历史人物的一切行动都纳入他强加于这个人物的某种理念。艺术家则相反，认为这种理念的单一性本身就与自己的任务相矛盾，他竭力要理解并表现的不是活动家，而是人。

在对事件本身的描述中差别更为明显，也更为重要。

历史学家着眼于事件的结果，艺术家着眼于事件中的事实本身。历史学家在描述战役时说：某部左翼向某个村庄进攻，打退了敌人，但被迫撤退，于是发起冲锋的骑兵被击溃了，等等。历史学家不可能不这样写。然而对艺术家来说，这些话是毫无意义的，甚至没有触及事件本身。艺术家根据自己的经验或根据信件、回忆录、口述形成自己对已发生的事件的认识，于是（以战役为例）历史学家敢于作出的有关这支或那支部队的行动的结论往往会与艺术家的结论截然相反。所获得的结果的差别也可以用双方汲取资料的来源来解释。历史学家（仍以战役为例）的主要资料来源是部队指挥官和总司令的报告。艺术家从这种来源中汲取不到任何东西，对他来说，它们什么也不能说明，什么也不能解释。不仅如此，艺术家对它们是弃而不用的，认为其中必然会有谎言。更不必说，在每次战役中敌对双方对战役的描述几乎总是完全相反的；每一方对战役的描述都必然会有谎言，因为需要用几句话来描述成千上万人的行动，而这些人分散在几俄里的地域，由于恐惧、羞耻、死亡的影响而在精神上极度亢奋。

在战役的描述中通常是说，某部被派去向某个据点发起进攻，后来奉命撤退等等，似乎是在假设，在练兵场上使几万人服从一个人的意志的纪律，在生死攸关的战场上也能同样地起作用。上过战场的人都知道，这是不对的①，然而作战报告就是基于这种假设，对战争的描述又以作战报告为依据。在一个战役结束之后立刻，甚至在第二天、第三天，在作战报告写好之前，去访问所有的部队，向所有的士兵、高级和下级军官询问战况吧；所有这些人都会对您讲述切身体验和见闻，于是您会形成一种壮丽、复杂、无限纷繁而又沉重、模糊的印象。您不可能

---

①在本书第1部关于申各拉本战役的描写发表后，有人向我转告了尼古拉·尼古拉耶维奇·穆拉维约夫-卡尔斯基关于这样描写战役所说的话，他的话证实了我的看法。穆拉维约夫总司令说，他从来没有读到过对战役的如此准确的描写，他根据自己的经验深信，在作战时总司令的命令是无法执行的。——作者注。

穆拉维约夫-卡尔斯基（1794—1866），俄国将军，曾参加1812年的战争，1854至1855年任高加索总督。

向任何人，尤其不可能向总司令了解到当时的整个情况。可是两三天后开始呈递作战报告，饶舌者大谈他们不曾见到的情况；最后形成总的报告，根据这个总报告又形成全军的共识。每个人都轻松地打消自己的怀疑和问题而接受这个不符合实际的、但明确而且总是能使人的虚荣心得到满足的报告。一两个月后再去问问参加过这次战役的人吧，您在他的讲述中已经感觉不到曾经有过的那种新鲜生动的素材了，而他是按照作战报告讲的。鲍罗金诺会战的很多活下来的聪明的参战者就是这样对我讲那次会战的。人人讲的都一样，大家都是按照米哈伊洛夫斯基-丹尼列夫斯基、格林卡[①]等人的不符合实际的描述讲的；甚至讲的细节也都一样，尽管他们在相距几俄里的地方。

在塞瓦斯托波尔失守后，炮兵司令克雷扎诺夫斯基给我送来所有炮台的炮兵军官的报告，要求我把这二十多份报告综合为一份。我很遗憾，没有把这些报告抄录下来。那是天真的、不可避免的军事谎言的绝妙典型，人们就是根据这种谎言去描述的。我想，当时编写这些报告的我的朋友们在读了这几行后，想起他们当初怎样按照长官的命令描写他们不可能了解的情况，一定会发笑。凡是有过战争体验的人都知道，俄国人在战场上多么能干，却不大会撰写那种必然会有浮夸的谎言的报告。大家知道，在我们的部队里，草拟作战报告和其他报告的职务大多是由异族人承担的。

我说这些话是要表明，在历史学家用作素材的战争描述中必然会有谎言，从而也表明，艺术家和历史学家对历史事件的理解往往产生分歧是不可避免的。但是除了对战争的描述必然会有的假话外，我还在我所关切的那个时代的历史学家的著述中发现一种（也许是因为习惯于将事件分门别类，加以简短的陈述并适应事件的悲剧性）特殊的辞藻华丽的语言风格，在这种辞藻华丽的语言中，假话和歪曲不仅波及对事件的描述，而且波及对事件意义的理解。研究梯也尔和米哈伊洛夫斯基-丹尼列夫斯基所写的那个时代的两部主要历史著作，我常常感到困惑，这些

---

① 格林卡，参见本书0807页注。

书怎么能出版、阅读。且不说对同样一些事件的描述都语气严肃而深沉，引证各种材料，而两人的看法却截然相反，我在他们的著作中还看到这样一些描述，想到这两本书是那个时代仅有的文献并且拥有数以百万计的读者，简直哭笑不得。这里只从著名历史学家梯也尔的书中引用一个例子。在讲到拿破仑带来了假币后，他说："为了以一种与他和法国军队相称的行动，使这个措施显得更加高尚，他命令对遭受火灾的人们给予救助。但是由于食品的价格太贵，不能发给大多怀有敌意的异国民众，所以拿破仑认为最好是给他们发钱，让他们到其他地方去买粮食，于是他下令给他们分发纸卢布。"①

单独地看，这段文字使人目瞪口呆，不能说是不道德，但简直是毫无实际意义；但是从全书看来并不令人惊讶，因为它完全符合总的辞藻华丽、激昂慷慨而又空洞无物的语言风格。

总之，艺术家和历史学家的任务是完全不同的，我的书中对事件和人物的描写与历史学家有分歧是不足为怪的。

但是艺术家不应忘记，人民关于历史人物和事件的观念的形成不是基于空想，而是基于历史学家所能搜罗的历史文献；因此，艺术家在对历史人物和事件有不同的理解和认识的同时，也要像历史学家一样，以历史文献为依据。**在我的这部长篇小说里，凡是涉及历史人物的言行的地方，都不是出于臆造，而是利用资料，我在写作期间所积累的资料构成了我的大量藏书，我觉得不必在此罗列书名，然而我随时可以使用需要援引的书籍。**

六、 最后，第六个也是对我来说最重要的看法涉及的是，所谓的伟人在历史事件中，据我看来，只起着很渺小的作用。

研究如此悲惨、充满重大事件而离我们又如此之近的时代，而关于它的如此复杂多样的传说至今仍盛传不衰，我深感我们的智力显然难以了解正在发生的事件的原因。说一八一二年的事件起因于拿破仑的侵略野心和亚历山大·巴甫洛维奇皇帝的坚定的爱国主义精神（人们

---

①这段话作者在本书正文里也引用过，见第4部第2卷第9章。

会觉得这是显而易见的）是没有意义的，正如说罗马帝国的衰亡起因于某个野蛮人率领自己的民族涌往西方，而那时的某个罗马皇帝昏庸无能，或者说人们在挖掘的一座大山轰然倒塌是由于最后一名工人铲了一下。

千百万人相互残杀并杀了五十万人的事件不能归因于一个人的意志，正如一个人不能铲倒一座山，一个人也不能使五十万人死亡。那么究竟是什么原因呢？有些历史学家说，原因是法国人的侵略野心和俄国的爱国主义。另一些历史学家还谈到拿破仑的大军传播了民主的基本思想、俄国和欧洲结盟的必要性等等。但是千百万人怎么会开始相互残杀呢，是谁命令他们这样做的？似乎人人都明白，这对谁都没有好处，对谁都只有坏处；为什么他们还要这样做呢？关于这个没有意义的事件的原因可以而且也真的进行了无数的回顾和推论，可是解释极多，而且所有的解释都一致地指向同一个目标，这只能证明，解释的数量是无限的，其中没有一个堪称原因。

为什么千百万人相互残杀，既然亘古以来人们就知道，这无论在肉体上还是精神上都是伤害？

因为这是不可避免的需要，人们满足这个需要就是在实行本能的、动物界的规律，蜜蜂在入秋时彼此蜇死对方就是在实行这条规律，雄性动物按照这条规律而进行殊死的搏斗。对这个可怕的问题不可能有别的回答。

这个真理不仅昭然若揭，而且是每个人与生俱来的，所以这个真理无需证明，然而人还有其他的感觉和意识，使他确信，他在采取行动的每个瞬间都是自由的。

从普遍的观点审视历史，无疑会确信有亘古长存的规律，事件就是按照这个规律发生的。从个人的观点看则又不然。

杀人的人，下令渡过涅曼河的拿破仑，要求安排职务、把手抬起又放下的您和我，我们所有的人无疑都确信，我们的每个行动都是基于合理的原因和我们的意愿，行动总是这样或那样地取决于我们，这个信念是我们每个人所固有的，也是我们每个人所极为珍视的，因此尽管史学和犯罪统计学的结论都向我们证明，别人的行为都是不由自主的，我们还是把我们的自由的意识扩展到我们的一切行动。

这个矛盾似乎是无法解决的：采取某个行动时，我深信我是在按照自己个人的意愿行动；从这个行动参与人类共同生活的角度来审视它（就其历史意义而言），我认为这个行动是注定的和必然的。错误在哪里呢？

心理学的观察说明，人在回溯往事时有能力在霎时间用一系列臆造的自由论断去支持既成事实（我打算在别的地方更详细地阐述这一点），这证实了一种假设，即在采取某一类行动时人的自由意识是错误的。但心理学的观察也证明，在另一类行动中人的自由意识不是回溯性的，而是瞬间的和无可置疑的。不管唯物主义者怎么说，我无疑可以采取或放弃某个行动，只要这个行动只涉及我一个人。我现在无疑可以按照我个人的意志把手抬起和放下。我现在可以停止写字。您现在可以停止阅读。毫无疑问，我现在可以按照我个人的意志并毫无阻碍地神游美洲或思考一个数学题。我可以体验自己的自由，抬起手并在半空中用力地把手放下。我这样做了。可是我身边站着一个孩子，我在他头上抬起手来，想同样用力地把手朝孩子放下。我**不能**这样做。有一条狗向这个孩子扑来，我**不能**不朝狗抬起手来。我站在队列里，不能不追随团队的行动。我在战斗中不能不和自己的团队一起冲锋，周围的人都在逃跑，我不能不逃跑。我站在法庭上做被告的辩护人，不能不说话或不知道要说什么。有东西朝我的眼睛扑来，我不能不眨眼。

总之，有两类行动。一类取决于我的意志，一类不取决于我的意志。导致矛盾的错误之所以发生，只是因为自由意识对涉及我个人、涉及我的高度抽象的存在的行动才是合情合理的，我却错误地把自由意识移用于我和其他人共同采取并依赖于别人的意愿和我的意愿相一致的行动。要确定自由和依存性的界限是很困难的，而确定这个界限是心理学的唯一的、实质性的任务，但是在观察我们最大的自由和最大的依存性的表现的条件时不能不看到，我们的活动和其他人的活动的联系越抽象因而越少，活动就越自由，反之，我们的活动和其他人的联系越多，活动就越不自由。

和其他人的最强有力的、不可分割的、沉重而经常的联系是支配其他人的所谓权力，这种权力的真正意义只是对其他人的最大依存。

对也好错也好，反正我在写作过程中对这一点是确信不疑的，自然，我在描述一八〇七年，特别是最突出地表现了先验规律的一八一二年的历史事件[①]时，不会承认那些人的活动的意义，他们自以为在主导事件，而在事件中所进行的自由活动比所有参加事件的人都少。我对这些人的活动感兴趣只是要用它来注解我认为在主导历史的先验规律和上述心理规律，后者使行动最不自由的人在想象中臆造一系列追溯性的论断，其目的就是要向他自己证明他是自由的。

---

①应当指出，几乎所有写到1812年的作家都在这个事件中看到某种非同寻常的、先天注定的东西。——作者注

译文名著精选书目

傲慢与偏见	〔英〕简·奥斯丁 著 王科一 译
简·爱	〔英〕夏洛蒂·勃朗特 著 祝庆英 译
基督山伯爵	〔法〕大仲马 著 韩沪麟 周克希 译
少年维特的烦恼	〔德〕歌德 著 侯浚吉 译
茶花女	〔法〕小仲马 著 王振孙 译
呼啸山庄	〔英〕艾米莉·勃朗特 著 方平 译
悲惨世界	〔法〕雨果 著 郑克鲁 译
堂吉诃德	〔西班牙〕塞万提斯 著 张广森 译
红与黑	〔法〕司汤达 著 郝运 译
雾都孤儿	〔英〕狄更斯 著 荣如德 译
欧叶妮·葛朗台／高老头	〔法〕巴尔扎克 著 王振孙 译
莎士比亚四大悲剧	〔英〕莎士比亚 著 孙大雨 译
泰戈尔抒情诗选	〔印〕泰戈尔 著 吴岩 译
乱世佳人	〔美〕玛格丽特·米切尔 著 陈良廷等 译
鲁滨孙历险记	〔英〕笛福 著 黄杲炘 译
安娜·卡列尼娜	〔俄〕列夫·托尔斯泰 著 高惠群等 译
十日谈	〔意〕薄伽丘 著 方平 王科一 译
福尔摩斯探案精选	〔英〕柯南·道尔 著 梅绍武 屠珍 译
老人与海	〔美〕海明威 著 吴劳等 译
漂亮朋友	〔法〕莫泊桑 著 王振孙 译
巴黎圣母院	〔法〕雨果 著 管震湖 译
双城记	〔英〕狄更斯 著 张玲 张扬 译
最后一片叶子	〔美〕欧·亨利 著 黄源深 译
瓦尔登湖	〔美〕梭罗 著 徐迟 译
一九八四	〔英〕奥威尔 著 董乐山 译
复活	〔俄〕列夫·托尔斯泰 著 安东 南风 译
三个火枪手	〔法〕大仲马 著 郝运 王振孙 译
苔丝	〔英〕哈代 著 郑大民 译
变色龙	〔俄〕契诃夫 著 朱逸森 译
钢铁是怎样炼成的	〔俄〕奥斯特洛夫斯基 著 王志冲 译
浮士德	〔德〕歌德 著 钱春绮 译
太阳照常升起	〔美〕海明威 著 赵静男 译
莎士比亚喜剧五种	〔英〕莎士比亚 著 方平 译
理智与情感	〔英〕简·奥斯丁 著 武崇汉 译
罪与罚	〔俄〕陀思妥耶夫斯基 著 岳麟 译
羊脂球	〔法〕莫泊桑 著 郝运 王振孙 译
鼠疫	〔法〕加缪 著 刘方 译
青年艺术家画像	〔爱尔兰〕乔伊斯 著 朱世达 译

我是猫	〔日〕夏目漱石　著　刘振瀛　译
神曲	〔意〕但丁　著　朱维基　译
红字	〔美〕霍桑　著　苏福忠　译
到灯塔去	〔英〕伍尔夫　著　瞿世镜　译
格列佛游记	〔英〕斯威夫特　著　孙予　译
大卫·考坡菲	〔英〕狄更斯　著　张谷若　译
道连·葛雷的画像	〔英〕王尔德　著　荣如德　译
童年／在人间／我的大学	〔俄〕高尔基　著　高惠群等　译
城堡	〔奥地利〕卡夫卡　著　赵蓉恒　译
汤姆·索亚历险记	〔美〕马克·吐温　著　张建平　译
九三年	〔法〕雨果　著　叶尊　译
铁皮鼓	〔德〕格拉斯　著　胡其鼎　译
卡拉马佐夫兄弟	〔俄〕陀思妥耶夫斯基　著　荣如德　译
远大前程	〔英〕狄更斯　著　王科一　译
马丁·伊登	〔美〕杰克·伦敦　著　吴劳　译
名利场	〔英〕萨克雷　著　荣如德　译
嘉莉妹妹	〔美〕德莱塞　著　裘柱常　译
细雪	〔日〕谷崎润一郎　著　储元熹　译
哈克贝里·芬历险记	〔英〕马克·吐温　著　张万里　译
儿子与情人	〔英〕劳伦斯　著　张禹九　译
野性的呼唤	〔英〕杰克·伦敦　著　刘荣跃　译
牛虻	〔英〕伏尼契　著　蔡慧　译
包法利夫人	〔法〕福楼拜　著　周克希　译
达洛卫夫人	〔英〕伍尔夫　著　孙梁　苏美　译
永别了，武器	〔美〕海明威　著　林疑今　译
喧哗与骚动	〔美〕福克纳　著　李文俊　译
猎人笔记	〔俄〕屠格涅夫　著　冯春　译
圣经故事	〔美〕房龙　著　朱振武等　译
希腊神话	〔俄〕库恩　编著　朱志顺　译
格林童话	〔德〕格林兄弟　著　施种等　译
月亮和六便士	〔英〕毛姆　著　傅惟慈　译
失乐园	〔英〕弥尔顿　著　刘捷　译
海底两万里	〔法〕儒勒·凡尔纳　著　杨松河　译
丧钟为谁而鸣	〔美〕海明威　著　程中瑞　译
安徒生童话	〔丹麦〕安徒生　著　任溶溶　译
了不起的盖茨比	〔美〕菲茨杰拉德　著　巫宁坤等　译
虹	〔英〕劳伦斯　著　黄雨石　译
摩格街谋杀案	〔美〕爱伦·坡　著　张冲　张琼　译
坎特伯雷故事集	〔英〕乔叟　著　黄杲炘　译
战争与和平	〔俄〕列夫·托尔斯泰　著　娄自良　译
环游地球八十天	〔法〕儒勒·凡尔纳　著　任倬群　译
人生的枷锁	〔英〕毛姆　著　张柏然　张增健　倪俊　译